불과 얼음 17일 전쟁

장진호

고산고정일

동서문화

디자인 : 동서랑미술팀/캘리그라피, 붓소리 강봉준

얼어붙은 장진호 전장에서 스러져간
모든 병사들에게 이 책을 바친다.

불과 얼음 17일 전쟁

장진호

차례

이주선 어머님, 정국 정랑 두 아우에게
20년 세월 진력한 「장진호」를 바칩니다. … 902

사람들은 말한다.
세상이 불로 끝나리라. 얼음으로 끝나리라.
불과 얼음이 타오르는 장진호에 들어온 인간들이여
그 누구도 살아 나가지 못하리.
그대들 모든 희망을 던져버려라!

1
그 겨울 전장으로

나는 가끔 이런 생각을 떠올린다. 피로 물든 들녘에 잠든 병사들이 고향땅으로 돌아가 누워보지도 못한 채 하얀 학이 되어버린 것은 아닐까. 그들은 아득한 옛날부터 오늘까지 날아오르며, 슬픈 울음소리 내어 자기들이 여기 있음을 알린다. 그 때문에 우리는 이따금 하늘을 바라보며 슬픔에 잠겨 말을 잊는 게 아닐까. 날아간다, 날아간다, 저 하늘에 지친 학 무리들이 저물녘 하루의 안개 속으로 사라져가네. 무리지어 나는 저 조그만 틈새, 그 자리가 언젠가 내 자린 아닐는지. 그날이 오면, 저 하얀 학 무리들과 함께 나는 희끄무레 푸르스름한 안개 속으로 흘러가리라. 대지에 남겨둔 그대들 모두를 하늘 아래 새처럼 크게 목놓아 부르면서.

라술 감자토비치 감자토프

전쟁의 시간은 핏빛이다. 나는 오늘도 그 처절한 전장의 시간을 방황하는 꿈을 꾼다. 시간이란 무엇인가? 우주를 빚어 내는 시간을 세상의 영혼이며 생명이라 할 수 있을까. 그러나 시간은 냉담함으로 무장한 난폭한 파괴자이다. 크로노스가 제 자식들을 먹어 치우듯이. 시간이 휩쓸고 간 뒤에 살아남는 것은 아무것도 없다. 그러므로 전장의 시간이 지나간 자리에는 깨어진 사랑, 널려 있는 시체들, 세상의 모든 불타 버린 숲들과 폐허만 남는다. 시간은 불꽃이고 홍수이다. 불태우고, 휩쓸고, 부수고 지나간다. 시간은 포식자이다. 시간은 만물을 집어삼키고, 마침내 제 몸마저 삼켜 버린다. 그리하여 우리는 두 번 다시 같은 강물에 발을 담글 수가 없다. 찰나로 반짝이며 흘러가는 시간은 반복을 모른다. 붙잡을 수도 없다. 시간은 멈춤이 없는데, 나는 그 사나운 70년, 52만 5,600시간의 흐름 순간순간 회억의 문을 열고 가엾은 전쟁의 기억들을 되새김한다. 시간이 영원이라면 나는 그 한가운데 있다. 그리하여 시간은 우주의 빛 속에서 나를 에워싼다. 나는 찬란한 봄빛 가득한 공기 속에 날개를 접은 채 꿈꾸는 한 마리 나비처럼 그 영원 속에 있다. 인간, 생명, 전쟁, 운명, 죽음, 그것들은 언제나 내 절절한 순수의 사유이리라. 지난해 미국에서 이범신 선생이 보내 준 그 겨울 얼어붙은 장진호 전쟁 참전 병사들의 인터뷰 기록들과 그의 전쟁일기를 읽고 나서 나는 이루 말로 표현할 수 없는 큰 충격을 받고 그 참혹한 나의 전쟁을 다시 떠올렸다.

이범신 선생은 1950년 겨울 장진호 전투에 참전하여 혹한의 17일 동안 중공군과 치열한 사투를 벌인 미해병 통역관 장교였다. 그는 내게 세계전쟁사에 비장한 겨울전쟁으로 기록된 '스탈린그라드 혹한전투'에 버금가도록, 미해병과 중공군들의 '장진호 겨울전투'를 문학으로 그려내 달라고 했다. 칼바람이 휘몰아치는 개마고원 낭림산맥, 체감온도 영하 40도. 피와 살이 얼어붙는 추위 속에서 벌이는 17일간의 얼음지옥혈전. 이것이 전쟁이었던가. 이것이 인간이었던가. 이것이 인생이었던가. 나는 인간의 그 야만과 치욕의 시간을 이미 겪어 알고 있지 않은가.

전쟁은 그야말로 처절한 살육의 현장이다. 전쟁의 얼굴 뒤에는 무섭고 사악한 진실의 그림자가 짙게 드리워져 있다. 한 사람의 목숨을 무참히 빼앗은 자는 살인자로서 법의 심판을 받지만, 전쟁에서는 몇백만의 삶을 파괴하고도 오히려 훈장과 명예가 주어진다. 전쟁은 고도의 기술이며 그 성과에는 불멸의 명성이 따른다. 그러나 오늘도 개마고원 장진호 얼음장 밑에는 수많은 젊은이들의 영혼 기억 속에서 역사 속에서 잊힌 채 쓸쓸히 누워 있다. 인간의 이 끝없는 파괴 욕망은 마침내 제 스스로 절멸할지도 모른다.

앙리 바르뷔스는 소설의 전통 기법과 정형을 파괴하고 《포화 Le Feu》에서 오로지 전쟁의 야만성만을 일관성 있게 그렸다. 특정 주인공이 없다. 전쟁과 인간, 그 주체가 되는 등장인물 모두가 주인공이다. 나 또한 바르뷔스의 소설 기법으로 '장진호 불과 얼음'의 레퀴엠을 써 나아가리라. 그리하여 다시 인간 전장실상 그 참혹한 진실에 한걸음 더 가까이 다가가리라.

하늘이 밝아온다. 검붉은 새벽빛이 얼어붙은 장진호 빙판 눈밭에 반사되어 피를 흘린다. 칼바람이 비명을 지른다. 얼음 무덤 속에서 울려오는 죽어간 병사들의 울부짖음인가. 저 북쪽 머나먼 시베리아에서 떨쳐 일어나 바이칼 호수를 얼리며 휘몰아쳐 오는 눈보라의 신음 소리인가.

러시아 흑해 휴양지 얄타에 미·영·소 수뇌가 모여들었다. 제2차 세계대전 막바지 1945년 2월에 들어선 쌀쌀한 날씨였다. 안전을 우려해 해외로 나가기를 꺼리는 스탈린 때문에 루스벨트와 처칠이 기꺼이 얄타를 회담 장소로 동의했다. 하지만 여행길은 모두에게 고달팠다. 이미 건강에 심각한 문제가 있었던 루스벨트는 독감에 시달리며 대양을 건넜고, 영국의 처칠 또한 갑작스러운 고열로 괴로움에 시달렸으며, 스탈린은 기차로 사흘 밤낮을 달려 얄타에 이르렀다.

《얄타 : 8일간 외교전쟁》을 쓴 하버드대 교수 세르히 플로히는 소련에서 태어나 교육을 받고 캐나다를 거쳐 미국에 정착한 역사학자다. 플로히는 소련이 무너지고 나서야 공개된 문서와 미·영·소 대표단의 기록을 바탕으로 세밀화를 그리듯 8일간의 회담을 치밀하게 복원한다. 이때 동행했던 루스벨트의 딸 애나 베티거, 처칠의 딸 사라 올리버의 서신은 마치 회담을 옆에서 지켜보는 듯 생생함을 안겨준다. 그 2월 4일부터 11일까지 8일 동안 루스벨트·처칠·스탈린은 2차대전의 끝남에 대해 저마다 희망과 계산으로 논의했다. 세계평화기구인 국제연합 설립, 유럽 국경선 문제, 전쟁 배상금, 소련의 만주 대일전 참전 등이 주제였다. 한국의 운명도 이 얄타에서 논의·결정된다.

얄타회담 닷새째인 2월 8일 오후 3시 30분, 스탈린은 극동 문제를 논의하기 위해 루스벨트를 만났다. 스탈린은 루스벨트가 소련의 만주관동군 대일전 참전 의사를 확인하고 싶어하는 것을 잘 알고 있었다. 문제는 그 대가로 소련이 무엇을 원하느냐였다. 스탈린은 대일전 참전 대가로 일본이 장악하고 있던 영토와 중국을 희생시키는 전략적 양보를 얻어냈다.

루스벨트는 아시아에서 미국 주도의 새 질서를 만드는 데 스탈린이 협조해주기를 바랐다. 첫 의제는 한국이었다. 앞서 테헤란 회담에서 이미 한국의 신탁통치 문제가 논의됐다. 스탈린은 한국이 미국의 보호령이 될 것인지, 한국에 군이 주둔할 것인지 물었다. 루스벨트는 둘 다 아니라고 답했다. 스탈린은 루스벨트가 제안한 신탁통치 기간 20~30년에 대해선 짧을수록 좋다고 했다. 이날 회동은 30분을 넘지 않았다.

세르히 플로히는 뒷날 2010년 한국 독자들로부터 얄타회담이 한국 분단에 어떤 역할을 했는가에 대한 질문을 받았다. 플로히는 관련 문헌들을 다시 조사해 봤고, 38선을 경계로 한 한반도 분단은 얄타회담에서 논의되지 않았음을 확인했다. 루스벨트와 스탈린이 얄타에서 한반도 문제와 관련해 정확하게 입장을 정리하지 않았지만 그 결과 한반도 분할이 초래됐다고 썼다.

플로히는 '얄타 : 8일간 외교전쟁'에서 한국에 대해 한 번 더 언급한다. 시어도어 루스벨트 대통령이 20세기 초 일본의 한국 점령에 양심의 가책을 느끼지 않았다면서, "한국은 스스로를 지키기에는 너무 약했고, 어떠한 법이나 협정도 이 나라가 좀 더 강력한 이웃 국가에 의해 병합되는 상황을 막을 수 없었다."고 했다.

루스벨트·처칠·스탈린 세 지도자는 얄타에서 저마다 다른 꿈을 꾸고 있었다. 루스벨트는 국제기구와 민주적 가치의 확산에 중점을 둔 자유주의적 국제주의의 구현을 추구했다. 하지만 스탈린은 권력 이익의 관점에서 세상을 바라보았다. 처칠도 마찬가지였다. 루스벨트는 유럽 너머를 봤다. 세계평화기구 창설, 유럽과 태평양에서 승리, 영국에 대한 미국 우위 확보를 꿈꿨다. 반면 처칠은 지중해 통제권과 동유럽의 독립을 통해 영국 안보를 지키고 소련이 유럽대륙 전체를 석권하는 사태를 막으려 했다.

이 회담에서 영·미가 한편인 것 같았지만 실제로는 꼭 그렇지도 않았다. 루스벨트와 처칠은 스탈린의 환심을 사기 위해 경쟁하는 구도였고, 스탈린도 이를 잘 알고 있었다. 하지만 소련에서 얻어낸 양보의 대부분은 루스벨트와 처칠이 공동전선을 형성했을 때 가능했다.

얄타회담의 큰 줄기는 그 '대가'다. 얄타는 "유럽의 절반이 새로운 전체주의에 복속되는 대가를 치러야 했고, 세계는 곧이어 냉전에 휘말려 들어갔다."고 쓰고 있다. 이 협상에서 가장 준비가 잘 된 스탈린은 동맹국 정부에 스파이를 침투시키는 등 잔인한 방법으로 자신의 게임을 진행했다.

"어느 전쟁과 마찬가지로 어느 평화도 단막극이 아니다. 거기에는 시작과 끝이 있고, 좋을 때와 나쁠 때가 있으며, 영웅이 있고 악당이 있다. 그리고 대가가 따른다. 얄타가 보여주듯이 민주국가 지도자들이 아무리 노력한다고 해도 독재체제나 전체주의 정권과 동맹을 맺는 데 따르는 대가가 있기 마련이다."

제2차 세계대전이 끝나자 세계는 둘로 나뉘어, 저마다 자신들이 참된 '정의'

라고 목소리를 높였다. 6·25전쟁은 이념을 내세운 야만의 냉전시대가 낳은 결과물이었다. 미국과 소련은 북위 38도를 경계로 한반도를 분할 점령했다. 미국과 소련이 이미 적대 관계였으므로, 한반도 정세는 줄곧 위태로웠다. 특히 1948년 남북한에 대한민국과 조선민주주의인민공화국이 들어서자, 두 나라 미소 관계는 더욱 얼어붙었다.

북한 공산주의 정권은 처음부터 한국을 무력으로 차지하려 했다. 공산주의나 국가사회주의(national socialism)와 같은 전체주의는 끊임없이 팽창하려는 속성을 지녔다. 팽창을 멈춘 전체주의체제는 운동성을 잃고 쇠퇴한다. 그런 관점에서 북한에 공산주의정권이 들어섰을 때 6·25전쟁은 필연적이었던 셈이다.

1948년 9월 조선민주주의인민공화국이 세워진 뒤 김일성은 '국토완정(國土完整)'을 주장하기 시작했다. 이 말은 중국내전에서 중국공산당이 썼던 용어로 '한 나라의 영토를 단일 주권으로 완전하게 통일하는 것'을 뜻한다. 김일성은 1949년 새해 첫 연설에서 국토완정이란 말을 열세 번이나 쓰며 무력으로 한반도를 통일할 의지를 강하게 드러냈다.

홍군은 중국 인민 해방군을 달리 부르는 말이었다. 무장하고 떼 지어 다니면서 사람들을 해치는 마적에 비유되곤 했다. 그 비아냥거리는 소리를 들으며 정규군에게 쫓겨 다니는 동안 그들은 세력을 키웠다. 지휘관은 있어도 계급은 물론, 맞춤 군복도 없었다. 항일전쟁 시절 국민당에 끼여 들어가는 바람에 군복 입고 장군 계급장을 단 사람도 더러 있었지만 그뿐이었다. 일본이 패망한 뒤 해방전쟁 시절에도 계급은 중요하지 않았다. 동지, 아니면 전우였다.

1949년 10월 1일 신중국을 선포한 이래로 마오쩌둥(毛澤東)은 낡은 군대를 뜯어고쳐야한다고 마음먹었다. 남의 좋은 경험을 따라하다 보면, 언젠가 새로운 것을 만들리란 믿음이 용솟음쳤다.

"소련의 모든 체계를 따라 해라. 세계 제2의 뛰어난 현대화된 혁명군대 건설이 매우 급하다."

오랜 세월 직책은 있어도 계급 없이 굴러가던 군대이다 보니 공로자들이 많았다.

'누구에게 어떤 계급을 내려야할지 모르겠군. 음음, 아주 골치가 아파!'

끙끙 앓던 마오쩌둥은 한국 전쟁이 터지자 기다렸다는 듯 서둘러 지원군을 보냈다. 그런데 지원군 쪽에서 문제가 터지고 말았다. 총사령관 펑더화이나 정치부 주임, 병단사령관도 계급이 없었다. 군 체계도 엉망진창이었다. 총 한번 쏴보지 못하고 굶어 죽거나 얼어 죽지 않으면 다행이었다. 다달이 돈 한 푼도 받지 못했다. 전선에 있던 펑더화이는 1951년 가을, 마오쩌둥에게 불만을 털어놨다. 좁은 땅덩어리 조선에 중국의 뿔뿔이 흩어져있던 부대가 모여 복작대다 보니, 예상치 못한 일이 한둘이 아니었다. 규율과 예절, 내부 규칙도 따로따로였다. 군은 계급으로 다스려야 하는데, 오랫동안 계급이 없다 보니 지휘에 많은 어려움을 겪었다.

갖은 스트레스에 시달리던 펑더화이의 뺨에 작은 종양이 생겼다. 점점 커지자 부사령관 천껑(陳賡)이 치료를 권했다.

"사령관님, 중국으로 돌아가 병원에 가십시오. 덧나면 고생만 하십니다."

펑더화이는 치료 얘기만 나오면 벌컥벌컥 화를 냈다. 보다 못한 천껑이 저우언라이(周恩來)에게 편지를 보내 펑더화이의 증세를 알렸다. 자존심 강한 펑더화이의 성격을 잘 알기에 곧장 마오 주석에게 달려갔다. 펑더화이는 마오쩌둥의 전문을 받았다.

"은밀히 귀국해라. 덩화(鄧華)를 사령관 대리에 임명한다. 병을 고쳐야 미국 놈들과 싸워 이길 수 있다."

마오쩌둥은 베이징에 도착한 펑더화이를 베이징 의원에 억지로 데려가다시피 입원시켰다. 펑더화이의 귀국은 온 세계에 널리널리 퍼졌다. 입원 수속도 가짜 이름으로 했다. 의사들조차 입원환자가 누군지 몰랐다. 온갖 검사를 했는데, 검진 결과를 듣고 펑더화이는 민망한 듯 얼굴을 붉혔다.

"당신은 정말 더러운 사람입니다. 오늘 세수는 했습니까? 몇 개월간 목욕도 안 한 것 같군요. 이대로 뒀다간 피부가 남아나질 않겠어요!"

그 소식은 마오쩌둥에게도 전해졌다. 그는 한숨을 쉬며 펑더화이를 베이징에 눌러 앉혔다. 익살 섞인 당부와 함께 전문을 띄웠다.

"지원군 총사령관직을 유지한 채 중앙군사위원회 일상 업무를 처리해라. 개혁은 함부로 하는 게 아니다. 개혁을 입에 달고 다니는 사람치고 제대로 된 걸 본 적이 없다. 서두르지 마라. 그건 그렇고 자네, 앞으로도 몸을 씻지 않을 작정이라면 날 볼 생각은 말게."

1949년 중국 국공내전에서 마오쩌둥이 이끈 공산군이 장제스(蔣介石)가 이끈 국부군을 물리치고 중국대륙을 차지하자 북한의 남침 기도(企圖)도 현실화됐다. 북한은 배후에 우호적 정권을 지니게 되었을 뿐 아니라, 중공군의 조선족 병사들을 중심으로 거대한 군대를 만들 수 있게 되었다. 실제로 마오쩌둥은 중국이 동아시아의 공산주의 혁명을 이끌어야 한다 굳게 믿고, 베트남과 한반도의 공산주의 세력을 적극 지원했다.

그 무렵 미군과 소련군은 서로 점령 지역에서 철수하기로 합의한다. 이때 미국은 남한 이승만 정부가 북쪽으로 진격해 무력통일을 꾀할지 모른다는 판단 아래 전투기와 탱크, 대포 같은 공격용 무기들을 모조리 거두어 갔다. 그러나 소련은 미그기와 탱크, 대포 등 무기를 그대로 놓고 떠나면서 북한점령군 사령관을 맡은 테렌티 포미치 스티코프(Terenti Fomitch Shtykov) 장군과 장교들이 남아 지휘, 관리토록 했다. 그들은 소련 중화기로 무장한 북한 인민 군대를 키워 나갔다.

6·25전쟁이 일어난 1950년에는 이미 냉전이 치열했다. 소련의 팽창 정책이 미국과 서유럽 여러 나라들의 성공적 대응에 가로막히자, 이오시프 스탈린(Iosif Stalin)은 동아시아에서 돌파구를 찾으려 했다. 그는 김일성과 마오쩌둥의 야심을 부추겼다. 한마디로 6·25전쟁은 소련·북한·중국 세 공산주의 지도자들의 합작품이었다.

한국을 무력으로 차지하려는 남침 계획이 세워지자, 북한은 소련과 중국의 아낌없는 지원을 받았다. 소련은 3000여 명의 군사고문들을 주둔시켜 북한군 훈련을 지도했는데, 그 가운데 소련군 대령이 북한군 보병사단장의 고문을 맡았다. 자연히 북한군은 소련군의 교리를 충실히 따랐고, 뛰어난 전술 능력을 갖추게 됐다. 스티코프는 소련군이 철수할 때 돌아가지 않고 평양에 남은 채 주재 대사로서 전쟁 준비를 이끈다.

미국은 더글러스 맥아더(Douglas MacArthur) 원수가 인천상륙작전에 성공한 뒤, 유엔 깃발 아래 38선 너머로 북진했다. 이른바 롤백(rollback) 전략이었다. 롤백은 미국이 북한을 소련 영향권에서 빼내기 위해 소극적 방어에서 적극적 공세로 전환한 시도들을 설명하고자 이끌어낸 개념이다.

한편 소련은 북한군을 이용해 미국 봉쇄선을 넘어 남한을 북한에 흡수하고, 한반도 전역을 소련 영향권 아래로 끌어들이고자 했다. 스탈린이 미국에 맞서 먼저 승기를 잡으려는 과정에서 6·25전쟁이 일어났다고 주장하는 논리가 바로 스탈린의 롤백으로, 이는 미국의 롤백 전략을 역으로 적용한 것이다.

그러나 스탈린은 소련군이 북한을 지원해 미군과 맞붙을 경우 자칫 전쟁이 온 세계로 번질까 우려했다. 제3차 세계대전이 일어나면 두 차례 세계대전 뒤 이루어진 오늘의 구조가 덧없이 무너질 수도 있었다. 스탈린은 소련의 세계 전략적 목적을 위해 중국이 대신 출병하기를 바랐고, 전쟁 범위가 한반도로 제한되는 국지전을 계획했다. 즉 롤백 전략으로 일본에 심리적 압박을 더해, 미국에만 치우친 일본의 정책을 좌절시키고 미국의 위신까지 떨어뜨릴 속셈이었다. 또한 스탈린은 미국이 만주를 침략해 올 경우 중·소방위조약을 발동해 미국을 드넓은 황무지인 만주대륙으로 끌어들여 전력을 무력화하고, 냉전 대결에서 소련이 결정적 승기를 잡도록 전략을 짰다. 6·25전쟁 직전 소련은 북한이 구상무역과 차관 형태로 5000만 달러에 이르는 최신 소련제 무기와 장비를 갖출 수 있도록 허용했다.

이는 소련이 1950년 중국에 제공한 차관과 같은 액수로, 중국보다 훨씬 작은 북한에 대한 소련의 지원이 매우 컸음을 고스란히 보여준다.

그런 무기들 가운데 가장 위력적인 것은 전차였다. 미군 정보부대가 전쟁 시작 3주일 뒤에야 비로소 정체를 파악한 이 전차는 소련이 제2차 세계대전 끝무렵에 표준형으로 채택한 T34 중형전차였다. 85밀리 포와 기관총 2정을 갖춘 이 전차는 무게가 32톤에 이르며 자세가 낮고 두꺼운 장갑판들로 둘러싸여 있어서 미군이 보유했던 대전차 무기인 2.36인치 로켓포로도 파괴할 수 없었다.

전쟁이 시작될 즈음 북한군이 보유한 T34전차는 150대쯤이었다. 전차 120대와 6000명의 병력으로 이루어진 105전차여단은 전쟁 초반 서울 점령 작전에 크게 이바지해, 보병 3사단 및 4사단과 함께 '서울 사단'이라는 명예 칭호를 얻고 사단으로 승격했다. 아울러 30여 대의 전차로 이루어진 전차연대가 동쪽 강원도 지역에서 활동했다.

소련은 북한에 각종 항공기 180대를 제공하는 등 북한 공군 육성에도 힘을 쏟았다. YAK전투기 40대, YAK훈련기 60대, 공격폭격기 70대, 정찰기 10대를 보유한 북한 공군은 그즈음 변변한 항공기조차 갖추지 못한 한국 공군을 압도했다. 이처럼 소련은 군사 장비를 지원하는 일 말고도 북한을 점령한 1945년부터 제2차 세계대전 무렵 독·소 전쟁의 영웅 바실리예프 장군을 파견해 남침 계획 수립을 총괄 지휘케 했다.

중국은 조선족 병사들을 북한에 보내 북한군의 증강을 도왔다. 국공내전을 치른 바 있는 그들은 북한군의 강한 전투력의 바탕이 되었는데, 개별적으로 북한에 투입된 것이 아니라 조직적으로 북한군에 편입되었다. 북한군 5사단, 6사단 및 7사단은 처음부터 중국에서 만들어진 부대로 이름만 북한군 편제를 따랐다. 1950년 6월 북한군이 한국을 침략했을 때, 중공군 출신 조선인 병사들은 북한군의 3분의 1쯤 되었다.

이와 달리 한국군의 전력은 더없이 허약했다. 그즈음 미국은 재정적 부담과 전략 수정으로 군 감축을 적극적으로 추진했다. 1947년 미군 합동참모본부는 국무장관 딘 애치슨(Dean Acheson)에게 한국에 대한 비망록을 보냈다. 그 문서에는 이렇게 적혀 있었다. '합동참모본부는 군사적 안보 관점에서 볼 때 현재 한국에 주둔한 병력과 기지들을 유지해서 미국이 얻을 전략적 이익은 거의 없다.' 한국의 전략적 가치를 높게 보지 않았던 셈이다. 미국의 서태평양 방어선은 알류샨열도·일본·류큐열도, 필리핀으로 이어지는 선이며, 타이완(臺灣)과 한국이 방위선 밖에 있다는 애치슨의 1950년 1월 12일 선언은 그런 견해에 바탕을 두고 있었다. 그래서 미국은 1949년 6월 한국에 주둔한 미군을 모두 철수하고, 482명의 군사고문관들로 이루어진 주한미군 군사고문단(United States Military Advisory Group to the Republic of Korea ; KMAG)만을 남겨 놓았다.

미국은 한국이 치안에 필요한 최소한의 군대만을 갖추도록 했다. 그렇기 때문에 야포나 전차와 같은 무기들을 제공하기를 꺼렸다. 이름도 '군(army)' 대신 '경비대(constabulary)'라고 붙였다. 대한민국이 들어서면서 이름은 국군으로 바뀌었지만, 한국군의 전력은 여전히 치안을 맡은 경비대 수준에 머물렀다. 그런 까닭에 지상군은 탱크 한 대도 없이 매우 적은 수의 장갑차들만 갖고 있었다. 무엇보다 치명적이었던 것은 북한군의 최신형 전차를 막을 대전차 무기가 전혀 없었다는 사실이다. 대전차 지뢰조차 없으니 북한군 전차에 맞설 방어진지를 세울 수도 없었다. 공군은 연락기 12대와 훈련기 10대만을 보유하고 있었다. 해군도 사정이 비슷했다.

더욱이 한국군은 훈련도 턱없이 부족했다. 개전 무렵 한국군 부대들은 거의 중대 단위 훈련을 마치고 대대 단위 훈련을 바야흐로 시작한 참이었다. 이처럼 한국군은 훈련에서도 국공내전을 겪은 중국 정예군이 합세한 북한군에 크게 밀렸다.

한국을 침공했을 때 북한군은 육군 18만 2680명, 해군 4700명, 공군 2000명의 병력을 보유했다. 그때 한국군은 고작 육군 9만 4974명, 해군 7715명, 공군 1897명의 병력을 보유하는 데 그쳤다. 무기와 훈련상태를 고려하지 않더라도, 두 군대는 병력에서 이미 큰 차이가 났다. 게다가 한국군 내부에는 공산주의자들이 많아서 힘을 모으는 일이 쉽지 않았다. 1948년 10월 '여수·순천 십일구사건'이 일어난다. 1948년 4월 3일 제주도에서 공산주의자들이 대한민국수립을 위한 총선거를 방해하려고 폭동을 일으켰는데, 진압군으로 제주도에 투입될 예정이었던 14연대에서 내부 공산주의자들의 선동으로 반란이 일어난 것이다. 이 반란을 진압하고 한국군은 내부 공산주의자들을 찾아내는 '숙군(肅軍)'을 단행한다. 자연히 한국군의 전력을 드높이려는 계획은 제대로 시행되지 못했다.

사정이 이러했으므로, 전쟁은 시작되기도 전에 이미 결판이 난 셈이었다. 적어도 북한 정권과 군부는 그렇게 믿었다. 그들은 북한군의 1일 진격 속도를 10킬로미터로 잡고, 50일 안에 부산을 차지한다는 계획을 세운다. 해방 5주년이 되는 1950년 8월 15일 군사작전을 끝냄으로써 '적화통일(赤化統一)'의 정치적 효과를 극대화하려는 속셈도 있었다.

1950년 4월 소련을 찾은 김일성은 모스크바회담에서 스탈린의 지시를 받은 뒤 4월 25일 북한으로 돌아왔다. 그리고 다시 중국으로 건너가 5월 13일 마오쩌둥을 만났다. 김일성은 스탈린과 나눈 회담 내용을 마오쩌둥에게 고스란히 전했다. 이에 마오쩌둥은 베이징(北京) 주재 소련 대사에게 전화를 걸어 스탈린의 다짐을 정확히 알고 싶다고 밝혔다. 다음 날 마오쩌둥은 스탈린으로부터 김일성에게 전한 것과 똑같은 내용의 특별전문을 받았다. 스탈린이 김일성과 마오쩌둥에게 전달한 내용이 거의 같다는 사실은 소련 정치국의 합의사항이 이미 문서화되었음을 강력히 뒷받침한다.

스탈린의 전문을 받은 마오쩌둥은 북한의 남침에 동의하고, 미군이 한국전쟁에 참전한다면 중국이 병력을 보내 힘껏 돕겠다며 김일성에게 약속했다. 미국과 한반도 38선 분할에 국제적 합의를 한 소련은 한국전쟁에 참여하기는 어려울 테지만, 중국은 한반도와 관련해 어떠한 국제적 의무도 없으므로 지원군을 보내는 데 아무런 문제가 없다고 덧붙였다.

그런데 중국의 전쟁 개입 또한 쉬운 일은 아니었다. 갓 해방을 이룬 중국은 국력이 쇠약한 상태였다. 이렇다 할 전투기 한 대 갖추지 못한 중국군이 현대화된 장비를 지닌 미군을 상대로 출병 결단을 내리기란 결코 쉽지 않았다. 마침내 소련은 중국과 여러 차례 협상을 거쳐, 중국이 출병하는 대신 소련은 전투기 등을 지원키로 합의했다. 그러나 스탈린은 만일 중국을 엄호했다가 중국이 패하기라도 하면 꼼짝없이 미국과 전면전을 벌이게 될 수도 있다고 염려했다. 게다가 이 전쟁이 제3차 세계대전으로 번져갈지도 모른다는 걱정에 그는 중국에 출병 날짜를 늦춰 달라는 등 망설이는 모습을 보인다.

이 소식을 들은 마오쩌둥은 더는 소련이 전투기를 지원해 주리라 기대하지 않았으며, 지원이 없더라도 계획대로 출병하기로 최종결정을 내렸다. 이에 따라 1950년 6월 25일 새벽 4시 소련과 중국의 아낌없는 지원을 받은 북한 인민군은 38선을 뚫고 남한으로 쳐내려왔다.

그 무렵 중국정부는 북한 영내를 통과하여 압록강에 다가오는 미군부대의 진격을 한반도에 한정된 국지전이 아니라, 미국이 중국에 대해 펼치고 있는 대규모 전략적 포위의 하나로 파악하고 경계했다.

그들은 미국 측의 의도를, 한반도와 타이완해협, 베트남의 세 방향으로부터 중국의 공산주의체제 타도를 향해 압력을 행사하는 삼로향심우회(三路向心迂回) 전략으로 이해하고 있었다.

베트남에서는 호찌민을 지도자로 하는 공산당 주체의 독립파 세력 비엣민(월맹=월남 베트남 독립동맹회)과, 같은 땅을 식민지 (프랑스령 인도차이나)로서 지배해 온 종주국 프랑스 사이에서 인도차이나 전쟁이 1946년부터 이어져, 1949년에 국공내전에 승리한 중국본토의 패권을 잡은 마오쩌둥은 곧바로 비엣민에 대한 군사원조를 시작했다.

그러나 그즈음 프랑스는 미국의 동맹국으로, 게다가 국공내전에 패해 물러간 중국국민당군(국민혁명군)의 일부는, 베트남으로 달아나서 프랑스의 보호를 받고 있었다. 장제스를 지도자로 하는 중국국민당의 잔존세력은 일단 타이완으로 도망가서 그곳에 거점을 두고, 대륙으로 쳐들어갈 기회를 호시탐탐 엿보고 있었는데, 장제스는 한국전쟁이 일어나자 미국에 접근하여 국민당군을 연합군에 파견할 것을 제안했다.

트루먼 미국 대통령도 한국전쟁이 발발하기 전 달인 1950년 5월 1일, 인도

네시아 전쟁을 염두에 두고, "프랑스에 대한 원조를 거부하면 동남아시아 전역에 공산주의가 확대된다"며 프랑스에 3천만 달러의 군사원조와 2천3백만 달러의 경제 원조를 하겠다고 발표했고, 6월에는 미국의 군사고문단이 베트남 남부의 사이공에 도착했다.

한국전쟁 발발 이틀 뒤인 6월 27일에는 트루먼이 "타이완을 공산군의 위협으로부터 지키기 위해 미국 제7함대를 타이완해협에 전개한다"고 발표하고, 7월 29일에는 맥아더가 타이완까지 날아가 장제스와 회담하고, 반공이라는 공통 목적을 가지고 동아시아의 사태에 대처한다는 방침을 확인했다.

미국정부로서는 이러한 대응은 한국전쟁을 호기라고 보고, 마오쩌둥이 타이완과 베트남에서 모험적인 행동에 나서는 것을 방지하기 위한 이른바 견제구였다. 그러나 마오쩌둥을 비롯한 중국공산당 수뇌는, 일련의 행동을 중국의 공산당정권을 쓰러뜨리려는 미국 측 의지의 표현으로 받아들여, 위기감이 높아지고 있었다.

6·25전쟁 1주일 전 1950년 6월 18일, 미 국무부 고문 존 포스터 덜레스(John Foster Dulles)가 트루먼 대통령 특사 자격으로 한국을 찾았다. 그는 중부 지역 38선을 두루두루 살펴보았다. 신성모(申性模) 국방장관, 임병직(林炳稷) 외무장관 등이 함께였다. 미군과 한국군에 둘러싸인 가운데 망원경으로 북측을 관찰하는 덜레스의 사진이 신문에 고스란히 실렸다. 미 대통령 특사가 한국을 방문해 38선을 돌아보는 일은 늘 있었고 특별할 것도 없었다. 하지만 전쟁이 터진 뒤 북한은 이 사진을 맘껏 이용해 선동했다.

"미 제국주의와 남한의 미국 앞잡이들이 한국전쟁을 정성 들여 계획했다!"

한국군은 전쟁이 일어나기 직전에 저지른 작지만 치명적 두 가지 실수로, 그렇지 않아도 북한군에 크게 밀린 전력이 더더욱 약해졌다. 첫째 부대 지휘관들을 교체한 점이다. 이 때문에 몇몇 사단장들은 자기 부대 요원들도 제대로 알지 못하고, 작전 지역조차 낯선 상태에서 부대를 이끌어야 했다.

둘째 많은 장병들이 휴가를 떠난 상태였다. 북한군의 예사롭지 않은 움직임을 감지한 한국군은 6월 들어 내내 비상상태를 유지했고, 장병들은 외출과 외박이 금지된 채 부대 안에서 지내야 했다. 그러나 오래 이어진 영내 근무의 부작용을 걱정한 육군본부는 하필이면 6월 24일 외출과 외박을 허용했다. 이 때문에 이튿날 새벽 북한군이 침공을 시작했을 때, 한국군의 전방부대 소속 장병들은 거의 부대 밖에 있었다.

병력배치에서도 한국군은 크게 불리했다. 남침 무렵 북한군은 모든 병력을 전선에 두었다. 북한은 병력을 2개 군단으로 짰는데, 김웅 중장이 이끈 1군단은 1사단·3사단·4사단·6사단으로 전선의 서쪽을 맡고, 김광협 소장이 지휘한 2군단은 2사단·5사단·7사단으로 전선 동쪽을 맡았다.

그때 전방 한국군은 서쪽부터 옹진반도의 수도사단 17연대, 개성 방면 1사단, 의정부 방면 7사단, 춘천 방면 6사단, 동해안 지구 8사단 순으로 배치되었다. 나머지 4개 사단들 가운데 수도사단은 서울에 있었고 2사단은 청주, 3사단은 대구, 그리고 5사단은 광주에 진을 벌인 뒤였다.

다시 말해 한국군은 3분의 1이 넘는 병력을 한강 이남에 배치했기 때문에 결정적으로 중요한 초기 전투에 가담할 수 없었다. 전방사단들은 병력에 비해 방어할 영역이 지나치게 넓었지만, 후방에서도 공비들이 대대적으로 활동했기에 3개 사단은 후방에 놓아둘 수밖에 없었다. 그즈음 남한 내부에서 공비(共匪)들이 그토록 위협적으로 활동한 것은 결코 우연이 아니다. 이는 한국군의 조직력을 흩어놓으려는 북한군의 철저한 전략에 따른 것이었다.

그 시각 미국 대통령 해리 트루먼(Harry Truman)은 고향 미주리주의 인디펜던스에서 주말을 보내고 있었다. 밤 9시, 막 잠자리에 들려는데 전화벨이 울렸다. 딘 애치슨 국무장관이었다.

"대통령 각하, 매우 심각한 소식입니다. 북한이 남한을 침공했습니다. 무초 대사 보고에 따르면 그전 총격전과는 다른 본격적인 대공격입니다. 유엔사무총장에게 안보리 소집을 요청했습니다."

트루먼 대통령은 곧 워싱턴으로 돌아가겠다고 말했다. 그러나 애치슨이 말렸다.

"야간 비행은 위험합니다. 게다가 국민들까지 놀라지 않겠습니까. 이미 필요한 조치는 모두 취했습니다. 오늘은 푹 쉬십시오."

트루먼이 결연하게 힘주어 입을 열었다. "무슨 수를 써서라도 북한군의 침략을 꼭 막아야 하네." 그가 결정을 내리는 데는 단 10초도 걸리지 않았다.

이튿날 아침 온 세계 신문과 방송에서 북한의 남침 소식을 보도했으나, 트루먼은 한국 사태에 대해 한마디도 하지 않았다. 정오 직전 서울에서 존 무초

(John J. Muccio) 대사가 보낸 전보문이 도착했다.

'공격 양상으로 보아 한국에 대한 전면 공세임이 분명함.'

12시 30분 애치슨 장관이 다시 대통령에게 전화를 걸었다. 통화를 끝낸 트루먼은 보좌관들에게 지시를 내렸다.

"곧이어 워싱턴으로 돌아갈 테니, 오후 2시에서 2시 15분 사이 캔자스시티 공항으로 모이시오."

전용기 안에서 트루먼은 워싱턴으로 전화를 걸어, 저녁식사를 겸한 고위 대책회의 소집을 지시했다. 3시간여의 비행 내내 그는 깊은 생각에 잠겼다.

'만약 공산주의자들이 자유국가들로부터 아무런 저지를 받지 않고 침략 활동을 펼친다면 강대한 공산국가와 이웃한 약소국들은 협박과 공세를 견디지 못하리라. 이번 공격을 보고만 있는다면 제3차 세계대전은 피할 수 없다. 제2차 세계대전 때도 이와 비슷한 사건들이 전쟁을 불러오지 않았던가.'

전용기 인디펜던스호는 저녁 무렵 워싱턴 국립공항에 착륙했다. 딘 애치슨 국무장관, 루이스 존슨(Louis A. Johnson) 국방장관 등이 마중 나와 있었다. 리무진을 타고 영빈관 블레어 하우스로 가면서 트루먼은 두 주먹을 불끈 쥐고 말했다.

"하나님께 맹세코 그자들이 저지른 침략의 대가를 반드시 치르게 해주겠어."

블레어 하우스에는 최고위급 인사 14명이 모였다. 트루먼은 식사를 마칠 때까지 전쟁 이야기는 하지 말라고 지시했다. 식사가 끝나고 식탁이 정리된 뒤 회의가 열렸다. 딘 애치슨 장관이 상황을 보고했다. 대통령은 참석자 모두 발언하도록 이끌었다. 먼저 데이비드 딘 러스크(David Dean Rusk) 국무차관이 자신의 소견을 밝혔다.

"5년 동안 한국에 주둔했던 미국은 이에 특별한 책임이 있습니다. 한반도가 공산화된다면 바로 눈앞에서 일본의 심장을 겨누는 비수가 될 것입니다."

그러자 오마 넬슨 브래들리(Omar Nelson Bradley) 합참의장이 말했다.

"공산당에 대해서 선을 그어야 합니다. 지금 소련은 전쟁 준비가 되어 있지 않습니다. 다만 우리의 반응을 시험하는 듯싶습니다."

그의 발언은 이날 회의 분위기를 압도했다. 트루먼이 브래들리의 말을 맞받아 선을 뚜렷이 그어야 한다고 단호히 말했다.

"단언컨대 공산주의는 철저히 막아내야 하오. 소련은 도박을 하고 있소. 그들은 미국이 또 다른 세계대전을 원치 않으므로 아무런 저항도 하지 않으리라 믿고 있지. 이런 생각으로 한국을 거저 삼키려 드는 속셈이오."

포레스트 셔먼(Forrest P. Sherman) 해군참모총장과 호이트 반덴버그(Hoyt S. Vandenberg) 공군참모총장은 해·공군만으로도 남침을 막아낼 수 있다며 육군 투입을 반대했다. 뒷날 트루먼은 회고록에서 다음과 같이 말한다.

'누구도 미국이나 유엔이 물러서야 한다고 주장하지 않았다. 불법 남침을 막기 위해서라면 무슨 수든 써야 한다는 결연한 분위기였다.'

이날 회의는 애치슨이 이끌고 트루먼이 결단하는 형국으로 흘렀다. 애치슨이 건의한 정책들을 트루먼이 승인했다. 그 내용은 도쿄의 극동군사령관 맥아더 원수가 되도록 빨리 한국 측에 무기와 보급품을 제공할 것, 미 공군력의 엄호 아래 주한 미국인을 철수시키고 미 제7함대는 필리핀에서 타이완해협으로 이동해 중국의 공격에 대비할 것 등이었다. 이때 맥아더 원수는 다음처럼 보고했다.

"한국군은 북한 공산군을 막아낼 수 없습니다. 남한의 붕괴가 눈앞에 닥친 듯이 보입니다."

같은 날 저녁 트루먼 대통령은 블레어 하우스에서 두 번째 긴급 각료회의를 열었다. 이 자리에서 미국의 한국전 개입 결정이 공식화된다. 한국군을 돕기 위해 공군을 투입하기로 결정한 것이다. 이 회의도 애치슨 국무장관이 이끌었다. 브래들리 합참의장은 머잖아 육군을 투입해야 한다고 생각했다. 문제는 이제까지 한국전쟁에 대한 예측이나 뚜렷한 대비계획이 없었다는 점이었다. 트루먼은 허탈한 목소리로 말했다.

"나는 전쟁을 경멸한다네. 지난 5년 동안 그토록 애써온 까닭은 오늘 밤 이런 결정을 내리지 않기 위해서였소."

워싱턴 시각 6월 27일, 북한군 탱크가 서울에 진입했다는 뉴스가 일제히 온 세계로 퍼져 나갔다. 오전 11시 30분 의회 지도자들, 국무장관, 국방장관, 합참의장 등 40명의 요인들이 백악관 서관 각료실에 모였다. 이날 회의에서 트루먼은 대통령 고유권한으로 전쟁을 지휘하라는 권고를 받았다. 의회가 별도로 전쟁 결의안을 낼 필요가 없다는 의미였다.

회의가 끝난 뒤, 백악관 대변인 찰리 로스가 트루먼 대통령의 성명서를 읽었다. 상하원 합동회의도 315 대 4표로, 미군의 복무기간을 1년 늘리기로 결의했다. 국제연합안전보장이사회는 이날 밤 북한을 침략자로 규정하고 유엔군을 편성, 북한 공산군을 막아내기로 결의한다.

한국전쟁의 발발과 미국의 출병 국면에 맞서, 마오쩌둥은 6월 28일 중앙인민정부위원회 제8차회의에서 이렇게 밝혔다.

"중국인과 세계인 모두가 단결해 미국 제국주의의 어떤 위협도 물리칠 수 있는 충분한 준비를 해야 한다!"

1950년 6월 30일 새벽 3시, 미 국방부는 한국전선을 돌아본 맥아더 원수의 전문을 받았다.

'미국의 해·공군뿐 아니라 육군을 투입해야 북한군을 막아낼 수 있습니다. 타이밍이 핵심입니다. 지체 없이 명확한 결정을 내려주길 바랍니다.'

프랑크 페이스 육군장관이 백악관으로 전화를 건 시각은 새벽 4시 47분. 트루먼은 벌써 일어나 말끔히 면도까지 마친 상태였다. 그는 침대 옆에 있는 수화기를 들었다. 페이스 장관이 말했다.

"맥아더가 우선 2개 사단의 투입을 건의했습니다."

트루먼은 망설이지 않았다.

중국 중앙군사위원회는 마오쩌둥의 제의로 7월 7일과 10일, 저우언라이(周恩來) 주최로 회의를 열어 국방문제를 논의하고, 7월 13일 〈둥베이(東北) 변방 보위를 위한 결정〉이란 제목의 결의문을 작성했다. 그 내용은 다음과 같다.

'제13병단 제38, 39, 40, 42군단과 포병 제1, 2, 8사단 및 고사포병, 공병, 운전병 등 각 부문 총 25만여 명을 골라 둥베이 변방군을 조직, 둥베이의 안전을 지키고 필요시에는 미국 침략자에 맞서 북한을 지원하는 데 나서겠다. 위 부대는 8월 중순까지 둥베이 남부에 모이도록! 이후 제50군단을 투입해 둥베이 변방군의 역량을 강화하겠다.'

마오쩌둥은 6년 뒤 소련공산당 대표단과 나눈 담화에서 이 일을 끄집어낸 바 있다.

"한국전쟁이 시작된 뒤 우리는 먼저 3개 군단을 뽑고 이후 2개 군단을 추가로 선발해 총 5개 군단을 압록강 주변에 배치했습니다. 그리하여 제국주의 세력이 38선을 넘자마자 우리는 전장으로 떠날 수 있었죠. 만일 이런 준비가 없었더라면 적군은 순식간에 38선을 넘어왔을 겁니다."

20년 뒤 1970년 10월 10일, 마오쩌둥은 중국을 방문한 김일성과 만난 자리에서 또 한 번 이 일을 입에 올렸다.

"그때 중국이 5개 군단만 투입한 건 참 아쉬운 일이야. 우리는 충분한 화력을 갖추지 못했기 때문에 적어도 7개 군단은 보냈어야 해. 아니 그런가?"

8월 4일 열린 중국 중앙정치국회의에서 마오쩌둥은 미국이 이 전쟁에서 승리하면 중국을 위협하는 건 시간문제라 주장했다. 그의 목소리에는 힘이 가득 실려 있었다.

"우리 중국은 북한을 도울 수밖에 없다. 지원군을 조직하고 알맞은 시기에 출병하기 위해 서둘러 모든 준비를 마쳐야 한다."

다음 날 그는 둥베이군 사령관이자 정치위원장 가오강(高崗)에게 전신을 보내 9월 상순까지 둥베이 변방군의 전투 준비를 마치라고 지시한다.

2주가 훌쩍 지나간 8월 18일 마오쩌둥은 또다시 가오강에게 전신을 보냈다. 변방군은 9월 30일 이전에 모든 출병 준비를 마치고, 제9병단과 제19병단을 진푸(津浦 : 톈진(天津)에서 장쑤성(江蘇省) 푸커우(浦口)에 이르는 철도)와 룽하이(龍海 : 장쑤성 롄윈(連雲)에서 간쑤성(甘肅省) 란저우(蘭州)에 이르는 철도) 철도 인접 지역으로 이동시켜 둥베이 변방군에 합류시키라고 특별히 지시를 내린다.

중국인민해방군 최정예 사단 제9병단은 화둥(華東)야전군 소속 1, 8, 9종대가 그 전신이며, 항일전투와 해방전투에서 여러 차례 큰 승리를 이끌었다. 제9병단은 지난 루난(汝南)전투에서 국민당의 쾌속종대(快速縱隊 : 국민당 기계화 부대의 별칭)를 섬멸하고, 위완쑤(豫皖蘇 : 허난(河南)-안후이(安徽)-장쑤지역) 지역에서 국민당군사보안부대를 쓸어버리고, 멍량구(孟良崮)전투에서 국민당군 74사단을 무찌른 뒤 화이하이(淮海)전투에서는 두위밍(杜聿明)의 부대를 포위해 독 안에 든 쥐로 만들었다. 그 뒤 제9병단은 상하이(上海)를 해방시키는 데 공헌하며 중국 국민들에게 '네온등 밑의 초병들(霓紅燈下的哨兵)'이라는 칭송을 받기도 했다.

북한 공산군은 6월 28일 서울을 차지하고 8월 12일 낙동강 동쪽 기슭에 진지를 구축, 부산 함락을 눈앞에 두고 있었다. '스미스 부대'를 비롯한 미군의 참전도 북한군의 기세를 꺾지 못했다. 여기서 소련 공군 독소전쟁 참전 조종사들이 북한군으로 위장 참전해 수백 대의 미그 전투기로 공습에 나섰다.

한국군 마지막 보루인 낙동강 교두보는 금세라도 무너질 듯 위태로웠다. 가까스로 지켜내는 절박한 상황이었다. 낙동강 마지막 전선에서 아군과 적군이 피비린내 나는 혈전을 벌일 때, 도쿄회의에서는 전황을 뒤엎을 비장의 카드를 놓고 맥아더가 브리핑을 시작했다. 바로 인천상륙작전의 서막이 열리는 순간이었다.

더글러스 맥아더 장군이 이끄는 제2차 교전 전략의 성공은 월미도 상륙작전에 달려 있었다. 육해군 합동작전을 펼쳐 함락하기 어려운 근거지를 돌아 그 뒤쪽으로 월미도를 차지하려는 계획이었다. 맥아더는 쌓아놓은 달걀처럼 아슬아슬한 이승만 정권을 구하고자 인천에서 펼칠 대규모 협공 작전에 모든 것을 걸었다.

합참의장 브래들리, 육군참모총장 조셉 로턴 콜린스(Joseph Lawton Collins)는 이 모험적 작전에 강력히 반대했다. 나중에 미8군사령관을 맡고 유엔군사령관 자리에 오르는 매슈 벙커 리지웨이(Matthew Bunker Ridgway) 또한 극동군사령부가 주관한 도쿄회의가 시작될 쯤엔 반대 의사를 뚜렷하게 드러내기로 결심했었다. 그러나 이 자리에서 그는 오히려 맥아더의 브리핑에 마음을 빼앗기고 말았다. 일흔 노장 맥아더의 노련한 지력과 업무 장악력에 압도된 것이다. 리지웨이는 워싱턴으로 돌아가 인천상륙작전을 지지하는 핵심 인물이 된다.

1950년 8월 26일 트루먼 대통령은 고위전략회의에서 인천상륙작전을 전개했다. 2주가 넘게 지난 9월 15일 맥아더는 인천상륙작전에 할 수 있는 모든 것을 쏟아부었다. 미군 제10군단 소속 제7보병사단과 미해병 제1사단을 앞세워 7만여 해공군력이 투입됐고, 군함 260여 척과 항공기 500여 대가 출동해 수만 발의 포탄을 퍼부었다. 인천상륙작전이 성공하자 전황은 순식간에 뒤바뀌었다.

한편 낙동강전선에서도 한국군과 미8군이 나란히 반격을 시작했다. 국군은 비록 기습을 당해 물러날지언정 부대 단위로 항복하지는 않았던 데 비해 북한군 부대는 하나둘 무너져갔다. 연합군의 재빠른 진격에 놀란 북한군은 군수물자도 내버린 채 후퇴를 거듭했다. 연합군에 포위될 위기에 처한 그들은 온 힘을 다해 달아났다. 북쪽으로 채 빠져나가지 못한 북한군 부대는 깊은 산속으로 숨어들어 빨치산이 될 수밖에 없었다.

세계 전쟁사에서 유례가 드문 전황의 일대 반전에 미국 정계와 언론은 흥분으로 들끓었다. 맥아더는 영웅에서 신과 같은 존재로 승격된다.

그러나 트루먼 대통령과 미국 정부는 처음부터 한반도 통일보다는 한국전쟁이 미국·중국·소련의 전면전으로 번지는 것을 막는 일에 초점을 두었다.

"한국전쟁은 국한된 목적을 가진 제한전쟁일 뿐이다. 소련, 중국과 전면전은 피하고, 대신 남한 영토를 보존하는 정도로 전쟁을 줄이자."

따라서 한국전 시작 무렵, 미국 개입에 따라 전쟁이 전면전으로 확대되는 걸 두려워했던 소련과 중국은 생각과 행동을 같이했다. 세 나라는 모두 약소국 한반도를 놓고 또다시 세계대전을 일으킬 생각은 추호도 없었다. 그러나 인천상륙작전 성공으로 그 전략은 수정할 수밖에 없었다.

9월 28일, 마침내 서울이 수복되었다. 이제 과연 38선을 넘어 북진할 것인가! 온 세계의 관심이 모아졌다. 모두 미국의 결정에 달려 있었다. 트루먼은 9·27 훈령을 내려 38선을 돌파해 북진하는 미군의 행동을 제한했다. 38선 돌파는 허용하되 작전 목표를 북한의 침략군 격멸에 한정하고 무엇보다 중국, 소련과 충돌을 피하라는 지침이었다. 따라서 10월 19일 서해안 선천에서 동해안 성진에 이르는 목표선을 정하고, 그 이상 북진은 한국군만 할 수 있도록 했다.

그러나 맥아더의 생각은 조금 달랐다.

'미국이 이 전쟁에 개입한 만큼 반드시 완전한 승리를 거머쥐어야 한다. 이번 기회에 전면전을 해서라도 공산 진영의 기세를 완전히 꺾어 놓고 말리라!'

중공군이 참전할지 모른다는 소문에도 맥아더는 자신의 '전투 전문 지식'으로 보았을 때 중공군은 섣불리 출병하지 못할 거라고 일축했다. 맥아더는 오합지졸 중공군들이 중국과 한국의 국경에 닿기도 전에 피를 흘리며 참혹하게 죽으리라 장담했다.

맥아더는 제8군사령관 월턴 해리스 워커(Walton Harris Walker)와 제10군단장 에드워드 맬러리 알몬드(Edward Mallory Almond)에게 명령을 내렸다.

"휘하의 전 부대를 동원해 과감히 38선을 돌파, 최대한 빨리 압록강 국경선까지 진격하라!"

뒷날 미국 내에서는 트루먼 대통령의 훈령을 어긴 게 아니냐는 논란을 불러일으켰다. 국무부 안에서는 몇몇 다른 의견이 있었다. 칩 볼렌, 폴 니츠, 조지 케넌 같은 뛰어난 인재들이 신중론을 내놓았지만 워싱턴의 승전 분위기에 묻혀버리고 말았다.

조지 캐틀렛 마셜(George Catlett Marshall) 신임 국방장관은 맥아더 사령관에게 전폭적인 재량권을 주었다. 그는 맥아더에게 '전술적으로나 전략적으로 제약이 없다고 생각한다'는 전문을 보냈다.

트루먼은 한낱 정치가였다. 그는 맥아더의 북진에 제동을 걸고 싶어도 할 수 없었다. 그렇게 했다가는 '눈앞에서 완전 승리를 포기한 비겁한 대통령'으로 낙인찍힐 터였다.

중화인민공화국 저우언라이 부주석은 중국 주재 인도대사를 통해 워싱턴에 경고 메시지를 보냈다.

'미국 정부가 남한 이승만을 부추겨 조선민주주의인민공화국을 공격하도록 한 것은 미제국주의가 본격적으로 아시아에 끼어들려는 꿈수이다. 이는 중국 영토에 대한 무력침략으로 볼 수 있으며, 나아가 유엔헌장을 파괴하는 짓이다. 유엔군이 38선을 넘으면 중국은 개입할 수밖에 없다.'

마오쩌둥 또한 이런 요지의 연설을 펼쳤다.

"나라마다 어쩔 수 없는 사정이 있으며, 미국이 내정간섭을 지나치게 해서는 안 된다. 중국 인민은 침략당한 나라를 동정한다."

그러나 미국 정부 고위층 관계자들은 이를 터무니없는 위협, 공산주의자들의 흔한 거짓 수단으로 여기고 거들떠보지도 않았다.

마침내 한국군 3사단은 10월 1일 동부전선에서 38선을 뚫고 북진하기 시작했다. 미군을 주력으로 한 유엔군은 10월 9일 서부전선에서 38선을 넘었다. 북한군은 저항조차 못하고 북으로 북으로 쫓겨 달아났다.

10월 10일 트루먼 대통령은 맥아더 원수와 회담하겠다고 발표했다. 트루먼은 맥아더에게 회담 장소를 정하라고 했다. 맥아더는 태평양의 작은 섬 웨이크를 고른다. 폴리네시아 군도에 속한 웨이크는 3개의 환초로 이루어진 매우 작은 섬으로 지형이 평탄하고 높이가 6미터에 이르렀다. 이곳 주민은 겨우 몇 백 명으로 다른 섬들처럼 야자와 바나나 등 열대 과일 나무를 가꾸는 일 말고는 별다른 생계수단이 없었다. 웨이크섬은 1899년 미국에 점령당한 뒤 2차 대전 중 미군의 동태평양 군사기지로 알려지기 시작했다. 일본군의 진주만 습격 때 거센 공격을 받았던 이 섬은 한때 일본군에게 넘어갔다가 3년 뒤 다시 미군 손에 들어왔다.

이 섬에 닿으려면 트루먼이 맥아더보다 세 배나 더 기나긴 여행을 해야만 했다. 그럼에도 트루먼은 전쟁 지휘관이 현장을 지나치게 오래 비워 두면 안 된다는 생각에 이 제안을 받아들였다. 최고사령관과 부하와 나누는 회담이 아니라, 두 주권 국가 정상이 저마다 부하들을 이끌고 회담하는 식이었다. 트루먼은 늘 중공의 개입 가능성을 걱정했다. 다가오는 11월 중간 선거에서 민주당을 지원해야 할 의무도 있었다. 이런 치밀한 정치적 계산이 그를 웨이크로 이끌었다.

1950년 10월 15일 오전 6시 30분, 대통령 전용기가 웨이크섬 활주로에 사뿐히 내려앉았다. 맥아더는 전날 밤 도착해 이미 30분 전 공항에 나와 있었다. 작업복 차림에 낡은 모자를 쓴 맥아더는 거수경례도 하지 않았다. 트루먼은 조금 당황스러웠으나 곧 아무렇지 않은 듯 말을 건넸다.

"장군을 만나기 위해 오래 기다렸소."

"대통령 각하, 다음번 만남은 그렇게 길지 않으면 합니다."

트루먼과 맥아더는 쉐보레 뒷좌석에 올라탔다. 트루먼은 곧 근심 가득한 얼굴로 말을 꺼냈다.

"나는 중공군이 개입하지 않을까 걱정되오."

맥아더는 한마디 대꾸도 하지 않았다. 곧 자동차가 멈춰 섰다. 차에서 내린 두 사람은 퀸셋(길쭉한 반원형 간이 건물) 병영에서 배석자나 기록자 없이 마주 앉았다. 이번에는 맥아더가 먼저 입을 열었다.

"이미 전쟁은 이긴 거나 마찬가지입니다. 중공군이 끼어들 일은 절대로 없을 것입니다."

맥아더는 트루먼을 안심시키려는 듯 자신감 넘치는 눈빛으로 바라보았다. 호방한 맥아더를 만난 사람들이 모두 그렇게 느끼듯 트루먼 또한 맥아더에게서 깊은 인상을 받았다. 그는 회고록에 다음과 같이 썼다.

'내 예상보다 한결 부드럽게 이야기가 이어졌다. 맥아더는 나와 주고받는 면담에 기쁜 듯했다. 그는 감동을 주는 흥미로운 유형이었다.'

맥아더도 회고록에 이렇게 썼다.

'나는 대통령께서 성격 급하고 편견을 가진 사람이라는 보고를 받았으나, 막상 만나 보니 신사인 데다 우스갯소리도 잘하며 솔직한 분이었다. 만나자마자 그를 좋아하게 되었다.'

단독 면담 뒤 두 사람은 배석자를 두고 두 시간 더 이야기를 나누었다. 맥아더는 한국의 전황을 장밋빛으로 그렸다.

"평양은 일주일 안으로 함락되고 말 겁니다. 추수감사절까지는 북한군의 조직적 저항이 끝날 테고, 미8군은 적어도 크리스마스까지 일본으로 무사히 복귀할 수 있습니다. 한반도에도 평화가 깃들어 내년이면 남북한 총선거가 이루어질 겁니다. 그 뒤에 미군은 모두 철수하면 됩니다. 군사적 점령으로는 얻을 게 없습니다."

트루먼이 말을 이었다.

"국지전으로 해야 하오. 중국과 소련의 개입 가능성은 정말 없소?"

맥아더는 딱 잘라 말했다.

"전쟁이 시작되고 한두 달 사이에 그들이 개입했더라면 결정적 쐐기를 박는 계기가 되었겠지요. 하지만 이제 그들을 겁낼 필요는 없습니다. 중국은 30만 군대가 만주에 있는데 15만 병사가 압록강을 따라 배치되어 있습니다. 더구나 그들은 공군도 없질 않습니까. 우리 미국은 한국 내에 공군기지가 있으므로, 중국이 평양으로 진격하려면 사상 최대의 피해를 각오해야만 합니다. 소련이 시베리아에 1000대의 전투기를 보유하고 있어 소련 공군력과 중국 육군이 결합하면 무시 못할 문제지만, 그런 작전 성사는 매우 힘들기 때문에 가능성이 거의 없다고 봅니다."

함께 자리한 브래들리 합참의장이 물었다.

"6만 가까이 되는 어마어마한 북한군 포로를 어떻게 할 생각입니까?"

맥아더는 농담하듯 웃음을 섞으며 말했다.

"그냥 놔두세요. 그들은 지금 천국에 있습니다. 태어나서 처음으로 하는 일 없이 배불리 먹으며 깨끗한 곳에서 마음 편히 머물고 있으니까요."

트루먼은 회담을 마치면서 성명서 초안이 작성되는 동안 점심 식사를 함께 하자고 말했다. 맥아더는 이 친절한 제안을 단호하게 거절한다. 도쿄에 빨리 돌아가고 싶다는 게 그 이유였다. 이만저만한 무례가 아니었지만 트루먼은 내색하지 않았다. 성명서를 정리하는 동안 맥아더가 트루먼에게 물었다.

"대통령 각하께선 차기 선거에 출마하십니까? 일본천황이 궁금해합니다."

대답 대신 트루먼은 되물었다.

"장군은 정치에 뛰어들 계획이 있소?"

"없습니다. 각하께 도전할 사람이 있다면 그건 아마 아이젠하워겠지요."

"아이젠하워는 정치의 1조 1항도 모르는 인물이오."

트루먼은 비행기에 오르기 전 맥아더에게 훈장을 주었다. 그러고는 샌프란시스코에 도착해 '미국의 소리'를 통해 연설하며 맥아더를 극찬했다.

"그는 세계 전쟁사에 새로운 한 장을 썼습니다. 이런 암울한 상황에 그같이 뛰어난 인물이 있다는 사실은 온 인류가 감사해야 할 일입니다. 그는 바로 위대한 군인 더글러스 맥아더 장군입니다."

맥아더는 도쿄로 돌아오는 비행기 안에서 의자 등받이를 뒤로 젖힌 채 깊게 몸을 묻었다. 흐뭇한 마음에 저절로 입가에 미소가 피어올랐다. 그는 샌프란시스코 연설을 전해 듣고 곧바로 트루먼에게 감사 전문을 보냈다. 트루먼 전기로 퓰리처상을 받은 데이비드 매컬로프는 이렇게 썼다.

'트루먼은 역사적 위인들이 적기(適期)에 죽음으로써 많은 일을 할 수 있다고 믿었다. 맥아더가 웨이크섬 회담 직후에 비행기 추락이나 심장마비로 죽었다면 그들의 역사적 위치나 업적 평가는 오늘과 많이 달라졌으리라.'

그 뒤 두 사람은 죽을 때까지 다시는 만나지 않았다.

트루먼은 1956년에, 맥아더는 1964년에 저마다 회고록을 펴냈는데 둘은 중국의 참전에 대해 잘못된 판단을 내린 책임을 서로에게 돌렸다. 트루먼은 웨이크섬 회담 때 맥아더가 의심의 여지없이 단호하게 중공군의 참전 가능성이 없다고 말했으며, 맥아더는 웨이크섬에서 트루먼을 만나기는 했지만 그때 그 자리에는 트루먼을 포함한 여러 사람이 함께 있었고 모두가 중국이 참전하지 않으리라는 데 한목소리를 냈다고 주장했다.

이러한 양측의 엇갈린 주장은 그즈음 미국 고위층의 혼란과 갈등을 낱낱이 보여주는 대목이다. 극심한 둘의 갈등은 중국의 참전으로 더욱 악화되었고, 몇 달 뒤 트루먼이 맥아더 장군의 모든 직위를 박탈하는 결과로 이어진다. 그들은 전쟁이 막을 내리고 오랜 세월이 흐른 뒤에도 여전히 서로를 향한 비난을 멈추지 않았다. 어쨌든 한 가지 확실한 사실은 그 무렵 미국이 중국인민의 결의와 역량을 과소평가하여 씻을 수 없는 잘못된 판단을 내렸다는 점이다.

서울을 되찾고 한국군이 38선을 넘은 1950년 10월 1일이었다. 미군은 38선 통과를 눈앞에 두고 있었다. 그 무렵 함흥교도소에 머물던 김일성은 마음이 다급해졌다. 북한주재 중국대사 니즈량(倪志亮)에게 전화로 초조한 기색을 내비쳤다.

"현재 38선과 그 이북 지역에는 아군 병력이 없습니다. 중국 지도자 동지들에게 상황을 알리십시오."

김일성은 또 조선 노동당 정치국 회의를 열고 소련이 압박해 중국의 군사지원을 받기로 의견을 모았다. 함흥교도소는 이북에서 가장 안전한 곳으로 좁혀졌다. 미 공군의 폭탄조차 피해갔다. 우익 인사들이 갇혀있었기 때문이다.

서둘러 김일성은 중국정부에 원군을 요청한다. 김일성은 곧바로 내무상 박일우를 북경에 보냈다. 박일우에게 그와 외무상 박헌영이 나란히 서명한 편지를 가지고 북경으로 가서 중국정부에 출병을 요청하도록 지시했다.

친애하는 마오쩌둥 동지 :

조선인민공화국의 독립해방을 위해 투쟁하는 조선 인민에게 깊은 관심과 열정을 가져주시고 원조해주시는 동지께 조선노동당을 대표하여 진심으로 감사드립니다.

미국의 제국주의침략자에 저항하여 우리 조선 인민이 이끈 해방전쟁의 현 상황을 알려드립니다. 미국 침략군이 인천에 상륙하기 전까지 전쟁 상황은 우리에게 결코 불리하지 않았습니다. 적군은 잇따른 패전 속에서 남조선 남단의 협소한 지역으로 후퇴했습니다. 우리 인민군은 최후의 결전에서 승리를 쟁취할 수 있을 것입니다. 미국 제국주의군대의 위신은 크게 떨어졌습니다. 그리하여 미국 제국주의는 위신을 만회하기 위해 조선을 식민지로 만들고 군사기지로 만들려는 목적을 실현하고자 태평양부근 군사기지에 주둔해 있는 육해공군의 모든 병력을 대동했습니다. 9월 16일 우세한 병력을 이끌고 인천에 상륙하더니 어느새 서울을 점령했습니다. 현재 전쟁 상황은 매우 심각합니다. 우리 인민군은 상륙한 적군을 향해 완강하게 저항했지만 불리한 상황에 처했습니다.

전쟁을 시작한 이후로, 적군은 천대가 넘는 전투기로 밤낮 가리지 않고 매일 우리 인민군의 전방과 후방을 폭격하고 있습니다. 공군의 공격에 아무런 저항력도 없는 우리 인민군에게 적군은 위력을 뽐냈습니다. 각 전선에서 공군의 엄호를 받으며 현대식 군사장비를 갖춘 적군 부대들이 전장터를 누비고 다닙니다. 우리 인민군이 받은 병력과 물자의 손실은 너무나도 심각합니다. 후방의 교통운송통신과 그밖의 설비들은 파괴당했고 이로 말미암아 우리의 기동력은 더욱더 약화되었습니다. 인천상륙부대와 남부전선의 부대가 연합하여 우리 남북부대를 가로막아 그 결과 남부전선에 있던 인민군은 적군에 의해 분할되어 불리한 상황에 놓였습니다. 무기와 탄약 보급이 끊겼고 연락이 단절된 채 일부 부대는 적군에게 포위되었습니다.

이대로 서울이 적군에게 완전히 점령된다면 적군은 계속해서 38선 이북지역까지 공격할 것입니다. 만약 우리 인민군의 불리한 조건을 신속히 개선하지 않는다면 적군의 의도는 아마도 실현될 겁니다. 운송과 부대기동력을 위해서는 공군이 반드시 필요합니다. 그러나 우리 인민군은 비행사가 없습니다. 경애하는 마오쩌둥 동지, 우리 인민군은 모든 곤경을 극복하고 한반도를 식민지로 전락시켜 군사기지로 만들려는 적군의 계획을 막을 것입니다. 희생을 두려워하지 않고 마지막 피 한 방울을 쏟을 때까지 우리는 조선인민의 독립해방을 위해 끝까지 투쟁하겠다고 결심했습니다.

우리는 지금 다시 군대를 편제하여 작전상 유리한 지역에 있는 남부의 군대들에게 병력을 집중시켰습니다. 모든 인민을 끌어모아 장기전을 준비하고 있습니다.

현재 적군은 우리가 위기에 처한 이때를 놓치지 않고, 조금의 시간도 용납하지 않습니다. 만약 적군이 계속해서 38선 이북지역으로 공격해온다면 우리 힘만으로는 이 위기를 극복할 수 없습니다. 우리는 부득이하게 동지께 도움을 요청합니다. 적군이 38선 이북지역으로 공격해오는 긴급한 상황 속에서 중국 인민해방군이 우리군을 도와 출병해주시기를 간절히 부탁드립니다.

우리 인민군은 동지께 이와 같은 의견을 내고 가르침 받기를 바랍니다. 동지의 건강을 경건한 마음으로 기원합니다.

김일성 박헌영
1950년 10월 1일 평양

사태가 걷잡을 수 없이 악화되자, 같은 달 15일에는 부수상 겸 외상인 박헌영과 작전국장 유성철을 베이징으로 보내 지원을 거듭 간청한다.

북한이 기습 남침을 감행해 한국전쟁을 일으키려 할 때, 중국은 소련과 함께 이에 동의하고 필요하다면 인민해방군 파견도 불사하겠노라 약속했었다. 그러나 김일성은 중국에 작전계획을 전달하지 않고, 후방을 중시하라는 마오쩌둥의 충고조차 무시했다. 이 때문에 중국은 불만을 품었다. 중국은 7월 7일과 10일, 저우언라이 부주석이 두 차례 국방회의를 열어 둥베이 지방 경계를 위해 제4야전군 파견을 결정, 중국과 북한의 국경 수비를 더욱 튼튼히 하는 등 참전 준비를 진행해가던 상황이었다.

제4야전군은 항일전쟁과 더불어 1949년 4월 하이난(海南)섬 점령 등 수많은 전투에서 빛나는 전공을 세워 '철군'이라는 별칭을 지닌 만만찮은 부대였다. 제4야전군이 파견된 까닭은 전력이 막강한 점 말고도 둥베이 지방 출신 병사들이 많은 데다 항일전쟁 때 전투 경험이 풍부해 한반도 지리와 기후에 쉽게 적응하리라는 헤아림도 있었다.

김일성의 편지가 도착하자 10월 1일 밤 마오쩌둥은 서둘러 중앙서기처회의를 열었다. 이날 회의에는 병으로 참석 못한 런비스(任弼时)를 제외한 마오쩌둥, 주더(朱德), 류사오치(劉少奇), 저우언라이 등 주요인사가 모두 참여했다. 저우언라이는 시력이 많이 나쁜데도 대중 앞에서는 안경 쓴 모습을 잘 보여주지 않으려 했다. 국가지도자로서 자신의 건강 상태를 대중에게 굳이 알릴 필요는 없다는 판단이었다. 회의는 이튿날 아침이 밝을 때까지 이어졌으며, 끝내 출병에 대해 찬성과 반대 의견이 사납게 맞섰다.

저우언라이는 조선 출병을 강행해야 한다는 마오쩌둥의 의견을 적극 지지하고 나섰다. 일찍이 저우언라이는 중국이 북한군 지원에 나서 미군과 전투를 치러야 한다는 주장을 줄곧 지켜왔고, 그 의사를 보란 듯이 밝히기도 했다.

"중국 인민은 외국의 침략을 용서할 수 없으며, 제국주의자가 우리 인접국을 침략하는 행위를 두고 보지만은 않을 것이다!"

저우언라이의 굳건한 지지는 마오쩌둥의 출병 의지에 더욱 힘을 실어주었다.

10월 2일 국군이 38선을 넘은 다음 날, 마오쩌둥은 스탈린에게 전보를 띄웠다.

"우리는 지원군 명의로 해방군을 조금 보내기로 결정했소. 조선에서 미군과 그 사냥개 군대에게 뜨거운 맛을 보여주려 하오. 그들은 상상도 못할 놀라운 작전을 펼치며 조선 동지들을 도울 작정이지. 미군이 조선을 차지하면 조선 혁명은 실패로 돌아가고, 미 침략자들의 세력이 불길처럼 번져 동방에 불리하기 때문이오. 이런 상황을 그냥 보고 있을 수만 없소이다. 10월 15일, 남만주에 주둔 중인 12개 사단을 출동시키겠소. 작전 범위를 38선 지구에만 두지 않을 거요. 여기다 싶으면 38선 이북에 나아간 적과 싸울 생각이오. 처음엔 방어에 힘을 다하고, 소련 무기가 닿기를 기다리겠소. 장비가 다 갖춰지면 조선 동지들과 힘을 모아 미 침략군을 쳐부수겠소이다."

그런 다음 마오쩌둥은 저우언라이(周恩來), 린뱌오(林彪)등과 회의를 열었다. 린뱌오가 전쟁의 신다운 면모를 드러냈다.

"오늘내일 미국과 외교 관계를 맺기란 그른 듯싶습니다. 시간이 더 걸리는 일임을 중국은 받아들여야 합니다."

다들 고개를 끄덕이자 린뱌오는 말을 이었다.

"인간은 정치를 즐기는 동물입니다. 흥정을 좋아하죠. 전쟁은 그 무엇보다 정치적 행위입니다. 전쟁 전에 흥정붙여줄 중개인을 구하는 게 중요합니다. 세계에 우리 생각을 알릴 사람을 찾고나서 전쟁을 해도 늦지 않습니다. 며칠 전 영국과 인도가 미군의 38선 진출에 반대했지요. 그런 가운데 네루(Nehru)는 우리에게 호의적입니다."

그는 이런 말도 덧붙였다. "전쟁은 음악처럼 총성이 울리는 파티와 같습니다. 시작은 요란해도 대부분은 흐지부지 끝나니 진이 빠질 때까지 오래 끌수록 좋습니다."

드디어 맥아더 장군이 전방위적 북진 명령을 내렸다. 2일 새벽 2시 마오쩌둥은 둥베이 변방군을 이끄는 가오강과 제13병단 사령관 덩화(鄧華)에게 변방 부대의 출병준비 작업을 빠르게 마무리하고 출병명령을 기다리도록 지시했다. 또한 마오쩌둥은 스탈린에게 보낼 목적으로 조선 출병에 관한 전보를 띄웠다.

'중국은 지원군의 이름으로 조선에 군대를 파병하여 미군과 그 졸개인 이승만 군대와 싸움으로써 우리 동지인 북한을 지원하리라!'

그러나 그날 저녁 마오쩌둥이 스탈린에게 보낸 전보문은 완전히 다른 내용이었다.

'우리의 계획은 적군이 38선 이북지역을 넘어오는 순간 수개 사단을 파병해 북한군을 지원하는 것이었다. 그러나 오랜 생각 끝에 우리는 이러한 결정이 최악의 상황을 불러올 수도 있다는 데 동의했다.

첫째, 몇 개 사단만으로는 조선의 문제를 해결하기 힘들다. 특히 미군과 맞붙은 전투에서 승리하지 못하면 미군은 우리를 강제로 퇴각시킬 것이다. 둘째, 우리의 출병 결정은 미국과 중국의 공개적 충돌을 일으켜 끝내 소련까지 참전하게 되는 가장 나쁜 상황을 불러올 수 있다.

그리하여 우리 중국은 이 문제만큼은 좀더 신중하게 결정해야 한다고 결론 내렸다. 물론 중국이 조선으로 지원병을 보내지 않으면 지금 어려움에 처한 북한 동지들이 더욱 힘들어짐에는 절실히 동의하는 바이다. 그러나 이 일로 미국과 중국이 공개적으로 충돌하게 되면 우리의 평화건설계획 또한 철저하게 무너져 수많은 국민들이 정부에 불만을 갖게 되리라. 현재 가장 좋은 방법은 조용히 상황을 지켜보며 잠시 출병 결정을 미루는 것밖에 없다. 또한 북한은 지금 전투 형식을 반드시 유격전투 형식으로 바꿀 필요가 있다고 생각한다.'

또 마오쩌둥은 이렇게 밝히기도 했다.

'아직 초보 단계의 결론일 뿐 우리가 이 문제에 최종 결정을 내린 것은 아니다.'

그다음 마오쩌둥은 저우언라이와 린뱌오(林彪)를 소련으로 보내 스탈린과 이 문제를 논의하고 현재 중국과 조선의 상황을 보고하고자 했다. 마오쩌둥의 태도가 하루아침에 이토록 달라진 것은 앞서 전보를 띄운 뒤 열린 중앙서기처회의에서 많은 관계자들이 조선출병만큼은 더욱 신중해야 한다고 거듭 주장했기 때문이다.

10월 3일 드디어 한국군이 동해안에서 38선을 넘어 15킬로미터를 북진했고, 미군 또한 제8군단 워커 사령관의 지휘 아래 38선을 넘어 올라오고 있었다. 38선은 마오쩌둥이 조선출병을 결정할 기준으로 삼은 한계선이었다. 그는 늘 이렇게 말했다.

"미국이 한국전쟁에 참전한다 해도, 38선만 넘지 않으면 우리도 관여하지 않는다. 그러나 만일 38선을 넘는다면 우리는 반드시 그들과 싸우러 나서리라."

사실 마오쩌둥은 중국의 이익을 위해서라도 참전해야 한다고 생각했다. 그래서 마오쩌둥은 예정된 중앙회의에서 어떻게 참전 결정을 추진할지 그 방법을 고민했다. 대기 중인 둥베이 변방군을 이끌고 한반도에 출동하는 총지휘관을 은밀히 정할 필요도 있었다. 이미 소집된 20여만 대군 대부분이 제4야전군 사령관 린뱌오의 부하였기에 의용군 출동에서 린뱌오를 총사령관에 임명하는 게 가장 적합해 보였다. 실제로 중국인민 의용군이 출동한 뒤 유엔군과 한국군 측에서는 내내 린뱌오가 총사령관이리라 짐작했다.

어느 면에서 보더라도 린뱌오는 가장 알맞은 인물이었다. 린뱌오는 해방군 내에서도 최대 최강이라 불리는 제4야전군을 이끌어 왔고, 제1진으로 출동 예정인 제13집단군도 그의 지휘 아래에 있었다. 게다가 7월 이후 그는 둥베이 변방군의 군사 준비를 지도해 왔다. 그런데 생각지도 않게 린뱌오는 지휘관 자리를 거부한다.

"새로운 정권이 이제 막 출발해 남은 국민당군 소탕 등 내부 문제만으로도 손이 모자라 바깥을 돌볼 여유가 없습니다. 중국의 팔 하나인 조선이 잘려나가더라도 참전으로 말미암아 중국의 존립 자체가 위협받는 길을 선택할 수는 없지요. 그리고 나는 중국군의 승리 가능성이 낮기 때문에 참전해서는 안 된다고 봅니다. 유엔군이 강력한 해·공군을 갖춘 반면 중국은 해군도 공군도 없습니다. 유엔군 보병의 기본 병기는 칼빈 소총과 기관총 등인데 중국군 무기는 주로 보병총과 얼마 되지 않는 혼합 장비(중일전쟁 및 국공내전 때 싸워서 빼앗은 규격이 통일되지 않은 자동소총 등)뿐이고, 유엔군 1개 보병사단은 70밀리 이상 화포를 지닌 데 비해 중국군 1개 군단이 지닌 화포는 겨우 198문입니다. 경솔하게 군대를 출병시킨다면 '자신의 몸을 불사르는 일'이나 마찬가지입니다."

다만 린뱌오는 이러한 이유를 앞세우며 마오쩌둥과 정면 대립하는 구도로 가지는 않았다. 참전 반대의견을 내비쳤을 뿐, 건강이 좋지 않다는 점을 덧붙이며 참전군 사령관 취임 거부의 뜻을 밝혔다. 린뱌오는 마오쩌둥이 누구보다 믿었던 장군 중 하나이고 그의 거절이 나라를 위하는 충성심에서 비롯됨을 알아차렸다. 그러나 린뱌오의 거부는 마오쩌둥을 매우 곤란하게 만들었다.

이로써 10월 4일 펑더화이(彭德懷)의 긴급 소환이 이뤄졌다. 조기 참전을 바랐던 마오쩌둥은 펑더화이가 가장 먼저 떠올랐다. 린뱌오가 《초한지》의 한신(韓信)과 같은 지장(智將)이라면 펑더화이는 《삼국지》의 장비(張飛)와 같은 맹장(猛將)이었다. 마오쩌둥은 남몰래 펑더화이가 린뱌오에게 품어온 경쟁심에 불을 질렀다. 그를 자극해 자기편으로 끌어들일 자신이 있었다.

10월 4일 정치국 확대회의에서 참전 문제가 본격적으로 논의되었다. 회의장 큰 안락의자에 마오쩌둥이 앉았고, 양 옆으로 서기국 서기인 류사오치, 저우언라이, 주더가 나란히 앉았으며, 맞은편으로는 여러 장군들이 자리했다. 회의 의제는 두말할 나위 없이 한국전쟁의 확대, 유엔군의 북상이라는 새로운 정세에 맞서 중국은 어떻게 대응할 것인가였다. 예상대로 많은 의견들이 쏟아졌다. 파견에 찬성한 사람은 손에 꼽을 정도였다.

중앙지도부에서 마오쩌둥의 즉시 출병에 이의를 제기한 이들은 두 가지로 나뉘었다. 하나는 어떠한 상황에서도 참전해서는 안 된다고 주장하는 '참전 반대파', 다른 하나는 출병의 필요성은 인정하지만 지금은 조건이 갖춰지지 않았으므로 참전을 늦춰야 한다고 주장하는 '참전 소극파'였다.

4일 회의에서는 처음부터 참전 반대파의 의견이 봇물처럼 터져 나왔다. 그들은 다음과 같은 이유로 참전을 반대했다.

"중국은 10년 전쟁의 상처가 채 아물지 않았고, 재정 사정도 좋지 못합니다."

새로운 전쟁을 시작할 여력이 없다고 주장하는 '한계론'이었다. 국내에서도 아직 일부 변경 지역과 연해 도서가 해방되지 않았으며, 100만 명쯤 되는 국민당 잔류군과 도적떼를 모조리 없애지 않으면 안 된다고 목소리를 높였다. 출병이 통일에 영향을 미칠까 두렵다는 '국내 우선론' 주장도 나왔다. 만에 하나 미국이 전쟁을 중국 본토로까지 넓힌다면 새로운 정권이 무너질 가능성도 있다는 '위험론'도 들려왔다.

"광범한 새 해방구에서는 토지개혁이 아직 완성되지 못했고, 새로운 정권은 강고한 기반이 마련되어 있지 않습니다."

게다가 출병해도 전망이 희박하다는 '패전론'이 불거졌다.

"중국군의 무기 장비는 유엔군에 비해 훨씬 밀립니다. 제공권과 제해권도 없다는 걸 왜 모르십니까?"

출동 예정인 각 부대는 아직 전쟁에 투입될 상태에 있지 않다고 주장하는 '신중파'의 목소리도 힘을 보탰다.

"오랜 시간에 걸친 힘든 전쟁을 마친 지금, 일부 간부 병사들 사이에서는 전쟁을 꺼리는 분위기가 감돌고 있습니다. 좀더 때를 기다립시다."

또한 이 회의에서 참전 소극파는 중국보다 무기 장비가 뛰어난 소련조차 참전하지 않는데 왜 중국이 출병해야 하는가 의문을 품기도 했다. 늦은 밤까지 이어진 회의에서 참전에 대한 찬반양론이 쏟아져 나왔지만 출병 반대 의견이 지배적이었다.

한편 마오쩌둥을 비롯한 참전 적극파의 주장은 이러했다.

미국이 '3개 루트(한반도, 타이완, 인도차이나 반도)'에서 중국을 침공하는 전략을 결정한 만큼 반격해 깨부숴야 한다는 게 그들 생각이었다. 만일 물러난다면 미국은 더욱더 중국을 무시해 본토까지 침략할 의도를 키우게 될 테고 국내 반동분자들도 기다렸다는 듯이 대규모 반대 세력을 키워 나가리라는 점을 우려한 것이다. 참전 적극파들은 입을 모아 외쳤다.

"교전을 피할 수 없다면 시기를 앞당기는 게 좋습니다. 3년 또는 5년 뒤에 싸운다면 건설된 공업 시설이 파괴되고 적 진영인 일본과 독일이 부흥하게 될 테니 상황은 한결 불리해질 겁니다.

적대 세력이 압록강 남안까지 나아가게 되면 1000킬로미터에 이르는 국경선을 방어해야 하는 어려움이 생기고, 대병력의 상시 주둔이 여의치 않아 장기적으로 수동적 태세로 떨어지게 됩니다.

한국전쟁이 끝나기 전에 참전하지 않으면 앞으로 중국이 반격하려고 해도 대의명분이 없습니다. 아직도 세상 돌아가는 걸 모르시겠습니까?

중국과 마찬가지로 미국도 준비가 부족한 상황입니다. 게다가 유엔군의 중심을 이루는 미군은 세계 곳곳에 흩어져 있고 그 전략상 중점은 유럽에 있기 때문에 한국전쟁에 보낼 수 있는 병력은 적을 겁니다. 놓쳐서는 안 됩니다. 지금이야말로 기회입니다!"

그러나 마오쩌둥은 참전 지지자가 소수인 사실에 흔들리지 않았다. 초조해하지도 않았다. 그는 반대자를 설득할 자신감이 넘쳐흘렀다.

'마지막으로 써먹을 비장의 카드를 손에 쥐고 있는데 무슨 걱정이란 말인가. 나는 이 중국을 다스리는 마오쩌둥이다. 나를 따르라!'

1943년 3월 중앙정치국회의의 내부 결정으로 지도부 내에서 의견이 갈릴 경우 마오쩌둥은 최종 결정권을 휘두를 수 있었다. 물론 그는 어지간한 일이 아니면 이 카드는 쓰고 싶지 않았다.

결국 마오쩌둥은 자신의 견해를 밝히고 펑더화이의 총사령관 취임을 제안하는 것으로, 결론 내리기 힘든 논쟁에 마침표를 찍었다.

"여러분의 의견은 모두 나름대로 일리가 있습니다. 그러나 이웃 나라가 존망의 위기에 처해 있을 때 우리가 손 놓고 있는 것은 아무리 보아도 가혹한 짓입니다."

자신의 전략 구상이 옳다고 굳게 믿었던 마오쩌둥은 더 이야기해 봐야 결론이 나지 않으리라는 판단 아래 곧바로 참전을 밀어붙였다.

마오쩌둥은 서북군정위원회 주석인 펑더화이를 불러 다음 날 10월 5일 회의에서 발언토록 요구했다. 펑더화이는 짧고도 또렷하게 말했다.

"북한군을 돕기 위해 출병해야 합니다. 전쟁이 길어진다 해도 해방전쟁의 승리가 몇 년 늦어진다고 생각하면 됩니다. 만일 미군이 압록강 기슭과 타이완에 눌러 있게 되면, 미군이 중국을 쳐들어올 핑계를 만들어 내는 건 시간문제입니다."

인민해방군 '십대원사' 가운데 한 명으로, 중국공산군 총사령관 주더의 뒤를 잇는 제2인자가 한 이 발언은 매우 엄중하게 들렸다.

마침내 군사 개입이 결정되면서 원조지원군 총사령관에 펑더화이가 임명된다. 펑더화이는 풍부한 전투 지휘 경험과 투철한 책임감, 꼼꼼한 일처리로 병사들의 존경을 한 몸에 받았다. 병사들은 펑더화이가 지휘권을 맡아 미국과 전투를 벌이게 되어 한결 든든했다. 펑더화이는 북한을 돕는 일에 나름 소견을 갖고 있었다.

'미국이 중국과 강 하나를 사이에 두고 한반도를 차지한다면 중국 둥베이 지방을 위협할 것은 안 봐도 훤하다. 미국은 타이완을 통제하고 있으니 상하이 등 화둥 지방도 위험한 건 불 보듯 뻔해. 그들은 침략하고자 마음먹으면 언제든지 그 명분을 찾아낼 수 있다. 미국의 중국 침략 속셈은 이미 정해진 사실이나 마찬가지인데…… 그렇다면 차라리 먼저 공격하는 게 좋겠어. 이제 와서 미국을 피한다면 중국이 사회주의국가를 건설하는 데 큰 어려움이 따를 테고…… 미국과 전투를 벌인다면, 속전속결로 나올 미국과 달리 우리는 장기전이 유리하다. 정규전이라면 그들이 유리할지 모르나, 우리는 항일전쟁 때 비정규전 경험이 풍부하다. 더구나 우리에게는 통일된 정권과 소련의 도움도 있다. 항일전쟁 때보다 훨씬 더 이롭단 뜻이지. 국가건설의 앞날을 생각해서라도 중국은 마땅히 출병해야 한다. 군사 힘으로 조선을 돕지 않으면 어떻게 중화 민족의 막강함을 드러내셨는가! 식민지, 반식민지의 인민들이 제국주의 침략에 맞서 일으키는 민족민주혁명을 북돋우기 위해 무조건 출병해야 해! 사회주의의 위력을 떨치기 위해서라도 반드시 그리해야만 한다. 북조선을 돕는 것은 마땅하며 정의롭고 슬기로운 일이다!'

중국은 '인민지원군(人民志願軍)'이란 이름으로 소속부대원들을 모아 참전하기로 결정했다. 지원군이라는 명칭을 썼던 이유는 중국이 공개적으로 선전포고를 하는 게 아니라 인민 스스로 북한을 지원한다는 인상을 심어 주기 위해서였다.

"아직 늙지 않았군! 다시 한 번 나의 위력을 보여주지."

마흔은 됨직한 어느 병사가 인민해방군의 모표와 흉장을 떼어내고 허연 이를 드러내 보이며 웃었다. 간부들이 북조선인민군 군복으로 갈아입자 중국은 모든 연대, 모든 사단, 모든 집단군이 지원군에 가입한 사실을 대대적으로 맹세했다. 이 비밀을 유지함은 물론, 중국의 참전으로 미국에게 나라 대 나라의 국제전이라는 선전 재료를 주지 않기 위해서였다.

10월 12일 밤 8시, 마오쩌둥은 둥베이 변방군에게 출동을 미루라는 명령을 내린다. 펑더화이와 가오강에게는 빨리 귀경하라고 지시한 뒤, 중앙정치국 확대회의를 베이징 중남쪽 중난하이(中南海) 이녠탕(頤年堂)에서 열었다.

회의 전, 소련으로부터 공군 지원은 없으며 중국군도 출동할 수 없다는 저우언라이와 스탈린 연명의 전보가 도착해 베이징에 있던 정치국 간부들은 거의 이 사실을 알고 있었다. 또 의용군으로 예정되었던 둥베이 변방군 지휘관들의 공군 지원에 대한 강력한 요청도 펑더화이와 가오강의 전보 등으로 막 닿은 참이었다. 따라서 정치국 확대회의 토론 초점은 중소 수뇌회담 결과 및 둥베이 변방군 수뇌부의 이의 제기를 바탕으로 일시 중지 명령이 내려진 의용군의 참전 문제 재검토에 모아졌다.

10월 12일 늦은 밤부터 열린 확대회의는 자정을 넘겨 이튿날까지 이어졌다. 뒤늦게 합류한 펑더화이는 북한 측 대표 박일우와 가졌던 회담 내용과 유엔군 병력 배치 및 최근 동향을 설명했으며, 의용군 부대들의 전투 준비 상황과 대책 마련이 시급한 여러 문제들을 이야기했다. 그는 무엇보다 공군 지원 문제와 장비 갱신 문제가 참전에 앞서 해결되어야 한다고 강조했다.

"소련이 공군을 지원하지 않다니! 틀림없는 '배반'입니다. 나는 의용군 총사령관직에서 물러나겠습니다."

큰 목소리로 소련을 비판한 펑더화이의 사퇴 발언으로 회의장 안에는 싸늘한 긴장감이 흘렀다. 하지만 마오쩌둥은 냉철하게 대응했다.

"소련 공군이 출동하지 않으면 분명히 온갖 곤란한 상황이 일어날 거요. 하지만 스탈린은 중국 본토 방위 의무를 확인했고, 중국군에게 대규모 무기 장비 갱신을 약속했잖소. 그러니 펑더화이 장군, 그대로 총사령관 자리를 지켜주길 바라네."

저우언라이가 말을 거들었다.

"소련 전투기는 출동하지 않더라도 소련으로부터 총과 대포, 탄약 등을 제공받기로 약속했네."

린뱌오는 말없이 고개를 끄덕이며 펑더화이에게 눈길을 보냈다.

이어지는 마오쩌둥의 설득으로 펑더화이는 화를 누그러뜨렸다. 회의 끝무렵 마오쩌둥은 펑더화이에게 넌지시 물었다.

"글쎄요. 소련이 이번 전쟁과 완전히 거리를 두려는 것이라 생각하오?"

"소련은 절반쯤 이 전쟁과 관련을 맺고 있으니 손을 아예 떼지는 못할 테지요."

그러자 마오쩌둥이 말했다.

"펑더화이 장군, 만일 승리하지 못한다 해도 스탈린은 우리한테 큰 빚을 지게 되오. 우리는 다음에 싸우고 싶을 때 언제든 다시 시작할 수 있소. 걱정 마시오."

처음부터 펑더화이는 마오쩌둥의 국가 전략적 견해에 반대하지는 않았다. 그는 둥베이 변방군 전투 준비 상황을 둘러보면서 공군 지원의 중요성을 뼈저리게 느꼈지만 소련이 공군을 곧바로 출동시키지 않는 대신 무기 장비 등 많은 지원을 약속했다는 점, 두 달 또는 두 달 반이 지난 뒤에는 소련 공군의 지원을 기대할 수 있다는 말을 듣고 총사령관직을 그대로 맡기로 했다. 이러한 조건 아래에서는 작전계획을 다시 평가해야 할 필요는 있지만 곧바로 참전에 반대할 수는 없었다.

또 다른 반대자 가오강은 본디 린뱌오나 펑더화이처럼 외골수 군인은 아니었다. 펑더화이가 한 발짝 물러나자 그도 자기 의견을 끝까지 고집하지는 않았다.

전체적으로 이 회의는 4일과 5일 열린 참전 결정 회의에 비해 여러 주장이 가진 힘의 대비 구도가 크게 달라졌다. 무엇보다 5일 회의 뒤 정세 발전은 마오쩌둥의 대미 기본전략에 따른 주장이 올바르다는 점을 증명한 것으로 받아들여져 참전 필요성을 더 많은 간부들이 인정하게 되었다.

7일 유엔총회가 한반도를 통일한다는 결의를 채택한 뒤, 9일에는 유엔군과 한국군이 정식으로 38도선을 넘어 북으로 올라갔다. 맥아더가 김일성에게 다시 항복을 촉구하는 문서를 보내자 미국 정계와 군부에서 중국을 무시하는 듯한 의견이 잇따라 나왔다.

유엔군의 북상 기세와 미국 측의 대(對)중국 경시발언은 베이징 지도부뿐 아니라 많은 사람들 머릿속에 미국의 다음 침략 대상이 중국이고, 둥베이 공업지대를 지키기 위해서라도 군사 개입을 해야 한다는 확신을 들게 했다.

이러한 회의 흐름 속에 구체적 작전계획을 조정할 필요가 제기되는 한편, 소련 공군의 지원이 없어도 참전해야 한다는 합의에 이르렀다. 이를 흔히 '13일의 재결정'이라 불렀다.

회의가 끝나자마자 펑더화이는 함께 베이징으로 온 청푸(成普)에게 지시를 내렸다.

"12일자로 중지된 의용군 각 부대의 출병 준비를 다시 시작하고 제13집단군 참모장 셰팡(解方)에게 타전하도록 하라!"

정치국 확대회의 결과에 따라 마오쩌둥은 13일 바로 스탈린과 저우언라이에게 전보를 보내, 재결정에 이르기까지 모든 경위와 이유를 설명했다. 저우언라이에게는 밤 10시에 따로 한 통의 긴 전보문을 보냈는데, 마오쩌둥은 여기에다 자신의 판단과 의도 및 소련을 상대로 한 교섭 방침과 새로운 정세에 바탕을 둔 작전계획 등을 상세히 밝혀놓았다.

'가오강과 펑더화이 두 동지를 비롯해 그밖에 정치국 동지들과 살펴본 결과, 결국 조선 출병이 유리하다는 생각에 뜻이 모아졌다. 참전 초기에는 오직 괴뢰군(한국군)과 싸운다. 우리 군은 괴뢰군과 맞설 자신이 있다. 먼저 원산과 평양 이북의 넓은 산악지대에 근거지를 확보하고 조선인민을 북돋워 인민군 재건을 지원한다. 2개월 뒤, 소련으로부터 의용 공군이 참전할 예정이다. 6개월이 지나면 소련으로부터 대포와 탄약을 받아 전차에 실을 수 있다. 그때까지 훈련을 마치면 곧바로 괴뢰군과 미군을 치러 떠나자. 제1단계에서 괴뢰 군의 여러 사단을 무찌르면 조선의 정세는 우리에게 이로운 쪽으로 돌아서게 되리라.'

2개월이 지나 소련 공군은 출동함을 전제로 작전계획을 다시 검토한 뒤 중국군 출동을 재결정했지만, 그 뒤로도 스탈린은 소련 공군이 조선 영내로 출동할 수는 없다고 알려왔다. 전쟁은 마오쩌둥이 예상했던 원산과 평양을 하나의 선으로 방어권을 세울 수 있는 상황보다 더 나빠졌고, 15일에는 평양이 무너졌으며, 유엔군과 한국군은 중국과 북한 국경인 압록강으로 진격 속도를 올리고 있었다. 또 방어선을 정비해 한국군만을 선택, 공격한다는 전법도 현실에서는 불가능했다. 마오쩌둥은 결단을 내렸다.

'우리가 앞서 말한 적극적 정책을 채택하는 것은 중국, 조선, 아시아, 더 나아가 온 세계 모두에게 아주 유리하다. 만일 출병하지 않는다면 적은 압록강 주변까지 제압해 나라 안팎으로 반동 세력의 기세는 날로 높아지고, 우리는 모든 방면에서 궁지에 몰리게 된다. 특히 둥베이 지방은 갈수록 아주 불리하다. 둥베이 변방군 모두가 전선에 나서야 한다. 그렇지 못하면 남만주 전력은 제압당하고 말 게 틀림없다.'

마오쩌둥은 이 결정이 누구의 압력에 따른 것이 아니라 중국의 이익과 사회주의권 이익을 모두 고려해 나왔다고 이야기했다. 마오쩌둥의 명으로 저우언라이는 이렇게 전보를 부쳤다.

'필리포프(Filippov : 스탈린의 암호명)와 귀하의 11일자 연명 전보에 따르면 소련 측은 우리에게 전투기, 대포, 전차 등 장비를 모두 제공하기로 했다는데, 그것이 차관 방식인지 아니면 현금 지불 방식인지 알고 싶습니다. 차관 방식이라면 우리는 경제와 문화 등에 대한 20억 달러 예산을 일반 군사 및 정부 지출로 돌려쓸 수 있지요. 우리 군은 걱정 없이 한반도에 들어가서 장기간에 걸친 전쟁을 해나갈 뿐 아니라 국내 대부분의 사람들 단결까지 확보할 수 있게 됩니다.'

사실 저우언라이는 무기 장비 공여야말로 중국의 참전에 대해 소련이 해야 할 마땅한 공헌이라고 생각했는데, 소련 측 실무 담당자에게 말해 봤자 통하지 않을 것 같아 차관 방식으로 표현했다. 다음에 스탈린과 교섭할 때는 분명히 무상 공여 요구를 할 작정이었다. 그러나 중소 관계가 나빠진 1950년대 끝 무렵 니키타 흐루쇼프(Nikita Khrushchyov)가 그것을 갚으라고 중국 측에 요구했다. 본디 소련의 의무이자 책임이라 이해하던 중국 지도자들은 흐루쇼프의 요구에 크게 불만을 터뜨렸다.

'소련 측이 2개월 또는 2개월 반 뒤에 의용 공군을 출동시켜 조선에서 우리 작전을 지원하고, 또 공군으로 베이징, 톈진, 선양(瀋陽), 상하이, 칭다오(靑島) 등 각 지역을 방위하게 되면 우리는 (미군에 의한) 대규모 공습이 두렵지 않다. 왜 약속을 저버리는가!'

스탈린은 중국 본토 대도시 방위에 협력하겠다고 마지못해 약속은 했지만 북한 영내로 공군 출동은 처음부터 중국 측의 일방적인 기대였다. 의용군 출동 직전 베이징 수뇌부 논쟁이 끝난 뒤에도 그 영향이 남게 되었다. 무기 장비 공여에 대한 지불 방식 및 소련 공군 출동에 대해 계속 소련 측과 교섭하라는 마오쩌둥의 지시가 저우언라이에게 떨어졌다.

'종합해서 말하면 우리는 반드시 참전해야 한다고 생각한다. 참전 이익이 매우 크고, 그렇지 않을 때 손해도 무척 크다. 다만 무기 장비 공여에 대한 교섭과 중국 본토 방위에 대한 구상 두 가지가 자신이 없기 때문에 그대는 모스크바에 며칠 머물면서 소련의 동지와 새로이 이 문제를 협의해 결과를 빠르게 전보로 알리도록 하라!'

정치국 확대회의가 끝난 13일에는 마오쩌둥, 펑더화이, 가오강 셋이, 14일 오전에는 마오쩌둥과 펑더화이 둘이 저마다 의용군 출동 일시, 도하 계획안, 후방 공급보장 문제 등을 자세히 살펴보았다. 공군 지원이 없다는 점과 마오쩌둥의 출병 중지 명령에 따른 시간 손실 등 새로운 조건 아래서 예정된 15일이라는 출병 기한 대신 19일 출병안이 여기서 나왔다.

10월 14일 2시 마오쩌둥은 천이(陳毅)에게 전보를 보냈고, 쑹스룬(宋時輪)의 제9집단군에게 은밀히 지시했다.

'기존 계획대로 산둥(山東)의 타이안(泰安), 취푸(曲阜) 지역에 집결해 훈련하고, 둥베이에 진출한 다음 명령을 기다리도록 하라.'

새벽 3시 마오쩌둥은 모스크바의 저우언라이에게 전보를 보내 펑더화이, 가오강과 검토한 새로운 작전안과 한국전쟁 최신 정보를 알렸다.

'조선 대부분 지역에서 정보는 공백 상태이며, 김일성 군대가 계속 저항 중이다. 중국군이 출동 뒤 빠르게 덕천 일대 산악지대로 나아가 근거지로 삼으면 유엔군을 우려케 해 끊임없이 이어지는 북상을 늦출 수 있다. 유엔군이 전진을 멈추면 의용군은 그 틈을 타 장비를 새로이 손질하고 앞으로 벌어질 대규모 전투를 준비한다. 만일 유엔군이 멈추지 않고 북상하면 미군에 대해서는 방어진을 펴고, 한국군을 집중 공격해서 국면 전환을 꾀한다. 이 시점에서 중국군 출동이 이른 시간 내에 유엔군에게 발각된다면, 그 점을 역이용해 유엔군 북상을 망설이게 하는 위협으로 사용한다. 가오강은 오늘 선양으로 가서 참전 준비를 독촉할 예정이며, 펑더화이는 베이징에 머물면서 소련과 자네의 교섭 결과를 기다릴 것이다.'

이 전보 내용대로 가오강은 그날 오전 열차로 선양으로 떠났고, 펑더화이는 베이징에 남았다. 14일, 펑더화이와 마오쩌둥은 작전계획안을 다시 한 번 검토하면서 의용군 부대들이 10월 19일 3개소로 나누어 압록강을 일제히 건너 남하하기로 최종 결정했다.

그날 밤 9시 마오쩌둥은 저우언라이 앞으로 전보 한 통을 다시 보냈다. 새벽 3시 전보 내용을 보충하는 형식으로 쓰인 이 전보는 6개월 동안 작전 구상 전략을 담고 있었다. 유엔군이 공격해 올 경우 미군을 피해 한국군만 공격한다는 방침을 재확인하고, 의용군은 평양과 원산 이북, 덕천과 영원 이남 지역에서 이중 삼중 방어선을 펼치며, 만일 적군이 6개월 안에 평양과 원산을 고수하고 북상하지 않으면 중국군도 평양과 원산을 공격하지 않는다고 밝혔다. 아울러 장비 다듬기, 훈련 종료, 중국 공군 등이 압도적인 우세를 갖추게 되는 6개월 뒤에 공격 문제를 생각해 보겠노라 덧붙였다.

또한 출동 일시와 작전 개시 예정일을 명시해 놓았다.

'의용군 전체 26만 병력은 19일부터 압록강을 건너 열흘 만에 도하를 마치고, 28일 덕천 이남에 근거지를 확보한다. 11월 중으로 예상되는 적군의 덕천 공격 시점에 첫 전투를 시작하라. 만일 전투가 없으면 의용군 절반을 국내로 돌아오게 하고, 큰 전투가 시작될 때 다시 출동해라.'

끝맺는 말로 마오쩌둥은 그즈음 베이징에서 김일성과 연락할 수 있는 길이 끊어졌으므로 소련을 통해 다음 권고를 전해 달라고 부탁했다.

'중국군 출동 기간 중 조선인민군은 최대한 미군과 한국군 전진을 늦추도록 저항을 멈추지 않는 편이 좋다.'

그런데 첫 참전 결정이 이루어진 10월 5일 이후 마오쩌둥의 대유엔군 작전 구상은 두 차례 변화가 잇따랐다. 처음에 마오쩌둥은 꽤 낙관적 방어전을 중심으로 구상을 짰는데, '조선 영내에서 미국 및 다른 나라 침략군을 섬멸해 몰아내는 것'을 뚜렷한 목표로 내세웠다. 그러나 10월 4일과 5일 정치국 회의 격론을 거쳐, 특히 소련이 공군 출동을 미룬다는 입장을 밝힌 뒤 마오쩌둥은 작전의 전술안과 달성 목표를 하향 조정했다.

12일 늦은 밤, 정치국회의에서부터 의용군 정식 도하일인 19일까지 작전 구상에서는 방어전 중심으로 북한 북부의 중국 인접 지역에서 반격용 발판 마련을 주요 목표로 삼았다. 더욱이 중국군 장비가 새로이 바뀌고 자국 공군이 출동하리라 짐작되는 6개월 뒤 '공격 문제를 고려한다'는 것이었다. 한반도 전쟁터에서 미국과 대결한다는 목표를 완전히 버리지는 못했지만, 적어도 한동안은 유엔군과 대결조차 회피하려는 속셈이었다.

10월 14일 오전 열차로 떠난 가오강과 오후 비행기로 베이징을 떠난 펑더화이는 앞을 다투어 선양에 이르렀다. 그날 밤 두 사람은 선양의 둥베이 군구사령부에서 의용군의 사단 이상 간부회의를 소집했다. 안둥〔오늘날 단둥(丹東)〕을 비롯한 각 지방 의용군 간부들은 전날 이른 아침, 베이징에서 펑더화이가 보낸 긴급 연락을 받고 선양으로 모여들었다.

회의가 열리자 먼저 가오강이 중앙정치국에서 '참전에 대한 재결정'이 이루어졌음을 알리고, 이어서 펑더화이가 동원 보고를 했다. 출병 필요성, 작전 구상, 북한 영내로 진출한 뒤 주의사항 등이 담긴 보고 내용은 논리 정연했으며 마오쩌둥의 뜻이 잘 드러났다.

"사실 참전 문제를 놓고 당내에서 의견 차이가 있었습니다. 참전 필요성을 강조한 이유들 가운데 우리는 두 가지를 눈여겨봐야 합니다. 그 하나는, 출병하지 않을 경우 국내외 반동파의 기세가 높아져 친미파 활동이 활발해질까 염려된다는 지적이었습니다. 다른 하나는 만약 미제국주의가 한반도를 집어삼키게 되면 우리 중국에게도 위협이 될 뿐 아니라 다음에는 베트남과 미얀마를 향해 갖가지 음모를 꾀할지도 모른다는 점이었습니다. 그렇게 되면 우리나라는 수동적 국면에 빠져 국방과 변경 방위 모두 아주 불리한 상태에 놓이고 말겠지요. 또한 해외에서도 불리한 영향이 생겨 몇몇 국가는 다시 미제국주의로 기울게 될 것입니다."

1950년 2월 타이완 국민당이 지원한 크고 작은 폭동이 중국 곳곳에서 일제히 일어났다. 한국전쟁 발발을 앞뒤로 구이저우성(貴州省)의 80퍼센트 지역이

비적에게 점거되었으며, 후난성(湖南省) 서부 30만 명이 사는 지역에는 비적이 7만 명이 넘게 들끓었다. 1952년 끝무렵까지 3년간 모두 비적 270만 명이 소탕되고, 비적 토벌을 위해 해방군 140개 사단이 동원되었을 정도였다.

한국전쟁이 일어나자마자 중국 국내에 숨어 있던 반혁명 분자와 적대자들이 날로 늘어났으며, 미국을 두려워하고 숭배를 넘어서서 친근감까지 가지는 사상마저 떠올랐다. 그들은 거리낌 없이 말하고 다니기도 했다.

"미국이 참전하면 맞설 만한 적이 없다." 이런 말도 나돌았다.

"제3차 세계대전의 기회에 편승해 장제스가 대륙으로 반격을 노리며 옛날로 돌아가려는 꿈을 꾸기 시작했다네."

군부대 주둔지 부근에는 반동 표어가 내걸리기도 했다.

이러한 국내 상황은 중국 지도부가 한국전쟁 개입을 쉽게 결단할 수 없는 이유가 되었으며, 미국 침략에 반격할 필요가 있다는 마오쩌둥 전략 사상의 한 배경이 되기도 했다. 마오쩌둥은 한국전쟁에 참전해 유엔군의 공세를 막아내야 비로소 국내 사상 문제를 해결하고, 국민당 잔류군 등 폭동의 뿌리를 남김없이 뽑아낼 수 있다고 믿었다.

펑더화이는 이러한 이유를 들면서 중앙지도 간부들과 해방군 지휘관들을 쉽게 설득할 수 있으리라 판단했다. 미국의 '삼로향심우회(三路向心迂回 : 한반도·베트남·타이완 3개 통로를 통해 중국 본토를 친다는 뜻)' 전략 타파를 부르짖었던 마오쩌둥의 일관된 지도사상을 이어받은 그였다.

이어서 펑더화이는 공군 문제를 꺼냈다. 고작 며칠 전까지 소련의 공군 지원이 없다는 사실에 분노를 터뜨렸으나 중앙정치국이 출병을 재결정하고 펑더화이 스스로도 동의한 만큼 긍정적으로 말할 수밖에 없었다.

"공군이 전쟁의 승부를 결정하는 것은 아닙니다. 공군도 나름 한계가 있으며, 상상만큼 두려운 존재가 아니지요. 또한 유엔군 병력에는 한계가 있고 수송선이 긴 데 비해, 중국군은 전술 능력과 정치 수준에서 적군을 넘어서고 있습니다. 이 점을 우리는 잊지 말아야 합니다. (……) 곧바로 투입될 부대는 25만여 명이고, 제2선 부대는 15만 명, 제3선 부대는 20만 명으로 합쳐서 60만 명쯤 됩니다. 공군은 참전 2개월 뒤 8개 연대, 3개월까지 16개 연대를 투입할 예정입니다. 6개월 내에 육군 30개 사단의 장비가 새로이 바뀌고 탄약 공급 또한 문제없습니다."

공군 투입량은 중국의 비행사 육성 전망에 따른 것이었으나 지나치게 낙관적인 숫자였다.

"중국군 내부에서 김일성 정권이 경솔하게 전쟁을 시작해 중국까지 말려들게 했다는 불만이 있다는 사실은 잘 알고 있습니다. 그래서 김일성을 돕기 위한 출병에 반대한다는 것도 압니다. 하지만 이번 참전은 북한 정권을 돕는 일이기도 하면서, 한편으로 중국 자체 방위를 위한 일이기도 합니다. 조선 공산당은 아직 역사가 짧기 때문에 결점을 비판하고 지적하는 것은 삼가야 합니다. 대국적인 원조자로서 속셈을 갖고 상대를 대해서는 안 됩니다."

13일 정치국 확대회의 결정, 14일 의용군 사단 이상 간부회의를 거쳐 중국의 군사 체계는 완전히 한국전쟁에 참전하는 쪽으로 기울기 시작했다.

펑더화이는 10월 15일 선양에서 참전에 대한 온갖 준비를 지도하는 가운데 틈틈이 안산(鞍山) 제철소와 선양 병기공장을 둘러보았다. 시험 생산 중인 6연발 로켓포의 실탄 사격을 본 뒤에는 격려에 힘을 쏟았다.

그날 새벽 1시, 마오쩌둥은 가오강 앞으로 전보 한 장을 보낸다.

'우리 인민 의용군은 10월 18일, 늦어도 19일까지 강을 건너 전진하기로 결정했다. 식량 등은 즉시 전방으로 나르고, 늑장 부리는 일이 없도록 주의하라. 펑더화이는 오늘 또는 내일 안둥으로 가야 한다.'

그런데 4시간이 지나 오전 5시 마오쩌둥은 아직 선양에 있는 가오강과 펑더화이에게 다시 전보를 보내 더 빨리 출병하라고 재촉했다.

'미군, 영국군, 한국군이 거침없는 속도로 북상해 평양 공격 태세에 들어갔다. 우리 군의 선두 군단이 17일에 출동하기를 바란다. 23일 덕천 지구에 도착해 하루 쉰 다음, 25일 근거지를 세우고 충분한 준비를 갖춘 뒤 적과 맞서 싸워라. 제2군단은 18일에 떠나고, 나머지는 이어서 출동해 열흘 안으로 모두 도하를 마쳐라. 식량 및 탄환의 도하 수송이 시작되었는지도 보고하라. 이상!'

중앙군사위원회 주석 마오쩌둥은 이 전보를 통해 실질적으로 19일 출동이라는 결정을 바꿔 17일 정식 출동을 명령했다. 새벽 1시에 '18일, 늦어도 19일'이라는 예정된 출동 기일을 알렸지만 고작 네 시간 뒤에 서둘러 '17일 출동'으로 앞당긴 그는 가능한 빨리 방어진지를 차지해야 한다는 생각과 함께 마음속에 도사린 초조함까지 드러내고 말았다.

마오쩌둥의 전보 명령에 따라 15일 낮부터 의용군 각 군단은 압록강 연안의 안둥과 지안(集安)을 하나의 선으로 연결해 비밀리에 전진 집결, 결정된 작전 구상 아래 저마다 도하 예정지에서 교량과 도로 등을 정찰하고 도하 준비 태세에 들어갔다.

주사위는 던져졌다. 그렇지만 마오쩌둥은 여전히 혼란스러웠다. 이번 참전은 사실상 그가 홀로 밀어붙인 거나 다름없었다.

'국내전밖에 치르지 않은 중국군이 과연 세계 최강이라는 미군과 싸울 수 있을까? 한국전쟁 참전으로 중국이 이익을 보느냐 손해를 입느냐에 따라 역사는 내게 책임을 물을 것이다. 무엇보다 공군 문제가 마음에 걸린다. 실제로 공군 지원 없이 의용군만으로 미군의 대규모 물량 작전을 견딜 수 있을까?'

걱정은 늘어가기만 했다. 마오쩌둥은 의용군 부대가 출병해 15일 압록강에 이르렀을 때, 녜룽전(聶榮臻)에게 명령해 부대의 출동 속도를 조금 늦춰 일시 정지하게 했다. 17일 오전까지 망설이던 마오쩌둥은 마침내 전진 명령을 내린다.

사실 1950년 7월부터 중국 최고지도부는 한국 전장에서 대미 전쟁 준비를 추진해왔지만 마오쩌둥은 참전 일시나 규모에 뚜렷한 구상은 없었다. 지도부 내에서 여러 차례 대책회의가 열렸으나 마오쩌둥은 8월 4일 회의에서 9월 참전을 구상했다. 그해 9월 중순 가오강의 이의 신청을 받아들여 참전 시기를 10월로 늦췄다.

9월 끝무렵 유엔군의 북상 때문에 중국 본토가 위협받게 되고 참전이 현실 문제로 떠오르자, 10월 1일 밤 김일성의 구원 요청 편지를 계기로 참전 문제를 토론하는 정치국회의가 급박하게 열렸다.

그러나 이어진 2일 회의에서는 마오쩌둥이 중심이 되어 추진한 참전 구상이 부결되었다. 열흘 뒤 10월 12일 8시 마오쩌둥은 의용군에게 출동 중지 명령을 내렸다. 몇 시간이 지나 13일 이른 새벽 정치국회의에서 참전 결정이 다시 채택된다.

13일 앞뒤로 그는 제3야전군 사령관 천이에게 '조령모개(朝令暮改)'의 전보를 세 차례나 보냈는데, 14일부터 15일 사이에는 결정된 예정 참전 시일을 두 번이나 바꾸었다.

한편 대유엔군 작전 구상에 대해 19일까지 방어전을 결정했지만, 그 뒤 일주일 동안 마오쩌둥은 전선 지휘관들에게 명령해 작정 방침의 중점을 적의 후방으로 돌아 들어가는 운동전(運動戰) 전술로 바꾸었다. 운동전은 부대의 기동을 바탕으로 적에게 피해를 주고 다른 곳으로 이동하는 것을 되풀이하는 전투로써 정규 작전에 상대하는 개념이었다.

1950년 7월부터 10월까지 보여준 마오쩌둥의 매우 큰 생각 변화는 신중국 건립 직후 '미국 침략'이라는, 유례없이 중대한 위협 앞에서 정책 결정의 어려움을 말해 준다. 아울러 마오쩌둥 정책 결정의 특징이라 할 수 있는 불규칙성도 엿보인다. 좋게 말하면 종횡무진(縱橫無盡)이지만 자의적(恣意的)으로 보이기도 하는 이 불규칙성은 그의 성격과 무관하지 않다.

12일부터 13일 사이 참전 결정 과정이 보여주듯이, 마오쩌둥은 거의 모든 사람이 반대하는 와중에도 자기 의견을 고집스럽게 밀어붙였다. 그러면서도 부하들의 개별적 반대와 저항을 너그러이 봐주고 이들 의견으로부터 좋은 점들을 받아들여 타협이라는 형태로 문제를 해결하기도 했다.

10월 초까지 린뱌오의 반대, 11일부터 12일 사이 펑더화이의 불만, 대군이 출동하는 일보 직전까지 덩화(鄧華)를 비롯한 일선 지휘관들의 저항 속에서도 그는 지긋이 설득해 나갔다.

마오쩌둥은 성격뿐 아니라 일상생활도 매우 불규칙했는데, 사흘 동안 잠 한숨 자지 않고 일을 계속할 때도 있는 반면, 한번 잠이 들면 아무리 급한 보고를 해도 일어나는 것을 싫어해 잠에서 깨면 무섭게 화풀이를 하곤 했다.

하지만 이런 불규칙성 속에서도 마오쩌둥에게는 대전략가로서 타고난 소질이 있었다. 그는 시시각각 정세 흐름을 정확히 관찰하고 파악했으며, 재빨리 계획을 수정하고 순식간에 전기(戰機)를 포착했다. 그는 세부적인 것에 얽매이지 않고 급소와 전략적인 문제를 놓치지 않았다.

물론 마오쩌둥이 자유롭게 정책 결정을 내릴 수 있었던 까닭은, 그의 권력이 형식상 정책 결정기관으로부터 구속받지 않은 덕분이었다. 1943년 이래 그는 당내에서 '최종 결정권'을 갖고 있었으니 말이다.

이와 견주어 미국은 정책 결정 과정이 한 개인 위에서 다루어졌고, 도전장을 내밀었던 맥아더 앞에 놓인 운명은 '사령관 자리에서 물러남'으로 끝이 나고 말았다. 마오쩌둥의 정책 결정은 오랜 시간 동안 이루어졌는데, 바깥에서 보자면 의사소통이 혼란스럽고 실행면에서 억지를 부린 것처럼 느껴지기도 한다.

그러나 저우언라이, 펑더화이, 린뱌오 등 간부들은 마오쩌둥을 잘 알았다. 적어도 한국전쟁 개입만 두고 말한다면, 불규칙성에 따른 정책 결정 과정에서 혼란은 거의 일어나지 않았다. 그들은 마오쩌둥의 불규칙성 속에서도 적응해 나갔고, 하루에 두세 번씩 결정을 바꾸는 것을 정세 변화에 따른 어쩔 수 없는 선택이라 받아들였다. 그리하여 이런 불규칙성을 이유로 마오쩌둥의 권위에 도전하는 이는 아무도 없었다.

평양이 유엔군 공세 앞에 드러난 상황 아래 김일성은 조금이라도 빠른 중국의 참전을 요청했기에, 10월 15일 박헌영 외상을 선양으로 보내 펑더화이와 만나게 했다.

박헌영은 곧바로 출병할 것을 다시금 요청하면서, 김일성과 펑더화이의 회견을 서둘러 이루게 하자는 희망을 전했다. 이에 펑더화이는 참전 날짜를 알려주었고, 조선인민군이 적군의 진공을 늦추기 위해 계속 싸워주기를 바란다고 했다.

마오쩌둥의 '17일 출동' 명령에 따라 제13집단군의 출동 계획 실행을 독촉하기 위해 15일 저녁 무렵 펑더화이는 선양을 떠난다. 이튿날 16일 아침 안둥에 도착한 펑더화이는 오전 두 차례에 걸쳐 의용군 부대마다 사단 이상 간부회의를 열었다. 가오강도 이 회의에 참석했다.

이 두 차례 회의와 14일 회의 모두 의용군 사단 이상 간부회의였지만, 14일 선양 회의 주 내용은 중앙정치국의 출병 재결정을 설명하고, 12일 마오쩌둥의 출병 중지 명령에 따라 간부들 사이에서 생겼던 심리적 동요를 없애기 위함이었다. 이에 비해 16일 안둥 회의는 17일 출동을 앞두고 구체적인 작전 계획을 설명하기 위한 것이었다. 이른바 '도하 계획 실시 회의'라 불린 16일 회의는, 참전을 앞둔 마지막 준비 상황을 점검하고 참전군을 격려하는 자리였다.

먼저 펑더화이 등 지휘관들이 중심이 되어 작전 방침을 설명했다.

"한반도 북부는 산악지형과 산림지대이며, 지형이 좁고 삼면이 바다로 둘러싸여 있습니다. 이제까지 우리가 치렀던 국내전 장거리 이동식 운동전은 한반도 전장에서는 쓸 수 없으니 진지 확보를 중심 임무로 하십시오."

같은 날 마오쩌둥은 펑더화이 앞으로 전보를 보냈다.

'각 부대에 파견해 조선 영내로 들어가게 될 정찰대는 적군을 속이기 위해 모두 조선인민군으로 꾸미고 중국인민 의용군이라는 사실이 드러나지 않도록 주의하라. 전국(戰局)을 안정시키고 유리한 방향으로 바꾸는 관건은 기습이 이점이 있는가 없는가에 달렸다.'

14일 저우언라이에게 보낸 전보에서 나타난 마오쩌둥의 작전 구상은 '참전이 공개된 뒤 위협력'에서, 이번 전보가 강조한 '비밀 출병 이점을 가능한 이용하는 것'으로 중점이 바뀌었다.

10월 17일 오전 펑더화이는 제13집단군 참모장 세팡에게 명령을 내렸다.

"작전참모 공걸(龔傑)을 데리고 15일 저녁 나와 동행해 안둥으로 넘어온 박헌영과 함께 압록강을 건너 신의주의 '이(李) 위원장'을 만나러 가자. 의용군이 도하할 때 구체적 사무에 대해 교섭해라."

한편 17일까지 의용군의 참전 부대들은 차례로 압록강으로 출동해 대기했다. 그러나 바로 그때 마오쩌둥은 또 한 번 참전을 미룬다. 이틀 동안 고민에 빠져 있던 그는 덩화를 통해 녜룽전 총참모장 대리에게 전보를 보낸다.

'생각할 시간이 조금 필요하다. 일단 부대 출동 속도를 늦추어 일시 정지하라. 저우언라이가 소련에서 돌아올 때까지 기다렸다가 최종 결정을 내릴 예정이다.'

사람들은 이를 '제2차 정지'라 불렀다.

마오쩌둥의 제2차 정지 명령과 다시 귀경하라는 요청을 받은 펑더화이와 가오강은 곧바로 안둥에서 비행기를 타고 선양으로 떠났다. 베이징으로 떠나기 전 두 사람은 둥베이국과 둥베이군구의 간부들을 불러 의용군 출국 작전 장비들, 피복, 의료시설 등 보장 문제에 대한 검토회의를 열었다.

펑더화이와 가오강은 며칠쯤 늦춰지더라도 즉시 출병이라는 사실은 변함없으리라 판단했기 때문에 참전 준비를 게을리하지 않도록 지시했다. 그러나 그때 두 사람 앞으로 덩화와 훙쉐즈(洪學智), 그밖에 제13집단군 지휘관이 서명한 참전을 몇 달 늦추어 달라는 요청 전보가 안둥으로부터 도착했다.

'어제 도하 계획 실시 회의 뒤 토론을 거쳐 많은 동지들이 다음과 같은 결론을 내렸다. 우리 군은 고사포 수가 적고 공군 지원도 없다. 또한 조선은 산지와 논이 많고 기온이 낮아 땅이 얼어 진지를 세우기가 어렵다. 이러한 상황에서 출병은 손실이 많다. 따라서 2~3개월 안에 새로운 장비 공급이 보장되고, 특히 공군이 출동할 수 있을 때 계획대로 참전해도 좋지만, 그렇지 못하더

라도 출동을 늦춰야 한다는 의견은 충분히 고려되어야 한다. 봄에 출병하는 것을 제안한다.'

이렇듯 전선부대 지휘관들은 베이징의 명령이라면 따르겠노라 하면서도 내심 참전 직전까지 내내 반대했다. 덩화 등 반대론자들은 모든 중국군의 작전 조건이 불리하며 유엔군에게 격퇴될 가능성 또한 크다고 주장했다. 마오쩌둥의 제2차 정지 명령이 '며칠 대기'하라는 지시였던 데 비해, 덩화 등 수뇌부는 몇 달 동안 늦출 것을 제안했다.

펑더화이와 가오강은 군사적 관점에서만 아니라 정치적·전략적 관점에서도 참전 문제를 생각했으며, 더욱이 마오쩌둥의 즉시 참전 주장을 지지했기 때문에 이렇게 명령을 내린다.

"어려움이 많고 크더라도 출동은 변하지 않는다. 그렇지 않으면 앞으로는 수동적으로 될 뿐이다. 즉시 참전 준비를 계속하라!"

덩화 등 반대 무리와 펑더화이 사이 대립이 겉으로 드러난 17일 오후 5시, 마오쩌둥은 둥베이에 전보를 띄웠다.

'펑더화이 및 덩화, 홍쉐즈, 세팡에게 전한다. 하나, 선두 2개 사단은 19일 출동을 준비하라. 정식 명령은 내일(18일) 내려진다. 둘, 펑더화이와 가오강 두 사람은 내일 비행기로 귀경해 상담하라.'

이 전보의 말투는 15일까지 작전 구상과 몇 가지 차이가 있다. 마오쩌둥은 11일 4개 보병군단과 3개 포병사단 출동에 모두 동의하는 전보를 펑더화이에게 보냈다. 13일 정치국회의 의결 뒤 마오쩌둥과 펑더화이가 결정한 작전 구상은 의용군의 제1진 군단이 19일을 기해 일제히 출동한다는 것이었다. 하지만 실제로 19일에 출동했던 것은 4개 보병군단이 전부였다. 이 전보문은 '선두 2개 군단'의 19일 출동 준비만을 언급했다. 일단 19일 출동으로 다시 확정했지만 정식 명령은 펑더화이와 가오강이 귀경한 뒤 정치국회의를 열고 난 다음에 내린다는 신중한 자세를 보였다.

10월 18일 이른 아침, 펑더화이와 가오강은 비행기로 베이징에 도착했다. 펑더화이는 지안에서 소환되어 온 뒤 벌써 세 차례 귀경이었다. 두 사람은 그대로 중난하이의 쥐샹수우(菊香書屋)로 떠나 제1선 부대 준비 상황을 마오쩌둥에게 알리고, 제13집단군의 덩화 등이 보낸 전보가 호소하는 어려움 등에 대해 함께 검토했다.

같은 날, 저우언라이도 소련 방문을 마치고 베이징에 도착한다. 그는 곧장 중난하이에 있는 마오쩌둥 집무실로 가서 자세한 교섭 결과를 보고했다. 한반도에 출동하는 중국군에 대한 공군 지원은 기대할 수 없지만 소련이 중국 본토의 방공을 맡기로 했다는 점, 많은 무기와 신속한 탄약 제공이 약속되었다는 것이다.

소련의 지지를 확인한 마오쩌둥은 계속해서 저우언라이와 함께 참전 문제를 오랜 시간 살펴보았다. 펑더화이와 가오강도 자리를 함께했다.

그날 오후, 정치국 위원과 각 방면 책임자가 참가한 중앙서기국 확대회의가 열렸다. 회의에서는 먼저 저우언라이와 펑더화이가 저마다 보고를 했다. 저우언라이는 모스크바에서 나눈 회담 내용과 결과를 내놓았다.

"스탈린은 참전하는 의용군에 대한 소련 공군의 지원에 동의하지 않았지만 군사 물자 공여를 약속했습니다."

곧이어 펑더화이는 한국전쟁의 긴박한 군사 정세를 소개했다.

이 시점에서 출석한 거의 모든 사람이 곧바로 출병 필요성을 인식했다. 마오쩌둥은 마지막 결단을 내렸다.

"이제 적군은 평양을 포위, 공격 중입니다. 머지않아 압록강까지 진격해 올 겁니다. 곤란한 점이 산더미 같다 해도 우리는 의용군 출동을 바꿔선 안 됩니다. 더 이상 늦출 수는 없습니다. 본디 계획대로 압록강을 건너야 합니다."

참전이 나라 안팎에 미칠 영향에 대해서는 8월 중앙군사회의에서 이미 살펴보았다. 둥베이 지방의 공업 시설 소개(疏開)를 포함한 일부 대응책을 다루었는데, 10월 12일 한밤의 정치국 확대회의와 18일 서기국 확대회의에서도 참전의 영향과 대응책에 대해 꼼꼼하게 살펴보았다. 참전이 국내에 미칠 영향을 베이징 지도부는 다음 세 가지 가능성을 헤아렸다.

첫째, 전쟁은 이웃 나라에서 하지만 국내에 영향은 없으며 무사하다.

둘째, 이웃 나라에서 전쟁을 하면 국내가 폭격을 받는다.

셋째, 이웃 나라에서 전쟁이 확대되어 적군이 중국 연안에 상륙해 전쟁에 말려 들어간다.

이 가운데 둘째 가능성이 가장 강하다고 판단했다. 따라서 정부의 모든 대응책은 둘째 국면을 중심으로 결정이 내려졌다.

"둘째 국면을 예상해 준비하면 첫째 방향으로 흘러가도 유비무환(有備無患)의 자세로 전쟁을 맞이할 테고, 만일 셋째 국면으로 접어들더라도 둘째 국면에 대한 대응책도 이와 모순되지 않으니 충분하다."

미국이 전쟁을 중국대륙으로 확대할 가능성을 늘 경계하던 베이징 지도부로서는 이것이 가장 좋은 방침이었다. 이러한 전반적 정세 판단에 바탕해 국가의 군사전략 또는 정치·경제 방침에 대해서도 일련의 중대한 조정이 이루어졌다.

첫째, 1951년 국가 재정 예산에서 군사비 비중이 30퍼센트에서 41퍼센트로 높아졌다.

둘째, 1950년 2월 중소 무역협정에서는 소련의 3억 달러 차관 가운데 절반을 해군 장비 구입에 치르도록 되어 있었지만, 한국전쟁 참전과 함께 차관액 대부분이 공군기 및 육군 장비 구입에 쓰여진다.

셋째, 1950년 하반기부터 전면적으로 전개되던 군인 제대는 중단되었다.

넷째, 전국 방공준비위원회가 설치되어(10월 31일), 둥베이 지방 공업 시설 소개가 빠르게 진행되었다.

다섯째, 장제스 군대가 한반도에서 미군의 행동에 호응해 타이완 해협 방면으로 상륙해 옴에 대비, 광둥성(廣東省)에 5개 군단, 푸젠성(福建省)에 4개 군단을 배치해 대처했으며, 또 후난성에 2개 군단을 후속 부대로 대기시켰다.

서기국 확대회의가 끝난 뒤, 펑더화이는 마오쩌둥의 지시를 받고 장거리 전화로 압록강 왼쪽 기슭에 대기 중이던 덩화와 훙쉐즈 등에게 명령을 내린다.

"의용군 모든 부대는 비밀을 철저히 지켜라. 위장을 철저히 하며 식량과 탄약을 넉넉히 가지고, 정치 동원 및 선전 대회를 열어 곧바로 출동에 대비하라!"

밤 9시, 펑더화이는 마오쩌둥의 지시에 따라 제13집단군 지휘관 앞으로 긴급 전보를 보냈다.

'덩화, 훙쉐즈, 한셴추(韓先楚), 허진녠(賀晉年) 부사령관에게 전한다. 보병 4개 군단 및 포병 3개 사단은 예정대로 조선 북부로 떠나 참전하기로 결정되었다. 내일 19일 저녁, 안둥과 지안을 하나의 선으로 해서 압록강을 건넌다. 비밀을 엄수하기 위해 각 부대는 날마다 저녁 무렵에 도하를 시작해 다음 날 새벽 4시에는 정지, 5시까지는 위장을 끝마치도록 확실히 감독하라. 첫날(19일)

저녁에는 2개 또는 3개 사단 도하를 예정하고, 이틀 뒤부터는 상황을 지켜보면서 도하 부대 증감을 결정하라. 그밖에 가오강과 펑더화이 두 사람의 연락을 기다리도록 하라.'

이 전보문은 마오쩌둥의 이름으로 보냈는데, 펑더화이가 의용군 총사령관에 취임한 뒤 제13집단군 측에서 여러 번 태업(怠業) 사태가 있었으므로 일부러 고른 방법이었다. 마오쩌둥 명의로 전보를 보낸다면 최고 권위를 가지리라 여긴 것이다.

같은 날 밤, 베이징은 북한 북부 산악지역을 헤매던 중국 대사관의 차이청원 임시 대리대사 앞으로, 펑더화이가 북한에 들어간 뒤 김일성과 빨리 만날 수 있도록 서둘러 연락하라고 전보로 명령했다. 저우언라이는 차이청원 등 앞으로 김일성 지휘부를 따라 행동을 함께하라는 지령을 내렸다.

그런 다음 제13집단군 각 부대에 대한 지휘권을 확실히 하고자 펑더화이는 마오쩌둥에게 제안을 건넨다. 18일 중앙군사위원회 명의로 마오쩌둥은 '의용군 지휘 기관 통일하기 명령'을 발포했다.

"펑더화이의 임시 지휘소는 제13집단군 사령부와 합쳐 중화인민 의용군 총사령부를 구성한다. 펑더화이를 사령관 겸 정치위원으로, 덩화, 홍쉐즈, 한셴추를 부사령관으로, 세팡을 참모장으로 임명한다."

마침내 역사적인 10월 19일이 밝아왔다.

이른 아침, 펑더화이와 가오강은 비행기로 베이징을 떠나 안둥으로 날아왔다. 펑더화이는 그곳에서 제13집단군 간부들을 소집, 마오쩌둥과 중앙군사위원회의 전략 구상을 전달하고, 각 부대의 노선 및 시간에 대해 최종 명령을 내린다.

이 군사회의 바로 뒤 북한 측 대중국 교섭 대표 박일우가 안둥으로 달려왔다. 박일우는 펑더화이를 만나자마자 물었다.

"중국의 참전 날짜는 결정되었습니까?"

"그렇소. 이미 정해졌소. 오늘 밤 4개 보병군단, 3개 포병사단이 일제히 출동합니다."

펑더화이의 말을 듣자 박일우는 평양이 곧 무너질 것 같다는 전황을 알렸고, 김일성과 연락이 끊겼음을 인정했다. 펑더화이는 박일우에게 한마디 말을 남기고 떠났다.

"김일성을 찾으러 가시오."

19일 밤, 라이트를 끈 녹색 지프 한 대가 압록강 대교를 질주했다. 펑더화이는 압록강 철교를 지나 북한 땅으로 들어갔다. 그는 전 군사위원회 통신처장 추이룬(崔倫), 비서 양펑안(楊鳳安)과 경비원 4명과 함께 지프에 올라 타 있었다. 무전기를 갖춘 대형 트럭이 따라붙었다.

군대보다 먼저 압록강을 건넌 펑더화이는 전쟁이 어떻게 진행 중인지 궁금했다. 지원군이 한반도에 오기 전에 김일성이 만나고 싶었다. 비밀리에 행동했지만, 적의 움직임도 모른 채 무장병력 없이 건넜으니 크나큰 모험이었다. 10일 동안 잠을 제대로 못 잔 그의 몰골은 영 아니었다. 두 눈도 시뻘겋게 부어 있었다.

양펑안이 안타까워했다.

"총사령관님, 눈을 좀 붙이시는 게 어떻습니까?"

펑더화이는 버럭 화를 냈다.

"이런 상태에 잠이 오나!"

잠시 뒤 안정을 되찾자 마음속 깊이 감격한 목소리로 펑더화이가 입을 열었다.

"내 인생은 전쟁터로 이루어졌다. 수십 년 동안 전쟁터만 누볐지. 오늘처럼 적의 동태를 모르고 나선 적은 없었다. 베이징에서 맥아더에 대한 책을 두 권 샀는데 몇 번 읽어도 뭔 말인지 도통 모르겠더군. 그건 별 내용 없다는 이야기지. 위장과 대담한 포위로 적을 무찌르는 수밖에 다른 길은 없다. 이번 전투는 겨뤄 볼만 해."

몇 시간 뒤 펑더화이는 북한 부수상 박헌영과 만나고 김일성과도 연락이 닿았다. 그들은 평안북도 창성군 동창면 대동(大洞) 쪽으로 저마다 차로 움직였다. 차창 너머 북으로 철수하는 북한 군민과 가축, 차량이 줄지은 모습이 한눈에 들어왔다. 짐 보따리를 이고 압록강으로 떠나는 부녀자들 얼굴에는 두려움과 공포가 가득 서려 있었다.

펑더화이가 탄 차를 모는 운전병은 이제 막 스물을 넘긴 둥베이(東北) 출신이었다. 지리를 잘 알지 못해 차를 천천히 몰았다. 펑더화이는 답답해서 얼굴을 찡그렸다. 박헌영이 탄 차는 거칠기 짝이 없는 길을 아주 빠르게 달려갔다.

스탈린으로부터 받은 은회색 승용차였다. 펑더화이 차가 뒤로 처지면 멈췄다가 또 가기를 거듭했다. 성질 급한 펑더화이는 마침내 박헌영 차로 옮겨 탔다. 한편, 그 무렵 유엔군 사령관 맥아더는 1000km 떨어진 도쿄의 어느 화려한 주택에서 전쟁을 지휘하고 있었다. 자신의 적수인 중국 총사령관이 이토록 어두운 밤 김일성을 만나러 가리라곤 꿈에도 생각지 못했다.

20일 밤늦게 펑더화이는 대동에 이르렀다. 야트막한 초가가 흩어져 있는 작은 마을이었다. 21일 오전 8시 30분쯤 먼저 와 있던 북한주재 대리대사의 안내로 김일성과 만났다. 그는 마오쩌둥에게 첫 전문을 부쳤다. 회견 시간과 장소 말고 별다른 내용은 없었다. 마오의 답전도 간단했다.

"조선인민군과 조선노동당을 높이고, 조선인민 우두머리 김일성을 존중해라. 조선의 나무 한 그루와 풀포기 하나, 산봉우리와 물줄기 하나하나를 소중히 여기고 보호해라."

김일성이 환영 인사를 마치자 펑더화이가 전선 상황을 물었다. 김일성은 사실대로 말하기가 난처한 듯 당황했다.

"적 병력이 우세합니다. 미 공군이 엄호하면서 올라오는 중이라 막아내기에는 아군 힘이 턱없이 부족합니다. 어제 미 공수부대 1000여 명이 평양 북방 숙천(肅川)과 순천(順川)지역에 침투했습니다."

둘은 부하들을 물리고 비밀 이야기를 나눴다. 북쪽 어느 마을에서 키운 씨 암탉 한 마리와 나물 반찬을 몇 개 놓고 아침도 함께 먹었다.

그 뒤 펑더화이는 대유동(大楡洞)으로 떠났다. 그곳에서 지원군 부사령관 덩화(鄧華)와 만났다. 대유동은 온 주위가 산으로 둘러싸인 작은 골짜기였다. 첩첩산중에 유독 느릅나무가 울창한 지역이었다. 지나가던 어느 시인이 대유동(大楡洞)이라 이름 붙였지만, 다들 느릅나무골이라고 불렀다. 일제가 침략한 시절에는 금맥이 발견되면서 외지인들이 몰려들었다. "조선 제2의 금광 대유동"이라 찬사를 받던 금광은 오래가지 못했다. 아름다운 풍경과 함께 한때 사람들로 붐볐던 느릅나무골에는 이제 귀신 콧구멍 같은 동굴들만 남았다. 양쪽 산자락에 자리한 이 폐광(廢鑛)이 김일성이 마련한 지원군 사령부였다. 김일성이 머무는 대동과도 멀지 않았다.

동굴 안에는 축축한 냄새가 코를 찌른다. 어디를 보나 어둡고 음침했다. 문득 펑더화이가 덩화에게 엉뚱한 소리를 했다.

"마치 둔황(敦煌) 같군."

몇 달 전까지 펑더화이는 서북 군정위원회 주석이었다. 둔황을 여러 차례 찾은 적이 있다. 명령을 내리면서 그는 자리를 떴다.

"10월 25일 밤 작전회의를 소집해라. 야전 지휘관 모두에게 알려라."

저 멀리 돌아서는 덩화에게 펑더화이는 청푸(成普)를 부르라고 지시했다. 덩화는 무슨 말인지 곧 알아들었다.

펑더화이는 무슨 일이나 성질부터 냈다. 장정과 항일전쟁, 국·공내전을 거친 맹장(猛將)들도 펑더화이 앞에만 가면 오금이 저렸다. 그런데 청푸만은 예외였다. 이날도 달려온 청푸에게 그는 눈웃음 지으며 등부터 두드렸다.

"마오 주석과 함께 너를 본 지도 벌써 10년이 흘렀구나. 꼭 살아서 돌아가라. 전쟁은 처음과 끝이 중요하다. 25일 밤까지 미군과 한국군 움직임을 파악해라. 초기 작전계획을 세워서 보고해라."

그때 청푸의 나이 서른한 살이었다.

펑더화이가 북으로 향하던 그 시간, 마오쩌둥은 더없이 혼란스러운 상태였다. 오후 5시 30분쯤 그는 수면제를 먹고 막 잠자리에 들었다. 마침 녜룽전이 보고할 내용이 있어 그의 집으로 찾아왔다. 경비대장 리인차오(李銀橋)는 그를 둥부우(東部屋)로 안내해 자리에 앉으라고 권했다. 하지만 녜룽전은 초조한 모습을 보이며 방 안을 왔다 갔다할 뿐이었다.

리인차오는 서둘러 마오쩌둥의 침실로 갔는데, 방문이 조금 열려 있다. 살짝 들여다보니 아직 잠들지 않은 기척이 느껴졌다. 그는 방문을 두드린 뒤 들어가서 낮은 목소리로 보고했다.

"녜룽전 총참모장이 와서 기다리고 있습니다."

이 말을 듣고 마오쩌둥은 몸을 일으켰다.

"이젠 자기는 다 틀렸군."

마오쩌둥은 의자에 걸쳐두었던 옷을 입었다. 그는 곧장 동쪽 방으로 향했다. 마오쩌둥이 방으로 들어서는 모습을 보자 녜룽전이 한 걸음 앞으로 와서 경례를 붙였다.

"보고합니다. 의용군은 압록강을 건너기 시작했습니다. 전장의 정세는……."

30분 뒤 녜룽전이 돌아갔다. 마오쩌둥은 어떤 표정 변화도 없이 한마디만 했다.

"이제부터 나는 자겠다."

그러고는 눕자마자 깊은 잠에 빠져들었다.

같은 날, 마오쩌둥은 전국 각 지방 당국의 수뇌에게 전보를 보내 의용군 출동을 통보함과 동시에 '불언실행(不言實行)'을 요구했다.

'중국 방위와 조선 지원을 위해 의용군이 오늘 출동하기로 결정했다. 먼저 아직 (적군에게) 점령되지 않은 조선 북부 일부 지구에 발판을 마련해 전기(戰機)를 보아 유동적 진공 작전을 수행하되, 조선인민이 멈추지 않고 싸울 수 있도록 지원한다. 단, 오늘부터 몇 달 동안 입을 다문 채 실행만 하도록 하라 (不言實行). 신문에서는 어떤 공개 선전도 하지 않을 것이다. 업무 계획 준비를 위해 당내 고급 지휘 간부에게만 알리도록 하라. 이 점을 반드시 명심하라.'

오후 5시 30분 제40군의 도하를 시작으로, 의용군 주력부대는 그날 밤 3개소 도강 지점에서 압록강을 건너 남하했다. 중국 참전은 이로써 정식으로 시작되었다.

안둥으로부터는 제40군의 119, 120사단, 제39군 115, 116사단 및 포병 제1사단이 도하했고, 창띠엔(長甸) 하구에서는 제39군 117사단과 제40군 118사단, 포병 제2사단, 고사포연대가 도하했으며, 지안에서는 제42군, 38군(22일 출동)과 포병 제8사단이 도하했다.

1950년 10월 19일, 국군 1사단과 미 기병 1사단이 평양을 점령했다. 39군을 거느린 우신취안은 자기 부대가 맨 앞에 서야 직성이 풀렸다. 장정 시절에도, 항일전쟁 때도 마찬가지였다.

마오쩌둥은 침이 마르도록 칭찬했다.

"자넨 말이야! 볼수록 마음에 들어. 전투도 뛰어난 데다 전쟁을 아주 잘 알지. 적들이 느슨해진 틈을 노려 맹수처럼 덮치거든! 그런 다음 숨죽인 채 기다리던 아군 쪽으로 몰아버린단 말이네! 하하하!"

작전 지역으로 숨어든 우신취안은 몸을 낮추고 군사들을 곳곳에 숨겼다. 예하 부대에게 첫 번째 명령이 떨어졌다.

"밤을 기다리자. 미군 보초 둘을 산 채로 잡아들여서 따로 심문해라. 미군 위치가 파악되면 보고해라."

19일까지 베이징 지도부는 위의 4개 보병군단 소속 12개 사단을 제1진 출동 병력으로 하고, 또 제50군과 제66군을 '전역 예비대(戰役豫備隊)'로 했다.

그런데 마오쩌둥의 명령에도 19일 제13집단군 몇몇 지휘관들은 펑더화이와 행동을 달리했다. 어떤 저항과 항명의 기미마저 엿보였다. 이를 눈치챈 마오쩌둥은 21일 3시 30분에 덩화 앞으로 전보를 보낸다.

'내 의견으로는 작전을 지휘하기 위해 제13집단군 사령부를 펑더화이가 있는 곳으로 이끈 다음 중국인민 의용군 총사령부로 바꾸어야 한다.'

이틀이 지난 23일 7시에는 다시 덩화에게 단호한 내용을 담은 전보를 보냈다.

'2~3일 안으로 적군이 우리 군의 동향을 알아차릴 가능성이 있다. 이제부터 우리 군이 통일된 지휘권을 갖지 못한다면 전기(戰機)를 놓칠지도 모른다. 귀관들은 신속히 자동차로 펑더화이가 있는 곳으로 가서 합류하라. 그의 지휘 아래 작전계획을 결정하고 작전을 지휘해야 한다. 출발과 도착 시각을 즉각 보고하라!'

마오쩌둥의 이런 엄명을 받은 다음 날 24일에서야 제13집단군 사령부는 겨우 펑더화이의 지휘소와 합류했다. 대군 출동 뒤 엿새째 되던 날이었다. 이처럼 참전 결정 과정에서는 알게 모르게 미묘한 세력 다툼이 있었다. 참전 결정 자체가 서둘러 이루어졌으므로 모순된 면이 있을 수밖에 없었다.

25일, 마오쩌둥은 18일 지시했던 '의용군 총사령부 구성과 펑더화이의 사령관 임명'에 대한 내용을 다시 한 번 전보로 알렸다. 21일 펑더화이와 김일성이 처음 만났을 때 합의된 내용으로써 북한 측 대표 박일우를 의용군 부사령관 및 부정치위원, 당 부서기로 임명한 사실을 인정함과 동시에 예상되는 혼란을 막고자 둥베이군구를 포함한 각 부문에 대한 정식 설명을 한 것이다.

이틀 전인 10월 23일 펑더화이의 제안으로 제50군, 66군 2개 군단의 즉시 출동 명령 또한 내려져 25일과 26일 저마다 안둥과 지안으로부터 도하를 시작했다. 이로써 11월 1일까지 실제로 북한에 출동한 총 병력은 6개 보병군단의 18개 사단, 더불어 3개 포병사단, 1개 고사포연대, 2개 공병연대 등 모두 28만여 명에 이르렀다.

이처럼 의용군 주력부대의 도하는 19일에 시작되었다. 그러나 군용물자 수송 및 선두부대는 그보다 앞서 압록강을 넘었다. 둥베이군구는 한국전쟁이 일어나자 곧바로 일부 고사포부대를 북한 영내에 배치해 철교 방위 문제에 대해 총참모부에 지시를 요청했다.

녜룽전은 그 필요성을 인정하고, 마오쩌둥과 저우언라이에게 보고서를 제출했다. 곧 허가가 떨어졌으며, 북한 측 동의도 얻어 중국 고사포부대는 압록강 철교에 대한 엄중한 방위 조치를 취했다.

의용군 병참부대 책임자 리쥐쿠이(李聚奎)는 10월 11일부터 지도부 명령에 따라 조선 북부로 온갖 물자와 기재를 급히 나르기 시작했다. 또한 10월 12일을 앞뒤로 의용군 부대는 저마다 정찰대를 전선으로 보냈다. 선두부대는 제42군 124사단 370연대로, 샤오젠페이(簫劍飛) 부사단장의 인솔 아래 10월 16일 밤 지안에서 압록강을 건너 북한 영내 30킬로미터 남짓까지 들어갔다.

2
붉은 군대

베이징의 가을 날씨는 낮과 밤의 차이가 이루 말할 수 없이 크다. 사람들은 얇은 겉옷 차림으로 기분 좋게 한낮의 서늘한 바람을 즐긴다. 그러나 어둠이 내려오면 두터운 겨울옷을 꺼내 입고 매섭게 거세진 바람에 어쩔 줄 몰라 하며 종종걸음을 친다.

중국 정부는 10월 18일 밤 군사 지원 결정을 북한 특사에게 전달했다. 박헌영, 유성철 특사는 평양 북쪽 덕천에서 김일성에게 이 소식을 전했다. 그야말로 물에 빠져 죽기 직전 하늘에서 동아줄 한 가닥이 내려온 셈이었다. 김일성은 눈물을 흘릴 만큼 기뻤다. 펑더화이는 곧바로 김일성과 회담했다. 그러나 굳은 얼굴로 그가 내뱉는 첫마디는 놀라웠다.

"이것은 나와 맥아더의 전쟁이며, 당신이 끼어들 여지는 없소."

펑더화이는 불만을 감추지 못하는 김일성에게 대못을 박으며, 지위에서나 경험에서나 감히 네가 맞먹을 상대가 아니라는 듯 거칠게 위압적인 태도를 보였다.

소련에서 군사원조를 어떻게 끌어낼까는 둘째 문제였다. 이 시점에서 중국 정부나 펑더화이가 맞닥뜨린 더욱 큰 문제는 북한을 어떤 태도로 대하느냐였다. 이는 지원국으로서 마땅한 일이며, 더욱이 어딘가 수상쩍은 김일성을 온전히 믿을 수 없었기 때문이다. 먼저 베이징에 보내졌던 두 특사에게서 북한군 지휘권을 빼앗은 다음, 펑더화이가 김일성에게 한 번 큰소리를 친 셈이다.

1945년 8월 제2차 세계대전이 끝나며 조선이 일본 지배에서 벗어나자, 항일전에서 살아남은 독립운동가들이 하나둘 조국으로 돌아왔다. '김일성(金日成)'도 그 가운데 하나였다. 그는 동북항일연군 출신이었다. 10월이 되자 평양 군중의 환호를 받으며 모습을 드러냈다.

그때 처음 33세 김일성을 본 북한 주민들은 저마다 의심어린 눈길로 고개를 갸웃거렸다.

'신출귀몰해 일본군 간담을 서늘케 했다는 전설 속 김일성 장군이 저토록 새파란 젊은이일 리 없어.'

그들은 의아해하며 이렇게 생각했다.

'저 남자는 김일성 장군을 흉내 내는 사기꾼이 아닐까! 이게 대체 어찌된 일일까?'

이 수수께끼를 흥미롭게 파고든 책이 있다. 바로 이명영의 《북조선 김일성은 4명이었다》이다. 이 책에 따르면 과거 조선에는 '김일성'이라는 이름의 항일운동가가 여럿 존재했음을 알 수 있다.

첫 번째는 1907년~1920년대에 뛰어나게 활동한 항일투사. 한자로는 '金一成'이라고 쓴다. 1920년대 끝무렵에 죽은 것으로 보인다.

두 번째는 일본육군사관학교 출신이지만 독립운동에 몸 바친 인물로 본명은 김광단(金光端)이다. 첫 번째 김일성과 헷갈려, 그야말로 조선의 영웅 김일성 장군이라고 많은 이들이 믿게 된 사람이다. 그 또한 1920년대에 전사한 것으로 짐작된다.

세 번째 김일성은 1930년대에 만주에서 활동한 항일유격대 사장(師長). 이 군대는 항일을 내세웠지만 실은 동족 조선 민중으로부터 약탈을 서슴지 않던 마적 부대나 다름없었다. 이 세 번째 김일성은 1937년에 죽었는데, 곧바로 네 번째 김일성이 항일유격대에 나타난다. 즉 후계자가 '김일성'의 이름을 고스란히 이어받은 것이다. 그러나 그는 1940년 무렵 소련으로 탈출했고, 그 뒤 행방은 묘연하다.

요컨대 1945년 해방되기까지 조선 민중들 사이에서는 '조국 독립을 위해 김일성 장군이 싸우고 있다'는 전설이 심심찮게 만들어진 것이다. 이 전설을 지지대로 삼아 북조선을 차지하고 소련군의 호위를 받으며 평양시민 환영대회에 모습을 드러낸 인물이 뒷날 조선민주주의인민공화국 주석이 되는 다섯 번째 김일성이다. 앞서 말한 김일성들은 신출귀몰한 솜씨로 게릴라 활동을 펼쳤기 때문에 얼굴을 제대로 아는 사람이 거의 없었다. 또한 '다섯 번째 김일성'은 세 번째, 네 번째 김일성의 부하였던 시절이 있어서, 그들 경력을 제 것인 듯 꾸며내기도 쉬웠으리라. 이러한 사정을 꿰뚫은 소련 정보부는 북조선에 공산정권을 세우고자, 항일군에서 다루기 쉬운 인물을 골라 조선의 영웅 김일성 장군이라 치켜세우며 소련군이 평양에 진주할 때 앞장세웠다.

그와 동시에 '김일성'은 진실을 아는 사람들을 잇따라 숙청하고 독재자의 지위를 단단히 다져간다. 널리 알려진 그의 경력은 레닌이나 마오쩌둥의 인생과 비슷하게 거짓으로 꾸며졌으며, 여러 차례 더욱 그럴듯하게 다듬어진다. 신격화를 위해 요란스레 덧붙여진 김일성의 경력에서 이상한 점이 드러나면 북조선 정권은 곧바로 역사를 왜곡하곤 했다.

이토록 모순으로 얼룩져 있어도, 북한 민중은 그것을 더없는 진실로 받아들여야만 했다. 까닥 잘못하여 정치범으로 몰리면 쥐도 새도 모르게 사라지든가 생지옥 같은 수용소로 보내지기 때문이다. 북한이 공포정치의 길로 나아가게 된 것은 이 정권수립 비밀에 비롯한다고 볼 수 있으리라.

어쨌든 널리 알려진 경력으로 보면, 김일성은 1912년 평안남도 대동군 고평면에서 김형직(金亨稷)의 맏아들로 태어났다. 본디 이름은 성주(聖柱 또는 成柱)이다. 1929년 조선공산청년회에 가입, 1931년 동만(간도지방)으로 이동해 중국공산당에 들어왔다. 1935년 이름을 김일성으로 바꾸고, 1936년 항일동북연군 제1로군 제1군 제6사장이 된다. 이때 지린성(吉林省) 장백현과 조선 함남 일대에서 펼쳐진 재만한인 조국광복회를 주도한다. 1937년 항일연군 북조선 파견대를 이끌고 보천보전투(普天堡戰鬪 : 함경북도 갑산군 보천보 경찰주재소와 면사무소를 공격, 일경과 민간인 등 중상자를 여럿 냈다)를 이끈다. 이어 일본군 토벌작전에 쫓겨 후퇴를 거듭하다 1940년 10월 소련 영내로 패배해 물러난다. 그 뒤로는 소련 제88독립저격여단 제1대대장으로 활동하다 1945년 해방을 맞는다.

지위 차이가 너무도 큰 탓에 김일성은 펑더화이에게 함부로 반박조차 할 수 없었다. 중국 북조선 연합사령부 부사령관은 마오쩌둥의 친서대로 옌안파(延安派)인 내무상 박일우가 임명되었다. 끝내 김일성은 전쟁의 주도권을 잃고, 조선인민군은 휴전 때까지 한낱 보좌역으로 만족해야 했다. 그러나 중국은 김일성을 완전히 무시하지는 않았으며, 체면만은 지키게 해주었다.

한반도에 발을 들인 중공군은 엄격한 규율로 북한의 처지를 존중했다. 유엔이 인원과 장비를 투입해 한국을 지원하겠다고 결정했을 때, 이미 중공군부는 북한의 패배를 내다보았다. 그들은 전쟁 초기에 북한군이 미군을 격퇴하자

오히려 뜻밖의 일이라며 크게 놀라워했다.

한국전쟁 발발 몇 주일 뒤 중공군 총사령관 주더는 군대를 만주로 옮겨 압록강을 건널 준비를 하라고 다급히 명령을 내렸다. 중국은 수송시설과 수단이 빈약한 데다 수송거리도 멀었다. 전쟁이 시작되었을 때 제4야전군 병력 일부는 만주에서 훈련 중이었으나, 주력부대는 상하이 시내와 그 주변에 머무른 채 제3야전군도 아모이(중국어는 샤먼(厦門))와 푸저우(福州) 부근에 배치되어 있었다.

8월 중순, 낙동강 전선에서 북한군이 패배한 직후 제3야전군은 북쪽으로 움직이기 시작했다. 미해병이 인천에 상륙하면서 북한군이 속수무책으로 무너지자 중공군의 이동은 더욱 불붙었다. 중국은 진격하는 유엔군에 맞서 지원군을 전투에 투입할 준비를 서둘렀다. 흔히 인해전술(人海戰術)로써 한반도로 밀고 들어왔다고 알려진 중공군은 과연 어떤 군대인가. 그들의 정체는 무엇이고 목표로 삼았던 것은 무엇인가.

중국 공산군의 핵심세력은 1927년 장제스와 결별한 한 무리로 이루어졌다. 난창(南昌)에서, 그 뒤 산터우(汕頭)와 광둥에서 국민정부군(國府軍)에 패한 중공군은 중국 북부로 후퇴해야만 했다. 공산군 9만 명이 중국 남부 광시성(廣西省)으로부터 중국 북부 산시성(陝西省)의 산악지대로 이른바 '장정(長征)'의 길을 떠났다. 그들 앞에는 24개의 강과 18개의 산맥, 6000마일의 험한 길이 놓여 있었다. 달구지, 당나귀, 남녀 구별 없이 등에 보급품과 무기를 지고 1934년 10월 16일 밤 드디어 '대장정'의 서막이 올랐다.

끼니는 현지에서 구해서 때울 수밖에 없었다. 5만이 넘는 민간인을 모아 짐꾼으로 삼은 이 군대는 타이위안(太原)산맥 서쪽에 있는 옌안(延安)을 새 수도로 삼았다. 낙오자와 도망자들은 후미를 따르던 잘 짜인 정규부대가 닥치는 대로 잡아들였다.

"이 새끼, 왜 이렇게 뒤처져? 너, 힘들면 아예 그만 따라오게 해줄까?"

뒤처지던 민간인 한 사람을 불러 세우고 새파랗게 젊은 중공군이 윽박질렀다. 중공군은 들고 있던 총부리를 멀리 겨눴다. "탕" 산을 울리는 소리와 함께 멀리서 비틀거리며 따라오던 민간인 하나가 깃털처럼 가볍게 땅바닥으로 엎어졌다.

"잘 봤나? 재빨리 튀어서 앞줄에 서든가, 아니면 저렇게 되든가. 뭘 꾸물거리나!"

맨발이거나 고작 짚신을 신은 이 초라하고 볼품없는 군대는 중국 대륙을 가로질러 서쪽으로 꿈틀거리며 나아가 북쪽으로 방향을 바꿔 쓰촨성(四川省)의 험준한 산줄기로 들어섰다. 하얀 눈으로 뒤덮인 산줄기에 솟아난 1만 6000피트의 높은 고개를 넘어야 했다. 힘겨운 고비를 이겨낸 그들은 충칭(重慶) 서쪽 다두강(大渡河)을 건넜다. 이곳을 건너 쓰촨(四川)으로 들어가면 옌안까지 빠르게 나아갈 수 있지만 실패하면 티베트 쪽으로 길게 돌아가야만 했다. 그렇지 않아도 버거운 상황에 가는 길마저 길어진다면 고초는 눈에 보이듯 뻔한 일이었다.

그들은 먼저 국민정부군에게서 배 3척을 빼앗았다. 덕분에 마오쩌둥, 주더 등 당 중앙이 이끄는 홍군(紅軍) 제1방면군은 이 배로 강을 건넜다. 하지만 온 병력이 배 3척에 의지할 수는 없는 노릇이었다. 자칫 이동에만 한 달 가까이 걸려 배후 퇴로를 빼앗길 위험이 컸다. 홍군 지휘부는 다두강 상류의 쇠줄로 만든 91미터 노정교를 주목, 나무판자로 통로를 만들었으나 국민정부군이 반쪽을 없애 길을 막아버렸다. 그러고는 먼저 유리한 위치를 확보해 기관총을 설치했다.

하는 수 없이 홍군 지휘부는 병력을 빼내 이동했다. 1935년 5월 29일 새벽 4시, 진지에서 빠져나온 홍군 제1방면군은 어둠 속에 몸을 숨기고 단숨에 96킬로미터를 달려 노정교에 닿았다. 그런 뒤 22명의 결사대를 꾸려 쇠줄을 타고 건너 상대 진지의 군사교두보를 확보하라는 임무를 내렸다. 국민정부군의 기관총이 그들에게 불을 내뿜었다. 그러나 22명은 빗발치는 총알에 눈썹 하나 까딱하지 않고, 먼저 쓰러진 병사의 시체를 방패 삼아 칠흑 같은 어둠에 기대어 앞으로 앞으로 나아갔다.

10명 남짓 살아남았을 때 마침내 한 병사가 알맞은 위치까지 다가가 수류탄을 던졌다. 이윽고 참호는 폭발하고 요란한 기관총 소리가 잠시 멈추었다. 이때 홍군은 쇠줄 돌파에 나섰다. 고매한 그들의 영웅적 활동으로 노정교를 건넌 홍군은 순조롭게 쓰촨 일대로 나아가 제4방면군과 합류했다.

뒷날 마오쩌둥은 이 작전을 성공적으로 마친 영웅들을 기리며 시를 바쳤다. '얼음같이 차가운 쇠줄 노정교를 건너기란 참으로 어려운 일이 아닐 수 없다(大渡橋橫鐵索寒).'

장정, 그것은 죽음의 길이라 해도 지나치지 않은 험난한 행군으로 오로지 강한 자만이 살아남을 수 있었다. 본디 9만 명으로 떠난 이 중공군은 옌안에 도착했을 때 고작 2만 명밖에 남지 않았다. 타이위안 산맥을 동쪽 방패로 삼고, 만리장성과 소련을 등에 지고 나서야 장정의 주인공들은 그동안 어떤 일이 일어났던가를 돌아볼 여유를 가졌다. 그들은 11개 성(省)을 지나 15회째 큰 전투를 치르며 62개 도시를 차지했다. 235일의 낮과 18일의 밤을 행군으로 보낸 이들은 하루 평균 무려 71리를 움직였다.

그 뒤 16년 동안 인민해방군은 오직 전쟁 말고는 아무것도 몰랐다. 그들은 목숨을 걸고 국부군과 싸웠다. 일본군에 맞서기 위해 국부군과 편의상 동맹을 맺고, 그때 처음으로 현대 무기를 갖추게 되었다. 더없이 열악한 환경 속에 무기공장을 세울 만한 능력이 없던 그들은 미국의 무기대여법에 따라 무기를 제공받았다. 중국에서 일본군이 패전하면서 자연스레 또 다른 무기공급처가 생겼다. 그 뒤 장제스 군대를 대륙에서 몰아내자 그들은 또다시 어마어마한 양의 무기를 손에 넣었다. 전쟁 30년과 '장정'이 끝나고 13년 뒤 중공군을 이끌던 인물들이 중화인민공화국을 지배하게 된다.

오늘날 중공의 정치·군사적 운명을 지도하는 12명의 인물들은 거의 평생에 걸쳐 결사(結社)와 교육, 훈련의 전반적인 틀을 갖췄다. 이 가운데 2명을 제외하고는 거의 엇비슷한 나이였다. 가장 위인 주더는 1886년에 태어났고, 막내 린뱌오는 1908년생이다. 나머지 10명은 1893년에서 1900년 사이에 태어났다. 4명은 중류 가정 출신이고, 6명은 상류계급, 1명은 부유층, 또 다른 1명은 가난한 농민의 아들이다. 그중 북부 출신인 가오강과 허룽(賀龍)만이 정식교육을 받지 못했다. 이 두 사람은 군사교육을 마적단에서 받았다. 12명 가운데 9명은 중학교 또는 군사학교에서 만난 사람들이었다. 그중 7명은 한동안 프랑스와 독일에서 지내다 반체제활동을 한다는 이유로 추방되었다. 마오쩌둥과 가오강, 허룽 말고는 모두 모스크바에서 공부한 경험이 있었다.

가오강과 천이, 두 사람은 장정 이전 또는 장정 기간에 지휘관 자리에 올랐다. 둘은 다른 사람과 연결되어 있었으나 아주 특수한 임무를 맡았다. 가오강은 다른 11명이 자기 영역 안에 있는 안전지대에 들어오려 행군할 때 산시성 공산당 및 홍군의 책임자였고, 천이는 다른 사람들이 장제스군에 맞서 유격전을 떠났을 때 광시성에 그대로 남아 있었다.

이들 가운데 주더는 장정의 군사전술을 책임지는 총사령관이었다. 그때 마오쩌둥은 주더의 홍군 제4군 정치위원이었다. 이러한 결합관계는 1927년에 시작되었으며, 1931년 주더는 중국 공산군 총사령원으로 임명된다. 그때 주더 밑에서 부총사령을 지내던 펑더화이는 장정의 전위부대인 제3군단을 지휘했다.

류사오치(劉少奇)는 1922년부터 마오쩌둥과 친교를 맺어왔다. 장정 기간에 류사오치는 펑더화이의 정치위원이었다. 저우언라이는 중국·일본·프랑스·독일·소련에서도 가장 우수한 학교에서 교육받았으며, 황푸군관학교(黃埔軍官學校)의 소련인 고문 바실리 콘스탄티노비치 블류헤르 장군의 초대 보좌관이 되었다. 저우언라이는 수많은 현대의 군사지도자들을 군관학교 생도로서 가르친 바 있다. 그는 주더의 부관으로 장정에 참가했다.

다른 사람들 생애 또한 거미줄처럼 얽히고설켜 있다. 중국인들은 30년에 걸쳐 몇몇 집단이 투쟁과 살인으로써 중국과 아시아에 공산주의를 들여오고 널리 퍼뜨려 나가는 장면을 지켜봤다. 이들은 결코 목표에 흔들림이 없었으며, 그 참담하고 피비린내 나는 세월을 통해 견고한 통일체가 되었다. 중국에는 이런 속담이 있다.

'좋은 쇠는 못으로 만들지 않고, 좋은 사람은 병정으로 쓰지 않는다.'

군벌(軍閥)시대에는 더더욱 그랬다. 그즈음 가난에 허덕이던 중국 농민들은 하루에 돈 몇 푼과 쌀밥 몇 그릇에 몸을 팔아 군대에 들어가는 일이 잦았다. 민족주의 의식이나 부대의 긍지와는 거리가 먼 이 중국 병사들은 혼란과 질병과 굶주림에 더없이 허덕였다. 중국 병사들의 오직 한 가지 바람은 전리품이나 듬뿍 얻어와 자랑해도 좋을 만큼 커다란 장(欌)을 사고, 아내를 맞이하며, 죽고 난 뒤에도 호화로운 장례식으로 허세를 부릴 수 있을 만큼 재산을 마련해 두는 것이었다.

그러나 주더와 그의 장정 동료들은 이러한 폐습을 뒤엎어버렸다. 정치학습 교관들이 모든 사병을 맡아 하루 네 시간씩 공산주의의 장점과 원리를 가르쳤다. 국부군 전향자들은 더욱 면밀하게 조사해 중공군 대열에 받아들이기에 앞서 더욱 철저하게 공산주의를 주입했다. 모든 부대에 남몰래 첩자들을 심어두고, 정치학습 교관이 가르친 이론과 어긋난 말을 하는 사람은 누구든 일정 기간 격리해 집중훈련을 받도록 한 뒤 모두에게 확실한 본보기가 될 만큼 잔인하게 다루었다.

"이봐, 정신차려! 내 아들 같아서 귀띔해 주는데, 여기서도 실패하면 더는 살지 못해. 뒤통수에 실탄 한 발 맞고 끝이라고!"

그러나 멀리 내다볼 때 무엇보다 중요한 일은 중국 청년 훈련계획이었다. 열혈 청년공산주의자를 키워내는 일이야말로 중국의 앞날을 위한 가장 중요한 책무라고 판단한 것이다.

이에 따라 군사학교 간부훈련이 시작되었다. 입학 자격은 17~23세 남녀로서 '이데올로기가 순수하고 건강하며, 중학교육 또는 고등학교교육을 받은 자'로 제한했다. 복무 병과에 따라 8개월에서 2년에 이르는 훈련기간 동안 생도들은 의복, 식사, 숙소를 제공받았다. 중공군은 이 군관학교 출신 청년들에게 지휘관을 맡기고, 한국전쟁과 유격전에 단련된 지난 세대 중공군 병력은 차츰 줄여나갈 계획이었다.

전술 측면에서 중공군 지휘관들은 누구보다 건실했다. 전투에 밝은 데다 가난이란 수식어가 붙을 만큼 환경이 나쁜 학교에서 매우 험난한 훈련과 수업을 받은 이들은 수적으로 우세한 적군(장제스군)과 맞서서 포위·고립·분할섬멸 작전을 펼쳤다. 먼저 측면공격 또는 침투작전으로 장제스군이 포위되면, 상대의 진지를 좀더 작은 단위로 토막쳐 고립에 빠뜨렸다. 사실 '인해전술'은 이행하기 어려운 작전으로, 승리를 위해 값비싼 대가라도 치러야 할 때만 마지막 수단으로 쓴다.

중공군이 유엔군에게 인해전술을 썼다고 알려졌지만 정말 한국에서 중공군이 인해전술을 썼는지 밝히기는 어렵다. 유엔군이 패배했을 때 인해전술을 썼다는 보도가 있었는데, 그것은 T-34전차의 '무적(無敵)'을 연장함에 지나지 않는다.

중공군 지휘부는 인해전술까지는 아니지만, 병력이 상대보다 3대 1쯤 앞선 경우가 아니면 공격하기를 꺼린다. 그러나 일단 3대 1의 병력 조건이 갖춰지면, 야간 공격을 명령하고 탐색공격을 통해 적의 진지를 노출시킨다. 마침내 상대의 진지가 드러나면 소규모 부대를 고립시키는 데 온 힘을 다한다.

서방 군사전문가들과 달리 중공군 지휘관이 고정된 방어선을 설치하는 일은 드물다. 가장 큰 이유는 중국 땅덩어리가 참으로 크기 때문이다. 중공의 방어전술은 이동방어를 바탕으로 상황이 불리하면 후퇴하고, 유격대를 이용해 후방과 측방을 어지럽힌다. 그들은 적군이 이동하고 있을 때 기회를 엿보아 기습공격을 퍼붓는다. 또한 탈출구를 열어놓고 이동이 가능하도록 한다. 궁지에 몰린 쥐는 마지막 순간까지 거세게 싸우려 덤벼든다는 이치를 알아, 한정된 탈출통로를 마련해 주면서 적들이 스스로 지치게 만든다. 그렇게 공격자의 피해를 줄인다. 이 방법은 그들이 쓰는 방어전술의 이론적 기초이다.

중공군 지휘관은 실천과 이론 모든 면에 통달한 전문가였다. 그들은 나폴레옹과 클라우제비츠의 전쟁 원리를 꿰뚫고 있었다. 동시에 자신들이 지배하는 영토와 주민들에게 익숙한 손자병법으로 서양 이론을 바꿔 터득했다.

전투에서 중공군은 가장 준엄한 명령·조건과 최악의 기후를 견딜 수 있는 동양인 특유의 끈기까지 지녔다. 그들은 전쟁으로 인한 피로쯤은 입에 올리지도 않았다. 그것은 곧 실패를 뜻했다. 한국에서 싸우게 된 중공군 병사들은 교육수준이 그리 높지 않았기에 절대복종만을 훈련 받았다. 그러므로 어떤 결과가 오든 맡은 일을 해내려고 노력했다.

그러나 중공군은 무기 제조에 단일처리체계가 없고 병기 보급에도 통일된 유통체계가 세워지지 않아 무기와 관련된 많은 문제들에 부딪혔다. 그래서 일본·소련·영국·미국식 무기를 써왔다. 무기를 좀더 효율적으로 관리하기 위해 생산 국가별로 무기를 모아 특정 부대에 나누어주었다. 이런 방식으로 하다 보니, 1개 사단의 3개 소총연대가 저마다 다른 형태의 소총과 기관총으로 무장하는 경우마저 있었다. 그러나 이런 현상도 표준화계획이 진행되자 빠르게 바로잡혔다.

그밖에 보급문제 가운데 가장 골칫거리는 바로 먹을 것이었다. 하지만 어느덧 아시아 군인들의 스파르타식 절식(節食)과 식사 준비 방법 간소화로 쉽게 풀어나가고 있었다. 병사들마다 헝겊으로 만든 전대에 쌀·기장·콩을 갈아 섞은 곡물가루를 두둑하게 넣어 양쪽 어깨에 메고 다녔다. 전대 하나면 군인 한 사람이 적어도 닷새는 견딜 수 있다. 짧은 시간만 있으면 스스로 자기 식사를 마련했다. 불도 시간도 없을 때는 이것을 찬물에 풀어 마셨다.

식량 재보급은 간단하고도 기본적인 일이지만 부대가 전투 중이면 배가 고파도 끼니를 때울 겨를이 거의 없다. 그럴 때는 저마다 지닌 음식만으로 살아가야 한다. 그러나 부대가 안정된 후방 진지에 있다면, 각 중대는 쌀 운반을 위해 사람을 보낸다. 미움을 산 사병들을 중앙보급소에 보내 부대용 쌀을 지고 오도록 하는 것이다. 이 운반작업은 보통 한밤에 이뤄지며, 쌀을 등에 지고 20~30마일이나 되는 거리를 새벽까지 걸어서 나른다. 10명의 사병이 5일 동안 먹을 식량을 한 사람이 지고 돌아오는 셈이다.

또 다른 보급문제로는 무전기와 전화기였다. 전지 소모를 줄이기 위해 이것은 최소한으로 쓰고 전투 중 통제는 거의 모두 나팔이나 호각, 손전등으로 대신했다.

한국전쟁 출병을 앞두고 정치장교들은 북한군이 제국주의 침략자들을 막기 위해 얼마나 처참한 상태에 빠져 있는지 표현을 달리해 가며 거듭 주입했다. 장병들은 미국 군대가 한반도를 정복하고 이어 만주와 중국 본토를 침략하려 한다는 말을 귀에 못이 박히도록 들어야만 했다.

이처럼 정신무장 교육이 진행되는 다른 한편에서는 보급 기관이 제3야전군의 겨울옷을 마련하느라 한바탕 소동이 벌어졌다. 압록강 북쪽 중간 대기지역의 모든 도시와 마을에서 이 작업을 위해 인원이 징발되었다. 정부가 옷감 등 모든 재료를 장만했고, 남녀노소 할 것 없이 수많은 사람들이 작업에 투입되었다. 이런 방식으로 '원조(援朝)지원군'의 겨울 제복을 꿰매고 입혀 전장에 내보냈다. 미군의 인천상륙 뒤 제8군이 빠른 속도로 나아가면서, 중공군 제4야전군 일부 병력은 재빨리 국경을 넘어 들어가 제3야전군이 포진할 때까지 봉쇄 저지 작전을 펼치라는 명령을 받았다.

그즈음 둥베이 지방 부대는 한 달이면 조선에 도착할 수 있는 곳에 머물러 있었다. 마오쩌둥은 중국인민해방군 제4야전군에 바탕을 두고 최정예를 뽑아 부대를 짰는데, 이는 썩 훌륭한 결정이었다. 맥아더 장군의 연합군이 38선을 넘어 북조선으로 들어와 압록강이 화약 연기로 자욱할 때 갑자기 나타나 연합군 부대를 공격한 것이 바로 이 제4야전군 13집단군이다.

중국인민해방군 제9집단군은 최정예부대로 손꼽는다. 제9집단군은 미 제8군에 대한 반격을 준비 중이던 제3야전군에서 빠져나왔으며 예하 제20, 26, 27군 등 모두 12개 사단, 약 15만 명으로 이루어졌다.

제20군은 본디 1945년 11월 쑤베이(肅北)에서 창설된 신사군(新四軍) 제1종대였다. 이 종대는 곧 화둥(華東) 야전군의 주력이 되어 화둥과 중원(中原) 전장에서 활약했다.

제26군은 본디 1947년 3월 노중(魯中)군구부대가 개편돼 이루어진 화둥 야전군 제8종대였다. 전신은 항일전쟁 초기 팔로군(八露軍)이 노중에서 창설한 지방무장부대였다. 제8종대 창설 뒤 이 종대는 화둥과 중원 전장으로 옮겨다니면서 화둥 야전군의 주력이 되었다.

제27군은 본디 1947년 3월 산둥군구의 제5, 6여단과 3경비여단으로 이루어진 화둥 야전군 제9종대였다. 전신은 항일전쟁 기간 동안 팔로군이 자오둥(膠東)에서 창설한 지방무장부대였다.

집단군 사령관은 쑹스룬, 정치위원은 궈화뤄(郭化若 : 궈화뤄가 베이징으로 전출된 뒤 에는 쑹스룬이 정치위원을 겸임), 부사령관 야오융(陶勇), 참모장 친젠(覃健), 정치부 주임 셰유파(謝有法) 등이 제9집단군 수뇌부를 이루고 있었다. 쑹스룬 사령관은 1910년에 태어나 황푸군관학교에서 저우언라이의 가르침을 받은 인물이었다. 그 뒤 장정(長征) 기간에는 지도자 밑에서 치열한 전투에 참가했는데, 그때 그는 1개 연대를 이끌었다. 건실한 전술가이자 유격전의 명수라는 평가를 받았으며, 누구보다 용맹해 중공군 삼총사의 하나로 손꼽혔다.

말수가 적고 좀처럼 웃지 않는 쑹스룬은 화를 내지 않아도 무서운 인물로 통했다. 군대를 통솔하고 전투를 지휘하는 모습 또한 매우 엄격했다. 쑹스룬은 제9집단군을 이끄는 사령관으로 일본군부로부터 '유격전의 권위자'라는 칭호를 받고 1955년 장군 계급장을 수여받았다.

쑹스룬의 강철 같은 성격은 오랜 기간 온갖 혈전을 겪어오며 자연스레 빚어졌다. 그는 한국 전장에 들어와 미군과 전투를 벌이면서도 절대로 두려워하지 않았다. 후난성 출신인 그는 매운 고추와 도수 높은 술을 잘 마시며 성격도 매우 화끈하여 전투에서도 늘 머리를 밀고 일선에 나서 병사들을 지휘하곤 했다. 실제로 그의 밑에는 술고래에 머리를 민 제9집단군 군관들이 많았는데, 이 때문에 제9집단군은 '술병단(酒兵團)' 또는 '대머리병단(光頭兵團)'이라 불리기도 했다. 술병단이라 불리는 데는 나름 숨겨진 이야기가 있다. 1950년 10월 20일 중국인민지원군이 압록강을 건너기 이틀 전, 마오쩌둥이 쑹스룬(宋時輪)을 불렀다. 쑹스룬이 대만 공격을 준비하던 때였다. 마오쩌둥이 입을 열었다.

"미국이 대만해협을 막아버렸다. 대만은 너무 멀어. 가까운 조선에 가서 솜씨 좀 보여주게. 미 해병대에게 매운맛을 보여줘라. 가기 전에 자네 술 부지런히 퍼 마셔야겠어. 부하들에게도 술을 적극 권하라고! 하하하!"

그즈음 쏭스룬은 중국 으뜸 술고래였다. 당내에서 두 번째라는 소문이 장정시절부터 널리 퍼졌다. 술에서 둘째간다면 서러워할 지우언라이(周恩來)마저도 쏭스룬과는 술 겨루기는 피했다. 쏭스룬은 술 마신 다음 날은 전쟁에서 꼭이겼다. 항일전쟁시절에도 국·공 전쟁 때도 그랬다. 맨 정신에 지고 온 적은 있어도 술에 취한 상태에서 패한 적은 단연코 없었다. 그래서 재미난 노랫말도 생겨났다.

"검객 이태백 술 취하면 시인으로 바뀌고, 무송은 거나하게 취하면 호랑이를 때려잡았네. 쏭스룬은 잔뜩 취해야 전쟁에서 이긴다네."

술장군(酒將軍)이라는 별명이 붙을 만했다. 그러니 그 부하들은 오죽하겠는가.

마오쩌둥은 쏭스룬을 제9병단 사령관 겸 정치위원에 임명했다. 황포군관학교 5기생인 쏭스룬은 타고난 전략가였다. 매복과 기습에서는 그를 따를 자가없었다.

쏭스룬은 자신의 병사들을 잘 알았다. 제9집단군 소속 간부들은 전투가 코앞에 닥쳐야만 눈이 반짝였다. 쏭스룬을 비롯한 제9집단군의 각급 지휘관들은국가와 국민을 위해 거침없이 적에 맞서 싸우는 것이 군인의 사명이라 여겼고전장에서 어느 국가 부대와 싸우든 간에 그들에게 위엄을 보여줄 자신이 있었다. 쏭스룬의 제9집단군은 중공군의 새로운 무기인 긍지와 전통을 갖추었다.

중공군 제3야전군은 그 역사가 중국 남부에 남아 있던 유격대로 거슬러 올라간다. 1934~37년 이들 유격대는 예팅(葉挺)의 통합 지휘 아래 장제스군에맞서 치고 달리기의 유격전을 펼쳤다. 이들은 신사군에 통합되어 양쯔강(楊子江)을 건너 장쑤성(江蘇省)과 산둥성(山東省) 경계지대에서 항일전에 참가했다. 일본이 패전을 선언하자 그들은 다시 국민정부군에 맞섰다.

이때 신사군은 중국 동부 인민해방군으로 알려지게 되었다. 그 뒤 이 부대는 제3야전군으로 공식명칭이 바뀐다. 제2차 세계대전이 끝나고 국공 대립 내란 기간에 제3야전군은 쉬저우(徐州)에서 승리를 거두었고, 난징(南京)과 상하이를 차지했다. 이들은 단 한 번도 패배한 적이 없었다. 제3야전군 4개 집단군의 하나인 제9집단군은 한반도에 투입된 중공군 가운데 가장 강력했다.

상하이에서 승리한 뒤 제9집단군은 다른 협력부대와 함께 남동 옌안 일대국민당 잔여 무장세력을 쓸어버리고, 앞으로 맞부딪힐 타이완 전투에 대비해 그곳에서 대규모 해상상륙훈련을 시작했다. 부대는 군비를 확충하고 전열을 다시 가다듬었다. 그 뒤 1년여 동안 훈련을 거쳐 부대는 곧바로 전투에 임해도 될 만큼 실력을 갖췄고 사기 또한 넘쳤다. 부대는 마오쩌둥의 중앙군사위원회의 명령이 떨어지는 즉시 타이완 해방을 위해 타이완해협으로 진격 예정이었다.

그러던 차에 1950년 6월 한국전쟁이 일어나고 리옌펑(李彦峰)을 비롯한 제3야전군 고위급 지휘관들은 그 소식을 들었다. 그러나 그들은 멀리 이국땅에서 벌어지는 전쟁은 자신들과는 전혀 상관없다고 생각했으며, 상황이 복잡하게 얽히고 악화되더라도 둥베이(東北) 지방에도 제4야전군이 있기 때문에 자신들은 오로지 타이완전 대비에만 힘을 기울이면 된다고 여겼다.

1950년 7월 8일 밤, 천껑(陳賡)은 월남에서 일기를 썼다. 습관처럼 일기장을 들고 다니는 그였다. 낡고 해진 노트를 펼치자 날짜별로 휘갈겨 쓴 글들이 눈에 띄었다. 안주머니를 뒤져 천껑은 만년필을 쥐고 끄적거렸다.

"조선 인민군이 계속 남진 중! 한강 이남 방어선을 뚫고 미군 일부를 무찔렀다."

7월 중순, 군단장 겸 정치위원인 리옌펑은 몇몇 사단의 정치위원을 이끌고 화둥국 당위원회가 여는 회의에 참석하기 위해 상하이로 떠났다. 그러나 회의를 시작한 지 얼마 되지 않아 갑자기 일정이 취소되었다. 천이 등 화둥국의 주요 지도자들이 베이징에서 열리는 중앙정치국회의에 급히 불려갔기 때문이다. 다들 무슨 일 때문인지 정확히 알 수는 없었지만, 중앙정치국회의라면 틀림없이 조선과 관련된 일이라고 생각했다.

부대의 해군훈련기지로 돌아온 뒤 사단 내 일급 간부들 사이에는 여러 의견이 쏟아졌다. 사단장 장훙시(張洪喜)는 멀리서 달려와 전의에 불타는 모습으로 말했다.

"조선에 갔다가 타이완으로 가는 건 어떨까요? 미군놈들을 치고 나서도 타이완 가는 건 늦지 않습니다."

리옌펑은 그 자리에서 장훙시의 지나친 영웅주의를 나무랐다.

"이제 자네가 조선에 갈 차례란 건가? 제4야전군이 있는데 말이야? 그 사람들 가운데 자네보다 못한 자가 몇이나 되겠나? 자네 임무는 그저 부대원들의 해상훈련을 무사히 마치고, 명령이 떨어지면 함께 가서 싸워 이기는 거야!"

그러나 명령은 곧 떨어졌다. 리옌핑은 상황이 이렇게나 급박히 바뀔 줄 꿈에도 생각 못했다. 그들은 남동쪽의 타이완이 아닌 둥베이 쪽 조선으로 가야만 했다.

9월 7일 리옌핑은 집단군회의에 참석하기 위해 또 한번 상하이에 갔다. 집단군 수장의 말이 끝나고 화둥군 지역 사령관 천이가 중앙군사위원회의 결정을 전달했다.

"제9집단군은 즉시 타이완 공격 훈련을 멈추고 산둥 옌저우(兗州) 훈련에 합류해 조선전쟁을 준비하라."

다음 날 마오쩌둥 주석은 다음과 같은 전보를 보내왔다.

'제9집단군 전체는 10월 말 전까지 쉬저우-지난(濟南)선(이하 쉬지선)에 집합해 11월 중순 강화훈련에 돌입하라!'

군사명령의 책임감은 산처럼 무겁다. 이로써 전군은 부대를 집합해 이동물자를 점검하고 출동계획을 세웠다. 전군 소속 모든 사단은 상하이 황두(皇都), 난샹(南翔), 장쑤(江蘇), 쿤밍(昆明) 등지에서 저마다 기차에 올라 대규모로 북진했다. 그러나 그 무렵 이들이 조선으로 간다는 사실은 철저히 비밀로 부쳐져 몇몇 사단 간부 말고 아는 사람은 거의 없었다. 말단 간부인 우융추이(吳勇錘)와 훠신밍(霍新明) 또한 단순히 강화훈련 통지만 받았을 뿐이었다.

'산과 물이 있는 지역에서 훈련을 실시하라.'

이런 큰 변동에도 리옌핑은 태연하기만 했다. 그는 15세에 중앙 홍군에 들어가 설산을 오르고 초원을 누비는 2만 5000리 대장정에 참여했고, 이후 하이난과 저동 등 항일 본거지에서 일본군과 싸웠다. 또한 루난, 차이우, 명량구 전투에 자신의 부대를 이끌고 나가 국민당의 산둥해방구에 대한 대대적인 집중 공격에 맞서 그들을 박살냈다. 그는 화이하이 전투에서 장제스의 천군만마를 무찌르고 잇따라 상하이를 무너뜨리는 등, 크고 작은 전투를 100여 차례나 겪었다. 이른바 전투일생을 살아온 리옌핑은 더는 어떤 전투도 놀랍지 않았다.

'조선에서 미군과 싸우는 게 뭐 어떻단 말인가? 미국은 지난날 장제스를 도와 국공내전에 참여하더니, 이제는 이승만을 도와 한국전쟁에 끼어들어 압록강을 화염에 휩싸이게 했다. 우리 부대는 이 우쭐대는 미국에게 좋은 감정을 가져본 적이 없다. 저우언라이 총리는 순망치한(脣亡齒寒)이라고, 인접국이 당하는 꼴을 절대로 그냥 보고만 있지는 않을 것이라 말했다. 비록 새롭게 등장한 미국이라는 적수는 머리끝에서 발끝까지 강력하게 무장한 상대이기는 하나 이 또한 어쩔 수 없다. 마오쩌둥 주석은 일찍이 미국 제국주의와 그밖에 모든 반동세력은 모두 종이호랑이라고 했다. 겉으로는 강력해 보이나 실제로는 한 방이면 나가떨어질 적수를 가리키지. 비록 오늘은 비밀에 부쳐 있어 조선 파병 계획이 본격적으로 진행되고 있지 않지만, 나는 내 부대를 믿는다.'

리옌펑은 자신의 부대가 노련한 신사군(新四軍) 부대로 장난(江南)의 항일 유격대에서 두각을 나타낸 뒤 잇따라 일본과 황협군(皇協軍 : 친일 중국군), 충의구국군(忠義救國軍)을 무찌르고, 국민당의 잡패무장, 지방군, 중앙군을 제압하는 등 1000여 차례의 크고 작은 전투를 겪으며 성장해왔으므로 더는 대적할 자가 없다고 생각했다.

'먼저 미국과 싸운다는 사실을 알게 되는 순간, 부대 전군 상하위급 대원 모두가 아우성을 치리라.'

일이 너무나 급작스럽게 일어나고 준비 시간도 매우 짧아 리옌펑은 많은 어려움이 따르리라 예상했다. 그러나 다행히 마오쩌둥은 일단 쉬지선(許繼愼)에 도착하면 물자를 충분히 보급하고 훈련할 시간도 넉넉히 주리라 약속했다. 그제야 리옌펑도 마음이 놓였다. 그는 딱딱한 의자에 앉아 차창 밖으로 얼굴을 돌렸다.

차창으로 황금색 벼 물결이 미끄러져 그 풍경은 차츰 초록빛 옥수수밭과 황갈색 콩밭으로 바뀌었다. 계수나무 향도 조금씩 옅어지고 수확의 계절을 머금은 이 모든 풍경이 서서히 열차 뒤로 사라져갔다.

그런데 뜻밖의 일이 일어났다. 전황은 너무나도 급작스럽게 변해 쉬지선에서 오기로 한 물자 보급이 취소되고 훈련 약속 또한 종잇조각이 되어버린 것이다. 철커덩거리던 열차는 가다 서다를 거듭하며 일주일을 내달렸고, 마침내 쉬저우와 지난 사이 취푸(曲阜)와 옌저우, 타이안(泰安) 일선에서 멈췄다. 대원들은 열차에서 짐을 내리기 시작했다. 우융추이는 주위를 둘러보며 말했다.

"산도 있고 물도 있고. 여기가 훈련하기 좋은 장소란 말이야?"

장흥시 사단이 머물며 훈련할 곳은 옌저우였다. 이곳에서 전군은 무장혁명을 일으킨 민주당의 제16집단군과 지방 무장세력 5000여 명을 추가 배치했다. 한 달 남짓한 훈련이 끝나면 둥베이 지방으로 움직일 계획이었다. 집단군부는 취푸에 임시로 세워졌다. 이날 제9집단군의 전체단 이상 간부는 집단군부의 명령에 따라 취푸 집단군부 회의에 참석했다.

사단장 장홍시와 정치위원 멍빠오둥(孟寶東)은 고위간부 몇십 명을 옌저우성에 집합시킨 뒤 한 차에 태워 취푸로 이동했다. 가는 길에 기차역 안팎으로 초소들이 빽빽이 서 있었는데 경비가 매우 삼엄해 보였다. 플랫폼에는 검푸른 빛깔의 객차들이 길게 늘어섰고 창문에는 흰색 커튼이 드리워졌다. 그들은 이런 고급열차는 한 번도 본 적이 없었기에 그 광경이 마냥 신기하기만 했다. 멍빠오둥이 헛기침을 하고는 말을 이었다.

"이것이 바로 말로만 듣던 고위급 인사들이 전용으로 타는 기차야. 알겠나?"

회의장은 공묘(孔廟) 사원 안에 마련되었다. 공묘 사원을 둘러보니 돌로 만든 아름다운 층옥들과 우뚝 솟은 사당, 하늘을 찌를 듯한 고목, 장엄한 황제 궁전 정원이 더없이 아름다웠다.

회의 시작 전 몇백 명의 간부들이 모여 이야기를 나누고 있었다. 여기 모인 각 지방 장령들은 평소엔 보기 어렵다가 이번에 모처럼 만나 얼굴도 보고 악수하고 서로 장난도 치며 회포를 풀었다. 이들은 큰 소리로 웃고 떠들며 어느 때보다 시끌벅적한 분위기를 즐겼다. 바로 이때 간부들은 주더 총사령관이 취푸에 도착했다는 사실과 그가 조선 파병 문제를 논하기 위해 회의에 참석한다는 소식을 듣게 되었다. 단급 간부들은 자신들의 부대가 미국과 싸우기 위해 조선으로 간다는 사실을 눈치챘다. 장홍시 일행은 기차역에서 보았던 그 고급 열차가 주더 총사령관이 타고 온 것임을 그제야 깨달았다.

집단군 수장이 상황 브리핑과 함께 주더 총사령관을 소개했다. 회의장은 일순간 박수 소리로 가득 찼다. 장홍시 일행도 주더를 보기 위해 목을 길게 빼고 다가갔다. 그들에게 주더는 전설적 인물로, 여태껏 사진으로만 보다 눈앞에서 본 것은 이번이 처음이었다. 그들은 얼굴에 미소를 띤 주더의 상냥한 태도와 자연스러운 말투에서 자상함과 너그러움을 느꼈다.

주더는 한국전쟁 상황을 설명하고, 마오쩌둥의 결심을 강조했다. 과거에는 일본인과 국민당 장제스에 맞서 싸웠지만, 이제는 상대가 바뀌어 미국 연합군과 싸워야 했다.

"미국에 대항하고 조선을 지원해 국가와 민족을 지킵시다. 이제부터 중국이 지원해야 하는 대상은 조선노동당 지도자가 이끄는 국가로, 현재 이들은 매우 어려운 상황에 처해 있습니다. 만일 중국의 지원이 없다면 더는 버티지 못하고 곧 무너지리라 봅니다. 또한 미국이 압록강까지 밀고 올라옴과 동시에 제7함대를 타이완 해협까지 출동시킴으로써 중국의 안전을 위협하고 있는 상황입니다. 우리도 미국에 맞서 조선을 지원하지 않을 수 없습니다. 앞서 조선으로 떠난 부대가 얼마쯤 성과를 거둔다 할지라도 맥아더는 쉽게 물러서지 않을 겁니다. 따라서 마오쩌둥 주석은 복잡한 형세에 대응하고 한국전쟁에서 완전한 승리를 거두기 위해 제9집단군 3개 부대(12만 명)를 비밀리에 북진시켜 둥베이 지방에서 장비를 점검하고 강화훈련을 마친 뒤 즉각 한국전쟁에 투입하기로 결정했습니다."

특별히 주더는 제9집단군이 항일전쟁과 해방전쟁에서 세운 빛나는 성과를 하나하나 들며 말했다.

"제9집단군이야말로 중국인민해방군의 최정예부대입니다. 모두가 장딴지에 징을 묶고 다니는지 어딜 가든 징소리가 들립니다. 이번에 조선에서도 연합군을 상대로 더욱더 분발해 가는 곳마다 승리의 징소리를 신나게 울려 마오쩌둥 주석과 중앙군사위원회가 내려준 전략임무를 완벽히 해내길 바랍니다."

그의 연설에 감정이 격해진 간부들의 박수 소리와 웃음소리가 한꺼번에 회의장을 울렸다.

장훙시는 곁에 있던 멍빠오둥에게 너스레를 떨었다.

"좋아, 먼저 미국을 치고, 그다음 타이완을 처리해도 늦지 않겠어."

회의가 끝나고 주더 총사령관은 집단군 인사와 군단장 및 정치위원들과 함께 부대의 방한 보온 문제에 대해 관심을 두고 논의했다. 그는 제9집단군이 모두 따뜻한 지역 부대라 설한 지역의 매서운 날씨 속에서 전투를 겪어보지 않았기에 동상 예방에 주의를 단단히 기울여야 한다고 말했다. 또한 이미 둥베이 변방군에게 방한복을 준비하라고 지시했으며, 조선에 투입되기 전 주어지리라고도 했다.

어느새 날씨가 제법 쌀쌀해져 차가운 바람이 불어칠 때마다 곳곳에서 낙엽이 우수수 떨어지기 시작했다. 10월이 며칠 남지 않은 때였다. 집단군 수장은 물론 군단 사단의 각급 지휘관들은 이제 막 다가올 한국전쟁을 두고 자신감에 차 있었다. 이들 부대는 온갖 대전투와 악전투에서 살아남은 용사들이었다.

그들은 국민당 왕패군을 단번에 해치운 화이하이전투를 마음 깊이 새겨두고 있었다.

"50~60만이나 되는 국민당 왕패군도 단번에 해치웠는데, 그깟 미군이 대수야! 규모가 얼마나 되는진 몰라도, 우리 부대 정도면 갖가지 방법을 써서 뚫고 들어가 싹 쓸어버릴 수 있어! 안 그런가?"

한 지휘관이 참석자들을 둘러보며 큰 소리를 쳤다. 여기저기서 박수 소리가 울려 왔다. 회의가 끝나고 주둔지로 돌아갈 때 참석했던 모든 사람들은 두툼한 솜외투를 한 벌씩 받았다. 황토빛 일본식 군용 외투로 집단군부에서 특별히 지시해 단체 수장 이상 되는 사람들에게만 나눠줬다. 대대 이하는 없었다.

며칠 뒤 부대는 잇따라 홑겹 겨울옷을 나머지 군인들에게 나눠줬다. 매우 얇고 가벼운 솜옷으로 휘신밍의 고향에서는 '겹옷'이라 불렀다. 솜이불도 나왔는데, 이 또한 무척 가볍고 얇았다. 솜신발이나 솜모자는 없었다. 사단 인사들은 둥베이 지방에 도착해야 추운 지역에서만 주어지는 털외투와 털모자, 솜장갑, 솜신발 등을 함께 받게 될 거라고 했다.

전쟁 국면이 줄곧 예상을 벗어나면서 이 차디차고도 가혹한 현실은 리옌펑과 장훙시 부대에게 더는 시간을 허락하지 않았다. 마오쩌둥 중앙군사위원회가 제9집단군의 3개 사단을 곧바로 둥베이 변방으로 보내라는 전보를 보내온 것이다. 집단군부 취푸 공묘에서 열린 단 이상 책임자회의가 끝나고 고작 닷새 뒤 부대는 서둘러 열차에 올라 둥베이 지방으로 떠났다.

리옌펑 부대는 집단군부의 명령대로 즉시 지린성 메이허커우시(梅河口市)로 이동한다. 이곳에 모인 부대는 단기 강화훈련을 받은 뒤 곧바로 한국전쟁에 투입된다는 말을 들었다. 준비도 얼마 하지 못한 채 4개 사단 소속 부대가 집단군 후위대로 쉬지선의 야오춘과 취푸, 옌저우, 저우시엔 등 역에서 열차에 올라 차례로 북상했다. 모든 것이 엉망이었다. 그나마 다행스러운 점은 둥베이 지방에 도착하면 단기 강화훈련을 할 수 있다는 것이었다. 리옌펑은 그제야 잠깐 한숨을 돌렸다.

그러나 이어지는 전세가 더 빠르게 바뀌어 계획이 앞당겨지리라곤 그 누구도 내다보지 못했다. 제9집단군의 10여만 군사들은 따뜻한 솜모자와 솜장갑, 솜신발, 지린성 메이허커우 지역에 모여 단기 강화훈련을 받을 틈이 없었다. 그들은 취푸, 옌저우와 타이안 일선에서 받은 얇디얇은 겹옷을 입은 채 곧장 북조선의 꽁꽁 얼어붙은 장진호로 떠났다.

열차는 어둠 속을 뚫고 하룻밤 내내 쉼 없이 달렸다. 이토록 끊임없이 어디로 간단 말인가. 새벽빛이 희미하게 밝아올 즈음에야 열차는 어느 역으로 들어선다. 텐진역이었다. 그때서야 우융추이가 이끄는 800여 전위대 대원들은 자신들이 어디로 가는지 알게 되었다. 그들은 오늘 타이완군과 전쟁을 치르기 위해 옌안으로 가는 게 아니라 미군과 싸우기 위해 조선으로 가고 있었다. 열차는 덜커덩거리는 소리와 함께 플랫폼에 천천히 멈춰섰다. 시커멓고 무거운 그 강철통들은 마치 분을 삭이지 못한, 육박전을 치른 병사들처럼 쉴 새 없이 머리에서 희뿌연 증기를 푹푹 뿜어댔다.

사람 그림자조차 찾아볼 수 없이 적막했던 텐진역은 열차가 들어서자 곧 소란스러워졌다. 나팔수가 웅장한 군가를 연주하자 군악대원의 우렁찬 노랫소리가 울려 퍼졌다. 타악기 합주소리와 병사들의 구호소리가 역내를 가득 채웠다. 부대원들은 요란스러운 소리에 잠에서 깼다. 무슨 일인가 궁금해 모두들 창문과 출입문에 머리를 내밀고 밖을 내다보았다.

역 안은 현수막으로 가득했다. 텐진역 양쪽 담장과 정면 간판은 물론 전봇대와 배전함, 공구실 지붕 위까지 온통 울긋불긋한 현수막이 빼곡히 걸려 있었다. 현수막에 붉게 휘갈겨 쓴 글씨들이 바람이 불 때마다 나부껴 역 전체가 붉은 파도에 휩쓸리는 듯이 보였다.

'미국을 쳐부수고 조선을 지원해 국가와 민족을 지키자!'

'마오쩌둥 주석의 뜻에 따라 조선인민의 정의를 위한 투쟁에 동참하자!'

이제 갓 도착한 대원들은 놀랄 수밖에 없었다. 조선이라니, 이름조차 낯설었다. 게다가 말로만 듣던 미군과 싸워야 하다니! 병사들은 더욱 자세한 소식을 듣고 싶어 문이 열리기가 무섭게 열차 밖으로 쏟아져 나왔다.

그때 우융추이는 열차 안 침상에서 깊은 잠에 빠져 있었다. 그는 바깥에서 들리는 웅성거림과 몇몇 부대원들이 놀라 외치는 소리에 문득 잠을 깼다. 그러나 소란의 이유를 알고 난 뒤에도 도무지 놀라는 기색이 없었다. 침상에서 일어나기는커녕 우융추이는 눈을 감고 더 깊숙이 담요 속으로 파고들었다.

"대대장님! 대대장님!"

연락병 뤼따꺼(呂大個)가 우융추이를 부르며 호들갑스럽게 뛰어들어왔다. 작은 눈을 깜빡거리며 뤼따꺼는 큰 소리로 말했다.

"대대장님, 오늘 우리가 어디로 가는지 아십니까? 조선입니다. 조선!"

"정신 사납게! 조선이 뭐 어쨌다고 이 난리야? 난 이제껏 중국땅을 떠나본 적이 없는데 잘됐군. 이참에 한번 가보지 뭐."

짜증 난 우융추이가 벌떡 일어나 버럭 소리를 지르자 뤼따꺼의 눈이 휘둥그레졌다.

"그럼, 대대장님은 알고 계셨습니까?"

"내가 자네처럼 미련한 줄 아나? 나와 훈련관은 진작 눈치채고 있었네."

우융추이가 턱으로 가리킨 곳에 훈련관 휘신밍이 앉아 말없이 손수건으로 안경알을 닦고 있었다. 곱상한 얼굴의 그는 이런 상황에서도 매우 침착해 보였다.

다시 잠을 청하고 싶었으나, 우융추이는 한 객실을 쓰는 대원들이 우르르 열차로 돌아와 잇따라 수선을 떠는 바람에 단념해야 했다.

피부가 희고 용모가 단정한 통신병 루이후이(瑞輝)는 만족스러운 미소를 띠며 객실 구석에서 정사각형의 흑자색 박달나무함을 꺼내 품에 꼭 안았다. 덩치가 작은 포병대 차오 중대장은 두 손을 비비며 한껏 들떠 좋아, 좋아를 되풀이하더니 속사포처럼 떠들어댔다.

"이번에 조선에서 미군을 이기면 조선인민들에게도 말발이 설 뿐 아니라 호시탐탐 중국을 노리는 미국놈들 야심까지 꺾어놓을 수 있지 않습니까. 게다가 이번은 미군 무기를 살펴볼 수 있는 좋은 기회입니다. 지금 우리 포병대에는 기껏해야 낡은 일본 대포뿐이니 말입니다. 미군 장비와 비교하면 우리 건 한참 밀리지요."

몸집이 커다란 기관총분대 두궈싱(杜國興)이 말을 받아 외쳤다. 절구통 같은 팔뚝을 휘두르며 두궈싱이 소리치자 굵직하고 우렁찬 그 목소리가 객실 안을 가득 메웠다.

"잘됐어! 대대장님 조선으로 가서 미군놈들을 쓸어버리자고요! 어쩐지 요며칠 눈앞에서 뭔가 자꾸 번쩍번쩍하는 게 왼쪽 눈에서는 황금이 보이고 오른쪽 눈에서는 불이 보이더라니까요!" 그러고는 떠들썩하게 혼잣말을 이어갔다. "이제 보니 미군놈들과 싸우게 될 걸 미리 알려준 거였군. 내 총으로 모조리 무찌르고 돈이랑 비싼 물건들은 몽땅 챙겨와야지!"

휘신밍이 눈살을 찌푸렸다.

"돈은 무슨 돈? 우리는 미국을 무찌르고 조선을 지원해 나라와 민족을 지키는 국제주의의 의무를 다하러 가는 거지, 한몫 단단히 챙기러 가는 게 아니야!"

두궈싱은 헤헤 웃었다.

"물론 국제주의의 의무가 먼저지요. 하지만 중대장님 말이 아주 틀린 건 아니죠. 미국놈들과 한판 붙어보면 틀림없이 우리 쪽 장비 수준도 좋아질 거라 이 말입니다."

차오 중대장은 훠신밍의 눈치를 살피더니 두궈싱의 말에 더는 맞장구치지 않았다.

큰 형님뻘인 왕산은 화물칸으로 가서 자신의 늙은 노새 '아빠오(阿寶)'와 열마리 남짓 되는 노새들을 한 번 둘러본 뒤 객실로 돌아왔다. 아무 말 없이 객실 입구에 쪼그리고 앉아 기다란 담뱃대를 입에 물더니 뻑뻑 소리가 나도록 힘껏 연기를 들이마셨다. 온갖 풍파를 다 겪은 그의 까무잡잡하고 주름진 얼굴은 이제 세상일에는 무엇이나 무심한 듯 보였다.

대대본부의 군량과 여물을 맡은 위융시앙(亐永祥)은 좀처럼 가만있질 못하고 이리저리 왔다 갔다 했다. 그는 조선이라는 뜻밖의 목적지에 무척 당황한 듯싶었다.

"어쩐지 좀 긴장됩니다."

그는 우융추이와 훠신밍을 번갈아 쳐다보며 말했다.

"제가 챙겨야 할 건 아무것도 준비된 게 없습니다."

오랫동안 정성 들여 알을 닦은 훠신밍이 안경을 쓰며 말했다.

"상부에서도 나름 계획이 있겠지. 조선에 도착하면 군량 담당자를 빈손으로 두진 않을 거야."

훠신밍의 말에 위융시앙의 얼굴이 조금은 밝아졌다.

우융추이는 침상에 올라가 두 손으로 수염이 덥수룩한 얼굴을 문질렀다.

'잠자기는 글렀군. 차라리 플랫폼으로 나가서 좀 걸어야겠어.'

객실에서 왁자지껄 떠드는 소리를 억지로 듣고 있자니 머리가 지끈지끈 아파왔다. 어차피 부대원들의 허기진 배를 채우고 열차에 물과 연료를 가득 실으려면 이곳 텐진역에서 꽤나 오래 머물러야 할 터였다. 우융추이는 훠신밍과 함께 열차 밖으로 나왔다.

플랫폼은 온통 군인들로 넘쳐났다. 군악대 연주가 흥겹게 울려 퍼지고 형형

색색 현수막이 나부끼는 속에서 대원들은 한껏 들떠 껄껄 웃으며 떠들어댔다. 타악기의 쿵쿵거리는 울림과 이런저런 물건을 파는 상인들 외침, 여기저기에서 들려오는 군인들의 구호 소리로 역 안은 북새를 이루었지만, 조그만 열차 칸에 갇혀 시커먼 사내놈들 수다를 듣는 것보다는 한결 나았다. 우융추이는 잠시 눈을 감고 신선한 공기를 크게 들이마셨다.

그때 열차 끝 칸에서 한바탕 여자 대원들의 웃음소리가 들려왔다. 주위가 이토록 시끄러운데도 그 목소리들은 이상하리만치 귀에 쏙 들어왔다. 우융추이는 그녀들이 사단 의무대라는 걸 떠올렸다. 그저께 밤 옌저우역에서 화물을 실을 때 우연히 마주쳤었다.

머지않아 또 다른 객차 한 량이 기관차 뒤에 매달려와 우융추이 부대 전용 열차 끝에 연결되었다. 객차 입구와 근처 플랫폼에 보초들이 서 있어 경비가 삼엄했고 창마다 커튼이 쳐져 있는 모습이 다른 열차와는 분위기부터 사뭇 달랐다.

우융추이와 훠신밍은 한 보초병을 통해 고위 간부들이 타고 있음을 알아냈다. 훠신밍이 조심스레 입을 열었다.

"짐작한 대로야. 사단장 장훙시와 군정치위원 멍빠오둥이 타고 있군. 저들이 임시 지휘부 역할을 할 게 틀림없어. 이 두 사람이 탔다는 건 말이야, 우리가 오늘 틀림없이 조선으로 가고 있단 뜻이라고!"

의무대가 탄 객차도 조선으로 간다는 정보에 시끌벅적했다. 성격이 활달한 훠수이란(霍水蘭)이 누구보다 먼저 현수막을 보고 야단법석을 떤 탓에 객실에 있던 대원들이 우르르 창가로 몰려들었다. 이곳에서도 마찬가지로 의견이 뒤섞여 어지러웠다. 이들의 흥분은 쉽게 가라앉지 않았다. 가장 고참인 치료대 두성이(杜聖依) 분대장은 열차의 목적지가 조선이라는 사실을 상관들에게서 한 번도 듣지 못했다며 화를 냈다. 그러나 의무대의 살림꾼인 천이페이(陳亦非)는 타이완으로 가든 조선으로 가든 상관없었다.

'어차피 우리에게는 선택의 여지가 없어. 나라에서 하라면 무조건 따를 수밖에.'

란쓰옌(藍思燕)은 침상에 앉아 조용히 털장갑을 짜다가 지루해지면 가끔 고개를 들어 논쟁 중인 사람들을 바라보았다. 자오후이메이(趙惠梅)는 해바라기씨를 까먹는 데 온통 정신이 쏠려 떠드는 사람들은 신경도 쓰지 않았다. 상하이에서 온 왕정링(王錚靈) 감독은 뒷짐을 진 채 좁은 객실 안을 서성이면서 끊임없이 혼잣말로 중얼거렸다. 그때 동료들이 떠드는 소리에 신경이 날카로워진 자오후이메이가 참다 못해 소리쳤다.

"그만! 다들 입 좀 다물어요!"

순간, 객실 안이 순간 쥐 죽은 듯 조용해졌다.

두성이가 웃으며 말했다.

"참 말도 잘 듣는군. 절간처럼 조용해졌는데?"

훠수이란은 손뼉을 치며 말을 이었다.

"아무튼 정말 잘됐어. 부대가 남쪽으로 가려다 갑자기 북쪽으로 간다는 건 뭔가 큰 일이 터졌다는 거 아닐까? 조선에 가서 미국놈들을 치다니. 정말 즐거운 일이야."

왕정링이 물었다.

"조선에 미군과 싸우러 간다면 타이완은 어떻게 되는 건가? 타이완은 간다는 거야 만다는 거야?"

자오후이메이가 대답했다.

"물론 타이완에도 가야죠. 하지만 지금은 조선이 먼저예요. 조선에서 임무를 마치고 타이완으로 가도 늦지 않을 거예요."

두성이는 잔뜩 걱정스러운 얼굴이었다.

"미국과 싸울 수 있을 만큼 준비가 다 잘된 걸까?"

그러자 자오후이메이가 말했다.

"시간은 넉넉해요. 먼저 둥베이 지방에만 도착하면 부대를 새로 정비할 테고 거기서 방한모와 신발, 장갑 등을 모두 줄 테죠."

천이페이는 못 믿겠다는 듯 고개를 갸우뚱하더니 말했다.

"그 말, 책임질 수 있어?"

자오후이메이는 눈만 흘길 뿐 아무 대답도 하지 못했다.

그때 뜨개질에만 몰두하던 란쓰옌이 물었다.

"그런데 넌 그걸 어떻게 아니?"

무안해진 자오후이메이가 란쓰옌을 쏘아보았다.

"넌 알 거 없어!"

란쓰옌은 얼굴이 빨개져서 다시 뜨게질 바늘을 쥐고 장갑을 한 코 한 코

잡아 떠 나갔다.

이때까지만 해도 부대원들은 조선에 들어가면 식량과 탄약, 두꺼운 옷과 신발을 넉넉히 받을 수 있으리라 굳게 믿었다. 대원들은 낯선 조선땅에서 단 한 번도 본 적 없는 미군과 싸우게 되리라는 사실에 묘한 흥분을 느꼈다. 눈부신 전공을 세우고 값비싼 전리품들을 그득그득 챙겨 고향으로 돌아갈 생각에 벌써부터 함박웃음을 지으며 즐거워하는 이들도 있었다.

그러나 앞으로 이들이 맞닥뜨리게 될 참혹하고도 처절한 현실은 그 누구도 상상하지 못했다.

3
머나먼 압록강

인천상륙작전 성공으로 제2차 전역(戰役)에 돌입해 북한인민군을 위아래로 잘라 놓고 치고 올라갈 때만 해도 트루먼 정부에게 중공군 참전은 가능은 하지만 실현성은 낮은 시나리오였다.

제2차 세계대전이 끝난 뒤, 미국은 두 가지 딜레마에 빠져 있었다. 하나는 폐허가 된 유럽을 일으켜 세우는 일, 또 다른 하나는 갓 출범한 NATO(북대서양조약기구)를 강화함으로써 '사회주의 패권'을 꿈꾸는 소련의 야심을 억누르는 일이었다. 미국의 관심은 거의 유럽에 쏠려 있었고, 아시아에서 조금 손해를 보더라도 유럽에서 미국의 지위를 강화하고 다진다는 정책을 굳게 지켜왔다. 뿐만 아니라 미국은 전쟁이 끝나자마자 병력의 상당수를 줄인 상태였다.

그런 상황 아래 한국전쟁을 책임지게 된 맥아더와 트루먼은 중국의 참전 가능성과 능력을 애써 낮게 평가했고, 그 근거로 스탈린과 마오쩌둥의 대립적 인간관계, 장제스의 국민당정부를 타이완 섬으로 겨우 몰아낸 공산중국 내부의 정치·사회·경제적 불안정을 내세웠다.

중공군의 한국전쟁 참전은 미국의 희망에 찬물을 끼얹으며 국군과 유엔군에 크나큰 군사 위기를 불러온 것은 너무나 마땅한 결과였다. 이 상황을 큰 문제없이 해결하는 방법은 무조건 전쟁을 빨리 끝내버리는 길뿐이었다. 승전과 전쟁 종결이라는 화려한 마무리에 중국의 참전이 그대로 덮여 묻혀버릴 듯싶었다. 상황이 급작스레 바뀌자 맥아더는 무리를 해서라도 한반도 전쟁을 일찌감치 마무리 짓고, 이미 승리를 거머쥔 듯 널리널리 세상에 알렸다.

미군은 거침없이 북진했다. 승리의 종을 울릴 시간이 바로 눈앞에 다가온 듯 그들은 잔뜩 들떠 있었다. 미군 부대에는 곧 귀국하리라는 열망이 뜨거웠다. 맥아더 장군의 합동참모부는 제8군단 소속의 일부 부대를 미국으로 보낼지 아니면 유럽으로 보낼지 논의했다. 미국 국방부 펜타곤은 맥아더에게 10월과 11월로 예정됐던 남한에 대한 추가지원계획을 취소하라고 지시 내렸다. 바로 몇 주 전만 해도 탄약을 보충해 달라고 재촉하던 워키 중장도 이제는 탄약이 남아돈다며, 앞으로 미국에서 들어오는 탄약선은 일본으로 돌려보내야 한다고 맥아더 장군에게 말했다.

맥아더 또한 이를 흔쾌히 수락하고 105밀리 포탄과 155밀리 포탄, 항공 폭탄을 실은 배를 하와이나 미국으로 돌리라고 명령했다. 전방부대는 귀향설에 더욱 낙관적이어서 추수감사절을 도쿄에서 보낼지 아니면 또 다른 지역에서 보낼지까지 고민했다. 후방 보급부대에서 전장소비협력사의 선물 가격표를 보내오면 병사 대부분은 보지 않은 채 버렸다. 그들은 도쿄가 아니더라도 전장이 아닌 곳에서 선물을 살 생각이었다. 어떤 부대는 아예 무기를 창고에 넣어 둔 채 고향으로 돌아갈 짐을 꾸릴 정도였다.

그러나 이들의 바람과는 달리 전선 곳곳에서 심상치 않은 낌새들이 나타났다. 중국말을 하고, 북한군과는 조금 다른 낯선 얼굴의 포로들이 잡히기 시작한 것이다. 최전선의 이러한 상황들은 후퇴하던 적의 대규모 반격을 예고하고 있었다.

1950년 10월 25일 새벽 6시 대유동, 중국 지원군 총사령관 펑더화이(彭德懷)가 지휘관들을 불러들였다. 첫 번째 작전회의였다. 작전실 주임 청푸(成普)가 조선 지도를 펼쳤다. 청푸의 보고는 막힘이 없었다.

"남한군과 유엔 연합군이 여러 길로 북진 중입니다. 고양동을 차지한 6사단 선발대의 목적지는 초산으로 볼 수 있습니다. 영원에 이른 8사단은 희천에서 방향을 틀어 돼지고기로 이름난 강계 근처에 와 있지요. 1사단은 영변을 지나 창성으로 가고 있습니다. 영국군 27여단은 안주를 지나 신의주로 진군 중입니다. 미국 기병 1사단과 보병 1사단이 24·25사단과 평양에 모였습니다. 미 해병 1사단과 보병 7사단은 원산 상륙을 마쳤습니다."

작전지도와 청푸를 잠시 눈여겨보던 펑더화이가 입을 열었다.

"대책은 있나?"

청푸는 운산에서 온정에 이르는 곳을 가리켰다.

"저들의 중점 공략지역입니다. 이 일대에 숨어들었다가 어주옌허우(扼住咽喉)! 그놈들 목을 졸라 버리면 됩니다."

펑더화이는 만족스러운 미소를 지었다. 그러더니 청푸의 어깨를 두드렸다.

"자네 엉덩이는 주석 몫이다. 상하지 않게 잘 간수해라."

지휘관과 참모들이 웃음보따리를 터뜨렸다. 곧이어 누군가 말했다.

"하긴 자네 엉덩이가 탄탄해야 주석께서도 기뻐하실 테니, 틀린 말은 아닐세!"

문득 청푸는 1937년, 18세 생일을 떠올렸다.

'항일전 소식을 듣자마자 난 고향을 등졌다. 6개월 동안 배를 주리며 중공 항일근거지 옌안(延安)까지 걸어갔을 때가 생각나는군. 아! 정말 죽을 뻔했지. 공짜로 얻어지는 건 없으니 말이야.'

청푸는 항일군정대학에 입학해 두각을 드러냈다. 매우 총명해 교장 린뱌오(林彪)가 누구보다 아꼈다. 어린 나이에 조직과 작전 부서를 거치며 온갖 고생을 겪었다. 항일전쟁 끝 무렵엔 총참모부 작전실에 일하며 전쟁의 실체를 알아갔다. 일본 패망 뒤 국·공내전이 터졌다. 옌안을 포기한 마오쩌둥이 벽촌을 옮겨 다니며 전쟁을 이끌 때 청푸는 마오의 그림자였다. 마오는 청푸의 의견에 남달리 귀기울였다. 그의 거침없는 얘기를 들을 때마다 기특하다며 엉덩이를 두드려주곤 했다. 이런 우스갯소리가 나돌았다.

"청푸의 엉덩이는 주석이 맡아 놨지. 아내 될 사람이 걱정인데! 결혼할 때까지 남아날지 모르겠어."

펑더화이나 저우언라이(周恩來)도 청푸를 칭찬할 땐 등만 두드리거나 어깨를 쓸어주며 웃었다. 그만큼 마오쩌둥은 청푸를 아꼈다.

한순간, 펑더화이가 덩화(鄧華)에게 눈길을 던졌다.

"자네는 장기전에 익숙하다. 전쟁 초기 동북변방군 사령관이었지. 압록강 건너 단둥(丹東)에 군대를 머무르게 하면서도 전쟁이 어찌 돌아갈지 볼 줄 안다. 미국 참전을 예측하며 그들 전략 연구에 몰두했다고 들었다. 의견을 말해라."

마오쩌둥은 지원군 총사령관에 펑더화이를 정하기 전부터 덩화를 부사령관으로 꼽았다. 6월 25일, 북의 남침이 시작했을 때 13병단 사령관 덩화는 광둥(廣東)성 광저우(廣州)에 있었다. 7월 19일, 병단사령부 작전실에서 한반도 지도를 보며 이런저런 궁리를 하던 중 마오쩌둥의 급전을 받았다.

"변방이 위험하다. 급히 올라와라."

덩화를 만난 마오쩌둥은 서둘러 말했다.

"트루먼은 조선을 포기할 생각이 없다. 자네가 할 일이 생겼다. 동북 변방을 지키며 미국과 싸울 준비를 해라. 여태껏 겪어 보지 못한 큰 전쟁이 될지도 모른다. 원자탄이 떨어지면 수류탄으로 맞싸워라. 그들의 약점을 움켜쥐고 바짝 붙어서 놈들에게 패배를 안겨라!"

덩화는 지난날 추억을 밀어냈다. 늘 펑더화이가 어려웠기에 조심스레 입을 열었다.

"미군은 세계에서 가장 강합니다. 화력이 상상을 뛰어넘지요. 그들이 예상 못할 침투전술을 쓰면 어떨까요? 약점을 찾아내어 옆구리와 등을 살짝 건드리다 심장을 후려갈기도록 말입니다. 후방과 연락을 끊어낸 뒤, 나눠 쪼개서 에워싸고 모조리 쳐부수는 겁니다. 미군은 정면 방어에 강하고 조직도 꼼꼼합니다. 정면으로 치고 들어가는 것은 우리 중공군에게 불리합니다. 날이 밝을 때에는 숨어 지내고, 밤에 공격하도록 하면……."

조용히 듣던 펑더화이가 탁자를 한 차례 내리쳤다. 그는 두 눈을 부릅뜬 채 말을 이어갔다.

"내 성격 잘 알리라 믿는다. 미군을 두려워하지 마라. 저마다 장점과 풍부한 경험을 맘껏 발휘해! 명령에 토 달지 말고 무조건 따라라. 내 뜻을 거스르면 누구든 용서치 않겠다!"

같은 날, 국군 제6사단 7연대가 압록강 초산에 이르렀다. 제6사단 2연대는 온정에, 국군 제1사단 15연대와 미 제1기병사단 8연대는 운산에 닿았다. 이동은 처음부터 더없이 순조롭게 진행됐고 몇 시간 만에 10여 킬로미터를 나아갔다. 그러나 곧이어 폭격이 시작됐다. 한국군은 서둘러 차에서 뛰어내렸다. 그들은 또 북한 군대와 맞닥뜨렸다고 생각했다. 이번에도 대적하다 내쫓으면 그만이었다. 그러나 큰 화가 들이닥쳤다. 그들이 맞닥뜨린 건 북한군이 아니라 중국공산당 소속 정부군이었다. 국군 제6사단은 중공군 제118사단의 포위망에 걸려들고 말았다. 중공군 제120사단도 국군 제1사단 15연대를 기습한 뒤, 제6사단 7연대의 퇴로를 막고 7연대를 무너트렸다. 중공군 제40군이 온정에서 제6사단 2연대에 맹타를 가한 뒤 구출하기 위해 달려온 국군 제8사단 10연대와 제6사단 19연대에까지 공격을 더해, 국군 제2군단은 대혼란에 빠지며 총체적 붕괴 상황에 빠졌다.

그 상황에서 중공군은 뜻밖의 조치로 한국군과 유엔군 측을 어리둥절하게 만들었다. 전투에서 잡아들인 포로 1000여 명을 간단한 정신교육만 하고 곧바로 놓아주었던 것이다. 인적자원이 소중한 전장에서 2개 대대 정도 병력이면 안팎 이중의 전술효과를 감안할 때 그 존재가치가 엄청나다고 볼 수 있다. 그럼에도 중공군은 풀려나자마자 자기들에게 총구를 다시 겨눌 게 뻔한 포로들을 '뒷날을 위하여' 석방하는 상상을 뛰어넘는 고도의 심리전술을 펼쳤다.

국군 제1사단의 전진이 운산에서 막히자, 제8군사령관 워커 장군은 미 제1기병사단 8연대를 추가로 투입했다. 그러나 이는 적의 군사력을 제대로 알지 못한 채 호랑이굴로 들어간 꼴이 되고 만다.

11월 1일, 국군 제1사단 15연대는 심각한 타격을 입고 물러났다. 미군이 영변과 박천에 이르렀다는 보고를 받고 우신취안은 운산을 포위했다. 11월 1일 17시 30분, 총공격을 퍼부었다. 11월 4일, 방어에 실패한 미 8군은 청천강 남쪽으로 허위허위 나아갔다. 미 기병 1사단 8연대는 운산 전투에서 반이 넘게 목숨을 잃거나 포로가 되었다.

미 기병 1사단은 첫 대통령 조지 워싱턴(George Washington)이 독립전쟁 시절에 만든 기병대로서 160년간 한 번도 져 본 적이 없었다. 철갑탱크나 전투차량, 장갑차들로 무장한 최정예 사단이 된 뒤에도 기병(騎兵) 1사단이라는 이름을 썼다. 자부심이 강하고, 화력도 엄청났다. 미 제1기병사단 8연대 또한 운산에 포위된 휘하 3대대를 어쩔 수 없이 포기한 채 후퇴하고 말았다.

중공군 1차 공세는 서부전선에서 유엔군의 북진을 일단 멈추게 하는 데 거뜬히 성공했다. 여기서 그들 공세는 잠시 멈추었지만 유엔군의 북진을 막아 최악의 사태를 어렵사리 피했을 뿐 아직 전면적 반격 태세가 갖춰지지 않은 상황이었다. 그러나 자신들이 의도하는 전술이 미군과 한국군에게 제대로 먹히는지 확인한 것만으로도 얼마쯤은 성과를 거둔 셈이었다.

미군과 한국군의 가장 큰 실책은 잇따른 승리감에 취해 마음을 놓은 점이다. 더 중요한 문제는 따로 있었다. 전선이 한없이 길어지면서 단위부대당 배정된 지역이 감당할 수 없을 만큼 늘어나 버렸다. 이런 상황에서는 아무리 화력이 앞서는 유엔군이라 할지라도 약점이 드러날 수밖에 없었다. 따라서 반격을 노리는 중공군이 이런 빈틈을 공격하기란 손바닥 뒤집듯 쉬운 일이었다.

역사적인 인천상륙작전이 성공하자 한국군과 연합군은 총반격을 시작했고 일거에 38선을 뚫었다. 파죽지세로 북진하던 우리 군은 10월 10일 원산을 점령하고 10월 19일 평양에 진입했다. 10월 26일 초산을 점령한 우리 군은 11월 30일 혜산을 점령, 중한 경계선에 접근함으로써 승리의 기세가 절정에 달했다. 꿈에 그리던 통일이 눈앞으로 다가온 그때 재앙의 그림자가 드리워졌다. 중공군의 공격을 받은 것이다. 전세는 역전됐고 우리 군은 어쩔 수 없이 혹독한 추위를 견디며 한을 품은 채 철수할 수밖에 없었다.

(대한민국 국방부 군사편찬위원회, 《한국전쟁사》)

1950년 10월 하순에서 11월 초순에 걸친 중공군의 '1차 공세'로 대규모 중공군 병력이 한국전쟁에 끼어든 것이 확인되었다. 마땅히 아군은 전략을 뿌리부터 다시 검토해야 했다. 중공군의 대규모 개입은 군사적 측면만이 아니라 국제정치적 측면과도 관련이 있기에, 현지 군사지휘관 수준이 아니라 미국 정부의 수준에서 이루어져야만 했다.

불행하게도 이 일에 대해서 미국 정부는 마비상태에 놓여 있었다. 책임자인 합동참모본부의장, 국방장관과 국무장관 등은 관련 협의에서 그 어떤 뚜렷한 전략이나 방침도 세우지 못했다.

먼저 브래들리 합참의장은 중공군의 개입에 맞서는 정책을 마련하는 일이므로 국무성이 책임지고 맡아야 할 사항이라는 미적지근한 태도를 보였다. 이와 달리 애치슨 국무장관은 이 일이 본질적으로 군사 사항이라고 주장했다.

육군 원수로 참모총장과 국무장관을 지낸 마셜 국방장관은 이 두 사람의 의견을 조율하기 좋은 위치에 있었다. 그러나 그 또한 맥아더와 소원한 관계 때문에 적극적으로 나서려 들지 않았다.

이들이 그렇게 중요한 문제에 대해 그토록 소극적으로 행동한 까닭은 무엇일까? 먼저 그 무렵 상황이 몹시 불투명하고 유동적이었다는 사실이다. 불충분한 정보들에 바탕을 두고 새 전략이나 방침을 대통령에게 건의하는 건 당사자로선 감당하기 어려운 책임을 지는 일이었다.

그다음 중공군의 위협을 고려한 새 전략이나 방침은 속전속결을 주장하는 맥아더 원수의 의견과 부딪칠 수밖에 없다는 사실이었다. 인천상륙작전 성공으로 맥아더는 누구도 건드릴 수 없는 권위를 쥐게 됐고, 특히 의회 강경파의 열렬한 지지를 받았다. 이러한 이유로 미국 정부는 맥아더에게 끌려다니는 상황이었다.

국군 제2군단의 붕괴와 미 제1군단의 패퇴는 분명 한국전쟁의 전체 흐름을 바꾸는 몹시 불길한 전조였다. 결국 중공군이 노린 점은 1차 공세가 끝나고 잠시 틈을 주어 미군 수뇌부가 지울 수 없는 심각한 전략적 오판을 하도록 이끄는 것이었다. 전술적으로 미군의 고전과 중공군의 우세는 예정되어 있었다 해도 지나친 말은 아니었다.

그즈음만 하더라도 중공군은 미군에 대해 거의 아는 바가 없었다. 제2차 세계대전 때 유럽에서 펼친 노르망디상륙작전과 태평양전쟁에서 일본군과 전투한 정도의 지식이 고작이었다. 중공군은 부족한 정보를 메우기 위해 부대마다 미군에 맞서 싸운 국민당군 출신 장병을 찾았다. 특히 미군과 함께 버마전선에서 작전을 벌였던 장병들로부터 미군의 장단점을 모아 대책을 연구했다.

중공군이 분석한 바 미군의 장점은 현대화된 장비와 뛰어난 기동성, 막강한 육군지상화력, 중공군에게는 전혀 없는 해·공군력 등이었다. 미군과 견주어 볼 때 중공군의 장비는 틀림없이 뒤떨어졌다. 보병은 박격포 몇 문을 갖고 있을 뿐이었다. 그나마 있는 대형야포도 모두 국민당군으로부터 빼앗은 것으로 노새가 끌고 다녀 기동성이 크게 떨어지고 숨기기조차 어려웠다. 결국 중공군은 소총과 수류탄에 의존하는 수밖에 없었다.

그럼에도 중공군은 미군에게 없는 자신들만의 장점을 찾고자 애를 썼다. 중공군의 가장 큰 장점으로는 무엇보다 싸움의 명분이 뚜렷했다. 그러한 장점은 부대의 사기를 북돋았다. 그들이 생각하기에 중공군이 미군의 침략에 반대해 싸우는 만큼 중국 내 많은 인민들은 물론 온 세계 평화를 사랑하는 인민들의 지지를 받으리라 여겼다. 장병들 사기는 나날이 드높았으며 정치적 각오 또한 군셌다.

두 번째로 중공군은 수많은 전투경험이 있었다. 수십 년 동안 항일전쟁과 해방전쟁을 벌이면서 낡은 장비만으로도 상대적으로 장비가 우수한 적을 무찔러 왔다. 또한 중공군은 접근전, 야간전, 산악전, 백병전에도 뛰어났지만, 미군은 현대화된 앞선 장비를 지니고도 야간전, 접근전 등에는 약했다.

게다가 중공군은 기동성이 뛰어나 전선 측면을 우회 공격해 미군을 섬멸하는 데 자신 있었고, 분산과 은폐에도 훌륭했다. 이와 달리 미군은 규정에 따라 전투를 하다 보니 작전이 비교적 단순했다. 또 중공군은 용감하고 희생을 두려워하지 않으며 묵묵히 고생을 이겨내는 것이 장점이었다. 그들은 미군이 고생을 견디지 못할 만큼 정신력이 모자란다고 생각했다. 미군은 마시는 물조차 일본에서 항공기로 들여올 정도였다. 또 하나, 미군은 주로 우세한 화력에 의존하기 때문에 아군이 접근전과 야간전을 벌여 화력을 제대로 발휘하지 못하도록 한다면 전투력이 크게 위축되리라 여겼다.

마지막으로 중공군은 조국을 바로 등지고 전투를 벌이기 때문에 군수품 보급이 비교적 쉬웠다. 그러나 미군은 태평양을 건너와 작전을 벌이므로 필요한 군수품의 상당량을 미국 본토에서 날라와야만 했다. 일부 작전물자를 일본에서 마련한다 해도 보급선이 중공군보다 길어 인원 및 물자 보급이 어려운 편이라 판단했다.

이러한 분석을 바탕으로 중공군은 장비가 그들보다 많이 밀린다 해도 적의 장단점을 꿰뚫어 봐서 아군의 장점을 최대한 드러낸다면 미군을 이길 수 있다는 결론을 내렸다. 그런 다음 세세한 작전 원칙을 세웠다.

전략적으로는 지구전을 편다. 전술적으로는 우세한 병력을 한곳에 집중시켜 전선을 치고 들어가 적의 측면을 우회해서 저마다 격파한다.

접근전, 야간전, 속전속결의 전통 작전을 벌이면서 상대가 장점을 발휘할 수 없도록 한다.

미군 전투기 공습이 엄청나므로 한낮에는 병력을 분산시켜 은폐해 공습을 피한다. 전투기 활동이 제한받는 밤에는 야간전의 장점을 최대한 살려 미군과 전투를 벌인다.

미군의 야포화력이 막강하므로 오랜 시간 정면에서 맞서 버티려고 해서는 안 된다. 대신 접근전에 앞서는 장점을 최대한 살려 기습적으로 적에게 다가가라. 그들이 포병 및 전투기의 이점을 제대로 살릴 수 없도록 만들어야 한다.

미군은 우리 측 철로와 도로를 폭격할 테니 우리는 되도록이면 철로, 도로를 피한다. 아군 보병이 걸어서 움직이는 건 기계화 기동에 비할 바는 못 되지만 목표물이 적어 은폐가 잘된다는 장점도 있다.

우리가 대담하게 전선을 우회, 돌파해 상대 후면을 치고 들어가 공격하면 우리 장점을 최대한 살리는 셈이며 수류탄도 위력을 발휘할 것이다.

미국이 북진을 감행하는 만큼 우리는 방어진지를 세우고 숨어 있다가 기회를 노린다.

중공군은 큰 병력을 후방에 배치하고 작은 부대들을 남쪽으로 내려보냈다. 이런 병력 배치는 전력에 앞서는 군대와 맞서기 위해 고안된 중공군의 오래된 기동적 방어개념을 따른 것이었다. 지역을 지키는 게 아니라 '단기간 기동들로 적군을 무찌르자!' 이 목표를 겨냥한 기본 전략으로 공격을 유도하고, 공격군이 적진 깊숙이 침투하는 동안 지연작전을 편다. 그런 다음 적군이 공격을 막을 준비가 미처 안 됐을 때를 노려 갑자기 반격하라. 한마디로 '썰물과 밀물' 작전이라 할 수 있었다.

이 기본 전략은 마오쩌둥의 유격전 교리, 즉 '적이 앞으로 나오면 우리는 물러난다(敵進我退). 적이 머물면 우리는 어지럽힌다(敵駐我擾). 적이 피로하면 우리는 친다(敵疲我打). 적이 물러나면 우리는 쫓아간다(敵退我追)'는 전략을 충실히 따른 것이다.

유엔군이 북쪽으로 진격하자 중공군은 전방부대들로 하여금 유엔군과 잠시 싸우도록 한 뒤, 바로 북쪽으로 철수하도록 했다. 먼저 적군을 꾀어 내는 전략을 실천한 것이다. 유엔군 지휘관들은 이런 전략을 알지 못한 채, 중공군이 적은 병력으로 지역 방어를 하다가 힘에 부쳐서 물러난 것으로 여겼다.

처음부터 미군은 정상적인 지휘체계가 아니었다. 서부전선의 제1군단과 제2군단은 전장 한복판에서 뛰어다니는 제8군사령관 워커 중장의 지휘 아래 있었다. 이와 달리 알몬드 소장이 이끄는 동부전선 제10군단은 일본 도쿄 극동군사령부 책상머리에만 앉아 있는 맥아더 원수의 통제를 받고 있었기에 두 군단 사이의 긴밀하고 효율적인 작전공조에 틈이 생기는 것은 뻔한 노릇이었다.

그에 비해 중공군은 하나의 엄정한 지휘체계에 따라 일사불란하게 움직일 뿐 아니라, 병사들의 자질과 사기 또한 미군에 견주면 한결 높았다. 중국 병사들은 형편없는 무장에 전투식량으로 받은 거추장스러운 곡물가루 자루를 짊어지고도 용감하게 달리며 싸웠고, 지휘관의 뛰어난 전략이 그 뒤를 받쳐주었다.

미군은 포병의 화력공격부터 시작해 공중폭격을 퍼부은 뒤 보병부대가 움직이는 교과서적 작전에만 의존했으나 중공군은 전투가 벌어지자마자 상대의 턱밑에 저돌적으로 달라붙어 포격과 폭격을 무력화하고, 배후나 측면을 기습

강타하며, 야행성 동물처럼 깊은 밤에 달려드는 변칙작전으로 고정관념에 물든 미군을 엎어뜨렸다. 단체 훈련을 받고 전투도 단체로 수행하는 미군의 집단행동과는 달리 중공군은 3~5명 작은 집단이 혼신을 다하는 각개전투로 능률을 몇 배 늘렸다.

무엇보다 놀라운 점은 중공군 병사들의 상황 적응력이었다. 두더지가 무색할 만큼 빠른 땅굴파기 실력, 이동하면서 식사 대신 곡물가루 한 줌을 입에 털어 넣고 침을 섞어 오물오물 삼키는 인내력, 전쟁터에 널린 쓸모없는 쇳조각으로 곡괭이, 호미, 끌 따위 땅굴공사에 필요한 도구를 만들어 내는 능력, 영양실조에서 오는 야맹증을 치료하기 위해 솔잎이나 올챙이를 끓여 마시는 민간요법을 활용하는 등 그들은 매우 지혜롭게 전쟁 상황을 헤쳐 나갔다. 특히 땅굴 속에서 쓰는 기름등잔에서 나오는 연기가 호흡기질환을 일으킨다는 사실을 깨닫고 등잔 연통에 숯을 올려놓아 그을음을 빨아 들이도록 한 그들의 꾀는 상상을 뛰어넘었으며, 그러한 슬기는 아무리 척박하더라도 주어진 환경에 적응하려는 열정과 노력 없이는 불가능했다.

중공군이 전투장비에서 한결 앞서는 미군을 전선마다 제압할 수 있었던 것은 결코 운이 따라서가 아니었다. 그들에게는 '모든 일에 최선을 다하면 하늘도 돕는다'는 옛말을 가슴에 새긴 충실한 병사들이 있었기 때문이다.

그렇다고 중국지원군이 전혀 어려움을 겪지 않았던 것은 아니다. 6·25전쟁은 현대화 전쟁이었다. 미국은 모든 기술과 무기를 끌어다 썼다. 국내에서 치른 항일전쟁이나 국공내전과는 규모가 달랐다. 국민당 군에게 공군이 있긴 했으나, 폭탄이 엉뚱한 곳에 떨어지기 일쑤였다. 섣부른 판단이 그들에게 지옥을 불러들였다. 조선에 와 보니 거의 날마다 미군 비행기가 폭탄을 퍼부어댔다. 아침이 밝으면 움직이는 것조차 불가능했다. 습기 찬 동굴에 숨어 있다 보니 일주일도 못 돼서 온몸에 이가 들끓었다. 제대로 먹을 수도 없었다. 해 뜨기 전에 한술 뜨면 그로써 끝이었다. 어두워질 때까지 주린 배를 달래야만 했다. 얄미운 미군 비행기는 밥 짓는 연기만 보면 내버려두지 않았다.

또 무기 공급도 문제가 많았다. 국내 전쟁시절 중공은 국민당군에게서 빼앗은 무기와 폭약으로 무장했다. 마오쩌둥이 장제스(蔣介石)는 우리의 무기 조달자! 이렇게 큰소리칠 정도였으나 그는 이런 사태가 오리라고는 짐작도 못했다. 한국에서는 전리품을 써먹을 수가 없었다. 후퇴하는 미군과 한국군이 자동차 천여 대를 놓고 갔지만 워낙 새로운 기종이라 쓰는 법을 몰랐다. 지원군에겐 쓸모없는 쇳덩어리나 다름없었다. 그마저도 잠시였다. 1시간만 지나면 비행기들이 나타나 폭탄을 쏟아부었다.

전쟁 초기 미 공군은 1100여 대 전투기를 끌어다 썼다. 중국 지원군은 차량 1300대가 수송을 맡았지만, 그 가운데 200여 대가 일주일 만에 잿더미로 변했다. 1951년 초, 미 공군기는 1700대로 늘어났다. 지원군 보급차량을 집중해서 쏘아대니 지원군의 차량과 물자 손실은 실로 엄청났다.

차림새도 말이 아니었다. 영하 30도를 웃도는 추위에 얇은 솜옷만을 걸친 채 빠르게 행군해야했다. 땀투성이인 채 차디찬 눈 위에 엎드리다보니 온몸이 금방 얼어붙어 쉽사리 일어나지를 못했다. 몇몇 연대가 전투 자세로 얼어 죽기도 했다. 4만 명이 죽은 전투에서 2만여 명이 추위에 얼어붙어 목숨을 잃었다.

지원군 출신인 수천(蘇晨)은 조선전쟁 때 신화통신 기자였다. 전선을 여러 번 취재하면서 그는 미군 비행기를 볼 때마다 무서움으로 온몸이 덜덜 떨리면서도 애써 겨우겨우 숨겼다. 봄여름에 입을 군복 40만 벌이 불구덩이에 휩싸인 광경을 볼 때면 당장 중국으로 돌아가고 싶었다.

그 무렵 한반도에는 일찍이 한차례 눈이 내렸다. 압록강에는 황사먼지가 넓게 퍼져 흰색 별 모양의 휘장이 그려진 공군 편대가 느리면서도 위풍당당하게 날고 있었다. 항공기 8대가 머리쪽이 둥글고 몸체가 불룩한 수송기를 선두로 횡렬 대형을 만들자 콰쾅! 소리가 온통 눈으로 새하얘진 대지에 크게 메아리쳤다.

이 수송기는 미국 극동지역 사령관이자 일본 점령군 총사령관 겸 유엔군 총사령관인 맥아더의 전용기였다. 맥아더 장군은 커다란 탁자 앞에 몸을 꼿꼿이 세우고 의연한 자세로 앉아 비행기 창문 너머로 꽁꽁 언 북조선 땅을 조용히 바라다보았다.

객실은 쾌적했고 분위기도 가벼웠다. 내부 광선이 눈부신 정도는 아니었지만 맥아더는 여전히 선글라스를 쓰고 때때로 옥수수 파이프를 꼬나물었다. 세월의 온갖 풍파를 겪은 얼굴은 신중하면서도 웃는 듯 마는 듯한 표정을 짓고 있었다. 그는 여러 해 동안 기름때로 얼룩진 금테 두른 챙모자를 썼는데,

이제는 많이 낡았지만 늘 이 모자만 고집했다. 극동부대 장교와 병사들은 이미 맥아더의 이런 성격과 선글라스, 낡은 모자, 옥수수 파이프에 익숙해졌다. 이것은 맥아더를 나타내는 물건들로 제2차 세계대전 때 군대를 이끌고 태평양 연안 지역을 휩쓸었을 때도, 일본을 점령했을 때도 변함없이 그와 함께했다.

맥아더와 동행하는 미8군 사령관 워커 중장은 단정한 자세로 앉아 엄숙한 표정을 띠고 있었다. 단추 하나하나가 제자리에 매우 단단히 채워져 그의 군복 입은 모습은 더없이 단정했다. 때마침 제10군 군단장 알몬드 소장과 AP통신 소속 종군기자 제임스 에드워드는 한창 이야기를 나누던 참이었다. 알몬드는 수송기 안에서도 지팡이를 들고 있었는데, 맥아더가 옥수수 파이프를 물고 있는 것과 같은 의미였다.

공군 편대는 저공비행 중으로 고도가 1000미터 정도밖에 안 되었다. 탑승자들은 하늘 아래 풍경과 도로, 지름길까지도 또렷하게 내다볼 수 있었다.

대지는 얼음으로 뒤덮이고 새하얀 눈이 반짝였다. 높고 험준한 산과 깊은 협곡, 눈앞은 온통 산간벽촌이었다. 그곳에는 부대가 머물렀던 어떠한 흔적도 없고, 무언가 표적으로 삼을 만한 특별한 것도 눈에 띄지 않았다. 맥아더는 옆자리에 앉은 워커에게 말했다.

"중장이 걱정하던 일은 전혀 일어나지 않은 것 같소만."

체격이 건장해 '투견'이란 별명으로 불리는 워커는 긍정도 부정도 하지 않았지만 얼굴에는 조심스러운 미소가 감돌았다. 어느덧 그 미소도 사라지고 다시 근엄한 자세로 돌아와 있었지만 워커는 즉흥적으로 결정된 이번 비행만큼은 의심을 떨쳐버릴 수 없었다. 맥아더는 이제 청천강 연안에 들어선 미 제8군단 지휘부에 시찰을 명목으로 방문할 계획이다. 워커 중장은 속마음을 간신히 억눌렀다.

'사실은 대북 전쟁에 대한 결정을 앞당기기 위한 목적도 있는 걸 숨기진 마십시오.'

10월 끝무렵, 미군과 1차 교전을 벌이던 중공군은 갑자기 소리도 없이 북한의 깊은 산속으로 숨어버렸다. 느닷없이 나타났다가 갑자기 사라져버린 중공군 때문에 고위급 장교들과 워싱턴 전략당국의 관계자들은 큰 혼란에 빠졌다.

중국군의 의도는 무엇인가? 그들의 실제 참전 규모는 얼마나 되나? 그들은 단순히 보여주기 위해 전쟁에 참여한 것인가? 아니면 국경선 근처 몇몇 소규모 수력발전소를 지키기 위해 출병한 것인가? 지난 교전에서 1차적 성과를 올렸음에도 왜 갑자기 자취를 감추었을까?

상황이 이런데도 맥아더는 단지 중공군이 비밀리에 지원하는 한국 최후방의 잔존세력일 거라고 했다. 맥아더는 또 한 번 단호하게 말했다.

"중국군이 출병하더라도 겨우 3만 명 아래일 거요. 만일 3만 명이 넘는다면 공중 정찰 중 발견될 테지. 또한 그들은 교전을 시작하고 얼마 되지 않아 곧 후퇴할 테니까. 왜냐하면 담력도 없고 전투력이 약한 데다 미국과 연합군을 상대로 대규모 전면전을 펼치면서까지 위험을 달게 받아들일 이유가 없기 때문이야. 그러니 너무 걱정들 마시오."

사뭇 낙관적인 맥아더의 태도는 워커를 비롯한 전투지휘관들의 불만을 샀다. 그는 줄곧 중국의 모든 군사 행위는 별것 아니라고 주장했다.

"전술적 관점에서 현재 중국이 세계정세에 대대적으로 끼어들던 시대는 지났소. 또한 중국은 주요 군사강국과 전투를 치러본 경험이 없지. 연합군은 당황하지 말고 허둥지둥할 필요 없이 오직 전열을 가다듬는 데만 집중하면 돼요. 우리 연합군의 목표는 북쪽 압록강으로 전진하는 일이지 남쪽 38선으로 후퇴하는 게 아니야. 아시겠소?"

그러나 1950년 10월 북진 중이던 유엔군 앞에 중공군이 처음으로 나타났다. 이 중공군의 기습으로 한국군은 큰 타격을 받았다. 바로 그 뒤에 있었던 일이다.

"과연 나왔구먼. 이젠 겁쟁이 트루먼도 배꼽에 힘 좀 넣겠지."

이승만 대통령은 정일권 육군참모총장 보고를 듣고도 매우 태평스러웠다. 전국(戰局)의 앞날에 대해서도 낙관했다. 맥아더에 대해서도 격찬해 마지않았다.

"걱정할 거 하나 없소. 맥아더가 잘 알아서 할 것이오. 정 총장, 맥아더와 나는 중공군이 전쟁에 나온다고 봐왔소. 맥아더는 중공군 개입 가능성을 부인했으나, 그건 북진전략에 대한 트루먼의 잔소리를 막기 위해서였지. 맥아더는 훨씬 앞을 내다보고 있어. 때에 따라서는 원폭 사용도 불사할 각오라고 나한테 굳게 약속한 바 있소이다. 그가 지닌 '전략가로서의 깊은 계략'은 참 뛰어나다오."

뒷날 정일권은 이런 회고록을 남겼다.

나에게 이승만 대통령은 편지 2통을 보여주었다. 하나는 맥아더 장군에게 보낸 이 대통령의 편지 사본이었다. 그 사본의 요지는 이러했다.

'북진이 순조롭게 진행됨에 따라 워싱턴과 영국·프랑스에서는 소련 및 중국의 군사 개입을 두려워하는 경향이 두드러지고 있습니다. 본인은 소련은 몰라도 중국의 개입 가능성은 매우 크다고 봅니다. 솔직히 말하면 이번에 트루먼 대통령을 만나더라도 이 가능성을 그대로 받아들이지 않았으면 합니다. 귀하가 긍정함으로써 북진을 방해하는 작전상의 제한이 더 늘어날 우려가 있기 때문입니다. 한국인은 거족적으로 북진통일만을 열망하고 있습니다. 나 또한 귀하의 영매하신 지도가 아니고서는 이루기 불가능하다는 점을 굳게 믿고 있습니다. 이런 간절한 심정을 헤아려 주시길 바라는 바입니다.'

이승만 대통령이 보여준 또 다른 편지는 맥아더가 이 대통령에게 보낸 답장이었다.

'전적으로 동감입니다. 본인은 믿을 만한 정보통의 보고를 받고 있습니다. 중공군은 반드시 나타날 것입니다. 그러나 이 가능성을 대외적으로 인정할 수는 없습니다. 그들은 숨어서 압록강을 건널 테지만 우리는 전혀 알지 못하는 척할 겁니다. 중국은 그 방대한 규모의 군사력을 바탕으로, 머지않아 아시아에서 민주주의를 위협하는 가장 큰 세력이 될 것입니다. 그 뒤에는 소련이 있습니다. 중국의 잠재적 군사력을 무너뜨릴 만한 기회는 지금 뿐입니다. 전략은 이미 준비되어 있습니다. 워싱턴이 어디까지 본인의 전략을 뒷받침해 줄지가 문제로군요. 거센 반대에 부딪힐 수도 있지만 불퇴전의 결의는 조금도 변하지 않을 겁니다. 이미 말씀드린 바와 같이 필요하다면 원폭도 각오하고 있습니다……'

1950년 10월 13일자 편지였다. 태평양 웨이크섬에서 트루먼 대통령과 맥아더 사령관의 회담이 열리기 이틀 전이었다.

이 2통의 편지를 아는 사람이 나 말고 또 있는지 확실치 않다. 극비 가운데 극비였다. 역사가나 비평가들이 이 극비를 알 까닭이 없다. 맥아더는 자신에게 쏠리는 비판의 소리, 즉 '중공군 개입 가능성을 오판해 유엔군의 북조선 철수를 자초했다'는 책임 추궁을 받았을 때도 이 비밀 편지만은 언급하지 않았다.

(정일권, 《회고록》)

워커는 전투지휘관으로서 의견을 내놓을 수도 있었지만, 제8군단 사령관으로서 맥아더의 명령에 따를 수밖에 없었다. 그는 이미 상황을 얼마쯤 파악했다.

미8군단과 정면 대결에 나섰던 중공부대는 맥아더가 비웃던 그 '아시아의 오합지졸'이 절대 아니었다. 그들은 군기가 단단히 잡힌 데다 체계적 훈련을 받아 전투력이 뛰어나고 전투의지 또한 남다르게 불타올랐다. 비록 무기 장비 수준은 매우 떨어지고 중무기도 갖추지 못했으나 발로 뛰며 몸으로 부딪치는 온갖 공격에는 뛰어났다. 마침내 그들은 의지 하나로 산간벽지를 뚫고 들어와 연합군 부대 후방에 침투했다. 연합군의 포위망에서 벗어난 중공군은 이후 한 발 두 발 공격을 시작했다.

청천강 연안에서 맥아더는 지프에 앉아 있었다. 여섯 시간쯤 전방지역을 둘러본 그는 자신의 낙관성과 확신으로 사기를 북돋았다. 시찰이 끝나고 다시 동맹군 최고사령부 전용기에 오른 그는 조종사에게 서쪽 해안선으로 날다가 다시 압록강을 따라 북쪽으로 가라고 지시했다.

목적지가 급작스럽게 바뀌자 알몬드를 제외한 기내 모든 사람들은 놀라움을 금치 못했다. 연합군 최고사령관이 피격으로 추락할 위험을 무릅쓰고 중국의 접경을 돌아본다는 뜻이기 때문이다.

이미 여러 해 동안 맥아더를 곁에서 보좌한 알몬드는 줄곧 상관의 배짱과 식견, 품격과 용기 등을 존경해 왔다. 그는 맥아더가 미국 고위급 장교 가운데 가장 뛰어난 리더십을 갖췄다고 여겼다. 이번 시찰 내내 그는 맥아더의 자신감 넘치는 지휘정신에 흠뻑 매료됐다. 알몬드는 조금도 흔들림 없이 지팡이를 짚은 채 얼굴 가득 웃음을 짓고 있었다. 그러나 예전처럼 나서거나 큰소리로 말하지는 않았다. 여기는 워커 중장 관할부대로 그에게는 지휘권이 없었다.

그러나 제임스 에드워드는 불안했다. 숙련된 종군기자인 그는 이미 맥아더의 성격을 파악했지만 아무래도 이런 모험은 불필요하다고 생각했다.

"장군은 반드시 압록강으로 가야 한다고 생각합니까?"

에드워드는 옆에 있는 알몬드에게 물었다.

한번 씨익 웃더니 알몬드가 아무렇지도 않게 대답했다.

"심각하게 여기지 말게. 나들이쯤으로 여기면 돼."

비행기가 이륙하자 기장이 안전을 위해 낙하산을 나눠주며 입기를 권했다. 그러자 맥아더가 파이프를 물고 웃으며 모두에게 말했다.

"여기 누구든 입고 싶다면 입어도 좋네만, 난 뛰어내릴 생각은 요만큼도 없어."

그 말에 알몬드가 크게 웃었고, 낙하산을 입은 이는 아무도 없었다.

맥아더는 주위를 둘러보며 말했다.

"사실은 이렇게 비행하는 게 가장 좋은 방어야. 전투기가 쫓아오나 살필 필요도 없고 말이지."

제임스 에드워드의 불안했던 마음도 조금은 누그러졌다. 그러나 기장은 사뭇 마음을 놓지 못하고 안전고도를 유지하는 데 온 신경을 모았다. 맥아더의 대담한 태도를 보니 모두 몇 달 전 한강에서 겪은 일이 떠올랐다.

그때 알몬드는 제8군단 참모장이었다. 그날 맥아더는 위급한 상황에 처한 한국을 구하기 위해 몸소 전선을 찾았다. 정류장은 한강과 서울이 내려다보이는 산기슭에 있었는데 그곳에서 본 남조선의 상황은 더없이 끔찍했다.

한강은 불바다가 되어 불길이 하늘로 치솟고 전투에서 패배한 군인들과 난민들은 남쪽으로 내려가기 위해 한강을 끼고 있는 오직 하나뿐인 철교로 벌떼처럼 몰려들었다. 북한인민군이 쏜 포탄이 한강과 주변 산으로 수시로 떨어졌고, 폭발로 생긴 물기둥과 매캐한 연기로 한국은 발칵 뒤집힌 상황이었다.

순간, 모두 맥아더의 안전을 걱정했지만 입에 파이프를 문 그의 모습은 오히려 매우 담담해 보였다. 맥아더는 수원 공항으로 돌아가다가 또 한차례 북한 프로펠러전투기의 공격을 받았다. 지프차를 타고 뒤따라오던 알몬드와 기자들은 전투기를 보자마자 차에서 뛰어내려 몸을 숨겼다. 그러나 맥아더만은 허름한 차 안에서 바위처럼 꿈쩍도 하지 않았다. 북조선 프로펠러전투기는 30분 동안 이들 머리 위를 맴돌았다.

전투기가 돌아가자 모두 맥아더의 곁으로 몰려들었다. 어느새 그는 차에서 내려 파이프를 문 채 조용히 근처를 거닐고 있었다.

"북한 녀석들은 갔나?"

그는 알몬드에게 느긋하게 한마디 물었을 뿐이었다.

늦은 저녁, 동맹군 최고사령관의 전용기는 마침내 압록강 상공에 접근했다. 비행기 날개 아래는 여전히 척박하고 황량한 대지뿐이었다. 굽이굽이 흐르는 비단처럼 반짝이는 강물은 양옆으로 얼음과 눈을 가득 끼고 마치 오랫동안 질곡의 세월을 견뎌온 것만 같았다.

창바이산(長白山)과 헤이룽강(黑龍江)에 저녁놀이 내리고 있었다. 아름다웠다. 선들바람이 볼을 스치고 지나간다. 차가웠다. 산과 산 하얀 봉우리마다 물빛 저녁놀이 타오르다 사라져 간다. 신비하고도 고요한 중국 둥베이 얼어붙은 대지는 끝없이 넓은 곳으로 뻗어 갔다.

기내는 갑자기 쥐 죽은 듯이 조용해졌다. 그들은 그제야 맥아더가 낙하산을 거부한 이유를 깨달았다. 이렇게 냉혹하고 예측할 수 없는 황야에 내릴 바에야 비행기에서 머무는 편이 훨씬 나았다.

맥아더는 남쪽으로 회항하던 중 워커에게 새로운 공격 계획을 세우도록 지시하고, 알몬드에게 제10군단 소속 제7보병사단과 해병 제1사단을 새롭게 동쪽에 배치하라고 명령했다.

"스미스 전투부대에 알리도록!"

그는 파이프로 발아래 땅을 가리키며 쩌렁쩌렁한 목소리로 말했다.

"녀석들 목표는 저 죽일 놈의 압록강이야."

종군기자 제임스는 그때 바라본 맥아더를 이렇게 그렸다.

비록 중공군과 전쟁이 일어나긴 했지만, 상황은 매우 낙관적이었다. 맥아더 장군의 목표는 조금도 바뀌지 않았다. 그는 신념이 누구보다 강했다. 그의 계획은 갑자기 나타난 중공군 때문에 잠시 늦춰진 것일 뿐 결코 바뀌지 않았다.

(제임스 에드워드, 《전선일기》)

동맹군 최고사령관의 전용기가 활주로를 달려 다시 하늘로 떠올랐다. 비행기가 저 멀리 구름 속으로 사라지자 워커가 조용히 한마디 했다.

"정말 제멋대로군."

"뭐라고 하셨습니까, 중장님?"

알몬드가 묻자 워커는 아무 말 없이 본인의 지프로 걸어갔다.

비행기가 저 멀리 사라질 때까지 알몬드는 거수경례를 했다. 제8군단 지휘부로 돌아가는 지프에서 제임스 에드워드는 맥아더의 일거수일투족에 감탄을 금치 못했다. 그는 맥아더를 다음 네 글자로 간추렸다.

"덕망 높은."

"그렇습니다."

알몬드가 그의 말을 거들었다.

"장군님은 능력이 뛰어난 분이십니다. 그것도 매우 대단히. 하나님 다음으로 말입니다."

가다 서다를 거듭하던 열차가 산하이관(山海關)으로 떠났다.

북쪽으로 갈수록 날씨가 추워지고 싸늘한 바람이 끊임없이 불어왔다. 부대원들이 살던 장난(江南)은 요즘음 벼를 말리는 시기로 논과 마을 어귀에 나무가 우거지고 꽃들이 울긋불긋 한창 아름다울 때였다. 하지만 이곳 둥베이 땅은 온통 스산하기만 하다. 겨울이 성큼 찾아온 듯 검은 벌판에는 차가운 공기가 맴돌았다. 북쪽으로 갈수록 한기는 더해 갔고, 석양빛은 더욱 짙어졌다.

휘신밍은 빠르게 지나가는 창밖 풍경을 말없이 바라보고 있었다. 반짝이는 안경알 위로 붉은 노을빛이 드리워져 그의 섬세한 얼굴은 생각에 잠긴 인형 같았다. 그는 무릎 위에 놓인 배낭을 쓰다듬었다. 까끌까끌하고 투박한 천의 촉감을 손끝으로 더듬으며 치열했던 지난 전투들을 떠올렸다.

지난날 그는 우융추이와 함께 화이하이전투에 참전했다. 국민당 장제스를 몰아내는 데 성공한 우융추이는 대대장으로, 휘신밍은 훈련관 자리에 올랐다. 그 전투는 분명 두 사람에게 커다란 인생의 전환점이었다. 사람들은 적은 군사로 장제스 대군을 무찌른 업적을 입이 마르도록 칭송했지만, 말단 간부로서 상황을 몸소 겪은 휘신밍은 그 끔찍한 전투를 좀처럼 잊지 못했다.

쏟아지는 총탄과 새카맣게 밀려오는 적군들. 동포라 할 수 있는 그들과 맞붙은 싸움은 상상을 넘어서는 일이었다. 그때 휘신밍은 고향 후배인 우융추이를 설득해 내전에 참전했다. 나라를 위해 한 몸 바치겠다는 충직함과 사내로 태어났으니 군대를 호령해 공을 세워보겠다는 야망에서 비롯된 일이다. 그러나 내전이 길어질수록 그들이 꿈꿨던 명예와 영광은 차츰 빛이 바래갔다. 밤낮없이 기관총은 불을 뿜었고, 가는 곳마다 적과 아군 시체들이 산을 이루었다. 곳곳에서 매캐한 연기와 피 분수가 끝도 없이 솟았고, 죽어가는 전우들의 비명과 신음소리가 총성에 섞여 허공을 가르며 울부짖었다.

그러나 무엇보다 끔찍하고 절망적이었던 건 어느 샌가 그런 모든 것에 무덤덤해져 가는 자신이었다. 처음 그 사실을 깨달았을 때 그는 쇠망치로 머리를 얻어맞은 듯했다. 돌이켜보면 국민당 병사들이 피도 눈물도 없이 잔인했음은 의심의 여지가 없었다. 그럼에도 무척 성가셨던 것은 적보다 자신의 냉혹함이었다. 싸울 때는 적군 병사가 더 무지비한 게 마음 편하고 반대로 자신이 잔혹하면 의지가 약해지면서 머릿속이 혼란스러워졌다. 이 잔혹한 싸움을 저울에 달아도 절대 둘의 무게가 같다고는 할 수 없었지만 휘신밍은 어쩔 수 없이 저질러버린 그 잔혹함에 커다란 책임을 느끼고 있었다.

휘신밍은 짐승과 인간의 차이란 인정과 연민에서 비롯된다 여겼다. 하지만 전쟁 통에 모든 자극과 죽음 하나하나에 반응하는 게 더 힘들 지경이었다. 이런 상황에서 평정을 유지하기란 엄청난 노력이 필요한 일이었다.

그는 의식적으로 모든 생각을 닫았다. 생각하지 않고, 느끼지 않고, 보지 않는 상태로 차츰 깊숙이 자신을 내몰았다. 누군가 옆에서 총에 맞아도 돌아보지 않았고, 애타게 살려달라 부르짖는 목소리도 그냥 지나쳤다. 전투가 끝나도 널려 있는 시신들을 수습할 엄두도 내지 못했다. 전사자들 옆을 지나가며 한 병사가 고통에 찬 울음을 터트렸다. 이렇게 만든 적들에게 욕을 내뱉는 이들도 있었다. 하지만 대부분은 무표정한 얼굴로 조용히 지나쳤다.

병사들에게 죽은 이들은 이미 실체가 없는 그림자였다. 삶과 죽음은 뒤엉켜 현실이 아닌 듯이 다가왔다. 그 안에서 휘신밍은 자신이 붙잡고자 했던 목표와 욕망으로 이끌어 줄 길을 전혀 찾을 수 없었다.

보이지 않는 적과 벌이는 싸움 또한 고통스러웠다. 아니, 그 불안감이야말로 군대의 사기를 떨어뜨리는 가장 큰 적을 휘신밍은 잘 알았다. 어수선한 가운데 낯선 조선땅에서 본 적도 없는 미군들과 싸워야 하는 그들에게 이 깊은 불안감은 어김없이 날카로운 장도(長刀)가 되어 병사들 가슴을 꿰뚫고 말리라. 내전이 길어질수록 병사들은 며칠씩 심각한 우울증에 시달렸다. 끝이 보이지 않는 힘든 전투는 급격한 무력감으로 이어졌다. 휘신밍은 사기를 높이기 위해 온갖 말로 그들을 달래며 설득하려 애썼으나, 자기 자신도 뚜렷한 이유는 알 수 없었다. 다만 마음속 깊은 곳에 막연하고 복잡한 불안감이 병사들의 약한 부분을 물어뜯으며 호시탐탐 그들을 쓰러뜨릴 기회만 노리고 있다는 사실이 확고해질 뿐이었다.

휘신밍은 작게 한숨을 내쉬며 안경을 벗어 손수건으로 안경알을 닦기 시작했다.

'오늘 이 자리에서 이런저런 생각을 해봐야 소용없는 일이야. 기차는 이미 둥베이로 달리고 있다. 우리에겐 선택권이 없어.'

어느덧 창밖으로 해가 져 풍경들이 잿빛 그림자를 드리우며 빠르게 어둠 속으로 사라졌다.

퉁화(通化)시를 지나 열차는 잠시 멈췄다. 해가 뉘엿뉘엿한 시각, 플랫폼에는 겨울바람이 불어와 낙엽과 시든 풀들이 흙모래에 뒤섞여 나뒹굴었다. 펄럭이는 온갖 색의 현수막 사이로 낡은 창문이 삐거덕 소리를 내며 흔들렸다. 북서쪽 하늘에 낮게 깔린 구름은 금세라도 세찬 비를 퍼부을 듯 거무죽죽했다.

우융추이와 휘신밍은 부대원 몇을 이끌고 플랫폼 주변을 둘러봤다. 철도관리원 한 사람만 서 있을 뿐 고요했다. 톈진에서 시끌벅적했던 환영행사도, 웅장한 나팔소리 또한 없었다. 시커먼 열차만 덩그러니 서 있는 플랫폼에는 찬바람만 휘몰아쳤다.

불그레한 뺨에 키가 큰 철도관리원은 커다란 솜모자에 방한화를 신고 땟자국으로 얼룩덜룩한 두터운 외투를 걸치고 있었다. 그의 터질 듯한 외투는 오랫동안 열차가 내뿜은 연기에 그을린 탓인지 본디 색을 알아보기 힘들었다. 그는 플랫폼을 거니는 우융추이 무리를 보고 먼저 다가와 말을 걸었다. 우융추이 무리는 이 철도관리원의 성이 '우'라는 것을 알고 그를 우 선생이라 불렀다.

심한 둥베이 방언을 쓰는 우 선생은 우융추이 무리가 조선 지원군으로 가고 있다는 사실을 알자 존경과 애정을 담아 악수를 청했다.

"이미 이런 열차가 여러 대 지나갔지. 앞으로 얼마나 더 많이 지나갈지 알 수 없네. 이렇게 막강한 부대가 가는데 미국놈들쯤이야 손쉽게 쳐부수고도 남지. 암!"

그러나 우 선생은 우융추이 부대원들 차림새를 보고 걱정스러운 표정을 감추지 못했다. 병사들은 한없이 초라했다. 모두들 장난(江南)을 떠날 때 모습 그대로였다. 챙이 넓은 모자에 고무창 운동화와 얇은 솜옷. 그게 군장의 전부였다.

우 선생이 다시 입을 열었다.

"조선은 온통 꽁꽁 얼어버렸네. 그렇게들 입고 가면 싸우기도 전에 얼어 죽고 말겠네."

뤼따꺼는 우 선생이 '꽁꽁'이란 단어를 둥베이 방언으로 말해 잘 알아들을 수 없었다.

"뭐라고요? 무슨 말인지 영 못 알아듣겠네."

"둥베이는 늘 영하 몇십 도라 모든 게 꽁꽁 얼어붙어. 자칫하면 코나 귀가 떨어져 나가! 오줌을 눌 때도 금세 얼어서 막대기로 쳐내야 한다고!"

그들은 둥베이가 장난이나 쑤베이보다 춥다는 사실은 알았지만 우 선생의 말을 곧이곧대로 믿기는 어려웠다. 아무리 춥다고 한들 어찌 사람 코나 귀가 바람에 떨어져 나갈 수 있단 말인가. 부대원들 대부분은 진지한 우 선생의 말을 한 귀로 듣고 흘려버렸다.

우 선생은 부대원들의 옷차림을 걱정했지만, 훠신밍에게는 도리어 우 선생의 차림새가 이상해 보였다. 훠신밍이 물었다.

"선생, 지금이 어느 땐데 그런 옷차림입니까? 이렇게 두꺼운 외투에 방한화까지…… 대체 한겨울에는 어떻게 입으시게요?"

우 선생은 놀라며 말했다.

"지금은 이미 겨울이나 마찬가지야! 9월이면 겨울이고 10월이면 눈이 내려도 이상할 게 없어. 벌써 11월이야. 어느 때냐니!"

우융추이는 어릴 때 둥베이 지방의 추운 날씨에 대해 들은 적이 있다. 그의 고향 쑤베이도 겨울이 되면 찬바람이 제법 쌀쌀하게 불었다. 그때 그는 추위에 손발이 어는 느낌이 몹시 싫었다.

'차가운 바람만 불어도 손발이 곱아드는 것 같은데 얼음이 꽁꽁 언다는 둥베이 지방에서는 어떻겠는가? 고향집보다 곱절은 더 추울 거야. 모르긴 해도 딱 그만큼일 테지.'

왠지 한기가 서리는 듯해 우융추이는 자기도 모르게 몸을 한번 부르르 떨었다.

순간, 출발을 알리는 호루라기 소리가 들리고 열차에서 기적 소리와 함께 희뿌연 증기가 모락모락 피어올랐다. 우융추이와 훠신밍은 우 선생과 작별인 사를 나눈 뒤 부하들을 이끌고 막 떠나려는 열차로 달려갔다. 그때 갑자기 뒤에서 우 선생이 서둘러 뛰어오는 소리가 들렸다. 헐레벌떡 뒤따라온 우 선생이 황급하게 자신의 외투를 벗어 힘껏 우융추이 품에 안겨주었다.

"이 옷 더럽다고 우습게 보지 말게. 이래 뵈도 일본 관동군이 입었던 정통 군복이라고. 털을 덧대서 매서운 추위에도 끄떡없다네. 이걸 가지고 가면 이롭게 쓰일 거야. 조선 지원군들이 미국과 싸우는 데 한몫한다고 생각하게."

우융추이는 거듭 사양하며 말했다.

"저희는 필요 없습니다. 이걸 주시면 선생은 뭘 입으시게요?"

우 선생은 끈질기게 외투를 우융추이 팔 안으로 밀어 넣으며 말했다.

"난 여기 꿍꿍 언 지방 출신이야, 이곳 토박이라고! 어떻게든 버틸 수 있어. 헌데 자네들은 태어나서 조선은 처음이잖나. 그럭저럭 가져가면 필요한 데가 있을 거네."

우융추이는 그 간곡한 청을 거절하기 힘들어 뤼따꺼에게 대신 외투를 받아들도록 했다. 조국과 인민을 위한 우 선생의 뜨거운 마음이 그에게도 전해지는 듯했다.

우융추이는 진심으로 우 선생에게 고마웠다.

"한겨울에 외투를 벗게 해서 정말 죄송합니다. 이젠 걱정하지 마십시오. 선생이 주신 털외투도 있으니 선생 대신 더 많은 미군들을 무찌르고 오겠습니다."

우 선생은 걱정과 응원이 가득한 얼굴로 고개를 끄덕였다. 그러고는 손을 내저으며 어서 열차에 올라타라는 손짓을 보냈다.

열차가 막 떠나려는 순간이었다. 우융추이는 퍼뜩 떠오른 게 있는 듯 우 선생에게 잠깐 기다리라고 소리치더니 재빨리 열차 안으로 뛰어들어갔다 왔다. 그의 손에는 입구를 잘 막아놓은 양허따춰(洋河酒) 한 병이 들려 있었다.

그는 술병을 우 선생의 손에 억지로 쥐어주며 말했다.

"선생, 이 술은 제 고향 쑤베이 우씨(禹氏) 집성촌에 계신 저희 어머니께서 보내주신 겁니다. 마시기 아까워 몇 년을 모셔만 뒀었죠. 이렇게 추운 곳에서 외투까지 벗어주셨으니 정말 추울 때 이거 한두 모금 마시면서 몸을 녹이세요."

우융추이는 당부의 말도 잊지 않았다.

"제 고향 술은 엄청 독해요. 겨우 몇 모금에 사람이 나가떨어지기도 하거든요. 그러니 절대 급하게 마시진 마세요. 한 번 취하면 못 깨어날 수도 있으니까요."

우 선생은 거절하지 않았다. 그는 술병을 받아들고 우융추이의 말을 새겨들었다. 우 선생은 천천히 떠나기 시작한 열차에 올라탄 우융추이를 바라보았다. 우융추이는 열차 난간에 서서 우 선생을 바라보며 세차게 손을 흔들었다. 꼭 다시 보자는 말을 하고 싶었지만 차마 입이 떨어지지 않았다. 세차게 부는 바람에 낙엽이 여기저기 흩어져 날리고 버려진 형형색색의 선전물들만이 쓸쓸히 나뒹굴었다.

열차가 요란한 기적을 울리며 달리기 시작했다. 우 선생의 모습이 우융추이의 눈에서 차츰 멀어져간다. 조용하고 낡은 기차역도 곧 어스레한 풍경 사이로 사라졌다.

우 선생도 검은 연기를 길게 내뿜으며 차츰 멀어져가는 기차를 바라보았다. 그는 손에 든 양허따취를 코에 갖다 대고 천천히 향을 맡았다. 입구가 막혔는데도 병 밖으로 은은하고 그윽한 향기가 조금씩 조금씩 퍼져 나왔다. 그 향취에 우 선생은 자신도 모르게 중얼거렸다.

"참으로 좋은 술이군. 몇 년이나 안 먹고 간수할 만해."

문득 그는 저들과 통성명도 하지 않았다는 사실을 깨달았다.

'저 젊은이들 성은 뭐고 이름은 뭔지…… 그 추운 데서 연이은 전투에 휩쓸리면 언제쯤 살아 돌아올 수 있을까? 과연 죽기 전에 다시 볼 수 있을까?'

뒤늦게 아쉬운 마음을 곱씹으며, 그는 열차가 완전히 사라져버린 뒤에도 한참을 그렇게 우두커니 서 있었다.

4
원산상륙 디데이

　명사십리(明沙十里). 함경남도 원산시 동남쪽 약 4킬로미터 지점에 펼쳐지는 은빛 백사장. 갈마반도 끝자락에서 연두도리(蓮斗島里)까지 8킬로미터에 이르는 끝없이 펼쳐지는 하얀 모래밭. 10여 리에 걸쳐 흐드러진 해당화 군락. 그 뒤에 둘러선 울창한 소나무와 그 앞에 물결치는 푸른 바다가 어우러져 절경을 이룬다.

　명사십리 해당화야/꽃진다고 설워마라/잎진다고 설워마라/동삼(冬三)석달 꼭죽었다/명춘삼월(明春三月) 다시오리.

　잘 알려진 명사십리 해수욕장. 원산상륙 디데이는 바로 1950년 10월 20일이었다. 그러나 항구 접근 수로에 설치된 기뢰가 발견되면서 소해정(掃海艇)들이 위험을 무릅쓰고 제거작업에 들어갔다. 그동안 병력 수송선들은 뱃머리를 남쪽으로 돌렸다가 북쪽으로, 또다시 남쪽으로 돌리기를 거듭해야만 했다. '요요작전'이라 불린 그 힘든 2주간 과정은 미해병대 공식역사에 기록되었듯이 '계속된 단조로움의 막간극'이었다.

　해병 제1사단은 오랜 기간 배 위에 갇힌 채 활동하지 못했다. 혹독한 전쟁이 그들을 훌쩍 넘어 앞서가 버린 듯한 느낌이었다. 밥 호프와 마릴린 맥스웰이 비행기편으로 원산비행장에 내려 상륙을 앞둔 해병들을 위해 공연을 했을 때도 이런 느낌은 얼마쯤 확인된 셈이었다. 해병 지상군이 현장에 닿기도 전에 해병항공대가 작전에 들어가고 USO(미군위문협회)의 쇼가 공연되는 것은 처음 있는 일이었다. 한국군 제1군단에 배속되었던 미 육군이 '미국해병가'에 한 절을 덧붙였다.

억세고 투지 넘치는 저 해병들
어느 곳을 가나 언제나 따라다니네
밥 호프와 마를린 맥스웰, USO의 뒤꽁무니를

전통적으로 미해병대는 해안교두보를 확보하고 증원군(일반적으로 육군병력)이 도착할 때까지 교두보를 지키는 것을 임무로 하는 기습작전 부대로 여겨져 왔다. 제2차 세계대전 때 유럽과 태평양 두 개의 전선을 통틀어 미해병대는 제대(梯隊) 단위별로 가장 강한 전투력을 발휘했다. 그들이 다른 사람보다 용감하다거나 신의 은총을 입어서가 아니라, 저마다 선택된 정예부대에 속해 있으며 동료들을 신뢰하고 서로 의지할 수 있다는 입대 초부터 갖게 되는 확신에서 비롯되었다.

그 무렵 대부분의 해병들은 전투에서 동료가 죽느니 자기가 죽는 것이 낫다고 믿었으며, 이러한 단결력은 궁극적으로 전투를 승리로 이끄는 저돌적 공격정신을 낳았다. 포화 속 인간 심리를 잘 알고 있던 어네스트 헤밍웨이는 이런 글귀를 남겼다.

"나는 위기에 처했을 때, 이 세상 누구보다도, 혹 부상을 당했더라도, 한 명의 용감한 해병을 곁에 두고 싶다."

이런 군사적으로 자랑할 만한 자세의 밑바탕은 패리스 아일랜드(Parris Island)나 샌디에이고(San Diego)의 신병훈련소에서 이루어진 기초 군사훈련을 통해 세워졌다. 지원자들은 10주 동안 바깥 세상과 완전히 단절된 적대적 환경에서 전투와 비슷한 괴로움과 혼란에 적응하도록 계산된 모든 훈련 과정을 통해 절망적 상황에서도 무리 없이 임무를 해내는 준비를 갖추게 되었다. 그러면서 고향을 그리워하는 마음들 속에 위계질서에 대한 갈망과 애정이 생기고, 드디어는 자신의 안전과 생존이 보장된다는 생각을 갖게 되었다.

자주 어깨를 나란히 하고 전투를 치러야 하는 육군병사들보다 해병이 우월하다는 해병대에 대한 부인할 수 없는 신화 비슷한 것이 있다. 해병들은 결코 스스로 '병사'라고 부르지 않았다. 주로 해병들은 주변머리가 있고 대담한 기질을 가진 데다 육군 병사들보다 위험을 기꺼이 받아들일 준비가 되어 있었다. 뿐만 아니라 미 본토와 온세계에 뿔뿔이 흩어진 주둔지에 몸담은 해병들은 트리폴리, 몬테주마의 홀, 벨로우드, 과달카날, 이오지마, 인천과 같은 격전지에서 쓰러진 선배 해병의 영혼들이 요구하는 것처럼 협동정신, 군기, 용기, 또 지옥에 떨어지는 한이 있더라도 임무를 마쳐야 한다는 헌신적 자세를 갖추고 있었다.

비록 미군 전체 중에서도 가장 패기 넘치는 병력이었지만, 해병들은 겉보기엔 멋이 없었다. 공식적 의식 때 입는 청색 정복(正服)을 제외하고 해병 제복은 계급장, 명찰, 훈련기장, 부대기장, 도금된 단추 등으로 장식된 육군 제복과 견주어 단순하고 짙은 녹색이었고 장식이 없는 소박한 것이었다. 어떤 해병 부대도 멋있게 들릴 만한 '열대의 번개'라든지 '울부짖는 독수리' 같은 또다른 이름도 갖고 있지 않았다.

제1해병사단의 공보관 마이클 카프라로(Michael Capraro) 대위는 이렇게 말했다.

"그때 사단의 기간장교단에는 브라운, 데이비드, 존슨, 존스, 스미스, 윌리엄스, 윌슨 등 흔한 이름들이 많았으며, 그런 평범한 이름들이야말로 해병대 자체의 소박함에 어울린다고 생각했다."

사단의 명칭은 단순하게 제1해병사단이었고, 저마다 약 3,200명 병력을 가진 1·5·7해병연대의 3개 보병연대와 포병연대인 11해병연대로 이루어졌다. 대략 1만 2천 명의 사단병력이 장진호 전투기간 중 대부분 전투를 맡았으며, 그 후방에는 제1해병항공단을 포함한 1만 명 정도 되는 전투지원병력이 있었다.

카프라로 대위는 또 이렇게 말했다.

"제1해병사단은 세계에서 가장 강한 사단이었다. 나는 사단이 마치 가죽끈에 묶인 채 으르렁거리며 주인의 적을 물어뜯으려는 사나운 도베르만 사냥개와 비슷하다고 생각했다. 많은 기간병과 장교들이 남부 출신이었기 때문에, 사단이 로버트 E. 리 장군이 남북전쟁 때 지휘했던 북(北)버지니아군의 전통을 이어 받았다고 말하는 병사들도 있었다. 남부 연맹군처럼 그들도 지원병들이었으며 용맹스러웠다."

많은 미국인들은 해병대를 국가의 보배와 같은 존재로 여겼고, 소집나팔이 울릴 때 기댈 수 있는 것은 언제나 임전태세를 갖추고 있는 해병이었다. 해병대 역사는 신속하게 전투를 승리로 이끌었던 기록으로 가득 차 있다.

해병 5연대 A중대 소속이었던 레이 워커(Ray Walker) 일병은 동료들 가운데 병사 모집 포스터에 그려진 잘 생기고 각진 턱을 가진 모델을 닮은 해병은 없었다고 회고했다.

"수염을 막 깎기 시작한 조금 거칠긴 했지만 평범한 모습의 10대들이었습니다. 기자들은 남자들이라고 말했지만 리버티 병력수송선에 함께 올라와 보면 맥주나 위스키보다는 캔디와 아이스크림을 더 많이 사먹고 여자들 앞에선 수줍어 한다는 사실을 알게 되지요. 그들은 애인의 엄마에게 '멤'이라는 경칭을 붙이곤 했습니다. 물론 나는 실제 전투 대부분을 맡았던 졸병들에 대해 말하는 겁니다."

이들의 으스대는 경향은 해병대의 뛰어난 전투기록으로 뒷받침되었으나, 숙달된 전투능력과 그들을 무찌르기 위해 한반도 동북부로 파견된 중공군 대부대를 어떻게 몰아낼 수 있었는지 밝히진 않았다.

원산상륙작전을 처음 생각해 냈을 때, 해병 제1사단은 제10군단 명령에 따라 3일 뒤에 출항하도록 되어 있었다. 조수(潮水) 문제로 해군 작업이 끊임없이 늦어지는 상황에서 2만여 명의 해병과 10일치 보급품을 3일 만에 선박 71척에 나눠 실어야 한다는 뜻이었다. 그 계획이 불가능하다는 사실이 밝혀지기까지 오랜 시간이 걸리지 않았다. 마침내 확정된 상륙일자는 뒤로 늦춰져 10월 20일이 임시상륙일로 정해졌다. 그럼에도 지도와 첩보자료가 부족해 사단과 연대 참모들은 10월 6일까지 작전과 관련해 도무지 손을 대지 못했다.

크게 부족한 지도와 사진 자료를 모으기 위해 제33비행단의 로널드 부시 소령과 사진반원들이 도로 1500마일과 상륙 가능한 모든 해변을 촬영하는 작업을 시작했다. 얼마 뒤 그들은 거의 불가능하다고 보았던 과업을 거뜬히 해 냈다. 흥남-원산 지구 2000평방마일에 대한 모자이크식 지도를 만들어 낸 것이다.

부시의 소규모 항공대는 촬영장비를 갖춘 코르세어기 3대와 타이거캐트기 6대만으로, 14일 동안 239시간을 비행했으며, 필름 2만 3160피트와 손(Sonne) 인화지 9만 7200피트를 인화했다. 사진제작실에서는 9인치 인화지 10만 장 이상을 찍어냈다.

사진제작실 책임자는 조지 브라운과 마리오 오시모 상사였다. 이 두 사람과 사진기사 22명은 조종사들 작업속도에 맞추려고 하루 열네 시간씩 교대근무를 했다. 모자이크식 지도가 완성되자, 제10군단은 단위 지역의 네가필름에서 20부씩 인화해 달라고 요청했다. 브라운과 오시모는 부하 기사들과 줄곧 서른세 시간을 일했다. 작업이 끝나자 9×18인치 인화지 1만 4035매가 완성되었다. 트럭 한 대 분량이나 되는 이 사진자료는 곧 제10군단 사령부로 실려 갔다. 이렇게 만든 지도와 사진으로 사단장 올리버 P. 스미스(Oliver Prince Smith) 소장과 사단 참모들은 원산 공격계획을 완성할 수 있었다.

10월 15일, 한국 육군부대가 미해병사단의 강습상륙에 앞서 원산에 들어갈 것이 분명해졌다. 이때 제10군단은 해병대에 내린 지시를 바꿨다. 원산에 상륙하면 곧바로 한반도 내륙으로 나아가, 평양 동북쪽의 목표를 장악하라는 것이었다. 그 지점에서 서울 지역을 떠나 북쪽으로 진격하는 제8군과 합류할 예정이었다.

새로운 명령이 떨어지자 해병 참모들은 원산–양덕(陽德)–평양 도로를 따라 한반도의 허리를 단박에 자르며 진격할 계획을 세우기 시작했다. 해병대에 주어진 이 새로운 목표는 원산에서 125마일 떨어진 곳으로 좁고 험한 길을 지나야 했다. 몇몇 도로는 4000피트 가까운 높은 산을 꼬불꼬불 굽이쳐 돌아가야 했다.

참모진은 연대 전투단 대형으로 사단병력을 이동하기로 결정한다. 그 과정에서 해병 제1사단에 차량이 부족해 많은 해병들이 도보행군을 해야만 했다. 하위 제대(梯隊)들은 이 이동계획에 재빨리 별명을 붙였다. '상부 진흙창을 향한 대장정.' 그러나 이 계획이 완성될 즈음 미 제8군이 북진하여 평양을 차지함으로써 물거품이 되고 말았다. 육상 장거리 이동계획이 취소되자 스미스와 참모진은 큰 시름에 잠겼다.

맥아더가 제10군단과 제8군 사이에 새 경계선을 그으면서, 제10군단에게 한반도 동북부를 작전지역으로 배정했다. 그에 따라 그 지역 안의 남부를 맡게된다. 또한 사단 참모부가 또 다른 계획을 세워 3개 연대에 책임구역을 맡겼으나 유엔군의 북한 지역 작전에 제한이 없어져 이 계획 또한 뒤집히고 말았다.

이 기간에는 모든 계획이 바다에 떠 있는 함정에서 이루어졌다. '본부'에 갔다 돌아온 사단 참모들은 서로 냉소적인 농담을 곧잘 주고받았다.

"내가 나가 있는 동안 변한 것 없나?"

요요작전이 한창 진행 중일 때, 미해병들은 권태로운 나머지 배 밑창에서 벌어지는 피노클 카드놀이에 끼거나 침상에 누워 동료와 한담을 나누었다. 그것도 아니면 남빛 바다를 보려고 뱃전에 나와 서성거렸다.

"자네, 한국을 전부터 알고 있었나?"

"아니, 처음 듣는 이름이었지."

"나도 마찬가지야. 미국에 있을 땐 이런 나라가 있는 줄도 몰랐어."

"동족끼리 갈라져 싸우는 거라면서?"

"그렇다는군. 소련 스탈린과 중공 마오쩌둥의 사주를 받은 북한 김일성이 남침하면서 동족의 가슴에 총부리를 들이댔다는 거야. 떠날 때 사단장님이 그렇게 말했잖아?"

"아니, 어떻게 한 민족끼리 그럴 수가 있어?"

"그러게 말이야. 가장 참담한 비극이지."

"그럼 우린 뭐야? 왜 우리가 이 전쟁에서 피를 흘려야 하지?"

"소련을 막아내고 세계질서를 유지하기 위해 유엔 안보리에서 유엔 평화군을 보낸 거지."

"냉전시대에 무슨 이데올로기 싸움을 벌인다는 이야기가 맞긴 맞나 보군."

배 위에서 해병들은 이래저래 시간을 죽이며 빈둥거렸다. 먹고 자는 걸 빼면 거의 온종일 할 게 없었다. 사실 마땅한 먹을거리도 없었다. 소금에 잔뜩 절여진 고기 통조림은 기름이 심하게 껴 느끼했고, 가루우유는 단단하게 덩어리져 물에 잘 개어지지 않았으며, 스크램블에그는 냉동실에서 갓 꺼낸 듯 차갑게 식어 있었다. 형편없는 식사에 해병들은 배앓이를 하며 고통받기 일쑤였고, 풍랑으로 배가 심하게 흔들릴 때면 그나마 먹은 것도 모두 게워냈다.

항해는 힘들고 말 못하게 지겨웠다. 거기에 지독한 뱃멀미마저 항해 내내 그들을 괴롭혔다. 해병들은 복통과 구토에 시달려 얼굴이 노랗게 뜬 동료를 보면 이렇게 놀려댔다.

"어이, 칠리 콩이나 한 접시 가져다줄까?"

그들은 침대에 축 늘어져 있다가 쓰레기통에서 풍겨 나오는 토사물 악취를 맡으면 고개를 돌리곤 했다.

1950년 10월 20일 미 제10군단장 알몬드 장군은 군단사령부를 원산에 세웠다. 해병사단이 어떤 저항도 받지 않고 상륙하기를 기다리는 동안 그는 '민사행정'(民事行政)을 처리하느라 몹시 바빴다. 그 업무란 지방관리들과 회의를 하고 민간인 대표들을 만나 요구사항을 들어주고 담배와 캔디를 선물로 나누어 주는 일이었다.

미 육군 7사단이 해병사단의 뒤이어 상륙할 예정이었고, 곧이어 두 사단이 한반도의 잘록한 허리 부분을 횡단하며 평양 북쪽에서 워커 장군의 미8군과 합류하기로 되어 있었다. 그 작전계획은 험준한 낭림산맥을 넘는 190km의 행군을 포함했다.

제1해병 사단장 스미스 소장은 행군명령을 읽고 걱정이 되었는데, 그 간단 명료한 문장은 그의 사단이 분산 전개되며, 통합된 작전능력을 잃게 된다는 의미를 담았다.

'최초 작전구역은 남북 거리가 일직선상으로 480km이고, 동서 간의 거리도 96km나 된다. 해안가 도로를 제외한 원산과 평양간 도로 대부분은 전차나 트럭이 이동하기에 알맞지 않은 좁은 산길이다.'

작전지도를 연구하면서 스미스는 머지않아 10군단장과 쌓아온 관계가 어려워질 것 같다는 걸 느꼈다.

제1해병사단의 병력은 현역과 미국 전역에 걸쳐서 뽑힌 동원예비역으로 이루어졌다. 통고 기간이 짧아 소집에 응하는 데 어려움을 겪었던 대부분 예비역들 중에서 윌리엄 B. 홉킨스 대위가 그 전형적 예이다. 버지니아주 로아노크(Roanoke)에 살던 그는 8월 8일에 소집되어 문을 연 지 2년밖에 안 되는 법률 사무소를 닫아야만 했다. 그는 이렇게 회고했다.

"어떻게 작별인사를 해야 할지 생각하느라 매일 밤 자다가 깨곤 했다."

날씨가 흐린 일요일 아침 로아노크지역 무기고 앞에 집결해 해군 예비역들은 노포크 웨스턴역으로 행군했다. 교회로 가는 길, 성 요한 성공회 교회 앞 몇몇을 포함해 인도 옆에 서 있던 행인들이 조용히 지켜보는 가운데 해군 예비병들이 신은 정글화가 절그럭절그럭 자갈을 밟는 소리만 들려왔다. 기차역에서 〈로아노크 타임스〉의 사진기자가 아버지와 악수하는 젊은 홉킨스의 사진을 찍었는데, 신문에 실린 사진 제목은 "아들아, 행운을 빈다"였다.

동원예비역의 많은 이들은 겨우 5년 전에 끝난 제2차 세계대전 참전자들이었다. 미네소타주 둘루스(Duluth)에 사는 로이 펄(Roy Pearl) 상병은 부겐빌, 팔라우, 괌, 그리고 오키나와 전투에 참가했다. 전쟁이 끝난 뒤 동원예비역에 편입된 그는 주말 군사훈련과 여름철 병영훈련을 받았으며, 얼마 안 되는 예비역 수당을 받아 자동차 정비공으로 버는 수입에 보탰다. 거의 모든 동료들과 마찬가지로 그도 아무런 불만 없이 동원소집에 따랐으나, 몇몇 걱정거리가 그를 괴롭혔다. 그중 하나는 세 살배기 큰딸과 태어난 지 6개월 된 작은딸이 아직 세례를 못 받은 것이었는데, "우리 교구 목사님이 집에 들러 거실에서 세례식을 베풀어주기로 해서 안심이 됐다" 이렇게 회고하기도 했다.

둘루스 지역 동원예비역들은 다음 날 아침 기차역까지 행군했다. 두 딸과 함께 기차역에서 남편과 만나기로 약속했던 헬렌 펄은 처음에 기차에 이미 오른 해병들 틈에서 남편을 찾지 못했으나, 끈질기게 찾아 헤맨 끝에 씩씩하게 웃는 그를 만날 수 있었다. '헬렌이 로이에게'라는 글이 새겨진 기념반지를 주고 작별키스를 하고 나니 떠날 시간이 되어 버렸다.

미 해병 최초 아시아계 장교 츄엔 리(Chew-Een Lee) 중위는 집을 떠나올 때 기억을 50여 년이 훌쩍 지난 무렵에도 생생하게 떠올렸다.

"우리 가족은 생계수단이 뚜렷하지가 않았는데, 중국 이름 뜻으로 지혜로운 학자였던 아버지는 새크라멘토 지역 호텔과 식당에 과일과 채소를 나르는 배달부였다. 그날 아침 아버지는 일을 나가지 않으셨고, 금비취라는 중국 이름을 가진 어머니는 특별한 식사를 만들어 주셨다. 벽시계가 출발시간을 알리자 분위기가 잠시 어색해졌다. 어머니는 씩씩한 분이셨지만 아무 말도 하지 않으셨고, 아버지는 중국 신문을 읽는 척하고 있었다. 아버지는 대담한 분이셨고 나는 그런 면을 존경했는데, 자리에서 일어서시더니 갑자기 나에게 악수를 청하셨다. 뭔가 말씀을 하시려고 했지만 어떤 말씀도 못하셨고, 그때 어머니가 울음을 터뜨리셨다. 집안의 맏이인 내가 이제 집을 떠나려 하고, 또 어쩌면 영원히 돌아오지 못할지도 모르니까 그러시는 것 같았다. 살아남기 위해 그토록 열심히 일하는 분들을 두고 집을 떠난다는 것이 무척 어려웠다."

가족과 헤어지는 것은 무척 힘겨웠지만, 조국을 떠나는 일도 고통스럽기는 마찬가지였다. 포병장교였던 프란시스 페리 중령은 다음과 같이 그때를 회고했다.

"1950년 9월 1일 초저녁 즈음이었다. 우리가 탄 배가 샌디에이고항(港)을 빠져 나와 석양을 바라보며 항해하기 시작했는데, 잊을 수 없는 경험이었다. 해병 군악대가 그 무렵에 유행하던 '잘 자요, 아이린'(Goodnight, Irene)이란 노래를 연주하자 베이필드호의 갑판에 서 있던 해병 수백 명이 노래를 따라 부르기 시작했고 부두에 모였던 가족과 친구들도 함께 노래를 불렀다. 배가 로마 (Loma) 포인트를 지나 검푸른 태평양으로 들어섰는데도 그 노래의 후렴이 항 구 쪽에서 맴돌았다."

그때 갑판 난간에 선 채로 뒤돌아보는 소총수인 18세 프레드 데비드슨 일 병은 컴컴한 산 그림자와 도시의 불빛, 그 노래가 들려오는 곳에서 눈길을 떼 지 못했다. 데비드슨은 희미해져가는 불빛 속에 두고 온 모니카의 얼굴이 자 꾸만 아른거렸다. 군중들 틈에 섞여서 노래하던 소꿉친구 모니카의 노랫소리 는 차츰 멀어져갔지만 눈물 어린 미소로 응원하던 그녀를 어찌 지울 수 잊 을까!

어느덧 밤은 깊어가고 검게 일렁이는 바다가 밤하늘인지 모를 만큼 어두컴 컴해졌다. 저 멀리 산 그림자는 검게 짙어져 조금씩 작아지고 초롱초롱 빛나 는 뭇별들이 데비드슨의 눈길을 사로잡았다. 그는 마음속으로 사랑의 편지를 띄웠다.

'내 인생은 아무것도 바뀌지 않았어. 10년 전과 마찬가지로 축복받은 사람 에게서 멀리 떨어져 있지. 10년 전에도 친구는 없었고, 너는 왜 모두가 날 피했 는지 알잖아? 넌 나의 하나뿐인 친구니까. 나는 지금 하늘과 별세계를 지그시 바라보며, 별들과 놀아도 좋다는 허락을 받은 아이처럼 기분이 좋아. 막 설레 기까지 해. 더없는 행복을 느낀다.

모니카, 나의 가장 소중한 친구야! 이 편지는 아마 너에게 닿지 않을 거야. 남몰래 널 짝사랑하는 내가 쓰는 비밀 편지이거든. 나는 늘 광년으로 모든 것 을 생각하고, 초속으로 느껴 왔어. 이렇게 헤어질 줄 알았다면 미리 고백하는 연습이라도 해둘걸. 떠나는 오늘까지도 입이 떨어지지 않더라. 울먹이는 널 달 래는 것밖에 난 할 수 없었어. 난, 사랑 앞에서도 그저 겁쟁이일 뿐이야.

모니카, 우리 인생을 수백만 년이나 이어져 온 저 별 무리로 가득 찬 밤하 늘과 비교한다면 과연 어떤 것일까? 이 멋진 밤, 안드로메다 자리와 페가수스 자리가 내 머리 위에 떠 있어. 난 오래도록 이 별자리를 바라볼 거야. 그리고 곧 그 옆으로 가게 될 거야. 만족감과 평온함을 느끼게 해준 별들에게 고맙다 는 인사를 전할 수 있겠지. 밤하늘을 수놓은 별들은 영원하고 인간의 삶은 우주의 티끌과도 같아.

물론 모니카! 너는 나에게 가장 아름다운 별이야. 이 말이라도 전해줄 걸 그랬다. 계속해서 별을 헤아리고 싶지만 이제 전쟁터에 뛰어들게 되면 이런 낭만 같은 건 꿈도 꿀 수 없겠지. 다시 만나는 그날, 용기내서 너에게 고백할 테니까 받아주겠니? 나의 마음을…… 그때까지 잠시만 안녕!'

굳게 입술을 다문 데이비드슨의 얼굴에서 결연한 표정이 떠올랐다. 그러나 그는 영원히 별들 곁으로 떠났다.

"11월 25일 저녁 제2차 공세를 시작하라!"
마오쩌둥의 이 지령을 받고 펑더화이는 곰곰 생각에 잠겼다.

펑더화이는 늘 마오쩌둥의 천재적 전술에 감탄했다. 사실 마오쩌둥의 전술은 손자병법을 지나치게 중시하는 경향도 있고, 근대 병기에는 거의 깜깜했다. 그럼에도 적의 약점을 찌르고 마음껏 주물렀으며, 필요한 만큼 피해를 준 뒤에는 풀어주어 그다음 전투에서 더욱 큰 피해를 입혔다. 이 모든 전략에는 단 한 치의 어긋남도 없었다.

'서부전선은 그날 출격이 가능하다. 그러나 동부는 어떤가. 험한 지형을 넘어도 다시 험난한 산악지대일 뿐. 게다가 극한의 추위가 기승을 떠는 계절이니 하루나 이틀쯤 늦어질 것 같군. 마오 동지는 또 왜 이렇게 늦냐며 투덜대겠지. 그래도 적은 무너지리라. 문제는 우리가 얼마나 재빠르게 부대를 움직일 수 있느냐인데……. 연합군에게 청천강 전선에서 재정비할 여유를 남겨주게 되면 평양탈환은 어려워진다. 반대로 우리가 청천강에 주둔하려는 적군을 단숨에 돌파할 수 있다면 평양탈환은 물론 38도선까지 되찾는 것은 식은 죽 먹기지. 어찌되었든 우리는 그저 열심히 싸울 따름이야.'

이런 펑더화이의 결론은 얼마쯤 스스로에게 용기를 주었지만 이기느냐 지느냐, 그런 문제가 아니었다. 중요한 건 '얼마나 이기는가'였다.

제2차 공세 준비는 전보다 순조롭게 풀렸다. 1차 공세 때는 급박한 상황 탓에 끊임없이 군대를 움직이며 작전을 생각해야 했지만, 이번에는 그렇지 않아서 한결 편했다. 펑더화이는 우락부락한 얼굴 가득 웃음을 지었다.

"기동전, 진지전, 게릴라전 등 여러 전술을 마음대로 다룰 수 있게 병사들을 이끌어주십시오. 마오쩌둥 주석은 이렇게 말씀하셨습니다. '우리 군이 패배하여 도망치는 것처럼 행동하며 문을 열어라. 적이 기세를 타고 안쪽으로 달려들면 그때 곧바로 문을 닫고 적의 가장 약한 부분을 노려 공격하라' 꼭 기억하길 바랍니다."

중국인민지원군 공산당간부회의 자리에서 그는 힘주어 말하며 참석한 모두에게 용기를 불어넣었다. 한편 펑더화이의 명령이 전군에게 떨어졌다.

"제4야전군 제13집단군 6군은 미8군을 무찌르고 평양을 되찾은 뒤 38도선으로 추격하라. 제3야전군 제9집단군 3군은 미해병 1사단을 섬멸하고 미10군단을 격멸하라!"

제13집단군의 6군은 서쪽부터 제66, 제50, 제40, 제39, 제38, 제42군이 배치되어 있었는데, 우익보다는 좌익이 더욱 촘촘했다. 미8군의 우익을 이루는 한국군 제2군단을 뚫기에는 중국군의 화력이 모자랐기 때문이다.

제9집단군의 3군은 제20, 제26, 제27군이 배치되었다. 보통 1군은 3개 사단으로 이루어졌지만, 여기서는 4개 사단으로 짰다. 세 겹으로 둘러싸 미해병 1사단을 반드시 쳐부수려는 작전이었다.

이때 미군에게 가장 위급한 지역은 한반도 서해안이었다. 중국 증원군의 주력부대는 랴오닝성(遼寧省) 안둥으로부터 남쪽으로 투입되었다. 중공군 제13집단군의 제124, 125 및 126 3개 사단은 장진호 남쪽을 봉쇄하고 지키는 임무를 맡게 된다. 이윽고 미해병사단이 동해안에 왔다는 사실이 확인되자, 중공군은 중대한 지역을 제8군 전선에서 제10군단 전선으로 바꿨다.

불리한 지형에 서둘러 휘하부대를 배치하느라 포대 대부분을 압록강 건너 둥베이에 남겨두어야 했지만, 제9집단군은 20군과 27군으로 제1선을 이루고 26군은 제2선 예비대로 배치했다. 제9집단군을 이끄는 쑹스룬 사령관은 20군과 27군을 주력부대로 하여 미군 섬멸을 위한 커다란 밑그림을 그렸다.

먼저 20군이 유담리, 신흥리, 하갈우리에 포진한 미해병 제1사단의 연락망을 끊어버리고 원산 방향으로 진격해 미군의 충원을 막으며, 동시에 남쪽으로 후퇴하는 미군을 공격해 전멸시킨다. 이 작전이 진행되는 동안 27군은 유담리와 신흥리의 미군을 없애고 20군과 협공해 하갈우리의 미군을 포위, 모조리 쓸어버린다. 그리고 26군은 제9집단군의 예비부대와 중공군 총예비부대로서 린장(臨江), 중강진에 모인다. 이것이 바로 그의 전술이었다.

이러한 계획은 제20군에 전달되었고, 20군 군장 창이상은 군당위원회를 열었다. 그는 일렬로 길게 진지를 세운 미해병 제1사단을 토막토막 나누어 쪼갠 뒤 포위해 공격하는 전략을 내비쳤다. 이에 따라 제59사단의 주력병력은 사응령을 차지해 유담리에 있는 미군의 퇴로를 가로막고, 제27군과 함께 협공해 미군을 해치우는 것으로 전략을 다시 짰다. 제58사단이 먼저 부성리 지역을 점령, 하갈우리의 미군과 전후지역 연결을 막은 뒤 동쪽과 서쪽 그리고 남쪽 세 방향에서 하갈우리를 포위해 들어가 제27군과 협공으로 미군을 무찌르기로 했다. 또한 제60사단은 이북 고토리(古土里)의 유리한 지형을 빼앗아 장진호 지역에 흘러든 미군의 퇴로를 막은 뒤 기회를 노려 포위 섬멸하고, 제89사단은 사창리의 미군을 포위 섬멸하기로 했다. 긴 뱀을 토막 내듯 미해병 제1사단을 4개로 잘라 하나씩 처리해 가겠다는 의도였다.

결국 유담리에서 사응령에 이르는 지역에 한 무리, 하갈우리에 한 무리, 고토리 이북에 한 무리, 신흥리에서 한 무리가 저마다 임무를 끝낼 경우 미 제3사단 7연대는 사창리에서 가로막히리라는 판단이 섰다. 쑹스룬은 정치장교를 통해 부하장병들에게 알렸다.

"머지않아 우리는 미해병대와 전장에서 부딪친다. 그들을 격퇴하면 조국은 침략의 위협으로부터 벗어나리라. 집 안에 뱀이 기어 들어오면 당장 때려잡듯이 미해병들을 모조리 쳐부수어라!"

제9집단군은 예페이(葉飛)가 이끄는 4개 사단의 1개 군단을 전위부대로, 지안 지역에서 압록강을 건너 남쪽으로 나아가기 시작했다. 쇠배다리 도하 지역의 동북쪽 6마일에 만포진(滿浦鎭)이 있다. 여기서부터 남쪽으로 갈 때는 철도, 독로강(禿魯江)을 따라 뻗어가는 도로를 이용했다. 만포진과 압록강이 가깝고 폭격선은 확정되었으므로 이 철도 종착역은 방해를 받지 않았다. 깊은 밤에 강을 건넌 것은 들킬까 두려워서가 아닌, 하나의 보안조치에 지나지 않았다.

만포진에서 강계(江界)까지는 40마일이고, 거기서 다시 28마일을 더 가면 둘째 교차점인 무평리(舞坪里)가 나온다. 수많은 중공군을 싣고 열차는 이 거리를 열심히 내달렸다. 낮에는 터널이나 지형적으로 깊은 곳에 열차를 숨긴 채 쉬었고, 해질녘이면 다시 열차와 함께 남쪽으로 남쪽으로 내려갔다.

낮 동안은 끊임없이 공중공격을 받았지만 철도수송에는 그리 지장이 없었다. 철로에 직격탄이 떨어지더라도 한 시간 남짓이면 고칠 수 있었고, 다리가 폭파되면 왕복운반 방식을 이용했다. 다리 북쪽에 있는 병사들과 보급물자를 남쪽 가장자리에 대기해 놓은 열차로 옮겨 실었다. 이런 임기응변으로 다리가 고쳐질 때까지 견뎌 나갔다.

강계에서 충이 이끄는 집단군이 접근통로를 나눠 장진호로 진격했다. 루이(鹿邑)의 제20군단은 만포선을 따라 다음 남쪽 교차점인 무평리까지 나아가기로 되어 있었다. 이 지점에서 예페이 부대는 철도를 버리고 좁고 험한 동쪽 도로를 따라 유담리로 가게 되었다. 목적지까지 거리는 55마일인데, 그 길에는 4000피트에 가까운 고갯마루 몇 개가 버티고 있었다.

만포선에는 서해안에 들어찬 미 제8군과 대결할 병력을 나르던 참이었다. 만포선의 수송량을 줄이기 위해 니에펑쯔(聶鳳智) 군단은 강계에서 동쪽으로 옮겨 장진강 상류에 있는 동문거리(東門距里)로 이동한다. 산악지대를 지날 때는 협궤철도를 이용할 수 있었다. 이 지점부터 병력은 장진호의 물길 동쪽 강 기슭을 따라 걸어서 고별우리까지 왔다. 여기서 이 군단의 일부가 장진호 동쪽 기슭을 따라 유담리 맞은편에 진지를 세웠다.

유담리 북쪽 10여 마일 되는 뱀양지산에 충은 본부를 설치했다. 마소와 낙타를 끌어모아 보급품을 나르던 중국 군대의 놀라운 지혜, 끈기와 노력, 그 열정이 아니었다면 이러한 부대이동은 결코 불가능했으리라. 14일이 지나기 전 충은 집단군 병력을 압록강에서 이동시켜 서해안의 미 제8군에 대한 공격과 나란히 11월 27일 반격을 시작할 수 있도록 진지에 온 힘을 기울였다.

지원군 사령부의 본 계획은 제9집단군도 서부전선과 함께 11월 25일 공격을 시작한다는 것이었다. 군당위원회의 토론을 거친 뒤 창이상은 작전명령을 내렸다. 그러나 쑹스룬은 제9집단군의 전투태세를 갖추기 위해 11월 25일로 예정되었던 공격날짜를 하루 늦춰달라고 상부에 요청했다.

이 요청은 받아들여졌으나 또 다른 문제가 터졌다. 제58사단의 전진 노선에서 뜻밖의 문제가 불거졌다. 전투계획에 따르려면 58사단은 동백산을 넘어야 작전지역으로 들어갈 수 있었다. 쑹스룬은 군용지도상에 그려져 있는 동백산의 작은 도로표지를 확인하고 정찰대를 보냈으나 표시된 도로를 찾지 못했다. 동백산을 넘지 않고 돌아서 가려면 꼬박 하루를 더 걸어야 한다. 어쩔 수 없이 쑹스룬은 공격 일시를 다시 27일 밤으로 하루 더 늦춰달라는 요청을 해야만 했다. 마침내 계획했던 날짜보다 이틀이나 늦어진 것이다.

펑더화이 총사령관은 제9집단군의 건의를 받아들였다. 이런 사정으로 동부 전선에서는 27일 제2차 전역(戰役)이 시작됐다.

예페이의 제9집단군은 기차에서 내리자마자 숨 돌릴 틈도 없이 장진호 쪽으로 행군했다. 제1선부대인 제20군은 지안에서 압록강을 건너 두만강을 따라 똑바로 나아갔다. 제27군은 강계에서 높고 험한 산들을 넘어 하갈우리로 향했다. 그들은 더할 나위 없이 가혹한 조건 아래 압록강을 건너 12일 동안 산악지대 150마일을 넘어갔다. 쑹스룬 사령관은 15만 병사들을 압록강 건너 가파른 계곡을 헤쳐 나가는 밤길 강행군으로 마구 몰아쳤다.

11월 끝무렵 백두산을 비롯한 조선 북부에는 엄청난 눈이 내렸으며, 영하 20도는 예삿일이고 영하 30도를 밑도는 혹한이 이어졌다. 더구나 비교적 기후가 온난한 산둥성에 주둔했던 병사들이었기에 추위는 더없이 혹독했다. 그러나 제9집단군의 20, 26, 27군은 모두 제3야전군의 주력부대로 항일전쟁 때 용맹을 떨친 최정예부대였던 만큼 병사들의 사기는 하늘을 찌를 듯 높았다.

사실 제9집단군은 조선에 들어오기 전 추운 지역에서 전투경험이 그리 많지 않았다. 식량, 병기 등 군수품 준비도 턱없이 모자랐다. 포병은 많은 장비를 소련장비로 바꿀 생각으로 둥베이 지방에 그대로 두고 온 상황이라 사단마다 싸워서 빼앗은 미제 일제 75밀리 야포 10여 문만으로 전투에 참여했다.

이 집단군은 군사위원회의 명령을 받자마자 서둘러 북한에 들어갔다. 부대는 둥베이 지방으로 가는 열차 안에서 참전통지를 받고 얇은 솜옷을 건네받았으나 몇몇 병사들은 아무것도 받지 못했고, 솜신발과 솜모자도 없이 고작 수건 한 장을 머리에 두르고 담요로 몸을 감싼 병사들 또한 적지 않았다.

15만에 이르는 중공군이 영하 30도의 혹독한 추위를 무릅쓰고 북한 동부의 험준한 낭림산맥 개마고원으로 숨어들었음에도 미군 정찰기는 그들을 발견하지 못했다. 미군으로서는 상상도 못할 일이었던 것이다.

스미스 장군은 10군단장 알몬드에게 온갖 이유로 짜증이 났다. 알몬드는 인천상륙작전 기간 중 해병 사단소속의 제7차량 수송대대를 멋대로 빼가더니 원산에서는 트럭 4대를 한국군 1군단에 넘겨주라고 지시했다. 스미스는 참을 수 없었다. 한국군의 보급창 노릇을 하는 선례를 만들고 싶지 않았다. 따라서

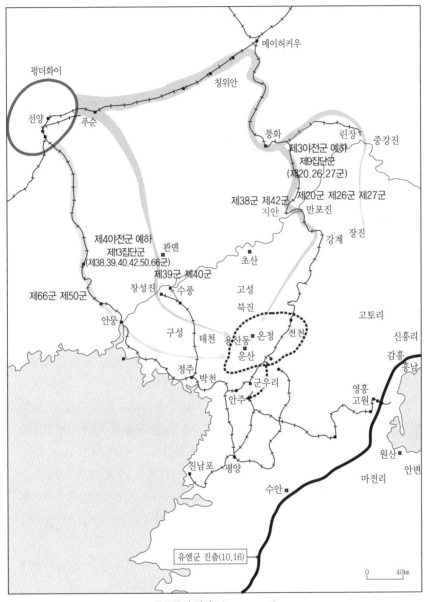

메이허커우

펑더화이

칭위안

선양   푸순

퉁화   린장   중강진

제3야전군 예하
제9집단군
(제20.26.27군)

제38군 제42군   제20군 제26군 제27군
지안   만포진
장진
강계

제4야전군 예하   고성
제13집단군   콴뎬
(제38.39.40.42.50.66군)   초산

제39군 제40군

창성진   수풍   고성

북진   고토리

제66군 제50군   신흥리
안둥   감흥   흥남
구성   태천   용산동 온정 전천
정주   운산
박천   군우리
안주

영흥
고원

진남포 평양   원산   안변
수안   마전리

유엔군 진출(10.16)

0   40km

중공군의 진격로(1950. 10. 16)

그는 알몬드에게 급전(急電)을 보내 그 트럭들이 사단의 편제장비이며, 넘겨줄 수 있는 게 아님을 꼭 집어 말하면서 지시 내용을 확인해 달라고 요청했다.

그 문제는 더는 거론되지 않았지만, 해병대와 육군 사이에 어색한 관계는 이미 부산 교두보전투 때부터 드러났다. 감소편제된 해병여단은 육군소속 연대들을 전투력에서 압도해 8월과 9월 초에 걸친 낙동강 돌출부(Naktong Bulged)의 위기 때, 워커 장군은 몇 번씩 해병대의 출동을 요청했다. 해병여단은 육군이 포기한 엄청난 양의 무기와 장비들, 전차, 포병장비, 중박격포, 트럭, 산더미 같은 탄약을 거두어갔다.

공교롭게도 인천상륙작전을 코앞에 두고 가장 심각한 문제가 일어났다. 육군 장성인 알몬드가 해병대의 전문분야인 상륙작전을 지휘한다는 건 해병대에게는 이미 큰 모욕이었는데 더불어 알몬드는 상륙부대로 해병 5연대 대신 육군보병 32연대를 불러들이겠다고 발표했다.

스미스 장군은 이 발표에 벼락을 맞은 듯이 깜짝 놀라고 말았다. 32연대 병력의 40%는 상륙전 훈련을 전혀 받아본 적이 없는 한국 민간인 징집병들로 채워져 있었다. 스미스는 단호하게 그 계획을 받아들이기를 거부해 파이프 담배나 피우는 온화한 성격의 은발신사처럼 보이는 겉모습과는 다른 사람임을 나타냈다. 마침내 알몬드가 그 계획을 철회, 해병 5연대는 같은 사단소속의 해병 1연대와 나란히 9월 15일 상륙작전을 하고, 그 작전은 군사상 가장 위대한 반격 작전 가운데 하나가 된다.

결국 육군 소장 알몬드 장군은 해병대의 기다란 기피인물 목록의 맨 윗부분을 차지하게 되었다. 해병대의 고위 장교들은 그가 군사적 면에서 민첩하지 못하다고 여겼다. 해병 1사단의 작전참모였던 알파 바우저(Alpha L. Bowser) 대령은 알몬드를 변덕스럽고 가벼운 사람이라고 생각했다. 스파르타인들처럼 검소한 해병들은 냉장고, 온수 샤워기, 수세식 변기가 갖춰진 알몬드의 주거용 차량에 절로 눈살을 찌푸렸으며, 도자기와 린넨 식탁보, 은식기, 냅킨말이까지 갖춰진 10군단 장교식당과 극동군 사령부에서 날마다 수송기편으로 식당에 보내지는 신선한 채소, 과일과 고기는 거친 생활에 익숙한 해병들로 하여금 사치를 좋아하는 장군을 좀처럼 신뢰할 수 없게 만들었다.

인천 출항과 원산 상륙 사이에 다른 변화가 찾아왔다. 여름이 끝나고 미해병들에게 태양이 이글거리던 부산과 서울의 나날들을 아련한 향수처럼 그리워할 계절이 차츰 다가오고 있었다. 해병들이 상륙하던 날은 눈부시게 맑았으나 휘몰아쳐 오는 바람은 매섭도록 날이 서 얼굴을 때렸다.

이튿날 아침, 그들은 논배미에 깔린 살얼음을 보았다. 한국에서 맞는 첫 겨울 풍경이었다. 사단에 있는 중국 관계자들은 그들이 얼마나 오래, 또 멀리 나아가게 될지 몹시 궁금했다. 그들은 칭기즈칸 시대부터 오늘날까지 내려오는 군사적 경구, '몽골인의 땅에서 겨울 싸움을 시작한다는 건 파멸을 부르는 일'이란 말을 머릿속에 새겼다.

10월 26일 오후 2시에 이르러 대대장 잭 호킨스의 제1대대가 비행장에서 그리 멀지 않은 지붕 없는 철도의 화물칸에 올랐다. 두 시간 뒤 부대는 강원도 통천군에 있는 고저리(庫底里)에 도착했다. 고저리는 원산 남쪽 64km 지점에 있는 해안가 마을이었다. 해병들은 깔끔한 포구, 하얀 모래밭, 맑은 바닷물에 놀라면서도 매우 기뻐했다. 이제껏 한국에서 보아온 곳 중 가장 아름다웠다. 전쟁이 스쳐갔지만 비교적 상처가 덜한 마을이었다. 기차를 마중 나온 한국군 장교들은 대대가 임무를 수행하는 데 어려움이 없을 거라고 안심시키면서, 소수의 북한군 낙오병들이 주위에 움직이고 있지만 그 불쌍한 김일성의 졸개들은 저항보다는 생존에 관심이 더 많다고 말했다. 그래서 해병들은 잘 조직된 북한군 1천여 명이 근처의 나지막한 산에 숨어든 사실을 알지 못했는데, 그 북한군은 전(前) 원산시 공산당 서기였던 조일권 대좌가 이끄는 북한군 5사단 10연대 소속 병력이었다. 그런데 호킨스와 참모들은 놀라움을 넘어 커다란 충격을 받았다. 보급창을 지키기 위해 남쪽으로 달려왔건만 보급창은 온데간데없었다. 한국군이 이미 다른 곳으로 옮겨가 버린 것이다.

고저 주변에는 5000미터의 드넓은 들판이 자리했다. 이 고저 외곽에서 항구를 둘러싼 야산에 이르기까지 물이 가득 찬 논만 덩그러니 놓여 있었다. 교대하게 된 한국군은 이 지역에서 즐겁게 임무를 수행했던 운 좋은 부대였다. 한국 장교들이 여전히 호킨스에게 조직적인 적군 부대는 없다고 호언장담했다.

"주위 수천 미터를 돌아본 결과 몇몇 패잔병이 식량과 옷을 훔치고 여자 몇을 산으로 끌고갔지만, 그 이상 험악한 일은 없었습니다."

"고저리와 인근 마을에 청년들이 꽤 많던데, 그들은 어떤가?"

호킨스가 묻자 한국 장교 하나가 대수롭지 않다는 듯 말했다.

"전쟁이 지나가서 기뻐하는 북한 주민들입니다."

해병들은 별다른 걱정 없이 길고 쌀쌀한 밤을 지낼 준비를 했는데, 경계태세는 여느 때와 같이 50% 경계방식, 즉 두 명이 함께 있는 참호에서 적어도 한 명은 깨어 있는 것을 골랐다. 전날 밤에는 건너편 산에서 모닥불도 보이고 고저리의 동네에서 켠 호롱불의 이글거리는 불빛도 눈에 들어왔지만, 본부 중대장인 로아노크 출신 동원예비역 윌리엄 B. 홉킨스 대위는 이렇게 기억했다.

"10월의 서늘한 밤이었다. 바닥이 딱딱하고 몸이 배겨서 잠을 자려고 애써도 잠이 오지 않았다. 그날 밤은 2차 대전 이후로 처음 겪는 깜깜한 밤이었다. 등불도 모닥불도 보이지 않았고 단지 밤하늘에 별들만 반짝거렸다."

26일 밤을 무사히 지내고, 다음 날 1대대는 방어진지로 들어갔다. 이른 아침 해병들은 밤사이 논물이 얼어 햇빛에 반짝이는 것을 보았다. 중국 주둔 경험이 있는 고참병들은 함정으로 돌아갈 때까지 산속으로 얼마나 진격해 들어가야 하는지 궁금해 했다. 바다로부터 멀리 떨어진 지역에서 펼칠 작전에 필요한 장비를 갖추지 못한 이 해병상륙사단은 계획된 작전이 끝날 때까지 내륙으로 125km를 진격할 예정이었다.

보급열차가 원산에서 돌아왔으며 자동차수송대가 39마일을 멈추지 않고 지나갔다. 열차에서 짐을 내리자 한국군 부대가 아낙네와 아이들, 닭, 돼지 따위를 싣고 북쪽으로 이동했다. 해병들은 한국군이 전장으로 나아가는 모습을 흥미롭게 바라보았다. 그들은 그 열차를 '오키-아키 특별열차'라고 불렀다.

중화기 중대장 윌리엄 L. 베이츠 소령은 하얀 옷을 입은 민간인 남자와 여자, 그리고 어린아이들 행렬이 기차역을 지나 터벅터벅 걸어가는 것을 무심하게 바라보았다. 그러다가 무장한 청년들이 그 행렬을 몰아가고, 삽을 가진 어느 무리가 뒤따라가는 모습을 보고는 깜짝 놀라 자리에서 일어섰다. 베이츠가 통역관을 불러 함께 쫓아가 보니, 삽을 든 남자들은 그 민간인들을 언덕 바위 뒤로 밀어내고, 총을 든 사람들은 사격하려고 줄지어 서 있었다. 베이츠 소령은 그날 본 광경을 결코 잊을 수 없었다.

"사수들이 준비를 마칠 때까지 기다렸다가 민간인들이 개활지로 우르르 도망가게 내버려두고 나서 그들을 이동표적으로 삼으려는 계획이 확실해 보였다. 평생 내 머릿속을 따라다닐 것 같았다."

해변 근처의 정찰에서 막 돌아온 홉킨스 대위는 종군목사가 안절부절못하면서 왔다갔다하는 모습을 보고 무슨 일이 있냐고 물었다. 작은 산 쪽을 가리키며 목사는 벌벌 떨며 중얼거렸다. "무시무시한 일이 일어나려고 해, 무시무시한 일이. 저 청년들이 마을에서 70명쯤 되는 공산주의자들을 골라냈어. 묻을 준비가 끝나면, 모조리 총살당할 거야!"

베이츠 소령은 곧 앞장섰다. 청년그룹의 지도자와 맞서 처형 집행을 멈추라고 명령을 내린다. 미군의 간섭에 격분한 그는 통역관을 통해 큰 소리로 항의했다.

"저들은 공산주의자들이며 죽어 마땅하다! 참견 마라!"

베이츠 소령은 쉽게 물러나지 않았다.

"그 말이 맞을지도 모르겠지만, 재판도 없이 처형한다는 건 내가 아는 법의 집행에 대한 생각하고는 전혀 맞지 않았다. 게다가 그 민간인들 가운데 15명은 채 열 살도 안 된 어린아이들이다."

빗발치는 청년들의 항의에도 베이츠는 공산당 용의자들을 떠맡아 기차역으로 데려가서 그날 고저리를 출발하는 마지막 기차에 타고 있던 한국군 장교에게 넘겼다. 그러나 대대의 중국주둔 경험이 많은 고참병들은 기차가 원산역에 도착하자마자 그 용의자들이 총살되리라 예측했다.

그때 호킨스는 레이 중대를 배로우 중대의 2개 소대(존스와 머클레런드)와 함께 고저 서북쪽 높은 지대의 긴 산등성이에 배치했다. 이 산등성이는 바닷가의 솟아오른 땅에서 서남쪽으로 이어져 있었다. 프랜시스 칼른 중위가 이끄는 소대병력은 찰리 중대의 2개 소총소대와 함께 골짜기와 도로 하나를 사이에 두고 엄호를 받으며 산등성이 가장자리에 포진했다. 스워드 소대는 고저의 동쪽 외곽 우뚝 솟은 곳에 진지를 세웠다.

웨슬리 노런 대위의 중대 소속 벨리 소대는 109고지에 배치되었다. A중대와 C중대는 마을의 서쪽에 진지를 구축했고 호킨스의 지휘소는 해변에 설치되었다. 뒷날 노런은 기억했다.

"우리는 포병의 지원도 없이 너무 멀리 나와 있었다."

이 고지는 고저 남쪽 1200미터, 철도 동쪽에 있었다. 이 진지들이 바다를 바라보는 가운데 2개 마을(판동리와 하봉동리)과 넓은 논들이 내려다보였다. 벨리 부대가 참호를 파고 있을 때 마을 사람들이 찾아와 날달걀 따위를 해병들에게 건넸다. 노런은 매듀 멍크 상사의 3소대가 엄호하는 자리에 중대 지휘소를 세웠다. 멍크의 진지는 벨리의 남쪽 900미터 거리, 후퇴한 적군이 본부를 두었던 통청 마을을 내려다보며 철도와 같은 쪽에 있었다.

멍크 소대가 창천리를 지나 진지를 세우고 있는데, 허리가 구부정한 할머니가 다가와 고래고래 소리를 질렀다.

"저기 있는 젊은이들은 죄다 민간인으로 꾸민 적군이라오!"

그러자 한국군 통역이 나서서 해병들에게 설명해 주었다.

"저 노파는 제정신이 아니니 신경 쓸 필요가 없습니다."

조지 체임버즈 중위 지휘 아래 있던 노런의 2소대가 중대 지휘소 서북쪽 1200미터의 고지로 올라갔다. 이 땅덩이(185고지)는 철교 가까이에 있는 논을 가로지르는 제방으로 중심 도로와 연결되어 있었다. 호킨스가 지휘소를 세운 고저 북쪽 바닷가에는 코저의 4.2인치 박격포소대, 하먼의 공병대, 제1의료대대 파견대가 있다. 진지 이동 중에 멍크 소대가 서쪽 야산으로부터 산발적이고 부정확한 저격을 받기도 했으나 별다른 저항은 없었다.

밤이 되어 기온이 더 내려가자 2인조 참호 가운데 한 사람은 침낭에 들어가도 좋다는 지시가 내려졌다. 하지만 침낭 지퍼를 완전히 잠가서는 안 되며 남은 한 사람은 반드시 경계 근무를 서야 한다는 조건을 달았다. 전쟁이 끝나간다는 분위기 때문에 별다른 불만 없이 방어선 내의 병력들은 길고 추운 겨울밤을 지새우기 위해 자리를 잡았다.

적군이 그 지역을 완전히 포기하지 않았다는 첫 조짐은 해질녘에 드러났다. 트럭 한 대가 사격을 받아 노런 지휘소 바로 아래 도로에 내팽개쳐졌다. 클레어런스 스미드 상병이 이끄는 사격 정찰조가 그 일대를 살피고자 내려가서 고저에서 오는 해병 보급차량을 세워 타고 갔다. 로버트 몽고메리 일병이 무전기를 들고 스미드를 따르고 있었다. 스미드가 그 지역에 왔을 때 거센 사격을 받았고, 저격병의 총탄이 그의 철모를 벗겨버렸다. 한국군 트럭 뒤에는 통신장교 폴 브넨캐크 중위의 무전 지프가 따랐다. 중위는 무전 지프를 버리고 트럭으로 도로 봉쇄선을 만들어야만 했다.

근거리 사격을 받으며 스미드와 그의 사격조가 트럭을 도랑으로 밀어 넣고 지프를 중대진지로 몰고 갔다. 늦은 오후, 그 트럭과 지프에 공격이 쏟아졌다. 어둠이 내려앉을 때 적이 60밀리와 81밀리 박격포로 멍크 진지의 오른쪽 측방 고지에 기점사격을 해왔다. 9시, 급작스레 나타난 소달구지 한 대가 중기관총 사격을 받았다. 소는 기겁해 수레를 끌고 그대로 언덕을 훌쩍 뛰어넘어 사라졌다. 그 달구지는 적군을 혼란시키려는 의도였지만 큰 효과는 없었다.

고도의 기습공격도 잇따랐다. 그 첫 단계로 측방에 있는 남쪽 벨리 소대와 서북쪽 레이 중대에 맹렬한 공격이 더해졌다.

벨리 소대의 전방에서 적군은 익숙한 지형을 이용해 소리 없이 기어왔다. 그들은 번개가 내리치듯 갑자기 공격을 퍼부었다. 터지는 수류탄과 기관단총의 요란한 총성이 날뛰는 혼란 속에서 해병들은 서둘러 지퍼를 내리고 침낭에서 빠져나오려 했지만, 매서운 추위로 지퍼가 꽁꽁 얼어붙어 버린 침낭은 죽음의 자루가 되고 말았다. 날이 어두워지자마자 침낭 속에 들어가 깊이 잠자던 홉킨스 대위는 간신히 벗어날 수 있었다. 경계하던 해병들은 혼신의 힘을 다해 싸웠으나 압도적인 적의 병력에 주춤하는 사이 측면이 뚫려 진지를 빼앗겼다.

그때 클레이턴 로버츠 병장이 용감하게 맞서 싸우며 오른쪽 측면을 지휘했다. 그는 부하들에게 다급히 소리쳤다.

"철수한 다음 새 진지에서 재배치 명령을 기다려라!"

그러고는 곧장 기관총을 맡아 혼자 후퇴를 엄호하며 부상자를 보호했다. 그의 기관총에 맞아 쓰러진 적군 위로 또 다른 적군들이 잇달아 덤벼들었다. 결국 그들이 바짝 접근해 기관총마저 쏠 수 없게 되자, 로버츠는 떼지어 몰려드는 적군과 백병전을 벌였다. 한편, 의무병 도린 스태포드는 자기를 부르는 고함을 듣고 앞으로 달려갔다. 해병들이 하나둘 돌아오고 있었다. 그러나 자신도 적에게 둘러싸여 죽임을 당하고 의무병 스태포드는 자기가 돌보던 부상병들을 내버려두고 후퇴하지 않겠다며 뒤에 남았다. 두려움에 떠는 소대장 한 명이 대대 지휘소에 나타나 자기 소대 진지가 적에게 짓밟혔다고 알려왔다. 홉킨스 대위는 대대장 호킨스 중령에게 소대원 대부분이 전사했으며 여러 명이 침낭 속에서 총검에 찔려 죽었다는 그의 보고를 들었다.

벨리 소대가 목숨을 건 혈투를 벌이는 가운데 레이 중대는 북쪽 측방에서 거센 압박을 받고 있었다. 적군의 제1차 돌격으로 안타깝게도 존 브루크스 상병이 죽고 분대원 3명이 다쳤다. 마찬가지로 부상당한 도널드 길리건 일병이 지휘를 맡아 부대를 재배치하고, 기관총을 사격하기 좋은 위치로 옮겨 제1차 공격을 물리쳤다. 그는 후송을 마다하고 부상자들을 일일이 돌보며 계속 화력과 인원 이동을 지시했다.

적군은 날이 샐 때까지 쉬지 않고 레이의 전방에 압력을 가해 왔으나, 더는 진격해 오지 못했다.

10시 30분 남쪽에서는 노런이 멍크에게 무전기로 연락했다.

"벨리 부대가 진지에서 완전히 물러났다. 나도 후퇴해야 할 것 같다."

그때 적군은 멍크 진지 일대에 일련의 탐색공격을 시작했다. 적군은 뛰어난 기량과 끈기로, 단선으로 길게 이루어진 해병 전선을 더듬으며 측방과 약점을 찾고 있었다. 11시 30분, 가장 왼쪽의 방어가 허술한 곳을 목표로 날카롭게 치고 들어왔다. 폴 캐시디 병장이 곧장 멍크에게 보고했다.

"3개 진지를 포기해야 할 것 같습니다."

순간, 멍크는 적군이 자기 병력과 나머지 진지를 꿰뚫고 있다는 사실을 깨닫고 즉각 노런에게 측방을 지킬 수 있을지 의심스럽다고 알렸다. 해병들은 그 지역으로부터 거센 기관총 사격을 받기 시작했다.

노런은 호킨스에게 후퇴를 허락해 달라고 요청했다. 이 요구는 곧 받아들여졌다. 멍크는 전방 진지에 있는 병사들이 계속해서 엄호사격을 받을 수 있도록 침착하게 차례대로 천천히 진지에서 물러갔다.

중대 행정장교 체스터 파머 중위가 선두에 서고 노런이 후미에서 철수를 감독하는 가운데, 소대는 고지에서 철길로 내려와 서서히 북쪽으로 움직였다.

한편 노런은 무전으로 체임버즈와 교신해 지시를 내렸다.

"185고지에서 철수해 제방 철도와 만나는 지점에서 합류하라."

제방—철로 교차점에서 파머가 벨리 부대의 로버트 피셔 하사와 만났다. 로버트 피셔는 병사 5명과 함께 109고지를 떠나다 차단된 해병들을 안내하기 위해 남아 있었던 것이다.

3소대가 도착했을 때, 체임버즈는 교차점에 미처 도착하지 못했다. 파머에게 멈추지 말고 북쪽으로 이동하라고 지시한 뒤 노런은 제방에 남아 체임버즈를 기다려 나중에 두 부대를 합류시키는 일을 돕기로 했다.

그즈음 에드슨 병장은 선두에서 부대를 이끌어 철로를 따라 나아가고 있었다. 걷고 또 걷다가 우연히 많은 병력과 만났다. 어둠 속에서 해병들이 영어로 수하(誰何)를 받았다. 에드슨이 암호를 대려는 순간, 선두부대에 거센 총격이 쏟아졌다. 소대는 철로 양쪽으로 흩어졌고, 선두뿐만 아니라 측면 일대에서도 총격전이 벌어졌다.

파머가 노런을 만나기 위해 되돌아간 사이 로버트 토빈 소위가 마알링코 중사와 함께 전방으로 나와 에드슨을 지원해 부상자들을 날랐다. 비장한 결의 없이는 3명의 해병 부상자를 뒤로 빼낼 수 없었다. 케니드 에번즈와 어니스트 코린 일병은 전사했다. 측방에서 들리는 적의 목소리를 통역이 옮겨주었다.

"한 번 더 공격한다!"

185고지에서 도착한 체임버즈와 함께 노런은 접전지역에서 멍크 소대를 철수시켰다. 이어 부대를 강화하고 철로 양쪽에 사주방어(四周防禦)를 쳤다. 적이 부대 남쪽인 후방에서 공격해 오자 해병 5명이 다쳤고, 파머와 함께 있던 조지 바우어프랜드 일병이 전사하고 말았다.

이때쯤 무전기 2대가 먹통이라 노런은 호킨스와 교신하지 못했다. 앞서 스미드 상병과 정찰하던 사워츠커 병장의 무전기 안테나가 총탄에 맞아 떨어져 나갔고, 몽고메리의 무전기도 작동되지 않았다. 부대가 방어진지를 세우는 동안 사워츠커와 몽고메리는 부속품을 바꾸어 무전기 하나를 작동시켰다. 노런은 곧 호킨스에게 보고했다.

사주방어 진지를 만든 뒤, 노런과 토빈이 북쪽 바닷가에 있는 4.2인치 박격포에 무전 연락을 했다. 그 뒤 두 시간 동안 박격포가 해병진지 서쪽 마을을 포격했다. 이 박격포의 탄막포격에 그나마 적의 활동이 누그러져 날이 샐 때까지는 비교적 조용히 보낼 수 있었다.

동이 트자 노런은 들것부대를 만들어 부상자들을 실어 날랐다. 옮겨야 할 부상자가 7명이었다. 들것이 없으면 판초를 썼는데, 한 사람을 옮기는 데 무려 6명이 힘을 모아야 했다. 부대는 철로를 떠나 물이 찰랑거리는 논을 건너 천천히 움직이기 시작했다. 더없이 고된 이동이었다. 스워드 소대를 제외한 배로우 중대가 고지 남쪽에서 옮겨와 노런 부대를 도왔다.

그 시간, 몇백 명을 헤아리는 적군은 고지를 떠나 이동하면서 노런의 박격포 및 기관총 공격에 공중 공격까지 받았다. 적군은 심한 인명피해를 입고 뿔뿔이 흩어졌다. 패잔병들이 논을 건너 서쪽 야산으로 달아났다. 해병 코르세어기들이 벨리 소대를 공격하던 적군이 숨은 마을을 싹 쓸어버렸다. 조지 패리시 대위가 원산에서 헬기를 타고 와 중상자들을 싣고 원산항 병원선으로 데려갔다.

호의적인 민간인과 북한 포로들로부터 모은 정보에 따르면, 그 무렵 북한군 부대 제5사단은 고지를 다시 빼앗기 위해 수천 명의 병력을 투입할 만한 능력이 있었다.

상황이 대접전으로 번질 양상을 보이자 풀러는 앨런 서터의 제2대대를 남쪽으로 내려보내 지원하도록 지시했다. 2대대는 해군 함정 오케 노건을 타고 28일에 상륙할 예정이었다. 풀러 대령은 헬기를 타고 이 지역에 와서 지휘를 맡았다. 상륙과 동시에 서터 중령은 대대를 이끌고 고지를 지나며 집집마다 수색을 벌여 적군을 찾아냈다. 그 전에 해병항공대 공격으로 읍내는 거의 파괴되었으며, 저격병 몇몇을 사살하고 낙오자를 사로잡긴 했으나 적군 부대는 없었다. 서터가 읍내를 지나고 있을 때, 레이는 전날 교전을 벌였던 지역에 정찰대를 보내 전사자들을 찾아냈다.

이튿날 패리시는 헬기를 타고 벨리 부대 해병들 가운데 포위되었던 해병의 흔적이 없는지 일대를 샅샅이 살펴보기 시작했다. 짚가리 옆에 볏짚으로 어슴푸레 '도와달라(help)'는 글자를 만들어 놓은 게 한눈에 들어왔다. 짚가리 옆에서 외로운 형상 하나가 패리시에게 조심스레 손을 흔들었다. 패리시는 그 사람 가까이 헬기를 착륙시켰다.

"야, 해병이군. 내가 가는 길로 갈 겁니까?"

윌리엄 마이스터 일병이 헬기 안으로 들어왔다.

"귀관이 어디로 가는지 모르겠지만, 내가 함께 가주지."

마이스터는 109고지에서 격전을 벌일 때 길을 잘못 들어 짚가리 속에 숨어 있었다.

같은 날 패리시는 리처드 그레이엄 일병과 도널드 플루임 상병을 구출했다. 이 임무를 마치고 해변으로 돌아오자마자 코르세어기 한 대가 고지 서쪽에서 격추되었다는 통보가 날아들었다. 잠자리처럼 하늘을 맴도는 해병 전폭기들의 지시를 받으며 패리시는 다시 현장으로 날아갔다.

그가 헬기를 착륙시키려는 순간, 주위 야산에 소화기와 자동무기의 화력이 쫙 깔렸다. 적의 공격을 받으며 패리시는 추락한 코르세어기 조종석 바로 위

몇 피트 상공에 떠 있었다. 헬기가 거의 멈춘 상태로 떠 있자 적의 화력이 더 세차게 몰아쳤다. 조종사는 죽은 게 틀림없었다. 패리시는 안타까운 마음으로 다시 고도를 높였다. 이튿날 지상 정찰대가 그 지역에 들어가 시신을 수습했다.

29일 오후에 노런은 철길을 따라 남쪽으로 109고지까지 정찰을 나갔다. 로버츠 병장을 비롯해 그와 함께 전사한 해병 시신 16구를 찾았다. 그 가운데 7명은 꽁꽁 얼어붙은 침낭에서 미처 빠져나오지 못한 채 싸늘하게 죽어 있었다. 의무병 스태포드의 시신은 끝내 발견하지 못했는데, 포로들을 심문한 결과 그 진술에 따르면, '해병 의무병'이 포로로 붙잡혔고 부상한 북한군을 돌보는 일에 끌려갔다는 것이었다. 포로들이 소문을 듣고 전하는 말이었으므로 사실인지는 알 수 없었다. 그날 오후까지 17명의 실종자가 돌아왔다.

노런의 정찰대는 계속 남쪽으로 내려가 통청마을로 들어갔다. 거기서 저격병의 총격을 받았다. 곧바로 해병항공대를 불러들여 의심스러운 집들을 무너뜨렸다. 돌아오는 길, 정찰대는 서쪽 고지로 들어가려는 적 1개 소대와 맞닥뜨려 거센 화력전을 벌였다. 적군 20명 가운데 16명이 죽었다.

10월 27~28일 밤 사이 제1대대의 인명피해는 전사 27명, 부상 39명, 실종 3명이었다.

서터 대대가 도착해 공격적 정찰을 계속함에 따라 적은 고지 탈환 계획을 포기했다. 공중정찰에 따르면 대규모 적군이 야산을 지나 북쪽으로 이동하고 있었다. 그러나 그들은 소규모 부대를 투입해 끊임없이 교란 및 유격전을 벌였고, 그 과정에서 원산-고저 철도 여러 곳이 폭파되었다. 원산으로 돌아가던 호킨스 부대는 철도 폭파로 도중에 차를 세웠다. 그 부대는 사주방어에 들어 꼬박 밤을 새우고는 이튿날 아침까지 이동을 멈추지 않았다.

전투가 소강상태에 들어가자 호킨스 중령은 원산의 연대 본부에 긴급전문을 보냈다.

해 질 무렵부터 다음 날 일출시까지 남쪽과 북쪽, 그리고 서쪽에서 많은 적에게 강력한 습격을 받았음. 적 병력은 1천명에서 2천명으로 추정됨. 1개 중대는 아직도 교전중임. 민간인에게 전해 들은 바로는 3천 정도의 적군이 이 지역에 있을 가능성을 암시함. 전사 9명, 부상 39명, 전사한 것으로 추정되는 실종 35명의 사상자가 발생. 밤새 두 곳의 진지가 적에게 발각, 짓밟힘. 현 진지를 확보하기 위해서는 일 개 연대의 병력이 필요함. 적은 현재 남, 북, 서쪽에 도사리는 반면 북쪽의 도로는 아직도 통행할 수 있는 것으로 여겨짐.

호킨스는 남은 병력을 해변 근처의 잘 정비된 사주(四周) 방어진지에 통합 배치했다. 그때 마을에 숨어 있던 200여 명의 북한군이 갑자기 서쪽 산을 향해 논둑을 건너 달아나기 시작한다. 1대대의 해병들과 새로 도착한 포병연대의 F포대가 합동작전으로 그들 절반 가량을 사살하는 데 그쳤다.

병력들이 진지를 새로 구축하는 사이 전날 민간인 처형을 시도했던 청년무리의 지도자가 처형 계획에 간섭한 것에 대한 불만을 표시하려고 미군 대대 본부를 찾았다. 그는 통역을 통해 체면이 말이 아니라서 피란을 가야만 하게 됐다고 불평을 털어놓았지만, 호킨스와 홉킨스는 그가 남쪽으로 피란을 떠나는 것을 아무런 동정심도 느끼지 않고 바라보았다.

그때까지 다시 쓰여진 사상자 명단에는 23명의 해병이 죽고 47명이 부상, 4명이 실종된 것으로 드러났다. 북한군은 250명 정도가 전투에서 죽은 것으로 평가되었으며, 포로가 된 83명은 감시 아래 도보로 끌려가 한국군에게 넘겨졌다.

해병 1연대 연대장 루이스 B. 풀러(Lewis B. Puller) 대령은 말수가 적은 호위병 보드니 병장과 함께 해가 지기 한 시간 전쯤 헬리콥터 편으로 도착했다. 그는 대대장 호킨스 중령을 해임하기로 마음먹고 왔는데, 전날 밤, 대대가 적을 격퇴할 준비도 없이 멀리 나갔다가 패배를 맛보았기 때문이었다. 산 그림자가 진지 앞 논 위로 길게 뻗으면서 밤이 되면 적이 다시 공격해 올지 모른다는 걱정으로 어린 해병들 눈동자에 공포의 기미가 어른거리는 것을 본 풀러는 참호와 참호 사이를 다니면서 해병들과 이야기를 나누고 격려를 했다. 홉킨스는 대령이 순찰을 돌면서 들려주던 간단하면서도 효과적인 조언을 떠올렸다.

"적이 가까이 다가올 때까지 기다려라. 맞히지 못하면 적을 멈추게 할 수 없어."

그다음 풀러는 홉킨스 옆에 앉아 비프스튜 깡통을 따서 숟가락으로 떠먹기 시작했다. 느닷없이 대령이 물었다.

"그래, 요즘 지낼 만한가?"

풀러 대령과 홉킨스 대위는 대령이 싸늘하게 식은 저녁식사를 하는 동안 버지니아주의 아름다운 경치를 포함해 이것저것 잡담을 나누었다. 홉킨스는 자기가 2차 대전 초기에 대령의 동생 샘과 함께 전쟁터를 누볐다고 말했다.

"잘 아시겠지만 샘은 괌에서 전사했지요."

"알고 있네."

"샘이 보고 싶습니다."

잠시 침묵이 흐른 뒤 홉킨스가 화제를 바꿨다. 그는 풀러에게 원산상륙의 전략적 의미를 이해 못하겠다면서 서울을 탈환한 뒤 왜 사단이 워커의 8군이 평양을 점령하는 것을 도우려고 북진하지 않았는지 이해할 수 없다고 말했다. 풀러는 그 말에 대한 설명을 질문으로 시작했다.

"이 전쟁의 총책임자는 누구지?"

"그거야 맥아더 장군 아닙니까?"

"맥아더는 육군 출신이야. 해병대가 서울을 탈환했지? 만일 자네가 맥아더라면 해병대가 서울과 평양을 둘 다 차지하게 내버려두겠나?"

그날 밤에는 적의 공격이 없어서 공격을 격퇴할 준비가 되어 있던 많은 해병들을 실망시켰다.

아무리 적의 본모습이 막연하더라도 물리적으로 가까이에서 부딪히다 보면 그 이미지는 달라지기 마련이다. 적의 이미지는 대부분 만들어진 것이다. 적은 이미 인식할 수 없는 거대한 악의 세력이 아니다. 적이란 초연한 폭력과 위험의 중심이다. 병사들은 전우와 함께 맞서 싸우고 가능하면 파괴해야만 한다. 이런 과정에서 또렷하게 알 수 없던 추상적 증오는 조금씩 구체적으로 그 모습을 바꾸어갔다.

'눈앞의 저 녀석들 때문에 이토록 힘들고 불쾌한 나날을 보내야 한단 말인가? 저것들만 없다면 고국으로 돌아가 연인과 아내와 함께할 수 있을 텐데. 마음껏 먹고 실컷 운동하며 다른 즐거움도 즐길 수 있으리라.'

자신이 지금 겪는 비참한 생활이 모두 적들 때문이라고 생각하면 원한과 분노가 가슴속에서 활활 타오르기 시작했다. 긴 시간 동안 천천히 파괴되어 가는 자기 삶 대가를 그들로 하여금 치르게 하고 싶다는 생각마저 든다. 그 분노의 과녁은 적군 전체라기보다는 오늘 전선에서 맞서는 군단이다. 상황이 물리적 또는 심리적으로 답답하고 고통스러워 견디기 힘들수록 복수심은 더욱 거세게 피어오른다. 그리고 그 분노를 행동으로 옮김으로써 마음의 부담을 줄이려는 것이다.

병사가 전쟁으로 전우를, 더 나아가 가족까지 잃고 나면 그 분노는 더없이 지독한 증오로 바뀐다. 그때부터 그의 전쟁은 복수가 된다. 되도록 많은 적병의 숨을 끊어놓지 않는 한, 그의 복수욕은 사그라들지 않는다. 격한 증오를 품고 폭격이나 대량 학살로 수많은 적이 죽었다는 소식에 웃음을 터뜨리며 기뻐하기까지 한다. 이제 전장터에서 느끼는 삶의 보람은 오직 복수를 위한 것이며, '눈에는 눈 이에는 이'가 아닌 10배, 100배로 되갚으려는 분노로 가득하다. 많은 적군 병사를 죽이지 않는 한, 그의 복수욕은 만족할 수 없다.

무방비 상태의 포로를 오로지 관리하기 귀찮다거나 복수하고픈 마음에 스스럼없이 죽이기도 한다. 이것은 전쟁의 운명이다. 포로가 되었다가 끝내 사살된 병사도 각오는 되어 있었으리라. 그러나 귀찮아서 또는 복수하고 싶어 사람을 죽이다니 참으로 슬픈 일이 아닐 수 없다. 이런 병사들은 적을 인간 아래로 본다. 인간 아래 존재로 여기는 적과 싸우는 전쟁의 잔악성은 아무리 부풀려 말해도 지나치지 않으리라. 적을 짐승으로 보는 사고방식은 파괴의 만족감까지 느끼게 한다.

또 적과 아군 양쪽이 가진 적에 대한 이미지가 현실과 심하게 동떨어져 있을 때 전쟁을 잔혹하게 만드는 원인으로 작용한다. 적을 악마라는 이미지로 여기는 인식이 불러오는 결과이기도 하다. 개개인으로 보지 않고 악령에 홀려 적군을 악의 대표자라고 생각한다.

가장 나쁜 경우 병사의 머릿속에 자신은 복수의 여신이라는 생각이 심어진다. 그런 분노와 증오는 파괴에 의해 충족되며, 상대를 죽이면 죽일수록 병사는 자랑스럽게 여긴다. 국민에게 그는 참된 영웅인 셈이다. 유일한 삶의 사명이자 신성한 운동이며, 자신의 힘을 드러내고 살아가는데 최고의 목적을 찾아낼 기회인 것이다.

이런 찰나 적은 자신과 같은 인간이라는 사고방식이 필요하다. 위에서 내려오는 거스를 수 없는 힘에 희생된 인간이나 마찬가지라는 생각이 불쑥 들게 되리라. 어느새 병사들은 그들을 적으로 생각하지 않고 자신과 같은 의견이

나 성질을 가졌음을 인정한다. 그는 자신의 전우를 관찰하면서 이런 이미지를 얻었을 가능성이 높다. 애꿎은 운명의 장난으로 전선에서 적과 아군으로 나뉘었을 뿐이라고 생각하게 된다. 이보다 중요한 것은 적군 병사와 친해질수록 뚜렷해지는 직감적 확신이다. 적군 병사에게도 어쩔 수 없는 이유가 있어서 싸우고 있음을 깨달은 순간, 그들은 고개를 끄덕인다. 역사적 원인과 전쟁에 대한 양쪽의 죄악감을 알면 알수록 적에게도 정당한 이유가 있음을 느끼게 마련이다.

톨스토이의 《전쟁과 평화》에 교훈이 되는 한 구절이 있다. 나폴레옹을 쓰러뜨린 러시아 장군 쿠투조프가 패배한 나폴레옹 군을 가차 없이 뒤쫓아 가 살육을 되풀이하는 자신의 부대에게 말을 거는 장면이다. 톨스토이가 직업군인과 상냥한 할아버지로 표현되는 이 늙은 장군은 말 위에서 이렇게 이야기한다.

"형제들이여, 힘든 것은 알지만 어쩔 수 없다. 기운을 내라. 이제 많은 시간이 들지는 않을 것이다. 관객을 배웅하고 나면 쉴 수 있다. 황제폐하께서도 너희의 활약을 잊지 않을 것이다. 너희도 힘들지만 그나마 조국에 있지 않은가. 그들이 어떻게 됐는지 직접 보아라." 그러면서 그는 포로를 가리킨다. "우리나라에서 가장 불쌍한 거지보다도 심각하다. 그들이 강할 때는 용서치 않았지만 이제는 그들을 불쌍히 여겨도 좋겠지. 그들 또한 인간이다. 그렇지 않은가?"

서부전선에서 제8군이 압록강 및 국경지대 접근을 시도하는 사이 중공군은 미 제10군단이 한반도 동북지역을 차지하기 위해 상륙한 동해안 함흥과 흥남으로 다가오고 있었다. 중공군은 흥남에서 직선거리 45마일, 노상거리 70마일 되는 장진호로부터 도로를 타고 내려왔다.

한국군 제3사단 제26연대는 같은 시각 같은 도로를 타고 북쪽으로 이동 중이었다. 며칠이 지난 10월 25일, 함흥에서 내륙으로 약 30마일 되는 곳에서는 포로 한 명이 잡혔는데 한반도 북동쪽을 맡은 제10군단 지역에서는 처음 사로잡힌 중공군이었다.

10월 28일, 한국군 제26연대와 수동(水洞) 근처에 있던 적군 사이에 격전이 있었다. 다음 날 한국군이 중공군 16명을 사로잡았다. 그들은 스스로 제4야전군 제13집단군 제42군과 제124사단 제370연대 박격포소대 소속이라고 밝혔다. 게다가 그들은 중공군 3개 사단(제124사단, 제125사단, 제126사단)이 북쪽에서 장진호로 다가오고 있다고 털어놓았다.

10월 30일, 제10군단장 알몬드 장군은 한국군 제1군단 포로수집소로 가서 통역을 통해 포로들을 심문했다. 16명 모두 작년까지만 해도 베이징 근처에서 공산군에게 항복한 장제스의 중국 국민군 소속이었다고 밝혔다. 이는 한국전선에 더 많은 지원군이 있다는 사실을 뜻했다. 알몬드는 중공군 심문에서 얻은 정보를 두고 곧바로 주요 참모들과 작전회의를 열었다. 그러고 나서 도쿄 극동군사령부에 있는 맥아더 장군에게 전문을 보냈다. 그러나 극동군사령부는 이 전문을 가볍게 받아들여 크게 놀라지도 관심을 두지도 않았다. 그들의 공격계획은 그대로 진행될 뿐이었다.

그렇지만 알몬드가 맥아더에게 보낸 전문은 극동군사령부의 고위급 대표단이 구성되는 동기를 만들었다. 대표단은 참모장 히키 소장, 정보참모 찰스 A. 월로비(Charles Andrew Willoughby) 소장, 군수참모 에벨르 소장, 작전참모 에드윈 K. 라이트(Edwin K. Wright) 준장으로 이루어졌다. 그들은 먼저 중공군의 침입 정도를 파악하기 위해 제10군단사령부가 있던 원산으로 날아갔다.

일찍이 알몬드의 참모장인 클라크 닉 러프너(Clark L. Ruffner) 소장은 월로비와 나눈 토의에서 제8군과 제10군단에서 알게 된 대규모 중공군을 언급하며 관심을 보였다. 이에 월로비는 그들이 중공군 사단들의 예하부대이리라 말했다.

원산회의에서 참모장 히키는 월로비에게 물었다.

"만일 알몬드 군단장님 말 대로 중공군이 들어와 있다면, 현재 얼마나 많은 중공군 부대가 한국에 있으리라 판단하는가?"

월로비가 대답했다.

"지원군이 한국에 들어와 있다는 소문만 무성할 뿐, 실제로 파악된 인원은 1개 대대 규모의 지원군일 것입니다."

그러자 알몬드는 서부전선에서 중공군이 제8군 제8기병연대를 타격할 때 일어났던 일을 물었다. 월로비는 조금 굳은 표정으로 말했다.

"연대가 적절한 경계대책을 세우는 데 실패했고, 작은 무리의 적군이었음에도 거센 기습에 지나치게 당황해 한밤에 뿔뿔이 흩어져 버린 걸로 판단합니다."

중공군 포로 16명을 사로잡은 뒤 11월 2일, 한국군 제26연대와 교대한 미해병 제7연대는 중공군 제124사단을 황초령(黃草嶺) 아래 지역에서 몰아내기 위해 5일 밤낮을 싸워 대부분 격멸했고, 살아남은 적을 하갈우리 북쪽으로 퇴각시켰다.

또한 해병 제1사단은 조심스럽게 이들을 추격, 11월 14일에는 예하부대가 하갈우리까지 나아갔다. 고원지대에서 첫날 밤과 다음 날을 지내게 된 군인들은 기온이 영하 8도까지 떨어지고, 바람이 시속 30~35마일로 부는 혹한에서 시퍼렇게 언 몸으로 버텨야만 했다. 체감온도가 영하 60도에 이르는 매섭고도 시린 강추위였다.

맥아더는 다이이치 빌딩에 있는 부하들이 보내오는 상황을 눈여겨보면서 중공군이 감히 압록강을 건너지는 못할 것이며, 만약 건넌다 하더라도 휘하 공군이 그들을 남김없이 무찌르리라 단정했다. 또한 그는 국경으로 전진을 다시 시작해 전쟁을 끝낼 때가 되었다고 결단했다. 11월 24일 도쿄에서 협의된 대규모 공세가 서부전선에서 제8군부터 개시될 예정이었고, 제10군단의 공세는 사흘 뒤에 시작될 계획이었다.

맥아더는 크리스마스까지 국경지대를 차지해 한국정부에 넘기면 몇몇 미군 부대는 고향으로 돌아가고 전쟁은 쉽게 끝나리라 예상했다. 그 예측은 10월 하순과 11월 초순 중공군이 청천강 북쪽에서 제8군에 가한 기습 공격과, 제10군단 지역인 함흥에서 하갈우리로 가는 길에 벌어졌던 중공군 제124사단과 맞붙은 격전을 모조리 무시한 것이었다.

원산–함흥 사이 해안 평지에서 북쪽으로 달리는 주요 내륙도로는 고토리 고원으로 이어지고, 12마일 더 가면 장진호 남단에 있는 하갈우리에 다다른다. 압록강과 국경에 이르는 이 전진축선은 제10군단의 주요 공격로였다. 해병 제1사단은 해안에서 북쪽으로 이 공격로를 따르도록 되어 있었다. 11월 11일 알몬드는 군단 지휘소를 원산에서 함흥으로 옮겼다.

한반도 동쪽에서 제10군단이 맡은 첫 임무는 제8군의 평양 점령을 지원하기 위해 원산에서 서쪽으로 공격하는 것이었다. 그러나 10월 17일로 거슬러 올라가면서 제8군의 평양 진군이 가속화되자 맥아더가 제10군단의 지원이 필요 없다고 판단해 해당 작전을 바꾸었다. 이날 맥아더는 알몬드에게 이렇게 예고한다.

"만일 제8군이 10월 19일에서 20일 사이 평양을 차지할 경우 제10군단은 서쪽 대신 북쪽으로 공격해야 할 것이오."

10월 24일 맥아더는 이것을 문서명령으로도 만들었다. 이를 위해 병력을 집중해야 할 장소는 원산이 아닌 흥남-함흥이었다.

이 일은 3주가 지나기 전에 일어났다. 11월 16일 극동군사령부는 제10군단에게 막연한 마지막 명령을 내렸다.

"한국 동부지역에서 북쪽으로 공격하라!"

이것은 군단 임무의 중요한 변화였다. 장진호 북쪽 35마일에 있는 장진(長津)에서 서쪽으로 나아가, 주력부대를 국경으로 집중하는 계획을 세워보라는 지시였다. 장진에서 서쪽으로 돌아 압록강에서 남쪽으로 제8군 지역으로 들어오는 만포진-강계-희천에 이르는 도로를 막는 일이었다. 이 작전은 제10군단이 제8군과 대치하고 있는 중공군의 후방을 공격함으로써 제8군을 지원하는 개념이었다.

한 달 남짓이 지나 11월 17일 제10군단 작전참모 라이트 준장은 알몬드가 검토해야 할 계획 하나를 준비했다. 해병 제1사단이 장진에 도착하면 강계를 향해 서쪽으로 돌아가는 것이었다. 알몬드는 보급로가 북쪽으로 지나치게 길어진다는 이유로 거부한다. 그는 해병대가 하갈우리에서 서쪽으로 돌아 유담리로 이동한 뒤 그곳에서 강계로 전진하는 게 더 좋은 방법이라 생각했다. 알몬드의 계획은 해병사단이 장진 가는 길로 전진한다는 극동군사령부의 제안과는 동떨어진 것이었다. 그는 계획을 살피면서 극동군사령부의 11월 16일자 제안에 또 다른 중요한 임무를 추가, 변경해 줄 것을 요구했다.

그는 미 제7보병사단에 투입한 연대 규모 부대를 장진호 동쪽에서 북쪽으로 나아가게 함으로써 해병 제5연대를 장진호 동쪽에서 빼내 서쪽 유담리의 해병 제1사단 주력부대에 합류시킬 수 있기를 바랐다. 이것은 강계를 압박하기 위해 해병 제1사단의 모든 역량을 집중하고, 이 공격에서 오른쪽 측면을 보호하는 임무에는 제7사단에서 새로운 연대전투단을 이루어 투입할 계획이었다. 이렇게 제7사단은 장진호 전투에 처음으로 끌려들어가게 된다.

한편 제7사단은 10월 29일 원산 해안에서 북으로 150마일 위쪽 이원(利原)

해변에 상륙하기 시작했다. 첫 번째로 상륙한 제17연대는 압록강을 향해 북으로 공격하는 사단의 주력부대로서 앞장섰다. 제17연대는 북청과 풍산을 지나는 도로를 따라 혜산진 쪽으로 나아가고 있었다. 이 전진축선은 하갈우리와 유담리 도로를 이용하는 해병 제1사단 축선과는 직선거리로 60여 마일 동쪽으로 떨어져 있었다. 두 부대는 아무도 서로를 지원할 수 없었다.

11월 2일 늦가을 오후였다. 진군을 멈추었을 때 행군종대는 그늘이 져 쌀쌀한 수동계곡 안 자갈투성이 도로를 따라 6km나 걸음이 늘어진 가운데 알몬드 장군은 해병 7연대가 1,500m를 조금 넘는 정도 밖에 나아가지 못한 것이 기쁘지 않았다.

한국인들이 연대봉(煙臺峰)이라고 부르는 698고지는 도로의 서쪽에 솟아나 고지의 정상부에서 교량과 철도터널을 주의 깊게 살필 수 있었다. 만일 적이 그 고지를 통제한다면 그 좁은 지형에서는 우회로나 보조보급로가 없었기 때문에, 해병대의 보급로가 차단됨을 뜻했다. 고지의 산자락에서 E중대 소속 존 얀시(John Yancey) 중위는 분대장들에게 공격명령을 내렸다. 루기에르 카글리오티 병장의 분대는 오른쪽 산비탈에서 산을 오르고 리 필립스 상병 분대는 왼쪽에서, 그리고 얀시 자신은 가운데에서 기동하기로 했다. 얀시가 말했다.

"수류탄 투척거리에 이르면, 내 신호에 따라 각자 한 개씩 던진다. 수류탄이 폭발하면 바로 일어나 저놈들이 저항하기 전에 달려들어 끝내버린다."

그는 카빈 소총에 대검을 끼우고 45구경 권총의 노리쇠를 뒤로 잡아당겼다.

"저 염병할 놈의 고지를 빼앗으러 가자. 소대, 앞으로 공격!"

제2차 세계대전 중 칼슨 특공대의 대원이었던 얀시 얼굴은 1943년 태평양 길버트 제도의 환초인 마킨 공격 때 박격포탄 폭발로 곰보가 되어 있었다. E중대의 의무병이었던 제임스 클레이풀은 얀시의 검은 콧수염과 완벽한 자세, 보일락 말락 하는 미소가 이탈리아 바람둥이 역을 맡은 성격 배우를 연상케 했다고 생각했다.

소대장 얀시와 그의 부하들은 산등성이를 넘어 동남쪽 산비탈을 따라 위험을 무릅쓰고 오르기 시작했다. 느닷없는 적의 총발이 쏟아졌다. 산 정상에서부터 쏘는 기관총 사격이 눈앞에 교차해 떨어지기 시작하면서 양옆 부하들이 총에 맞아 쓰러지고 나머지 소대원들이 주춤거리자 얀시는 소리쳤다.

"계속 달려! 나를 따르라!"

적이 일제히 던진 방망이 수류탄이 헝겊으로 만든 신관(信管)을 단 채 포물선을 그으며 그들 앞에 떨어졌다.

사상자 때문에 병력이 줄어든 소대가 얀시의 호통에 이끌려 공격을 계속하던 중 수류탄 파편 하나가 그의 야전상 소매를 찢어놓았다. 카글리오티 병장이 가슴에 총을 맞아 쓰러지자 얀시가 소대의 문제아라고 부르던 스탠리 로빈슨 일병이 카글리오티 분대의 남은 병력 5명을 이끌고 공격을 계속했다. 정상에 닿을 때까지 절반 이상의 소대원들이 쓰러졌지만 남은 화력으로도 중공군을 고지 후사면으로 밀어낼 수 있었다.

허벅지 위쪽에 총상을 입은 아비드 헐트만 일병이 얀시의 오른쪽에 있는 바위에 누워 버둥거리고 있었다. 얀시는 헐트만의 브라우닝 자동소총(BAR)을 집어들고 역습을 준비하기 위해 산 아래에 모여드는 중공군에게 사격을 시작했다. 탄창을 갈아끼우며 얀시는 전술 상황을 잠시 점검해 보았는데, 소대 전령인 릭 마리온과 마셜 맥캔 일병은 다친 데 없이 전투임무를 수행하는 가운데 왼쪽으로 조금 떨어진 필립스 상병 분대는 3명만이 교전 중이었다. 오른쪽에는 스탠리 로빈슨 일병이 혼자 버텼는데, 나머지 분대원들은 죽거나 다쳤다. 헐트만은 부상의 고통에도 불구하고 포복으로 얀시에게 다가와 자신의 탄창 벨트에서 자동소총 탄창들을 넘겨주었다. 벨트가 비자 그는 산비탈을 몇 미터 기어 내려가서 부상을 입은 해병들이 건네준 M-1 소총 탄창에서 탄알들을 빼내 빈 자동소총 탄창에 채워 가져왔다. 얀시가 소리쳤다.

"맥캔, 산 아래에 연락해서 이 염병할 고지를 빼앗았다고 전해라!"

잠시 뒤 무전병이 부중대장 레이몬드 볼 중위가 통화를 원한다며 SCR-563 무전기를 그에게 건네주었다.

"얀시, 훌륭해. 현재 상황은 어떤가?"

"그리 좋지 않아. 6명만 남았는데, 중공군이 역습해 올 거 같아 도움이 필요해."

"알았어, 잠깐 기다려."

도로 옆에 있는 중대지휘소에서 볼 중위와 중대장 월터 필립스(Walter Phillips) 대위는 지금 증원병이 출발해도 너무 늦게 도착해 도움이 안 될 것 같아 증원병을 보내야 할지, 얀시에게 698고지 철수를 지시하고 내일 다시 재

점령을 시도해야 할지 고민했다. 그때 얀시의 목소리가 무전기 너머로 들려왔다.

"중대장님! 빨리 몇 명만 올려 보내주면 지킬 수 있습니다."

"그럴 수 없네." 중대장 필립스가 말했다. "적의 사격이 몹시 심해."

"아니, 우리는 뚫고 올라왔잖습니까?"

"그러니까 6명만 남았지."

3소대장 레오나드 클레멘스 중위는 무선 교신을 듣고 과감한 전술적 기동을 펼치기로 결심했다. 중대지휘소 방어를 위해 소대원 절반을 남겨 둔 클레멘스는 전투의 소강상태를 이용해 소대원 17명을 이끌고 698고지의 서쪽 사면을 올라왔는데, 그때 중공군이 귀에 거슬리는 나팔소리와 함께 역습을 시작했다. 얀시가 외쳤다.

"적이 온다. 해병답게 싸우다 죽자!"

반원형의 진을 쳤던 그들은 탄약이 거의 바닥났다. 헐트만은 이제 기력이 다해서 M-1 소총의 탄창을 모아올 수 없었고, 로빈슨만 세열 수류탄 두 개와 백린 수류탄 한 개를 갖고 있었다. 맥캔과 마리온은 얀시 옆에서 검을 허리춤에 찬 채 대기했다. 필립스 상병은 중공군에게 던지려고 모아 놓은 자갈돌더미 뒤에 웅크려 몸을 숨기며, 왼쪽에는 소대 선임하사 앨런 매딩이 M-1 소총을 겨눈 채였다.

로빈슨이 백린 수류탄을 산비탈 아래로 던지며 외쳤다.

"덤벼, 이 개새끼들아!"

수류탄이 폭발해 오렌지색 화염이 하얀 군복을 입은 중공군들 위에 덮쳤다.

위기의 순간, 키 작고 땅딸한 제임스 갤러거(James Gallagher) 일병이 7kg이나 나가는 기관총과 삼각거치대, 탄약벨트를 가슴에 껴안고 산비탈을 뛰어 올라왔다. 갤러거는 기관총을 사계(射界)가 좋은 곳에 세운 다음 바로 방아쇠를 잡아당겨 중공군들을 비탈 아래로 쓰러뜨렸다. 그러나 그도 점점 탄약이 떨어지면서 중공군에게 목숨을 빼앗길 상황에 놓이고 말았다.

바로 그때 클레멘스와 그의 소대원들이 측면에서 나타나 기습으로 중공군들에게 사격을 퍼부었다. 전투를 마치는 대로 얀시가 휘파람을 불고는 외쳤다.

"내 일생에 가장 멋진 광경이야. 보란 듯이 역습하는 가운데 나타나 엿같은 중공군 놈들에게 한방 먹인 셈이지. 암만 생각해도 클레멘스! 잘했어!"

그는 클레멘스와 부하들을 향해 엄지를 들어 보였다.

어둠과 함께 연대봉에서 전투가 끝나고, 화약 연기가 가득한 전투현장에 정적이 감돌았다. 중공군은 역사상 처음으로 미 해병대와 부닥쳤다. 만나지 않는 것이 나을 뻔한 결과를 남기고야 만다.

재일의용군 조인석이 속한 미군 제7사단 31연대가 함경남도 이원에 상륙할 무렵, 같은 사단 제17연대 제1대대는 한발 앞서 육지에 내려 풍산에서 전투를 치르고 있었다.

제31연대는 상륙 뒤 곧바로 부전호(赴戰湖)로 진군했다. 춥다는 말은 들었지만 정말 그 이상이었다. 밤에는 영하 10도 아래로 뚝 떨어졌다. 조인석의 부대에는 방한복이 주어졌지만 추위를 막기에는 역부족이었다.

11월 8일, 제31연대는 풍산을 거쳐 부전호로 가는 길을 걸었다. 부전호 동쪽 12킬로 지점에서 1개 대대 규모의 적과 맞닥뜨려 격렬한 전투가 벌어졌다.

이 총격전에 참가한 조인석은 조국을 지키기 위해 싸우고 싶다는 목적을 드디어 이룬 셈이었다. 전투를 벌인 끝에 적을 물리칠 수는 있었으나 그는 자리에 풀썩 쓰러질 만큼 지쳐버렸다. 상상을 훨씬 뛰어넘는 가혹함이었다.

"차이나! 차이나!"

죽어 넘어진 적군의 옷 속을 뒤지던 미군병사가 외쳤다. 적은 중국병사였다.

조인석은 중공군이 개입하리란 소문을 때때로 들어왔다. 그 소문이 현실이 되어 눈앞에 나타났지만 별다른 감상은 없었다. 자신들이 얼마나 위험한 상황에 빠졌는가를 깨닫게 된 건 시간이 좀더 흐른 뒤였다.

이틀이 흘러 부전호 동쪽에 이르렀다. 미 육군 제7사단장 데이비드 G. 바르 소장은 신중히 일을 진행했다. 서부전선 운산의 비극이 남의 일만은 아니었다. 바닷길로 전해지는 보급품은 겨울 기후와 거친 파도에 막혔으며, 이원과 풍산을 잇는 산길은 몹시 험난해 보급로로 쓸 수 없었다.

알몬드는 8만 4000여 명을 거느렸다. 나중에 미 제3사단이 합류하면, 제10군단은 10만 명쯤을 보유하게 된다. 제31연대는 제17연대 뒤를 이어 상륙했다.

11월 4일 미군 제32연대는 제7사단 마지막 연대로 이원 해변에 올랐다. 연대는 해안도로를 따라 남서쪽으로 이동하다가 함흥에서 북쪽으로 방향을 돌려, 오로리(五老里) 바로 남쪽에서 부전호 쪽으로 가는 성천강 계곡을 굽이쳐 동북쪽으로 올라갔다. 이들은 장진호로 가는 함흥-하갈우리 사이 도로 교차점에서 약 25마일 떨어진 구중리(舊中里) 근처의 숙영지로 이동했다. 함흥-하갈우리 도로는 장진호로 가는 유일한 길이자 출구였다.

11월 12일 알몬드는 미군 제7사단에게 계속 북진하라는 명령을 내렸다. 바르 사단장은 제17연대에게 갑산을 거쳐 혜산진(惠山鎭)으로, 제31연대에는 부전호에서 부전강변을 따라 압록강으로 저마다 진격하라고 명령했다. 두 부대의 협력을 모두 무시한 이 작전은 알몬드가 생각해 낸 것이었다.

알몬드는 북한군이나 중공군 따위는 상대도 되지 않는다며 경멸했다. 그의 작전지령 특징은 한결같은 공격성이었다. 큰 이유 없이 부대를 나누고는 사단이 투입되어야 할 전투에 연대를 보내고, 연대가 가야 할 곳에 대대를, 대대가 싸워야 하는 곳에는 중대를 보내는 명령을 아무렇지도 않게 내리곤 했다. 한 사단의 병력들을 하나하나 낭떠러지로 밀어내는 것처럼 부대들의 협력은 처음부터 머릿속에 없었다. 결국 얼마 뒤 중공군 공격으로 휘하 연대나 대대가 위기에 빠졌을 때, 지원군으로 보낼 병사들이 거의 남아 있지 않아 속절없이 무너질 수밖에 없었다.

미군 제10군단을 이루는 제1해병사단의 스미스와 제7사단의 바르는 처음부터 알몬드의 이런 용병술을 달갑지 않게 봤지만, 군인으로서 상관의 명령을 따를 수밖에 없었다.

알몬드 장군과 그의 참모들이 맥아더의 마지막 명령을 실행할 계획을 세우는 동안, 바르 소장이 이끄는 제7사단 모든 부대는 국경에 자리한 혜산진과 신갈파진(新乫坡鎭)을 향해 북으로 이동했다.

제7사단을 이야기할 때 빼놓을 수 없는 것이 바로 미군부대에 배속된 한국군 카투사(KATUSA, Korean Augmentation to the United States Army)이다. 카투사는 이승만 대통령 지시로 남한 도시와 마을에서 뽑혀온 고등교육을 받은 젊은이들이었다. 그들은 줄어든 미군부대를 채우기 위해 일본에서 군사 훈련을 받고 수천 명씩 미군 당국에 넘겨졌다.

이 제도는 한반도 남쪽 낙동강 방어선이 북한군에게 거의 돌파되려는 그야말로 벼랑 끝에 서 있던 1950년 한여름에 시행되었다. 일본에 머물던 제7사단은 그때까지 한국에서 전투 중인 다른 미군 3개 사단에 초급보병장교와 하사관, 경험 있는 소총수들을 채워주는 보충부대 역할을 해왔다. 그런 의미에서 인천상륙작전이 계획되고 있을 때, 제7사단은 텅 빈 조개나 마찬가지였다. 사단의 전투력을 일정 수준으로 높이는 일은 더없이 긴박한 문제였다. 제7사단은 다른 어떤 사단보다도 많은 카투사(약 8600명)를 일본에서 충원받아 모든 예하부대에 보충했다.

그 무렵 제32연대 1대대는 캠프 맥네르(Camp McNair)에서 500명의 카투사를 지원받았다. 그러나 대대가 장진호에 이르렀을 때 남은 인원은 300명쯤에 그쳤다. 미군들이 '남한 사람' 또는 'ROKs'라고 불렀던 카투사는 3개 소총중대에 저마다 45명에서 50명이 배정되었다. 이는 중대병력 숫자의 약 4분의 1에 해당했다. 미군 분대장들이 한국군 분대원과 만족스럽게 소통하는 경우는 드물었다. 장진호 동쪽 전투 초반에 이들은 미군에게 도움을 주기보다는 오히려 걸림돌이 되었으나, 전쟁 끝무렵에는 적절한 훈련으로 훌륭한 병사가 되었음을 보여줬다. 그러나 안타깝게도 장진호에서는 그렇지 못했다.

육군 제7사단과 달리 해병 제1사단에는 카투사가 거의 없었고, 통역자는 소수의 인원이 다였다. 나중에 밝혀진 1950년 11월 24일 기준에 따르면 해병 제1사단은 2만 5323명의 배정된 인원과 110명의 남한 통역요원을 포함해 모두 2만 5433명의 병력을 보유하고 있었다. 같은 때 제7사단은 전체 병력의 3분의 1보다 더 많은 6794명의 카투사를 포함하여 모두 1만 6000명의 병력을 갖추었다.

11월 21일이 되어서야 알몬드의 참모들은 '작전계획 제8호, 초안 2'라는 표지의 새로운 수정계획을 완성한다. 이것은 알몬드가 일찍이 갖고 있던 목표와 꼭 맞는 내용이었다. 알몬드는 극동군사령부의 검토를 받기 위해 계획안을 곧바로 도쿄로 보낸다.

뒷날 11월 24일 맥아더 장군은 알몬드에게 제8군과 제10군단 사이 전투지경선(戰鬪地境線)을 조금 바꿔 해병 제1사단 지역 서쪽과 남쪽으로 좀더 옮겨 계획을 시행하라고 지시를 내렸다.

알몬드는 계획을 승인받자마자 저녁 무렵 준비명령을 내리고, 다음 날 11월 25일 작전명령 제7호를 전달한다. 명령서에 따르면 제10군단은 11월 27일 아침 공격을 개시, 무평리에서 중공군의 병참선을 차단하는 동시에 그곳과 북쪽 압록강 국경 사이에 있는 적을 무찌르고, 마지막으로 소련과 맞닿은 두만 강 하구를 향해 동쪽으로 진출한다고 되어 있었다.

미해병 제1사단은 인천상륙작전 뒤부터 미군 제10군단장인 알몬드의 거침 없이 밀어붙이는 명령에 내내 고생을 해왔다. 알몬드는 동부전선에서 자기 군 단이 중공군과 맞붙어 고전했을 때조차도 절대 물러서지 않았다.

"북쪽으로 달아나던 중공군 패잔병 녀석들, 죽을힘을 다해 저항하는군. 녀 석들을 날려 버리고 압록강까지 가는 거야!"

마치 눈앞의 수많은 중공군이 보이지 않는 듯했다. 알몬드는 공격적이어야 할 때 거침없이 공격을 퍼부었으나, 신중해야 할 때조차도 공격적이었다. 서부 전선의 제8군은 지나치게 멀리 떨어져 있었으며, 오른쪽으로는 아무도 없었다. 게다가 부대가 조각조각 나누어진 상황에서 높낮이가 심한 산길을 줄지어 행 진하는 건 참으로 위험한 일이었다.

'알몬드 군단장은 제정신이 아니야. 중공군이 포위공격해 올 때를 대비해 요소마다 보급지를 만들어두지 않으면 안 돼. 돌이킬 수 없는 일이 벌어질지 도 모르는데 말이야.'

스미스 소장은 북진을 재촉하는 알몬드의 명령을 거스르고 자기 뜻대로 행 군을 늦추며 넉넉한 시간을 벌었다. 중공군의 공격으로 회복할 수 없는 피해 를 입었을 때 알몬드가 그 책임을 져주리라고는 도저히 생각할 수 없었기 때 문이다.

그런 사이 수색대는 이곳저곳에서 중공군의 흔적을 보았고, 그 보고를 들 을 때마다 스미스는 자신들이 얼마나 위험한 자리에 발을 들여놓았는지 깨달 았다. 스미스는 장병들에게 이 사실을 솔직히 전했으며, 한 사람의 작은 실수 가 모두를 파멸로 이끌 수도 있음을 강조했다.

공격날짜가 11월 27일로 정해진 가운데 공격 개시를 위한 부대 재배치 시간 은 고작 이틀밖에 남지 않았다. 해병 제1사단은 장진호에 있는 동안 이미 태 세를 갖췄으나 육군 제7사단의 경우 2개 연대는 압록강 또는 그 근처에 있고, 가장 끝에 있는 제32연대는 아직 압록강 부근에도 이르지 못하는 등 거의 모 든 부대가 100마일 넘게 떨어져 있었다. 사단장 바르 장군에게 1개 연대전투 단을 집결시켜 11월 27일 아침까지 장진호에 집결시킨다는 건 그야말로 혼란 스럽기 짝이 없는 일이었다.

이제 동부전선에서 알몬드는 중국 정규군이 심혈을 기울여 준비해 놓은 함정으로 자신이 이끄는 미군 제10군단을 억지로 밀어넣으려 하고 있었다.

조인석은 자기 연대가 부전강을 따라 압록강까지 진격한다는 말을 들었다. 동료들과 어울려 그는 온갖 이야기를 나누었다.

"중공군의 공격이 멈추었으니까 녀석들은 어디론가 사라진 거야. 틀림없다구!"

"압록강 반대편은 중국 땅이야. 바로 달아나 버린 게 아닐까?"

"휴! 압록강까지 적의 공격을 받을 걱정은 없겠는걸."

한낱 의용병에 지나지 않은 조인석이 군단 또는 사단 단위의 고도 군사전개를 알 턱이 없었다.

이제까지 제17연대는 극심한 추위에 고통받았다. 방한 대책은 언제나 늦었고, 하루에 얼마 나아가지 못했다. 그럼에도 맥아더는 북으로 진군하라는 명령만 내렸다. 그 지시를 받은 알몬드 또한 그저 북으로 진격하라고 거듭 외칠 뿐이었다.

11월 19일이 되자 제17연대는 벌목촌인 갑산을 점령했고, 21일는 드디어 혜산진에 이르렀다. 압록강이 눈앞에 흘렀다. 미군 제7사단은 멋지게 임무를 해낸 것이다. 맥아더는 알몬드에게 축전을 보냈으며, 알몬드는 바르게 찬사를 띄웠다. 미국과 한국 장병들은 한껏 들떠 있었다.

'남북통일이라는 놀라운 위업에 힘을 보탤 수 있었으니 얼마나 큰 영광인가. 고향에 돌아가면 영웅이 되리라.'

재일의용병들도 함께 기쁨을 누렸다.

한편 조인석의 부대는 그 감격을 맛볼 수 없었다. 제31연대가 식량을 옮겼는데 턱없이 모자랐다. 마땅히 병사들은 배를 제대로 채울 수 없었다. 산길은 눈에 뒤덮여 어디로 가야 할지 짐작조차 가지 않았다.

그 때문에 조인석은 압록강을 볼 수 없었다. 폭은 40~70미터지만 강변이 얼어붙어서 고작 2미터 남짓한 강물이 조용히 서쪽으로 흘러가는 모습을 볼 수 없었던 것이다.

조인석은 북쪽에 언뜻 비치는 백두산을 올려보는 것으로 만족했다. 신비스럽고 장엄한 산세는 일본의 후지산보다 늠름했다. 정상에 눈이 덮여 있어 말 그대로 백두였다.

"마침내 여기까지 왔어."

"압록강까지는 가지 못했지만. 뭐 여기까지 왔으니 가본 거나 마찬가지 아니겠어?"

"저 백두산을 좀 보라고. 얼마나 아름다운지 말이야. 이제 조국 통일은 이루어진 거야. 우리는 태어나 처음으로 일본에서 달려와 총을 쏘았지. 내가 생각해도 참 기특해."

이렇게 동료들과 떠드는 동안 모두의 눈에는 자신도 모르게 눈물이 고였다. 이 바로 뒤에 지옥이 입을 벌리고 있으리라고는 그 누구도 생각하지 못했다.

키가 193센티인 젊고 건장한 해병 제5연대장 레이몬드 L. 머레이(Raymond L. Murray) 중령은 한국전 경험이 있는 뛰어난 전사였다. 장진호 동쪽에 연대를 집중시켜 하갈우리 북방 약 8마일 지점에 위치한 풍류리강(豊流里江) 안곡의 신흥리를 장악하고, 더 북쪽으로 나아갈 준비를 하라는 명령이 그에게 떨어진 것은 11월 17일이었다.

11월 23일 로버트 태플릿 중령의 제3대대는 저수지 동쪽으로 나아갔다. 태플릿은 신흥리 마을과 풍류리강 안곡 북쪽으로 4마일쯤 되는 지점에서 꽤 괜찮은 방어진지를 찾아냈다. 그곳에는 고지와 안부(鞍部) 사이로 비포장도로가 가로질렀다. 제3대대는 그곳에 진지를 팠다. 11월 25일이 되자 제5연대의 다른 두 대대가 제3대대 뒤쪽, 저수지 동쪽에 배치되었다.

이것이 해병 제5연대가 유담리에 위치한 해병 제7연대와 합류하기 위해 장진호 서쪽으로 이동하라는 군단명령이 내려질 때 그곳 상황이다. 그러나 해병 제5연대는 제7사단 소속 연대가 그곳에 대신 배치되기 전까지 저수지 동쪽을 떠날 수가 없었다.

군단명령에는 11월 26일 정오까지 제7사단 연대가 저수지 동쪽에 도착하리라 했다. 하지만 제7사단 부대들이 멀리 흩어진 상황에서는 불가능에 가까운 명령이었다. 제7사단은 장진호에 가깝게 자리한 부대를 이용했고, 연대전투단을 빠르게 집결시키려는 바르 장군의 계획은 완전히 그 자리에서 이루어질 수밖에 없었다.

제31연대 전투단으로 불리게 된 이 부대는 앨런 D. 맥클린(Allen D. Maclean) 대령이 이끌었다. 제31연대 본부와 본부중대, 제31연대 2대대와 3대대, 제32연대 1대대, 제31전차중대, 통상적으로 제31연대를 지원하던 제57포병대대, 제15대공포대대 D포대 등이 포함됐다. 제32연대 1대대는 전투단의 세 번째 보병대대로 뽑힌다. 이들이 장진호에서 가장 가까이 있었기 때문이다. 마침내 이 부대는 그곳에 도착해야 할 제7사단 연대전투단의 첫 번째 부대가 된다.

1950년 11월 24일 맥아더 장군은 그의 정책을 의심하고 비판하는 이들 앞에 당당하게 섰다. 그날 그는 청천강에서 국경을 향해 공격을 개시하는 제8군을 보기 위해 한반도 북서쪽으로 날아갔다. 공격 첫날은 맥아더 뜻대로 모든 것이 잘 돌아갔다. 알몬드 장군의 제10군단에게 27일을 기해 장진호에서 공격을 도우라고 명령을 내린 두 번째 날도 계획대로 착착 이루어지는 듯 보였다.

장진호 전투가 코앞에 다가온 상황에서, 알몬드와 모든 참모들이 자신감에 차 승리를 확신했던 것은 아니다. 제10군단과 연락 임무를 맡고 있던 상륙작전 전문가 해병대 소속 에드워드 포니(Edward Foney) 대령은 과묵하고 사려 깊은 성격의 유능한 군인이었다. 작전참모인 그는 해병 제1사단을 위험에 빠뜨릴지도 모르는 이 같은 성급한 공격에 반대했다.

알몬드 장군의 믿음직한 조언자로 오랫 동안 마음을 터놓고 지내온 제10군단 참모부장 맥카프리 중령도 이번 공격이 마음에 들지 않았다. 제10군단의 다른 사람들마저 이번 공격에 의문을 가졌다. 뒷날 맥카프리는 그 무렵 자신의 생각과 견해를 솔직하게 털어놓았다.

우리는 알몬드 장군이 유담리에서 산악지대를 넘어 공격하는 것에 대해 경각심을 가질 수밖에 없었다. 해병대원들은 자신들이 분리될지 모른다는 걱정을 했으나, 알몬드 장군은 맥아더 장군의 명령에 맞서려 하지 않았다. 무엇보다 많은 사람들이 이번 작전은 인천에서처럼 성공할 리 없다 보았으며 해군, 해병대, 극동군사령관 간에 의견 불일치가 되풀이되리라 말하기도 했다. 포니 대령도 알몬드 장군의 태도에 불만을 품었는데, 그는 해병사단을 두고 합동참모부로부터 빌려 쓰고 있는 전략 예비 부대라 주장했다. 만일 합동참모부가 먼저 사용하겠다고 알려왔다면 연대 전체에 심각한 위험이 닥쳤으리라.

5
안녕! 안녕! 안녕!

미해병 제1사단이 요요(YoYo)작전을 펼치고 있을 때, 리엔펑 군단장이 이끄는 중공군 제9집단군과 그밖의 협력부대는 압록강으로 빠르게 움직였다.

"모든 열차는 멈추지 않고 곧 지안 지역 압록강으로 간다. 전군은 앞으로 맞닥뜨릴 어려움을 스스로 이겨내야 한다. 식량과 탄약도 약속한 것 말고는 더 줄 수 없다. 방한복과 신발도 저마다 알아서 해결하도록. 우리는 절대 물러서지 않겠다는 굽힘 없는 정신력으로 장진호로 출격해 마오쩌둥 주석 중앙군사위원회의 명령을 완벽히 해낸다. 이상!"

열차는 밤에도 쉬지 않고 달렸다. 퉁화를 벗어난 뒤부터는 미군기의 야간공습을 피하기 위해 모든 불을 껐다. 그렇게 갑자기 전장의 긴장감이 감돌았다.

장홍시와 멍빠오둥은 곧바로 해야 할 일들을 나누어 맡았다. 멍빠오둥은 당위원회의 명령 발표를 잠시 미루고 당장 필요한 물자 준비에 나섰으며, 장홍시는 부대를 이끌고 먼저 진격해 밤새 강을 건너기로 했다. 우융추이와 훠신밍의 전위대는 이때부터 전군의 전방부대로서 장진호라는 죽음의 땅과 끈질기게 엮이게 된다.

먼동이 틀 무렵, 열차는 천천히 변경의 지안 지역으로 달려갔다. 전등은 희미하고 주위는 온통 어두컴컴하기만 했다. 열차 천장에서 증기가 뿜어져 나왔고, 모락모락 피어오른 희뿌연 연기는 금세 어슴푸레한 밤하늘 속으로 흩어져 갔다. 일본풍 단층 모양의 대합실은 옷차림과 말씨가 저마다 다른 수많은 군인들로 북적였다. 두꺼운 외투에 개털모자를 쓴 이들은 북방군인들이고, 챙넓은 모자에 고무창 운동화를 신은 이들은 이제 막 남방에서 온 군인들이 틀림없었다. 창문마다 빛이 밖으로 새나가는 것을 막기 위해 두꺼운 커튼이 쳐져 있었다.

머지않아 장훙시는 우융추이와 휘신밍을 비롯한 부대원들과 함께 인파 속을 비집고 나와 플랫폼에 내려섰다. 갓 열차에서 내린 듯한 부대들이 역 안팎에 몰려 있었다.

장훙시 무리는 이곳에서 둥베이변방군의 한 지도자를 만나 이런저런 정보를 주고받은 뒤 다시 한 번 상황의 심각성을 깨달았다. 그들에게 주어진 임무는 매우 급박하면서도 더없이 막중했다. 전투가 다가오기 전날 밤새 강을 건너야 했지만 둥베이변방군이 제공할 수 있는 후방 보급품은 아주 보잘것없었다.

그때 땅딸막한 변방군 참모장이 부대를 찾아왔다. 그는 궈 씨여서 장훙시는 그를 궈 부참모관이라 불렀다. 궈 부참모관 또한 두터운 외투를 입고 개털모자를 손에 들고 있었는데, 바쁘게 뛰어다녔는지 짧게 깎은 머리카락 사이로 뜨거운 김이 가늘게 피어올랐다.

궈 부참모관은 미안한 얼굴로 다시 한 번 장훙시에게 사정을 들려줬다. 느닷없이 임무가 떨어지는 바람에 시간이 부족해 자신들이 준비할 수 있는 식량은 찐빵 조금과 말린 수수쌀뿐이라는 것이었다. 그러나 총탄은 종류별로 넉넉히 보유했고 소총과 수류탄도 역 안팎 공터에 쌓여 있으니 얼마든지 가져가라고 했다. 그는 또 장훙시에게 근처 군부대와 주민들이 밤새 찐빵을 찌고 있으니 곧 배불리 먹으며 강을 건널 수 있으리라고 덧붙였다.

장훙시는 잠시 말이 없었다. 하지만 곧 그의 머릿속은 수많은 의문들로 가득 찼다.

'강 따위야 문제없이 건너겠지. 그런데 그다음부턴? 전투 집결지까지 쉬지 않고 행군해야 하는데 그땐 어떡하라고? 굶은 채로 서북풍만 마시며 갈 순 없잖나. 그렇다고 우리보다 상황이 그리 나아 보이지도 않는 변방군에게 하소연할 수도 없고. 큰일났군!'

그는 머뭇머뭇하다 땅딸막한 변방군 지도자에게 말했다.

"우리 부대 또한 갑자기 밤에 강을 건너라는 지시를 받았네. 예정돼 있던 강화훈련과 장비점검은 물거품이 되었지. 모두가 혼란스럽고 급박하기만 하군."

푸념 섞인 그의 말에 궈 부참모관이 낮게 중얼거렸다.

"이삼 일만 더 있었어도 부대에 충분한 식량을 준비해 드릴 수 있었을 겁니다."

"불가능한 일일 테지. 강을 건너고 나면 쉼 없이 나아가야 할 텐데. 어떻게 자네 부대에만 의지할 수 있겠나?"

"그게 무슨 말씀이십니까?"

궈 부참모관이 얼른 말을 이었다.

"사단장님 부대는 앞으로 전방에서 치열한 전투를 겪을 텐데, 어떻게든 전방 부대를 돕는 게 저희 부대 임무 아니겠습니까?"

이때 우융추이가 끼어들었다.

"그런데 찐빵은 언제쯤 나오나요? 부대원들이 어제저녁부터 아무것도 먹지 못했습니다."

궈 부참모관이 말했다.

"집집마다 열심히 찌고 있다네. 지금쯤 아마 다 된 곳도 있을걸세."

장훙시가 우융추이에게 한쪽 눈을 찡긋해 보였다.

"자네들은 가만 있지 말고 어서 조를 짜서 물자를 싣도록 하게. 먹을 것은 무엇이든 다 실어. 찐빵이든 말린 수수쌀이든 모조리 말이야. 무기와 탄약도 있는 대로 다 싣게. 더는 실을 데가 없을 때까지 꽉꽉 실어 담아."

우융추이는 곧바로 4개 중대 중대장들에게 뤼따꺼를 보내 사단장의 명령을 전했다.

어슴푸레한 대합실 전등 아래에서도 궈 부참모관은 남방 부대 대원들의 얇은 옷차림을 쉽게 알아볼 수 있었다. 무엇보다 그들의 얇은 모자와 신발이 유난히 눈에 띄었다. 남방에서 온 대원들은 모두 한곳에 모여 추위에 바들바들 떨고 있었다.

궈 부참모관이 장훙시에게 물었다.

"부대에 솜모자나 솜신발이 없습니까?"

"없어. 우리 부대원들은 겨울에도 솜모자를 써본 적이 없네."

"솜외투는요?"

"더더욱 없지."

"허허."

궈 부참모관은 길게 한숨을 내쉬었다.

"매서운 날씨입니다. 이대로는 안 됩니다."

장훙시가 말했다.

"자네 말이 맞아. 본디대로라면 메이허커우 일대에서 강화훈련과 장비점검을 받고 솜모자와 솜신발, 솜외투를 보급받았겠지. 그런데 모든 계획이 틀어져 쓸모없는 종이쪼가리가 되어버렸네. 모두 취소하고 서둘러 압록강을 건너라더군."

귀 부참모관의 얼굴이 갑자기 굳어졌다.

"이렇게 얇게 입고 조선에 가서 전투를 치른다고요? 말도 안 됩니다. 미군과 싸우기도 전에 얼어 죽기 십상이에요."

귀 부참모관은 머리를 긁적이며 뭔가 깊이 생각하더니 이윽고 결심한 듯 장흥시에게 말했다.

"이건 어떨까요? 제 부대원들 외투와 솜모자, 솜신발을 모두 벗겨 사단장님 부대와 바꿔 입히겠습니다. 있는 대로 몽땅 모아보죠."

장흥시는 손을 내저었다.

"그럴 필요 없네. 한겨울에 자네 부대원들이 추위에 떨 것 아닌가!"

귀 부참모관은 진심으로 말했다.

"사단장님 부대는 곧 전장으로 나가는데 저희는 안전한 후방에 있지 않습니까? 목숨 걸고 싸우는 병사들 고생에 비하면 이쯤은 아무것도 아닙니다. 모두 나라 뜻에 따라 미군을 모조리 쳐부수기 위한 일이니 부디 거절하지 마십시오."

장흥시는 감정이 북받쳐올라 입을 다물었다. 더는 무슨 말이 필요하랴. 그저 두 손을 내밀어 이 땅딸막한 부참모관의 손을 꼭 잡아줄 수밖에 없었다.

둥베이변방군의 모든 간부와 병사들 가운데 누구는 외투를 벗고 누구는 방한화를, 또 누구는 개털모자를 벗었다. 벗을 수 있는 만큼 모두 벗어놓으니 잠깐 사이에 방한장구가 한 무더기나 쌓였다. 그러나 몇만 명이나 되는 부대원들을 빠짐없이 입히기에는 턱없이 모자랐다. 그래서 우융추이와 훠신밍은 이 방한장구를 뒤따르는 부대에 넘겨주기로 했다. 이 전위대는 더 이상 외투와 모자, 신발은 필요하지 않았다. 그들은 자신들이 힘들면 다른 부대도 마찬가지로 힘들다는 사실을 잘 알았다. 이 진리는 몇 년 동안 전장을 떠돌며 그들 스스로 깨닫고 터득한 것이다. 솔직히 그들은 앞으로 닥칠 혹한이 두려웠다. 하지만 강한 정신력과 젊음으로 굳건히 참고 반드시 이겨내리라 서로가 서로를 믿었다.

휘신밍은 단둘이 남겨졌을 때 넌지시 우융추이에게 말을 건넸다.

"여기 둥베이든 저기 조선이든 모두 우리 장난보다 춥겠지. 그래도 사람이 정말 얼어 죽기야 하겠어?"

하지만 뒷날 휘신밍은 자신의 이러한 판단에 대해 돌이킬 수 없는 대가를 치러야만 했다.

어느 날 휘수이란이 란쓰옌과 함께 오빠 휘신밍을 찾아가고 있었다. 태양이 구름 뒤로 숨었다 나왔다 하며 하늘에 어슴푸레한 빛이 감돌았다. 동쪽과 서쪽 두 강기슭의 하얀 눈이 쌓인 풍경과 어우러져 검푸른 압록강 물줄기가 둥베이지방에서 남서 방향으로 천천히 흘렀다. 맞은편 조선땅은 쥐 죽은 듯 고요하고 사람 그림자 하나 안 보여 어떤 생명체도 살지 않는 곳 같았다. 하지만 그 너머 멀리서 어렴풋이 들려오는 전폭기 소리와 폭탄 소리가 지금 그곳에 전쟁이 한창임을 말해 주었다.

휘수이란과 란쓰옌을 누구보다 먼저 발견한 것은 뤼따꺼였다. 뤼따꺼는 휘수이란을 알아봤다. 그녀는 휘신밍 훈련관의 여동생이었다. 그러나 란쓰옌은 머리에 수건을 두르고 있어 금방 알아보지 못했다. 뤼따꺼는 휘수이란과 란쓰옌을 부대까지 안내했다.

휘수이란과 란쓰옌이 들어왔을 때 우융추이와 휘신밍, 위융시앙은 통화시 철도관리원 우 선생이 준 관동군 털외투를 가로로 나눠 덮고 온돌에 누워 자고 있었다. 온돌 아궁이에는 불이 활활 타올랐는데, 그리 크진 않아도 바깥에 비하면 꽤 따뜻했다.

휘수이란의 큰 목소리가 그들의 단잠을 깨웠다. 우융추이가 서둘러 외투를 걷어내고 일어나 앉았다.

"어서 와, 어서 와. 전위대에 온 걸 환영한다."

우융추이는 고개를 돌려 위융시앙에게 말했다.

"자, 손님이 왔으니 대접할 만한 게 있나 찾아봐."

이때 란쓰옌이 머리에 둘렀던 수건을 풀며 늘 그랬듯 조용히 웃었다.

"대대장님, 괜찮아요. 저희는 벌써 식사했어요."

그제야 뤼따꺼는 란쓰옌을 알아봤다. 문공대 출신으로, 그의 부대가 장난 주둔지에 있을 때 그녀는 휘수이란과 함께 왔다. 그 무렵 대대장의 지시로 군량 담당자가 오리를 잡아 그녀들을 대접했다. 모두 함께 즐겁게 떠들고 웃었던 때가 바로 어제 일만 같았다.

훠수이란은 갑자기 얼굴을 붉히며 말했다.

"우리는 여러분을 보러 왔지 뭘 먹으러 온 게 아닙니다. 우리 모두 혁명전우 아녜요? 왜 다들 그렇게 격식을 차리죠?"

우융추이가 머리를 긁적이며 말했다.

"아, 생각해 보니 그렇군. 마침 도로 자려던 참이어서 미안할까봐 그랬지."

훠수이란은 곧 큰 소리로 맞받아쳤다.

"우리가 눈치 없이 굴었군요. 미안해서 어쩌죠?"

우융추이는 재빨리 변명했다.

"아냐. 그럴 리가. 너희가 와서 얼마나 기쁜지 몰라. 안 그런가, 훈련관?"

그는 훠신밍을 보고 슬며시 말했다.

"훠 훈련관이 나보다 더 좋아하는 것 같은데?"

우융추이의 말뜻을 알아차린 훠신밍은 아무 말 없이 웃으며 안경알을 닦기 시작했다.

훠수이란이 불평하듯 투덜댔다.

"이런 평화로운 시간이 언제 또 올지 모르는데 잠으로 때우기는 아깝지 않나요? 바깥 공기가 얼마나 신선한데! 강변에 나가 경치라도 즐기죠."

"좋아."

우융추이는 마치 용수철이 튀어오르듯 재빨리 일어서더니 개털모자를 쓰고 두꺼운 관동군 외투를 걸치며 소리쳤다.

"어차피 잠도 못 잘 거 밖에서 산책이나 하지 뭐. 내가 여기 시내를 구경시켜 주지."

밖에 나가고 싶지 않았던 란쓰옌이 훠수이란에게 속닥였다.

"바깥 날씨가 너무 추워. 시내엔 볼 것도 없고."

란쓰옌의 눈치를 살피던 훠수이란이 박수를 쳤다.

"잘됐네. 너 안 갈 거면 우리 오빠랑 이야기나 좀 하고 있어. 대대장님! 우린 나가요."

눈치 빠른 우융추이는 훠수이란의 말뜻을 얼른 알아차리고 뒤따꺼와 다른 대원들에게 말했다.

"란 동지는 추위를 많이 타는군. 우리는 다 함께 나가서 구경을 좀 하다 오겠네. 휘 훈련관과 란 동지는 방 안에서 몸 좀 녹여."

그렇게 방 안에는 휘신밍과 란쓰옌 둘만 남았다.

바람이 불어오자 널빤지 문의 쇠문고리가 찔렁거렸다. 아궁이 안에선 타닥타닥 장작 타오르는 소리만 들려왔다. 바닥에 검붉게 활활 타오르는 장작은 바라보기만 해도 데일 듯 새빨간 불꽃을 내뿜으며 펄럭이는 빨간 깃발처럼 쉬지 않고 흔들흔들 춤을 췄다.

두 사람은 한동안 아무 말이 없었다. 란쓰옌이 휘신밍을 보고 미소 짓자 휘신밍도 란쓰옌을 쳐다보고 웃었다. 란쓰옌이 벗어 놓은 휘신밍의 안경을 들어 보며 말했다.

"늘 안경알만 닦네요. 이렇게 깨끗한데 왜 자꾸 닦는 거예요?"

휘신밍은 농담하듯 말했다.

"깨끗하게 닦아야 네가 더 잘 보일 테니까."

가만히 웃는 란쓰옌의 얼굴에 발그레한 빛이 감돌았다.

란쓰옌은 잠시 휘신밍의 눈을 지그시 바라봤다. 마치 자신의 눈 속에 그의 눈동자를 새겨넣기라도 할 것처럼 자세히 또 진지하게.

휘신밍의 눈은 선이 가늘면서도 뚜렷하다. 마치 여인처럼 길고 짙은 속눈썹이 그의 얼굴을 더욱 섬세해 보이게 했다. 안경을 벗은 그의 눈동자는 부드럽고 촉촉했다. 란쓰옌은 방 안의 부대원들이 모두 외출했다는 사실을 알면서도 어쩐지 바깥을 한 번 더 살폈다. 창 아래까지 꼼꼼히 돌아본 그녀는 근처에 아무도 없다는 사실을 확인한 다음에야 품에서 조심스럽게 물건 하나를 꺼냈다. 하늘색 털실로 짠 장갑이었다. 장갑은 그녀가 취푸에서 산 털실로 만들었다. 취푸를 떠날 때 짜기 시작한 장갑은 꼬박 사흘을 철커덩거리는 열차 안에서 공을 들인 끝에 퉁화시를 지날 때쯤 거의 완성되었다. 하늘색. 그녀의 성(姓)인 란(藍)과 발음이 같았다.

란쓰옌은 장갑으로 슬며시 휘신밍의 손을 밀었다. 순간 당황한 휘신밍의 손이 란쓰옌 손에 닿자 둘은 눈이 마주쳤다. 고요하고 따뜻한 방 안에서 그 눈빛은 천 마디 말보다 더 많은 의미를 담고 있었다. 마주 보던 두 사람은 문득 서로 얼굴이 붉어지는 걸 보고 얼른 닿았던 손을 떼며 고개를 떨구었다. 분위기가 어색해지지 않도록 휘신밍은 란쓰옌이 건네준 하늘색 털장갑을 끼고 이리저리 살펴보았다. 작지도 크지도 않은 것이 그의 손에 꼭 알맞았다.

훠신밍이 멋쩍은 표정으로 말했다.

"고마워 란쓰옌. 이 장갑을 보니 얼마나 정성을 들였는지 알 거 같아."

란쓰옌이 살짝 미소 지으며 말했다.

"짜는 데는 얼마 안 걸렸어요. 3일쯤?"

"나도 뭔가 주고 싶은데 아무것도 없네. 전투에 나갔다 돌아올 때 미군들 전리품을 구해 가져다줄게."

란쓰옌은 사뭇 빙그레 웃을 뿐 아무 말도 하지 않았다.

방 안은 다시 조용해졌다. 쇠문고리가 요란스럽게 쩔그럭거렸지만 두 사람에게는 들리지 않는 듯했다.

훠신밍은 이대로 시간이 멈추면 좋겠다고 생각했다. 손에 쥔 털장갑에서는 따스한 기운이 느껴졌다. 조용하고, 따뜻한, 이런 순간이 다시는 오지 않으리라 여겨져 아쉬웠다. 그는 호리호리하고 아담한 란쓰옌이 마음에 들었다. 처음 만났을 때부터 란쓰옌은 그의 마음을 편안하게 해주었다. 그녀의 조용한 미소는 늘 훠신밍을 행복하게 했다.

'만일 그동안 많은 전투에 나가지 않았더라면 지금쯤 그녀와 결혼해서 아들딸 낳고 잘살고 있겠지? 지금 고백을 해볼까? 아니야…… 란쓰옌이 받아주지 않으면 어쩌지?'

문득 훠신밍은 미군들이 원망스러웠다. 미군이 조선에 오지만 않았어도 그가 파병되는 일은 없었다. 이제는 미군을 이겨야 살아 돌아갈 수 있고, 어쩌면 란쓰옌과 결혼을 할 수도 있다. 얌전하고 마음씨 고운 란쓰옌을 두고 전쟁터로 나가야만 하는 자신의 처지가 더없이 안타까웠다. 그는 잠시 그녀를 마음으로 안았다. 행복감에 취해 있던 그는 잠깐이나마 자신이 있는 곳을 잊었다.

"다음에는 스웨터를 짤 생각이에요."

란쓰옌이 훠신밍의 눈동자를 바라보며 부끄러운 듯 말했다.

"털실은 벌써 사뒀고, 몸 치수만 알면 돼요. 색깔은 똑같이 하늘색으로 골랐는데 좋아할지 모르겠네요. 남자가 하늘색 스웨터를 입는다고 하면 사람들이 웃을까요?"

그녀가 조심스레 물었다.

여느 남자들은 회색 스웨터가 더 잘 어울린다고 여겼지만 그녀는 꼭 장갑과 같은 색으로 스웨터를 짜고 싶었다. 순간, 훠신밍은 정신이 번쩍 들어서 란쓰옌에게 말했다.

"털장갑을 짜느라 많이 힘들었을 텐데…… 해준 것도 없이 자꾸 받아도 될지 모르겠어."

미안한 마음에 그는 안절부절못했다.

"그래도 스웨터를 짜주고 싶은걸요. 잠깐만 가만히 서서 움직이지 말아 줄래요?"

란쓰옌은 상냥스레 말한 뒤 손바닥을 벌려 한 뼘 한 뼘씩 품과 팔길이를 쟀다. 먼저 어깨와 허리선을 재고 그다음 등길이와 가슴, 팔둘레를 쟀다. 훠신밍의 가슴둘레를 재는 란쓰옌의 손이 살며시 떨렸다. 그녀는 마음을 들킬까봐 잠시 손길을 멈추었다. 치수를 다 재고 난 란쓰옌은 조용히 미소 지으며 입을 열었다.

"얼마 안 걸릴 거예요. 열흘이나 보름쯤이면 다 짤 수 있어요. 그때까지 여기에 머물면 좋을 텐데……."

훠신밍은 어쩐지 미안한 마음이 들었지만 그녀가 하고 싶은 대로 놔두기로 했다. 전쟁터에서 전리품을 가져다주면 된다고 생각했다. 그러고는 통신병 루이후이를 불러 란쓰옌을 데리고 가 훠수이란을 찾은 뒤 둘을 안전하게 부대로 데려다주라고 일렀다.

떠날 때 란쓰옌은 훠신밍에게 나지막이 말했다.

"조심하세요. 꼭 이 모습 그대로 돌아와야 해요."

훠신밍은 란쓰옌의 속뜻을 금방 알아채지 못했다.

"꼭 돌아올 거야. 너희도 늘 조심하고 건강해야 해."

저만치 걸어가던 란쓰옌이 문득 멈춰서더니 훠신밍을 돌아보며 손을 흔들었다.

"안녕!"

란쓰옌은 작은 소리로 말하고 얼른 고개를 돌렸다. 안타까운 마음에 눈물이 방울방울 차올랐다. 그녀는 우는 모습을 보이고 싶지 않아 고개를 푹 숙인 채 서둘러 걸음을 옮겼다.

훠신밍도 문 앞에서 란쓰옌에게 손을 흔들었다. 그는 란쓰옌의 목소리는 듣지 못했지만 슬픈 그녀의 표정을 보았다. 돌아선 그녀의 어깨가 가늘게 떨렸다. 그제야 휘신밍은 란쓰옌의 속마음을 깨달았다. 앞날을 기약할 수 없는 현실이 두 사람을 무겁게 짓눌렀다.

"사랑은, 하나같이, 계절도 지역도 모르네, 시간의 넝마 조각인 시도 날도 달도 모르네."

영국 시인 존 던(John Donne)은 이런 시구를 읊조렸다.

낭만주의 미술, 음악, 문학에서 변치 않는 주제는 시간의 끝까지 지속되는 사랑, 영원히 진실한 사랑이다. 〈안토니우스와 클레오파트라〉에서 셰익스피어 또한 이 주제를 환기시켰다.

"영원은 우리의 입술과 눈에 있네, 행복은 우리의 이마에서 취해 있네."

마치 연인들이 느끼는 감정의 강도와 순수성이 시간 자체를 넘어선 것처럼…… 그러나 시간은 연인들의 편이면서 동시에 적이다. 연인들이 헤어지면 시간은 기어가지만, 이들이 마침내 결합하면 시간은 또 다른 양상을 보인다. 연인들의 행복은 시계로 헤아릴 수 없다. 영원이 그들의 몸을 연마하여 빛을 낸다. 그들의 열정과 갈망이 고동쳐 흐르는 것이다.

사랑의 신비를 바르게 이해하는 사람은 그리 많지 않다. 전쟁의 신 아레스와 미(美)의 여신 아프로디테가 서로 맺어져 그 뜨거운 사랑의 결실로 태어난 아이에게 하르모니아(조화의 여신)란 이름을 붙인 것은 매우 마땅하다. 그러나 이 사랑이 맺어진 순간, 그들 주위 세계는 온통 폐허였다. 물리적으로뿐만 아니라 도덕적으로도 황폐했다. 두 존재가 맺어짐으로써 가족과 국가의 가치, 줄곧 이어져 내려온 전통이란 확고한 믿음이 갈가리 찢겼기 때문이다.

한 남자와 한 여자가 서로를 간절히 바라는 사랑, 서로가 세상 모든 존재를 그 안에 품는 이 사랑은 정말 전쟁과 사랑이 하나로 이어져 있다는 증거일까? 그렇다면 전쟁은 그저 바보스러운 곁다리에 지나지 않는가? 전쟁의 비극 가운데 피어나는 사랑은 평화 속에선 얻을 수 없는 무언가를 전해 줄 수 있는 걸까?

두말할 나위도 없이 사랑은 평화 속에서, 적대국 사람보다는 자기 나라 사람 사이에서 더욱 자연스럽게 피어난다. 그렇다면 갑자기 찾아오는 외적 위기 따윈 사랑에 반드시 필요한 요소는 아닐지도 모른다. 그럼에도 위험한 존재나 이별의 위협은 사랑을 완벽하게 만드는 무언가를 부여함에 틀림없다. 어쩌면 그 무언가란 참된 사랑을 발견하는 행운을 깨닫는 것일지도 모른다.

평화로운 하늘 아래에 사는 많은 사람들은 자신의 본질을 이해하지만 그것이 다른 본질들과 이어질 수 있음은 알지 못한다. 죽음과 결핍이 눈앞에 도사릴 때에야 비로소 사랑의 진리를 깨닫기 위한 진지함, 지혜, 기쁨을 불러일으킬 수 있다. 틀림없이 유토피아에는 참된 사랑이 없으며 사랑의 깨달음도 찾아오지 않으리라. 외부에서 닥쳐오는 운명이 한없이 불확실하지 않다면 연인들은 그 감정에 확신을 갖지 못하리라. 이 진실은 널리 알려진 어떤 속담에서도 찾을 수 있다.

'비탄에 빠지지 않고서 흔들림 없는 사랑을 얻을 수는 없다.'

그러나 이러한 비극 속 연애가 불러오는 가장 중요한 지혜는 사랑이야말로 생리적이고 심리적인 것을 뛰어넘는 본질을 가진다는 점과 무한한 힘이라는 사실이다.

서로 하나가 된 연인들은 파괴된 폐허 속에서도 눈 하나 깜짝하지 않는다. 전쟁 한가운데 있으면서도 전쟁을 넘어서는 존재가 된다. 이처럼 확신하는 연인들의 모습을 보면 누구나 사랑이 세상을 뛰어넘는 것임을 인정하지 않을 수 없다.

인간은 그리 창조적인 존재가 아니다. 극한 상황에 이르러서야 비로소 무언가를 창조해 낼 수 있다. 그 상황들은 인간이 꼭 알아야만 하는 진실들을 가르쳐 준다. 어쩌면 전쟁보다 이로우며, 전쟁이 가져오는 손실과 불합리도 피할 수 있게 한다.

한 남자와 한 여자가 서로의 안에서 오롯이 녹아드는 것보다 더 숭고한 사랑의 형태는 없으리라. 인간이 사는 세계에서 남녀의 사랑보다 더 깊은 진리를 엿보게 해주는 것은 다시없으리라.

부대는 산 아래 도로에 모였다. 양쪽으로 산꼭대기와 비탈에는 수풀이 무성했다. 어슴푸레하던 하늘이 훤히 밝아졌지만 낮게 깔린 구름 때문에 해는 보이지 않았다.

3열종대로 길게 늘어선 부대는 아직 은밀하게 조선으로 가고 있었으므로 부대 규정상 신분이 드러날 만한 모든 표지를 없애야 했다. 부대원들은 모자에 새겨진 '팔일(八一)'과 '오성(五星)'이란 마크를 떼어내고 가슴에 붙어 있는

'중국인민해방군'이라 수놓은 흉장도 뜯어냈다. 수건 양 끝에 인쇄된 '팔일'과 '중국인민해방군' 글자도 남김없이 잘라냈다. 개인 소지품을 포함해 중국 표지의 흔적은 깡그리 없애야만 했다.

우융추이는 훠신밍에게 말했다.

"우리에겐 '미국에 맞서 싸우고 조선을 지원해 국가와 민족을 보호하자'는 정정당당한 목적이 있지 않나? 도둑질도 살인도 아닌데 도대체 왜 이렇게 꽁꽁 감춰야만 하는 거야?"

"그만 좀 하게! 위에서도 다 뜻이 있어서 그러는 걸 테니까 하라면 해야지. 우리 간부들이 솔선수범해야 하지 않나?"

둘은 목청을 높여 다투다가 뒤를 돌아다보았다. 마침 그들을 따르던 뤼따꺼와 훠신밍의 눈이 마주쳤다. 머쓱해진 뤼따꺼는 괜히 우융추이에게 말을 걸었다.

"대대장님, 정말 면도칼을 버리고 가실 겁니까? 조선에 가면 수염은 어쩌시게요?"

이 면도칼은 우융추이가 상하이전투에 참전했을 때 주운 전리품이었다. 그즈음 그들 부대는 황푸장(黃浦江) 동쪽 연안에서 국민당 군단부 하나를 공격한 뒤 전장을 정리하고 있었다. 마침 뤼따꺼가 새 면도칼 하나를 찾아냈고, 그때부터 우융추이가 줄곧 써왔다. 그 전까지 그는 줄곧 가위로 수염을 깎았다.

우융추이가 말했다.

"미군 같은 종이호랑이와 싸우는 데 얼마나 걸린다고. 한번 교차하고 우회한 뒤 흩어져서 포위하면 금방 끝낼 수 있어. 그때 돌아와서 깎아도 늦지 않아."

뤼따꺼는 우융추이의 말에 존경스러울 만큼 감탄했다. 1여 년 전 본디 뤼따꺼가 소속되었던 국민당 부대의 50~60만 명이 화이하이전투에서 참패하는 데 걸린 기간은 두 달도 채 되지 않는다.

그는 문득 궁금해졌다.

'그렇다면 과연 미군을 꺾는 데는 얼마나 걸릴까?'

뤼따꺼가 메고 있는 군용 배낭에는 우융추이가 오랫동안 간수해온 고향 술 양허따취가 들어 있었다. 본디 두 병이었는데, 통화역에 정차했을 때 철도관리원 우 선생에게 털외투를 받은 대신 한 병을 건네고 나머지 한 병이 남았다.

뤼따꺼는 이 술도 두고 갈 것인지 물었다.

우용추이는 눈을 부릅뜨고 말했다.

"다른 건 다 없어도 이 술만은 안 돼. 이건 우리 어머니께서 주신 거야. 몇 년을 아까워 못 마시고 갖고만 있었는데 어찌 함부로 두고 간단 말이야."

우용추이는 뤼따꺼에게 술병을 잘 보관하라고 단단히 일렀다.

"이봐, 루이후이가 징을 애지중지하듯 너도 술병을 잘 챙기란 말이야! 만일 부딪혀 깨지기라도 하면 모든 책임은 뤼따꺼 네가 져야 해. 알았나!"

뤼따꺼는 음흉한 웃음을 지으며 술병을 다시 배낭에 집어넣었다. 사실 뤼따꺼도 다 알면서 일부러 물어본 터였다. 그는 이 술이 대대장에게는 박달나무함과 징만큼이나 소중한 보물임을 잘 알고 있었다.

휘신밍도 치약과 칫솔을 빼놓은 모든 개인 소지품을 정리했다. 루이후이가 말했다.

"훈련관님, 훈련관님 치약에 상하이라고 적혀 있는데 신분이 드러나지 않을까요?"

"맞아. 하지만 나는 매일 행군하며 전투를 치르는 상황이어도 늘 세수와 양치질은 해. 먹는 일이나 마시는 일만큼 이를 닦는 것도 내겐 중요하지. 자네는 그렇지 않나?"

휘신밍은 동료들 말에 아랑곳하지 않고 치약과 칫솔을 수건에 둘러싸서 군용 배낭 안에 조심스럽게 집어넣었다.

"자네들이 내게 밥이나 물을 못 먹게 하는 건 참을 수 있지만 씻는 걸 못하게 한다면 화를 낼 거야."

휘신밍은 이렇게 말하고는 루이후이를 바라보며 눈을 찡긋 했다.

모든 표지를 없애려는 그들의 노력에도 커다란 문제가 하나 드러났다. 인민군들은 부대로 배치될 때 자신을 나타낼 수 있는 신분증을 모두 지니고 있었다. 저마다 신분증에는 마오쩌둥 초상화가 그려져 있어 중공군임을 드러내는 가장 확실한 표시였다. 그들은 마오쩌둥 사진이 붙은 신분증만은 함부로 버릴 수가 없었다.

차가운 서북풍이 불어오고 어둠이 짙어가는 가운데 조금씩 흩날리던 눈발이 차츰 더 거세고 두터워졌다. 검푸른 압록강 물도 어느새 어둠 속으로 묻히고 지안 지역의 등불도 하나둘 스러졌다.

갑자기 어느 집 뒤뜰에서 개 짖는 소리가 들려왔다가 곧 어스름 속으로 잦아들었다. 드세게 퍼붓던 눈은 멈췄지만, 음산한 날씨에 바람은 여전히 세차게 불었다. 누군가 슬며시 문틈으로 손을 내밀어 산비탈과 강 언덕을 손전등으로 비추었다. 우융추이는 화들짝 놀라 눈을 동그랗게 뜨고 먼 풍경을 바라다보았다. 온 세상을 하얗게 덮은 눈꽃송이들이 마치 환하게 웃는 듯 은백색으로 빛났다.

부대는 차례차례 강변으로 향했다. 천군만마의 대규모 부대였지만 한 치의 흐트러짐 없이 가지런한 모습이었다. 전위군은 전군의 맨 앞에 위치해 있었다. 그들은 챙이 넓은 같은 색 모자에 고무창 운동화를 신고 말린 식량과 탄약이 든 가방을 하나씩 짊어 멘 채 누구도 큰 소리를 내지 않았으며 기침조차 하지 않았다. 대원들이 단단하게 다져진 눈길을 밟고 지나가는 발소리만 사박사박 들려올 뿐이었다.

강변에 도착한 기관총분대 두궈싱 분대장은 부하에게 자신의 체코식 경기관총을 건넨 뒤 차가운 강물을 떠서 마셨다. 얼음처럼 차디찬 물을 망설임 없이 벌컥벌컥 들이마시는 모습이 마치 늙은 소를 떠오르게 했다. 실컷 마신 그는 분대원들에게도 물을 마시라고 허락했다. 20명 남짓한 병사들이 물을 마시며 시원하다고 소리쳤다.

훠신밍은 대원들에게 물을 마시라고 한 두궈싱의 목소리를 듣자마자 부리나케 달려왔다.

"지금 뭣들 하는 거야! 찬물 마시고 배탈이라도 나서 전투를 그르치게 되면 두궈싱 자네가 책임질 수 있나?"

두궈싱은 아무 말도 할 수 없었다. 훠 훈련관은 늘 교양 있고 온화한 사람이어서 웬만해선 화를 내지 않았다. 그가 화를 낸다는 건 틀림없이 자신에게 잘못이 있다는 뜻이었다.

"어째서 꿀 먹은 벙어리가 됐나?"

훠신밍이 다그쳐 물었다.

"실은 이렇습니다, 훈련관님."

두궈싱은 우물쭈물 변명했다.

"저희는 오늘 조선으로 가고 있잖습니까. 갑자기 이곳을 지날 때쯤 과연 고향으로 돌아올 수 있을까 싶어 고향 물에 입을 맞추고 싶었습니다. 고향 물은 이게 마지막이다 여기고 기념으로 마신 겁니다."

뒤쪽에 있던 다른 부대원들도 고향과 작별하는 기념으로 강물을 마시고 싶었지만 훠신밍이 화를 내자 가만히 서 있을 수밖에 없었다.

훠신밍의 목소리가 조금 누그러졌다.

"흐르는 강물에 내 것 네 것이 어디 있나? 조선물과 중국물이 섞여 흐르는데 어째서 특별히 네 고향 물이란 거냐?"

두궈싱은 훠신밍의 화가 가라앉은 것을 눈치채고 헤헤 웃으며 대담하게 말했다.

"적어도 이쪽은 중국물이고 저쪽은 조선물 아니겠습니까?"

훠신밍은 더는 그를 야단치지 않았다. 찬물을 마시면 배탈이 날 수 있다. 그러나 그들은 사랑하는 고향과 이별하며 마지막을 기념하고 싶었던 것이다. 훠신밍은 차오 중대장과 각 중대 간부들에게 지시했다.

"대원들이 다시는 차가운 강물을 마시지 못하게 하라. 만일 이를 어길 땐 규율에 따라 엄히 다스리겠다."

그때 훠신밍은 자신이 미처 생각지 못한 것이 있음을 뒤늦게 깨달았다. 압록강을 건넌 뒤부터 꽁꽁 언 장진호에 이를 때까지 대원들 누구 하나 물을 마시지 못했다는 점이다. 따뜻한 물은커녕 이 차가운 물조차 마실 수 없는 나날이 더 많았다. 간부들도 마찬가지였다. 그들은 가끔 얼음을 녹여 배를 채우고 밥 대신 눈을 먹어야만 했다. 그 혹한에서 맞닥뜨린 어려움은 겪어보지 않고는 상상하기 힘든 일이었다.

대원들이 쉬는 동안 훠신밍은 홀로 조용히 강 언덕으로 갔다. 몸을 구부려 모래 한 주먹을 집어올렸다. 강가의 모래는 이미 단단해져 움켜쥐기가 어려웠다. 훠신밍은 힘겹게 쥔 모래 한 줌을 조심스레 손수건에 싼 뒤 자신의 범포 배낭에 집어넣었다.

훠신밍은 두궈싱의 말을 곰곰 새겨보았다. 어쩌면 그의 말이 맞는지도 모른다. 이곳은 중국땅이고 압록강 건너 저쪽은 조선땅이다. 그는 강 하나를 두고 이쪽과 저쪽으로 갈라 다른 이름으로 부르는 것에 대해 뭐라고 확실히 설명할 순 없지만 지금 눈앞에 보이는 압록강이 중국의 압록강이고 이곳이 중국땅인 것만은 틀림없다고 여겼다. 그러자 훠신밍은 왠지 마음이 울컥하고 가슴이 뜨거워졌다. 그는 압록강 모래가 든 배낭을 어깨에 걸머지고 강 언덕을 내려왔다.

> 세상은 얼어붙을 수 있고, 태양조차 멸망할 수 있다. 그러나 지금 우리 내면에는 절대로 다신 죽을 수 없는 무언가가 꿈틀거리고 있다.
>
> —H. G. 웰즈

드물게 몇몇 병사들은 전쟁터에서 자신이 죽지 않으리란 환상을 품게 된다. 상상력 부족이나 늦은 사춘기 때문이 아니라, 권력을 간절히 바라는 확고한 의지가 불러온 이 믿음은 죽음의 운명을 철저히 무시한다. 죽음은 상대를 가리지 않으며 삶과 나란히 존재한다. 마치 다른 사람에게만 내려지는 환상에서 벗어나라! 삶과 죽음은 가지런히 선 채로 그대 등 뒤에서 불가사의한 미소의 이빨을 드러내고 있다.

이러한 진실을 모르는 병사들은 자기 운명에 대해 광신적인 신념을 가지며, 아슬아슬하게 죽음을 피한 경험이나 이제껏 보아온 다양한 죽음은 이 신념을 더욱 강하게 만들 뿐이다. 어떤 병사들은 으레 동료들을 이끄는 위치에 있고, 두려움을 모르는 전사로 불린다. 불굴의 정신과 승리를 바라는 의지가 다른 병사들을 넘어서는 것처럼도 보인다.

이런 예외적 인물들은 전쟁 역사상 많이 알려졌으며, 어쩌면 이런 인물의 축소판을 몸소 만나본 사람도 한두 명쯤은 있으리라. 또 전쟁의 신기한 점은 이런 인물일수록 전투에서 목숨을 잃는 일이 매우 드물다는 사실이다. 전투야말로 그들이 제 실력을 드러낼 수 있는 곳인 셈이다. 여기서만은 모두가 주저 없이 찬탄할 만한 존재가 된다.

죽음은 다른 사람에게만 찾아오는 거라는 환상을 가진 이들에게는 아무리 애를 써도 헛수고이다. 이들에게 죽음은 외부적 힘이고 그 힘은 사람들을 굴복시켜 두려움에 떨도록 하는 지배자이다. 철부지 이기주의자들은 결코 이 힘을 인정하려 들지 않는다. 그들은 죽음에 맞서고도 두려워하지 않는 자신을 특별한 존재라 여긴다. 가끔 이 힘을 제어하며 다른 사람들에게도 나누어 줄 수는 있지만, 그 본질을 살피려는 욕망은 없다. 남들이 자신보다 죽음에 대해 잘 아는 이유가 무엇인지 어쩌다 궁금해하면서도, 대체로 무관심할 뿐이다.

이 병사들은 생명과 자아 또한 죽음과 전혀 다른 영역에 존재하는 것으로 여긴다. 죽음을 맞은 다른 이들을 보았기 때문에 그저 생명이 있는 것에게 현실적 죽음이 있으리란 인식만을 가진다. 이런 병사의 정신은 죽음과 마주할 때는 매우 명석하며 시신에게서 눈을 돌리는 일도 없지만, 그들의 정신과 눈은 죽음의 아득히 깊은 곳을 꿰뚫어 보지 못한다. 삶과 죽음의 관계성을 이해할 수 없는 이런 병사들은 이 두 개념을 한곳에 공존하는 정체불명의 힘으로써 인식한다.

장훙시는 전위대의 맨 앞에 가고 있었다.

최대한 가슴을 내밀고 몸을 꼿꼿이 편 채 걷고 있었지만, 키가 작은 그는 뒤따라오는 건장한 체격의 무리들에 비해 한참 왜소해 보였다.

장훙시 바로 뒤에는 우융추이와 훠신밍이 있다. 앞장선 장훙시의 등을 보며 걷는 그들은 마음이 편치 않았다. 우융추이와 훠신밍은 사실 장훙시가 이들 전위대와 함께 갈 필요가 없다고 생각했다. 더군다나 맨 앞에 서서 부대를 이끌 필요도 없었다. 장훙시가 작은 일로 꼬투리를 잡거나 속 좁은 사람은 아니었지만 그래도 사단장인지라 여간 신경 쓰이는 게 아니었다. 우융추이와 훠신밍은 물론 선두에 선 다른 대원들도, 입도 벙긋 못한 채 몸에 잔뜩 힘이 들어간 채로 걸으니 행군이 길어질수록 아주 죽을 맛이었다.

마침내 우융추이가 말했다.

"사단장님, 사단장님은 저희 부대를 아직 못 믿으십니까? 일본군을 무찌르고 장제스도 몰아냈습니다. 저희가 언제 사단장님을 물 먹인 적이 있습니까?"

장훙시가 받아쳤다.

"자네, 지금 대드려는 건가? 이제부터 우리는 일본과 싸우는 것도 장제스와 싸우는 것도 아냐! 상대는 코쟁이놈들이라고!"

"미군놈들이 뭐가 다르다는 겁니까? 그 자식들도 팔다리 두 개씩에 대가리 하나, 좆 하나 달고 있습니다. 개네라고 여러 개 있는 게 아니란 말입니다."

훠신밍은 사단장의 한숨 소리를 들었다. 본디 우융추이의 입은 아무도 못 말렸다. 아침부터 저녁까지 욕을 달고 사는 통에 대대원들이나 간부들이 그를 따라 욕하면서 아래위로 아주 교양이 없고 엉망이었다. 그러나 늘 그랬듯 훠신밍은 이 검푸른 압록강변에서는 우융추이에게 아무 말도 하지 않았다.

장훙시는 성을 가라앉히고 우융추이와 훠신밍에게 말했다.

"먼저 내가 자네들과 강 건너편까지 가면 그때부터 자네들이 알아서 가도록 하게. 그다음부터는 가마를 태워준대도 우융추이 대대장과는 가지 않겠네. 난 사단장이야. 너희 전위대의 대대장이 아니라고. 나도 내 사정이 있으니 내내 자네 전위대와 함께할 수는 없어. 다시 말하지만 자네가 시도 때도 없이 욕하는 소리를 더는 듣기가 힘들단 말이네."

이 말을 듣고 우융추이는 속으로 쾌재를 불렀다. 만약 사단장이 부대에 계속 남아 있다면 대화는커녕 늘 부딪힐 게 뻔했다. 어쨌거나 그들은 아직 미군들과 싸워본 적이 없다. 미군들을 종이호랑이라고 부르는 걸 들어왔지만, 종이호랑이가 대체 어떤지 잘 알지를 못했다. 미군들의 탄두가 눈이 삐었다는 건지 어쨌다는 건지 그들은 확실히 말할 수 있는 게 없었다.

저 멀리 임시로 만들어진 압록강 부교에는 둥베이변방군 10여 명이 어귀에서 보초를 서고 있었다. 그들의 개털모자와 솜외투는 어두운 밤중에도 쉽게 알아볼 만큼 뚜렷했다.

장훙시가 긴 대열을 이끌고 맞은편에서 다가오던 그때였다.

"거기 서시오."

변방군 보초가 총을 뽑아들고 손을 들어 길을 막았다.

"여기서 뭐하는 거요?"

변방군의 이 한 마디에 모두 매우 당황스러워했다.

"뭘 하냐고?"

장훙시가 되물었다.

"지금 뭘 하냐고 그랬나?"

중간 키에 장교로 보이는 사람 하나가 손전등을 비췄다. 그의 곁에는 어깨에 무기를 메고 머리에 챙 넓은 모자를 쓴 부대원들이 늘어서 있다. 깜깜한 밤에 손전등을 비추니 몹시 눈이 부셨다. 밀집대형으로 빽빽이 줄지어 선 전위대원들은 솜외투도 솜모자도 솜장갑도 없이 총을 들고 서 있었다. 모두 혈기왕성한 얼굴에 한눈에 봐도 기가 펄펄 살아 움직였다. 끊임없이 눈이 흩날리면서 대원들의 모자와 어깨 그리고 몸 위로 내려앉았다. 그러나 그들은 눈꽃이 흩날리는 것 따위에는 도무지 관심이 없어 보였다. 이 모습을 본 변방군들 또한 당황스러운 눈치였다.

"어디로 가는 거요?"

손전등을 든 변방군 장교가 물었다.

"물어볼 필요가 있나? 강 건너, 조선."

"출경증을 보여주시오."

변방군 장교가 손을 뻗었다. 지원군은 지위를 떠나서 모두 계급장을 뗐으므로, 변방군 장교는 상대의 신분을 알 수가 없었다.

"무슨 증?"

장훙시는 이해가 안 돼 고개를 돌려 우융추이와 휘신밍에게 물었지만, 그들 또한 변방군이 말하는 '출경증'이 뭔지 알 수 없었다.

"출경증, 국경을 넘어갈 때 쓰는 출경증 말이오."

변방군 장교는 거듭 말했다.

그제야 장훙시는 출경증의 뜻을 이해했다. 변방군은 그들에게 출국 수속증을 보여달라는 것이었다. 그 말이 장훙시는 더없이 우스웠다.

"무슨 출경증?"

장훙시는 변방군 장교에게 되물었다.

"우리가 미국놈들과 싸우러 간다는 걸 모르나?"

"당신네들이 거기 가서 뭘 하든 간에 출경증은 누구나 보여야 하는 거요."

기분이 상한 듯 장훙시는 이맛살을 잔뜩 찌푸렸다.

"지금이 어느 때라고 출국수속을 한다는 거야? 자네들은 긴급 상황도 모르는가?"

변방군 장교는 오히려 목소리를 높였다.

"언제든 규정은 지켜야 하는 거요. 상부 지시란 말이오."

"어찌 그리 꽉 막혔나?"

장훙시는 화가 나 말했다.

"출경증? 이 컴컴한 한밤에 어디서 출경증을 구한단 말이야?"

변방군 장교는 여전히 강경했다.

"출경증이 없으면 누구도 여길 건너갈 수 없소."

말소리가 높아지기 시작하자 휘신밍이 재빨리 앞으로 나서며 설명했다.

"우리는 항미원조 부대요. 상황이 급박하니 당장 강을 건너야 하오."

"안 됩니다!"

변방군 장교는 단호하게 가로섰다.

"이미 말했듯 출경증이 없으면 누구도 지나갈 수 없소. 상부 규정이오."

"어쩜 그리도 말귀를 못 알아듣는 거요?"

차분히 말을 이어가던 휘신밍도 차츰 화가 치밀었다.

"자네들은 상부에서 비상사태가 있다는 연락을 받지 못했나? 우린 출경증 따위를 받은 적이 없소."

"그건 우리가 알 바 아닙니다."

변방군 장교는 내내 한 발짝도 물러서지 않았다.

"난 출경증을 봐야 하오. 그게 내 임무요."

휘신밍이 뭐라 대꾸하려는 순간, 우융추이가 갑자기 튀어나와 불같이 화를 냈다.

"무슨 좆 같은 출경증! 이자와 더 상대할 필요도 없어!"

우융추이는 고개를 돌려 부대원들을 바라보며 소리쳤다.

"모든 대원들, 출발!"

장훙시는 이 말을 듣자마자 여기서 쓸데없이 시간 낭비할 바엔 상대하지 않는 편이 낫겠다고 여겨 앞장서 부교로 걸어갔다. 우융추이와 휘신밍이 그 뒤를 바싹 따랐다. 막무가내로 뚫고 나오는 이들을 보고 변방군 10여 명이 우르르 달려나와 총을 앞으로 쳐든 채 부교 입구를 막아섰다.

"모두 제자리에 서!"

변방군 장교가 소리쳤다.

"출경증 없이는 누구도 강을 건널 수 없소!"

장훙시 부대는 여전히 그의 말을 무시하고 빠른 걸음으로 부교로 걸어갔다. 화가 난 변방군 장교는 갑자기 주르륵 소리와 함께 장탄을 했고, 10명 남짓 되는 변방군들이 맨 앞에 있던 장훙시에게 달려가 그의 몸뚱이를 잡고 끌어당기기 시작했다. 그들은 장훙시의 직책은 알 수 없었지만 이 부대를 이끌고 있다는 것만은 확실하다고 판단해 그에게 달려들었다.

덩치 큰 둥베이 사내들이 한꺼번에 달려들자 키 작은 장훙시는 버텨낼 재간이 없었다. 변방군에게 거세게 밀쳐진 그는 휘청거리며 외쳤다.

"감히 내가 누군 줄 알고! 난 사단장이야!"

그러나 지금 변방군 눈에는 사단장이고 뭐고 중요하지 않았다. 장훙시는 그대로 사내들 손에 붙잡혀 옴짝달싹할 수 없었다.

"우융추이! 우융추이!"

장홍시가 사내들 틈으로 겨우 고개를 내밀고 소리쳤다.

"너희 지금 뭣들 하는 거야?"

우융추이의 커다란 두 눈이 어둠 속에서 번쩍 빛났다. 순간, 사내들에게서 풀려난 사단장은 갑자기 받았던 공격에 어안이 벙벙했다. 그러다가 곧 어처구니가 없다는 표정을 지었다. 그야말로 속수무책으로 당한 것이다. 장홍시의 말 한마디에 곧바로 달려온 우융추이는 소총을 꺼내 머리 위로 들어올리고 소리쳤다.

"전위대, 앞으로!"

대원 몇십 명이 앞으로 우르르 쏟아져나왔다. 그들은 개털모자에 솜외투를 입은 자들 쪽으로 거침없이 달려가 누구는 허리를 붙잡고 누구는 팔이나 다리를 비틀어 순식간에 변방군 10여 명을 제압했다.

두궈싱은 자신의 큰 손으로 변방군 장교의 멱살을 틀어쥐었는데, 그 모습은 꼭 매가 닭을 붙잡은 꼴이었다. 두궈싱이 이를 갈았다.

"감히 우리 사단장님을 건드려? 간이 배 밖으로 튀어 나왔군! 가만히 참고 있으니까 사리분별이 제대로 안 되나?"

"주제넘게 총을 들이대? 정신 나갔어?"

상황을 정리한 우융추이는 얼어붙은 변방군 장교를 보고 소리쳤다. 그러고는 돌아서 부대원들에게 명령했다.

"총을 모조리 뺏어! 몽땅 압록강 고기밥으로 던져버렷!"

명령이 떨어지자마자 둥베이변방군의 장총과 단총 10여 자루가 모두 압록강으로 던져졌다. 아직 분이 풀리지 않았는지 장홍시는 씩씩거리며 변방군 장교에게 큰 소리로 꾸짖었다.

"출경증? 자네들 변방군은 어찌 그리 꽉 막히고 멍청한가? 상부에 알리게. 우리 부대는 출경증 따윈 없다고. 단 하나도 말일세!"

장홍시는 할 말을 다 하고 성큼성큼 부교 위로 걸어갔다. 우융추이도 장홍시를 따라 부교 위로 올라갔는데, 그 전에 변방군에게 훈계하는 것을 잊지 않았다. 그는 소총으로 변방군 장교의 어깨를 툭툭 치며 으름장을 놓았다.

"출경증? 좆 같은 소리. 형님들이 미군놈들 소탕하러 가는데 감히 앞길을 막아? 대가리 조심해!"

훠신밍이 그 뒤를 바짝 따랐고 이어서 장홍시의 작전참모, 경호원, 뤼따꺼, 루이후이, 위융시앙, 전위대대 소속 4개 중대와 차오 중대장, 두궈싱, 왕산과 그의 노새 아빠오가 뒤를 따랐다. 전 사단과 사단 참모장 니우시엔천, 사단 정치위원 까오더린, 장홍시 사단 전체, 군정치위원 멍빠오둥, 사단 의무대의 훠수이란, 란쓰엔, 천이페이, 자오후이메이, 두성이, 사단 문공대 감독 왕정링, 전투영웅 양껀쓰, 저우원장, 마오싱뱌오, 천위푸, 전 군단과 리엔펑 군단장……

이 대규모 군단은 이날 밤과 그 뒤로 몇 날 며칠 밤을 그렇게 당당히 걸어갔다. 그들은 모두 함께 부교를 건너 낯선 조선으로 가고 있었다.

가엾게도 우융추이 전위대에게 제압당한 둥베이변방군 10여 명은 두 팔이 뒤로 묶인 채 아주 긴 나날 동안 땅에 쭈그려 앉아 끙끙대고 있었다. 몇몇은 옷이 찢어지고, 또 몇몇은 쓰고 있던 개털모자를 잃어버렸다. 부하들과 조금 떨어진 곳에서 가까스로 밧줄을 푼 변방군 장교는 목에 쥐가 난 듯 심한 통증을 느끼며 일어섰다.

둥베이변방군들은 이런 부대를 처음 봤다. 알아듣기 힘든 남쪽 방언에 챙 넓은 이상한 모자를 쓰고 이 엄동설한에 겨울 외투 하나 걸치지 않은 부대원들. 저들은 그런 옷차림으로 눈꽃과 먼지를 흩날리며 부교를 건너 조선으로 떠나갔다. 그 모습은 국민당 패전병을 일찌감치 쫓아낸 화이하이전투를 떠올리게 했다. 넋 나간 듯 서 있다가 걸어와서는 가장 가까운 병사의 포박을 풀어주었다. 그들은 곧 서로서로 묶인 줄을 풀고 자리에서 일어났다.

"대체 어디에서 온 부대일까?"

"처음부터 맨 앞에 있던 키 작은 사람은 건드리지 말았어야 했어."

"맞아. 하지만 이렇게 어두운데 그 사람이 사단장일 줄 누가 알겠어?"

자유를 되찾은 대원들은 나지막이 떠들어대기 시작했다.

"근데, 정말 이상하지 않아? 상부에서 이런 어지러운 판국에 우리한테 출경증을 확인하라는 것 자체가 말이 안 되잖아."

"틀림없이 미군과 싸우기 위해 조선으로 떠나는 부대한테 무슨 출경증 타령이냐 말이야. 볼일 다 보고 바지 내리는 것과 다를 게 뭐냔 말이야."

변방군 장교는 뻣뻣하게 굳은 목을 두 손으로 매만지며 강변 눈밭을 몇 번 왔다 갔다 하더니, 아까 두궈싱이 한 것처럼 이를 갈며 중얼거리듯 말했다.

"저 부대 정말 대단해. 미군을 모조리 무찌르려면 저 정도 깡은 되야지. 난

저런 군인들은 정말 처음 본다니까. 대머리에 있는 이와 다를 게 없다고."

변방군들은 어리둥절해했다.

변방군 장교는 계속 말했다.

"같은 편인 우리도 이렇게 험악하게 다루는데, 미군놈들과 싸울 땐 어떻겠어? 그야말로 인정사정없을 테지. 이제 알았나?"

장교의 말에 병사들이 하나둘 고개를 끄덕이며 감탄했다. 그러다 문득 강에 버려진 자신들의 총기가 떠올랐다.

"혹시 건져낼 수 있지 않을까?"

변방군들은 부교 위에 옹기종기 서서 강물을 내려다보았다. 그러나 탐욕스러운 강물은 어둠에 뱃속을 감춘 채 그저 유유히 흐를 뿐이었다.

눈이 펑펑 쏟아지는 밤, 우융추이와 휘신밍은 전위대와 마찬가지로 가슴이 타오르고 심장이 뛰었다. 부교를 건너 강 언덕에 올라서자 시꺼먼 압록강이 등 뒤에 있었다. 강 건너 지안은 깊은 잠에 빠진 듯 고요하기만 하다. 중국 둥베이지역 창바이산과 헤이룽장도 짙은 어둠 속으로 사라져갔다. 흰눈이 하늘 가득 휘날리면서 넷 에움과 땅이 은백색으로 뒤덮였다.

휘신밍은 높은 강 언덕 위에 서서 멀어져 버린 고향을 아쉬운 듯 돌아봤다. 어둡고 깊은 밤 고향의 모습은 그저 아득하기만 했다. 온 세상 가득 눈보라만 휘몰아칠 뿐, 그는 저 너머 아늑한 곳이 자신의 고향이 새삼 떠올랐다.

부대가 그의 옆을 지나가자 휘신밍은 범포 배낭을 다시 한 번 다잡아맸다. 부드럽기도 하고 딱딱하기도 한 고향의 압록강 모래가 가방 안에 들어 있었다. 그것만으로도 휘신밍은 가슴이 따뜻해져 옴을 느꼈다. 휘신밍은 생각했다.

'잘 있어라, 나의 조국아. 우린 꼭 살아 돌아오리라!'

6
기름지게

압록강을 건너자 세찬 눈발이 사납게 휘날리기 시작한다. 날은 갈수록 추워지고 곳곳이 하얀 눈에 뒤덮인 채 꽁꽁 얼어붙어 있었다.

우융추이의 전위대뿐 아니라 그 뒤를 따르는 중공군 10여만 명은 좀처럼 이 추운 날씨에 적응하지 못했다. 그들은 장난 온대지역에서 오랫동안 전투생활을 해왔다. 물론 우융추이처럼 쑤베이나 루난 등지에서 추위를 겪어본 이들도 있지만 병사 대부분이 장난 일대 출신이었다. 이렇게 추운 날씨를 태어나 처음 겪는 병사들은 정신이 아득해지기 일쑤였다. 얇은 솜외투는 아무런 의미가 없었다. 취푸와 옌저우에서 입었을 땐 그래도 웬만큼 따뜻했는데 영하 십몇 도의 엄동설한에서는 입으나 마나였다. 둥베이 한대지역에 오니 이 온대지역용 외투는 바람이 한 번 불 때마다 종잇장을 걸친 듯 뼛속까지 찬바람이 스며들었다.

잇따른 사흘 밤의 행군. 낮에는 도무지 움직일 수 없었다. 그들은 날이 밝으면 수풀 속에 몸을 숨겼다. 미군기는 매우 위협적이었다. 온종일 부대 머리 위를 맴돌다가 사람이든 자동차든 집이던 눈에 띄는 대로 폭파해 잿더미로 만들어갔다. 폐허가 된 마을을 볼 때마다 훠신밍은 같은 말을 했다.

"우리가 미군놈들을 쳐부수러 오지 않았다면 그놈들, 조선 땅은 물론이고 중국 둥베이지역까지 불바다로 만들었을 거야. 둥베이지역이 폐허가 되면 그 다음은 우리 고향이라고!"

그의 목소리는 증오가 잔뜩 서리어 있었다.

훠신밍은 뒤따꺼에게 목판을 구해 와 폐허가 된 마을에 꽂으라고 했다. 그 위에는 휘갈겨진 글씨로 이렇게 적어놓았다.

"오늘날 조선을 보고 우리 조국을 생각하라."

들리는 것은 거짓이고 두 눈으로 보는 것만이 진실이다. 뒤따르는 부대들은 목판 앞을 지날 때마다 아무 말도 하지 않았지만, 마음속으로는 이를 악물고 미군을 원망했다. 가는 곳마다 부서지고 끊어진 채 폭탄이 떨어졌던 흔적이 남아 있었다. 부대는 더욱 철저한 방공작전을 펼쳤다. 낮에도 연기를 뿜어내면 안 되고 밤엔 더더욱 불을 피워선 안 되었다. 날이 밝자마자 수풀에 숨어 미군 비행기로부터 몸을 지켜냈다. 조선은 산이 높고 숲이 빽빽한 데다 거의 모든 지역에 원목과 원시림이 하늘을 찌를 듯 솟아 있어 부대 전체가 안전하게 숨기에 더없이 좋았다.

예상으로는 9일 밤을 행군해야 전투 집결지에 닿을 수 있는데, 이제 고작 3일 밤을 걸었다. 때때로 눈앞이 눈보라로 가득 찬 상황이라 어려움은 갈수록 더해졌다. 이러다가 미군과 전투를 벌이기는커녕 집결지에 무사히 도착할 수나 있을지 걱정이었다.

치료대 두성이 분대장이 있는 사단 의무대에는 후송중대가 하나 있었다. 그들은 야영할 때 3개 소대는 밖에서 한뎃잠을 자고 1개 소대는 조선식 온돌방에 들어갔다. 그러나 결과적으로 밖에서 잔 소대들은 여전히 활기가 넘쳤고, 안에 있던 분대원들은 하나같이 다리가 무처럼 퉁퉁 부어 기어나오지 못했다. 아직 전투를 치르지도 않았는데 시간이 흐를수록 전투인원은 물론 비전투인원까지 차츰 그 수가 줄어들었다. 이러한 생활이 오래 이어지면서 중국 남방지역에서 온 부대는 미처 몰랐던 새로운 단어 하나를 알게 됐다. 바로 '동상'이다.

날씨는 하루가 다르게 추워지고 기온은 내내 영하 십몇 도에 머물렀다. 처음에 병사들은 콧물을 줄줄 흘리다가, 나중에는 따뜻한 입김이 나오자마자 수염에 얼어붙어 고드름이 됐다. 이러한 엄동설한에도 병사들은 여전히 얇디얇은 운동화에 챙 넓은 모자를 쓰고 움직였으며, 방한 양말이나 장갑은 전혀 없었다. 게다가 방공작전 때문에 불을 피워 밥을 해 먹을 수 없어서, 말린 찐빵 몇 조각으로 하루하루를 버텨야 했다. 날이 갈수록 부대원들의 체력은 바닥을 드러냈다. 그러나 미군과 싸우는 이야기만 나오면 다들 정신이 바짝 들면서 투지로 불타올랐다.

미군과 달리 물자가 넉넉하지 못한 중국군은 꽁꽁 언 겨울을 이겨내기 위한 방법이 딱히 없었다. 그저 주먹구구식으로나마 추위를 견디기 위해 애쓸 뿐이었다.

몸이 어는 일부터 해결해야 했는데, 많은 병사들이 이불솜을 꺼내 신발 안에 집어넣고 붕대와 천 조각과 솜덮개 등 가능한 모든 것을 그러모아 발등을 칭칭 감았다. 어떤 병사는 군장에 들어간 솜을 뜯어내 귀마개를 만들고 또 어떤 병사는 솜이불 귀퉁이를 잘라 장갑과 귀마개를 만들기도 했다.

병사들은 온갖 방법으로 솜이불 조각을 구해 귀와 목, 손발에 감아 살을 에는 추위로부터 자신들의 몸을 보호했다. 바늘과 실이 없어 전화선의 가는 철사를 뽑아 이은 뒤 모자 안에 솜을 집어넣고 보니 그 모습이 마치 일본군 병사 같았다. 몇 년 전 일본과 싸울 때 일본 병사들이 꼭 이런 모양으로 모자에 천을 두르고 있었다. 그때는 쓰임새가 무엇인지 몰랐으나 이제 보니 바람과 추위를 막기 위해서였다.

이런 생활이 길어지자 얇디 얇았던 이불도 이젠 거의 겉감만 남게 되었다. 차오 중대장의 포병대는 상황이 더 심각해 바지통에까지 솜을 넣었다. 어떤 병사는 남아 있는 솜을 몽땅 바지통에 집어넣어 불룩해진 모습이 꼭 부종을 앓는 사람 같았다. 기관총분대 두궈싱 분대장은 더 우스꽝스러웠다. 그는 이불에 구멍 2개를 뚫어 양팔을 끼워 넣었다. 몸에 걸치고 한 바퀴 돌리니 이불은 어느새 외투로 바뀌었다. 그렇게 입은 모습이 꼭 중화인민국 초기의 거지 꼴이었지만 그는 이보다 더 따뜻할 수는 없을 거라며 아주 흡족해했다.

압록강을 건너기 전 그들은 지안에서 있었던 일이 생각났다. 그곳 둥베이변방군들은 솜모자와 솜신발, 솜외투를 벗어 곧 강을 건너게 될 남방부대에 주었다. 그런데 우웅추이와 훠신밍은 그 귀한 것을 후발 부대에 양보하고 말았다. 그때만 하더라도 그들은 조선의 겨울이 이토록 매서울 줄은 전혀 상상도 못했다.

산 고개 하나만 넘으면 가까운 거리에 사단 의무대가 있었다. 큰 침대 하나와 과별 진료실, 들것과 취사 담당 소대와 남녀 대원 몇백이 대기하고 있다는 생각만으로도 부대원들은 애가 타들어 가고 몸서리가 쳐졌다. 의무대는 압록강을 건너 조선으로 오기 전 2개 치료대로 재편성되어 저마다 환자를 받을 수 있었다. 사단 문공대가 해산되자 소속원 전체가 이 두 치료대로 분산 합류되면서 의무대 규모는 더욱 커졌다.

사단에는 사단 의무대가 있듯 군단에는 위생대, 대대에는 위생소, 중대에는 위생원이 있고, 집단군과 군에는 야전병원이 함께 딸렸다. 이처럼 군의 의무체계는 매우 철저하게 짜여 있었지만 말단 부대로 내려갈수록 이름뿐인 경우가 많았고, 환자 운송 및 구급기재 수준은 매우 형편없었다.

중국 병사들에게 덮쳐온 동상은 의무대가 해결해야 할 새로운 과제로 떠올랐다. 멍빠오둥은 조선이 이처럼 눈이 많이 내리고 추우리라고는 짐작도 못했다. 그는 중국 남쪽지방에서 8년간 유격전투에 참여하며 밤낮으로 거친 날씨와 추위를 겪었고, 눈바람이 불어치는 산에서 한뎃잠을 잔 적도 수없이 많았지만 조선에서만큼 심각한 추위는 겪어보지 못했다.

유격 조건 또한 더없이 나빴다. 오늘은 추우면 주민들 집에 들어가 묵고 따뜻한 국밥을 얻어먹을 수 있어 그나마 다행이지만, 앞으로 부대가 들판에서 자게 되면 그런 것들은 좀처럼 기대하기 어려운 상황이 될 게 뻔했다. 영하 수십 도의 매서운 날씨에 장기 행군과 공습의 위험을 버텨야 하고, 열량 보충마저 어려워지면 병사들의 체력은 아주 빠르게 나빠지리라. 날씨가 한겨울로 접어들고 기온이 더욱 내려감에 따라 부대가 겪는 어려움 또한 커져만 갔다. 멍빠오둥은 대책을 세워야 함을 알면서도 방법을 몰라 그저 답답하기만 했다.

우융추이가 양허따춰 한 병과 바꾼 관동군 외투는 제법 그만한 가치가 있었다. 두껍고 무거워서 걸을 때 힘이 들기는 했지만, 압록강을 건넌 뒤 낮에는 우융추이가 걸치고 밤에는 모두 함께 덮고 자면서 대원 몇 명이 이 외투 하나에 기대어 칼날처럼 매서운 날씨를 어렵사리 버텨 나갔다.

장진호로 서둘러 이동하던 제31연대전투단 부대들은 해병 제1사단 보급차량 대열을 지나지 않을 수 없었다. 도로는 미군 차량들이 그 전에 지나갔던 어떤 길보다도 상태가 나쁘고 위태로웠다.

함흥 해안에서 하갈우리까지는 60마일이었다. 도로는 장진호가 있는 4000피트 고원지대에 이르는 급경사면에서 북쪽으로 하갈우리를 향해 25마일에 걸쳐 구불구불 나 있었다. 해병대가 점령한(그 뒤로 제31연대 1대대가 점령), 장진호 동쪽 최북단 방어진지에 이르는 길이었다.

성천강(城川江)은 장진호와 부전호 동쪽 산악지대에서 시작되어 남서쪽으로 이어지다가 동해로 흘러들어간다. 함흥 시가지가 그 강 삼각주에 놓였고, 동북지방에서 가장 큰 항구인 흥남이 강어귀 북쪽에 있었다. 성천강 서쪽 지류인 흑림천(黑林川)이 남쪽으로 흘러 함흥 북쪽 8마일, 흥남에서 내륙으로

16마일 거리인 오로리에서 성천강과 만난다. 2.5피트 너비의 협궤철로와 먼지 투성이 자갈길이 성천강 동쪽 제방을 따라 흥남에서 함흥을 지나 오로리까지 뻗어 있었다. 두 길은 서쪽으로 시냇물을 지나면 흑림천을 따라가다가 4000~4500피트 고원을 향해 북쪽으로 이어진다.

도로는 오로리에서 낮은 언덕을 지나 느긋한 굴곡을 지으며 마전동(麻田洞)을 빠져나오는 흑림천 좁은 지류를 옆에 끼고 진흥리(眞興里)까지 편편하게 이어졌다. 길은 얼추 높낮이가 비슷했지만 좁은 시냇물을 따라 여러 차례 이리저리 휘면서 꼬불꼬불했다. 진흥리 서북쪽으로 고토리 고원을 향해 뻗어 오르는 도로는 8마일을 가는 동안 2500피트나 올라가야 하는 아슬아슬하고 좁다란 꼬부랑길이었다. 이 꼬부랑길을 황초령이라 불렀다.

고원 꼭대기 가장자리에서 2마일 서쪽에는 고토리 마을이 있다. 서쪽에서 흘러오던 장진강은 고토리에서 북쪽으로 급하게 꺾이며 장진호로 흘러들어갔다. 협궤철로와 차량도로는 고토리에서 하갈우리까지 장진강 계곡을 따라 이어져 나갔다. 하갈우리와 장진호 사이에는 1.5마일쯤에 걸쳐 습지대가 널려 있었다.

1950년 흥남-하갈우리 도로는 진흥리까지만 2차선이었다. 황초령을 올라 고토리로 가는 길은 좁은 1차선으로 상태가 더 좋지 않았다. 고토리에서 하갈우리로 가는 길은 도로폭 변화가 심했는데 도로라고 해봤자 좁은 2차선으로 먼지가 풀풀 나는 자갈길에 지나지 않았다. 가끔 쭉 뻗은 길이 펼쳐지기도 했지만 그 거리는 매우 짧았다.

진흥리 북쪽 500미터 지점인 황초령 아래에 자리한 삼거역(三巨驛)에서 협궤철로는 급경사면을 오르기 위해 인클라인으로 바뀌었다. 이 가파른 비탈은 삼거역에서 1마일 아래에 있는 보후장(保後莊)에서 시작되어 황초령 동쪽 면을 똑바로 올라가 고토리 남동쪽 고원 꼭대기까지 이어졌다. 그 꼭대기에서 가파른 비탈이 끝나고 다시 철로로 바뀐다. 철로는 북쪽으로 하갈우리까지 장진강 계곡을 따라 도로와 나란히 달리고, 하갈우리에서는 저수지 동쪽을 따라 풍류리강 북쪽까지 쭉 뻗어 있다.

오래된 지도에는 풍류리강과 찻길이 엇갈리는 좁은 만에서 동쪽으로 1마일쯤 되는 거리에 신흥리(新興里)가 그려져 있었다. 작전보고서나 상황도에 곧잘 나오는 신흥리는 남쪽으로 몇 마일 떨어진 후동리(後洞里)와 비슷한 규모의 큰 마을이었으나, 1950년에 이르러서는 풍류리강 남쪽 둑과 동쪽으로 오두막집 몇 채가 흩어져 있을 따름이었다. 부대에 주어진 1916년 지도에는 협궤철로가 후동리 북쪽 약 2.5마일 지점의 1221고지 서쪽에서 끝남으로 나타나 있다. 그러나 사실은 부전호와 잇기 위해 풍류리강 상류까지 이어지다 끝나고 마는데, 부전호로 통하는 터널이나 비탈면을 손보아 고치려던 것으로 보였다.

제10군단이 제73공병대대에게 함흥에서 진흥리에 이르는 주보급로 정비 임무를 맡기기 전, 제185공병대대에 진흥리에서 하갈우리 사이 도로를 다듬으라는 비슷한 임무를 내린 적이 있었다.

그 무렵 함흥에서 장진호에 이르는 주보급로 작업에 대한 책임을 진 제10군단 공병참모부의 에드워드 로니 중령은 생각지 못한 난관에 부딪쳤다. 그에게 가장 어려운 작업구간은 황초령이었다. 장진호 작전이 끝난 몇 달 뒤 로니는 그가 한 일을 다음처럼 보고했다.

'고갯길은 해안에서 고원으로 4000피트를 올라오는 동안 고도가 약 500피트에서 4500피트로 바뀌는 고지에 V자형으로 깎여 있었다. 어떨 때 도로는 열두 시간 동안이나 눈으로 막혔다. 모래주머니를 그득그득 쌓아올리고, 눈 말뚝을 박고, 제설쟁기를 두고, 속도랑을 파내고, 좁은 곳은 넓히고, 다리를 새로 놓았다.

주보급로가 날씨, 전투행위, 산사태 따위로 막히는 때를 대비해 사단 사령부 위치에 C47수송기를 위한 활주로를 닦았다. 지휘, 후송, 재보급을 위한 것이었다. 주보급로의 15마일쯤을 일방통행에서 양방통행으로 넓혔다. 적에 의해 다리와 도로가 무너져 길이 막힌 험난한 지역에 20개의 다리를 세우고 우회로를 새로 만들었다.'

제31연대전투단이 장진호에 이르렀을 때 하갈우리 북쪽의 다리 하나가 무너진 걸 보았다. 바로 후동리 남쪽, 하갈우리로부터 5마일쯤 떨어진 지점에서 장진호로 흘러들어가는 지류 가운데 하나인 백암리강(白嚴里江)을 건널 수 있는 현대식 콘크리트 다리였는데, 미공군이 폭격을 했다. 백암리강은 강이라기보다 물이 그다지 깊지 않은 큰 시내였다. 이 시내는 도로를 지나 몇 가닥 물줄기로 나누어져 1마일 너비 습지대를 거쳐 저수지로 흘러들었다.

사수리(泗洙里)는 백암리강 본류 남쪽 다리 근처 저지대에 펼쳐져 있었다.

해병 제1사단은 주보급로 재건에 쓰이는 목재를 얻고자 제1공병대대 A중대를 이 제재소 마을에 보냈다. 임시변통으로 해병대 공병은 무너진 다리 서쪽에 제법 괜찮은 우회로를 만들었다. 이 우회로는 장진호 전투 내내 모든 부대와 차량들이 다녔다.

11월 7일 밤 우융추이의 전위대는 선두부대로서 강을 건넜다. 중공군 행군 가운데 가장 큰 난관은 미군기였다. 미군기는 크기도 색깔도 다르고, 항공전술도 저마다 달랐다. 첫 번째, 작은 정찰기가 날아와 정찰만 하다 폭파 목표물이 발견되면 뒤이어 전폭기가 날아들었다.

두 번째, 곧바로 전폭기가 날아올 때 2개의 긴 날개 끝에 연료통 2개를 지고 오는 듯이 보인다 해서 '기름지게'라고 불렸는데, 정확한 이름은 F−84였다. F−84는 성능이 매우 뛰어나고 기관포가 장착돼 폭탄을 떨어뜨리거나 미사일을 발사할 수 있었다. 저공비행성도 뛰어나 상황에 따라 산골짜기나 나무 위로도 비행할 수 있었으니 두려움의 대상이다. 대원들이 산 위에서 살펴보면 날개에 그려진 하얀 별과 가죽 비행모를 쓴 조종사까지 자세히 보일 정도였다.

세 번째, 폭격기를 몰고 올 때 몸집이 크고 소리가 시끄러워 한번 폭탄을 떨어뜨리면 온 하늘땅이 뒤집힐 만큼 강한 위력을 보였다.

마지막은 포병에게 목표를 가리켜주기만 하는 비행기인 포격교사기를 이용하는 것이 비행기가 나타나면 뒤이어 포탄이 날아온다.

10여 일 전 우융추이 부대보다 먼저 조선에 들어온 제13집단군 38군 소속한 사단이 전투를 하다가 미군기의 공습을 받았다. 해당 사단 지휘소는 약 100미터 길이의 터널에 숨어 있었는데, 대원들이 들락날락하다 저공비행 중이던 미군 기름지게에 발각된 것이다. 4대의 기름지게가 번갈아 하강 공격하며 쏘아댄 미사일이 정확히 터널로 떨어졌고, 폭발과 함께 불꽃이 치솟으며 지휘소 간부와 병사 등 200여 명이 그 자리에서 죽었다. 모든 부대에 급박하게 지시가 내려져 공습 때 인명피해를 줄이기 위해 자유로이 드나들 수 있는 동굴이나 터널에 한꺼번에 들어가지 않도록 했다. 우융추이 대대 또한 여러 번 위험한 순간을 넘겼다.

우융추이는 거듭 미군기와 마주치면서 한 가지 터득한 게 있었다. 미군기가 난폭하고 제멋대로이긴 하지만 그들에게도 따라야 할 규칙이 있다는 점이다. 기름지게는 주로 산골짜기와 도로를 따라 비행하는데, 도로 개활지에서는 더욱더 숨어 조심스럽게 비행했으며 공격을 잘 하지 않았다. 폭격기는 공격 목표물이 포착되면 무서운 기세로 달려들지만, 먼저 자극하지만 않으면 공격받을 일은 거의 없었다.

무엇보다 가장 중요한 점은 작전 목표를 드러내지 않는 것이었다. 집단군 소속 부대들은 모두 비밀리에 조선으로 숨어들어가고 있기에 방공작전 말고도 전투계획을 드러내지 않음으로써 공격을 피해 손실을 줄이는 일이 중요했다. 전투계획이 드러나면 문제는 걷잡을 수 없이 커질 것이다.

어쨌든 부대는 공습을 받는 동안 손실이 가장 컸다. 압록강을 건너기 전 방공교육을 충분히 했지만, 지나친 대규모 공습은 간부들조차 낯설고 당황스러운 때가 많았다.

압록강을 건넌 첫날, 부대는 밤새도록 몇십 리 산길을 걸었다. 사람도 말도 모두 지친 가운데 날이 밝았고, 다들 숲 속에 몸을 숨기고 잠깐 쉬려는 찰나 미군 비행기가 날아왔다. 처음에 정찰기는 숲 위를 느리게 뱅뱅 돌았는데, 담배 2대를 피울 사이 머리 위 미군 비행기는 날개를 비스듬히 하고 곧장 북쪽 압록강으로 날아가 버렸다.

큰 나무 아래 엎드렸던 우융추이는 일어나서 몸의 흙을 털어낸 다음 손가락 2개 너비의 종이쪽지에 담배가루를 말아 피우려고 했다. 그때 갑자기 남쪽에서 비행기 날아오는 소리가 크게 들렸다. 이번에는 기름지게 3대였다. 날개 아래 달린 까만 폭탄이 아주 뚜렷하게 보였다. 우융추이는 담배가루를 떨어뜨리고 꽁꽁 언 차가운 바닥에 바짝 엎드려서는 부대를 돌아보며 소리쳤다.

"모두 엎드려! 움직이지 마라! 움직이는 놈들은 가만두지 않겠어!"

그는 고개 돌려 말했다.

"나팔을 불어!"

통신병이자 대대의 나팔수인 루이후이가 깜짝 놀라 나무 위로 기어올라가더니 기름 광이 번쩍번쩍 나는 작은 나팔을 꺼내 볼에 잔뜩 바람을 넣고 힘껏 불어댔다. 다급한 나팔 소리가 꽁꽁 얼어붙은 산줄기에서 메아리쳤다. 이어서 "엎드려!" "움직이지 마!" 등 고함이 곳곳에서 울려 퍼졌다. 숲 속은 한순간 쥐 죽은 듯이 조용해졌다.

기름지게들은 저공비행으로 머리 위를 스쳐 지나가더니 숲을 한 바퀴 돌아 그들이 있는 곳으로 다시 돌아왔다. 그러고는 부대원들 머리 위를 뱅뱅 돌며 떠날 줄 몰랐다. 무언가 눈치를 챈 건지, 아니면 계획을 서로 묻는 건지 도무지 알 수 없었다. 그들은 돌아갈 생각이 전혀 없어 보였다.

기관총분대 두궈싱 분대장은 체코식 경기관총으로 미군기를 겨누며 말했다.

"명령만 내리십시오. 당장에 저 개자식들을 쏘아 떨어뜨리겠습니다."

우융추이의 눈이 커지기도 전에 휘신밍이 불같이 화를 냈다. 그는 목소리를 낮춰 말했다.

"이런 무모한 자식! 전투 규율을 어길 작정이냐?"

서슬 퍼런 호통에 두궈싱은 움찔하며 경기관총을 가슴에 안고 엎드려 감히 입을 열지 못했다. 윗선에서는 부대 위치를 드러내지 않기 위해 함부로 미군기를 공격하지 말라고 단단히 명령을 내렸다.

우융추이는 뭐라 말하기 곤란해졌다. 그는 두궈싱의 말도 일리가 있다고 여겼다. 미군기가 이처럼 저공비행을 하고 있는 상황에서 일제사격으로 한두 대 떨어뜨리는 일은 문제도 아닐 듯했다. 가끔 미군기가 나뭇가지를 스칠 만큼 낮게 눈앞을 날아갈 때면 그 또한 손끝이 근질근질하곤 했다. 우융추이는 엎드린 채 손에 쥔 마우저총을 가만히 어루만졌다. 길게 빠진 다갈색의 늘씬한 몸이 매력인 이 독일제 마우저총은 우융추이의 분신이나 마찬가지였다.

굉음을 내며 날아오는 기름지게는 이제 나무에 닿을락 말락 했다. 우융추이는 방아쇠에 손가락을 끼운 채 잠시 고민했다. 하지만 휘신밍의 눈치를 한번 보고는 곧 마음을 접었다. 차갑고 매끈한 감촉이 손끝에 가득했다. 문득 그는 이 마우저총이 리쯔쉬안을 닮았다고 생각했다.

'리쯔쉬안. 나의 리쯔쉬안!'

달맞이꽃을 닮은 하얀 얼굴에 얌전한 그녀는 우융추이의 사랑스러운 약혼녀, 그의 첫 여자였다.

조선으로 떠나기 전날 밤, 등불이 오두막 안을 어슴푸레 밝히고 있었다. 리쯔쉬안은 부끄러운 듯 볼이 빨개진 채 눈을 반쯤 내리뜨고 있다. 그녀의 몸 사이에 허리를 넣고 우융추이는 약혼녀의 얼굴을 내려다보았다. 리쯔쉬안은 어찌할 바를 몰라 두 눈을 꼭 감아버렸다. 우융추이의 뜨거운 시선은 리쯔쉬안의 흑단 같은 머리카락, 꼭 감은 눈, 오똑한 콧날을 어루만지듯 스치며 그녀의 입술에 멈추었다. 리쯔쉬안이 계속 자기 입술을 깨문 탓에 작고 도톰한 입술은 붉게 상기되었다. 이윽고 우융추이가 리쯔쉬안의 입술을 덮쳤다. 리쯔쉬안은 격렬하게 호응해 왔다. 길고 조심스러운 키스 뒤에 우융추이는 등에 이불을 덮은 채 몸을 조금 옮겨 리쯔쉬안의 젖가슴에 키스했다. 봉긋 솟은 두 유방은 그리 큰 편은 아니었지만 모양이 예쁘고 매우 탄력적이었다.

그녀는 우융추이의 머리를 꼭 끌어안으며 가냘프게 속삭였다.

"부드럽게……."

"물론."

유두를 부드럽게 입술로 애무하던 우융추이는 그녀의 가슴에서 배를 입 맞추며 내려가다 배꼽에 혀를 밀어 넣었다. 예상치 못한 자극에 리쯔쉬안의 입에서 낮은 신음이 터져나왔다. 우융추이의 얼굴은 더 내려갔다. 그 아래 허벅지 안, 그녀의 은밀한 골짜기. 검은 수풀을 가만 헤치자 그 탄탄해 보이는 예쁜 분홍싹이 돋아 있었다. 살며시 혀를 깊숙이 밀어들이자 그 못에서 투명한 액이 솟아나왔다. 꽃잎에 혀를 댄 채 못을 덮고 있는 둔덕 아래 숲을 살며시 손으로 어루만지자 뜨거운 애액이 넘쳐흐른다.

"나는 이 세상 누구보다 너를 사랑해."

왼손으로 리쯔쉬안의 어깨를 껴안고 왼쪽 팔꿈치로 몸의 무게를 너무 누르지 않게 버티며 그는 오른손으로 그녀 깊숙한 그 안을 가만가만 부드럽게 애무했다. 숨소리가 차츰 거칠어지고 심장은 터질 것만 같았다. 페니스가 리쯔쉬안의 은밀한 곳에 닿았다. 마침내 리쯔쉬안은 우융추이에게 더욱 밀착하면서 신음을 토해 냈다. 하나된 육체에서 뜨거운 열기가 가득 차올랐다. 리쯔쉬안의 허리가 격정으로 떨렸다. 그녀의 호흡은 우융추이보다 더 거칠게 흐트러지고 있었다.

리쯔쉬안의 볼은 발그레 타오르는 것만 같았다. 까만 눈동자는 등잔불이 흔들릴 때마다 황홀하게 빛났다. 그 눈에는 어서 우융추이를 맞아들이고 싶다는 간절한 욕망이 강하게 타올랐다.

"사랑해요."

리쯔쉬안은 우융추이의 어깨를 억세게 껴안았다. 가녀린 그녀에게 이렇게 힘찬 열정이 있었던가. 그는 놀라움을 느꼈다. 그 순간 우융추이는 숨을 멈추고 힘껏 리쯔쉬안을 껴안으며 그녀 몸 안으로 들어갔다. 순간 리쯔쉬안은 떨리는 몸을 움직이려 했지만 꼼짝할 수가 없었다. 여자와 남자 그들은 완전한 하나가 되었다.

우융추이는 황홀의 원시림을 헤집으며 나아갔다. 리쯔쉬안은 터져나오려는 신음을 억누르면서 이를 꽉 깨물고는 몸부림쳤다. 그녀의 입에서 고통스러운 신음이 점점 울부짖음으로 높아지자 우융추이는 격렬한 움직임을 조금 늦추어 갔다. 다시 그녀의 몸을 더욱 강하게 품어 밀착시키며 리쯔쉬안의 입술을 자신의 입술로 눌렀다. 리쯔쉬안의 가슴 두 봉우리는 크게 오르내리고 있다. 그녀의 몸은 숨 넘어갈 듯 헐떡이면서도 남자를 세게 조이며 뜨거운 숨결을 거칠게 토해낸다.

우융추이는 쉰 목소리로 속삭였다.

"우린 이제 하나가 됐어."

고개를 끄덕이는 리쯔쉬안의 눈에서 눈물이 글썽였다. 그녀의 몸에서 우융추이는 희열의 절정, 보다 깊은 영혼의 울림을 느낄 수 있었다. 우융추이는 손끝으로 그녀의 눈물을 닦아주었다.

'아, 그날 밤 하나 된 우리. 어찌 그날을 잊을 수 있을까.'

미군기가 좀처럼 사라지지 않자 마부반 왕산은 애가 탔다.

왕산의 노새 10여 마리는 멀리 동산에 묶여 있었다. 등에는 부대의 짐과 양식, 중기관총과 박격포탄 등 지도 한 상자가 함께 실려 있다. 전군의 작전지도로서, 여러 날 전 취푸와 옌저우에서 나눠줬지만 아직 크게 도움이 되고 있지 않았다.

왕산은 노새들이 걱정되어 안절부절못했다. 비록 짐도 내리고 나무에 묶어 놓고 여물도 줬지만 기름지게가 저렇게 끊임없이 돌고 있는데 무슨 일이 생길지 모르는 일이었다. 더구나 아빠오도 그 틈바구니에 섞여 있어 왕산은 더욱 더 마음을 놓을 수 없었다.

아니나 다를까. 갑자기 기름지게 3대가 방향을 틀어 노새들이 묶인 언덕 위를 낮게 휩쓸고 지나갔다. 나뭇가지에 쌓였던 눈이 후드득 떨어지고 모래와 돌이 나뒹군다. 그 순간, 노새들이 두려움에 떨며 울부짖었다. 그중 한 마리가 고삐가 풀리면서 수풀 밖으로 뛰쳐나가더니 산골짜기로 달음질쳤다. 왕산은 깜짝 놀라 밖으로 달려나가려 했지만 옆에 있던 차오 중대장이 순간적으로 팔을 붙잡았다.

우융추이가 엄하게 소리 질렀다.

"죽고 싶어?"

그러고는 곳곳으로 고함쳤다.

"모두 움직이지 마! 움직이면 가만두지 않겠어!"

왕산은 괴로움에 다리를 치며 말했다.

"이젠 끝장이야!"

그는 바닥에 쪼그리고 앉아 이를 악물 듯 빈 담뱃대를 물고 있었다. 수염이 덥수룩한 그의 얼굴이 어느새 돼지 간처럼 붉어졌다.

놀란 나머지 당황해 뛰쳐나간 한 마리 노새에 미군기의 관심이 온통 쏠렸다. 그들은 공중으로 수직상승하다 다시 곤두박질쳐 내려오면서 기관포를 쏘기 시작했고, 온 산골짜기에 폭발음이 울려 퍼졌다.

기관포탄이 하얀 눈으로 뒤덮인 산골짜기와 숲 속에 떨어지자 여기저기로 눈이 흩날리고 부러진 나무줄기가 튀어올랐다. 기름지게 3대는 차례로 줄지어 아담한 크기의 노새를 맹렬히 뒤쫓았다. 포탄이 여기저기에 떨어지며 쟁기 날처럼 깊은 계곡들을 단번에 베어 쓰러뜨렸다. 노새는 뒤돌아볼 새도 없이 죽을힘을 다해 달릴 뿐이었다.

한차례 공중폭격이 끝나자 기름지게들은 다시 빙빙 돌기 시작했다. 미군들을 놀라게 한 건 여전히 노새가 계곡에서 달리고 있다는 사실이었다. 자존심이 상했는지 그들은 또다시 공중폭격을 시작했다. 다시금 곳곳으로 하얀 눈이 날리고, 눈밭을 지나던 토끼들이 분홍빛 내장을 드러내며 튀어올랐다. 산골짜기 이곳저곳이 포탄 쏘는 소리와 터지는 소리로 가득 찼다.

포탄이 비처럼 쏟아지는 가운데 노새는 마침내 차디찬 얼음 바닥에 쓰러지고 말았다. 포탄을 맞은 노새의 배에서 피와 내장이 줄줄 흘러나왔다. 기름지게는 그 위를 한 바퀴 돌고는 아직 분이 풀리지 않은 듯 다시 한 번 포탄을 쏘고 폭탄 하나를 떨어뜨렸다. 그러고는 핑음과 함께 연기를 내뿜으며 하늘 높이 날아올라 서서히 멀어져 갔다.

왕산은 코를 찌르는 독한 냄새와 검은 연기로 가득 찬 골짜기로 달려갔다. 움푹 패인 포탄 구덩이가 여기저기 생겨났다. 왕산이 노새들을 숨겨 놨던 산

골짜기 수풀에도 커다란 구덩이가 하나 있었다. 노새 5마리가 죽었고, 노새를 돌보던 병사 2명도 죽었다. 다행히 아빠오는 무사했다.

미군기가 떠나자 잠시 넋을 잃고 엎드려 있던 우융추이와 훠신밍도 포탄이 떨어진 산골짜기로 갔다. 수풀은 엉망이었다. 미군이 떨어뜨린 포탄에 심장을 맞은 사람들처럼, 둘은 일그러진 얼굴로 말없이 그 광경을 바라보았다. 배를 드러내고 죽은 노새는 어쩐지 편안해 보였다.

왕산은 피에 얼룩진 채로 눈 위에 널브러진 노새들을 보자 마음이 아팠다.

"불쌍한 것들."

그는 울먹이며 말했다.

위융시앙은 근처를 한 바퀴 돌아보고는 죽은 노새를 발로 툭툭 차며 우융추이에게 말했다.

"마침 먹을 것도 없는데 이 노새 고기면 며칠은 버틸 수 있겠습니다. 가져가서 가죽을 벗길까요?"

순간 왕산의 얼굴이 흙빛으로 변했다. 위융시앙에게 말하는 그의 목소리가 덜덜 떨렸다.

"위 간부, 지금 무슨 소리 하는 거야? 노새들이 말 못하는 짐승이라도 우리와 똑같은 전우였다고!"

위융시앙은 웃음밖에 안 나왔다.

"아니, 그래서 어쩌자는 말이에요? 땅에 묻어주기라도 하자는 겁니까?"

왕산은 그만 입을 다문 채 검게 변한 얼굴로 바닥에 쪼그려 앉아 찢어진 지도 조각 몇 개를 주웠다. 끼워 맞춰보려 애를 썼으나 잘 되지 않는지 손놀림을 멈추고는 한참을 그대로 앉아 있었다. 마침내 그가 아주 낮은 목소리로 중얼거렸다.

"이 그림이 아닌가 보네. 이것도 못하면 죽어야지."

훠신밍이 그의 어깨를 두드리며 위로의 말을 건넸다. 왕산의 마음을 모르는 건 아니었지만 이미 벌어진 일을 되돌릴 수는 없었다. 위융시앙의 말에도 일리가 있었다. 노새들의 죽음은 분명 안타까운 일이었지만, 덕분에 부대의 굶주림을 조금이나마 해결할 수 있게 되었으니 그나마 다행이라고 여겼다. 우융추이가 낮게 말했다.

"이제 그만 정리들 하고 가자. 미군기가 또 올지 몰라."

대대본부로 돌아온 우융추이와 훠신밍은 간부회의를 열어 상부의 방공작전 지시 요청을 거듭 강조하고 몇 가지 새로운 방공규정을 정했다.

첫째, 담배를 피우지 않는다. 둘째, 큰 소리로 말하지 않는다. 셋째, 금니가 있는 자는 입을 벌리지 않는다. 넷째, 안경을 쓴 자는 쉴 때 안경을 벗는다.

"이 규정들은 나와 훈련관이 앞장서서 지키도록 한다. 이 가운데 누구라도 이 규칙을 어길 때는 내가……."

우융추이는 "가만두지 않겠어!" 말하려다가 훠신밍의 이맛살이 찌푸려지는 걸 보고는 말을 바꿔서 했다.

"전투규율에 따라 처리하겠다."

폭격으로 죽은 노새는 결국 각 소부대에 고르게 나눠졌다. 이날 대대의 저녁 메뉴는 소금물에 쪄낸 노새고기였다. 그러나 왕산은 그날 특별요리를 입에 댈 수조차 없었다.

미군의 공습으로 같은 날 군단 직속부대는 더 큰 피해를 입었다. 군단 내 포집단군, 그것도 이제 갓 일본군 대포로 장비를 갖춘 제92보병포대의 말이 날뛰는 바람에 미군기에 발각되어 집중공격을 받았다. 아침 9시부터 밤 11시까지 폭격기와 기름지게가 번갈아 가며 공격을 해오자 이 기마포집단군은 단 두 시간 만에 전투력을 잃고 80여 명의 간부와 병사가 목숨을 잃었다.

차량 40대를 갖춘 집단군 유일의 기계화수송대 또한 공습을 받아 이루 말할 수 없는 손실을 입었다. 차량 몇 대가 남긴 했지만, 차도 운전기사도 모두 빙판길을 달려본 경험이 없고, 차체 또한 이미 많이 망가진 상태였다. 실려 있던 양식과 포탄, 치료 물품과 기계, 모든 것이 미군들 폭격에 엉망이 되어버렸다. 전투가 끝난 뒤 일선 전투부대에는 구급낭 하나 남아 있지 않았다.

훠신밍과 우융추이는 비바람을 뚫고 군단본부로 달려갔다. 때마침 사단장 장훙시가 노새에서 내리고 있었다. 고집스럽게 버티며 머리를 쳐들고 울부짖는 노새의 몸에서 뜨거운 기운이 배어나왔다. 장훙시의 경호원이 고삐에 달린 줄을 힘껏 당기며 거친 욕을 퍼붓자, 노새는 갑자기 힘차게 뒷발질을 해댔다. 뤼따꺼가 서둘러 달려가 장훙시의 경호원과 함께 줄을 잡아당겼다. 한동안 용을 쓴 뒤에야 노새는 잠잠해졌다. 장훙시는 노새의 엉덩이를 한 번 세차게 걸어차더니 고래고래 소리쳤다.

"고집불통 같으니라고. 딱 두 번 탔는데 이러니 말이야. 또 말을 듣지 않으면 미군놈들 앞에 던져버릴 테야. 죽으면 고깃국이나 끓여 먹게!"

그는 우융추이를 돌아보더니 말을 이었다.

"자네, 전위대는 안 돌보고 여기는 또 무슨 일이야?"

우융추이가 말했다.

"대대에서 겪는 어려움을 보고하러 왔습니다. 이곳에 사단장님이 와 계실 줄은 몰랐습니다."

"어려움, 어려움, 죄다 어렵다고만 하는군."

기분이 좋지 않은 장훙시가 안으로 들어가며 투덜거렸다.

"어려움이 없으면 전위대에서 자네가 할 일이 없잖은가? 우융추이 자네는 뭘 하느냐 말이야."

군단본부를 겸한 사단 전진지휘소는 산기슭 한쪽 절벽 아래 마련되어 있었다. 절반은 동굴이고 절반은 바깥인 이곳은 눈바람을 피하기 위해 임시천막을 쳐놓은 상태였다. 사단 참모장이자 사단 전진지휘소 주임인 니우시엔천과 군단 정치위원 까오더린을 포함한 몇몇이 장훙시를 마중 나왔다.

"이런 폭설에 사단장님께서 몸소 방문하시다니요. 볼일이 있으시면 전화 한 통 주시면 되는데 말입니다."

장훙시는 까오더린을 흘끔 쳐다보더니 말했다.

"전화? 여기는 전화가 되나 보지?"

범포 천막 안은 바람이 기승을 부리는 바깥에 비해 따뜻하고 아늑했다. 천막 안에는 탄약상자들이 어지럽게 쌓여 그 위에 작전지도가 몇 장 펼쳐져 있었다. 동굴 안쪽에는 겹겹이 접힌 자루들이 널브러져 있다. 쌓아 놓은 돌 위에 놓인 찻주전자 아래로 숯불이 활활 타올랐다.

단출한 지휘소 안에서 장훙시는 군단본부와 전위대 상황을 보고받았다. 다들 말은 없었지만 문제는 적지 않았다. 한마디로 정리하면 '동상과 굶주림'이었다. 이것은 장훙시도 얼마쯤 예상했던 일이다.

부대는 시베리아 칼날 같은 한파가 몰아치는 이곳에서 지세가 험하고 가파른 도로와 적기의 봉쇄작전으로 이만저만 고생이 아니었다. 게다가 후방 지원이 원활하지 않아 식량과 방한장비도 턱없이 모자랐다. 단 며칠 사이에 사단 소속 1만여 병사들 가운데 1000명쯤이 발에 동상이 걸려 낙오하고 말았다.

이런 상황은 전위대와 전위군뿐 아니라 사단, 나아가 전군 모두에게 들이닥쳤다. 물론 앞장서 가는 최전방부대의 어려움은 더욱 심각했다. 그들은 앞서 나갈수록 후방부대와 거리가 멀어져 지원 또한 받기 어려웠다. 국내 전투에서는 부대 뒤에 지원세력이 끊임없이 따라붙었다. 화이하이전투 때는 산둥 해방구 주민이 끌고 온 소달구지와 일륜차만도 몇만 대였다. 그러나 오늘 그들은 완전히 다른 상황에 놓여 있었다. 부대가 머나먼 땅에서 전투를 하는 탓에 지역도 사람도 모두 낯설었다. 현지 주민들의 따뜻한 지원을 받지 못하는 데다 스스로 해결할 방법도 부족해 그 어려움이란 보지 않아도 뻔했다.

'모든 사단이 이런 고비를 이겨낼 수 있을는지…… 전투 집결지에 제시간에 닿을 수 있을 것인가?'

이 두 가지가 장훙시 사단장의 가장 큰 관심사였다. 그는 전위대라면 방공작전과 방한에 특별한 방법이 있으리라 여겼다. 전위대가 현재 가능한 조건 내에서 혼자 힘으로 어려움을 이겨내는 법을 안다면, 그것을 전 사단으로 두루두루 전해야 한다는 게 그의 판단이었다.

사단 참모장 니우시엔천은 사단장의 지시사항을 반드시 구체화하겠다고 힘주어 말했다. 그러나 전위대의 방공작전 방법을 넓히자는 데는 조금 반대했다.

사단 전진지휘소는 전위단에 세워졌는데, 전방 지휘의 필요성과 전위단 단장이 조선으로 오기 전 중병으로 입원하면서 니우시엔천이 전진지휘소의 주임이자 단장대리 임무를 맡게 됐기 때문이었다.

니우시엔천은 모든 사단의 상황을 알리면서 전위단의 작전 배치에 대해 집중적으로 논의했다. 무엇보다 먼저 서둘러야 할 일은 모든 장애를 이겨내고 이동함으로써 군단과 집단군의 전투 배치에 따라 전투 집결지에 제때 도착해 기존 전투계획을 완벽히 마무리 짓는 일이었다.

회의 결과 가장 두드러진 문제는 부대의 행군속도가 지나치게 느리다는 점이었다. 산이 온통 눈으로 뒤덮여 밤에는 좀처럼 이동하기가 힘들고, 그렇다고 낮에 움직이면 기름지게의 공격을 받으리라. 이대로는 계획한 날짜를 지킬 수 없었다. 하루빨리 다른 방법을 찾아야만 했다.

장훙시는 눈보라가 치는 하늘을 멀거니 바라보았다.

"눈이 이렇게 내리는 걸 보니 적기가 나타나지는 않을 거 같군. 낮에 동굴 속에 웅크리고 있을 필요 없이 행군하는 것도 괜찮겠어."

니우시엔천이 말했다.

"낮에는 모두 방공 태세를 취해야 합니다. 군에서 엄격하게 정하고 있는 규율이잖습니까? 리 군단장님께서 방공 규정을 어겨 부대를 노출한 자는 전쟁 규율에 따라 처리한다고 하셨습니다."

"니우시엔천 자네……."

장훙시는 불만스러운 듯 말했다.

"규정은 죽은 것이고 자네는 살아 있네. 자네는 나오는 오줌을 참다 죽겠다는 건가? 리 군단장님이 자네더러 오줌을 참다 죽으라던가?"

니우시엔천은 감히 대답하지 못했다. 우융추이는 휘신밍에게 눈짓을 보냈고 휘신밍도 속으로 웃었다. 군단본부에 도착하기 전 그들은 낮에 행군할 수 있도록 허가해 달라 요청할 생각이었으나, 이제 보니 그럴 필요 없이 기다리면 해결될 일이었다.

장훙시는 니우시엔천을 통해 각 군단은 식사를 끝낸 뒤 곧바로 행군길에 올라 되도록 빨리 갈 수 있는 데까지 가도록 지시했다. 그리고 관련 상황을 멍빠오둥 정치위원에게 보고하라고 했다. 이어서 그는 적군의 상황을 매우 짧게 설명했다. 소개할 내용이 그리 많지 않았다. 그들이 맞서 싸울 적은 미국 최정예부대인 해병 제1사단으로, 제2차 세계대전에 참전한 경험이 있는 막강한 부대라는 내용이 다였다.

우융추이는 도무지 이해할 수 없었다.

"해군부대가 어떻게 육지 전투에 참여합니까? 군함에 바퀴를 단 겁니까?"

장훙시가 꾸짖듯이 말했다.

"군함에 무슨 바퀴를 다나? 해병 제1사단은 해군 소속 부대야. 해군보병대란 말이야. 주로 양서작전과 상륙작전을 도맡는데, 인천상륙작전 때 해병 제1사단이 정예부대로 활약했지."

우융추이가 소매를 걷으며 목소리를 높였다.

"최정예부대는 또 뭡니까? 그래 봤자 고작 종이호랑이 아닙니까! 기관총, 소총, 수류탄 정도면 혼쭐내 줄 수 있습니다."

줄곧 구석에 앉아 듣고만 있던 휘신밍이 끼어들었다.

"미군은 무기만 많지 겁쟁이들입니다. 죽음을 두려워하죠."

장홍시가 고개를 끄덕였다.

"두말할 필요 없어. 먼저 미군을 무찌르고 이야기하자고."

장홍시는 우융추이와 훠신밍에게 전위군을 잘 이끌어달라고 부탁했다. 이들이 이끄는 전위대는 최전방 선봉부대로서 진격로를 여는 더없이 막중한 임무를 맡았고, 모든 사단과 군단이 전위대만 바라보고 있었기 때문이다.

이에 우융추이가 답했다.

"최선을 다하겠습니다. 반드시 오늘의 위기를 이겨낼 방법을 찾아내 맡은 바 임무를 끝내겠습니다. 그런데 지금 전위대는 매우 어려운 상황에 처해 있으며, 가능한 방법을 모두 써서 추위와 배고픔을 버티고 있지만 문제가 아주 심각합니다. 사단본부와 군단본부에서 식량과 외투, 방한화 등을 최대한 보내시면 임무를 마치는 데 큰 도움이 될 것입니다."

그리고 우융추이는 덧붙였다.

"제가 보기에 저 노새는 사단장님 말을 듣지 않아 화만 돋우는 듯싶으니 차라리 저희 왕산 대원에게 맡기시는 건 어떻습니까? 왕산 대원은 지난 공중 폭격 때 노새 몇 마리를 잃어 아직도 우울해하고 있습니다."

장홍시는 잠시 망설이더니 갑자기 챙 모자를 벗어 훠신밍에게 건넸다.

"이 모자도 그렇게 따뜻하진 않아. 하지만 자네의 일본식 모자보다는 낫겠지? 갖게."

깜짝 놀란 훠신밍은 모자를 선뜻 받지 못한 채 머뭇거렸다.

"괜찮습니다, 사단장님! 제가 어떻게 이걸……."

"아, 이 사람."

장홍시는 모자를 훠신밍의 품에 억지로 안겨주며 말했다.

"나야 후방에 있지 않나. 다른 방법이 있겠지. 어서 받게."

그러고는 대원들 쪽으로 돌아섰다.

"내가 뭐라도 내놓지 않으면 우융추이 저 자식이 나한테 야박하다고 할까 봐 겁이 나서 그러네."

누군가 소리 내어 웃자 장홍시가 덧붙였다.

"우융추이, 저 노새는 그 대원에게 전해주게."

"감사합니다, 사단장님. 경례!"

우융추이는 구령에 맞춰 제자리에 서서 경례를 했다.

"사단장님의 아낌없는 지원에 진심으로 감사드립니다."

훠신밍은 매우 미안해하며 말했다.

"사단장님, 노새까지 주시면 갈 때는 어쩌시려고요?"

장홍시가 눈을 크게 뜨고 대꾸했다.

"내가 가긴 어딜 가나? 자네들이나 먼저 가게. 난 여기서 후속부대가 오기를 기다릴 것이네."

하지만 우융추이는 갈 생각이 없어 보였다. 그는 꾸물대며 허름한 지휘소 안을 왔다 갔다 했다.

장홍시가 크게 소리쳤다.

"우융추이, 빨리 안 가고 왜 얼쩡거리나?"

한참을 우물쭈물하더니 우융추이는 마침내 까오더린을 보고 말했다.

"정치위원님! 생각 좀 해보십시오. 사단장님은 모자에 노새까지 주셨는데 군단본부에서도 성의를 보여주셔야 하는 것 아닙니까?"

까오더린은 기분이 몹시 언짢았다.

"우융추이 자네, 갈수록 태산이군. 군단본부에 뭐가 있다고 달라는 건가? 여긴 아무것도 없어."

순간 우융추이는 더 대담해졌다.

"아니, 저기 콩이 몇 자루나 있는데 왜 시치미를 떼십니까?"

"어?"

까오더린은 매우 놀라며 물었다.

"대체 저건 언제 봤나?"

우융추이는 실실 웃으며 말했다.

"성의를 보여주십시오, 정치위원님! 성의를요."

안에 있던 사람들은 그저 모두 웃기만 할 뿐 아무 말도 하지 않았다. 장홍시는 모른 척 동굴 입구에서 헛기침을 해댔다.

"좋아, 좋아."

까오더린은 어쩔 수 없다는 표정을 지었다.

"콩 한 자루 줄 테니 냉큼 집어들고 사라지게."

"어쨌든 노새가 쉬고 있지 않습니까? 수류탄 두 상자도 있는데 말입니다."

우융추이가 또 한마디 덧붙이자 까오더린은 가져가라는듯 손을 내젓는 시능만 했다. 한걸음에 밖으로 뛰어나가 우융추이는 고함을 질렀다.

"뤼따꺼, 뤼따꺼! 냉큼 물건 안 싣고 뭐하는 거야? 수장님들 화내실라."

눈 위를 미끄러지듯 뤼따꺼가 달려왔다. 우융추이는 물건을 모두 실은 걸 확인하고 그제야 진지한 표정으로 말했다.

"수장님들, 걱정 마십시오. 이 콩 자루와 수류탄 상자가 있으니 산봉우리 하나 차지하는 건 그리 어렵지 않을 겁니다."

다들 웃으며 손을 흔들었다. 그들은 전위대의 두 말단 지휘관이 희미한 눈보라 속으로 사라지는 모습을 바라보았다. 사단장 장훙시가 뒤에다 대고 소리쳤다.

"결정적일 때 비실대서 전투를 못하게 되면 내가 우융추이 자네를 잘라버릴 거야!"

우융추이는 개털모자를 휘저으며 큰 소리로 외쳤다. 그러나 그의 목소리는 몰아치는 눈보라 속에 곧 묻혀버렸고, 그가 뭐라고 했는지 누구도 알아듣지 못했다.

중공군 제9집단군 89사단 3개 연대는 마전리에서 유엔군을 무찌르고 도로 교차점을 장악하라는 명령을 받았다. 중공군은 유엔군에 결정타를 날리려는 인민지원군 사령부의 작전계획에 따라 북부 산악지대에 은둔하면서 소규모 게릴라공격으로 상대의 군사작전을 교란하는 단편적인 활동을 이어갔다.

그런 사정을 알 리 없는 미해병 제1사단 지휘부는 1연대 소속 토마스 리지 대대에게 '적을 추격해 모조리 무찌르고 마전리에 교두보를 확보하라'는 명령을 내렸다.

원산에서 직선거리로 15마일, 도로로는 28마일쯤 떨어진 그곳에 정찰기가 이착륙할 수 있는 간이활주로를 마련하는 게 첫째 목적이었다. 그 일대를 확보하면 원산을 안전하게 방어할 수 있다는 것이 미군 제10군단 지휘부의 판단이었다. 그때까지만 해도 그들은 곧 본격적으로 맞닥뜨리게 될 자신들의 주적이 수십만에 이르는 중공군이라는 사실을 미처 파악하지 못했다.

그나마 마전리 구역에 대한 작전상 진입 우위는 미군이 먼저 차지한 셈이었다. 퍼싱 전차를 앞세운 1개 야포대대, 4.2인치 박격포 1개 소대, 1개 공병소대의 지원을 받는 토마스 리지 중령의 제3대대는 행군부대를 둘로 나눠 마전리로 움직이기 시작했다. 그러나 전차는 고개 밑에서 멈추어야만 했다. 그 진입로에 해당하는 용강리부터 마식령(馬息嶺) 고갯마루까지는 직선거리로 5마일이지만 언덕 높이는 자그마치 3000피트나 차이가 났고, 벌거벗은 절벽을 깎아 만든 도로 바깥쪽에는 1000피트나 되는, 소름이 돋을 만큼 어마어마한 낭떠러지가 테를 두르고 있었다. 도저히 전차가 지나갈 수 없는 지형이었다. 전차는 고개 밑에서 되돌아가고, 나머지 화력부대와 보병들만 전진을 멈추지 않았다.

마전리는 Y자형 골짜기 고갯마루 1500피트 아래에 있었다. 인구 400명도 채 되지 않는 가난하고 보잘것없는 마을이지만, 원산에서 이어지는 도로가 마을 남쪽에서 갈라져 오른쪽 갈래는 평양으로 통하고 왼쪽 줄기는 남쪽으로 뻗어 서울로 이어지는 교통 요지였다.

중공군 제89사단 3개 연대 전투대대 지휘관은 미군 해병대가 마전리에 한 걸음 더 빨리 도착한 사실을 알자, 먼저 부대원들을 산속에 숨기고 정찰대만 보내 적의 움직임을 알아보도록 했다.

정찰대장이 돌아와 알렸다.

"미국놈들은 사주방어진지를 세우고 우리 공격에 대비하고 있습니다. 또 한편으로는 공병들이 땅을 다지는 걸로 보아 그곳에 터를 닦고 있는 게 틀림없습니다. 널찍하고 기다란 모양이 꼭 항공기 활주로 같았습니다."

"활주로라고? 지형상 그곳은 활주로를 만들 만한 데가 아닌데?"

대대장이 고개를 갸웃거리다 분통을 터뜨리며 말했다.

"큰 항공기는 몰라도 정찰기 쯤은 가능할지 몰라. 어쨌거나 그놈들이 속 편하게 그딴 짓을 하도록 내버려 둘 순 없지. 망할 양키놈들!"

그는 작전지도를 펴놓고 정찰대장이 가리키는 지점에 미군 방어진지와 전초진지가 있음을 꼼꼼히 표시하고, 지휘관들을 불러들여 하나하나 공격지점을 나눠주었다.

으슥한 밤이 되자 중공군은 전투식량인 미숫가루로 주린 배를 달랜 뒤 은둔장소에서 유령처럼 빠져나왔다. 그들은 주어진 미군 방어진지나 전초진지에 저마다 고양이처럼 은밀하면서도 재빠르게 접근해 포위했다. 때마침 세차게 불어온 바람이 밤의 정적을 깨뜨리며 마른 나뭇가지와 풀포기를 요란히 소리가 나도록 휘저어 놓아 그들의 움직임을 한결 쉽게 했다.

공격 신호가 떨어지자, 중공군 병사들은 잠복 대기지점에서 일제히 튀어나와 함성을 지르며 미군에게 달려들었다. 어둠과 불어치는 바람, 살이 에일 듯한 겨울 기온은 공격 쪽에 불리한 조건이었지만, 상대적으로 정신무장이 잘된 중공군 병사들은 거침없이 용맹하게 싸워 미군 진지를 하나씩 차지해 나갔다.

미군은 야포 지원으로 중공군의 공세를 약화하려고 했으나, 상대와 간격이 뚜렷하지 않은 근접전에서는 불가능했다. 만일 포사격을 가할 경우 받게 되는 아군의 피해도 각오해야 했으므로 끝내 시도조차 못한 채 포기하고 말았다.

두 시간쯤 이어진 치열한 전투에서 중공군은 미군 진지의 절반을 차지했으나, 세계 최강으로 알려진 미해병대답게 완강히 맞섰다. 더구나 먼동이 희붐하게 밝아오자 중공군은 어쩔 수 없이 완전 점령을 포기하고 곧 물러났다. 전투가 낮으로 이어지면 받게 될 미군의 공중폭격에 대해 이렇다 할 대비책이 없었기 때문이다.

처음부터 그들의 주된 목적은 '으름장을 놓고 괴롭히는 일'이었고, 그 목적은 충분히 이룬 셈이었다. 이렇듯 파도처럼 치고 빠지기를 되풀이하는 중공군의 공격은 며칠 밤에 걸쳐 계속 이어졌다.

조인석을 비롯한 재일의용군은 거의 한국어를 잊어버리고 영어도 몰라 어려움이 많았다. 호령이 내려지면 그저 서로 눈치부터 살피며 무슨 뜻인지 추측하고는 했다.

미군 제7사단은 혜산진을 공략하고 영광스럽게 개선할 예정이었지만 아무래도 그리 쉽게 풀리지는 않을 모양이었다.

"상황이 갑자기 변했다는군. 서둘러 후퇴해야 한다는데."

한국말을 어렴풋이 알아듣는 동료 하나가 카투사 병사로부터 정보를 얻어왔다.

"중공군의 공세가 만만치 않대. 잘못하면 우리도 포위당해서 그대로 끝장날지 몰라."

모두는 깜짝 놀라 자기도 모르게 목이 움츠러들었다. 주위를 둘러보니 미군이나 카투사나 하나같이 흉흉한 분위기였다.

진격하는 길에는 전혀 느끼지 못했지만, 이제 물러날 수밖에 없는 상황에 부딪혀 살펴보니 전술 하나 모르는 조인석이 생각해도 위태로워 보였다. 언제라도 적군들이 덮쳐올 것만 같은 산들 사이로 좁은 외길 하나가 구불구불 이어지고 있었다.

'산마루나 산등성이에서 적병이 길을 내려다보며 총을 쏘아대면 아무도 살아남지 못하겠구나.'

조인석은 길을 걸으면서도 숨이 막히는 듯했다.

전황이 다급해진 것도 그렇지만, 감히 견주지 못할 만큼 매서운 추위 때문이기도 했다. 참으로 혹독하게 추웠다. 서둘러 걷다가 땀이 차면 그대로 동상에 걸려버린다. 아무리 초조해도 천천히 걷고 느긋하게 움직이는 것만이 살아남는 비결이었다.

"이런 지형에서 한바탕 전투가 벌어지면 우린 어쩌지?"

이 동료의 말이 끝나기도 전에 그 말대로 적이 일제사격을 퍼부었다. 중공군의 특기인 여덟 팔자 전법은 달아나지도 숨지도 못하는 골짜기 길로 적을 몰아넣고 양옆 산허리에서 인정사정없이 총을 쏘아 섬멸하는 전투법이다. 재일의용군은 무방비 상태로 팔자 전법에 걸려 아주 먹음직스러운 먹잇감이 되어버린 것이다. 주변 동료들이 풀썩풀썩 힘없이 하나둘 쓰러져갔다.

정신이 들자 그는 길가에 주저앉아 총을 품에 안고 어깨를 들썩이며 숨을 몰아쉬었다.

'다들 어떻게 되었을까…….'

방금 전까지 행동을 같이했던 동료들이 거의 보이지 않았다. 그는 터벅터벅 힘겹게 나아갔다.

이대로 골짜기 길을 걷는다 해도 희생만 늘어날 뿐임은 조인석도 잘 알았다. 살아남은 부대의 병사들은 작은 그룹으로 나뉘어 들고 다니던 삽으로 서둘러 방어진지를 만들기 시작했다. 하지만 제아무리 힘껏 삽으로 땅을 내리쳐도 얼어붙은 땅은 곧바로 삽을 튕겨내고 말았다. 그러다 멀지 않은 곳에서 중국 병사가 버리고 간 튼튼한 쇠삽을 찾아냈다. 그걸로 어렵사리 구멍을 파 겨우 참호진지를 만들 수 있었다.

그들은 자신들이 어떤 상황에 처했는지 전혀 알 수 없었다. 조인석은 전쟁이 끝나가는 무렵에서야 자세한 사실을 알고는 소스라치게 놀란다.

미군 제7사단은 17연대가 혜산진에서, 32연대 주력이 혜산진 서쪽인 신갈파진에서, 31연대 주력은 부전호를 따라 나 있던 북진로에서 물러나야 했다. 그 밖에 미군 제10군단장 알몬드의 특기인 분산작전으로 미군 제7사단 주력부대와 떨어져 행동하던 부대도 있었다. 맥클린 대령이 이끄는 31연대의 1대대와 돈 카를로스 페이스 주니어(don Carlos Faith. Jr) 중령이 이끄는 32연대 1대대도 장진호 동쪽에 있었다.

중공군은 미해병 제1사단을 섬멸하기 위한 공격을 시작했다. 먼저 장진호 서쪽 유담리와 장진호 남쪽 하갈우리에 근거지를 확보한 여러 연대들에 거센 공격을 퍼부었다.

이때 장진호 동쪽에 있던 맥클린 부대도 중공군의 무시무시한 인해전술에 휘말려 무너지고 말았다. 하갈우리로 물러날 수 있었던 장병은 1만 명도 채 되지 않았다. 맥클린 대령과 페이스 중령 두 지휘관 모두 전사하고 말았다.

미해병 제1사단은 며칠에 걸친 중공군의 파상공격을 끈질기게 맞받아치고 중공군에 큰 손해를 끼쳐가며 후퇴했다. 해병대가 동부전선에서 대부분 중공군의 발을 묶어놓지 못했다면 제7사단은 어떻게 되었을까. 조인석은 뒤늦게 자신이 겪었던 가혹한 상황이 도리어 나았던 것임을 깨달았다.

조인석은 한 주 동안 얕은 참호진지에 발이 묶여버렸다. 겹겹이 둘러싸여 도무지 한 발짝도 움직일 수 없었다. 한순간도 긴장을 풀 수 없어 잠들지 못했던 며칠 동안 전투가 지나자, 중공군 쪽에 변화가 보이기 시작했다. 첫날 퍼부었던 격렬한 총격도 잠잠해졌다.

'우리 부대처럼 탄약이 떨어졌나 보군.'

중공군의 총격뿐 아니라 매서운 추위 또한 조인석 부대를 괴롭혔다. 카빈총은 추위에 약해 곧잘 발사불량이 일어나곤 했다. 부상은 곧 죽음으로 이어졌다. 흐르는 피가 얼어붙어 몸까지 싸늘하게 식었기 때문이다. 부상자를 내버려 두면 얼어 죽을 게 뻔했지만, 전투가 한창이라 딴눈을 팔 수 없었다. 마냥 죽어가는 동료를 바라볼 수밖에 없었다.

먹을거리도 몽땅 얼어버렸다. 제대로 녹이지 않고 먹으면 배탈이 났는데, 두꺼운 옷을 입고 이 추운 곳에서 설사병에 걸리면 그야말로 고통스러웠다. 모두 밤의 추위를 버티며 어서 아침이 밝기만을 빌었다. 식량과 탄환이 눈에 띄게 줄어들고 진지에는 어둡고 무거운 절망만이 감돌았다.

날이 밝자 사단 사령부에 무선연락이 오고 연이어 비행기 보급이 시작되었다. 넓은 하늘에 핀 낙하산 꽃은 바람을 따라 휘날렸기 때문에 곧잘 진지 밖에 떨어지곤 했다.

"또 적군과 전투를 벌여야겠군. 이번엔 누가 웃게 될까?"

조인석이 중얼거렸다.

진지 밖에 떨어진 보급물자를 찾기 위해 한밤에 몰래 나가보면, 적군들도 물자를 빼앗으러 왔다. 아군이고 적군이고 모두 굶주림에 고통 받았다. 따라서 언제나 식량을 서로 빼앗으며 싸웠다.

조인석은 육탄전을 벌이다가 중공군에게 둘러싸인 적도 있었다. 두렵지 않았다고 하면 거짓말이겠지만, 귀한 먹을거리를 두 눈 뜨고 적에게 넘겨줄 수 없다는 본능에 가까운 생각이 더 강했다. 전장에 익숙해지면서 조인석은 차츰 대담해졌다.

헬리콥터의 구원도 활발해졌다. 부상자가 나오면 구조를 요청했고, 날아온 헬기는 부상병을 후방으로 옮겼다. 조인석은 한 병사가 자기 발을 스스로 쏘고는 부상을 핑계로 헬기를 타고 후방으로 달아나는 모습을 보았다.

'제 손으로 발을 쏘다니. 끔찍했을 텐데. 하지만 내가 따라한들 헬기가 날아오지는 않겠지.'

조인석은 쓸쓸하게 웃음 지었다.

드디어 구원부대가 왔다. 퇴각로가 확보된 모양이다. 퇴각명령이 나오자 조인석의 부대는 방어진지에서 기어나왔다. 부대원들은 한데 뭉쳐 물러나기 시작했다. 중공군의 총격은 첫 공격 때처럼 격렬했다. 잘 살펴보니 뭉쳐서 이동할 때 중공군의 반응이 컸다. 한 사람씩 움직일 때는 못 본 체할 때도 많았다.

'아하! 이 녀석들, 탄환을 아끼고 있구나!'

조인석은 홀로 진지를 빠져나와 퇴각로를 걸었다. 예상한 바와 같이 총소리는 들리지 않았다. 지원군 진지에 이르자 살아 돌아왔다는 기쁨이 물밀듯 몰려왔다. 그 뒤로는 전차를 타고 후퇴한 뒤 트럭에 올라 흥남에 도착했다. 흥남에서는 배로 탈출해 부산에 상륙했다.

조인석은 미군 제7사단 제31연대소속 병사로서 다시 전선에 투입되었다. 사선을 뚫고 살아남은 그는 이제 누구에게도 밀리지 않는 어엿한 병사가 되어 있었다.

1951년 11월 미군 제7사단의 일부가 일본으로 귀환하게 되었다. 미군 교대제

도의 일환으로 조인석이 속한 부대도 그 대상이었다. 조인석은 그렇게 일본으로 돌아갔다.

조인석은 행운이 꽤 따른 편이었다. 동료들 중에는 같은 미군 제7사단 소속이면서도 연대가 달라서 현지 제대를 한 사람도 적지 않았다. 그들은 일본으로 돌아갈 길이 영영 막혀버렸다.

재일의용군병사는 미군은커녕 한국군에게도 무거운 짐이었다. 한국의 이승만 대통령은 일본에서 온 의용군은 필요 없다고 단언했다. 일본에 대한 반감이 강했던 대통령은 재일한국인에게조차 쌀쌀맞았다. 따라서 의용병이 일본에서 파견된 것은 오직 미군의 사정 때문이었다. 미군의 여러 사단들은 모두 정원을 채우지 못했고 재일의용병은 그 빈틈을 메우는 데 쓰였다. 전투원이나 후방근무와 같이 근무 방식은 여럿 있었지만 본질적으로 머릿수 맞추기에 지나지 않았다.

이러한 재일의용병은 운명의 장난에 휘둘렸다. 생사가 갈린 것은 물론이요, 운 좋게 살아남은 자들에게조차 뜻밖의 함정이 기다렸다.

패전 뒤 찾아온 혼란기가 지나자 일본정부는 한반도에서 일본으로 건너오는 밀입국을 엄격히 막았다. 일본은 미국의 굴레에서 벗어나 홀로서기를 시작했고, 한반도로 넘어간 의용군병사의 귀환을 거절한다.

미군이 의용병을 일본으로 데리고 돌아갔다면 문제는 없었으리라. 하지만 현지에서 해산했을 경우 의용병들은 대부분 일본에서 외국인등록을 하지 않았으므로 일본이 한국에서 오는 입국자를 막는다 해도 어찌할 도리가 없었다.

그 결과 의용병으로 참가한 642명 가운데 전사하거나 실종된 사람이 135명, 한국에 머무르게 되어버린 사람이 242명. 절반도 안 되는 265명만이 일본으로 돌아갈 수 있었다. 의용병 가운데 40퍼센트에 가까운 젊은이들이 고스란히 한국에 남겨졌다.

그러나 조국에서는 재일동포에 대한 차가운 멸시가 기다리고 있었다. 조국을 위해 용기를 내어 달려온 젊은이들에게는 너무나도 불행한 일이었다.

7
나팔, 뿔피리, 호루라기

　지금 보초를 서는 로이 펄 상병은 주위 움직임에 신경을 쓰면서 집 생각을 하고 있다. 그는 그때를 이렇게 기억한다.

　'소름 끼치는 나팔과 뿔피리, 호루라기 소리에 정신이 번쩍 들었다. 갑자기 예광탄이 강을 따라서 줄지어 떨어지는 것이 보였다. 수동(水洞)계곡의 산굽이가 너무나 깊어서 몇 초 동안 메아리가 앞뒤로 계속 들렸다. 그러더니 잠시 동안 아무 소리도 안 들리다가 데이비스 중위의 목소리가 들려왔다. 대원들, 잘 들어라, 적군이 강 건너편 우군 부대를 공격하는 중이다. 우리 쪽에도 곧 공격이 시작될 것 같다. 무기와 탄약을 갖추고 대기하라. 건투를 빈다.'

　그날 오전 2시쯤 윌리엄 데이비스 중위는 북쪽에서 접근해 오는 절거덕거리는 궤도차량 특유의 소음을 들었다. 그 소리를 들은 다른 해병들처럼 해병대 불도저가 내는 소리라고 단정지었다.

　"전차(戰車) 출현!" 소리친 이는 데이비스 중위의 박격포반 반장인 도널드 존스 하사였다.

　"어떻게 전차가 우리한테 접근할 수 있겠나? 저건 틀림없이 불도저일 거야." 데이비스가 말했다.

　"소대장님, 제가 한밤에 일본군 전차가 움직이는 소리를 많이 들어봐서 아는데, 저건 절대로 불도저가 아닙니다."

　전조등을 켠 전차가 굽어진 도로를 돌았을 때 100m쯤 위쪽 도로에서는 클레이턴 본디트 하사와 졸병 두 명이 지휘소 북쪽에서 전화선을 깔고 있었다. 그것이 소등(消燈) 명령을 듣지 못한 우군 전차일 거라고 생각한 본디트는 지프의 시동을 걸고 바로 차를 몰아 전차를 가로막았다.

　"그 망할 놈의 전조등 좀 꺼라." 그가 전차의 엔진소음 속에서 외쳤지만, 아무 소용도 없었다.

잠시 뒤 해치가 열리고 동양인 얼굴이 나타나더니 기관총을 곳곳으로 갈겨 댔다. 본디트의 부하 두 명은 순식간에 모습을 감췄고, 그도 차를 후진해 재빨리 달아났다.

전차가 도로를 따라 육중하게 굴러가더니 배수로 근처에 세워진 본부 텐트 앞에 섰다. 윌리엄 데이비스 중위와 도널드 존스 하사는 양말 바람으로 우두커니 그 모습만 바라보고 있었다. 데이비스가 말했다.

"카빈 소총을 손에 들고 전차에 대항한답시고 서 있을 때 느꼈던 무력감보다 더한 것이 있는지 잘 모르겠군."

정지해서 엔진을 공회전시키고 있는 전차는 60mm 박격포 진지를 내려다보는 외눈박이 괴물같아 보였다. 그러더니 81mm 박격포 진지를 찾아 도로를 따라 더 내려가 당황한 박격포 반원들 머리 위로 전차포를 몇 발 쏜 뒤 방향을 돌려 내려온 길을 따라 다시 올라가 버렸다. 로이 펄은 통신반장의 성난 목소리를 들을 수 있었다.

"그 웬수 같은 전차가 전화선을 다 잘라 버렸잖아!"

이윽고 충격에서 벗어난 해병들이 대전차공격조를 출동시켰으나 그리 효과적이지 못했다. 오직 3.5인치 로켓포 하나가 장갑(裝甲)을 강화하려고 얹어 놓은 모래주머니 위에 불을 일으켰을 뿐이었다. 연기를 내뿜으며 수동(水洞)의 초가집들 사이로 사라진 그 괴물 같은 소련제 T-34 전차는 북한군 344전차대대 소속으로, 서울방어전 때 거의 전멸했던 부대의 마지막 남은 전차 4대와와 병사들이 도로를 따라 5km쯤 올라간 수동마을 북쪽에 포진하고 있었다.

새벽 3시 무렵 존스 하사는 진지 앞에서 신발을 질질 끄는 소리를 들었다. "그놈들이 오고 있군."

데이비스 중위는 J.D. 패럴 상병에게 2번포로 거의 수직에 가깝게 조명탄을 발사하라고 명령했다.

10초 정도 비친 조명탄 불빛에 카키색 솜으로 누빈 군복을 입은 동양인 군인 4명의 모습이 드러났다. 3정의 소총이 불을 뿜었고, 3명이 쓰러졌다. 네 번째 군인은 가죽끈으로 목에 멘 기관단총이 가슴에 걸려 흔들리는 채 눈이 등잔만 해져서 손을 들었다. 데이비스 중위는 전령 할버슨 일병을 거느리고 상황을 파악하러 진지 밖으로 나갔다. 한 명뿐인 생존자는 머리 위로 손을 올린 채 포로가 되려고 기다리고 있었다.

"할버슨, 이거 중공군이잖아."

"예?"

부중대장 유진 호바터(Eugene Hovatter) 중위가 현장에 나타나 멀리 비추는 불빛 아래서 시체들을 살펴보고는 그들이 북한군 낙오병일지도 모른다고 말했다. 그러나 데이비스는 그들이 중공군이라고 주장했다.

"그렇게 생각하는 이유가 뭐지?"

설명하기 어려웠지만 난징(南京)에서 대사관 수비대를 이끌었던 데이비스는 중국인이 아닌지는 보면 안다고 말할 수밖에 없었다. 중국 근무 경험이 있는 다른 해병이 시체들을 검사하고 나서 데이비스의 의견에 동의했다.

중공군이 나타났다는 이야기는 삽시간에 퍼졌다. 모두 깜짝 놀랐다. 바로 하루 전날, 맥아더가 만주로 침입하는 것을 방어하기 위해 중공군 대병력이 압록강변을 따라 한데 모이고 있다는 풍문을 들었기 때문이다. 그런데 압록강에서 160km 남쪽인 수동 계곡에서 중공군을 만난 것이다. 강 건너 B중대 구역에서도 풍문이 현실로 나타났다. 숲과 바위 사이마다 중공군이 꽉 들어찼다.

아치발드 반 윙클 하사는 소대 진지를 순찰하고 있었다. 그들은 진지 앞 100m 지점에 전초(前哨)를 세웠다. 네 명이 얕게 판 참호 안에 들어가 있었는데, 죄다 신병들이었고 두려움에 사로잡혀 있었다.

긴장해서 적의 공격이 시작되기를 기다리던 리 중위 소대의 분대장 셔만 리히터 하사에게 근처 참호에 있던 해병이 고개 돌려 낮은 목소리로 속삭였다.

"분대장님, 누가 이리로 오는데요."

그날 밤 암구호는 '딥 퍼플'이었는데, 리히터가 큰소리로, "딥"이라고 말했지만, 공제선(空際線)에 드리워진 그림자는 "퍼플"이라고 답하지 않았다.

"알았어." 리히터가 말했다.

"그 자식, 쏴버려."

이렇게 해서 B중대 구역에서 전투가 시작됐다.

반 윙클 하사와 4명의 해병들은 공제선 반대편에서 들려오는 나팔과 호루라기 소리에 귀 기울였다. 적이 너무 가까이 다가와서 돌도 못던질 정도였다.

중공군이 대규모로 진지를 공격해 왔을 때 해럴드 카이저 중위는 월콕스 대위에게 전화를 하고 있었다. 그는 중공군들이 여기까지 몰려왔다고 하면서 곧 지휘소도 위험할 것 같다고 말해 주었다. 그는 곧 주위에 아군보다 중공군이 더 많은 것을 보고 자신들이 위험에 빠졌음을 깨달았다.

B중대의 박격포 소대장은 키가 큰 조셉 오웬(Joseph Owen) 중위였는데, 그의 소대가 지닌 60mm 박격포 가운데 두 문은 산 중턱의 포진지에 배치되었고, 또 산 아래에 있는 한 문은 윌리엄 그래버 중위의 소대를 지원하기로 되어 있었다. 오웬이 한탄했다.

"중공군이 떼거지로 몰려오더니 행크 카이저의 소대를 밀어내고, 산 밑에 있는 박격포 진지도 휩쓸고 가 버렸구나!"

B중대 전방 진지의 왼쪽 측면도 짓밟히고 말았다. 리 중위는 긴 산비탈 꼭대기에서 중국 말소리를 듣고 적이 그토록 깊숙이 침투해 온 것에 놀라지 않을 수 없었다. 리와 포스터 중사는 흩어진 해병들을 모아 진지를 구축하고 다시 배치했다. 부하들이 무서워 떠는 것을 쉽게 느낄 수 있었다. 그는 적의 정확한 위치를 확인하고 의도를 알아내기 위해 적에게 행동을 강요해야 겠다고 결심했다.

산비탈을 오르면서 그는 소리 지르거나 총을 몇 발 쏘고 수류탄을 던져서 적의 사격을 유도하려고 애썼다. 그는 여기저기 쓰러져 죽은 해병들의 탄띠에서 카빈 소총 탄창을 거두어 탄약을 채워 넣었다. 한곳에서는 브라우닝 자동 소총을 주워서 그걸로 사격을 퍼붓기도 했다.

맹렬하게 쏟아지는 총성은 한동안 멈추지 않았다. 리 중위는 총열 구멍에서 불꽃이 나온 쪽으로 수류탄을 던지고 오른쪽으로 뛰면서 탄창이 빌 때까지 적에게 총을 쏘았다. 다시 올라가면서 3명이나 4명쯤 되는 중공군들이 무기를 손에 쥔 채 바위 위에 쓰러져 있는 걸 보았다. 산꼭대기에 오르니 달이 떠올라서 적이 반대쪽 산비탈 아래로 후퇴하는 모습이 눈에 들어왔다. 그곳에서 그는 아군으로부터 100m쯤 앞에 있었는데, 위험을 무릅쓰긴 했지만 미리 짜 놓은 작전이었다.

즉각적으로 그는 고지 돌출부를 점령했고, 적을 몰아냈다는 걸 알았다. 적은 혼자 공격해온 리 중위가 두려워서가 아니라 여러 명이 공격해 온 줄로 착각한 것이다. 그가 숨을 고르기 위해 잠시 쉬는 동안, 주위 다른 고지들에서는 격렬한 전투가 벌어지고 있는데도 근처는 고요하기만 했다. 예광탄들이 산비탈을 넘어서 교차되어 날아가곤 했는데, 아군의 붉은색, 중공군의 초록색, 또 어떤 때는 북한군의 파란색 예광탄도 보였다. 그는 충분히 쉬고서 고개 돌려 손을 입에 모아 아군에게 올라오라고 소리쳤다.

해병 11연대 1포대는 밤새도록 중공군 진지에 고사계(高射界) 사격으로 포탄을 퍼부었으나 새벽녘 유효사거리를 알아낸 적군 저격수가 포진지를 위협하기 시작했다. 프란시스 페리 중령은 포대장에게 대포들을 길 아래 방어진지 안쪽으로 후퇴시키라고 명령한 다음 지시사항을 연대장에게 알리러 지프를 타고 내려갔다. 단단한 체격과 각진 턱을 가진 연대장 칼 영데일(Car A. Youngdale) 대령은 자기 텐트 옆에 서 있었다.
페리 중령이 보고를 끝내자 연대장이 똑바로 쳐다보면서 말했다.
"포대가 원 위치를 지키도록 힘써. 중공군과 미국 해병대의 첫 만남에서 후퇴한다는 인상을 주어선 안 되네."

연대봉(煙臺蜂) 위로 날이 밝았다. 안개가 자욱하게 끼었으나 얀시 중위는 E중대가 포위됨을 시야가 가려져도 알 수 있었다. 얀시의 부하들은 밤새 중공군과 서로 총질을 했지만 어느 쪽도 그다지 피해를 입지 않았다.
나팔소리가 안개 속에서 희미하게 들렸다. 산 위에 남아 있는 해병이 몇 명되지 않아 얀시는 소리를 지를 필요도 없었다.
"고개를 들고 목표가 눈에 들어올 때까지 쏘지 마라."
그들은 눈을 가늘게 뜬 채 몸을 앞으로 기울여 적이 자신들을 발견하는 것보다 먼저 적을 찾아내려고 했다. 적이 다가오는 신발소리가 들려왔다. 처음 눈에 띄는 건 그들이 신은 테니스화와 양말이었다. 안개가 걷히면서 중공군이 보이기 시작했고, 그들은 사격을 시작했다. 적들이 줄줄이 쓰러져 갔다.
바람이 불어오면서 안개가 완전히 걷혔을 때 고지 위에 있던 해병들은 중공군이 그들의 진지와 강가에 있는 지휘소 사이를 점령하고 있는 걸 보고 깜짝놀랐다.
A중대 소속 제임스 스템플 중위의 소대는 도로의 동쪽에서 산개대형으로 무모하게 돌진해 오는 중공군을 막아내느라 애를 먹었다. 그들이 돌진해 오는 모습을 봐서는 꼭 마약을 먹은 게 아닌가싶을 정도였다. 돌격해 오는 적 한 명

을 향해 네 발이나 총을 쏴 가슴을 뚫었는데도 그들은 수류탄을 던진 뒤에야 쓰러졌다. 카빈 소총은 M-1만한 파괴력이 없었다. M-1 소총에 정통으로 한 방 맞으면 누구든 고꾸라졌는데, 카빈 소총은 네 방이나 맞고도 계속 돌진해 왔다. 아침 8시쯤 중공군은 공격을 멈추는 것 같았다.

자동화기 사수인 빈센트 이스티드 일병은 자기 참호 왼쪽 측면에 서 있는 스템플 중위에게 강 건너를 보라고 가리켰다. 망원경을 통해 소대장 스템플은 카키색 군복을 입은 병력이 698고지 북쪽사면의 골짜기를 따라 내려와 후퇴할 통로를 찾아 기차길 쪽으로 행군하는 광경을 보았다.

"수아 병장, 기관총을 이쪽으로 가져와라."

스템플이 어깨 너머로 말했다. 말라야 수아 병장과 기관총 사수들이 두 정의 기관총을 행군 중인 중공군 쪽으로 설치했다.

"준비되면 사격개시" 스템플이 말하자 기관총들이 강 건너 중공군에게 사격을 시작했다.

로이 펄 상병은 그것을 다른 방향에서 목격했다. 누군가 "저것 좀 봐!" 외치는 소리에 데이비스 중위 옆에 서 있던 펄은 고개 돌려 그가 가리키는 쪽을 내다보았다. 주위가 환해졌는데도 중공군들이 이열종대로 기찻길을 따라 북쪽을 향해 행군하고 있었다. 중공군은 고작 100m쯤 떨어져 있었는데, 미군 쪽에는 신경조차 쓰지 않았다. 갑자기 미군 기관총이 불을 뿜었다. 뒤따라 다른 해병들도 사격을 시작했다.

해병들은 몇몇 중공군 생존자들이 동료들 시체 위를 기어 넘어 그곳에서 벗어나려고 몸부림치는 광경을 보면서 사격 자세로 적군 생존자들을 골라가며 쏘아 맞혔다.

7연대 부연대장 프레데릭 다우세트(Frederick Dowsett) 중령은 수동전투를 다음처럼 말했다.

"중공군은 대대규모에서는 잘 어우러진 공격을 해왔지만, 중대 이하부터는 지휘관들이 생각이 없었고 지휘능력도 부족했다. 기찻길에서 중대 병력의 반이 우리 기관총 사격에 쓰러졌는데도 지휘관이 호루라기를 불자 생존자들은 재집결해서 행진을 다시 시작했다. 우리가 다시 사격을 퍼부었을 때 마지막 생존자 열 또는 열다섯 명이 대열에서 벗어나 죽을힘 다해 도망쳤다. 중공군은 병력 자체는 말할 것도 없고 개개인의 목숨도 가벼이 여기는 듯싶었다. 그들과 싸우려면 특별한 전술교범이 있어야겠다는 생각도 들었다."

전투가 끝나자 얀시 중위는 잠시 쉬려고 땅바닥에 몸을 쭉 뻗었다. 그는 담배를 피우며 주위를 살펴보다가 제임스 갤러거 일병이 옆으로 지나가자 기관총을 가지고 구원에 나섰던 행동에 대해 불쑥 말을 건넸다.

"어떻게 그런 용감한 행동을 할 수 있었나?"

갤러거는 얼굴이 빨개지면서 무표정한 얼굴의 소대장에게 진지하게 설명했다. "저희 어머니는 자식들을 겁쟁이로 키우지 않으셨거든요."

스템플은 A중대가 고지에서 내려왔을 때 연대장 리첸버그 대령이 손에 커피잔을 들고 지나가는 부하들 등을 가볍게 두드리며 격려를 하던 것을 기억했다. 소총수, 박격포 사수, 기관총 사수들이 거둔 전과에 만족한 대령은 전에 참모부에 몸담던 스템플을 알아보고 같이 커피를 마시자고 권했다.

"스템플, 적에게 항복권유 전단을 뿌려야 될까?" 그가 농담조로 물었다.

"연대장님, 이것이 적의 마지막 공격은 아닌 듯한데요."

"글쎄, 한동안은 우리를 귀찮게 할 거 같지 않아."

"예, 저도 그렇게는 생각합니다."

로버트 B. 골트 하사의 임무는 꼭 필요한 것이었지만 주목받은 적이 없었다. 그와 그의 조수들 임무는 연대의 전사자들을 처리하는 일이었다. 늘 임무에 걸맞은 인물을 찾던 리첸버그 대령은 주어진 일을 철저하게 처리하는 그 흑인 해병대원의 태도를 알아보고는 영현(英顯) 등록반을 책임질 수 있느냐고 물어봤다. 인디애나 출신인 조용하고 꾸준한 성격의 골트는 선뜻 좋다고 대답했다.

그는 그 일을 다음과 같이 회고했다.

"차를 몰고 이리저리 다녔다. 트럭 한 대와 반원이 다섯 명 있었는데, 차를 세우고 전방 중대까지 걸어 올라가면 소총수들이 전사자의 위치를 알려 주었다. 전사자의 목에 걸린 군번줄에서 인식표를 떼고 밧줄로 발목과 손목을 묶었다. 이런 조치들은 천천히 조심스럽게 해야 했는데, 보고 있던 전사자의 동료들이 시신을 정중하게 다루어 주기를 원했기 때문이었다. 전사자의 이름, 계급, 군번을 작은 공책에 적고 배낭과 주머니를 뒤져 편지나 개인 소지품을 찾았다. 어떤 때는 폭발로 인식표가 날아가 버렸거나 편지도 없고 전사자가 보충병이었기에 아무도 모르는 경우도 있었다. 그럴 때는 전사자의 지문을 떠서 본부에 돌아와 지문 기록과 대조해 보고, 주소지를 확인한 뒤 전사통지문을 누구에게 보내야하는지 결정했다."

대대 구호소에 있던 반 윙클은 함흥의 야전병원으로 후송되기 전 그의 회복을 빌며 갑자기 찾아오는 동료들이 고마웠지만, 통증 때문에 이야기를 나눌 기분이 아니었다. 반 윙클은 역습을 이끌다가 무릎에 총상을 입었다. 출혈이 심했기 때문에 카이저 중위는 병문안을 왔다가 처음에는 시체가 누워 있는 줄 알았다.

같은 대대 구호소에서 조급하게 군의관을 기다리던 츄엔 리 중위는 군의관이 부상 부위를 확인하고는 마땅히 그가 있어야 할 B중대로 돌아가라고 말하리라 확신했다. 한구석에서는 반창고를 감은 일병 하나가 앉아서 손으로 얼굴을 감싼 채 울고 있었다. 우는 모습과 소리에 기분이 상한 리는 물었다.

"왜 훌쩍거리고 있나? 어디를 다쳤지?"

그 어린 해병은 고개를 들고 흐느끼며 말했다.

"친구가 죽어가는 걸 봤어요."

리는 일어서서 떨리고 있는 오른팔을 왼손으로 어루만지면서 그의 앞으로 걸어왔다.

"상처 좀 보자."

그 일병은 가슴과 머리가 아팠기에 달리 보여줄 것이 없었다. 2차 세계대전 때 그 악명 높은 조지 패튼 장군처럼 츄엔 리도 겁에 질린 전투원을 동정한다거나 용서한다는 것이 불가능함을 깨달았다. 그는 한껏 위축된 일병 앞에 서서 다치지 않은 팔을 들고 말했다.

"주위를 한 번 봐라. 다 부상을 입은 사람뿐이다. 저 친구는 배에 파편이 박혔고, 이 친구는 어깨에 총상을 입었어. 그런데 그들이 눈물을 흘리거나 훌쩍거리는 걸 들었나?"

리는 말문이 막힌 그 일병을 꾀병쟁이라고 부르면서 해병대의 수치라고 다그쳤다.

"이제부터 이 용감한 해병들에 대한 존경의 표시로 조용히 한다. 알았나?"

어린 해병은 흐릿한 눈을 하고서 고개를 끄덕였다.

잠시 뒤, 대대 군의관이 리에게 부상 부위를 적절히 치료하기 위해 함흥으로 옮겨져야 한다고 주장했다. 리는 강력하게 항의했지만 소용없었다. 그때 오웬 중위는 리가 몸을 굽히고 남행 구급차에 타면서 성난 얼굴을 하고 있음을 보았다. 리는 곧 원대복귀할 거라고 굳게 믿었으므로 작별인사를 건네지 않았다.

8
얼음땅 얼음길

쑹스룬이 맞서 싸워야 할 동부전선의 미군 주력부대는 장진호 일대로 나아갔다. 그들은 세계에서 가장 최신식 무기장비를 갖춘 부대이기에 정면승부로 맞선다면 우위를 차지하기 힘들다는 사실을 쑹스룬은 알고 있었다. 그는 '적을 유인해 허를 찌른다'는 손자병법의 전통 군사작전을 써서 미군을 궁지로 몰아넣어 쳐부술 계획이었다.

11월 5일, 천겅은 월남에서 일기장을 펼쳤다. 그는 저우언라이가 보낸 귀국명령 전문을 받고 흥분을 감추지 못했다. 바쁘게 일기를 써내려갔다.

"나도 북조선 출병이 코앞이란 소문을 들었다. 피할 수 없는 전쟁이라면 일찍 하는 편이 낫다. 온몸의 피가 끓어오르는 이 기분! 오늘밤은 잠을 이루지 못할 것 같다."

이날 오후 1시 쑹스룬은 제20군단과 26군단, 27군단에 전보를 보냈다.

'사단들은 즉각 장진호 지역으로 이동해 작전을 수행하라. 군단, 사단, 대대와 연락은 반드시 전화연락을 이용하되 전투가 시작되면 전방분대와 무선통신은 잠시 꺼놓고 부대 신호음 사용을 금지함으로써 작전을 철저히 비밀리에 펼쳐야 한다.'

쑹스룬은 제20군단이 적의 배후로 들어가 포위하는 임무를 맡고, 제27군단이 적을 공격하고 근거지를 확보하는 임무를 맡으며, 제26군단이 예비부대로서 언제든 지원과 방어 작전에 투입될 수 있도록 했다. 또한 그는 각 군단 지휘관에게 11월 26일 공격을 개시해 적군을 완벽히 무찔러야 한다는 목표를 다시 한 번 알렸다. 부대마다 작전 실행일인 26일 전에 반드시 예정된 전투 위치에 도착해야 한다는 점을 쑹스룬은 거듭 강조했다.

11월 7일 저녁, 지안에 도착한 제58사단은 두 시간 뒤 압록강 건널 준비를 하라는 명령을 받았다.

제58사단 173연대 주문빈(周文彬)은 여러 분야에서 이름난 정보통이자 머리 회전이 빠른 작전참모로, 수장에게 누구보다 많은 의견을 내 놓곤 했다. 그런 그가 오랜 고민 끝에 지원군은 날씨와 지형, 무기 부분에서 미군에 매우 불리할 수밖에 없다는 결론을 냈다.

그러나 그는 지원군이 항일전쟁과 해방전쟁을 치르면서 영민하고 강인한 전투기질을 길러왔기에 지원군 특유의 작전과 용감함을 바탕으로 더 큰 어려움이 닥쳐도 반드시 이겨낼 수 있으리라 믿었다. 특히 제9집단군만이 지니고 있는 유격전과 야간전에 강하다는 특징은 갈수록 심해지는 모진 추위와 사나운 날씨 속에서 더욱 빛을 내리라 강조했다. 작전참모 주문빈과 173연대 정찰참모는 새로운 임무를 받았다. 그 임무란 하갈우리에서 전투가 시작되기 전에 정찰반을 조직, 전방의 상황을 파악하는 것이다.

주원빈은 압록강을 건넌 뒤 전투를 피해 중국 안둥으로 이동하는 인민군 패전병과 피란민을 만났다. 그 가운데 중국어를 할 줄 아는 인민군 병사들은 낡은 장비를 들고 있는 지원군 병사들을 보자 자신들이 품에 지니던 담배와 권총 등을 허리춤에서 꺼내 건네주었다.

"이대로는 최신식 무기를 가진 미군을 이기긴 어려워요. 당신네들은 전방으로 가고 우리는 후방으로 이동하니 이 물건들은 우리가 가지고 있어봤자 소용없겠소."

주원빈은 인민군 병사들이 어떻게 이렇듯 초라한 지경에까지 이르렀는지 웃음밖에 나오지 않았다. 그들은 더는 군인이길 포기한 듯 후줄근했다.

제58사단 174연대 정치위원 샹위안(項遠)은 한반도에 전쟁이 일어나고 중국이 제13집단군을 파견한다는 소식은 들었으나 타이완 출병을 앞둔 제9집단군이 조선에 가게 될 줄은 꿈에도 몰랐다. 샹위안은 부대가 산둥 옌저우 일대에 집결하라는 명령을 받고서야 전쟁이 눈앞에 닥쳤다는 것을 깨달았다.

간부들은 '미국이 인천상륙작전에 성공해 중국 변방지역을 위협하며 미국 제국주의는 조선전쟁을 중국 침략의 발판으로 삼고 있다' 등의 국제형세에 대한 교육을 받기 시작했다. 간부들은 타이완에 가지 못하면 조선에 가서 싸우면 된다는 단순한 생각을 품었다.

샹위안은 본디 제173연대 부정치위원이었으나 상부의 지시로 제174연대 정치위원에 임명됐다. 그가 산둥에서부터 이끌던 부대였기에 그의 애정은 남달랐다. 그는 조선에서 치를 첫 번째 전투에는 반드시 자신이 부대를 이끌고 나가야 한다고 생각했다. 그래서 그는 174연대 직무위원으로서 맡은 일을 전혀 인수받지 않은 채 전투 준비에만 매달렸다. 그 준비란 더없이 간단했다. 부대원들 모두가 그저 마대 자루 하나씩을 짊어진 채 산둥행 열차를 탔을 뿐이었다.

열차가 톈진에 닿았을 때 샹웨이안은 '중국인민정치협상회의연합성명'이라는 톈진일보의 기사를 발견했고, 곧바로 열차로 돌아와 긴급 회의를 소집한 뒤 중대마다 이 신문을 한 장씩 나눠주도록 지시했다.

본디 부대는 퉁화에 도착해 장비와 군복을 바꾸기로 돼 있었지만 상황이 몹시 급박해 미처 그럴 틈이 없었다. 제20군단 소속 병사들은 모두 얇은 남방군 차림을 하고 있어 누가 봐도 극한지역으로 가는 것은 불가능해 보였지만, 샹웨이안을 비롯한 부대원들은 두말없이 저마다 마대 자루를 짊어진 채 북으로 가는 열차에 올랐다. 의료부대의 구호설비조차 준비되지 않은 상황에서 보급부대는 자신의 이불을 뜯어 붕대를 만들고 이불솜을 꺼내 열차 안에서 소독솜을 만들었다.

제58사단 174연대 특무중대 장청꺼(張成閣) 부중대장은 정찰대를 이끌고 전방으로 나가 적의 동향을 살피고 전 군단의 길을 터주는 임무를 맡았다. 제20군단은 제9집단군의 전위대로서 20군단이 확보한 정보는 사단과 군단, 집단군의 수장에게 보고되어 상급본부에서 상황을 판단하고 결정을 내리는 데 가장 중요한 정보가 되었다.

이 때문에 그들은 가장 먼저 예상 집결지에 도착하기 위해 조선 북부지방의 낭림산맥을 넘어야만 했다. 낭림산맥은 사계절 눈이 녹지 않는 한랭지역으로 평균 해발고도가 2000미터에 이르러 인적이 매우 드문 곳이었다. 장청꺼는 정찰대를 데리고 산과 골짜기를 넘으며 정찰과 전진을 거듭했다. 그 과정에서 동상에 걸리는 부대원은 끊임없이 늘어났고, 산을 기어오르다 굴러 떨어져 그대로 얼어죽기도 했다.

11월 7일, 제20군단 전위대 59사단은 열차를 타고 압록강 기슭에 도착했다. 제59사단 177연대 2대대 마원카오(馬文考) 훈련관은 누구보다 지금 부대가 처한 상황을 잘 알고 있었다. 그는 부대가 아무런 준비도 없이 조선으로 가면 수많은 어려움에 부딪히리라는 걸 직감했다. 장비와 보급품뿐 아니라 부대에는 현지에서 길을 안내해 줄 안내원과 통역관조차 모자라는 상황이었다. 제9집단군이 사용하는 지도는 일제강점기에 만들어진 것이라 작전 과정에서 길을 잘못 들어 소중한 시간을 헛되이 쓰는 경우가 생겨 작전에 차질을 빚기도 했다.

열차를 타고 조선땅 안으로 들어간 마원카오 부대는 잠시 터널 부근에서 열차를 멈췄다. 그곳에서 병사들은 비상식량이 될 밀가루와 쌀 등을 실어 나르기 시작했다. 그때였다. 멀지 않은 곳에서 미군 전투기가 나타났다.

항미원조(抗美援朝) 시기 미군이 갖춘 세 가지 조건, 즉 전투기, 대포, 탱크 가운데 지원군이 갖춘 거라곤 하나도 없었다. 제공권을 완벽히 장악한 미국 공군은 무차별적인 지상폭격을 퍼붓기 시작했다. 지원군을 발견한 미군 전투기는 곧바로 저공사격을 개시하고 폭탄을 잇따라 떨어뜨렸다.

부대원들은 수풀로 뛰어들어 몸을 숨기고 열차도 터널에 진입해 공격을 피했지만 힘들게 구한 쌀과 밀가루는 폭발과 함께 덧없이 날아가 버렸다. 마원카오는 여기저기 휘날리는 밀가루를 허망히 바라보며 가슴속에 분노가 차오르는 것을 느꼈다. 부대원들은 조선에 도착하자마자 배 곯을 걱정부터 해야 했다.

마원카오는 요 한 달간 벌어진 일들을 하나하나 떠올려 보았다. 한 달도 더 지난 국경절이 바로 어제 일인듯이 느껴졌다. 그들은 국경절을 상하이에서 보냈는데 국경절이 끝나자 바로 열차를 타고 북쪽으로 떠났다. 옌저우 부근에 도착해 휴식을 취한 부대는 한 달도 안 되어 다시 열차를 타고 계속 북상했다. 처음에는 중한 변방지역에 도착해 준비를 마치고 전열을 가다듬은 뒤 조선으로 들어갈 계획이었다. 그러나 군 상황은 하루에도 열 번씩 바뀌었으며, 열차가 톈진에 닿자 상황은 또 달라져 제20군단은 총본부로부터 정차 없이 곧바로 조선으로 들어가라는 명령을 받았다.

그때 제9집단군의 전위대 27군단은 이미 안둥에 도착해 되돌아갈 수 없는 상황이었다. 그리하여 20군단이 톈진역을 떠난 뒤부터 전위대 역할을 맡게 됐다. 제59사단은 20군단의 전위사단, 제177연대는 59사단의 전위연대가 되고, 마원카오의 제2대대는 다시 177연대의 전위대대가 되어 지원군 최초로 조선에 들어간 부대가 되었다.

열차가 톈진역을 떠나 굉음을 울리며 빠르게 달려나가자 크고 작은 화물차와 객차들이 철로 양쪽에 멈춰서 지원군 열차에 길을 비켜주었다. 이를 본 제2대대 병사들은 우스갯소리로 이렇게 말했다.

"이번에 우리가 탄 열차가 진짜 특급열차군. 정말 1등 할까봐 무서운데?"

열차는 줄곧 달려 선양 이남의 황구툰(皇姑屯)역에 닿았다. 그러나 열차본부로부터 아무도 내려서는 안 된다는 상부의 명령을 전달받았다. 각급 본부에서는 모든 부대에 임무를 하달하기 시작했고, 마원카오는 곧바로 조선에서 작전을 수행해야 한다는 명령을 받았다.

제59사단 따이커린(戴克林) 사단장은 마원카오 부대가 탄 열차에 있었다. 조선으로 가는 첫 번째 지원군 열차였다. 쉬지 않고 빠르게 달리던 열차는 조선 지역에 들어오고부터 속도가 느려지기 시작했으며 낮에는 아예 멈췄다. 날이 밝으면 미군 전투기가 접근할 수 있기에 열차는 터널 안에 숨어 미 공군의 정찰과 폭격을 피할 수밖에 없었다.

제60사단 정치부 쉬팡(徐放) 주임은 주더 총사령관이 군단 이상 간부회의에서 한 연설을 듣고 조선의 형세가 매우 복잡해지리라 예상했다. 주더는 최악의 경우에 쓸 작전까지 생각해냈다. 만일 제9집단군이 조선에서 미군과 싸우지 못하고 돌아온다면 그대로 적군의 후방에 남아 유격전을 펼쳐야 하며 모든 부문에서 준비를 더없이 철저히 해야 한다는 것이었다.

그러나 실제 상황은 이보다 더 긴박했다. 부대는 선양에 닿자 북방의 추운 날씨를 체감할 수 있었지만 화둥부대는 예상과 달리 솜옷을 나눠주지 않았다. 본디라면 선양에서 솜옷을 받아야 했지만 또 상황이 바뀌어 열차에서 내리지 못하고 곧바로 압록강변으로 떠나라는 명령을 받았다.

곧장 조선으로 가라는 긴급명령을 받자 쉬팡은 정치부의 몇몇 과장을 불러와 상의한 뒤 그들을 열차간에 나눠 투입해 부대원들에게 상황을 설명하도록 했다. 열차는 닷새를 달려 지안에 도착하고서야 멈췄다. 지안 건너편이 바로 조선이었다.

열차에서 내린 쉬팡은 부대원들에게 전투준비를 철저히 하라고 당부했다. 그때 상부에서는 또 다른 지시가 내려왔다. 병사들은 조선에 들어갈 때 개인 편지나 사진을 포함해 그 어떤 것도 지녀서는 안 되며, 병사들이 눈이 빠지도록 기다리는 솜옷조차 조선에 도착해야만 지급된다는 내용이었다. 이어 각 군단은 항미원조 사단급 대회를 열어 간부급들에게만 솜옷 한 벌씩을 주었고,

부대는 곧 조선으로 떠났다.

부대가 서둘러 압록강에 닿자 강에는 이미 임시부교가 하나 설치돼 있었다. 병사들이 막 압록강을 건너자 주민들이 하나둘 모여들었는데, 그중 하나가 이곳이 강계라고 했다. 지원군을 쭉 훑어보고는 하나같이 고개를 내저으며 잠깐 소란해졌다. 아까 그 주인이 입을 열었다.

"저쪽 장비는 당신네들 장비와 비교도 할 수 없이 좋은데, 이래서 어디 싸울 수나 있겠소?"

그러나 쉬팡은 전혀 기죽은 낯빛 없이 중국어를 알아듣는 주민에게 대답했다.

"우리 지원군의 전투실력을 몰라서 하는 말이오? 무기가 좋고 나쁘고는 중요하지 않아. 항미원조 정신만 있다면 뭐가 문제겠소? 당신 말을 들으니 미군과 싸우는 게 그리 쉽지만은 않아 보이지만 걱정할 필요 없소. 우리는 반드시 미군과 싸워 이길 것이오!"

제88사단 군수참모 우다웨이(吳大偉)가 속한 제26군단은 타이완 전투에 참전할 주력부대로서 상하이 총밍다오(崇明島)에 주둔해 있었다. 그들은 제9집단군의 다른 부대와 마찬가지로 줄곧 바다를 건너 섬에 상륙하는 훈련을 받아왔다.

상부에서는 북상 명령을 내리는 동시에 부대의 실력과 인원, 장비의 수를 상부에 보고하도록 했다. 우다웨이는 여느 때 한 달에 한 번 하던 보고를 오늘 이 시점에 갑자기 요구하는 것으로 보아 매우 긴급한 상황이 일어났음을 눈치 챘다.

제26군단 88사단은 8000여 명의 병사를 거느렸으나 포병이 없었고, 텅현(滕縣)에 도착할 때까지 포병단 하나가 편제돼 있었다. 그러나 그 포병단이라는 것도 실제로는 크기가 작은 산포(山砲) 몇 문에 지나지 않아 어떤 공격효과를 논하기는 어려웠다.

제88사단은 산둥 텅현에 머문 지 일주일도 안 되어 곧장 열차를 타고 랴오닝성 푸순(抚順)에 도착해 또 2~3일을 쉬고, 11월 19일 밤 상부 명령으로 또다시 열차에 올라 린장에 도착, 곧이어 압록강 대교를 통해 압록강을 건넜다.

우다웨이는 압록강 대교를 건너다 어둠 속에서 수상한 물소리를 들었다. 아무것도 보이지 않는 상황에서 잠시 뒤 물소리는 잇따라 들리는 긴박한 발소리에 묻혀 사라졌다. 부대가 막 강을 건너자 갑자기 미군 전투기가 나타나 다리를 폭파시켰다.

압록강을 건넌 뒤 우다웨이는 형체도 없이 사라진 도로와 온 길바닥을 뒤 엎은 포탄 구덩이와 마주했다. 길가의 마을도 폭격으로 온전한 집이 거의 없 었고 몇몇은 여전히 불길과 연기에 휩싸여 있었다.

제88사단은 이후 웅동(熊東)에 주둔하고 제26군단 군단본부는 중강(中江) 에, 기관중대는 모두 그 부근에 주둔했다. 병사 한 사람당 7일분의 양식이 주 어졌는데 비스킷과 볶음면 종류가 전부였다.

전투가 시작되기 전까지 우다웨이는 늘 아래 연대를 찾아가 현재 상황을 파악하거나 윗선의 지시나 임무를 전달했다. 전투가 시작된 뒤에는 일선에 나 가 수시로 전투 상황을 수장에게 알렸다. 또 전투가 끝나면 부대의 모든 상황 을 종합해 비교하고 분석했다.

조선에 오기 전 부대에는 적을 얕잡아 보는 분위기가 널리 퍼져 있었다. 수 많은 병사들은 정신적으로 풀려 있었고, 적과 어떻게 싸워야 하는지, 곤란한 상황이 일어나면 어떻게 대처해야 하는지, 미군의 작전 특징은 무엇인지 잘 알지 못했다. 우다웨이 또한 처음엔 미군을 우습게 생각해 이번 임무를 마치 고 치약 하나를 다 쓰기 전에 조국으로 돌아갈 수 있으리라 믿었다.

온 부대에 깔린 이런 분위기는 처참한 전투를 치르고 나서야 엄청난 두려 움으로 바뀌었다. 미군의 탱크와 대포, 더욱이 집 지붕에 바짝 붙어 날거나 동굴 안을 뚫고 날아오는 전투기를 보자 수많은 지원군 간부와 병사들은 어 찌할 바를 몰랐고, 마침내 전쟁을 피해 그대로 달아나고 싶은 마음까지 솟구 치게 됐다.

제9집단군의 전투작전에서 제27군단은 주요 공격 임무를 맡았다.

제27군단은 미처 압록강을 건너기도 전에 적의 정황을 포착했다. 장구이진 (張桂錦)은 27군단 80사단 제239연대 2대대 훈련관을 맡고 있었는데, 선봉부 대인 2대대에서 4중대는 국내전쟁에서 모범중대로 꼽혀 '전투모범중대' '일등 공격중대' 등으로 불렸으며, 4중대 소속 전투영웅과 공신 등이 2대대 절반을 차지했다. 그러나 제239연대는 재편제 때 부대가 갈려 2대대만 따로 다른 열 차에 올라야 했고 이 열차의 지휘관을 장구이진이 맡았다.

열차가 안둥에 닿았을 무렵 사령부는 2대대에게 그곳에 남으라고 지시했다.

근처에서 적이 발견됐다는 정보가 들어온 것이다. 사령부는 강 너머 20킬로미터 지점에 영국군 제27여단이 주둔하고 있으니 2대대가 남아 전투를 준비하라고 명령했다. 2대대는 안둥에 두 시간쯤 머물며 열차에서 모든 장비를 내리고 무기를 열차 지붕에 실은 뒤 신의주를 통해 조선으로 들어가 언제든 전투할 준비를 마쳤다.

제2대대는 조선 지역에 들어가는 대로 수색과 정찰을 되풀이했다. 열차가 어느 마을에 닿으면 먼저 정찰분대 하나를 보내 적이 없다는 사실을 확인한 뒤 다시 나아가는 식으로 부대는 하루 저녁만에 30킬로미터를 움직였다. 그러다 작은 마을에 도착해 주민들에게 영국군 제27여단의 행적을 물었더니 27여단은 이미 두 시간 전에 차를 타고 떠났다고 했다.

장구이진은 열차에서 내려 지원군 사령부에 이 사실을 알렸고, 사령부에서는 본디 계획대로 빠르게 방호 구조 공사를 하라는 회답을 보내왔다.

그러나 이튿날 7~8시쯤이 되자 갑자기 적의 전투기가 날아와 하늘을 뒤덮었다. 많게는 20대씩, 적게는 8~9대씩 무리를 지어 날아와 무차별적 폭격을 쏟아부었다. 아침에 시작된 폭격은 저녁까지 이어져 이미 폐허가 된 신의주를 또 한 번 쑥대밭으로 만들어 놓았다. 여기저기 시체가 나뒹굴고 포탄 냄새가 온 주위에 가득한 그곳에서 장구이진 대대는 다시 한 번 사단본부로부터 안둥으로 돌아오라는 명령을 받았다.

돌아갈 때는 열차가 없어 행군하는 수밖에 없었다. 장구이진은 병사들과 걸으며 꾸준히 대원들을 북돋웠지만 사실 그때는 그 어떤 독려도 필요 없었다. 몇십 리나 떨어져 있어도 콧속으로 스미는 시체 타는 냄새와 하늘을 뒤덮은 짙은 포탄 연기 속에서 병사들은 몇십만 명이 모여 살던 도시가 하루아침에 무덤으로 바뀌고 집과 가족을 잃은 사람들이 곳곳에 망연히 널브러진 광경을 보며 전의가 피어오르기 시작했다.

'침략자 미군들에게 본때를 보여주고 반드시 이국에서 첫 승리를 거두리라.'

부대는 날이 밝고 한참 뒤에야 안둥에 닿았다.

제27군단은 며칠 뒤 또 한 번 조선에 들어가라는 명령을 받았다. 며칠 동안 쉬지 않고 이어진 행군 속에서 27군단은 눈비, 바람, 우박 등 온갖 악재를 견뎌내야만 했다.

스물한 살 장구이진은 본디 수염이 없었지만 행군 중에 눈썹과 눈가에 고드름이 매달리고 온 얼굴에 얼음이 얼어 마치 하얀 수염을 달고 있는 듯 보였다. 병사들은 눈비에 옷이 젖으면서 온몸이 얼어붙어 마치 갑옷을 두른 듯 걸을 때마다 부드득부드득 소리가 났다. 하룻밤 사이 60~70리를 이동한 그들은 목적지에 닿았다. 모두 지칠 대로 지친 모습이었다.

부대는 숙영지를 정하고도 곧바로 쉴 수 없었다. 함부로 마을에서 지낼 수 없어 바깥에다 방공호를 파야 했던 것이다. 방공호를 다 파낸 뒤에도 장구이진은 중대마다 돌아다니며 공사 현황을 살펴보느라 좀처럼 쉴 틈은 나질 않았다. 4중대, 5중대, 기관중대와 포병중대가 방공호 공사를 마무리했으며, 그는 방어 조직 형태도 나쁘지 않다고 판단했지만 중대한 문제점 하나를 발견했다.

사실 상부에서는 이미 행군 뒤 절대로 뜨거운 물로 발을 씻지 말라는 지시를 내려보낸 바 있었다. 언 발을 뜨거운 물에 담그면 혈관이 부풀어 부종이 생겨 신발을 신을 수 없다는 이유였다. 그러나 경호원과 문화간부 출신 6중대 중대장과 훈련관은 모두 병사들을 이끌어 본 경험이 없어 방공호를 완성한 뒤 부대원들이 무엇을 하는지 감독하지 않고 그대로 방공호 안에 들어가 잠이 들었다. 그사이 중대원 대부분이 밥그릇에 물을 데워 발을 씻었고 국내전쟁을 치를 때와 똑같이 시간만 나면 물을 끓여 발을 녹이고 말았다. 그 결과는 말할 수 없이 처참했다.

이튿날 아침 병사들은 발이 만두처럼 퉁퉁 부어올라 도무지 신발을 신을 수가 없었다. 중대원 140여 명 가운데 무려 120명이 그런 상태였다. 이 사실은 상부에 알려졌고, 마침내 제27군단은 2대대에서 현장회의를 열어 6중대에게 '반동표본(反面典型)'이라는 불명예를 주었다.

제27군단 81사단 243연대 1중대 황완펑(黃萬豊) 중대장은 전투에 투입되기 전부터 불만이 많았다. 다른 부대들은 모두 조선에 들어가 제국주의와 전투를 벌인다는데 자신이 속한 제9집단군은 왜 뜬금없이 타이완도 아닌 산둥으로 가야 하냐는 것이었다. 그러나 조선에 도착하자 그는 자신도 제국주의 전투에 투입됐음을 알게 됐다.

상부에서 대대본부에 건네준 것은 단단히 밀봉되어 뜯어볼 수 없는 지도 한 뭉치뿐이었다. 출병 전 짐을 줄이면서 수건이던 세숫대야던 남은 게 없었고, 보충해 준 소품이라고 해봤자 크기에 상관없이 나눠준 신발 한 켤레가 다였다. 그나마 중대 간부들은 외투 한 벌과 방한모자가 하나씩 주어졌다. 하지만 황완평은 뒤따라오는 제20군단의 모습을 보고 할 말을 잃었다. 챙모자를 늘어뜨려 귀와 얼굴 절반을 감싸고 나타난 그들의 상황은 자신들보다 훨씬 나빠 보였다.

병사 한 사람에게 나눠준 7~8근의 식량은 체력 소모가 크고 한 번에 비스킷 두 근은 거뜬히 먹어치울 만큼 식사량이 많은 군인들에게 턱없이 모자란 양이었다. 얼마 뒤 식량이 다 떨어진 황완평은 일주일 내내 전분물만 마시다 보니 주린 배가 요동을 쳤고 마침내 소변만 눠도 배가 고파 참을 수가 없었다. 부대는 10여 일을 빈속에 소금만 먹다 지나가던 마을에서 주민들이 버린 강두(豇豆)를 주워 골라낸 뒤 죽을 끓여 소금간을 해 먹었다.

조선에 들어와 장진호로 떠날 때 곳곳이 온통 하얀 눈에 뒤덮여 나무들마저 축축 늘어진 모습을 본 황완평은 갑자기 마오 주석의 시 한 구절이 떠올랐다.

'민산 천리를 뒤덮은 저 눈이 반갑구나(更喜岷山千里雪).'

눈 덮인 민산만 넘으면 승리할 수 있다는 기쁨을 노래한 시였으나 그는 조금도 기쁘지 않았다. 1미터까지 푹푹 빠지는 눈을 밟으며 나아가는 것은 거의 불가능했다. 병사들은 설산 골짜기 길로 겨우겨우 기어나갔지만 말과 노새들은 그마저도 어려웠다.

추위와 바람을 조금이라도 피하기 위해서는 잠도 산속에서 자야 했다. 산에는 쑥대 같은 식물들이 자라 있고 바닥은 눈으로 덮였는데, 병사들은 그 눈더미를 파내 이불을 깔고 또 깔아 잠을 잤다. 잠을 잘 때도 누구 하나 신발을 벗지 않았다. 한 번 벗은 신발은 깡깡 얼기 일쑤여서 다시 신기 어려웠다. 병사들은 함께 누워 서로 팔을 껴안은 채 이불로 머리만 뒤집어쓰고 잠이 들었다.

부대는 목적지에 닿고도 쉴 수 없었다. 잠시 앉아 쉬었다간 그대로 얼어 죽을지도 모르니 끊임없이 몸을 움직여야 했다. 그래서 황완평을 비롯한 중대 간부들은 조금이라도 게을러진 병사들이 있으면 억지로 끌어내 운동을 시켰다. 이러한 조치 때문에 황완평이 이끄는 제243연대 1중대는 모든 전투를 치르는 동안 동상에 걸린 병사가 고작 3명뿐이어서 끝까지 왕성한 전투력을 유지할 수 있었다.

리쭝안(李宗安)은 제27군단 79사단 237연대 기관포중대 훈련관이며, 그가 속한 중대는 전 대대의 유일한 화기분대로 그즈음 보병으로 이루어진 지원군 가운데에서도 중량급 부대였다. 여느 때는 어느 부대보다 거들먹거리다가도 막상 행군이나 작전을 수행하는 전투에 들어가면 가장 애를 먹는 부대이기도 했다. 노새가 있었지만 낭림산맥을 넘거나 눈과 얼음으로 뒤덮인 길을 이동할 때는 그나마도 소용이 없었다. 중기관총과 박격포, 무반동포 등을 모든 병사들이 둘러메고 옮겨야 했는데, 그 고통은 이루 말할 수 없을 정도였다.

열차가 압록강으로 달리고 있을 때도 리쭝안은 자신이 어디로 가는지 몰랐다. 상부에서는 그저 조국이 가장 필요로 하는 곳으로 간다고만 했다. 열차가 가는 길에는 줄곧 초록색 등이 켜졌고 모든 차들이 열차가 가는 길을 터주었다.

선양에 열차가 멈춰서 밥을 먹을 때였다. 바깥에 남루한 옷차림을 한 낯선 군인들이 눈에 띄었다. 처음에는 북조선 인민군이 잡은 포로들을 중국으로 보내온 것이라 여겼지만 나중에 물어보니 그들이 바로 인민군이었다. 병사들은 그제야 전쟁 상황이 그리 좋지 않음을 직감했다.

본디라면 안둥에서 강을 건너 곧바로 영국군 제27여단(실제로는 영국군과 호주군의 연합부대)과 전투를 벌일 예정이었다. 제81사단이 맨 앞에, 제79사단이 중간, 제80사단이 후방을 맡았다. 그러나 이후 전방으로부터 제27여단이 그대로 물러났다는 전화가 걸려왔다.

부대는 계획을 바꿔 안둥에서 강을 건너지 않았지만 도저히 잊을 수 없는 광경을 목격했다. 건너편에 있는 신의주가 미군 전투기의 무차별 폭격으로 불바다가 되어버린 것이다.

'오늘날 조선의 모습이 앞으로 중국 모습일지도 모른다. 미국에게 우리 중국은 늘 눈엣가시 같은 존재였다. 해방전쟁 때 미국은 국민당을 도왔고, 신중국 성립 뒤에도 중국을 인정하지 않고 봉쇄정책을 유지했다. 미국은 중국의 타이완 해방을 막으려 들고 이제는 또 조선을 침략해 중국을 공격할 발판으로 삼으려 하고 있다.'

리쭝안은 이런 생각이 들자 반드시 미군과 싸워 이겨 미국의 간섭을 꺾어버리겠노라 다짐했다.

부대는 또다시 지린성 린장(臨江)으로 우회하기 시작했다. 1개 군단 5만 명의 병사들이 열차 여러 대를 나눠 타고 돌아가는 것은 생각만큼 쉬운 일이 아니었다. 그리하여 집단군의 전위대는 순식간에 후위대가 되었고, 후위대로 오던 제20군단이 가장 먼저 압록강을 건너게 되었다.

부대는 열차가 움직이는 동안에도 내내 동원교육을 받았다. 각급 수장들이 차례로 앞에 나서 연설을 하고 상급 간부와 하급 간부들이 잇따라 교육을 하면서 린장에 다다랐을 때는 이미 병사들의 전투 열정이 압록강 물결처럼 출렁이고 침략자들에 대한 분노가 하늘을 찔렀다.

제27군단 또한 갑자기 린장을 통해 조선으로 들어가게 됐지만, 뜻밖에도 둥베이변방군이 입던 외투와 솜옷, 솜이불 등을 건네받을 수 있어 20군단에 비하면 그나마 상황이 나은 편이었다. 하지만 그마저도 압록강을 건넌 뒤 곧바로 미군 전투기의 폭격으로 날아가 버렸다.

상하이 해방전에서 잡힌 리쭝안의 통신병은 어린 남자 포로로 여태껏 누구에게도 자신이 운전할 줄 안다는 사실을 말하지 않았다. 미군 전투기가 차량에 사격을 퍼붓자 그는 갑자기 차량 한 대를 타고 달려나갔고 전투기는 그 차량을 뒤쫓기 시작했다. 어린 통신병은 마치 한 마리 사자처럼 거세게 차를 몰아 전투기를 부대본부와 멀리 떨어진 곳으로 유인했다. 잠시 뒤 그는 미군의 폭격을 맞아 차량이 폭발하면서 목숨을 잃었다.

어린 통신병의 대담한 죽음을 목격한 리쭝안은 그 용감함과 희생정신에 입을 다물지 못했다. 그가 운전을 해 전투기를 꾀어내지 않았다면 지금쯤 기관중대본부도 완전히 사라지고, 그 근처에서 회의를 하던 대대본부도 큰 피해를 입었으리라. 때마침 제3대대본부에서는 대대중대급 간부회의가 열리고 있었다. 만약 폭격을 맞았다면 한 대대의 간부가 전멸했을지 모를 일이다.

본디 제94사단 소속이었던 왕란팅(王蘭亭)은 1949년 해방군이 칭다오를 해방시킨 뒤 부대를 따라 남하해 둥산다오(東山島)를 해방시키고 곧바로 또 조선전쟁에 참전했다.

94사단 전체가 제27군단에 배속되면서 왕란팅이 속한 특무중대 대원들도 27군단의 전화중대, 통신중대, 통신소대로 흩어졌고, 왕란팅은 통신소대와 함께 27군단의 전화중대 연결부에 들어갔다. 린장에서 압록강을 건너며 고생을 한 왕란팅은 앞으로 더 험한 여정이 기다리고 있음을 짐작했다.

신이 장난이라도 치듯 부슬부슬 내리던 비는 통신소대가 산허리에 다다랐을 때쯤 눈으로 변했다. 통신병들은 등에 7일분의 식량 말고도 전화선 묶음과 전화기 한 대씩을 지고 올라가야 했는데, 이 전화선만 해도 20여 근이라 간단한 생활용품과 무기와 탄약까지 더하면 통신병 한 사람이 지고 가야 하는 짐은 50~60근은 너끈히 되었다.

비는 갈수록 심하게 내리부어 온몸이 흠뻑 젖었고, 가까스로 산 정상에 오르니 또다시 눈이 내려 몸이 얼어버렸다. 천근만근 무거워진 몸은 쉬었다 갈 용기조차 낼 수 없게 했는데, 잠깐이라도 앉는다면 다시는 못 일어나리라는 걸 왕란팅은 누구보다 잘 알았다. 그는 바닥에 앉아 쉬다가 그대로 얼어 죽은 이들을 두 눈으로 똑똑히 보았다. 몇몇은 아직 얕은 숨을 내쉬고 있었지만 그들 또한 더는 살 가망이 없어 보였다.

밤낮으로 쉬지 않고 나아간 그들은 마침내 첫 번째 숙영지에 닿았다. 부대는 산을 내려와 조선의 한 마을에 들어갔는데 그곳은 이미 미군 전투기의 폭격을 맞아 폐허가 되어 있었다. 벽돌 한 장 건질 게 없는 그곳에 사람이 들어가 쉴 곳이 있을 리 없었다. 아직 방공호가 없어 혹시 모를 미군 전투기의 정찰과 폭격을 피하기 위해서는 눈이 내린 들판을 뒤져 숨을 곳을 찾아내야 했다.

병사들은 산기슭 쪽에서 불을 피워 물을 끓였다. 간부들은 따로 모여 앉아 큰 모닥불을 피워놓고 몸을 녹였다. 병사들 거의가 신발을 신은 채 발이 꽁꽁 얼어버려 신발을 벗지 못했다. 그 가운데 경험이 없던 병사들은 신발을 불 속에 집어넣어 굽다가 그만 발까지 구워져 버리기도 했다. 마침내 신발은 벗겨졌지만 그때는 이미 발이 문드러져 건드리면 흐물흐물할 정도였다. 이 과정에서 얼어 죽은 특무중대 소속 병사는 모두 30여 명에 이르렀다.

제9집단군의 15만 병사들은 어떤 지원도 받지 못한 채 조선의 극한지역에서 추위와 싸우며 위장침투작전을 펼쳤다. 그들은 열 시간을 쉬지 않고 행군하며 하루 평균 30킬로미터의 속도로 움직여 26일 드디어 장진호 집결지역에 닿았다.

너무나 갑작스레 조선에 투입된 제9집단군은 거의 아무런 준비도 갖추지 않은 상태에서 미군의 대규모 공중 습격까지 받으면서 후방지원에 어려움을 겪었다. 11월 초부터 미군은 총공격 개시를 앞두고 조선 북부지역에서 대규모 공습을 진행했다. 이 때문에 식량뿐 아니라 의복과 탄약 부족에 시달리던 부대는 장진호 지역에 도착해서도 사람이 거의 살지 않아 먹고 자는 부분에서 전혀 도움을 받지 못했다.

어쩔 수 없이 눈밭에서 들짐승처럼 지내야 했던 부대는 50년 만에 가장 추운 겨울을 맞은 조선땅에서 수많은 병사들이 얼어 죽거나 굶어 죽어 병력에 큰 손실을 입었다. 10여 명으로 이루어진 제9집단군에게는 한 조당 한두 장의 솜이불이 주어졌고, 차디찬 밤에는 이것을 눈밭에 깔고 그 위에 모여 서로를 껴안은 채 영하 30도의 날씨를 견뎌야만 했다. 제9집단군은 조선에 발을 들여놓은 첫날 동상환자가 800명이나 생겨났다.

제20군단 군단본부에서 통신국 업무를 맡고 있던 우창예(吳昌業)는 줄곧 군단본부와 함께 움직였다. 그는 압록강 대교를 건넌 뒤 포탄 연기가 자욱한 마을과 도로를 보고 숨이 멎는 듯한 충격에 휩싸였다. 미군 전투기는 휘발유 통처럼 생긴 네이팜탄을 곳곳에 떨어뜨렸고 그 모습은 마치 하늘에서 지상으로 꽃을 흩뿌리는 듯했다. 땅에 떨어진 네이팜탄은 수많은 불꽃을 만들어 내더니 곧 커다란 불바다를 이루었다. 그와 함께 불꽃에서 새어나온 연기가 슬슬 밀려오면서 금세 우창예의 온몸을 휘감았고 그는 코를 막은 채 조선땅에 들어올 수밖에 없었다.

군단본부 소속 통신국은 5~6개 부가 있었는데 아래 3개 사단에 각 1부, 상부 연락집단군에 1부, 그리고 예비용 1부였다. 이렇듯 지원군의 통신수단은 매우 열악했으며 미군의 통신수단과 비교하자면 '좁쌀과 소총'을 '전투기와 대포'에 견주는 것과 같았다.

행군을 시작할 때도 병사들은 그다지 피곤하다고 생각지 않았다. 단지 조선에서는 야간 행군만 해야 한다는 것이 익숙지 않았을 뿐, 중국에서 전투를 벌일 때도 밤이고 낮이고 걸었다.

우창예는 오랜 기간 행군을 하면서도 늘 통신장비를 짊어져야 했지만 일찍이 빨리 이동하는 방법을 익혀온 터라 행군 자체가 그리 큰 문제는 아니었다. 하지만 그는 날마다 행군을 마치고 잠자리에 들 때마다 골치를 앓았다. 조선 사람들이 쓰는 온돌은 중국 둥베이지방 사람들이 쓰는 온돌과 달라 일단 방에 들어가면 바닥 생활을 해야 했다. 처음에 우창예는 밥 먹고 쉬고 자는 것을 모두 온돌에서 해야 하는 게 더없이 낯설었다. 그러나 나중에 폐광동굴 앞에 자리를 만들어 지낼 때 그 차가운 얼음판 위를 지키고 있노라니 따뜻한 온돌방에 앉아 있는 것이 신선놀음이나 다름없다는 사실을 깨닫게 됐다.

눈을 자주 보지 못했던 남방지역 출신 지원군들은 한 번이라도 눈 내리는 풍경을 보는 게 소원이었다. 조선에 도착한 뒤 이튿날이 되어서야 천지를 뒤덮은 눈을 보고 마침내 그들은 한을 풀었다. 눈 내리는 풍경을 손꼽아 기다렸던 우창예는 첫날 밤 눈이 내리지 않아 조금 실망했다. 그러나 장진호 전투 집결지로 가는 길에 50센티미터 넘게 쌓인 눈을 만났을 때는 그는 당황할 수밖에 없었다. 통신장비를 멘 채 설산을 한 발 한 발 기어오르면 젖 먹던 힘을 다 쓰면서도 너무 추워 온몸이 부들부들 떨렸다.

압록강을 건너고 나서는 긴장이 좀 풀렸는데 부대원들 모두가 해방전투를 치르다 투입된 병사들이어서인지 행군이나 전투에 서는 조금의 두려움도 없었다. 게다가 강을 건넌 뒤에도 특별히 위급한 상황이 일어나지 않았다. 모두 제20군단의 은밀한 침투전략 덕분이었는데 실제로 미군 전투기와 지상 정찰병들은 20군단의 행보를 조금도 눈치채지 못했다.

그 뒤로는 고난의 연속이었다. 우창예는 압록강에서 얼굴을 씻고 난 뒤 한 달이 지나서야 겨우 세수를 하게 될 줄을 꿈에도 몰랐다. 물이 없기도 했지만 행군과 엄폐를 되풀이하느라 세수할 시간조차 없었던 것이다. 산둥 지닝(濟寧)에서 열차에 오른 뒤로 그는 제대로 잠을 자본 적이 없었기에 세수 따위가 중요하게 생각되지도 않을뿐더러 씻지 않았다고 특별히 불편한 점도 없었다. 지린 메이허커우에 닿았을 때 부대는 최대한 짐을 줄이라는 지시를 받았다. 중국인민해방군 표식도 떼놓고 가야 하는 판에 세숫대야는 물론 가지고 갈 수 없었기에 그때 이미 제대로 씻을 생각은 완전히 비우고 왔다.

메이허커우에서 두 시간을 머물렀을 때 부대는 짐을 줄이고 지안으로 갔다. 지안에 닿은 우창예는 말로 표현 못할 만큼 피곤했다. 그는 군단본부를 따라 타이핑쫭(太平莊)이라는 마을에 들어섰는데 그곳에서 3~4리쯤 가면 바로 압록강이었다.

우창예는 잠시 그곳에서 녹색으로 반짝이는 강물을 바라보며 참 아름답다는 생각을 했다. 그때 강 저편에서 머리에 광주리나 보따리를 진 수많은 조선 아낙들이 이곳으로 건너오는 모습이 보였다. 어느 주민에게 물어보니 조선인뿐 아니라 중국인들도 늘 이런 식으로 강 이편과 저편을 오가곤 하지만, 저들은 전쟁에 쫓겨 달아나는 피란민이라고 했다. 비참한 그들의 모습을 본 우창예는 잠시 가슴속에 분노가 치밀어 오름을 느꼈다.

지안에서 우창예는 철수해 돌아오는 인민군들을 만났다. 그들 대부분은 해방군 전사 출신이었지만 이미 전쟁에 지칠 대로 지쳐 모습이 말이 아니었다. 그들은 지원군을 보자마자 만감이 엇갈리는 표정으로 대뜸 우창예에게 물었다.

"당신네들은 탱크가 몇 대요? 대포는 몇 문이요? 전투기는 있는 거요?"

순간 우창예는 어떤 대답도 하지 못했다. 그들의 질문은 마치 탱크와 대포와 전투기 없이는 싸울 수 없다는 말처럼 들렸다.

이동 중에도 우창예는 쉼 없이 전보를 주고받았다. 그러나 전투가 하루하루 다가오자 무선통신도 자주 쓸 수 없었다. 자칫하면 미군 전투기에 발견되거나 미군의 선진 무선탐지기에 지원군의 통신 사실이 들킬 수 있었다. 미군의 무선탐지기는 유난히 많은 통신신호가 잡히는 지역이 있으면 그곳을 적의 지휘 본부나 작전본부로 판단해 곧바로 전투기를 보내 폭파시켰다. 그리하여 지원군 통신병들은 당직반 하나를 만들어 수신만 하고 발신을 하지 않는 작전을 썼다. 본격적인 전투가 시작되어야 모든 통신병이 수신 발신 업무에 투입되는 것이었다.

첫 번째 전투가 끝난 뒤 서부전선의 지원군 제13집단군은 일부러 조금씩 물러나며 미군을 작전지역으로 끌어들였다. 아울러 동부전선 지원군 제9집단군은 같은 작전 중 하나로 이미 정해진 작전 집결지에 도착하고도 미군과 교전을 벌이지 않았다.

부대는 행군할 때는 통신을 끊고 다시 새로운 지점에 도착하면 곧바로 통신국을 개설해 신호를 보냈다. 일부러 미군 탐지기에 노출되어 지원군이 후퇴한다고 느끼게 한 뒤 다시 신호를 꺼뜨려 미군을 혼란에 빠뜨리는 작전이었다. 이 때문에 우창예는 조선에 들어온 뒤 줄곧 쉬지 않고 통신기를 등에 짊어진 채 행군을 해야 했다.

11월 26일 10시, 총공격을 몇 시간 앞두지 않은 시각 제9집단군의 신호를 찾던 우창예는 갑자기 긴급한 전보를 발견하고 긴장했다. 그는 상부의 지시를 받기도 전에 곧바로 통신 내용을 받아 적기 시작했다. 우창예의 눈에는 오직 숫자 몇 개가 들어올 뿐이었다.

'장랴오(張廖), 26일 밤 총공격을 멈춘다. 쑹(宋).'

우창예는 맨 처음 이것을 무선연락대 우허민(吳賀民) 주임에게 알렸다. 내용을 본 우허민은 매우 중대한 사안임을 곧바로 알아차렸다.

무선연락대의 몇몇 통신국은 갑자기 바빠졌다. 줄곧 제9집단군에 전보를 쳤지만 시간만 가고 제때 회답을 받지 못해 모두 몹시 초조해했다. 1분 1초가 흘러가는 사이 모든 사단은 이미 출동 준비가 끝났고, 절대로 실수가 있어서는 안 되는 상황이었다. 허술하게 만들어진 방공호는 사면에서 바람이 새어들어왔지만 연필을 쥔 우창예의 손은 땀이 식을 줄 몰랐다.

작전과장 주징후이(朱景輝)는 옆에서 내내 재촉을 하고 그때마다 우창예는 제9집단군에 신호를 보내고 또 보냈다. 마침내 기다리던 답이 왔다. 그 소리는 우창예 말고도 다른 통신국에서도 모두 들었다. 우창예가 재빨리 다시 한 번 회답을 달라고 하자 다른 통신국에서도 동시에 전보 내용을 기록하기 시작했다. 각 통신국에서 기록한 내용 또한 모두 같았다.

'장랴오(張廖), 26일 밤 총공격을 멈춘다. 쑹(宋).'

우창예의 전보 내용이 사실임이 확인되자 이는 곧바로 모든 부대에 속속 전달되었다.

그날 저녁 우허민 주임은 오래되고 귀한 술 한 병을 꺼내와 우창예와 몇 잔을 주고받았다. 만일 우창예가 이 통신 내용을 잡아내지 못했다면 부대는 최악의 상황에 맞닥뜨렸을지 모른다.

지원군 총사령본부의 작전에 따르면 서부전선과 동부전선은 나란히 공격을 실시해야 했지만, 동부전선 부대 전체가 제때 예상 집결지에 닿지 못하면서 동부전선의 공격이 늦어졌다. 그곳에서 미군을 포위한다는 계획이 물거품으로 돌아가 미군이 달아난 것은 물론 오히려 측면이 뚫리면서 역으로 미군에게 포위를 당했다. 끝내 지원군은 모든 전투에서 불리한 상황을 맞으며 조선전쟁의 전체 국면에도 나쁜 영향을 미치게 된다.

11월 27일 밤 12시, 지원군은 제80사단과 제81사단 242연대 총 4개 연대에 집중되어 제27군단 부군단장 겸 제80사단 사단장 짠다난(詹大南)의 총괄 지휘로 신흥리에서 공격을 개시했다.

해방전쟁 중 핑진(平津)전투에서 마오쩌둥에게 깊은 인상을 안겨준 짠다난은 중화인민공화국 개국대전(開國大典)에 참가한 뒤 상하이로 향하던 길, 우연히 제9집단군 사령관 쑹스룬을 만났다. 제9집단군에서 27군단 부군단장을 맡아달라는 요청을 받아들인다. 그 뒤 짠다난은 조선에서 가장 위급한 순간에 쑹스룬으로부터 막중한 임무를 부여받고 제80사단과 81사단의 1개 연대를 이끌고는 신흥리로 이동했다. 쑹스룬은 짠다난과 돌파에 능한 제27군단을 신흥리 방향에 투입, 이들이 미군의 방어상 약점을 파고들어 전투의 돌파구를 마련해 주길 바랐다.

짠다난은 신중하지 못해 보이는 가운데 뜻밖에도 섬세한 면이 있고, 맺고 끊는 것이 확실해 결단력이 있다는 평을 들었다. 작전 개시 전 임무를 나눌 때도 오로지 임무에만 집중해 지시내용 또한 매우 간단명료했다. 그는 각 부대가 어느 진지를 점령해야 하고, 어느 쪽으로 공격하고 어느 근거지를 장악해야 하며, 그 후속 임무는 무엇이고 마지막 목표는 무엇인지만 정확히 전달할 뿐 어떻게 임무를 해야 하는지에 대해서는 말이 없었다. 그가 각 부대에 매우 큰 자율권을 주었음을 뜻했다.

오랜 행군 끝에 겨우 전투지역에 도착한 제80사단 238연대는 사단으로부터 신흥리 지역의 적군을 무찌르고 신흥리 서북 측면에서 주요 공격 임무를 맡으라는 지시를 받았다. 그러나 11월 27일 저녁, 막 전투가 시작될 무렵 238연대의 선봉대대인 1대대가 방향을 잘못 잡고 말았다. 그들은 일본지도에 의지해 진격했는데, 지도상에 없는 도로와 지형과 지물 등이 나타나면서 혼란에 빠져 떠난 지 얼마 되지 않아 곧 길을 잃어 진격로에서 10여 리나 멀어져 버렸다.

제1대대가 길을 잘못 든 사실을 알아차린 238연대 수장은 이 사실을 곧바로 사단 지휘소에 알렸고, 보고를 받은 짠다난은 해당 연대에 곧바로 임무를 조정할 것을 명령했다. 그리하여 제238연대에는 예비부대였던 3대대를 선봉부대로 끌어와 1대대와 2대대를 앞질러 나아가 신흥리 북부의 고지대를 점령한 뒤 후방부대가 이동하는 동안 미군을 공격하라는 지시가 내려졌다.

그러나 나머지 부대들의 임무 조정은 말처럼 쉬운 것이 아니었다. 필요한 포병 수와 지원 가능한 포병 수를 두고 거듭 협상해야 하는 데다 일부 화력 분대마저 뒤죽박죽되자 그야말로 첫 단추를 잘못 끼워 전체가 마비되는 상황이 닥쳐온 것이다. 대대 하나가 길을 잘못 들면서 작전 전체를 바꾸려다 보니 마침내 공격 예정시간은 두 시간이나 늦춰졌다.

이때 공격에 참여한 다른 부대들은 이미 전투를 시작할 수밖에 없는 상황에 맞닥뜨렸고, 더는 기다릴 수 없었던 제239연대는 사단 지휘소에 진격을 시작하겠다고 알렸다.

제239연대의 임무는 신흥리 동쪽 맨 끝자락 1455.6고지를 공격하는 것이었다. 주요 공격연대를 보조하는 역할을 한 뒤 제238연대와 협공을 이루며 신흥리 서쪽 1221고지를 맹렬하게 공격하도록 되어 있었다.

1221고지로 진격하는 제239연대 2대대는 장구이진 훈련관이 통솔했는데, 주요 공격 임무를 맡은 238연대가 제때 도착하지 못하자 이들이 갑작스레 신흥리 전투의 선봉부대가 되었다.

제2대대는 239연대의 주력부대로 조선에 들어온 뒤 줄곧 짠다난의 지휘를 받으며 정찰과 사단본부의 보위 임무를 맡아왔다. 이때 짠다난은 아직 적의 동향이 파악되지 않은 상태에서 장구이진에게 새로운 임무를 지시했다. 장구이진이 몸소 돌격조를 이끌고 적의 최전방으로 들어가 근접정찰을 한 뒤 왕커푸(王可夫) 작전계장을 통해 그에 대한 구체적인 내용을 보고하라는 것이었다.

이 보고에는 각 조가 어디에서 진지를 점령했고, 어떤 경로로 적에게 접근했으며, 어느 쪽으로 공격을 진행하고 또 어느 지점에서 돌파를 시도하는지 등 자세한 내용이 담겨야 하고 작전지도에도 모두 뚜렷이 표시되어야 했다. 그리하여 장구이진은 곧바로 2대대를 이끌고 239연대가 있는 공격 출발진지로 떠났다.

부대는 예정지에 도착한 뒤 공격 출발진지를 점령했다. 밤 12시가 되어 계획에 따라 공격을 개시하려던 그때 사단으로부터 긴급연락이 왔다. 제238연대가 아직 예상 집결지에 도착하지 못해 공격시간이 미뤄졌다는 것이었다. 238연대는 제80사단의 주력부대였다. 신흥리 전투 작전은 제238연대 소속 3개 대대와 제240연대 1개 대대를 더한 총 4개 대대와 사단 소속 포병 등 직속분대, 왕커푸가 소속된 제239연대가 함께 참여하는 작전으로, 이 가운데 어느 하나라도 단독 공격을 실시하게 되면 전술에 큰 차질이 생길 수 있었다.

이렇게 꽁꽁 언 설원에서 부대는 또다시 두 시간여를 기다렸지만 238연대는 여전히 예정지에 도착해 작전을 수행하지 못했다. 병사들은 행여나 미군에 작전이 드러날까 두려워 차가운 얼음바닥에 엎드렸는데 몸은 금세 얼어 꼼짝도 하기 힘들 정도였고, 그중에는 전투도 하기 전에 엎드린 채 얼어 그대로 숨이 끊어진 병사도 있었다.

더는 기다릴 수 없었던 239연대는 사단본부에 곧바로 공격을 실시해야 한다는 긴급 보고를 했다. 본부는 이를 허락한다. 세 시간여를 빙판에 엎드려 시간을 헛되이 썼던 239연대는 드디어 출격에 나섰다. 주력부대인 2대대는 장구이진의 지휘 아래 조심조심 1221고지로 다가갔다.

장구이진은 4중대 돌격조를 이끌고 미군의 최전방에 침투해 근접정찰을 실시했다. 이때 미군과 거리는 가장 먼 곳이 30~40미터, 가장 가깝게는 10여 미터쯤으로 미군 보초가 바로 눈앞에서 왔다 갔다 하는 것까지 볼 수 있었다. 보초는 미군 하나 남한군 하나 2명으로 이뤄졌는데, 자세히 보니 미군은 모두 2개 조가 번갈아 보초를 섰으며 12시에 조가 바뀌고, 또 1시에 조가 바뀌었다. 장구이진은 더는 기다릴 수가 없었다. 더 기다리다가는 날이 훤히 밝아올 것 같았다. 그날 밤, 새벽 2시가 다 되어가자 장구이진은 대대장과 상의해 적군 보초들을 잡아와 추궁해 보기로 했다. 이것이 실패하면 작전이 드러날 수 있음을 받아들여야 했다.

대대장은 펑푸(彭副) 사단장과 직접 연결된 전화에서 먼저 상황보고를 한 뒤 미군 보초들을 생포해도 되는지 물었다. 펑푸는 이를 허락했다.

"좋아. 하지만 반드시 안전에 주의하고 작전이 노출되지 않도록 신중히 해야만 하네."

곧 대대장의 지시가 떨어졌고, 병사들은 미군 진영으로 몰래 숨어들었다. 잠시 기회를 노리다가 미군 보초 둘이 다가오자 팔로 목을 감아 입을 막은 채 지휘소로 끌고 왔다.

그러나 장구이진은 대대 지휘소로 잡혀온 미군 보초를 보자 두통이 밀려왔다. 포로의 말을 알아들을 수 없는 데다 영어 통역관이 없어 한국어 통역관을 불러왔는데, 중국에서 온 조선족이라 영어를 할 줄 몰랐다. 마침 2대대에 문화간부가 있었지만 영어를 쓸 줄만 알았지 말은 잘 못해서 통역이 어려웠다. 그래서 포로 심문은 한 문장을 쓰고 한 문장을 묻는 식으로 이루어졌다.

"어디 소속이냐?"

장구이진이 묻자 한 포로가 말했다.

"미군 제7사단이다."

순간, 장구이진은 깜짝 놀라 어리둥절해졌다. 분명 자신이 정찰하기로는 그들은 미군 제1해병사단이었다. 그런데 갑자기 7사단이라니 당황스러울 뿐이었다. 장구이진은 다시 물었다.

"7사단이 언제 이곳에 도착했는가?"

"저녁 7시에 도착했다."

"그럼 제1해병사단은 어디로 갔단 말인가?"

이 물음에 미군 포로는 모른다고 답했다.

"방어 임무가 교체됐는데 왜 방공호 공사를 새로 하지 않았는가?"

"우리는 지원군이 보이지 않아 공사를 할 필요가 없다고 생각했다. 정찰대에서 40킬로미터 이내에 지원군의 주력부대가 없다고 판단해 우리 부대는 안심하고 잠을 잤다."

장구이진은 잠시 생각을 한 뒤에 물었다.

"한국에 온 지 얼마나 되었는가?"

"일주일쯤 전에 도착했다."

"미국에서 이렇게 먼 곳까지 온 이유가 무엇인가?"

미군 포로 하나가 쓴웃음을 지었다.

"내 상관이 한국에 가면 금 밥그릇이 있으니, 그걸로 돈을 벌자고 했다."

옆에 있던 또 다른 포로가 말했다.

"한국에 예쁜 여자들이 많다는 말을 믿고 따라왔다."

장구이진의 얼굴은 금세 굳어버렸다. 곧 혼잣말처럼 탄식했다.

"그건 다 이 나라 사람들 거야! 그렇다면 강도짓을 하러 왔단 말인가?"

간부가 장구이진이 한 말을 써서 보여주자 포로 가운데 하나가 바지 주머니에서 무언가를 꺼내려 했다. 불현듯 장구이진은 그가 총을 꺼낸다 판단하고 소리쳤다.

"뭘 꺼내려는 거야!"

장구이진은 그의 바짓가랑이를 움켜지며 위협했다. 장구이진의 뜻을 알아차린 포로는 힘껏 주머니에서 사진 몇 장을 빼냈다.

사진은 모두 그가 배를 타기 전 고국에서 찍은 것이었다. 그는 장구이진에게 한 장 한 장을 보여주었다. 한 장은 연인과 찍은 사진으로 그가 배를 타기 전 서로 껴안고 키스를 나누는 사진이었다. 또 한 장은 차를 타기 전 두 사람이 껴안은 사진이고, 또 한 장은 차가 부두에 도착한 뒤 그가 차에서 내려 배에 탄 뒤 손을 흔드는 사진이었다. 그밖에 몇 장도 연인과 찍은 사진이었는데, 모두 이별 사진이었다. 그는 손짓을 섞어가며 고향에 부모님과 자신을 기다리는 연인이 있으니 살려달라고 애원했다.

장구이진은 총을 버리면 살려주겠노라고 했다. 지원군은 적이 총을 버리고 투항하면 살려주고, 나중에 고국으로 돌아가고자 하면 보내주는 포로우대정책을 쓰고 있었다.

내내 고개를 끄덕이던 포로는 마침내 바지 주머니에서 마지막 물건 하나를 꺼내놓았다. 그것은 바로 손목시계였다.

장구이진은 손목시계를 본 적이 없었다. 거기에는 작은 바늘이 여러 개 꽂혀 돌아가고 있었다.

'이게 어디에 쓰는 물건이지?'

포로는 이 시계를 장구이진에게 선물했다. 그러나 장구이진은 마다하며 말했다.

"지원군은 포로의 물건을 빼앗지 않으며, 포로의 물건을 원치 않는다."

그러면서 시계를 잃어버리지 않도록 잘 챙기라고 일렀다.

미군들은 지원군이 자신들을 포로로 잡아와서도 물건에 손을 대지 않는 모습에 크게 놀라며 감동했다. 이러한 포로정책은 그들에게 매우 우호적으로 다가왔다.

이러한 일을 겪으면서 장구이진은 포로정책 또한 전투의 일부이자 아주 중요한 부분이라는 사실을 깨달았다. 장구이진과 부대원들도 처음 겪는 일이었다.

장구이진은 재빨리 판단을 해야 했다. 지금 곧 공격을 하지 않으면 작전이 들킬 수 있는 상황이었다. 혹시 미군의 다음 보초조가 교대를 하러 와서 동료가 사라진 것을 알게 되면 큰일이다. 장구이진은 이 사실을 곧바로 사단에 보고했고, 사단은 공격 개시를 허락했다.

신호탄 몇 개가 하늘로 날아올랐다. 장구이진은 2대대를 이끌고 쏜살처럼 미군 쪽으로 돌진했다. 사전에 치밀한 정찰 과정을 거친 부대는 중대장과 지휘관을 통해 각 소대에 저마다 임무를 내렸다. 각 소대는 다시 몇 개 분대로 나눠지고 각 분대는 또 몇 개 소조로 나눠져 각자에게 맡겨진 임무를 수행하게 됐다. 그들은 미군 텐트가 몇 개인지, 또 어느 소대가 어느 쪽으로 진격하고 어느 위치에서 공격할지 뚜렷이 파악하고 있었다. 공격이 시작됨과 동시에 각 병사들은 자신의 목표물 쪽으로 일사불란하게 움직이며, 적의 텐트에 세찬 사격을 퍼부었다.

2대대의 이러한 작전은 매우 효과적이었다. 줄곧 눈에 띄지 않던 지원군이 갑작스레 공격을 해오자 미군은 눈앞에서 적이 밀려오는데도 속수무책일 수밖에 없었다. 이제껏 이렇게 신출귀몰한 부대는 만나본 적이 없는 미군 병사들은 죽음조차 두려워하지 않고 뛰어드는 적군의 모습에 머릿속이 하얘졌다. 미군들은 미처 정신을 차리기도 전에 총에 맞아 죽거나 옷을 입지도 못한 상태에서 사로잡혔다.

한편 앞서 출격했던 2대대는 아직 적군과 전투를 벌이기 전이었는데, 그들은 1554고지 부근에 전선 케이블이 많이 설치돼 있고, 불빛이 환한 가운데 오가는 차량이 많은 것으로 보아 그곳이 미군의 지휘소라 판단, 그곳으로 돌격하기 시작했다.

11월 27일 밤 제239연대가 신흥리에서 1차 전투를 마친 뒤 4중대는 적군 300여 명을 붙잡았다. 그들은 그다음 날 연대 지휘본부로 보내졌는데, 장구이진은 포로들의 모습에서 우스운 점을 발견했다. 그들은 포로캠프에 도착해서도 여전히 거드름을 피웠고 미군 특유의 민족성과 인종차별주의를 느낄 수 있었다.

여태 미군놈들이 어떻게 생겼는지 본 적이 없었던 장구이진은 이번 기회에 그들을 자세히 살폈다. 그들 중에는 백인과 흑인이 섞여 있었는데 한 가지 독특한 점은 흑인의 지위가 백인에 비해 형편없이 낮았다는 것이다. 백인이 다쳐서 걸을 수 없을 때면 늘 흑인이 부상자를 부축하거나 대신 배낭을 메어주었지만, 마찬가지로 흑인이 다쳤을 때는 부상자 스스로 배낭을 메고 같은 흑인의 부축을 받았다.

이런 분위기는 포로들을 압송해 가는 도중에 더욱 두드러졌다. 백인들을 부축하거나 싣고 가는 병사들은 모두 흑인들이고, 백인들의 밥도 모두 흑인들이 갖다 주었다. 이런 모습에 익숙하지 않은 지원군 병사들은 흑인이든 백인이든 모두 포로로 잡혀온 처지인데 차별이 있어선 안 된다 하여, 백인에게도 흑인들의 밥을 퍼주게 했다. 그러나 백인들이 밥을 퍼서 갖다주었는데도 흑인들은 밥을 쉽게 먹지 못하거나 감히 밥그릇에 손도 대지 못하고 뒤로 가 숨기까지 했다.

이 광경을 본 장구이진은 이러한 미군 내 인종차별은 생각보다 더욱 심각하며 미군이 자랑스레 말하는 민주주의도 그리 대단한 게 아니라는 생각이 들었다. 포로캠프에서도 모든 더럽고 힘들고 고생스러운 일들은 모두 흑인들의 몫이며 백인은 마치 그들의 주인인 듯 굴었다.

제59사단에서는 3개 보병연대만 산을 넘어가고, 중장비를 들고 다니는 포병연대는 먼 길을 돌아갈 수밖에 없어 전투 중 포병대의 효과적인 지원을 기대하기는 힘들었다.

줄곧 험난한 길을 건너온 59사단은 드디어 예정된 진격 출발진지에 도착해 1764고지를 차지했다. 그곳은 하갈우리 해병1사단의 사단본부가 내다보이는 곳으로 미군이 만들어 놓은 간이비행장이 한눈에 들어왔다.

저우원장이 망원경으로 살펴보니 저만큼 어두컴컴한 집채 하나가 보였는데, 미 해병1사단의 지휘소가 틀림없었다. 저우원장은 재빨리 선봉중대 병사들에게 출격 준비를 하도록 다그쳤다. 그렇게 모두가 기다리던 시각, 도로 저쪽에 집처럼 생긴 거무스름한 물체 하나가 희미하게 눈에 들어왔다. 희끄무레한 달빛에 기대 자세히 보니 미군 정찰병들을 태운 지프 한 대가 다가오고 있었다. 지프는 정확히 저우원장 쪽으로 달려왔으며, 이대로 있다간 대기하던 지원군 병사들의 몸을 덮치고 지나갈 위기였다. 작전을 펼치기로 예정된 이 좁은 길에서 적군과 마주치게 됨을 깨달은 저우원장은 옆에 있던 1소대를 통해 3개 분대 모두 빠르게 도로 양측으로 흩어져 몸을 숨기고 적군을 사로잡을 준비를 하라고 명령했다.

다행히 미군 정찰대가 탄 지프는 저우원장을 발견하지 못하고 줄곧 앞으로 나아갔다. 저우원장이 돌격 명령을 내리자 병사들은 일제히 적군에게 사격을 퍼부었고 잇따라 수류탄 다발이 지프 근처에 떨어졌다. 갑작스러운 공격에 놀란 지프 운전자는 재빨리 차머리를 돌려 후진하려 했지만 길이 무척 좁은 탓에 지프는 빽빽이 들어찬 나무숲에 부딪혀 덜컹거리더니 곧 포탄 구덩이 위에서 뒤집어지고 말았다. 도로마다 미군이 터뜨린 포탄으로 파인 구덩이가 있었는데 얕은 곳이 50센티미터, 깊으면 몇 미터에서 10여 미터쯤이었다.

지프에는 운전사와 더불어 5명이 타고 있었으며 차가 뒤집어지면서 윗몸은 모두 차에 깔리고 엉덩이만 바깥쪽으로 삐져나왔다. 저우원장이 이끄는 병사들은 이미 도로 곳곳에서 미군의 포탄에 맞아 쓰러진 민간인들 시체와 불길에 휩싸인 집채들을 보고는 두 눈이 시뻘게져 이성을 잃은 상태였다. 분노에 휩싸인 병사들은 총칼을 들고 지프에 깔린 미군 병사들을 찔러 죽이려 달려들었다.

몇몇 혈기왕성한 병사들은 어차피 포로를 잡아봤자 부대에 영어할 줄 아는 사람이 없어 알아낼 수 있는 정보도 없을 테고, 먹을 것도 모자라는 판에 포로까지 데리고 다니면 더 피곤해지리라 여겼다. 총칼로 막 미군 병사를 찌르려던 순간, 저우원장이 재빨리 고함을 지르며 달려와 병사들을 막아섰다.

저우원장은 전투에 투입되기 전 영어 몇 마디를 배웠다. 사실 각 중대에는 중국인민대학 외국어과 출신의 영어 훈련관이 한 명씩 배치됐는데 그들이 병사들에게 가르쳐 준 문장은 "총을 넘겨주면 죽이지 않고 집으로 보내주겠다" 같은 것들이었다. 저우원장은 이성을 잃은 병사들의 칼을 막아낸 뒤 곧 3분대 분대장을 시켜 어리숙한 '중국식 영어'로 차 밑에 깔린 미군 병사들에게 말을 걸게 했다.

"총을 넘겨주면 살려주겠다. 우리를 따라오면 집으로 보내주겠다."

신기하게도 지프 밑에 있던 놀라 죽기 직전의 미군들이 이 분대장의 더듬더듬한 중국식 영어를 알아듣고 하나둘 밖으로 기어나왔다. 그러나 그들은 곧바로 총을 건네주지는 않고, 망원경과 카메라를 멘 소령처럼 보이는 이의 지시에 따라 다 같이 한 줄로 서서 도로변으로 걸어나왔다. "무릎 꿇고 손을 올리고 투항하라!" 그가 구령을 외치자 몇몇 미군이 바닥에 무릎을 꿇고 앉아 총을 머리 위로 들어올렸다.

여러 번 훈련을 받은 듯한 그들을 보자 지원군들은 더욱더 흥미진진해지기 시작했다. 지원군들은 이제껏 이런 식으로 포로를 잡아본 적이 없었다. 미군들은 또 한 번 구령에 맞춰 무릎을 꿇고 앉아 총을 던졌다.

저우원장만은 웃지 않았다.

'지금 눈앞에 있는 자들은 우리의 적인 미군이고, 우리는 오늘 그들과 전투를 치르고 있다.'

그는 다시 한 번 마음속에 되새겼다. 그러고는 곧바로 5중대에게 유리한 지형을 점령하라 지시하고, 포로들은 후방부대에서 관리하도록 넘기라고 명령했다. 지금은 미군본부에 들키기 전에 조금이라도 빨리 하갈우리 마을의 진입로와 공항을 차지해 미군이 북상하는 데 필요한 후방지원 통로를 철저히 막는 일이 무엇보다 먼저였다.

저우원장은 5중대를 이끌고 고지를 점령할 때쯤 또 한 번 적군과 마주쳤다. 이번에 만난 적군은 처음보다 더 강한 상대였다. 그들은 탱크 4대와 차량 2대를 몰고 왔는데, 차량 안에 미군 병사가 꽉 들어차 있는 것으로 보아 탱크분대 하나와 보병분대 둘로 예상됐다. 저우원장은 즉각 3개 소대에 전투대형을 갖추라고 명령했다.

1소대는 전방에서 미군의 공격을 막아내며 더는 앞으로 나아가지 못하게 하고, 3소대는 후미에서 미군이 달아나는 걸 막았다. 2소대는 미군의 탱크를 폭파하고 미군 차량에 수류탄을 던져 미군들이 차량에서 내려 반격하기 전에 무찌르는 임무를 맡았다. 전투가 시작되자 소대는 저마다 위치에서 최선을 다했는데, 특히 2소대는 가장 용감하게 작전을 해냈다. 이 때문에 미군들은 차량에서 내리지도 못한 채 꼼짝없이 당하거나, 차머리를 돌려 나가려다 그 자리에서 뒤집어지곤 했다.

이와 동시에 미국 탱크 4대는 수류탄 여러 개를 묶어 만든 수류탄 다발과 대전차 폭탄의 공격을 받아 완전히 파괴되고, 죽거나 부상당한 미군 병사들이 계속 드러났다. 5중대는 탱크병 둘을 포로로 잡고 보병 20여 명을 쏘아 죽였는데, 몇몇 미군들은 죽을힘을 다해 마을 쪽으로 달아났다.

미군과 두 번째 전투에서 첫 번째보다 더 통쾌한 승리를 거둘 줄은 아무도 상상치 못했다. 그것도 이처럼 밝은 대낮에 보병중대 하나만으로 탱크를 가진 미군 중대 하나를 무찔렀다니 도무지 믿기지 않았다. 이때부터 지원군 병사들 사이에는 미군을 얕잡아 보는 분위기가 퍼지기 시작했다. 단 두 차례 전투로 포로도 잡고 미군의 대부대를 쳐부순 것은 국민당과 전투를 벌일 때보다 괜찮은 성과였다. 이 때문에 지원군은 미군이 정말 '종이호랑이'에 불과한 게 아닐까 생각했다.

그러나 냉정함을 잃지 않은 저우원장은 곧바로 5중대 중대장과 지휘관을 불러들여 긴급회의를 열었다.

"방금 거둔 두 차례 승리는 우리 지원군 병사들이 용감하게 잘 싸워준 결과임이 틀림없다. 그러나 여기서 새겨야 할 점이 있다. 우리가 이렇게 빨리 나타날 줄 몰랐기에 미군들은 어떤 준비도 하지 못한 채 속수무책으로 당했다. 다시 말해 이것은 우리가 몰래 침투했기 때문에 거둔 승리이다. 미군에게 우리 존재가 드러나는 순간, 우리는 절대 오늘처럼 마음껏 공격하지 못하리라. 명심하도록!"

저우원장은 피곤해 쓰러지는 한이 있어도 전투태세를 계속 유지하고 작전을 마쳐야 한다고 강조했다. 그는 재빨리 유리한 지대를 차지해 구덩이를 파고 엄폐물 공사를 마친 뒤 야간에 예정된 적의 사단 지휘소 공격을 준비하라고 명령했다.

그러나 병사들은 구덩이를 파다 또 한 번 고비에 부딪쳤다. 땅을 파는 일은 전투보다 힘들었다. 기온은 느닷없이 떨어져 영하 40도를 밑돌았고 땅은 꽁꽁 얼어 마치 돌덩어리처럼 느껴졌다. 군용 삽으로 아무리 파도 꿈쩍하지 않는 땅은 곡괭이로 내리찍어야 가까스로 구멍 하나를 만들 수 있을 정도였다. 다른 기구로 땅을 파는 것은 상상도 못할 일이라 이대로는 공사 자체가 어려워 보였다.

그렇다고 땅을 안 팔 수도 없는 노릇이었다. 미군 전투기와 대포의 위력은 무시무시하다. 사전 공사가 없는 상태에서 미군에게 정체가 드러나면 밤이 되기 전에 포탄을 맞아 지원군 전체가 흔적도 없이 사라지리라. 할 수 없이 병사들은 맨손으로 돌과 흙을 파내기 시작했다. 땅을 파내는 동안 손톱이 빠지고 손가락이 찢어져 마디마디에서 피가 흘러내렸지만 그들은 아픔을 참아내고 계속해서 엄폐물과 방공호 공사를 이어갔다.

하지만 공사가 채 마무리되기도 전에 미군의 폭격이 시작됐다. 순식간에 포탄 100여 발이 날아들었다. 이것은 미군에게 5중대의 활동뿐 아니라 그 작전까지 몽땅 드러났음을 뜻했다. 곧이어 미군 전투기 수십 대가 5중대 머리 위에 나타나더니 네이팜탄이 무더기로 떨어졌다.

지원군 병사들은 이 미군 전투기에서 떨어지는 네이팜탄을 가장 두려워했다. 네이팜탄은 한 번 터지면 주변에 무수한 불꽃을 만들어 냈는데, 곳곳으로 불을 뿜어내어 몸에 붙는 순간 아무리 떨어내려 해도 떨어지지 않고 살을 녹여 순식간에 사람을 재로 만들어 버렸다. 혹 불을 끄더라도 불꽃이 붙었던 몸에는 넓은 화상 자국을 남겼다.

저우원장은 재빨리 부대원들에게 흩어져 몸을 숨기라고 지시했지만 때는 이미 늦었다. 수많은 병사들이 네이팜탄이 만들어 낸 불꽃에 휩싸여 땅바닥을 뒹굴고 있었다. 저우원장도 바지에 불꽃이 붙었지만 재빨리 바지를 벗어낸 덕분에 위기를 벗어났다. 그러나 곧 칼로 에는 듯한 통증이 느껴졌다. 이 꽁꽁 언 얼음판 위에서 속옷만 입은 채 맨다리가 드러나고 말았으니 마땅한 일이었다. 그 와중에도 수많은 아군 병사들이 활활 타오르는 불길 속에서 죽어갔다.

미군의 무차별 폭격이 지나간 뒤 저우원장은 가장 먼저 부대의 사상자를 파악했다. 5중대 중대장은 중상을 입었고, 문화교육을 맡은 리카이궈(李開國) 훈련관과 서기, 통신병 2명이 한꺼번에 희생됐다. 이 통신병들은 나란히 엎드려 있다가 폭탄 한 방에 달아날 새도 없이 목숨을 잃었다.

저우원장은 한시라도 빨리 엄폐물 설치 작업을 마치라고 명령했다. 미군의 작전 방식대로라면 포격 뒤에 곧바로 보병을 보내 공격을 하게 돼 있었다. 저우원장은 진작부터 작전을 미리 세워뒀는데, 일단 미군 보병이 진격을 하면 미군의 공중 포화를 비롯한 화력의 공격이 빠르게 줄어드는 틈을 타 미군과 백병전을 벌여 한쪽을 물고 늘어진 뒤 재빨리 유리한 지대를 확보해 전투태세를 갖추자는 것이었다.

10시쯤 미군은 보병중대 하나를 보내 5중대의 1소대와 2소대 진지를 살피기 시작했다. 그들은 1소대, 2소대 진지와 200미터쯤 간격을 두고 공격대형을 갖췄는데, 줄줄이 총을 받치고 서 있는 미군 병사들의 모습은 고대 로마식 전투 대열을 떠올리게 했다. 저우원장은 의문이 들었다.

'세계에서 가장 강력한 화력무기를 지닌 미군이 어째서 창칼로만 싸우던 구시대의 대열을 쓰는 걸까?'

그러나 잠시 지켜보니, 미군은 진격 초기에만 대열을 유지하고 그 뒤로는 지휘관의 통솔에 따라 재빨리 지원군 방어진지로 접근해 조금씩 흩어져 산병선을 이루며 간격과 거리를 크게 벌려갔다. 이와 함께 후방의 탱크와 장갑차에서 기관총 공격을 시작하니, 그야말로 기가 막힌 전술이 아닐 수 없었다.

한편 전투기 폭격으로 중상을 입었던 5중대 중대장은 전선에서 물러나지 않고 여전히 전투를 이끌었다. 그는 부대원들에게 지금은 절대 총을 쏘지 말고 미군이 50미터 이내로 다가오면 그때 신호와 함께 일제히 사격할 것을 단단히 부탁했다. 미군이 50미터 지점을 지나고 드디어 30미터 지점에 접근하자 중대장은 전군에게 명령을 내렸다.

"사격!"

그러자 지원군은 진지에 가지고 있던 거의 모든 수류탄을 미군에게 던졌다. 미군의 전투대형은 더없이 합리적이었는데, 전방에 1소대, 후방 몇십 미터 거리에 또 한 소대, 그 뒤에 또 한 소대가 배치돼 있었고 각 소대당 인원은 모두 30명쯤이었다. 이 때문에 지원군의 수류탄은 전방 1소대 앞에만 떨어져 그 뒤에 따라오는 2개 소대에는 위력을 발휘하지 못했다. 미군의 전방 1소대는 수류탄 공격에 무너져 후퇴했지만 곧바로 그다음 소대가 튀어나와 줄기찬 공격을 퍼부었다. 그렇게 지원군 2대대는 죽을힘을 다한 끝에 가까스로 미군의 3개 소대를 몰아낼 수 있었다.

저우원장은 방금 전 미군 중대의 공격은 하나의 탐색전에 지나지 않고 곧 이어 엄청난 대규모 반격이 있음을 깨달았다. 그는 즉시 5중대에 엄폐물 공사를 마무리 지으라고 명령했다. 진지의 엄폐물 작업을 완성해야 곧 닥쳐올 미군의 공격에 대응할 수 있는 상황이었다.

저우원장의 예상대로라면 이제 미군은 정식 공격을 시작하리라. 또한 미군의 전투습관에 따르면 미군은 전투로 생긴 아군 사상자를 데리러 오는 게 보통인데, 여기서 두 가지를 예측할 수 있었다. 하나는 그들이 곧 대규모 공격을 해오고, 또 하나는 그들이 강한 상대의 화력에 겁을 먹고 감히 동료의 시체를 거두러 오지 못한다는 것이었다. 저우원장 부대가 닥친 상황은 첫 번째임이 틀림없었다. 실제로 한 시간이 채 못 돼 미군은 정식으로 대규모 공격을 해왔다.

미군의 포격 규모는 어마어마했다. 한 시간 동안 미군은 지원군 중대 하나를 공격하기 위해 수천 발의 포탄을 준비해 왔다. 미군의 화력이 강력하며 그들의 탄약 보유량이 엄청남을 보여주는 동시에, 눈앞에 닥친 지원군 부대에 그만큼 겁을 먹고 있음을 뜻했다. 왜냐하면 이 지원군들이 그들의 심장과도 같은 사단 지휘소를 공격하러 왔기 때문이다. 미군의 공격이 이뤄지는 곳에서 후방으로 조금만 더 가면 미군 제1사단의 사단본부가 나왔다.

미군은 포격을 퍼붓는 것으로도 모자라 전투기 7~8대를 동원, 계속 번갈아가며 5중대의 진지 위로 포탄을 떨어뜨렸다. 이러한 공격이 한 시간쯤 이어지자 온통 하얀 눈으로 뒤덮였던 산등성이들이 어느새 시커멓게 변했다. 산에는 본디 수많은 어린 소나무들이 자라고 있었지만 포격과 공습이 훑고 지나가자 모두 새카만 숯더미가 되고 말았다. 미군의 폭격이 이어지는 동안 지원군들은 몇몇 병사들이 진지에 남아 미군의 동향을 살필 뿐, 대부분은 그저 방공호 안에서 몸을 피할 수밖에 없었다.

그래서 진지에 남아 있던 병사들 가운데 사망자가 가장 많았다. 이처럼 미군은 오랜 시간 포격을 가하며 전투기 폭격까지 퍼부었는데, 지원군 진지에서 살아남을 자는 아무도 없어 보였다.

게다가 미군은 3개 방향에서 진격해 올라왔다. 남쪽 방향에는 정면에 약 2개 소대 병력을, 서쪽 방향에는 1개 소대 병력을, 그 중간 방향에는 1개 대대 병력을 투입했는데, 이 대대는 또다시 3개 방향으로 나눠져 지원군 5중대의 주요진지를 공격했다. 이 중간 방향에 투입된 미군 대대는 동작이 아주 빠르고 지원군 5중대와 위치가 가장 가까워 순식간에 5중대 1소대와 몇십 미터 거리를 두고 마주하게 됐다.

1소대 진지는 5중대 방어의 주요진지에 자리했다. 1소대 3분대의 부분대장 루회이샨(盧慧山)은 공산당 당원으로 대전차조의 조장을 맡았는데, 그 무렵 지원군의 각 소대에는 대전차조 하나씩이 포함돼 있었다. 대전차조는 주로 바주카포와 대전차 폭탄, 폭약통, 폭약포대 등 대전차 무기를 비롯해 기관총도 한 자루 지녔으며, 이 기관총은 적의 탱크를 폭파하러 간 병사를 엄호할 때 사용했다.

대전차조의 기관총 사수 옌쯔창(閻志强)은 미군 탱크를 보자마자 중대 주진지로 기어와 루회이샨에게 말했다.

"조장님! 어서 올라가세요. 제가 뒤에서 엄호하겠습니다."

전투 내내 두려움 없이 잘 싸운 옌쯔창은 즉시 기관총을 받쳐 들고 뛰어올라갔다. 그는 미군 탱크를 겨우 몇 미터 앞에 두고 탱크 포탑 쪽으로 기관총을 발사, 첫 번째 탱크의 운전병을 명중시켰다. 첫 번째 탱크가 공격을 받고 멈춰 서자 두 번째 탱크가 진지로 다가왔다.

이때 루회이샨이 대전차조를 이끌고 적군의 탱크 앞까지 뛰쳐나갔다. 루회이샨은 홀로 맨 앞에 서서 대전차 폭탄을 미군 탱크의 캐터필러 안에 끼어 넣을 준비를 했다. 그는 폭탄을 던지기 전 먼저 수류탄 하나를 꺼내 미군 탱크 쪽으로 던지려 했는데, 그가 손을 들어올리는 순간 미군 탱크의 기관총이 날아들었다. 기관총 탄두 5발이 모두 그의 가슴에 명중됐다. 그러나 루회이샨은 곧바로 쓰러지지 않고 두 눈을 부릅뜬 채 미군 탱크 앞에 버티고 서 있었다.

탱크 후방에 머물던 미군들은 이 장면을 보고 크게 놀라 그 자리에 멈춰섰다. 그들은 루회이샨이 몸에 특별한 무기를 지니고 있는 게 아닐까 하는 두려움에 공격을 멈추고 뒷걸음질 치기 시작했다.

미군이 물러서자 저우원장과 엔쯔창 등은 곧장 뛰어들어 루회이샨을 안아데리고 왔다. 루회이샨은 기관총탄에 맞았지만 쓰러지지 않았다. 영하 40도의 추운 날씨에 눈이 1미터쯤 쌓이면서 루회이샨의 다리가 눈 속에 파묻힌 데다 그의 엉덩이 쪽에 바위가 버티고 있었기 때문이었다. 총탄에 맞은 사람을 곧바로 응급처치를 하지 않으면 피를 많이 흘려 죽음에 이를 수도 있다. 그러나 루회이샨은 가슴에 총탄 다섯 발을 맞고도 장진호 지역의 매서운 날씨 덕분에 피 한 방울 흘리지 않고 그 자리에서 얼어붙은 채 쓰러지지 않았다.

11월 11일 함흥에 새 군단지휘소를 세운 알몬드 장군은 스미스 장군에게 해병 일개 중대를 경계부대로 파견해 달라고 요청했다. 스미스는 최소한 2천 명의 지원부대 병력이 함흥–흥남 지역에 있는 상황에서 그 요청은 소총중대를 잘못 부리는 거라고 여겼지만, 여하튼 잭 존스 대위가 지휘하는 5연대 C중대를 경계부대로 보냈다. 이 사소해 보이는 사건은 해병들에게 미10군단장이 병력절약의 원칙을 이해하지 못하고, 병력을 함부로 사용하려는 경향이 있다는 사실을 새롭게 인식시켰다. 같은 날 알몬드 장군은 해병사단에게 압록강으로 진격을 재개하라고 단호하게 명령했다. 스미스 장군은 지도상으로 거리를 재 보았는데, 황초령에서 압록강 국경까지는 대략 240km쯤 되었다.

13일 스미스 장군은 흐린 날씨 속에 헬기편으로 진흥리로 날아가 철도연변의 보급창을 경비하던 5연대 3대대에서 지프를 빌려 황초령까지 가보았다. 스미스 장군이 기억하기로는 산의 옆구리를 잘라 만든 도로는 대부분이 단선(單線)이었고, 수백 미터마다 있는 차량대피소와 함께 급격한 회전을 해야만 하는 곳이 많았다. 또한 골짜기 바닥까지 400m에서 900m에 이르는 낭떠러지가 곳곳에 띄었다.

고개 위로 올라가는 길 3분의 2지점 골짜기 밑바닥을 내려다 보니 발전소에 연결된 거대한 네 개의 도수관이 연결되어 세워진 도수장(導水場)이 눈에 띄었다. 그곳에서 고개 아래쪽으로 따라가다 보면 콘크리트로 만든 다리가 깎아지른 듯한 절벽 위에 걸려 있었다. 그가 갔던 날에는 기온이 영하로 내려갔는데, 도로는 물이 흘러나오는 곳마다 꽁꽁 얼어붙은 빙판이었다. 산악지대의 기온이 흥남보다 7도는 낮다는 사실을 그는 그제야 알았다.

장진호 전투를 치른 뒤 역사학자 S. L. A. 마셜과 나눈 인터뷰에서 그는 이렇게 언명했다.

"장진호를 둘러싼 지역은 군사작전을 치를 수 있는 곳이 절대로 아니었습니다. 아마 칭기즈칸이라도 시도하려고 하지 않았을 겁니다."

9
삶과 죽음의 사이

유엔군의 인천상륙으로 부산방어선에 있던 북한군은 고립되었다. 포위당한 이 병력이 가장 안전하게 퇴각할 수 있는 통로는 중부 및 동해안의 도로였다. 서해안 탈출로는 서울 탈환과 미 제8군의 돌파작전으로 완전히 막히고 말았다.

동해안 후퇴로는 미해병이 원산을 차지함에 따라 더욱 위험해졌다. 바로 그때 북한군은 낙동강에서 북쪽으로 안동, 영주, 원주, 춘천, 이천, 금화를 잇는 드넓은 중부 회랑과 임진강을 따라 마전리로 들어가 북쪽으로 강계에 지정된 집결지로 방향을 바꾸었다.

수많은 북한군 부대는 적게는 10명, 많게는 100명으로 작은 집단을 이루어 민간인처럼 꾸미고 북쪽으로 달아나면서 도둑질과 강도짓을 일삼았다. 이런 식으로 얼마나 많은 북한군이 도망쳤는지는 정확히 헤아리기 어렵다. 그러나 모든 북한군 부대가 흩어지지는 않았다. 보병 제2, 5, 15사단은 병력은 빈약했지만 지휘관의 엄격한 인솔 아래 장거리 후퇴 중에도 통일성을 잃지 않았다.

호킨스 중령의 제1대대로부터 고지를 빼앗으려던 부대는 북한군 제5사단이었다. 피나는 노력이 실패로 돌아가자 그 부대는 유격전을 펼치며 북쪽으로 이동했다. 이 같은 습격은 주로 식량을 마련하기 위해서였다. 38선 북쪽 고향 마을로 돌아온 병사들은 대부분 치안대나 공공단체 직위를 차지하고 숨어서 중공군의 지원이 있을 때까지 잠자코 기다렸다.

9월 초에 북한군은 김일성으로부터 이런 통보를 받았다.

'중공군이 압록강을 넘어 남쪽으로 반격을 하기 위해 이동하고 있다.'

미해병이 인천에 상륙하자 중공군은 한반도로 진격을 서둘렀다. 적군 제5사단과 제2사단, 제10사단이 함흥 서북 산악지대 깊숙한 흑수리(黑水里) 집결지로 이동하고 있을 때, 소장 박성철(朴成哲)이 이끄는 제15사단은 마전리 도로 교차점을 확보하라는 지시를 받았다. 소총·기관단총·기관총·수류탄과 박격포로 무장한 이 부대는 투입 가능한 전투 인력이 4000명에 이르렀다.

접전 첫날, 서산 너머 해가 기울고 어둠이 내릴 때 토마스 리지 중령은 이 교차점의 요충을 방어하고 점령할 계획을 착착 진행하고 있었다. 그의 사주방어 부대들은 참호를 파고 들어앉았으며, 각 중대 지휘소와 연락망인 전화와 무전통신망도 완성되었다. 리지는 소련식 학교 건물을 대대 지휘소로 삼았다.

첫날 밤은 교전 없이 지나갔다. 이튿날도 아침 일찍 기동정찰 2개 조와 도보정찰대까지 내보냈지만 적과 마주치는 일은 없었다. 오후 늦게 보급품 수송대가 원산에서 도착해 그 구간이 안전하다는 사실을 알렸다. 도로봉쇄선에 적군 몇몇이 다가와 항복했다. 그들은 고지에 춥고 굶주린 적군이 1000명 넘게 있으며, 그들 또한 항복하기를 바란다고 했다. 리지는 풀러 대령에게 항복권고 전단을 만들어 공중에 뿌리는 계획을 허락받았다.

이러한 낙관적 전망에도 리지는 철조망 장애물을 세우고 지뢰밭을 넓히는 등 진지를 더욱 강화했다. 부대원들은 방어선을 경비했고, 마을을 정찰했으며, 도로봉쇄선에 다가오는 사람들을 빠짐없이 심문하고, 적군이 집결해 있지 않은지 확인할 기동·도보 정찰대를 내보냈다. 항복권고 전단을 한차례 뿌렸으며, 항복하라는 자극제로 박격포와 대포로 차단 폭격을 가해 적군의 혼란을 더욱 높였다.

데이브 스윈퍼드 대위는 유치장의 포로명단을 늘이는 데 한몫했다. 그는 무장 정찰비행을 하면서 강계 지역에서 트럭 3대와 장갑차 1대를 박살냈다. 돌아가는 길에는 리지 부대를 살펴보고자 마전리 상공을 지나가다가, 무전으로 마을 남쪽 산등성이 작은 집에 저격병들이 있다는 정보를 받았다. 스윈퍼드는 그 집을 찾아내 20밀리 기관포를 갈겼다. 유격병 20여 명이 납작 엎드렸다가 몇몇이 출입문과 창문으로 불쑥 튀어나왔다. 그들은 흰 헝겊을 흔들며, 맴도는 코르세어기를 향해 머리가 땅에 닿도록 절을 하기 시작했다. 스윈퍼드는 곧 그 뜻을 알아채고 위장 기총소사를 하면서 그 무리를 산등성이로부터 마전리로 내몰았다. 리지가 정찰대를 보내 스윈퍼드가 사로잡은 포로들을 데리고 왔다.

원산과 전초진지 사이를 잇는 그 험준한 도로가 리지에게는 크나큰 걱정거리였다. 그래서 연습 공중투하를 요청, 투하가 성공적으로 이뤄지는지 확인했다. 리지는 비행기에서 떨어뜨리는 군수품을 보급받을 수 있다는 사실을 확인하고 매우 만족스러워했다. 그는 적과 접촉하지 않은 채 점령 제4일째를 맞았다. 박성철이 원산행 도로를 끊고 해병대를 마전리에서 몰아내기 위해 제15사단을 기동훈련에 투입한 것이 바로 이날이었다.

클레런스 콜리(Clarence Corley) 대위의 하우중대는 같은 날 남쪽 도로를 따라 정찰하는 임무를 받았다. 하비 그로스 중위가 이끌던 정찰대는 기관총, 박격포, 포대 관측자와 항공연락반의 지원을 받았다. 부대는 남쪽 도로봉쇄선을 지났으며, 절벽이 에워싼 꾸불꾸불한 길을 따라 토연리 마을로 향했다. 동쪽으로는 또 다른 골짜기와 금동 마을이 자리했다.

정찰대는 임진강을 따라 계속 남쪽으로 내려갔다. 임진강은 도로 왼쪽에 흐르고, 오른쪽에는 고도 3000피트의 바위 절벽이 우뚝 치솟아 있었다. 이 소부대가 금동 골짜기를 떠나자 협곡이 나타나고, 왼쪽에 마암산이 하늘을 찌를 듯 날카롭게 솟구쳐 있는 게 보였다. 첨병대 차량들이 길이 2마일을 조금 넘는 협곡으로 들어갔다. 주력이 좁은 길에 들어서자 철저하게 숨어 있던 적들이 도로 양옆 고지에서 튀어나와 사격을 시작했다.

미해병들은 차량에서 쏟아져 나와 강둑에 포진했다. 그러나 적군은 거의 공격이 불가능한 진지를 차지한 데다 화력도 앞섰다. 상황은 더욱 어려워졌다. 골짜기가 지나치게 좁아 차량을 되돌릴 수도 없었다.

전방항공통제관 로런스 시먼 중위가 리지에게 상황을 알리고 코르세어기들을 불러들이는 동안 박격포반의 지프 운전병 로널드 호프스테터 일병이 가까스로 자기 차량을 돌리는 데 성공했다. 그러자 케니드 보트 소위가 차량에 뛰어올라 화망(火網)을 뚫고 달리다가 함께 부상을 입었다.

보트가 방어지역에 돌아올 때, 콜리 중대의 나머지 소대들은 교대병력으로 포대의 견인차에 타고 출동 태세를 갖추고 있었다. 대포는 포신을 돌리고 발사명령을 기다렸다. 보트와 호프스테터 두 일병은 보충병력을 전투지역으로 안내했다.

적군의 앞선 화력 때문에 해병들은 적군 사격에 대응하면서 때를 기다릴 뿐이었다. 교대병력의 선두에 선 콜리 대위는 협곡에 묶인 아군에게 피해가 가지 않도록 공격을 해야 하는 어려움에 맞닥뜨렸다. 그는 중기관총을 그대로 높이 두고 도로면과 평행사격을 하도록 지시했다. 이런 방법으로 도로 서쪽에 있는 적들을 제압, 1개 소대를 내보내 협곡 반대편에 포위작전을 펴도록 했다. 중기관총에 대포와 박격포 화력이 더해지면서 포위소대는 이동해 마암산을 오르기 시작했다.

그런데 갑자기 적군이 전투를 포기하고 허겁지겁 고지로 철수해 정찰대는 안전하게 구출되었다. 이 전투로 포대 전방관측장교 리처드 스미드 중위를 비롯해 5명이 전사했고, 16명이 다쳤다. 짧고 치열한 전투 결과였다.

부상자들이 방어지역으로 후송되어 간호를 받고 있을 때였다. 날이 어둑해질 무렵, 대대 의무장교 R. J. 플라이셰이커 해군대위는 생명이 위독한 중상자 한 명을 보고 그를 살리려면 곧 원산만에 있는 병원선 콘설레이션호로 보내야 한다고 판단했다. 무전으로 이 요청이 전달되었다.

웨인 커 중사가 야간비행을 하겠다고 발 벗고 나섰다. 경정찰 비행기에는 야간비행용 계기들이 장치되어 있지 않아 늦은 밤 비행하기에는 큰 위험이 따랐다. 더구나 마전리 활주로에 다가가려면 북쪽으로 오봉산, 남쪽으로는 서친봉 사이 좁은 골짜기를 가르고 지나야만 했다. 이 두 봉우리 사이 거리는 1킬로미터도 채 되지 않았다. 황급히 만든 210여 미터 활주로가 갯바닥으로 뻗어난 그 밑동에는 두 산의 절벽 사이가 190미터도 못 미쳤다.

웨인 커는 원산 비행장을 떠나 왼손으로 비행기를 다루고 오른손으로 손전등 불빛을 비추어 컴퍼스의 침로를 읽었다. 얼마 뒤 그는 하늘을 등지고 솟아오른 두 산봉우리를 찾아냈다. 활주로가 그 사이에 있다고 굳게 믿은 그의 판단은 옳았다. 저 아래 3대대 트럭들이 전조등으로 활주로를 비추고 있는 광경이 보였다. 아무런 사고 없이 착륙에 성공하자 의사와 위생병들이 중상을 입은 해병을 관측자석에 태웠다. 이륙할 때는 활주로 서쪽 끝자락 덕곡산을 똑바로 마주 보게 되어 있었다. 먼저 비행기가 뜨면 오른쪽으로 급선회해야만 산을 피해 골짜기로 들어서고 고도를 얻게 된다는 사실 알고 있던 웨인 커는 침착하게 비행했다.

원산을 떠난 지 한 시간 만에 커는 중상자를 싣고 돌아왔다. 45분 뒤 미해군 콘설레이션호 수술대 위에서는 파열된 중상자의 장기 하나를 들어냈다.

정찰대가 불꽃 튀는 사격전을 벌이고 있을 때, 보급차량 대열이 G중대 제임스 비일러 소위가 지휘하는 2소대의 호송을 받으며 원산을 떠났다. 그들은 마전리의 좁고 험한 길에 닿기 바로 직전에 도로 폭파지점과 맞닥뜨렸다.

수송차량 대열이 멈추자, 거센 적군의 화력이 날아왔다. 트럭 5대와 지프 2대가 파괴되었다. 그때 1개 편대의 코르세어기 6대가 들이닥치자, 적군은 감제고지(瞰制高地)에서 흩어져 달아났다. 보급품 수송대는 지원 전차들을 거느린 구원부대의 도움을 받아 원산으로 돌아갈 수 있었다.

그날 하루 내내 적군은 기습지점을 고르는 데 뛰어난 실력을 드러냈고, 사격을 시작하기 전 부대의 주력이 사격권에 들어올 때까지 참을성 있게 기다렸다. 원산으로 가는 도로가 막힌 데다 적군의 뛰어난 공격력과 의욕에 맞닥뜨린 리지 중령은 보급품의 공중투하를 요청했다.

돈 칼로 블래싱게임 대위가 공중투하반을 원산비행장에 편성했다. 리지에게 공중보급을 하라는 메시지가 전해지자 공중투하반은 대포·박격포·기관총탄을 포장했다. 수류탄 6상자도 실었다. 식량과 연료와 부동액 따위를 합쳐 20톤에 이르는 짐을 모두 떨어트리려면 152개의 낙하산이 필요했다. 브루스 프로서 중령이 수송기 편대를 이끌었다. 리지가 요구한 지 네 시간 만에 화물 덩어리들이 마전리 방어지역에 떨어졌다.

한편 중상자들은 헬기와 정찰기로 옮겨졌다. 밸런타인은 좁은 활주로에서 이륙하다가 추락했지만 다행히 부상은 없었다. 사흘 뒤, 윌리엄 루커스 중위가 이륙하다 엔진 고장으로 추락했다. 그러나 이번에도 조종사와 후송 환자는 무사했다.

미해병대가 마전리 일대에 전진기지를 세우는 데는 성공했지만, 원산과 그곳 사이 28마일 도로와 그 주변 일대는 여전히 중공군에 주도권을 빼앗긴 불안한 구간이었다.

81밀리 박격포, 75밀리 무반동총 등 화력의 지원 아래 로버트 배로우(Robert Barrow) 대위가 이끄는 중대는 수송차량 45대를 호송하며 오후 2시 30분 원산에서 최전방 마전리를 향해 떠났다. 미군 정찰기 1대가 공중을 돌면서 중공군의 움직임을 살피고, 공중지원용 코르세어기 2대가 그 뒤를 따르며 엄호하는 모양새였다.

그때 중공군은 군데군데 도로봉쇄선을 만들어 놓고 산 위에서 미군 수송단의 움직임을 한눈에 내려다보던 중이었다. 첫 번째 봉쇄선은 좁고 구불구불한 산 오르막길 중간쯤에 마련되었다. 중공군들이 모퉁이 한 토막을 폭파로 날려버렸던 것이다.

미군 수송대가 봉쇄선 앞에서 멈추고 첨병소대가 흩어져 경계를 펼치는 가운데 공병들이 빠르게 도로를 손질하는 광경을 멀리 내다보며 중공군은 웃음을 터뜨렸다.

"저건 아무것도 아니야. 날도 추운데 땀 좀 흘려보라고."

"설마 저놈들도 자기들이 무사히 지나가도록 우리가 선심을 쓰리라고는 기대하지 않았을걸."

"아무렴. 통행료를 톡톡히 받아내야지."

중공군은 미군 수송대가 30분이나 걸려 도로를 고치고 다시 떠나도록 가만히 내버려 두었다.

두 번째 도로봉쇄선은 반 마일 앞에 있었다. 이번에도 미군은 첨병소대에게 경계를 펴게 한 다음, 중공군이 망가뜨린 도로를 공병들의 작업으로 겨우 손질을 끝낸 뒤에야 다시 출발했다. 그러나 세 번째 봉쇄선, 네 번째 봉쇄선이 차례로 나타나며 앞길을 끊어버리는 바람에 그것을 잇느라 시간을 잡아먹었다.

마지막 다섯 번째 봉쇄선은 중공군이 파 놓은 결정적 함정이었다. 중공군은 미리 배치해 둔 화력을 총동원해 공병대가 도로를 손볼 틈을 주지 않으면서 차량을 하나 건너 한 대씩 파손하는 토막치기 수법으로 전체가 꼼짝달싹 못하게 했다. 온 미군이 모든 차량과 장비를 내버리고 달아나도록 만든다는 게 그들의 목표였다.

그러나 중공군은 그 계획을 접어야만 했다. 배로우 중대가 정찰기 조종사의 관측정보를 받고 60밀리 박격포탄을 마구 날리며 거세게 반격해왔기 때문이다. 중공군 진지는 매우 높은 지대에 만들어진 데다 아래쪽 지형이 거의 벼랑에 가깝도록 가팔라 미군의 지상전투작전을 무력화하는 데는 큰 어려움이 없었다. 그러나 공군력이 전혀 없었기에 미 공군기의 기총소사와 폭격에는 속수무책이었다. 중공군은 하는 수 없이 공세를 접고 은폐 엄폐로 눈앞의 위험을 벗어나기 위해 바삐 움직였다.

이미 깔리기 시작한 저녁 어스름은 그들에게 더없이 고마운 우군이었다. 조금만 견디면 어둠이 짙게 덮고, 지겨운 미 공군기들도 더는 나타나지 않으리라. 마치 밤은 자기네 세상이라는 듯 중공군 병사들은 이런 농담을 주고받으며 킬킬거렸다.

"녀석들! 그렇게까지 극성을 떨 필요 없는데, 왜 저래?"

"맞아. 보급품이 저렇게 넘쳐나는 판에 그까짓 차량 몇 대 우리한테 넘기는 게 대수냐고."

어둠이 깊어지면서 로버트 배로우 대위는 두 가지 문제에 맞닥드렸다. 밤새 사주방어를 한다면 진지를 지켜낼 수는 있지만, 리지 부대에 주요 보급품을 그득그득 실어 보내야 했으므로 많은 차량 손실이 예상됐다. 그러나 곧 받아들이기로 다짐한다. 보급품도 없이 보병중대만 들이닥친다면 마전리에 포위된 리지 대대의 문제를 더욱 악화시킬 뿐이었다.

배로우는 장교들을 모두 불러 모아 돌아가는 상황을 설명했다. 그는 한때 패배를 인정하고 원산으로 돌아가기로 결정을 내렸다. 이슥한 밤, 하얀 달빛 속에서 도로 윗쪽 산등성이를 따라 측방 진지로 이동하는 중공군이 흐릿하게 보였다. 트럭을 돌린 머클레런드는 적군과 교전을 멈추라는 명령을 내린다. 드디어 후퇴가 시작되었다.

그러나 이 명령에 따르자니 운전병들에게 문제가 생겼다. 길목의 너비가 9미터도 채 되지 않았다. 왼쪽은 가파른 절벽이고, 오른쪽은 깊게는 30미터까지 되는 낭떠러지였다. 해병대 트럭은 길이가 10미터였다.

한 운전병이 중얼거렸다.

"도대체 어쩌라는 거야? 교범에 따르면 이 차량이 회전하는 데 필요한 반경은 오른쪽으로 10미터 20센티, 왼쪽으로 11미터 15센티로 알고 있는데…… 죽을 각오가 없으면 갈 수 없는 길이잖아."

그 말을 듣고 옆에 있던 다른 운전병들이 웅성거렸다. 하나같이 고함과 욕설을 퍼부으며, 밀고 당기는 야단법석을 떨면서 트럭을 돌리고 말았다. 이제는 후위부대였던 스워드 소대가 첨병부대가 되었고, 머클레런드는 중공군과 멀어지자 후위부대로 돌아섰다. 방향전환이 끝나자 부상자들을 모아 트럭에 실었다.

원산으로 이동을 시작하고 얼마쯤 지나 운전병과 해병 20명을 실은 트럭 1대가 가파른 낭떠러지로 굴러 떨어졌다. 다른 트럭에 타고 있던 해병들이 재빠르게 몸을 움직여 인간 사슬을 만들었다. 다친 사람들을 협곡에서 도로까지 인력으로 끌어 올리는 어렵고 힘든 작업이 시작되었다.

그 트럭에 탔던 인원은 대부분 조지 모건 하사의 공격반으로, 이 수송작전을 위해 특별히 배로우 부대에 배속되어 있었다. 트럭에 타고 있던 20명 가운데 16명이 18미터 절벽을 구르면서 부상을 당했다. 구출작업이 가까스로 끝나자 차량 대열은 다시 움직였다. 예기치 못한 사고를 막기 위해 배로우 대위는 모든 차량에 불을 켜라고 지시를 내렸다. 모두 긴장을 늦추지 않은 덕분에 수송차량 대열은 더는 사고 없이 원산에 도착했다.

배로우는 16명이 다치고 차량 5대를 잃어버린 사고를 풀러 대령에게 보고했다. 보고가 끝나자 풀러가 물었다.

"내일 통과하려면 뭐가 필요하겠소?"

"네 시간 정도의 엄호와 항공통제관입니다."

이튿날 아침 8시 30분, 호송차량단은 존스 소대를 첨병부대로 앞세워 3대대로 가는 보급로를 뚫는 제2차 시도를 개시했다. 이동절차를 바꾸어 존스 소대를 도보로 주력 전방 몇천 미터에 세웠다. 이렇게 병력을 전개해 차량 대열이 장애물에 가까이 가기 전 소총소대가 미리 없애버리려는 계획이었다.

첨병 사격조의 조장은 로버트 코젤커 일병이었다. 그는 공격적인 전술로 행군 대열의 걸음을 늦추지 않았다. 차량 대열 또한 원산에서 6마일 높이까지 쉬지 않고 올라갔다. 코젤커 사격조가 급커브 길목에 이르렀을 때, 소대 규모의 중공군들이 폭파해 놓은 도로 주변에서 무언가를 먹고 있었다. 사격조는 곧바로 사격했고, 기습을 당한 적군들은 무참히 죽거나 뿔뿔이 흩어져 달아났다.

중공군은 차량 대열을 덮치려고 기다리며 길가에 앉아 느긋하게 아침을 먹고 있었다. 트럭이 가파른 비탈을 오를 때 들리는 시끄러운 엔진 소리를 듣고 나서 미군 진지에 뛰어들어도 늦지 않으리라 생각한 모양이었다. 그러나 중공군의 예상을 뒤엎고 트럭을 훨씬 앞질러 온 해병 소총병들이 뒤통수를 쳤다.

미군은 중공군이 애써 만들어 놓은 첫 번째 봉쇄선을 손쉽게 쳐부수고 난 뒤, 다음 장애물도 거침없이 돌파하는 데 성공했다. 임무를 마친 배로우는 이른 오후 의기당당하게 부대를 이끌고 마전리로 들어갔다.

마전리의 해병들은 새로 도착한 부대를 뜨겁게 환영했다. 리지는 그들을 하우와 조지 중대 사이에 있는 방어선에 배치했다.

마전리 동북 9마일 지점의 두류산은 그 일대에서 가장 높고 봉우리 높이가 1200미터나 되었다. 두류산 중턱에는 커다란 구리광산이 있었는데, 중공군 제9집단군 89사단 3연대는 그 탄광을 집결지로 썼다. 탄광의 갱도는 넓고 여러 갈래여서 수많은 병사들의 은신처로 더없이 알맞았다. 이들은 미해병대가 본격적인 공격작전에 앞서 정찰대를 출동시켜 정탐활동을 시작하자, 마전리 미군 전진기지에 선제공격으로 결정타를 가해 기선을 잡는다는 계획을 세웠다.

어둠을 틈타 출동한 제3연대 주력군이 미군기지 외곽방어선에 이른 것은 오전 1시 30분이었다. 밤하늘은 구름이 잔뜩 끼어 별빛 하나 비치지 않았고, 끊임없이 불어치는 차가운 바람이 스산하고 황량한 전선을 마구 할퀴며 달려갔다.

미군 전초진지에 소리 없이 접근하던 공격군 선두 쪽에서 갑자기 폭발음과 함께 섬광이 번쩍였다. 부비트랩이 터진 것이다. 당황한 미군 병사들의 고함소리에 이어 소총과 기관총이 불을 뿜기 시작했고, 중공군도 미군들을 향해 마주 쏘면서 일제히 공격을 퍼부었다. 삽시간에 미군 전초진지 일대는 소형 화기뿐 아니라 수류탄·박격포·대포까지 총동원되는 전면전으로 변했다.

중공군 선발공격중대는 미해병 2개 중대가 배치된 중간 틈바구니를 비집고 들어가 대대 관측소를 점령하려고 무섭게 압박했다. 해병들은 죽을힘을 다해 방어전을 폈으나, 날이 희붐하게 밝아올 무렵에는 탄약이 바닥나 버렸다. 중공군 병사들은 셀 수 없이 쓰러진 동료의 시체를 밟거나 뛰어넘으며 끊임없이 달려들었다. 미군 병사들은 하는 수 없이 관측소를 포기한 채 줄행랑을 놓고 말았다.

엷은 안개에 싸인 새벽이 한결 밝아질 무렵까지도 전투는 방어선 모든 지역에서 수그러들 줄 모르고 이어졌다. 의기양양한 중공군 공격중대장은 감격에 겨운 나머지 미군 병사들의 눈에 띄도록 몸을 드러낸 채 고함을 질렀다.

"만세! 만세! 만세!"

그 만용에 가까운 시위에 미군 병사들은 크게 격분했다. 다음 순간, 무수한 탄환과 심지어 대포의 직격탄까지 날아왔으나 공격중대장은 간발의 차이로 재빨리 몸을 낮추어 피한 덕분에 기적적으로 목숨을 건졌다.

미군들은 그에게 '타잔'이란 별명을 붙여주었다.

미해병들에게 대대 관측소 함락은 전략적으로도 있을 수 없으며 자존심도 허락지 않는 일이었다. 그들은 고지 탈환에 모든 것을 걸었다. 취사병, 사무요원, 보급병들로 서둘러 1개 소대를 짰다. 이 혼성부대는 찰스 매독스 소위 지휘 아래 고지 공격을 시작했다.

적이 차지한 진지로 가는 통로는 매서운 화력에 노출되어 있었다. 따라서 매독스는 부하들을 이끌고 은신처가 될 만한 다복솔과 바위가 있는 수직암벽으로 이동했다. 이 소대가 적군을 찾아가는 등산로를 만드는 동안, 대포와 박격포는 줄기차게 정상을 공격했다.

오전 6시 30분 매독스 소위가 부하를 이끌고 정상에 올라, 미적미적 물러나는 적군에게 목청이 터져라 욕설을 퍼부었다.

"만세 좋아하네, 개새끼들!"

그날 아침식사 시간은 취사병과 식당요원들에게 갑자기 안겨준 특수 임무 덕에 한참 뒤로 밀려났다.

드디어 접전이 끝나고 배로우 대위는 리지 대대에서 임무를 마무리한 뒤 원산으로 돌아가게 되었다. 그러나 되돌아가는 배로우에게 또 다른 임무가 주어졌다. 마전리 유치장의 포로 619명을 해변가 포로수용소로 호송하라는 것이었다. 풀러 대령은 200여 명의 해병들이 3배나 많은 포로를 데리고 적군이 진을 치고 있는 산악지대를 지나야 한다는 사실에 적잖은 불안을 느꼈다. 이 때문에 원산에서는 배로우 부대를 지원하고자 프레드릭 중대를 보냈다. 하지만 이동 중 중공군의 기습을 받은 프레드릭 부대는 치열한 교전 끝에 8명이 죽고 27명이 다치는 대가를 치렀다.

한편 배로우는 트럭에 포로들을 싣고 그 위에 방수포를 덮어씌워 산 위에 있는 중공군에게 들키지 않게 할 작전을 썼다. 이로써 스워드 소대를 첨병부대로 한 차량 대열은 28마일의 가파른 길을 사고 없이 지나쳐 살아남은 포로들을 무사히 넘겨주었다. 그다음 배로우 중대는 한국 해병 1개 대대와 교대했다.

같은 날 오후 마전리에서는 민간인들이 철새들처럼 떼 지어 마을을 떠나기 시작했다. 이런 움직임을 이상하게 여기고 그들을 심문한 결과, 미군은 북한군 박성철이 '섬멸' 공격을 명령했다는 사실을 알게 되었다. 미해병이라면 마지막 한 사람까지 모조리 죽인다는 말이었다. 주민들은 저마다 자기 집으로 돌아가라는 명령을 받았으며, 방어선 경비병력에는 경계령과 엄격한 통행금지 명령이 떨어졌다.

오전 1시가 조금 지나 공격이 시작되었다. 탐색공격을 가한 중공군은 한국 해병대대가 지키는 부분에 주력 공격인원을 투입했다. 또다시 대대 관측소를 차지하려는 시도가 있었지만 이미 소총중대가 화력과 지뢰, 지선신호탄으로 접근통로를 철저히 엄호하는 터라 적군은 치명적인 피해를 입고 물러났다. 이 공격에 실패하자, 박성철은 마전리 탈환계획을 포기하고 나머지 사단 병력을 북쪽으로 이동시켜 국수리에 모이도록 지시했다.

뒤이어 미국 해병대대는 차량 및 도보 양면으로 정찰에 나서고 밤에는 방어선에 경계태세를 강화했다. 부상자와 우편물은 헬기로 실어 보냈는데, 부상자는 총탄을 맞은 지 몇 분 만에 후송이 가능했다. 차량 수송대가 저지당하면, 블래싱게임 대위의 공중투하반이 마전리에 보급품을 전달했다. 한번은 공중투하를 하는데 철조망 덩어리가 지휘소로 삼았던 학교 지붕을 뚫고 들어가 로버트 포일의 자리에 떨어졌다. 다행히도 그때 포일은 밖에 있었다.

해병대 창설일에는 취사병들이 온갖 재료를 섞어 큼직한 케이크를 마련했다. 설탕을 하얗게 입히는 대신 딸기잼을 듬뿍 발랐다. 방어선에서 중대 지휘소로 인원을 돌려서 해병들은 한 사람도 빠짐없이 케이크 한 조각씩 받을 수 있었다. 그 달콤한 케이크를 먹는 상상을 하던 포일은 화들짝 놀라 현실로 돌아왔다.

11월 14일 리지 대대는 미보병 제15연대 병력과 교대했다. 마전리 점령 18일 동안 제1연대는 적군 3개 대대의 공격을 물리쳤다. 적군의 인명손실은 사망 525명, 부상 1750명, 포로 1395명이었다. 이 작전은 성공했지만, 3대대는 임진강 합수 근거지의 마을을 미련 없이 떠났다. 그때 리첸버그의 해병 제7연대가 교전 끝에 중공군 1개 사단을 무참히 쳐부쉈다는 소식이 들려왔다.

미해병대 병사들의 사기는 언제나 하늘을 찌를 듯 높았다. 그러나 그들은 때때로 전쟁에 대해 깊은 회의에 잠기곤 했다.

'무엇 때문에 싸우는가. 전쟁을 원치 않으면서도 고립되지 않기 위해 또는 굶주림에서 벗어나기 위해 참전하는 사람들. 고통 속에서도 짊어져야 하는 연대 의식과 표현하고 싶지 않은 모멸감과 증오…… 전쟁은 비열하게 이 모든 것을 이용해 모두를 죽음으로 내몰고 있지 않은가. 우리도 마찬가지가 아니더

냐.'

어느 젊은 병사들은 그렇게 고뇌했다.

음울한 공기를 대포의 요란한 소리가 갈라놓는다. 처음에는 놀라지만 그게 무엇인지 알고 나면 무섭지 않다. 그러나 공기를 가르는 포탄 소리가 들려온 뒤, 그 불타오르는 소리가 귓속으로 뛰쳐 들어온다. ……우리는 두려워하지 않는다. 이유는 알 수 없지만. 무관심해지지는 않더라도 언젠가 사람은 모든 것에 얼마쯤 익숙해진다.

너 나 할 것 없이 무기를 지니게 되면서 병사들은 총이나 수류탄을 자신의 분신으로 여기며 집착했다. 무기란 곤경에 빠졌을 때 자신을 지킬 수 있는 대비책이자 방패이고 또 하나의 피부로서 모두에게 큰 안도감을 주었다. 또는 살인의 죄책감으로부터 벗어나게 해주기도 했다.

'내가 죽인 게 아니야. 이 총과 수류탄이 죽였지.'

이런 무의식적인 암시는 오래도록 병사들 머릿속에 남았다. 이처럼 병사에게 무기는 자신을 위협하는 세상으로부터 보호되고 있음을 알게 해준다. 의복, 귀중한 전리품 등도 마찬가지다. 병사는 소유물에 마음을 쓰는 존재로, 자신의 신체보다 소유물을 종종 더 아낀다. 병사와 무기의 친밀한 관계에는 소유물에 대한 어떤 애정 이상의 것이 포함되어 있다. 때때로 차량이나 무기는 고향의 대체물이 된다. 이것은 소유물과 자기보존이라는 충동과 아주 중요한 관계처럼 보인다.

그러므로 병사는 자기 소유물로 이루어진 몇 겹의 층을 만들어 그것을, 자신을 보호하는 상징으로서, 그와 동시에 과거의 안녕과 미래의 희망을 이어주는 것으로 여기며 소유물에 집착하곤 했다.

한편 총은 병사와 전우들 사이를 가깝게 하는 역할도 맡는다. 아군을 보호하는 동료 의식이라는 벽을 굳건케 하고, 전우와 인연을 더욱 끈끈하게 만든다. 또한 총은 적이 지나치게 현실처럼 느껴지는 현상을 막아준다.

살인에 빠져서 쾌락을 느끼는 사람이 아니라면, 되도록 멀리 떨어져서 해치우는 게 마음 편하다. 피해자와 거리가 멀어질수록 사람을 죽였다는 현실감은 옅어진다. 그렇기 때문에 오늘날 전쟁에서 벌어지는 비정하고 잔혹한 학살들은 대부분 적군들과 멀리 떨어진 병사들이 일으킨다. 그들은 자신이 가진 강력한 무기들이 어떤 끔찍한 결과를 불러오는지 제대로 볼 수 없다.

무기나 전우들의 도움으로도 자신을 속이거나 책임감을 덜지 못한 병사들은 땅 위 환경에 도움을 바라기도 한다. 전쟁터에서 병사가 개인 참호의 구덩이, 땅이나 나무를 끌어안는 건 그것들이 '엄폐물'이기 때문이다. 병사는 자연을 생명의 뿌리로 여기는 게 아니라, 자신을 아군으로부터 끌어내 죽이려는 적을 막기 위한 방패로 생각한다. 깊게 파낸 참호 구덩이, 나무, 구름, 태양과 같은 자연물들이 여느 때와 달리 한없이 귀하게 느껴지는 까닭은 자연의 한 부분이기 때문이 아니라 적으로부터 자신을 지키는 데 도움이 되기 때문이다.

그 순간 세상의 모든 것은 그를 보호하기 위해 존재한다. 하지만 정작 그는 자신을 위해 그곳에 서 있지 않다. 그는 자신마저 도구로 바꾸어 버린다. 그는 총의 방아쇠를 당기는 손가락이며, 전차를 운전하는 존재이고, 적을 찾는 탐색자이기도 하다.

더욱이 병사는 그렇게 자신을 도구로 삼는 데 기쁨을 느낀다. 이런 여러 요소들이 더해져 병사의 자아는 어느덧 묻혀버린다. 스스로 잘 알지도 못하는 사이에 어느덧 살인 공범자가 되어버린다. 날카로운 이성을 가지고 있으면 틀림없이 양심의 고통에 몸부림쳐야 할 텐데…… 어느 누가 전쟁터에서 깊은 사색을 하려 들겠는가.

낭림산맥 또 다른 꼭대기에서는 우융추이의 전위대대와 그 뒤를 따르는 중공군 병사들 10여만 명이 사뭇 고생스러운 행군을 이어갔다.

부대는 수풀이 우거진 원시림에 숨어 있었다. 눈보라가 멈춰 맑은 날씨이긴 하나 여전히 추웠고, 산꼭대기와 골짜기는 온통 눈이 쌓여 눈부시게 반짝였다. 대대본부는 지난밤 산기슭 한 조선 농가 근처에서 잠을 잤다. 일어나고 보니 이미 저녁 안개가 짙어가는 황혼 무렵이었다. 낮에는 숨어 있다 밤에 행군을 하는 데다 날마다 이어지는 장기 행군으로 동상과 배고픔이 겹치면서 우융추이의 전위대는 지칠 대로 지쳐 버렸다.

'일본 다이쇼(大正) 14년'이라고 적혀 있는 조선지도를 꺼내 보니 그들의 목적지인 장진호는 이미 눈앞에 있었다. 훠신밍이 나지막이 속삭였다.

"아직 허락은 내려오지 않았지만 곧 하루쯤 쉬게 될 것 같아."

우융추이가 고개를 끄덕이며 대꾸했다.

"그럼 마땅히 그래야지. 이렇게 굶주리고 지친 상태로는 미군과 싸우더라도 얼마 못 버틸걸."

산기슭에 자리한 이 농가는 곳곳에서 바람이 새어들어와 집이라기보다는 차라리 널조각으로 짠 헛간에 가까웠다. 사실 이곳은 사냥꾼들의 움막으로 쓰였는데 이제는 전쟁 때문에 모두 떠나 버린 지 오래였다.

그 뒤 이곳에는 양씨 성을 가진 조선인 가족이 와서 살고 있었다. 중년 부부와 대여섯 살 됨직한 여자아이 하나가 다였다. 남자 주인은 손짓 발짓을 섞어가며 일본어가 섞인 중국어로 우웅추이에게 세 식구가 이 집으로 오게 된 까닭을 말해 줬다.

"전쟁을 하는 동안 전세가 계속 바뀌면서 처음에는 남에서 북으로 다시 북에서 남으로 피란을 왔습니다. 본디 대가족이었지만 피란길에 모두 흩어져 버리고 이렇게 셋만 남았죠. 어쩌다 보니 주변이 산으로 둘러싸인 조용한 이곳까지 오게 됐는데, 더는 길을 떠나기 힘들어 이렇게 그냥 눌러앉았습니다."

그는 또 덧붙였다.

"이곳저곳을 떠돌다가 북조선 인민군도 만나고 남한 군인도 만나고 미국인 연합군도 만났는데, 중국 군인이 들어온다는 이야기는 듣기만 했지 이렇게 보게 될 줄은 미처 몰랐습니다."

훠신밍은 호기심에 가득 찬 눈길로 바라보는 그에게 자신들은 중국인민지원군으로 미군과 싸울 목적으로 들어왔다고 말했다.

우웅추이는 대원들을 시켜 찬바람이 들어오고 빛이 새어나가는 걸 막기 위해 돛천으로 판잣집을 둘러싸게 했다. 방바닥에 좁아서 우웅추이, 훠신밍, 차오, 뤼따꺼만 앉았다. 양씨가 휴대용 가스등에 불을 붙였다. 그는 손님들에게 매우 살가웠다. 뭔가 대접하고 싶었지만 딱히 내놓을 게 없자 집 안을 샅샅이 뒤져 비상 식량으로 감추어 두었던 작은 유리병 하나를 찾아냈다. 그는 옷소매로 병뚜껑의 먼지를 닦아낸 뒤 우웅추이와 훠신밍 앞에 정중히 내려놓았다. 양씨는 눈치가 있는 편이라 개털모자를 쓴 우웅추이와 안경을 쓴 훠신밍이 우두머리이리라 짐작했다.

병 속에는 희고 싱싱한 배추잎에 빨간 고추양념이 발라진 것이 들어 있었다. 우웅추이는 무슨 음식인지 궁금했다. 장아찌 같은데 이렇게 만든 건 처음 봤다.

양씨는 손으로 먹는 시늉을 보여주며 자신의 성의를 받아주길 바랐다. 뤼따꺼가 먹으려 하자, 휘신밍이 한 손으로 그를 가로막았다.

휘신밍은 안경을 벗어 손수건으로 천천히 닦으며 아무 말도 하지 않았다. 휘신밍과 우융추이가 가만히 있자 다른 대원들도 모두 나서지 않았다.

이 조선인은 뭔가 알았다는 듯 병뚜껑을 열고 한 가닥을 집어 자신의 입에 넣고 맛있다는 표정으로 꼭꼭 씹어 먹었다. 그러고는 딸아이 입에도 작은 조각을 넣어줬다. 상했거나 독이 든 건 아니라는 듯이. 어린 딸은 어머니 품에 안겨 있었는데 맛나게 받아먹고는 배가 무척 고팠는지 냉큼 여인의 품에서 빠져나와 고사리 같은 손을 병 속에 집어넣었다. 여인은 민망한 듯 웃으며 딸아이를 도로 품에 끌어안았다.

아롱거리는 촛불 위에서 우융추이는 무슨 색인지 알 수 없는 솜저고리 속에 파묻혀 얼굴만 빼꼼히 내밀고 있는 아이를 쳐다봤다. 동그란 얼굴은 추위에 터서 하얗게 갈라졌지만 유난히 맑은 두 눈동자는 똘망똘망 반짝였다. 아이는 눈을 동그랗게 뜨고 우융추이를 바라봤다.

양씨가 휘신밍에게 말했다.

"타베루, 괜찮습니다."

그러고는 딸아이를 가리키며 말했다.

"양정자도 타베루, 괜찮습니다."

모두 그의 말을 알아들었다. 어린 딸아이 이름은 양정자이고 '타베루'는 일본어로 '먹다'라는 뜻이었다. 그들은 몇 년간 일본군과 싸운 경험이 있어 이쯤은 알아들을 수 있었다.

휘신밍은 이 조선 남자가 자기 뜻을 잘못 받아들인 듯싶어 마음이 편치 않았다. 그는 얼른 안경을 다시 쓰고 그에게 말했다.

"오해했군요. 지원군에겐 주민들 것은 조금도 받아서는 안 된다는 규율이 있습니다."

그러자 우융추이가 대답했다.

"그렇게 말해 봤자 저 사람은 못 알아들어. 내가 보기엔 진심으로 대접하고 싶어하는 거 같아. 먹지 않으면 분위기만 나빠질지도 몰라."

우융추이가 손짓 발짓을 섞어가며 양씨에게 말했다.

"당신 마음만 받을게요. 우리 훈련관 말대로 지원군은 규율을 지켜야 해요.

대가 없이 뭔가를 받을 수는 없습니다. 이해하시죠?"

그즈음 조선에서는 일고여덟 살쯤이면 일본어를 웬만큼 할 줄 알았다. 몇십 년 동안 식민지정치로 일본은 조선을 거의 자신들 영토로 만들어 놓았다.

그런데 양씨는 우융추이의 말뜻을 이해하지 못한 듯 고개만 갸우뚱거렸다. 우융추이는 더 이야기해 봤자 소용없다고 여겼다. 고개를 돌려 군량 담당 위융시앙에게 소리쳤다.

"어이! 당장 삶은 콩 좀 가져와!"

위융시앙은 한참 있다 삶은 콩 반 바가지를 담아 들고 왔다. 예상과 달리 양씨는 손을 내저었다. 하지만 양씨가 꿀꺽 소리가 나도록 군침을 삼키고 얼굴이 붉어지는 걸 본 전위대는 그가 예의상 거절한다고 생각했다. 우융추이는 콩 바가지를 그의 품에 밀어 넣었다.

"이건, 당신 것!"

그러고는 장아찌 유리병을 자신의 품으로 끌어당겼다.

"이건, 내 것!"

우융추이는 자신이 말해 놓고도 쑥스러웠다.

양씨는 더 거절하지 않았다. 중국인들의 진심을 알아차리고는 콩을 받아 아내와 아이에게 건네줬다. 셋은 사이좋게 앉아 콩을 맛있게 먹었다. 그제야 전위대 대원들도 양씨에게서 받은 조선 장아찌를 맛보았다.

우융추이는 장아찌를 한 입 먹어보자마자 곧 떠올렸다. 이 조선 장아찌는 그의 고향 쑤베이 우씨 집성촌에서 담근 라바이차이와 맛이 닮았다. 늦가을에서 초겨울쯤이면 거의 모든 집에서 배추를 절였는데 우융추이의 어머니도 좋은 배추를 절여 라바이차이를 담갔다. 다른 점이 있다면 이 조선인은 잘게 간 홍고추로 양념을 해 작은 통에 담았지만, 어머니는 큰 항아리에 청고추를 통째로 넣어 만들었다. 그래서 어머니의 라바이차이를 먹을 때는 배추는 배추대로 고추는 고추대로 아삭아삭한 맛이 있어 밥반찬으로 그만이었다.

줄곧 대도시에서 지내온 휘신밍은 아는 게 많았다. 그는 모두에게 조선의 이름난 향토음식 김치이며 만드는 방법이 까다롭다고 설명했다. 조선에서 김치는 양반 평민 가리지 않고 사시사철 저장해 두고 먹는 음식으로, 중국인들이 먹는 차나 조미료쯤으로 보면 된다고 덧붙였다.

우융추이는 지역과 조리법만 다를 뿐 김치는 중국의 라바이차이와 크게 다를 게 없다고 말했다. 그러나 그는 이 조선 김치가 자기 고향 쑤베이에서 먹던 라바이차이보다 한결 맛있다고 감탄했다.

우융추이는 라바이차이, 훠신밍은 김치라고 말하는 이 음식을 위융시안이 한 입 먹어보고는 양씨를 바라보며 엄지손가락을 치켜세웠다. 뤼따꺼도 장아찌를 맛보더니 자리에서 벌떡 일어나 두 손 엄지손가락을 추켜올리며 설레발을 쳤다.

"장아찌도 아주아주 좋고, 양씨의 마음 씀씀이도 아주아주 좋고, 지원군의 찐 콩도 아주아주 좋아!"

뤼따꺼의 말과 몸짓에 모두 한바탕 크게 웃었다. 차오는 우물우물 씹으면서 미소를 건넸다. 양씨 가족도 함께 웃었는데, 어린 딸 양정자의 웃는 모습이 참으로 귀여웠다. 작고 가지런한 치아에 새까만 두 눈동자가 반짝반짝 빛났다. 그 순간만큼은 전쟁도 피란도 다 잊고 모두 즐겁고 따뜻한 저녁을 보냈다.

하늘이 차츰 밝아왔다. 부대는 일찌감치 식사를 마치고 산으로 올라가 몸을 숨겼다. 우융추이는 양씨 가족에게도 짐을 챙겨 산으로 올라가길 권했으나 그들은 가지 않으려 들었다. 어설픈 일본어와 손짓으로 그 까닭을 겨우 알 수 있었다. 무엇보다 산에 올라가면 바람이 세게 불어 어린 딸이 버텨 내지 못할 뿐더러, 여기에서 며칠 지내보니 미군기의 폭격도 없고 오히려 안전했다는 말이었다. 우융추이는 어쩔 수 없이 양씨 가족을 남겨둔 채 부대원들만 이끌고 산으로 올라갔다. 그는 부디 미군기가 나타나지 않길, 그저 아무 일도 일어나지 않길 빌었다. 우융추이는 산 위에서 기슭 아래 판잣집을 내려다보며 지난밤 풍경과 함께 양씨 가족을 떠올렸다. 그들은 전쟁으로 여기저기 떠돌며 어수선한 삶을 살아야만 했다. 동그랗고 까만 아이의 맑은 눈망울이 좀처럼 떠나지 않고 애처롭게 마음에 남았다.

'하루빨리 미군들을 쫓아내야 양씨 가족도 고향으로 돌아갈 수 있을 텐데.'

해가 동쪽 하늘에 걸리고 하늘은 씻은 듯이 말끔했다. 굴곡이 심한 산봉우리와 푸른 소나무, 하얗게 뒤덮인 눈을 보니 마음이 맑고 상쾌해지는 듯했다. 훠신밍은 안경을 벗어 손에 든 채 실눈을 뜨고는 내리쬐는 햇빛을 바라다봤다. 잘생긴 눈매에 긴 속눈썹과 쌍꺼풀 때문에 그는 매우 여성스러워 보였다. 훠신밍은 새록새록 란쓰옌과 처음 마주하던 추억이 생각났다.

사단 문공대의 란쓰옌을 만났을 때, 그녀는 그의 안경 벗은 모습을 한동안 넋을 잃고 쳐다보고 있었다. 그때 휘신밍은 그녀가 참 이상하다고 생각했다.

'저 여자는 왜 사람을 저렇게 뚫어지게 쳐다보지?'

나중에 란쓰옌은 그 이유를 알려줬다.

"안경 벗은 당신의 눈이 무척 착해 보였거든요."

휘신밍은 그럼 안경을 썼을 때는 어떻게 보이냐고 물었다. 그러자 란쓰옌이 빙그레 웃었다.

"물론 안경을 써도 여전히 착해 보여요. 착한 마음은 감출 수 없으니까요."

그 순간이었다. 문득 불길한 예감이 들어 하늘을 올려다봤다. 귀를 찢을 듯한 굉음과 함께 하늘에서 비행기 그림자 하나가 불쑥 나타났다. 우융추이는 생각할 새도 없이 루이후이에게 소리쳤다.

"방공호!"

루이후이는 일찌감치 준비태세를 갖추고 있었다. 그는 힘껏 뛰어올라 우융추이의 말이 떨어지기도 전에 울부짖듯이 대피 신호를 보냈다. 그 소리는 멀리까지 쟁쟁하게 울려퍼졌다. 모든 부대원이 재빠르게 숲 속으로 뛰어들어 납작 엎드렸다. 잠시 뒤 산봉우리와 대지, 하늘의 구름이 모두 쥐 죽은 듯 조용해졌다.

정찰기 한 대가 급하지도 느리지도 않게 날아와 눈밭 위에 그림자를 드리운다. 이 그림자는 산골짜기를 따라 남쪽에서 북쪽으로 왔다 갔다 하더니 사냥꾼 오두막 쪽으로 천천히 움직였다.

순간 우융추이는 잔뜩 긴장했다. 양씨 가족이 아직 그곳에 있었기 때문이다. 가슴 한쪽에 한기가 스며들면서 오싹 소름이 끼쳤다.

'제발, 그냥 지나가라!'

우융추이는 바닥에 엎드린 채 그저 아무 일도 일어나지 않기만을 바랐다. 그러나 가장 걱정했던 일이 끝내 일어나고 말았다. 비행기 소리를 들은 어린 여자아이가 밖으로 뛰쳐나와 하늘을 쳐다보았다. 뒤이어 놀란 표정의 양씨가 따라나와 재빨리 딸아이를 안고 들어갔다. 이때 정찰기가 저공비행으로 판잣집 지붕을 스쳐 지나갔다.

우융추이 부대는 산 위에서 그 광경을 똑똑히 지켜보며 사태가 심상치 않음을 곧 알아차렸다. 지금 양씨 가족은 매우 위험한 상황에 놓여 있었다.

'망설일 때가 아니야!'

우융추이는 곧바로 결정을 내렸다. 그는 포병대 차오 중대장과 뤼따꺼, 그 밖에 몇 명을 내려보내 양씨네 가족을 데려오라고 지시했다. 뤼따꺼는 재빨리 일어나 달렸고 차오도 뒤따랐다. 그 뒤에 대고 훠신밍이 소리쳤다.

"미군기가 나타나면 무조건 숨어!"

시간은 촉박했지만 먼저 양씨 가족을 데리고 나와 옆쪽 숲 속에 빨리 몸을 숨기면 위험은 피할 수 있을 듯싶었다.

하지만 2분도 채 안 돼 남쪽 하늘에서 천둥치는 듯한 비행기 굉음이 들려왔다. 기름지게 2대가 산골짜기를 따라 곧장 날아왔다. 기름지게는 곧장 오두막 쪽으로 직진했다. 그들은 양씨네를 북조선군이나 중공군으로 잘못 판단한 게 틀림없었다. 달려가던 차오와 뤼따꺼 등은 허겁지겁 수풀 속에 엎드렸다.

앞쪽 한 대가 먼저 공격을 시작해 비행기 아래 포구로 불꽃을 뿜어내고 폭발음이 산골짜기에 메아리쳤다. 기관포탄이 언 땅과 소나무, 오두막의 벽과 지붕 위로 쏟아지자 순식간에 나뭇가지가 춤을 추고 부서진 살림살이가 곳곳으로 튀면서 눈보라가 일었다. 뒤따르던 비행기도 잇따라 포탄을 떨어뜨렸다. 하나는 판잣집에 그대로 꽂혔고 또 하나는 그 가까이 산자락에 떨어졌다. 나무와 흙이 물을 뿜어내듯 튀어오르고 불꽃이 하늘로 치솟으면서 판잣집은 어느새 타닥타닥 타올랐다.

우융추이 부대원들은 그저 멍하니 그 광경을 바라다보았다. 모두 넋이 나간 얼굴이었다. 양씨 가족을 더는 볼 수 없을지 모른다 생각하니 가슴이 먹먹해졌지만 어떻게 손쓸 방법이 없었다.

기름지게가 날아간 뒤 우융추이는 대원 몇과 함께 산을 내려왔다. 집은 이미 형체도 없이 타버리고 청회색 연기만 피어올랐다. 집 주변 땅은 포탄에 움푹 패였고, 반쯤 불에 타 너덜너덜해진 나무판자들이 곳곳에 널브러져 있다. 새까맣게 탄 방문은 손을 대기가 무섭게 재가 되어 그 자리에서 바스러져 버렸다.

방 안의 광경은 눈 뜨고 볼 수 없을 만큼 처참했다. 양씨와 그의 아내는 방 한구석에 웅크린 채 쓰러져 있었다. 그들 주위로는 이미 집이라고 부를 만한 것들이 남아 있지 않았다. 바닥은 시커멓게 눌어붙어 지독한 탄내를 풍겼고, 반도 채 남지 않은 벽은 온통 부부의 피로 붉게 물들었다.

무너진 벽면 사이로 햇빛이 쏟아진다. 벽에 칠갑된 피가 군데군데 햇살을 받아 섬뜩하리만치 반짝반짝 빛났다. 빛줄기들도 무턱대고 낯선 곳에 들어왔다가 이 참상을 보고 놀라 우뚝 멈추어 선 듯했다.

지난밤 모두가 함께 웃고 즐거웠던 초가집의 모습은 더는 찾아볼 수가 없었다. 금세라도 어린 양정자가 환한 얼굴로 뛰어나올 것만 같아 모든 대원들은 방 안을 여기저기 휘둘러보았다.

우융추이의 지시를 받은 두 사람이 양씨의 시체를 들어 바깥으로 조심스럽게 옮겼다. 포탄에 맞아 피를 너무 많이 흘린 탓인지 시신은 생각보다 가벼웠다. 다른 대원 둘이 죽은 양씨 부인을 옮기고 그 아래 깔려 있던 낡은 솜이불을 잡아당기자 놀랍게도 어린아이의 동그란 얼굴이 나타났다.

소녀는 바닥에 조용히 누워 있었다. 반짝이는 검은 눈동자가 당황스러운 듯 그들을 쳐다보았다. 우융추이가 아이를 번쩍 안아들고 이리저리 살폈지만 작은 생채기 하나 눈에 띄지 않았다. 참으로 기적이 아닐 수 없었다. 자신의 몸으로 덮어 어린 딸을 살려낸 양씨 부인의 마음이 고스란히 느껴졌다. 그들은 아무 말 없이 묵연하게 부인의 시체를 밖으로 옮겨 양씨 옆에 나란히 뉘였다.

아이는 자기 부모의 마지막 모습을 보지 못했다. 우융추이는 아이를 품에 안아들고 자신의 털외투로 감쌌다. 아직 세상을 다 알지 못하는 아이에게 피범벅이 된 이 참혹한 현장을 보여줄 필요는 없었다. 아이는 어리둥절한 듯 줄곧 아무 말이 없었다. 이 수염 덥수룩한 사람이 왜 자신을 안고 있는지, 엄마 아빠는 또 어디로 갔는지, 대체 자신에게 무슨 일이 일어났는지 알지 못했다.

두궈싱과 뤼따꺼, 루이후이와 그의 부대원들은 양씨 부부 시신을 미군이 남긴 포탄 구멍에 나란히 내려놓은 뒤 포탄으로 파헤쳐진 흙과 눈을 덮어줬다.

산골짜기에는 다시 고요함이 찾아왔다. 대원들은 묵묵히 산을 오르기 시작했다. 양정자는 두궈싱의 등에 업혔다. 산비탈까지 올라와 눈으로 뒤덮인 수풀 속을 걸어갈 때였다. 아이는 퍼뜩 무언가 떠올랐는지 고개를 돌려 산 아래 폐허를 내려다봤다.

"아버지!"

아이의 높은 목소리가 애타게 부모를 찾는다. 하지만 저 아래에서는 어떤 대답도 들려오지 않았다. 아이는 몸을 비틀어 두궈싱의 등에서 내려오려

했다.

"어머니!"

아이는 버둥거리며 또 한 번 소리쳤다. 엄마 아빠에게 달려가기라도 할 듯 부르면 닿기라도 할 듯 처연한 메아리가 산 아래 폐허까지 울려 퍼진다. 아무리 발버둥쳐도 내려주지 않는다는 사실을 알자 아이는 갑자기 목 놓아 서럽게 울기 시작했다.

대원들은 아무 말이 없었다. 두궈싱은 그저 묵묵히 아이를 업고 산을 올랐다. 아이는 목이 쉴 때까지 울어댔다. 울음소리는 작아지다가 커지고를 되풀이하다 나중에는 그저 흐느끼는 소리만이 남았다.

산 아래 집은 눈물로 얼룩져 희미해진 시야에서 차츰 멀어지더니 마침내 하얀 눈으로 뒤덮인 산비탈 뒤로 사라졌다.

훠신밍은 우융추이 일행이 양정자 하나만 업고 돌아오는 걸 보고는 대뜸 알아차렸다. 그때 우융추이가 훠신밍에게 말했다.

"이제 내가 아버지야."

10
포화 속에서

어둠 속은 차고 쓸쓸하다. 혹한의 겨울 산길은 가시지 않는 싸늘함으로 병사들 목을 조여온다. 숨이 턱 막히고 온몸이 꽁꽁 얼어붙는다. 열차는 칠흑 같은 굽이굽이 길을 야수의 육탄이 되어 기적을 울리며 줄달음쳐 나아갔다. 그렇게 한참을 꾸불꾸불한 함영선 선로를 따라 바닷가 산기슭을 달려간다.

미해병 제1사단 5연대 7연대 보급품 수송열차는 무슨 일이 있어도 지켜내야 할 북진 병사들의 생명줄이었다. 그 사실을 모를 리 없는 북한군은 이 보급열차에 잇따라 공격을 해왔다. 열차 경비병들은 줄곧 치열하고 값비싼 전투를 치러냈다. 병사들은 바짝 긴장했다.

열차는 멧돼지처럼 씩씩거리며 신호도 전신도 무시한 채 그저 달리고 또 달린다. 하마터면 뭔지 모를 커다랗고 시커먼 산짐승과 부닥칠 뻔하기도 했지만 한시가 급한 상황이었으므로 그런 일은 대수롭지 않았다.

모두의 머릿속에는 열차를 무사히 목적지에 대야 한다는 생각만으로 가득했다. 피로로 눈이 벌게진 미해병들을 가득 태운 열차는 죽음의 거리에 풀어놓은 눈먼 야수처럼 어둠 속을 쉼 없이 달음질쳤다.

"끼이익."

열차의 둔중한 몸체가 소름 끼치는 비명을 내지르며 천천히 멈춰 섰다. 북행 열차에 소대원을 태우고 나아가던 제럴드 앤더슨 중위가 원산 북쪽 57킬로 고원에서 물을 받으려고 멈춘 것이다. 기관차 바로 뒤에 이어진 객차 두 칸에 무개화차가 여럿 달렸고, 화물차들이 잇따라 왔다.

어둠을 가르며 마구 쏟아지는 폭설이 해병들 시야를 가로막았다. 통역관 연락장교 이범신 중위가 전방을 살피려고 첫째 칸에 있던 프랭크 윌리스 일병 쪽으로 다가갔다. 그때 몇몇 그림자가 철도 옆 건물 뒤에서 드리워졌다.

'이 늦은 시간에 저런 곳에서 나타나다니, 차를 얻어타려는 민간인들인가?'

그러나 심상치 않은 예감은 이미 요란한 경계경보를 울려댄다. 그들이 성큼성큼 가까이 다가왔다. 무장을 한 채였다. 이범신은 재빨리 차 안으로 되돌아와 문을 닫고 소총을 장전했다.

"무슨 일입니까?"

의무병 크리스천슨이 다급한 목소리로 물었다.

"확실히는 모르겠는데, 수상한 자들이 나타났어."

바로 그때 객차 문이 덜컥 열렸다. 이어 북한군 한 명이 뛰어들었다.

"탕 타당!"

이범신은 본능적으로 방아쇠를 당겨 그를 죽였다. 서둘러 문을 닫았다. 북한군의 총공격 신호가 떨어지자 기관단총과 소총탄이 객차의 나무판벽을 뚫기 시작했다. 객차 안 해병들은 엄폐물을 찾아 반격했다. 무개화차의 경비병은 맞서 쏘기에 훨씬 유리한 위치에 있었다.

앤더슨 중위는 열차 맨 뒤 창문으로 권총을 쏘아댔다. 이때 이범신이 앤더슨에게 고함을 질렀다.

"열차를 출발시켜야겠어!"

"좋아!"

앤더슨이 재빨리 대답했다.

포스터 이병이 플랫폼으로 뛰어내려 땅바닥에 엎드린 채 이범신을 엄호했다. 기관차 옆에서 웰스가 부상을 당한 채 신음했다. 둘은 웰스를 객차 안으로 옮긴 뒤 크리스천슨에게 넘겼다. 포스터는 기관차 옆으로 위치를 바꾸어 열차로 몰려오는 1개 분대쯤 되는 북한군들에게 총격을 가했다. 그의 눈에 선로를 따라 곧 쓰러질 듯 비틀거리며 다가오는 병사 하나가 들어왔다. 첫째 칸에 있던 윌리스 일병이었다. 포스터는 그를 부축해 웰스를 치료하고 있는 크리스천슨에게 데려갔다.

이범신은 겁에 질린 한국인 기관사를 기관차 밑에서 찾아내 기관실로 밀어 올렸다.

"어서 운전하시오!"

이범신이 명령했다. 하얗게 질린 기관사가 덜덜 떨며 대답했다.

"앞쪽 선로가 폭파되었어요."

이범신은 객차로 들어가 뒷문에서 총을 쏘아대고 있는 앤더슨에게 고함을 쳤다.

"전방 선로는 폭파됐다. 후진할 수밖에 없어."

"그렇게 해!"

이범신은 기관실로 뛰어가 기관사에게 후진하라고 지시했다. 그새 북한군 둘이 계단을 기어올라 기관실로 뛰어들었다. 그러나 이범신의 재빠른 손놀림에 북한군들은 총을 맞고 맥없이 쓰러졌다.

"철커덩."

열차가 천천히 뒤로 움직이기 시작했다. 그러자 북한군의 화력은 더욱 광포해졌다. 느닷없이 강한 진동과 함께 폭발음이 들렸다. 북한군이 기관차 안으로 수류탄을 던진 것이다. 순간, 열차가 우뚝 멈춰 섰고, 기관사는 그 자리에서 죽었다. 이범신은 총을 쏘며 객차로 돌아갔다. 화력이 우세해지자 북한군은 악귀들처럼 열차로 마구 달려들었다. 이범신은 문으로 들어오는 북한군 한 명을 사살했다. 포스터 중사도 창문으로 기어들어오는 북한군을 죽였다.

공격 열기가 잠시 누그러졌다. 객차 안 해병들은 의자 밑에 숨어 주위를 살폈다. 의무병 크리스천슨은 웰스를 객차 한가운데로 옮기고 그 둘레를 마대자루로 가려놓았다.

북한군 하나가 뒷문을 부수고 들어오자 앤더슨 중위도 권총으로 그를 쏘았다. 그러나 또다시 북한군이 던진 수류탄이 객차 안에서 터져 웰스가 죽고, 테일러 이병이 부상을 입었다. 앤더슨도 쓰러졌다. 크리스천슨은 테일러 곁으로 다가가 붕대를 감기 시작했다. 수류탄이 또 하나 날아와 터졌다. 이범신과 크리스천슨, 쇼트 일병도 다쳤다. 그러나 크리스천슨은 피 흘리는 해병들을 계속 돌보았다. 대혼란 속에서도 단호하게 생명과 최저한의 건강 상태를 지키려고 하는 이 광경에는 무한한 가르침이 들어 있다. 전선에서 다친 병사를 돌보는 임무를 맡은 위생병은 때때로 죽음의 공포와 극심한 피로를 극복하며 직무를 해낸다. 그들을 앞으로 나아가게 하는 원동력은 무엇보다도 한 사람만을 고려하지 않고 생명 그 자체를 보호하고 유지하려 함에서 피어난 열정 아닐까?

"투타타타."

북한군 한 명이 앞문을 발길로 걸어차며 기관단총을 갈겨댔다. 켈러 일병이 팔에 관통상을 입었다. 객차 안 해병들은 다들 부상을 입거나 죽어갔다. 북한군이 열차 안으로 뛰어들어와 부상자들에게 총을 마구 쏘아대기 시작했다.

이범신과 포스터의 마지막 선택은 죽은 척하는 것뿐이었다. 그 순간 한 북한군이 포스터의 등에 총을 쏘자 총탄이 가슴을 뚫고 나왔다. 하지만 다행히도 급소를 비켜갔다. 다른 북한군은 개머리판으로 이범신의 머리와 얼굴을 사정없이 내리찧었다. 순식간에 붉은 피가 기차 바닥을 흥건히 물들였다.

한편 매튜 도우치 하사가 이끌던 나머지 경비병들은 두 번째 객차와 무개화차에서 빠져나와, 방어가 좀더 유리한 선로 서쪽 지점으로 이동했다. 북한군은 열차에서 옷과 식량, 무기를 모조리 빼앗은 뒤에야 산으로 물러갔다.

이범신과 포스터가 겨우 정신을 차렸을 때, 객차 안 다른 전우들은 모두 죽어 있었다. 그들은 가까스로 마을로 들어가 주민들에게 도움을 청했다. 주민들은 일단 고비를 넘긴 그들을 소달구지에 태워 남쪽으로 보냈다. 미해병의 피해는 전사자 6명, 부상자 8명이었다.

열차가 북한군의 습격을 받을 때, 또 다른 적들이 고원 동쪽 제56야포대대 트럭 주차장을 공격해 대포와 차량을 파괴했다. 몇 킬로 떨어진 북쪽 영흥에서는 트럭수송대가 육군 제65연대전투단 1개 대대를 내려주고 원산으로 되돌아가기 시작했다. 북한군은 그 트럭 대부분을 파괴하고, 차량 대열에 들어간 병력에 엄청난 피해를 입혔다.

그때 존 폴 대위 경비 아래 운행하던 제2번 열차가 공격을 받고 있던 열차의 남쪽 6.5킬로 지점에서 멈추었다. 그들은 앞쪽 철도가 폭파되었다는 주민들의 제보를 받았다. 폴은 그곳에서 온 신경을 곤두세운 채 뜬눈으로 밤을 새웠다. 어둠 속에서 번쩍이는 섬광, 신호탄과 폭발음으로 이들 진지에서도 육군 트럭 주차장에서 벌어지는 전방 열차의 치열한 전투 상황을 충분히 짐작되었다. 하늘은 화려한 불꽃놀이를 하듯 붉게 피어났다가 곧 사그라져 전쟁의 덧없음을 남김없이 보여주었다.

날이 밝았으나 선로가 폭파되어 폴의 열차는 그대로 서 있었다. 선로보수반원을 기다리는 가운데 소규모 육군이 들어왔다. 트럭수송대 소속으로 거의 기습을 당해 부상병들이 많았다. 열차에 타고 있던 제1의료대대가 구급소를 차리고 부상자를 돌보았다.

드디어 폴의 열차가 고원으로 떠났다. 그러나 기습당한 열차에서 550미터쯤 되는 지점의 선로 바꿈 틀이 폭파되어 2번 열차는 또다시 멈춰야만 했다. 찰코프 하사가 정찰조를 이끌고 폭파된 선로 바꿈 틀과 움직이지 않는 열차를 살피러 갔다. 열차에는 총구멍이 벌집처럼 뚫려 있고 객차 앞칸 해병들은 모두 숨겨있었다. 보기에도 처참할 만큼 피가 흐르는 시체들을 의료반이 거두어 들이기 시작했다. 폴은 열차를 뒤로 빼고 서둘러 물을 넣으라고 명령했다.

육군 병사 하나가 깃발을 흔들며 열차를 세웠다. 그는 폴에게 도로에 있는 소달구지에 미해병 부상자 둘이 실려 있다고 알렸다. 이범신과 포스터였다. 포스터는 이미 죽음의 문턱을 넘나들고 있었다.

"중상자 2명, 수송 헬기 요망!"

이범신의 고향은 강원도 철원 한 농촌 달궁마을이다. 소나무 우거진 북쪽 산자락 끝 초가집 100여 채가 옹기종기 모인 동네로, 뒷동산 너머 흐르는 강은 물이 맑고 얕아 여름철이면 아이들이 미역을 즐겨 감았다. 그의 아버지는 농사를 지으면서 어린아이들에게 한문을 가르치는 훈장일도 겸했다. 아이들 부모는 수업료 대신 수확 때마다 쌀, 콩, 깨 따위를 가져오곤 했다. 1945년 해방이 되던 해에 아버지가 병으로 갑자기 돌아가시고, 2년 뒤 이범신은 농토를 친척에게 맡기고 어머니와 함께 서울로 올라갔다.

1950년 한국전쟁이 일어나기 전까지 어머니와 아들은 아무런 걱정 없이 꽤 평온하게 살았다. 전쟁이 일어날 무렵 이범신은 서울대 영문과 4학년 졸업반이었다. 학교 가까이 충신동에 집을 마련한 그는 어머니와 함께 살며 열심히 공부했다. 일요일엔 연동교회에서 미국인 선교사 마리아 셀 여사가 가르치는 성경 공부반 수업도 들었다.

그해 여름 6·25전쟁이 터졌다. 이제 그는 셰익스피어나 바이런의 책을 읽으며 바흐나 모차르트 음악을 감상하는 평화로운 시간을 더는 가질 수 없었다. 어머니는 이범신에게 돌아보지 말고 어서 남쪽으로 내려가라고 말했다. 북한군이 서울을 점령하면 그를 죽이거나 강제로 북한에 끌고 가리라 생각한 것이다. 마침내 그는 간단한 소지품만 챙겨 어머니와 헤어졌다.

폭우로 불어난 한강에는 황톳물이 거세게 흘렀다. 한강 다리는 한국군 공병이 이미 폭파한 뒤였다. 그는 겉옷을 벗어 가방에 넣은 뒤 가방끈을 머리에 묶고 물속으로 뛰어들었다. 죽을힘을 다해 30분쯤 헤엄치자 맞은편 노량진 강변에 다다랐다. 그는 차오르는 숨을 몰아쉬며 서울 용산 시가지가 폭격으로 불타는 광경을 망연히 바라보았다. 참담하고도 절망스러웠다.

이범신은 수원 쪽으로 수십 킬로를 걸어갔다. 한국군이 서둘러 퇴각하고 있었다. 그들 대열에서 한 병사가 무질서한 피란민 속으로 섞여 달아나려다가 죽임당하는 걸 보았다.

갖은 고생 끝에 낙동강을 건너 부산에 닿은 이범신은 오키나와에서 급히 보낸 미해병대를 만나게 되었다. 그들은 한국군과는 달리 사기가 드높았다. 패전 소식과 후퇴, 비참한 상황만 보아온 그는 미해병의 강력한 전투태세와 씩씩한 모습을 보자 기쁘기 그지없었다. 전쟁이 터진 뒤 처음으로 미소가 번져 나왔다.

부산역 광장을 지날 때였다. 역 앞 광장을 가득 메운 피란민들 가운데 한 무리가 소란스러웠다. 이범신은 무슨 일인가 궁금해 사람들을 헤치고 들어갔다. 미군 지프 앞에서 한 젊은 어머니가 울며 보채는 대여섯 살짜리 여자아이를 끌어안고 달래고 있었다. 인자해 보이는 미군 장성과 운전병이 진땀을 빼며 그들에게 말을 거는 중이었다.

이범신은 옆에 있는 남자에게 무슨 일인지 물었다.

"저 아이가 갑자기 튀어나와서 장군 차에 치일 뻔했어요. 넘어지면서 무릎이 땅바닥에 긁혔나 봐요. 운전병이 제때 잘 멈췄기에 망정이지, 하마터면 큰일 날 뻔했어요."

그러나 도무지 말이 통하지 않는 데다 낯선 미군들을 보자 여자아이는 잔뜩 겁을 집어먹어 더욱 크게 울어댔다. 이범신이 다가가 통역으로 나섰다. 그 장성은 미군 제1해병 부사단장인 에드워드 크레크 준장이었다. 이범신은 아이 어머니에게 크레크 장군의 위로와 사과의 말을 전했다. 운전병은 초콜릿 한 박스를 여자아이에게 들려 보냈다. 크레크는 미소를 지으며 이범신에게 물었다.

"영어를 아주 잘하는군. 당신은 무슨 일을 하고 있소?"

"서울대 영문과 학생 이범신이라고 합니다. 북한군을 피해 혼자 피란 왔습니다."

"그래요? 음…… 내 부대는 곧 38선을 넘어 북진하게 되오. 통역관이 필요한데 함께 가주겠소?"

이범신의 뛰어난 영어실력이 인정을 받은 것이다. 그는 전쟁이 일어난 뒤부터 늘 나라를 위해 무언가를 해야겠다 마음먹어왔다. 게다가 강인한 미해병 대를 동경했던 터라 선뜻 그 제안을 받아들였다.

이범신은 크레크 장군 특명으로 단번에 통역관 겸 연락관이 될 수 있었다. 미군은 이범신을 'B. S. 리 중위'라고 불렀다. 또 카빈소총을 내주며 명실상부한 미해병 장교 예우를 했다.

한반도에서 가장 추운 개마고원 장진호 지역은 농사를 지을 수 없는 유일한 곳이다. 이범신이 속한 부대가 들어갔던 하갈우리는 고원지대에 자리했다. 중공군은 그들을 둘러싼 채 낮에는 감시하고 밤에만 공격해 왔다. 하갈우리는 중공군들에게 겹겹이 둘러싸여 마치 고립된 섬 같았다. 민간인들은 해병대가 그 상황을 과연 어떻게 빠져나갈지 걱정했다. 절망적이고 불가능한 일처럼 여겼다.

이범신의 임무는 마을 중년 남자들을 모아 지휘소 설치를 돕고, 수송기들이 멀리 떨어뜨린 보급품들을 찾아오도록 하는 일이었다. 그러던 중 중공군의 사격을 받아 마을 남자들 가운데 3명이 죽고 여럿이 다치기도 했다. 그는 겁에 질린 하갈우리 남자들이 명령에 잘 따르도록 거듭 고함을 질러댈 수밖에 없었다.

에드워드 크레크 장군을 위해 판자로 전용화장실을 짓는 일도 마을 사람들이 했다. 마지막 못질을 한 뒤 목수는 급한 김에 그 안에 들어가 변기에 앉았다. 바로 그때 크레크 장군이 숙소에서 나와 화장실로 걸어가고 있었다. 목수가 험한 꼴을 당할지 몰라 모두들 두려움에 떨었다. 마침내 장군이 화장실 문을 열었다. 그는 목수가 당황한 얼굴로 변기에 앉아 있는 모습을 보더니 싱긋 웃으며 문을 닫았다. 그러고는 볼일이 다 끝날 때까지 기다려 주었다. 너그러운 장교였다. 이범신은 장군의 넉넉한 인품이 마음에 들었다.

이범신은 온종일 돌아다니며 일하는 사람들을 독려했다. 맹추위 속 좁은 참호 안에 갇혀 있는 미해병들은 이범신을 부러운 눈으로 바라보았다. 하지만 그의 일도 쉽지만은 않았다. 어떤 때는 일에 지쳐 코피를 왈칵 쏟았다. 하루 일을 마치고 텐트로 돌아오면 해병들의 따스한 눈빛이 이범신을 맞았다.

많은 미해병들은 한국인과 중국인을 제대로 가리지 못해 둘 다 국(Gook)이라고 불렀다.

그러나 여단사령부에 몸담은 해병들과 이범신은 서로를 이해했다. 찰스 설리번 중위나 윌리엄 맥클런 상사를 비롯해 몇몇 해병들과 이범신은 삶과 죽음을 함께하는 진정한 전우가 되었다. 그 해병들을 공격하는 일은 이범신을 공격하는 것이고, 그 반대도 마찬가지였다. 그들은 장진호에서 영원히 이어질 전우애를 다져갔다.

저녁이 되면 난롯가에서 맥클런이 제2차 세계대전 때 일본군 포로수용소에서 겪었던 일들을 들려주었다. 그중에서도 특히 이범신은 B-29 폭격기 공습 이야기가 인상 깊었다. 그때 맥클런은 손을 뒤로 하여 말뚝에 묶인 채, 아군 폭격기가 퍼붓는 폭탄의 폭발충격을 견뎌냈다고 했다.

수복지 관리들과 연락하는 것도 이범신의 임무였다. 가족들을 마을에 남겨 둔 채 공산당 간부들은 모두 달아났다. 300여 명 주민들 가운데는 마을 공산당 위원장의 부인도 있었다.

"미해병대가 남쪽으로 떠나면 어떻게 하겠습니까?"

이범신은 그 부인에게 물었다.

"저도 따라서리 함께 가겠슴메."

"공산당이 장진호 지역 주민들에게 무슨 좋은 일을 했습니까?"

이범신의 질문에 부인은 아무 말도 못했다.

위원장의 부인은 노무자들과 이범신에게 더없이 친절했다. 그녀는 임신 8개월 몸으로 감자와 옥수수떡을 삶아 오기도 했다.

이범신은 민사장교(民事將校) 역할도 했다. 해병대는 주민들의 협조가 필요했다. 주민들이 적대적이면 이범신을 비롯한 미해병대에 피해를 끼칠 우려가 있다. 이를테면 탄약고에 불을 지르거나 우물에 독약을 타고, 적군의 지시로 간첩 노릇을 할 수도 있었다.

이범신은 주민들에게 깍듯이 존댓말을 썼다.

"미해병들은 늘 여러분을 살피고 있습니다. 한국 사람들 가운데 누가 친구고 누가 적인지 가릴 수 없기 때문입니다. 그러므로 단 한 번의 적대 행위에도 그들은 총을 쏠 겁니다. 하지만 여러분이 잘만 따라 준다면 그들은 여러분의 생명과 재산을 안전하게 지켜줄 것입니다."

어느 날 저녁 마을을 지나가던 이범신의 짙은 어둠 속에서 20명쯤 되는 사람들이 걸어가는 모습이 들어왔다. 그들은 주위를 살피며 마을 안쪽 꽤 큰 기와집으로 들어갔다. 이범신은 발소리를 착 낮추고 그들 뒤를 따라갔다.

'저들은 왜 이곳에 모여들었을까?'

이범신은 몸을 숨기고 창문 너머로 유심히 살폈다. 그들은 모두 무릎 꿇고, 오래된 성경책과 찬송가를 앞에 놓고는 경건하게 예배를 드리기 시작했다. 이범신은 그들 표정에서 영적인 고통을 읽을 수 있었다. 그럴 수밖에 없었다. 그들은 공산당 치하에서 종교생활은 모조리 빼앗기고, 믿음을 지키려다 모진 고문까지 당했기 때문이다. 미해병대의 진격으로 그들은 신앙의 자유를 되찾았지만, 아주 잠시뿐이었다. 그들은 해병대가 북한군에게 포위당했고, 며칠 안에 공산군이 다시 마을을 차지하리란 것을 잘 알았다. 안락한 보금자리는 파괴되고 식량도 떨어지고, 끔찍한 추위에 갇혀 갈 곳이 없게 되리란 것도 말이다. 예배가 계속 이어지면서 흐릿한 호롱불 아래 머리를 숙인 채 우는 그들의 모습은 창문을 통해 이범신의 눈으로 아프게 파고들었다.

"주님, 불쌍한 저희를 도와줍세."

"저흰 아무 힘도 없슴메. 주님께서 공산군 손에서리 우리를 구해 줍세."

눈물 섞인 애끊는 기도에 이범신의 눈시울이 뜨거워졌다. 그는 자기도 모르게 얼어붙은 눈 위에 무릎을 꿇고 그들을 위해 기도했다.

"하나님, 저들의 고통을 기억하소서. 우리가 떠난 뒤에도 부디 저들을 도와주소서."

열차는 이틀이 지난 뒤에야 다시 움직일 수 있었다. 그래도 야간수송은 어려웠다. 언제 어디서 북한군이 나타날지 모르기 때문이다.

제7연대장 리첸버그가 북쪽 장진호로 밀고 올라가고, 제1연대장 풀러가 원산-전리 구역에 묶여 있는 동안, 민라드 뉴턴의 대대는 해병 제5연대와 분리되어 흑수리 지역을 샅샅이 수색하라는 명령을 받았다. 이 지역은 앞서 크로스먼의 수색중대가 살펴본 곳이었다. 추가병력을 투입한다는 건 해병대가 왼쪽 측방을 계속 신경쓴다는 뜻이기도 했다.

11월 7일 아침 7시, 뉴턴의 행정장교 멀린 올슨 소령이 지경리(地境里) 서쪽 산간으로 2개 중대를 이끌고 정찰에 나섰다. 존 행콕 중위가 이끄는 중대가 이 수색작전의 맨 앞에 섰다. 낮에는 코르세어기들이 정찰대를 엄호하기로 했다. 출발한 지 두 시간 반, 첨병소대가 산골짜기에 숨어 있던 북한군의 사격을 받았다. 그러나 소규모 북한군은 상대가 되지 않았다. 이 지점부터 중대는 걸어가기로 했다. 부서진 다리가 나타나 더 갈 수 없게 되자 그 자리에 야간방어진지를 만들었다.

전폭기의 엔진 폭음이 요란하게 들렸다. 존 행콕 중위는 하늘을 올려다보며 미소 지었다. 상공을 천천히 날고 있는 전폭기는 우아하고도 믿음직스럽게 보였다. 떠 있는 기체를 바라다보던 행콕은 어쩐지 아쉬운 마음이 들었다. 그는 항공대에 들어가지 않은 것이 새삼 후회스러웠다.

전폭기 조종사들이 일선 군대에서나 후방 민간인들에게 인기 있는 것은 의심할 여지가 없었다. 더욱이 그 생활은 관광호텔 일등실에서와 견줄 수 있을 만큼 호화로워 보였다. 언젠가 행콕은 선술집에서 이야기를 주고받는 조종사들을 보았다. 그들은 한데 뭉쳐서 자기들만 알아 들을 수 있는 용어를 써가며 값비싼 술과 안주를 즐기고 있었다. 편대비행과 전술이 어떻다는 둥, 첫 지상공격에서 적 전차와 트럭을 수십 대 날려보냈다는 둥, 그들의 대화는 귀족적이면서도 어떤 위엄마저 느껴졌다. 자신들 세계에서는 죽고 사는 일이 그리 큰 문제가 아니라는 듯 들려왔다.

코르세어기 한 대가 행콕의 머리 위를 낮게 몇 바퀴 돌았다. 조종사가 그를 내려다보며 웃었다. 행콕은 웃으며 손을 흔들었다. 조종사도 위로 날아오르기 전에 두 날개를 흔들어 화답했다. 그러고는 산등성이를 따라 날아갔다.

눈앞에 멋진 정경과 형상이 구름처럼 떠다닌다. 어찌된 일인지 행콕은 그런 것들을 태초의 지구에서 사라진 영겁과 연결 지었다. 그러는 사이 안개에 뒤덮여 차츰 어두워져 가는 북쪽에 무시무시한 형체가 몽롱하게 떠올랐다. 순간 시커먼 산맥을 본 듯했는데, 금세 뒤얽힌 구름의 비늘 빛이 그것을 뚜렷하게 나타냈다. 뒤쪽 안개가 빛날 때는 부분마다 윤곽을 검디검게 드러내기조차 하는 것이었다. 거리를 가늠할 수는 없지만 꽤 멀리 있음이 틀림없었다. 발길이 닿지 않는 회색 산줄기에서 북쪽으로 상상도 못할 만큼 거대하게 솟았다. 그러나 부연 안개가 걷히자 그것은 곧 사라졌다.

'환영인가?'

행콕은 눈을 크게 뜨고 멀리 바라보았지만, 발갛게 물들어 가는 하늘과 높은 산봉우리만 보일 뿐이었다.

'무엇이었을까? 우리 앞길을 가로막을 무수한 고난들이 잠시 모습을 드러

낸 걸까?'

존 행콕 중위는 까닭 모를 불안을 느꼈다.

누군가의 기침 소리가 들려왔다. 옻칠을 한 듯이 검붉게 빛나는 저녁 노을, 적막한 개마고원 계곡의 숲, 눈 쌓인 겨울 들판, 아슴푸레한 먼 풍경들이 마음속 불길을 탁 꺼버린다. 꿈틀거리는 인간의 증오와 오뇌(懊惱)를 단번에 씻어준다. 지껄이던 병사들도 저마다 가슴속을 가득 채우는 맑은 숨결을 느끼며 신께 감사한다.

그러나 저녁 어스름이 골짜기에 차츰 내려올 즈음, 또다시 산마루에서 매섭고 차가운 눈보라가 휘몰아쳐 왔다.

얼어붙은 장진호 어둠 속에 내리는 적막이여,
미해병들의 모든 희망을 묻어버린다.
수많은 짐짝처럼 나란히 누운 병사들은
마치 커다란 파이프오르간 죽음의 소리들
가만히 귀 기울이면
여러 다른 음색의 숨소리 들린다.
짧은 순간이나마 그들은 더없이 평안하다.
세월이 흐른다지만
그건 더 이상 아무것도 빼앗아 가지 못한다.
어떤 것도 기대하지 않기에
그것들을 아무 걱정 없이 맞이할 수 있다.
오랜 세월 그들을 이끌어 온 삶은 여전히 여기 있는데
그것을 극복했는지는 그들 자신도 모른다.
하지만 원하든 원치 않든
삶은 자기의 길을 걸어가리라.
미해병들은 방랑자처럼 청춘의 풍경 속을 떠돌아다닌다.
그들은 암흑의 우주가 커다랗게 입 벌리고 있는 것을 보았다.
검은 행성이 정처 없이 떠돈다.
뒤돌아볼 수 없는 두려움에 사로잡혀
아무도 모르는 어둠 속에서

모든 것이 불타버리고 만다.

정말로 살고 있는 걸까.

버림받은 아이들 같고

나이 들어갈수록 노련해진 해병들.

그들은 끝도 없는 슬픔에 잠긴다.

(이범신, 〈전선노트〉)

바람은 자고 별빛은 파리하고

흐릿한 달은 모습을 감춘다.

마법에 홀린 군사들이 휙 하고 지나갈 때

무수한 불꽃이 솟구쳐 날린다.

괴테, 《파우스트》 가운데 〈발푸르기스의 밤〉

　저녁 늦게 존 스티븐스 중령이 이 지역에 병력을 투입, 2개 부대가 합세해 야간방어를 준비했다. 다음 날 아침 스티븐스는 19킬로의 산악지대를 뚫고 흑수리까지 나아가기로 했다. 행콕은 어두워질 때까지 근거리 정찰조를 내보냈다.

　이튿날 아침 7시, 스티븐스는 목표를 향해 행군을 시작했다. 전방항공통제관 1명과 1개 대전차반이 부대를 따랐다. 한 시간이 지나서 행콕 부대 2개 소대가 스티븐스 뒤를 이어 떠났다. 오전 반나절이 될 때까지 첨병부대는 이따금 북한군의 양곡 징발대와 부딪혀 접전을 벌이며 나아갔다.

　"전방에 북한군 발견!"

　상공에 출격한 해병 항공조종사들이 스티븐스에게 북한군 병력 집결지가 있다고 경고했다. 스티븐스는 북한군 진지에 공중폭격을 요청하고, 도로 왼쪽에 2개 소대를 넓게 벌렸다. 위쪽과 북한군의 오른쪽 고지 꼭대기를 거머쥐었을 즈음 느닷없이 공중폭격이 가해졌다. 정찰기가 목표지역에 붉은 연막탄을 떨어뜨렸다. 곧이어 날아온 폭격기들이 표시지역에 무차별 폭격을 퍼부어 북한군 진지는 초토화됐다. 북한군은 황급히 후퇴하기 시작했다. 스티븐스 부대는 북한군의 저항 없이 고지를 점령, 장교 1명과 병사 2명을 사로잡았다.

　북한군 진지 남쪽 도로에서는 북한군이 다리를 불태우고 진지의 배수로를 무너뜨린 뒤 길에 돌을 쌓아 도로봉쇄선을 준비해 놓았다. 스티븐스는 행콕의 부대를 예비대로 두고 길 양쪽에 각각 1개 소대를 배치해 나아갔다.

용민마을 북쪽에서 부대는 정면과 그 오른쪽 전방 고지로부터 적의 사격을 받았다. 사격진지를 세우자 왼쪽 전방에서 다시 총탄이 비오듯 쏟아졌다. 스산한 번갯불이 전선을 비추고 포효하는 총소리가 짙은 어둠을 갈랐다. 기관총은 단조로운 박자로 날뛰듯이 어둠 속을 두드렸다. 해병의 총포에서 피어오른 불꽃은 모든 것이 못내 불만스러운 듯 신경질적으로 번쩍거렸다.

스티븐스 부대와 맞선 북한군 병력은 대대 규모였다. 치열한 화력전은 어두워지고 난 뒤에도 전혀 식을 줄 몰랐다. 그때 스티븐스는 교전을 멈추고 집결지로 돌아오라는 지시를 받았다. 그는 철수하면서 후위작전을 쓰지 않을 수 없었다. 오전 2시 30분에야 적의 추격을 완전히 따돌릴 수 있었다. 기다리던 행콕의 부대가 합류했다.

헤럴드 제빈스 중위가 이끄는 공병소대가 소총중대 후방에 다시 다리를 놓았다. 최고의 찬사를 받기에 모자람 없는 작업이었다. 우박이 쏟아지듯 퍼붓는 총포탄 속에서 완성했기 때문이다. 발이 묶였던 트럭수송대는 무사히 다리를 건너 집결지로 돌아올 수 있었다.

이때 새로운 명령이 떨어져 행콕은 곧바로 지경리로 되돌아가게 되었다. 북한군이 철로변 보급창고를 습격한 것이다. 페더슨은 행콕이 차지했던 지역에 찰리 중대를 투입했다.

다음 날 아침 페더슨은 야영지에서 2개 정찰조를 내보냈다. 두 부대는 북한군과 맞닥뜨려 치열한 화력전을 벌였다. 정찰대는 오후 늦게 돌아와 북한군 사망자 24명, 부상자 75명이라고 알렸다. 페더슨 부대는 전사자 2명과 부상자 4명이 발생했다.

이튿날 아침 스티븐스는 니콜라스 트랩넬 소위가 지휘하는 1개 정찰대를 보냈다. 이어 조금 있다가 페더슨 중대의 로버트 코버트 소위가 이끄는 정찰대가 출동했다.

이들은 세 시간도 채 지나기 전에 북한군과 맞닥뜨렸다. 대포와 공중지원을 활용해 동천리 마을 북쪽 동산 고지를 장악했다. 그날 오후 늦게 코버트의 정찰대가 그들보다 많은 북한군을 상대로 거센 화력전을 펼쳤다. 올슨이 정찰대를 대대 방어선 안으로 철수하라고 명령했다. 그러나 정찰대는 북한군의 화력에 갇혀 도저히 물러날 수가 없었다. 전방 관측장교 로버트 키넌 소위가 부상 당하는 바람에 잭 쉬한 상병이 포격지원을 요청했다.

지원포격을 했는데도 정찰대는 사격진지에서 도무지 빠져나올 수 없었다. 세 방향에서 화력공격을 받는 데다 치열한 접전으로 전세는 아주 불리한 상황이었다. 북한군은 동천 북쪽 고지로부터 병력을 내려보내 미해병대의 퇴로를 막으려고 했다. 어려운 고비를 넘긴 정찰대는 어둠이 깔리자 전투를 멈추고 대대 방어선 안으로 철수했다.

정찰대가 돌아오고 있을 때였다. 대대본부에는 다음 날 한국군 제26연대 3대대와 교대하고 나서 곧장 마전리로 이동하라는 명령이 날아왔다. 뉴턴은 철수 중 낙오된 정찰대원들이 아직 산길에 남아 있는지 확인하기 위해 이튿날 아침 동천리를 공격할 계획이니 부대철수를 늦춰 달라고 요구했다. 이 요청은 곧 받아들여졌다.

공격계획이 세워지자 행콕 중대를 지경리에서 불러들였다. 밤새 고립되었던 정찰대원 17명이 대대 방어선 안으로 들어왔다.

날이 밝자 스티븐스와 페더슨은 마을을 공격했다. 8시 40분 해병들은 동천리가 내려다보이는 고지를 손에 넣었고, 463고지에 공중폭격을 요청했다. 한시간 뒤 500고지에 다시 네이팜탄과 폭탄 세례가 떨어졌다. 진격이 이어지는 동안 조던 포대는 쉼 없이 지원포격을 퍼부었다.

시간이 지나자 다른 대포들까지 합세하기 시작했다. 폭음은 105밀리포와 비슷한데 위력은 그보다 훨씬 강했다. 그 소리는 우레처럼 산속을 뒤흔들며 길게 퍼져나갔다. 가르시아 일병이 떠벌렸다.

"10킬로 떨어진 숲가에 있는 155밀리 곡사포네요. 엄청난 대포죠. 그레이하운드 사냥개처럼 날씬한 게 아주 세련돼 보여요. '사모님' 하고 불러주고 싶을 정도라니까! 105밀리포 하곤 질이 다르죠. 힘도 엄청나요. 그놈이 포병들 틈에 끼여 있는 모양은 마치 어깨에 올라탄 날렵한 살쾡이 같단 말이에요."

"이런 포격은 처음이야. 지긋지긋해."

핸슨 병장이 고개를 절레절레 흔들었고, 또 누군가가 한마디 보탰다. 그러다가 대화는 서서히 잦아들고, 저마다 얼굴에 포탄 불꽃만이 이글이글 너울댔다.

대포 소리는 사람의 마음을 끝없이 피로하게 만든다. 화염과 탄환의 질풍이 거칠게 불어온다. 하늘은 둔중한 폭발음이 엇갈려 보잇하게 흐려져 가고, 대지에서 잔인한 살상의 냄새가 피어오른다. 하지만 오늘 전투는 시작에 지나지 않았다. 참호 속에서 그들은 앞으로 펼쳐질 숱한 고투의 역경을 미리 헤아려 보았다.

두 중대를 이끌고 스티븐스와 페더슨은 산비탈과 마을을 샅샅이 뒤져 정찰대의 부상자와 전사자들을 빠짐없이 찾아냈다. 그리고 밤새 산에서 맞서며 버티던 북한군 30명을 사로잡았다. 그러고 나서 대대 방어선으로 돌아왔다. 해병 3명이 죽고, 전투에 참가한 존스와 코버트를 비롯해 10명이 다쳤다. 곧바로 두 중대는 이들을 데리고 마전리로 움직이기 시작했다.

이때 제7연대장 리첸버그 대령은 진홍리에 있었고, 고긴 정찰대는 편성 중이었으며, 풀러는 리지 대대와 함께 마전리에 머물렀다. 제5연대장 레이몬드 머레이 중령은 로이스 및 태플릿과 함께 부전호를 에워싼 고원으로 가는 길을 찾고 있었다.

서해안에서는 미 제8군이 심각한 어려움에 처해 있었다. 미기갑 제1사단이 반격을 받아 1개 대대가 잘려나가는 큰 피해를 입었는데, 이 기갑사단 오른쪽에 있는 한국군 군단이 그 지역에서 후퇴할 때 타격을 받은 것이다. 이 사태가 제10군단 참모진에 심각한 영향을 주어 조심스럽게 철수 이야기가 흘러나왔다.

로우 장군이 제8군 전선에 도착했다. 그의 보고는 암담했다. 회담을 가진 자리에서 제10군단장 알몬드 장군은 스미스에게 풀러와 머레이 연대가 다른 부대와 교대하면 곧바로 해병을 집결시키라는 명령을 내렸다. 이 소식을 들은 해병부대들은 저마다 기뻐했고, 이범신 중위가 다시 합류했다. 함께 후방으로 보내졌던 포스터 이병은 부상이 심각해 병원선으로 후송되었다. 이범신은 아직 상처가 모두 아물지 않았지만 자신의 임무를 내팽개친 채 편안히 누워만 있을 수 없었다. 그는 군용차를 얻어 타고 북쪽으로 올라갔다. 해병들은 이범신을 보고 무척 반가워했지만, 찰스 설리번 중위는 걱정스러운 얼굴이었다.

"그 몸으로 싸울 수 있겠어? 진짜 전투는 이제 시작인데."

"나도 해병이야. 이 정도 상처는 모기 물린 것보다 못하니까 걱정하지 마."

이범신은 한쪽 눈을 찡긋하며 말했다.

중요한 것은 무엇을 알아야 하는 게 아니라 무엇을 해야 하는가를 정확히

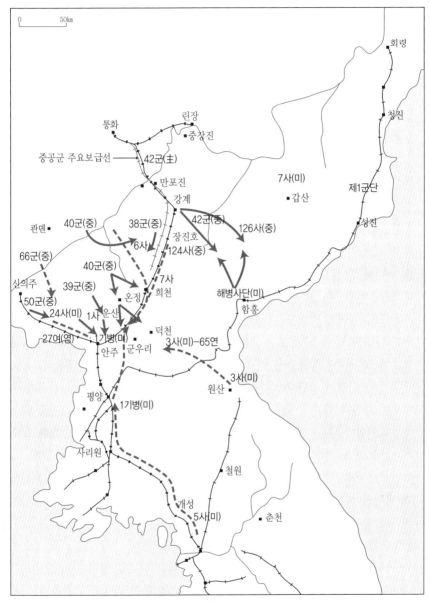

중공군의 초기 정세(1950. 10. 16~11. 7)

아는 일이다. 인생에서 가장 중요한 것은 자신을 바로 알고, 자신이 하고자 하는 일이 무엇인지 깨닫는 것이다. 무엇을 위해 살고 무엇을 위해 죽어야 하는지 정확히 알며 앞으로 나아가는 일이다. 이범신은 미해병의 한 사람으로서 강한 자부심과 그에 따른 책임감을 늘 느꼈다.

전쟁의 매력 중 하나가 바로 동료의식이라 부르는 특별한 공유경험이다. 전쟁이 낳는 드문 매력 가운데 무엇보다 도덕적이며, 전투가 가지는 참된 이점으로써 여느 때는 얻기 힘들다.

'동료의식'이 뜻하는 인간관계는 여럿 있지만, 전장에서 동료의식을 싹트게 하고, 이를 굳게 다지거나 무력화하는 이 동료의식의 본질적 매력은 과연 무엇일까?

병사들을 끈끈히 묶어주는 동료의식은 본디 필요에 따라 요구되는 전투의 외적 요소 가운데 하나이다. 그러나 동료의식이 결코 전투에서만 일어나는 것은 아니다. 그 동기는 나라를 지키겠다는 의무일 수도 있으나 오직 명예를 위해, 또는 참된 신앙의 전파나 열렬한 정치 사상일 가능성도 있다.

정도의 차이는 있어도 이제껏 무수한 병사들이 기꺼이 목숨을 내던져 온 것은 나라와 명예, 신앙 또는 그밖의 추상적인 이상을 위함이 아니라, 나 홀로 살고자 달아나면 동료들을 더욱 큰 위험에 몰아넣게 된다는 사실을 잘 알기 때문이다. 이러한 집단에 대한 충성심은 투지의 밑바탕이다. 극한의 위기 속에서는 자신과 같은 존재가 가까이에 있다는 사실만으로도 큰 힘을 얻는다.

동료의식이 주는 신비로움은 이뿐만이 아니다. 더욱 독특하고 중요한 요소가 남아 있다. 전투에서 병사들을 사로잡는 힘과 자유는 병사들의 단결, 그 너머에서 온다. 병사들이 이처럼 짧은 시간 안에 죽음을 각오할 수 있는 것은 그 개개인이 결코 죽지 않는다는 확신을 갖고 있기 때문이리라. 만약 군사적 패배나 전투경험으로 기운이 다 빠졌거나 목적이 흐릿해졌을 때 전사는 그저 동료를 실망시키지 않겠다는 마음으로 힘을 내곤 한다.

병사들이 진정한 동료로서 거듭나기 위해서는 서로를 위해 깊이 고민하거나 개인적 손실을 돌아보지 않고 스스로 목숨을 던질 각오가 필요하다. 이제껏 치러진 모든 전쟁이 이 같은 참된 동료의식을 만들어 왔다.

"남자는 결코 전장에서 죽지 않는다. 그저 쓰러질 뿐이다."

이 말은 강한 동료의식이 불러일으키는 자기희생을 표현하기에 딱 알맞다. 비록 나는 여기서 쓰러지지만 결코 죽지 않으리라. 왜냐하면 내 안에 존재하는 '무언가'는 쓰러지는 일 없이 앞으로 나아갈 것이며, 내 목숨과 바꾸어 지켜낸 동료들 가슴속에서 영원히 숨을 쉴 테니까.

그렇다면 동료의식을 이루는 주요 구성요소는 무엇일까?

바로 공통된 목표를 위한 조직화이다. 아주 느슨한 조직에 있어도 많은 사람들은 자기주장을 삼가고 개인을 넘어선 의지가 향하는 곳에 자신을 적응시키게 마련이다. 많은 사람들이 우연히 개인으로서 모인 경우와 마찬가지로 많은 사람들이 조직화된 집단이나 공동체로 있을 때는 서로 다른 점이 많다. 사회집단에는 목적과 계획이 있으며 우리는 결속과 강함 사이에 어떤 밀접한 관계가 있음을 본능적으로 인식하고 있다.

군사조직은 확실한 공통목표를 두고 있다는 점에서 특별하다. 예를 들어 어느 도시의 구성원 대부분은 목표가 없진 않지만 뚜렷한 경우는 드물며 목표의 존재 자체마저 알지 못한다. 일반 사회집단의 목표가 군사적인 것보다는 현실적이며 지속력이 있다 해도 짐짓 군사조직이 탄생하는 만큼 충성심은 기대할 수 없으리라.

전쟁을 할 때 전투부대의 목표는 명료하고 모두 이해할 수 있어야 한다는 게 통솔 상식이다. 물론 최종 목표는 전쟁에서 승리하여 고향으로 돌아가는 것이다. 어느 전투에서든 쳐들어오는 적군을 물리치거나 공격 부대라면 지정된 목표지점을 차지해야만 한다. 한정적이고 상세한 목표가 있는 만큼 병사들 대부분은 날 때부터 갖고 있던 자기보존이라는 욕심도 버리겠다는 마음을 먹게 된다.

머지않아 장교들은 상층부에서 내려온 막연하고 명료하지 않은 명령을 두려워하게 된다. 그러나 땅을 빼앗거나 방어하거나 죽 늘어선 기관총들을 파괴하거나 적의 거점을 섬멸하라는 등 명확한 명령이라면 장교들에게 동료의식이라는 감각이 생겨날 확률은 더 높아진다.

동료의식이란 공동의 노력으로 극복해야만 하는 장애물이 있다고 의식함으로써 생겨난다. 사기가 드높은 전투부대일수록 같은 마음을 가지고 결의를 공유하며 같은 목표를 위해서라면 개인의 욕망을 억누를 수 있는 병사들이 많다. 실제로 병사들은 목숨을 버리거나 상처 입을 지도 모를 목표 실현을 위해 조직된다. 분명 위험이라는 존재는 특징적이고 중요하다. 어떻게 해야 위험이 자아의 벽을 허물고 공동체로서 경험을 이루어내게 할까.

위험은 체험에서 어떤 맛이 날 수 있도록 해준다. 위험이 있으면 맥박이 빨라지고 자신의 육체에게 주의를 돌리게 되어 살아있음을 보다 실감하게 된다. 사냥을 하면서 추적을 할 때 떨려오는 감각, 말을 빨리 달릴 때의 흥분, 또는 자동차를 무모하게 운전할 때 느끼는 긴장감 등을 떠올려보아라. 그런데 이런 활동으로 우리 안에 생겨나는 흥분에는 나눌 만한 의식이 거의 없다. 위험이 따르는 곳에서 긴장감이 커지는 듯 느껴지는 이유는 자신이 주위를 지배하고 있다고 여기기 때문이다.

한편, 전투의 흥분이나 긴장감은 종류가 다르다. 전투 중에 위험은 중심을 이루며 부수적인 게 아니기 때문이다. 훈련 중에도 이야기는 다르다. 대부분의 병사들은 이제 돌이킬 수 없고 피할 수도 없는 관념에 갇혀버린다. 병사들의 속어로 말하면 '이건 진심'이다. 이 진지하고도 한결같은 마음에 장난으로 볼 가벼움이 전혀 없다고는 할 수 없지만 병사는 자신이 일방통행을 할 수밖에 없으며 자신의 행위나 실패가 중대한 결과를 불러올 수 있음을 깨닫고 있다.

전투에 뛰어든 병사는 전투현장 주위에 있는 민간인과는 달리 일대일 결투 같은 전투방식은 취하지 않는다. 한 집단으로서 싸운다. 훈련은 이런 전투방법을 높은 단계로 빠르고도 쉽게 나아갈 수 있게 한다. 다만 훈련은 날 때부터 지녔던 것을 현실로 불러들일 뿐이다. 한두 시간의 전투는 수개월에 걸쳐 이루어진 집중훈련보다 부대를 결속시키는 힘을 더 크게 갖는다. 전투 중 함께 분투했던 경험은 병사들의 삶에서 가장 인상 깊게 남으리라. 두려움과 피로, 더러움, 증오 등이 가득해도 다른 이와 함께 위험천만한 전투현장에서 살아남은 기억을 잊지 못하며 그 기회를 버리고 싶지도 않을 것이다.

병사들 대부분은 어떤 또렷한 목표를 위해 다른 사람과 똑같이 행동하며 절대적인 희생을 치러야만 이루어낼 수 있음을 안다. 어느덧 자신의 목숨과 능력으로 하고 싶은 일을 한다는 개인의 자유는 시시하거나 부담이 되는 것으로밖에 생각되지 않는다. 그런 자유가 주어지면 공허하고 고독해지며 어디로 가야할 지 모른 채 자기 존재는 무의미하다고 느끼게 된다. 공동체에 포함됨으로써 주어지는 편안함은 개인을 넘어선 무한한 힘을 깨닫게 한다. 그 안에 있으면서 얻게 되는 자유는 거의 모든 이에게 영향을 미치기에 모든 것을 내던져도 상관없다는 마음을 불러일으키는 것이다. 그럴 때 병사들은 진지해지기도 하고 쾌활해지기도 하는데, 개인의 무력함으로부터 벗어나 동료와 단결이 가져다주는 힘에 취해버리기 때문이다.

이 순간, 많은 이들이 어렴풋이 정신을 차리고 자아의 세계가 커져감에 따라 일찍이 겪어본 적 없는 친밀한 관계를 느낀다. '나'로서 생각했던 것들이 자신도 모르게 점차 '우리'로 변해가고 개인 운명의 세계관은 서서히 빛을 잃어간다. 이제까지 인생은 얼마나 고독했는가. 사랑하는 가족과 몇 되지 않는 친구만 곁에 있는 좁은 세상을 살아오느라 얼마나 많은 일들을 놓쳐왔는가.

스스로를 잊어버린 경지에서 동료의식 감각은 변하지 않지만 이를 만들어내는 것은 다른 힘이다. 어떤 극도의 경험, 자기 목숨이 위험해지거나 파괴당할지도 모를 위협이 없다면 동료나 자연과 완전히 하나가 될 수 없다. 마침내 병사들은 공동체와 관련된 기쁨의 수수께끼를 금기나 마찬가지인 전쟁의 깊은 곳에서 찾아냈다! 두터운 동료의식은 전투 중에 가장 크게 발휘된다.

11
전장의 모리화

제9집단군의 10만 대군은 온갖 어려움 속에 힘겨운 행군을 이어나갔다. 눈보라를 맞으며 낮에는 숨어 지내고 밤에는 나아가기를 10여 일. 기온은 영하 20도까지 내려가고 주위는 온통 눈과 얼음뿐이었다. 손발과 귀는 얼대로 얼어 감각이 사라진 지 오래다. 퉁화역 철도관리원 우 선생이 말했던 귀가 떨어져나갈 듯한 그 추위가 바로 이것이었다. 그때 우 선생 이야기를 믿지 않았던 그들은 이제야 그 말을 실감했다.

이처럼 열악한 상황에서 우융추이 전위대는 미국 종이호랑이를 물리친다는 투지 하나로 10여만 대군과 함께 높고 가파른 낭림산맥을 힘들게 올라갔다. 전위대와 장훙시 부대 앞에 가로놓인 마지막 산은 해발 1500미터의 동백산이었다. 지도로 보면 동백산 바로 너머에 장진호가 있고 동백산 아래에 장진호 지역의 중심지 하갈우리가 있었다.

천신만고 끝에 그들은 100리 둘레의 전투 집결지에 제때 도착했지만, 추위와 배고픔에 시달린 대대 병사 10여 명은 장진호로 가는 길에 쓰러져 영원히 일어나지 못했다. 부대원들의 배는 먹을 것을 달라고 쉴 새 없이 아우성을 쳐댔다. 굶주림과 추위에 지친 그들은 고향의 따끈한 음식 생각이 간절했다. 우융추이가 먹어본 가장 맛있는 음식은 말할 것도 없이 어머니가 손수 만들어준 찐빵과 전병이었다. 거기에 어머니가 정성껏 담그신 라바이차이만 있다면! 그 말랑하고 부드러운 것에 향 좋고 매운 음식까지 더해져 한 끼 밥과 반찬으로는 그만이리라.

그러나 오늘은 어떤가. 어머니의 찐빵과 전병에 라바이차이는커녕 배를 채울 수 있는 그 어떠한 음식도 없다. 압록강을 건널 때 가지고 온 말린 찐빵과 수수도 이미 바닥났고, 나중에 장훙시 사단장이 보내준 콩 또한 남아 있지 않았다. 그렇게 몇백 명의 부대원들이 굶주림과 처절하게 싸웠다. 군량 담당자 위융시앙 또한 '솜씨 좋은 요리사도 재료가 없으면 소용없다'는 말처럼 속수무책일 수밖에 없었다.

한참을 궁리하던 우융추이가 휘신밍에게 말했다.

"내가 생각해 봤는데 형, 방법은 하나야."

"무슨 방법?"

"마을에 내려가 찾아보는 거야."

휘신밍도 고심 끝에 지금으로선 그 방법밖에 없다고 생각했다. 그는 우융추이에게 조선 주민들을 만나면 좋은 이야기로 잘 흥정해 보되 규율만큼은 꼭 지켜달라고 부탁했다. 이에 우융추이가 약속했다.

"물론 그래야지. 음식을 구하게 된다면 꼭 조선 돈으로 값을 치를 테니 걱정 마, 휘 형."

4개 중대에서 중대장과 지휘관 중심으로 식량조달조를 만들었다. 부대가 숨어 있는 동안 식량조달조는 산비탈과 산간 평지 등을 돌아다녔다. 우융추이도 위융시앙과 뤼따꺼, 그리고 포병대 차오 중대장, 두궈싱 등 몇몇과 함께 흰 눈이 뒤덮인 산중을 다녔다.

눈이 두껍게 쌓인 산과 들은 온통 은백색이다. 산간 도로와 숲 속 오솔길이 눈에 가려져 잘 보이지 않아 방향을 잃은 대원들은 길을 찾느라 애를 먹었다. 그렇게 한참을 헤매도 마을 하나 찾기가 쉽지 않았다. 가끔 뿔뿔이 흩어져 있는 초가집들을 보기도 했지만 막상 가보면 집 안은 텅텅 비었고 안팎으로 먹을 음식은 물론 쓸 만한 물건 하나 없었다.

그렇게 걷다가 앞에 놓인 작은 언덕을 하나 넘고 나니 아래에 바람을 등지고 남향을 바라보는 산간 평지가 나타났다. 산 위아래로 풀이 우거지고 푸른 소나무들 아래 반짝이는 얼음눈이 보였다. 자세히 살피니 가옥 몇십 채가 모인 마을 하나가 이곳 두메산골에 조용히 숨어 있었다. 판잣집 굴뚝에서 김이 모락모락 피어오르는 걸 보자마자 대원들은 기쁜 마음에 구르다시피 언덕을 내려갔다.

"드디어 먹을 걸 구할 수 있다!"

언덕 위에서 총을 내려메고 오는 군인들을 발견한 조선인 여럿이 마을 어귀에서 멍하니 쳐다보고 있었다. 나이 지긋한 그들은 태어나 처음 보는 옷차림새를 맞닥트리자 몹시 의아했다.

'대체 저들은 누구지?'

그들은 옷차림도 가지각색이었다. 귀까지 덮이는 개털모자를 쓰거나, 또는 챙 넓은 모자에 천 조각을 이어 귀를 감싸고 어느 사내는 이불로 만든 옷을 입고 있었다. 이 나이 든 조선인들은 이제껏 이런 옷은 처음 보았다. 뭔가 어색하고 어정쩡한 게 이상하기만 했다. 무기도 들었지만 방한화는 신지 않았다. 아무리 봐도 북조선 인민군은 아니었다. 미국 코쟁이들이 북조선에 왔다는 이야기는 들었지만 아직 이 마을에 나타난 적은 없었다. 그들은 중국 부대가 압록강을 건넜다더니 설마 중공군들은 아니겠지, 생각했다.

"노인장들, 안녕하십니까!"

멀리서 뤼따꺼가 인사를 건넸다.

그러자 그들을 지켜보던 노인들은 깜짝 놀랐다. 말씨를 들어보니 총을 멘 이들은 조선인이 아니었다. 의심에 가득 찬 눈빛들과 마주한 우융추이는 매우 다정한 말투로 손발을 써가며 말을 걸었다.

"무서워하지 마세요, 어르신들. 우리는 중국 부대 지원군. 미국놈들 치러 왔어요."

조선인들은 서로 얼굴을 쳐다볼 뿐 아무도 대답하지 않았다. 의심의 눈초리는 더욱 짙어갔다. 위융시앙이 재빨리 조선 돈을 꺼냈다.

"우린 식량을 좀 사고 싶은데요. 식량이요. 이해되세요? 타베루, 먹는 거요."

옆에 있던 두궈싱도 한마디 보탰다.

"전병, 띠꽈(地瓜), 워터우(窩頭) 뭐든 괜찮아요."

그러나 조선인들은 중국어와 어설픈 일본어가 섞인 그들의 말을 좀처럼 알아듣지 못했다. 이제는 경계심까지 불러올 따름이었다.

그 모습을 지켜보던 우융추이는 아무리 해도 어렵다는 걸 깨닫고 위융시앙의 손에서 돈을 낚아채 노인들에게 나눠주려 했다. 순간 노인들은 흠칫 놀라 뒤로 물러섰고 누구도 선뜻 그 돈을 받으려 하지 않았다.

우융추이는 당황했다. 그는 되지도 않는 중국식 일본어로 말했다.

"우리, 중국인, 지원군. 식량 살 거예요. 타베루. 알아듣겠어요?"

그제야 조선인들은 어렴풋이 말귀를 알아먹었다.

'보아 하니 무슨 물건을 사러 온 듯한데 대체 뭘 사겠다는 거지? 도무지 알 수가 없군. 뭔 말이 통해야지, 원.'

양쪽 모두 막막할 뿐이었다. 차가운 침묵의 공기가 그들 사이를 가로질러 흘러가는 듯했다.

그때 마을 안쪽에서 한 노인이 걸어왔다. 나이가 가장 많아 보였는데, 희고 긴 수염이 가슴까지 내려와 있었다. 그는 침착하게 이야기를 듣더니 갑자기 유창한 중국어로 물었다.

"자네들 중국인인가?"

우융추이 무리는 순간 깜짝 놀랐다.

"맞아요. 우리, 중국인."

우융추이가 말했다.

"우리는 중국 지원군입니다. 당신들을 도와 미군놈들과 싸우러 왔어요."

희고 긴 수염을 기른 노인은 그제야 판단이 섰다. 얼마 전 중국 부대가 압록강을 건너왔으며 이미 미군과 교전을 치르기도 했다는 말을 들었지만 정말 그들이 눈앞에 나타날 줄은 몰랐다.

"중국 동지들, 지원군 동지들!"

노인은 감격스러워했다. 그는 수염을 쓰다듬으며 몸을 젖혀 고개를 쳐들고 대견스럽다는 눈빛으로 말했다.

"맞아, 맞아. 딱 둥베이 항일 연합군들 모습이군."

우융추이는 그 말을 듣고 온몸에 찬물을 끼얹은 듯한 느낌을 받았다.

그는 우융추이 무리를 지난날 둥베이 항일 연합군으로 알고 있었다. 10여 년도 훨씬 지난 이야기다. 오늘 그들의 몰골과 상황은 그 무렵 항일 연합군과 그다지 다를 게 없었다. 물론 그때보다 부대원도 많고 총과 탄알도 많다. 그때 항일 연합군이 지금의 장비를 갖추고 있었다면 일찌감치 일본놈들을 둥베이 3성에서 내쫓았으리라.

"어르신이 항일 연합군을 아신다고요?"

우융추이가 다시 물었다. 희고 긴 수염을 기른 노인은 자랑하듯 말했다.

"아는 정도가 아니지. 나는 중국 항일 연합군에서 활동했네."

"아, 그러십니까?"

우융추이는 반가워서 노인 손을 잡으며 말했다.

"이제 보니 저희 선배님이시군요. 혁명!"

"혁명!"

둘은 두 손을 꼭 마주잡았다. 노인의 손은 뼈만 앙상했지만 힘은 우융추이에 뒤지지 않았다. 우융추이는 뭔지 모를 끈끈한 감정을 느꼈다.

노인은 갑자기 생각났다는 듯 말을 이었다.

"가만! 이렇게 말만 할 게 아니라 우리 동지들을 집으로 모셔야지." 그러고는 마을 사람들을 향해 다독이듯 일렀다. "얼른 이분들을 집 안으로 들이게. 아궁이에 따뜻하게 불도 지피고."

그렇게 모두가 그 노인 집에 모였다. 집 안은 따뜻했다. 맞은편에 보이는 아궁이에는 장작이 타올랐으며 문어귀에 있는 큰 솥에서는 뭔가를 삶고 있는지 뜨거운 김이 모락모락 피어올랐다.

노인은 모두에게 신발을 벗고 온돌방으로 들어와 회포나 풀자고 했다. 그러나 우융추이는 그의 호의에 손을 내저었다.

"눈밭에 너무 오래 서 있어서 신발을 벗고 온돌에 들어가기가 힘듭니다. 자칫 동상에 걸리기라도 하면! 어휴, 두렵네요. 또 여기 오래 머물 수도 없고요."

노인은 우융추이의 말뜻을 알아들었다.

"우리는 하도 많이 겪어봐서 꽁꽁 언 겨울에도 버틸 수 있는 나름의 방법을 터득했어. 마치 전투하듯 말이야."

위융시앙은 김이 모락모락 나는 솥에서 눈을 떼지 못했다. 먹을 게 틀림없었다. 솥뚜껑을 열어보고 싶어 손이 근질거렸지만 우융추이의 허락이 떨어지지 않아 감히 그럴 수 없었다. 그래서 그는 노인 몰래 우융추이에게 애타는 눈짓만 보낼 뿐이었다. 차오와 두궈싱도 마찬가지였다.

우융추이는 대원들의 뜻을 알아차렸다. 모두 한낮이 훨씬 지나도록 아무것도 먹지 못해 우융추이도 몹시 허기가 졌다. 마침내 그는 노인에게 말했다.

"어르신, 다들 가족 같은 처지에 군이 사양하지 않겠습니다. 뭐든 배를 채울 만한 게 있는지 좀 봐주십시오. 사실 아침부터 물 한 모금 마시지 못해 뱃가죽이 등에 달라붙을 지경입니다."

노인은 또 한 번 근심스러운 얼굴로 다가가서는 솥뚜껑을 열어젖혔다. 솥 안에서 뿌연 김이 구름처럼 피어오르자 든 대원들이 홀린 듯 아궁이 주위로 몰려들었다. 김이 사라지자 곧 먹음직스럽게 익은 감자가 나타났다.

순식간에 뜨거운 감자를 껍질도 까지 않은 채 후후 불어 손바닥으로 굴려가며 허겁지겁 먹었다. 감자는 게 눈 감추듯 금세 동이 났다. 노인은 찬물 한 대접을 떠다주며 급하게 먹어 사레들린 부대원들 등을 두들겨 주기도 했다.

손주뻘 되는 부대원들을 바라보는 노인의 눈빛에 안쓰러움이 배어났다. 이를 본 우웅추이는 노인이 다른 오해를 하지는 않을까 싶어 재빨리 말했다.

"저희 부대가 갑자기 이곳으로 보내진 통에 가져온 식량이 얼마 되지 않았습니다. 게다가 미군의 무차별 공중폭격으로 후발 지원부대의 공급이 좋지 않은 상황입니다. 저희는 식량을 사러 내려왔습니다. 선배 동지께서 많이 도와주십시오."

노인은 자신의 허벅지를 내리쳤다.

"두말하면 잔소리지. 요즘 같은 계절엔 웬만한 집에는 감자가 있어. 허나 전란이라 보관해 둔 게 많지는 않을 걸세. 다들 감자를 보물처럼 땅굴에 묻어 놓고는 해. 하지만 걱정 말게. 미군놈들 쳐부수러 간다고 하면 마을 주민들이 기꺼이 내어줄 테니까. 우리 조선을 위해 이 엄동설한에 고생한다는데 그깟 감자가 대수겠나."

노인은 호쾌하게 말하고는 그길로 마을 사람들을 불러모았다. 우웅추이는 그들의 대화를 알아들을 순 없었지만 모두가 노인의 말에 고개를 끄덕이는 걸 보아 마을의 지도자로 여겨졌다.

주민들은 자신들의 유일한 식량인 감자를 거의 다 내놓다시피 했다. 감자는 저마다 집에 있는 땅굴 속에 묻혀 있었다. 차곡차곡 쌓인 감자 위에는 흙이 덮여 있었는데 아주 싱싱해 보였다.

우웅추이는 땅굴 아래까지 내려가 보았다. 감자 땅굴은 집집마다 모양과 크기가 모두 달랐고, 보통 마을 어귀나 집마다 방 앞 또는 뒤쪽에 있었다. 큰 감자 땅굴이 있는 집은 방도 웬만큼 커서 10여 명은 들어갈 듯했고, 작은 감자 땅굴도 감자 몇백 근은 넉넉히 보관할 만했다. 땅굴은 모두 한두 사람이 들어갈 만큼 깊었는데, 지붕은 보온과 통풍을 위해 나무 막대기나 짚으로 덮어 만들었다. 그 위에 폭설이 내리면서 눈 속에 꽁꽁 숨어버린 땅굴은 본디 알고 있는 사람 아니면 찾아내기 힘들었다.

두궈싱이 말했다.

"이 안은 그런대로 따뜻하네요. 방공작전도 가능하겠어요. 기름지게가 와도 쉽게 숨을 수 있을 듯싶은데요?"

"내가 보기엔 힘들 것 같군."

우융추이는 나무 막대기와 짚으로 덮어 만든 지붕을 가리키며 말했다.

"이 덮개로는 미군놈들 기름지게는커녕 우리 마우저총도 못 피해."

북조선 낭림산맥의 무성한 산림은 산마루나 비탈이 적고 척박하기까지 해 농사짓기가 힘들었다. 그래서 겨우겨우 심어 수확하는 게 바로 이 감자였다. 산골짜기에 사는 조선인들에게 감자는 사계절 주요 식량이기도 했다. 특히 폭설이 내리는 때는 집집마다 겨우내 먹을 감자를 쌓아두곤 했다. 그런 속사정을 눈치 챈 우융추이는 마을 사람들이 모아준 식량을 모두 가져오지 않고 집집마다 한동안 먹을 만큼은 남겨두었다. 물론 감자값은 조선 돈으로 넉넉히 치러줄 셈이었다.

희고 긴 수염을 기른 노인은 우융추이에게 말했다.

"난 아들 셋과 며느리 둘이 있다네. 마누라는 일찌감치 저세상으로 갔고, 큰아들은 마을 간부고 작은아들 둘은 인민군에 들어갔지. 6월 북조선 인민군이 내려올 때 작은아들 둘이 모두 인민군을 따라갔네. 게다가 며칠 전 남조선 부대가 마을로 쳐들어와 마을 간부인 큰아들과 며느리 둘을 모조리 끌고 갔어. 그러고는 감감무소식이야. 누구는 모조리 총살당했다 그러고, 또 누구는 남조선으로 끌려갔다 하더군. 죽었는지 살았는지 도통 모르겠네. 아들들과 며느리들이 언제 돌아올지 모르니 나도 여기를 떠날 수가 없는 거야."

그는 우융추이에게 계속 이야기했다.

"일본놈들이 조선과 중국 둥베이지역에 그렇게 오래 있었는데도 끝내 쫓겨나가지 않았는가. 나는 반드시 전쟁이 끝나리라 믿네. 북조선 인민군을 따라간 아들들이나 남조선 국군에게 끌려간 아들과 며느리들이나 언젠가는 모두 여기 조용한 작은 마을로 돌아오게 될 게야."

노인은 위융시앙이 조선 돈을 꺼내주자 손을 내저었다.

"외적을 쳐부수러 온 사람들 돈을 내가 어찌 받겠는가? 의리가 있지 말이야."

그러나 위융시앙은 단호하게 청했다.

"어르신, 어르신은 항일 연합군 선배이시잖습니까? 그럼 우리 중국 부대의 규율도 아실 테지요. 공정하게 사고 팔자. 주민들에게 10원짜리 한 장도 그냥 받지 마라. 중국에서든 조선에서든 모두 마찬가지입니다."

노인은 중국의 항일 연합군으로 있었기에 그 말을 듣자 더는 고집을 부릴 수 없었다. 이 중국 부대는 지난날 항일 연합군의 기풍 그대로였다. 우융추이의 덥수룩하지만 젊고 활기 넘치는 얼굴을 보니 옛 기억들이 떠오르는 듯했다. 노인은 우융추이와 부대원들의 어깨를 두드리며 따뜻한 응원과 격려의 말을 전했다. 우융추이가 감자값이라며 억지로 쥐어준 조선 돈을 차마 주머니에 넣지 못하고 손에 쥔 채였다. 돌아가는 부대원들 뒷모습을 보며 그는 나지막이 되뇌었다.

"저 청년들이 꼭 미군놈들을 물리치고 살아서 건강하게 고국으로 돌아가기를."

우융추이는 조선 노인들에게 작별 인사를 하고 다시 눈 쌓인 산길로 걸어들어갔다. 묵직한 감자자루 때문에 발걸음이 힘에 부쳤지만 모두들 기분이 몹시 좋았다. 이렇게 힘든 시기에 감자는 귀한 음식임에 틀림없었다.

여기저기로 돌아다닌 식량조달조가 부대에 속속 도착했다. 수확이 많지는 않았지만 종류는 여러 가지였다. 어떤 조는 장아찌 통을 안고 오고, 어떤 조는 쌀겨를 지고 왔다. 또 어떤 조는 소와 노새를 끌고 왔으며, 산토끼와 산닭을 잡아온 조도 있었다. 그렇지만 대부분이 감자를 가져왔다.

휘신밍은 모든 식량조달조가 돈을 내고 먹거리를 가져왔으며 일부는 그 자리에서 흥정해 사오거나 주인이 없을 때는 조선 돈을 남겨두고 왔다는 설명을 들었다. 자루와 광주리에 담아온 감자를 바닥에 쏟아놓자 부대가 며칠은 버틸 수 있을 듯 보였다. 무척 다행스러운 일이었다. 저 멀리 우융추이 무리가 식량을 싣고 걸어오는 모습을 휘신밍은 잔잔히 바라보았다.

그즈음 휘수이란의 치료대는 압록강을 건넌 뒤 줄곧 사단작전부대의 가장 끝에 매달려 왔다. 사단본부와 후발부대 또한 전위대와 비슷한 위기를 맞았다. 이들 또한 먹을 것이 턱없이 모자라 현지에서 식량을 구해야만 했다. 그러나 앞선 부대들이 벌써 싹 털어간 탓에 도무지 쌀 한 톨도 구경할 수가 없었다.

해가 뜬 동안은 줄곧 밖에서 식량을 찾아다녔다. 눈 쌓인 혹한의 땅에는 작은 야생동물 한 마리조차 보이질 않았다. 그렇게 한참을 헤매던 휘수이란 무리는 문득 이상한 것을 하나 발견했다. 눈으로 뒤덮인 이 산등성이 아래 도로와 이웃한 수풀 속에 뭔지 모를 자루들이 쌓여 있는데 그 위에 범포가 덮였고 안팎으로 총을 든 병사들이 보초를 선 광경이 펼쳐졌다.

'무기는 아닌 것 같은데? 경비가 삼엄한 걸 보니 분명 뭔가가 있어.'

휘수이란은 그곳에 들어가 자루에 뭐가 들어 있는지 확인해 보고 싶었지만 곧바로 총을 든 병사들이 그녀를 막아섰다. 그밖에 란스엔, 천이페이, 자오후이메이도 앞이 가로막혔다.

"상부에서 아무도 들여보내지 말라는 지시입니다."

"에이, 무슨 귀한 물건이기에 그러죠? 가서 한 번 보면 안 될까요?"

휘수이란이 애교스럽게 말했다.

"못 들어간다면 못 들어가는 겁니다. 제 맘대로 되는 게 아닙니다."

"소심하긴."

휘수이란은 이 보초병을 자세히 훑어봤다. 그는 매우 어려 보이고 턱에 검은 반점이 하나 있었다. 천이페이가 말했다.

"그럼 저게 뭔지만 물어보면 안 될까요?"

"당신들 대체 어디 소속입니까?"

턱에 검은 반점이 난 보초병은 여전히 경계를 풀지 않았다. 휘수이란은 눈 하나 깜짝이지 않고 둘러댔다.

"우린 사단 병원 치료대 소속으로 지금 부대를 돌아보면서 진찰 중이에요. 누구 동상 걸린 사람은 없나, 설사하는 사람은 없나 보는 거죠."

란쓰엔은 휘수이란을 쳐다봤다.

'누가 봐도 식량을 찾으러 나온 건데 어쩜 저리도 당당하게 거짓말을 할 수 있을까?'

휘수이란이 또 물었다.

"혹시 손발에 동상 걸린 데는 없어요? 얼른 신발 벗어봐요."

보초병은 멋쩍어하며 신발을 벗었다. 잔뜩 굳었던 그의 얼굴이 순식간에 부드러워졌다.

"대체 저기 쌓아놓은 게 다 뭐예요? 그냥 궁금해서 그러는데, 알고나 갑시다."

천이페이도 포기하지 않고 계속 졸랐다. 도무지 가르쳐 주질 않으니 더 궁금했다. 보초병은 주위를 한 번 둘러보더니 목소리를 낮춰 대답했다.

"상부에서 비밀로 하라고 했습니다."

"이 젊은 동지, 진짜 소심하네."

자오후이메이가 가늘고 높은 목소리로 말했다.

"우린 그냥 궁금해서 물어본 거지 당신네들 걸 훔치러 온 게 아니잖아요. 째째하기는. 미군도 아니고 말이야."

"미군? 어떻게 그런 생각을 할 수가 있습니까?"

보초병의 눈이 뚱그레졌다.

"저게 뭔데요?"

이번엔 란쓰옌이 부드러운 투로 물었다. 천이페이도 눈을 초롱초롱 빛내며 보초병을 뚫어져라 바라보고 있었다. 마침내 그녀들의 눈빛에 지고 만 젊은 보초병은 몸까지 낮추며 또 한 번 여기저기를 둘러보더니 조용히 입을 열었다.

"쌀이에요."

보초병 목소리는 매우 작았지만 휘수이란 무리의 눈은 도리어 커졌다.

'저 많은 자루에 들은 게 다 쌀이라니!'

만일 그것이 금덩이가 든 자루였더라도 이토록 놀라지는 않았으리라. 몇 날 며칠을 굶은 지금으로서는 금 따위를 쌀에 비할 수 없는 일이었다.

"저는 사단 경호중대의 분대장입니다. 이 쌀들은 본디 전방으로 보내질 참이었죠. 가던 길 차량이 미군기에 폭격을 당하는 바람에 집단군이 이곳에 임시병참을 마련했습니다. 우리는 쌀과 포탄과 약품 등 물자를 여기 보관하고 지키라는 명령을 받았습니다."

보초병의 설명을 들은 휘수이란이 그에게 애원했다.

"한 줌이라도 좋으니 쌀을 좀 얻을 수 없을까요? 며칠 동안 제대로 된 밥을 한 끼도 못 먹었거든요."

분대장은 딱 잘라 말했다.

"쌀 한 줌이라도 없어지는 날엔 누구든 목이 날아갈 거라는 사단장님의 엄명이 있었습니다."

휘수이란은 굳은 표정의 그를 보고 미소 지으며 말했다.

"그냥 농담인데 뭘 그렇게 긴장해요? 그나저나 이렇게 만난 김에 다른 보초병들도 손발을 검사해 봐야겠네요."

병사 10여 명 모두 동상 증상이 조금씩 있었지만 위험할 만큼 심하지는 않았다.

"오늘은 동상 연고를 가지고 오지 않았으니 다음에 가져와서 꼭 발라주도록 할게요. 상황이 여의치 않더라도 보온에 좀더 신경 써야 합니다."

훠수이란은 이렇게 당부하며 자리를 떠났다. 분대장은 그녀의 성의에 감동했다.

'사단 병원이 이렇게까지 세심하게 신경을 써주다니 참으로 고맙구나.'

의무대로 돌아가면서도 천이페이는 아쉬움에 자꾸만 뒤를 돌아보았다.

'저렇게 쌀이 많은데 또 굶어야 하다니…… 따뜻한 밥 한 숟가락만 먹었으면 소원이 없겠어.'

그녀는 흰 쌀밥 생각만으로도 침이 꼴깍꼴깍 넘어갔다. 란쓰옌과 자오후이메이도 마찬가지였다. 천이페이와 자오후이메이가 작은 소리로 투덜거렸다.

"쌀이 산더미 같은데 한 자루쯤은 나눠줘도 되잖아. 정말 너무해."

마침내 훠수이란은 쌀을 훔칠 계획을 짰다. 달빛이 사라지고 세찬 바람이 부는 저녁, 훠수이란은 천이페이와 란쓰옌, 자오후이메이 등 데리고 나무가 드문 산등성이로 향했다. 그녀들 뒤로 키가 크고 기골이 장대한 병사 둘이 따라왔는데, 그 손에는 둘둘 만 밧줄이 들려 있었다. 나무가 드문 이 산등성이는 부대에서 고작 몇 리밖에 안 되는 거리에 있어서 그녀들은 금세 이곳에 닿았다. 눈이 쌓인 산등성이에는 소나무 몇 그루만 듬성듬성 자라나서 쉽사리 알아볼 수 있었다.

산등성이에서 내려다보니 산기슭 수풀에 어슴푸레한 어둠이 드리워졌다. 순간 란쓰옌과 자오후이메이의 심장이 빠르게 뛰었다. 훠수이란은 어떤 흔들림도 없이 그녀들에게 작전 개시를 지시했다. 훠이수란은 앞장서 성큼성큼 아래로 내려가며 일부러 발소리를 크게 냈다.

"누구야? 암호!"

멀리서 보초병이 외치는 소리가 들려왔다. 그녀는 곧 큰 소리로 대답했다.

"나요, 사단 병원 소속원."

"멈춰!"

상대는 노리쇠를 잡아당기며 끈질기게 추궁했다.

"암호를 대!"

훠수이란은 그 자리에 우뚝 섰다. 그녀는 보초병이 상대의 신분을 확인하기 전까지 멈춰 서라면 그래야 한다고 생각했다. 안 그랬다간 이 깜깜한 밤에 정말로 총을 맞을지 모를 일이었다.

"어디 소속이야? 말하지 않으면 총을 쏘겠다!"

휘수이란이 채 입을 떼기도 전에 천이페이가 큰 소리로 말했다.

"동지는 어찌 그리 말을 함부로 하는 거죠? 우리는 사단 병원 소속이라니까! 아까 왔다 갔잖아요!"

상대는 낮의 일이 기억났는지 잠시 아무 말도 없었다. 휘수이란이 재빨리 말을 보냈다.

"동상 연고를 가져왔어요."

"당신들이오?"

보초병의 목소리가 사뭇 부드러워졌다.

그녀들은 함께 온 두 남자 병사에게 신호를 보낼 때까지 기다리라 말하고 조심스럽게 보초에게 다가갔다.

"분대장 당신 참 의리도 없네요. 좋은 마음으로 동상 연고를 건네주러 왔는데 우리를 적군 취급하다니! 우리가 미군이에요? 우리처럼 생긴 미군이 어디에 있죠?"

휘수이란은 이미 목소리만으로 턱에 반점이 있는 분대장임을 알아챘다.

그녀의 예상대로 큰 나무 뒤에서 총을 든 분대장이 나타났다.

"어쩔 수 없었습니다."

분대장은 조금 난감해했다.

"누가 이런 어두운 밤에 올 줄 알았겠습니까?"

그의 목소리에는 확실히 미안한 마음이 담겨 있었다. 천이페이가 말했다.

"시간 날리지 말고, 얼른 발 상태나 좀 봅시다. 치료하고 나면 바로 돌아가야 하니까요."

분대장은 매우 쑥스러워하며 말했다.

"이렇게 추운 날씨에 몸소 달려와 주시다니. 그럼 이렇게 하죠. 동상 연고를 그냥 두고 가세요. 우리가 바를 테니까요. 날씨가 너무 추우니 서둘러 돌아가셔야죠."

"안 돼요!"

휘수이란은 단호했다.

"붕대는 내가 감아야 해요. 안 그러면 덧난다니까요? 무슨 말인지 알겠어요?"

분대장은 내키지 않았지만 조금 망설이다가 어두운 수풀을 바라보며 생각했다.

'이렇게 천지가 꽁꽁 언 한밤에 사단 병원의 의사 동지들이 손수 약을 가지고 와서 상태를 봐주고 약까지 발라주겠다잖는가. 내 어머니나 누이가 아니면 이렇게 친절할 수는 없는데 말이야.'

순간 분대장의 마음은 감격과 온정으로 가득 차올랐다.

저마다 다른 쪽에서 보초병이 하나씩 나타났다. 훠수이란은 그들이 다 모이기를 기다렸다가 말했다.

"모두 이리로 모여 바닥에 앉아 신발을 벗어요."

훠수이란의 연기는 참으로 뛰어났다. 란쓰옌은 옆에서 듣다가 웃음을 참느라 애를 먹었다. 그녀는 이미 긴장이 풀린 상태였다. 길게 숨을 내쉬고는 훠수이란을 존경스러운 눈으로 쳐다봤다. 훠수이란의 얼굴은 어두워 잘 보이지 않았지만 충분히 알아볼 수 있었다.

'아마 지금쯤 훠수이란은 활짝 핀 얼굴을 하고 있겠지?'

훠수이란은 평소처럼 보초병들의 발을 진지하고 세심하게 진찰했다. 진찰이 끝나자 훠수이란의 지시로 천이페이가 병사들에게 약을 발라주었다.

사실 사단 병원은 여러모로 수준이 매우 낮았다. 동상에 대한 지식도 부족한 데다 갑자기 출국하는 바람에 약품이 모자랐다. 동상 연고 따위는 있을 리가 없다. 지금 그녀들이 이른바 '동상 연고'라 부르는 약은 조선 현지인들에게 묻고 물어 소기름과 벌꿀을 섞어 만든 것으로 효과는 그럭저럭 괜찮았다. 그녀들은 이밖에도 동상에 좋은 몇 가지 토속적 치료 방법을 알아냈다. 고춧물에 찜질을 하거나 소나무 잎을 데친 물로 씻는 등 얼마쯤 동상을 누그러뜨리는 데 효과가 있었다.

천이페이가 한창 병사들의 발에 연고를 바르고 있는데 갑자기 훠수이란이 말했다.

"난 저쪽에 가서 작은 볼일 좀 보고 올게. 저녁에 물을 많이 마셨더니 도저히 참을 수가 없어."

그러고는 몇 발짝 못 가 뒤를 돌아보며 조금 크게 외쳤다.

"여자 동지가 볼일 보는데 설마 따라오지는 않겠지요? 절대 따라오면 안 돼요!"

보초병들은 신발을 벗은 채 바닥에 앉아 있어서 가고 싶어도 갈 수가 없었다. 게다가 볼일 보러 간다고 저렇게까지 떠들어대는데 어느 누가 그 뒤를 따라가겠는가. 휘수이란은 홀로 어둠 속을 걸어가며 노래를 흥얼거렸다.

한 송이 모리화
한 송이 모리화
지천에 꽃이건만 모리화보다 향기로운 꽃이 없네
한 송이 꺾어가고 싶은 맘 간절하지만
꽃을 보는 사람이 나를 욕할까 겁이 나네.

부드러운 노랫소리는 마치 따뜻한 개울물이 추운 겨울밤을 흘러가는 듯했다. 보초병들은 모두 그녀의 노랫소리에 빠져 고개를 돌려 휘수이란이 간 쪽을 쳐다봤다.

한 송이 모리화
한 송이 모리화
모리화가 피니 백설도 이보다 하얄 수가 없네
한 송이 꺾어가고 싶은 맘 간절하지만
누가 비웃을까 겁이 나네.

천이페이와 란쓰엔, 자오후이메이도 순간 그녀의 노랫소리에 아득히 멍해졌다. 이제껏 그녀들도 휘수이란의 노래를 들어본 적이 없었다. 게다가 여느 때 걸걸한 목소리의 그녀가 이토록 부드러운 노래를 부르리라고는 상상도 못 했다. 이 고요한 겨울밤 그녀의 노랫소리는 끊어질 듯 말 듯 기대감을 불러일으키며 이어졌다.

한 송이 모리화
한 송이 모리화

온통 꽃이건만 이보다 아름다울 수가 없네
한 송이 꺾어가고 싶은 맘 간절하지만
내년에 새눈이 나지 않을까 겁이 나네.

산등성이에 남았던 병사들은 훠수이란의 신호를 듣고 적지에 몰래 침투하듯 재빨리 쌀자루가 쌓인 수풀 속으로 뛰어들었다. 쌀 한 자루에 족히 200근은 될 것 같았다. 기골이 장대한 남자 둘이 함께 옮긴다 해도 버거운 무게였다. 그러나 보초병들의 동상치료가 끝나기 전에 얼른 일을 끝내야 했다. 시간이 없었다. 그들은 밧줄로 자루를 묶은 뒤 온 힘을 다해 산등성이로 끌고 올라갔다.

훠수이란은 돌아올 때도 노래를 흥얼거렸다. 자오후이메이가 일부러 물었다.

"설마 큰 볼일 보고 온 거 아냐? 뭐가 그리 오래 걸려?"

훠수이란이 아무렇지도 않게 대꾸했다.

"여자들은 일이 많아. 몰라서 물어? 엉덩이가 얼지도 모르는데 누군 그렇게 오래 쪼그려 있고 싶겠어?"

보초병들은 거리낌 없는 그녀들의 서슴없는 이야기를 듣자 쑥스러워 고개도 들지 못했다.

동상 연고를 다 바르고 하나하나 붕대를 감고 나서야 천이페이는 보초병들에게 신발을 신으라 말하고 앞으로 주의할 사항을 일러줬다. 보초병들은 크게 감동해 몇 번씩 고맙다는 인사말을 건넸다. 분대장이 훠수이란에게 말했다.

"당신이 방금 불렀던 노래 나도 알아요. 〈모리화〉 맞죠? 참 좋은 노래죠. 우리 장난 사람들 가운데 이 노래를 모르는 사람은 없어요."

자오후이메이가 무척이나 반가워하며 말을 이었다.

"어머, 그럼 우리 한 고향 사람이네요."

훠수이란이 불쑥 끼어들었다.

"모두 한고향 사람이군요. 어쨌든 시간이 늦었으니, 우리는 이만 돌아가야 할 것 같네요. 또 봐요."

"네, 또 봅시다."

보초병들과 훠수이란 무리는 서로 손을 흔들어 주며 어둠 속에서 헤어졌다.

보초병들이 저마다 제자리로 돌아가자 훠수이란 무리의 발소리가 차츰 멀어지더니 어느새 눈밭 끝에서 사라졌다. 그때 한 보초병이 미안하다는 투로 입을 열었다.

"정말 좋은 사람들이군요. 쌀을 좀 나눠줄 걸 그랬어요. 어차피 미군기가 나타나면 모두 불에 타 없어질 거."

그러자 턱에 반점이 난 분대장이 슬며시 웃으며 병사들에게 말했다.

"걱정 마! 저들은 돌아가면 오늘만큼은 뜨거운 쌀죽을 먹게 될 거야."

12
추위와 굶주림

리첸버그 대령이 스미스 장군에게 고토리 점령 완료를 보고했다. 데이비스 중위의 참모들은 주변 관찰이 쉬운 장소를 대대본부로 골랐다. 케이블카 궤도가 끝나고 협궤철도가 다시 시작되는 기차역이 본부로 정해졌음을 알았을 때, 데이비스는 자기도 모르게 그만 눈살을 찌푸렸다. 그곳은 대대 점령지역 한복판에 자리했지만 적의 공격에 매우 취약했기 때문이다. 그는 대대본부 건물 주위 경계초소들을 늘리고, 모든 본부요원이 마을 동쪽 몇 백 미터 떨어진 골짜기까지 대피훈련을 하도록 명령했다.

리첸버그는 자기 연대를 고토리 고원에 올려놓자마자, 2개 연대를 좀더 북쪽으로 전진시킬 만한 보급품 저장 계획을 짰다.

레스터 하먼 대위의 찰리 공병중대에 정찰기 활주로를 만들라는 지시가 떨어졌다. 고도를 헤아려 볼 때 비행장 길이는 760미터가 되어야만 했다. 그 뒤 R4D 쌍발수송기가 부상자를 후방으로 보내기 위해 착륙했으므로 다른 활주로를 더 만들어야 했다. 사흘이 지나서 제1번 '메뚜기'가 하먼 활주로에 내렸다.

이 부대강화기간 내내 전방과 측방, 후방에 공격정찰이 이어졌다. 데이비스 대대의 정찰대가 말이 끄는 포대와 부딪힌 것은 바로 이때였다. 이 중공군 포대는 산기슭에서 병사들을 괴롭혔으나, 미해병 항공기가 단숨에 날려 버렸다.

다음 날 아침 윌콕스 대위와 쉬어는 고토리 서북쪽 고지 정찰을 나갔다. 윌콕스는 장진호를 끼고 우뚝 솟은 절벽 고지를 올라가야 했다. 내려다보이는 계곡의 고즈넉한 풍경은 사뭇 아름답고도 비극적이었다. 다행히 윌콕스 부대는 중공군과 맞닥뜨리지 않고 강 위쪽 하갈우리로 이어지는 길 옆 고지를 차지했다.

찰리 중대의 야간진지는 고토리 서쪽에 있었다. 동이 터오자 부대는 조지

클리포스 중위의 1개 소대를 앞장세워 이동했다. 쉬어 부대는 마을에서 서쪽으로 3킬로 지점에서 북쪽 야산으로 올라가기 시작했다. 니츠먼은 체스터 페니 중위의 부대 왼쪽 접근회랑을 따라 소대를 전진시켰다.

얼마 지나지 않아 중대병력으로 짐작되는 중공군의 공격을 받았다. 그러나 험난한 지형 때문에 포대 관측자의 무전기를 보병부대에 맞춰 전방으로 나를 수 없게 되면서 엄호지원포격도 아무런 소용이 없었다. 쉬어는 보병 무전기로 포대에 지시하려 했지만 목표를 정확하게 알려줄 수 없었으므로 엄호지원포격은 바라던 성과를 거두지 못했다. 그러자 쉬어는 60밀리 박격포로 그 일대를 때리며 공중폭격을 요청했다.

폭격이 본격적으로 시작되자, 페니 소대는 작렬하는 폭탄 때문에 꼼짝 없이 갇히고 말았다. 이윽고 폭격이 끝난 뒤 페니는 홀로 전방으로 가 중공군 진지를 샅샅이 뒤졌다. 그러고는 중공군 방어선의 주요 특징을 알아내고 가장 안전한 접근로를 찾아냈다.

페니는 부대로 돌아와 대원들에게 공격 계획을 설명하고 돌격 선두로 나섰다. 총을 마주 쏘아대며 비호같이 달려나간 그는 소대원들이 보는 가운데 중공군 7명을 죽였지만 날아오는 수류탄을 피하지 못해 끝내 목숨을 잃고 말았다. 페니의 장렬한 최후 앞에서 소대원들은 눈물을 삼키며 중공군 진지로 뛰어들었고, 마침내 고지를 차지했다.

오후 늦게나마 고지 점령에 성공했지만, 상부에서는 또다시 연대 방어선으로 철수하라는 명령이 떨어졌다.

"이 무슨 미친 짓이람. 피 흘린 보람도 없이 철수라니."

쉬어는 침을 뱉으며 불평했다. 이렇듯 거의 모든 병사들은 상황에 맞지 않게 무턱대고 내려오는 명령이 달갑지 않았다. 그러나 상부에서도 어쩔 수 없이 내리는 결정이었다.

전투 경험이 없는 젊은 병사들은 이번 명령을 듣자마자 일그러진 얼굴로 무작정 투덜거렸다. 불만으로 가득한 얼굴들을 둘러보던 쉬어는 더는 불평하지 않았다.

"이게 바로 전쟁인 것을 어쩌겠는가."

지휘부 결정을 아직도 이해할 수는 없었지만 그래도 명령은 거부할 수 없었다. 그는 굳게 마음을 다잡았다.

쉬어는 요즘 말수가 부쩍 줄어들었다. 살아남기 위해 아주 단순한 호흡만 되풀이한다고 그는 생각했다. 쉬어는 이 전쟁을 까닭도 모른 채 받아들였다.

'내 진짜 삶을 떠나 이 머나먼 곳까지 오다니. 현실이라고 믿었던 모든 것들이 내 손을 떠나 점점 멀어져만 가는구나.'

그는 하루가 다르게 무감각해지는 자신을 깨달았다. 생각하지 않고, 느끼지 않고, 보지 않으려 차츰 깊숙이 빠져들었다. 포탄의 폭발음, 그것은 단순히 이어지는 소음이나 으르렁거림이 아니었다. 차라리 교향곡이라고 해야 하리라. 뿌연 연기, 살을 에는 추위, 처참히 죽어가는 동료들로 이루어진 음표를 연주하는 죽음의 교향곡.

그러나 그 선율은 움직이지 않고 머리 위에 드리워져 모두를 집어삼키려는 듯 커다란 입을 벌린다. 대기는 고뇌하는 열정으로 들어차고 여기저기서 한숨이 터져나온다. 날카로운 외침과 더없이 슬픈 흐느낌. 그 끝없는 화음이 이 세상에 존재할 것 같지 않은 장중한 박자 속에 울려 퍼질 때면 절로 몸서리가 쳐졌다.

그것은 인간의 창조물이 아니었다. 신의 고귀한 중찬가(衆讚歌)는 더더욱 아니었다. 차라리 제물들의 목을 베어 그 피로 연회를 벌였던 악마들의 춤곡이라 함이 옳으리라.

병사들은 그 곡에 맞춰 서로를 겨누고, 가슴이 부르트고 창자가 끊어질 때까지 춤을 춘다. 그러나 이것만이 오늘 그가 가진 전부다. 예전에 품었던 꿈과 희망, 청춘은 그 희미한 반짝임조차 더는 마음에 남아 있지 않았다. 그것들을 행복이라 일컫는다면, 그는 지금 모든 행복을 잃고 줄에 묶인 마리오네트처럼 그의 운명을 거머쥔 전쟁이라는 교향곡에 이리저리 놀아나는 것이다.

쉬어는 손바닥으로 자신의 머리를 탁탁 세게 쳤다. 한바탕 꿈이라도 꾼 듯 머리가 멍했다. 이런 생각에 한없이 빠져드는 것이 위험한 일임을 자신도 잘 알았다.

'살자. 살아남아서 사랑하는 이들 곁으로 돌아가자.'

그는 지난날 꿈꾸었던 흐릿한 행복이 아닌, 살아남는다는 가장 절실하고도 뚜렷한 소망으로 손을 뻗었다.

'살아남자. 살아남아서 고국의 품으로 돌아가자.'

쉬어는 밤마다 가족들 꿈을 꾸었다. 미국으로 돌아갈 날이 한없이 기다려졌다. 그는 시간이 지긋지긋할 만큼 더디게만 흘러간다고 느꼈다.

해가 뉘엿뉘엿 저물었다. 쉬어는 적에게 노출된 골짜기로 가다가 기습당하느니 차라리 윌콕스가 지키던 오른쪽 진지를 거치는 게 낫다고 판단했다. 쉬어 부대는 전사자를 거두고 부상자들을 이끌며 깎아지른 낭떠러지를 힘겹게 내려갔다.

어느새 붉은 저녁놀이 서쪽 하늘을 덮어간다. 정찰을 하는 동안에 해병 8명이 죽고 16명이 다쳤다. 해병들은 1305고지를 '페니 고지'라 이름지었다.

공허하다. 허무하다.
가슴속에서 무언가 타오르고 있다.
쓰러지는 모습을 지켜볼 수밖에 없는 것이 그저 슬프다.
장진호에 눈보라가 몰아친다. 휴식은 끝났다.
새로이 시작되는 비극들.
절망이 엄습해 온다.
이제 막 시작한 것이 그대로 끝나버린다는 것.
분노가 솟구친다.
오직 절망뿐이다.
어느 병사는 차라리 삶을 끝내 버릴
이미 마련된 자해를 그토록 열망했다.

(이범신, 〈전선노트〉)

시간은 나를 만든 물질이다. 시간은 나를 이곳에서 저곳으로 옮겨주는 강이지만, 내가 또 그 강이다. 시간은 나를 잡아먹는 호랑이지만, 내가 또 그 호랑이다. 시간은 나를 태워 버리는 불꽃이지만, 내가 또 그 불꽃이다. 죽음에 대한 우리의 승리는 시간의 화살을 비켜가는 능력이다. 우리는 모든 방향으로 시간을 넘어서 이리저리 떠도는 시간 여행자이며, 그러기에 이 행성의 그어떤 것과도 다른 존재다.

그날 밤 수은주는 영하 20도를 가리켰다. 이미 장진호의 혹독한 겨울은 시작되었다. 들녘에서 기슭을 지나고 산등성이를 따라 산꼭대기까지 온통 흰 눈으로 뒤덮였다. 기온은 뚝 떨어지고, 눈가루가 섞인 거센 바람이 매섭게 몰아쳤다. 북진하는 미해병들의 발걸음은 더욱 무거워졌다. 그들은 꽁꽁 얼어붙은 손발로 말없이 앞으로 나아갔다.

리첸버그는 고토리에서 진지를 강화하고 정찰대를 북쪽으로 보냈다. 머레이는 연대를 장진호에 투입해 제7연대 바로 뒤를 따랐다.

1950년 11월 13일 펑더화이가 2차 공세를 앞두고 중요한 지원군 당 위원회를 열었다. 노을이 질 무렵, 미군이 버려둔 작은 지프들이 대유동(大楡洞) 지원군 총사령부에 모습을 드러냈다. 저마다 군의 군장과 정치위원들이 모이자 총부는 생동감이 넘쳐흘렀다. 압록강을 건넌 지 20일 동안 화약 연기 속에서 고된 전투를 치른 최전선 지휘관들의 첫 모임이었다. 저녁을 먹고 총사령관 집무실로 걸어가는 모습은 하나같이 엄숙했다. 발걸음을 옮길 때마다 화약 냄새가 코를 찔렀다. 펑더화이의 비서 양펑안(楊鳳安)은 회의가 시작되던 첫 순간부터 마지막까지 긴장하고 바라보았다.

펑더화이는 둥글둥글한 성격이 아니었다. 성질이 불같아서 푸르르하다가도 우울하면 말이 없고, 즐거우면 얼굴에 기쁨이 활짝 떠올랐다. 부하 지휘관이나 참모들은 눈치 보기 바쁜 나날을 보내야했다. 누구든 그냥 넘어가지 않았다. 반면 아낌없이 칭찬을 하고, 아랫사람 업적을 가로채는 짓은 절대 하지 않았다. 장정이나 항일전쟁, 국공전쟁 때는 물론 항미원조 지원군 총사령관 시절에도 한결같았다.

참전 초기, 지원군 총사령부(總部)는 덩화(鄧華), 한센추(韓先超), 훙쉐즈(洪學智) 등 고급 지휘관들이 늘어선 13병단을 직속으로 꾸렸다. 직할부대가 없었기 때문이다. 13병단은 선봉부대로서 린뱌오(林彪)가 이끌던 제4야전군 중 최정예였다. 펑더화이는 병단사령관 덩화를 총부제1부사령관에, 한센추와 훙쉐즈를 2, 3부사령관에 앉혔다.

펑더화이가 군장들에게 1차 공격 때 이익과 손해를 설명했다. 비판도 날아들었다. 그는 점점 차분함을 잃고 흥분한 목소리로 외쳤다.

"작전 경험이 아예 없는 부대도 있었더군. 명령을 제대로 수행하지 않았다!"

자리에 앉은 채 굳어버린 군장들을 펑더화이는 둘러봤다. 온 얼굴에 노기가 띠기 시작했다. 입술을 꽉 깨물더니 주먹으로 책상을 내리치며 윽박질러댔다.

"38군 량싱추(梁興初)! 어떤 녀석이야?"

량싱추가 발딱 일어섰다. 퍼렇게 질린 얼굴로 땀까지 뻘뻘 흘렸다. 펑더화이의 호된 꾸짖음이 가슴팍에 내리꽂히는 것 같았다. 그는 눈을 제대로 뜰 수 없었다.

"네가 호랑이라는 소문을 익히 들었다. 호랑이는 웬 호랑이? 생쥐만도 못한 녀석! 들고양이가 물어가도 시원치 않을 녀석!"

펑더화이는 고래고래 악을 쓰며 온갖 욕을 퍼부어댔다. 량싱추가 한마디 하려 하자 재떨이를 집어 들었다.

"어디서 말대꾸를 하려고 해?"

벽에 집어 던진 재떨이는 산산조각이나 여기저기에 떨어졌다. 독한 말이 잇달아 들려왔다.

"나 펑더화이는 큰 목적을 위해서라면 아끼는 부하라도 죽여 버리는 사람이다. 내 인내심이 바닥나면 어쩔 셈이지? 한 번 보고 싶다는 것이야? 대답해!"

량싱추는 고개를 수그렸다. 애써 차분하려고 했으나 작은 말소리만 들려왔다.

"부디 제 목을 치시길 바랍니다."

덩화와 총정치부 주임 두핑(杜平)이 가까스로 펑더화이를 진정시켰다. 펑더화이는 겨우 자리에 앉았다.

밖으로 나온 량싱추는 어찌나 놀랐던지 속이 메스꺼웠다. 결국 저녁밥을 모조리 게워내고 말았다. 기침을 두어 번 하던 그는 동료 군장들에게 긴긴 한숨을 내뱉었다.

"내 잘못이 크네. 미안하네들."

참석한 군장들은 소문으로만 듣던 펑더화이의 성격에 머릿속이 새하얘졌다.

펑더화이의 분노는 나름 마땅했다. 10월 28일, 38군이 희천에 들어간 즈음에는 한국군 2개 연대의 퇴로를 막은 뒤였다. 한국군은 청천강 이남으로 옮겨가고, 38군은 청천강 이북에 머무른 참이었다. 이때 38군이 청천강 이남으로 파고들면 청천강 이북의 한국군을 모조리 무찌를 수 있었다. 38군은 청천강 남쪽에 막강한 미국 흑인부대가 모여 있다는 정보를 얻었다. 한참을 머뭇거리다가 이튿날 땅거미가 질 무렵에야 공격을 시작했다. 한국군 8사단이 새벽녘 희천에서 물러난 다음이라 흑인부대는 온데간데없었다.

2차 공격에서 펑더화이는 량싱추에게 무거운 임무를 맡겼다. 그는 덩화에게 귓속말을 했다.

"량싱추는 용맹한 장수야. 내게 받은 치욕을 공으로 답할 테니 두고 봐."

같은 날 태플릿 대대가 진흥리에 들어섰다. 제1연대장 풀러 대령은 리지 부대를 마전리에서 빼내 원산 북쪽으로 이동시켰다.

중공군은 거의 저항하지 않았다. 이따금 미군 정찰대가 중공군과 마주쳤으나, 중공군들은 이렇다 할 대응 없이 금세 후퇴해 버렸다.

모두 기계처럼 발걸음을 떼어 옮겼다. 손발은 진작부터 차갑게 굳어 감각조차 없었다. 바람은 살을 도려낼 듯 날카롭게 불어왔다. 무거운 걸음을 멈추고 모닥불을 피워 몸을 녹이느라 북쪽으로 가는 행군 속도는 갈수록 더뎌졌다.

"어, 이봐, 자네 코가 얼었잖아?"

"제기랄, 누가 아니래?"

"자아, 그럼 모두 서로서로 얼굴을 봐주기로 하고, 얼굴이 하얗게 변하면 알려주자고."

"제길, 정말 이상하단 말이야. 이놈의 추위가 우리한테만 들러붙나?"

날은 쉽사리 밝아오지 않았다. 안개가 온통 땅을 스멀거리며 덮고, 추위는 그들을 잠시도 쉬지 못하게 했다. 그들은 얼어붙지 않으려고 차가운 습기 속을 왔다 갔다 했다. 끊임없이 몰아치는 바람이 그들의 이야기와 한숨까지 몽땅 쓸어가 버렸다.

겨우 날이 밝아 햇빛이 비친다. 해병들은 기지개를 켜고 생명의 빛 속에서 조용히 얼굴을 들었다. 쓸쓸한 들판을 포근하게 어루만지는 아침 해는 전장의 슬픔과 칼바람을 잠시 잠재우고, 이 비극적 전장의 병사들에게 목숨 같은 햇살을 축복하듯 골고루 내리비추었다.

츄엔 리 중위의 선봉장들은 영하 20도 추위 속에서 장진강 긴 콘크리트 다리를 조심스럽게 건넜다.

11월 14일 오후 1시, 마침내 해병 제7연대 랜돌프 록우드 중령이 이끄는 2대대가 장진호의 남쪽 끝 하갈우리에 다다랐다. 거대한 호수는 어느새 지프가 굴러가도 될 만큼 두껍게 얼어붙었다. 길은 마을에서 두 갈래로 갈라졌는데, 왼쪽 길은 23킬로 떨어진 유담리로 뻗어 있고, 오른쪽 길은 호수 동쪽 기슭을 따라 북쪽으로 뻗어나가다가 산속 어디선가에서 끝나고 만다.

장진호 일대는 죽음의 그림자가 검게 드리워져 있었다. 깎아지른 계곡과 고지 위에서는 이미 엄청난 수의 중공군들이 숨어들어 미해병대를 겹겹이 에워싸 왔다. 폭설이 퍼붓는 낭림산맥 속으로 미군들을 끌어들인 다음, 피 말리기 작전으로 죽이려는 술책이었다. 더군다나 때마침 밀어닥친 혹한은 추위에 약한 미해병들을 한꺼번에 무너뜨릴 것만 같았다.

얼어붙은 장진호 일대까지 나아간 미해병사단 정찰대원들은 중공군과의 때때로 일어나는 교전을 치르면서, 무언가 엄청난 실체가 서서히 조여오는 듯한 불길한 예감을 온몸으로 느끼기 시작했다.

해병사단장 스미스 장군 또한 마치 거대한 적의 손아귀로 빠져드는 듯했다. 이제까지 한 번도 마주칠 기회가 없었던 중공군에 대한 막연한 호기심이나, 한낱 동양의 오합지졸 군대라는 생각이 뒤바뀌는 순간이었다. 눈 덮인 혹한의 고지에서 공격해 오는 중공군들의 전략은 놀랍고도 감탄스러웠다.

부대원들은 동쪽으로 걷고 또 걸었다. 부대가 낭림산맥에 들어간 지 사흘 밤이 지났다. 기관수 이홍(李鴻)은 낭림산맥에 들어선 그날 밤 산골짜기 안으로 떨어져 손과 얼굴 이곳저곳에 찰과상을 입었다. 부대원들은 추위로 온 얼굴이 퉁퉁 부어올랐다. 지도원 우림(于林)의 왼쪽 어깨에 난 상처는 멍이 들어 파릇파릇해졌다. 상처를 감싼 붕대는 꽁꽁 얼어붙었다.

중대장은 우림을 계속 설득했다.

"동지, 뒤를 보게나. 동지의 상처가 가볍지 않네."

그는 이어 이홍을 야단쳤다.

"이홍!"

그러나 이홍은 장난꾸러기 어린아이처럼 익살스럽게 웃으며 말했다.

"중대장 동지! 제가 그냥 넘어졌겠습니까! 미군놈들이랑 한판 붙지 않았습니까! 먼저 미군놈들이랑 다시 한바탕 싸우게 해주십시오. 상처는 나중에…"

중대장과 우림은 나날이 야위어가는 이홍의 부어오른 얼굴을 바라보고 다시 그 고집스러운 눈빛과 마주쳤다. 더는 어떤 말도 하지 않았다.

나흘째 되던 날, 부대는 임무를 받았다. 밤을 틈타 60리를 강행하고 산을 세 번이나 넘어 장진호 남쪽에 자리한 도로에서 적군을 가로막고 적군이 공격을 못하게 막아야 했다.

군사들은 옷을 뒤집어 입고 흰 수건으로 검은색 모자를 감쌌다. 온 세상이 하얗다. 부대원들은 쌓인 눈을 파헤치며 나아갔다. 그 어떤 것도 분별할 수가 없다.

북조선의 겨울은 지독히도 춥고 길었다. 부대는 오후 4시에 출발해서 새벽 2시까지 쉬지 않고 걸었다. 부대가 산을 세 번째 넘었을 때 계곡이 길을 막고 있었다. 계곡 물위는 얇은 얼음으로 덮여 하얀 눈들이 쌓여 있다.

지도원 우림이 계곡 물속으로 걸어 들어가자 얇은 얼음이 깨졌다. 무릎 아래까지 물에 잠겼다. 얼음물이 군복바지와 신발 안으로 흘러들었다. 한기가 마치 전기가 흐르듯 온몸에 퍼졌다. 우림은 몸이 떨려 넘어질 뻔했다. 그는 이를 악물고 작은 목소리로 말했다.

"중간부터는 물살이 거칠으니 조심하게."

계곡을 나와 몇 발자국 걸으니 바람이 세차게 불어온다. 젖은 바지가 차갑게 얼었다. 바지와 다리가 한 덩어리처럼 얼어붙었다. 다리가 마비되고 쑤시고 아프더니 점점 감각이 없어졌다. 그래도 대원들은 한 발 한 발 내딛었다.

중대장은 늘어나는 적군을 막기 위해 3개 소대의 인원을 세워 도로를 감시하도록 했다. 그는 우림에게 소대 대원들을 거느리고 산꼭대기에 주둔한 적군을 습격하라는 지시를 내렸다. 중대장 본인은 소대 대원들과 정면에서 공격할 계획이다.

부대는 도로를 가로질러 산기슭에 이르렀다. 제1소대 기관수 이홍은 주먹으로 우림의 등을 살며시 두드리며 바닥에 검게 새겨진 신발 자국을 가리켰다. 우림은 고개를 끄덕이고는 위를 향해 기어 올라갔다.

무장을 한 부대원들이 산을 올라가는 건 결코 쉬운 일이 아니다. 배낭을 메고 식량과 수류탄을 짊어진 부대원들은 날카로운 칼이 꽂인 총을 든 채 다른 손으로 솔가지를 잡고 눈 덮인 바위 위를 향해 걸음을 내딛었다.

때때로 부대원들이 미끄러져 내렸지만 아무도 소리를 내지 않았다. 이홍은 부어오른 왼손으로 8킬로그램이 넘는 기관총을 들고 바위를 오르기 시작했다. 그는 이를 악물고 지도원 우림 뒤를 따랐다. 얼굴, 몸, 모든 뼈마디가 아프기 시작했다.

위기가 닥쳐왔다. 우림이 이끌던 소대는 이제 나아갈 수가 없다. 높은 절벽

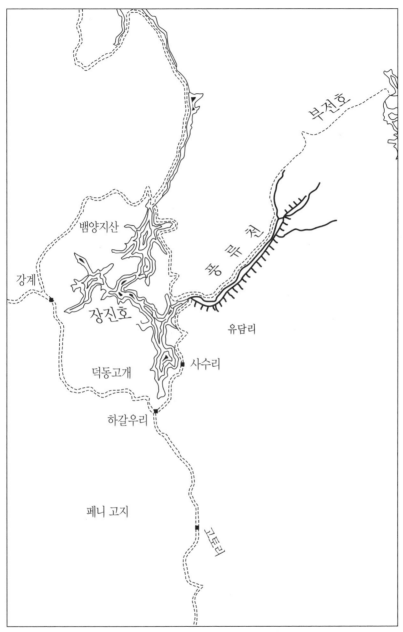

부전호

장진호

뱀양지산

강계

장진호

덕동고개

방풍천

유담리

사수리

하갈우리

페니 고지

고토리

장진호 지역

이 그들이 가는 앞길을 막고 있다. 낭떠러지에 걸쳐 길게 뻗어간 넝쿨이 살을 에는 바람에 흔들린다. 부대원들은 얼굴을 들어 올린 채 그대로 발걸음을 멈추었다. 우림이 나지막이 말했다.

"분대장! 내게 총검 다섯 자루를 주시게. 총검을 밟고 올라가세. 내가 미끄러져 내려가도 대원들이 계속 올라가게."

우림은 총검 한 자루를 바위틈에 꽂고 칼자루에 발을 디뎠다. 그는 넝쿨을 잡고 위쪽에 총검 한 자루를 더 꽂았다. 마지막 남은 총검을 꽂았을 때 우림은 가볍고 위로 올라갔다. 마지막으로 김삼보(金三宝)가 올라왔을 때 조용히 입을 열었다.

"바지가 잘렸습니다."

김삼보는 키가 작아서 계곡을 건넜을 때 무릎 위까지 물에 잠겼다. 그는 꽁꽁 얼어붙은 바지를 입고 절벽을 기어오를 때 애를 쓰는 바람에 바지가 무릎부터 찢겨져 잘려나갔다. 자주 일어나는 일이다. 여느 때라면 대원들은 크게 웃었겠지만 지금은 다들 입을 꾹 다물고 잇달아 산 위를 향해 올라갔다.

산을 오르는데 한 시간이 넘게 걸렸다. 우림과 부대원은 잠시 웅크리고 앉아 숨을 돌렸다. 그는 소나무를 붙잡고 허리를 일으켜 세웠다. 달빛이 산꼭대기를 비추고 있다. 솔가지 한 무더기가 마치 무덤처럼 새까맣다. 그 옆에 적군 보초병 하나가 지키고 섰다. 우림은 분대장을 끌어당기며 귀에 대고 소곤소곤 말했다.

"적군의 보루다! 동지가 부대원을 데리고 올라가. 폭탄 2개를 던져 그곳을 점령하게."

3분대의 전사 왕해(王海)와 분대장이 올라갔다. 그는 배낭을 내려놓고 소총 M16을 우림에게 건넸다.

우림은 긴장해서 온몸이 떨렸다. 그는 군사 둘이 천천히 움직이는 모습을 바라보다가 눈을 돌려 적군 보초병이 머리를 흔드는 걸 쳐다보았다. 갑자기 적군 보초병이 멈췄다.

"적군이 알아챈 것인가!"

곧이어 적군은 목에 걸쳐 둔 총을 들고 기어서 나아가는 군사를 겨눴다.

"안 돼!"

우림은 하마터면 소리칠 뻔했다. 3분대장과 왕해가 총에 맞아 희생된다면 이번 습격 결과는 상상조차 할 수 없다. 그가 적군 쪽으로 총을 겨누었을 때 총성이 울렸다. 이홍의 기관총이 핏빛을 띤 탄환을 쏟아냈다. 적군 보초병은 방아쇠를 당기지 못하고 쓰러졌다. 총성이 울리자 왕해는 몸을 일으켜 몇 걸음 돌진해 수류탄 한 개를 던졌다. 적군의 보루에 있던 소나무 가지가 폭발음과 함께 사방으로 날아갔다. 뒤이어 수류탄 하나가 더 터졌다.

"좋아! 잘했어!"

우림은 왕해의 폭탄투하 기술을 칭찬하며 총을 들고 뛰어올라갔다. 보루 앞까지 뛰어갔을 때 탄환이 바람을 가르고 우림 귀 옆을 스쳐 지나갔다. 왼쪽 전방에 있던 적군의 보루에서 사격한 것이다. 왕해는 총알이 날아온 곳을 향해 수류탄을 던졌다. 거리가 멀어 수류탄이 보루 앞까지 날아가지는 못했다. 그러나 기관수 이홍이 수류탄이 내뿜는 연기를 향해 총을 겨누고 방아쇠를 당겨 사격하면서 뛰어올라왔다.

우림은 보루 안으로 뛰어 들어가 죽은 미군의 몸을 밟았다. 이홍은 다른 보루에서 소리쳤다.

"지도원 동지! 여기 휴대전화기가 있습니다!"

우림은 소총병 몇몇을 남겨 점령한 보루를 방어했다. 남은 부대원들은 조를 이루어 적군 발자국을 따라 산 아래로 내려가며 샅샅이 살폈다.

"적군의 총소리가 들리면 목숨을 걸고 달려가 싸우자!"

총성이 여기저기에서 울려 퍼지자, 적군은 우왕좌왕하며 사격했다. 적군의 총성이 차츰 작아졌다. 산 아래로 내려간 전투조들이 수류탄을 던져 그들을 전멸시켰다.

중대장이 이끈 부대가 재빨리 숨을 헐떡거리며 올라왔다.

"우림 동지, 미국 놈들이야말로 이렇게 볼품없는 물건이라네! 미국 놈들은 우리가 절대로 다가올 수 없을 줄 알았겠지. 그러나 우리는 미국 놈들 엉덩이를 밟고 올라섰네."

부대원들은 보루에서 40명이 넘는 시신을 발견했다. 그중 10명이 넘는 미군들은 오리털 이불속에서 죽음을 맞이했다. 보루 옆 눈으로 덮인 땅바닥에는 아랫도리가 발가벗겨진 북조선 여인의 시신이 놓여 있다.

그때 이홍과 부대원 하나가 포로 셋을 끌고 왔다.

"보고합니다! 미국 놈 셋을 붙잡았습니다."

이홍이 웃으며 말했다.

"삽으로 진지를 파고 있는데 누가 알았겠습니까? 발로 범포를 밟자 보루 안으로 빠졌는데 거기에 이놈들이 있지 뭡니까! 삽으로 마구 때렸습니다."

포로 둘의 얼굴에서 피가 흘렀다. 그들은 몸을 떨며 신음소리를 냈다.

중대장은 포로를 유심히 살펴보다가 화를 내며 말했다.

"홍! 코가 높고 수염이 많고 키가 크군. 죽으면 차지하는 땅이 좀 넓겠어! 고작 이런 걸 내세워 미국 놈들은 온 세계를 침략하려 한 건가?!"

중대장은 허리춤에 있는 총을 거듭 만졌다.

"우림 동지! 우리 지원군의 탄알이 미군 놈들 머리통을 꿰뚫을 수 있는지 한번 시험하겠네!"

포로 셋은 그의 분노한 모습을 보자, 놀라 무릎 꿇고 중대장의 다리를 감싼 채 울었다.

"꺼져! 저기 북조선 여인에게 너희들의 죄를 용서해달라고 빌어! 가라! 당장 내 눈앞에서 사라져!"

그즈음 중공군 제9집단군 사령관 쑹스룬은 12개 사단 15만 병력을 집중 투입해, 진격 중인 미해병 제1사단 2만 5800명을 황초령 이북에서 섬멸하려는 작전을 시도, 온 힘을 다해 압박했다.

천이페이는 휘수이란과 함께 하루 내내 걷고 또 걸었다. 앞뒤로 식량을 짊어진 기관과 후발부대 대원들이 있었다. 장진호 전투는 이미 시작됐다. 그러나 전방부대에 대한 식량 지원이 완전히 끊기자 급박한 상황임을 깨달은 리엔펑 군단장은 군사단 기관 및 후발부대 소속 전 대원들에게 전방으로 식량운송을 지시했다.

부대마다 이미 현지 식량조달 활동을 시작했지만 산간지역이라 거의 먹을 것을 찾아볼 수 없었다. 게다가 갑자기 10여 만 명의 대원들이 투입되면서 식량조달은 더욱 어려워졌다. 그나마 찾을 수 있는 음식이라곤 감자 정도가 전부여서 급한 불을 끄기에도 턱없이 모자랐다.

또한 장진호로 가는 길은 매우 험악하고 적 정찰기의 경계도 삼엄해 후발부대의 물자지원과 엄호에도 엄청난 어려움이 따랐다. 리엔펑은 고심 끝에 명령을 내렸다. 비번인 대원들을 제외한 모든 군사단 기관과 후발부대 대원들은 전방으로 식량수송에 나서되, 가능한 한 많은 식량을 보낼 수 있는 지역까지 옮기라는 것이었다.

사단 병원의 두 치료대에도 출동명령이 떨어졌다. 남녀노소 관계없이 모두에게 콩과 수수쌀 30근씩이 나누어졌다. 훠수이란과 천이페이는 양식 30근 말고도 자신들이 만든 동상 연고도 잊지 않고 챙겼다. 가는 김에 부대원들의 동상 상태를 봐주기 위해서였다. 천이페이는 만일의 상황에 대비해 38구경 소총도 챙겼다.

여느 때 30근은 그리 무거운 무게가 아니었지만 눈보라가 치는 산등성이를 오르내리고 미끄러운 빙판길을 걸어가자니 마치 60근처럼 힘겹게 느껴졌다. 게다가 치료 대원들은 굶주린 상태라 이 30근은 더욱더 어깨를 짓눌렀다.

두성이가 이끄는 치료대는 그와 훠수이란이 앞장을 섰다. 천이페이와 란쓰옌, 자오후이메이 등이 그 뒤를 바짝 따르고 문공대 감독 출신 왕정링과 다른 대원들은 맨 뒤에서 따라왔다.

우융추이가 뒷짐을 지고 눈밭을 서성일 때 마침 훠수이란 무리가 차오 중대장의 식량조달조와 함께 대대에 이르렀다. 대원들은 모두 모여 그녀들이 가져온 콩과 수수쌀을 섞어 죽밥을 만들고 조달조들이 구해 온 감자를 꺼냈다. 모처럼 김이 모락모락 나는 따뜻한 식사에 다 함께 웃고 떠드는 가운데 분위기는 한껏 들떴다.

훠신밍은 사단 병원 치료대가 가져온 식량 몇십 자루 중 일부를 군단본부로 실어 보낸 뒤 나머지는 중대마다 나눠주었다. 한 중대에 병사가 적게는 100명 많게는 200명이기에 식량 180근으로 굶주림을 해결하기는 어려웠다. 하지만 일단 먹을 게 생겼다는 사실과 또 여자 동지들이 눈밭을 헤치고 온 힘을 다해 식량을 가져왔다는 사실이 전위대 병사들 모두에게 큰 감동을 줬다.

부대원들은 너 나 할 것 없이 조국의 평화를 위협하는 미군놈들을 꼭 이 땅에서 쓸어버리겠노라며 앞다투어 호언장담을 했다. 강추위와 굶주림에도 그들의 사기는 하늘을 찌를 듯 높았다.

부대는 집결지에 숨어 있었고, 아직도 여섯 시간 넘도록 가야 했다. 우융추이는 지도를 꺼내 훠신밍과 반나절 동안 살펴봤지만 그 어떤 길도 찾아내지 못했다. 왕산이 노새에 싣고 온 지도는 미군 폭격으로 일부 없어지고 나머지는 군단과 대대에 모두 나뉘었는데 거의 망가졌다. 게다가 중대 이하 부대는 그마저도 받지 못했다.

지도를 내던지며 우융추이는 혼잣말을 했다.

"전혀 도움이 안 되는 종이쪼가리로군. 차라리 내가 나가서 길을 찾아보는 게 낫겠어."

"그건 안 돼."

곁에 있던 훠신밍이 진지하게 말했다.

"절대 개인 행동은 하지 말라는 상부 명령을 잊은 거야?"

"참내, 무슨 명령 타령이야? 그저 정찰을 하려는 것뿐이야. 지형을 알아야 전투를 할 게 아닌가?"

"다른 나라에서 하는 첫 전투이지 않나. 조심하고 또 조심해야지. 군사단의 명령은 매우 엄격해. 대세를 따라 모두 함께 움직이는 게 옳아. 전방 상황이 어떨지 자네가 어떻게 아나? 만일 무슨 일이라도 생기면 부대원들이나 나나 견디기 힘들어질 거야."

훠신밍의 마지막 말에 우융추이는 얼굴을 붉히며 입을 삐죽거렸다.

"훠 형은 다 좋은데 답답하리만치 융통성이 없는 게 흠이야. 내가 좀 살펴보고 온다는 거지 뭘 어떻게 한다는 게 아니잖아."

"좀 보고 온다고? 내가 자네를 모르나? 만약 그러다 미군과 마주치기라도 하면 앞뒤 안 가리고 덤벼들 게 뻔한데!"

우융추이는 눈밭에 엉덩이를 붙인 채 철퍼덕 앉아 못마땅한 듯 얼굴을 찌푸렸다.

"어쨌든 난 전방에 가서 좀 살펴봐야겠어. 날이 어두워지기 전에 돌아올 거야. 두고 보라고."

훠신밍은 말문이 막혔다. 그는 상부의 명령 없이는 누구도 개인 행동을 해서는 안 되며 대세를 살펴 움직여야 한다는 사실을 알고 있었지만, 상급자의 명령에 따라야 한다는 원칙도 잘 알았다. 때문에 자신의 선임인 우융추이가 꼭 가야겠다고 고집을 부릴 때는 그도 어쩔 방법이 없었다. 훠신밍은 생각 끝에 말했다.

"가는 건 좋아. 하지만 반드시 상부에 지시요청서를 보내."

"나 대신 형이 해줘."

우융추이는 고개도 들지 않고 답했다.

군단과 사단이 명령체계 아래에 놓인 가운데 현재는 사단 참모장 니우시엔천과 군단 정치위원 까오더린이 총지휘를 맡고 있었다. 휘신밍의 보고를 받은 까오더린은 함부로 결정 내릴 수 없었다. 그래서 니우시엔천에게 명령지시요청서를 올렸고, 니우시엔천 또한 마지막으로 사단장 장홍시에게 보고했다.

군단과 대대 간, 사단과 군단 간에는 전화선이 놓이긴 했으나 송수신 상태가 좋지 못해 목소리가 잘 들리지 않고 끊어지기 일쑤였다.

장홍시는 우융추이의 판단이 옳다고 생각했다.

'모름지기 지휘관이라면 지형에 밝고 전투상식이 풍부해야 하지. 뒤에서 지도만 쳐다본다고 해결될 일이 아니라고. 몇십 년 전에 일본인이 만든 지도만 믿고 따를 수도 없고 말이야. 나였어도 직접 가서 현장을 살펴봤을 거야.'

그는 멍빠오둥과 만나 상의한 뒤, 우융추이가 몇몇 병사와 함께 정찰 나가는 것을 승낙하되 절대 말썽을 일으키지 않도록 하라고 지시했다.

장홍시는 전화로 니우시엔천 참모장에게 거듭 당부했다.

"아직은 부대가 모두 집결하지 못한 상황이니 미해병 제1사단과 마주치더라도 상황만 살피고 절대 공격해서는 안 되네. 자네가 우융추이에게 단단히 일러두라고. 왠지 그 자식 뭔 일을 내도 크게 낼 것 같단 말이야."

허락이 떨어지자마자 우융추이는 정찰병을 뽑았다. 그는 차오 중대장에게 두궈싱의 기관총분대를 데리고 먼저 가도록 지시하고, 자신은 뤼따꺼를 데리고 뒤따르겠다고 했다. 루이후이도 가겠다고 나섰지만 우융추이가 말렸다.

"지형만 대충 살피고 올 거야. 그렇게 많은 사람은 필요 없어."

우융추이는 망원경을 눈에 바싹 댄 채 눈밭에 한참을 엎드려 있었다. 그를 따라 대원들도 같은 모습이었다. 저 멀리 산골짜기에서 옅게 피어오르는 먼지연기 두 줄기가 보였다. 한 번은 산비탈에서, 또 한 번은 산간도로에서 구불구불 피어올랐다. 온통 험준한 산맥에 나무들이 우거지고, 하얀 눈으로 뒤덮인 이곳은 이따금 들리는 바람 소리와 나뭇가지가 가볍게 흔들리는 소리 말고는 온 주위가 고즈넉하기만 했다.

한눈에 다 들어오지 않는 거대한 호수가 펼쳐졌고, 꽁꽁 언 호수 위로 저녁 노을이 비쳐 곳곳으로 붉은빛을 뿜어냈다. 해가 기울면서 호수 위 전경도 끊임없이 바뀌어갔다. 잠시 눈이 부신가 하면 부드럽게 가라앉고, 또 이윽고 물결치듯 잔잔하게 반짝이는 그 모습은 꿈을 꾸는 듯한 환상을 불러일으켰다. 흙과 돌로 다져진 길은 호수 서쪽의 울퉁불퉁한 산골짜기를 따라 구불구불 이어져 그들이 자리한 이 산줄기를 따라 북서쪽으로 길게 뻗어 있다. 이곳이 바로 장진호였다.

장진호는 평양 동북부 낭림산맥과 부전령산맥 사이에 만들어진 인공호수다. 황초령 일대 높고 가파른 산에서 흘러내린 장진강 물이 북쪽으로 흐르다 유담리와 하갈우리 사이에 모인 뒤 다시 북쪽 압록강으로 들어가 압록강 상류의 최대 지류인 장진호가 이루어진 것이다.

장진호 지역은 북한 북부지역에서 가장 추운 산악지대로 평균해발이 1000~2000미터에 이른다. 산림이 우거지고 산세가 험해 마을과 사람이 드물며 온통 황량하고 메마른 지역이다. 해마다 겨울이면 시베리아 한파가 낭림산맥과 부전령산맥 사이 협곡을 따라 장진호로 불어닥쳐 중국 난퉁(南通)과 북한의 함흥, 원산항 부근의 동해로 빠져나가는데, 이때 기온은 보통 영하 30도를 넘나든다.

설한령, 황산령, 황초령, 사령령…… 등 지명만 들어도 몸이 덜덜 떨릴 지경이다. 설한령은 사계절 눈이 쌓여 있고, 황산령은 사람이 살지 않으며, 황초령은 봄에 갓 돋아난 새싹들이 눈 깜짝할 새에 누렇게 시들어 버리고, 사령령은 매조차 날아 넘지 못할 만큼 험준하다. 그곳 주민들 말에 따르면 이제까지 사령령에 도착한 매는 거의 없으며, 일단 사령령 상공으로 날아오른 매는 피가 응고돼 두 날개를 질질 끌며 산봉우리에 떨어져 마침내 사령령에서 최후를 맞는다고 한다.

우융추이 무리가 오늘 숨어 있는 산등성이가 바로 이 사령령 지역이었다. 눈밭에 한참을 엎드려 있다 보니 차디찬 눈이 얇은 솜옷을 비집고 들어와 온몸이 덜덜 떨렸다. 두궈싱은 아랫도리가 얼어 미칠 지경이었다.

'이러다 사내 구실도 못하는 거 아냐?'

덜컥 겁이 났다.

'마지막으로 여자와 잔 게 언제 어디서였더라?'

기억이 가물가물했다. 하지만 곧 리루난이라는 의무대원과 살을 섞던 그날 밤이 어렴풋이 떠올랐다.

두궈싱은 리루난의 두 어깨를 안고 있는 두 팔에 차츰 힘을 준다. 두 꽃잎은 두귀싱 물건 끝을 감싸듯이 하고 있다. 두 팔을 아래쪽으로 끌 듯이 힘을 주면 그만큼 리루난과 두귀싱의 접촉은 친밀해진다. 두귀싱은 리루난 안에 빠져들었다. 두귀싱은 리루난의 머리를 쓰다듬고, 볼을 쓰다듬고, 입술을 쓰다듬는다. 리루난은 눈을 감고 어떡하면 두귀싱이 기뻐할지 잘 모르면서도 빨고 또는 혀를 굴려 자신의 애정을 표현한다. 두귀싱은 그녀의 뺨에 키스하더니 입술을 조금씩 옆으로 움직인다. 두 입술은 서로 비벼대고 거기에서 전류가 몸 전체로 흐르는 것을 느꼈다.

혀와 혀의 희롱이 시작되었다. 그것은 어느 의미에서 희롱은 아니다. 리루난에게는 마음과 마음이 서로 맞닿은 것처럼 생각되었다. 리루난은 두귀싱을 꼭 껴안았다.

두귀싱이 리루난의 비경으로 손을 쓸어내릴 때 리루난은 이미 파도 위에 떠돌고 그곳은 뜨거운 샘으로 가득 차 모래밭 위에 사랑의 샘이 전해지고 있었다. 두귀싱은 네 손가락을 가지런히 하고 그 하나가 외따로 움직이는 것을 막으면서, 별이 잠기어 있는 풀숲을 쓰다듬고 작은 골짜기로 내려갔다.

"아."

리루난은 낮게 신음하고 가슴을 젖혔다. 골짜기의 작은 꽃망울이 두귀싱의 손바닥에 쓰다듬어진 것이다. 탄력이 있었다. 그 가운데서 뜨거운 물이 넘쳤다. 곧 생명의 고동이 전해졌다. 손가락 끝은 바로 꽃망울로 향하지 않고 두 꽃잎을 만나 천천히 원을 그리기 시작했다. 원을 그리면서 차츰 손가락은 안쪽으로 들어가고 안쪽 깊숙한 곳에서 물에 젖었다.

두귀싱의 손가락은 엷은 애무를 리루난의 꽃망울에 계속하고, 리루난은 허리를 가늘게 떨었다. 두귀싱은 리루난의 뜨겁고 은밀한 곳을 무르익은 여자의 몸이 아닌, 자기 욕망을 채우는 대상도 아닌, 한 여자의 생명의 표현으로서 음미했다. 마침내 리루난은 두귀싱이 그것을 요구할 기미도 보이지 않는데 그의 몸에서 빠져나와 허리 옆에 무릎 꿇고 앉았다. 그녀는 불뚝 솟아오른 그 물건에 입술을 댔다.

'이 여자는 지금 진심으로 그렇게 하고 싶은 것이다.'

두귀싱의 가슴에 기쁨이 치달았다. 그것은 한 사람의 친밀한 마음을 얻었다는 충족감이었다.

"저길 봐."

우융추이의 말에 두궈싱은 퍼뜩 정신이 들었다.

우융추이의 망원경에 잡힌 먼지 같은 연기가 보일 듯 말 듯 앞뒤로 번갈아 나타나며 흔들거렸다. 처음에 그는 눈구름이 피어오르는 것으로 여겼지만 곧 자신의 생각이 틀렸음을 알았다.

얼핏 연기가 이리저리 제멋대로 움직이는 듯 보였지만, 한참을 뚫어지게 바라보니 매우 규칙적으로 흔들림을 알 수 있었다. 게다가 한결같이 일정한 거리를 유지한 채 줄곧 산간도로를 따라 이동하고 있다.

'저게 뭐지?'

우융추이는 연기가 맞닿는 땅에 눈길이 멈췄다. 그러자 2개의 검은 점이 렌즈 속으로 들어왔다. 먼지 같은 연기는 갈수록 가까워졌다. 마침내 그것이 2대의 미군 지프이고, 연기는 바로 그 지프에서 뿜어져 나왔다는 사실을 알아차렸다. 차량마다 철모를 쓴 병사들이 대여섯 타고 있다. 철모에 비친 햇빛이 차가 심하게 흔들리면서 보였다 안 보였다를 되풀이했기에 멀리서 보면 모두 머리에 등불을 하나씩 켠 듯했다.

우융추이는 망원경을 뤼따꺼에게 건네주며 잘 간수하라고 했다. 해가 서쪽으로 기울면서 자칫 망원경 렌즈에 햇빛이 반사되어 미군에게 위치를 들키면 큰일로 번지게 된다. 한결 지프의 위치가 눈으로 볼 수 있을 만큼 가까워져 더는 망원경이 필요없었다.

지프에 탄 미군 병사들은 모두 총을 들었다. 앞차에는 기관총이 달린 가운데 뒤차 꽁무니에는 길고 가느다란 쇠꼬챙이가 세워져 있었는데 무선통신기의 안테나 같았다.

"미군놈들이죠?"

뤼따꺼가 속삭였다.

우융추이는 말없이 고개를 끄덕였다.

산등성이 들쑥날쑥한 떨기나무들 사이 눈밭에 바싹 엎드린 10여 명의 대원들은 옷과 모자까지 온통 눈 범벅이 되어 마치 자연과 하나가 된 듯했다. 완벽하게 숨긴 했지만 뼛속까지 파고드는 추위는 이루 다 말할 수 없을 정도였다.

대원들은 흥분과 긴장감을 동시에 느꼈다. 흥분한 까닭은 눈보라 속에 10여

일을 밤낮으로 고생하다 드디어 미군을 만났다! 말로만 듣던 세계 으뜸이라는 미군과 처음 마주친 순간이기 때문이다. 그들은 이제껏 미국인을 본 적도 없었고 싸워본 적은 더더욱 없었다. 몇몇 상관들은 미군이 종이호랑이라고 했지만 실제로 붙어보기 전까진 장담할 수 없는 일이었다.

지프의 경쾌하고도 힘 있는 엔진소리가 매우 뚜렷하게 들려왔고 지프에 올라탄 자들의 목소리도 들릴 듯 말 듯하더니 이따금씩 한바탕 웃음소리가 들리기도 했다. 하지만 그들이 뭐라고 하는지는 잘 들리지 않았을 뿐더러 알아들을 수조차 없었다.

우융추이는 일렬로 퍼진 대열을 돌아보고 모두에게 말했다.

"다들 자세히 살펴봐! 저 지프, 무선통신기, 저들이 입은 외투와 군화, 첨단장비. 생긴 것도 조선인이 아니잖아. 그럼 미군이지 누구란 말이야?"

우융추이의 눈은 날카로웠다. 아까부터 그는 자신이 말한 것들을 망원경으로 눈여겨보았다. 지프 뒤에 앉은 두 사람이 다리를 창밖으로 걸치고 있었는데 긴 가죽 군화가 유난히 두드러져 보였다. 순간, 우융추이는 참을 수 없이 괴로웠다. 이토록 추운 날씨에 우융추이 부대는 고작 얇은 고무운동화 하나만 신었다. 게다가 살을 에는 찬바람을 맞으며 정강이까지 푹푹 빠지는 눈밭을 걷고 또 걸은 탓에 발은 형편없이 얼어붙었다. 까닭 모를 화가 울컥 치밀었다.

'저 신발을 꼭 빼앗아야 한다.'

우융추이는 이 생각밖에 없었다.

지프 2대는 일정한 속도로 나아가다 우융추이 무리가 있는 산등성이 아래를 지날 때쯤 갑자기 멈춰 섰다. 미군들이 하나둘 내려 주위를 둘러보기 시작했다. 그 가운데 망원경을 들고 있던 한 사람이 이곳저곳 산등성이와 산골짜기를 세심하게 살피는 모습이 보였다. 우융추이는 한쪽 눈을 감고, 다른 쪽 눈으로 대충 거리를 쟀다. 직선거리로 200미터쯤 되는 듯했다.

미군들은 아직 우융추이 무리를 발견하지 못한 게 틀림없었다. 그들은 한가롭게 여유를 부리며 지프 주변에서 잡담을 나누고 있었다. 그밖에 몇몇은 한곳에 모여 담배를 피웠다. 망원경을 든 미군이 산과 들을 한 번 죽 둘러보더니 곧 망원경을 내리고 다른 누군가와 함께 무언가를 가리켰다.

두궈싱은 기관총 개머리판을 어깨에 단단히 붙이고 한쪽 눈을 감은 채 망원경을 든 미군을 슬며시 겨냥했다. 얼어붙은 옷에서 나오는 찬 기운에 덜덜 떨리는 손을 가까스로 누른 그가 참지 못하고 입을 열었다.

"쏠까요, 대대장님?"

우융추이는 이번만은 그에게 눈을 부릅뜨지 않았다. 그는 손에 마우저총을 쥐고 산 아래 미국인들을 뚫어지게 쳐다보며 마음속으로 고민을 하던 참이었다.

입술이 파랗게 질린 뤼따꺼도 옆에서 재촉했다.

"저도 한 놈만 처치해서 저 군화로 바꿔 신고 싶다고요."

우융추이는 눈길을 거두고 낮은 소리로 말했다.

"나도 여태껏 저런 털군화는 한 번도 신어본 적이 없어! 다시 말하지만 지금은 저들과 거리가 멀다. 괜히 섣불리 움직였다가 들키면 숨을 곳이 마땅치 않아."

차오가 매우 걱정스럽게 말했다.

"정말 덮치시게요, 대대장님? 사단장님께서 정찰만 하고 오라 하지 않으셨습니까. 지형만 살피고 돌아오라고요."

우융추이는 눈을 부라렸다.

"네가 대대장이야? 내가 언제 덮치라고 했나? 정찰에도 화력정찰이 있고 무장정찰이 있어. 모두 정찰이라고!"

그는 단단히 일렀다.

"다들 꼼짝하지 마. 먼저 어두워진 뒤에 보자."

털군화도 털군화였지만, 미군들 가운데에서도 미해병 제1사단은 최정예부대라 불리는 부대였다. 우융추이는 그들이 정말 최정예부대인지 한낱 종이부대인지 확인해 보고 싶었다.

저녁 해가 찬란한 빛을 내뿜으며 하얀 눈으로 뒤덮인 산줄기를 비추고 있었다.

"일단 내려가면 최대한 총알은 아끼고 중요한 물건들만 챙겨온다. 먹을거리랑 무기, 탄약, 털외투도 가져와. 무엇보다 미군 작전지도가 있는지 샅샅이 뒤져봐."

대원들은 모두 말이 없었다. 뤼따꺼가 총검을 꺼내 중정식(中正式) 소총의 총관에 끼워 넣자 찰깍! 총검이 맞춰지는 소리가 났다.

"모두 일어나, 움직여."

어둠 속에서 우융추이의 준엄한 목소리가 들려왔다.

눈구덩이에서 반나절을 엎드렸던 대원들은 거의 얼어 죽기 직전이었다. 누구는 팔다리를 휘저어 보고 누구는 앉았다 일어났다를 되풀이하고 누구는 제자리에서 뜀박질을 하며 한참 몸을 풀었다. 다들 얼마쯤 몸에 온기가 돌아온 것 같다고 판단한 우융추이는 그제야 마우저총을 앞으로 겨누고 낮은 소리로 외쳤다.

"따라와!"

10여 명의 대원들이 허리를 굽힌 채 살금살금 산을 내려갔다.

그들이 숨어 있던 산등성이는 하갈우리와 유담리 중간 지점이었다. 이곳에서부터 하갈우리까지 자갈길이 길게 이어지고, 그 길은 산자락을 돌아 서북쪽 유담리를 지나갔다. 우융추이는 대원들에게 이곳은 하갈우리와 유담리를 오가는 중심지로 잘 기억해 둬야 한다고 강조했다.

대원들은 해병대가 피워놓은 모닥불로 천천히 나아갔다. 멀리서 미군 보초가 서성이는 모습이 보였다. 보초병은 키가 컸고, 모닥불에 다가갔다가 또 멀리 어두운 곳으로 사라졌다가를 되풀이했다. 군화를 신고 눈밭을 걷는 그의 발소리가 자박자박 들려왔다.

우융추이가 두궈싱에게 속삭였다.

"다른 건 신경쓰지 말고 저기 키 큰 놈만 맡아."

두궈싱은 어둠 속에서 고개를 끄덕였다. 그는 체코식 기관총을 등에 메고 두 손을 엇갈려 소매를 걷고는 미군 보초병을 쓰러뜨릴 자세를 취했다.

거리가 가까워지자 우융추이 무리는 포복자세로 조심스레 나아갔다. 차디찬 바람이 몰아쳐 얼굴을 때릴 때마다 무엇인지 알 수 없는 이상한 냄새도 함께 밀려왔다. 뭔가 타는 냄새 같기도 하고 약을 달이는 냄새 같기도 했다. 태어나 처음 맡아보는 냄새였다. 바람이 지나가자 그 이상한 냄새는 사라졌다.

그들은 다시 움직임과 소리를 최대한 줄였다. 코 고는 소리가 여기저기서 들려오고, 드디어 모닥불 옆에 서 있는 지프와 바닥에 흩어져 잠든 미군들이 보였다.

자세히 보니 미군들은 모두 원기둥 모양의 침낭 속에 들어가 옆에 총기를 놓아둔 채 눈밭 위에서 잠들어 있었다. 중공군들은 오리털 침낭이 뭔지도 몰랐다. 미군들이 야영할 때는 모두 이런 접을 수 있는 원기둥 모양의 침낭 속에 들어가 잔다는 것도 몰랐다. 우융추이 무리의 눈동자에는 호기심과 어리둥절함이 떠올랐다.

그때 이상한 냄새가 다시 피어올라 두궈싱의 코를 간지럽혔고 하마터면 재채기가 나올 뻔했다. 그는 콧구멍을 벌리고 킁킁 냄새를 맡아보더니 이 냄새가 모닥불 가까이에서 난다는 걸 알아냈다.

미군들은 위험이 눈앞에 닥친 줄도 까맣게 모른 채 여전히 코를 골며 편안하게 잠들어 있다. 10여 걸음을 남겨두고 우융추이는 적당한 순간을 노리다가 마우저총을 휘두르며 말했다.

"돌격!"

두궈싱이 한걸음에 달려들었다. 뜻밖의 공격을 받은 보초병은 저항했지만 이미 두궈싱에게 허리를 붙잡힌 뒤였다. 10여 명의 대원들이 잇따라 튀어나가 번쩍이는 총검을 세워 침낭 속에 있는 미군들을 들쑤셨다.

재빠른 발소리에 단잠을 깬 해병대 병사들이 깜짝 놀라 몸을 일으키면서 옆에 놓아둔 무기로 방향을 틀었다. 그러나 오리털 침낭 안에 들어 있던 손을 빼지 못한 그들은 허둥대고 뒤로 쓰러지는 등 속수무책일 수밖에 없었다.

두궈싱은 보란 듯이 보초병을 몇 번이나 넘어뜨리려 했지만 아무 소용이 없었다. 보초병이 걷어차고 달려들자 두궈싱도 팔로 그의 허리를 더욱 세차게 조였고 둘은 그렇게 한데 엉켰다. 그때 보초병의 군화가 두궈싱의 얇은 고무창 운동화, 그것도 동상으로 부어오른 그의 발을 힘껏 밟았다.

순간 두궈싱은 고통에 소리를 내질렀다. 그의 두 팔에 힘이 빠지자, 보초병은 그 틈을 놓치지 않고 빠져나와 방아쇠를 당겼다. 한 줄기 불꽃이 꽁꽁 언 눈밭 위로 뿜어져 나왔다. 갑자기 폭발한 총소리는 마치 날카로운 칼날로 겨울밤의 어둠을 갈라놓듯 고요한 장진호를 흔들어 깨웠다.

다급해진 두궈싱은 온 힘을 다해 상대를 밀어붙였다. 그는 절대로 상대의 손을 풀어줘서는 안 된다고 생각했다. 소총을 움켜쥔 보초병은 한 번 손을 풀어주면 또다시 그들에게 총을 쏠 게 뻔했다. 그가 힘껏 밀어붙이자, 둘은 나란히 바닥에 쓰러져 뒤엉켰다. 그 순간 미군 보초병의 손에 있던 총이 떨어져 나가고 두궈싱의 체코식 기관총의 탄창도 바닥에 떨어졌다.

그즈음 캔너스 하사는 교대시간이 지나도록 보초를 서고 있었다. 젊은 병사들이 한참 잠이 많은 때임을 알았기에 좀더 자도록 내버려 둬야겠다고 생각했던 것이다. 맥케이 중위의 중대에서 캔너스 하사는 나이가 좀 많고 여느 때도 다른 병사들을 되도록 배려하는 편이었다. 이번은 루이스가 보초를 설 차례였지만 그는 멀리 떨어진 구덩이로 잠을 자러 가고 없었다. 캔너스는 10분 뒤에 그를 깨울 생각이었다.

맥케이가 남긴 커피는 이미 차갑게 식은 뒤였다. 캔너스는 식은 커피잔을 모닥불 위에 올려놓고 장작 몇 개를 집어넣었다. 곧 약하게 불꽃이 피어오르더니 자작자작 소리와 함께 장작불이 활활 타올랐다.

추위 때문인지 주위가 고요해서인지, 아니면 이제 곧 닥칠 어떤 상황 때문인지 몰라도 캔너스는 장작불 옆에 잠시 멍하니 서 있다가 두궈싱에게 붙잡힌 뒤에야 정신이 번쩍 들었다.

두궈싱의 갑작스러운 등장으로 캔너스는 깜짝 놀랐다. 모든 사물이 잠든 고요한 겨울밤, 희미한 모닥불 사이로 외투도 아니고 이불도 아닌 옷을 입은 덩치 크고 난폭한 뭔가가 달려들었을 때 캔너스는 본능적으로 상대가 적임을 알아차렸다. 자신의 해병대가 공격받을 위기에 맞닥뜨리자 그는 깊은 잠에 빠진 동료에게 위험을 알렸다.

탕! 캔너스의 총소리는 얼어버린 장진호 주변을 쩌렁쩌렁 울렸고 여기저기 흩어져 잠들었던 해병대 병사들을 깨웠다. 총검으로 위협받은 병사들은 더 움직이지 못했으며, 그렇지 않은 병사들은 침낭에서 나와 무기를 집어 들었다.

상황을 파악한 우융추이는 소리를 질렀다.

"쏴!"

한바탕 난사가 이어지자 모닥불 주변 미군들은 모두 꼼짝도 못하고 누운 자세로 견뎌야 했다. 멀지 않은 곳에서 두궈싱은 여전히 캔너스와 엉켜 구르고 있었다. 뤼따꺼가 두궈싱을 도와주기 위해 번쩍이는 총검을 세워들고 달려갔다. 그러나 날이 어두워 누가 누군지 가리기 힘든 상황이라 곧바로 손을 쓸 수 없었다. 순간 뤼따꺼가 큰 소리로 외쳤다.

"멈춰 두궈싱, 멈춰 이 멍청한 새끼야!"

뤼따꺼의 말뜻을 알아챈 두궈싱은 곧 떨어졌고, 순간 뤼따꺼가 달려들어 키 큰 보초병에게 총검을 몇 차례 휘둘렀다. 하지만 캔너스는 재빠른 몸놀림으로 이리저리 피해 다녔으며 뤼따꺼의 총검은 그의 급소를 전혀 건드리지 못했다.

보초병은 자신의 브라우닝 자동소총이 어디로 갔는지 알 수 없어 뤼따꺼의 손에 들린 무기를 빼앗아야겠다고 생각했다. 그러나 상대가 또다시 달려들자 곧 생각을 버리고 눈밭을 몇 바퀴 구르더니 어둠 속으로 달아났다.

뤼따꺼는 그에게 중정식 소총을 한 발 쐈다. 두궈싱도 자신의 체코식 기관총을 집어 들고 얼른 방아쇠를 당겼다. 하지만 둘 다 총알이 나가지 않았다. 손으로 만져보니 탄창이 없었다. 두궈싱은 눈앞이 깜깜했다. 뤼따꺼도 마찬가지였다. 덩치 큰 두궈싱과 몸집이 작은 뤼따꺼는 발로 캔너스를 뒤쫓기 시작했다. 이를 본 우융추이가 달려와 소리쳤다.

"돌아와! 얼른 정리하고 가자고!"

이 말이 떨어지기가 무섭게 어둠 속 어딘가에서 총탄이 날아왔다. 순간 대원들은 바닥에 납작 엎드려 가지고 있던 모든 총을 총탄이 날아온 곳으로 갈겨댔다. 얼마나 지났을까. 저쪽에서는 침묵이 흐르고 공격이 멈췄다.

우융추이는 차오 중대장에게 속닥였다.

"몇 명 데리고 저쪽으로 가봐."

차오는 대원 셋과 함께 총소리가 난 곳으로 뛰어가 봤지만 그곳에는 아무도 없었다. 오리털 침낭 하나와 배낭 하나가 바닥에 떨어져 있을 뿐 방금까지 남아 있던 미군이 놓고 간 게 틀림없었다.

총을 쏜 자는 맥케이 중위였다. 캔너스 하사의 총성에 놀라 잠을 깬 그는 멀리 모닥불 둘레에 모여 있는 낯선 무리를 발견했다.

'적이 습격했다!'

맥케이는 상황이 심상치 않음을 알고 본능처럼 무기를 집어 들고는 낮은 바위 뒤에 엎드렸다.

'북조선 유격대? 아니면 전설 속의 중공군?'

그러나 맥케이는 알아볼 수 없었다. 적군인지 아군인지 구분이 가지 않는 상황에서 그는 흔들리는 모닥불 쪽으로 방아쇠를 당겼다. 브라우닝 소총 탄창에 있던 10발의 탄알이 발사되자 저쪽에서 엄청난 집중사격이 되돌아왔다. 맥케이는 습격자들이 우위에 있다고 판단했다.

'이곳에 남아 있다간 꼼짝없이 죽겠구나. 일단 피하자.'

그러고는 바위를 방패삼아 멀리 어둠 속으로 달아났다.

맥케이의 브라우닝 소총에 우융추이 대원 셋이 쓰러졌다. 부상자 둘과 사망자 하나.

한편, 루이스는 밤새 자신이 사나운 꿈을 꾸고 있다고 여겼다.

추운 황야에서 어렵게 잠이 든 뒤 꿈속을 헤맬 때였다. 갑작스러운 총성이 들리고 그의 악몽은 순식간에 현실로 바뀌고 말았다.

'중국인이다.'

루이스의 첫 번째 반응이었다.

'틀림없이 말로만 듣던 그 중국인들이겠지.'

루이스의 두 번째 반응이었다. 그러고 나서 그는 생각했다.

'도망가자!'

그는 총성에서 멀리 떨어진 곳으로, 악몽 같은 현실로부터 아주 멀리 달아나 버렸다. 루이스의 야전배낭과 오리털 침낭은 눈구멍 속에 가지런히 놓여 있었지만 뤼따꺼 무리는 보지 못했다.

우융추이는 이 습격전투를 '소규모 조우전'이라 이름 붙였지만 사실 고작 3분 안에 벌어진 일들이었다. 맥케이 중대의 무장 수색대원 10명 가운데 달아난 대원은 겨우 3명이었는데 맥케이 중위, 캔너스 하사, 마지막으로 루이스 이등병이었다. 나머지 7명의 젊은 병사들은 꽁꽁 언 장진호 주변에 영원히 남겨지고 말았다.

우융추이는 이곳에 오래 머물면 안 된다는 판단 아래 재빨리 현장을 마무리하도록 지시했다. 모닥불 근처와 차 안팎을 샅샅이 뒤진 그들은 해병대원들의 야전배낭과 모자 달린 외투, 총, 탄약, 무전기, 군화, 통조림 등을 모아 바닥에 쌓아놓았다.

뤼따꺼는 루이스가 모닥불 옆에 놓아둔 M–1 소총을 집어 들었다. 제법 묵직해서 그의 중정식 소총에 비하면 꽤 무게가 나갔다. 그는 오른손에 자신의 중정식 소총을, 왼손에는 이름을 알 수 없는 미군의 소총을 들고 눈밭에 펼쳐진 오리털 침낭을 턱으로 가리키며 우융추이에게 물었다.

"미군놈들이 쓰던 저 잠자는 통도 필요한가요?"

우융추이가 말했다.

"필요해. 몽땅 챙겨! 가져갈 수 있는 건 다 가져간다."

그때부터 대원들은 너 나 할 것 없이 죽은 미군들에게 달라붙어 군화를 벗기고 외투와 철모, 솜모자까지 모조리 벗겨냈다. 주위를 둘러보던 차오는 캔너스가 눈밭에 떨어뜨리고 간 브라우닝 자동소총을 발견하고는 이리저리 살펴봤다. 정교한 느낌이 색달랐다.

캔너스의 브라우닝 자동소총과 루이스의 M−1 소총은 그 무렵 미해병대에서 가장 널리 쓰인 무기였다. 브라우닝 자동소총은 탄창에 10발의 탄약이 들어가고 연발이 가능했다. M−1 소총은 탄창에 8개의 탄두가 들어가고 반자동총이라 연발은 불가능해도 한 번 노리쇠를 당기면 8발까지 쏠 수 있었다. M−1 소총은 쏠 때마다 노리쇠를 당겨야 하는 일본의 38식 보총이나 국민당의 탄두 5개용 탄창이 달린 중정식 소총에 비하면 한참 앞서가는 무기였다. 뤼따꺼 무리는 이 소총을 '빠리콰이(八粒快)'라고 불렀다.

그들은 지프에 실렸던 기관총도 꺼내왔다. 아래위로 몽땅 꺼내온 다음에도 두궈싱은 여전히 지프 주변을 서성거렸다. 우융추이가 눈을 부릅뜬 채 말했다.

"돌아보긴 또 뭘 돌아봐? 냉큼 짐 들고 떠나야지."

"잠시만요, 아까부터 이상한 냄새가 나서요."

두궈싱은 고개도 들지 않고 대답했다.

노력은 사람을 배신하지 않는다는 말처럼 마침내 그는 모닥불 옆에서 맥케이가 커피를 끓일 때 쓰던 야전반합을 찾아냈다. 반합 안에는 아직 커피가 조금 남아 있었다. 가까이 다가서자 이상한 향이 더욱 강하게 코를 찔렀다. 두궈싱은 미국놈들이 마시는 이 검은 음료의 맛이 궁금해서 얼른 한 모금 마셔봤다.

"먹을 만해?"

뤼따꺼가 다가오며 물었다.

두궈싱은 입을 오므리고 눈썹을 찌푸리며 매우 쓰다는 듯 말했다.

"아니."

그는 입에 넣었던 것을 눈밭에 도로 뱉어냈다.

"이놈들 감기약인가봐."

13
0의 시간

　가장 추웠던 그 겨울 전투는 처참하게 전우들을 얼음꽃으로 산화시켜갔다. 전쟁은 불결하고 잔혹하다. 누구나 전쟁을 혐오하거나 증오한다. 아무리 싸움을 좋아하는 사람이라도 막상 총을 쥐고 적을 겨누면 곧 이러한 감정에 휘말리고 만다. 그 누구도 벗어날 수 없는 전쟁의 특성이다. 또한 전쟁은 지리멸렬하고 바보스럽기 짝이 없다. 무엇을 위해서 이런 전쟁을 벌이는지 누구도 알 수 없다.

　해병7연대 데이비스 중령은 부대를 이끌고 같은 소속 록우드 중령의 2대대 뒤를 따라 북으로 북으로 밀고 올라가, 마침내 1162고지와 1276고지를 손안에 넣었다. 3대대장 윌리엄 해리스(William Harries) 중령의 부대는 고토리에 남아 보급품저장소를 지켰다.

　리첸버그 연대는 소강상태였다. 중공군들이 황량하고 음산한 겨울 산악지대 속으로 사라져 버렸기 때문이다.

　맥아더는 알몬드 제10군단장에게 전문을 보내 군단의 진격 방향을 바꾸라고 지시했다. 그에 따르면 해병 제1사단은 장진호 서쪽 끝 유담리로 나아간 뒤, 다시 서쪽으로 방향을 바꿔 험준한 낭림산맥을 넘고, 유담리에서 88킬로미터 떨어진 교통요충지 무평리를 점령하게 되어 있었다. 또 리첸버그 대령의 제7연대가 장진호에서부터 서쪽으로 진군방향을 돌리고, 뒤따른 머레이 중령의 제5연대는 황초령 너머 장진호 동쪽 기슭으로 나아가 제7연대의 오른쪽을 방어하도록 짜인다.

　그러나 두 부대 사이 거리가 너무 멀어 서로가 측면을 방어할 수는 없었다. 풀러 대령의 제1연대는 아직도 80킬로미터나 떨어진 후방에 놓인 채였다.

　인간의 발길을 거부하는 눈 덮인 낭림산악이여

미지의 개마고원이여!
타협을 모르는 신들은 인간의 접근을 막는다.
그래도 찾아드는 자들이여, 다시는 돌아가지 못하리.
인간은 얼어붙은 장진호의 공포를 결코 모르리라.

(이범신, 〈전선노트〉)

전쟁에서 병사들은 여기저기 넘쳐나는 죽음을 무시할 수 없다. 그럼에도 죽음이 어떤 것인지 상상하기는 터무니없이 어렵다. 삶과 죽음의 중간 역할을 하려면 상상력과 이해력을 발휘해야 하는데, 그 어느 것도 발휘하고 싶지 않은 병사가 많기 때문에 마땅한 일이다. 전장에서 맞는 죽음은 매우 수동적이며, 적어도 청년들에게 삶이란 활동이며 행동과 이어져 있다. 보통 병사들은 몸을 비틀거나 구부린 부자연스러운 자세로 쓰러져 죽기에, 전우조차 죽은 병사가 조금 전까지 숨이 붙어 있었음을 믿기 힘들어 한다. 이것이 죽음의 수수께끼 중 일부이다. 죽음의 영역에 들어가는 이는 곧 살아있는 사람에게서 격리된다. 행동하기를 집요하게 요구받는 전투에서는 이 과정의 속도가 빨라진다.

11월에 들어선 뒤 해병 제1사단 사단장 스미스 소장은 동부전선 최고 지휘관 제10군단장 알몬드 소장과 한차례 말다툼을 벌였다. 알몬드는 해병 제1사단에게 장진호 서쪽 기슭을 따라 과감하게 북진, 신속하게 강계와 만포 지역에 도착해 서부전선인 제8군단과 접선하라고 명령했다.
그러나 스미스는 이 명령을 수행하는 데 아주 큰 위험이 따른다고 생각했다. 후방기지인 흥남 부두에서 장진호 지역까지 거리가 100여 킬로미터나 되고, 장진호에는 형세가 매우 복잡한 좁은 길 하나만 놓여 있었기 때문이다. 그들은 모래와 자갈로 만들어진 구불구불한 산간지대를 가로지르는 비좁은 길을 지나야만 하는 것이었다.
거의 80킬로미터에 이르는 이 길은 가까스로 차량 한 대가 지나갈 만큼 좁고, 산허리에 다다르면 한쪽에는 우뚝 솟은 바위들이 모여 있었다. 또 한쪽에는 가파른 절벽 아래 깊은 못이 자리했다. 다시 말해 모든 부대원과 보급품들이 바로 이 좁은 길을 지나가야 하기 때문에 부대 행렬은 마땅히 매우 길어질

터였고, 기나긴 행렬을 보호하기 위해서는 반드시 몇몇 요충지에 방어병력이 배치돼야 하므로 병력의 흩어짐이 걱정됐다. 이 상태에서 분할 포위라도 맞닥뜨리면 상대에게 각개격파당하는 일은 시간문제였다.

고심하던 스미스가 알몬드에게 반대 의견을 냈지만 알몬드는 단칼에 거절했다. 이에 스미스는 해당 내용을 해병대 사령관에게 보고해 긍정적인 대답을 얻어냈고, 이번 작전 명령을 좀더 신중히 진행하기로 결정했다. 물론 스미스는 맥아더나 알몬드의 명령에 대놓고 반대할 수 없는 처지였기에 먼저 해병 제1사단을 북으로 이동시킬 수밖에 없었다. 그의 마음에는 여전히 이 작전에 대한 걱정이 남아 있었다. 비록 지원군의 저항력이 막강하지 않다 해도 행군에 있어 더없이 천천히 신중하게 나아가는 방법을 골랐다.

한편 중공군 제42군단은 11월 7일 황초령을 떠나 고토리 이북에 1개 연대만을 남겨두었다. 이로운 지형을 이용해 차츰 저지선을 만들게 한 뒤 서서히 주력부대를 유담리 이북으로 이동시켰다. 11월 17일 제9집단군이 도착하자 제42군단은 자신들이 맡았던 장진호와 유담리 이남 지역의 방어임무를 넘겼다.

제9집단군은 국경을 넘자마자 계획에 따라 부대를 재배치하고 장진호 지역으로 떠나갔다. 그들은 야간행군과 주간취침, 빈틈없는 위장술 등으로 철저하게 비밀리에 이동한다는 원칙을 지켰다.

연합군은 날마다 정찰기를 보내 전투지역 상황을 감시했으나 10만 규모의 중공군이 몰래 전투지대로 이동 중인 사실을 전혀 알지 못했다. 전쟁이 끝난 뒤 연합군은 제9집단군의 이러한 비밀진격을 두고 '기적'이라고 말했다.

겨울이 오면 장진호는 매우 커다란 얼음바다로 바뀐다. 함흥에서 장진호까지 북쪽으로 100킬로미터나 뻗어 있는 미해병대의 산악보급로는 꽁꽁 얼어붙었다.

미해병 제1사단이 장진호 서쪽 유담리까지 진격하고, 미육군 제7사단 31연대전투단이 장진호 북동쪽 신흥리까지 나아갔을 때 이미 중공군 15만여 명이 그들을 겹겹이 둘러쌌다.

함흥에서부터 기나긴 험한 계곡을 따라 장진호 하단 하갈우리까지 이어진 미해병사단의 보급로에서는 차량 행렬이 꼬리에 꼬리를 물고 이어졌다. 미군의 차량 대열은 주변 고산지대를 장악한 중공군들이 언제든지 공격할 수 있는 좋은 표적이었다. 그러나 무슨 까닭인지 중공군들은 과감하게 공격해 오지 않고 무언가 계속 지켜보고 있다는 느낌만 주었다.

11월에 들어서고 며칠 동안은 나른한 봄날 같았다. 그러나 저녁놀이 지면 날씨는 몰라보게 싸늘해지고, 아침이면 한 치 앞도 가리지 못할 만큼 안개가 서리처럼 내렸다. 하늘도 우중충한 납빛으로 낮게 내려앉았다.

11월 9일 밤 사이에 내린 눈은 좁은 고갯길을 하얗게 뒤덮었다. 다음 날 기온은 몇 시간 만에 빠른 속도로 떨어졌다. 어둑한 밤이 되자 기온은 영하 25도까지 내려갔다. 초속 20미터로 불어오는 칼바람은 체감온도를 더더욱 떨어뜨렸다.

이틀 동안 끔찍하게 퍼부은 폭설이 모든 것을 집어삼켰다. 미해병들은 얼음판 속에서 덜덜 떨며 밤을 보내야 했다. 침낭이나 담요도 추위를 막는 데는 별 도움이 되지 않았다. 밤에는 불을 피울 수도 없었다. 한 장교는 관할 전방 진지를 강화하라는 명령을 받고 이런 답신을 보냈다.

'시멘트 덩어리처럼 단단히 얼어서 굳어버린 진지를 강화하기는 불가능함.'

아침에 잠에서 깨어나면 온몸이 바싹 오그라들었다. 장갑을 벗기조차 힘들었다. 손이 곱아 좀처럼 움직여지지 않았다. 커피를 끓이기 위해 몇몇 해병들은 침낭에서 빠져나와 불을 피우려고 애썼다. 하지만 나뭇가지를 모아 애써 성냥불을 그으면 귀가 잘려나갈 듯한 매서운 칼바람이 곧 불꽃을 훅 꺼버리곤 했다.

이처럼 갑자기 몰아친 추위는 따스한 미국 남부에서 온 해병들에게는 더욱 견디기 힘든 고통이었다. 그들은 매서운 추위 앞에 불끈 쥔 두 주먹으로 연신 눈물을 훔쳤다.

더디게 이어진 날들은 기억 속에 얼어붙은 악몽으로 남았다. 기온은 영하 26도에서 영하 31도를 오르내렸다. 참을 수 없을 만큼 바람이 거세게 불어대면, 병사들은 삽을 팽개치고 트럭 뒤로 몸을 숨겼다. 장교들이 제아무리 용기를 북돋워도 소용없었다. 그들은 온몸을 파들파들 떨며 웅크리고 앉아 얼굴을 에이는 칼바람을 겨우 피했다.

기온이 영하 38도까지 곤두박질치던 날, 이범신은 이대로 모두 얼어 죽을지도 모른다고 생각했다. 그 어디에도 온기라곤 찾아볼 수 없었다. 병사들은 언 손을 녹이기 위해 그 위에다 소변을 보기도 했다.

병사 넷이 폐렴과 기관지염을 앓았다. 그들은 트럭에 마련된 간이침상에서 신음을 흘리며 누워 있었다. 중대에는 의무병이 2명뿐이어서 처치할 수 있는 게 그다지 없었다. 동상에 걸린 병사들도 많았다. 몇몇 병사들은 코끝이 동상에 걸리기도 했다. 눈꺼풀, 귀 주변, 특히 손이 동상에 약했다.

이범신은 전투 중에 입은 손의 상처를 들여다보았다. 손을 움직일 때마다 깊게 갈라진 상처에서 피고름이 스며 나왔다. 통증이 무척 심해서 속이 울렁거리고 눈물까지 났다. 모두들 자신의 고통도 참아내기 버거워 남의 상처에는 신경 쓸 겨를조차 없었다.

그는 의무실을 겸하는 간이식당 트럭으로 가서 90도의 알코올로 손을 씻었다. 엄청난 통증이 순식간에 온몸에 퍼졌다. 이범신은 자신도 모르게 외마디 비명을 내질렀다. 한동안 손이 따뜻하게 느껴지는 것 같기도 했다. 그때 얼굴이 보랏빛으로 질린 병사 하나가 눈물을 쏟으며 헐떡거리는 게 보였다.

"어디를 다쳤나?"

"다친 게 아닙니다. 병입니다."

"그래?"

이범신은 그 병사가 꾀병을 부리는 게 아닌가 싶어 씁쓸하게 웃었다. 병사는 곧 눈치채고 자신의 병에 대해 구구절절 속내를 털어놨다.

"난 이제 틀렸어요. 피를 토한단 말입니다. 도무지 기운이 없어요. 남은 기운마저 쏙 빠지고 나면 난 끝장이겠죠."

그는 체념한 듯 고개를 숙이고 혼자 조그만 소리로 중얼거렸다.

"이제 난 걸을 수도 없을 텐데 대체 어디로 가면 좋담."

폭격으로 부서진 집들에서 나무판자를 뜯어다 휘발유를 끼얹고 불을 질러도, 딱딱하게 얼어붙은 전투식량을 녹이기란 쉬운 일이 아니었다. 바람은 자꾸만 불꽃을 흩어놓았다.

발을 동동 구르며 팔이 아프도록 온몸을 비벼대도 팔다리가 자꾸 마비되어 저려오는 것은 피할 수 없었다. 병사들은 대부분 모직 내복과 양말 두 켤레, 모직 셔츠와 바지 위에 야전덧옷, 털고무덧신, 털재킷, 덮개 달린 바람막이 파카, 안은 털이고 밖은 가죽인 벙어리장갑 따위를 입거나 신고 꼈다. 귀가 동상에 걸릴까봐 철모 안에 털목도리를 둘렀지만 그래도 혹한은 참을 수 없는 고통이었다. 입술이 얼어 찢어지고 기침이 쉴 새 없이 터져나왔다.

밤이 되자 병사들은 밖으로 나왔다. 하늘에선 금세라도 눈이 쏟아질 것 같았다. 눈에 보이는 모든 것들이 꽁꽁 얼어붙었고 들판은 달빛을 받아 어스름한 회색으로 빛난다. 군데군데 벌거벗은 나무들이 메마른 삭풍에 몸을 바르르 떨었다.

"이 끔찍한 겨울이 지나면 따뜻한 봄이 오겠지."

병사들은 모든 게 냉혹히 얼어붙은 눈밭을 지나면서 저마다 중얼거렸다.

지옥 같은 밤이 지나자 안개가 두껍게 내려 한 치 앞도 내다보기 힘들었다. 병사들은 꽁꽁 얼어붙은 땅에 발을 헛디디거나 미끄러지기 일쑤였다.

"어마어마한 스케이트장이 따로 없군."

걸음걸음 온 신경을 발끝에 모아 조심스럽게 얼음판을 나아가며, 병사 하나가 투덜거렸다.

"제길, 그냥 군화 밑창에 대검 날을 갈아 붙여 스케이트나 타자고!"

단단한 군화 바닥에서 얼음이 어적어적 소리를 내며 깨졌다.

그때 누군가가 낮은 목소리로 노래를 부르기 시작했다. 서서히 병사들 사이에 노랫소리가 번져나갔다. 모두 입가에 미소를 띠었다. 하지만 눈에서는 매운 바람을 맞아 눈물 얼음이 떨어져 내렸다.

매서운 추위에 고생하는 건 미해병만이 아니었다. 미해병보다 상태가 나쁜 보급품으로 버티는 중공군들의 고생은 이루 말할 수 없을 만큼 비참했다. 방한복조차 제대로 주어지지 않았고, 방한화를 신은 병사들도 몇 되지 않았다. 텐트는 턱없이 모자라, 살을 파고드는 차가운 날씨에 서로 부둥켜안고 얇은 담요 한 장을 둘둘 만 채 잠을 자야만 했다. 식량 또한 부족한 데다 그마저도 제때 주어지지 않아 병사들은 굶주림에 허덕였다.

중공군은 마오쩌둥의 현지조달전법 때문에 거의 빈손으로 투입됐다. 가난한 고원지대 마을을 털어봐야 제대로 된 양식이 나올 리 없었다. 그래서 미군 진지를 공격하는 날에는 눈에 불을 켜고 먹을 것부터 찾아 헤매기 일쑤였다. 통조림통에 든 언 고깃덩어리 하나 때문에 자기들끼리 싸우다 죽는 일까지 이따금 벌어졌다. 먹거리를 구하지 못한 중공군 병사들은 그저 눈을 우적우적 퍼먹으며 배고픔과 목마름을 달래는 수밖에 없었다. 복통과 영양실조로 많은 병사가 쓰러져 그대로 굶어 죽거나 얼어 죽어갔다.

곳곳에서 추위와 굶주림을 견디다 못해 집단 투항하는 중공군 병사들도 속속 늘어났다. 나중에 이 사실이 군부에 알려지면 지휘관은 중국으로 돌아가 어떤 처벌을 받게 될지 모를 일이었다. 병사들에겐 당장 목숨을 이어가기 위한 어쩔 수 없는 선택이었다.

'추위', 그것은 미군에게나 중공군에게나 무엇보다 강력하고 두려운 적이었다.

우융추이는 전리품 가운데 해병대 가죽 군화 하나만 챙기고 나머지는 모두 다른 대원들에게 나눠주었다. 사단장 등 간부에게 선물할 몫을 빼놓은 다음 휘신밍에게 모자 달린 외투를, 양정자에게는 오리털 침낭을, 또 다른 오리털 침낭은 치료대 여성 동지들에게 주었다.

미군 배낭 속에는 통조림과 사과, 비스킷과 초콜릿, 면도칼, 면도크림, 껌이 들어 있어 마치 작은 잡화점 같았다. 그들은 간식거리는 따로 모아 조금씩 맛만 보고 모두 어린 양정자에게 주었다. 루이후이가 음식을 보관하다가 소녀가 필요할 때마다 꺼내주었다.

가장 중요한 전리품은 물론 미군의 작전지도였다. 휘신밍이 지도에 적힌 영어 이름들 옆에 한자로 주석을 달았다. 그러고는 우융추이에게 말했다.

"당장 군단본부 사단장 정치위원에게 보고해야 해."

휘신밍은 영어실력이 꽤 좋았다. 그는 입대 전 상하이의 한 영국회사에서 일했는데, 그즈음 갈고닦은 실력이었다. 그때만 해도 그는 그저 먹고살기에 바쁜 말단 직원이었다. 그는 자신이 전쟁터에서 이런 상황에 놓이리라고는 꿈에도 생각 못했다.

머리를 식히기 위해 휘신밍은 참호 밖으로 나와 이리저리 걸었다. 진지 한쪽 구석에는 부대원 몇이 미군에게서 빼앗아 온 통조림 하나를 놓고 모여 앉아 도란도란 이야기를 나누고 있었다. 아마도 우융추이의 정찰대가 벌였던 소규모 전투에 대한 이야기인 듯했다.

휘신밍은 '조우전'이라 부르는 이 전투가 꼭 일어났어야 했는지 의문을 꺼내진 않았다. 또 우융추이를 추궁하거나 원망하지도 않았다. 그러나 우연히 만난 그 적군이 미해병 제1사단이었다는 점만은 의심할 바가 없었다.

'우융추이는 한 번 결정하면 반드시 해야 하는 성격이지. 훈련관으로서 진

작 말리지 못한 건 내 책임이다. 이미 끝나버린 전투를 이제 와서 원망하고 비난한들 무엇이 달라지겠는가.'

사상자 3명. 이처럼 아무리 자질구레한 조우전이라 하더라도 피해는 있기 마련이었다. 모든 전투는 늘 어쩔 수 없는 치르를 남기는 법. 하지만 이번 조우전에서 얻은 여러 전리품과 정보는 부대에 큰 도움이 될 게 틀림없어 보였다. 훠신밍은 손에 넣은 작전지도가 정말 믿을 만하다면 이쯤의 피해, 아니 이보다 더 큰 피해도 받아들일 수 있다고 생각했다.

소규모 전투로 해병대 대원 7명이 저항 한번 못해 보고 장진호에 묻혀버렸다고 해서 미군들이 다 못난 것은 아니었다. 그들이 지녔던 무기들은 모두 훌륭했다. 훠신밍은 뺏은 총을 모두 꼼꼼히 살펴봤다. 기관총과 소총, 권총 모두 성능이 뛰어난 신식 총으로 중공군의 보잘것없는 무기들과는 비교도 안 될 만큼 좋았다. 그들은 종이호랑이가 아닐지도 모른다.

미군의 장점은 좋은 장비와 정교한 무기, 넉넉한 후방지원 등이다. 단점으로는 자기 목숨을 무엇보다 중시한다는 것, 즉 대의를 위해 죽기를 두려워했다. 훠신밍은 지혜로운 사람이란 상대의 장점을 받아들이고 자기 단점을 보완할 줄 아는 이라고 믿어왔다. 상대의 장점을 인정해야 그것을 무너뜨릴 대비책도 나온다.

그러나 사실 그때까지도 훠신밍과 우융추이는 잘 몰랐다. 면도크림과 커피를 비롯해 양담배와 통조림, 껌, 총과 탄약도 모두 미군 부대의 보편적인 보급품들이고, 그저 미군들에게는 전폭기나 대포, 탱크처럼 하나의 장비에 지나지 않는다는 사실을.

장진호 사령령에서 20여 킬로미터 떨어진 군사 지휘소 안에 앉아 리엔펑 군단장은 골똘히 생각에 잠겼다. 널빤지를 이어 만든 긴 책상 위에 미군 작전지도가 펼쳐지고, 또렷한 화살표가 해병 제1사단의 북진노선을 나타냈다.

이 노선은 최남단 황초령에서 뻗어나와 진흥리 일대에서 장진호 지역으로 진입한 뒤 고토리, 하갈우리, 유담리를 똑바로 거쳐 북진하여 압록강에 이르도록 이어져 있다. 지도 위 주석에는 사단과 대대, 중대 등 위치가 매우 자세히 그려진 가운데 행동 시간과 진격 방향 또한 뚜렷이 나와 있었다. 지도의 글자는 모두 영어로 쓰였지만 이미 한자 대조작업을 마쳐 알아보는 데는 큰 문제가 없었다.

장흥시 사단장이 파견한 전위대가 보내온 이 지도는 미군의 연녹색 오리털 침낭 하나와 함께 도착했다. 지도와 침낭은 정찰대가 미군과 조우전을 벌인 뒤 가져온 전리품이었다.

리엔펑은 처음에 지도에 표시된 것들을 보고 함정이 아닐까 의심했다. 이렇게 자세한 주석이 달린 지도도 본 적이 없지만 이런 지도를 한낱 말단부대원들이 지니고 있었다는 점이 더욱 의심스러웠다. 그러나 이제까지 정찰 현황을 헤아려 보면 미군의 움직임은 이 지도의 내용과 대부분 맞아떨어졌다. 리엔펑은 이러한 작전 방식이 이른바 연합군 사령관의 전략과 거의 일치한다고 확신했다. 맥아더 장군은 '한국전쟁을 종결할 성탄절 총공격작전'을 세운 뒤 독특하게도 작전 시간과 지점 등을 온 세계에 자신만만하게 알렸다. 리엔펑은 이미 승리하기라도 한 듯 기세등등한 맥아더의 모습이 늘 마음에 들지 않았다.

'미군놈들은 머리부터 발끝까지 늘 그런 식이야. 아주 멍청하지 않으면 오만함이 하늘을 찌르지. 그 맹랑한 오만함의 대가를 치를 날이 머지않았다.'

리엔펑은 손에 쥐었던 연필을 탁자 위에 내려놓으며 의미심장한 미소를 지었다.

날이 밝자 리엔펑은 장흥시에게 전화를 걸어 전위대 정찰대가 미군의 중요한 작전지도를 확보한 공을 칭찬했다.

미군의 오리털 침낭은 꽤 훌륭했다. 리엔펑은 이 침낭을 몇 번 써보고는 바람과 추위를 막아주는 뛰어난 성능과 품질에 크게 감탄했다. 얇은 방수천 안에 하얀 오리털을 가득 넣은 침낭은 중공군이 쓰는 솜이불보다 한결 가벼우면서도 따뜻했다. 돌돌 말면 부피가 작게 줄어드는 데다 도로 펴면 금방 되돌아와서 군장 배낭에 넣어 다니기도 편했다. 그는 이 오리털 침낭을 버리지 않고 있다 세상을 떠나기 몇 해 전 군사박물관에 내놓았다.

펼친 오리털 침낭을 외투처럼 덮고 앉아 있는데 연락병이 찐 감자 한 그릇을 들고 들어왔다. 해가 하늘 높이 뜬 지도 오래됐지만 이 감자는 그의 첫 끼니였다. 반나절 동안 아무것도 먹지 못한 리엔펑은 찐 감자를 손에 집었다. 감자가 이미 차갑게 식어 있다. 아침에도 감자, 점심에도 감자, 저녁이라고 특별한 음식은 없었다. 리엔펑은 이제 감자라면 진저리를 쳤지만 거의 모든 대원들이 하루에 한 끼도 때우기 힘든 상황에서는 이렇게 감자라도 먹을 수 있다는 사실을 다행으로 여겨야 했다.

전투가 코앞에 다가오자 군단장 겸 정치위원장인 리엔펑은 다짐했다.

'어떤 어려움이 따르더라도 지원군 사령부와 집단군 지시에 따라 미국 최정 예부대인 미해병 제1사단을 장진호 지역에서 몰살하리라.'

작전과장이 들어와 언제 작전방안을 논의할 것인지 물었다.

"뭘 더 논의한단 말이야? 미군이 이렇게 자세히 표시해 놨는데 이대로 하면 돼. 조롱박 보고 표주박 좀 그려보자고. 장흥시한테 미군이 하갈우리에 비행 장을 만들었으니 하갈우리 쪽을 특별히 주시하라고 알려."

작전과장은 책상 옆으로 다가가 우융추이가 건네준 미군 작전지도를 집어 들었다. 그러고는 지도를 살펴보며 건너편 동굴로 돌아갔다. 그제야 리엔펑은 차가운 감자를 집어 들고 천천히 씹기 시작했다.

르로이 쿡 대위의 7연대 H중대 소속 민라드 뉴턴 소위의 소대는 중대 예비 대로 유담리의 서북쪽 방면 돌출부인 1403고지의 밑자락에 머무르며 휴식을 취하고 있었다. 뉴턴과 소대원들은 그들이 안전한 곳에 있다고 여겼는데, 해롤 드 로이스(Harold Roise)의 5연대 2대대가 좌측 가까운 곳에 진지를 구축했고, 로버트 태플릿의 5연대 3대대가 우측 몇 백 미터 떨어진 곳에서 야영하고 있 었기 때문이었다. 그러나 가파르고 높은 1403고지 정상부에 고립된 H중대의 다른 두 소대는 가까이 있던 5연대 부대들과는 전혀 접촉이 되지 않았기 때 문에 그렇게 안전하지 않았다.

밤 10시쯤 쿡 대위의 중대 지휘소와 각 소대를 잇는 유선통신망이 끊겼고, 몇 분 뒤 볼티모어 지역 동원예비역 카메론 일병은 오른쪽 산비탈을 뛰어 올 라오는 그림자들을 보았는데, 해병대의 진지가 막 적군에게 짓밟히려는 순간 이었다. 총성은 아직 들리지 않았지만 1403고지와 1,500m쯤 떨어진 대대장 윌 리엄 해리스 중령의 지휘소를 이어주는 전화선은 벌써 끊어진 뒤였다.

카메론 일병은 그 차갑고 거센 바람을 '시베리아 특급'이라고 불렀다. 그때 그는 1403고지의 시베리아 특급이 지나가는 통로 바로 오른쪽에서 기관총을 왼쪽으로 겨냥한 채 총이 얼어 붙어버리는 걸 막으려고 덮개를 열어 2~3분마 다 손잡이를 앞뒤로 잡아당기고 있었다.

한순간, 산밑에서 소란스러운 소리가 들려왔다. 그 소리는 마치 중국에서 생일잔치나 결혼식, 장례식을 치를 때 나는 합창소리, 뿔피리 불기, 쇠종과 심벌즈 치기, 북을 두드리는 것을 모두 합친 듯싶었고, 조명탄이 머리 위로 떠오르자 많은 숫자의 적군이 미군에게 달려드는 광경이 눈에 들어왔다. 밀집대형을 갖춘 천여 명의 적군이 몰려오는 모습은 마치 토요일 아침 패리스 아일랜드의 연병장을 떠올리게 했다.

카메론은 기관총 뚜껑을 열고 총알을 재운 다음 짧게 끊어 쏘았다. 적은 횡대로 공격해 왔고 공격대형대로 쓰러졌다. 사격을 뚫고 나온 적들은 산비탈 아래에 흩어져 공격 제대(梯隊)를 이루며, 30~40명쯤 해병의 1개 소대병력에 맞먹는 적군이 개개의 공격제대를 채웠다. 공중으로 날아오르는 조명탄 빛에 만들어진 그림자들이 마치 악몽을 꾸는 듯한 느낌이 들게 만들었다. 적의 공격제대는 끝없이 밀려왔고, 카메론은 4발 점사(點射)로 사격을 해 탄약을 아끼려 했다. 기관총 탄약통에는 250발의 실탄이 들어 있었지만, 사격을 시작한 지 머지않아 네 번째 탄약통 실탄을 쓰기 시작해 그는 탄약이 떨어질까봐 몹시 걱정스러웠다.

오른쪽에 있던 기관총사수 라이프 헤그 상병은 기관총을 거치대에서 떼어내어 두 손으로 들고 호스로 잔디에 물을 뿌리듯 산비탈에 사격을 퍼부었다. 쌓여가는 적군의 시체들이 내내 공격해 오는 적에게 엄폐물이 되어갔다. 해병들이 아무리 사격을 해도 적은 점점 더 가까이 공격해 왔고, 드디어는 수류탄이 중대진지로까지 날아들기 시작했다.

H중대 르로이 마틴 일병은 수류탄 터지는 소리에 잠이 깼다. 그러나 소리가 저 멀리 오고 있었다. 건너편 산에서 전투가 벌어지나보다 여기고는 몸을 돌려 다시 잠들었다. 그러나 잠시 뒤 분대장이 그를 흔들어 깨우며 호통쳤다. "빨리 일어나, 임마!"

침낭에서 고개를 내민 마틴 일병은 흰 옷을 입은 중공군과 그들이 가진 따발총 총구에서 불꽃이 튀는 걸 보았다. 재빨리 침낭에서 일어난 그는 소총과 탄띠를 움켜쥐고는 소대향도 가쓰 병장이 기다리는 산비탈로 달려 내려갔다. 가쓰는 소대의 후퇴를 엄호하는 후위 역할을 맡았는데, 막상 전투가 시작되자 추위에 얼어붙은 그의 카빈 소총이 문제를 일으켰다. 둘은 나란히 엎드려 적이 능선을 넘어 밀고 내려오지 못하도록 공제선을 향해 사격을 계속했다. 단발로 사격할 수밖에 없었던 가쓰는 산 위에 그림자가 나타나면 총을 쏘고 나서 투덜거렸다. "제기랄! 하필 이럴 때 말썽이야!"

실탄이 떨어지자 그는 자신을 따라오라 말했고 둘은 눈 위를 포복해서 뒤쪽으로 빠져나왔다. 마틴 일병은 후퇴했던 소대원들이 바로 뒤에 있어 깜짝 놀랐는데, 너무 빨리 물러나는 바람에 기관총을 산 정상 진지에 그냥 두고 온 크리그 중위가 자원자들과 함께 기관총을 찾으려던 순간이었다.

그때 중대장 쿡 대위가 다가와서는 진지를 다시 뺏어야 한다고 말했다. 그 길로 또다시 전투가 시작되었다. 소대 선임하사 월턴 왓슨이 역습을 이끌었는데, 산 꼭대기에 올라가 보니 중공군들이 죽은 해병들 시신에서 군화를 벗겨 내고, 주위에 흩어진 C-레이션 상자들을 주섬주섬 챙기는 모습이 보였다. 그들은 불덩이처럼 차오르는 분노를 억누를 수 없었다. 괴성을 지르며 득달같이 달려들었다. 그러나 왓슨이 전사해 역습은 실패로 끝났고, 남은 해병들은 산비탈을 포복으로 내려왔다. 크리그 중위는 전투 중에 실종되었다고 보고되었다.

그 무렵 조지 카라다키스 소위가 산 아래에서 81mm 박격포의 포격을 지휘했는데, 뉴턴의 예비소대는 상황파악을 못한 채 왜 이 시간에 포사격을 하냐고 불퉁거렸다. 포사격 소리가 무척 시끄러웠고, 포탄을 쏠 때마다 일어나는 화약연기와 불꽃으로 어둠 속에서 금방 위치가 드러나 중공군의 눈길을 끌까 염려되었기 때문이다. 그때까지 중공군은 예비소대를 공격해오지 않았다.

전투가 소강상태에 접어들자 카메론 일병과 다른 두 명이 실탄과 수류탄을 보충하러 탄약을 쌓아 놓은 곳으로 달려갔다. 진지로 돌아오니 기관총반 반장이 카메론에게 후퇴할 경우에 대비해 기관총 예비진지를 정하라고 명령했다. 15m쯤 후방에 진지를 정하고 돌아오자 상황은 빠르게 변해서 중공군이 진지 우측으로 침투해 들어와 쿡 대위는 전사했고, 모두 후퇴하고 있었다. 그 상황에서도 카메론 일병과 헤그 상병은 계속 기관총 사격을 적에게 쏟아부었다.

그는 의무병이 검이 달린 소총은 그냥 둔 채 다친 해병을 진지 뒤로 끌고 가는 광경을 목격했는데, 카메론은 기관총 사수라 권총밖에 없어 달려가서 그 소총을 가져왔다. 마침 중공군 1개 분대가 나타나 오른쪽으로 비스듬히 지나가는 모습이 눈에 들어왔다. 카메론은 총검술 훈련을 받았지만 그런 긴박한 순간에는 적이 찌르기 전에 먼저 찔러야 한다는 본능에 의지해야 했다.

적들이 자신을 발견하지 못한 것 같아 가만히 엎드려 있다가 맨 끝으로 가던 중공군이 카메론 앞을 지날 때 그는 벌떡 일어나 총검으로 중공군의 옆구리를 깊게 찔렀다. 그러자 중공군은 놀라서 눈을 크게 뜨고는 온몸이 축 늘어져서 쓰러졌다. 카메론은 총검을 빼지 않은 채 한 번 더 찔러 숨을 끊어버렸는데, 그때 라이프 헤그의 기관총을 어깨에 멘 빌 스포츠가 삼각거치대를 들고 오른손에는 45구경 권총을 쥔 헤그와 함께 그의 옆을 지나갔다. 그제야 카메론은 행동을 멈췄다.

5연대 3대대장 태플릿의 야전 전화기가 '따르릉 따르릉' 울렸다. 대대 군의관 존 H. 문 중위였다.

"대대장님, 이리로 잠깐 오시겠습니까?"

"무슨 일 있나?"

"부상자들이 이리로 왔는데, 이해가 안돼서요."

"그래?"

"7연대 소속이라는데요."

태플릿과 부대대장 존 캐니 소령이 가까이에 있는 대대 구호소에 가 보니 7연대 H중대의 낙오병들이 중공군이 1403고지를 공격해 온 사건을 이야기하는 가운데, 대부분 맨발에 덜덜 떨면서 정신이 멍한 채였다. 그 상태로 보아 기습을 당해 진지가 완전히 짓밟힌 게 틀림없었다.

비크 병장의 75mm 무반동총반과 함께 산 밑에서 잠들었던 민라드 뉴턴 소위 소대는 1403고지에서 전투가 시작되자 소대장의 외침을 듣고 퍼뜩 깨어났다. 옆쪽 물이 흐르지 않는 개천 바닥에 만들어놓은 방어진지로 그들은 옮겨갔다. 갑자기 이동하는 바람에 모닥불은 마냥 타올랐고, 침낭과 2인용 텐트도 고스란히 두고 왔다. 통신 가설병들이 열심히 노력해서 7연대 3대대 지휘소와 예하 부대 사이 유선망이 다시 이어졌다.

대대장 해리스 중령이 H중대를 연결하라는 지시가 들리더니 이윽고 중대장 쿡 대위가 죽고, 뉴턴 소위를 뺀 모든 소대장들이 다쳤거나 실종됐다는 보고를 듣게 되었다.

대대장은 즉시 호워드 H. 해리스 중위에게 1403고지를 장악하라고 명령했다. 해리스 중위는 고지 아래로 이동하면서 하늘과 산비탈 위를 뒤덮은 파란색, 붉은색, 초록색 예광탄들을 목격했고, 1403고지 전투가 유담리를 둘러싼 고지들에 대한 공격의 일부분이라는 사실을 알자 크게 충격받았다. 1403고지 산자락에 도착한 그는 뉴턴 소위의 예비소대를 재촉해 산비탈을 오르기 시작했다.

근처의 산에서는 전투가 이어졌지만 1403고지는 전투가 소강상태에 들어갔다. 카메론은 왼편에서 사람 말소리가 들려 아군인지 확인하려고 포복해서 가다가 빈 기관총 삼각대가 눈에 띄어 그걸 손에 쥐고 기어갔다. 그러나 중공군의 목소리임을 알고는 제자리에 멈춰서 마음을 침착하게 먹었다. 카메론은 적군이 그를 아군으로 착각하게 하려고 오랫동안 잊었던 '잘 있었니?' 라든지 '무슨 일이야?' 같은 구어체 중국말을 연습하기 시작했다.

그가 잊을 수 없는 일은 그 고지에서 후퇴해야만 했던 심리적 고통이었다. 3주 전에는 해병대가 무적이고 자신이 절대로 죽을 리 없다는 확신을 품고 한국에 왔는데, 눈앞에서 부대가 뿔뿔이 흩어져 버리고 자신은 내일까지 살아남아 있을지조차 확실치 않았다. 카메론은 갖고 있던 삼각대의 다리를 분지르고는 무릎으로 기어 바위 옆까지 가 일어섰다. 몸이 덜덜 떨려 중공군이 자신의 온 뼈마디가 부딪히는 소리를 들을까봐 두려웠다.

바로 그때 카메론은 악몽 같은 광경을 보았다. 눈앞에서 중공군 한 사람이 다른 쪽으로 얼굴을 돌리고는 무릎을·꿇고 있었는데, 동쪽에서 희미하게 먼 동이 터와 그가 죽은 해병이 입은 파카를 벗기려고 시체의 팔을 소매에서 빼는 모습이 들어왔다. 중공군은 카메론이 접근하는 소리를 듣고는 고개를 돌려서 무언가 말을 하려고 했다. 카메론을 우군이라고 생각한 것 같았다. 순간 카메론은 바로 달려들어 4kg짜리 거치대로 그의 머리를 향해 세게 휘둘렀다. 오른쪽 관자놀이를 명중시켜 한 번에 끝내버렸는데, 머리통이 마치 달걀 껍데기처럼 부서져 버렸다.

카메론은 죽은 해병을 쳐다볼 수 없었다. 해병의 시신을 바라보는 것은 충격이었고 소름끼치는 일인 데다가 이름을 아는 해병일까봐 두려웠다. 카메론 일병은 그날 밤에 기관총으로 여러 명을 죽였지만 무엇보다 그를 괴롭히는 건 마지막에 옷을 벗기고 있던 중공군을 살인범처럼 죽인 일이었다. 따뜻한 옷을 가지려고 애쓰던 불쌍한 인간을 무자비하게 죽였기 때문이다. 오랜 시간이 흐른 뒤에도 카메론은 그 장면을 떠올릴 때마다 수치심에 몸 둘 바를 몰랐다.

윌리엄 해리스 중령은 여러 보고 중에서 1403고지에서 일어난 상황과 중공군 병력이 고지의 오른쪽을 침투해 들어왔다는 보고에 무척 당황해 했다. 2차 대전이 일어났을 때 중위였던 해리스는 필리핀에서 일본군에게 사로잡혔으나, 다른 해병 한 사람과 함께 포로가 된 첫날밤 탈출에 성공해 호주로 가기 위한 방법을 찾으려고 몇 주 동안 노력했다. 그 해병은 성공했으나, 해리스는 다시 붙잡혔다. 그 뒤 그가 포로생활을 겪고 나서 성격이 바뀌었음은 누구나 알고 있었다. 1950년 11월 끝 무렵 그날 밤, 해리스 중령은 마음의 상처가 다시 터진 것 같은 낌새를 보였다. 서로 상반되는 명령들을 쏟아내고, 가죽으로 만든 화장실 깔개, 주머니칼, 망원경 등 개인 소지품들을 버리는 행동을 했다. 또 대대 지휘소의 안전에 대해서도 거리낌 없이 불평을 늘어놓았고, 1403고지의 남은 병력에게 고지를 포기하라는 섣부른 명령을 내리기에 이르렀다.

1403고지의 상실은 로이스의 5연대 2대대를 심각한 위기에 빠뜨렸는데, 적군이 대대와 유담리 연대를 잇는 생명선인 도로를 내려다볼 수 있는 위치를 차지했기 때문이다.

땅거미가 질 무렵 안개가 계곡에서부터 능선으로 서서히 올라오기 시작했다. 보름에서 나흘이 지난 오늘밤 한쪽 귀퉁이가 이지러진 달이 6시 조금 넘어서 능선 위에 떠올랐다. 안개 때문에 희미해진 달빛이 5연대 2대대 구역을 한 시간쯤 비추었을 때 계곡에서 바람이 불어와 안개를 흩어버렸다. 이런 상황을 이용해 중공군 대병력이 우엘 피터스 대위의 5연대 F중대와 사무엘 자스킬카 대위의 5연대 E중대가 지키는 방어선 쪽으로 은밀히 움직였다.

10시, 잭 놀란 소위는 자스킬카에게 자기 소대진지 앞에서 사람들이 말하는 소리가 들린다고 알렸다. 그때였다.

"사격 개시!"

5연대 E중대에 배속된 기관총 사수 호와드 박스터 상병은 느닷없는 사격 명령에 이해할 수 없어 대답했다.

"알았습니다. 그런데 목표는 어딘가요?"

박스터는 실탄 낭비라고 확신하면서도 마지못해 방아쇠를 잡아당겼는데, 예광탄의 불빛에 그의 앞쪽으로 몰려오는 중공군 무리가 비쳤다. 적군은 박스터가 총알이 살을 파고들 때 나타나는 얼굴 표정을 볼 수 있을 만큼 가깝게 다가왔다.

본공격은 10분 뒤에 시작되었다.

"적이 온다!"

E중대와 F중대의 경계선을 뚫고 나온 밀집대형의 중공군 300여 명이 기관총 진지 두 곳을 덮친 가운데 대대 지휘소로 이어진 접근로가 적에게 드러났다. 존 미드 일병과 도널드 크젤먼 일병이 의무병 로랜드 안츠와 함께 그 공백을 메우려 달려갔고, 다른 해병들도 명령을 기다리지도 않고 뛰어들었다. 실탄이 부족해지자 미드가 실탄을 구하기 위해 탄약 야적장에 세 번이나 다녀와 사격하던 해병들에게 실탄을 나누어주었고 자신도 함께 사격했다. 네 번째로 탄약을 가지러 갔던 미드는 다리에 총알을 맞아 쓰러졌다. 그러나 가까스로 일어나 수류탄 한 자루를 진지에 있는 해병들에게 가져다주었다. 의무병 안츠가 달려가 그를 억지로 땅에 눕히고 상처 부위에 붕대를 감은 뒤 진지 후방으로 끌고 갔다. 나중에 미드의 전우들은 미드 혼자 적어도 적군 25명을 쓰러뜨렸고, 그들 대부분이 얼어붙은 개울물 얼음 위에서 죽어 자빠졌거나 아파서 몸부림치고 있었다고 말했다.

마침내 조명탄이 머리 위에서 터지자 그 불빛 아래로 달려드는 중공군 보병들과 나무 그림자가 산비탈까지 뻗쳤다. 조명탄 불빛 속에서도 주위에 쌓인 눈 때문에 흰 군복을 입은 중공군의 모습을 알아보기가 어려웠는데, 해병들은 보이는 숫자만으로도 중공군 병력의 막대함에 깜짝 놀랐다.

그즈음 군의관 헨리 리트빈이 손목시계를 보니 밤 10시 5분이었다. 의무병 하나가 캠벨 수프 깡통에서 숟가락으로 무언가를 뜨고 있었는데, 묘한 초록빛이었다.

"그게 뭐냐?"

"셀러리 수프인데요."

바로 그때 어린 해병 한 명이 텐트 안으로 뛰어들었다. 그는 맨발에 파카나 장갑도 없이 온 얼굴이 시퍼레져 부들부들 떨었다. 추위에 몸이 반쯤 얼어 있을 뿐더러 정신도 멍하니 눈동자도 돌아가 있었다. 가까스로 제정신을 차리더니 어린 해병은 물었다.

"대대장님 텐트는 어디지요?"

"무슨 일인데 그래?"

"국(gook)들이 우리 방어선을 뚫고 들어왔어요."

"뭐라고!"

진지 우측 참호에 있던 E중대 소속 분대장인 아서 코호 상병은 9시쯤 가까이에서 불어대는 나팔소리를 들었다. 그 듣기 싫은 소리는 가까이 다가오면서 산비탈에 부딪혀 메아리쳤다.

달빛 속에서 적군의 모습을 보고 그는 도저히 믿을 수 없었다. 마치 눈사람이 살아서 움직이는 듯했다. 그들은 고함을 지르고 하늘을 향해 주먹 쥔 손을 흔들어댔다. 같은 시간 옆에 있는 1403고지에서도 큰 소동이 벌어졌다. 중공군은 그저 핏발이 선 개떼처럼 달려들었다.

5연대 E중대에 배속된 기관총 사수 패트릭 스팅글리 상병은 빈집 지하 저장고에서 잠을 자고 있었는데, 소대 선임 하사 잭슨이 저장고 입구에서 불렀다.

"기관총 사수들, 거기 있냐?"

"예."

"빨리 움직여. 진지가 곧 밟힐 것 같아."

달빛 속에 밖으로 나와 처음 만난 사람은 바넷 중사였다.

"스팅글리, 네가 할 일은 저 골짜기로 오는 쿡(gook)들을 막는 야." 바넷은 긴 턱으로 저쪽을 가리키며 한번 더 확인했다.

"알았나?"

스팅글리는 골짜기가 내려다보이는 곳에 기관총을 세웠다. 엄청난 수의 적군이 몰려왔다. 하지만 곧 실탄이 바닥을 드러내고 있었다. 탄약 야적장에 탄약을 가지러 갔더니 소속부대도 잃고 적의 기습에 떨고 있는 해병 몇몇이 눈에 들어왔다. 그는 그들에게 탄약상자를 들고 따라오라고 했다. 그중 하나가 따졌다.

"네가 뭔데?"

"나는 미합중국 해병대 패트릭 스팅글리 상등병이다."

스팅글러는 이렇게 대답하고 중공군이 곧 이곳으로 몰려올 테니, 자기 말을 듣는 게 나을 거라고 이야기했다. 그러자 그들은 재빨리 움직이기 시작했다.

10시 15분 로이스 2대대장이 지휘소 방어를 위해 본부중대원들을 진지에 투입시켰다. 로이스는 대대의 후방에서 무슨 일이 벌어지는지 알고 싶어 본부중대장 프랭클린 마이어 대위를 보내 알아보게 했다. 7연대 H중대의 낙오병들이 산길을 따라 2대대나 3대대의 방어선 쪽으로 내려오고, 소규모 적군 보병들이 뒤를 따랐다. 만일 중공군이 이 침투한 병력을 조직적으로 부린다면 그 병력은 2대대의 후방에 공격을 가해 2대대와 유담리의 본대를 분리시킬 수 있는 아주 좋은 위치에 있었다.

그때 마이어는 어둠 속에 혼자서 길을 따라 내려갔다. 현명한 행동은 아니었지만 후방이니까 그는 비교적 안전할 거라는 환상에 사로잡혔다. 하지만 이렇게 가다가는 침투하는 적군으로 오해받을지도 모르겠다는 걱정이 앞섰다. 바로 그때 1403고지에서 밀려내려 온 마지막 낙오병들로 밝혀진 해병들을 몇몇을 만났는데, 중공군이 바로 뒤에까지 쫓아왔다고 말했다. 그들 어깨 너머 캄캄한 어둠 속을 바라보면서 그는 바보 같은 말을 내뱉었다.

"중공군은 안 보이는데."

그들 중 한 사람이 말을 이었다.

"조금만 더 길을 따라가면 보고 싶어 하시는 중공군을 실컷 볼 수 있을 겁니다."

그래서 그는 그만 가도 되겠다고 결정했다. 한편 로이스 중령이 지휘소에서 소식을 기다리고 있었다. 뛰어들어오는 부하에게 그는 물었다.

"뭐 발견한 게 있나?"

"중공군이 우리 뒤까지 쳐들어 왔습니다."

"그래, 다른 건?"

"다른 거요? 대대장님, 이것만도 엄청난 소식 아닌가요?"

로이스 중령은 언제나 담배를 태우고 있었는데, 담배를 한 모금 빨더니 연기를 내뿜고 나서 말했다.

"그놈들을 먼저 처리해야겠군."

2대대 구역에서 벌어진 전투는 E중대 기관총 사수들이 진지에서 180m쯤 떨어진 초가집으로 뛰어들어가는 중공군들을 향해 사격을 한 뒤 전환점을 맞았다. 그들을 향해 발사된 예광탄 때문에 초가지붕에 불이 붙어 불빛에 드러난 적군은 중대장 자스킬카 대위가 공식 보고서에서 사용한 표현처럼 맞추기 쉬운 표적이 되었다.

"적의 모습이 확실하게 보여 수십 명을 쉽게 사살했음. 적은 부상자들을 옮기려 처절한 노력을 기울였으나 어쩔 수 없이 포기해야만 했음."

아침 6시가 되자 공격해 왔던 중공군 병력 중에 몸이 성한 병사들이 땅바닥에 깔린 동료들 시신을 타고 넘어 숲 속으로 물러가는 모습이 보였다. 온천지에 시체가 가득했다. 날이 밝을 때까지도 그런 줄을 몰랐는데, 나중에 알고 보니 지형이 바뀔 만큼 시체가 헤아릴 수 없이 널브러져 있었다.

적의 사망자에 대한 평가는 300명에서 400명까지 엇갈렸고, 상대편 병력을 분리, 고립시킨 뒤 병력을 동원해 무찔러 버리는 중공군의 전술은 해병대의 화력 앞에서 효과를 드러내지 못했다. 5연대 2대대는 그날 밤 전사 7명과 부상 25명의 사상자가 발생했으며 60명이 동상에 걸렸다.

2대대 작전구역 안의 해병들은 새벽에 피운 모닥불 주위로 모여들기 시작했다. 그 순간 적 저격병이 불을 피우려고 애쓰는 스테판스키 일병을 겨냥해 한방 쏘았다. 어리석게도 몸을 다 드러냈기 때문이었다. 그는 중공군이 지난밤에도 나를 어쩌지 못했는데, 지금 뭘 어쩌겠다는 거야 이런 생각이 들었다. 그러나 일초도 지나지 않아 그게 얼마나 바보 같은 생각인지 깨닫고는 재빨리 엄폐물 뒤로 숨어 불 피우는 일을 처음부터 다시 해야 했다. 스테판스키가 불쏘시개를 잘게 부러뜨리고 있는데, 조지 맥노턴 중위가 그에게 다가왔다.

"별일 없나?"

그때 그는 멍해 있어서인지 목소리가 나오지 않았다. 소대장이 그가 대답하기를 기다리며 서 있는 걸 알아채고서야 말이 나왔다.

"소대장님?"

"응?"

"지난밤 국(gook)들이 많이 쳐들어 왔었습니다."

소대장은 웃으면서 그의 등을 친근하게 두드리더니 옆에 있는 다른 해병에게 가버렸다. 몇 분 뒤 불이 활활 타오르자 그들은 둥그렇게 둘러앉아 노래 부르기 시작했다. 밀스 브라더스의 히트곡 〈중국에서의 신혼여행(On a Chinese

Honeymoon》을 부르고, 〈성탄절에는 집에 가리(I'll be Home for Christmas)〉도 불렀다. 소대장은 그 노래는 부르지 말라고 했는데, 그들이 너무 희망에 부풀어오를까봐 짐짓 걱정스러웠기 때문이다. 해병들은 당장 고원지대를 떠나 따뜻한 음식을 먹고 뜨거운 물로 씻을 수 있는 수송선에 다시 타서 지긋지긋한 한국을 뒤로 한 채 떠나는 꿈을 꾸었다. 그러나 지난밤을 겪은 터라 그리 큰 희망은 품지 않게 되었다. 지난밤 전투는 그들의 희망과 꿈을 산산조각내 버리고 온 정신을 흔들어놨다.

11월 15일 늦은 오후, 해병 제7연대는 장진호 동남쪽 기슭 유담리에 진지를 세웠다. 1대대장 데이비스는 서북부를 차지하고, 2대대장 해리스가 북동부, 마지막 3대대장 록우드는 페리의 포병대대와 함께 서남부 방어를 맡았다. 미해병 제1공병대대는 불도저로 야전활주로를 만들고 있었다.

그날 밤 기온은 영하 28도까지 뚝 떨어졌다. 북쪽에서 미세한 흙먼지를 몰고 불어오던 바람은 기온이 내려가면서 차츰 잦아들었다.

다음 날 내내 호수에서 수증기가 피어올랐다. 한밤이 되자 짐을 실은 트럭들이 지나갈 수 있을 만큼 얼음이 두꺼워졌다. 침을 뱉으면 땅에 떨어지기도 전에 얼어버렸다. 혹독한 날씨로 갑자기 많은 문제가 생겼다. 이날 해병사단이 중공군에 입은 인명손실은 전혀 없었지만 200명이 넘는 해병들이 매서운 추위로 병이 나고 동상에 걸려 도저히 전투를 할 수 없었다.

해병들이 머무는 동안 장진호에는 메마르고 추운 날씨가 이어졌다. 폭풍설이 며칠 내내 쉬지 않고 휘몰아쳐 모두 잔뜩 겁에 질렸다. 이런 칼추위를 처음 당하는 리첸버그 부대원들은 금세 몸에 이상이 생겼다.

의무장교들은 해병들 가운데 많은 수가 공황상태에 빠졌다고 알렸다. 많은 해병의 호흡수가 떨어졌다. 전투를 치를 수 있을 만큼 회복하려면 어떻게든 몸을 따뜻하게 하는 일 말고는 뾰족한 방법이 없었다.

해병들은 혹한이 낳은 또 다른 문제도 견뎌내야만 했다. 야전식량 가운데 물기가 조금이라도 있는 것은 모두 얼어버렸다. 얼음덩이가 된 식량을 그대로 먹으면 곧바로 배앓이를 했다. 그 뒤부터 마른 식량만 먹게 된 해병들은 겨우 열흘 사이에 몸무게가 10킬로그램이나 줄어들었다. 제대로 먹지도 못한 상태에서 산등성이를 타고 비탈을 기어오르니 살이 점점 빠지면서 빠르게 체중

감소로 이어진 것이다.

병사들은 보초를 서지 않을 때는 에너지를 헛되이 쓰지 않으려고 참호 속에 가만히 누워 있기만 했다. 참호는 병사들에게 떠나기 힘든 피난장소였다. 참호의 벽뿐만 아니라 수풀, 흙벽 등 모든 게 귀중했다. 더없이 차디찬 날씨 때문에 지친 병사들의 마음은 자주 흐트러졌다. 참호 한구석에는 병사들이 돌려 보던 도색잡지 속 야한 누드사진들이 너덜너덜해진 채 있었다. 그러나 추위로 여위고 시든 병사들은 이성에 대한 호기심조차 잃어버리고, 그 누구도 잡지가 쌓인 곳으로 손을 뻗지 않았다.

미해병대는 이러한 혹한과 여러 악조건을 잘 극복할 수 있도록 병사들 간에 전우조(Buddy System)를 짰다. 눈 덮인 산악에서 모든 병사들은 둘씩 짝을 지어 서로 졸음을 쫓고 정신이 몽롱해지지 않도록 힘썼다. 감각이 둔해져 동상에 걸리거나 진지에서 자기도 모르는 사이에 잠에 빠져 얼어 죽을 수도 있었기 때문이다.

동상의 조짐이 있는 병사들은 전우조가 곧바로 팔다리를 주물렀다. 동상 환자는 전투를 하는 동안 끊임없이 생겨났다. 미해병들이 신은 동계전투화나 두툼하게 차려입은 방한복은 알래스카 혹한지대에서도 견딜 수 있는 첨단제품이었지만, 상상을 뛰어넘는 장진호의 매서운 날씨 속에서는 그마저도 속수무책이었다.

소복하게 눈 덮인 들판은 매우 아름다웠다. 하지만 현실의 포화(砲火)나 전사자들의 모습에서 영화나 문학과 같은 가슴 울림 따위는 기대할 수 없는 법이다. 시간이 갈수록 해병들은 권태로워졌고 전쟁에 대한 온갖 의혹과 회의감에 휩싸였다.

"무엇 때문에 내가 이런 얼음지옥에서 헤매고 있지?"

"이 전쟁을 해야만 하는 이유들을 귀에 못이 박히게 들었지만 나는 도저히 이해할 수가 없어."

"전쟁에 질려버렸어. 아, 정말이지 너무나 어리석은 일이야. 아니, 이건 진짜 말도 안 돼……"

"누군가를 쉽게 죽인다는 게 과연 옳은 일일까?"

"두 군대가 싸우는 건 함께 자폭하는 일과 똑같아."

하지만 그들도 긴 여정이 끝나야만 답을 얻을 수 있단 걸 알고 있었다. 반드시 그런 날이 찾아오리란 믿음으로 하루하루를 힘겹게 버텨나갔다. 그것만이 낯선 땅 낯선 이들과 전쟁을 치르는 병사들에게는 오직 하나의 진실이자 희망이었다.

혹독한 추위는 포대에도 적잖은 영향을 주었다. 대포의 발사속도는 한없이 느려지고, 작동부분이 원위치로 되돌아가는 데 걸리는 시간은 점점 더 길어졌다. 대기 조건 또한 대포의 사정거리를 좁혔다. 그야말로 최악의 상황이었다.

11월 17일부터 중공군은 동부전선과 서부전선에서 나란히 '연합군' 부대와 맞섰다. 그 과정에서 중공군은 자신들의 특기인 '약한 척하기'에 들어갔다. 전투지대와 길 옆에 일부러 자신들의 장비와 옷가지를 흘리고 감으로써 자신들이 '궁지에 빠져 헐레벌떡 달아난 듯한' 인상을 남긴 것이다. 또한 미군 포로들에게 중공군 부대가 식량 공급난 때문에 자국으로의 철수를 준비 중이라는 거짓 정보를 흘린 뒤 일부러 풀어주기도 했다.

11월 20일 제39군단도 지원군 사령부로부터 '일부러 후방으로 후퇴해 적군을 유인하라'는 지시와 함께 '포로들을 석방하라'는 명령을 받았다. 군사 지휘소는 용수동(龍水洞)에서 후퇴하여 원풍리(院豊里)에 도착했다.

며칠 앞서 정치위원들은 각 사단 수뇌들을 모아놓고 회의를 열어 전략을 짠 다음 사단마다 다쳤거나 병에 걸린 미군 포로들을 석방하기로 합의했다. 때는 이슥한 밤이었다. 한 정치위원이 말문을 열었다.

"현재 적군은 우리가 정말 중국 지원군의 주력부대인지 파악하지 못했으며, 우리가 순수한 뜻에서 포로를 풀어주는 건지 아니면 또다른 의도가 있어서인지도 확신하지 못하고 있습니다. 우리는 석방할 포로들에게 '우리는 곧 후퇴하며 우리의 주력부대가 아직 강을 건너오지 않았다'는 거짓 정보를 흘려 상대를 착각하도록 만들었습니다. 실제로 우리는 그들을 잡을 커다란 덫을 그려놓은 셈입니다."

"우리는 또 풀어줄 포로들에게 이렇게 지시하라고 일렀습니다. '우리는 탄약도 식량도 부족한 데다 후방지원 공급선마저 끊어진 터라 곧 본국으로 돌아갈 예정이다.' 석방된 포로들이 이 사실을 자신들의 상부에 보고하면 우리는 상대를 감쪽같이 속이게 됩니다."

특히 제115사단은 데리고 있는 미국 군인들이 많았다. 그들은 운산에서 치른 첫 번째 전투에서 다치거나 병에 걸려 잡힌 포로들이었다. 그들은 교육과 치료를 받은 뒤 진지 앞 도로에서 풀려났다. 중공군은 미군 측에 미리 포로 몇몇을 보내 나머지 포로들을 데리고 갈 차와 사람을 보내라 하고, 총이나 폭탄을 쓰지 않은 채 그들의 안전을 약속하겠다고 알렸다.

저녁이 되자 어떠한 총포 소리도 없이 양군의 진지 앞 도로가 적막해졌다. 중공군은 다치거나 병에 걸린 포로들을 들것에 실어 도로에 내려놓고 사라졌다. 이때 석방된 많은 미군들은 포로로 잡혀 있던 동안 중공군이 베풀어준 따스한 대우와, 마침내 무사히 풀려났다는 기쁨에 감격의 눈물을 흘렸다. 그동안 자신들을 돌봐주던 중공 병사들을 바라보며 내내 손을 흔들고는 말했다.

"이 순간을 영원히 잊지 못할 겁니다!"

"우리는 앞으로 절대로 중국인과 싸우지 않을 거예요!"

"정말 감사합니다. 또 만납시다!"

이윽고 미군 의무대원들이 트럭을 몰고 와 이들을 데리고 갔다.

마오쩌둥은 펑더화이에게 전신을 보내 지원군의 미군 포로 석방을 칭찬했다.

'자네들의 미군 포로 석방은 이미 국제적으로 좋은 효과를 거두고 있네. 이번 전투 준비를 끝내고 나면 또 한 번 포로를 풀어주도록 하게. 이번에는 300~400명쯤.'

이번 사건은 국제사회 여론에서 확실히 큰 반향을 일으켰다. AP통신 기자는 11월 23일자 신문에서 중국 인민 지원군은 미국 병사들을 잘 돌봐줬으며 식량이 부족함에도 똑같은 식사를 주고 열악한 장비에도 다친 미국인들을 정성껏 치료해 줬다고 보도했다. 그밖에 이런 말도 덧붙였다.

'중공군은 미군 군인들의 주머니를 털지 않았다. 품에 지니고 있는 담배나 시계 등 개인물품을 그대로 간직하도록 해주었다.'

이에 한미군 총사령관 이기위도 그 사실을 부정하지 않았다.

"우리는 줄곧 중공군은 끈질기고 흉악한 전사들이며, 때로는 죽음을 두려워하지 않는 무자비한 공격을 일삼는다고 여겨왔으나, 이번 사건을 계기로 그들이 북한군에 비해 한결 문명화된 적군임을 알게 됐다. 그들은 부족한 식량을 미국 병사들과 똑같이 나눠 먹는 등 여러 차례 선행을 베풀었다."

이렇듯 중공군은 포로 석방으로 일석이조의 작전을 성공적으로 해냈다. 풀어준 포로를 통해 잘못된 정보를 흘리고, 미군들이 퍼트린 "중공군이 포로들을 모두 사살했다"는 소문을 말끔히 없앰으로써 중공군 부대의 인도주의적 포로정책을 선전했던 것이다.

실제로 2차 전투가 시작된 뒤 수많은 미군 병사들이 붙잡히는 상황에서도 크게 반항하지 않고 스스로 포로가 되곤 했다. 중공군이 포로를 모두 사살한다는 소문이 그대로 남아 있었다면 아마 그들은 끝까지 온 힘을 다해 맞섰을 테고 중공군의 피해 또한 만만치 않았으리라.

또한 중공군의 인간적 포로정책으로 미군 포로의 3분의 1이 미군 제도에 의심을 품었고, 또 3분의 1이 전쟁 중 포로캠프에서 미군의 '악행'에 대한 크고 작은 반대 의사를 드러냈다. 더욱이 일부는 종교를 바꾸기도 했는데, 이는 미군뿐 아니라 자유민주주의에 씻을 수 없는 타격을 주었다.

이와 함께 동부전선의 제42군단 제124, 제126사단은 제9집단군을 엄호하기 위해 작전을 개시하라는 임무를 받고, 11월 16일 저녁부터 계속 서쪽으로 이동해 11월 21일 구창(舊倉) 동쪽과 남쪽 지역에 집결해 휴식과 정비에 들어갔다. 제9집단군 부대는 제42군에 방어 임무를 넘겨주고 적의 잇따른 공격을 막으며 적군을 끌어들일 작전을 차근차근 진행해 갔다.

맥아더는 중공군의 후퇴를 지켜보며, 중공군이 전투에 겁을 먹고 도망간다는 '잘못된 판단'에 더욱 확신을 가졌다. 풀려난 미국 병사들의 잘못된 정보가 그의 생각에 더욱 힘을 보탰다.

그는 한국에 들어온 중공군 부대는 6~7만쯤에 지나지 않으며 후방보급에 어려움을 겪고 있는 데다 날씨까지 추워 반드시 물러서리라 단언했다. 그의 이러한 판단은 자연히 잘못된 행동으로 이어졌다. 끝내 맥아더는 앞뒤 따지지 말고 계속해서 북진하라는 명령을 지켜 나갔다.

리첸버그 대령은 스미스 장군의 동의 아래 신중한 전진계획을 세웠다. 진격을 뒷받침할 튼튼한 보급기지를 마련하는 작업이 하갈우리에서 착착 진행되었다.

그동안 제7연대는 중공군의 병력과 의도를 확인하기 위해 공격적인 전방위 정찰을 쉬지 않고 벌였다. 터너 대위의 공병중대는 비행장을 만들었다. 비브 대위의 1개 중대는 산으로 올라가는 비탈길을 손보고 있었다.

그 뒤 며칠 동안 스미스 장군은 흩어졌던 사단의 여러 부대를 옮기거나 강화하는 등 본격적인 전투를 위한 조치를 취했다.

11월 19일 제1연대장 풀러 대령은 서터 대대를 지경리로 진입시키고, 홉킨스 대위가 이끌던 앨런 서터 대대는 흑수리 지역에 수색정찰대를 투입해 한국군 제26연대의 진지와 시설을 확인토록 했다.

머레이 중령은 제5연대 병력을 장진호 동쪽 기슭으로 이동시키라는 명령을 받고 지휘본부를 진흥리로 옮겼다. 뉴턴과 교대 중이던 존 스티븐스 중령이 마전동에서 제1대대를 정찰대로 보냈다.

로이스는 부대를 지휘해 장진호 동쪽 기슭에 있는 사수(泗水)로 갔다. 그는 사수에 닿는 대로 정찰조를 내보냈다. 허버트 B. 파월 대령의 지원포대는 보병 진지 전방의 접근통로에 이따금 방어지원포격을 가해 아군의 활동을 도왔다. 태플릿은 진흥리에 남아 철도 종점을 지켰다.

하갈우리에서 제7연대장 리첸버그는 해리스에게 고토리로 돌아가 제5연대 병력과 교대하고 보급기지 및 주 보급로를 보호정찰하라고 지시했다. 데이비스 중령은 북쪽과 서쪽으로 저마다 900미터씩 안전정찰을 하도록 되어 있었다. 록우드 중령은 정찰대를 보내 덕수봉 남쪽을 거쳐 북쪽으로 547고지를 정찰수색하게 했다. 그 부대는 서남 통로를 거쳐 하갈우리로 돌아갔다.

지경리로부터 하갈우리와 사수에 이르는 거리는 110킬로미터이다. 이처럼 드넓은 지역을 살펴봤으나 중공군의 움직임은 그 어디에도 보이지 않았다.

매서운 추위가 이어지자 각 부대에서는 혹한에서 살아남는 방법을 가르쳤다. 그들은 늘 두터운 양말 한 켤레를 품고 다니면서 하루에 한 번씩 갈아 신도록 했다. 지휘관들은 병사들이 양말을 제때 갈아 신는지 하나하나 감독했다. 데리고 다니는 병사가 동상에 걸리면 장교는 그 까닭을 반드시 상급자에게 해명하도록 하라는 지시가 내려졌다.

해병들은 장진호에 수식어를 덧붙여 '얼어붙은 장진호'라고 불렀다.

추수감사절 새벽, 붉은 해가 뜨면서 차츰 하늘이 맑게 갰다. 공기 중의 습기란 습기는 모두 남김없이 얼어붙은 듯 한없이 적막한 아침이었다. 일대의 풍경은 황량하면서도 어딘지 모르게 슬픔이 깃든 아름다움으로 다가왔다. 바로 몇 시간 전, 어둠 속에 웅크리고 앉아 잠을 청하던 때에는 전혀 느끼지 못했던 처연한 아름다움이었다.

해병들의 마음속에 아련한 추억이 피어올랐다. 지난날들의 영상은 잔잔한 그리움을 자아냈다.

추억은 지나가 버린다. 지나가 버린 다른 세계이다.
반항적이고 거친 욕구를 불러일으키는 옛 추억.
과거는 해병들과 이어져 있다.
비록 떨어져 있지만 그들은 추억 속에 머물렀고
추억은 그들 속에 있었다.
아침 햇살과 검은 숲 그림자 사이에서
산내들을 힘차게 나아가며 군가 부를 때의 기억
마음속에 있다가 바깥으로 나온 격정적인 추억이다.
얼어붙은 장진호 전장에 누워서 보는 드넓은 하늘
이제 땅 위에서의 시간은 끝났는가
참호가 무덤과 다른 오직 하나는
하늘을 볼 수 있다는 것이다.
바로 살아 있음의 증거가 아닌가.

(이범신, 〈전선노트〉)

지금은 영원이다. 그들은 그 영원 한가운데 있다. 그것은 햇빛 속에서 그들을 에워싼다. 빛이 가득한 공기 속에 날아다니는 나비처럼 그 속에 있다. 아무것도 올 필요가 없다. 지금이다. 지금이 영원이다. 지금이 곧 불사의 삶이다.

장진호 얼음판 위 높은 곳을 갈까마귀들이 자유로이 날고 있다. 하늘이 흐려지더니 눈송이가 날리며 바람이 휘몰아친다.

점심때쯤 민간인 한 사람이 헐레벌떡 진지로 올라왔다. 키가 작고 얼굴엔 온통 마맛자국이 난, 이제 막 늘그막에 접어든 남자였다. 그는 말을 할 때마다 미간이 깊게 패도록 얼굴을 찡그렸다. 눅눅하게 젖은 솜저고리, 때에 전 털모자와 털신, 낡은 버선이 그가 전쟁 한복판에서 겪었을 비애와 고난을 고스란히 보여주는 듯했다. 그는 애써 손짓을 해가며 미군들에게 무언가를 전하려고 했다. 곧 이범신 중위가 불려왔다.

"무슨 일이죠?"

그는 숨을 헐떡이며 거칠게 말했다.

"내레 신하리서 왔슴. 중공군 정찰대가 마을에 들어왔꼬망. 1만 명이 묵을기니께니, 집들 비우라 했슴다."

신하리는 하갈우리에서 13킬로 떨어진 조그만 마을이다. 그런 마을에 1만 명이 넘는 군인들을 머물게 하다니, 이범신은 중공군 지휘관들의 엉뚱한 배짱에 놀랐다. 곧바로 그는 들은 대로 윗선에 보고했다.

마침 추수감사절 음식이 골고루 나누어진 날이었다. 참혹한 전쟁터에서 맞는 식사치곤 더없이 호사스러운 식단이었다. 새우통조림, 칠면조고기, 그레이비소스, 월귤소스, 설탕에 졸인 고구마, 과일샐러드, 다진 고기를 넣어 만든 파이, 단호박케이크, 껍질이 단단한 호두와 아몬드, 속을 채운 올리브, 그리고 향이 좋은 커피.

이범신이 신하리에서 온 그 사내에게 고구마와 고기파이를 조금 건넸다.

"고맙슴다. 덩말 고맙슴다. 내레 이틀 동안 한 끼도 못 먹었꼬망. 시래기죽도 못 먹어 굶어 둑는 이도 많슴다."

그는 허겁지겁 먹어댔다. 곁에서 잠잠히 먹던 미해병들이 히죽 웃자 그도 누런 이를 드러내며 싱긋 웃었다.

신하리의 남자는 곧 돌아갔다. 산비탈을 따라 진지를 내려가는 그의 뒷모습이 어딘지 석연찮은 느낌을 주었다.

"전쟁은 도대체 언제 끝나지?"

앳된 병사 하나가 혼잣말처럼 중얼거렸다.

"이제 시작이야. 맘 단단히 먹으라고. 크리스마스도 그냥 지나가 버릴걸. 트루먼이 잘못 알고 있는 거야. 이번 전쟁은 결코 짧지 않아."

이범신이 꾸짖듯 말했다. 그러나 다른 병사들에겐 이런 대화가 귀에 들어오지 않았다. 그들의 관심은 꽁꽁 얼어붙은 칠면조고기에 온통 쏠려 있었다. 궁리 끝에 그것들을 2개의 야전 취사용 스토브 위에 산더미처럼 쌓았다. 그다음 그 위를 커다란 텐트 2개로 덮고는 틈새마다 눈을 뭉쳐 막았다. 이튿날 아침이 되어서야 칠면조 고기는 취사병들이 칼로 썰어낼 만큼 녹아 있었다. 고지의 소대원들은 온 종일 번갈아 가며 식사를 했다.

양쯔강 이남 장난은 1년 내내 기온이 따뜻하고 땅이 기름져 4월부터 11월까지 사람들은 쉬지 않고 벼농사를 지었다. 평야가 없어 농사를 지을 수 없는 구릉지대에서는 차, 목화, 누에고치 등을 가꿨다. 비록 풍족하진 않았지만 누구나 열심히 땀 흘린 만큼 삼시 세끼 맛있는 쌀밥을 먹었다. 적어도 고향땅에서는 배를 곯는 일은 없었다.

시골에서 농사를 짓다 '항미원조 보가위국(抗美援朝 保家衛國)' 운동에 참여해 지원군 모집에 따른 리즈황은 여느 때와 다름없이 동료들과 신하리에서 진지 강화작업을 하고 있었다. 날씨는 매섭게 추웠고 배가 몹시 고팠다. 미제국주의자들이 조선을 넘어 중국까지 노리고 있다는 말에 앞뒤 따지지 않고 조국을 위해 전쟁에 뛰어들었지만, 시간이 지날수록 처음 의기는 차츰 시들어가고 어떻게든 목숨만이라도 건져 고향으로 돌아가야겠다는 마음만 간절해졌다. 그러나 그는 자신의 생각을 절대로 입 밖에 내지 않았다. 오히려 그는 속마음과는 다르게 동료들 사이에서 열혈애국주의자로 통했다.

옆에서 함께 곡괭이질을 하던 병사들이 투덜거렸다.

"정말 못 참겠구먼. 나라를 위해 달려오긴 했지만, 입에 뭐라도 넣어주고 입혀줘야 힘을 내서 싸울 게 아닌가."

"맞아. 그래도 자네들은 제 발로 걸어오기라도 했지. 난 읍장이 모이라고 해서 갔다가 아내와 작별 인사도 못 한 채 얼떨결에 이렇게 끌려왔단 말이야. 대체 이게 무슨 꼴이람. 왜 내가 여기 남의 나라까지 와서 목숨을 걸고 있는 건지…… 쳇!"

리즈황은 헛기침을 한 번 하고 나서 점잖게 꾸짖었다. 그리고 언젠가 부대 정치위원에게서 들은 이야기를 자신의 지식인 듯 늘어놨다.

"이봐, 정말 우리가 왜 여기서 싸우는지 모르겠어? 6월에 미제국주의가 육해공군을 출동시켜 조선민주주의인민공화국으로 쳐들어왔잖아. 또 유엔군놈들이 열다섯이나 되는 나라 군대를 이 전쟁에 끌어들였다고. 게다가 그놈들은 우리 영토인 타이완에도 군대를 보내서 차지했단 말이지."

옆에서 나이 지긋한 병사 하나가 거들었다.

"맞네. 미제국주의놈들이 이 전쟁을 일으킨 목적은 조선을 깡그리 집어삼키고 나서 우리 중화인민공화국까지 꿀꺽하려는 속셈이야. 그렇게 세계를 몽땅 자기 손아귀에 두려는 계획 중 하나인 게지."

리즈황은 그를 보며 고개를 한 번 끄덕이고는 말을 이었다.

"중국인민은 평화를 무엇보다 사랑해. 우리 인민은 평화로운 환경 속에서 새 나라를 만들고, 새 생활을 이룩하길 바랐지. 자네들도 그랬을 거 아냐? 조선전쟁이 일어나자 중국 정부와 인민은 전쟁을 멈추고 조선 문제를 평화롭게 해결하기를 거듭 주장했어. 미국 병력을 타이완에서 철수하라고도 계속 말했지. 하지만 미제국주의는 우리 인민들의 그런 염원을 대수롭지 않게 여기고서, 중국 정부와 인민의 엄중한 경고를 무시한 거야. 그러니까 그렇게 많은 놈들이 38선을 넘어 압록강으로 쳐들어온 게 아니겠어? 미공군은 우리 영공을 침범해 도시와 농촌을 불태우고 침략 전쟁의 창끝을 둥베이지방으로 들이댄 거야. 하지만 우리가 누구지? 중국인민은 절대로 다른 나라의 침략을 인정하지 않을 뿐더러, 제국주의자들이 이웃나라 인민한테 자행한 침략을 이대로 내버려 둘 수는 없어. 이와 잇몸처럼 서로 의지하는 조선민주주의인민공화국을 위해, 그리고 조국을 지키기 위해 중국인민항미지원군을 조직한 거야."

리즈황은 길게 이야기했지만 사실 그 이야기를 귀담아듣는 전우는 거의 없었다. 이미 똑같은 말을 수없이 들어왔기 때문이다. 다들 따분하고 지친 표정으로 귀를 닫은 채 곡괭이질만 계속 해댔다. 리즈황도 이런 문제가 있을 때마다 왜 자신이 이토록 열변을 쏟는지 스스로도 잘 알지 못했다.

'나라에 대한 충성심 때문일까, 아니면 한심하게 불평하는 이들과 똑같은 내 속마음을 숨기기 위해서일까?'

마침내 그도 곧 입을 꾹 다물고 곡괭이질을 이어갔다. 차갑고 흐린 겨울 햇살이 그들을 조용히 비쳐주었다.

란쓰옌은 우융추이가 나눠준 침낭을 쓸 수 없었다. 침낭 속에 들어가면 스웨터를 짤 수 없기 때문이다. 란쓰옌은 지안에서 눈대중으로 훠신밍의 어깨너비와 등 길이를 쟀고, 압록강을 건넌 뒤부터 취푸에서 산 하늘색 털실로 스웨터를 짜기 시작했다. 이렇게 하면 보름쯤이면 완성할 수 있으리라 생각했다. 그러나 영하 몇십 도를 넘나드는 혹한에서 손이 얼고 손가락이 심하게 부으면서 바늘을 쥐고 있기조차 힘들게 됐다. 할 수 없이 품속에 손을 넣어 따뜻하게 녹인 뒤 뜨개질하는 방법으로 조금씩 스웨터를 짜나갔다. 하지만 이런저런 일이 겹치면서 시작한 지 한참이 지났는데도 스웨터는 고작 3분의 1도 짜지 못했다.

그녀는 압록강 지안 쪽에서 헤어진 뒤로 훠신밍을 처음 만났다. 지안에서 그는 챙모자를 썼는데 이제는 솜모자를 쓰고 있었다. 또 그때는 얇은 홑조끼를 걸쳤는데 지금은 모자가 달린 미해병대의 외투를 입었다. 문득 란쓰옌은 훠신밍이 자신이 짜준 털장갑을 끼고 있지 않음을 깨달았다. 그녀는 어쩐지 기분이 조금 상했다.

'혹시 잃어버렸나? 다른 사람에게 줘버린 건 아닐까?'

순간 란쓰옌의 얼굴이 굳으며 입가를 맴돌던 미소가 사라졌다.

"털장갑은 어쨌어요?"

그녀는 목소리를 깔고 훠신밍에게 물었다.

"여기."

훠신밍은 손바닥으로 자신의 범포 배낭을 툭툭 쳤다.

"어디요?"

란쓰옌은 더 자세히 보기 위해 고개를 들어올렸다.

훠신밍은 배낭끈을 풀어 안을 벌리고 내보였다. 란쓰옌의 하늘색 털장갑이 황토색 범포 배낭 속에 얌전히 들어 있다. 그 옆으로는 치약, 칫솔, 수건, 컵과 함께 뭔가를 싸놓은 손수건이 보였다.

란쓰옌의 얼굴에 다시 미소가 번졌다. 그녀는 조금 전 자신이 너무 속 좁고 소심하게 군 건 아닌가 걱정되어 미안하고 창피했다.

'내가 짜준 털장갑을 귀하게 간직한다는 건 그가 나를 소중히 여긴다는 뜻이겠지……'

란쓰옌은 조용히 미소지었다. 그 웃음 속에는 그녀만이 알 수 있는 여러 의미가 담겨 있었고, 그 사실이 그녀를 부끄럽게 했다.

"왜 장갑을 안 꼈어요? 이렇게 날씨가 추운데."

잠시 뒤 란쓰옌이 고개를 숙인 채 물었다.

"춥다고? 난 아직 견딜 만해."

훠신밍이 팔을 내저으며 말했다. 그러나 말과는 달리 그의 코와 볼은 빨갛게 얼어 있고 입에서는 하얀 입김이 끊임없이 뿜어져 나왔다.

란쓰옌은 고개를 들고 훠신밍의 맑은 눈을 바라다보며 물었다.

"손가락이 그렇게 온통 부었는데도 춥지 않아요?"

다른 병사들과 마찬가지로 훠신밍의 두 손에도 천 조각이 둘둘 감겨 손가락은 이미 벌겋게 부어 있었다. 그는 대수롭지 않은 듯 웃으며 말했다.

"괜찮아. 이번 전투가 끝나고 아늑한 고향으로 돌아가면 꽁꽁 얼었던 몸도 눈 녹듯 녹아버릴 테니까."

훠신밍이 하나도 춥지 않다는 듯 팔을 펼쳐 휘휘 내젓자 입고 있던 두꺼운 미군 외투가 서로 부딪히며 둔탁한 소리를 냈다.

"이건 미군 외투죠? 참 좋네요."

란쓰옌은 그가 입은 옷을 보고 물었다.

훠신밍이 대답했다.

"응, 미제야. 우융추이 수색대가 가져왔어. 이번 전투가 끝나면 너한테도 하나 가져다줄게."

"전 후방에 있어서 괜찮아요."

란쓰옌이 말했다.

"미군들, 종이호랑이라더니 정말 그런 모양이에요."

훠신밍이 미소 지으며 말했다.

"크지 않은 전투였어. 그쪽은 모조리 드러났지만 우린 숨어 있었거든. 종이호랑이인지 아닌지는 총칼로 맞서봐야 아는 거야. 하지만 적진에서 그렇게 태평하게 잠이 들다니, 뭐 정신머리로만 보면 종이호랑이라고 봐야지."

란쓰옌이 말했다.

"다들 분위기가 들떴어요."

"그럴 거야. 작은 전투 하나로 사기가 엄청 높아졌지."

"이건 뭐예요?"

란쓰옌은 배낭 속에 수건으로 싸여 있는 물건을 보고 물었다.

"중국 흙이야. 강을 건널 때 중국 쪽 압록강기슭에서 가져왔어."

그는 수건을 풀어 압록강 냄새가 풍기는 진흙을 보여줬다.

"가져오길 잘한 것 같아."

훠신밍은 수건을 다시 묶어 배낭에 넣으며 말했다.

"이것 때문에 언제 어디서든 내가 중국인임을 잊지 않고, 이제 막 일어선 내 나라가 등 뒤에 있음을 다시 한 번 깨닫게 돼. 넓은 땅과 넉넉한 자원을 가진 내 나라 말이야. 드넓은 땅에 부지런하고 용감한 노동인민이 사는 그곳에는 내 고향과 형제자매가 있고 농촌과 공장이, 마을과 학교가 있어. 그곳이 바로 내 사랑하는 조국이야. 이런 내 나라를 미국놈들이 망치는 꼴을 두고 볼 수만은 없잖아?"

훠신밍은 갑자기 격앙된 목소리로 쉴 새 없이 떠들어댔고 란쓰옌은 그저 아무 말없이 바라보며 그의 말을 귀담아들었다. 순간 그녀는 잠시 모든 것을 잊고 그에게 빠져들었다. 세차게 불어대는 칼바람도, 끊임없이 이어지는 허기가 남긴 쓰라린 통증도 모두 다 그의 환한 미소 속으로 잠겨버렸다.

란쓰옌은 넋을 놓고 훠신밍을 바라보다가 문득 손을 뻗어 그의 안경을 벗겨내었다. 그러고는 자신의 손수건을 꺼내 천천히 안경알을 닦았다. 훠신밍도 그녀가 그렇게 하도록 내버려 뒀다. 그가 열변을 쏟아내는 동안 그의 안경에는 이미 물방울이 가득 맺혔고, 란쓰옌은 그 맑은 눈동자가 보이지 않는 걸 참을 수 없었다.

안경을 닦던 그녀가 조용한 목소리로 말했다.

"날이 무척 추워요. 장갑 꺼내 끼는 게 어때요?"

"날씨가 더 추워지면 낄 생각이야."

란쓰옌이 안경을 건네주며 그를 나무라듯 중얼거렸다.

"바보! 오늘 얼마나 추운 줄 알아요? 당신은 추운 줄도 모르는 바보예요."

훠신밍은 웃으며 배낭에서 하늘색 털장갑을 꺼냈다. 그는 장갑을 손으로 만져보고 가만히 얼굴에 비비더니 말했다.

"끼기 아깝잖아."

란쓰옌의 얼굴이 빨갛게 물들었다.

"털실로 아무렇게나 짠 그냥 장갑인데 뭐가 아까워요? 좋은 것도 아닌데……."

"그냥 장갑이라니! 네가 한 코 한 코 정성껏 짜준 거잖아. 얼마나 힘들었겠어!"

훠신밍의 말에 란쓰옌은 부끄러워 더는 얼굴을 들고 있을 수가 없어 고개를 푹 숙였다. 그녀의 손은 말없이 뜨개질감만 만지작거렸다. 훠신밍은 두 손이 모두 빨갛게 부어올라 바늘도 제대로 쥐지 못하는 란쓰옌에게 부탁하듯 말했다.

"고생스럽고 힘드니 그만 짜는 게 어떨까?"

란쓰옌은 고개를 내저었다.

"아니에요. 꼭 스웨터를 짜주고 싶어요."

란쓰옌은 휘신밍이 자신이 짠 털스웨터를 입은 모습을 가만히 떠올려 봤다. 생각만 해도 흐뭇하고 설렜다.

'안경을 낀 지적인 그가 맑은 하늘빛 털스웨터를 입고 하얀 눈밭 위에 우뚝 서 있는 모습은 얼마나 말쑥하고 멋있을까!'

그 순간 둘의 눈빛이 마주쳤고, 누가 먼저랄 것도 없이 동시에 활짝 웃었다.

14
저녁놀 빛

11월 20일 제7사단장 바르 장군은 제32연대 전투단을 노상거리로 200마일 가까운 집결지로 이동시키기 시작했다. 구중리 지역에서 혜산진과 압록강 국경지대로 접근하던 제17연대로 하여금 그 뒤를 잇도록 하기 위해서였다.

11월 21일이 지날 무렵, 부대원들이 '행복한 골짜기'라고 불렀던 쾌적한 숙영지에는 제1대대만이 남아 있었다. 대대는 그들과 교대할 미 제3사단 부대가 도착하는 즉시 연대와 합류하기 위해 뒤따라갈 작정이었다.

한편 제32연대 K중대 소대장 킹스턴 소위는 혜산진 서쪽 압록강 국경지대에 자리한 신갈파진으로 나아가는 연대를 이끌었다. 11월 28일 킹스턴은 압록강 국경지대에 도착했으나 제대로 둘러볼 겨를도 없이 흥남으로 철수하라는 명령을 받았다. 결과적으로 제7사단은 11월 압록강 국경지대 두 곳에 도착한 오직 한 미군부대가 되었다.

미 제7사단은 흩어져 달아나는 북한군을 만났을지언정 중공군과 맞닥뜨린 적은 없었다. 오로지 제31연대가 11월 8일과 16일 사이 부전호 가까운 곳에서 중공군 제126사단 제378연대 수색대와 우연찮게 마주친 것이 다였다. 잠깐의 조우전 끝에 중공군은 떠났고, 그제야 부전호 발전소가 아직 완공되지 않았다는 사실을 알게 되었다.

'행복한 골짜기'로 다시 돌아가 11월 23일 아침 제32연대 제1대대장 돈 카를로스 페이스 주니어 중령은 교대부대의 도착을 기다리며 대대 인사장교인 존스 소령을 제7사단 후방지휘소가 있는 북청 근처의 예정된 집결지로 설영대(設營隊)와 함께 보냈다. 그날 오후 미 제3사단 교대부대가 도착했다.

11월 24일 동틀 무렵 미군 715명과 한국군(카투사) 300명으로 이루어진 제1대대는 북청으로 하루에 160마일씩 이동을 시작했다. 아침 일찍 페이스 중령은 연대장으로부터 받은 명령을 해내기 위해 부대대장 크로스비 밀러 소령에게 부대를 이끌고 자신을 따라오도록 지시했다.

9시쯤 대대가 함흥 북쪽 외곽에 접근하고 있을 때였다. 제7사단 군단연락장교가 밀러를 급히 찾았다.

"부대 이동을 중단하고 군단 사령부 작전처에 알린 뒤 별도의 지시를 받으라는 지시가 떨어졌습니다."

연락장교는 페이스 중령에게도 같은 사실을 알리려 했으나 페이스는 이미 함흥을 지난 뒤였다. 그때 통신축선을 벗어나 있던 페이스는 북청으로 계속 움직였고, 그곳에 도착해서야 계획이 바뀐 사실을 알았다.

함흥 외곽에서 대대를 멈추게 한 밀러는 제10군단 사령부에 보고했으며, 그곳에서 군단장 알몬드와 미육군 7사단장 바르를 만났다. 바르 장군이 밀러에게 지시를 내렸다.

"대대를 북쪽 해병 제1사단 지역으로 옮기고, 가능한 빨리 장진호 동쪽지역으로 진출하도록 하게. 이제부터 제1대대는 해병 제1사단에 배속되었음을 잊지 말도록."

밀러가 군단 사령부로부터 새로운 명령을 받는 동안, 1대대 작전장교 위즐리 커티스 소령은 길에서 가까운 학교 운동장에 대대를 모이도록 했다. 부대원들은 그날 아침 제8군이 전쟁을 끝내기 위해 새로운 공세를 시작했다. 크리스마스 전까지 많은 사단이 일본으로 돌아갈 수 있으리라 기대된다는 극동군 사령부 방송을 듣고 한껏 들떠 있었다.

밀러는 돌아오자마자 커티스에게 자신이 받은 명령을 전달했다.

"우리 1대대는 장진호 동쪽의 해병 제5연대와 교대한 뒤, 그곳에서 제7사단과 다른 부대들이 도착하기를 기다리라는 지시를 받았네."

11월 24일 11시 30분 커티스는 대대의 야간집결지 위치를 찾기 위해 안내병들을 데리고 북쪽으로 떠났다. 밀러는 한 시간 반 뒤에 대대를 이끌고 따라갈 작정이었다. 황초령 초입에 다다른 커티스는 그곳에서 숙영지로 알맞은 장소를 찾아냈다. 저녁에는 이튿날 아침 6시 30분에 출발한다는 명령도 내렸다.

한편 페이스 중령은 북청에 이르렀을 때 자기 대대가 장진호로 이동하라는 명령을 받았음을 알고, 곧 차를 돌렸다. 그는 자정에서 한 시간 반이 지나서야 진흥리에 도착해 대대에 합류했다. 그날 밤은 몹시 추웠고, 밤새 주 보급로를 지나는 차량 소음 때문에 부대원들은 거의 잠을 이룰 수가 없었다.

페이스의 도착과 더불어 대대 주요 장교 셋이 다시 모였다. 모두가 제2차 세계대전 참전 경험이 있었다. 페이스는 제7사단이 일본에서 재편성된 이래로 1년 넘게 대대를 이끌어 왔다. 그는 버지니아 출신으로 1941년 6월 25일 육군에 입대해 8개월 뒤인 1942년 2월 16일 육군보병학교 간부후보생 과정을 통해 육군 소위로 임명되었다. 제2차 세계대전 기간 중에는 리지웨이 장군 전속부관으로 3년 넘게 몸담은 뒤 육군 중령으로 승진했다. 태평양전선에서 여러 보직을 거치면서 전쟁이 끝날 때는 미국 본토에 있었고, 중국에서는 바르 장군의 합동 군사고문단에서 일했다.

1949년 돈 카를로스 페이스는 일본에 주둔 중인 제1기병사단 제12연대 1대대장으로 임명되었다. 그 뒤 제32연대가 일본에서 편성될 때 페이스 대대는 연대 핵심부대가 되고, 제7사단장 바르 장군은 그를 제32연대 1대대장으로 임명했다. 1950년 11월 24일 장진호에서 제한된 인천상륙작전의 경험을 치른 서른두 살의 페이스는 어느 하루를 보내고 있었다.

페이스 중령은 182센티미터쯤 되는 키에 짧게 자른 검은 머리, 육상선수 같은 탄탄한 체격을 지녔다. 그의 검은 눈동자와 혈색을 보면 그가 스페인 혈통임을 알 수 있다. 그는 사병이나 장교 모두에게 똑같이 우호적이었고 단호했으며 카리스마가 넘쳤다.

크로스비 밀러는 1940년 공학 학위를 받으며 버지니아주 렉싱턴의 버지니아 군사학교를 졸업했다. 그곳에서 ROTC훈련을 받고 1940년 5월 31일 소위로 임관되어 육군에 들어왔다. 그는 제2차 세계대전 중 유럽에서 전차소대장, 여러 다른 중대의 지휘관, 전차대대 부관, 작전관, 정보관 등 기갑장교로 복무했다. 전쟁이 끝난 1946년 7월 밀러는 정식으로 육군 중위가 된다. 1950년 기갑학교에서 고등군사반을 수료하자마자 극동군 사령부로 전출되어 제7보병사단 제32연대 1대대에 보직되었다.

밀러는 한국에서 보병 공석에 보직된 기갑장교 수백 명 가운데 한 사람이었다. 인천상륙작전 뒤 페이스 중령은 그가 부대대장 역할을 잘 해 내리라 굳게 믿어서 배지를 수여했다.

대대 작전장교인 위즐리 커티스 소령은 1938년, 그의 나이 스무 살 때 제17연대 1중대에 입대했다. 중대에 있는 동안 웨스트포인트 학생요원으로 뽑혔으며, 1943년 1월 졸업 뒤 소위로 임관했다. 그는 태평양전선으로 보내졌고, '여

우사냥개연대(Wolfhound Regiment)'로 알려져 있던 제25사단 제27연대에서 44개월 동안 보병장교로 몸담았다. 그 기간 동안 소대장, 부중대장, 중대장, 연대 군수주임 등 보직을 성공적으로 마쳤다.

그는 1950년 포트베닝에 있는 보병학교에서 9개월 동안 대대전술과정을 마친 뒤 한국에 배치되기 위해 일본으로 보내져, 최종적으로 제7보병사단 제32연대 1대대에 부임했다. 그는 페이스 중령과 같은 서른두 살로 중간 정도 키에 겸손하고 군사문제에 관심이 많은 타고난 군인이었다.

미해병 제1사단은 부분적인 병력이동으로 전열을 다시 가다듬었다. 제1연대장 풀러 대령은 지휘소를 진흥리로 옮겼다. 제5연대장 머레이 중령은 존 스티븐스 대대를 장진호 동쪽 기슭 로이스 진지 북쪽으로 이동시켰다. 철도 종점 경비임무를 도날드 슈먹과 교대한 로버트 태플릿은 스티븐스의 진지 북쪽에 제3대대를 포진시켰다. 제7연대장 리첸버그 대령은 레이몬드 데이비스 중령에게 유담리 부근에 봉쇄진지를 세우라고 지시했다.

덕동고개를 넘어가는 부대이동을 쉽게 하기 위해 헐의 도그 중대, 81밀리 박격포 1개 반과 존 맥로린(John Mclauhin) 소령의 105밀리 곡사포대가 데이비스 부대를 보강했다. 덕동고개 너머에서는 윌콕스 대위 부대가 길 왼쪽 고지에 있는 1개 중대 규모의 중공군과 접전을 벌였다. 그들은 대포와 공중지원으로 중공군을 물리쳤다. 그날 밤 데이비스 중령은 유담리로 가는 골짜기 끝자락에 부대를 배치했다.

하갈우리는 장진호 남쪽 끝에서 2.3킬로미터, 드넓은 저수지로 이어지는 장진강 서쪽에 자리잡고 있다. 길 한 줄기가 하갈우리 북쪽으로 저수지 동쪽 기슭을 따라 달리면 숙능리, 복고리, 사수리를 지나 신흥리로 이어진다.

이 기슭을 따라가다 보면 길은 사수리 북쪽에서 동쪽으로 구부러져 산속으로 들어가며, 좀더 북쪽으로 가다가 신흥리 남쪽 1.1킬로미터 지점에서 저수지 기슭과 다시 만나게 된다. 여기서부터 저수지 둘레를 달리다 보면 서쪽 기슭에서 오는 길과 만난다. 이렇게 하나가 된 길은 분수령을 따라 압록강까지 치닫는다.

하갈우리에서 유담리까지 이어지는 길은 저수지 동쪽 기슭 길과 사뭇 다르다. 이 길은 북쪽으로 1.4킬로미터쯤 가다가 서쪽으로 휙 굽어지고, 또 이리저리 굽이굽이 돌아가며 덕동고개를 이루는 험준한 산으로 들어간다. 이 고개 높이는 1430미터이다.

고개 너머에는 길이 구불구불 휘어 내려가며, 신흥리(동쪽 기슭 신흥리와는 다른 곳)를 지나 문온천이 있는 골짜기로 뚝 떨어진다. 여기서 길은 북쪽으로 돌아간다. 문온리 마을은 절벽 사이 펀펀한 곳에 집채들이 옹기종기 모여 길은 북쪽으로 2개의 골짜기가 만나는 곳까지 뻗어 있다.

유담리 마을은 산세가 낮아지면서 골짜기들이 저수지 끄트머리로 만나 이루어진 작은 평지에 자리한다. 직선거리로는 하갈우리에서 유담리까지 12.8킬로미터이다. 머리핀처럼 꼬부라진 길이라 따라가면 22.5킬로미터로 늘어난다.

이 길은 유담리 북쪽으로 이어지고 동쪽 기슭의 길과 합쳐진다. 그리고 마을에서 서쪽으로 뻗어나가는 길이 한 줄기 있는데, 강계와 평양 사이 남북 동맥과 이어진다.

제5연대가 저수지 동쪽 기슭에 포진해 공격태세를 취한 가운데, 제10군단장 알몬드 장군이 스미스 장군에게 준비명령을 내렸다. 육군 제7사단의 예하 부대와 교대한 뒤, 제5연대를 저수지 반대쪽으로 이동시킬 준비를 하라는 내용이었다.

스미스는 앞서 머레이에게 내린 명령을 거두고, 교대할 때까지 지금 진지에 그대로 남으라고 지시했다. 갑자기 계획이 바뀐 까닭은 군단 사령부의 명령 때문이었다. 11월 25일 자정 다음과 같은 명령이 내려졌다.

'해병대는 유담리 서쪽으로 공격해 무평리 제8군 전선으로 통하는 적의 병참선을 끊어라.'

그곳까지 거리는 88.5킬로미터였다. 이 지점에서 해병들은 다시 북쪽으로 방향을 바꾸어 강계를 거쳐 압록강까지 쳐올라가게 된다.

'압착 포위 작전(massive compression envelopment)'으로 설명되는 이 계획은 미 해병 제1사단에 커다란 충격이었다. 해병은 이 '압착기(compressor)'의 오른팔이 돼야 했다. 저수지 동쪽 기슭 육군 제7사단의 작전구역이 그어지자 제7사단은 북쪽으로 나아갔다. 해병 제1사단의 왼쪽이 이미 드러났으므로 해병이 서쪽으로 이동하고 제7사단이 북쪽으로 밀고 나아간다면, 해병 제1사단 오른쪽이 곧장 적군의 시야에 띄게 될 터였다.

이 명령으로 주 보급선에 대한 스미스의 우려는 높아만 갔다.

해병 제1사단 후방경계선은 하갈우리까지 나아갔다. 육군 제3사단은 함흥-하갈우리 도로를 보호하게 되었다. 그러나 원산 주위 적군들의 게릴라 활동으로 제3사단은 그 지역을 떠날 수가 없었다. 스미스는 하나뿐인 보급로를 지킬 수 있도록 고토리와 진흥리에 부대를 유지해 달라고 요구했다. 알몬드는 이 요구를 받아들였다. 제3사단에는 수동-함흥의 주 보급로 보호임무만이 맡겨졌다.

유담리에 가까이 다가가자 제7연대를 향한 적의 저항이 갈수록 거세졌다. 11월 25일 오후 늦게 데이비스와 해리스는 마을과 그 마을을 에워싼 골짜기가 들여다보이는 고지에 저마다 부대를 포진시켰다.

다시 한 번 중공군이 세차게 저항하다가 물러갔다. 존 모리스 대위가 이끄는 부대는 고지를 차지했다. 쉬어는 정찰대를 이끌고 마을 외곽을 살폈지만 중공군과의 교전은 일어나지 않았다. 폭풍 전야처럼 이상하리만치 싸늘한 정적이 감돌았다.

그날 밤 육군 제32보병연대 1대대가 로이스 부대 북쪽, 다시 말해 저수지 동쪽 기슭으로 움직였다. 이튿날 제31연대 전투단 나머지 병력이 머레이의 해병 제5연대와 합류했다. 이에 따라서 제5연대는 유담리로 나아갔다. 26일 아침 리첸버그는 유담리를 차지해 봉쇄진지를 세우고 주 보급로를 보호하라는 명령을 받았다. 한편 머레이는 그곳을 지나 서쪽으로 공격을 계속해 나가게 되었다.

11월 25일 오후 늦게 이범신이 속한 부대가 중공군 셋을 사로잡았다. 소식을 들은 정보장교 도널드 프란스 대위가 리첸버그에게 다급히 뛰어갔다.

"무슨 일인가?"

"수색대가 중공군 세 놈을 사로잡았는데 지금 이리로 데려오는 중이랍니다."

"음, 놈들 움직임을 조금이나마 알 수 있겠군. 어두워지기 전에 심문을 끝내."

"알겠습니다."

"이범신도 불러. 분명 도움이 될 거야."

곧이어 포로들이 도착했다. 병사들이 끌고 오면서 나름대로 심문해 보았으나, 포로들은 입을 굳게 다문 채 단 한마디도 하지 않은 모양이었다. 포로가 있는 막사로 이범신이 들어와 경례했다. 탁자 앞에 포로들이 무릎을 꿇고 앉아 있는 게 보였다. 그 옆에 프랑스 대위와 몇몇 병사가 서 있었다.

포로 심문은 중공군 포로로 잡혔다가 얼마 전에 전향한 황영이라는 조선족 청년이 맡았다. 그는 만주 출신이라 중국어에 능통했다. 평소 부대 노무자로 일하다 필요할 때는 중공군 포로관리를 맡아왔다. 프랑스가 이범신에게 말했다.

"심문 과정을 똑똑히 봐두게. 내가 하는 말을 황영에게 잘 전해. 정확한 정보를 얻어야 하니까."

이범신은 곧 고문이 있으리라 예감했다. 절로 눈살이 찌푸려졌다. 중공군 포로들은 아직 상황판단이 안 되었는지 굳게 입을 꼭 다물고 있었다. 그 자리에 있기가 점점 불쾌해졌다.

'이자들이 순순히 입을 열어주면 좋으련만.'

중요한 사실은 적 또한 우리와 같은 인간이고 우리와 똑같이 피곤해 하면서 생명의 위험에 두려워한다는 것이다. 전선의 병사가 인간적인 적을 알 기회가 있다면, 그건 포로를 붙잡았을 때다. 때때로 병사에게는 아주 중대한 경험이 된다. 포로는 자신을 붙잡은 이들에게 그 또한 생명을 소중하게 여기며 상대의 인간성을 최소한 신뢰하고 있음을 호소한다. 아무리 적이라지만 이해할 수 있고, 적어도 외면적으로는 똑같이 생겼다. 그 과정에서 이범신은 두 인격이 번개처럼 빠르게 번갈아 나타나기에 몇 번씩이나 마주봐야만 했다. 동정심과 증오가 동시에 서린 자기 자신을 알아차리면서 그는 곧 벗어났다. 이범신은 그들에게 동정심을 품은 자신의 모습이 그리 온당하지만은 않다고 여겼다.

'무장한 적에게는 어떤 동정심도 품지 말자. 그들은 오로지 무너뜨려야 할 존재이다.'

그럼에도 이따금 그들이 가여운 존재로 보일 때가 있는데, 그건 그들이 겹겹이 둘렀던 무장을 벗어던지고 싸움에서 졌다는 표시를 해올 때이다. 그러니까 바로 오늘과 같은 상황이다. 이럴 때에야 비로소 그들도 우리와 같은 인간임을 깨닫게 된다. 모순과도 같지만 그들이 우리와 평등해지는 일은 그들과 우리가 평등해지지 않을 때여야 가능하다.

"이름이 뭐지?"

"소속부대와 계급은?"

기본적인 질문부터 이어졌다. 프랑스가 이범신에게 말하면 이범신이 황영에게 한국어로 전하고, 황영이 그대로 포로들에게 중국어로 묻는 형식이었다. 이어 부대 위치와 계획 등 보다 중요한 질문으로 넘어갔다. 하지만 예상대로 포로들은 입을 열지 않았다. 강력한 적을 앞에 둔 상황에서는 적의 의도를 한시라도 빨리 파악하는 일이 중요하다. 그러나 마치 입에 자물쇠라도 채운 듯한 포로들에게서 정보를 캐내려면, 어쩔 수 없이 비인간적인 방법을 쓸 수밖에 없었다.

프랑스는 한숨을 길게 내쉬더니 황영에게 턱짓을 했다. 황영은 알듯 모를 듯 눈웃음을 짓더니 곧 포로들에게 조금씩 다가갔다. 그러더니 그중 한 명의 오른쪽 귀를 사정없이 후려쳤다. 모두 움찔했다. 이제야 올 것이 왔다는 듯 그들은 바짝 긴장했다. 황영이 또 질문했지만 대답은 그리 만족스럽지 않았다. 황영의 눈길을 받은 프랑스가 손짓하자, 주위에 있던 미군 병사들이 포로 한 사람을 탁자에 앉혔다.

황영은 병사의 왼손을 잡아 자기 쪽으로 끌어당겨 손가락이 위로 오게 한 뒤 손목을 탁자 위 가죽끈 끝에 꽁꽁 묶었다. 미군 병사 하나가 가죽끈을 포로의 팔목에 단단히 묶었다. 황영이 벨트에서 칼을 뽑아 포로 바로 옆 탁자 위에 내리꽂자, 포로는 순간 움찔하며 눈동자가 불안하게 흔들렸다. 황영은 길고 날카로운 핀을 옷깃 안쪽에서 꺼냈다. 왼손으로 포로의 엄지를 재빨리 움켜쥐고 오른손으로 핀을 포로의 손톱 밑으로 찔러 넣었다.

그 순간, 포로가 날카로운 비명을 질렀다. 황영은 포로 얼굴을 바로 세우더니 윽박지르며 질문을 던졌다. 대답은 여전히 만족스럽지 못했다. 황영은 다시 천천히, 무표정한 얼굴로 포로를 바라보면서 탁자에 꽂혀 있던 칼을 뽑았다. 차근차근 포로에게 몇 가지 질문을 한 다음 강조하듯이 중요한 질문 하나를 던졌다. 기다렸지만 어떤 대답도 없었다. 황여이 칼날의 편편한 부분으로 핀의 머리 부분을 두드렸다. 그러자 포로는 고통스러운 비명을 질렀다. 그의 얼굴에서 식은땀이 줄줄 흘렀다. 미군 하나가 포로의 오른팔을 등 뒤로 비틀어 올렸다. 고통을 참다못한 포로가 몇 마디 겨우 대답했지만, 황영은 꾸짖듯이 머리를 흔들더니 핀이 손톱에 반 이상 들어가도록 칼로 눌렀다. 찢어질 듯한 비명을 토해 내는 포로의 눈에서 어느새 눈물이 뚝뚝 떨어졌다.

이범신은 황영의 붉게 충혈된 눈을 보았다. 이 자리에서 그를 처음 보았지만, 분명 처음부터 고문 기술로 밥먹고 살던 사람은 아닌 듯했다. 그러나 오늘 그는 한 점 망설임이나 죄의식 없이 한 인간에게 가혹하리만치 잔인한 고통을 주고 있었다. 땀과 눈물로 범벅이 된 병사가 덜덜 떠는 모습을 그는 재미있다는 듯 바라보았다. 중국병사는 자신이 약한 처지에 놓였다는 걸 알고 있었다. 이 극심한 시련 때문에 이범신의 가치관은 붕괴하고 마음속이 일그러져 온다. 프랑스 때문인가 싶어 원망을 담고 돌아보았으나 그 표정은 변화가 없었다. 오직 전장에서만 볼 수 있는 인간 본성의 잔혹한 면이라는 생각이 들었다.

황영은 참을성 있게 대답을 기다렸다. 공포에 휩싸인 포로는 몸을 떨며 중얼거렸지만, 쉽사리 원하는 정보를 털어놓지 않았다. 황영은 한숨을 내쉬며 칼을 다시 집어 들었다. 이제 포로의 눈은 매 순간 겁에 질려 그의 움직임을 따라다녔다. 황영은 칼날을 핀 머리 부분에 갖다 대고 포로를 의심에 찬 눈초리로 쳐다보았다. 그리고 천천히 핀머리를 눌렀다. 누를 때마다 핀이 파고드는 아픔에 찢어지는 비명이 터져 나왔다.

마침내 황영은 인내심을 잃고 짐승 같은 괴성을 지르기 시작했다. 포로의 엄지를 쳐들고 칼날을 내리친다. 핀이 엄지 관절 부분을 관통할 때마다 포로는 참담하게 무너졌다. 쉴 새 없이 터져 나오는 비명이 막사를 채웠다. 그의 갈색 얼굴은 붉게 변했고, 온몸은 땀으로 흠뻑 젖었으며, 광분에 찬 눈은 병적으로 빛났다.

고문이 멈추자 포로는 신음하며 숨 가쁘게 축축한 공기를 들이마셨다. 몹시 고통스러운 듯 그의 팔다리가 뒤틀리고 떨렸다. 황영은 그를 무너뜨리는 데 성공한 것 같았다. 병사 하나가 물 한 바가지를 들고 와 포로의 입을 벌리고 쏟아부었다.

물을 마시자 포로는 가까스로 말을 할 수 있을 만큼 정신이 돌아왔다. 포로의 말이 끊어질 때마다 황영은 포로의 손톱에 박혀 있는 핀 머리에 손가락을 대는 시늉을 했다. 그러면 겁에 잔뜩 질린 포로가 곧바로 말을 이었다.

프랑스는 심문 결과에 꽤 만족해했다. 황영은 포로를 부드럽게 타이르더니 갑자기 빠른 동작으로 손톱 아래에서 핀을 빼냈다. 피가 뚝뚝 떨어졌다. 포로는 신음을 내며 정신을 잃고 탁자 위로 푹 고꾸라졌다.

나머지 두 포로는 자신들에게도 닥칠지 모를 고문에 잔뜩 겁을 먹고 사시

나무 떨듯 떨었다. 그들에게는 고문도 필요 없었다. 황영이 비열한 웃음을 흘리며 핀을 들이대자, 그들은 순순히 아는 것을 모조리 털어놓았다. 황영은 쓰러진 포로의 머리카락에 핀을 쓱쓱 닦아서 옷깃 안쪽에 다시 찔러 넣었다. 주위를 바라보고는 흡족한 표정을 지었다.

잠시 뒤 그들은 황영을 남겨두고 밝은 햇빛 속으로 나왔다. 이범신은 심호흡을 하며 잠깐 멈춰섰다. 프란스는 어깨를 으쓱했다.

"황영의 방법이 제법 잘 통할 때도 있지. 하지만 나도 고문은 싫다네."

프란스는 이범신을 물끄러미 바라보았다.

"우리 심문 방식이 어떤가?"

"고문이야 늘 냉혹한 법이죠."

이범신은 짧게 대답했다. 죄책감에서 자유로울 수 없으니 그저 서둘러 자리를 뜨고 싶을 뿐이었다.

심문 결과, 중공군 제9집단군의 임무는 유담리 남쪽으로 진격해 해병을 남쪽과 서쪽에서 공격하는 것이었다. 하지만 그 공격을 하는 데는 조건이 붙었다. 첫째, 해병사단의 2개 연대가 덕동고개를 넘어 북쪽으로 갈 때까지 총공격을 하지 않을 것. 둘째, 공격은 야간에만 할 것. 이 두 번째 조건은 해병항공대에 대한 경의 표시였다.

그 뒤 얼마 지나지 않아 프란스는 어느 중공군 장교의 수첩 하나를 손에 넣었다. 쑹스룬 장군이 지휘하는 중공군 제9집단군의 임무는 '2만 5800명이 넘는 미해병사단을 궤멸하는 것'이라고 적혀 있었다.

이러한 사실을 모른 채 리옌펑을 비롯한 고위 간부들은 군사지휘소에 모여 정찰대들이 모아 보내온 정보들을 대조하며 상황을 지켜보던 중이었다.

미군의 진격방향은 그들 작전지도의 표시와 완벽하게 맞아떨어졌고, 맥케이 수색대가 습격을 받았음에도 전혀 달라진 내용이 없었다. 미군들은 맥케이 수색대 피습을 그저 우연히 일어난 사건쯤으로 여기는 듯싶었다. 이 사건은 부대 행동작전에 아무런 영향을 주지 않아 부대가 압록강 방향으로 진격하는 것도, 성탄절에 한국전쟁을 끝내겠다는 맥아더의 총공격 작전도 처음 그대로였다. 미군은 그들이 결정한 계획을 바꾸려 들지 않고 고집스럽게 밀고 나갔다.

지도가 믿을 만하다는 확신이 생긴 지휘부는 이윽고 각 부대들에게 명령을 내린다. 군사단을 거쳐 전달돼 내려온 집단군의 작전명령은 이러하다.

제9집단군 가운데 먼저 올라온 2개 군단 총 8개 사단은 날이 어두워지면 전방으로 이동해 동틀 무렵 전투를 시작한다. 그 8개 사단에서 2개 사단은 장진호 동쪽 연안 미 제7사단 1개 연대의 활동을 막고 나머지 6개 사단은 흩어져서 미해병 제1사단 부대를 포위한다. 동시에 예비부대 1개 군단 4개 사단은 압록강 쪽에서 장진호 지역으로 이동한다. 미해병 제1사단은 이미 장진호 지역으로 모두 들어와 있고, 그 선봉부대 소속 대대 하나는 벌써 장진호 서북쪽 유담리에 진입한 상태였다.

장흥시와 멍빠오둥이 이끄는 사단은 하갈우리 비행장을 공격해 하갈우리와 유담리 사이 연락을 끊어버리라는 막중한 임무를, 우융추이와 훠신밍 전위대는 하갈우리 비행장 공격의 선봉부대 역할을 맡았다.

날이 저물고 불빛 하나 없이 깜깜해진 밤, 서북쪽의 구름이 차츰 두껍고 시커멓게 변해 간다. 곧 한바탕 눈보라가 휘몰아칠 듯했다.

한 줄기 석양빛이 두껍게 아래로 내려앉은 구름을 뚫고 나와 서쪽 하늘에 걸리자 차츰 어둠이 짙어가고 여기저기 험준한 산줄기에 검은 그림자가 드리워졌다. 산등성이 쪽 나무가 흔들거리면서 어두운 하늘 아래로 눈꽃송이가 하나둘씩 흩날리더니 바람결에 떠다녔다.

우융추이와 훠신밍은 곧 부대원들을 산자락에 모이도록 했다. 이동 중 병이 나거나 동상으로 죽거나 부대를 벗어난 대원들을 빼놓고 압록강을 건너온 전위대 대원 800여 명 가운데 남은 대원은 모두 600여 명이었다.

소나무 두 그루 사이에 막대기 하나가 가로로 걸렸고, 막대기 위에는 우융추이 가문 대대로 내려오는 꽃과 구름, 용이 새겨진 박달나무 함과 징이 매달려 있었다. 징 아래는 광주리와 자루 10여 개가 놓였으며, 삶은 감자와 소고기가 나눠 담겨져 있는 게 보였다. 인근 농가에서 주인을 잃고 헤매던 비쩍 마른 소를 잡아 장작불에 구운 것이었다.

희미한 석양빛이 나무 사이에 걸린 징 위로 떨어지자 한 줄기 냉랭한 빛이 감돌았다. 끊임없이 불어오는 차가운 바람이 징을 흔들자 쟁쟁하는 소리가 온 주위로 울려퍼졌다.

훠신밍이 이번 전투 의의와 목적을 이야기했다. 우리가 왜 이곳에 왔고 여기서 무엇을 하며 어떻게 할 것인지 등 간략한 전투 전 교육이었다. 그리고 마지막으로 전군은 우융추이 대대장의 명령을 철저히 받들고 그 지휘에 따라야 한다고 힘주어 말했다.

뒤를 이은 우융추이의 연설은 아무래도 훠신밍처럼 또렷하고 조리 있지 못했다. 그는 단도직입적으로 말했다.

"나는 딱 두 가지를 이야기하겠다. 첫째는 징이다. 다들 잘 알테니 넘어가도록 하자."

그는 조상 대대로 물려받은 이 박달나무 함과 징에 대해서는 이제 말을 하지 않았다. 왜냐하면 노병 신병이든간에 일찍 왔든 늦게 왔든 그의 징에 대해 모르는 사람이 없었기 때문이다. 우융추이 부대는 전투 때 돌격 나팔 소리와 함께 이 징을 쳤다. 이 일은 그가 지휘를 맡은 뒤부터 죽 이어져 온 전통으로, 장진호에서 벌이는 미군과 전투도 예외는 아니었다.

돌격 나팔 소리가 울리자마자 '지지펑(急急風)' 소리가 뒤따르면 지휘관과 병사를 가리지 않고 전군이 힘껏 앞으로 튀어나갔다. 철수할 때는 '만산추이(慢三錘)' 소리가 들렸다. 여기서 '추이(錘)'는 우융추이의 추이로, 징을 울려 철수하라는 신호를 보내는 것이었다. 이 소리를 들으면 대원은 당장 전투지를 벗어나 후퇴해야 했다.

돌격할 때 징소리는 "쾅쾅쾅쾅쾅······" 빠르게 힘껏 친다 해서 '지지펑'이라 부르고, 철수할 때는 길고 느리게 "쾅······ 쾅쾅, 쾅······ 쾅쾅, 쾅······ 쾅쾅" 리듬감 있게 친다 하여 '만산추이'라고 불렀다. '만산추이'가 울리면 한바탕 혈전이 끝났다는 뜻인데, 그제야 대원들은 되돌아와 숨을 돌릴 수 있었다.

"둘째는 하갈우리 비행장이다."

우융추이의 쩌렁쩌렁한 목소리는 소나무 숲에서 나는 바람 소리를 넘어설 만큼 산골짜기에 크게 메아리치고, 어둠 속에 파묻힌 대원들은 끽소리도 내지 못한 채 조용했다.

"우리가 왜 하갈우리 비행장을 공격해야 하는가? 그곳은 미해병 제1사단의 창고다. 무기와 탄약은 물론 먹을 것이 산더미처럼 쌓여 있지. 이 모든 게 비행기에 실려 그 창고에 도착한다. 하갈우리 비행장을 차지하면 배불리 먹을 수 있고 미군들 옷으로 겨울을 따뜻하게 보낼 수 있다!"

훠신밍이 옆에서 눈살을 찌푸렸지만 대원들은 오히려 그 말에 흥분해 순식간에 분위기가 왁자지껄해졌다. 휘신밍이 보기에 우융추이는 중요한 사실을 빼먹었다. 비행장 점령에는 두 가지 목표가 달려 있다. 적군의 항공 후방지원 노선을 끊고, 적군 창고를 털어 필요한 물자를 얻는다. 멍빠오둥은 하갈우리 비행장을 차지해 미군의 항공 대동맥을 끊어놔야 미해병 제1사단을 무찌를 수 있다고 거듭 강조했다. 그런데 우융추이는 그저 배불리 먹고 겨울을 따뜻하게 보낼 수 있다는 단순한 내용 하나만 주장한 셈이다.

'어떻게 가장 중요한 핵심 전략을 빼놓을 수가 있지?'

그러나 이 수백 병사들 앞에서 휘신밍은 우융추이의 말을 바꾸거나 반박할 수 없었다.

'어쨌든 전투란 군사 지휘관의 의견이 가장 중요하니까, 하갈우리 비행장 공격만 성공하면 되겠지.'

훈련관과 대대장의 연설이 끝나자 드디어 '전전특식'이 시작됐다. 우융추이와 휘신밍을 비롯한 600여 대원들에게 저마다 감자 세 알과 소고기가 조금 들어간 국물 한 그릇이 나누어졌다. 이것이 전위대가 하갈우리 비행장을 치러 가기 전에 먹을 수 있는 전부였다.

우융추이는 모두에게 먼저 감자 세 알과 소고기 국물로 버티다 밤에 하갈우리 비행장을 치고 나면 자신과 훈련관이 모두를 데리고 미군의 특식을 맛보게 해주겠노라 장담했다.

병사들은 우융추이의 말에 기대감이 생기긴 했지만 국물만 단숨에 들이켤 뿐 감자는 먹지 않고 소중히 품 안에 집어넣었다. 전투가 코앞인데 앞으로 또 어떤 일이 닥칠지 모를 일이었다.

우융추이와 휘신밍 또한 예비식량이 필요했기에 부대 내 모든 음식을 전전특식으로 내놓지 않았다. 그들이 남겨놓은 감자와 소고기 몇 광주리는 위융시앙과 왕산이 함께 보관하기로 했다.

그들은 남은 감자와 소고기를 철저히 지키며 보물처럼 여겼다. 장진호에서 꽁꽁 얼어버린 감자 한 알이 병사 하나를 살릴 수 있음을 모르는 사람은 없었다.

식량이 얼마 남지 않은 상황에서도 휘수이란과 그녀의 몇몇 동지, 그리고 어린 양정자의 몫도 조금 챙겼다. 전투가 시작되면 사단 병원의 2개 치료대도 곧 구호활동에 나서게 될 테고, 휘수이란 무리도 현장에서 자신의 부대가 올라오는 걸 기다려야 했다.

우융추이는 감자 대여섯 알과 맑은 물에 찐 소고기 몇 덩이를 낡은 자루에 담아 양정자와 함께 훠수이란에게 안겨주었다. 그는 자신의 큰 손으로 솜모자가 덮인 아이 머리를 쓰다듬으며 말했다.

"아버지는 미군을 무찌르러 갈 거야. 다 끝나면 맛있는 음식을 실컷 먹을 수 있어. 통조림 이만큼에 비스킷도 이만큼, 사탕도 이만큼 먹을 수 있단다."

아이는 알아들었는지 아닌지 아무 말이 없었다. 그저 초롱초롱 빛나는 눈망울로 수염이 덥수룩한 '아버지'를 한참 바라볼 뿐이었다.

훠신밍도 란쓰옌과 여동생에게 작별 인사를 하기 위해 왔다. 그는 어느새 란쓰옌이 그를 위해 짜준 하늘색 털장갑을 손에 끼고 있었다. 훠신밍은 자신이 입었던 모자 달린 외투를 벗어 란쓰옌에게 건네주며 말했다.

"공자께서는 오는 게 있으면 가는 게 있어야 한다고 말씀하셨지. 이 외투를 선물로 줄게."

란쓰옌은 선뜻 외투를 받아들지 못했다.

"스웨터도 아직 다 못 짰는데 외투가 없으면 얼어 죽을지도 몰라요."

훠신밍은 란쓰옌의 어깨에 외투를 둘러주며 미소를 지었다.

"괜찮아. 손으로 바늘도 제대로 못 쥐면서. 이 외투 따뜻하게 입고 얼른 완성해 주면 되잖아. 네가 서둘러 짜줘야 내가 입지 않겠어? 외투를 입고 전투를 하면 움직임이 둔해져서 쉽게 총에 맞을지도 몰라. 벗는 게 더 나을 거야."

그 말에 란쓰옌은 함빡 웃으며 더는 거절하지 않았다. 그녀는 하루빨리 스웨터를 짜야겠다고 다짐했다.

희미하게 남았던 저녁 빛이 사라지면서 하늘에 어둠이 드리워졌다. 눈발은 갈수록 굵어져 순식간에 넷 에움이 하얀 눈벌판으로 변해 갔다. 바람이 불지 않아 눈 쌓인 대지는 목화솜을 깔아놓은 듯 폭신해 보였다.

곧 부대가 출발했다. 훠신밍이 맨 앞에 서고 부대원들이 그 뒤를 따라 걸어갔다. 우융추이는 소나무 아래서 시원하게 오줌을 누고 부대 뒤를 따랐다. 어느덧 전위대는 어둠 속으로 사라졌다.

학산리는 유담리로 들어가는 서남쪽 골짜기에 있는 작은 마을이다. 이곳에 숨어 지내며 공격 시기를 노리던 중공군 제79사단 2연대 소속 전위대는 한밤의 폭설로 온 산야가 기막힌 설경으로 변한 아침나절에 미해병대와 마주쳤다.

"학산리, 매니 매니."

그 전날, 민간인들이 유담리 방향으로 덕동 북쪽을 이동하던 미군들에게 학산리에 중공군이 '매니 매니(many, many)' 있다는 정보를 내준 것이 빌미가 되었다. 수색정찰에 나선 미군은 프랜시스 프랭크 미첼(Lt. Francis Frank Mitchell) 중위가 이끄는 첨병소대와 60밀리와 81밀리 박격포소대를 대동한 중대병력이었다.

미군 수색중대의 첨병소대가 지난밤 내린 폭설로 발이 푹푹 빠지는 산등성이를 따라 움직이는 것을 발견한 중공군 초병이 곧바로 본대에 알렸다. 학산리의 중공군 부대는 즉각 비상을 발령하고 전투 준비에 들어갔다.

오후 4시쯤 학산리 마을 맞은편 봉우리에 다다른 미군 첨병소대는 산기슭을 타고 내려와 좁은 들을 가로질러 곧장 마을로 들어가려 했다. 마을을 살짝 감싼 한쪽 산기슭 자락에는 떨기나무와 잡초들이 무성하게 덮여 있었다. 중공군은 기습작전에 안성맞춤인 이 엄폐물을 이용해 사격자세로 몸을 숨긴 채 미군들이 사정거리에 접근할 때까지 기다리다가 한꺼번에 방아쇠를 당겼다.

자동소총수를 포함한 선두 2명이 쓰러지자 미해병의 반응은 재빨랐다. 그들은 즉각 흩어져 엎드리며 마주 쏘고, 하나는 쓰러진 전우의 자동소총을 집어들고 구부린 자세로 마구 쏘아댔다. 첨병소대 뒤를 따르던 본대는 곧 마을을 포위 공격하는 진용으로 바꾸었으며, 박격포소대는 그 자리에 화력기지를 만들어 지원포격을 시작했다.

떨기나무숲 일대에 포탄이 작렬하자, 마을에 대기하던 중공군 본대가 부리나케 달려나가 아군에 뛰어들면서 전투는 더욱 치열해졌다. 문제는 시간이었다. 어느덧 어둠이 넷 에움을 삼켜오고 있었다. 밤의 어둠은 중공군에게 든든한 지원군이었다.

그 사실을 잘 아는 미군들은 마침내 물러날 움직임을 보이기 시작했다. 그러나 미군이 순순히 돌아가도록 내버려 둘 중공군이 아니었다. 양군은 저마다 실탄과 포탄을 모두 퍼부으며 맹렬한 사격전을 벌였고, 끝내 몸으로 맞붙기 일보 직전에 이르렀다.

그러던 어느 순간, 믿기 어려운 상황이 벌어졌다. 어느 쪽이 먼저라고 할 것 없이 총성이 뚝 멎으며, 총구를 내린 병사들은 엉거주춤 어스름 속의 상대를 멀거니 바라보기만 했다. 냉혹한 정적, 불필요한 싸움은 이쯤으로 그치자는 암묵적 합의, 그 이상 다른 설명은 필요치 않은 기묘한 장면이었다.

미해병들은 경계심을 풀지 않은 채 슬금슬금 물러나기 시작했다. 두세 시간이나 이어진 긴장감에서 풀려난 중공군들은 어깨가 들썩거리도록 심호흡을 하며, 마치 말없는 전송이라도 하듯 바라보고만 있었다.

한 겹 짙은 어둠이 안개처럼 밀려온다. 순식간에 하늘이 깜깜해져 주변 풍경을 모두 지워버렸다. 차갑게 내뿜는 거친 숨소리, 흙과 돌에 스치는 군화 소리, 땀에 절은 비릿한 피와 매캐한 화약의 잔여물 내음만이 행렬을 감돌았다. 누구도 입을 열지 않았다. 한낮의 격렬했던 전투의 피로가 무겁게 해병들 어깨를 짓눌렀다.

프랭크 미첼 중위가 이끄는 첨병소대는 퇴각하는 수색중대의 선두 그룹을 이루며 산등성이를 따라 내려갔다. 이윽고 기슭에 다다르니 항산리(恒山里)라는 조그만 마을이 내려다보였다. 드문드문 폭격에 부서진 초가들이 마치 벌집처럼 자리 잡고 있었는데, 띄엄띄엄 불빛이 깜박였다. 완전히 빈 마을은 아닌 듯했다. 잠시 뒤 첨병 하나가 헐레벌떡 뛰어왔다.

"거동이 수상한 여럿이 마을 오두막에 들락거리고 있습니다. 틀림없는 중공군입니다. 자기네들끼리 뭐라고 말하는데, 싸울 뜻은 없어 보입니다."

미첼은 그 수상한 자들에게 말을 붙여보기로 했다. 먼저 통역관을 보내 미군이 다가가는 동안 쏘지 않겠다는 확약을 받아오도록 했다.

통역관이 곧 돌아왔다.

"쏘지 않겠답니다."

미첼은 이번엔 이범신과 통역관을 함께 오두막으로 내려보냈다. 이범신이 첨병조의 엄호 아래 오두막 쪽으로 막 걸음을 떼려던 순간이었다. 두 사람의 몸이 어두운 숲을 벗어나자마자 중공군들이 자동소총을 마구 쏘아대기 시작했다. 깜짝 놀란 이범신과 통역관은 땅에 바짝 엎드려 두 손으로 머리를 감쌌다. 빗발치는 총알에 부러진 나뭇가지들이 그들 머리 위로 우수수 떨어지고 주변 흙과 돌이 직선을 그리며 순식간에 튀어 올랐다.

그때 바위에 맞고 튕겨나온 총알이 통역관의 다리에 맞았다. 바로 옆에서 들리는 고통스러운 비명이 이범신의 귀를 파고들었다. 이범신은 통역관이 괴로움에 뒤틀다 몸을 일으키지 않도록 한 손으로 그의 어깨를 바닥에 세게 눌렀다.

전투는 치열했다. 아군도 곧바로 사격을 했으나 너무 어두워 적의 위치를 정확히 가늠하기가 어려웠다. 적의 사격은 멈출 기미가 보이질 않고 총알이 바위를 스칠 때마다 짧은 불빛이 번쩍였다. 아군의 엄호사격으로 적의 총알 세례가 주춤해지자 이범신은 온 힘을 다해 통역관을 엄폐물 뒤로 몇 미터 끌어올렸다. 첨병조장인 즈웰 코카트 상병이 죽고, 월터 오데이 상병도 목숨을 잃었다. 자동소총사수도 큰 부상을 입었다. 그들은 순식간에 피를 흘리며 쓰러졌지만, 돌아볼 여유는 없었다. 해병들은 시신들을 그 자리에 둔 채 사격을 하며 후퇴했다. 적들의 소총사격은 여전히 사나웠다.

그 순간 미첼 중위가 벌떡 일어섰다. 그는 전사한 자동소총사수의 무기와 수류탄을 집어 들고 중공군에게 달려들었다. 미첼은 무모할 만큼 용감했다. 실탄이 떨어질 때까지 마구 쏘아댄 그는 수류탄을 던지기 위해 핀을 뽑아 들었다. 불꽃들이 여기저기 번쩍이는 가운데 우뚝 선 그의 뒷모습은 군신 마르스처럼 용맹해 보였다. 그러나 다음 순간 그의 몸이 움찔하더니, 전기에 감전된 것처럼 크게 요동치기 시작했다. 적의 총탄은 그의 몸을 무자비하게 꿰뚫었다. 서서히 무너지는 그의 몸은 마치 느린 화면으로 돌려놓은 듯했다. 천천히, 미끄러지듯 무릎을 꿇은 그는 곧 흙바닥에 얼굴을 묻고 쓰러졌다.

"미첼 중위님!"

병사들이 애타게 그의 이름을 불렀지만, 소리는 먹먹한 그의 귀에 닿지 못했다. 붉게 얼룩진 흙과 번뜩이는 불빛이 빠르게 그의 눈앞을 맴돌고 사라졌다. 미첼은 마치 자정미사를 알리는 성당의 깊고 그윽한 종소리를 듣는 듯이 조용히 눈을 감았다.

이윽고 중공군의 사격이 느슨해졌다. 20여 분 동안 벌어진 전투는 미해병들이 모두 나무가 울창한 산기슭 어둠 속으로 몸을 숨기고 나서야 멎었다.

모든 것이 멈춘 듯했다. 넷 에움은 한없이 고요하다. 짙은 어둠은 교전의 참혹한 흔적들을 소리 없이 덮어버렸다. 해병들은 산기슭 참호에 걸터앉아 말없이 고개를 떨구었다. 마치 악몽을 꾸는 듯했다. 방금 전까지 혼이 나갈 듯한 사격 소음과 파편이 튀어 오르는 아수라장에 있었는데 이제는 고요하기 그지없는 참호 속에 무기력하게 들어앉아 있지 않은가. 그러나 비어 있는 전사자들의 자리가 틀림없는 현실임을 말해준다.

정적을 깨고 누군가 속삭이듯이 말했다.

"미첼 중위님이 죽은 거야?"

모두가 두려워하던 질문이었다. 그 누구도 프랭크 미첼 중위의 죽음을 섣불리 받아들일 수 없었다. 그는 늘 맨 앞에서 해병들을 이끌었던 젊은 장교였다. 자신의 몸을 사리지 않는 용기와 총명한 판단력은 본보기였고, 해병들은 자신의 상관으로서 또 전우로서 그를 믿고 따랐다.

'죽음조차도 중위님께는 적수가 되지 못하리라 여겼는데……'

무겁게 밀려드는 격동이 해병들의 가슴을 쾅쾅 울렸다. 대답할 수 없는 질문에 해병들은 그저 황망히 서로의 얼굴을 바라보았다.

"아, 이럴 수가……."

"참 좋은 분이었는데…… 미첼 중위님이 말한 건 뭐든 틀림없었어. 정말 뛰어난 지휘관이셨는데."

"그래, 이렇게 허망하게 잃어선 안 될 훌륭한 군인이었어."

모두 입을 모아 중얼거렸다. 참호 안은 안타까운 탄식으로 가득했다. 그제서야 해병들의 표정 없던 얼굴이 일그러지며 하나둘 눈물을 쏟아내기 시작했다. 미첼 중위를 잃은 슬픔과 그리 멀지 않은 곳에서 자신들에게 혀를 날름거리는 '죽음'에 대한 두려움으로 그들의 마음은 뒤엉켜 버렸다. 눈물을 흘리는 병사들 가운데는 자신이 왜 이토록 슬피 우는지 그 까닭조차 모르는 사람도 있었다. 또 누군가는 무표정한 얼굴 그대로 눈물만 흘러내려 달빛 아래 번득이는 얼굴이 비 맞은 석고상 같았다.

다들 정신을 다잡기 위해 뭔가 이야기를 하려 했지만 목이 메어 좀처럼 나오질 않았다.

'아직 나는 살아 있다. 나는 결코 죽지 않으리라!'

흐느낌에 가까운 소리만이 들리는 가운데 모두가 속으로 이런 생각을 했다. 그렇게 죽은 자에 대한 애도는 산 자를 위한 다짐으로 변해 간다.

전우여, 용서해 주오.
왜 이런 일을 이토록 늦게 깨닫게 될까?
그대 어머니도 나의 어머니처럼 걱정에 싸여
죽음 앞에 똑같이 공포를 느끼고 괴로워한다는 것을.

우리는 뿌리 뽑힌 채 아무런 희망도 없는
낯선 땅에 서 있음을,
이 얼어붙은 장진호 전장엔
미래의 어떤 구원도 존재치 않는다는 것을.

(이범신, 〈전선노트〉)

　피할 수 없는 죽음의 위험에 처했을 때, 예민한 의식을 완전히 잃어버리고 망연자실한 상태에 빠지는 병사들이 많다. 이 상태에 놓이면 오롯이 자신을 잃어버림으로써 죽음을 잊어버리거나, 또는 군사조직 안의 세포처럼 역할을 다하고, 다른 사람이 나에게 기대하는 일을 자동적으로 하게 된다.

　전쟁터를 누비다가 맞닥트린 죽음은 평화로울 때 맞는 죽음과 크게 다르지 않으며, 다만 그 확률이 높아질 뿐이라고 여기는 사람들이 있을지도 모른다. 그러나 이는 전쟁을 겉핥기로 바라본 이들의 얕은 생각일 뿐이다. 사람이 얼마나 자주 죽느냐보다 어떻게 죽음을 맞이하는지가 죽음의 차이를 결정짓기 때문이다.

　전쟁에서 달려드는 죽음은 나와 같은 사람, 나의 숨통을 끊어놓으려는 적군으로 말미암아 일어난다. 그들은 나를 모른다. 만난 적도 없고 결코 나를 세상에 살려두어서는 안 될 원한 또한 없다. 그러나 전쟁 가운데 벌어지는 죽음은 자연사나 사고사보다 더욱 적의로 들끓는 죽음이며, 이것이야말로 전쟁의 죽음이 다른 죽음과 구별되는 순간이다.

　전쟁 속에서 죽음의 희생양이 되는 이들은 거의 젊은 남성이다. 다시 말해 성인이 되어가는 청년들이다. 이 사실은 전쟁의 분위기를 더욱 뜨겁게 달구어 나간다. 이 젊은이들이 죽음을 맞이하는 곳은 거의 고국과 멀리 떨어진 낯설고 거친 땅이며, 죽음의 충격과 공포를 누그러뜨려 줄 그 어떤 장엄한 의식도 치러지지 않는다.

　그저 자연사와 살해사의 구분이 아니다. 자신을 아끼고 사랑해 주는 사람들 사이에서 병이나 사고로 죽음을 맞이하는 것과, 타인의 고통 따위는 신경 쓰지 않는 사람 손에 어떤 준비도 없이 갑작스레 목숨을 빼앗기는 그 차이이다. 이것이 전쟁터에 감도는 소름끼치는 증오를 낳는다. 더욱이 아무런 준비도 없이 죽음을 맞는 일반 시민들은 더욱 큰 증오를 품는다.

데이비스 중령은 함께 있는 젊은 병사들을 고즈넉한 눈길로 둘러보았다. 배낭을 짊어지고, 철모를 쓰고, 총을 하나씩 안고 앉은 해병들은 굳게 입을 다물었다. 그들 얼굴에는 지난밤 죽어간 전우들에 대한 안타까움, 적을 향한 분노, 비참한 현실로 치닫는 절망이 뒤섞여 있었다.

'이들이 처음부터 군인이었던가. 아니다. 비록 군복을 입고 총탄으로 무장을 했지만 사실 모두가 순박하게 살아온 평범한 젊은이들이다. 그럼에도 이들은 오늘 여기서 죽음과 살인 신호를 기다린다. 죽어야만 하는 적군과 팽팽히 맞서고 있다. 이들도 적과 똑같은 분노에 휩싸여 눈이 멀었다.'

그는 긴장된 병사들 얼굴을 하나하나 찬찬히 보며 늘 품어왔던 의문, 그러나 자신도 어느 누구도 답해 줄 수 없었던 의문을 다시금 떠올렸다.

'누구를 위해 싸우는가? 무엇을 위해 싸우는가?'

제아무리 많은 적군을 죽인다 해도 이미 멀리 떠나버린 전우들은 다시 돌아오지 않는다는 사실이 아프게 다가왔다. 이 얼어붙은 메마른 땅은 탐욕스럽게 입을 벌리고 앉아서 먹잇감을 기다리는데 자신들에게 남은 거라곤 지독한 분노와 절망뿐이라는 게 믿기지 않았다.

데이비스는 참호 밖으로 나왔다. 방금 전까지 치열한 전투가 벌어졌던 들판은 아무 일도 없었다는 듯 고요하기만 했다. 크리스마스 카드 그림처럼, 눈 덮인 산과 소나무가 아름답게 그려진 눈이 시리도록 차가운 별빛만 또렷하게 빛나는 깊고 푸른 밤이었다.

15
영혼의 쉼터

유담리 방어선으로 물러가는 길은 겹겹이 쌓인 눈 탓에 움직임이 매우 더 뎠다. 새벽 2시가 지나서야 겨우 방어선에 이르러 부상자를 의료반에 넘길 수 있었다. 날이 새자 고리너는 헬기편으로 콘설레이션호에 후송되었으나 곧 숨을 거두고 말았다. 무성한 덤불숲에 묻힌 월터 오데이 상병은 끝끝내 찾을 수 없었다.

데이비스 중령은 호바터 부대의 한송리 침투 시도에 대한 중공군의 반응으로 미루어 보아 가까이에 중공군이 꽤 많이 포진해 있다는 결론을 내렸다. 윌콕스 대위는 같은 지역에 다른 길로 부대를 보내 정찰하라는 명령을 받았다. 정찰대는 하갈우리 도로를 따라 남쪽으로 5킬로미터쯤 가다가 서쪽 고지로 올라갔다.

이번에도 중공군은 한송리 위쪽 고지에서 덤벼들었다. 이 전투에서 해병 10명이 다치고, 윌콕스도 얼굴에 가벼운 상처를 입었다. 그는 사나운 반격으로 적의 기도를 무력화한 뒤 밤늦게 부대를 이끌고 방어선 안으로 돌아왔다.

제7연대장 리첸버그 대령은 윌콕스가 임무를 마치고 무사히 귀환하자 크게 안도했다. 정찰대가 나가 있는 동안 그 지역은 클리포스 중위 소대가 본부 및 근무중대원, 포병요원과 함께 허술한 방어선을 만들어 겨우 지켜냈다.

이 공격적인 장거리 정찰로 많은 것을 얻었다. 중공군이 미 해병 방어선으로 '섬멸공격'을 시작했을 때, 서남쪽 돌파력은 북쪽과 서북쪽 공격력에 크게 미치지 못했다. 이것은 호바터 중위와 윌콕스 대위에 의해 균형이 깨진 중공군이 부대 병력을 바로잡을 시간 여유가 없었거나 이로운 공격 위치에 들어갈 수 없었기 때문이다.

그 무렵 하갈우리에 주둔한 해병들은 중공군의 포위망이 차츰 좁혀짐을 알았다. 그들은 취사장 화덕 옆과 난로를 피운 따뜻한 텐트 안에서 잔뜩 긴장한 채 숨죽이고 있었다. 전쟁터를 뒤덮은 죽음의 기운이 금세라도 들이닥칠 듯한 불길한 예감 때문이었다.

하갈우리 좁은 분지는 텐트와 한데 쌓인 보급품, 너무 빨리 도착한 20여 개에 이르는 부대 병력들로 발 디딜 틈이 없었다. 분지 남쪽 끝에서는 5대의 트랙터가 얼어붙은 잡초밭을 거칠게 갈아엎으며 야전활주로를 만들려고 바삐 움직였다.

만일 중공군이 하갈우리를 차지한다면 유담리와 덕동 고개의 미 해병부대들은 전멸할 가능성이 매우 컸다. 따라서 하갈우리는 마지막 순간까지 반드시 지켜내야만 했다. 하지만 주위를 둘러싼 산에 잇따라 모여드는 중공군 규모로 봐서 하갈우리는 금세라도 적의 손 안에 떨어질 듯 위태로웠다.

땅거미가 내리자마자 병력의 반은 경계태세에 들어가고 나머지 반이 잠자리에 들었다. 솜털 같은 눈발이 하늘 가득 흩날리기 시작했다. 멀리 방어선 후방에서 조명등을 켜놓고 작업중인 불도저 소음만이 조그맣고 가녀리게 들려왔다.

깊고 검푸른 밤하늘에 커다란 구름장들이 낮게 드리워진다. 드문드문 높은 곳은 어슴푸레하다. 혹한의 폭설도, 기나긴 이 겨울의 고난도 끝은 아득하기만 하다.

"도대체 뭣 때문에 이따위 전쟁을 하는 거지? 게다가 엉뚱한 남의 나라에 와서 말이야. 하긴 그런 것 따져봐야 아무 소용없는 일이지만……."

"적어도 누구 때문인지는 알지. 날마다 젊은 몸뚱이들을 산 채로 찢어 전쟁신 앞에 제물로 바치는 게 누군지는 안다고. 이게 다 몇몇 인간들의 욕심을 채우기 위한 짓이 아니고 뭐겠어."

"내 말 좀 들어봐."

누군가가 갑자기 그들의 대화를 불쑥 가로막았다.

순간 시선들이 그쪽으로 쏠리며 조용해졌다. 먼 곳에서 포성이 하늘 한 자락을 크게 뒤흔들었다. 멀지만 그 강력한 힘이 서서히 고지를 파고들었다.

"또 시작이군."

한 해병이 투덜거렸다.

"모든 게 우리 뜻과는 반대로 나간단 말이야."

전쟁을 부정할 수는 없다. 그러나 엄밀히 따지면 이 전쟁은 그들과 어떤 상관도 없었다.

머나먼 이국 장진호에 버려진 병사들, 아직 피지도 못한 꽃봉오리 같은 병사들의 주검 위로 솜털 같은 눈송이들이 조용히 내려앉는다. 붉게 얼룩지고 단단하게 얼어붙은 그들의 흔적을 아무도 모르게 은밀히 덮어간다.

이범신은 눈을 감고 잠시 생각에 잠겼다. 그의 눈 속에 그리운 고향 철원의 모든 것이 되살아났다. 드넓은 평야, 풀향기와 갖은 색채로 넘실거리는 포근한 시골 마을이 눈앞에 더없이 산뜻하고 아름답게 떠올랐다. 한여름 매미 소리와 온갖 산새들의 지저귐이 들리고, 알록달록한 들꽃 향기가 어느 틈엔가 슬며시 날아와 콧속으로 밀려들었다. 그를 포근히 감싸는 다정한 전원의 풍경들이 신기루가 되어 서서히 어른거리며 다가왔다.

> 사향초 쑥풀국화의 강한 향내 피어오르는 오솔길!
> 산 위에서 나래 펴는 뙤약볕은 향긋하고 따스했지.
> 부드러운 바람에 밀려 그 향내 온몸으로 스며들었지.
> 실개천이 흐르고 마을 사람들 주막집이 꽃인 양 피어나고
> 또 초록바다를 이루었지.
> 짙은 하늘 저 멀리 산맥이 어슴푸레 두드러지던
> 그리운 내 어린 시절이여.
> 그 고향에 언제쯤 돌아갈 수 있으려나!
>
> (이범신, 〈전선노트〉)

이범신은 달궁마을에서 행복하고도 자유롭게 자랐다. 황금빛이 감도는 흙을 밟으며 뛰놀았고 개구쟁이다운 짓궂은 놀이에도 앞장섰다. 지금은 홀쭉하고 상처투성이 얼굴이지만, 그 시절엔 통통한 볼을 사과처럼 빨갛게 물들이며 열심히 나무칼을 휘두르고 놀던 사내아이였다.

잠깐, 이범신은 눈을 뜨고 주위를 둘러보며 고개를 가로저었다. 경쟁과 영광에 가슴 부풀리며, 티없이 순수한 꿈을 가졌던 날들을 떠올렸다. 그러고는 환영을 다시 붙잡으려 손을 눈 위로 가져갔다. 그러자 이번에는 또 다른 추억이 가슴에 떠올랐다. 방긋 웃는 김문희, 그녀의 얼굴이 눈앞에 확 다가들었다.

서울대 재학 시절, 이범신은 옆집에 살던 같은 대학 미대 학생 김문희를 처음 본 날을 결코 잊지 못한다. 그녀는 빨간 가방을 안고 봄볕을 받으며 가만가만 걸어가고 있었다. 긴 생머리는 햇빛을 받아 밤색으로 빛났고 늘씬한 몸매에 매력이 흘러넘쳤다.

두 번째 보았을 때 그녀는 친구와 함께였다. 그 둘은 발을 멈추고 이범신을 바라보았다. 이범신은 둘이서 소곤거리는 소리를 듣고서야 그쪽으로 고개를 돌렸다. 두 사람은 눈이 마주치자 자고새처럼 웃다가 옷깃을 팔랑거리며 달아났다.

마로니에 산책길에서 나눈 첫 키스는 불같이 뜨거웠고 달콤했다. 둘은 온몸으로 끌어안으며 전율했다. 그날 평생을 함께하기로 약속하고 어머니를 모시고 살 집도 알아보았다. 정원이 넓은 집을 보고 이범신은 일 년 내내 밀짚모자를 쓰고 정원을 손질해야겠다며 활짝 웃었다. 마당에는 장미나무가 여러 그루 있었다. 요즘도 아침이면 하양 분홍 빨강 꽃을 다채롭게 피워 내던 그 장미나무들이 떠오른다.

'다시 그녀 곁으로 돌아갈 수 있을까?'

전쟁에는 이별이 따른다. 병사들은 정든 고향을 떠나 전장 속으로 뛰어들어, 목숨을 담보로 용맹이라는 명예를 산다. 두려움과 외로움, 혼란에 빠질 때면 생명보다 값진 것이 무엇인가 스스로에게 묻곤 한다. 적의로 가득 찬 사람들 사이에서 그들을 위로하는 건 다름 아닌 고향에 두고 온 가족과 사랑하는 사람이 빚어 놓는 영상이다.

이범신은 다가오는 미래가 더없이 두려웠다. 교전이 끝날 때마다 줄어드는 부대원들, 이제까지 있었던, 그리고 앞으로도 계속 벌어질 처절한 전투, 부상, 갈수록 약해지는 몸까지…….

그는 자리에서 일어나 기지개를 켜고는 어지러운 마음을 툭툭 털어버렸다. 그러고는 나지막한 소리로 온갖 먹는 이야기를 늘어놓고 있는 해병들 사이에 끼어들었다.

"우리 마을에서는……."

누군가 말한다.

"엄청나게 큰 빵을 만듭니다. 둥그런 빵, 아마 자동차 바퀴만 할 겁니다!"

병사는 마치 그것이 눈앞에 보이는 듯 두 눈을 커다랗게 뜨고 황홀해했다.

"우리 고장에선……."

미국 남부 출신 병사가 말한다.

"축제 때 식사를 기다리는 줄이 어찌나 긴지 시작할 때는 말랑말랑하던 빵이 끝에 가선 굳어버리고 맙니다."

이범신은 순간 갑자기 한 사발 쭉 들이켜고 싶은 고향 막걸리 이야기를 꺼냈다.

"자네들 한국 술 마셔본 적 없지? 막걸리라고 들어봤나? 기회가 되면 우리 고향에 한 번 와보게. 집집마다 찹쌀막걸리가 독에 가득 출렁거리고 있네. 우리집에 한 달만 있으면 날마다 기막힌 막걸리 맛을 볼 수 있을 걸세. 아마 미국 고향집 생각도 싹 잊게 될 거야."

"꼭 한 번 마셔보고 싶습니다."

해병들은 입맛을 다시며 즐거워했다.

이범신은 머나먼 고향집 밥상의 김치 속 알싸한 젓갈 냄새까지 기억해 낸 자신이 놀라울 뿐이다. 진한 우윳빛 찹쌀막걸리, 시큼한 술내음이 전장의 폭풍 가운데 있는 그의 머릿속에 아련히 피어올랐다.

월콕스 대위가 서남으로 정찰을 나가 있을 때, 쿠니는 중대를 이끌고 유담리 서쪽 고지로 올라갔다. 부대는 아침 8시 30분에 출발했다. 1425고지는 정오에 점령되었다. 그러고 나서 해리스 중령은 쿠니에게 계속 서쪽으로 나아가 마을로 향하는 길이 내려다보이는 인접 고지를 확보하라고 지시했다.

쿠니 부대는 즉각 많은 수의 중공군과 거칠고 사나운 전투에 들어갔다. 선두 병력은 앞으로 밀고 나갔으나, 유리한 진지에 배치된 기관총의 저지사격 앞에 그만 무력해지고 말았다.

"저 몹쓸 놈의 기관총부터 해치워야지 안 되겠어. 누가 나와 함께 가겠나?"

그러자 5명의 지원자가 용감하게 나섰다. 햄비를 포함한 6명의 용사들이 엄폐물을 이용, 천천히 가파른 비탈을 올라갔다. 그러나 적의 거센 화력에 금세 제압당하고 만다. 그들은 더는 나아가지 못하고 엄폐물을 찾아야만 했다. 집단행동이 도리어 역효과를 낸 것이다.

햄비는 홀로 공격을 감행했다. 소총으로 냉정하게 적들을 쏘아 맞추며 이따금 수류탄을 던졌다. 그는 중공군 진지에 바짝 다가가자마자 분노의 총탄을 마구 퍼부었다. 중공군 3명을 죽이고 2명을 사로잡는 전공을 세웠다. 최종 돌격 때 햄비는 어깻죽지에 관통상을 입었다. 하지만 끔찍한 통증과 쏟아지는 피를 무릅쓰고 포로를 데리고 돌아와서는, 자기가 차지한 전방진지를 지키도록 더 많은 병력을 보내라고 요구했다. 햄비는 부대에 남아 있기를 바랐지만 피를 너무 많이 흘렸다. 쿠니는 임시로 지혈만 해놓은 그를 빨리 후방으로 보내라고 명령했다.

그린 일병은 마지막 30미터를 오르면서 문득 고립된 느낌을 받았다. 왜 그랬는지 자신도 알 수 없었다. 다른 전투 때와는 사뭇 다른 감정이었다. 평소 해병들은 팀원으로서 소속감을 느낄 수 있도록 서로 아끼며 돌봐 주었다. 전장에서 자신을 잃지 않도록 도와준 것은 동료들과 쌓아온 우정이었다.

사실 '우정'이란 떨어뜨리면 깨지고 마는 유리잔과도 같다. 더군다나 전쟁터에서 맺은 우정은 더욱 조심스럽고도 나약한 감정이다. 언제 죽을지 모르는 상황에서 우정이란 마음을 끈끈하게 옭아매는 성가신 존재이다. 그럼에도 사나이들의 우정은 서로를 무엇보다 강하게 붙잡아 주며 전쟁의 참혹함을 견뎌낼 수 있도록 다독인다.

그들은 고백한다. 그들이 사람에게 총을 겨눌 수 있음은 본성과는 아무런 관계가 없으며, 오직 살고자 행동하는 것이라고. 이렇듯 그들은 죄의식을 함께 나누며 서로 무너지지 않도록 버팀목이 되어준다. 동료가 곁에 있으면 전장 한가운데 있어도 마음이 든든하고 용기가 난다. 우정은 감정에 치우치지 않고 서로 행복하길 소망하는 인간관계로, 자신의 이익과 손실을 바라지 않는 형태의 사랑이다.

전사에게 우정은 어떤 의미를 가질까? 죽음의 공포가 몇 배나 커질 때, 친구의 목숨도 위험에 처해 있을 때 어떻게 전투를 극복해낼 수 있을까? 전쟁으로 느끼는 무시무시한 정신적 긴장감에 의해 이 관계의 본질은 더욱더 강해진다. 두 사람은 서로 틀림없는 운명임이며, 그러기 위해 서로를 찾아내고 알아가야만 한다.

곤란하고 위험한 경험을 함께해온 남자들은 형제처럼 서로 사랑하고 함께 나눈 경험의 영향을 받아 평생 진정한 친구로 지내자고 맹세한다. 잘 알다시피 친구끼리는 자기 자신으로 있기를 그만두려 하지 않는다. 서로에게서 참된 자아를 찾아내어 더욱 깊이 자신을 알고 억제할 수 있게 된다. 우정의 결과로서 자기 가슴속에 깨닫지 못한 기쁨과 배려의 가능성을 발견한다. 왜냐하면 우정은 자기 이익을 바라지 않기 때문이다. 진정한 친구인 한, 배려는 그 친구를 위한 것이다.

그린 일병은 고지 정상까지 마지막 몇 미터를 오르는 동안 어머니가 보내준 작은 성경책을 떠올리며 위안을 얻었다. 그는 언제나 성경책을 파카 주머니에 소중히 넣고 다니며 틈틈이 펼쳐보곤 했다. 특히 구약의 시편 23장 4절은 늘 마음속에 진한 울림을 남겨 놓았다.

"나 비록 음산한 죽음의 골짜기를 지날지라도 내 곁에 주님 계시오니 무서울 것 없어라."

느닷없이 중공군이 사격을 해왔다. 그린은 재빨리 몸을 웅크리다가 가슴에 큰 충격을 받았다. 커다란 당나귀 뒷발에 갑자기 채인 듯한 숨막히는 고통이 몰려왔다. 그린은 무릎이 꺾인 채 고꾸라졌다. 그는 날카로운 것이 심장을 뚫었다고 어렴풋이 생각했다. 그런데 어찌된 일인지 피가 흘러내리지 않았다. 옆의 해병이 무릎걸음으로 다가왔다. 뉴저지에서 온 흑인으로 짧고 검은 고수머리가 인상 깊은 스무살배기 일병 잭이었다.

잭은 그린의 전투복 상의를 찢어 열었다. 30구경 기관총탄이 가슴 밖으로 삐죽이 나와 걸려 있었다. 믿기지 않는 일이었으나 상처 하나 없었다. 잭이 총알을 끄집어내서 그린에게 건네주며 씽긋 웃었다.

"그린, 소중한 기념품 하나 얻었네?"

탄환이 왼쪽 가슴 쪽에 들어 있던 지갑의 쇠단추에 정확히 맞은 것이다. 그린은 재빠르게 가슴에 손을 대고 하나님께 기도를 드렸다.

"감사합니다!"

짧지만 눈물이 나도록 진하고 뜨거운 감정이 치밀어 올랐다. 마침내 해병들은 고지 정상에 올랐다.

때로는 이성으로 무장한 독한 증오가 감성에 호소하는 동정을 강하게 억눌렀다. 한 중공군 병사가 미 해병이 막 들이닥친 참호 속에서 무기를 던져버리고 무릎을 꿇은 채 살려달라고 빌었다. 그러나 자비를 청하는 말도, 말없이 복종하겠다는 몸짓도 아무런 도움이 되지 않았다. 미 해병은 그를 무참히 쏘아 죽였다.

'이 중공군만 없었더라면 우리는 이렇게 머나먼 타국 땅에서 발가락이 얼어

붙는 고통을 느끼지 않아도 되었을 거야.'

자신의 행복이나 권리가 상대로 말미암아 날아가 버렸다는 생각에 분노가 들끓었다. 그들 때문에 자신의 인생이 망가졌다는 억울한 생각뿐이었다. 증오가 증오를 낳아 더없이 커져만 갔다.

병사들은 때때로 소름 끼치도록 무서운 자신의 모습을 보고 두려워했다. 죽음은 모든 곳에 엎드려 널브러지고, 때론 죽음조차 두려워하지 않는 분노가 호시탐탐 집어삼킬 기회만 노리고 있었다.

'나는 손에 총을 들었다. 나는 모든 것을 보아왔다. 기관총, 수류탄, 지뢰를. 이제 나는 사람을 본다. 이제 오로지 그와 나밖에 없다. 그는 무기를 던져버리고 무릎을 꿇었다. 두 눈을 둥그렇게 뜨고 살려달라고 애원한다. 그는 나에게 자비를 구하지만, 나는 마침내 그를 날려버린다. 그의 머리가 산산이 부서졌다. 나는 나를 괴롭히던 그 중공군을 죽인 것이다. 나는 그저 나를 지켰을 뿐이다.'

반드시 살고자 했던 그들은 손에 든 무기를 보며 이런 생각에 젖어들었다.

그들의 존재는 무기로써 결정된다. 그들에게 무기가 없으면 목숨을 잃은 거나 마찬가지이다.

적이라 여긴 사람을 쏘고 나면 잠시나마 죽음의 고통에서 벗어날 수 있었다. 그 순간만큼은 모든 뒤틀린 감정에서 자유로워지는 듯했다. 중공군들 또한 미 해병 부상자들을 길에서 발견하면 곧바로 쏘아 죽였다. 피로 물든 전장은 그들의 영혼도 붉게 물들였다. 병사들은 전쟁을 치르며 저마다 다른 인격의 갑옷을 둘렀다. 그들은 그 갑옷으로 자신이 본디 지녔던 연약한 이성을 보호했다. 오직 한 가지 목적, 살아남기 위해서였다.

처음 그들은 당당한 사나이가 되고 싶은 마음뿐이었다. 어느 날 갑자기 불어닥친 회오리바람에 휩쓸린 그들은 강당과 학교 벤치, 작업장을 떠나 짧은 교육을 거쳐 거대하고 열광적인 단체에 몸을 실었다. 확실성의 시대에 자라난 그들 모두는 언제나 비일상적이고 위험한 것에 동경을 느껴왔다. 그때 불어온 전쟁이라는 회오리바람은 그들 모두를 사로잡아 황홀경에 빠뜨렸다.

처음에는 전쟁이 위대하고도 강력한, 장엄한 것을 가져다주리라 믿었다. 들꽃이 활짝 피어난 피에 젖은 전장에서 신들린 듯 총을 쏘아대는 일을 남자다운 행동이라 여겼다. 그들은 전쟁 속에서 많은 것을 배운다. 또한 전쟁에는 빠져들 수밖에 없는 강력한 매력이 가득해서 짜릿한 호기심을 일으키며 내내 잡아끈다. 평소에는 느낄 수 없었던 것들이 전쟁을 거칠수록 더 세밀하게 이해된다. 그가 쟁기로 땅을 가는 농부였다 하더라도 전쟁 속으로 들어가면 용감한 군인이 된다.

그러나 전쟁이 비극으로 치달으면서 그들의 섬세한 정신은 비로소 모든 몽상에서 깨어났다. 남자답지도 영예롭지도 않은 혹독한 전쟁에 그들 대부분은 크나큰 충격을 받았다.

'과연 나라를 위해 죽는 게 달콤하고 명예로운 일인가?'

'누구를 위해 총을 드는가? 나라를 위해? 가족을 위해? 고향의 자연을 위해? 아니면 이 모든 것들을 위해서?'

병사들은 이제 그들이 진정 무엇을 위해 목숨을 던져야 하는지 모른다. 그들은 어떻게든 그저 살고 싶다고 절규한다.

캄캄한 밤하늘에는 얼어붙은 하얀 달만이 차갑게 빛났다. 기운차고 용감하게 한국으로 가는 배에 오르며 가졌던 단단한 각오가 꿈처럼 병사들에게 되살아났다. 그러나 처음 열광을 그대로 간직한 사람은 아주 적은 숫자에 지나지 않으리라. 명예의 전당, 전쟁터로 몸을 던지게 했던 그 열광, 한때 모두를 뒤흔들었던 나라를 향한 뜨거운 마음.

전쟁은 인간의 문제를 해결하는 가장 비열한 방법이다. 병사들은 전쟁터에 있는 단 몇 개월만에 전쟁이 그 어떤 범죄보다도 더한 악질임을 깨달았다. 전쟁은 악이다. 그렇다 해도 그들은 흔들리지 않는다. 그들의 이성은 이미 모든 것을 받아들였다. 그들은 자신에게 명령한다.

'내가 지금 있어야 할 장소는 바로 여기, 전쟁터이다. 무겁게 짓누르는 죄책감은 견딜 수 없을 만큼 고통스럽지만, 전쟁터에는 이 모든 것을 보상받을 좋은 기회들이 존재한다.'

그러나 그들은 두렵다. 쓰러진 수많은 젊은이들처럼, 뜨겁게 타오르던 그들의 열광 또한 어느덧 죽어버렸다. 명예를 드높일 전장은 이제 시체로 뒤덮인 거대한 무덤이 되고 말았다.

얼마 지나지 않아 미 해병은 또다시 격렬한 접전에 들어갔다. 오랜 시간 전투를 벌이다 보니 정찰대에 탄환이 떨어져 갔다. 해리스는 존슨에게 부대를 이끌고 1425고지로 가서 화력기지를 만들고 탄약을 전방으로 보내라고 명령했다.

존슨은 임무를 마쳤지만 중공군이 그 지역에 증원군을 투입하자 전방에 있던 쿠니는 뒤로 물러날 수밖에 없었다. 존슨의 지원사격에 힘입어 포대가 중공군 진지를 강타하기 시작했다. 사격 지원을 받은 쿠니는 교전이 끝나자 1425고지로 물러났다. 중공군은 엄청난 인명 손실의 대가로 이로운 지역을 확보하고 사격의 우세를 유지했다. 쿠니는 앞으로 나아가 마지막 작전을 지휘했다.

사격조가 서로 엄호사격을 하는 가운데 진지를 하나씩 차례로 내놓았다. 마지막 교전 중지가 거의 마무리되어 갔다. 쿠니는 각 진지들을 점검하며 혹시 부하 가운데 뒤처진 병사들이 없는지 확인하다가 그만 총에 맞고 말았다. 두 병사가 숨진 쿠니를 안아 들고 왔다.

윌리엄 버클리 중위는 쿠니를 바닥에 조심스럽게 눕혔다. 쿠니는 젊고 건강해 보였다. 그의 입가는 마치 버찌를 먹은 듯 빨간 얼룩에 물들어 있었다. 자신의 농담에 언제나 맞장구치며 입을 크게 벌리고 웃던 키가 훌쩍 큰 순진한 젊은이였다. 쿠니의 얼굴을 내려다보며 버클리는 생각했다.

'자네는 적을 쓰러뜨렸다. 돌아가면 모든 상황을 적어 아버지에게 알리리라. 두려움을 모르고 용감하며 공격 정신이 뛰어난 미 해병대원의 자랑이었다고. 고통스러운 상황에서도 늘 자신감이 넘쳤었지…….'

좀더 특별하고 아름다운 글을 쓰고 싶었던 버클리는 머리를 흔들었다.

'입가에 버찌 얼룩을 묻힌 채 아드님은 그대로 땅속에 묻혔습니다. 제가 농담을 할 때면 그는 입을 크게 벌리고 웃었습니다. 누구보다 뜨거운 열정으로 최선을 다해 임무를 수행하다가 하나님 품에 안긴 것입니다…….'

평온하게 잠든 쿠니의 젊고 싱그러운 모습을 내려다보면서 버클리는 피로 물든 그의 입가를 손으로 훔쳤다. 그러고 나니 쿠니는 정말 잠을 자고 있는 것만 같았고 금방이라도 깨어날 듯 보였다.

버클리는 그의 몸을 슬쩍 건드려 보았다. 잠자리를 고치느라 머리를 옆으로 기울어뜨리듯 '툭' 고개가 꺾였다. 그제야 쿠니의 죽음이 현실로 다가왔다. 수많은 젊은 영혼들이 그렇게 죽어갔다.

버클리는 쿠니의 눈 밑을 가만히 두드리며 "안녕!" 입속으로 중얼거렸다.

'나도 언젠가는 그처럼 안식의 관 속에 누우리라. 이 세상에 영원한 건 아무엇도 없다. 오직 신의 세계로 들어가는 길만이 영원과 이어져 있음을 모두 잘 안다. 불꽃이 스러지면 육체는 재가 되고, 영혼은 하염없이 대기 속으로 사라진다. 세월이 흘러가면 그들의 이름은 잊히고, 그들이 한 일을 기억하는 이조차 없겠지. 인생은 흔적도 없이 허무하게 흘러가 버린다. 마치 구름처럼 햇볕에 쫓기고 열에 녹는 안개가 되어 흩어져 버리듯이.'

월리엄 버클리 중위가 임시로 지휘를 맡은 상황에서 대대의 애릭 아스 대위가 왔다. 버클리는 철수작전을 마치고 부대를 1425고지에 있는 존슨 부대와 연결시켜 하얗게 밤을 새웠다.

자동소총사수 포스터 와이든 헤프트 일병이 양철컵에 든 커피를 마시고 있을 때, 분대장이 텐트 출입문 거적으로 다급히 머리만 들이밀고는 소리쳤다.

"당장 참호로 돌아가! 적군이 몰려온다!"

서둘러 모두 진지로 돌아오자 애릭 아스 대위가 나타나 어떤 상황에서도 현 진지를 포기할 수 없음을 강조했다.

"위치를 반드시 지켜라. 머뭇거리는 놈은 가만두지 않겠다!"

오브리 젠틀 일병은 수백 미터 떨어진 곳에서 울려 퍼지는 날카로운 나팔 소리를 들었다. 뒤이어 쨍쨍거리는 심벌즈 소리와 소름 끼치도록 날카로운 호루라기 소리를 들었다. 그때 조명탄 3발이 하늘 높이 솟구쳐 올랐다.

인간 해일이 서서히 움직이고 있었다. 온 들판이 거대하게 일어나 무섭게 앞으로 걸어오는 것만 같았다. 일찍이 본 적 없는 어마어마하고 놀라운 광경이었다.

조명지뢰와 대인지뢰가 터지면서 5명에서 10명으로 이루어진 적의 탐색공격조가 다가오는 모습이 보였다. 중공군이 쏘아대는 백린(白燐) 박격포탄이 해병 방어선을 때리기 시작한다. 중공군의 주공격이 바로 이어졌다. 어느새 중공군은 수류탄 투척거리까지 다가와, 각 중대의 방어구역을 산발적으로 맹공격하기 시작했다.

너무 많이 쏘아댄 탓에 벌겋게 달아오른 기관총의 총열이 어둠 속에서도 보일 지경이었다. 부사수들은 끊임없이 총열 위에 눈덩이를 쌓아 식혀야만 했다.

애릭 아스는 날아드는 총탄 사이를 거침없이 뚫으며 부하들을 북돋웠다. 해병들은 마치 상사가 낯선 사람처럼 여겨졌다. 그들은 곧 한 무리 야수가 되어 울부짖으며 끝도 없이 이어지는 적의 공격을 막아냈다.

사선의 해병들은 중공군 공격이 뜸해지면 번갈아 난방 텐트로 들어가 담배를 빨아댔다. 그럴 때는 으레 온갖 시시콜콜한 잡담을 늘어놓는다. 너도 나도 한마디씩 내뱉으며 한바탕 시원하게 떠들어댄다. 그들이 한데 모여 하는 이야기는 대부분 부질없는 사랑 이야기다. 그저 마주하는 이들을 죽이는 데만 몰두하던 그들은 누군가를 사랑할 때도 전쟁을 치르듯 사랑의 행위를 한다. 본디 군대에서 욕정에 대해 더 많이 그리고 떠드는 법이다. 아름다운 여성의 몸, 보드라운 살결에 대한 욕망은 더욱 간절해지지만, 전쟁터에서 몸에 닿는 거라곤 차가운 총구가 전부이기 때문이리라. 눈으로만 보던 성인잡지에서 미녀들이 툭 튀어나올 것만 같았다. 병사는 고향의 정신적 버팀목이나 지역사회라고 하는 배경에서 멀어져 어디에도 소속되지 않은 채 걱정, 위협, 고독, 외로움에 노출된다. 적대심으로 가득 찬 남자들만 있는 환경에서 병사가 간절히 바라는 것은 자신을 보호해주는 온화한 존재, 여성이자 가정이다. 병사가 성행위에 빠지는 까닭은 잃어버린 것에 대한 어떤 보충이며 부적응 상태의 표현이다.

"야, 우리 떠나기 전날 밤 그 술집 생각나?"

"그럼, 나고말고. 그날 밤 정말 확 풀어버렸지."

"아무렴. 그 쇼걸 있지? 빵빵한 엉덩이, 참 죽이더군. 그 탱탱하게 솟은 젖가슴은 또 어떻고."

"야, 어디 그뿐이야? 그 계집애들 있잖아. 우릴 위안하러 온 그 애들 말이야. 그중 너한테 치근대던 그 아가씨, 아마 스무 살쯤 됐을 걸? 걔는 정말 끝내주더라. 그 정도면 프러포즈할 만하잖아?"

"암. 내가 키스하자고 하니까, 뜸을 좀 들이기는 했지만 불같이 받아들였어. 난 지금도 그 프렌치키스 맛을 잊을 수가 없어."

"메리란 아가씨는 어떻고. 버번을 따라주는 대로 마셔젖히더군. 아마 꽤 취했을 걸. 그러고는 홀랑 벗어던졌잖아. 금발에 그 미끈한 다리는 둘째치고, 살굿빛 성난 젖꼭지를 빨아주니깐 신음을 토하면서 손톱으로 내 등을 꼬집으며 온몸을 요분질치더라고. 여자란 이런 거구나, 처음 알았어. 아! 그 하얗고 매끄러운 아랫배 황금빛 음모 수풀이 팬티 가장자리에서 다투듯이 고개를 내

미는데! 꽉 조인 팬티 압박이 벗겨져 나가자, 마치 안도의 한숨을 내쉬듯 섬모 수풀이 일제히 풍성하게 부풀어 오르더라니까. 탱탱한 아랫배 밑에서 부드러운 솜털처럼 일어서는 광경이란! 아, 황홀했던 그 행복한 시간이여!"

"쳄블레인은 아마 끌고 나갔을 걸? 2차 말이야."

"응, 이튿날 내게 까놓더군. 정말 끝내주더라고."

"넌 잘 모르는구나. 하인즈 일병 그놈은 아예 무대 뒤쪽 으슥한 데로 끌고 가선 일을 치렀잖아. 어디 개뿐이야? 한판들 치렀지. 우리를 위한 자리로 치면 가장 멋졌지."

잠시 쉬던 병사들은 중공군이 가까이 다가왔다는 위험신호가 울리자 곧장 참호로 달려나갔다. 어떤 때는 새로운 중공군 공격 대열이 막 진지로 들이닥칠 때 사격을 시작하기도 했다. 그것은 정해진 흡연과 휴식 시간이 허락되는 일상 업무를 하는 것과 마찬가지였다.

군대생활의 모든 고난과 굴욕은 그럭저럭 견뎌내도, 신체 위험에는 침착하게 대처하지 못하는 병사는 어느 부대에나 있다. 이런 병사들은 탄환마다 자신에게로 날아든다고 느끼며 모든 총탄, 포탄들도 자기가 몸을 숨긴 곳에 퍼부으리라 생각한다. 탐욕스런 죽음이 입을 벌리고 온 주위에 도사리며 자신을 덮칠 날만 기다린다고 여기므로 죽음의 희생자들을 목격할 때마다 다음 차례는 자기라는 확신에 사로잡힌다.

이런 병사들은 전투에서 곧 눈에 띄어 동료들로부터 비웃음과 모욕의 표적이 되곤 한다. 전쟁을 치르는 사람들에게 '겁쟁이'라는 단어는 특별한 경멸의 의미를 가진다. 그도 그럴 것이 전쟁은 다른 어떤 가치보다 용기를 중요시하기 때문이다. 따라서 두려움에 떨며 죽음과 마주할 수 없는 병사들은 겁쟁이란 낙인이 찍히게 되고, 적어도 병역을 치르는 동안 온갖 무례와 조롱을 견뎌야만 한다. 이들이 지나치게 죽음을 두려워하는 이유가 무엇인지, 죽음을 두려워하게 된 배경이나 복잡한 인과관계는 무엇인지 이해하려는 사람은 찾아보기 힘들다.

정신적 용기와 육체적 용기는 뚜렷이 구분되며 어느 하나만 가진 사람도 있다. 겁이 많은 사람들도 마찬가지이다. 살아가면서 죽음에 맞서는 힘을 시험해 볼 기회란 거의 없으리라. 때때로 누구에게든 겁쟁이가 되는 자신이 잠재해 있다. 아마 자신이 겁쟁이인지 전혀 알지 못하는 사람들도 아주 많을 것이다. 질병에 걸리거나 목숨이 다해 죽음이 가까워 올 때에야 그가 불굴의 정신을 가진 사람인지 밝혀질 테지만, 이때조차 우리는 의술로 이 문제를 피하는 법을 충분히 깨달아 왔으니 자신의 용기를 시험할 기회를 놓치고 만다.

그러나 셰익스피어의 《율리우스 카이사르》에도 이르듯, 겁쟁이는 전투에서 몇 번씩 거듭해 죽기 때문에 그때마다 한없는 고통을 맛보게 된다. 말할 것도 없이 실제 겁쟁이들은 용감한 병사보다 육체적 죽음을 맞이할 가능성이 높다. 한곳에 가만히 버티고 있을 수 없기 때문이다. 자기가 있는 여기보다 다른 곳이 더욱 안전하다는 환상에 끝없이 고통받는다. 잠이 들어서도 마음을 놓지 못한다. 무의식적으로 총포탄 소리에 귀를 기울인다. 발사각이나 거리가 조금만 달라져도 겁쟁이들은 잠에서 깨어나 다른 안전한 곳을 찾게 마련이다.

아일랜드계 미남이었던 톰 이병은 전쟁터에서 눈길을 한몸에 받는 유명한 '겁쟁이'였다. 그는 자기 방탄 헬멧에 지나친 애착을 보여 모두의 웃음을 샀다. 꽤나 불편할 텐데도 그는 잘 때조차 방탄모를 벗지 않았다. 느닷없이 총소리가 울려 퍼지면 잔뜩 겁을 먹고 부리나케 참호에 뛰어들어 온몸을 웅크렸다. 경계태세를 취하기는커녕 총만 머리 위로 대충 내밀고 고개를 푹 숙인 채 바들바들 떠는 것이었다.

한바탕 양측 사격이 끝나면 톰은 충격으로 한동안 말을 제대로 하지 못했다. 밤에 보초를 설 때 오줌이 마려워도 절대 혼자서 움직이지 않았다. 교대한 뒤에야 동료를 억지로 끌고 가 망을 봐달라고 애원했다. 다른 병사들도 전쟁터에서 큰 두려움을 느꼈지만, 이 불쌍한 동료를 보면 자기도 모르게 애처로운 웃음을 터뜨릴 수밖에 없었다.

대부분 병사들은 목숨이 위태로운 순간에도 최소한 평상심은 유지했으나 톰만은 남달리 두려움에 떨며 모든 판단력을 잃었다. 여기에는 동료와 일체감 부족이 자리한다. 겁이 많은 병사에게도 동료는 있겠지만 그들을 정신적으로 지탱해 줄 수는 없다. 겁쟁이와 동료들 사이에는 끈끈한 결속이 없다. 그들에게 동료란 자기 생명을 지키기 위해 두른 방패의 하나일 뿐이다.

무모함으로 또는 자기희생 정신으로 목숨을 지푸라기처럼 버리는 병사들을 겁쟁이들은 이해하지 못한다. 실제로 겁쟁이들은 자기 목숨과 같거나 그보다 더한 가치가 있는 무언가가 존재하리라고는 절대로 상상하지 못한다. 의무, 명예, 동료들의 존경과 같은 것들에 대해 겁쟁이들은 다음과 같이 대꾸하리라.

"그래서 어쨌다는 겁니까? 내가 살아서 누릴 수가 없는데 죽으면 그걸로 끝 아닌가요!"

이 말을 반박하기는 불가능하다. 겁쟁이들에게는 종교적 신념과도 같은 믿음이기 때문이다. '산 개가 죽은 사자보다 낫다'는 솔로몬의 잠언은 그들의 신념이다.

모두가 지적하듯 사랑하는 능력이 부족한 사람은 철저히 자기 생명에만 집착한다. 겁쟁이가 죽음을 두려워하는 까닭은 자기 몸 말고는 뜨겁게 사랑할 만한 대상이 없기 때문이다. 다른 이의 인생에 영향을 끼칠 만한 능력이 없는 겁쟁이들은 내면의 자질을 키워 죽음의 공포를 이겨내기가 버겁다. 전투에서 그들은 참으로 불쌍한 존재이다. 끝내 두려움과 위협으로 스스로 내면에 틀어박혀 조금씩 지성이 없는 한낱 껍데기가 되어버리고 만다.

죽음에 대한 겁쟁이들의 인식은 실재하는 현상이며 결코 부정되어선 안 된다. 두려우리만치 부조리한 현실에 맞닥뜨린 그들은 너무나도 여린 자기 존재가 위험 앞에 발가벗겨져 있는 것처럼 느끼며, 아무리 발버둥쳐도 벗어날 수 없다는 사실을 깨닫는다. 따라서 잠시라도 살아남고자 치밀한 전략을 짜고 때론 인간의 존엄성마저 내팽개친다.

겁쟁이들에게 죽음은 오롯이 홀로 상대해야 하는 적이며 무자비하고 절대적인, 온 인생에 영향을 주는 존재이다. 하지만 그들에겐 생기와 사랑이 부족하므로 죽음과 맞서기에는 힘이 모자라다. 겁쟁이들도 이 두려움을 키우고 있다는 사실을 어렴풋이 깨닫지만 스스로 그 두려움에서 빠져나오지는 못한다. 자신이 어떻게 생각하든 그들 내부의 모든 충동과 자아는 죽음과 가까이 있다.

동료들과 연대가 없는 겁쟁이들은 자기 생명을 오롯이 장악하지 못한다. 용감한 병사들은 자기 능력 밖의 힘을 가진 죽음이란 적을 두려워한다. 따라서 그 적과 맞서기 위해 끊임없이 스스로 능력을 키우지만, 끝내는 끈질긴 죽음이 바깥에서부터 자기를 압도하리라는 사실도 깨닫고 있다. 그러나 겁쟁이들에게 죽음은 늘 내면에 있다. 그들은 가장 두려운 적과 너무 가까운 관계를 맺고 있기에 달아나려 할수록 점점 얽매이게 된다. 그리하여 겁쟁이들의 육체가 마침내 죽음에 굴복하는 모습에는 깨달음도 엄숙함도 없다. 이보다 불쾌한 광경은 없으리라.

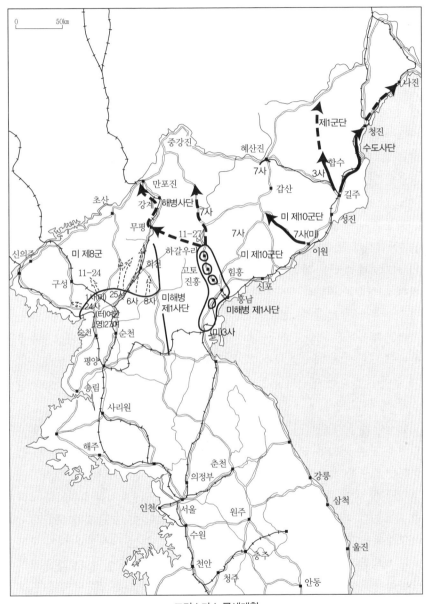

크리스마스 공세계획

중공군 제9집단군 79사단과 89사단은 미 해병 제1사단 7연대와 5연대가 포진한 장진호 서북쪽 진지에 맹공을 퍼붓기 시작했다. 흩날리는 눈발 속에 그들이 쏟아붓는 화력은 미군 병사들이 이제까지 겪은 적 없는 엄청난 규모였다.

유탄이 터지는 소리가 가까이에서 들릴 때마다 병사들은 자신의 몸이 산산조각나 공중에서 분해되는 공포에 휩싸인다. 그러면 생각할 겨를도 없이 움푹 팬 땅에 납작 엎드린다. 머리 위로 파편들이 우수수 떨어진다. 생명이 단번에 빠져나가며 토해 내는 "윽" 단말마만 여기저기 남는다. 땅바닥에 널린 채 식지 않은 물컹한 시체들을 밟고 갈 때마다 소름이 돋는다. 곳곳엔 피와 땀에 젖은 잔혹한 얼굴들뿐이다. 사납게 빗발쳐 오는 총탄은 병사들 가슴에 구멍을 뚫기도, 살갗을 찢어 파헤치기도, 손발을 부러뜨리기도 했다.

10분쯤 이어진 무지막지한 포탄의 작렬로 온 산과 들에 짙은 연기가 자욱할 때 갑자기 포격이 멎었다. 그 순간 여기저기에서 북과 피리, 호루라기 소리가 시끄럽게 울리는 가운데 중공군 병사들이 고함을 지르며 한꺼번에 돌격해 왔다. 넘실대는 거대한 파도처럼 땅을 뒤덮으며 새까맣게 몰려드는 개미떼처럼 눈발을 헤치고 달려드는 그 기세는 참으로 무시무시했다.

미군 병사들은 거의 정신을 놓은 상태로 화기를 아무렇게나 쏘아대거나 수류탄을 내던졌다. 제대로 맞출 리가 없었다. 단지 상대편을 죽임으로써 자기가 살아야 한다는 동물적 본능만이 그들을 지배하고 행동하게 하는 오직 한 가지 생각이었다.

온전한 정신이 아니기는 중공군 병사들도 마찬가지였다. 쏟아지는 눈발에 맞먹을 만큼 어마어마한 탄막(彈幕)에 사상자가 쏟아져 나왔지만, 그들은 쓰러지는 전우를 짓밟기도 하고 건너뛰기도 하며 미군 진지로 쳐들어왔다. 그들의 의식은 이미 죽음을 뛰어넘었다. 멍한 상태에서 귀울림처럼 희미하게 들리는 북소리와 피리 소리, 호루라기 소리에 최면이 걸린 듯 마구 달릴 뿐이었다.

모래톱을 기어오른 밀물이 기슭을 적시듯, 마침내 양군은 살과 뼈가 부딪치는 백병전에 돌입했다. 그런 상황에서는 손에 쥔 무기의 살상력보다 동물적 순발력이 공포나 적개심을 뛰어넘은 경지의 정신력이 더욱 엄청난 힘을 드러낸다. 양군 병사들은 찌르고 때리고 엉겨 뒹굴었다. 실로 눈 뜨고 볼 수 없는 처참한 싸움이었다.

이윽고 날이 밝아오자 중공군은 퇴각을 알리는 나팔 신호에 따라 썰물처럼 빠져나가고, 매캐한 초연(硝煙) 냄새만이 진동했다. 시체가 여기저기 나뒹굴며 핏물이 흥건하게 고인 전장에는 반쯤 얼이 빠진 미군 병사들만 남았다.

전투는 그렇게 끝났다. 그러나 미 해병 병사들에게는 어느 쪽이 더 많은 사상자를 냈느냐 또는 진지를 누가 차지했느냐는 그리 큰 의미가 없었다. 그들은 가슴마다 할퀴고 지나간 폭풍이 남긴 참담한 흔적에 어쩔 줄 몰라했다.

이범신은 병사들의 죽음을 바라보는 일이 얼마나 고통스러운지 다시 한 번 깨달았다. 마치 자신의 죽음을 보는 것 같았다. 죽음은 멀리 있거나 외따로 떨어져 있는 게 아니었다. 늘 함께 같은 자리에 머물러 있었다. 그것은 적이 아니라 뛰어넘어야 할 커다란 장애물처럼 느껴졌다.

그의 정신과 감정, 생명력이 곧 한 줌 재로 사라진다는 사실은 이 세상 모든 것들을 무의미하게 만들었다. 그 때문에 인간의 존재가 갈수록 더 비천하고 덧없게 여겨졌다. 자신의 노력과 업적, 정열을 포함한 그 모든 삶에 대해 진지하게 생각하기가 더 어려워져갔다.

중공군은 미 해병 저지선을 뚫기 위해 무려 아홉 번이나 기습 공격을 해왔지만 모두 실패했다. 만약 그들이 한두 번 힘을 아껴두었다가 한꺼번에 공격했더라면 틀림없이 성공할 수 있었을지 모른다. 이범신은 20분 동안 자기 주위 병사들 절반이 쓰러져 가는 광경을 지켜보았다. 전투가 끝난 뒤 그는 멍하니 아득한 산봉우리로 눈을 옮겼다. 죽음에 대한 공포와 존재에 대한 깊은 회의 때문이었다. 그러다가 가까스로 두 다리에 힘을 주고 일어섰다. 두 병사가 피바다 속에 누워 있었다. 신음하며 죽어가는 병사는 오로지 신의 은총만을 바랄 뿐이었다. 뜻하는 대로 거두어가시길…… 그 옆에 한 병사도 부상을 당해 고통스럽게 신음했다. 그의 배와 다리는 온통 검붉은 색이었다. 이범신은 되도록 빨리 그들을 끌어내 후방으로 보낼 수 있도록 서둘렀다.

인간은 아무리 무자비한 병사라도 실제로 죽음을 목격하면 한없이 마음이 약해지게 마련이다. 운명을 하늘에 맡기고 전쟁터로 달려오기 전까지 그들은 거의 스무살 안팎의 순수한 젊은이들이었다. 조국의 뜻에 따라 다른 나라 전쟁터로 보내졌든, 누군가의 명령으로 총을 들게 되었든 그건 아무래도 상관없었다. 그들은 전우의 시체와 마주하는 바로 순간, 그 숨막히는 적막함 속에서 자신의 운명을 바로 보게 된다. 전우의 죽음과 적의 죽음이 다를 게 무엇이란 말인가?

그 순간, 그가 살아 있음은 그의 오늘이 남아 있을 뿐이고, 내일이면 그도 죽음으로 떠나가는 운명이 될지도 모른다. 이범신은 문득 모든 것이 두려워졌다.

'죽음이 나에게로 다가오는 것만 같다. 나도 그들처럼 숨이 멎어가겠지. 나의 처참한 죽음을 아무도 알아채지 못하리라.'

암흑 같은 공포가 밀려들자 이범신의 손이 떨리기 시작했다. 그는 사람이 죽으면 얼마나 끔찍해 보이는지 잘 알았다. 수많은 병사들이 얼어붙은 땅에 얼굴을 묻은 채 죽어가는 모습을 지켜보았기 때문이다. 생각만 해도 눈앞이 아찔해지고 심장이 떨렸다.

그의 눈앞에 어머니 얼굴이 자꾸 떠올랐다. 다정한 모습이었다.

'집으로 무사히 돌아가야 한다. 어머니를 꼭 다시 만나야만 한다. 이렇게 덧없이 죽을 수는 없다. 아…… 문희야!'

문득 이범신의 눈에 눈물이 핑 돌았다.

그는 파카 안주머니에 손을 찔러 넣었다. 편지 봉투 하나가 손에 잡혔다. 바로 전날 이범신은 서울에 있는 어머니께 편지를 썼다.

사랑하는 어머니,

어머니, 자식을 전쟁터에 보내 놓고 얼마나 걱정이 깊으신지요? 저는 건강하게 잘 있습니다.

혹시 가슴 졸이며 날마다 동구 밖을 서성이진 않으시겠죠. 저는 오히려 어머니께서 찬바람에 감기라도 드시면 어쩌나 싶어 잠을 못 이룰 때가 많습니다.

어린 시절, 겨울날 아침에 일어나 방문을 열면, 어머니는 벌써 머리에 물동이를 이고 하얀 눈길을 걸어오셨지요. 아들 밥 지어서 먹이는 걸 가장 큰 보람으로 아시던 나의 어머니, 아들이 공부 잘해서 기특하다고 조심스레 등을 다독여 주시던 어머니, 하얀 저고리에 남빛 무명치마가 오늘도 눈에 선합니다.

어머니, 이곳은 살을 엘 듯이 몹시 추운 지역입니다. 우리는 눈얼음 세계속에 갇혀 있습니다. 하지만 걱정 마세요. 철원 추위도 여간 매섭지 않았지만 어린 저는 잘 이겨냈잖아요. 이곳도 추위 말고는 별달리 고생스러운 것은 없답니다.

날마다 크고 작은 전투가 벌어지지만 어머니를 떠올리면 용기가 솟고 마음속을 맴돌던 두려움도 달아납니다.

전쟁은 곧 끝날 것입니다. 어서 따사로운 봄이 오기만을 손꼽아 기다립니다, 어머니. 하늘 높이 종다리가 지저귀고, 보리 이삭이 패고, 그 귀여운 날다람쥐가 도토리나무 사이를 재빠르게 왔다 갔다 할 때쯤이면 무사히 집으로 돌아갈 수 있겠지요.

어머니, 문희에게서 연락이 오고 있나요? 어머니께서 문희를 마음에 들어하셔서 다행입니다. 고맙습니다. 어머니께 정말 잘할 거예요. 그 생각을 하면 이곳에서도 마음이 놓이고 또 기쁘답니다.

아무쪼록 이 난리통에 늘 몸조심하시고, 언제나 건강 잃지 않도록 하세요.

제 걱정은 하지 마세요. 든든한 미 해병들과 함께 있으니, 앞으로도 어떤 문제든 씩씩하게 헤쳐나갈 수 있습니다.

사랑합니다, 어머니.

아들 범신 올림

중공군은 조금 싸우는 듯하다가 달아나는 척 물건들을 떨어뜨리고 후퇴하는 전법을 굳게 지켜나갔다. 펑더화이는 몇천 년 동안 쌓인 중공군의 군사 비법을 이용해 맥아더의 눈을 속이고 함정으로 꾀어내는 작전을 세웠다. 이 기가 막힌 눈속임에 걸려들지 않을 자가 있으랴. 서양 최고의 군인 맥아더 장군은 마침내 펑더화이의 동양식 전투전략의 덫에 제 발로 걸려들었다.

11월 24일 펑더화이는 지도 앞에서 미소를 띤 채, 조선전쟁의 국면을 완전히 뒤집을 대규모 전투를 시작하기 위한 최후의 작전계획을 설명했다. 그런데 바로 그때쯤 펑더화이의 마음을 뒤흔드는 아주 큰 사건이 일어났다. 2차 전투가 일어나기 전날 밤 지원군은 되돌릴 수 없는 심각한 손실을 입었고, 이 일은 펑더화이에게 몇 년이 지나도 잊히지 않을 가슴 아픈 일로 남게 됐다.

11월 25일 새벽 5시, 지원군은 이날 밤 대규모 반격을 앞두고 있었다. 지원군 사령부에서 늦게까지 긴장을 늦추지 못하던 펑더화이는 두 시간 동안 쪽잠을 자고 일어났다. 이른 새벽빛이 비추자 그는 습관적으로 고개를 들어 지도가 붙어 있는 벽을 바라봤다. 그런데 마땅히 지도가 있어야 할 그 자리가 휑하게 비어 있었다.

'내 지도! 방금까지 벽에 걸려 있던 내 지도를 누가 가져간 거지?'

펑더화이는 벌떡 일어나 불같이 화를 내며 소리쳤다.

"경비병, 내 지도는?"

그러나 경비병 대신 곧바로 훙쉐즈가 달려와 말했다.

"펑 총사령관님, 제가 경비병에게 지도를 떼어 저 방공호 위로 가져가라고 지시했습니다. 모두 총사령관님이 그곳에서 다음 전투 작전을 세우시길 바라며 기다리고 있습니다."

훙쉐즈는 펑더화이의 심기를 건드리지 않으려고 최대한 공손하게 바깥 방공호 쪽을 손으로 가리켰다.

전날 초병들은 미군 정찰기 몇 대가 지원군 사령부 하늘을 왔다갔다 하는 것을 발견했다. 이에 덩화와 훙쉐즈 등 몇몇 수장들은 다음 날 미리 봐둔 안전한 방공호로 옮겨야 한다고 판단했다. 그러나 펑더화이가 화를 낼까봐 두려웠던 간부들은 여느 때 펑더화이와 농담을 주고받기도 하는 훙쉐즈에게 펑더화이를 방공호로 데려와 달라고 부탁했다. 훙쉐즈는 좋은 말로 달래면 듣는 성격이라 그들의 부탁에 바로 답했다.

"그렇다면 가야지! 나만 믿게."

펑더화이를 데려올 좋은 방법이 없나 여러 모로 고심하던 훙쉐즈는 먼저 펑더화이가 잠들었을 때 그가 아끼는 지도를 방공호에 가져다 놓기로 했다. 그러면 펑더화이도 안 올 수가 없으리라 생각한 것이다.

"훙겂다리, 방공호는 무슨 방공호인가! 죽는 게 그리 두려우면 자네나 가게. 난 어두운 방공호 대신 밝은 이곳에서 일하는 게 훨씬 좋네."

펑더화이는 예상대로 화를 억누르며 말했다.

훙쉐즈가 웃으며 되받았다.

"우리 간부들이야 어찌되든 상관없습니다만 총사령관님이 잘못되시면 어쩝니까? 방공호에 안 들어가셨다가 잘못되는 날에는 방법이 없습니다. 갑시다, 가요."

그러면서 눈짓을 하니 옆에 있던 경비병들이 미리 준비한 침대용 널빤지를 가져 왔다. 홍쉐즈는 펑더화이가 반대할 틈을 주지 않고 그를 널빤지에 실어 억지로 방공호 안으로 데리고 갔다.

그런데 펑더화이가 방공호로 들어가고 얼마 지나지 않아 갑자기 날카로운 공습경보음이 울리기 시작했다. 남쪽 하늘에서 미군 폭격기 몇 대가 이곳으로 날아들었다. 거의 동시에 귀청이 찢어지는 듯 요란한 소리와 함께 폭격기에서 발사된 폭탄이 방금까지 펑더화이가 있던 간이 건물 위에 떨어졌다. 건물은 순식간에 화염에 휩싸였다. 네이팜탄이었다.

넋이 나갈 만큼 놀란 펑더화이가 홍쉐즈를 돌아보며 꺼림칙한 얼굴로 뭔가 말하려는 순간, 불을 끄던 참모관이 타버린 건물의 잔해를 뚫고 들어가며 고함을 질렀다.

"마오안잉!"

어리둥절하던 펑더화이는 그 소리에 퍼뜩 정신이 들었다.

"빨리 사람부터 구해!"

그는 이렇게 소리치며 불이 난 곳으로 달려가려 했으나 옆에 있던 경비병들이 죽을힘을 다해 그를 말렸다.

사연은 이러하다. 아침 9시쯤 마오안잉(毛岸英)과 가오루이신(高瑞欣)이라는 젊은 참모관이 동굴에서 휴식을 취한 뒤 지원군 사령부 사무실로 돌아왔다. 아침을 먹지 못한 그들은 차갑게 언 밥을 그대로 먹을 수 없어 화로에 둘러앉아 달걀볶음밥을 만들고 있었는데, 따뜻한 밥을 채 맛보기도 전에 미군 폭격기가 공습을 해온 것이다. 마침 문밖을 나서던 비서 양펑안이 적군의 폭격기가 날아오는 광경을 보고 다급하게 외쳤다.

"큰일이다, 빨리 뛰어!"

그때 미군 폭격기에서 쏜 네이팜탄 몇십 개가 지원군 사령부 사무실 주변에 떨어졌다. 청푸와 쉬시위안(徐西元) 그리고 펑 총사령관의 경비병 2명은 다행히 불길을 피해 달아났지만, 그곳에서 꽤 멀리 떨어졌던 마오안잉과 가오루이신은 미처 달아나지 못했다.

미군 폭격기가 돌아가고, 형체를 알아볼 수 없이 타버린 시신 앞에서 펑더화이와 덩화, 홍쉐즈 등은 모두 목석처럼 멈춰 섰다. 마오안잉과 가오루이신, 그렇게 재능 많고 똑똑한 젊은이 둘을 한꺼번에 잃었다.

펑더화이는 더듬더듬 혼잣말을 내뱉었다.

"하필이면 왜 그란 말인가."

그는 마오쩌둥이 아들 마오안잉을 자신에게 부탁하던 그날 저녁이 떠올랐다. 부대가 조선땅으로 출발하기 전, 앳된 얼굴의 마오안잉이 결의에 찬 눈으로 참전하겠다며 펑더화이를 찾아왔다. 그는 마오쩌둥의 맏아들이었다. 펑더화이는 한 치 앞을 알 수 없는 전장에서 혹시라도 그가 잘못될까 두렵고 몹시 부담스러웠다. 마오쩌둥에게 제발 말려달라고 간곡히 청했지만 그는 아들의 참전을 허락했다.

"내 아이 또한 인민의 한 사람이네. 부디 받아주게나."

어쩔 수 없이 마오안잉을 맡게 된 펑더화이는 전방이 아닌 나름대로 안전한 지휘부에 배치했는데 이런 처참한 사고가 일어났으니 도저히 마오쩌둥의 얼굴을 볼 낯이 없었다.

"마오안잉과 가오루이신을 합장하도록 하게."

펑더화이는 그 말을 끝으로 방공호 안으로 들어가 하루 내내 한 마디도 하지 않았다. 마오안잉의 앳된 얼굴과 자신을 믿고 아들을 맡긴 마오쩌둥의 얼굴이 끊임없이 떠올라 그를 무겁게 짓눌렀다. 그러나 이미 벌어진 일은 돌이킬 수 없었다. 그는 자신이 살아남은 것을 다행으로 여기고 마오안잉의 몫까지 싸우겠노라 마음을 다잡았다.

식사 시간에 펑더화이는 홍쉐즈의 손을 부여잡고 말했다.

"홍꺽다리, 자네는 정말 좋은 사람이네."

"저는 본디 좋은 사람입니다. 나쁜 사람은 아니죠."

펑더화이는 여전히 홍쉐즈의 손을 잡은 채 말했다.

"오늘 자네가 아니었으면 나도 이 자리에 없었을 테지."

홍쉐즈도 펑더화이의 마음을 알기에 더욱 벙글벙글 웃으며 농담을 던졌다.

"그러니까 나중에 또 방공호를 파더라도 야단치지 마시라고요."

홍쉐즈의 농담에 펑더화이도 웃더니 잡았던 손을 놓고는 긴 한숨을 내쉬었다.

"안잉이 죽은 건 내 책임이니, 중앙에 보낼 보고서는 내가 쓰겠네."

마오안잉의 사망 소식은 그날 즉시 국내로 알려졌다. 저우언라이는 이 소식이 작전 지휘를 맡은 마오쩌둥에게 좋지 못한 영향을 끼칠까 걱정됐다. 그래서 양상쿤(楊尙昆)에게 이 사실을 일주일 뒤에 마오쩌둥에게 알리라고 지시했다.

아들의 전사 소식을 들은 마오쩌둥은 크게 충격을 받은 듯 자리에 앉은 채 꿈쩍도 하지 않았다. 눈도 깜박이지 않고 숨소리조차 들리지 않았다. 그토록 무거운 침묵이 한동안 이어졌다. 그러다 그는 나직한 탄식을 한 번 내뱉고는 이렇게 말했다.

"수만 수천의 병사들이 목숨을 잃은 마당에 내 아들 하나 죽었다고 어찌 애달파할 수 있겠는가. 이미 벌어진 일이니 더는 아무 말도 말게."

마오쩌둥은 애써 담담하게 받아들였으나 아들을 잃은 고통은 어떻게 말할 수 없는 절망이었다. 주위에서 사람들이 모두 물러나자 그는 시선을 탁자 위 담배상자로 옮겼다. 그러고는 담배를 집으려 했다. 그러나 떨리는 손가락 사이로 모두 떨어뜨리고 말았다. 순간 무표정했던 그의 얼굴이 심하게 일그러졌다. 눈가에 눈물이 고였다.

'다 그만두고 고향으로 돌아가 쉬고 싶구나.'

죽은 아들을 가슴속 깊이 묻은 채 마오쩌둥은 마음 놓고 슬퍼할 수도 없었다. 이제 남은 아들이라곤 마오안칭(毛岸靑), 마오안룽(毛岸龍)뿐이었다.

마오안잉이 전쟁의 도가니에 뛰어든 바탕은 이러하다. 중국지원군 참전 초기, 지원군지휘부는 소련 고문들의 간섭에 곳곳에서 불만이 터져나왔다. 소련 고문단도 스탈린에게 전문을 보낼 때마다 펑더화이를 내리깎았다. 늘 충돌했다. 자존심 강한 펑더화이(彭德懷)가 참고 있을 리 없었다.

"그들은 우리가 내세우는 작전방침이나 행동계획을 도통 이해 못 합니다. 머리가 그렇게 나빠서야 원! 회의 때마다 해괴한 전략전술 내놓으며 우리 의견을 번번이 묵살합니다. 한번 정하면 물러서는 법이 없습니다. 우리에게 서구식 군사 교조주의에서 벗어나라고 하더군요. 아예 대놓고 충고를 합니다. 좋은 얼굴로 헤어진 적이 단 한 번도 없습니다. 갈수록 더 심해지는데, 처음엔 그러지 않았습니다. 어찌 됐던 오래 붙어 있고 싶지 않은 인물입니다."

스탈린은 고문들의 불평을 무시하진 않았으나, 귀 기울이지도 않았다. 그럴 만한 까닭이 있다. 전쟁을 일으킨 북한군이 거침없이 적들을 물리치고 낙동강까지 쳐들어가자 중국은 당황했다. 전쟁터에서 경험이 많은 지휘관들이 고심을 했다.

그 결과를 총리 저우언라이(周恩來)에게 올려 보고했다. 저우언라이는 보고서를 스탈린에게 전했다. 미군의 인천 상륙이 가능하다는 내용이었다. 인천 지역에 견고한 방어태세를 준비하라는 중국의 권고를 소련 측은 깔아뭉갰다. 북한도 매한가지였다. 중국은 7월 중순부터 9월 초순까지 세 차례 북한을 설득했다.

"바다로 인천에 상륙하면 남쪽으로 내려간 조선인민군은 뒷길이 막힌다. 제때에 북쪽으로 철수해서 주력 부대를 지켜야 장기전에서 승리할 수 있다."

참전을 준비하던 동북변방군13병단 사령관 덩화(鄧華)의 분석은 매우 구체적이었다.

"조선인민군은 전선이 남쪽으로 길게 늘어져 있습니다. 미군은 해군과 공군에서 앞서고, 조선은 동쪽에서 서쪽이 짧으니 바다로 들어와 허리를 잘라버리면 위험합니다."

8월 13일, 덩화와 홍쉐즈(洪學智)가 린뱌오(林彪)에게 잇달아 보낸 보고서도 큰 차이는 없었다. 동북변방군의 보고서를 읽은 린뱌오는 저우언라이를 통해 스탈린에게 전문을 보냈다.

스탈린은 린뱌오의 전략에 자주 감탄하곤 했다. 김일성과 소련 고문들을 재촉했으나 미국의 상륙 가능성은 없다는 답변만 또다시 돌아왔다.

연합군의 인천 상륙 1주일 전 9월 8일, 참모총장 녜룽전(聶榮臻)의 분석은 마지막 통보나 마찬가지였다.

"미군의 적극 반격이 멀지 않았습니다. 분석 결과, 인천이 확실합니다."

소련 고문들은 중국의 이런 분석조차 끝까지 무시했다. 귀가 따갑도록 들은 북한군은 인천과 서울 지역에 방어 준비를 했다. 시간 부족으로 엉성하게 짜인 부대는 전투력이 미미했다. 남침 3일째 점령했던 서울에서 인천 상륙 3일 만에 쫓겨났다.

유엔군의 인천 상륙 뒤 스탈린은 북한주재 고문단보다 펑더화이와 중국 지휘관들을 더 믿게 되었다. 펑더화이를 헐뜯는 고문들에게는 그의 실수나 결점을 써 보내라고 지시했다. 답변은 이랬다.

"꼬투리를 잡을 만한 결점이나 작전상 실수는 없었습니다."

스탈린은 통역에 문제가 있음을 곧 알아차렸다. 중국에 펑더화이의 통역을 바꾸라고 건의했다. 그 인물이 바로 마오쩌둥의 큰아들 마오안잉(毛岸英)이다.

마오안잉은 열네 살이 되던 해 중국을 떠났다. 10년 동안 소련에서 온갖 맵고 쓰라린 맛은 다 보았다. 이마노프 국제아동보육원에 지내는 동안 어린 동생을 보살피며 책을 벗으로 삼았다.

원장이 억지로 떠맡긴 소년대 대장 임무도 마오안잉은 훌륭히 해냈다. 1939년 봄, 17세 때는 공산주의청년동맹(The Communist Union of Youth)에 들어가 지부 서기에 뽑혔다. 아버지처럼 의지가 강해 목숨이 위험한 일도 마다하지 않았다. 1941년에는 나치를 상대로 소련의 위국(衛國)전쟁이 터지자 참전에 뛰어들기도 했다.

이런 마오안잉이 펑더화이의 첫 번째 러시아어 통역을 맡게 되었다. 그는 실력이 뛰어났다. 중국인들이 가장 바람직한 중국의 통치자감이라 여기던 장제스(蔣介石)의 맏아들 장징궈(蔣經國)와 사뭇 닮은 점이 많았다.

그즈음 소련은 중국 정부 요청으로 중국 청년들의 소련군 입대를 허락하지 않았는데, 마오안잉은 거침없이 소련군 정치부 주임을 찾아갔다. 정치부 주임은 가슴이 덜컥 내려앉는 듯했다.

'이게 누구야. 마오쩌둥의 큰아들 마오안잉이 아닌가. 전쟁터에 내보냈다가 사고라도 나면 큰일이다. 골치 아픈 일이 생기기 전에 막자.'

그는 참전 대신 군사학교 입학을 권했다. 2년 뒤 마오안잉은 소련군 중위 계급장을 달고 볼셰비키에 들어갔다. 그는 군사학에 매력을 느껴 모스크바의 프룬제 군사학원에 진학했다. 세계에서 손꼽히는 군사학원 재학 중에는 탱크 연대 당 대표를 맡았다. 벨라루스와 폴란드, 체코 전투에서도 두드러진 활약을 했다. 스탈린은 칭찬을 아끼지 않았다.

"과연 마오쩌둥의 아들답다. 작은 마오(少毛)로 모자람이 없구나!"

1946년 1월 중공 근거지 옌안(延安)으로 돌아갈 때 그는 마오안잉에게 멋진 권총 한 자루를 선물했다.

마오안잉은 자원병 1호였다. 사령부에 몸담으며 소련 고문들과 통역하는 일을 도맡았다. 소련인들은 러시아어에 막힘이 없는 데다 소련 사정에 밝은 이 중국 청년을 좋아했다. 그러나 11월 25일, 마오안잉이 대유동(大楡洞)에서 목숨을 잃었다. 새로 온 통역은 의사전달에 문제가 많았기에 전방 지휘관들의 불만이 끊임없이 쏟아졌다.

스탈린의 건의를 받은 저우언라이가 새로운 통역을 찾아냈다. 러시아 남동부 치타(赤塔) 총영사 쉬지에판(徐介藩)만 한 인물이 없었다. 그런데 펑더화이는 꺼려했다.

"쉬지에판을 통역으로 쓰다니! 말도 안 된다. 그는 장메이(張梅)의 남편이다. 다른 사람을 찾아봐라."

장메이는 린뱌오의 전 부인이었다. 쉬지에판은 학력과 경력에서 눈부셨다. 황푸군관학교와 광저우(廣州) 항공학교, 레닌그라드홍군항공학교, 모스크바 동방노동자 공산주의 대학을 나오고 코민테른 동방부와 소련홍군 작전참모도 두루 지낸 소련 전문가였다.

잠시 망설이던 저우언라이는 심호흡을 한 뒤 장메이에게 전화를 걸었다. 전화 신호음이 울리는 동안 그는 옛 생각에 젖어들었다. 모스크바에서 린뱌오를 차버리고 의과대학에 입학한 당찬 여인.

"나도 의료요원으로 지원할게요. 우리 늘 함께해요. 자. 약속!"

동백꽃처럼 아름답게 웃으며 저우언라이를 다독여주던 그녀. 그는 사뭇 안타까운 마음이 들었다.

'우리가 어쩌다가 헤어졌을까?'

이윽고 전화가 닿았다. 반갑지만 조금은 어색하고 먼 듯이 둘은 서로를 느꼈다. 쉬지에판은 총리가 제의한 지원군 총사령부 판공실 주임직을 받아들였다. 소련 고문단은 쉬지에판을 어려워했다. 한낱 통역관으로 대할 수 없었다. 펑더화이와 서먹했던 관계도 서서히 풀어져 갔다.

마오안잉은 스스로 통역을 나섰다가 전쟁의 포화 속에 덧없이 사라지고 말았다.

16
하갈우리

11월 25일과 26일 장진호 동쪽의 밤은 조용히 지나갔고, 일요일 맑고 추운 새벽이 밝아왔다.

모트루드 소위는 새벽 2시 문득 잠에서 깨어났다. 눈바람이 몰아쳐 몹시 추웠다. 소대 지역을 돌아본 결과 선임하사 오직 한 사람만이 깨어 있었다. 선임하사에게 각 분대지역에 동초(動哨)를 편성하도록 지시했다. 인접 소대 지역도 살펴봤지만 모두 잠이 들었는지 누구 하나 암호를 대지 않았다. 중대 방어선에 깨어 있는 병사들 고작 한둘이었다. 소대 지역으로 돌아와 보니 보초가 제 역할을 착실히 수행하고 있었다. 새벽 4시, 그제야 그는 다시 침낭에 들어가 잠을 청했다.

날이 활짝 밝아 깨어났을 때 모트루드는 햇빛 덕분에 견딜 만한 날씨라고 느꼈다. 잠시 동안 야간경계 불이행에 대해 조사한 뒤 하사관들을 꾸짖고, 병사들 가운데 주요 규칙 위반자들을 찾아내 벌로 야전 화장실용 구덩이를 파도록 했다.

따끈한 식사가 마련되자 소대 선임하사가 모두에게 식사시간임을 알렸다. 식당 천막에 도착해 보니 다른 장교들이 난롯가에 둘러앉아 있다. 그는 중대장에게 새벽에 일어난 일을 보고하고 해당 소대에 대한 징계를 건의했다. 중대장은 승인했으나, 다른 소대장들이 자기 소대에는 그런 문제가 없다며 강하게 항의했다. 그러나 모트루드가 지난밤 야간경계 취약점을 조목조목 지적하자 중대장은 화해 명령을 내린 뒤 해결 방안을 논의하도록 했다.

모트루드는 1922년 워싱턴주 시애틀에서 태어났다. 그는 제2차 세계대전 기간에는 북아프리카, 중동, 유럽에서 2년간 보병부대 병사로 몸담았다. 워싱턴 대학에서 ROTC를 마치고 소위가 되자 1949년 조지아주 포트 베닝의 보병학교에 들어갔고, 8월에는 일본에 도착해 제7사단 제32연대 1대대 C중대 소대장으로 보직되었다. 서울 수복 전투에서 보여준 지도자로서의 자질과 영웅과도 같은 행동으로 그는 공로십자훈장을 받았다. 스물여덟인 그는 한 병사로서 지닌 경험과 포화 속에서 드러낸 과감한 판단력, 지도력으로 대대에서 가장 능력 있는 소대장 중 한 사람으로 꼽혔다.

한편 D중대(중화기중대) 도널드 캠벨 소위는 1221고지 남쪽 기슭에 천막을 치고 있었다. 그의 기관총소대는 몇몇 개인 참호를 파냈지만 방어진지에는 크게 도움이 되지 못했다. 캠벨도 캘리포니아대학을 졸업하면서 모트루드처럼 ROTC 소위로 임명되었다. 그는 1949년 현역으로 편입했으며, 대대 경험이 많은 선임 장교들은 그를 뛰어난 소대장 가운데 한 사람으로 평가했다.

제1대대는 겨울 전투 준비를 제대로 갖추지 못했다. 병사 대부분은 방수용 군화덮개, 긴 내의, 방상내피, 파카 등 적은 물품만 겨우 갖춘 상태였다. 방수 군화를 좋아하지 않는 페이스 중령은 전투화에 고무덧신을 넣어 신기를 좋아했다. 많은 병사들이 그를 따라했는데, 뜻밖에도 효과가 좋아 대대의 동상 발생률이 크게 줄어들었다. 그러나 겨울용 장갑과 혹한에 대비한 차량용 체인과 방수용 덮개가 모자랐다. 각 중대는 취사용 천막만을 가지고 있을 뿐이었다.

제7사단 부사단장 헨리 호즈(Henry Hose) 준장은 11월 26일 아침 11시 30분쯤 1221고지에 있는 대대 지휘소에 도착했다. 사단의 많은 장교와 사병들은 그를 추진력 있는 인물로 여겼다. 제2차 세계대전 동안 그는 유럽에서 제112연대를 지휘했다. 바르 장군은 곧 도착할 맥클린 대령이 이끄는 제31연대 전투단의 작전을 이끌어갈 대리인으로 호즈를 내보냈다.

호즈 준장은 페이스 중령에게 많은 소식들을 전해 주었다.

"제31연대 3대대, 제57포병대대(C포대는 제31연대 2대대 배속)가 자네 대대와 합류하려고 지금 이곳으로 오고 있네. 제31연대장 맥클린 대령과 참모들, 그리고 제31연대 정보수색소대(I&R), 의무분견대, 통신분견대가 곧 도착할 거야. 맥클린이 구성 부대를 통합 지휘할 예정이네. 제31전차중대도 흥남에서 떠났는데, 복잡한 도로사정 때문에 언제 도착할지는 확실치 않아."

그렇게 되면 제32연대 1대대는 더는 해병 부대에 배속된 게 아님을 뜻했다. 다음 날 전방진지에서 해병 제5연대 3대대와 교대하자 더욱 실감이 났다.

호즈는 페이스를 비롯해 그의 참모들과 함께 점심을 먹다가, 제8군 전선의 상황이 그리 좋은 편은 아니라고 이야기했다. 그러자 페이스가 이렇게 제안했다.

"해병대가 전차 1개 소대와 포병을 조금만 지원해준다면 제7사단의 다른 부대가 도착하기 전에 북쪽으로 공격해 갈 수 있습니다."

그러나 호즈는 이 제안을 받아들이지 않았다. 그러고는 2시가 다 되어가는 시각에 대대를 떠나 도로를 타고 남쪽의 후동리로 돌아갔다.

페이스, 커티스, 파월과 모든 중대장, 소대장들은 10킬로미터 북쪽에 있는 해병 제3대대 진지로 떠났다. 그곳에서 그들은 전방진지를 더욱 세밀하게 둘러보았다. 주간에 해병대 도보정찰대 여러 팀이 전방에 투입됐지만 적과 별다른 접촉은 없었다는 보고를 들었다. 날이 어두워져서야 페이스와 그의 일행은 지휘소로 돌아왔다.

1221고지의 제1대대 지휘소에서는 정보보좌관이 길을 따라 남쪽으로 걸어가던 민간인들을 심문했다. 그들은 근처에 중공군들이 있으며, 그들이 3~4일 안에 저수지 지역을 되찾으리라 말했다고 털어놨다. 그러나 이런 이야기는 적군의 활동이 거의 감지되지 않은 상황에서 대부분 묵살되었다.

정보장교인 웨이니 파월 대위는 해병대로부터 저수지에 도착한 이래로 후방경계중인 중공군과 우연찮게 맞닥뜨렸다. 그는 장거리 정찰대가 중공군 정찰대를 보기도 했다는 정보를 얻을 수 있었다.

몇 시간 뒤 페이스는 해병대 진지 정찰을 마치고 돌아왔다. 머레이 중령은 11월 26일자로 발령된 해병 제5연대 작전명령서 사본 하나를 차량전령 편에 보내왔다.

'해병 제5연대는 11월 27일 아침 장진호 동쪽에서 서쪽으로 이동해, 유담리의 해병 제7연대와 합류하라.'

이 명령은 다음 날 제7사단 다른 부대가 도착하기 전 얼마 동안은 제32연대 1대대가 장진호 동쪽의 오직 하나뿐인 미군 부대가 되리란 뜻이었다. 부대가 교대되는 동안 페이스는 자기 임무가 무엇이며, 어디에 머물러야 하는지 어떤 명령도 받지 못했다. 그는 머레이 중령에게 전화로 지침을 물었지만 이런 말만 돌아왔다.

"지금으로서는 아무런 정보도 지침도 없네. 다만 제7사단 지시 없이는 더 이상 북쪽으로는 나가지 말게."

거의 한 시간 뒤 제31연대 전투단 지휘관인 맥클린 대령이 페이스 대대 군사지휘소에 도착했다. 연대 작전주임인 앤더슨 중령과 참모장교 두셋도 함께였다. 맥클린은 페이스에게 전투단 부대들이 그 지역에 닿는 즉시 북쪽을 공격할 계획이라고 밝혔다.

"제31연대 3대대가 내일 도착 예정이고, 자네 대대는 제31연대에 배속되었네."

이에 페이스가 말했다.

"해병대가 비우고 간 전방진지로 내일 아침에 이동하도록 허락해 주십시오."

맥클린은 그의 요청을 승인했다.

이러한 페이스의 건의는 '연대전투단 부대들이 모두 모이기 전에는 알지 못하는 곳으로 더는 움직이지 말라'는 해병대 본부의 충고를 따르지 않은 것이었다.

11월 26일 저녁에 있었던 페이스의 건의와 연대장의 승인은 장진호에서 첫 번째 중요한 과오이자 지휘 실패였다. 그때는 이것이 제31연대 운명에 어마어마한 영향을 미치리라고는 그 누구도 생각지 못했다.

제2차 전투가 시작되자 미 제25사단에 대한 정면 공격에 나선 것은 우신취안(吳信泉)이 이끄는 제39군단이었다. 11월 25일 새벽 우신취안은 지원군 사령부의 적군 섬멸 작전에 따라 3개 사단을 진천(秦川) 동쪽에서 운산과 석창동(石倉洞), 응봉동(鷹峰洞) 일선으로 진출시켜 제40군단 119사단의 방어 임무를 대체해 정면 방어 영역을 동쪽으로 확대하라고 지시했다.

제345연대 연대장 쒀칭촨(耍淸川)은 부대를 이끌고 25일 동틀 무렵 제40군단의 방어 임무를 대체하기 위해 재빨리 상구동(上九洞)으로 달려갔다. 그러나 40군단 소속 정찰소대 하나가 기다리고 있으리라는 정보와는 달리 사람 그림자 하나 보이지 않았다.

제343연대 왕푸즈(王扶之) 연대장도 거의 동시에 그곳에 이르렀지만 40군단의 모습은 볼 수 없었다. 마침 그곳에 있던 조선인들이 마을 서쪽에 적군이 있다고 알려줬다. 쒀칭촨 연대장이 마을 서쪽으로 가보니 정말 미군 병사들이 보였다. 그것은 미군 제25사단 24연대의 선봉부대였다. 미 제2사단과 마찬가지로 24연대 또한 25일 아침 북진 작전에 들어간 것이다.

쒀칭촨은 곧 지시를 내렸다.

"지원군 사령부와 사단 사령부가 우리 연대 바로 뒤에 있다. 우리가 고지를 차지하지 않으면 상구동 이남에서 적군을 막아내기 힘들다."

이로써 제39군단 115사단은 미 제25사단과 다급하게 조우전을 치렀다. 쇠칭찬의 제345연대는 후방부대가 작전을 펼칠 시간을 벌기 위해 온종일 격렬한 전투를 벌였다.

11월 26일 왕량타이(王良太) 사단장은 343연대장 왕푸즈의 건의로 343연대를 전방으로 보내 적군과 정면으로 맞붙게 하고, 제344연대를 상구동으로 투입해 미군의 퇴로를 막기로 했다. 왕량타이는 신호병을 통해 344연대 쉬펑(徐鵬) 연대장을 불러들여 임무를 전달했다. 그리고 이렇게 말했다.

"포로 200명을 잡아오게!"

미군은 중공군이 전면적인 대규모 진격을 펼치고 있음을 파악하고 철수를 시작했다. 쉬펑은 지도에서 상구동 부근의 요충지 하나를 발견하고 이곳을 차지해 미군이 달아날 길을 가로막았다. 거센 전투를 치러야 할 상황이었다.

11월 26일 밤 중공군과 미군은 상구동 부근 도로에서 목숨을 건 싸움을 벌였다. 도로변 고지를 차지하고자 벌어진 전투에서 제344연대는 미군의 강력한 화력에 수많은 병력을 잃었으나, 야간전투에 겁을 먹은 미군 병사들의 모습에 오히려 자신감을 얻었다. 그들은 수류탄 뭉치를 들고 폭약 포대를 짊어지거나 폭약통 몇 개를 한데 묶은 것을 들고서 곧장 거대한 미군 탱크로 돌진했다.

몹시 어두운 밤이라 미군 탱크 조종수는 어느 방향에서 공격이 들어올지 알 수 없어 포탑을 돌려가며 마구 쏘아댔다. 그 포탄에 다른 탱크의 캐터필러가 맞아 끊어지거나 탱크 기름통이 터지기도 했다. 이 때문에 불이 붙어 도로를 막고 선 탱크를 뒤따라오던 탱크가 피하지 못하고 충돌하면서 내는 굉음은 심장이 멎을 듯한 공포심을 절로 자아냈다.

어두컴컴한 밤, 중공군들의 두려움 없는 공격에 마침내 미군 방어선이 무너지면서 미군 병사들이 여기저기로 달아났다. 그러나 중공군들이 주위를 둘러싸기 시작하자 무리지어 도망간 미군 병사들은 어디로 가든 중공군의 공격을 피할 수 없게 됐다. '깜깜한 밤은 중공군 세상'이라는 옛말이 틀리지 않음을 증명한 셈이다. 날이 밝자 격퇴당한 미군은 산속으로 뛰어 들어갔다.

이때 쉬펑이 연대에서 영어를 할 줄 아는 문화교육관을 불러 백인 포로 한 명을 골라 데려오라고 일렀다. 그는 포로에게 도망간 적군들을 향해 소리치라고 시켰다. 하지만 곧바로 흑인 병사들이 그에게 총을 쏘는 바람에 다시 문화교육관이 크게 외쳤다.

"미군 병사들은 들으라! 백인이든 흑인이든 무기를 내려놓고 투항하면 우리 중국 인민 지원군은 모든 포로들을 똑같이 대할 것이다. 우리는 인종차별 따위는 하지 않는다."

불려나왔던 백인 병사도 문화교육관을 따라 외치기 시작했다.

그러자 산중에서 손을 들고 투항하는 미군 병사들이 한 무리 한 무리 내려오기 시작했다. 쉬펑은 곧바로 사진기를 들고 그들이 항복하는 모습을 놓치지 않고 찍어두었다.

포로들이 모두 내려오자 쉬펑이 머릿수를 세어봤는데 180여 명이나 되었다. 사단장 왕량타이가 말한 200명에는 아직 미치지 못하는 숫자였다. 투항한 미군들은 저마다 부대 번호와 직무, 성명 등이 적힌 군번줄을 목에 걸고 있었다. 그들은 모두 미 제25사단 소속으로 거의 푸에르토리코인이었다.

상초동(上草洞)에서는 지난번 전투 이후로 말로만 듣던 '흑인 연대'가 마침내 나타났다. 제39군단 347연대가 38군단을 대신해 출격했을 때였다. 11월 27일 제39군단 116사단 347연대는 상초동에서 미군 1개 중대를 포위하고 있었다. 선두에 있던 4중대와 적군 진지의 거리는 고작 200여 미터였다. 장쩐둥(張振東) 중대장이 망원경으로 포위된 미군 병사들을 살펴보는데 하나같이 검은 머리에 검은 피부를 한 흑인들이었다. 1차 전투를 치르며 중공군들은 이미 미군 가운데 흑인이 있음을 알게 되었는데, 흑인 병사들을 '헤이메이(黑美)'라 부르며 금발에 흰 피부를 가진 백인들과 구별했다.

장쩐둥은 전 중대에서 영어를 할 줄 아는 간부 병사를 시켜 미군들에게 나와서 투항하라고 소리치게 했다. 얼마 지나지 않아 흑인 병사 2명이 백기를 들고 걸어나오는 모습이 보였다. 그러나 중공군 병사가 일어나 투항하는 이들을 맞이하려던 순간, 후방에 있던 미군 병사들이 갑자기 총을 쏘아 중공군 몇몇이 그 자리에서 고꾸라졌다.

분노한 중공군 병사들은 즉시 세찬 사격을 퍼부었고 포위된 미군 병사들 속에서 고함 소리가 들려왔다. 중공군은 사격을 멈추고 다시 한차례 소리쳤다. 그러자 흑인 군관 하나가 걸어나왔다. 그의 손에 들린 건 백기가 아닌 흰 종이 한 장이었다. 총을 들고 투항하는 흑인 모습이 그려진 가운데 중대원 숫자가 옆에 적혀 있었다.

그는 제24연대 C중대 스탠리 중대장이었다. C중대 149명은 모두 흑인이었다. 스탠리는 장쩐둥에게 다급히 변명했다.

"조금 전 중공군 병사에게 총격을 가한 것은 중대 내 백인 군관이 시켜서 어쩔 수 없이 한 일입니다."

미 제25사단 24연대 C중대는 6·25전쟁 동안 중공군에 투항한 유일한 미군 중대였다.

중공군 제39군단의 공격을 받은 미군 제25사단 24연대는 명실상부한 '흑인 연대'이다. 24연대는 미군 역사상 가장 오래된 부대로 많은 전쟁에서 뚜렷한 공을 세웠지만, 한편으로는 오랫동안 멸시와 비웃음을 받아온 부대이기도 했다.

미 제25사단 보병 24연대는 1879년 미국 국회에서 통과된 한 법령에 따라 만들어진 부대이다. 1870~80년대 인디언 전투에서 보인 보병 24연대의 용맹한 모습은 다른 이들의 본보기가 됐다. 그러나 흑인으로만 이루어진 이 부대는 인종차별주의가 널리 퍼져 있던 시대에 아무리 영웅과도 같은 전투 성과를 올려도 늘 '이등 병사'로 남을 수밖에 없었다. 어느덧 24연대의 흑인 병사들 마음에는 이런 생각이 뿌리 깊게 자리 잡았다.

'우리를 사람답게 대우하지 않는데 굳이 그들을 위해 목숨을 바칠 필요는 없다.'

1950년 7월 20일, 미 제25사단이 한국전쟁에 투입된 뒤 24연대가 전해 받은 첫 번째 임무는 예천성(醴泉城) 요새를 지키는 일이었다. 임무를 수행하던 첫날 24연대의 행동은 사단장을 머리끝까지 화나게 만들었다. 병사들이 한바탕 아무렇게나 총포를 휘두르다 황급히 달아난 것이다. 이유를 알고 보니 북한군들이 자신들보다 절대적으로 앞선 상황으로 보여 도망갔다는 것이었다. 하지만 다음 날 수색대의 보고에 따르면, 그곳에는 처음부터 북한군이 오지 않았으며 예천성에서 일어난 큰불은 24연대 병사들이 쏜 포화가 건물에 맞아 일어난 것이었다.

그 뒤 24연대가 보여준 상주(尙州) 전투 모습 또한 제25사단의 최대 치욕으로 남았다. 상주 서쪽에서 벌어진 거의 모든 전투에서 24연대는 당황스럽고 불안하기 짝이 없었다. 병사들은 진지를 벗어나 후방으로 달아났고, 무기들을 아무렇게나 진지에 던져두고 갔다. 제3대대는 고지를 철수해 내려올 때 기관총 15자루와 박격포 11문, 화염발사통 4구, 소총 102자루를 내버렸다.

제3대대 L중대가 처음 진지에 들어올 때는 군관 4명에 병사 105명이었지만 며칠 뒤 중대가 떠날 때 세어보니 고작 군관 1명과 병사 17명이었다. 전쟁의 불길에 휩쓸려 죽었거나 그밖에 다른 이유로 진지를 떠난 것을 제외해도, 나머지 군관 3명과 병사 88명의 행방은 알 길이 없었다. 그런데 산을 내려올 때 대열은 갈수록 불어나 산기슭에 다다랐을 때는 군관 1명에 병사 35명으로 늘어나 있었다.

이 때문에 제25사단 내 다른 부대에서는 24연대에게 '도망 부대'라는 이름을 붙였다. 24연대 팔띠를 둘렀으면 어딜 가든 놀림감이 됐다. 마침내 미군 병사들은 24연대를 두고 '도망 춤'이라는 노래까지 만들었는데, 흑인 민요 가락에 이런 가사를 붙여 부르곤 했다.

"벙벙대는 중공군 박격포 소리에 24연대 나리들이 달아나네."

극심한 인종차별주의는 24연대 흑인 관병들의 사기와 전투력에 어마어마한 영향을 끼쳤는데, 이번 상초동 전투에서 C중대 전원이 중국군에 투항한 사실은 씻을 수 없는 굴욕감을 안겨 주었다.

석 달 뒤 미 제25사단 사단장은 미국 국방부장관의 비준을 받아 다음 내용이 포함된 미군 군사개편계획을 선포했다.

"흑인 보병부대인 제24연대를 해산하고 모든 부대를 흑인과 백인을 섞은 체제로 운영한다."

11월 26일 미 해병 제1사단은 무평리 쪽으로 나아갔다. 이날은 중공군 주력부대가 아직 도착하기 전이라 제1사단은 아무런 저항 없이 순조롭게 이동할 수 있었다.

스미스 사단장은 헬기로 유담리에 도착해 전세를 보고 받은 뒤 상공에서 공격로 지형을 자세히 살펴보았다. 제1사단 제1대대도 하갈우리에 이르러 육군 제7사단 제2대대와 임무를 교대했다.

한밤중에 싸락눈이 내렸다. 기온은 영하 32도로 곤두박질쳤다. 새벽녘 장진호 북쪽으로부터 개마 고원을 타고 혹독한 바람이 몰아쳐 왔다. 여기저기에서 얼음판이 쩍쩍 갈라지는 둔탁한 소리가 들렸다.

상상을 뛰어넘는 매서운 추위가 중공군 제79사단과 89사단을 덮쳐왔다. 체감온도가 영하 50도 아래로 떨어지면서 병사들은 뼛속까지 얼어붙는 듯했다. 손발의 감각은 이미 사라졌다. 몸이 쉴 새 없이 떨리고 이가 딱딱 맞부딪치며 두 눈에 눈물이 저절로 고였다. 눈물은 흘러내리자마자 뺨에서 바로 얼어붙었다. 숨을 들이마실 때마다 목구멍이 붙어버리는 듯싶고, 폐가 찢어지는 듯 아파왔다. 누구는 끊임없이 기침을 하다가 끝내 피를 토하기도 했다. 병사들은 말할 수 없이 지쳐 있었지만 한자리에 가만히 서 있을 수도 없었다. 움직이지 않으면 모든 게 그대로 꽁꽁 얼어붙을 것만 같았다.

분대들은 전초선에서 번갈아 물러나 난방이 되는 움막 속에서 몸을 녹였다. 추위가 병사들 활동에 심각한 영향을 준다는 사실을 지휘관들은 더 절실히 깨달아야 했다.

더 많은 움막을 치고 야영시설을 갖추는 데 여느 때보다 인력이 두 배나 들었다. 운전병들은 차량에 부동액을 넣고 틈틈이 엔진을 돌려 얼지 않도록 했다. 이 예방조치로 휘발유 소비량이 더 늘어나고, 운전 정비요원의 휴식시간은 그만큼 짧아질 수밖에 없었다.

경계병들은 눈을 부릅뜨고 주위를 빈틈없이 살폈지만 내내 시선을 한곳에 둘 수는 없었다. 칠흑 같은 어둠 속을 쉼없이 바라보면 흐릿한 그림자가 나타나기 때문이다. 그럴 때 걷잡을 수 없는 상상력이 꿈틀대면 움직이지 않던 물체가 갑자기 움직이는 듯이 보여 정확하게 관측할 수 없었다. 병사들은 혹한과 처절하게 싸우는 것도 모자라 절대 고독의 두려움까지 이겨내야 했다. 눈밭 위에서 짐승이 조금만 움직여도, 달빛 속에서 나뭇가지가 살짝만 흔들려도 더할 수 없는 공포가 밀려왔다.

그러한 극한이 미군에게만 가혹하고 중공군에게는 온정을 베풀 리 없었다. 아니, 고난과 고통의 질에서는 그들이 한결 더했다. 동양인 특유의 수동적 운명관과 동물적인 참을성조차 한계에 다다라 있었다.

"아, 춥다 추위! 여기 겨울은 내 고향 창춘(長春)보다 더 추운 것 같아. 훨씬 남쪽인데도 왜 이럴까?"

"만주는 벌판이지만 여긴 온통 산악지대잖아."

"하긴! 바람이 이렇게 높은 산을 휘돌아서 몰아치니 더 추울 수밖에."

"아무튼 사람 살 곳이 못 돼. 나도 모르게 성질이 메마르고 모질어지지 않겠냐고."

"제기랄! 그러니까 조선놈들이 이런 싸움을 일으켜서는 괜한 우리까지 끌어들여 고생시키잖아."

중국 병사들은 푸념과 불평을 허연 입김과 함께 토해 놓으며 안절부절못했다. 그나마도 단편적이고 짧은 대화로 그치고 말았다. 이야기하는 것조차 커다란 체력 소모였기 때문이다. 밤의 어둠은 분명 그들 편이었지만, 그것은 단순히 전략적 측면에서 도움이 될 뿐이었다.

11월 27일 아침, 해병 제7연대가 측면을 지키고 로이스는 서쪽으로 나아갔다. 차츰 거세지는 눈보라와 어둠을 헤치며 그들은 걸어갔다. 기온이 영하 30도까지 내려가 귀가 떨어져 나갈 듯이 아팠다. 하늘은 짙은 감색 대지 같았다. 그칠 줄 모르는 눈발을 맞으며 해병들은 꽁꽁 언 얼음길을 뒤뚱거리며 가까스로 걸어 간다. 발걸음을 옮길 때마다 푹푹 빠져 얼어붙는 군화를 빼내느라 금세 곤두박질해 쓰러질 만큼 위태롭게 휘청거렸다. 어둠 속에서는 바로 옆도 보이지 않았다. 보이는 거라고는 참호를 덮은 하얀 눈무더기들뿐이다.

> 밤톨이 익어가는 화롯가에서 꿈꾸고 계실 어머니
> 당신 아들에게 보낼 양말을 뜨고 있을 때
> 아들의 얼굴은 눈더미 속에 깊이 박혀 있으리.
> 이 모든 것이 지나면
> 어머니들은 눈물 짓고 신부들은 주 예수 그리스도 앞에
> 경건한 성호를 그으리라.
> 그리고 말하리라, 이제는 지나간 일이라고!
> 망자여, 자신의 죽음을 슬퍼하라!
> 당신의 심장은 둘로 쪼개졌으니.
>
> (이범신, 〈전선노트〉)

날이 갈수록 마음은 약해지고 전쟁에도 지치게 된다. 여정이 길어질수록 그것이 정말로 현명한 일인지, 계속 숨쉬며 살아가는 일이 좋은 것인지 때때

로 의심하게 된다. 그 의문에는 참된 목적이 있겠지만, 여행이 끝나지 않으면 알지 못한다. 그것이 진실이라는 생각이 드는 순간은 불쑥불쑥 찾아온다.

전쟁은 인간을 아주 먼 옛날로 돌아가도록 만든다. 그 자리에서 생각하는 사랑은 더없이 원초적이어서 어머니가 자식에게 집착하듯 강박적인 면을 보인다. 그래서 연인들은 서로 사랑이라는 이름으로 끊임없이 붙들고 가두며 놓아주지 않으려 든다.

그 어느 곳에서도 움틀 수 있는 사랑은 피비린내나는 전쟁터에서조차 가능하다. 아니, 어쩌면 척박한 환경이 주는 치열함 때문에 전쟁터에서 이루어지는 사랑이 더욱 원초적인지도 모른다. 겉멋만 잔뜩 든 허영의 감정이 아닌 모든 걸 한 겹 벗어버린 속살 같은 사랑. 이따금 어둠 속에 몸을 숨긴 병사들은 그 원초적인 사랑을 찾아 나선다. 그들은 과거의 진술한 사랑과 여인을 추억하거나 영화 속 주인공을 가슴에 품고 잠을 설치기도 하고 미지의 여인을 상상하며 꿈에 부풀어오른다.

뼛속까지 얼어붙은 몸을 녹이려고 그들은 롱비치 해변가 비키니 차림의 여인들과 어울려 거닌다. 여인들의 물기 머금은 육체는 라일락처럼 싱그럽게 피어난다. 스물 남짓한 그녀들은 마치 요정 같다. 그런 그녀들과 파도 속을 헤엄치는 모습을 떠올리며 눈앞에 펼쳐진 눈 덮인 들판을 바라다본다. 그들은 어느 틈엔가 추위를 잊고 가슴이 뜨겁게 불타오름을 느낀다. 뜨거운 햇살에 드러난 여자들의 아름다운 몸매가 비키니 속에서 넘실댄다. 봉긋 솟은 젖가슴과 걸을 때마다 실룩이는 도톰한 엉덩이, 보조개 지는 화사한 미소…… 바깥쪽의 붉은색 감도는 두툼한 비순(秘脣)을 벌리자 붉은 분홍빛 민감한 꽃잎이 나타난다. 안쪽에 있는 두 장의 꽃잎은 좌우로 말리듯이 젖혀져 촉촉하게 젖어 있다. 병사는 그 닭벼슬 같은 꽃잎을 하나씩 조심스럽게 빨아들이기 시작한다. 몸을 떨게 하는 무서운 추위를 조금이나마 부드럽게 달랜다.

남쪽에서는 머레이 제5연대와 리첸버그 제7연대를 지원하고, 보급로를 보호하고자 단호한 태세로 사단의 나머지 병력이 모여들었다. 토마스 리지 중령은 앨런 서터 중대를 뺀 자기 대대를 지경리에서 하갈우리로 이동시켜 그 지역의 사주방어 임무를 맡겼다. 서터 중령은 지경리에 남아 오가는 수송대가 전방으로 나를 때까지 뒤에 남겨둔 보급물품을 지키게 되었다. 제1연대장 풀러 대령은 고토리에 지휘소를 설치했다. 서터 중대가 방위 임무를 맡았다.

미 해병 제1사단이 북쪽으로 이동할 때 수송 차량이 모자랐다. 지칠대로 지친 소총병들의 몸을 녹일 만한 은신처를 마련해 주기 위해 풀러 대령은 트럭에 실을 물품 가운데 천막 자재를 먼저 싣도록 했다. 자연히 탄약은 조금 실을 수밖에 없었다. 이 결정으로 고토리에서 탄약 부족 사태를 빚었으나, 풀러의 주장은 타당성이 있었다.

"난 부하를 먼저 돌보겠소. 추위 때문에 얼이 쏙 빠진 병력으로는 도저히 싸움을 이어갈 수 없으니까. 탄약이 떨어지면 총검으로 싸우면 됩니다."

제임스 브라우어는 포대 지휘소를 하갈우리로 옮기고, 보병을 지원할 수 있도록 부대들을 배치했다. 해병 11포병연대 하비 피한 중령의 1대대는 머레이 연대에 배속되었다. 해병 제5연대가 저수지 동쪽에서 서쪽으로 옮겨가자, 피한 대대도 제5연대와 함께 유담리로 들어갔다.

포대들이 유담리에 모이자마자 피한을 지휘관으로 한 포병군이 꾸려졌다. 부대가 연대 지휘소에서 떨어져 있는 데다 포대 지원의 협동이 필요했기 때문이다.

서쪽으로 공격하는 리첸버그와 머레이를 좀더 지원하려고 사단장 스미스는 고개를 넘는 이 2개 연대와 합세하라고 임시전차소대에 지시했다. 하갈우리 서쪽 6.5킬로미터 지점인 얼어붙은 길에서 전차들이 미끄러져 나아갔다. 그러다 마침내 1대는 캐터필러가 끊어지고 다른 3대는 하갈우리로 되돌아갔다. 고장 난 전차는 그대로 내버려 두었다가 다음 날 구난전차(救難戰車)가 와서 끌어냈다.

리처드 프림로스 중위는 퍼싱 전차소대를 하갈우리에 진입시켰다. 퍼싱전차가 앞서 진입에 실패한 셔먼전차보다 무게가 더 나가 좁은 빙판길을 더 잘 갈 수 있지 않을까 생각해서였다. 프림로스는 전차 하나로 시험운전을 하기로 했다. 조종수 클라이드 키드 병장만 남기고 전차병을 모두 내리게 했다. 그가 포탑에 서자 키드는 운전석에서 땀을 흘리며 커다란 전차를 몰았다.

온몸의 신경 세포가 곤두서는 행군이 시작되었다. 빙판길과 붐비는 차량, 병사들의 방해 속에 전차는 좁은 길을 조심스럽게 할퀴며 올라갔다. 버려둔 셔먼전차를 지나치자 프림로스는 고갯마루에서 참호를 파고 있는 윌리엄 바버 대위의 폭스 중대 병사들에게 신호를 보냈다. 이윽고 전차는 고개를 내려가기 시작했다. 세 시간 뒤에 퍼싱전차는 유담리 방어선 안으로 들어섰다.

프림로스와 키드는 헬기를 타고 하갈우리로 돌아가, 다음 날 아침 소대의 나머지 전차들을 옮길 준비를 시작했다. 그런데 그날 밤 중공군이 하갈우리와 고개 사잇길을 막아서는 바람에 전차들이 더는 앞으로 나아갈 수 없게 되었다. 러셀 먼셀 하사가 헬기로 유담리에 날아가 퍼싱전차를 타고 보병 지원을 하겠다며 나섰다.

프림로스가 시험 주행을 할 동안, 리첸버그는 바버 중대를 덕동 고개에 배치해 유담리와 하갈우리 중간 지점 빈 곳을 지키도록 했다.

그날 오후 마지막 트럭 대열이 하갈우리로 떠났다. 제2대대 병기중대의 니콜라스 캐버키치 소위가 찰스 케일러 일병을 불렀다.

"케일러, 흥남 사단사령부에서 방금 소식이 왔어. 자네의 제대 신청을 받아들이기로 했다네. 얼른 소지품 챙겨 흥남으로 돌아가 대기중대에 신고하게. 자, 명령서는 여기 있네."

케일러는 환하게 웃으며 소위에게 경례를 붙이고는 기관총반으로 달려갔다. 그가 짐을 꾸리는 동안 동료 병사들이 몰려와 한껏 부러운 얼굴로 물었다.

"어떻게 제대할 수 있었어?"

"내 사정을 헤아려 준 거겠지. 난 애가 둘이고 사업체도 하나 있잖아. 해병대 사령관에게 그런 사정을 털어놓은 편지를 썼어."

"고작 그런 이유로 허락받았단 말이야?"

그 병사는 도저히 믿어지지 않는 눈치였다.

"저를 도와주십시오, 그렇게 쓰기만 했다니까. 편지 한 장 쓴 게 다야."

"그럼, 나도 써볼까? 누구 종이와 연필 있는 사람?"

케일러는 갖고 있던 사탕과 담배, 껌을 전우들에게 나누어 주고 일일이 악수를 나눴다. 그러고는 부대를 나와 하갈우리로 통하는 길로 나섰다.

한참을 그 자리에 서 있자 트럭 한 대가 다가오는 게 보였다.

케일러는 트럭을 바라보며 두 손을 흔들었다.

"스톱! 스톱!"

트럭이 서면서 운전병이 고개를 내밀고 물었다.

"어디로 가는 거요?"

"흥남이요. 귀가 명령을 받았거든요."

운전병이 차문을 열자 케일러는 소지품이 든 자루를 화물적재함에 훌쩍 던진 뒤 조수석에 올라탔다.

"찰스 케일러라고 합니다."

"난 홀컴이오."

트럭은 하갈우리로 달리기 시작했다. 케일러는 자신이 제대하게 된 까닭을 홀컴에게 이야기하고 덧붙여 말했다.

"오늘이 11월 27일이니, 늦어도 크리스마스까진 미네아폴리스에 도착할 수 있겠죠?"

그러자 홀컴이 더없이 부러운 눈으로 쳐다보며 말했다.

"나한테도 그런 명령서가 있다면 좋겠소. 그 시간이라면 태평양을 헤엄쳐서라도 크리스마스 전까지는 그립고 아늑한 내 집에 갈 수 있을 테니까 말이오."

그날 밤 리첸버그와 머레이는 보강된 2개 연대를 이끌며 유담리에 있었다. 하갈우리에는 서터 중대를 제외한 리지 대대가 대포와 전차, 근무부대 요원의 지원을 받아 그 지역을 방어하는 임무를 맡았다. 풀러는 병사 수가 늘어난 1개 대대와 함께 고토리에 머무르는 한편, 슈먹은 진흥리 산기슭에 있었다.

2개 연대는 한곳에 모였다. 사단의 나머지 병력은 주보급로 핵심 지점에 배치되었다. 이들 진지는 중공군 공격 개시 고작 몇 시간 전에 확보되었다.

제1자동차수송대대장 올린 빌 중령은 낮에 기다란 보급품 수송 대열을 이끌고 유담리로 들어갔다가 밤늦게 차량들을 모아 하갈우리로 돌아갔다. 그는 다음 날 보급품을 되도록 빨리 옮기고자 계획을 세운 뒤 차량 행렬이 출발할 때 부상자를 모두 트럭에 태웠다.

이렇게 빌은 수송차량 대열을 무사히 이끌고 돌아왔다. 그들은 그 길로 별 탈 없이 지난 미 해병의 마지막 부대가 되었다. 그 뒤부터 해병들은 치열한 전투를 치르며 되돌아가야만 했다.

해병 제1사단장 스미스는 누군가 마구 흔들어대는 바람에 겨우 잠에서 깼다. 작전참모 마이크 소령이었다.

"사단장님, 정찰하다가 대규모 중국 부대가 이동하는 흔적을 발견했습니다."

그의 보고와 함께 잇따라 전후방 부대의 유선전화와 무전기가 시끄럽게 울려댔다. 서북방향 유담리에서 사단본부가 있는 하갈우리까지, 또 그 뒤 고토리에서 후방 진흥리까지 곳곳에 적군이 깔려 있다는 보고 및 현재 적군의 대부대가 이동 중에 있다는 보고가 속속 들어왔다.

얼마 전 리첸버그 연대장이 내보낸 수색대가 습격을 받아 해병대 대원 7명이 목숨을 잃었다. 누가 해병대를 몰래 습격했는지 생존자들의 의견이 어수선했다. 어떤 이는 북한군 잔당이나 빨치산이라 했고 또는 중공군이라고 했다. 스미스와 리첸버그는 대규모 중공군이 해병 제1사단을 노린다는 결론을 내렸다.

지난 습격 때 작전지도 하나와 무기 및 장부를 잃어버렸으나 스미스는 그 일이 해병대의 압록강 진격작전에는 그다지 영향을 주지 않으리라 여겼다. 어차피 맥아더 장군은 연합군의 북진계획을 보란 듯이 언론에 공개하고 중국이 알든 말든 전혀 신경 쓰지 않았다. 해병대 대원 7명을 잃은 것에 비하면 지도 하나쯤 분실한 건 대수로운 일이 아니었다. 스미스는 언제 어떤 상황에서도 늘 아군의 생명이 무엇보다 중요하며 무기나 장비, 명예, 존엄 등 그 어떠한 것과도 비교할 수 없다고 강조했다.

스미스는 마이크 소령에게 작전지도를 가져오게 해 긴 탁자 위에 펼쳐놓았다. 자신의 등 뒤로는 최남단 진흥리가 줄곧 북쪽을 향해 뻗어나고 저마다 고토리, 하갈우리와 함께 북서쪽에 유담리가 있었다. 약 100킬로미터의 구불구불하고 험난한 산간도로로 장진호에 매우 커다란 지네 한 마리가 똬리를 튼 듯 보였다.

각 연대와 대대, 중대의 일급 보고에 따르면 스미스의 해병 제1사단과 온 부대가 이 4개 지역에 흩어졌는데 곳곳에서 중국인 부대가 동시에 나타났다. 이미 모든 부대가 중공군에 빈틈없이 둘러싸여 있음을 뜻했다. 그는 깊은 생각에 잠겼다.

'대체 그들은 어디서 왔는가. 바다에서? 공중에서? 모두 불가능하다. 중국에 그런 능력이 있을 리 없다. 분명 침투밖에는 방법이 없을 텐데…… 그들은 공중정찰을 피하려고 낮에는 산에 몸을 숨기고 밤에는 살그머니 일어나 야간 행군으로 이 장진호까지 은밀히 침투해 왔으리라.'

문득 스미스는 조금 전까지 긴장했던 마음이 조금은 풀리는 듯했다. 침투라면 그 규모는 그리 크지 않으리라. 맥아더가 자신 있게 말하지 않았는가. 3만 명 이상의 중국 부대가 압록강을 건넜다면 틀림없이 공중정찰 때 발견됐을 것이다.

사단장 스미스는 마이크를 불러 연대장 리첸버그에게 전화를 걸도록 했다. 리첸버그의 부대는 이미 유담리까지 나아간 상태였다. 2개 대대가 유담리에 자리를 잡고 포병대대와 전차대대 일부가 배속된 부대가 하갈우리 지역과 비행장을 지키고 있었다.

그곳은 미 해병대가 한국전쟁에서 진출한 한반도 최북단 지역이자 압록강 진지와 가장 가까웠다. 그 뒤 그들은 이보다 더 북쪽으로는 한 발짝도 움직이지 못했다.

전화가 곧바로 연결되었다. 스미스는 리첸버그의 상황과 앞으로 준비에 대해 더욱 자세히 보고받았다.

"아직 중공군의 목적을 확실히 파악하지는 못했지만 밤에만 진지를 확실히 지킨다면 낮에는 훨씬 손쉬우리라 예상됩니다. 중공군은 공중 지원이 없어 낮은 완전히 미군 세상이니까요."

그러나 문제는 현재 유담리의 방어 상태가 완벽하지 못하다는 사실이었다. 유담리에는 중무기가 없고 중형 퍼싱전차 한 대만 어렵사리 구해 놓은 상태였다. 대부분의 사단 소속 중형 무기 155 및 105밀리미터 화포와 퍼싱전차는 하갈우리 진지를 지킬 뿐이었다.

스미스는 리첸버그가 세운 계획을 마음에 들어했다. 그는 마이크에게 진흥리, 고토리, 하갈우리와 하갈우리 비행장 등 모든 근거지에 이를 알리도록 지시했다. 이곳 진지들은 새벽이 밝아 올 때까지 반드시 지켜내야 했다.

다행히도 그들은 미리 대비에 나섰다. 부대 간에는 전진 때 교대로 엄호해 주고 진지 하나를 차지할 때마다 다음 날 아침이 될 때까지 기다렸다가 계속 나아갔다. 이는 스미스의 조심스러운 성격 때문이었다.

이런저런 운 나쁜 일들이 있긴 했지만 제32연대 1대대 부관인 존스 소령이 11월 27일 저녁에 돌아온 것은 운이 좋았다. 그는 11월 23일 아침에 압록강 근처에서 치를 다음 작전에 대비해 제7사단 지역인 북청이나 풍산에 대대집결지를 마련할 선발대를 이끌고 '행복한 골짜기'에 있는 숙영지를 떠났었다. 존스는 압록강 근처의 제17연대에 도착했을 때 대대 임무가 바뀐 사실을 알고 서둘러 돌아왔다.

11월 27일 이른 아침에 존스는 2주간의 우편물과 조금은 이른 크리스마스 소포를 2.5톤 차량에 싣고 북청에 있는 제7사단 후방지휘소를 떠나 장진호로 향했다. 그가 후동리에 도착해 잠깐 멈추었을 때였다. 학교 건물 안에서 호즈 장군과 맥클린 대령이 대화를 나누는 모습이 보였다. 존스는 제1대대의 위치를 물은 다음 계속 가다가 제31중박격포중대 진지에서 멈추었다.

존스가 지휘소에 도착한 바로 뒤, 맥클린의 전방지휘소에서 연락장교가 작전명령을 가지고 왔다. 이튿날 새벽에 갈촌리 쪽으로 대대공격을 실시하라는 내용이었다. 밤 9시 30분 페이스 중령은 다음 날 아침에 있을 대대공격과 관련된 명령을 중대장들에게 내렸다.

서른두 살 존스는 1948년 제11공수사단 제511낙하산연대 제3대대 작전장교로 일본에 보내졌다. 사단이 1949년 켄터키에 있는 포트캠벨로 돌아갈 때 그는 남아서 제32연대 C중대장이 되었다.

1950년 인천상륙작전에 뒤이은 서울탈환작전 때였다. 그의 중대는 한 중요한 고지에서 적을 몰아내고 있었다. 갑자기 날아온 30구경 기관총 총탄이 그의 가슴을 뚫었다. 치명상이 될 뻔한 그 총탄은 다행히 그의 왼쪽 심장 위에 있는 쇠단추를 맞혔다. 50쪽짜리 수첩을 뚫고 들어갔으나 갈빗대 바로 앞에 있던 20쪽짜리 중대원 명부 앞에서 멈추었고 덕분에 기적처럼 살아났다. 1950년 10월에는 소령으로 진급했는데 페이스는 그를 바로 부관 겸 인사장교로 임명했다.

11월 27일 오후 늦게 페이스 중령은 대대의 전방항공통제관인 해병대 소속 에드워드 스탬포드(Edward Stamford) 대위에게 전술항공통제반 지휘소를 A중대 진지로 이동시켜 아침에 실시할 대대공격 때 필요하면 진지 안에서 항공지원을 실시하라고 지시를 내렸다.

A중대는 1316고지에 편성된 대대 방어진지 왼쪽과 1310고지 사이 안부(鞍部)를 지나가는 도로의 서쪽, 그리고 동쪽으로 올라간 보다 높은 도로 서쪽을 확보했다.

A중대 지휘소는 중대본부 요원들에 의해 보호되었으며, 소대는 왼쪽에서부터 제1소대, 제3소대, 제2소대 순으로 배치되었다. 제2소대는 돌출부 뒤쪽으로 구부러져 스탬포드 대위를 비롯해 병사 3명을 위한 엄폐호 2개가 배정되었다.

중대장 스쿨리온 대위는 스탬포드 대위에게 중대본부와 소대 오른쪽 사이에 있는 엄폐호를 사용하라고 명령했다. 그와 연락할 SCR-300(보병중대 무전기)도 주어졌다. 곧 스탬포드 대위와 두 병사는 엄폐호로 이동했고, 나머지 둘은 50미터 후방에 있는 엄폐호에 남아 잠자리를 준비하고 무전기를 지켰다.

스탬포드 대위는 병사 넷으로 이루어진 해병 전술항공통제반 지휘소와 함께 인천상륙작전을 위해 일본에서 승선할 때부터 줄곧 제32연대 1대대에 배속되어 왔다. 그 무렵 해군은 상륙작전을 위한 전방항공통제관으로 그를 육군 대대에 내보냈다. 이어 서울탈환작전 동안 대대와 함께 했고, 사단이 한반도 북동쪽으로 옮겨갈 때도 배속된 채 남아 있었다.

그는 178센티미터 키에 술통같이 불룩 나온 가슴, 근육질 팔다리와 큰 손, 단단하고 힘이 넘치는 체격이었다. 많은 전투 경험으로 단련된 스탬포드 대위는 언제나 냉정하게 일처리를 했다. 그는 능숙한 군인으로서 자신의 의무를 할 때 어떤 의문도 품지 않았다.

북쪽으로부터 A중대를 향해 도로를 따라 곧장 전진해 온 중공군은 안부 바로 남쪽에서 오른쪽 도로인 서쪽으로 급격히 방향을 틀었다. 도로와 나란히 뻗은 툭 불거져 나온 산등성이에 자리한 2소대 오른쪽으로 곧장 돌파해 온 중공군은 중대 지휘소 뒤 60밀리 박격포가 있는 골짜기 근처까지 나아갔다.

이 첫 번째 공격으로 중공군은 두 가지를 얻었다. 먼저 일부는 A중대 후방에서 중앙으로 뒤돌아 U형으로 이동했는데, 덕분에 중대 지휘소와 중대 방어선 한가운데 1316고지에 있는 3소대 배후를 차지하게 됐지만 누구도 그들의 존재를 알지 못했다.

다른 중공군은 침투 뒤 곧장 골짜기에 있는 박격포 쪽으로 향했는데, 박격포조는 갑작스러운 공격에 놀라 무너졌고 무기를 버린 채 달아났다.

밤 11시 조금 전, 대대 지휘소에 있던 어느 병사가 A중대 진지에서 울려 퍼지는 산발적인 소총 소리를 들었다. 마치 사격전을 하는 듯이 들려왔다. 대대에 배속된 카투사들이 어두워진 뒤 상상의 적에게 총 쏘는 일은 잦았다. 괜히 보고했다가 한바탕 소동으로 번지는 경우가 가끔 있었으므로 그는 가볍게 넘기고 말았다. 총성이 끝날 때까지도 그는 이 확신을 저버리지 못했다. 그 총소리가 큰 사건의 시작일 줄은 아무도 몰랐다.

스탬포드 대위는 자정이 얼마 지나지 않아 사격 소리와 스쿨리온 대위가 고함치는 소리에 잠에서 깨어났다. 몸을 일으키기도 전에 그는 엄폐호 밖에서 웅얼거리는 소리를 들었다. 눈이 들이치지 못하도록 덮어두었던 남쪽 끝에 놓인 판초를 옆으로 밀어제쳤을 때, 스탬포드 대위는 달빛 속에서 털모자를 쓴 얼굴을 봤다. 그는 앉은 자세로 총을 쐈으나 중공군은 이미 수류탄을 안으로 던져 넣었고, 스탬포드 대위의 다리 사이 침낭 위에서 터졌다. 그 파편에 함께 있던 다른 한 명이 다쳤으나 그는 멀쩡했다.

스탬포드 대위는 판초 사이로 몇 발을 더 쏘았다. 그러자 적의 소총 사격이 엄폐호를 때렸고 몇 발은 통나무 지붕 틈새를 뚫고 들어왔다. 두 병사는 엄폐호 뒤쪽 끝 탈출용 교통호로 이동해 그곳에서 몇 분쯤 몸을 숨겼다. 마침내 A중대 기관총 한 정이 총구를 열고 엄폐호 꼭대기를 가로질러 중공군에게 총탄세례를 퍼부었다. 그 틈에 스탬포드 대위는 탈출용 교통호를 기어서 빠져나왔다.

그는 곧바로 가까이 흩어졌던 병사들을 모아 방어전에 들어갔다. 고함을 질러 스탬포드 대위의 잠을 깨웠던 스쿨리온은 근처에 싸늘한 시체가 되어 있었다. 그는 무슨 일이 벌어졌는지 확인하려고 황급히 바깥으로 나왔다가 지휘소와 얼마 안 되는 거리에서 총탄을 맞고 쓰러진 것이다.

스탬포드 대위는 병사들에게 중대 지휘엄폐호 주변지역을 즉각 확보케 한 다음, 상황이 어떤지 알기 위해 왼쪽에 있는 제1소대 진지 쪽으로 나아갔다. 그는 소대장 덴츠필드 소위가 다쳤음을 알았다. 스탬포드 대위는 부중대장 스미스 중위에게 지휘소 가까이에 있는 병력을 이끌라고 말했다.

A중대 박격포 소대장 올텐지 중위는 스탬포드 대위에게 와서 자기가 두 번째 선임자이므로 중대를 지휘하겠다고 알렸다. 스탬포드 대위는 나머지 소대 상황을 알아보기 위해 해병 전술항공통제반 지휘소 요원 가운데 한 사람을 보내고, 스미스 중위는 제1소대를 책임지도록 했다. 잠시 뒤 스탬포드 대위는 적이 A중대를 타격하면서 제3소대 근방과 중대 지휘소, 그리고 박격포 진지만 침범했다는 보고를 받았다.

최초로 침입을 꾀한 적은 방어선 중앙에 있는 제3소대를 정면으로 압박해 왔지만 거센 공격을 받고 물러났다. 새벽 무렵 중공군은 제1소대가 대부분의 병력을 왼쪽 방향으로 돌린 사실을 알게 되었다. 그들은 그곳을 공격할 목적으로 왼쪽 부분을 강화하기 시작했다. 스탬포드 대위는 이동시킬 시점이 바로 지금임을 알고 제1소대 2개 분대와 1개 기관총반을 본 진지로 돌아가게 해서 적들이 몰리기 전에 쳐부수었다.

적이 A중대 진지에서 공격을 시작할 때 본부중대의 수송장교 휴 메이 중위는 대대 지휘소에서 100미터쯤 되는 도로 아래 골짜기에 있었다. 그는 얼마 뒤 페이스로부터 지휘소 경계를 점검하라는 지시를 받았다. 그와 본부중대 탄약작업소대장 무어 중위는 내부경계계획을 세워 하나는 도로 북쪽을 막고, 다른 하나는 남쪽을 통제하도록 도로 양쪽에 기관총을 놓았다. 그런 다음 부하들과 함께 A중대 뒤쪽 도로 밑까지 뚫고 온 중공군을 몰아내는데 힘을 쏟았다. 메이는 11월 28일 오후 늦게까지 내부경계 지휘자로 남아 병사들과 싸웠다.

A중대에 공격이 이어지는 동안, 적의 공격은 대대 방어선의 남은 부분으로 확대되어 갔다. 그 첫 번째는 전차 한 대와 자주포 한 대로 A중대와 C중대 사이 도로로 곧장 달려옴으로써 돌파를 시도하는 것이었다. 전차와 자주포는 둘 다 북한군 것이었는데 이제는 중공군이 쓰면서 압박을 해 왔다. 장진호 전투에서 적이 전차를 쓴 오직 한 사례였다.

이 두렵고도 놀랄 만한 2대의 무기는 11월 28일 새벽 2시 북쪽에서 도로를 따라 덜커덩거리며 올라왔다. C중대는 배수로 서쪽에 산등성이 비탈이 안으로 깎여 들어가서 도로를 가장 잘 볼 수 있는 고갯길 오른쪽에 자리잡고 있었다. D중대 가드프리 상병은 자신의 75밀리 무반동총분대를 북쪽 도로를 잘 통제할 수 있는 고갯길 오른쪽 높은 지점에 배치해 넉넉한 시야를 확보하던 참이었다. 이 유리한 위치에서 거리가 정확히 판단되자 가드프리는 적 전차와 자주포에 사격을 가해 둘 다 파괴했다.

바로 그 순간 100여 명의 중공군이 가드프리가 있는 곳으로 몰래 기어 올라왔다. 갑자기 엄폐물로부터 뛰쳐나온 그들은 미군 분대를 짓밟으려 했다. 가드프리는 곧바로 총구를 그들에게 돌려 많은 적을 쏘아 죽이고 부상을 입혔으며 나머지는 뿔뿔이 흩어지도록 했다. 생존자들은 앞뒤를 가리지 않고 정신없이 달아났다.

이 성공적인 조치는 A중대가 방어선을 다시 정비하는 데 도움을 줬을 뿐아니라, 그날 밤 대대방어진지 왼쪽 앞쪽을 거머쥘 수 있게 만들었다. 밤늦게까지 가드프리는 무반동총으로 적의 박격포를 부수었고, 덕분에 C중대 방어선 왼쪽으로 공격해 온 5명이 넘는 적을 쫓아낼 수 있었다.

새벽이 오기 전 날씨는 더욱 매섭도록 차가워졌으며 또다시 눈이 내리기 시작했다. 적의 공격은 날이 밝으면서 차츰 수그러들었다. 야간전투는 소란스러웠고 피로 얼룩졌다. 중공군의 호각과 나팔 소리가 끊이지 않고 들려왔다.

11월 28일 먼동이 터오자 해병대 코르세어기 4대가 구원병으로 으르렁거리며 나타났다. 스탬포드 대위의 전술항공통제반 지휘소가 원하던 바로 그것이었다. 스탬포드 대위는 중공군 병사들이 엄폐하고 있는 A중대에서 300미터 되는 산등성이에 네이팜탄 공격을 명령했다. 또한 제1대대 진지에 포탄을 날렸던 박격포가 있는 산등성이 뒤쪽도 때리도록 조종사에게 지시했다.

비행기가 산등성이를 때리자 중공군들이 네이팜탄을 피해 넓고 탁 트인 곳으로 달아났다. 미군 기관총과 소화기 사격이 적을 쓰러뜨렸다. 코르세어기는 네이팜탄 투하에 이어 5인치 로켓과 20밀리 기총소사를 퍼부었다. 이날 아침 일찍 감행된 공중 공격은 방어진지에 있는 지상부대의 상황을 안정시켰다.

모트루드의 C중대 3소대 진지에서는 날이 밝자 아주 괴기스러운 광경이 드러났다. 소대진지 왼쪽 끝 개인 참호 속에서 카투사 하나가 머리가 떨어진 채 그대로 앉아 있었다. 그의 무기와 탄약은 이미 사라지고 없었다. 공격이 시작될 무렵, 잠들었거나 졸고 있는 카투사에게 중공군이 엎드린 채 다가가 그를 죽이고 머리를 베어간 게 틀림없었다.

11월 28일 아침이 지나가고 해가 밝은 뒤 역습이 끝나자 장진호 동쪽 A중대에서는 스쿨리온 대위를 포함해 8명이 전사하고, 제1소대장 덴츠필드 소위를 포함한 20명이 다친 것으로 밝혀졌다. 그날 밤 전투에서 대대 나머지 중대의 전사자와 부상자 숫자는 정확히 파악할 수 없었다. 늦은 오후까지 100명 가까이 대대 구호소를 거쳐갔다. 사상자가 너무도 많았다.

이튿날 정오 무렵 B중대 리처드 루나 병장은 대대 지휘소로 가서 사상자들을 살펴보았다. 많은 시체들이 꽁꽁 얼어 뻣뻣해져 있었다.

17
고난의 길

눈 덮인 산봉우리들이 분홍빛으로 물들어갔다. 얼어붙은 장진호에도 어느새 핏빛 노을이 비쳐들었다. 저녁놀은 전쟁에도 아랑곳없이 이루 말할 수 없이 아름다웠다. 이범신은 붉게 타오르는 해넘이 개마 고원을 바라보았다.

'도대체 인간이란 무엇인가. 왜 서로 총부리를 겨누어야 하는가. 왜 아까운 청춘을 이토록 비참하게 보내야 하는가. 꽃다운 젊은 목숨들이 차례차례 죽어가는 모습을 바라보는 건 견딜 수 없이 슬픈 일이다. 신은 진정 우리를 버리셨단 말인가.'

한바탕 살육전이 벌어진 뒤 전장에는 적막만이 감돌았다. 이범신은 오늘 이 순간만은 세상 무엇과도 바꿀 수 없이 기도가 절실했다.

"주여, 왜 우리를 고르셨나이까? 왜 우리를 고난의 길로 이끄셨습니까? 우리는 당신이 만들어 놓은 것 가운데 당신이 가장 아끼는 피조물입니다. 예전에 우리는 당신을 즐겨 찬양하고, 당신의 귓전에 아름다운 목소리로 소곤거리길 좋아했습니다. 그러나 이제는 피로 물든 고원의 숲에서 불어오는 낮고 음산한 바람 소리만이 들려옵니다. 당신은 아무것도 모르는 우리를 벌주셨습니다. 우리는 우리의 운명과 죄악을 함께 지고 당신이 내리신 벌을 기꺼이 받으며 험한 눈얼음판을 걸어갑니다. 오, 태양이여! 따스한 봄이 오거든, 새 아침 꽃들이 흐트러진 저 피 흐르는 대지의 심장 위에 떠오르소서. 그리하여 오만에 취해 한 줌 재로 사그라져 가는 전장의 잔인한 횃불 위에 뜨소서."

이범신은 한없이 우울했다. 전쟁으로 고통받는 사이 섬세한 시인의 감성은 갈수록 희미해져 갔다. 마음속에 드리워진 두려움은 사라졌지만, 이제 어떤 일에도 반응하지 않게 될까봐 걱정이 밀려왔다. 민감한 감수성을 지닌 사람을 불쾌하게 하는 것은 행위의 주체에 아무런 죄책감도 남기지 않고, 온갖 인간적 관점에서도 복수를 당하지 않으며, 피비린내나는 부당한 전투에서 나오는 것도 아니다. 본디 책임회피에 익숙지 않더라도 그러한 행위는 그들을 더없이 허무한 냉소에 빠져들게 하거나, 적어도 인간성에 대한 철저한 당혹감을 맛보게 한다.

그는 자신이 차츰 한 마리 짐승이 되어가는 것만 같았다. 더욱 바람직하지 않은 점은, 자신을 비롯한 병사들이 공포와 폭력에 쫓겨 어금니를 내밀고 발톱을 세우는 동물처럼 변해 간다는 사실을 알아차리는 자가 거의 없다는 것이다. 그가 전쟁으로 무언가를 배웠다면, 인간이 겉보기와는 다르며 생각하던 바와도 다르다는 믿음이다. 누구나 섬뜩한 공포에 사로잡히면 필연에 몸을 맡기고 힘센 자의 명령에 따라 무책임하게 행동하고 싶은 강렬한 유혹에 빠진다. 그러나 이범신을 비롯한 병사들은 이미 알고 있다. 양심에 대답할 때 죄책감이 생겨난다는 걸. 양심에 답할 수 있는 건 타인과 자신을 떼어내고 자주 아픔을 느끼며 차이를 인정할 때이다. 양심의 호소는 자아 바깥에 있는 개인과는 관계없는 목소리처럼 느껴지지만 안타깝게도 그 대답은 개인의 마음에서 울려 나온다.

'왜 너는 이런 일을 했지? 살려달라는데 왜 그렇게 하지 않았는가? 내 양심은 조금씩 때가 묻는다. ……전쟁에서 벗어나 내 죄를 씻겨주는 깨끗한 대지로 돌아갈 수 있다면 얼마나 좋을까.'

많은 병사들은 가능한 인간으로서의 윤리는 생각하지 않고 무시하는 게 좋다고 여긴다. 양심은 깨우지 않아야 하며 다른 병사들처럼 행동하고 명령대로 움직이면 앞날은 어떻게든 될 테니까. 전쟁이라는 끔찍한 현재에 완전히 사로잡힌 병사들은 자신의 의지를 상관에게 맡긴 채 무리라는 익명성 속에 양심의 가책을 덜어낸다.

사람들은 자유와 양심을 쉽게 이야깃거리로 삼지만, 그것을 행동으로 옮기며 사는 데 필요한 강한 용기와 인내에 대해서는 누구도 말하지 않는다. 사실 그는 한 인간으로서 섬세하고 깊은 감성으로 시를 쓰며 살고 싶었다. 그러나 살아 돌아가 자신이 선택한 삶의 자유와 양심을 거머쥘 수 있을지, 아니면 참혹한 이 전장에서 자유와 양심으로 지은 수의를 입고 차디찬 주검으로 남게 될지 앞을 내다볼 수 없어 두려웠다.

중국 둥베이지방에는 조선인들이 꽤 많았다. 대부분 일제 강점기 때 일본의 압제를 못 견뎌 건너온 이들이었다. 그중 일부는 만주 지역을 떠돌면서 끈질기게 항일운동을 벌이다 일제가 물러간 뒤 조선으로 돌아갔다. 하지만 거의 모든 조선인들이 모국으로 돌아가지 않고 이곳에 남아 거칠고 메마른 대지에 터전을 꾸리며 살아가고 있었다.

조성모는 만주에서 태어난 조선인이었다. 그는 의용군으로 전장에 끌려왔다. 중공군 지원군은 조선의 지형에 밝지 못했으므로 조선말을 할 줄 아는 둥베이의 조선족 청년들을 대규모로 모아 각 부대의 병사 겸 통역관으로 들여보냈다.

늘 눈으로 뒤덮여 하얗게 빛나던 벌판은 누군가 군데군데 오줌을 누기라도 한 듯이 누렇게 얼룩졌다. 조성모는 들판을 누렇게 덮은 선전 전단 한 장을 집어 들었다. 색이 바랜 종이에는 한글로 이렇게 씌어 있었다.

'미 제국주의자들은 죄 없는 한국 청년들을 앞세워 승리를 얻으려 한다. 총구를 미 제국주의에게 돌리고 우리 다 함께 통일을 이룩하자.'

본디 새빨간색으로 씌었을 글씨는 눈밭에 굴러다니느라 어느새 색이 바래 탁한 주홍빛으로 변해 있었다. 아마 중공군이나 인민군이 기구에 매달아 날려 보낸 선전 전단이 멀리 가지 못하고 엉뚱한 쪽으로 흘러온 듯했다.

부대장이 그 종이들을 모두 거두라는 명령을 내렸다. 중공군 병사들은 느릿느릿 들판에 나가 종이를 주워 모았다. 어느 병사가 조성모에게 한 장을 내밀며 물었다.

"조선글 읽을 줄 알지? 뭐라고 써 있지?"

종이를 받아들고 조성모는 죽 읽어 내려갔다.

"남조선 병사들 앞으로 보낸 겁니다. 미 제국주의자들은 피 한 방울 흘리지 않고 남조선 병사들을 앞세워 승리를 얻으려 한다 이 말이죠. 아까운 생명을 헛되이하지 말고 총을 버리고 이곳으로 와 행복한 가정과 조선 인민의 나라를 만들자는 이야기로군요."

조성모 옆으로 모여들었던 중공군들 가운데 하나가 콧방귀를 뀌며 말했다.

"쳇, 그놈들이 쉽게 넘어올까? 우리도 이런 종이 쪼가리 몇 번이나 받았지만 그때마다 코웃음만 쳤잖아."

그러나 사람 마음은 아무도 모르는 법이다. 의지가 약한 어느 남조선군 병사에게는 통할 수 있을지도 모를 일이었다.

중공군 또한 마찬가지였다. 이미 몇몇 부대에서 집단 탈영과 항복이 있었다는 소문이 널리 퍼졌다. 물론 장교들은 그런 일은 절대 없다고 잡아뗐다. 대부분 추위와 굶주림을 견디지 못한 결과라고 하지만, 연합군이 날려 보낸 선전지를 읽고 마음이 흔들린 병사들도 많았으리라.

연합군은 중공군보다 수십 배나 많은 선전 전단을 뿌렸다. 조성모의 동료들 가운데도 밤마다 그리운 가족을 떠올리며 눈물 흘리는 병사들이 꽤 많았다. 그들은 전쟁이 일어나기 전에는 더없이 순박한 농민들이었다.

한 병사가 다른 종이 한 장을 집어 들었다.

"이게 뭐지? 도장이 찍혀 있는데."

"중국어로도 씌어 있군. 어디 보자…… 펑더화이 사령관이 발행한 안전보장증이야. 이걸 들고 투항하면 안전을 보장한대."

"그럼 남조선놈들이 이걸 갖고 오면 인민영웅 칭호라도 받는 거야?"

중공군들은 저마다 실없는 농담을 한 마디씩 던지며 낄낄댔다. 조성모는 속으로 생각했다.

'이런 선전 종이 쪼가리가 얼마나 효력이 있을지는 알 수 없다. 다만 이런 심리전도 전쟁용 노리개의 하나다. 이것들도 다시 모아 날려 보내겠지. 전쟁에서 이기기 위해 할 수 있는 수단은 모조리 쓰는 거야.'

그는 묵묵히 종이를 주워 모으기 시작했다. 차가운 바람이 들판을 깨우며 누런 종이들을 이리저리 날려대고 있었다.

보름달이 떴지만 달빛은 더는 비쳐들지 않았다. 미국 침략군이 북조선에서 일으킨 불바다와 짙은 연기가 모든 것을 뒤덮었다. 불타는 북조선 인민의 초가집, 포탄구덩이, 이리저리 펼쳐진 전선… 참혹한 광경이 지원군의 가슴속에 깊게 새겨졌다.

중국인민지원군은 초토화된 눈 덮인 땅 위 불바다 속을 쉬지 않고 앞으로 나아갔다. 지도원 우림(于林)은 가장 격렬한 최후의 전투에 던져진 것처럼 침묵할 뿐이다. 중대장이 허공에 거친 말을 내뱉었다.

"동지들, 이런 참혹한 광경을 본 적이 있나? 적군이 북조선을 이렇게 만들었네!"

우림이 그 말을 받았다.

"침략자들은 반드시 대가를 치를 것입니다."

중대장은 갑자기 걸음을 멈추고 우림의 어깨를 툭 치더니 욕했다.

"젠장! 빌어먹을 것이 또 왔군!"

앞쪽에서 폭탄 산사태가 일어난 것처럼 계속 터졌다. 대지가 진동했다. 전투기 모터소리가 파도치듯 크게 들렸다가 작게 들렸다 했다. 그에겐 아주 낯익다. 초토화된 이 북조선 땅에서 귀를 찌를 듯한 전투기 모터소리를 들으니 미국의 패권주의가 온 세계 생존하는 모든 만물을 폭탄 아래서 파멸시키려는 듯했다.

"거리를 벌려!"

지휘관과 중대장의 명령이 동시에 울려 퍼졌다. 그들은 부대원들을 도로 양쪽으로 이끌었다. 도로 옆에 쌓인 눈 속으로 두 발이 푹 빠졌다. 앞으로 한발 한발 나아갈 때마다 눈이 군화 안으로 들어와 열이 나는 살가죽을 덮었다. 눈은 발에 닿자마자 녹았다.

부대원들은 눈 속에서 힘겹게 걸었다. 전투기 소리가 더욱더 포악스러워졌다. 어두운 밤이라 몇 대인지 보이진 않았지만 어렴풋이 20대는 넘으리라고 생각했다.

폭탄이 잇따라 떨어졌다. 부대원들은 재빠르게 눈 쌓인 땅바닥으로 엎드렸다. 파편들이 눈과 흙, 돌덩어리에 박혔다. 마치 폭우가 내리는 듯이 아래로 맹렬하게 쏟아졌다.

전투기가 지나가자 우림은 일어나 몸에 묻은 눈을 털었다. 중대장이 급히 뛰어오며 소리쳤다.

"우림 동지! 우림 동지! 괜찮나?"

우림은 웃으며 근처에 있는 포탄구덩이를 가리켰다.

"미군놈들이 정확하게 투하하진 못했습니다."

저 멀리 기관수 이홍(李鴻)이 크게 소리치며 달려왔다.

"중대장님, 보십시오! 미군놈들이 제 기관총을 이렇게 망가트렸습니다."

이홍의 기관총이 폭탄에 부서져 있다.

"다른 기관총으로 바꾸게!"

"망가진 총은 어떡합니까?"

"버리게! 어깨에 메고 다닐 셈인가!"

"아이구! 아깝습니다. 새 것이지 않습니까! 아직 한 번도 쓰지 못했는데…"

이홍은 망가진 총을 근처 포탄구덩이 안으로 힘껏 던졌다. 대열을 가다듬고 도로를 따라 동쪽으로 계속 나아갔다. 그들은 북조선의 어느 작은 마을에 들어섰다. 검은 잿덩어리가 여기저기 쌓여있을 뿐 다른 것은 존재하지 않았다. 교차로 위가 철조망으로 둥그렇게 에워싸여 있다. 예전에 마을에서 가장 번화했던 곳이리라. 그러나 지금은 창백하고 허약한 달빛만이 흉물스럽게 비추고 있다. 우림은 멈춰 서서 철조망 위 바람에 휘날리고 있는 손바닥만 한 종이를 잡았다. 종이에는 '위험'이라는 글자와 알 수 없는 북조선 글자가 쓰여 있다. 그는 눈을 찡그리고 사방을 둘러봤다. 갑자기 길옆에서 사람이 뛰어나오며 큰 소리를 질러댔다.

"동지! 동지! 이쪽으로 가세요!"

여인의 목소리다. 우림은 깜짝 놀랐다. 여인의 가슴 앞쪽에 걸려 있는 톰슨 기관단총이 번쩍인다. 그는 곧바로 그 여인이 북조선 여군임을 알아차리고 급히 뛰어가 맞이했다. 말은 다르지만 여군인은 달려와 우림의 손을 꽉 잡고 계속 소리쳤다.

"지원군 동지! 지원군 동지!"

우림은 군모 아래로 내려온 찬바람에 휘날리는 여인의 머리카락과 창백하고 헬쑥한 얼굴을 쳐다보았다. 여인의 두 눈에서 열정과 흥분의 빛이 번쩍인다. 여군인이 얼마나 힘껏 손을 잡았는지 그의 손에 통증이 느껴졌다.

부대원들은 그 여군인을 에워싸고 이상하게 쳐다보았다. 우림은 무슨 말을 해야 할지 몰랐다. 그저 미소를 짓고 고개를 끄덕이며 조선말로 어설프게 외쳤다.

"김일성장군 만세!

여군인도 웃으며 외쳤다.

"마오쩌둥 만세! 지원군 만세!"

이렇게 간단한 두 마디를 주고받고도 둘은 손을 마주잡은 채였다. 악수와 미소 속에 모든 위로와 안부의 말이 깃들어 있었다.

"미국 폭탄, 아주 많이 있어요!"

여군인은 철조망으로 에워싸인 곳을 가리키며 어설픈 중국어로 간단하게 말하고는 손으로 동그라미를 그렸다. 부대원들에게 위험한 구역을 돌아서 가라는 뜻이었다.

"좋소! 고맙소!"

우림은 여군인에게 예의를 차리고 몸을 돌려 걸어 지나갔다. 그 여군인은 오래도록 한자리에서 자기 앞으로 지나가는 전사들과 악수를 나눴다.

"마오쩌둥 만세!"

"김일성 만세!"

"지원군 만세!"

"인민군 만세!"

지원군의 전사들과 북조선인민군의 여전사는 오랫동안 뜨겁게 구호를 외쳤다.

쾅! 폭탄 하나가 철조망 울타리에서 터졌다. '만세' 구호소리가 폭발음을 뚫고 북조선 땅 위에 울려 퍼졌다. 문득 앞쪽에서 바람소리와 함께 여린 아이 울음소리가 들려왔다.

"빨리 걸으세! 저 앞에 있는 집 방 안에서 담배 한 개를 피우세!"

우림은 고개를 돌려 큰 소리로 말했다. 그는 아이 울음소리가 들렸으니 반드시 집이 있으리라 여겼다. 그는 숨을 내쉬고 손목시계를 봤다.

'부대원들은 쉬어야만 한다.'

벌써 밤 12시가 지났다. 부대원들은 7시간을 걸었다. 걷는 동안 너무 긴장해서 휴식조차 잊었다. 부대원은 다시 힘껏 발을 내딛었다. 내내 걸었지만 집은 보이지 않았다. 다시 걸었지만 아무것도 보이지 않는다. 아이 울음소리가 들리는 곳으로 걸어갔을 때 모두들 멍하니 서서 바라보았다. 집은 없고 그저 맹렬하게 활활 타오르는 불덩어리만이 있을 뿐이었다.

가옥 한 채가 불에 타고 있다. 불덩어리 앞에 한 여인이 머리가 휘날린 채 움직이지 않고 누워 있다. 불빛이 창백한 여인의 얼굴을 비춘다. 여인의 이마가 피로 물들었다. 여자아이는 엄마 옷을 붙잡고 눈 쌓인 땅바닥에 엎드려 하염없이 울고 있다. 불의 열기로 여인 옆에 쌓여있던 눈이 녹아 물이 되었다.

부대원들은 천천히 에워쌌다. 우림은 뒤에 서 있는 부하를 쳐다보고 다시 앞을 향해 두 걸음 내딛고는 허리 굽혀 아이를 안았다. 아이는 서너 살쯤 되어 보인다. 작고 얇은 흰 옷은 눈에 젖었다. 아이는 낯선 군인의 가슴 안에서 놀라 얼굴을 내밀었다. 아이 얼굴은 어미의 피와 눈물이 흘러내려 뒤범벅되어 있다. 우림은 손수건으로 아이 얼굴을 닦았다.

그는 이제 참을 수가 없었다.

"동지들! 미국침략자가 이렇게 온 세계를 파멸로 몰아가려고 하네!"

우림은 불덩어리 앞으로 뛰어가 죽은 북조선 여인 옆에서 분노하며 큰 소리로 외쳤다.

"우리 집이 불태워지지 않기 위해, 우리 동생들이 비참하게 죽지 않게 하기 위해, 우리 아이들이 눈 덮인 땅 위에서 고통스럽게 울지 않도록 하기 위해, 침략자가 야만스럽게 인민을 죽이고 모든 것을 불태우지 못하게 하기 위해 우리는 적군의 악행을 영원히 기억해야만 한다. 우리가 반드시 대가를 치르도록 하세!"

부대원들은 조용히 지휘관의 말을 들었다. 갑자기 이홍이 군중 속에서 앞으로 나왔다. 그는 기관총을 쥐고서 지도동지의 말이 다 끝나기를 기다렸다가 주먹을 옆으로 내리며 소리쳤다.

"동지들! 우리가 이 북조선 어머니를 위해 앙갚음합시다! 이 어린 북조선 아이를 위해 복수합시다! 우리는 미국에 대항하여 북조선을 돕고 조국을 지키기 위해 스스로 지원서를 썼소!"

그는 잠시 말을 잇지 못했다. 조급해져서 얼굴이 더욱더 붉어졌다. 그는 큰 소리로 구호를 외쳤다.

"북조선 인민을 위해 복수합시다! 미국놈들을 저 바다 속으로 쫓아냅시다!"

누구라고 할 것 없이 모두들 그를 따라 구호를 외쳤다.

부대원들은 계속 나아갔다. 우림은 북조선 아이를 껴안고 걸었다. 아이는 그의 품 안에서 숨이 죽이고 눈물을 훔쳤다. 우림은 작은 아이 얼굴에 가볍게 입을 맞추고는 양식주머니 안에서 볶음면을 꺼내 그 입에 넣어주었다.

"이 한겨울에 아이는 앞으로 어떻게 하실 겁니까?"

걱정스럽다는 듯 이홍이 물었다.

"우림! 번갈아 아이를 안기로 하세! 동지 혼자서는 힘드네!"

중대장이 우림의 품에서 북조선 아이를 받아 껴안았다.

해롤드 로이스 중령은 우엘 피터스 대위가 지휘하는 1개 중대를 선발부대로 한반도 중북부 산속으로 들어갔다. 공격보병부대가 유담리 방어선 서쪽 450미터도 이동하기 전에 중공군의 의도는 또렷해졌다. 그들은 현 위치에서 싸우기로 이미 결정내린 듯했다.

적의 강력한 포진 때문에 피터스는 여러 번 도로봉쇄선에 걸렸다. 한 걸음 한 걸음 앞으로 나아갈 적마다 화력이 세졌다. 오후 반나절이 지나 진격을 멈추었다. 로이스는 야간진지를 강화하라는 명령을 받았다.

피터스는 길 오른쪽 고지를 차지했다. 사무엘 스미스 대위가 지휘하는 중대가 길 진지에 들어갔고, 자스킬카는 피터스 오른쪽에 부대를 배치했다.

서쪽으로 진격을 시작한 첫날 해병들이 나아간 거리는 1800미터도 채 되지 않았다. 제2대대 지휘소에서 로이스의 행정장교 존 홉킨스 소령은 얼마 안 되는 브랜디를 물통 컵 2개에 조심스레 나누어 따른 뒤 컵 하나를 로이스에게 건넸다.

"오늘이 내 생일입니다. 이건 군의관에게서 선물로 받았죠."

"자네 건강을 위해 건배!"

"우리 생애 가장 길고 험한 여행이 될 88킬로 행군을 위해! 물론 그곳까지 살아서 가게 된다면."

둘은 컵을 부딪히고 브랜디를 단숨에 들이켰다.

"나는 하느님 따윈 믿지 않아요."

홉킨스는 괴로운 얼굴로 절망스럽게 말했다.

"난 하느님 같은 건 없다는 걸 잘 압니다. 고통이란 게 있는 한은 말이죠. 신이 정말로 존재한다면 죄 없이 받는 이런 고통은 없어야죠. 그래야 전능하신 하느님 아닙니까?"

"나도 하느님 따위는 믿지 않아."

로이스가 잔뜩 흐린 하늘을 올려다보며 말했다.

"이렇게 추워서야 하느님을 믿을 수 있나. 나는 오직 이 냉혹한 추위 때문에 많은 병사들이 싸늘한 시체로 변해 가는 게 안타까울 뿐이네. 자비로우신 하느님이 계시다면 이런 강추위 따위는 없을 거야. 이 추위란 놈은 도무지 이겨낼 도리가 없거든."

"현실은 아주 지옥판입니다."

둘은 동시에 머리를 가로저었다.

"그래, 맞아."

로이스가 말했다.

"자네가 옳아."

다시 로이스는 말을 이었다.

"내가 하느님을 믿지 않는 것은, 바로……."

그 다음 말은 심한 기침에 묻혀버렸다. 기침이 겨우 가라앉자 보랏빛으로 질린 얼굴이 눈물에 젖어 번질거렸다. 둘은 아무 말이 없었다. 승리를 위해 스스로 고난의 길로 들어선 두 해병은 마침내 깨닫는다. 인간은 비극과 당당히 맞설 때에야 비로소 신을 부정할 수 있는 용기가 생겨난다는 것을.

11월 27일 밤, 격렬한 공격과 반격이 시작되었다.

깊은 밤 쑹스룬이 이끄는 제20군과 제27군 소속 8개 사단은 온 하늘땅이 뒤흔들리는 함성과 함께 사나운 공격을 시작했다. 수적으로 앞선 중공군은 하룻밤 사이에 미 육군 제7사단과 해병대 제1사단을 분할 포위했고, 미군 또한 거세게 맞섰다.

오랜 경험을 지닌 스미스 소장은 포위된 지점에 과감하게 탱크 200대로 고리 모양 방어망을 만들고, 임시비행장을 세워 다친 병사와 무기탄약, 방한장비 등을 빠르게 실어왔다. 그는 노련한 전사답게 밤에는 있는 힘껏 방어하고 낮에는 강력한 화력으로 엄호와 반격을 가하며 수적 열세를 버텨나갔다.

르로이 쿡 대위가 지휘하던 중대는 1402고지 방어진지에 배치되었다. 데니 소대는 크리그 부대 왼쪽에 참호를 파고들어갔다. 실종되었던 크리그 중위는 무사히 살아 돌아왔다. 그는 피츠조지 박격포소대에서 1개 반을 지원 받아 중대 방어선 오른쪽 끝에 자리 잡았다. 민라드 뉴턴은 왼쪽 후방, 주보급로로 이어지는 좁은 길을 봉쇄하는 진지에 있었다.

밤 10시였다. 그믐달은 밤안개 속에 숨어버렸지만 주위는 어슴푸레 푸른빛이 감돌았다. 시간이 흐르면서 차츰 그 어둠에 눈이 익숙해졌다. 해병들은 자기 코앞에 있는 총안(銃眼)의 가장자리와 구멍을 더듬어 확인한 뒤 수류탄을 점검했다.

"이봐, 눈 뜨고 있어야 해."

낮은 소리로 웨인 왓슨 하사가 주의를 주었다.

"전방 왼쪽에 아군의 청음초(聽音哨)가 있다는 걸 잊지 마. 그럼 간다."

터벅터벅 하사의 발소리가 멀어지며, 교대한 보초의 졸음에 겨운 발소리가 그 뒤를 따랐다.

총안으로 내다보이는 아군의 화선(火線)이 위로 구불구불 뻗어 있다. 눈앞의 지형은 어둠 속에 가라앉았다. 칠흑빛 어둠 속이지만 여기저기 깔때기 모양으로 패어 있는 크고 작은 포탄 자국이 희미하게 보인다.

북풍이 맞은편에서 불어왔다. 해병들 온몸이 후들후들 떨렸다. 죽음의 기운이 그들 주위를 에워싼다. 호시탐탐 그들을 노리는 지옥의 악마들이 가까이 다가온 것이다. 이것이 모든 전쟁의 차디찬 논리였다.

어느 나라 군대든지 자신들의 승리는 늘 정당한 일이다. 자신들이야말로 선으로써 악을 물리친다고 자부한다. 적을 악마로 규정함으로써 병사들의 죄책감을 덜어주고 정당성을 불어넣는다. 병사들은 스스로 선을 행하는 사람으로서 마땅히 임무를 해내며, 적은 자신들과 같은 사람이 아닌 용서할 수 없는 대상이라 여긴다.

그들은 때때로 적을 혐오스러운 동물이나 신의 섭리에 맞서는 악마로 여기고, 신의 뜻에 따라 그들을 처단하노라 하늘에 맹세한다. 적이라 불리는 상대의 인간성은 처음부터 입에 올릴 가치가 없다고 여긴다. 또한 상대의 사상이나 이념은 오로지 악에서 비롯된 것이라 믿는다.

병사들의 이런 의식은 사람을 죽일 수밖에 없는 의무와 공포에서 비롯된 자기방어이자 변호이다. 그렇게 하여 자신이 살인자라는 죄의식을 내려놓는다. 적을 죽임으로써 얻는 것이 공포와 두려움이 아닌 명예와 칭송이 되게끔, 적들을 반드시 죽여야만 하는 가장 악독한 대상으로 몰아세운다. 그들은 정당하지 않은 우월감을 앞세우고 도덕적이지 못한 살생을 저지르면서도 부끄러움 없이 자신의 행위를 정당화한다. 이 모든 게 전장이어서 가능하리라. 얼마나 달아날 수 있을까? 가엾게도 병사들은 모든 죄를 가진다. 공동사회의 죄는 어떤 전쟁에서도 끊임없이 불어나 그를 덮쳐온다. 병사는 속죄하거나 죄가 쌓이는 것을 막아낼 수 없다는 걸 체감하게 되리라.

얼어붙은 장진호는 어둠의 적막에 고요히 잠겼다. 병사들은 기분이 잔뜩 가라앉았다. 거의 말이 없었다. 머잖아 중공군이 공격해 오리라는 것을 이미 느낌으로 알 수 있었기 때문이다. 심장이 고동쳐서 좀처럼 마음을 가라앉힐 수가 없었고, 시간의 흐름은 더디기만 했다.

이범신은 추위에 얼어 곱은 손으로 품속 깊숙한 곳을 뒤져 사진 한 장을 꺼냈다. 시간이 날 때마다 버릇처럼 꺼내보는 활짝 웃는 김문희의 사진이다. 서울을 떠나기 전날, 그녀는 눈물을 글썽이며 품에게 안겨왔다.

'문희 너를 어떻게 잊을 수 있을까? 반드시 살아서 달려가 너를 왈칵 껴안고 뜨거운 숨결로 키스하리라.'

자신에게는 그래야 할 의무가 있다고 그는 생각했다. 신도 이런 그의 간절한 바람을 그냥 지나치지는 못하리라. 그는 다시 한 번 사진 속 그녀 얼굴에 애틋한 입맞춤을 했다. 사진을 가슴속 깊이 밀어 넣은 이범신은 다시 사격 자세로 들어갔다.

어렵게 이루어 낸 문희와의 사랑! 그녀를 열망한 지 한 해도 더 지나서야 그녀로부터 결혼 승낙을 받아냈다. 그날 그는 거리를 껑충껑충 뛰어다니며, 온 세상이 모두 자기 것인 듯 기뻐했다. 그러나 그토록 바라던 결혼식도 올리지 못하고 이범신은 인민군을 피해 서울을 떠나 남쪽으로 가야 했다.

달포 전, 문희의 애절한 편지를 받았지만 그는 여태껏 답장도 못 보내고 있는 터였다. 하루빨리 전쟁이 끝나기만을 바라는 마음뿐이었다.

'하지만 이 전쟁의 앞날을 그 누가 내다볼 수 있단 말인가. 어쨌든 나는 살아야만 한다. 반드시 살아서 돌아가야만 한다.'

이범신의 입에서 저도 모르게 탄식이 새어나왔다.

그때 크리그가 쿡에게 중공군들이 가까이 있다고 보고했다. 몇 분 뒤 중공군이 맹렬하게 공격해 왔다.

제1탄은 하늘을 둘로 가를 듯 무서운 소리를 내며 떨어졌다. 섬광과 파편은 공중에 화려한 선을 그으며 날았다. 동시에 크리그 중위와 중대장 쿡의 전화통신이 뚝 끊겼다. 쿡과 대대 지휘소 사이 유선통신도 끊기고 말았다. 중공군은 크리그의 오른쪽을 격렬하게 압박해 왔다.

이범신은 방아쇠를 당기며 다시 문희의 얼굴을 떠올렸다. 삶과 죽음의 절박한 경계에서도 그녀를 떠올리는 것은 바로 참된 사랑이기 때문이리라. 그녀와 포옹할 때 느껴지던 부드럽고 향기로운 살내음, 그녀와 나누었던 촉촉한 키스의 황홀감이 손끝까지 전달되어 오는 순간이었다. 문득 방아쇠의 섬뜩한 차가움이 가슴으로 달려들었다. 그는 괴로워하며 그 환상 속에서 내쳐지고 말았다.

기관총사수 카메론 일병이 기관총 뚜껑을 열고 탄환을 넣은 다음 짧게 끊어 방아쇠를 당겼다. 중공군은 횡대(橫隊)로 공격해 왔고, 총을 쏘는 대로 쓰러져 갔다.

탄막을 돌파한 중공군들은 산비탈 아래로 흩어져 공격대형을 이루었다. 해병의 1개 소대 병력에 맞먹는 30, 40명쯤 되는 중공군이 저마다 공격대형을 채웠다. 공중으로 날아오르는 조명탄 빛에 너울거리는 그림자들이 마치 악몽을 꾸는 듯 일렁거린다.

중공군은 물밀 듯 공격해 왔다. 카메론은 4발 점사(點射)로 사격하며 탄약을 아끼려 했다. 기관총 탄약통에는 250발의 실탄이 들어 있었다. 사격을 시작한 지 얼마 되지 않아 네 번째 탄약통의 실탄을 꺼냈다. 적을 물리치기 전에 탄약이 모조리 동이 나지 않을까 조마조마했다.

소대의 나머지 병력은 어쩔 수 없이 데니의 진지로 물러나 거기에 최종 방어선을 만들었다. 이제 물러설 곳이 없었다. 배수진을 친 미 해병과 거세게 달려드는 중공군의 치열한 전투가 막을 올린다.

전선이란 모골이 송연한 소용돌이다. 잔잔한 물에 소용돌이가 일면 그 중심에서 멀리 떨어져 있어도 악착같은 물의 흡인력을 강렬하게 느끼는 법이다. 이렇다할 저항 한번 해보지 못하고 서서히 그 속으로 빨려들게 되는 것이다.

그때 땅과 하늘에서 도움의 손길이 뻗쳐 온다. 땅만큼 병사에게 고마운 존재는 없다. 병사가 총탄을 피해 땅에 납작 엎드리면, 땅은 병사를 포화로 말미암은 죽음의 공포에서 구원한다. 병사는 말없이 자기를 안아주는 대지에 얼굴을 묻고 걷잡을 수 없는 두려움에 떨며 하소연한다. 땅은 묵묵히 그 소리를 들어주며 잠시 그를 쉬게 한다. 그러나 때로는 그렇게 조용한 모습으로 영원히 그를 붙잡아 두기도 한다.

오, 대지, 땅이여!
우리의 육체는 대지요, 손은 차가운 눈발이다.
우리는 아직 살아 있는지 죽었는지 알지 못한다.
고랑이며 구멍이 팬 곳
거기 뛰어들어 몸을 웅크릴 수 있다!
대지, 너는 공포의 떨림 속에서
초토화의 아수라장 속에서

폭발로 말미암은 죽음의 비명 속에서
병사들의 목숨을 되살리는 엄청난 일을 해준다!
갈기갈기 찢기기 직전에 존재의 거센 폭풍이
갈팡질팡 역류하여 땅에서 우리 손으로 흐른다.
그래서 살아남은 우리는 땅속으로 파고들어
불안 가운데서도 무사히 살아남은 순간을
말없이 침묵으로 축복하면서
입술로 너를 깨물고 싶어진다.

(이범신, 〈전선노트〉)

시간은 두드릴 때마다 짤깍하면서 켜지는 무언가가 아니다. 시간은 파도처럼 갔다가 되돌아오고 물처럼 포개진다. 시간은 먼지처럼 펄럭이고, 일어났다가 소용돌이치며 제자리로 떨어진다. 큰 파도가 부서질 때 물은 움직이지 않는다. 단지 먼 거리를 오가며, 에너지만 이동할 뿐이다. 아마도 시간이 우리를 통해 움직이겠지, 우리가 시간을 통해 움직이는 게 아니라……. 과거는 우리 뒤가 아닌 우리 안에 있다. 우리에게 완전히 끝나는 일이란 절대로 없다.

귀청을 찢을 듯한 폭풍이 땅 위에서 피어오르는 연기와 어지러이 뒤섞인다. 땅이 들썩이고 부연 흙먼지가 마구 날려 엎드린 미 해병들의 목까지 흙 속에 파묻었다.

극한 상황에 적응력이 뛰어난 중공군 병사들은 적진을 사정없이 압박했다. 싸움에서 공세를 취하는 쪽의 사기가 수세에 몰린 쪽보다 상대적으로 높기 마련이다.

그런 그들의 눈에 한 해병 장교 모습이 남다르게 비쳤다. 그는 자신의 위험은 뒤로한 채 참호와 참호 사이를 뛰어다니며 부하들 사기를 북돋우느라 하늘을 찌를 듯 고함을 질렀다. 중공군 병사들은 그 장교에게 집중사격을 퍼부었다. 장교의 온몸이 벌집이 되어 쓰러지자, 병사 하나가 그를 구하고자 참호에서 뛰어나왔다. 그 병사마저도 집중난사의 희생물이 되고 말았다.

미 해병이 결사적으로 방어하려는 고지를 중공군이 앞으로 나아가 압박하는 한편, 일부는 멀리 돌아가서 미군의 뒤통수를 때렸다. 중공군의 포위공격

고난의 길 443

에 미군은 박격포에다 곡사포 지원사격까지 끌어모아 화력전으로 맞섰으나, 전투 양상이 근접전인 만큼 아군의 피해가 우려돼 포사격은 매우 제한적일 수밖에 없었다.

총알이나 포탄을 두려워하지 않는 중공군의 거침없고 끊임없는 공세는 미군 병사들을 완전히 질리도록 만들었다. 중공군은 수많은 사상자를 냈고, 미군의 인명 피해 또한 적지 않았다. 전투는 마침내 머릿수 싸움이 되어버렸다. 병력에서 힘에 부치던 미 해병은 눈물을 머금고 고지를 중공군에게 넘기며 물러나야 했다.

해병 병사들 가운데는 굴욕감을 이기지 못해 후퇴 대열에서 떨어져 나와 마구 총을 쏘아대며 반격을 노리는 병사도 있었다. 그러나 한 번 흐름이 바뀐 큰 물결을 거스르려 한 무모한 시도는 죽음으로밖에 돌려받지 못했다.

"이겼다!"

"위대한 중화인민공화국 만세!"

환호하는 중공군 병사들을 축하하기라도 하듯 그들 위로 눈발이 쏟아졌다.

펑더화이는 마오쩌둥이 강조하는 '군사력을 집중해 전투에 임한다'는 원칙을 잘 이해했다. 그는 제9집단군이 동부전선에서 진격을 시작하면 워커 중장이 동서 양쪽 전선의 '연합군'을 모두 청천강 남안으로 후퇴시켜, 조선반도에서 가장 잘록하게 들어간 허리 부분에 방어선을 만들 가능성이 크다고 내다보았다. 그렇게 되면 지원군은 진지전을 피할 수 없게 된다.

그러한 상황이 일어나지 않도록 막고 전투에서 이기기 위해서는 반드시 적군의 측면으로 돌아가야 했다. 그러지 못하면 또다시 적군에게 승기를 빼앗기고 말 상황이었다. 이 때문에 제38군단과 42군단은 즉각 측면으로 돌아가라는 명령을 받아 2층 우회작전에 투입됐다.

제1층인 39군단은 주력부대로서 계속 원리(院里)와 군우리(軍隅里) 방향으로 나아가되 사단 하나가 삼소리(三所里)로 들어가 적군의 남하 노선을 끊고, 제2층인 42군단은 순천(順川)과 숙천(肅川)으로 돌진하여 적군 퇴로를 완벽히 차단한다는 작전이었다.

이처럼 2개 군단 6개 사단은 대규모의 전투지 우회 작전을 펼쳐 적진을 뚫고 나아감으로써 상대가 방심한 사이를 노려 승리를 이끌어냈다. 이는 세계

역사상 처음 있는 일로 완벽한 전략상의 쾌거라 할 수 있었다.

11월 27일 밤 지원군 사령부 작전실에서 열린 긴급회의에서 덩화와 홍쉐즈, 찌에팡 등은 모두 펑더화이의 2층 전투지 우회 작전 계획을 칭찬했다.

펑더화이는 워커가 맥아더보다 똑똑하다고 여겼다. 그래서 어딘가에 강력한 지원군 부대가 숨어 있으리라고 예측한 워커가 1차 전투 때도 신중하게 진격하고, 2차 전투 때도 진격을 서두르지 않았다고 생각했다. 또 펑더화이는 현재 워커가 부대를 재배치해 서부전선 제8군단과 동부전선 제10군단 사이에 벌어진 100여 킬로미터의 거리를 좁히려 애씀을 알았다. 영국군 제27여단과도 부딪치게 될 상황이었다. 이번에는 무슨 일이 있어도 주력군을 확실히 막아 없애리라 다짐하는 그였다.

"사령관의 마음은 거울처럼 맑고 또렷해 아무렇게나 작전지도를 그리는 법이 없다"는 말처럼 그때 펑더화이 마음에도 이미 작전지도가 새겨져 있었다. 그는 즉시 마오쩌둥에게 전문을 부쳤다.

'우리 지원군은 마오쩌둥 주석의 명령에 따라 제42군단과 제38군단이 적군의 퇴로를 끊고 분산 포위해 서부전선 미군 4개 사단과 영국군 제27여단 섬멸을 위한 우회 공격 작전을 개시하는 한편 제40, 39, 50, 66군단이 서부전선에서 정면공격에 나서 청천강 이북의 적군을 포위 섬멸해 그들의 후퇴를 막기로 했습니다.'

마오쩌둥은 곧바로 답신을 보내왔다.

'지원군이 적군의 2개 사단을 무찌르고 대승을 거둔 것을 축하하오. 아울러 제42, 38, 40, 39군단은 미 기병 제1사단과 2사단, 25사단 등 3개 주력부대를 공격하는 데 집중하기 바라오. 해당 3개 사단을 무력화해야만 모든 정세가 우리 군에 이롭게 돌아갈 테니 이번 한 방이 더없이 중요함을 기억하고 반드시 최선을 다해 싸워주길 기대하겠소. 이번 전투 결과가 조선전쟁 국면에 미치는 영향은 매우 클 거요. 부디 모든 어려움을 이겨내고 목숨을 바쳐서라도 승리를 이끌어 내시오.'

마오쩌둥의 전신을 받은 펑더화이는 곧이어 지원군 서부전선 작전부대에 임무를 전하고 공격 개시 명령을 내렸다.

묘향산 강선동(降仙洞)에 자리한 중공군 제38군단 전진기지.

이곳에서 한셴추는 지도를 가리키며 심각한 표정으로 량싱추(梁興初)와 류시위안(劉西元)에게 말했다.

"다음 임무는 결코 쉽지 않을 것이다. 42군단이 바깥쪽으로 돌아가면 38군단이 안쪽으로 돌아가는 걸 책임져야 한다. 첫째 113사단은 오늘 밤과 내일 아침 삼소리로 뚫고 들어가고, 둘째 112사단이 재빨리 알일령(憂日嶺)을 점령한다. 가장 중요한 것은 삼소리이다. 펑 총사령관은 어떠한 대가를 치르더라도 적의 퇴각로인 삼소리를 차지하라고 명령했다. 삼소리 남쪽에는 적군이 북쪽으로 지원에 나서는 걸 가로막는 대동강 요새가 있고, 북쪽에는 적군이 남쪽으로 후퇴하는 걸 막는 형제산이 있다. 113사단이 삼소리 후방을 방어해야 남쪽으로 후퇴하는 미군 3개 사단을 물리칠 수 있다."

그러고 나서 그는 전화기를 들고 말했다.

"113지휘소를 연결해 주게."

제113사단 지앙차오(江潮) 사단장이 전화를 받았다. 한셴추의 가라앉은 목소리에 순간 지앙차오도 숙연해졌다.

"서부전선에서의 성패는 오직 이번 한 번에 달려 있다. 이번 임무의 막중함은 더는 말하지 않아도 알 테지. 113사단은 곳곳에서 밀려드는 적군 공격에 맞서, 박격포 10여 문과 대전차 수류탄으로 미군 3개 사단의 탱크 300여 대와 화포 410여 대와 겨루어야 한다. 다시 말해 우리 군의 몇 배에 달하는 적군과 몇십 배에 이르는 화력에 맞서 견뎌내야 한다는 뜻이지. 113사단은 어떠한 어려움이 닥쳐도 반드시 뚫고 들어가 적군을 물리칠 것을 당 앞에 약속해 주길 바란다."

이에 지앙차오가 단호하게 말했다.

"걱정하지 마십시오. 저희 113사단은 마지막 병사가 남는 그 순간까지 삼소리를 뚫고 들어가 못처럼 그곳에 단단히 박혀 있겠습니다."

그러나 전투지 상황은 언제나 눈 깜빡할 사이에 바뀌곤 한다. 한셴추와 량싱추는 지원군 사령부로부터 또다시 연락을 받았다. 맥아더와 워커는 패배에 승복하지 않고 이미 뚫린 돌파구를 막기 위해 덕천 지구의 군사배치를 새롭게 했으며, 터키군과 미 기병 제1사단 2개 대대를 개천(价川)에서 출발시켜 곧바로 알일령을 점령, 제38군단의 주력부대가 서쪽으로 뻗어가는 걸 막으려 한다는 소식이었다.

알일령은 덕천 서부지역에서 20킬로미터 떨어진 천연 장벽이다. 산이 높고 수풀이 우거지며 해발 700여 미터에 이르는 산세가 매우 험난한 이곳을 먼저 적에게 빼앗기면 제39군단 주력부대의 전진로가 막혀버리고 만다. 만일 삼소리로 들어간 부대가 우회에 성공한다 해도 주력부대와 협공에 실패하면 더는 버티기 힘들어진다. 따라서 알일령 점령은 부대의 가장 큰 과제라 할 수 있었다.

량싱추는 마침내 결정을 내렸다. 제113사단은 지금 곧 출발해 덕천 서남지역에서 개천 이남의 삼소리로 진격하고, 제112사단은 덕천을 두고 개천 도로에 이르러 마을 오솔길로 들어가 북쪽에서 개천 쪽으로 나아가며, 제114사단은 덕천을 끼고 개천 도로까지 공격해 빠르게 알일령을 차지하겠다는 포부였다.

각 사단에 작전명령을 내린 량싱추는 잠시 생각에 잠겼다. 알일령과 개천 사이 거리는 고작 30킬로미터로 적군 기계화부대 속도로 봤을 때 114사단이 걸어서 간다면 적군보다 먼저 알일령에 도착하기 어려울지도 모른다. 방법은 오직 빠르고 강력한 공격뿐이다.

좀처럼 마음이 놓이지 않던 량싱추는 장융후이(江擁輝) 부군단장에게 114사단으로 쏜살같이 달려가라고 지시했다. 장융후이는 곧바로 지프에 올라탔다. 운전기사는 최대속력으로 덕천에서 개천으로 가는 도로를 밤새 달려 114사단 지휘소에 닿았다.

알일령 최고봉으로부터 2킬로미터 떨어진 곳에서 장융후이는 114사단 디중위(翟仲禹) 사단장을 찾았다.

"어찌된 일인가? 적군이 올라간 건가?"

장융후이가 산 위 골짜기 어귀에 장작불이 하나둘 타오르는 것을 보고 물었다. 어둠이 짙게 깔리고 있었다. 디중위는 대답했다.

"선봉 소대의 보고에 따르면 터키 여단 소속 보충대가 이미 알일령 최고봉을 선점했다고 합니다. 적군은 단복을 입고 있어 모닥불을 피워 몸을 녹이는 중인 듯합니다."

"그래, 그럼 이제 우리가 저들과 어떻게 싸울지 생각할 차례로군. 기습공격이 어떨까?"

장융후이의 말에 제342연대 왕피리(王丕禮) 정치위원이 대답했다.

"네, 그게 좋을 듯합니다. 저들이 불을 피워 몸을 녹이고 있는 지금이 기회인 듯합니다. 우리는 어두운 곳에 숨어 있으니 접근하기에 유리합니다."

"음, 상대는 보충대에 지나지 않는다. 주력부대가 아니란 말이지. 아직 저들이 자리를 잡지 못한 것 같아. 지금 바로 중대 하나가 똑바로 올라가고 또 하나가 측면 산비탈을 기어 올라 돌아가면 단숨에 저들을 몰아내고 알일령을 차지할 수 있을 것이다."

장융후이가 이렇게 작전을 설명할 때 갑자기 뒤쪽에서 희미한 아코디언 소리가 들려와 모두를 깜짝 놀라게 했다.

화가 난 디중위 사단장은 아코디언 소리를 따라 길가에서 쉬던 병사들 옆으로 다가갔다. 그곳에는 한 대대장이 아코디언을 연주하고 있었다.

"이런, 멍청이! 벌써부터 우쭐거리는 꼴이라니. 지금이 대체 어떤 때인데 악기야!"

사단장이 그에게 다짜고짜 욕을 퍼부었다.

아코디언을 연주하던 대대장은 깜짝 놀라 멈추고 어리둥절한 채로 일어났다. 그는 덕천 전투에서 사단 경비 지휘소를 맡고 있었는데, 전투가 끝나고 돌아오던 중 길가에 떨어진 전리품 가운데 아코디언 하나를 주웠다. 아코디언 연주로 부대 사기를 북돋아 보려고 했던 짧은 생각이 예상치 못하게 화를 불러온 것이다.

사단장의 성난 눈매를 본 그는 눈이 휘둥그레졌고, 그제야 적군의 동향을 눈치챘다. 얼른 손에 있던 악기를 골짜기로 던져버리자 아코디언이 산골짜기로 굴러떨어지는 소리가 곳곳으로 울려퍼졌다.

"자네 지금 뭐하는 건가?"

디중위는 더 화가 나 소리쳤다.

"적군을 놀라게 하면 자넬 가만두지 않겠어!"

깊은 밤의 랩소디는 그렇게 막을 내렸다.

한편 장융후이의 지휘로 제342연대 쑨훙따오(孫洪道) 연대장과 왕피리 정치위원은 7중대와 8중대를 데리고 알일령 최고봉으로 몰래 숨어 올라갔다.

병사들은 군장을 가볍게 하고 몸에는 소총과 수류탄 정도만 지니고 있었지만 서걱서걱 군홧발로 눈을 밟고 지나가는 소리는 숨길 수 없었다. 적군에게 들킬까 걱정이 된 왕피리는 가장 먼저 군화를 벗고 맨발로 눈 위를 걸어갔다. 병사들 모두 군화를 벗고 도로 양측에 붙어 고양이처럼 살금살금 적군에게

다가갔다.

산꼭대기를 차지한 것은 바로 워커 장군이 틈새를 막기 위해 투입한 터키 여단이었다. 이는 뒷날 '아스피린 약병용 코르크 마개로 맥주통 입구를 막은 것'에 비유됐다. 연합군 가운데서도 터키군은 비록 장비에서는 영미군에 한참 밀리지만 전투력이 막강하고 매우 야만스러운 부대로 알려졌다.

어느덧 알일령 최고봉에서는 모닥불이 활활 타오르기 시작했다. 하나둘씩 모여든 터키군들은 낮에 거둔 승리의 기쁨에 취해 있었다. 그들은 미 제2사단에 이처럼 보고했다.

"우리는 벌떼처럼 달려드는 중공군 부대와 격렬한 전투를 벌여 진지를 지켰을 뿐 아니라 포로 몇백 명을 붙잡았습니다."

사실 터키인은 한국어를 전혀 모르는 데다 한국인과 중국인의 생김새도 구분하지 못했다. 그들이 쳐부쉈다는 부대도 알고 보면 전투에서 지고 내려오던 한국 제8사단 소속 병사들이었다. 수많은 한국 병사들이 덕천을 빠져나와 터키군 부대가 있는 쪽으로 달아났다가 어처구니없게도 아군인 터키군의 총에 맞아 죽고 말았던 것이다.

마침내 산 위에는 큰불이 타올랐다. 터키군들은 무리지어 모닥불 옆에 둘러앉아 담배를 피우거나 불을 쬐었다.

적군과 사정거리는 아직도 80미터가 남았다. 그때 중대장이 참지 못하고 총을 들자, 왕피리가 막았다. 그들은 어두운 곳에 숨어들었기에 산 위 적군들의 모습을 자세히 볼 수 있었다. 왕피리는 산 위에 10개의 모닥불이 타오르는 걸 보고, 조를 나눠 각자 맡을 적군을 정해 줬다.

적군과 남은 거리가 20미터쯤 됐을 때 병사들은 수류탄을 꺼내 안전핀을 뽑았다. 이윽고 왕피리의 "공격!" 소리와 함께 수류탄이 모닥불 위에서 터지기 시작했다.

이런 상황을 겪어본 적 없는 터키군들은 순식간에 한데 뒤엉켜 당황한 나머지 죽은 전우를 내버려두고 달아나 버렸다. 이렇게 전투는 20분이 채 되지 않아 싱겁게 끝이 났다.

쑨훙따오 연대장이 제8중대를 데리고 올라왔을 때 터키군들은 막 차에 올라 서쪽으로 도망치는 중이었다. 그들은 구불구불한 산길을 따라 산 아래로 내달렸다. 달려가는 10륜 대형 트럭을 두 발로 쫓아가기 위해 중국 병사들은 위험을 마다하지 않고 산비탈로 미끄러져 내려갔다. 돌에 찢긴 상처로 피를 흘리면서도 병사들은 지름길을 달려 터키군의 차 앞에 이르렀다.

병사들은 또다시 수류탄을 뽑아 차를 향해 던졌다. 후방에서 오는 차 때문에 달아날 길을 잃은 터키군들은 차에서 뛰어내려서는 어리석게도 차 아래로 들어가 굳세게 반항했다. 일관된 지휘선이 없었기에 터키군은 유리한 지대를 확보하는 데 실패하고 말았다.

곧 몇몇 군관으로 보이는 자들이 일어나 소리쳤다.

"지금부터 한 발이라도 물러서면 죽는다!"

모자를 바닥에 내던지고는 계속해서 손짓 발짓을 하던 그들 대부분은 8중대 병사들의 탄창에 맞아 쓰러졌다.

안타깝게도 이 야만적인 부대는 싸움에서 졌고, 날이 밝자 알일령을 지키는 터키군 보충대 대원 가운데 살아남은 자는 몇 명 없었다. 몇몇 터키군들은 머리와 몸을 바위틈에 숨긴 채 두 다리만 밖으로 나와 있었다. 지원군 병사들이 사로잡으려 해도 헛일이었다. 발버둥쳐대는 통에 나가떨어지기 일쑤였다. 마침내 총을 쏠 수밖에 없었다. 차량 아래 엎드려 있던 적군들도 굴복하지 않고 쉼 없이 기습적으로 총을 쏴댔고, 그 과정에서 많은 지원군 병사들이 부상을 입었다.

화가 난 쑨훙따오와 왕피리는 기관총 사수 몇 명에게 차량 아래로 총을 쏘라고 지시했는데, 그제야 적군의 공격이 잠잠해졌다. 몇 되지 않는 포로들은 말도 통하지 않아 심문할 수 없어 끝내 사단본부로 보내야만 했다.

이와 함께 제112사단은 11월 28일 동틀 무렵 월봉산(月峰山)을 넘었다. 전위대인 제336연대가 알일령 서남쪽 어구참(漁口站) 일대를 뚫고 들어갔을 때 전위대 제1대대가 터키 여단을 비롯해 미군과 마주쳐 격렬한 조우전을 벌였다. 그 과정에서 대대장이 목숨을 잃었다. 대대는 교육관 지휘 아래 3면으로 적군과 전투를 벌여야 했다.

이들은 날이 저물도록 이어진 전투에서 여덟 번에 걸쳐 적군의 공격을 막아냈는데, 어느 중대는 부상자 5명만 남게 됐다. 그 뒤 후방 지원부대가 속속 도착해 협공을 펼치자 더는 버티지 못한 적군들이 후퇴하기 시작했다. 이로써 제112사단은 승리를 거둬 어구참 방어 임무를 마쳤다.

이번 전투에서 포로가 된 터키군 70여 명은 대부분 압송하는 병사들의 말을 듣지 않거나 일부러 늑장을 부렸다. 화가 난 병사들이 말을 듣지 않는 포로들을 총살하려 했지만 소대장이 가로막고 말렸다.

소대장은 연대본부에서 지원군 포로 정책을 알리는 임무를 맡은 통역관을 데려왔고, 터키군들은 그제야 지휘관 지시에 따라 움직였다. 그 가운데 어떤 터키군은 자진해서 온갖 정보를 알려주기도 했다. 터키 포로들은 미군과는 하늘땅처럼 차이가 났다. 거의 농민과 유목민 전사의 후손들이라 고통을 삼킬 줄 알았다. 굳세고 튼튼한 데다 성실한 무슬림이다 보니 동료들을 형제처럼 챙겼다. 수용소 안 곳곳을 돌아다니며 폐허 속에서 쓸 만한 잡동사니를 찾기를 즐겼다. 벽돌 조각을 모아 화덕을 만들기도 하고, 따끈따끈 구운 빵을 미군 포로들의 시계와 맞바꾸곤 했다.

이 터키군들은 엉덩이 부분에 크고 작은 놋그릇을 3~4개씩 달고 있어 움직일 때마다 쩔렁쩔렁 소리가 났는데, 이유는 그들이 그것을 금이라 생각하고 있었던 것이다. 통역관이 그건 금이 아니라고 여러 번 말해 줬지만 도무지 믿으려 들지 않았다. 누구 하나 쉽게 버릴 마음이 없는 듯 확고한 표정들만 떠올랐다.

18
불과 얼음

흰눈이 하염없이 내린다.

떠날 때부터 내리던 눈송이는 고스란히 쌓여 걸을 때마다 발목이 푹푹 들어갔다.

전진 명령이 떨어진 우융추이 부대는 눈길을 헤치며 나아가고 있었다. 손을 뻗어도 손가락조차 보이지 않는 몹시 어두운 밤, 울퉁불퉁한 길 때문에 행군은 곱절로 힘들었다. 병사들은 모두 열을 맞추지 못하고 이리저리 빠지며 앞으로 힘겹게 걸어나갔다.

기온 급강하와 강행군에 따른 체온 상승으로 병사들은 이중고를 견뎌야 했다. 살을 에는 찬바람에도 땀으로 축축해진 옷이 질척질척 몸에 달라붙어 걸음을 더디게만 했고, 더운 입김은 토하기 무섭게 서리로 변해 수염이나 눈썹에 하얗게 맺혔다. 인간 능력의 한계를 시험하는 듯한 악조건 속 행군이었다.

연대는 한밤에 하갈우리 가장자리에 이르렀다.

'두 대대는 마을을 공격하고 또 다른 두 대대는 비행장을 공격한다.'

사단 참모장 니우시엔천과 군단 정치위원 까오더린은 1킬로미터 후방에 전진 지휘소를 세우고 공격 지휘를 맡았다.

우융추이는 대대본부를 공격개시선 바로 뒤에 세웠다. 보통은 더 뒤쪽에 있는 게 정상이었다. 정상 규정거리를 넘어 전방 가까운 곳에 배치하는 것은 우융추이의 오랜 습관이었다. 전방에 바짝 다가서서 주위를 둘러보며 다짐을 더욱 단단히 하곤 했다.

'두 눈으로 현장을 보지 않고 어찌 적군과 아군 동향을 파악해 제대로 이끌고 전투에서 승리한단 말인가?'

사단장 장홍시에게는 이런 그가 늘 눈엣가시였다.

"자네 대대 하나 없어지는 건 큰 문제가 아니야. 하지만 자네들 때문에 전투에 지장을 줘서는 안 되는 거 아닌가?"

장훙시가 대놓고 그를 꾸짖었다. 우융추이는 사단장 앞에서는 명령에 따르는 척했지만 막상 전장에서는 제멋대로였다. 우융추이가 훠신밍에게 말했다.

"이 전투는 꼭 새끼 돼지가 어미 품에서 젖을 찾는 것 같군. 보다 더 지독하게, 더 맹렬하게 앞으로 나아가는 돼지가 젖을 차지하는 거야. 뒤쪽으로 밀린 돼지는 어미 오줌도 못 먹는 거지!"

진지하게 투덜거림을 듣던 훠신밍은 아무 말도 없었다. 그러나 속으로는 우융추이 방식에 동의했다.

부대는 산기슭에 쪼그리고 앉았다. 눈앞에 드넓은 들판이 펼쳐졌지만 어두워서 아무것도 알아볼 수 없었다. 멀리 아래쪽에 희미한 등불이 깜빡였는데, 방위를 가늠해 봤을 때 틀림없이 하갈우리 비행장이었다.

시간이 갈수록 눈이 많이 내리고 바람 또한 더욱 차가워졌다. 행군 때문에 땀범벅이 된 몸은 휙휙 부는 눈보라 속에서 금세 얼어붙었다. 옷 속으로 흐르던 땀은 얼음이 되고 눈썹과 수염 위에는 하얀 서리가 매달렸다. 여기저기서 추위에 몸을 떨며 딱딱 하고 이 부딪히는 소리가 들렸다.

"얼마나 더 기다려야 하지? 여기서 얼어 죽으란 말이야?"

우융추이의 말투에 큰 불만이 서렸다.

눈보라가 휘몰아치는 추운 겨울밤, 우융추이는 개털모자와 털외투 덕분에 그나마 버틸 수 있었다. 그러나 빠른 걸음으로 행군한 탓에 땀이 얼면서 빳빳하게 굳어버린 옷은 몸에 갑옷을 두른 듯 답답하게 조여왔다.

"연대본부에 연락해봐!"

우융추이가 뤼따꺼에게 명령했다.

어둠 속에서 뤼따꺼의 다급한 목소리가 들려왔다.

"땅이 얼어서 전화선을 댈 수가 없습니다."

이제까지 연락병 뤼따꺼와 다른 연락반 병사들은 전화선 뭉치를 메고 왔다. 그들은 뒤쪽 연대본부 전진 지휘소에서 끌어온 선을 늘어뜨리거나 연결하면서 이곳 산기슭까지 끌고 온 것이다. 어느덧 그들이 메고 있는 전화선은 달랑 한 줄이었다. 이 전화선 하나로 양쪽 전화기가 이어지는데 여느 때는 한쪽 줄을 땅에 꽂은 뒤 통화를 했다. 하지만 온 세상이 이렇게 꽁꽁 얼어붙은 상황에서는 아무리 애를 써도 전화선을 땅에 박을 수가 없었다.

사태를 파악한 우융추이가 호통을 쳤다.

"오줌을 눠서 땅을 녹이면 될 거 아냐!"

병사들은 단박에 그의 뜻을 알아차리고 한곳에 모여 오줌을 누기 시작했다. 여기저기서 뿜어져 나오는 오줌 줄기가 얼었던 눈밭을 녹이며 세숫대야 크기의 구멍을 만들었다. 뤼따꺼는 이만하면 됐다 싶어 전화기선을 끌어와 땅에 꽂았다. 그는 전화기 손잡이를 돌리며 한참을 소리쳤다. 그러나 전화는 여전히 먹통이었다.

우융추이가 성큼성큼 다가오더니 몸을 구부려 손잡이를 돌리며 소리쳤다. 그렇지만 전화기에서는 아무 소리도 들려오지 않았다. 그렇게 연대본부와 연락이 끊기고 말았다.

화가 난 우융추이는 전화통을 바닥에 집어던지며 욕을 했다.

"이런 뭣 같은 전화기!"

우융추이는 더 기다리다가는 모두 산기슭에서 얼어 죽는다며, 이제는 산아래로 진격해야 할 때라고 말했다. 그때 누군가가 소리쳤다.

"연대본부에서 아직 신호가 떨어지지 않았습니다!"

포병대 차오 중대장이었다. 그 말을 들은 우융추이는 기분이 몹시 상했다.

"자네가 대대장인가, 내가 대대장인가?"

어둠 속에 잠시 침묵이 흘렀다.

"내가 진격하라고 하면 군말 말고 따라!"

짜증이 담긴 우융추이의 말에 차오도 더는 입을 열지 않았다.

하지만 그때 우융추이는 미처 알지 못했다. 이것이 차오가 그에게 남긴 마지막 말이 되리라는 것을. 그는 그 뒤로 다시는 이 키 작은 장쑤 타이싱 사람을 보지 못했다. 앞날을 내다볼 수 없었던 우융추이는 그와 몇 마디 더 주고받을 걸 그랬다며 뒷날 크게 후회했다. 하필이면 그날 차오 중대장을 심하게 다그쳤던 일을 두고두고 자책했다.

우융추이의 지시에 따라 600여 대대원들은 은밀히 산에서 내려왔다. 산 아래에는 제법 널따란 들판이 펼쳐진 가운데 이곳 동쪽과 동북쪽 산자락 아랫길은 서남쪽을 향해 곧게 뻗어 나아간다. 하갈우리 비행장이 바로 이 들판에 있었다.

정찰 상황에 따르면 비행장 변두리는 철조망으로 둘러싸이고 철조망 안쪽이 활주로였다. 활주로 중앙과 양끝에는 비행기로 실어온 탄약, 연료, 식품 등 골고루 차곡차곡 쌓여 있다.

우융추이는 뤼따꺼를 통해 각 중대장에게 먼저 철조망만 뚫으면 절반은 전투에서 이긴 거나 다름없다고 알렸다.

끝도 없이 내리는 눈이 몸과 얼굴에 내려앉아 대원들은 눈앞이 흐려지고 입을 열지 못할 정도였다. 고개를 조금만 들면 코로 눈이 들어와 숨 쉬기조차 불편했다. 그러나 온통 하얗게 내린 눈 덕분에 대원들이 어둠 속에 숨어 움직이기에는 편했다. 모로 보나 전부 눈으로 보였으니 말이다.

우융추이는 자신의 털외투를 벗어 뤼따꺼에게 건네주고는 개털모자 하나만 썼다.

"대대장님, 전 안 춥습니다. 행군하느라 온몸이 땀입니다."

"내가 언제 너더러 입으랬어? 안고 있으라고. 두껍고 무거워서 돌격할 때 거추장스러워."

뤼따꺼는 얼른 외투를 껴안고 그 뒤를 따랐다. 대대장의 털외투는 껴안고 있는 것만으로도 따뜻하고 부드러웠다. 문득 상하이 주둔 때 홍등가에서 만난 여자의 몸이 떠올랐다. 매력적인 그녀의 육체를 이런 털외투 따위의 부드러움과 견줄 순 없었지만, 뤼따꺼는 가슴 떨리던 그 순간을 조금이라도 떠올리고 싶어 외투 안자락 털을 가만가만 손으로 쓰다듬었다.

이름 모를 그녀는 침대에 바로 누워 눈앞에 서 있는 뤼따꺼의 몸을 물끄러미 바라보았다. 그녀의 두 손은 봉긋 드러난 두 젖가슴 위에 얹어져 있었다. 솟아오른 유두를 가리려는 듯 싶었지만, 손가락 사이사이로 비집고 나온 탱탱한 젖가슴은 오히려 더 유혹적이었다. 몸을 덮고 있는 얇은 분홍색 이불 한 장은 허리 아래까지 흘러내렸다. 그 보일 듯 말 듯한 그녀의 은밀한 부분은 상상만으로도 뤼따꺼를 미치게 했다.

뤼따꺼는 그녀의 손과 유방을 한꺼번에 어루만졌다. 손가락에 힘이 들어갈수록 그녀의 숨결이 조금씩 더 거칠어졌다. 가슴을 덮고 있던 그녀 손이 스르륵 올라가 뤼따꺼의 옷 단추를 하나하나 풀기 시작했다. 뤼따꺼는 훤히 드러난 그녀의 젖가슴을 두 손으로 꽉 쥐고 한쪽 유두를 사정없이 빨아댔다. 뤼따꺼의 혓바닥이 닿을 때마다 그녀는 야릇한 신음과 함께 온몸을 뒤틀어댔다.

"정말로 날 원해?"

풍만한 젖가슴에서 비로소 입을 뗀 뤼따꺼가 그녀 귀에 대고 낮게 속삭이자 발그레진 얼굴로 여자는 말없이 살짝 고개를 끄덕였다. 뤼따꺼는 그녀의 몸을 바짝 끌어당겼다. 이불이 당겨졌지만 살결에 들러붙어 그녀의 몸을 팽팽하게 조이는 바람에 입고 있던 얇은 팬티의 실루엣이 뚜렷이 드러났다.

뤼따꺼의 손은 이불 아래로 들어와 그녀 발바닥에서 종아리를 지나 허벅지를 천천히 쓰다듬으며 실루엣이 있는 곳으로 움직여 갔다. 손끝이 닿는 곳마다 느껴지는 전율과 흥분에 그녀의 몸은 움찔움찔 떨었다. 손가락은 목적지에 도착하고도 탐색이라도 하듯 얇은 팬티 안에 눌린 풀숲을 겉으로 찬찬히 더듬다가 이윽고 그 안으로 들어가 숨겨진 그곳을 찾아냈다. 어느새 애액은 주변을 흥건히 적시고 얇은 팬티마저 축축하게 만들 정도로 흐르고 있었다. 뤼따꺼는 팬티를 벗겨내리던 손을 잠시 멈추었다. 그러고는 은밀한 그곳을 부드럽게 살며시 쓰다듬었다.

"나는 당신에게 나쁜 사내가 되려 하고 있어."

"아니에요, 아냐."

여자는 애타는 눈길로 뤼따꺼를 몽롱하게 바라다보았다. 뤼따꺼는 그녀의 실오라기 하나 없는 무방비한 모습을 더 자세히 보고 싶었다.

"이제 당신 얼굴을 보고 싶어."

뜨겁고 거친 숨결을 토하듯 뤼따꺼가 그녀의 귀에 대고 속삭였다. 그 말을 듣고 여자는 얼굴을 들어 뤼따꺼를 정겨운 눈길로 올려다보았다.

"불을 켤까요?"

"응."

여자는 자리에서 일어나 침대 옆 탁자에 놓인 램프의 불을 밝혔다. 방 안은 금세 환해졌다. 뤼따꺼는 여자의 손을 끌어당겨 자신 아래에 눕혔다. 어른거리는 주홍빛이 그녀의 흰 살결을 휘감았다. 뤼따꺼는 그녀의 무릎을 세워 잡고 몸을 뒤쪽으로 빼 수풀을 감추고 있는 얇은 분홍 팬티와 마주했다. 살며시 벗겨내자 무성한 검은 수풀이 모두 드러났다. 램프불 덕분에 수풀의 매끈한 윤기와 촉촉이 젖은 골짜기가 한눈에 드러났다.

뤼따꺼는 부드러운 손놀림으로 수풀 사이를 가만 헤치고 골짜기에 얼굴을 묻었다. 샘은 따뜻하고 축축했다. 살며시 입술을 갖다 대자 위쪽의 둔덕이 파르르 떨린다. 둔덕 아래에는 조그만 분홍 꽃 한 송이가 수줍게 피어 있었다.

그곳에 입을 맞추자 "아아" 토해 내는 신음과 함께 여자가 온몸을 뒤틀었다. 그 반응이 좋아 뤼따꺼는 혀와 손가락으로 집요하게 그곳을 공략했다. 여자는 어찌할 바를 몰라 뭍에 도는 물고기처럼 몸을 비비 꼬았다.

"정말 괜찮아?"

"네."

뤼따꺼는 다시 꽃밭에 입술을 대고 뜨겁게 흐르는 사랑의 샘을 빨았다. 여자의 몸이 한껏 튕겨오르더니 파들파들 떨려온다. 그는 윗몸을 일으켜 자세를 가다듬었다. 한차례 맛본 애무의 절정으로 달아오른 여자는 이미 다음을 애타게 원했다. 빨리 자신을 정복해 주길 갈망하는 그녀의 야릇한 표정을 보자 뤼따꺼는 참을 수 없었다. 그녀의 두 다리 사이로 허리를 넣고 한껏 힘차오른 자신의 몸을 숲으로 단단히 붙였다. 그것만으로도 뜨거운 전율이 퍼져 그녀는 온몸을 비틀며 기이한 소리를 질러댔다.

"아아…… 아아……"

여자는 애가 타는 듯한 신음을 내며 남자의 머리채를 움켜쥐었다. 뤼따꺼는 아랫도리에 힘을 주어 샘 안으로 천천히 비집고 들어갔다. 부드러운 그녀의 내벽에 둘러싸인 황홀경에 뤼따꺼는 온몸이 녹아내리는 것만 같았다.

그 순간, 상상만으로도 뜨거운 것이 허리 깊숙한 곳에서 치밀어 올랐다. 차마 견딜 수 없이 황홀했다. 뤼따꺼는 절정에 치달아 오르자 왈칵 눈물이 났다.

뤼따꺼의 옆에는 상하이 출신 루이후이가 바짝 따랐다. 루이후이는 등에 카빈총을 지고 어깨에는 돌격나팔을 메고 두 손에는 꽃과 구름, 용이 새겨진 박달나무 함과 징을 나란히 들었다. 루이후이는 혹시라도 징을 떨어뜨릴까 매우 조심하며 걸음을 옮겼다. 바로 뒤에는 휘신밍이 따라온다. 그는 폭설에 시야가 가려 끊임없이 안경알을 닦아야만 했다.

남쪽과 서북쪽 밤하늘에서 우르릉거리는 소리가 잇따라 들려왔다. 10여 킬로미터 떨어진 곳에서 들리는 희미한 총소리로 자신들의 지원부대가 고토리와 유담리의 미군 진지를 공격하고 있음을 알뿐이었다. 눈앞에 놓인 하갈우리 비행장과 저 멀리 하갈우리 마을은 마치 눈 속에 가려진 폐허처럼 적막만이 감돌았다.

들판 위를 한참 걸었는데도 부대는 여전히 나아가고 있었다. 우융추이는 활주로에 거의 다 왔다는 느낌이 들었지만 주위는 사뭇 조용했고, 적군은 아직 그들을 발견하지 못한 듯싶었다. 시간이 너무 길게 느껴져 그 순간이 마치 한 시간 아니 하루, 아니 일 년 같았다.

아직 철조망은 나타나지 않았다. 철조망을 못 찾았다는 건 부대가 방향을 잃었다는 뜻이기도 했다. 몇 개 중대의 연락병들은 앞다퉈 상황을 알리고 대대본부에 어떻게 해야 할지 물었다.

우융추이는 앞뒤 따질 필요가 없다고 생각했다.

'이곳에 철조망이 있든 없든 적군을 만나면 싸우면 되고 탄약이나 먹을 것은 옮기면 된다. 정말 철조망이 없다면 훨씬 옮기기가 쉬워지지 않겠는가!'

그래서 그는 몇몇 중대 연락병들에게 재빨리 돌아가 중대장에게 전하라고 지시했다.

"멈추지 말고 나아간다. 계속 앞으로 나아간 뒤 끝까지 교전하라."

말이 떨어지기가 무섭게 밤하늘에서 "탕탕" 두 번의 낭랑한 총소리가 울려 퍼졌다. 불빛이 번쩍하더니 눈앞이 한낮처럼 밝아지며 하늘땅에 휘날리는 눈꽃과 이동하는 부대, 눈밭, 산등성이 등이 모두 또렷하게 드러났다.

조명탄 두 발이 칠흑처럼 어두운 밤하늘을 밝히자 대지는 은백색으로 빛나기 시작했다. 고르고 판판한 전방에 꼭 방처럼 생긴 물체들이 세워진 게 보였다. 모두 가지런하게 보일 듯 말 듯 눈에 뒤덮여 있다. 이 물체들 앞으로 기다란 그림자가 가로로 늘어져 보였는데, 그것이 바로 비행장 테두리 철조망이었다.

"철조망이 저 앞에 있다. 숨어서 교전하도록!"

우융추이는 첫 전투명령을 내렸다.

그는 일정한 간격으로 세워진 하얀 물체들이 가지런히 놓인 탄약이나 식량 상자 또는 미군들이 잠자는 곳이리라 짐작했다. 어쨌든 해병을 먼저 쓸어버린 뒤 다시 이야기하자고 했다. 원하는 만큼 식량이나 군수품을 손에 넣으면 그간 고생도 씻은 듯 잊을 테니까. 그는 자신의 마우저총을 높이 쳐들고 병사들이 나아갈 쪽을 가리켰다.

부대는 진격 속도를 높였고 단걸음에 100미터 넘게 떨어진 철조망 울타리로 달려갔다. 그때 갑자기 엄청난 모터 소리가 울려 퍼지면서 수없이 많은 빛줄기가 한꺼번에 쏟아졌다.

칠흑같이 어두운 밤, 마치 기괴한 괴물이 눈을 뜬 듯한 모습이 드러나면서 눈 덮인 방 같은 물체들이 천천히 몸을 틀었다. 엄청난 모터 소리는 몇백 쌍의 발이 밟고 있는 눈밭을 뒤덮고 눈보라 소리마저 집어삼켰다.

"전차다! 조심해!"

우융추이는 그제야 하얀 눈으로 뒤덮였던 물체가 집이나 식량 상자가 아니라 탱크였다는 사실을 깨달았다. 대대와 중대 지휘관들은 모두 엄청난 위험이 닥쳤음을 깨달았다. 지휘부대는 꽁꽁 언 땅바닥에 납작 엎드렸다.

말이 떨어지기 무섭게 전차 위 기관총과 주위 엄폐호 안 무기들이 거의 동시에 폭발하듯 불을 내뿜었다. 산사태와 지진이 난 듯이 광풍이 불어닥치자 부대원들은 눈밭과 도랑 아래에 깔리고 말았다.

조명탄이 하나하나 하늘로 치솟고 전차의 괴물 눈이 어둠 속에서 번쩍거렸다. 수백 명이 눈밭에 깔리면서 나아가기도 어렵고 물러나기도 힘든 곤경에 빠졌다. 우융추이는 매우 초조해졌다.

'어떻게 해야 하나?'

본디 계획은 몰래 습격하는 것이었지만 예상과 달리 상대도 단단히 준비한 상태였다. 그의 부대는 넓은 들판에 변변한 엄폐물도 없이 무방비 상태로 드러나 있었다. 물러설 수도 없지만 그렇다고 이 자리에 버티고 있을 수도 없었다.

우융추이는 내리 터지는 조명탄 빛 덕에 휘신밍과 다시 만났다. 이제는 무리해서라도 작전을 강공으로 바꿔 비행장을 빼앗아야만 한다.

이것은 수많은 목숨이 걸린 중대한 결정이었다. 우융추이와 휘신밍은 자신들에게 주어진 책임의 무게를 사무치게 깨달았다.

그들의 말 한마디, 동작 하나가 한 사람의 생명과 그 가족들의 인생을 바꿔 놓을 수도 있다. 그러나 그들은 군인이다. 그들에게 또 다른 선택이란 있을 수 없었다.

"조명탄!"

뤼따꺼의 매서운 눈초리가 뒤편 산등성이에서 쏘아 올려진 두 발의 붉은색 조명탄을 가장 먼저 발견했다. 이는 하갈우리 비행장을 공격하라는 사단 전진 지휘소의 신호였다. 비행장 동북 양쪽 방향에 있는 대대가 동시에 공격하라는 뜻이었다.

우융추이는 머뭇거릴 틈이 없다는 듯 고개 돌려 루이후이에게 소리쳤다.

"돌격나팔을 불어! 돌격!"

루이후이는 그 자리에서 뛰어올라 군대 나팔을 들어올려 힘껏 불어댔다. 루이후이의 나팔 소리를 듣고 몇몇 중대 나팔수들도 함께 돌격나팔을 불어댔다. 곧이어 대대에서도 나팔 소리가 울려 퍼졌다. 대대와 중대의 나팔 소리가 엇갈리면서 고저장단(高低長短)이 뚜렷하게 구분됐다.

몇백 명의 부대는 하늘땅을 뒤흔드는 고함을 지르며 앞으로 달려나갔다. 그들의 총부리에서 화염이 뿜어져 나왔다. 전차에서 나오는 빛다발이 병사들 사이를 뚫고 지나갔다. 붉은색과 녹색, 황색 예광탄이 눈밭에 떨어지면서 산산이 부서진 색색의 눈서리가 허공에 흩뿌려졌다.

전차 포탑이 쾅쾅 불을 뿜자 붉은빛이 번쩍하면서 귀가 먹먹할 만큼 요란한 굉음이 이어졌다. 어둠 속에서도 전차 포탄은 아주 가까운 곳을 공격하거나 아주 멀리 날아가기도 해 여기저기 토석(土石)이 잇따라 갈라지고 눈꽃이 날린다. 포탄을 맞은 병사들이 하나둘 힘없이 눈밭에 쓰러졌다.

"전차! 적군의 전차를 조심하라!"

휘신밍이 뒤에서 소리쳤다.

부대의 진격은 거듭 전차에 제압당했다. 루이후이는 다시 일어나려 했지만 곧 휘신밍이 그를 힘껏 구덩이로 끌어내렸다. 거의 동시에 긴 예광탄이 그의 일본식 챙모자를 스쳐 지나갔다.

루이후이는 샌님 같은 휘 훈련관으로부터 어떻게 이런 엄청난 힘이 나왔는지 궁금했다. 구덩이로 넘어진 그는 아직도 심장이 두근두근했다. 꽁꽁 언 나팔 주둥이에 입술이 붙었다 떨어지며 살갗이 벗겨지고 그때 흐른 피가 단단하게 굳었다. 그러나 통증은 견디기 힘들었다. 처음에 루이후이는 무슨 일이 일어났는지 알아차리지 못했다. 입술이 칼에 베인 듯 아프더니 뜨거운 무언가가 턱으로 흘러내렸다. 그는 손으로 쓱 훔쳐낸 뒤에야 나팔 주둥이에 얼어붙은 살갗을 보았다.

문득 둘은 통화시 철도관리원 우 선생의 말이 떠올랐다. 그는 조선의 겨울은 온몸이 꽁꽁 얼어 얼음이 조각 나듯 코와 귀가 떨어져 나갈지 모르니 조심하라고 일렀다. 우융추이 부대는 우 선생이 허풍을 떠는 거라며 누구도 그 말을 믿으려 하지 않았다. 그러나 바로 이 순간 그의 말이 조금도 과장이 아니었음을 뒤늦게 깨달았다.

우융추이는 대대 전체의 기관총 포화를 철조망 내 미군 진지에 집중적으로 퍼붓기로 결정했다. 화력 엄호 아래 다시 한 번 진격하자는 다짐이었다. 철조망과 미군들을 한꺼번에 흔들어 놔야 작전이 성공할 수 있었다.

뤼따꺼를 시켜 우융추이는 포병대 차오 중대장에게 명령이 떨어지면 발포하라고 지시했다.

"단 미군 탄약상자와 기름통은 쏘지 마라. 거듭 말하지만 절대 안 된다. 한 번 터져오르면 오늘 밤 공들인 수고가 물거품이 될 테니까!"

대대 전체 중화기를 모두 더해 봐야 박격포 2대와 중기관총 2자루에 전리품인 미국식 기관총 1자루가 다였다. 그마저도 미군 습격 때 수색대원 맥케이 중위에게서 빼앗은 것이었다. 그밖에 체코식 또는 캐나다식 기관총이 중대마다 몇 자루씩 있었다. 두궈싱의 체코식 경기관총은 더는 필요 없었다. 그가 빼앗은 미국식 기관총이 자리를 잡고 대대본부 명령을 기다릴 뿐이었다.

미군의 총성은 얼마쯤 잦아들었지만 조명탄은 끊임없이 터졌다. 탱크 위에서 뿜어져 나오는 빛다발도 내내 여기저기를 헤집어댔다. 근처 하갈우리 마을에서 격렬한 총성이 들려오고 남쪽 고토리와 서북쪽 유담리에서도 여전히 희미한 폭발음이 들려오는 걸 보니 그곳에서도 교전이 벌어지는 듯했다.

뤼따꺼는 고개를 숙인 채 전방에서 뛰어와 우융추이와 휘신밍에게 포병대의 발사준비가 완료됐음을 알렸다. 우융추이는 이를 악물고 방아쇠를 당긴 뒤 공중으로 쾅 쏘아 올리며 큰 소리로 외쳤다.

"쏴!"

그의 신호에 맞춰 중기관총 2자루와 경기관총 10여 자루, 미군에게서 빼앗은 기관총 1자루에서 폭우가 쏟아지는 듯한 총성이 울려퍼졌다.

우융추이가 미군 탄약상자와 기름통을 절대로 쏘지 말라고 당부했지만, 지금처럼 희미한 불빛만 믿고 쏴야 하는 상황에서 누가 구분할 수 있으랴. 그래서 경중기관총 20여 자루를 100여 미터 길이의 산병선에 줄지어 세워놓고 마구 날뛰는 탱크를 겨냥해 쏘기로 했다.

탄알 몇천 발이 탱크 캐터필러와 강철판에 맞아 우박이 내리는 듯 뚜두두둑 울리는 소리가 들렸다. 이 때문에 탱크 위의 괴물 눈이 산산조각 나 잇따라 몇 번이나 꺼졌다. 박격포 2대도 근접거리 사격을 시작해 포탄이 철조망 주위로 떨어졌고, 토석과 눈덩이가 날아다니며 비행장 안은 연기로 가득 찼다.

두궈싱은 시원시원하게 총을 쏘더니 나중에는 아예 전리품인 해병대 모자도 바닥에 던져버린 채 두 손에 미국식 기관총을 들고 맹렬히 쏘아댔다. 조명탄이 희미하게 불을 밝히자 그의 민머리에서 김이 피어오르는 게 보였다. 그러나 그의 양옆에 있는 부사수들은 추위에 몸을 웅크린 채 바들바들 떨 뿐이었다.

처음에 두궈싱은 미군들의 기관총도 특별히 다를 바가 없다고 생각했다. 대충 살펴보니 자신들의 중기관총에 비해 단순한 게 기관총 같아 보이지 않았다. 그러나 한 번 써보고 미군 기관총은 장점이 꽤 많다는 사실을 알게 되었다. 발사속도도 빠르고 쓰기도 편한 데다 자신들의 구닥다리 기관총보다 기능이 훨씬 앞섰다.

알맞은 때가 되자 우융추이는 휘신밍에게 말했다.

"조상님을 전장에 모실 차례지?"

휘신밍은 닦고 있던 안경을 쓰더니 평온한 얼굴로 대답했다.

"시작하자고."

우융추이는 고개 돌려 루이후이에게 명령했다.

"징을 울려! 지지펑 장단으로!"

일찌감치 징을 손에 걸고 있던 루이후이는 우융추이 말이 떨어지자마자 징을 크게 울려댔다.

"쾅쾅쾅쾅" 힘차고 빠른 징소리가 우렁찬 총포 소리와 함께 눈보라 치는 소리를 뒤덮으며 꽁꽁 언 밤하늘과 검은 그림자 사이를 뚫고 병사들의 귓전을 두드렸다. 이윽고 엎드려 있던 병사들은 다시 일어나 함성을 지르며 목표물 쪽으로 달려 나갔다. 어두운 하갈우리 비행장에 쌓여 있는 음식과 탄약을 향하여 미군들의 총포 소리가 잇달아 울리기 시작했다. 그러나 병사들은 함성을 지르며 돌진하고 또 돌진할 뿐이었다.

철조망이 눈앞에 있었다. 부대는 계속 치고 올라갔다. 지친 병사들은 눈밭에 너부러졌고 힘이 남은 병사들은 쉼 없이 나아간다. 중기관총의 지원사격이 끊겼다. 더 쏘다가는 아군을 다치게 할지도 모르기 때문이다. 두궈싱은 미국식 기관총을 내팽개치고 다시 자신의 체코식 기관총을 집어 들고는 양옆의 부사수들에게 소리쳤다.

"폭약과 수류탄을 들고 따라와!"

차오는 두궈싱을 말리고 싶었다. 그들의 임무는 후방사격일 뿐 전방의 적진으로 나아가는 게 아니었다. 게다가 미국식 기관총도 눈밭에 버려두지 않았는가. 하지만 그의 말이 나오기도 전에 이미 두궈싱은 귀신처럼 사라졌다. 차오는 나갈 수도 남을 수도 없이 조급한 마음에 제자리만 빙빙 돌았다.

박격포 2대가 여전히 후방진지에서 드문드문 발사되고, 희미한 불빛 아래 포탄이 어디로 날아가는지 알 수 없는 상황이었다. 차오는 뒤를 돌아보며 소리쳤다.

"사격 중지! 사격 중지!"

가까운 거리였지만 시끄러운 총포 소리 때문에 포병소대 병사들은 그의 지시를 듣지 못하고 계속 드문드문 포탄을 쏘았다. 차오는 마음이 다급해졌다. 그는 바닥을 기어가 사격을 멈추라는 몸짓을 하며 목청 높여 소리 질렀다.

"멈춰, 그만 쏘라고! 미국 탄약상자를 맞추면 너희는 대대장님한테 죽은 목숨이야!"

포병소대 병사들은 그제야 겨우 중대장 목소리를 들었다. 곧 사격이 뚝 그쳤다. 차오가 막 숨을 고르려는 순간, 갑자기 포탄 하나가 날아왔다. 미군 전차가 쏜 포탄이었다. 그 한 발에 쓰러진 차오는 그대로 다시는 일어나지 못했다.

어느덧 하갈우리 비행장을 둥글게 둘러싼 철조망 안팎에서는 훨씬 무시무시한 전투가 벌어졌다. 대대 전체가 중무기로 엄호해 주는 가운데 드디어 병사들이 철조망 아래 닿았다. 미군의 단층 철조망은 그다지 높거나 크지 않았다. 게다가 그리 촘촘하지도 않아 뚫고 헤집어 들어가긴 쉬웠지만 상대의 방어가 만만치 않았다. 철조망 뒤 미군 진지에서는 전차가 자유로이 움직일 수 있고 진지 사이를 오가기도 쉬워 언제 어디서든 화력 지원이 가능했다. 말하자면 미군에게는 철조망이 마지막 저지선이었고, 중공군에게는 승리를 향한 마지막 관문이었다.

양쪽에서 격렬한 사격이 이어졌다. 그러나 전차까지 끌어온 미군의 압도적인 화력 앞에 중공군은 속수무책이었다. 수많은 중공군 병사들이 철조망 아래로 돌격했지만 끝내 쓰러져 자신들의 고향인 중국 남방지역으로 다시는 돌아가지 못했다.

두궈싱이 몇몇 병사를 데리고 막 철조망으로 기어가고 있을 때 미군 전차

한 대가 그들에게 불빛을 비추며 달려왔다. 요란한 엔진 소리가 울리며 주위가 총성으로 뒤덮였다. 순식간에 병사 3명의 목숨을 앗아갔다.

두궈싱과 남은 병사들은 재빨리 눈밭에 엎드렸다. 전차가 요란한 소리를 내며 옆을 지나갔다. 미군 한 무리가 전차 뒤에 있었다. 두궈싱이 병사들에게 수류탄을 던지라는 시늉을 하자, 곧바로 10여 개의 수류탄이 날아갔다.

수류탄은 잇따라 탱크 주변에서 터졌다. 동시에 미군 몇 명이 쓰러지고 남은 미군 병사들이 바닥에 엎드려 총탄을 마구 쏘아대기 시작했다. 두궈싱은 옆의 두 병사에게 외쳤다.

"아직 부족한가 보군. 큰 걸로 맛보게 해주자고!"

그들은 크고 작은 폭약 2개를 꺼냈다. 큰 건 무게가 6킬로그램 정도, 작은 건 3킬로그램 안팎이었다. 폭탄에 불을 붙여 던지자 곧 엄청난 폭발음이 들리고, 방금 바닥에 엎드려 총을 쏘던 미군의 움직임도 사라졌다.

조금 전 지나갔던 전차가 뒤쪽에서 벌어진 상황을 깨닫고 방향을 돌렸다. 문득 전차 정수리에 있는 둥근 뚜껑이 열리면서 사람 머리 하나가 나오더니 여기저기를 둘러봤다. 두궈싱은 그를 똑바로 조준해 체코식 기관총을 쐈다. 그러나 총탄은 모두 튕겨나와 장진호의 어둠 속으로 사라졌다.

두궈싱은 두 부사수에게 말했다.

"저 전차를 부숴버려!"

두 부사수는 서로 얼굴만 쳐다보았는데 그중 한 병사가 물었다.

"어떻게 부수란 말씀이십니까, 분대장님?"

두궈싱은 모자를 벗어 민머리를 문질렀다. 당장 어떤 방법도 떠오르지 않았다. 사실 그에게 전차는 낯설지 않았다. 그는 화이하이전투 때 국민당군 전차와 맞서본 적이 있었다. 하지만 그 전차는 크기가 작아 수류탄 몇 개로도 넉넉히 폭파할 수 있었지만 지금 눈앞의 미군 전차는 크기도 크고 무게도 엄청나 수류탄 10여 개를 던져도 끄떡없어 보였다.

'이놈을 박살내려면 먼저 멈춰 세워야 한다. 하지만 어떻게 멈추지?'

그때 두궈싱의 눈에 전차 바퀴가 긴 쇠사슬로 이어져 있는 게 들어왔다.

'저 쇠사슬을 멈추게 하면 되지 않을까?'

상황이 급박한 가운데 두궈싱은 목숨을 걸고 어둠 속을 기어가 체코식 기관총을 쇠사슬 쪽에 끼워넣었다. 그러자 "쾅" 명쾌한 소리와 함께 기적이 일어났다. 전차가 한 발짝도 움직이지 못하고 눈밭에서 제자리만 뱅뱅 도는 것이었다. 두궈싱은 망설일 틈 없이 곧바로 정확한 위치에 폭약을 놓고 도화선에 불을 붙였다.

잠시 뒤 크고 둔탁한 폭발음이 들리더니 강철 포탑에서 화염이 치솟았다. 폭발로 죽지 않은 전차병이 온몸에 불이 붙은 채 비명을 지르며 밖으로 튀어나왔고 몇 번 꿈틀대다 더는 움직이지 않았다. 두궈싱은 땅에 침을 뱉으며 욕을 했다.

"노새 좆 같은 것들이! 더 해볼 테야?"

두궈싱은 전차를 폭파하는 데는 성공했지만 이제 어찌해야 할지 몰랐다. 철조망 안쪽에는 두궈싱과 병사 둘뿐이었다.

'대대장님은 어디 계시지? 전우들은?'

그가 폭파한 전차에서는 끊임없이 연기가 치솟았다. 두궈싱은 화염을 바라보며 중얼거렸다.

"내 체코식 기관총이 아깝게 됐군."

바로 그때 총성과 바람 소리, 고함 소리 사이로 들려오던 '지지평' 장단이 '만산추이' 장단으로 바뀌었다. 전장을 떠나라는 신호였다. 두궈싱은 철조망 쪽으로 기어가 징이 울리는 진지로 돌아왔다.

우융추이와 훠신밍은 괴로웠다. 그들은 미군의 화력이 이렇게까지 막강하며 사상자가 이처럼 많으리라고는 전혀 예상하지 못했다. 눈보라치는 밤, 엄청난 혈전이 벌어지고 있었다.

600여 명 가운데 남은 인원은 300명에도 미치지 못했다. 300여 명의 간부와 병사가 한 번의 전투로 다시는 돌아올 수 없는 강을 건너 버린 것이다. 차오를 포함한 중대장 5명도 모두 전사했다. 우융추이 대대에서 역사상 가장 많은 인명피해였다. 훠신밍은 마음이 찢어질 듯 아팠고 우융추이도 눈시울이 붉어졌다.

루이후이는 밤새 징을 치느라 양손이 얼어 붉게 부어오르는 통에 징망치도 잡고 있기 힘들었다. 살갗이 떨어져나간 입술도 위아래로 퉁퉁 부은 상태였다.

"계속 쳐야 합니까?"

어둠 속에서 루이후이가 물었다.

"쳐야지, 물론 쳐야지."

우융추이는 잠긴 목소리로 대답했다.

"지지평으로요? 아니면 만산추이로요?"

루이후이가 또 물었다.

"무슨 소리야! 내가 언제 철수한다고 했나?"

우융추이가 소리쳤다.

루이후이는 다시금 온 힘을 다해 꽁꽁 언 손으로 징을 들어 올렸다. 그때 옆에 있던 휘신밍이 그를 막아섰다.

"여기서 계속 싸운다면 대대가 전멸할지도 몰라."

이에 우융추이는 두 눈을 부릅떴다.

"비행장쯤은 아무것도 아냐! 끝까지 싸워서 해치워 버리는 거야!"

오랫동안 우융추이와 함께 전장을 겪은 휘신밍은 그가 목숨을 건 마지막 승부에 뛰어들려 함을 알았다.

"자네가 죽음을 두려워하지 않는다는 건 아네. 나 또한 자네와 같은 마음이야. 우리 전위대 병사들도 모두 죽음 따위는 두려워하지 않아. 하지만 문제는 이렇게 싸우다간 비행장을 손에 넣긴 힘들다는 거야."

우융추이가 말했다.

"손에 못 넣으면 못 넣는 거고. 여기서 죽는다면 영광이지."

휘신밍은 눈을 크게 뜨고 다독였다.

"여기서 죽으면 자네한텐 큰 영광일지 몰라도 끝내 임무를 마치지 못하고 목숨만 잃는 게 아닌가, 동지! 이대로 죽으면 아무 의미가 없다고!"

우융추이가 기운이 조금 빠진 투로 입을 열었다.

"난 휘 형이 이런 말을 할 줄 생각도 못했네. 미국에 맞서고 조선을 도와 국가와 민족을 지키겠다고 나선 우리야. 어디서 죽든 어디서 잠들든 언제나 당당하고 가치가 있다고!"

"하지만…… 자네 말대로 하면…… 만약……."

휘신밍은 잠시 말을 더듬다가 다시 이어갔다.

"싸울 방법이 없다는 건 자네도 잘 알지 않나? 방법이 없다고. 8개 중대 지휘관 가운데 5명이나 죽었어. 알고는 있나? 이게 가능하다고 생각해?"

우융추이는 또 고집을 부렸다.

"못해도 본전이야. 지지평! 나를 따르라!"

그러나 징소리가 울리지 않았다. 휘신밍이 루이후이의 언 손을 세게 붙들었다.

마음이 다급해진 우융추이는 루이후이에게 총을 겨누며 소리쳤다.

"감히 군인이 명령을 무시해? 징을 쳐. 안 그러면 쏴 죽일 테다!"

그러자 휘신밍이 얼른 루이후이 앞을 막아섰다.

"차라리 날 쏘게."

휘신밍의 말에 우융추이는 더는 고집을 부릴 수 없었다. 그는 손바닥으로 자신의 머리를 치더니 양손으로 머리를 감싸 안고 바닥에 쪼그리고 앉아 아무 말도 하지 않았다. 휘신밍이 우융추이 옆으로 걸어가 말했다.

"우리 부대는 어디에서 싸우든 피 흘리는 희생을 두려워하지 않아. 하지만 제발 목숨을 거는 데만 매달리지 말게. 목숨만 잃고 임무를 마치지 못하면 헛수고 아닌가?"

"그래서 어쩔 셈인가?"

우융추이는 고개도 들지 않았다.

"먼저 부대를 철수하고 다시 생각해 보자고."

우융추이는 더 대꾸하지 않았다. 휘신밍은 루이후이에게 명령했다.

"만산추이! 여기서 끝내고 물러난다!"

느리면서 고저장단이 확실한 징소리가 거센 바람 사이로 울려 퍼진다. 리듬감 있는 금동 소리가 포탄 구덩이와 연기를 뚫고 피로 얼룩진 대지를 스친 뒤 차가운 밤하늘에 메아리쳤다.

더 이상 전투는 어려웠다. 사상자가 절반이 넘고 몇 개 중대 지휘관들이 전사한 가운데 탄약마저 바닥을 드러낸 상황이었다. 날이 밝아오면 상황은 더 나빠질 게 불 보듯 뻔했다. 이제는 철수만이 유일한 방법이자 지혜로운 대처였다.

다른 방향에서 비행장을 공격하던 대대 또한 상황은 비슷했다. 사상자가 엄청났으며 눈에 보이는 성과도 달리 없었다. 밤새 벌인 격전에서 제9집단군 소속 병사 수만 명은 남쪽과 북쪽에서 각각 유담리와 하갈우리 지역 및 비행장, 고토리, 진흥리, 장진호 동쪽의 신흥리 등에 있는 미군 진지 쪽으로 맹렬하고도 끈질긴 공격을 시도했다.

압록강을 건너 하갈우리에 들어선 주원빈 연대의 자취를 좇으면 이러하다.

주원빈은 정찰반을 이끌고 부대를 나와 깊은 산속으로 들어갔다. 사람들도 없고 주민들이 사는 집들도 보이지 않았다. 폭격으로 부숴진 집만 있을 뿐이다. 몇 십리를 계속 걸어가자 전방에 미군의 최정예부대 해병대1사단을 발견했다. 바로 하갈우리에는 1사단본부와 미군의 간이비행장이 있다.

비행장 근처를 정찰할 때 주원빈은 전방에서 중국인의 말소리를 들었다. 주원빈은 이상하게 여겼다. 미군들이 주둔한 이곳에서 어떻게 중국인들이 이야기를 한단 말인가? 그는 앞을 향해 천천히 움직였다. 하갈우리에서 아주 가까운 작은 집근처에 이르러서야 중국인 둘을 발견했다. 주원빈은 중국인 두 명을 은신처로 데려와서 물었다. 그들은 중국동북(동베이)사람으로 북조선으로 넘어와 하갈우리에서 줄곧 채소를 재배했다. 그들은 주원빈에게 하갈우리에 비행장이 있고 탱크도 있고 미군이 그곳에 있다고 알려주었다.

주원빈이 대원을 이끌고 비행장 근처로 다가가 정찰했다. 비행장은 방어체계가 갖추어져 사방은 모두 산으로, 그 옆은 철조망이 있고 철조망에는 깡통들이 걸려있다. 부근에는 지뢰로 가득하다. 누군가 깡통을 건드려서 소리가 나 발견되도록 해놓은 듯싶었다. 안으로는 탱크 5~60대가 세워져 있다.

하갈우리 동쪽에는 작은 강이 흐르는데, 이 강을 따라 지나가면 바로 1071고지가 나타난다. 이 고지는 아직까지 미군의 손안에 있다. 고지 아래는 지원군이 점령하여 도로가 막힌 상태였다.

주원빈은 급히 연대로 돌아와 사단에 보고했다. 173연대소장과 사단1급소장은 부대를 배치하고 군인을 동원했다.

173연대는 즉시 하갈우리 비행장을 향해 공격을 시작했다. 이에 미군은 공격부대를 조직하고 반격에 나섰다. 비행장으로 돌진한 지원군부대 인원이 많지 않아서 전투에서 미군은 앞서나갔다. 그러나 그 우세는 오래가지 못했다. 곧바로 지원군의 포격포 공격을 받았고 막대한 화력으로 한순간 땅바닥에는 사상자들로 넘쳐났다. 미군의 첫 번째 반격은 막대한 피해를 입고 끝났다.

173연대는 비행장 외각을 돌파한 뒤 비행장 안에 자리한 집들도 점령했지만 더는 공격을 하지 못했다. 사상자가 많았고 추위로 인해 병력손실이 아주 컸기 때문이다.

하갈우리에서 전투를 시작한 이후로 지원군과 미군은 모든 전력을 다해 싸워왔다. 지원군은 통신이 원활하지 못해 제 실력을 맘껏 드러내지 못했다. 협공도 못하고 저마다 일대일로 미군부대와 전투를 벌였다. 그러나 지원군부대는 조금도 두려워하지 않았다. 미군은 최후의 예비부대도 전부 전투에 투입했으나 곧 궁지에 몰렸다. 지원군 지휘관은 최후의 결전이 다가왔을 때 예비부대로 혼비백산한 미군에게 일격을 가할 준비를 했다.

지원군 58사단 예비부대 174연대는 장진호 서쪽지역에 숨죽인 채 기회를 노리고 있었다. 174연대는 명령을 받고 긴급히 하갈우리의 비행장으로 이동하여 173연대의 임무를 이어 받는다.

3대대 부대장 야오건리엔(姚根連)은 8중대를 이끌고 장진호 서쪽지역에 잠복하고 기회만 엿보고 있었다.

174연대는 명령에 따라 장진호 동쪽지역으로 병력을 보내 경계태세를 갖춰 일선에서 공격하는 172연대와 173연대의 후방을 지켰다. 적과 싸우지 않아도 그보다 긴장감이 더 감돌았다. 초조함 속에 마침내 명령이 내려왔다. 야오건리엔은 8중대를 이끌고 신속히 하갈우리 서쪽으로 이동, 미군의 비행장 근처까지 접근했다.

미군은 173연대의 계속된 공격으로 병력이 얼마 남지 않았다. 173연대가 철수하자, 미군은 지원군이 자신들처럼 이제는 전투를 하지 않으리라 생각했다. 갑자기 한 무리의 부대가 공격해올지는 생각도 못했다.

야오건리엔이 8중대를 이끌고 공격한 고지는 방어하는 미군이 겨우 몇몇뿐이었다. 때마침 잠을 자려는 중이어서 수류탄 몇 개로 그들의 목숨을 빼앗았다. 야오건리엔은 8중대를 비행장 방향으로 보내어 미군의 반격에 대비해 방어태세를 갖추었다. 하루 동안 전투한 174연대는 이때 공격에 맞서 싸우면서 철수하여 미군과 거리를 벌렸다.

174연대 3대대 대대장 고성용은 7중대와 9중대를 이끌고 하갈우리 비행장 정면으로 돌진하여 173연대의 임무를 이어받아 공격했다. 야오건리엔은 8중대를 이끌고 비행장 서남쪽을 포위, 적군의 공중운송과 퇴로를 막았다. 정면에서 공격을 했던 7중대는 미군의 거센 저항을 받았다. 대대장 고성용은 조급했다. 그에겐 9중대와 7중대의 한 소대만이 남아있다. 미군은 계속해서 병력을 늘렸다. 고성용은 할 수 없이 야오건리엔에게 가능한 빨리 비행장에 주둔한 미군을 포위하라고 명령했다.

그러나 야오건리엔이 이끄는 8중대는 행군속도를 빨리 할 수 없었다. 그들은 아직 산에 있었다. 8중대 대원들은 미군전투기의 맹렬한 폭격을 받으며 겹겹이 쌓인 눈을 짓밟고 이동해야했다. 2~300미터의 거리는 포격포 화력을 피해야 하는 그들에겐 아주 길고 긴 거리였다. 고성용은 더욱더 조급해졌다. 그는 긴급히 야오건리엔에게 8중대는 반드시 저녁에 비행장서남부근으로 이동해서 측면에서 미군을 공격하라고 명령을 내렸다. 야오건리엔도 조급해졌다. 그는 말했다.

"만약 공격해야한다면 8중대에 의존할 수밖에 없다. 9중대는 싸울 수 없어. 하나같이 햇병아리들이야."

야오건리엔의 이 말은 9중대 전사들을 격분하게 만들었다. 9중대는 중대 중 신병이 가장 많고 대부분 18~19세였지만 전투시에는 아주 용감했다. 그들의 용맹함은 어떤 용감한 지원군 중대도 밀리지 않는다. 단지 경험이 부족할 뿐이다. 하갈우리 비행장 전투서는 큰 피해를 입었지만 사망자는 많지 않았다. 야오건리엔이 9중대 병사들의 투지를 불러일으킨 셈이다. 병사들은 어려운 상황에서도 투지를 불태우며 한밤의 전투를 준비했다.

8중대는 온종일 기다렸다. 아직 날이 밝아오지 않았다. 앞쪽에서 공격을 저지당하던 부대가 아직 철수하지 않았는데 야오건리엔은 8중대를 이끌고 잠복했다가 저 멀리 적군을 맞닥뜨렸다. 공격태세를 갖추고 신속하게 산을 내려와 비행장으로 돌진했다. 잠시 행동을 멈추고 야오건리엔과 병사 몇몇이 접근하여 적군의 상황을 두루 살폈다. 비행장 양 옆을 에워싸고 있는 철조망을 발견했다.

야오건리엔과 병사들은 힘들이지 않고 철조망을 벌렸다. 병사들 몇 명이 펜치로 철조망을 잘라낸 뒤 8중대 병사들 모두 조용히 비행장 안으로 더듬어 갔다. 이 시각, 비행장에 있던 미군은 방금 지원군의 몇 차례 공격을 물리치고는 기운이 빠져 천막 안에서 잠자고 있었다.

지원군이 갑자기 돌진했지만 미군은 놀라지 않았다. 미군은 너무 지쳐서 침낭 안에서 깊은 잠에 빠졌기 때문이다. 구석구석에는 죽어서 쓰러진 미군들도 더러 보였다. 총소리가 울렸지만 미군들은 거의 움직이지 않았다. 야오건리엔은 바닥에 누워 자는 미군 병사 엉덩이를 발로 차면서 웃으며 말했다.

"죽었어? 살았어? 죽어서 총을 쏘지 않네."

야오건리엔은 또다시 미군 병사 몇 명을 발로 찼다. 그제서야 미군 병사 몇 명이 눈을 떴다. 그들 눈에 공포가 떠올랐다. 뒤에 돌격해온 8중대 중대장은 그중 한 명을 총으로 여러 번 때렸다. 야오건리엔은 병사를 보내 포로를 부대로 데려가도록 했다.

그런데 어디선가 미군이 신속하게 반격태세를 갖추고 곳곳에서 8중대를 덮쳤다. 미군은 8중대가 뚫었던 돌파구를 재빨리 메우고 8중대 주위를 둘러쌌다. 야오건리엔과 병사들은 사방에서 적군의 공격을 받아 위기에 빠졌다.

야오건리엔은 그제서야 알아차렸다. 조금 전 비행장으로 돌격했을 때, 미군 병사들이 자는 척 땅바닥에 눕거나 모퉁이에 숨어서 죽은 시늉을 했던 것이다. 게다가 가장 큰 문제에 부딪치고 만다. 굶주림에 고통받던 지원군 병사들이 위험을 받아들이지 못한 채 곧바로 식량과 방한복을 찾아 돌아다녔다. 병사들은 굶주림에 더는 버틸 수가 없었다. 지원군병사들은 발밑에 있는 아직 죽지 않은 미군병사들을 내버려두더라도 눈앞에 놓인 따뜻한 음식을 포기하고 싶지 않았다.

순간, 비행장 정면에 주둔했던 미군병사들이 짙은 어둠 속에서 공격해왔다. 죽은 체하던 미군병사들도 일제히 일어나 어둠을 뚫고 공격했다. 그리고 미군의 탱크와 장갑차가 공격진영에 모습을 드러냈다.

야오건리엔은 긴급히 8중대를 이끌고 비행장 서남쪽의 작은 산비탈을 점령, 지형을 이용해 적군과 대치했다. 산비탈 위에는 눈이 쌓여 병사들이 걸을 때마다 무릎 위까지 푹푹 빠졌다. 산비탈 맞은편에는 미군의 탱크 몇 대가 있다. 곧 8중대가 야영하는 곳으로 돌진해서 병사들을 짓밟으리란 생각이 뇌리를 스쳤다. 야오건리엔은 병사들을 이끌고 깊게 쌓인 눈 속을 힘겹게 걸었다. 마침내 야오건리엔은 병사들과 함께 산비탈을 뛰어올라갔다. 그러고는 산비탈의 다른 쪽으로 마치 눈덩이처럼 굴러 갔다. 그들은 비행장 외각에 도달해 외각에서 전투준비를 하던 8중대3반 부반장 샤오전바오(邵眞寶)와 만났다. 야오건리엔은 급히 샤오전바오에게 소리쳤다.

"당장 돌격해서 탱크차를 부숴버려!"

샤오전바오도 다급해졌다.

"부대장님! 폭약이 없습니다!"

야오건리엔은 큰소리로 말했다.

"폭약이 없으면 총을 써! 총알이 없으면 총으로 부숴버리란 말야!"

샤오전바오는 마음속으로 깨닫고 맹렬하게 탱크 쪽으로 돌진했다. 그가 탱크의 캐터필러안에 보총을 꽂자마자 탱크가 멈췄다. 탱크가 멈추자 8중대전사들은 벌떼처럼 단숨에 탱크위로 돌진했다. 탱크 안에 있던 미군병사 3명은 재빨리 총을 내려놓고 투항했다. 전사들은 총으로 손짓했다. 탱크조종사에게 탱크포탑을 뒤로 방향을 돌려 자신의 편인 미군병사들에게 쏘라는 뜻이었다. 포로 몇 명은 놀라 총을 바닥에 던지고 도망쳤고 미군병사들은 지원군전사의 총격을 받고 눈 덮인 바닥으로 쓰러졌다. 시체가 바닥에 쌓여갔다.

먼동이 밝아올 때까지 전투는 계속되었다. 전투가 이어질수록 미군병력도 늘어났다. 비행장은 그들에겐 생명선과 같다. 죽어도 빼앗길 마음이 없어 보였다. 그러나 야오건리엔은 명령을 받아 전투를 멈추고 8중대를 철수시켰다. 날이 밝으면 곧 미군전투기의 천하가 되리라. 8중대가 철수하려는 순간, 미군의 전투기가 하갈우리 공중으로 날아와 폭탄을 떨어뜨렸다. 8중대는 긴급히 흩어져서 방어했다.

야오건리엔은 흩어진 병사들을 한데 모았다. 8중대는 전투중 사상자는 많았다. 장진호전투지역에 도착했을 때 인원은 200명이 넘었는데 추위에 얼어죽은 이들이 100명이 넘었다. 동상과 배고픔의 고통까지 더해져 사상자는 끝없이 늘어났다.

미군의 반격이 시작되었다. 비행장 옆에 있는 작은 고지를 반드시 점령해야만 한다. 173연대 2대대 5중대와 4중대 중 일부로 조직된 돌격대가 고지를 공격했다. 연대장 이빈은 홍군으로 5중대와 4중대가 공격하기 전에 그들에게 말했다.

"우리 임무는 아주 중요하다. 왜 고지를 점령해야 하는가? 그곳은 미군퇴로의 요충지로 점령만 하면 미군을 막을 수 있다. 미군은 절대로 후퇴할 수 없다. 그들은 퇴로가 없기 때문에 우리 전사들이 총공격을 하면 미군을 쓸어버릴 수 있다."

연대장은 계속해서 병사들에게 말했다.

"동지들, 모두 용감하게 맞서 싸우고 희생을 두려워하지 않는다면 이 고지를 반드시 점령할 것이다."

그러나 부대의 상황은 좋지 않았다. 전사들은 밥도 먹지 못한 채 며칠 동안을 계속해서 싸웠다. 전사들은 눈 덮인 땅바닥에서 목이 마르면 눈을 집어 먹고 배가 고프면 얼어붙은 볶음면을 두 입 깨물었다. 먹다 남은 감자를 집어들어 입속으로 넣고 머금었다. 연대장의 연설이 다 끝나자, 전사들은 모두 눈물을 흘렸다. 그들은 함께 말했다.

"저희는 죽음이 두렵지 않습니다. 추위도 두렵지 않습니다. 고지를 점령하는 것은 문제없습니다. 저희들에게 감자 몇 개씩 주시기를 간청합니다. 두 세 개라도 괜찮습니다. 배를 굶주린 채 고지에 올라 싸울 수는 없습니다. 부디 허기를 달랠 수 있게 해주십시오. 고구마나 감자라도……."

병사들의 말이 다 끝나기도 전에 연대장은 바닥에 웅크리고 앉아 눈물을 떨구었다. 연대장이 말을 이었다.

"동지들, 동지들도 알다시피 미군이 압록강을 봉쇄해 우리군은 군용품을 보내지 못하고 있네. 우리 지원군은 결코 주민들 집에 들어가 그 어떤 사소한 물건이라도 가져올 수 없네. 우리는 중국 인민지원군으로 국가의 위신을……."

이 연대장이 말을 다 마치지 못하고 다시 눈물을 흘렸다. 전사들도 아무 말도 할 수 없었다.

한밤에 전투가 시작되었을 때, 5중대와 4중대 병사들은 굶주린 채 정의를 위해 용감하게 전장터로 나갔다. 한 무리가 총알과 포탄에 맞아 바닥에 쓰러지면 다른 한 무리가 뒤를 이어 앞으로 돌진했다. 전사들은 수류탄과 폭약을 몸에 지니고 한 걸음 한 걸음 앞으로 내딛었다. 한 시간을 넘게 걸었다.

문득 주원빈과 연대장은 수류탄이 터지는 소리를 들었다. 폭발음이 한 동안 울려 퍼졌다. 미군의 소대 하나가 전멸했다. 그렇게 고지는 지원군의 손으로 들어왔다. 고지를 점령한 뒤 빼앗은 물자가 제법 많았다. 과자, 통조림, 사탕과 군복도 있었다. 전사들은 허기를 달래지 않고 몸이 건장하고 힘센 병사들이 먼저 후방으로 식량을 날라 부상병과 연대장, 지휘관들에게 나눠주었다. 이런 전사들의 행동에 감동받은 주원빈은 또다시 눈물을 흘렸다. 완강한 연대장 이빈도 그날 밤 여러 번 울고 말았다.

주원빈은 여러 날 동안 아무것도 먹지 못했다. 연대장도 알고 있었다. 그가 말했다.

"작전참모님, 우리 병사들이 전방에서 과자를 가져왔습니다. 먼저 좀 드시지요."

그러자 주원빈은 먹었다면서 연대장에게 과자를 양보했다. 연대장은 다시 주원빈과 다른 지휘관들에게 먹을 것을 건넸다. 부상병들은 지금 배를 채우지 않는다면 굶어 죽을지도 모른다. 그러나 부상병들은 먹을 것을 전방에서 싸우는 동지들에게 나눠 주라고 말했다.

고지를 점령한 뒤, 마침내 173연대는 한숨을 돌렸다. 그러나 병력을 더는 보충할 수 없다. 부대는 비행장과 고지에서 미군과 전투로 사상자가 너무 많았다. 그때, 173연대는 300명이 넘게 목숨을 잃었다. 마지막으로 부대를 가다듬었을 때 전투가능한 인원은 1000명이 되지 않았다. 하갈우리를 향해 총공격을 하기 전 173연대는 4~5천명의 병사들이 있었다. 그중 3분의 2가 동상으로 희생되었다. 남은 인원을 12개 중대로 다시 개편하고 공격했다.

마침내 산봉우리 하나를 차지한 뒤 미 해병 제1사단의 막강한 대항에 맞서 싸워 이들 지역에서 그들을 완벽히 포위하는 성과를 올렸다. 그러나 핵심진지는 아직도 미군 손안에 있었다. 해병대의 군사편제를 뚫지 못한 것은 물론, 치명상을 입히지도 못한 상태였다.

모든 부대가 산속으로 물러났다. 다친 병사들의 고통에 찬 신음과 고무창 운동화가 눈밭을 밟고 지나가는 소리만 들릴 뿐 누구 하나 입을 열지 않았다. 어두워서 병사들 얼굴이 보이지는 않았지만 휘신밍은 그들의 절망으로 가득한 표정이 훤히 보이는 것 같았다.

우융추이는 루이후이 손에서 징을 받아 가슴에 안았다. 그는 외투의 털 부분으로 징을 닦고 또 닦았다. 징 표면에는 얼음처럼 차가운 윤기가 흘렀고 희미하게 밝아오는 햇살에 은은한 빛이 반사됐다. 차가운 징을 품에 안고 우융추이는 바닥에 쪼그려 앉아 넋이 나간 듯 중얼거렸다.

"어려울 때는 피붙이밖에 없다는데. 조상님, 조상님, 오늘 미군과 싸울 때 왜 얼굴도 비추지 않으셨나요?"

중공군의 공세가 잠시 누그러지고 해리스 중령은 고지로 올라와 지휘권을 건네받았다. 그러나 재편성이 끝나기도 전에 또다시 중공군이 앞과 옆에서 공격해 왔다. 대대의 명령에 따라 해리스는 크게 줄어든 부대를 이끌고 자스킬카 진지 후방으로 빠져나갔고, 데니가 그 철수작전을 엄호했다.

사무엘 자스킬카 대위는 쿡 중대의 왼쪽 고지를 차지했지만, 두 부대 사이가 너무 먼 데다 높고 험한 봉우리가 가로막고 있어 서로 지원사격을 할 수 없었다.

　자스킬카는 대대 후방을 지키고, 자기 부대와 쿡 부대 사이를 가르며 주보급로를 따라 바로 유담리로 들어가는 위험한 접근통로를 방어하는 임무를 맡았다. 그는 대원들을 두고 얼어붙은 냇물과 초가 몇 채가 있는 마을 안길을 따라 걸어갔다. 전쟁통에 포연으로 제대로 자라지 못한 엉성한 나무들과 그에 비해 제법 빽빽하게 들어찬 떨기나무숲이 이어졌다. 마을 안길을 180미터쯤 올라가자, 자연스럽게 만들어진 등고선이 나타났다. 자스킬카는 그 위에 방어선을 쌓기로 결정했다.

　날이 새기 전 이 마을 안길에 '이지(Easy) 마을 안길'이라는 이름이 붙었다. 자스킬카의 이지(Easy) 중대가 방어선을 세운 데 대한 경의의 표시였다. 또한 중공군에 엄청난 손실을 안겨주는 그 '쉬움(Easiness)' 때문에 붙여진 이름이기도 했다.

　자스킬카는 미국으로 돌아가라는 특명을 받았다. 그는 가기 전에 먼저 소대장들에게 진지를 배정했다. 소대장들은 부러움에 좀처럼 입을 다물지 못했다.

　"좋겠습니다. 가끔 소식이나 들려주십시오."

　"이 눈구덩이 속에 저희만 남겨두고 가십니까?"

　뎁틀라 소대장은 이런 우스갯소리도 했다.

　"뒷심이 든든한가 봅니다."

　자스킬카도 맞장구쳤다.

　"해병대 사령관 케이츠가 내 친구라 그런지도 모르지."

　그 말에 소대장들은 한바탕 껄껄 웃어댔다.

　회의가 끝나고 소대장들은 저마다 제 부대로 돌아가기 시작했다.

　그때였다.

　"악!"

　회의 장소로부터 6미터쯤 떨어진 곳에서 뎁틀라가 갑자기 푹 고꾸라졌다.

　"무슨 일이야?"

　"뭔가에 맞았습니다."

　처음에 다른 소대장들은 뎁틀라가 장난치는 거라고 여겼다. 이토록 험한 전장에서도 언제나 장난기가 많은 사람이었기 때문이다. 하지만 이번 만큼은 달랐다. 뎁툴라는 어디선가 날아온 저격 유탄에 맞았다. 유탄은 뎁툴라의 아랫 도리를 뚫고 지나갔다.

간단히 지혈한 뒤 그는 들것에 실려 후송되었다. 뎁툴라는 자스킬카에게 손을 흔들었다.

"이거 아무래도 미국까지 갈 것 같네요. 거기서 뵙겠습니다."

"그 정도론 아무리 멀어 봤자 일본에나 가게 될 걸. 나도 전에 그랬거든."

잭 놀란 소위가 웃으며 뎁툴라의 희망에 찬물을 끼얹었다.

뎁툴라는 미열에 시달리면서도 기쁨에 들뜬 목소리로 말을 이어갔다.

"저는 외투에 빨간 딱지를 붙이고 후송될 겁니다. 야전병원에 실려갈 거고, 그 다음에는 병원선을 타고, 마침내 조국의 병원에 눕게 되겠죠. 그곳엔 눈처럼 하얀 시트를 씌운 침대와 슬리퍼가 있고, 병실 한가운데에는 난롯불이 따뜻하게 타오르고요. 큰 병원이라면 식사뿐 아니라 병실도 근사할 겁니다. 오랫동안 구경도 못한 군침 도는 맛있는 음식을 실컷 먹고 뜨거운 물에 목욕도 할 수 있으니 얼마나 좋겠습니까? 피 흘리며 서로 해치지 않아도 맛있는 걸 먹을 수 있다고요. 아무 일도 하지 않고 따뜻한 침대에 누워 잠 자며 느긋하게 실컷 쉴 수 있다니 상상만으로도 가슴 설렙니다."

다친 곳은 조금도 걱정하지 않은 채 그는 생각만으로도 행복한지 머리에 떠오르는 것들을 마냥 쏟아냈다.

다들 그를 부러워했다. 어쨌든 한 달이나 두세 달 동안은 안전한 곳으로 옮겨가는 셈이니까 말이다.

하지만 자스킬카의 머릿속엔 어두운 먹구름이 그늘을 드리우며 스쳐 지나갔다. 그는 자신이 얼마 동안 사단을 떠날 수 없음을 곧 깨달았다. 물론 명령에 의해 보직이 해제되었지만 전투는 이어졌고, 몸이 성한 해병은 사단이 곤경에서 빠져나올 때까지는 전출이 허락되지 않았다. 러스 보고마이니로 하사가 소대 지휘를 넘겨받았다.

보고마이니로를 왼쪽에, 놀란을 오른쪽에 두고 자스킬카는 마을 안길 위에 야간 방어진지를 세웠다. 로널드 마치트 소위의 제3소대가 예비병력으로 남았다. 전선 지휘관 두 사람은 뛰어난 판단력으로 부하를 배치했다. 또 모든 무기가 유리한 시야를 확보할 수 있도록 했다. 보고마이니로는 크리스토퍼슨 소대와 왼쪽 옆에서 연결되었고 나머지는 서쪽 고지에 있었다.

날은 삽시간에 어두워졌다. 10시쯤 잭 놀란이 가까운 곳에서 중공군들의 말소리를 들었다고 자스킬카에게 보고했다. 그는 81밀리 박격포 조명탄을 준비해 달라 전하고 엄중한 지시를 내렸다.

"되도록이면 마지막 순간까지 사격하지 마라!"

바로 다음 순간, 중공군이 자스킬카와 우엘 피터스 부대를 한꺼번에 공격해 왔다. 보고마이니로 소대가 먼저 전투에 들어갔다. 중공군이 그와 크리스토퍼슨의 중간지대에 쐐기를 박듯 쳐들어왔다.

자스킬카는 마치트 소대의 1개 분대를 투입해 왼쪽 옆을 절대 내주지 않도록 했다. 분대는 낯설고 험난한 지형을 넘어 도저히 믿을 수 없으리만큼 재빠르게 전선으로 이동했다. 마치트가 손수 분대 맨 앞에 섰다. 대대 예비병력으로 이들을 채우기 위해 로이스 중령은 공병소대를 진지에 투입했다.

중공군 공격의 첫 단계에 놀란은 요청했던 조명사격을 받지 못했다. 로이스가 더욱 치열한 전투를 벌이던 크리스토퍼슨에게 우선권을 주었기 때문이다. 더구나 조명 박격포탄이 모자랐다. 놀란의 부대원들은 사격군기를 잘 지키며 중공군이 진지에서 고작 몇 미터 떨어지지 않은 곳에 다가올 때까지 기다리다가 일제히 사격을 가했다. 중공군이 더 가까이 기어오자, 해병들은 수류탄 우박을 퍼부었다.

놀란에게 조명 박격포탄 사격이 지원됐을 때 놀란의 부대원들 앞에는 이미 중공군 시체들이 어지럽게 널려 있었다. 중공군은 적군의 진지 앞에 전우들 시체를 내버려 둔 채 서둘러 달아났다. 해병들은 그때 처음으로 중공군에 큰 손실을 입혔다는 사실을 알았다.

놀란 소위는 중공군 시체로 뒤덮인 들판을 바라보았다.

"얼마나 많은 희생 끝에 얻어낸 승리인가. 재수가 좋았어. 놈들이 아주 적당한 곳으로 쳐들어왔거든."

그는 씩 웃었다. 옆에 있던 로건 중사도 따라 웃었다.

"달아난 놈이 있다면 걸어서 가겠죠. 좀더 앞으로 가볼까요?"

그는 거꾸러진 중공군 장교 시체 옆을 지나갔다. 발로 툭 건드리니 힘없이 나자빠졌다. 가무잡잡하지만 제법 귀티나는 얼굴이었다. 그는 무언가에 깜짝 놀란 듯한 표정으로 누워 있었다.

"기억나지?"

놀란이 로건에게 물었다.

"수송선에서 상륙 날짜만 기다리고 있을 때 다들 설사로 고생했잖아. 그 가운데 생일 맞은 병사가 변기에 앉아 한참 쏘아붙이고 있더군. 일부러 머리에 물을 한 바가지 퍼부었지. 생일 축하노래를 부르면서 말이야. 물에 빠진 생쥐 꼴에 설사하느라 힘없이 풀린 다리로 비틀거리며 나올 때 그 표정이란! 오늘 이 친구를 보니 문득 그때가 생각나는 걸."

놀란은 쿡쿡 웃었다. 그러면서 생각하니 더욱 우스워 견딜 수가 없었다. 나중에는 걸음을 멈추고 배를 움켜쥐더니 숨넘어가는 듯 큰 소리를 내며 웃어댔다. 마치 정신 나간 사람처럼 시체 앞에서 터진 그 공허한 웃음소리는 거세게 몰아치는 바람을 타고 멀리 퍼져갔다.

로건은 놀란이 웃는 모습이 재미있어 절로 웃음이 났다. 신들린 사람처럼 로건의 웃음보도 터졌다. 그들을 바라보던 병사들도 하나둘 감기 옮듯 웃기 시작했다. 처음에는 킥킥거리며 웃었으나, 차츰 소리가 커져 마침내는 놀란도, 로건도, 참호에서 총을 쏘던 병사들도 하나같이 고개를 젖혀가며 소리내 웃어댔다. 그 웃음소리는 군데군데 푹푹 팬 땅, 내동댕이쳐진 총들, 일그러진 얼굴로 널브러진 시체들을 어루만지고는 하늘 높이 올라가 흩어졌다.

예부터 존재해 왔으며 오늘날에도 이어지는 사고방식 가운데 하나가 적을 인간으로 여기지 않는 것이다. 피부색이 다르거나 인종이 다른 상대와 전쟁을 할 때 곧잘 일어나는데, 흔히 무지하고 배움이 적은 병사들에게 더욱 많이 나타나지만 충분히 교육받았다 해도 상상력이 부족한 병사들 또한 예외는 아니다. 이들 병사들은 적을 인간이 아닌 존재로 본다. 적은 기묘한 동물이며 알 수 없는 특징과 습성을 지녔고 하나같이 사악하다고 생각한다.

그럼 그들과 벌이는 전쟁은 단순한 사냥인가? 아니다. 이 사악한 짐승들을 한곳에 몰아붙여 뿌리 뽑아야 한다는 점에서 사냥과는 다르다. 적은 본능적 혐오감을 부르는 불쾌한 짐승으로 어쩌다 가끔 뱀에 비유된다. 서양인들에게 뱀은 무의식 저 깊은 곳에서 공포와 혐오를 불러일으키며 보기만 해도 죽여버려야 한다는 충동을 샘솟게 하기 때문이다.

이러한 마음가짐은 다른 무엇과도 견줄 수 없는 공포심으로 물들어 있다. 그도 그럴 것이 적의 행동은 결코 예측할 수 없으며 온갖 끔찍한 일들을 저지를 게 틀림없다고 짐작하기 때문이다. 적은 인간의 마음도 이성도 없는 야만적인 존재, 배신과 음모와 피에 굶주린 존재가 된다. 오늘날 병사들은 예전과 달리 마법 같은 허무맹랑한 미신을 믿지는 않겠지만 적에게 위험하고 이상한 힘을 부여하려 들 것이다.

이런 마음가짐을 가진 병사는 전투에서 자신이 하는 모든 행위에 대한 양심의 가책에서 벗어난다. 감추어진 수렵본능이 깨어나 세상 모든 짐승 가운데 가장 위험하며 또한 무엇보다 죽어 마땅한 사냥감을 찾아 헤매게 된다.

이제 전쟁은 광기의 게임이 되어버린다. 적은 찾아내어 없애야만 하며 그들의 굴복 따위는 아무런 가치도 없다. 짐승들에게서 복종과 경의를 받는다 해도 어떤 만족감조차 얻을 수 없다.

태평양전쟁에 참전했던 어느 미 해병 예비역은 참담한 고백을 남겼다.

"내 부대는 전투 경험이 적은 병사들로 이루어져 있었고, 서로 농담을 나누면서 전투지역으로 나아갈 명령을 기다렸다. 그때 한 일본군 병사가 나타났지만 우리는 전혀 놀라지 않았다. 섬의 섬멸작전은 순조로웠으므로 적의 기습을 걱정할 필요는 없었다. 우리는 그저 총을 겨누고 일본군 병사를 살아 있는 표적으로 삼았다. 겁에 질려 무기를 놓친 일본군 병사는 안전한 곳을 찾아 공터 이곳저곳을 헐레벌떡 뛰어다녔다. 부대원들은 그 모습을 보고 웃어대느라 제대로 겨누질 못했고, 불쌍한 일본군 병사는 좀처럼 죽음에 이르지 못했다. 그의 애걸하는 울음소리는 우리 귀에게 들어오지 않았다. 마침내 일본군 병사가 숨을 거두자, 이 일은 소대원들 모두에게 활기를 주었다. 한참 동안 우리는 이 일을 농담거리로 삼게 되었다. 그때는 정말 그 일본군 병사가 우스꽝스러운 한 마리 짐승처럼 느껴졌다. 소대원들은 누구 하나 이 적군에게도 공포라는 감정이 있어서 살아남기를 간절히 바라리라고는 생각지 못했다. 세월이 흐른 뒤 나는 이 일을 떠올리고는 몹시 당혹스러웠다. 어째서 나와 전우들은 살기 위해 죽을힘을 다해 달아나는 사람을 우스꽝스럽게 여겼을까? 여러 해가 지난 오늘 나에게 그때 사건은 소름끼치도록 냉혹하고 처참한 만행으로 다가온다. 하지만 그때 그 순간 나는 죄책감의 그림자조차 느낄 수 없었다. 내가 바로 한 마리 짐승, 괴물이었다."

이 이야기는 적의 이미지가 병사에게 끼치는 영향이 무엇인지를 낱낱이 보여준다. 먼저 이 마음가짐이 다른 사고방식보다 정신적으로 편했으리라는 점을 알 수 있다. 어떤 행위를 죄라고 느끼는 감정이 없기 때문이다. 전쟁이라는 현실을 받아들이고 양심의 가책 없이 살인을 저질러야 한다면, 이 마음가짐은 가장 합리적인 선택이다. 그들은 사냥 본능에 눈뜨고 온갖 짐승들 중에서 가장 위험하면서도 죽을 가치가 있는 먹잇감을 찾게 된다. 빈손으로 무력해진 적군 병사는 실탄 사격 훈련의 표적이 되기 쉽다. 적을 모조리 없애야 하는 더없이 끔찍한 임무를 수행하는 병사들에게 이런 사고방식은 강요받는 현실을 잊고 정신적 악영향을 조금이나마 내려놓게 해준다.

그러나 부작용도 따른다. 양심의 가책이 없기에 목숨을 빼앗은 병사에게 어떤 정신적 정화(淨化)의 기회조차 주어지지 않는다. 학살이라는 임무를 치를 때 공포와 증오의 악영향을 뛰어넘을 수 있는 것은 없다. 그 결과 이런 사고방식에 물든 병사는 빠르게 잔인함의 노예가 되고 만다.

지난날 앞선 해병 예비역이 그때 그 상황의 잔혹함을 느끼지 못했고, 힘 없는 한 인간에게 고통을 주는 일을 거들었을 뿐 아니라 즐기기까지 했다는 사실은 도무지 이해할 수 없는 일이다. 그러면서 미 해병은 그때 속마음을 남김없이 털어놨다.

'사람이란 믿을 수 없을 만큼 비정해질 때도 있구나. 갈수록 나 자신한테 절망하는 일이 많아. 겁쟁이들을 '쓸모없는 인간'이라 불러왔는데 정작 나야말로 용기 결여와 두려움으로 타락과 혼란의 열쇠를 거머쥐고 있다니까. 겁쟁이는 공포라는 심리상태를 가장 잘 이해하고 있지. 누구나 살고 싶은 욕구를 갖고 있어. 살아남기 위해 전쟁터에서 적군을 죽이는 게 잘못이란 말이야? 물론 겁에 질려 나약한 병사를 쏘는 일은 하지 말았어야 했어. ……정말 모든 게 다 더럽고 불쾌해. 이따금 신께 물어보곤 해. 왜 내가 이런 지옥에 불려왔는지. 왜 이런 삶을 선택하도록 이끌었느냐고 말이야.'

어쩌면 병사들 의식 한구석에서는 이런 사고방식이 매우 잘못되었으며 그저 전쟁을 쉽게 치르기 위한 수단에 지나지 않는다는 걸 눈치채진 않았을까? 서로 다르다는 것, 모르는 점이 있다는 것, 이상하게 보인다는 것만으로 상대가 나쁜 사람이라고 장담할 수 있을 리 없다. 언어, 습관, 피부색의 차이가 더해져 그들 안의 정신과 감정과 영혼이 자신들과 동떨어진 것이라고 착각하게 된다.

병사들이 이런 마음가짐을 아무 의심 없이 받아들인다면 점령군이 되어 우호적이 된 적과 교류할 때 어떤 태도를 취하게 될까? 주로 전시상황과 평화로운 현실에 선을 그어 나누곤 하지만, 때때로 과거의 잔학한 행위에 대한 숨어 있던 후회가 기억 속에서 되살아난다.

그들은 두 부류이다. 하나는 전투에서 만난 저 날랜 짐승이 호감 가는 인간과 같은 존재일 리 없다고 여기거나, 다른 하나는 자신은 공포와 증오, 더 나아가 정부의 선전 선동 때문에 진실의 눈이 가려졌다는 결론을 내리지 않을 수 없게 된다.

상황은 더없이 절망적이었다. 훌륭한 엄폐물 구실을 해주리라 기대했던 진격로 앞쪽의 초가는 미군 쪽에서 날아온 예광탄 한 발에 불이 붙어 순식간에 활활 타올랐다.

어둠을 틈타 공격하려던 중공군 제79사단 선발공격 중대장 가운데 하나인 장쯔밍은 예기치 않은 어려움에 맞닥뜨리고 말았다. 초가집을 태운 불이 훤히 주변을 밝히는 바람에 아군의 움직임이 고스란히 드러난 것이다. 이미 공격명령은 떨어졌으니 이제와 머뭇거리거나 움츠릴 수도 없었다.

"돌격!"

장쯔밍은 한 손을 쳐들며 소리치고, 중대원들 앞으로 달려 나갔다.

'죽고 사는 건 하늘의 뜻이다.'

가슴 저 깊은 곳에서 외침이 들려왔다. 그의 옆으로 빗발치듯 쏟아지는 탄환이 스치듯 지나갔다. 미 해병들은 참호에 느긋이 들어앉아 '기록적인 사격'을 쏟아붓기 시작했다.

환하게 밝혀진 불 때문에 돌진해 오는 적의 모습이 너무나 잘 보였다. 중공군들은 불 속으로 뛰어드는 나방처럼 겁 없이 달려들다가 하나둘 픽픽 쓰러졌다.

어느 순간, 장쯔밍은 뜨거운 쇠꼬챙이가 왼쪽 옆구리를 푹 쑤시는 듯한 아픔을 느끼고 털썩 주저앉았다. 갑자기 어둠이 눈앞을 장막처럼 덮었다. 그는 본능처럼 더듬거리며 옆구리에 얼른 손을 대보았다. 끈적끈적한 촉감이 느껴졌지만 뒤따르는 고통은 생각보다 크지 않았다. 그가 주저앉은 곳은 나지막한 밭두렁 옆이었고, 이미 숨을 거둔 전우의 시체 하나가 고맙게도 그를 가려주었다. 그 시체 주위에는 많은 사상자가 널브러져 있었다. 중공군 병사들은 그들을 밟거나 뛰어넘어 돌진했지만, 미군 진지에 다다르기도 전에 차례로 하나둘 쓰러져갔다.

'이건 미친 짓이야.'

장쯔밍은 생각했다. 일어나 전우들과 함께 적진으로 달려가려는 충동적 감성과, 이미 부상을 당한 처지에 그건 어리석은 만용에 지나지 않는다고 자신을 붙드는 냉정한 이성이 격심한 갈등을 일으켰다. 마침내 그는 이성을 따랐다. 그러나 그의 감성은 여전히 그를 비겁하다고 다그쳤다.

그런 장쯔밍을 구원한 것은 퇴각을 알리는 나팔 소리였다. 그는 포복으로 위험지대를 벗어난 다음, 엉거주춤 일어나 바짝 몸을 낮춘 채 엎어지고 자빠지며 본진으로 내달렸다.

자정을 조금 넘기고 끝난 중공군의 1차 공격은 헤아릴 수 없는 인명 손실만 남긴 명백한 실패작이었다. 수적으로는 절대 우위에 있었으나 옛 일본군이 쓰던 낡고 작은 대포 몇 대만 가지고는 도무지 역부족이었다. 미군의 탱크에 맞설 무기는 없고 소총과 총검, 수류탄이 고작이었다. 굶주림과 강추위는 중공군 병사들을 죽음보다 무섭게 덮쳤다. 식사는 고작 미숫가루 한 움큼으로 견뎌야 했고 얇은 운동화와 누비 솜옷은 장진호의 혹한을 버텨내는 데는 어림도 없었다.

지휘부는 2차 공격 준비에 들어갔다. 예비대를 넣어 부대를 재편성하고 병력을 늘렸다. 가벼운 부상자는 응급처치만 한 다음 다시 투입되었다. 왼쪽 옆구리 상처를 치료하고 붕대를 친친 두른 장쯔밍은 다시금 자기 중대를 지휘해야만 했다. 살이 헤져 고통스럽기는 해도 움직이는 데는 별다른 문제가 없었다.

불을 피워 놓은 움막에 번갈아 들어가 고작 뜨거운 물 한 잔을 마시며 고달픔을 달랜 중공군 병사들은 새벽 2시 30분 진군나팔이 울리자 2차 공격을 시작했다. 동원된 병력 규모만 달라졌을 뿐, 공격목표도 전술도 1차 때와 다를 바가 없었다.

'이건 정말 미친 짓이야.'

장쯔밍은 또다시 생각했다.

'고귀한 생명을 값싼 소모품쯤으로 여기는 이런 야만스러운 전투가 세상 또 어디에 있단 말인가.'

그러나 그는 이런 일에 불평이나 비판을 할 위치와 상황에 있지 않았다. 그저 흐름에 온몸을 내던지는 것. 그에게 허락된 오직 하나의 길이었다.

장쯔밍은 성난 짐승처럼 고함을 지르며 비 오듯 쏟아지는 탄막 속을 냅다 달려 앞으로 뛰쳐나갔다. 문득 그의 머릿속에 집에 두고 온 사랑하는 아내와 아들딸 모습이 떠올랐다. 바로 그 순간, 엄청난 힘이 그의 머리를 움켜쥐어 가족들 모습을 갈기갈기 흔들어 놓았다. 그의 몸은 순식간에 무너져 내렸다.

장쯔밍의 육체가 의식을 붙들고 있던 건 거기까지였다.

이튿날 아침 자스킬카는 300구가 넘는 중공군 시체를 헤아렸다. 가장 가까운 거리까지 성큼 다가온 중공군은 총을 맞고 해병 기관총 진지에서 4.5미터 되는 곳에 나뒹굴었다. 가장 멀리 떨어진 시체는 180미터 거리에 있었다. 이 거리를 넘어서 여기저기 무수히 널브러진 시체들은 헤아리지 않았다.

피터스 중대는 자스킬카 왼쪽에 있었다. 피터스는 그날 내내 로이스 대대의 공격을 이끌어 가장 뜨거운 접전을 벌였다. 그는 4.5킬로미터를 나아가 9개의 도로봉쇄선을 통과한 다음, 야간 방어진지를 만들라는 명령을 받았다. 전방이 길게 퍼져 있었으므로 3개 소대를 나란히 포진할 수밖에 없었다. 벨버스티 소대는 왼쪽, 맥로린은 가운데, 그리고 크리스토퍼슨이 오른쪽에 자리잡았다.

한 번의 탐색공격 뒤 중공군은 전선에서 가장 허약한 곳을 찾아냈다. 바로 보고마이니로와 크리스토퍼슨의 연결부위였다. 먼저 약점을 찾아내자, 중공군은 300명이 넘는 병력으로 크리스토퍼슨의 옆쪽을 무섭게 공격해 왔다. 경기관총과 중기관총 진지가 짓밟히고, 로이스 지휘소로 이어지는 대문이 열렸다. 대대 뒤쪽 길은 막혀버렸다.

포탄이 우박처럼 마구 쏟아졌다. 이범신은 진지 앞 무너진 초가 바깥벽에 포탄이 작렬하는 소리를 6발까지 셌다. 집 마루가 조금씩 흔들렸다. 마침내 적의 포탄은 초가를 완전히 뭉개버렸다. 순간, 수천 개의 돌 부스러기가 하늘에 흩뿌려졌다.

그는 죽음의 폭풍이 다가오는 걸 그저 망연히 지켜볼 수밖에 없었다. 그리고 나서 구원을 바라는 간절한 심정으로 구덩이 속으로 기어들어갔다. 땅이 심하게 흔들릴 때마다 공포의 깊이도 그만큼 커져갔다. 진동의 중심이 차츰 가까워졌는데 그 강력함은 상상을 뛰어넘었다. 눈과 얼어붙은 흙이 폭우처럼 쏟아져 내렸다. 하얀 불빛이 번쩍 일면서 엄청난 압력과 고막이 찢어질 듯 강렬한 소음으로 참호 가장자리가 들썩거렸다.

아무도 무슨 일이 일어났는지 전혀 알지 못했다. 이범신과 병사들은 멀리 떨어진 흙벽 쪽으로 튕겨나가며 서로 몸뚱이가 강하게 부딪쳤다.

절망감으로 목청이 터져라 소리를 질렀다. 어떤 악몽도 그렇게 소름 끼치도록 무섭진 않으리라. 바로 그 순간, 전쟁터에서 울려오던 온갖 비명 소리를 단번에 이해할 수 있었다.

상황의 심각함을 느낀 크리스토퍼슨이 서둘러 달려가 리처드 에더러 병장의 분대를 반격에 내세웠다. 이들을 전선에서 빼돌릴 때 스탠리 중사가 존 미드 일병, 도널드 크젤먼 일병, 로랜드 안츠 의무병과 다른 2명을 모아 그들이 남기고 간 빈자리로 달려갔다. 중공군은 소리를 지르며 너 나 할 것 없이 악착같이 달려들었다. 스탠리는 중공군에 화력을 쏟아부을 수 있는 진지에 병사들을 배치했다.

탄약과 수류탄이 바닥나자, 미드 일병은 눈 속을 뒹굴며 험악한 길을 헤치고 중대 탄약저장소로 내려갔다. 탄약을 보급받은 그는 갖가지 총탄의 소나기 속을 뚫고 비틀거리며 전우들에게로 돌아왔다. 미드는 탄약을 나눠 주고 제자리로 돌아갔다. 그는 세 번이나 무사히 탄약저장소를 오갔지만 돌아오던 길, 다리를 심하게 다치고 말았다. 미드를 간호하던 의무병 안츠는 몸부림치는 그를 억지로 진정시켜야만 했다.

이러는 동안 피터스 대위는 크리스토퍼슨이 반격부대를 편성하고 있는 틈바구니에 81밀리 박격포를 집중시켰다. 기관단총으로 무장한 크리스토퍼슨은 놓쳐버린 진지를 향해 기관총 2문으로 인정사정 없이 공격을 퍼부었다. 중공군은 해병이 잃어버린 무기를 들고 공격을 준비하고 있었다.

불꽃 튀는 육박전이 벌어졌다. 미 해병들과 중공군들이 사납게 뒤엉켜 눈 속을 뒹굴었다. 눈은 금세 붉은 피로 물들었다. 온몸이 낡은 걸레처럼 너덜거리고, 터진 내장이 쏟아져 나왔다. 머리가 깨져 뇌수가 터져나오고, 어느 구덩이 속에는 누군가의 몸에서 떨어져 버린 손 하나가 아직 살아 있는 신경을 붙들고 느릿느릿 땅을 기어 다녔다. 아무리 애타게 찾아다녀도 손은 주인을 만나지 못할 것이다.

"앗!"

화들짝 놀란 의무병 안츠는 가늘게 소리친 다음 갑자기 온몸이 굳어버렸다. 그의 앞에 보기도 참담한 어린 일병의 시체가 보였다. 마치 자신의 죽음을 목격하는 것처럼 싸늘한 공허함이 안츠의 가슴을 후비고 지나갔다. 찢어발긴 무서운 얼굴, 그 처절한 얼굴을 자세히 들여다보았다. 겨우 몇 분을 버텨내지 못하고 그 어린 병사는 이승에서 저승으로 건너가 버렸다. 도저히 믿기지 않았다.

저편에서 누군가 "왁" 소리쳤다. 스탠리 중사가 목에 총을 맞은 것이다. 안츠는 무서운 혼돈 속에서 스탠리의 비명을 들었다. 바로 눈앞에서 사납게 튀어나온 그의 거친 얼굴을 보았다. 스탠리의 눈은 불꽃이 일렁거리는 구멍 같았다. 자신을 잡아먹을 듯이 노려보는 그 눈에서 안츠는 적을 향한 증오를 뼈저리게 느꼈다.

스탠리 중사는 땅바닥에 축 늘어지고 말았다. 커다란 눈을 두리번거리며 입에서는 피거품을 내뿜었다. 입과 얼굴, 아랫도리가 금세 붉은 피거품으로 덮였다. 안츠는 재빨리 상처를 압박붕대로 눌렀다. 붕대는 금세 피로 물들었다. 시커멓게 수염난 얼굴이 선홍빛 피거품 밑으로 희미하게 보였다. 거품이 부풀어 올라 커다란 눈언저리까지 덮었다. 그는 처참하게 서서히 죽어갔다.

안츠는 조용해진 그 커다란 몸뚱이를 뚫어져라 내려다보았다. 또 한 사람의 병사가 저 머나먼 무(無)의 세계로 돌아갔다. 스탠리는 착한 사람이었다. 순수하고 인정에 약했으며 무슨 일에서나 성직자처럼 경건했다.

언젠가 편지를 쓰고 있을 때였다. 곁으로 슬며시 다가온 스탠리가 씩 웃으며 안츠에게 물었다.

"누구한테 쓰는 편지야? 애인? 거참, 부럽군."

안츠는 당황해 금세 얼굴을 붉히고 말았다. 늘 헌신적이고 너그러우며 놀랍도록 침착했던 그는 때때로 짓궂게 굴기도 했다. 편지를 살짝 들여다보던 스탠리의 미소 가득한 모습이 한동안 안츠의 머릿속에서 지워지지 않았다.

이 전투에서 미 해병은 중공군 75명을 죽이고 기관총 2문을 되찾았다. 크리스토퍼슨과 그의 부하들은 되찾은 무기로 중공군 20명을 사살했다. 미드는 혼자서 소총과 수류탄으로 15명을 죽였다.

돌파구가 생기자, 대대 통신장교 피터 오스트후트 소위가 통신반과 본부 요원 15명으로 소부대를 만들었다. 그러고는 고지로 달려나가 위험지구를 지원했다. 이들 증강병력에 더해 로이스는 스미스의 도그 중대 예비소대장인 마초에게 대대 예비병력에서 그의 소대를 빼내 크리스토퍼슨을 지원하라고 지시했다.

날이 밝자, 자스킬카는 저돌적인 반격을 이끌어 크리스토퍼슨 구역 안 고지를 되찾았다. 보고마이니로와 마치트가 공격소대를 짤 동안 자스킬카는 로이스에게 박격포 지원을 요청했으나, 박격포탄이 모자랐기 때문인지 이 요청은 거부되었다. 자스킬카는 여럿이 한꺼번에 수류탄을 던져 화력 지원을 해주기로 결심했다.

그는 외곽경계선 모든 부대원에게 최대한 들고 갈 수 있을 만큼 수류탄을 지니도록 했다. 그 다음 자기들이 던진 수류탄이 터지면 곧바로 뒤따라 쳐들어가도록 했다.

전진은 거침없이 이어졌다. 그 순간, 오른쪽 옆에서 중공군의 기관총이 느닷없이 불을 뿜어댔다. 전진 대열은 그 화력에 발목이 잡히고 말았다.

잭슨 일병이 기관총 자리를 알아냈다. 그는 눈 속을 기어 수류탄 투척거리까지 바싹 다가갔다. 그런 다음 벌떡 일어나 수류탄을 던졌다. 수류탄은 기관총 진지 한가운데에 떨어져 기관총 사수와 부사수가 모두 그 자리에서 숨이 끊어졌다. 해병대 전진 대열은 돌진해 그 진지를 완전히 장악했다.

맹목적인 증오가 으르렁거리는 맹수처럼 한 번은 이쪽을, 또 한 번은 저쪽을 강타했다. 한 병사가 얼굴 가득 만족감을 띤 채 돌격해 오는 중공군에게 기관총을 난사했다. 그는 한 줄 한 줄 장난감 병정처럼 적군이 쓰러져 가는 것을 자기도 모르게 즐기며, 탄알이 하나도 남지 않을 때까지 마구 쏘아댔다.

이토록 총은 현실감을 떨어뜨린다. 살인의 황홀하고도 짜릿한 느낌에 사로잡히지 않는 한, 차라리 적이 멀리 떨어져 있을 때 훨씬 더 안도하게 된다. 상대와 거리가 멀어질수록 상상력은 힘을 잃어버리고 거기서 멈추게 된다. 그들은 자신의 무기가 얼마나 무시무시한 파괴력을 지녔는지 섣불리 짐작하지 못한다.

이윽고 죽음과 같은 고요가 흘렀다. 확인 사살을 위해 사격 자세로 들판에 나갔다. 잭슨의 입가에는 득의에 찬 미소가 번졌다. 그러다 갑자기 그는 피 흘린 채 죽어 있는 중공군 병사를 보았다. 해맑은 얼굴의 젊은이는 마치 단잠을 자는 듯 편안해 보였다. 그는 입을 꾹 다물고 얼굴에서 미소가 사라진 채 죽은 병사를 똑바로 내려다보았다.

'내 또래잖아. 죽기에는 아직 어린 나이인데…… 인생의 하루하루는 한 번 요르단 강을 건너면 결코 되돌아올 수 없다. 죽음이라는 불도장이 단단히 찍히면 누구도 되돌아올 수 없어.'

각박한 세상을 향한 분풀이를, 그는 어린 병사 주검을 발로 툭 차는 것으로 대신했다.

로이스 부대의 통합 화력 앞에 600명이 넘는 중공군이 무참히 쓰러졌다. 시체 일부는 낙탄 폭발 때문에 생긴 기압으로 날아가 꺾인 나무줄기에 배를 얹고 온종일 넝마처럼 널려 있었다. 이런 참혹한 풍경은 공격에서 얻은 승리감마저 송두리째 앗아가 버렸다.

스미스의 도그 중대는 도로봉쇄선에 머물면서 제어사격과 가벼운 탐색공격을 받았다. 전투에 투입될 때마다 늘 가장 거센 공격을 받았던 도그 중대는 한국에 도착한 뒤 처음으로 별 피해 없이 하루를 무사히 넘겼다. 이 일은 로이스에게 더없는 위로가 되었다. 그만이 아니라 해병 제5연대 수많은 장병들에게도 다행스러운 일이었다. 도그 중대는 부산에서부터 달고 다니던 그 비극적인 징크스가 이제야 깨졌다고 생각했다.

19
피의 수확

전쟁터에서 곧잘 겪는 피에 대한 목마름, 그 본질을 가장 원초적인 전쟁의 도취라 할 수 있을까. 동백꽃처럼 붉디 붉은 피는 파묻힌 병사의 심장에서 흘러나와 땅속 깊이 스며 한 송이 고운 꽃, 그러나 처절한 꽃으로 타오른다.

11월 27일 밤, 유담리 북쪽 1282고지와 1240고지 장진호 전투는 세계 전쟁 사상 그 유례를 찾기 어려울 만큼 잔혹하며 처참했다. 그곳에는 전쟁이 빚어내는 잔인함과 폭력만이 있을 뿐, 삶의 애착이나 희망 따위는 존재하지 않았다.

1282고지는 11월 26일 오후 월터 필립스 대위의 중대가 차지했다. 해병들은 눈으로 얼어붙은 칼날 산등성이를 말없이 터벅터벅 올라갔다. 많은 병사들이 동상에 걸려 있었다. 뼛속까지 스며든 피로조차 얼어붙고, 얼굴에 허옇게 버짐이 핀 그들의 동작은 한없이 느릿하기만 했다. 모두 오랜 시간 물 한 모금도 못 마신 상태였다. 해병들은 참호를 파기 시작했다. 그들은 살아남고자 하는 본능과 전쟁의 공포에 휩싸여 꽁꽁 얼어붙은 흙덩이를 마구 파헤쳤다.

한반도 북쪽 끝 무쇠같이 단단한 얼음땅, 이곳에 구멍을 파는 작업은 한없이 지루하고도 고통스러웠다. 몇몇 해병들은 앞선 전투에서 빼앗은 중공군 곡괭이와 삽을 들고 땅속에 가까스로 얕은 구덩이를 팠다. 여윈 까마귀 몇 마리가 차가운 하늘에서 내리꽂듯 날쌔게 내려와 참호 주위에 쌓인 흙을 부리로 쪼아댔다. 인간의 주검이 남긴 육질의 파편을 먹기 위해서였다.

병사들 손바닥에 물집이 생기고 피멍울이 맺혔다. 더러는 터져서 손이 온통 피투성이가 되었다. 그럼에도 해병들은 고통을 꾹 참으며 묵묵히 곡괭이질을 이어갔다. 장교와 부사관들은 부하들이 참호를 제대로 파고 들어앉도록 끊임없이 닦달했다.

해병 몇은 통조림을 데우려고 불 피울 나뭇가지와 검불을 찾아 돌아다녔다. 또 다른 해병들은 얼어붙은 구덩이에 엎드려 돌덩이처럼 딱딱하게 굳어버린 돼지고기와 콩통조림을 날카로운 총검으로 사정없이 찍어 내렸다. 겨우 한 조각이 떨어져 나오면 얼른 입에 넣고 우물우물 한참을 녹여야 가까스로 씹을 수 있었다.

물통 속 물도 꽁꽁 얼어붙는 바람에 그들은 몹시 초조했다. 절로 한숨이 쏟아졌다. 피 말리는 전투가 이어지며 겹친 피로와 영양실조로 몸은 형편없이 쇠약해졌다.

수천에 이르는 병사들이 동상과 참호족염에 걸려 더는 전투를 할 수 없을 지경이었다. 혹독한 추위 때문에 동상에 걸리고, 발에 찬 습기는 족염까지 데려왔다. 제때 치료받지 못하면 피가 잘 돌지 않아 발 조직이 죽어버리거나 썩어 들어가 심하면 다리를 잘라야만 했다.

겨울바람은 더욱 거센 기세로 불어닥쳤다. 기관총소대장 리처드 웰스 소위는 참호 바닥에 바짝 엎드렸다. 마침내 몇몇 병사들은 극도의 분노로 절규에 가까운 탄식을 쏟아냈다. 하지만 그들의 탄식은 포효하는 바람 소리에 지워지고 만다. 병사들은 넋이 나갈 것만 같았다. 그때 누군가 비명을 지르듯 소리쳤다.

"내 손은 이미 끝장났어! 왼손 새끼손가락을 잃은 데다 오른 손가락 3개가 심한 동상에 걸려버렸지. 그나마 엄지와 새끼손가락으로 겨우 컵을 쥘 수 있거든. 남은 새끼손가락으로 내가 할 수 있는 일은 그저 총을 쏘는 것뿐이라고!"

해병들은 거칠고 구슬픈 바람의 노랫소리를 우두커니 들었다. 가련한 들풀조차 예외 없이 말려버린 메마르고 차가운 북풍이다. 그들은 이제 차츰차츰 자기 자신마저 잃어갔다. 참호 바닥에 엎드려 무심히 그 슬픈 곡조를 듣다가, 벌떡 일어나 적진을 바라보며 총구를 겨눌 뿐이다.

죽음 앞에서 바르게 행동할 수 있어야 한다.
삶과 죽음의 경계는 아주 짧은 순간이다.
그러나 신은 인간에게 끔찍할 만큼
많은 노력을 요구하는 것만 같다!
소름이 끼친다.

나는 그저 나라고 중얼거린다.
피가 혈관을 돌면서 맥박친다.
내게는 아직 두 눈이 있고, 피부도 온전하다.
나는 피를 흘리지 않고 있다!
잠들면 모든 것이 끝나버린다.
나는 개마 고원에서 반드시 살아 나가리라.
나는 결코 죽지 않으리라!

(이범신, 〈전선노트〉)

칼 마르크스는 이렇게 말한다.

우리는 한 사람의 시간이 다른 사람의 시간과 같은 가치가 있다고 말해서는 안 된다고. 오히려 한 시간 동안 한 사람은, 한 시간 동안 다른 사람만큼 가치가 있다고 말해야 한다고. 시간은 모든 것이고, 사람은 무가치하다. 사람은 고작해야 시간의 시체일 뿐이라고.

발에 동상이 걸린 휴지 로빈슨 소령은 며칠을 깡충깡충 뛰어다녔다. 그 모습을 보다 못한 얀시 중위가 증세를 치료하라고 권했지만 로빈슨은 괜찮다며 고집을 부렸다. 그러나 끝내 자동소총을 넘겨주고, 누구에겐지 모를 욕설을 퍼부어대며 얼굴을 몹시 찡그린 채 절뚝거리며 산을 내려갔다.

으슥한 구름 속 달빛은 맑았다. 단조롭게 되풀이되는 무섭고도 징그러운 중국말이 아득한 저편에서 바람에 실려 들려왔다. 로빈슨은 어깨를 바싹 움츠리며 거친 들판을 지나 병원 쪽으로 걸어갔다.

이튿날 해병들은 북쪽을 정찰하며 시간을 보냈다. 중공군과 한차례 가벼운 전투를 벌인 가운데 중공군 장교 하나가 사살되었다. 그의 몸에서 부대가 표시된 서류를 찾아냈다. 그는 위치측정판, 겨눔틀, 줄자 등 해병대 진지를 측정하기 위한 장비도 갖추고 있었다.

"수색만으로 만족하지 못해 하나하나 자로 재야 한다는 뜻이로군."

필립스 중대의 행정장교 레이볼 중위가 말했다. 해병들은 고개를 절레절레 흔들었다.

"미련할 만큼 철저한 놈들이군요."

그 중공군 장교는 제79사단 소속이었다. 79사단은 중공군 사령관 쑹스룬이 유담리 방어선 북쪽 가장자리를 차지하라고 보낸 부대였다.

필립스 중대는 정예부대라 할 수는 없지만 서울에서 치른 전투는 본보기가 되었고, 수동리 남쪽 696고지가 촉매가 되었다. 전투에서 살아남은 해병들은 보충병들을 매섭게 가르쳤다. 21일에 걸친 정찰과 산개전은 그들을 담금질해 강철 같은 중대원으로 만들었다. 그들은 이렇게 뽐냈다.

"우리에게는 쉽고(Easy), 다른 자들에게는 억센 부대. 이것이 바로 이지(Easy) 중대야."

월터 필립스는 진지를 빈틈없이 준비했다. 얀시 소대는 고지 꼭대기에서 동북쪽을 바라보고 클레멘스 소대는 산등성이에서 같은 위치에 자리잡았으나 서북을 향해 눈길을 던졌다. 이 두 부대는 반달형 진지를 차지했으며, 전투경계선이 서로 맞닿았다.

그 중심에 필립스는 지휘소와 박격포대를 두었다. 도널드 베이커(Donald Baker)의 제3소대가 연대본부 파견근무에서 돌아오자, 필립스는 그들을 남북쪽으로 달리고 있는 등성이에 세웠다. 베이커 부대 남쪽 옆은 유담리 골짜기 쪽으로 들어가는 산등성이 아래 있었다. 북쪽 옆은 얀시와 클레멘스가 차지한 반달의 남쪽 끝과 이어졌다.

필립스와 도그 중대장 헐은 서로 900미터쯤 떨어진 진지를 손에 넣었다. 이두 지휘관은 서로 이어지는 산등성이를 따라 밤새 시간마다 정찰대를 보내 중간 지점에서 만나도록 했다. 그리고 기관총소대장 리처드 웰스 소위와 그밖의 4명을 연대 지휘소 부근 골짜기로 보냈다. 필요할 때 그 지형에 익숙한 사람이 고지로 탄약운반자나 보충병력을 안내할 수 있도록 하기 위해서였다.

동북쪽으로는 넓은 안장목을 휩쓸도록 사계(射界)를 확보한 중기관총 진지를 만들었다. 얀시는 그 부근에 믿음직한 갤러거 일병을 두어 경기관총을 맡겼다. 교전시 전역에 걸쳐 조명이 가능하도록 지선조명탄도 설치해 놓았다. 슈라이어 중위는 북쪽으로부터 이어져 들어오는 산등성이를 기점사격으로 때릴 수 있도록 60밀리 박격포를 배치했다.

칠흑 같은 밤이 찾아오자 중공군의 가냘픈 나팔 소리가 바람을 타고 을씨년스럽게 들려온다.

"저들은 우리와 말만 다른 게 아니라 나팔 소리마저 다르단 말이야. 난 아직 우리 진군 나팔 소리를 한 번도 들어보지 못했거든."

"난 케이트 스미스가 저 달을 산 위로 좀더 끌어올려 줬으면 좋겠어. 틀림없이 우리한테 쓸모가 있을 텐데."

"정말 미치겠어. 더는 못 견디겠다고, 이 빌어먹을 전쟁! 집에 돌아갈 수만 있다면 악마에게 내 영혼이라도 팔겠어."

그때 바로 옆 참호 언저리에서 불꽃이 번쩍 일면서 적막을 깨는 폭발음과 함께 중공군의 거센 사격이 시작되었다. 깜짝 놀란 해병들이 모두 참호 안으로 몸을 잽싸게 날렸다. 총알은 너무 높게 날아와 해병들을 맞추기엔 어림도 없었다. 해병들은 놀란 가슴을 쓸어내리고 한꺼번에 함성을 지르며 곧바로 반격에 나섰다.

또 한 방, 수류탄이 짧은 불빛을 끌면서 거침없이 날아와 참호 앞에서 터졌다. 해병들도 여기저기서 계속 마주 쏘았다. 한밤의 총성은 전염병처럼 암흑을 뚫고 번져나갔다.

얀시는 어둠 속으로 손 더듬질하며 병사들 곁으로 다가갔다.

"어떻게 된 거야?"

한동안 이어지던 중공군의 사격은 해병들이 반격하자 곧 수그러들었다. 얀시는 무거운 짐이라도 짊어진 듯 바짝 몸을 구부린 채 컴컴하고 울퉁불퉁한 좁은 길을 더듬거리며 겨우 돌아왔다.

저 멀리 지평선 한 지점에서 다시 포성이 울린다. 퍼붓다 말다 하는 소총의 일제사격과 수류탄 터지는 소리에 섞여 무거운 폭발음이 들려왔다.

바람은 다시 휘몰아치고 시커먼 구름 덩어리가 달을 가로질러 간다. 불꽃이 일렁인다. 화염의 눈, 그 날카롭고 사나운 눈동자가 번뜩인다. 거기에 깃든 악의를 어찌 몰라보랴! 그 음험한 눈알은 병사들의 눈길을 끌어당겨 옴쭉 못하게 옭아매고는 곧 삼켜버린다.

　　이 지옥 같은 광경 속에 나타났다간 이내 사라지고
　　다시 나타났다간 사라지는 불꽃!
　　그 커다란 원의 중심에서 해병들은 어둠에 짓눌려 버린다.
　　그 불꽃은 혼란의 소용돌이 속에서
　　눈 내리는 장진호 여명 속에서

병사들 눈앞에 맴돈다…….

가거라, 네가 살든 아니면 죽든!

너의 앞날은 결코 순탄하지 않으리.

(이범신, 〈전선노트〉)

죽음은 갈 것이다./바람도 나무도 잠든/고요한 한밤에/죽음이 가고 있는 경건한 발소리를/너는 들을 것이다./죽음은 다시/돌아올 것이다/가을 어느 날/네가 걷고 있는 잎 진 가로수 곁을/돌아오는 죽음의/풋풋하고 의젓한 무명의 그 얼굴, /죽음은 너를 향하여/미지의 제 손을 흔들 것이다./죽음은/네 속에서 다시/숨쉬며 자라 갈 것이다.

(김춘수, 〈죽음〉)

중공군의 전술은 서구식 교과서적 전투규범밖에 알지 못했던 미군들에게 당혹과 공포의 대상이었다. 느닷없이 겪게 되는 야간기습과 측면공격 또는 우회공격, 앞뒤 없이 달려드는 접근전과 각개격파, 나팔·피리·북·호루라기 따위를 이용한 불안심리 조장, 도무지 죽음을 두려워하지 않는 인해전술을 펴다가도 어느 순간 썰물처럼 흔적도 없이 싹 사라지는 환상적인 퇴각, 그 모든 것이 미군들에게는 영락없는 수수께끼였다.

"어쩜 저럴 수가 있지? 도무지 종잡을 수가 없으니."

"우린 신에게 저주받은 거라고."

한차례 접전이 끝나면 미군 병사들은 얼이 빠져서 푸념을 쏟아내곤 했다. 그러면서도 그들은 일정한 틀에 따라 움직이는 중공군 수법에 조금씩 익숙해져 갔다. 그들은 분대나 소대 병력이 활발하게 움직일 때면 상대의 보병부대, 기관총 진지, 측방 전투경계선 등을 찾아내려는 교란작전을 썼다. 그렇게 이따금 일어나는 탐색전 뒤에는 성난 파도와 같은 대규모 공격이 뒤따르리라는 것을 예측할 수 있었다.

단단히 얼어서 켜켜이 쌓인 눈을 서벅서벅 밟는 수백수천의 발걸음 소리가 어둠 속에 들리기 시작하면, 미군 병사들은 말로 다할 수 없는 공포를 느꼈다. 중공군은 시시각각 다가오면서 발소리 하나만으로도 미군들의 숨통을 조였다.

피의 수확 493

통신병은 때때로 야전전화기 손잡이를 요란하게 돌려 대대본부를 불러냈다. 중공군의 공격접근로의 산등성이에 81밀리 조명탄을 쏘아달라 요청하고, 고지의 엄폐물로 몸을 가리고 땅에 엎드린 병사들은 철모 아래 동물처럼 번득이는 눈길로 아무것도 알아볼 수 없는 아래쪽 산등성이를 살피며 마른침을 삼켰다. 해병들은 눈 위에 공격자들의 모습이 어렴풋이 나타나고 지선조명탄이 터질 때를 기다렸다.

한쪽은 어둠과 눈의 일부처럼 정지 상태로 대기하고, 다른 한쪽은 물결 모양의 끊임없는 움직임으로 서로 간격을 좁히고 있을 때 느닷없이 중공군 장교 하나가 영어로 외쳤다.

"오, 신이시여! 누구도 영원히 살 수 없도록 해주시는 당신께 진심으로 감사드립니다."

적막을 깨는 고함은 중공군이든 미군이든 모두의 가슴에 찬물을 끼얹어 얼어붙게 했다. 그 외침의 여운이 채 사라지기도 전에 첫 번째 조명탄이 공중에 떠올라 번쩍거리며 곳곳을 비추었다. 서릿발 같은 고함을 지른 장교를 비롯해 그가 거느린 공격부대가 산비탈 하얀 눈 위에 고스란히 드러났고, 그것을 신호로 미 해병의 총구가 한꺼번에 시뻘건 불을 뿜기 시작했다. 마침내 1282고지 전투에 불이 붙었다.

중공군은 일정한 간격을 두며 커다란 파도처럼 세차게 달려들었다. 한꺼번에 내지르는 폭풍 같은 함성은 그들이 쏘아대는 총탄보다 더 위협적이었다.

박격포가 쏘아올린 조명탄이 터지고, 스산한 번갯불이 전장을 비춘다. 땅을 뒤흔드는 포탄의 무시무시한 파열음, 조명탄 빛 속에 방사선의 탄막을 이루며 촘촘하게 날아가는 기관총탄과 무질서한 소총 사격, 그 모든 것이 저주받은 인간의 종말을 어김없이 보여주는 거대한 그림이었다.

중공군은 나팔 소리, 피리 소리, 호루라기 소리에 맞춰 혼란스럽고 기괴한 합창으로 미 해병 병사들의 간담을 서늘케 했다.

Son of a bitch, marines!
We kill!
Son of a bitch, marines!
You die!

개새끼 해병들아!

우리가 죽인다!

개새끼 해병들아!

너희는 죽는다!

달빛 속에서 중공군은 하늘을 향해 주먹을 마구 흔들어대며 신들린 듯 정신없이 고함을 질러댔다. 머리털이 곤두설 만큼 소름 끼치는 금속성의 엄청난 합창이었다.

중공군은 미 해병과는 달리 사격하듯 조용히 재빠르게 접근하지 않았다. 그들은 그저 마구 날뛰며 달려드는 짐승의 무리였다.

"이 개새끼들, 너희가 죽어봐라!"

해병 기관총사수 갤러거가 분노의 고함을 지르며 방아쇠를 당겼다. 가까이에 있는 중기관총이 그와 함께 불을 뿜었다.

"계속 쏴! 멈추지 마라!"

소대장 얀시가 야전전화기로 고함을 질러댔다.

박격포탄이 해병 방어선에 차츰 다가오면서 폭발했다. 슈라이어가 박격포의 사정거리를 좁혔다. 마침내 바로 전방에서 60밀리와 81밀리 포탄들이 쌓인 눈을 버섯 모양으로 높이 뿜어올리고, 찢겨진 시체들이 허공에 포물선을 그렸다. 그 한가운데로 번개와 같은 섬광이 눈 깜짝할 사이에 지나간다. 기관총과 자동소총들이 분초를 다투며 연속사격을 해댔다.

얀시는 부하들을 북돋우며 방어선을 지키게 했다. 몇몇 병사들은 중공군의 사격을 피하다가 엎어지기도 했다. 얀시는 외쳤다.

"내 신호를 기다려!"

그러나 그의 목소리는 소음 속에 파묻혀버렸다.

중공군은 얼어붙은 개울 건너편에서부터 기관총으로 해병들에게 총화를 퍼부었다. 총탄은 비명 소리를 내며 앙상한 나뭇가지를 부러뜨렸다. 예광탄이 번갯불 파편처럼 붉은 빛을 흩뿌리며 날아간다. 셀 수 없이 많은 소총들이 저편 언덕에서부터 그들을 총공격했다.

해병들은 참호 속에 납작 엎드렸다. 총성은 저마다 고막에 부딪혀 울렸다. 갤러거는 머리가 깨질듯 지끈거리고 귀가 멍멍했다. 박격포는 주위에서 끊임없이 터졌다.

"빌어먹을!"

갤러거가 소리쳤다.

중공군이 또 사격을 퍼붓기 시작했다. 얀시는 두 손을 땅에 붙인 채 참호 밑바닥에 바짝 엎드려 있었다. 총격은 조금도 잦아들지 않았다. 누군가 부르 짖는 소리가 총성을 뚫고 들려왔다.

"놈들이 쳐들어온다!"

얀시가 외쳤다.

"놈들을 막아라!"

제임스 갤러거는 중공군의 총탄이 옆쪽에서 날아옴을 뒤늦게 알아챘다. 그 는 기관총 총구를 낮게 겨누고 여기저기 보이지 않는 적에게 본능처럼 쏘아댔 다. 또 하나의 아군 기관총이 그를 도와 불을 뿜었다. 문득 갤러거 일병은 눈 물이 날 것 같았다. 그는 혼자가 아니었다.

순간, 그는 중공군이 좁은 개울을 건너 자기 쪽으로 달려오는 섬뜩한 광경 을 보았다. 조명탄에 비친 중공군 얼굴은 뻣뻣하게 얼어붙은 시체처럼 아무런 표정이 없었다. 갤러거에게는 이제 아무것도 뚜렷하게 보이지 않았다. 그 순간 에는 어디까지가 자기 손이고, 어디부터가 기관총인지조차 가늠할 수 없었다.

엄청난 소음에 휩쓸려 허공을 떠돌던 비명과 절규가 쉴 새 없이 그의 머릿 속으로 파고든다. 그는 최면에 걸린 듯 멍한 모습으로 앞을 바라보았다. 개울 을 건너 돌격해 오는 중공군을 봐도 아무것도 느끼지 못했다. 오직 자기 손가 락이 방아쇠에 달라붙어 있는 감각만을 느낄 뿐이다. 손가락을 떼어내려 해 도 떨어지지 않았다. 그는 정신없이 마냥 쏘아댈 뿐이었다.

그때 갑자기 전방에서 검은 불길이 치솟았다. 무서운 폭음이 숨죽이고 있 던 대기를 후려쳤다. 예광탄이 포물선을 그리며 떨어지고, 땅에서는 지뢰가 여 기저기 터져 치솟았다. 그것은 이 세상에서 그들의 삶을 매듭짓는 죽음의 사 자들이었다.

무지막지한 사격이 시작되었다. 하늘에서 커다란 파편들이 쏟아져 내렸다. 머리 바로 위에서 빨갛게 단 쇳덩이가 물에 닿을 때처럼 "칙! 칙!" 날아갔다.

어떤 병사는 공포에 질린 나머지 그만 손을 덴 사람처럼 총을 떨어뜨리고 말았다. 그는 술에 취한 듯 비틀거리며 가까스로 총을 주웠다. 그러더니 엇갈리는 굉음과 포탄의 빗속을 향해 몸을 구부리고 다시 총을 쏘아댔다. 날아가는 파편이 남긴 날카로운 소리가 귀를 찌르고 목덜미를 조였다. 총알이 관자놀이를 스치고 갈 때면 외마디 비명이 터져나오는 것을 막을 수가 없었다. 유황 냄새에 가슴은 울렁대고 창자가 마구 뒤틀렸다.

소총병들이 일어나 수류탄을 던졌다. 고막을 찢는 듯한 폭발음이 여기저기서 울렸다. 오론 중사는 탄약을 나눠주며 뛰어다녔다. 그는 때마침 다급하게 수류탄 핀을 뽑고 있는 코디 일병과 부딪쳤다.

"이런 빌어먹을, 수류탄이야!"

코디가 외쳤다. 코디의 손에서 떨어진 수류탄이 그들 쪽으로 도로 튀어 코디 발에 맞았다. 오론이 몸을 잽싸게 날려 반대쪽으로 막 피하는 순간 수류탄이 터졌다. 폭발 폭풍에 떼밀려 날아간 그의 몸이 늙은 소나무를 세게 들이받고 떨어졌다.

오론은 숨을 쉴 수도 앞을 볼 수도 없었다. 잠시 뒤 그는 팔다리를 움직여 보고 손과 발가락을 꼼지락거려 보았다. 모든 게 제대로 붙어 움직였다. 그는 참호 바닥에 바짝 엎드렸다. 혹시 중공군들이 밀어닥칠까 걱정스러워 앞쪽으로 소총을 겨누었다. 조금 지나 귀를 때리는 목소리가 들려왔다.

"오론 중사님! 이런, 야단났네. 내가 그를 죽였나 봐."

죄책감과 두려움에 휩싸인 코디가 고함쳤다.

"살아 있으면 대답해요!"

"그래, 그래, 난 괜찮아."

오론이 대답했다. 그러자 코디가 부산을 떨었다.

"아이고, 심장이 멎는 줄 알았다구요! 헤헤헤!"

오론은 코디에게 다그치는 것으로 고마움을 전했다.

"왜 이리 시끄러워! 제발 입 좀 닥치고 엎드려 있어!"

코디는 씨익 웃음만 지었다.

적의 본격적인 공격이 얀시 소대에 몰리자 중대장 월터 필립스가 지휘소를 떠나 산등성이 꼭대기로 달려갔다. 소대장 얀시가 알렌 매튼을 데리고 이 진지 저 진지를 마구 뛰어다니고 있었다. 두 사람은 병사들을 격려하며 많은 탄환과 수류탄을 나눠 주었다. 사격할 때마다 중대의 박격포 진지에서 불꽃과 연기가 일었다. 의무병을 찾는 외침이 여기저기서 들렸다.

별 모양 조명탄이 떠올랐다. 눈 덮인 산과 들판이 갑자기 환하게 밝아지면서 모든 것이 눈부시게 시야에 들어온다. 물밀듯이 돌격해 오는 중공군들에게 미 해병들은 조직적으로 맞섰다. 탄창이 바닥날 때까지 사격하고 재장전하며 방아쇠를 당기고 또 당겼다.

얀시 소대 선임하사 알렌 매든은 참호 속에 맥없이 쓰러진 해병 2명을 끌어냈다. 또 다른 부상병이 생겨 그는 천막 천을 썰매로 쓰려고 했다. 그러나 다친 병사들이 너무도 많아 쉽지 않았다. 그는 부상병들의 파카에 달린 모자를 잡아끌어냈다.

이미 팔과 다리를 다친 필립스의 대위는 심한 고통으로 말을 더듬으면서도 부하들을 격려했다.

"잘 싸우고 있다!"

중공군 쪽에서 수류탄이 새까맣게 날아왔다. 미 해병들은 중공군들이 수류탄을 바구니에 담아 나르는 모습을 보았다.

참호와 참호 사이를 옮겨 다니며 M-1 소총 탄띠를 건네주던 얀시의 발 바로 옆에 수류탄이 터지며 파편 조각이 그의 입천장을 뚫고 들어갔다.

피가 입언저리를 타고 흘러나와 얀시는 핏물을 끊임없이 뱉어냈다. 그의 얼굴과 겨울파카에는 금세 붉은 고드름이 맺혔다. 입 안에 넘치는 비릿한 피를 줄곧 목구멍으로 삼켰다.

날씨는 몸서리칠 만큼 혹독했다. 기관총 사수들이 찔끔찔끔 눈물을 흘렸다. 눈물이 뺨에 얼어붙어 순식간에 동상에 걸렸다. 눈썹에 붙은 얼음 때문에 앞을 제대로 볼 수 없을 지경이었다.

그 순간에도 이따금 필립스 대위의 목소리가 들려왔다.

"해병들, 정말 잘하고 있다. 멈추지 말고 사격하라! 장하다!"

중공군들은 고지를 차지하려고 잇달아 공격해 왔다. 거센 공격이었다. 죽음이 전사의 눈을 후비고 뺨을 깎아냈다. 얼어붙은 눈 위에 널브러진 시체의 넓적다리뼈가 나뒹굴고 갈비뼈가 흐트러졌으며, 갈기갈기 찢긴 살점들이 점점이 떨어졌다.

중공군은 이미 가까워질 대로 가까워졌다. 이젠 기침소리조차 크게 들려 소리만 들어도 그들이 무기에 총알을 재는지 아니면 수류탄 던질 준비를 하고 있는지 알 수 있었다.

마침 기관총반 반장 로버트 케네모어 하사가 낮게 엎드린 채 여기저기 흩어진 실탄을 주워 모으는 중이었다. 그는 그렇게 모은 실탄을 근처 사수들에게 나눠 주었다. 그러다가 갑자기 그의 두 눈에 한 자락 분노의 불길이 치솟았다. 중공군 몇몇이 참호에서 기관총 사수를 끌어내는 모습을 본 것이다. 그들은 잔인하게 그 해병을 총으로 때리고 대검으로 찔렀다. 케네모어는 억누를 수 없을 만큼 격하게 흥분해 사격할 위치를 찾아 달려 내려갔다. 급한 마음에 몸은 비틀거리고 얼굴은 벌겋게 달아올랐다.

"멈춰! 어딜 가나?"

필립스 대위였다.

"제 부하가 적에게 당했습니다. 가만히 있을 수 없습니다."

"가면 안 돼!"

필립스는 눈살을 찌푸리며 내뱉었다.

중대장은 방어선을 따라 움직이며 부하들을 감독하고 격려했다. 기관총 조원 3명이 빗발치는 총탄 속에서 꿋꿋이 사격을 해댔다.

케네모어는 겨우 정신을 차렸다. 그는 잽싸게 움직이며 그들에게 탄약을 가져다주었다. 순간, 갑자기 날아온 중공군의 수류탄이 바로 옆에 떨어졌다. 그는 재빨리 수류탄을 집어 들어 산비탈 아래로 던졌다. 곧이어 수류탄 터지는 소리가 들려왔다. 또다시 수류탄이 날아와 떨어졌다. 이번에는 발로 차서 눈 속으로 밀어넣었다. 케네모어 덕분에 기관총 조원들은 다행히 목숨을 건졌다.

존 얀시와 알렌 매든이 전선을 따라 뛰어다닐 때 중대장 필립스는 반대 측면으로 갔다. 그는 부상자 몇 명을 후송하도록 지시하고 중대본부에 보충 병력을 보내라고 연락했다. 어깨와 다리에 소총탄을 맞았지만 방어진지를 부지런히 돌아다녔다.

"잘하는데!"

그는 부하들 어깨를 다독거렸다.

"침착하게 잘들 하고 있군그래."

돌격하는 적들의 대열이 서서히 무너져 갔다. 그들의 속력도 한결 느려졌다. 해병대의 집중사격은 마치 벌판을 휘몰아치는 돌풍처럼 적들에게 퍼부어졌다.

중공군의 공격은 눈에 띄게 수그러들었다. 살아남은 자들은 나팔 소리에 따라 뒤로 물러나기 시작했다. 그들은 마치 썰물처럼 순식간에 물러갔다.

전쟁터에서 대포를 발사하기 위해 애쓰는 병사들을 보았거나 또는 대량학살을 저지른 살인마의 눈동자를 본 적이 있는가. 공격목표를 격파할 때 폭격기 조종사의 감정을 들여다본다면 누구나 전쟁이 드리우는 그림자에 인간의 파괴충동이 도사리고 있음을 인정하게 되리라.

땅을 울리는 포성이 그친 바로 뒤에 전장을 걸어보면 이 사실을 곧 알 수 있다. 섬세한 감수성을 가진 사람은 그곳에 감도는 사악한 정신들에 큰 고통을 받을지 모른다. 그곳은 완전한 악이며, 중세시대에 말하던 지옥이다. 그 지옥을 이루는 수많은 악령들이 현실에 존재할지도 모른다고 생각하게 할 만큼 지독한 악이 곳곳에 숨어 사나운 이빨을 드러낸다. 그 악은 우주적이고 때로는 종교적인 설명이 필요할 만큼 거대하다.

전투지역에서 오랜 시간을 보내 노련해진 병사들은 때론 격한 분노에 사로잡혀 무슨 짓이든 저지르고 만다. 모조리 부숴버리고자 하는 욕망에 눈이 멀고 마침내 감정이 무뎌져 분별력을 잃고 만다. 무서운 기세로 적에게 달려들어 승리를 거두거나 죽음을 맞이하고 때로는 지쳐 쓰러지고 만다. 악마에 씌어 스스로를 제어하지 못하는 것처럼 보인다. 호메로스가 노래한 저 먼 트로이 전쟁부터 오늘날 이라크·아프간 전쟁을 비롯해 중동과 아프리카를 피로 물들이는 광기에 이르기까지 문헌들에는 광포한 인간과 광기에 사로잡힌 파괴자가 되어버린 병사들 기록이 넘쳐난다.

독일 작가 에른스트 윙거는 제1차 세계대전 때 서부전선에서 독일군의 마지막 공격을 간결하고 정확하게 일기로 남겼다.

위대한 순간이 찾아왔다. 가장 앞줄의 참호에서 불꽃 커튼이 솟아올랐다. 우리는 일어섰다. 잔혹함, 분노, 도취가 불러일으킨 복잡한 감정을 품고 우리는 발걸음을 맞춰 묵직하게, 그러나 참을 수 없는 흥분에 사로잡혀 적진으로 돌진했다.

나는 보병중대보다 한참 앞쪽에서 달렸고 그 뒤로 핀케와 하켄이 뒤를 이었다. 나는 오른손에 권총을 쥐고 왼손에는 대나무줄기로 된 승마용 채찍을 쥐고 있었다. 미칠 듯한 분노로 피가 끓어올랐고 그 분노에 너 나 할 것 없이 지배되었다. 적을 죽여버리고 싶다는 욕구가 나를 압도하고 내 다리에는 날개가 돋은 듯했다. 눈에서는 분노의 눈물이 솟구쳤다.

한 놈도 남김없이 죽여버리겠다는 터무니없는 욕망이 전쟁터 곳곳에 흘러 넘쳤다. 이 욕망 때문에 병사들은 머릿속이 부옇게 흐려지고 주위에 가득한 붉은 연기 속으로 사라져 갔다. 흐느껴 우는 소리로 서로를 부르며 알아듣지도 못할 조리 없는 말을 지껄였다. 아마 중립적 위치에 서 있는 사람이 이 모습을 지켜본다면 우리가 기뻐 날뛰고 있다고 생각할지도 모른다.

확실히 기쁨이라는 단어는, 자신과 똑같은 인간들을 파괴해 죽여버리고 싶다는 욕망에 사로잡힌 병사들이 겪는 만족감을 가리키기엔 알맞지 않으리라. 그들은 자신이 살인에서 쾌락을 느낀다는 사실을 절대로 인정하려 들지 않을 테고 실제로 전혀 즐겁지 않은 사람도 있다. 많은 젊은이들은 자기 안에 이와 같은 충동이 일어나리라고는 한 번도 생각해 보지 않았을 것이다.

그러나 그들은 군대 생활을 이어나가면서 파괴행위에서 얻는 광기 넘치는 흥분을 알게 된다. 그 욕구는 전선에서 흔히 있을 법한 무질서와 필요품 부족과 같은 환경에서 자라난다. 전쟁터에 오래 머무른 노련한 병사들은 가끔 격노에 사로잡히고, 그 격노 때문에 무엇이든 할 수 있게 될 때가 있다. 파괴욕에 눈이 어두워져 결과에 무관심해지면서 분별을 잃고, 적에게 맹렬한 기세로 돌진한다. 마침내 승리하는 그들의 눈빛은 광기로 번득인다. 마치 악마에게 홀려 더는 자제할 수 없게 된 것만 같다.

장군들은 이러한 욕망을 '적을 물리치는 의지'라 부르는 일이 잦았다. 이런 시시한 은유는 우리 가운데 파괴의 기쁨이 잠들어 있음을 살며시 감춘다. 병사들은 자신을 지키기 위한 싸움과 전쟁을 위한 싸움을 가르는 선을 넘나들기 마련인데, 이 전투에서 그들은 자기 본성에 깊이 묻어둔 감정이 솟구쳐 오름을 느낀다. 병사라는 살인자들은 이렇게 서서히 또 다른 신을 섬기며, 삶이 아닌 죽음, 건설이 아닌 파괴에 집착한다.

파괴는 오직 개인의 문제로 남으려 한다. 물론 인간은 홀로일 때보다 다른 이와 함께 있을 때 더욱 폭력적으로 변하며, 쉽사리 사람을 죽이게 된다는 생각을 부정하려는 것은 아니다. 그렇다 해도 파괴가 가져다주는 만족은 더욱 스스로를 의식하게 만든다. 동료들과 힘을 모아 파괴행위를 하는 것은 소속감이 강해서라기보다는 홀로 있을 때 보복당하고 싶지 않아서이다.

동료를 위해서라면 내 한 목숨을 희생하겠다는 마음가짐은 쾌락을 위해 사람을 죽이게 된 병사들에게선 절대로 찾아볼 수 없다. 한번 파괴의 쾌락에 빠진 그들에게 전쟁은 홉스가 말한 모든 인류의 자연 상태, 다시 말해 '만인의 만인에 대한 투쟁'이 된다. 살인자가 된 병사가 이런 참혹한 지경까지 이르지 않는 것은 오로지 병사 마음속에 다른 충동이 존재하며 전투가 날마다 벌어지지 않기 때문이리라. 그러나 파괴의 기쁨이 그들을 투쟁으로 이끌고 있음은 분명하다.

파괴의 충동은 인간이 가진 성질의 얼마나 깊은 곳에 뿌리 내리고 있으며, 또 얼마나 이어지는 걸까? 이 충동이 가져오는 우울한 영향은 이뿐이 아니다. 여느 쾌락과는 달리 남자들에게 파괴 충동은 순간적으로 타올라 다른 즐거움을 삼켜버린다. 파괴의 기쁨으로 병사들은 자신 말고는 아무 관심이 없으며 평범한 일상에는 만족하지 못하게 되어간다. 죄책감에 시달리는 일이 사라지기에 죄를 극복할 일도 없어지고 영혼의 성장을 이룰 기회조차 잃고 만다.

창조와는 반대로 파괴에는 사랑이 결코 섞일 수 없으므로 그 쾌락 또한 부질없다. 얼마나 파괴했는지 그 수와 자신의 기량에 대해 으스댈지 모르지만, 살인자가 된 병사들은 개인 생활을 단조롭고 권태롭게 보낼 뿐이다. 전쟁은 군인에게 따분함과 흥분을 번갈아 가져다준다. 전선이 아닌 후방 안전지대에서는 도리어 불안해하며 신경질적이 되곤 한다.

이제 들판에는 아무것도 움직이지 않는다. 널린 시체들은 마치 곡식자루 같았다. 한 병사는 얼굴을 언 땅에 처박은 채 몸을 비틀고 그가 거머쥔 기관총의 옆 개울 바닥에는 또 다른 중공군이 축 늘어져 있었다. 몸 어딘가에서 흘러나온 피가 온몸을 붉게 뒤덮었다. 이리저리 찢긴 몸은 훤히 내장을 드러내 보였다. 마치 도마에 오른 생선의 배를 갈라놓은 듯했다.

갤러거는 충동적으로 그 병사에게 총격을 퍼부었다. 그러자 온몸을 타고 오르는 묘한 쾌감이 느껴졌다. 어디선가 부상당한 적군이 마지막 비명을 질렀다. 그 소리는 잔혹하게 대기를 울렸다.

사람이 죽음과 맞서게 되면 본능적 욕구가 더욱 강해진다고 했던가? 이범신은 문희와 보낸 첫밤을 떠올렸다. 그는 고통스러울 때마다 문희와 함께한 추억 속으로 깊게 파고들었다.

그를 에워싼 비참한 현실이 던져주는 자괴감이 짓누를 때면 그 매력은 더욱 깊어졌다. 삶이 주는 참을 수 없는 고통에 몸부림칠 때마다 그가 마음에 품은 사랑은 더욱 뚜렷한 모습으로 다가왔다.

장밋빛 미래를 꿈꾸며 두 사람은 많은 이야기를 나누었다. 결혼을 약속하자 문희는 이범신의 가슴으로 파고들었다. 둘은 불같이 타올랐다.

이범신은 문희의 하얀 허벅지 사이에 얼굴을 묻었다. 감추려는 그녀의 손을 감싸면서 힘주어 끌어안았다. 하얗고 부드러운 피부가 아랫배에서 이어져 내리는 둔덕은 주르륵 미끄러지는 듯한 부드러운 감촉이었다. 음화식물(陰花植物) 같은 검은 수풀이 골짜기를 따라 의지할 데 없는 들풀처럼 나부끼고 있었다. 옅은 분홍 꽃잎이 살짝 말린 그 중심에선 빗소리가 들리는 것 같았다. 처음 본 여성의 밀실은 아주 따뜻하고 부드럽고 몽롱했다. 모든 것이 조화롭게 이루어져 있었다. 살구색 젖꼭지를 부드럽게 깨물자 그녀는 가늘게 몸을 떨었다.

범신은 떨리는 손가락을 밑으로 내려 더듬었다. 꽃잎이 보였다.

'마치 봉선화 같네……'

그것도 이슬 가득 머금은 분홍빛 봉선화. 신비로웠다. 그녀는 가녀린 몸부림으로 그를 밀쳐내려 했다. 그러면서도 꽃의 흔들림은 더 격해지는 것처럼 느껴지고, 두 장의 꽃잎은 닫혀 있지만 떨리고 있었다. 불그스레한 쾌락이 온몸을 적셨다. 아, 아, 요염하고 음란하면서도 성스러운 꽃밭이었다.

피가 심장으로 몰린다. 남자와 여자가 기쁨과 즐거움의 절정을 함께 맞는다는 것, 그건 정말 충분히 그럴 수 있으리라. 낯빛이 차츰 창백해진다. 순간 생명이 그들에게서 떨어져 나가 죽음으로 치닫는 것만 같다. 이범신은 그제야 모든 것을 벗어버린 여자와 남자가 무엇인지 알 것만 같았다. 두뇌가 심장에 복종하는 한 생명이 꿈틀대는 이 감정은 영원히 사라지지 않으리라.

이범신은 머리를 저으며 환상에서 깨어나듯 몸을 떨었다. 그러나 추위도, 쓰러질 듯한 피로도 새벽녘 솟구치는 열정을 누그러뜨리지는 못했다.

그녀의 육체가 다시 눈앞에 어른거린다. 물결치는 머릿결, 도톰한 붉은 입술, 풍만한 가슴, 유연하게 흘러내린 엉덩이 곡선, 미끈한 두 다리…… 아름다웠다. 이것은 첫 여자 김문희에게서 체험한 환희의 물결, 격정의 절정이었다. 영원으로 내달리는 그 절정의 시간을 언제쯤 다시 가질 수 있을까. 그는 그리움에 목이 메었다.

'무사히 돌아갈 수만 있다면…… 나의 꿈! 아, 문희!'

이범신은 더는 생각을 잇지 못하고 얼굴이 그늘졌다.

눈앞에는 중공군 시체들이 줄줄이 널브러졌다. 몇몇 시체들은 해병 진지 앞 3미터도 채 되지 않는 곳에 쓰러져 있었다.

'이곳이야말로 지옥이 아니고 뭐란 말인가.'

그래도 또다시 먼동이 터 온다. 전쟁의 참혹함을 알 리 없는 눈부신 햇살이 전장을 가득 비춘다. 전선은 한없이 고요하다. 참호에 웅크리고 있던 생존자들은 하나둘씩 빼꼼히 얼굴을 내밀었다. 죽음의 낭떠러지에서 기적처럼 다시 살아난 병사들은 서로를 확인했다.

여기저기 시체가 널브러진 눈밭에 열기를 머금은 채 식지 않은 연기가 희미하게 피어올랐다. 매서운 추위에 아직 살아남은 미 해병과 중공군 부상병들의 고통으로 가득찬 신음소리가 비참한 현실을 울렸다. 그들은 개마 고원의 거칠고 메마른 들판에서 오두막 지붕을 스치는 겨울바람 소리를 얼핏 들었는지도 모른다. 부상자들을 들것에 실어 나르기 위해 분대가 꾸려졌다.

이범신은 처참한 전장을 둘러보며 중얼거렸다.

"미쳤어. 이건 미친 짓이야. 이토록 지독한 살육전이라니! 이 많은 시체들, 얼마나 끔찍한가. 지옥도 이렇지는 않을 거야. 모두들 미쳐버렸어. 우리는 인간이 아니야. 야수일 뿐이라고. 아니, 오히려 짐승만도 못하지."

이런 참혹한 전장의 그림은 미군 병사들이 제2차 세계대전 때도 본 적 없던 광경이었다. 그나마 다행스럽게도, 차갑게 얼어버린 시체에서는 피비린내나 악취가 풍기지는 않았다.

그들의 등이나 허리에는 구멍이 숭숭 뚫려 있다. 어떤 몸뚱이는 두 동강 났다. 기관총 소사(掃射)의 끔찍한 흔적이었다. 시커먼 얼굴에 흰 이만 반짝이는 시체도 보인다. 잘려 나간 손발이 널려 있고 파헤쳐진 갈비뼈를 옆에 끼고 더럽혀진 군장과 납작해진 물통과 배낭이 제멋대로 뒹굴었다. 한없이 을씨년스러운 적막 속에 미 해병의 시체와 중공군 시체가 뒤얽혀 있었다. 북쪽에서 불어오는 차디찬 바람은 음산하게 시체들의 살갗을 쓸며 무심히 지나간다.

영국의 소설가이자 시인인 메리 웹은 이렇게 말했다.

과거는 볼 수 없고 소리도 죽은 현재일 뿐이다.

그리고 보이지 않고 들리지 않기 때문에
과거의 추억에 젖은 눈길과 속삭임은 무한히 귀중하다.
우리는 내일의 과거다.

죄악감에 눈뜨는 순간은 천천히 찾아온다. 또한 고통으로 가득한 의심 끝에 얻어내는 결과이며 때로는 몇 달, 몇 해에 걸쳐 나타난다. 그러나 눈뜨게 되는 계기는 언제나 비슷하다. 비록 상황이 한없이 절망적이거나 상관의 명령이 절대적이어도 병사에게는 결코 넘을 수 없는 한계가 있다. 이러한 행동들은 주로 목숨보다 소중하다고 여겨지는 내면적인 무언가를 남김없이 파괴하기 때문이다. 사령관이나 군대, 또는 국민 모두가 목숨을 요구한대도 그는 따를 것이다. 그는 자기 목숨을 바칠 각오가 되어 있다. 그러나 가슴속 깊은 곳에 간직한 무언가를 꺾어가면서까지 명령을 수행할 수는 없다.

어쩌면 전투가 벌어지지 않는 동안 이 중요한 문제를 침착하고 진지하게 고민한 병사도 있으리라. 그렇다고 해서 그가 죽음의 공포와 불안 앞에서 그 결심을 지켜나갈 수 있는 것은 아니다. 혼란스러운 전장에 서면, 아직 죄의식에 눈뜨지 못한 전우들과 똑같은 선택을 하게 될지도 모른다.

목숨보다 소중한 것은 없다. 개인의 결의는 전쟁터에서 지내며 느끼는 긴장과 혼란에 끊임없이 공격받는다. 불현듯 병사는 자기 몸조차 오롯이 자신의 뜻대로 움직이지 못하고 있었다는 사실을 깨닫게 된다. 밀려드는 충동이나 북받치는 감정이 그를 사로잡아 자기 생각과는 어긋나는 행동을 몇 번씩 되풀이하도록 강요했던 것이다. 그의 가슴에 자리한 양심은 이제까지 잠들지 않았다. 그는 언제나 내면에서 들려오는 목소리를 따르고 싶어했다. 그저 그 고귀한 외침보다 소란스러운 충동과 격정의 목소리가 폭력으로 가득 찬 세계에서 그를 다스릴 뿐이다.

그러나 그의 양심은 이상적인 모습을 그려낼 뿐, 그가 어떤 상황에 놓여 있는지는 도무지 신경 쓰지 않는다. 양심은 늘 홀로 서 있으며 위엄을 지키려 할 뿐이다. 죄의식이 눈을 뜨는 순간부터 전투를 치르는 병사의 내면이 써내려가는 나날은, 양심이 비추는 이상을 이루기 위한 투쟁의 역사이다. 그는 뜻하지 않게 동료의 죽음을 바라볼 수밖에 없었던 일을 떠올리며 두려움에 떨지도 모른다. 적군을 죽이며 양심의 가책에 고통스러워할지도 모른다. 위대한 조국의 뜻과 정의를 위해 피를 흘려야 함은 잘 알더라도, 아군이 고른 수단을 끝끝내 받아들이지 못해 저항할 수도 있다. 군대조직의 인간관계 속에서는 언제나 바람직한 모습을 보이려 애쓰고 있으리라.

더는 죽음과 살인의 책임을 다른 사람에게 떠넘길 수 없게 된 병사가 자아를 되찾기 위해 애써야 하는 상황은 이곳저곳에 가득하다. 잔인한 양심은 언제나 그에게 아직 부족하다고 다그친다. 어째서 더 노력하지 못했는가 꾸짖을 뿐이다. 인간답게 살고 싶다는 희망은 더없이 평범하지만 어떤 상황에서는 그저 잠꼬대에 지나지 않는다.

고통과 죽음에 대한 본능적 공포 말고도 사람들에게 죄를 짓게 만드는 상황은 많다. 오늘날 전쟁터에서는 죄악과 불확실한 미래라는 두 선택지 가운데 하나를 골라야만 하는 상황이 곧잘 벌어진다. 정답은 없고 그저 어둠 속에 뛰어드는 기분으로 나아가야만 한다.

"인질을 쏴 죽여야 하는가?" "달아나는 민간인에게 총을 쏘아야 하는가?" 이처럼 뚜렷이 윤리적인 답이 마련된 상황은 그리 많지 않다.

"부상당한 전우를 안전한 곳까지 옮겨야 하는가? 잘 모르는 누군가를 위해 이곳을 지켜야 하는가?" 이렇듯 어느 쪽이 올바른지 알 수 없는 선택인 경우가 흔하다. 자신이 소속된 중대를 지키고자 다른 중대나 민간인의 목숨을 빼앗는 결정을 해야 할지도 모른다.

어떤 이들은 따스한 자리에서 먹음직스러운 음식을 마음껏 즐기지만 다른 한편에서는 굶주림과 추위에 고통받는 상황이 셀 수 없이 많이 벌어지는 게 바로 전쟁이다. 가엾은 아이와 파리하게 야윈 어머니에게 먹을 것과 잠자리를 양보해 준다 하더라도 병사가 큰 뿌듯함을 느낄 수는 없다. 어차피 내일이면 그들은 굶주림과 추위로 내몰리고 만다. 아무리 도움이 필요한 동료와 민간인을 돕는다 해도 병사의 마음은 편할 수 없다. 아직도 자신이 해야 할 일이 남아 있다는 죄책감에 늘 시달린다.

말할 것도 없이 이런 괴로움은 해결되지 않는다. 목표를 위해 사람들을 수단으로 삼는 전쟁터에서 그만이 홀로 사람을 존재로 여기기 때문이다. 이곳 인간들은 국가의 이해득실을 위한 소모품이다. 그 이득이 현실적인지 상상 속 날개를 펴고 날아오를지는 아무런 관계가 없다. 이런 분위기 속에서 양심을 지키려는 병사는 오직 불행한 사람들의 행복을 되찾아주고 비인간적인 환경에서 인간으로 남고자 노력한다. 그러나 그의 뜻은 온갖 억압으로 제한당하고 만다.

과거는 너무도 멀고 비현실적이기에 다른 삶을 상상하는 것은 힘들다. 전쟁 중에는 강렬하고 잊을 수 없을 만큼 또렷하게 자신을 깨닫고 자기 인생의 상황을 객관적으로 이해할 수 있다. 그러나 폭력과 증오의 환경에서는 의식에 이르기가 더 어려워지기 때문에 자기 개시가 어려운 게 보통이다.

죽음의 신께 바쳐진 자들
절망의 탄식 소리 들린다.
전쟁이 끝나지 않기를 바라는
잔인한 영혼을 불태워 버릴 수 있다면
이 세계는 평화의 깃발 휘날리리.

(이범신, 〈전선노트〉)

부상자를 보내고 록우드 중령은 진지를 다시 꾸렸다. 탄약 재공급을 위해 웰스 소위에게 연락했으나 아무런 응답이 없었다.

하나뿐인 도로의 교통량이 갑자기 늘어나고 수송수단이 모자랐다. 록우드는 그의 2대대 지휘소를 하갈우리에서 전방으로 옮길 수가 없었다. 어쩔 수 없이 이동이 끝날 때까지 필립스 대위와 헐의 지휘권을 데이비스 중령에게 맡겼다. 중공군의 총공세가 있던 그날 밤, 데이비스는 무려 5개 소총중대를 지휘하는 무거운 짐을 져야만 했다.

의무병이 상처를 싸매주는 사이, 필립스는 전화로 데이비스를 불렀다.

"제1차 공격은 막았습니다만, 피해가 너무 컸습니다. 증원이 필요합니다."

"좋아, 곧바로 보내지."

이때 유담리의 지휘 상황은 군사학자들의 연구 대상이 될 만했다. 사단장 스미스 장군은 하갈우리에 있었지만, 그곳에는 사단의 많지 않은 병력밖에 없었다. 그와 두 연대장 사이 무선통신은 산에 가로막혀 무척 느리고 어려웠다.

전화선은 중공군이 이미 끊어버린 뒤였다. 정상적이었다면 바로 부사단장 크레그가 비행기로 현장에 날아와 지휘를 맡아야 했지만, 그는 미국으로 급히 소환되고 없었다.

이제 전방 연대장 2명으로 사단의 최소 통제 아래 전투를 치를 수밖에 없다는 사실이 뚜렷해졌다. 해병 7연대장 리첸버그와 해병 5연대장 머레이는 참모진을 한자리에 모아 협동작전을 쉽게 할 수 있도록 조치했다. 머레이는 리첸버그가 쓰던 천막으로 옮겨갔다. 두 연대의 행정장교 다우세트와 스튜어트 또한 한 팀이 되었다.

리첸버그는 머레이보다 선임이었다. 머레이는 그때까지 중령이었다. 두 연대장은 서로 합의하고 결정한 일을 행동으로 옮기며, 격찬을 받기에 조금도 모자람이 없을 만큼 눈앞에 놓인 막중한 문제를 잘 풀어나갔다.

데이비스 중령이 합동 지휘소를 호출해 지휘관들에게 필립스 대위의 상황을 설명했다. 기다리고 있었다는 듯 히터 중대 두 소대가 곧바로 명령을 받고 1282고지로 달려갔다.

20
불꽃

 안곡 방어선에 위치한 제31연대 3대대와 제57포병대대에 중공군이 공격해 온 시각을 보면 페이스 대대 전방 방어선에 대한 공격과 협조된 게 틀림없었다. 동쪽에서 쳐들어온 중공군은 과감히 안곡 지역에 공격을 실행했다. 안곡 숙영지에서 아무런 방어대책이 없었던 유일한 방향이었다. 중공군은 동쪽 방어선을 침투하는 데 어떤 어려움도 없이 마치 그곳에 있었던 듯이 매우 빠르게 보병 방어선을 무찔렀다. 그들은 3대대 지휘소에 다다라 단숨에 빼앗고, 계속해서 A포대의 포병진지와 차량 주차지역을 덮쳤다. 안곡에 퍼부은 기습 공격은 페이스 대대에서보다 한결 성공적이었다. 첫날 밤 안곡 지역 진지는 고스란히 중공군에게 짓밟히고 말았다.

 11월 28일 이른 시간까지만 해도 후동리 지휘소는 전방진지와 안곡 양쪽으로부터 적의 활동에 대한 혼란스러운 보고를 받았다. 그러나 그곳에서 정확히 무슨 일이 일어나고 있는지 명쾌하게 이해할 수는 없었다. 통신은 곧 어려워졌고 아예 끊겨버렸다.

 얼마 뒤 전방 방어선에서 적의 공격에 대한 최초 메시지가 왔다. 린치 소령은 직선거리로 1000미터쯤 떨어진 풍산리 사령부의 제7사단 작전참모 패독 대령과 연대 SCR-193 무전기로 연락하려고 애를 썼다. 린치 소령의 걱정과 달리 다행히도 사단장 바르 장군이 곧바로 응답을 했다.

 바르는 린치에게 호즈 장군과 교신하고 싶다고 말했다. 호즈는 자신이 아는 전투 상황을 짧게 알리고, 다음 날 공중지원 우선권을 달라고 바르 장군에게 건의했다. 또한 제31연대 2대대가 아직 도착하지 않아 필요한 전투력을 채울 수 없다고도 했다. 그러나 무선교신은 대화가 채 끝나기도 전에 끊어져 버렸고, 다시는 복구되지 않았다. 이것이 장진호 동쪽에서 제31연대전투단이 사단 사령부와 통화한 오직 하나뿐인 교신이었다.

호즈 장군의 작전보좌관으로서 중요한 위치에 있는 린치 소령은 한 번도 후동리 너머 북쪽으로 가지는 않았다. 적에게 포위된 제31연대전투단을 구하기 위한 호즈의 노력을 누구보다 잘 알고 있었지만 불현듯 그는 어떤 예감이 스쳐지나갔다. 린치는 육군에서 지낸 오랜 경험이 있었다.

11월 27일 저녁 맥클린 대령이 후동리를 떠난 뒤, 호즈는 맥클린에게 어떤 지시도 내리지 않았다. 맥클린은 후동리에서 밤을 새울 계획이었으나 호즈와 대화하는 동안 마음을 바꿔 전방부대에 합류하기 위해 북쪽으로 돌아갔다.

연대 전방 지휘소 통신장교인 맥내리 소위는 28일 새벽 1시 로빈슨 소령을 흔들어 깨웠다.

"북쪽과 남쪽에서 적이 공격 중이며, 연대장님은 후동리에서 돌아왔다가 페이스 대대 지휘소가 있는 북쪽으로 떠나셨습니다."

그날 저녁 늦게 페이스의 지휘소에서 뜻하지 않은 사건이 일어났다. 커티스 소령은 적의 공격이 시작되기 전에 맥클린 대령이 도착했다고 생각했다.

하갈우리 해병 제1사단에 나가 있는 제31연대 연락장교 스킬튼 중위는 해병 제1사단 작전명령 사본 1부를 연대장에게 전달하려고 페이스 대대 지휘소에 이르렀다. 문서를 건넨 스킬튼은 하갈우리로 돌아가고자 한밤에 차를 몰고 떠났다. 그때는 중공군이 1221고지에 화염장애물을 설치하기 전이어서 그는 무사히 하갈우리에 닿았다.

그날 밤 적이 공격했을 때 맥클린 대령은 페이스 대대 전방 방어진지에, 호즈 장군은 후동리의 연대 후방 지휘소에 있었다. 그러니까 장진호 동쪽에 있었던 두 선임장교는 제31연대 방어진지 반대쪽 끝에서 어떠한 접촉도 서로 없었던 셈이다.

11월 27일에서 28일 밤 중공군은 두 번의 주요한 공격을 감행했고, 세 번째 공격은 날이 새기 바로 직전에 이루어졌다. 중공군이 1221고지에 도로장애물을 설치하고 숨어 있다가 의무중대를 공격한 것은 그때쯤이었다.

레이 엠브리 중령과 제57포병대대본부, 제임스 맥클리몬트 대위의 제15대공포대대 D포대는 1600미터 북쪽에서 예하부대 2개 포대를 거느린 아군이 적과 격렬하게 전투하는 줄도 모르고, 작은 골짜기에서 아늑한 밤을 보냈다. 1456고지 서쪽 기슭의 내포(內浦)처럼 생긴 지역으로 주보급로 동쪽 풍류리강 어귀에서 800미터쯤 떨어진 곳이었다.

맥클리몬트는 어두워지기 바로 직전, 제57포병대대본부가 숙영지를 설치했던 곳에 도착했다. 그는 40밀리 박격포 2문이 달린 완전궤도 M-19 4대와 쿼드-50 반궤도 M-16 4대를 제57포병대대본부와 지휘소에 보호되고 있는 방어진지 안에 배치했다. 그곳은 숙영지 서쪽 도로를 통제할 수 있었다. 그는 제1소대 지휘소를 작은 골짜기 한가운데 남쪽에 세웠다. 숙영지 안에는 보병이 없었다. 맥클리몬트는 포대 지휘소와 제1소대 지휘소 간에 유선을 깔고 야전 전화기를 놓은 뒤 M-19 M-16에도 전화를 연결했다. 저녁에는 식당 천막을 치고 포대 인원 모두가 따뜻한 식사를 누렸다.

27일에서 28일로 넘어가는 밤 장진호 곁 작은 골짜기는 조용하기만 했다. 맥클리몬트와 함께 있던 이들은 북쪽에서 벌어지는 전투 소리를 듣지 못했을 뿐 아니라 남쪽의 의무중대가 중공군에게 기습공격 당한 사실도 전혀 알지 못했다.

위기는 갑작스레 찾아왔다. 11월 28일 동트기 바로 직전 적이 나타났다. 첫 번째 신호는 제57포병대대본부와 맥클리몬트 포대 지휘소 주변에 떨어진 박격포 포탄이었다. 맥클리몬트는 제1소대에 전화를 걸었다. 전화를 받은 칼코트 준위는 소화기와 박격포 사격을 받고 있다고 알렸다. 그는 지휘소 가까이에 있는 M-19로 달려가 뒤로 올라탔다. 소화기 사격은 휘파람 소리를 냈고, 박격포는 더 많은 포탄을 퍼부었다.

맥클리몬트는 대열에 있던 적들을 모조리 없앴는데, 그가 짐작했듯이 그들은 중공군이었다. 전화를 받고 난 다음 그는 M-16으로 달려가 덴햄 상사에게 사격을 멈추라고 말했다. 이따금 박격포 포탄이 떨어지는 것 말고 숙영지는 정적에 싸였다.

그런데 정적은 느닷없는 사격 소리에 깨졌다. 1소대 지휘소에서 나는 소리였다. 맥클리몬트 대위는 제1소대 지휘소에 전화를 했으나 응답이 없었다. 날이 밝고 시야가 트이자 맥클리몬트는 1소대 지휘소로 썼던 오두막집에 불이 났음을 알았다. 발라드 소위에게 지휘소를 맡긴 그는 병사 셋을 데리고 도로변을 따라 남쪽으로 움직였다. 그는 도로를 확실하게 장악할 계획을 세운 다음 지휘소로 돌아왔다.

맥클리몬트의 소집단이 도로를 따라 움직일 때, 해병 제5연대 아니면 제57포병대대가 설치한 듯 여겨지는 모래주머니로 된 전초진지에 접근하게 됐다.

그들이 전초 35미터쯤 앞으로 다가가자, 갑자기 총알이 날아들었다. 맥클리몬트의 부대도 총을 쏘았다. 그러나 맥클리몬트의 카빈총은 혹독한 추위에 기계장치가 둔해져 좀처럼 말을 듣지 않았다. 그는 카빈을 던져버리고 길 위에 있던 기관단총을 집어 들었으나 한 번 발사된 뒤 클립이 얼어버렸다.

맥클리몬트 대위는 가까운 병사에게서 M-1소총을 넘겨받아 함께 있던 부하 3명에게 적이 차지한 참호의 총구를 겨냥하도록 했다. 4명이 함께 참호를 향해 총을 쏘았다. 그는 중대 지휘소 쪽을 돌아보며 소리쳤다.

"바주카포 가져와!"

바주카포와 포탄이 곧 도착했다. 맥클리몬트가 모래주머니 참호에 바주카를 쏘았으나 아래쪽에 떨어져 실패했다. 다시 쏘았으나 이번에도 실패였다. 이번에는 너무 높이 날아간 포탄이 모래주머니 총구 바로 뒤에 세워져 있던 포병의 지프 한 대를 폭파했다.

화가 난 맥클리몬트가 다시 소리쳤다.

"수류탄! 수류탄!"

누군가 수류탄 한 발을 건넸고, 그는 얼른 받아 모래주머니 참호 가까이까지 기어가서 핀을 뽑아 참호 안으로 높이 던졌다. 수류탄은 폭발했다. 그러나 그가 발을 내디디려 하자 참호 속에 있던 중공군이 참호 가장자리로 기관총을 내밀고는 20발쯤 쏘았다.

맥클리몬트는 부하 한 사람을 참호보다 더 높은 곳으로 보내고, 자신은 둑길을 기어올라 참호 안이 잘 내려다보이는 지점으로 다가갔다. 부하 하나가 그를 뒤따라왔다. 둘은 참호 안에 집중사격을 가했다. 이상하리만치 참호 안은 조용했다. 아무도 없는 듯 고요한 적막만이 흘렀다.

둘이 참호를 향해 발을 떼는 순간, 수류탄 한 발이 굴러나와 무디고 약한 폭발음과 함께 터졌다. 그들은 참호로 달려가 총을 최대한 높이 늘어올려 총탄이 총구 안으로 들어가도록 아래쪽을 겨누어서 사정없이 쏘아댔다. 사격은 멈추었고 참호 안에는 아무런 움직임이 없었다.

맥클리몬트는 철모를 M-1소총 끝에 올려놓고 참호 위쪽으로 움직여 보았다. 어떤 반응도 없었다. 맥클리몬트 일행은 조심스럽게 안을 들여다보았다. 중공군 5명이 안에서 죽어 있다. 그 가운데 하나는 몸이 여기저기로 흩어져 있었는데, 맥클리몬트가 총구 안으로 던져 넣은 수류탄을 몸으로 덮친 게 틀림없었다.

맥클리몬트는 1소대 지휘소로 떠나기 전에 더 많은 병력을 모아야겠다고 생각했다. 그는 여기저기 연락해서 곧바로 합류할 수 있는 병사들을 불러 모았다. 10여 명이 왔는데 몇몇은 제57포병대대에서 왔다. 그는 하갈우리 방향의 도로를 따라, 앞서 M-19로 적의 대열을 저지시켰던 곳으로 병력을 이끌고 갔다.

80여 구의 중공군 시체가 흩어진 45미터쯤 되는 도로를 따라 맥클리몬트가 시체더미에 도착했을 때였다. 죽은 척했던 네댓이 재빠르게 일어나 남쪽으로 구부러진 길로 달아났지만 그들의 도주는 끝내 성공하지 못했다. 이 행군 대열을 향한 무차별 파괴는 40밀리 포탄이 얼마나 치명적인가를 고스란히 보여주었다. 포탄 한 발이 한 사람에게 맞으면 가까이 모여 도망가는 서넛이 동시에 쓰러졌다. 중공군의 장비와 무기가 온통 주위에 널려 있었다.

중공군 대부분은 미국제 톰슨 기관단총으로 무장했다. 톰슨 기관총을 지닌 병사들은 20발들이 탄창을 끼우는 홈이 난 탄창 조끼를 입었다. 그들이 지닌 톰슨 기관단총은 두 가지 모델이었다. 하나는 앞뒤에 권총 손잡이가 달렸고, 다른 하나는 뒤쪽에 권총손잡이가, 앞쪽에 총 열판이 있었다. 어떤 것은 50발들이 원형드럼탄창을 썼지만 대부분 10~20발들이 탄창을 썼다.

맥클리몬트는 몇 개의 톰슨을 이리저리 다루어 본 뒤 45구경 탄약 10~20발들이 탄창을 쓰기로 했다. 그는 탄창조끼를 하나 구했는데 한국에 있는 동안 내내 가지고 다녔다. 그는 톰슨 기관단총을 단발사격에 맞추고 시험사격을 해보다가 중공군이 총에 윤활유를 치지 않는다는 사실을 알게 되었다.

미군이 추운 날씨 속에서 사격을 하다 실패하는 이유가 바로 거기에 있었다. 영하의 온도에서 얼지 않는 액체는 없다. 제2차 세계대전 때 소련 동부전선에서 싸운 독일 병사들은 추운 겨울에는 무기에 윤활유를 쓰지 않았다. 그들은 기름을 치면 얼어버려 무기가 제대로 돌아가지 못한다는 사실을 알고 윤활유 대신 깨끗한 마른 가루를 썼다.

맥클리몬트 대위는 1소대 지휘소로 가기 위해 작은 골짜기 남쪽 고지에서 동쪽으로 구부러지는 곳까지 가는 안전한 도로를 찾는 데 온 힘을 쏟았다. 지휘소는 거의 275미터 동쪽, 골짜기 남쪽 부근에 자리했다. 맥클리몬트는 한 지점을 정하고, 부하 10여 명을 등 뒤에 여럿 흩뜨려 세웠다. 그들은 조심스럽게 지휘소로 접근했다. 45미터도 채 못가서 맥클리몬트는 총격을 받았다. 그러나 단 한 명의 적도 찾아낼 수 없었다.

다시 조심스럽게 나아가다가 눈앞에 무언가 움직이는 걸 느꼈다. 그는 순간적으로 몸을 양옆으로 흔들면서 달려가며 총을 쏘았다. 곧 100미터 앞 땅이 움푹 파인 곳에 잔뜩 웅크린 중공군 한 사람을 발견했다. 순간 그의 톰슨 기관단총이 한 치 머뭇거림도 없이 중공군을 쏘아 엎어뜨렸다. 중공군은 머리에 피를 흘리며 죽었다.

다음 순간, 중공군 2명이 손을 들고 맥클리몬트 앞에 나타났다. 그는 중공군 둘에게 다가오라 손짓했고, 부하 하나가 그들의 수류탄과 탄약 운반배낭을 빼앗았다.

좀더 먼 곳에 있던 다른 중공군이 일어서서 맥클리몬트 일행에게 총 몇 발을 쏘고는 1소대 지휘소 쪽으로 서둘러 뛰어가기 시작했다. 맥클리몬트는 70미터쯤 떨어진 거리에서 그 중공군에게 총을 쏘았으나 적은 재빠르게 피해 낡은 우마차 쪽으로 달아나 버렸다. 운동화를 신은 중공군은 매우 빨랐다. 맥클리몬트가 바짝 뒤쫓으며 다시 쏘았으나 실패였다. 중공군이 작은 언덕 꼭대기에 가까워졌을 때 맥클리몬트는 보다 조심스럽게 목표물을 겨냥했다. 기관단총이 불을 뿜자 중공군은 팔을 번쩍 들어올렸다가는 땅 위로 힘없이 꼬꾸라졌다.

맥클리몬트 일행은 계속해서 조심스럽게 1소대 지휘소로 다가갔다. 지휘소에서 얼마 떨어지지 않은 곳에서 한 대의 쿼드-50을 발견했다. 쿼드-50은 수리가 불가능한 상태였다. 지휘소 오두막은 불에 타오르고 주위에는 어떤 낌새도 눈치챌 수 없었다.

갑자기 격렬한 소화기 사격이 쿼드-50 주변으로 쏟아졌다. 총탄은 골짜기 남쪽 고지에서 날아왔다. 모두 몸을 낮추어 급히 숨었다. 맥클리몬트는 쿼드-50 트레일러 밑으로 굴러 들어갔다.

산기슭에 있던 중공군 한 무리가 고지로 기어 올라가 골짜기를 벗어나려 했다. 맥클리몬트 일행은 한꺼번에 그들에게 총격을 세차게 퍼부었지만 단 한 명도 죽이지 못했다. 포병 지휘소 근처 골짜기 북쪽에 있던 완전궤도식인 M-16 한 대에서 중공군 여럿 뛰쳐나왔다. 그들은 허옇게 드러난 산비탈을 오르다 일제히 총을 굴러떨어지기 시작했다. 살아서 산등성이를 넘어간 적은 그리 많지 않았다.

한참 뒤 중공군들을 모두 없앴다고 여긴 맥클리몬트는 트레일러 밑에서 기어나왔다. 그 순간 갑자기 중공군의 총탄이 다시 주변의 언 땅으로 마구 쏟아져 박혔다.

그는 뒤로 굴러 트레일러 아래로 들어갔다. 그러자 부하 하나가 고함을 질렀다.

"트레일러에 불이 붙었습니다! 빨리 나오십시오!"

맥클리몬트가 위를 슬쩍 쳐다보니 정말 불꽃이 활활 타오르고 있었다. 그는 재빨리 몸을 날려 6미터쯤 떨어진 눈구덩이로 달려가 다이빙하듯 몸을 던져 안쪽으로 숨었다. 그 순간 트레일러에 있던 휘발유통에 불꽃이 옮아 붙으며 그 안에 있던 탄약이 터지기 시작했다.

맥클리몬트 일행이 1소대 지휘소에 접근했을 즈음에는 트레일러에 불을 붙인 적의 사격도 차츰 잦아들고, 도착하자 적의 모든 행동이 멈추었다. 맥클리몬트는 제57포병대대 부대대장 모리스 소령이 오두막집 마당에 싸늘하게 죽어 있는 것을 발견했다.

맥클리몬트와 그의 부하들이 도로로 올라가는 사이 그곳에서 탈출하려던 모리스는 포병 지휘소에서 곧장 골짜기를 가로질러 1소대 지휘소 쪽으로 간 게 틀림없었다. 오두막 안에는 칼코트 준위가 얼굴을 땅에 처박은 채 숨져 있다. 그의 오른팔은 수류탄 폭발로 엉망이 되었다. 칼코트는 중공군이 지휘소를 둘러싸고 오두막 안으로 수류탄을 던져 넣기 시작할 때 그중 여러 개를 다시 밖으로 내던졌는데, 그만 그의 손안에서 수류탄 하나가 터지고 말았다. 하지만 정작 그의 목숨을 앗아간 것은 소화기 사격이었다.

제1소대장 채프맨 소위는 살아 있었다. D포대 선임하사는 맥클리몬트가 출발한 뒤 중대 지휘소를 떠나 1소대로 가다가 중간 지점에서 사살당했다. 1소대 지휘소와 맥클리몬트 주변에서는 장교 2명과 사병 4명이 목숨을 잃고, 장교 1명과 사병 6명이 살아남았다.

1소대의 M-19 4대와 M-16 4대 가운데 중공군은 1소대 지휘소 근처에 있던 M-19를 망가뜨려 놓았다. 근처에 있던 M-16도 매우 심한 냉기와 배터리 방전으로 꿈쩍도 하지 않았다. 2.5톤 트럭 2대는 소화기 사격으로 아예 망가졌다.

이 중공군은 남쪽에서 공격해 왔다. 도로를 따라 움직이던 대열은 제57포병대대본부 지휘소에서 180여 미터 자리한 M-16에 의해 격파되었다. 두 번째 적은 1456고지 돌출 산등성이 남서쪽을 가로지르는 협궤철로를 넘어 1456고지 중심부 남쪽 작은 골짜기로 들어왔다. 사상자가 발생한 것은 거의 두 번째 적 때문이었다.

엠브리 중령에 따르면, 중공군은 제57포병대대 지휘소에는 다다르지 못했으나 이른 아침 전투 때 받았던 박격포와 소화기 사격이 사상자를 낸 가장 큰 원인이었다.

교전 초기에 엠브리는 소화기 사격으로 허벅지를 다쳤다. 엠브리 중령이 다치고 모리스 소령이 죽자, 제57포병대대의 다음 선임자는 작전장교인 톨리 소령이었다.

이로써 맥클리몬트의 M-19와 M-16이 제57포병대대본부 근처 숙영지에 있지 않았던 사실은 확실해 보였다. 중공군이 남쪽에서 공격했다면 진지를 빼앗고 800미터쯤 떨어진 풍류리강 안곡까지 줄곧 나아갔으리라. 중공군은 그곳 후방에 있는 3포대를 빼앗은 뒤 재집결지로 삼아 남아 있던 제31연대 3대대와 포병의 A포대와 B포대를 잇따라 공격했을 것이다. 그것만으로도 안곡 진지를 침범하고 무너뜨렸다고 중공군은 생각했는지도 모른다.

1950년 11월 28일 오후, 중국 특파 대사 우슈취안(伍修權)이 유엔 안보리 회의장에 모습을 드러냈다. 한반도 북방의 가장 큰 호수 장진호 주변이 지옥의 불구덩이일 때였다. 그는 미국을 비난하고 새로운 중국을 알리는 데 목청을 돋웠다.

"중화인민공화국 중앙인민정부의 명을 받들어 온 중국 인민을 대표해 이 자리에 나왔습니다. 나는 중국영토 타이완과 우리나라와 가까운 조선을 무장 침략한 미국 정부를 고발하는 바입니다. 미국은 타이완의 미국위탁관리와 중립화를 은밀히 꾀했습니다. 이는 카이로회담과 포츠담선언에 어긋납니다. 타이완을 자신들의 항공모함처럼 취급하는 미국은 규탄받아 마땅합니다."

미국대표 오스틴(Austin)이 받아쳤다.

"미국은 타이완을 침략하지 않았습니다. 중화민국 외교부도 미국의 침략을 받지 않았다고 하지 않았습니까?"

우슈취안이 버럭 성을 냈다.

"미 7함대와 13항공단이 지금 어디에 있는지 아십니까? 타이완에 와 있습니다. 타이완에 없다면 화성에 있다, 뭐 이런 말입니까? 미 제국주의자는 1895년 일본 침략자가 걷던 길을 되풀이하고 있습니다. 지금은 1950년입니다. 시대가 다르고 상황도 변했습니다. 중국도 그때의 중국이 아닙니다. 중국 인민들은 언제든 침략자를 몰아 쫓아낼 모든 준비를 갖춰 놓고 있습니다. 우리 중국의 영토 회복 다짐을 결코 가벼이 보지 않길 바랍니다."

이어서 중국대표단은 세 가지 건의안을 안보리에 내놓았다.

"미국의 타이완 침략과 조선 문제 개입은 범죄행위다. 견책과 제제를 바란다. 미국 군대는 타이완에서 물러나라. 미국을 비롯한 모든 외국 군대도 조선에서 빠져라."

그 무렵 미국에는 중공을 좋게 보는 인사가 많았다. 연설이 끝나자 방청석에 있던 신문기자 에드거 스노우(Edgar Snow)가 다가와 악수를 청했다.

미 7함대가 타이완해협을 봉쇄하자 중국은 미국을 침략자로 정했다. 항미원조 보가위국(抗美援朝 保家衛國)! 중국인이라면 밀어낼 수 없는 구호도 내걸었다. '항미원조총회'도 세웠다. 순수 민간단체로서 간부들도 당원이 아닌 이들로 꾸렸다. 실권은 중공 지하당원들이 쥐고 있었다. 회장은 문단과 학계의 우두머리 궈뭐뭐(郭沫若)가 맡았다. 궈뭐뭐는 북한에 아는 사람이 많아 최용건, 김두봉, 홍명희, 이극로와 친분이 두터웠다.

항미원조총회는 온 국민을 상대로 '스톡홀름 평화선언' 지지 서명운동을 펼쳤다. 11월 28일 인민일보에 따르면 일주일 만에 2억 2353만 1898명이 서명을 했다. 총회는 위문품과 무기 구입에 쓸 헌금도 부추겼다. 월급을 스스로 내놓는 노동자와 숨겨 놓은 돈을 들고나오는 농민들이 나라 곳곳에서 끝없이 줄지어 늘어섰다. 이날 결혼식을 앞두고 지원군에 스스로 나선 젊은 부부가 신문에 큼직하게 실렸다. 신랑의 첫마디는 사람들의 마음을 사로잡았다.

"피와 땀은 두렵지 않습니다. 우리 조국을 위해서라면!"

그때 한 시인이 외쳤다.

"쭈이 커아이더 런(最可愛的人)!"

누구보다 사랑스러운 사람이란 뜻이었다. 4만여 명이 혼인 서약과 함께 지원군 자원서에 서명했다. 예비부부들도 많았는데 신붓감이 귀에 대고 몇 마디

하자 정신이 번쩍 들어 결혼을 늦추기도 했다.

항미원조총회는 돈이 많이 몰렸다. 아니나 다를까, 상하이의 한 약장수가 가짜 약을 팔다가 붙잡혔다. 체포되어 다음 날 공개 처형당했다. 이와 달리 어느 전통극 가수는 비행기 한 대를 내놓기로 약속했다. 다들 비행기가 얼마나 비싼지 아느냐고 말렸지만 그의 결심에는 흔들림이 없었다. 그는 전국 곳곳을 다니며 노래를 부른 지 6개월 만에 비행기 한 대를 조국에 바쳤다. 그의 이름을 따서 그 비행기는 창샹위(常向玉)라 불렸다.

짙은 어둠이 깔리자 중공군은 공격신호와 함께 우렁차게 군호를 내지르며 미군 진지로 돌격해 들어갔다. 제58사단 작전참모 주원빈의 제173연대는 남서쪽에서, 제172연대는 동쪽에서 동시에 공격을 시작했다. 미군이 재빨리 전차포와 무반동포, 추격포, 바주카포를 쏘아대며 맞서 싸웠으나 중공군은 두려움 없이 빗발치는 탄화 속으로 곧장 나아갔다.

중공군 제20군 58사단은 적의 약점을 찾으려고 미리 정찰조를 보내 미군 진지 탐색을 마쳤다. 미군들이 '뛰어난 야간전투부대'라고 인정할 만큼 야간전투에 능한 58사단의 사단장 황쭈티엔은 82밀리 추격포 18대에 포탄 90발, 60밀리 추격포 54대에 포탄 120발을 준비하고는 전장으로 치고 들어왔다.

기선을 제압한 덕분이었는지, 장진호 동쪽에 위치한 제172연대는 뛰어난 무기를 앞세운 미군의 반격에도 굴하지 않고 상갈우리를 차지했다. 다리를 공격할 때는 미군의 화력에 저지당했으나 임기응변에 능한 중공군은 방향을 바꿔 동산(하갈우리 동북쪽에서 동남쪽까지 일대)을 공격했다.

황쭈티엔은 제3대대 부대장 우궈상에게 명령했다.

"제9중대를 이끌고 동산을 공격해라. 동산을 손에 넣으면 하갈우리 쪽으로 진격하라!"

적잖은 인명 피해가 따랐지만 전투는 순조롭게 진행되었다.

동산에 자리한 미군은 중공군의 움직임을 제대로 파악하지 못했다. 미군은 긴 네모꼴 모양으로 얕은 굴을 파고 침낭 속에서 잠을 잤다. 어둠을 틈타 제9중대 병사들은 조용히 구덩이로 다가가 미군들이 잠든 침낭에 올라탔다. 세상모르고 잠자던 미군들은 그야말로 혼비백산이 되어 달아나거나 용감히 맞서 싸우는 등 어지럽고 급작스러운 상황을 맞닥뜨렸다.

치열한 격투 끝에 중공군들은 수십 명의 미군을 사로잡았다. 격투 가운데

울린 한 발의 총성이 날카롭게 고요를 깨우자 곧 총알이 비 오듯 쏟아졌다.

격렬한 공방전 속에서 제9중대 공작원이 희생되었다. 그러나 전투를 멈출 수는 없었다. 중공군들은 귀신처럼 나타나 곳곳에서 기습을 가하며 산봉우리 3개를 잇달아 공격했고, 주력부대를 도와 1071.1고지 최고봉과 서남서 고지를 무너뜨렸다.

제9중대는 최고봉을 차지한 뒤 제2대대 제5중대와 합류했다. 새벽이 밝아올 즈음 제172연대는 하갈우리 동쪽 산지를 완전히 제압했다.

동산을 차지한 뒤 우궈상은 후속임무를 마치고자 제5중대와 함께 부대를 가다듬었다. 그러나 제5중대는 지난밤 전투로 사상자가 많았다. 그는 상부와 연락을 시도했으나 교신할 방법이 없었다. 우궈상은 공격과 방어 사이에서 좀처럼 결단을 내리지 못했다. 공격하자니 적의 상황을 확실히 알지 못하는 데다 아군 병력도 모자라 자칫하면 애써 차지한 진지마저 지키지 못하게 된다. 그렇다고 방어를 하자니 후속임무를 마칠 수 없었다.

"이래저래 진퇴양난이로군. 어찌해야 한단 말이냐."

우궈상은 무거운 마음으로 애꿎은 통신기만 뚫어져라 쳐다보았다.

이때 제58사단 제2정치위원 저우지창과 참모장이 걸어서 장진호 동쪽 기슭에 이르렀다. 그들은 아득한 눈밭에서 우연히 무전기를 찾아냈다. 무전기를 흔들자 때마침 우궈상이 받았다.

우궈상은 흥분한 목소리로 그동안 있었던 전투상황을 자세히 알리고 후속임무를 끝낼 수 있도록 빨리 부대를 보내줄 것을 요청했다.

"1차 임무는 해냈습니다. 2차 임무로 들어가자면 인원 보충이 시급합니다. 서둘러 병사들을 보내주십시오. 많은 희생이 있었습니다만, 남아 있는 병사들 사기가 한껏 치솟아 있지요. 여세를 몰아 공격해 가는 게 좋겠습니다."

"알았네. 하지만 그사이 미군이 반격해 올지도 몰라. 곧장 부대를 재편성하고 참호를 만들도록 하게. 폭격기나 화력에 대비하자면 서둘러야 하네."

"네. 철저히 임하겠습니다."

"새로운 상황이 닥치면 곧 알려주게."

"그렇게 하겠습니다."

보고를 마친 우궈상은 한결 홀가분해진 마음으로 참호를 만들며 생각했다. '이 평화로운 시간이 얼마나 이어질까. 지난밤에도 많은 병사들이 목숨을 잃었다. 그 애석한 죽음의 대가는 어디서 보상받을 수 있단 말인가. 우리의 적은 누구인가. 나의 적은 누구인가. 얼마나 더 많은 희생을 치러야 이 전쟁이 끝나려는지⋯⋯.'

서서히 먼동이 터온다. 눈발은 지칠 줄도 모르고 더욱 세차게 휘날린다. 온종일 피 말리는 전투를 겪었음에도 승리에 도취된 병사들의 투지는 하늘을 찌를 듯 높았다. 그들은 눈바람을 맞으며 참호를 만들고, 미군이 버리고 간 총과 탄약 등을 알뜰히 주워 모았다.

11월 29일 천껑은 베이징에 닿았다. 당 중앙과 마오쩌둥에게 월남 상황을 보고하고는 한국으로 떠났다. 첫날은 밤길에서 아침을 맞았다. 펑더화이가 관리하는 작전회의에 참석한 그는 장진호 전투를 이끈 쑹스룬(宋時輪)과 3일 밤낮을 지새워서 중국으로 돌아갔다. 마오쩌둥은 천껑을 지원군 제3병단 사령관과 정치위원 자리에 앉혔다.

"부대를 꾸려서 조선으로 떠나라! 천껑!"

천껑은 1927년 1차 국공합작이 깨진 뒤 저우언라이가 다스리던 지하공작자(地下工作者) 시절 국민당에 붙잡힌 경험이 있다. 온갖 고문을 당해 상처투성이가 되어 그는 고통의 시간과 싸웠다. 국민당군의 중심 후쭝난(胡宗南)과 황푸군관학교 동기생들이 장제스에게 천껑을 살려달라고 하소연했다.

아끼던 옛 부하를 장제스도 마냥 내버려두지 않았다. 감옥을 나온 천껑은 멀쩡한 데라곤 없었다. 압록강을 건너면서 대나무 지팡이에 몸을 의지하는 내내 비칠댔다. 활달한 익살쟁이인 천껑은 타고난 성품을 잃지 않았다. 그런 천껑에게 펑더화이가 지원군 총부 제2부사령관도 맡겼다.

그때 제1부사령관 덩화(鄧華)는 떨떠름한 표정이었다.

'아주 직책이라면 싹쓸이를 하는군. 몸도 성치 않은데 쉬어야지! 뭘 또 하겠다는 거야.'

국민당이 세워지고 신중국 선포까지 20년 동안 덩화의 전과는 천껑에 비하면 한참 밀렸다. 천껑은 펑더화이의 속내를 알았지만 신경 쓰지 않았다.

둘은 같은 후난(湖南)성 출신이라 함께 일한 적이 많았다. 천껑을 존중하면서도 솟구치는 열등감이 덩화의 얼굴에 드러나곤 했다. 늘 천껑 뒤에 서고 셋이 사진 찍을 때는 펑더화이 왼쪽을 자리했다.

그날 새벽이 밝아오기 전, 장진호 서쪽 제173연대는 경하리에 주둔한 미 해병 제1사단 전차대대로 공격해 들어갔다. 가장 먼저 전차 하나를 폭파했다. 잠들었던 미군 전차병들이 허겁지겁 달려나와 전차에 올라탔다. 그러나 곧 전차 2대가 잇달아 폭파되었다. 거의 동시에 30톤짜리 미군 중형전차가 중공군 앞으로 돌진해 왔다. 제173연대는 대전차포도 없고, 폭약포대도 바닥났다. 온몸으로 뛰어드는 것 말고는 공격할 방법이 없었다.

미군과 중공군 부대는 저마다 진지에서 숨을 골랐다. 마치 늑대 2마리가 서로 격렬하게 물고 뜯은 뒤 자신들 상처를 핥으며 또 한차례 맹렬한 싸움을 준비하는 듯했다. 밤새 휘날리던 눈보라가 천천히 멈추었다. 방금 전까지 사나운 전투가 벌어졌던 장진호도 어느새 쥐 죽은 듯 조용해졌다.

중공군 부대는 또다시 눈부시게 하얀 눈으로 뒤덮인 깊은 산중에 숨어들었다. 미군 비행기가 떼를 지어 장진호 하늘을 날아다녔다. 한밤에 급작스럽고도 맹렬한 습격을 받은 해병 제1사단이었지만, 그들의 화력은 엄청났다. 중공군들은 미군 중장비부대의 위력을 새삼 실감했다. 미군기는 나뭇가지에 바싹 붙어 저공비행을 했고, 그들이 지나갈 때면 뿌연 연기와 함께 불꽃이 피어올랐다. 푸른 산기슭과 흰 눈이 뒤덮인 산골짜기에는 포탄 구덩이가 곳곳에 만들어졌다.

양측 모두 전열을 가다듬고 다음 전투를 준비하기는 했지만 그 수준에는 큰 차이가 있었다. 막강한 공군과 육군을 지닌 미군은 재빨리 식량과 탄약, 방한물품 등 군수물자를 필요한 양보다 2~3배쯤 더 많이 준비했다. 이와 달리 중공군 부대는 너덜너덜해진 군복에 탄약도 얼마 남지 않은 데다 식량마저 모자라 병사들은 굶주림에 시달렸다. 부상자는 후송은커녕 제때 치료조차 받지 못했다.

해병 제1사단 물자보충기지이자 교두보인 하갈우리 비행장으로 수많은 수송기가 대량의 무기와 탄약과 식량 등을 실어왔다. 이 물품들은 활주로 양측에 차곡차곡 쌓여갔다. 산등성이에 숨어 저 멀리 산처럼 쌓인 물품들을 바라보는 중공군들은 그저 부럽고 또 부러울 따름이었다.

훠신밍과 우융추이는 대대 상황이 어둡다는 데 공감했다. 한 차례 전투 뒤남은 인원은 고작 300여 명. 게다가 거의가 부상자였다. 동상 때문에 손이 부어 무기를 들 수 없거나 발이 부어 산길을 오르내릴 수 없는 병사가 대부분이었지만, 다행히 조국과 민족을 지키겠다는 전사들의 투지만은 여전히 불타올랐다.

'사상자가 많은 게 대수인가? 지난날 헤아릴 수 없는 악전고투를 겪으며 우리 지원군은 꽤 많은 사상자를 낳았다. 전투중에 피 흘리지 않고 다치지도 않고 죽지 않을 수가 있겠는가? 첫 전투에서 졌다고 모든 게 끝난 것은 아니다. 절망할 필요 또한 없다. 전열을 가다듬고 나면 더 큰 전투도 몇 차례고 치를 수 있다.'

그러나 많은 사상자를 내고도 설욕은커녕 계획했던 전투임무조차 제대로 끝내지 못한 전위대 전사들은 도저히 견딜 수 없었다. 그래서 모든 대원이 함께 힘을 뭉쳐 다음 날 밤 벌어질 전투에서는 반드시 되갚고 말리라 다짐했다.

그러한 가운데 훠신밍의 생각은 달랐다. 그는 이제라도 현실을 똑바로 봐야 할 때라고 힘주어 말했다.

"미군은 전차까지 끌어다 놓고 튼튼한 방어진지를 세워 놨어. 대포나 소총은 물론 식량과 물자도 우리와는 견줄 수 없을 만큼 넉넉하지. 우리는 대포도 없고 전차도 없잖아? 목숨을 내걸고 몸으로 총알을 받으며 무작정 나아갈 수밖에 없어. 우린 좀 더 신중할 필요가 있다고."

"전차가 뭐 그리 대단하다고 그러나? 두궈싱 같은 덜렁이도 전차 한 대를 잡았는걸."

"운이 좋았을 뿐이야. 순전히 운이 좋았다고."

훠신밍은 거듭 강조했다.

"두궈싱이 누구보다 용감무쌍하다는 건 인정하네. 하지만 미군의 장점을 보라고. 그들은 '종이호랑이'가 아니야. 단점을 채우지 못한 채 장점투성이 적군과 맞싸울 수는 없어. 그건 달걀로 바위치기일 뿐이야."

우융추이가 더욱 목소리를 높였다.

"아니, 그렇게 무조건 안 된다고만 하면 대체 언제 싸우란 말인가? 어떻게 미군 식량과 물자를 빼앗을 수 있냔 말이야!"

훠신밍이 말했다.

"내가 보기엔 오늘 상황으로는 비행장 점령은 어림없어."

"임무를 내팽개쳐 버리겠다는 건가?"

순간 우융추이의 얼굴이 어두워졌다. 상부에서 내려온 전투임무를 제대로 마치지 못한다는 건 도저히 지휘관으로서 생각조차 할 수 없는 일이었다.

"하갈우리 비행장 점령은 군단과 사단이 우리에게 내린 책임이야. 저렇게 많은 음식과 탄약을 두고 다들 눈이 빠져라 때만 기다리는데 공격하지 않겠다니. 대체 뭘로 부대 물자를 채우겠다는 건가? 사기도 더 떨어질거라구."

"방법이 없어."

훠신밍은 한숨을 내쉬며 말했다.

"이렇게 싸우면 병사만 더 잃을 뿐이고, 끝끝내 부대가 한 줌 모래처럼 사라지게 될 거야."

우융추이도 더는 아무 말도 하지 못했다.

밤새 큰 눈이 내리고 기온은 더 떨어졌다. 산등성이 수풀은 하얗게 눈을 이고 돌처럼 얼어붙었다. 훠신밍은 발을 동동 구르며 두 손을 비벼대고 얼굴과 귀를 문질렀다. 란쓰옌이 짜준 털장갑도 영하 몇십 도 엄동설한에서는 크게 도움이 되지 못했다. 손가락이 얼어 잘 굽혀지지도 않았다.

훠신밍은 하갈우리 비행장 쪽을 바라봤다. 미군기가 차례로 뜨고 내렸다. 한참을 지켜보던 그가 문득 우융추이에게 말했다.

"못 먹느니 차라리 폭파해 버리는 게 낫겠지?"

"뭘 말이야?"

"저 물품과 탄약 말이야. 우리가 못 먹는다고 미군놈들한테 쉽게 내줄 수도 없지."

"어떻게 그런 생각을 할 수 있어!"

우융추이는 그 자리에서 반대했다.

"저걸 날려버리면 몇만 명의 부대원들이 싸우기도 전에 굶어 죽거나 얼어 죽을 거야. 군단장과 사단장이 반대하는 건 둘째 치고 일단 내가 반대야!"

훠신밍 또한 지지 않고 자신의 뜻을 밝혔다.

"미군놈들에게 저걸 남겨주는 건 호랑이한테 날개를 달아주는 거나 다름없어. 저 총알과 포탄은 마침내 고스란히 우리에게 날아올 거야. 내 말이 틀렸나?"

그러자 우융추이는 고개를 저으며 덧붙였다.

"나무 막대기와 폭약을 많이 준비해서 먼저 전차를 해치우면 돼. 그 다음은 어렵지 않아."

나무 막대기를 준비하자는 건 두궈싱의 생각이었다. 그는 전차 바퀴에 총을 꽂아 멈추게 하고 전차가 그 자리에서 뱅뱅 도는 틈에 폭파한 경험을 들려주었다.

훠신밍은 단호했다.

"폭약은 준비해야 해. 하지만 그걸로 전차가 아니라 미군의 무기와 탄약을 폭파할 거야."

우융추이는 눈밭을 여러 번 서성이다가 멈추더니 도무지 알 수 없다는 눈빛으로 자신의 오랜 전우를 쳐다봤다.

"진심은 아니지, 훠 형? 상부의 작전명령을 마음대로 바꾸려는 이유가 뭐야?"

훠신밍은 오히려 더 냉정하고 평온하게 말했다.

"전황을 똑바로 보고 현실적으로 판단했을 뿐이야. 그에 따른 책임은 내가 진다."

"난 반대야!"

"그럼 우리 윗선에 보고해. 위에서 반대한다면 그때 자네 말대로 해도 늦지 않아."

우융추이는 속으로 생각했다.

'상부에 알리자고? 그래 봤자 상부에서 날아오는 건 호통뿐일 텐데, 밥 대신 실컷 욕이나 먹자고? 안 봐도 뻔하지.'

들릴 듯 말 듯 둘이 다투고 있을 때 연대본부 연락병이 그들이 숨은 수풀 아래로 들어왔다. 그는 두 사람에게 연대본부에서 여는 작전회의에 참석해 오늘 밤 치르게 될 전투방안에 대해 논의하라는 통보를 전했다.

훠신밍과 우융추이는 뤼따꺼를 데리고 서둘러 연대본부 지휘소로 달려갔다. 산간평지에 세워진 사단과 연대 지휘소 옆에는 작은 조선 농가가 있었다. 양쪽에 산이 있고 중간에는 산골짜기가 벌어져 아래위로는 나무가 드문드문 보였다. 멀리서도 골짜기 아래서 움직이는 사람들이 눈에 들어왔다.

우융추이는 산기슭에 서서 여기저기를 둘러보며 훠신밍에게 말했다.

"연대본부는 왜 하필 이런 데 있지? 방공에 취약하잖아. 대체 여기 사람들 무슨 생각인 거야?"

훠신밍은 우융추이가 쓸데없는 걱정을 한다고 여겼다.

"연대본부 나름대로 생각이 있겠지. 우리가 신경 쓸 일이 아니야. 자네는 저녁에 어떻게 싸울지만 고민하라고."

"어떻게 싸우든 형 의견에는 따를 수 없어."

우융추이는 산 아래로 내려가며 고개도 돌리지 않고 대답했다.

몇몇 대대장과 지휘관들이 모두 연대부분에 모였다. 격전을 벌인 지난 밤, 각 대대에서 나온 사상자는 예상을 훨씬 웃돌았다. 저마다 얼굴에는 걱정이 가득했다. 하갈우리 비행장을 공격한 두 대대는 예측했던 결과를 내지 못했다. 인접부대에 배치됐던 다른 두 대대도 하갈우리 마을을 공격했지만 외곽의 몇 개 진지만을 차지했을 뿐 별다른 성과는 없었다. 미군의 강력한 육공군 화력에 맞서기에는 아무래도 역부족이었다. 첫 전투에서 이런 참담한 결과를 맞게 될 줄은 그 누구도 헤아리지 못했다.

사단 참모장 겸 전위연대 연대장 니우시엔천은 탄약상자 몇 개를 이어 만든 탁자에 기대고 서 있었다. 탁자 위에는 왕산이 취푸에서 가져온 지도가 펼쳐져 있다. 스트레스가 심해서인지 좀처럼 잠을 이루지 못한 그는 얼굴이 새파랗고 양쪽 눈 위아래 눈꺼풀이 심하게 부어 조금 무서워 보이기까지 했다. 모일 사람들은 다 모였지만 그는 여전히 펼쳐진 지도에 눈길을 둔 채 고개를 들지 않았다. 잠시 뒤 천천히 머리를 든 니우시엔천이 입을 열었다.

"다들 말해 보게. 오늘 밤 전투는 어쩔 셈인가?"

대대장과 지휘관들은 서로 얼굴만 쳐다보다 고개를 떨군 채 아무 말이 없었다.

방 안으로 찬바람이 끊임없이 새어들어왔다. 방이라 부르는 이곳도 그저 모양새만 갖췄을 뿐, 곳곳에서 바람이 새어들고 눈발이 날아들어와 이루 말할 수 없이 추웠다.

다들 꿀 먹은 벙어리처럼 입을 꾹 다물고 있자 정치위원 까오더린은 조금 언짢은 듯 말했다.

"아니, 대체 이게 뭐야? 서리 맞은 가지도 아니고. 미군놈들을 쓰러뜨리지 못할망정 자네들이 먼저 맥없이 쓰러졌나?"

우융추이가 대답했다.

"쓰러진 게 아니라, 배 속에 전쟁이 나서 그게 문제죠."

니우시엔천이 퉁명스럽게 말했다.

"자네는 뭐가 그리 불만이 많아? 이 작전회의가 자네 배 속에 일어난 전쟁이야긴 줄로 착각하는 건가? 자네가 지금 말할 처지나 된다고 생각해? 다른 대대보다 잘 싸우기라도 했으면 모를까."

그 말을 듣고 우융추이는 기분이 몹시 상해 성을 벌컥 냈다.

"왜 툭하면 저한테 화를 내는 겁니까! 제가 무슨 분풀이 상대도 아니잖아요."

그러고는 탄약상자 위에 앉아 있다 벌떡 일어서며 말했다.

"전투에서 이기지 못한 건 저희 전위대대만이 아닙니다. 모두 적진을 뚫지 못했잖습니까? 그래도 저희는 미군놈들 중형 전차 한 대를 폭파했고 미군 사상자도 최소 몇백에 이릅니다."

니우시엔천은 더 대꾸하지 않았다. 일본인이 몇십 년 전에 만든 작전지도를 들여다보는 그의 얼굴빛은 무척 어두웠다.

까오더린은 사람을 보내 찐 감자 한 광주리를 가져오도록 했다. 감자 몇 개를 집어 먹고 뜨거운 물 한 통을 마시자 모두 몸이 조금 따뜻해지면서 입도 풀렸다. 여러 의견이 오갔으나 하갈우리 비행장을 공략할 방법은 딱히 나오지 않았다.

그들의 조건이나 장비 상황 또한 무시할 수 없었다. 얼마 되지 않는 폭약만으로 철조망과 비행장 설비를 폭파하는 일이 가능한가 이 문제였다. 미군의 화력도 화력이었지만 가장 큰 장애물은 아무래도 전차였다. 니우시엔천과 까오더린은 전차 폭파 방법을 우융추이에게 좀더 자세히 설명하도록 했다.

우융추이는 자기 옛 경험과 두궈싱의 전과를 짧게 이야기했다. 총으로 하기엔 무기가 모자라고 아까웠다. 굵은 나무 막대를 여러 개 준비해 전차 바퀴에 끼워넣으면 전차가 움직이지 못하고 제자리만 빙빙 돌게 된다는 것이었다.

휘신밍도 자신의 생각을 꺼냈는데 결과는 짐작대로였다. 까오더린과 니우시엔천은 듣자마자 손사래를 쳤다.

"너무 가벼운 생각 아닌가? 무기와 탄약, 식량을 몽땅 터뜨려 버리면 우리 부대는 뭘로 채우나? 북서풍이나 마시라고?"

"철조망을 뚫고 비행장으로 들어갔다면 그냥 점령해 버리거나 물자만 들고 나오면 되지 군이 폭파할 이유가 있는가?"

휘신밍이 말했다.

"문제는 적의 철조망을 뚫기 어렵다는 겁니다."

까오더린은 조금 혼란스러웠다.

"못 뚫고 들어가는데 어떻게 폭약을 놓는단 말인가? 뭔가 모순이지 않나?"

우융추이의 눈이 커졌다. 조금 전 이야기를 들을 때는 이 문제를 전혀 생각지 못했다. 휘신밍은 미리 생각해 온 듯싶었다.

"군이 엄청난 피해를 받아들이면서까지 철조망을 뚫고 들어갈 필요는 없습니다. 미군 탄약상자와 기름통은 여기저기 놓여 있기 때문에 포탄 몇 발만 떨어뜨려도 한꺼번에 터뜨릴 수 있습니다. 보급물자뿐 아니라 비행장 전체가 날아갈지도 모릅니다. 모든 연대 또는 전 사단의 박격포를 한데 모으면 몇십 대는 될 테죠. 그것들을 동시에 쏘면 비행장과 함께 그 안의 모든 것이 한 줌 재가 될 겁니다."

휘신밍의 말이 끝나자 방 안에는 침묵이 흘렀고 모두 그의 얼굴만 빤히 쳐다보았다. 잠시 뒤 그들의 눈이 한꺼번에 니우시엔천을 바라보았다. 이 방 안에서 우두머리인 니우시엔천의 결정이 가장 중요했다.

"불가능해!"

니우시엔천은 퉁퉁 부은 눈꺼풀에 힘을 주었다.

"난 동의할 수 없네. 사단장님은 물론 집단군 사령부도 동의하지 않을 거야!"

까오더린도 반대했다.

"휘신밍, 자네 같은 으뜸 군인이 어째서 상부의 전투계획을 바꾸겠다는 건가? 포탄 몇 발 터뜨릴 거면 우리 부대가 왜 필요하지? 쓸데없는 소리 그만하게!"

휘신밍이 무언가 더 말하려고 하자 우융추이가 말렸다.

"전투에 지고 와서 아래위 할 것 없이 몽땅 속에 불을 품고 있는데 기름 붓는 일은 이제 멈춰. 방금 내가 욕 얻어먹는 거 보지 않았나?"

휘신밍은 그만 입을 다물었다. 그저 안경을 벗어 닦을 뿐이었다.

이어서 식량과 탄약 보충문제를 논의했다. 이런저런 의견이 나왔지만 뾰족한 수는 없었다. 둘 다 바닥이 드러난 상황이었다.

니우시엔천은 곧바로 사단장 장훙시에게 전화를 걸어 보고했다. 그러고는 까오더린과 대대장들, 훈련관들에게 이번 전투가 순조롭게 진행될 수 있도록 다 함께 힘을 모아 오늘의 어려운 고비를 이겨낼 방법을 고민해 보자고 했다.

갑자기 멀리서 총성 2발이 울린다. 얼마 지나지 않아 매우 가까운 곳에서도 총성이 들려왔다. 잇달아 여기저기서 고함 소리가 울려퍼졌다.

"미군기다, 미군기가 온다!"

대대장들과 지휘관들이 모두 밖으로 뛰쳐나갔다. 정말 기름지게였다. 모두 3대로 서남쪽 산등성이에서 날아오고 있었다. 니우시엔천은 공중으로 권총 2발을 쏘며 소리쳤다.

"숨어, 빨리 숨어!"

가까운 곳에 조선 농민들이 파놓은 감자땅굴이 있었다. 니우시엔천과 까오더린을 비롯해 몇 명이 서둘러 그 속으로 뛰어들었다. 휘신밍도 그쪽으로 달려가려는 순간, 뒤에서 우융추이가 그를 붙잡았다.

전부터 우융추이는 조선의 감자땅굴이 방공호로서는 그다지 미덥지 못했다. 꽤 깊게 파기는 했으나 넓이가 아주 좁고, 나뭇가지나 짚을 덮어 만든 지붕은 더없이 허술했다. 그는 휘신밍을 끌고 반대쪽으로 달려가 맞은편 수풀 속으로 뛰어들었다. 그들 뒤에는 대대장 하나와 훈련관 둘도 있었다. 주위가 고요해지고 기름지게가 내는 시끄러운 소리가 차츰 가까워졌다.

기름지게는 매우 정확하고 재빠르게 움직였다. 그들은 거꾸로 곤두박질치듯 내려오더니 곧바로 기관포와 로켓미사일을 마구 쏘아댔다. 산골짜기에 폭발음이 진동하고 여기저기로 토석이 날아다니며 검은 연기 덩어리가 하늘 높이 치솟았다.

로켓미사일 몇 개가 감자땅굴에 그대로 날아 꽂혔다. 미처 피할 새도 없었다. 나뭇가지와 짚으로 만든 낡고 허술한 지붕이 진흙과 눈덩이와 함께 하늘로 날아올랐다. 화염이 곳곳으로 번지고 땅굴과 집들이 불에 활활 타올랐다.

우융추이와 휘신밍은 맞은편 산자락 아래서 몸을 잔뜩 웅크린 채 그 장면을 똑똑히 지켜보았다. 눈앞에서 벌어진 폭발, 생명의 산화, 화염 분출이 도무지 현실로 와닿지 않고 그저 멍할 뿐이었다.

폭격기들이 돌아간 뒤 포연이 온 하늘을 뒤덮었다. 사람들이 이곳저곳에서 뛰어나오더니 다들 무너져 내린 감자동굴 앞에 모여들었다.

사단 참모장 겸 전위연대 연대장 니우시엔천과 정치위원 까오더린, 대대장 둘, 훈련관 하나, 사단 작전참모 하나, 일반병사 둘 이렇게 모두 8명이 감자땅굴 속에 묻혔다. 그들의 전투는 이로써 끝이었다.

니우시엔천과 까오더린은 리엔펑 군대와 제9집단군 대원 가운데 장진호 전투에서 전사한 최고 직책의 지휘관이었다. 그들은 이 춥고 무서운 낯선 땅에서 쓰러져 간 헤아릴 수 없이 많은 지원군 병사들과 함께 영원히 장진호 얼음장 밑에 남게 됐다.

훠신밍은 안경을 벗어 털장갑으로 닦고 또 닦았다. 안경을 쓰자 갑자기 죽음의 문턱에서 가까스로 살아남았다는 안도감이 밀려왔다. 그는 후들거리는 다리를 억지로 가누며 겨우 버티고 서 있었다.

"자네가 아니었으면 우리 둘, 하마터면 영영 헤어질 뻔했어. 정말 고마워."

"무슨 그런 말을 해, 훠 형!"

우융추이가 슬픈 눈으로 그를 쳐다봤다.

"우리가 헤어질 리 있나? 그럴 일은 영원히 없을 거야."

21
저 핏빛 새벽놀

부상병이 끊이지 않고 줄줄이 실려 들어온다. 조금 지나고 보면 들어왔던 수만큼 누군가는 차디찬 시체가 되어 의무대 밖으로 실려 나갔다. 운반차 속에서도 죽고, 들것 위에서도 죽고, 물 달라고 소리치다가도 숨을 거두었다.

포탄 폭풍에 얼굴 살점이 모조리 떨어져 광대뼈가 불쑥 내밀고 있는 병사, 눈알이 빠져서 움푹 들어간 눈으로 하늘을 바라보는 두 팔 잘린 병사…… 창자가 터져 엉겨 붙고 구멍난 머리뼈에서 분수처럼 피가 솟구쳤다.

먼지와 비린내와 땀, 더럽혀진 진초록색 군복과 햇빛, 그리고 핏빛. 세상엔 오로지 그 세 가지 빛깔만 존재하는 듯했다. 아비규환. 이 세상 모든 존재들이 한낱 먼지에 지나지 않아 조용히 떠돌다 적막 속으로 스러지고 말았다.

의무대 천막 안은 따뜻했다. 들것에 누운 로빈슨 소령은 북쪽에서 들려오는 화력전 소음에 귀 기울이고 있었다. 상처가 욱신욱신해 오고, 온몸 마디마디가 쑤셨다. 천막 안은 끙끙 앓는 병사들로 넘쳐났다. 그들의 흐리멍덩한 눈길과 텅 빈 표정에서 로빈슨은 희망을 잃고 몹시 괴로워하는 깊은 슬픔을 읽었다. 이 고독한 영혼들은 세상으로부터 생매장당했다고 믿었다.

한 부상병이 뇌전증을 일으켰다. 팔다리를 비틀고 입에서 거품을 내뿜으며 몸부림쳤다. 그러다가 두 눈을 까뒤집고 그만 기절해 버렸다. 그를 안전하게 옮기려면 들것에 팔다리를 단단히 묶어야만 했다. 이내 밖에서 구급차 멈춰 서는 소리가 들렸다. 곧이어 들것을 든 의무병들이 뛰어 들어왔다. 그들의 표정은 하나같이 어둡고 침통했다. 예사롭지 않은 불길한 예감이었다.

"어느 부대에서 온 거야?"

로빈슨이 의무병들에게 물었다.

"7연대 이지 중대라더군요."

의무병이 말했다.

"아군이 졌어?"

잠시 머뭇거리던 의무병이 입을 열었다.

"완전히 박살났답니다. 필립스 중대장님도 얀시 소대장님도 다쳤다는데 다른 부대원들도 마찬가질 거예요."

순간 로빈슨 소령이 자리에서 벌떡 일어나 주섬주섬 옷을 꺼입고 파카를 걸쳤다. 그러고는 퉁퉁 부은 발을 방한화 속에 억지로 끼워 넣으며 가늘게 신음을 내뱉었다.

그는 출입구 쪽으로 비틀거리며 걸어갔다. 다친 곳이 더욱 쑤시고 아파온다. 밖으로 나서자 차가운 밤공기가 기다렸다는 듯 사정없이 그에게로 달려들었다. 그는 소총 더미에서 총 하나를 꺼내 들었다.

"로빈슨 소령님 아니십니까?"

한 의무병이 다가와 의아한 눈초리로 로빈슨을 보았다.

"지금 여기서 뭐하시는 거죠?"

"뭐하는 것 같은가? 이대로 있을 순 없잖아?"

"그 몸으로 뭘 어쩌겠다고요? 어서 들어가 쉬세요. 그러다 상처가 덧나면 큰일입니다."

의무병이 로빈슨을 부축하려 했다.

"비켜!"

로빈슨은 의무병의 손길을 세차게 뿌리치고 북쪽 산을 노려보며 성큼성큼 걸어갔다. 무릎까지 쌓인 눈에 발이 푹푹 빠졌다. 바람이 불 때마다 나뭇가지에 쌓인 눈이 가볍게 흩날려와 그의 콧등에 내려앉는다. 길은 갈수록 더 험하다. 바닥이 온통 미끄러워 가까스로 기어 올라가야만 했다. 험하고 먼 길을 걸은 탓에 상처가 덧난 발은 형편없이 짓물러 양말이 피고름으로 질퍽거렸다.

로빈슨은 이지(Easy) 중대를 찾아가 얀시 중위를 만났다.

얀시는 어안이 벙벙한 얼굴이었다.

"아니, 이곳엔 웬일이십니까?"

"내가 할 일을 찾고 있지."

"그 몸으로 전쟁터에 돌아오다니, 대단하시군요."

"가만히 누워 있을 순 없잖아."

얀시는 갑자기 울컥하더니 바닥에 피를 뱉었다. 그가 눈 위에 쏟아낸 핏덩이가 마치 붉은 꽃잎을 한 장 떨어뜨려 놓은 듯했다.

"그럼 저와 함께 가시지요."

로빈슨은 얀시를 따라가며 잠시 깊은 생각에 잠겼다.

'텍사스에서 가장 가난한 동네의 허름한 집이었지. 우리집 말이야.'

로빈슨은 힘겨운 지난날들을 떠올렸다. 어느 날 집을 나간 어머니는 몇 해가 지나도록 돌아오지 않았다. 고만고만한 두 동생은 아버지 품에서 자라났다. 아버지는 어머니를 잃고 난 뒤로 여자라면 자기도 모르게 고개를 절레절레 흔들었다. 어머니를 대신해 아버지는 정성껏 자식들을 키웠다. 손수 끼니를 챙기며 옷을 빨아 입히고 집안 살림을 하면서 자신을 잊고 살았다.

로빈슨은 그런 아버지의 희생이 고맙지만은 않았다. 그는 사춘기를 누구보다 심하게 앓으면서 자신의 앞날을 여러 달 고민하다가 느닷없이 해병대에 입대했다. 한국전쟁에 참가할 지원자 모집 소식을 듣고 망설임 없이 마음을 정했다. 그런데 정말이지 이런 생지옥 속에서 끝없는 절망의 구렁텅이에 빠지리라고는 꿈에도 생각지 못했다.

"될 대로 되라지."

로빈슨은 이미 다리가 풀렸다. 삶의 의미를 찾는 일조차 어리석은 짓으로 여겨지는 전장의 날들이 그를 과거로 되돌려 놓은 것만 같았다.

어떤 병사에게 죽음은 성취를 이루기 위한 수단에 지나지 않는다. 나라 사랑, 또는 영광스러운 지휘자를 향한 사랑을 위해 스스로 목숨을 내놓는 병사들을 말한다. 그런 병사들은 자신의 몸을 잊어버리고 죽음에 이를 수 있으며, 죽음을 자신의 존재를 채워주는 단순한 사건 가운데 하나로 본다. 그들은 자신을 뛰어넘는 무언가를 향한 사랑과 헌신을 밝혀내는 수단으로 죽음을 이용한다. 죽음 그 자체를 받아들이는 게 아니라 자신의 충성심이 완전하다는 증거로서 기쁘게 받아들인다. 자기희생의 충동에 따르는 단순한 병사는, 그렇게 행동함으로써 지휘자가 자신에게 매우 만족할 거라고 맹목적으로 생각한다.

이런 병사들이 죽음에 들어설 때는 그 눈이 어딘가 다른 곳을 향한다. 죽음이란 어떤 것인가, 죽음은 무엇을 의미하는가를 깊이 생각하지 않고, 아니, 그에 대해 전혀 생각하지 않는 이들이다. 강렬한 이상을 향한 정열, 또는 병사 자신의 독립된 존재가치를 낮춰버릴 만한 인물을 향한 열광적 감정에 압도되어 있기 때문이다.

또는 대장부의 기질을 지닌 어떤 병사들은 앞뒤 가리지 않고 달려들곤 한다. 이 병사의 한없는 매력은 군대 관습의 장엄한 의식에 대해 될 대로 되라는 식의 태도이다. 보통 그런 느긋한 청년은 자신의 삶의 마지막에 관심이 없다. 그러나 사는 것이 기쁜 이유는 목숨이 덧없으며 위험으로 둘러싸여 있음을 날카롭게 눈치채고 있기 때문이리라. 이 병사가 만일 죽음에 대해 숙고했다면, 셰익스피어의 《헨리 4세》 제2부에 나오는 피블의 감격과 꼭 들어맞을 것이다.

"정말이지, 나는 이제 어찌되든 상관없어요. 어차피 사람은 한 번은 죽으니까. 죽는다는 것은 신에게 빌린 것을 돌려주는 것 같은 거예요. 어떻게 되든 할 수 없죠. 올해 죽으면 내년에는 죽지 않겠지요."

거의 모든 병사들이 죽음을 긍정적으로 받아들이지 못하지만, 드물게 이런 병사들도 있다. 다른 사람에게 닥치는 죽음은 매우 현실적으로 받아들이면서도 그 힘이 자신에게는 이르지 못한다고 생각한다. 빗발치는 총탄들조차 자신을 비껴나가리라 여긴다.

'내가 서 있는 이곳은 오직 내가 존재하기에 안전하다. 죽음이란 다른 병사들을 더 움직이지 못하게 하는 비인간적인 힘이지만 내 앞에선 실체도 느껴지지 않는 허깨비에 지나지 않는다.'

가끔은 이러한 믿음을 지닌 채 기나긴 전쟁에서 살아남는 병사도 있다. 그가 전투에서 보여주는 수많은 무모한 행동들은 자칫 숭고한 용기처럼 보일지 모르지만 실제로는 이러한 믿음이 불러일으킨 것이다. 이런 병사들은 불안감을 느끼지 않으므로 전장 생활에서 우스꽝스럽고 유쾌한 장면들을 쏙쏙 찾아내 전우들을 격려하고 즐거움을 준다.

하사관과 병사 가운데 이런 사람이 한둘 있으면 정말 큰 행운이 아닐 수 없다. 실제로 부대마다 하나씩은 꼭 있다. 이 특별한 병사들은 전투가 벌어지면 몇 번씩 나타나 경탄과 칭찬을 자아내곤 한다. 전쟁 이야기에서 늘 주인공으로 나타나 어느덧 곧 전설처럼 거창해지기도 한다.

이런 병사들의 생각, 다시 말해 죽음이 다른 사람에게만 현실로 존재한다는 생각의 뿌리를 찾아내는 일은 그리 어렵지 않다. 그들은 자신이 세상의 중심이기에 죽을 리 없다는 어린아이와 같은 환상에 빠져 있다. 그들의 자아는 믿을 수 없을 만큼 단순하다. 터무니없는 그 자신감을 바보스럽게 여기는 것은 언제나 냉정한 사람들의 몫이다.

세상을 낙천적으로 받아들이는 병사들은 이 세상을 모험이라 여기며 자신은 그 성벽의 모든 것을 공략할 수 있다고 믿는다. 자신은 불사신이라고 생각할 만큼 세상 물정을 모르는 게 아니다. 간절히 바라는 것은 오직 경험이며, 그 경험이 충실하고 강렬할수록 만족스러워 한다. 전쟁은 그들에게 평화가 줄 수 없는 것을 가져다 준다. 많은 체험을 짧은 범위에 압축할 기회를 주는 셈이다.

낙천적인 모험가로서 이런 병사는 근대 전투에서도 매력적이고 낭만적인 인물일지도 모른다. 이 병사는 많은 사람들이 자신에게도 있으면 좋겠다고 바라는 것을 가지고 있다. 그러나 우리를 고민하게 만들기도 한다. 이 병사의 개인적 체험 말고 온 세상의 여러 가치에 대한 무책임함 앞에는 답이 없다. 전투중에 이런 병사와 만났을 때도 현재의 기억 속에서 명상할 때도, 깨달아보면 그는 모두를 정신적으로 난처하게 한다. 한 가지 확신할 수 있는 건 이런 병사는 전쟁을 없애려고 노력할 때 거의 도움이 되지 않는다는 점이다. 전쟁을 없애는 일 따위 바라지도 않고, 그 인물의 본질은 금지된 체험을 할 수 있는 전쟁에 대한 기대에 도취해 있다. 이런 병사가 지휘봉을 잡으면 부하들의 사기를 높여 무모하고 자기희생적인 행동을 하도록 만드는 경우가 흔하다.

평범한 시민들의 삶에서 이처럼 단순하고 자기중심적 인물은 많다. 하지만 확실히 존재하는 위험, 한 치 앞도 알 수 없는 전쟁은 자신이 불사신이라고 생각하는 젊은이의 철없는 환상조차 흐리게 한다. 현실을 깨닫지 못하는 이에게는 더욱 강력한 충격이 필요하다.

그들이 큰 부상을 입었을 때 저마다 얼굴에 떠오르는 동요와 분노는 잊지 못할 가르침이 되리라. 무자비한 일격에 고통 받음으로써 그들은 자신이 불멸의 존재라는 자신감을 영원히 잃어버린다. 안락했던 자기만의 세계에서 나와 새로운 현실에 적응하기란 상처 입은 육체를 치료하는 일보다 한결 어렵다.

곧잘 우리는 어린 나이부터 이 세상이 자신을 위해 움직이고 있지 않음을 서서히 받아들이기 시작한다. 그럼에도 때때로 우리는 이 사실에 흔들리고 고통받는다. 그러나 최전방 야전병원은 아주 냉혹하게 진실을 전한다. 이곳에서 진실을 깨닫는 병사들은 더는 돌이킬 수 없다. 현실에 대한 믿음을 잃어버린 그들에겐 유쾌한 성격 대신 차가운 비웃음만이 남는다. 겁쟁이가 되는 것이다.

스쳐가는 모든 위험에 날카롭게 반응해 두려움으로 얼굴이 창백해지고, 끝내 부대의 골칫거리가 되어버릴 수도 있다.

자신이 불멸의 존재라 믿는 확신이 상상력의 부족 때문이라면 굳이 부상을 입지 않아도 자신의 처지를 깨달을 수 있다. 전우가 자기 품에서 숨을 거두는 경험들은 평생 잊을 수 없다. 삶이 죽음으로 바뀌는 그 순간, 눈에 보이는 형태로 고스란히 받아들일 수 있기 때문이다. 어쩌면 현실의 죽음을 목격하는 드문 경험으로써 큰 충격을 받아 자아가 눈뜨게 될지도 모른다.

치료대 분대장 두성이는 놀라움을 금치 못했다.

그가 있는 치료대에 부상병들이 끊임없이 실려 왔다. 장흥시 부대가 유담리와 하갈우리 일대에서 벌인 전투에서 생긴 부상자들이었다. 첫 교전에서 이렇게 많은 사상자가 나온 것은 두성이도 처음 겪는 일이었다.

부상자들은 총에 맞거나 포탄에 다친 사람을 빼놓으면 거의 동상환자였다. 손발은 거무죽죽했고 코와 귀도 얼어 퉁퉁 부어 있었다. 중상을 입은 병사들도 많았다. 눕힐 자리 하나 없이 빼곡하게 들어찬 부상자들이 저마다 외치는 비명과 신음 소리에 치료대 막사 안은 아수라장이었다.

환자들은 쉴 새 없이 들어왔지만 치료 여건에는 한계가 있었다. 의료기계도 모자라고 무엇보다 영하 몇십 도의 꽁꽁 언 날씨에 대부분 포도당이 얼어버리는 바람에 수액을 놓기도 힘든 상황이었다. 주사약도 거의 얼어터지는 통에 치료라고는 상처를 소독하거나 붕대를 감아주는 간단한 처치가 다였다. 동상환자는 데운 물에 손과 발을 씻기고 동상연고를 발라주는 게 고작이었다.

추운 날씨 속에서 귀한 포도당병이 손쓸 틈도 없이 얼어 터져버리는 걸 두성이는 그저 멍하니 보고만 있어야 했다. 휘수이란과 천이페이는 여러 날 고민한 끝에 포도당병과 주사약을 담요나 솜이불로 꽁꽁 싼 뒤 그 위에 진흙까지 덮어서 감자땅굴에 보관하기 시작했다. 그렇게 한 덕분에 얼마쯤 약품을 지킬 수 있었다. 이 약품들은 뒷날 벌어진 더욱 참혹한 전투에서 수많은 병사들의 생명을 구하는 데 쓰였다.

그녀들은 땅굴의 쓰임새를 더욱 넓혀갔다. 감자에서 포도당병과 주사액, 다음에는 부상자, 그 다음에는 아늑한 보금자리로 삼았다. 땅굴은 처참한 전쟁터에서 허락된 오직 하나의 아늑한 공간이었다. 방이 없을 때는 감자땅굴이 황량한 벌판보다 한결 따뜻했다. 그러나 그녀들은 한 가지만은 잊지 않았다. 땅굴에 무엇을 보관하든 절대 방공호로는 쓰지 않는다는 것이었다.

니우시엔천과 까오더린이 감자땅굴 안에서 폭탄을 맞고 죽은 그날 밤, 사단 병원 또한 공습을 받았다. 그날따라 치료대 취사반이 어디서 났는지 돼지 한 마리를 잡아와 아궁이에서 밤새 끓이고 있었다. 아궁이에는 불이 활활 타오르고, 마침 야간 전투비행중이던 기름지게가 그 불빛을 발견하고 말았다. 기름지게는 거침 없이 기관포를 쏴댔다. 순식간에 아궁이가 산산조각나고 취사병 둘과 주방일을 돕던 의사, 상황을 살피러 왔던 사단본부 의정장교와 사무원까지 그 자리에서 숨졌다.

미군기가 날아간 뒤 두성이는 치료대 인원을 확인하다 문공대 감독 왕정링이 사라졌음을 깨달았다. 수송중대 병사들이 이름을 부르고 고함치면서 한참을 찾아다녔지만 끝내 그를 찾지 못했다. 왕정링이 이튿날까지도 돌아오지 않자 두성이는 불안한 마음을 감출 수 없었다. 상하이 출신 감독인 왕정링은 사단 문공대 주요 인사로 화둥군 지역에서 아주 유명했다. 그런 그가 없어졌다는 사실은 예삿일이 아니었다. 천이페이도 몹시 걱정했다.

"길을 잃어버리신 건 아니겠지? 배를 쫄쫄 곯을 텐데, 늘 배부르게 먹던 분이 허기를 견딜 수 있을까?"

란쓰옌이 말했다.

"갑자기 길이 생각나지 않았을 수도 있어."

자오후이메이는 눈물이 그렁그렁 맺힌 눈으로 허공을 바라보며 천천히 입을 열었다.

"산에는 늑대도 있는데."

휘수이란은 그녀들 이야기를 전혀 신경 쓰지 않았다.

"너희들 쓸데없는 걱정하는 거야. 왕 감독처럼 다 큰 사람이 길을 잃을 리 있어? 생각이 안 나긴 뭐가 안 나! 늑대한테 잡혀 먹었을까봐? 그럼 더 잘됐네! 하루 종일 입을 꾹 다물고 손가락 하나 까딱 안하는 그런 작자는 치료대에 필요 없다고! 탈영했거나 포로로 잡혀간 게 틀림없어. 아니면 미군한테 투항했을지도 몰라. 미군은 장제스랑 한통속이거든. 장제스가 타이완에 가 있는 건 너희들도 다 알지? 왕정링도 타이완 출신이라고. 처음부터 그 인간을 남겨둔 게 화근이었어."

모두가 머리를 맞대고 의견을 나눈 끝에 왕정링이 탈영했다는 결론에 무게가 실렸다. 그렇지만 왕정링은 탈영하지 않았다. 그는 포도당병이 보관된 감자 땅굴 속에 숨어 있었다.

마음이 여린 그는 조용하던 치료대에 갑자기 손발이 떨어져 나가고 온몸에 붕대를 친친 감은 피투성이 부상병들이 끝도 없이 밀려들자 덜컥 겁이 났다. 게다가 사단 병원까지 공습을 받고 사상자가 잇따라 나오자 두려움에 벌벌 떨며 넋이 나가다시피했다.

'머나먼 낯선 땅에서 덧없이 죽어버린다면 다시는 상하이나 타이완으로 돌아갈 수 없다. 그러면 뜨거운 예술가로 살았던 내 인생도 끝장나는 거야.'

어떻게든 몸을 숨겨야 했으나 마땅한 곳이 없었다. 여기저기가 눈과 얼음으로 둘러싸인 이 얼음나라는 그를 더없이 곤혹스럽게 만들었다. 그는 홀로 이곳저곳 둘러보며 한참을 돌아다녔다. 그러다 감자땅굴이 눈에 들어왔다. 왕정링은 바람도 눈도 없고, 환자들의 끔찍한 신음도 들리지 않는 땅굴 안이 마음에 들었다. 그는 이곳에 머물며 자신을 바깥세상으로부터 떨어뜨려 놓았다.

왕정링은 바깥에서 사람들이 자신을 찾는 소리를 들었지만 못 들은 척했다. 그는 땅굴 가장 깊숙한 안쪽 구석으로 들어가 의료기계 상자와 감자 몇 포대, 쌀 반 자루 뒤에 숨었다. 치료대에 남은 마지막 약품이자 식량이면서 훠수이란이 보관해 둔 보물이기도 했다. 그는 배가 고프면 감자를 먹고 포도당도 마셨다. 볼일이 보고 싶으면 한밤에 몰래 기어나와 해결했다. 너무나 잘 숨은 탓에 훠수이란은 이곳을 수없이 드나들면서도 그를 보지 못했다.

'얼마만에 느끼는 아늑함인가.'

왕정링의 눈꺼풀이 스르르 감겼다. 꿈과 현실의 경계에서 오랫동안 알고 지낸 나이 든 여배우 자오징옌과 보낸 베이징의 하룻밤이 그의 머릿속에 때때로 떠올랐다.

'행복했다. 무엇과도 비교할 수 없던 그 순간 참으로 행복했었지. 그녀를 다시 만날 수 있을까?'

어느새 왕정링의 그것은 성이 나 빳빳해 올랐다. 그는 추억 속으로 빨려 들어갔다.

자오징옌은 믿음직하고 신비스러운 듯이 그 움직임을 보고 있었다. 자오징옌의 눈은 촉촉하고 붉게 물든 볼은 요염하기까지 했다. 그녀의 표정은 늘 나

이보다 10년은 더 젊어보였다.

"자, 누워요."

왕정링은 이불 위에 반듯이 누웠다. 자오정옌은 자신의 허리띠를 풀고 속옷까지 모두 벗은 뒤 침대 아래로 옷을 치워버렸다.

"으음, 여전히 젊군. 처녀 같소."

왕정링은 신음을 했다. 자오정옌의 탄력 있는 유방에 자리 잡은 핑크빛 젖꼭지는 위로 꼿꼿해 있었다. 나이가 무색할 만큼 살결도 매끈하고 허벅지도 탱탱했다. 다만 아랫배는 젊은 처녀들에 비해 좀 느슨한 감이 느껴졌다.

자오정옌은 왕정링의 옆에 누워 바싹 달라붙었다. 왕정링도 몸을 돌려 자오정옌을 꼭 껴안았다. 자오정옌의 입술이 반쯤 벌어졌다. 왕정링이 입을 맞추자 그녀의 호흡이 거칠어졌다. 자오정옌은 입을 떼고 왕정링의 머리를 손으로 감고 아래로 힘을 주었다.

몸을 조금 옮겨 왕정링은 유방에 얼굴을 들이댔다. 푹신하고 부드럽다. 자오정옌은 몸을 꿈틀거리며 신음했다. 키스를 하면서 왕정링의 손은 자오정옌의 온몸을 더듬었다. 허리뼈 언저리를 쓰다듬자 자오정옌은 몸부림치며 신음을 토했다. 여기저기를 방황하던 손이 드디어 자오정옌의 아랫배로 돌아왔다. 은밀한 곳을 뒤덮은 포피를 벗기기 위해 자연스럽게 위로 쓰다듬기 시작했다. 쓰다듬으면서 풀숲 속으로 이른다. 부드럽고 아늑한 요람이었다. 왕정링은 속삭였다.

"이 부드러움을 느낄 때면 마치 고향으로 돌아온 것 같아."

"그래요, 왕정링 씨."

자오정옌의 목소리는 흥분으로 바르르 떨렸다.

"나는 당신의 고향이에요."

자오정옌의 은밀한 곳은 이미 뜨겁게 달아올라 격렬하게 꿈틀거렸다. 왕정링은 자오정옌을 위에서 부드럽게 안고, 자오정옌은 두 발꿈치를 왕정링의 무릎 뒤에 걸어 그를 앞으로 이끌었다. 왕정링이 서서히 일어나 무릎을 움직였다. 그러면서 왕정링은 두 눈을 감고 자연스런 움직임에 온몸을 맡겨버렸다.

"나 이제 이것으로 너무 행복해요."

갑자기 자오정옌은 눈앞에 보이는 왕정링의 것을 감싸 쥐고 빨아들였다. 왕정링의 큰 허리는 자오정옌의 힘에 이끌려 확 앞으로 당겨졌다. 자오정옌은 크게 헐떡이면서 다시 고정하여 죄거나 느슨하게 했다. 왕정링의 가장 민감한 부분에 그녀 입안의 무언가가 얽혀 장난을 치는 것만 같았다. 정상에 다다른 몸이 널브러졌지만, 자오정옌의 내부는 아직 살아 있었다.

이윽고 자오정옌이 기운을 되찾자 내부의 움직임도 두드러졌다. 왕정링은 살며시 그녀 몸 위로 내려갔다. 단지 자오정옌의 가슴을 짓누르지 않도록 두 팔꿈치를 세우고 있었을 뿐이다. 허리를 조금씩 움직였다. 입구에서 단계를 거쳐 안으로 조이고 혈관의 피가 끝에 충만했을 때 단숨에 모든 몸, 마음, 행동이 느긋하게 풀어지는 것이었다. 그렇게 생각한 순간 또 입구 가까이로부터 압박이 시작되었다.

왕정링은 잠시 도취의 세계를 느릿느릿 떠돌았다. 그의 몸은 자오정옌 안에서 절정으로 폭발해 버릴 듯 세게 죄일 때마다 아득하고도 뜨거운 희열을 느꼈다. 그것이 서너 번 되풀이되고 그때마다 자오정옌의 반응은 커져 마지막엔 그녀가 내지르는 짐승 같은 비명이 넓은 집 안에 울렸다. 왕정링은 인내의 한계에 이르러 자오정옌을 꼭 껴안았다.

"이젠 참을 수 없어. 당신을 사랑해."

그는 격렬하게 몸을 움직이기 시작했다. 그 뒤 두 사람은 서로 껴안고 서로 울부짖었다.

"아아, 이대로 이대로 죽어도 좋아."

자오정옌의 그 말이 신호였다. 한동안 두 사람은 빈틈없이 서로 꽉 조여 붙어버린 듯 그야말로 꼼짝 않고 누워 있었다. 둘의 숨소리가 아주 조금씩 조금씩 가만가만 새근거렸다.

얼마나 흘렀을까. 왕정링의 몸이 먼저 움직였다. 그가 가슴을 아주 조금 떼자 자오정옌은 가늘게 눈을 뜨고 보살처럼 미소 지었다. 그 웃음이 말할 수 없이 예뻤다.

"고마워요."

왕정링이 낮은 목소리로 말했다.

"당신이 가끔 이렇게 와주는 것만이 내 삶의 보람이오."

그러나 현실에서 왕정링은 예리한 란쓰옌을 피해 갈 수 없었다. 포도당을 가지러 간 란쓰옌은 어두운 불빛 사이로 구석 쪽 진흙 더미가 조금씩 움직이는 것을 보았다. 란쓰옌은 깜짝 놀라 움직이는 물체를 노려보았다.

'뭐지? 쥐? 아니면 토끼? 혹시 들개나 늑대면 어쩌지?'

란쓰옌은 용기를 내어 막대기를 집어 들고 세게 찔러보았다. 그러자 그 속에서 덥수룩한 머리에 지저분한 얼굴 하나가 툭 튀어나왔다.

란쓰옌은 너무나 놀라 자지러지게 비명을 질렀다.

밖에서는 휘수이란과 천이페이가 포도당을 기다리고 있었다. 실려온 부상자들은 현재 벌어지는 전투상황을 빠짐없이 들려주었다. 전 부대가 미 해병 제1사단을 유담리와 하갈우리, 고토리, 진흥리 등 몇몇 고립된 마을로 몰아 포위했으며 전투가 더없이 참혹하고 거세게 벌어지고 있다는 것이었다. 또 실려 오는 수많은 부상자들 가운데는 기존 부상자들처럼 총이나 폭탄을 맞았거나 동상을 입은 자들 말고도 심한 화상을 입은 자들이 많았다. 미군들은 떨어뜨리자마자 불바다가 되는 신형폭탄을 썼는데, 한 번 터지면 눈과 흙에도 불이 붙고 바위에도 불이 붙어 갈라졌다. 살아나온 부상자들은 이것을 '소이탄'이라 불렀다.

화상환자들을 치료하려면 반드시 수액이 필요했다. 기다리는 포도당은 나올 생각을 하지 않고 란쓰옌의 날카로운 비명이 들리자 두 여인은 동시에 눈이 커다래졌다.

휘수이란이 재빨리 권총을 꺼내들고 감자땅굴로 뛰어들었다. 바닥에 주저앉은 란쓰옌 옆으로 막대기가 떨어져 있고 그 가운데 왕정링이 잔뜩 겁에 질린 눈으로 그녀들을 쳐다보았다. 아주 잠깐 정적이 흐르더니 곧이어 휘수이란의 고함 소리가 땅굴 안에 찌렁찌렁 울려퍼졌다.

"당장 나가!"

휘수이란이 왕정링에게 소리쳤다.

왕정링은 얼굴이 새파래져 초점 잃은 눈빛으로 휘수이란을 바라볼 뿐 꼼짝없이 그 자리에 서 있었다.

휘수이란이 권총을 들이대며 다시 윽박질렀다.

"나갈 거야, 안 나갈 거야? 안 나가면 당신을 쏴 죽일 거야!"

마찬가지로 너무 놀라 기절할 뻔했던 란쓰옌은 가까스로 정신을 차렸다. 그녀는 재빨리 휘수이란의 권총 쥔 손을 꽉 붙잡았다. 휘수이란이 정말 왕정링을 쏴 죽일까 더럭 겁이 났던 것이다. 어쨌거나 왕정링은 그녀들의 문공대 감독이었다.

초조한 마음으로 서성이며 기다리던 천이페이 눈에 드디어 란쓰옌이 보였다. 란쓰옌은 숨을 헐떡이며 기어나왔다. 이어서 누군가 고개를 숙이고 허리를 구부린 채 걸어나왔는데 솜모자와 외투 위에는 온통 흙투성이었다. 이어 휘수이란이 손에 권총을 든 채 따라나왔다. 그 모습이 마치 포로를 뒤에서 밀고 나오는 것 같았다.

"어, 왕정링 감독님!"

천이페이는 휘둥그레진 눈으로 세 사람을 번갈아 바라볼 뿐 말을 잇지 못했다.

치료대로 돌아온 그녀들은 곧바로 분대장에게 왕정링을 데려갔다.

"죽일 놈!"

휘수이란이 두성이에게 씩씩거리며 일러바쳤다.

"이 작자가 감자 한 더미를 먹어치우고 그것도 모자라서 포도당도 세 병이나 마셔버렸어요."

두성이는 골칫거리를 보듯 잔뜩 인상을 찌푸렸다. 그는 선뜻 결정을 내리지 못하고 고민에 고민을 거듭했다.

'이자를 어떻게 처리해야 하지? 왕정링은 분명 잘못을 했지만 범죄를 저지른 것은 아니다. 또 부대를 벗어나거나 변절한 것도 아니다. 그는 그저 죽음에 대한 두려움과 배고픔 앞에서 탈영병이 되었다. 이는 우리 내부 문제일 뿐, 적과 벌어진 문제가 아니다. 하지만 아무 일도 없었던 것처럼 그를 여기 그대로 남겨둘 순 없다. 치료대에 부담이 될 뿐만 아니라 간부와 병사들 사기에도 좋지 않은 영향을 줄 테니까.'

마침내 두성이는 이 일을 사단본부와 멍빠오둥 정치위원에게 알렸다.

이멍산(沂蒙山) 출신 천이페이는 왕정링과 함께 한참을 앉아 있었다. 둘은 서로 아무 말도 하지 않았다. 이윽고 천이페이는 한숨을 길게 내쉰 뒤 왕정링을 가엾게 쳐다보며 말했다.

"원망하려거든 도시에서 태어난 걸 원망하세요. 만약 왕 감독이 이멍산 산골짜기에서 태어났더라면 이런 고생쯤은 아무것도 아닌 듯 버텼을 겁니다."

보름달이 떴지만 달빛은 더는 비쳐들지 않았다. 미국 침략군이 북조선에서 일으킨 불바다와 짙은 연기가 모든 것을 뒤덮었다. 불타는 북조선 인민의 초가집, 포탄구덩이, 이리저리 펼쳐진 전선…… 참혹한 광경이 지원군의 가슴속에 깊게 새겨졌다.

해가 뉘엿뉘엿 지고 나자 수은주가 영하 30도 아래로 뚝 떨어져 몸을 조금 움직이는 일조차 힘들 지경이었다. 중공군의 2차 공격은 그런 살인적인 강추위 속에 시작되었다. 야포 사격이 미군 진지를 한바탕 두드린 뒤, 나팔과 피리 소리를 진군 신호로 물밀듯이 쳐들어갔다.

히터 중대 제1소대장 니콜라스 트랩넬은 비 오듯 쏟아지는 불꽃 속을 뚫고 뛰었다. 그리고 부대를 독려해 클레멘스의 오른쪽 옆으로 이동했다. 스나이더 가 트랩넬 뒤를 따라 올라가며, 인원이 줄어든 이지 중대와 병력을 합쳤다.

중공군은 압도적인 수적 우세로 해병들의 주저항선을 뚫고 왔다. 트랩넬과 클레멘스의 진지가 서로 분리되었다. 중공군의 치열한 포위 공세로 트랩넬은 좀더 높은 후방의 고지로 물러나야만 했다. 죽을힘을 다해 최종 방어선을 짜고 있을 때 갑자기 수류탄이 날아와 앞에서 터졌다. 날카로운 파편 한 조각이 그의 볼에 박히며 피가 흘러내렸다.

그러나 그는 멈추지 않았다. 필립스가 뛰어나가 부하들에게 고함을 지르며 떼로 밀려오는 중공군에게 수류탄을 던졌다.

"물러서지 마!"

필립스 대위가 목청이 터져라 소리 질렀다.

"우린 이지 중대다!"

그는 눈 속에서 소총 한 자루를 집어 얼어붙은 땅에 꽂았다. 개머리판이 부르르 떨렸다.

"우리는 여기서 절대로 물러서지 않는다!"

하지만 곧 그는 소화기의 연속사격에 쓰러지고 말았다. 벌써 두 차례나 부상당한 볼 중위가 지휘권을 이어받았다. 볼은 움직일 수가 없어 한자리에 앉은 자세로 지시하며 내내 사격을 해댔다. 그러다 또 한 번 총탄을 맞았다. 피가 많이 흘러내렸다. 얼굴은 퉁퉁 부어오르고, 눈이 움푹 패어 들어갔다. 오른쪽 어깨는 탄환을 여러 발 맞아 엉망이 되었다. 갈기갈기 찢긴 소매 사이로 겨우 붙어 있는 팔이 보였다. 그는 기절할 때까지 중공군에게 총을 쏘았다. 마침내 볼은 총을 떨어뜨리며 깨어날 수 없는 잠에 빠져들었다.

케이드 병장의 1개 분대 병력은 얀시 소대와 단절되고 말았다. 케이드는 4명을 거느리고 있었다. 그는 부하들을 데리고 고지를 내려가 베이커 부대로 갔는데, 거기서 다니엘 머피 하사와 만났다. 이때까지 가장 치열한 공격은 얀시와 클레멘스를 겨냥했다.

"방어선이 뚫렸습니다."

케이드의 말을 듣자마자 머피는 재빨리 베이커에게 달려가 1개 분대 12명을 위급한 지점에 투입하게 해달라 간청했고, 베이커는 승낙했다.

의무병 제임스 클레이풀이 발 벗고 나서며 그 분대에 들어갔다. 머피는 부대를 편성하고 병사들을 오른쪽 고지로 이끌었다. 그들이 돌파 지점 가까이 다가가자 중공군이 거세게 사격을 퍼부었다. 머피는 망설임 없이 앞으로 나아가며 수류탄을 던지고, 해병들에게 따라오라고 호령했다.

그들은 지휘소로 치고 들어갔다. 클레이풀이 부상자를 돌보는 사이 머피는 필립스를 찾아 나섰다. 그러나 중대장 필립스는 이미 죽음의 문턱을 넘은 뒤였다. 뭉크의 절규를 떠올리듯 움푹 패인 볼은 어느새 숨이 잦아들고 있었다.

머피는 슬픔을 누르며 분대를 방어진지로 보내고 다른 대원들을 유리한 고지에 세웠다. 그는 기관총을 새로운 진지로 옮겨 좀더 효과적으로 화력을 쓰기로 했다. 중공군이 공격을 다시 시작했을 때 그는 얼마 남지 않은 수류탄을 나눠주었다. 소총탄이 줄어들자 그는 자동소총 탄창에서 탄알을 뽑아 썼다.

공백지대 저편에서는 얀시가 소대원 9명으로 반격을 시도했다. 그는 제2차 세계대전 때 특전대에 있으면서 배운 전투구호를 외치며 부하들에게 용기를 주고자 애썼다. 피가 고인 목구멍에서 고함이 터져나왔다.

"궁허(Gonghe : 중국어 共和의 음역, 해병특전단이 제2차 세계 대전 때 '힘을 합치자'는 뜻으로 쓴 전투구호)! 해병, 궁허!"

로빈슨 소령이 힘차게 따라 했다.

"궁허!"

그러자 갤러거 일병이 맞장구쳤다.

"궁허!"

10명의 용감한 병사들은 힘껏 고지로 치달아 올랐다. 오른쪽 뺨에 총탄을 맞고 눈이 먼 얀시 중위는 무릎을 꿇고 암흑 속을 기어가기 시작했다. 그러나 해병대의 가느다란 대열은 금세 사라져 버렸다. 중공군이 마지막 공격을 준비했던 것이다. 마침내 중공군은 그 공격으로 1282고지에서 미 해병들을 모조리 쓸어버렸다.

새벽 4시 제5연대 1대대장 존 스티븐스는 동쪽에 있는 도그 중대와 이지 중대에 지원병력을 좀더 보내라는 명령을 받았다. 히터 중대의 2개 소대는 이미 1282고지에 투입되었다. 북쪽 방어선을 전면 붕괴에서 구하려면 증원군이 더 필요했다.

북쪽 상황이 갈수록 나빠지자 존스 소령에게 중대를 이끌고 전투에 들어가라는 명령이 떨어졌다. 해럴드 카이저 중위도 자신의 지휘 아래에 있는 제3소대로 필립스와 동쪽 고지에서 치열한 접전중인 힐을 지원하라는 지시를 받았다. 존스에게는 나머지 2개 소총소대를 이끌어 1282고지로 이동하고, 중공군의 침투를 차단하라는 명령이 떨어졌다.

어느덧 날이 저물었다. 존스는 저수지 동쪽 기슭에서 유담리에 도착했다. 그는 그 지역의 지형적 특징을 잘 알지 못했다. 살필 기회도, 목표 고지를 수색할 시간 여유 또한 없었다. 그러나 존스는 뛰어난 판단력과 놀라운 열정을 보여주었다. 캄캄한 밤을 꿰뚫고 예측할 수 없는 지형을 따라 부대를 이끌면서도 길을 잘못 들거나 시간을 허투루 쓰는 일이 단 한 번도 없었다.

"전진! 전진! 전진!"

해병들은 허리를 숙이고 가만가만 소리 죽여 재빠르게 나아갔다. 아무것도 보이지 않고 가슴의 심한 고동 소리만 쿵쿵대며 들려온다.

"용기를 내라. 다 왔다."

그때 느닷없이 귀를 때리는 폭음이 울렸다. 머릿속은 금속성 음향으로 가득 차고 유황 타는 냄새가 코를 찔러 숨이 콱 막혔다. 바로 앞 지면이 뻥 뚫리고, 작렬하는 불꽃이 눈부시게 그들 앞을 가로막았다.

정상을 180미터 앞두고 부대는 사나운 공격을 받았다. 존스는 병력을 넓게 벌리며 지휘소 지역으로 나아갔다. 거기서 반대쪽 비탈에 붙어 있는 이지 중대의 남은 병력을 찾아냈지만, 참담하게도 스나이더가 살아남은 유일한 장교였다. 존스는 그 지역 모든 해병들을 지휘해 정상탈환을 위한 공격대를 꾸렸다. 병력이 모자라 포위작전을 할 능력이 없었으므로, 그는 산꼭대기에서 정면공격을 감행키로 결심했다. 먼저 돌출부만 차지하면 왼쪽으로 공격해 정상에서 중공군을 몰아낼 수 있을 터였다.

공격명령을 내리기에 앞서 존스는 들것반을 만들었다. 강타를 입은 이지 중대와 스나이더 소대 부상자들을 곧바로 옮기기 시작했다. 금세라도 귀가 떨어져 나갈 듯한 매서운 추위 속이라 부상자가 더는 버텨낼 수 없었기 때문이다.

드디어 공격명령이 떨어졌다. 장진호 주변은 매섭게 차가운 기운이 감돈다. 하얀 산 위로 동이 터왔다. 온몸을 찌르는 칼날 같은 북풍이 휘몰아친다. 잔인한 북풍은 그들을 광포한 열정에 사로잡히게 만들었다. 존스가 공격 선봉에 서서 중공군을 총검으로 찌르고 개머리판으로 짓이겼다. 그 순간 부대원들 사기는 하늘을 찌를 듯 높아갔다. 사나운 짐승처럼 맹렬하게 날뛰는 그들 눈 속엔 광기가 이글거렸다.

목구멍 속으로 욕설을 삼키며 대원들은 뿔뿔이 흩어져 돌격했다. 철모는 총탄에 맞아 구멍투성이가 되었다. 진지는 아무렇게나 파헤쳐진 무덤처럼 폐허가 되어갔다. 미 해병과 중공군의 시체가 곳곳에 물결처럼 얽히고설켰다.

무너진 방탄벽 사이로 애원하듯 무릎을 꿇은 중공군의 시체들이 보였다. 그들의 몸은 온통 피투성이였다. 해병들은 그 시체들 속에서 기묘한 시체 한 구를 밖으로 끄집어 내놓았다. 시체는 죽을 때 모습 그대로 굳어 있었다. 몸을 구부리고, 허무하게 늘어진 두 다리를 꼬고 있었다. 가늘게 뜬 눈은 두 주먹이 날아가 버린 듯 손목을 공허하게 바라보고 있었다. 던지려던 수류탄이 미리 터져버린 것이다.

찢긴 옷에서 떨어진 수첩 낱장들이 육체의 잔해 위에서 덧없이 나풀거렸다. 하얀 종잇장들은 마치 흰 국화를 뿌린 듯 잔인하고도 허무한 골짜기에 쓰러진 시체들 위로 서글프게 내려앉았다. 삶과 죽음, 정신과 육체의 고통, 갈증과 궁핍을 수반한 전쟁은 이렇게 끝났다.

보라, 역사의 전환을 이야기하는 그를
그가 너희에게 약속하는 것은 사회주의.
하지만 보라, 그의 뒤엔 너희 손으로 만들어진
거대한 대포들이 말없이 너희를 겨누고 있을 뿐이다.
좀더 나은 삶을 위해 목숨 건 치열한 전투중에도
한 팔에는 아이를 안고 다른 팔에는 무기가 들려 있다.
바라건대 피비린 얼어붙은 장진호 싸움이 끝난 뒤에도
아이들에게 훈훈히 둘러싸였으면 좋으련만.

(이범신, 〈전선노트〉)

나는 어디에 있는가? 나는 과연 누구인가?
나는 어떻게 해서 오늘 이 자리에 서 있는가?
세상이라고 불리는 이곳은 과연 무엇인가?
나는 어떻게 해서 세상이라고 불리는 이곳에 오게 되었는가?
만일 내가 이곳에서 어떤 역할을 맡아야 한다면 그것은 과연 무엇인가?
이제 나는 그 이유를 만나고 싶다.

미 해병은 중공군 2개 소대가 굳건히 지키는 전략요지인 산등성이를 격전 끝에 차지하는 데 성공했다. 미 해군은 잇따라 왼쪽 산등성이로 나아가려 했지만 뜻밖에 중공군의 강력한 공세에 부딪쳐 주춤하고 말았다. 중공군이 후비대를 빠르게 투입해 전열을 가다듬고 수적 우세를 내세워 포위공격을 해왔기 때문이다. 중공군이 쏘아대는 총탄은 의무병도 부상병도 가리지 않았고, 방망이 수류탄은 잇달아 미 해병 병사들의 발밑에서 또는 옆에서 터졌다.

집단최면에 걸린 듯 죽음을 두려워하지 않는 중공군의 저돌적 용감성은 미 해병들을 질리게 만들었지만, 극도의 분노를 일으키는 효과도 있었다. 미 해병들은 동물적 살의에 전염이라도 된 듯 총을 마구 쏘아대거나, 뛰어난 체력을 앞세운 육박전으로 방어에 최선을 다했다.

마침내 중공군 전열이 흔들리기 시작했다. 후퇴를 결심한 이들은 앞뒤를 가리지 않았다. 몇몇은 대열을 빠져나와 달아나기도 했다. 중공군 300명 가운데 100명 이상이 죽거나 다쳤다.

스미스는 전열을 가다듬었다. 정상으로 올라가 존스로부터 1개 분대를 넘겨받아 부상자들의 치료가 멈추지 않도록 병력을 배치해 놓았다. 스미스도 이미 심하게 다쳤지만 후송을 거부했다. 제1대대 지휘소의 지원을 받아 200명이 넘는 부상자들을 그 뒤 몇 시간 만에 1282고지 비탈에서 실어냈다.

그동안 미 해병들은 고지를 차지해 방어진지를 쌓았다. 필립스 중대의 남은 병력은 제임스 리첸버거 중위의 지휘를 받기로 하고 존스의 왼쪽에 배치되었다. 한편 히터 부대는 오른쪽 진지로 들어갔다.

그날 하루 내내 모든 전선에서 화력전을 벌여 마침내 어렵게 손에 넣은 돌출부를 지켜낼 수 있었다. 존스는 박격포탄 파편에 다리를 다쳤으면서도 부대 지휘를 멈추지 않았다. 그는 치열한 화력 빗줄기를 뚫고 여섯 차례나 진지 전방에 나아가 이지 중대 부상자들을 안전지대로 데려왔다. 그의 전우애는 자신의 목숨보다 더욱 값지고 컸다. 문득문득 깨닫지만 일상 생활에서는 우정이 얼마나 쉽게 부서지는가. 그러나 전쟁을 함께 헤쳐가는 전우가 있어 부조리한 잔혹함이 깊게 스며들지 않을 수 있었다.

오후 4시 해병 5연대 3대대장 태플릿은 윌리엄슨 중대를 고지에 올려보내 존스와 그밖의 해병들과 교대시켰다. 히터 부대는 전사자 5명과 부상자 37명을 냈고, 존스 부대는 전사자 10명과 부상자 30명을 낳았다. 1282고지로 진격한 필립스 부대 장병 176명 가운데서도 오직 30명만이 걸어나올 수 있었다. 로빈슨 소령과 갤러거 일병도 그들 가운데 하나였다.

교대한 해병들이 고지 아래에 이르렀다. 잿빛 먹구름이 떠도는 언덕마루에 이정표 하나가 기울어진 채 서 있다. 여러 고지에서 몰려온 병사들이 지평선 위에 열을 지어 나타났다. 지칠 대로 지치고 절망한 병사들은 많은 부상자를 부축하느라 메뚜기 떼처럼 내려왔다. 산전수전 다 겪은 군화는 너덜너덜해지고 배낭은 텅 비었으며, 눈은 흐리멍덩한 채로 얼이 빠져 있었다.

그 음산한 길에 시체들이 점점이 놓였다. 포탄이 파헤쳐 놓은 구덩이 속에는 뭉그러진 시체가 무릎에 턱을 괴고 웅크리고 있거나 하체가 흙에 파묻힌 채 총을 꽉 쥐고 있기도 했다. 기대어 앉은 채 죽은 어느 피투성이 시체는 분노의 눈길로 하늘과 마주했다. 허공에 얼굴을 들이댄 듯한 그 병사의 입에서는 금세라도 저주와 욕설이 튀어나올 것만 같았다.

해병들은 무감각해진 눈으로 그들을 바라보았다. 그 시체들은 이 전쟁의 상징이자 유형이었다. 발에 걸리면 발길을 피했다. 눈물을 찔끔거렸다. 그러나 슬픔 때문이 아니라 매서운 칼바람 탓이었다. 살아남은 자들은 아직도 죽음을 끔찍하게 두려워했고, 오직 성한 몸으로 조국으로 돌아가기를 간절히 바랐다.

그러나 밤하늘 별들만큼 숱한 시체들을 마주친 그들에게 죽음은 이제 너무도 익숙한 일이 되어버렸다. 살아남고자 하는 욕망도, 죽음의 공포도 의식 속에서 차츰 희미해져갔다. 이제 그들에게 주어진 죽음이란 그저 마지막 의무일 따름이었다.

전쟁은 죽음을 빼놓을 수 없으며 마침내 그들은 죽음으로 달려가거나 그 옆을 아슬아슬하게 스쳐 지나갈 뿐이다.

죽은 자들은 얼마 전까지도 살아 숨 쉬고 있었다.
여명의 빛나는 새벽놀을 바라보며 사랑하고 사랑받았다.
그러나 이제 그들은 말없이 누워 있다.
얼어붙은 장진호 빙판에.
그들이 이곳에 있었음을 연기가 이야기해 줄 것인가.
화염의 아들들
그러나 빛의 아들은 아니었다.
그들은 어둠에서 와서 어디로 사라져 갔는가?
무(無)를 향해서인가.

(이범신, 〈전선노트〉)

그들의 눈은 살기에 가득 찼다. 어릿어릿한, 자다가 깨어난 눈동자들이었다. 살아야 한다는 본능과도 같은 의욕, 자신의 행동에 따른 이의 명령을 받지 않고 살고 싶은 의욕, 그러기 위해서는 어떤 결사적인 행동이 필요다는, 그런 다부진 각오와 결심 앞에 생기가 넉넉한 눈동자들이었다. 그러면서도 공포와 불안에 부들부들 떨리는 눈동자들이었다. 어떤 크나큰 일을 저지르려는 그 직전에 인간이 가질 수 있는 남달리 빛나는 눈동자, 이런 수없이 많은 눈동자들이 한동안 말없이 시커먼 어둠 속에서 천 갈래 만 갈래로 엇갈렸다.

갤러거 일병은 가쁜 숨을 돌리려고 멈추어 섰다. 로빈슨 소령이 아이를 달래듯이 그에게 말했다.
"다 왔네, 다 왔어."
거칠고 메마른 길은 갈수록 좁아졌다. 숨이 꽉 막혔다. 부상자들은 파랗게 질려 와들와들 떨며 신음소리를 냈다. 그러나 죽음이라는 환영에 사로잡혀 서두르는 병사들의 혼잡한 행렬 속으로 떠밀려 가지 않으면 안 되었다.

22
유담리

그들이 다가온다. 이루 말할 수 없는 공포가 넷 에움을 휘감는다. 한 병사만의 개인적인 두려움이 아니다. 여러 병사가 깊이 공감하는 무서움이 갑작스레 덮쳐와, 삶과 죽음만 따로 놓고 보았을 때 그 갈림목에서 짓누르는 공포였다.

11월 27일 오후 헐이 중대병력을 이끌고 1240고지 북쪽 정찰에 나섰다. 폴 멀러니 중위가 첨병대를 이끌고 나아갔다. 출발한 지 세 시간 만에 그는 10명 남짓한 중공군과 맞닥뜨렸는데, 순간 그들은 바람처럼 흩어져 달아났다. 토머스 톰슨 중위는 멀러니와 엇갈린 뒤 동쪽으로 방향을 바꾸어 장진호 기슭을 훑어나아가며 자오둥리 마을 쪽으로 다가갔다.

해병 항공대가 마을을 불태워버린 뒤 사람 그림자조차 찾을 수 없었다. 오직 정적만이 감돌았다. 며칠째 쉼 없이 내린 폭설로 온 산속 벌들이 하얗다.

위기는 아주 멀리 있다가도 바로 등 뒤에서 느닷없이 들이닥친다. 세상을 온통 하얗게 덮은 눈들의 고요는 숨막히는 위험을 숨겨두고 있었다. 적의 접근을 눈치채기 힘들게 하고, 아주 멀리 떨어져 있는 것처럼 착각하게 만들었다. 눈 덮인 넷 에움은 너무도 고요하고 쓸쓸했다. 심장 뛰는 소리마저 들리는 것만 같았다. 해병들은 언제 어디서 중공군이 튀어나올지 몰라 온 신경을 곤두세우고 긴장을 늦출 수 없었다.

미 해병 병사들의 그런 걱정과 조심성은 결코 헛된 것이 아니었다. 마을 북쪽과 서쪽 조금 높은 눈밭에 교묘히 감춰진 진지 속에서 중공군들은 먹이를 노리는 맹수처럼 기다렸다. 중공군은 상대가 소총 유효사거리 안에 들어오자마자 일제사격을 퍼붓고, 중기관총과 박격포까지 가세했다. 미군들 또한 이에 질세라 적극 마주 쏘아댔다. 조금 전까지만 해도 쥐 죽은 듯하던 하얀 세상은 갑자기 콩이 튀는 듯한 총성과 포탄의 폭발음으로 들썩거린다.

상공에는 코르세어기 4대가 떠 있었지만 지상 정찰부대에는 전방 항공통제관이 함께하지 않았다. 코르세어기가 제 역할을 하려면 출동부대의 관측장교가 무전기로 후방 포대에, 포대가 지상통제관에게, 지상통제관이 코르세어기 조종사에게 교신해야 했다. 여러 절차를 거치다 보니 시간 효율이나 명중률에서 만족스러운 결과가 나오기 어려웠다. 이 상황은 오히려 중공군에게 다행스러운 일이었다.

화력전이 이어질수록 중공군이 앞서나갔다. 더군다나 그들은 처음부터 지형지물의 이점을 안고 있었으므로 기동전투 대신 제자리에서 버티며 싸웠다. 한 치의 땅도 내주지 않겠다는 굳은 의지와 자신감이 드러난 전투방식이었다.

"적군의 전열이 조금 흐트러지더라도 결정타를 가하려는 압박공세를 취하진 마라. 어둠이 깔릴 때까지 전투를 끌어야 한다. 밤의 주인은 마땅히 우리다. 화력을 더욱 퍼붓고 소대 규모의 병력을 측방 진지로 움직이는 정도로 적의 정찰대를 묶어 놓아라."

중공군 부대는 지휘부의 이런 뛰어난 전략지시를 나무랄 데 없이 잘 따라갔다.

미군은 참으로 진퇴 양난이었다. 상대편의 세찬 화력에 부상자가 잇따라 나오고, 신음 소리와 함께 의무병을 부르는 외침이 전초선을 따라 여기저기서 끊임없이 터져나왔다. 장교들은 탄막을 무릅쓰고 부상자 후송을 감독하느라 이리 뛰고 저리 뛰었다.

마침내 정찰부대장의 입에서 뜻밖의 명령이 튀어나왔다.

"모두 사격 중지!"

중공군의 사격 중지를 끌어내기 위한 고육책이었으나, 그것은 한낱 잔꾀로 끝나버렸다. 오히려 중공군 화력에 더욱 불을 지르고 말았다. 어두워질 때까지 적의 발목을 붙잡아 둘 작정인 중공군에게 그처럼 얕은 수법이 먹혀늘 리 없었다.

주위에 어둠이 내려앉는다. 코르세어기가 위험을 무릅쓰고 다시 한 번 출격해야만 했다. 공중 폭격은 나름 만족할 만한 효과를 거두었다. 중공군 병사들이 기총소사와 폭탄을 피하려고 이리저리 눈 위에 미끄러지며 몸을 숨기는 동안, 정찰부대는 시체와 부상자들을 메고 1240고지 진지로 돌아갔다. 부상자들을 마을의 야전병원으로 안전하게 보냈다.

헐은 의무병 하디에게 상처를 싸매게 한 뒤 한숨을 쉬며 일어나 앉았다. 그리고 축축한 붕대를 가볍게 두드렸다.

"움직이면 곧 풀어지겠는걸."

헐은 화내지도 않고 남의 일처럼 아무렇지 않게 물었다.

"어디서 붕대 감는 법을 배웠지?"

"죄송합니다. 손이 조금 떨렸던 모양입니다."

"그런 것 같군. 그렇다 해도 붕대를 낭비하는 것은 어리석은 짓이야."

그는 야간전투 준비를 위해 근무지로 되돌아갔다.

중공군이 초저녁에 가벼운 탐색공격을 해왔으나, 미군은 자정이 되기 전에 이 소규모 잠입자들을 무찔렀다. 이때 헐과 필립스 사이 전투경계선 정찰이 잠깐 멈추었는데, 중공군이 이 틈바구니를 뚫고 고지를 타고 내려왔다. 리첸버그─머레이의 지휘소가 사격권에 들어갈 상황이 된 것이다. 멀러니 소대(지휘권이 시버거에게 넘어가 있었다)는 서터 부대를 왼쪽에, 톰슨을 대신한 오드머 렐러 소대를 오른쪽에 두고 정상을 차지하고 있었다.

밤 12시 조금 못미처 중공군의 공격이 또 시작되었다. 혼을 빼놓은 듯한 나팔 소리 피리 소리가 노래와 욕설과 어지러운 반주에 맞춰 느닷없이 바람과 하늘을 가른다. 적의 공격이 렐러 부대에 집중됐다. 양쪽 모두 수많은 사상자가 쏟아져 나왔다. 중공군 사상자는 미 해병의 열 배 정도였다.

시체가 산더미처럼 쌓여간다. 해병대는 전차, 야포, 박격포, 로켓포, 기관총 등 모든 화기를 다 써서 엄청나게 많은 중공군을 살상했다. 계곡에는 돌격하던 중공군 한 무리가 여기저기 널브러져 움직이지 않았다. 어마어마한 시체와 부상자들의 울부짖음으로 들판은 완전히 초열지옥(焦熱地獄)이었다. 그런데도 중공군은 죽음을 뛰어넘은 듯 끝없이 밀려들어왔다. 쓰러진 동료를 뒤로하고 거침없이 달려드는 중공군들에게 미 해병들은 두려움을 넘어서 경외심마저 느낄 지경이었다.

이 끔찍한 상황을 잊어버린 듯 헐은 전선을 휩쓸며 수류탄을 던지고 부하를 지휘하는 등 한치의 흐트러짐 없이 움직였다. 완강한 방어에도 중앙 소대가 고지에서 밀려나고 있었다. 옆쪽 2개 소대도 포위당하지 않으려면 그들을 따라 뒤로 물러나는 수밖에 없었다. 이런 상황은 거의 세 시간이나 이어졌다.

고지를 반쯤 내려오다가 헐이 후퇴를 멈추게 하고, 인원이 줄어든 부대를 빠르게 다시 꾸려 반격 준비를 서둘렀다. 서터의 제2소대가 가장 손실이 적었으므로 맨 앞에 서도록 했다. 제1소대와 제3소대, 나머지 병력은 1개 소대로 합쳐 예비대로 두었다.

공격개시선이 형성되자 헐이 꺼드럭거리며 고함을 질렀다.

"좋아, 개새끼들 잡으러 가자!"

그는 대열 저만큼 앞서 고지로 곧장 쳐들어갔다. 뒤를 따르는 어느 누구도 망설이지 않았다. 재빠른 반격을 미처 예상치 못한 중공군은 별다른 저항도 못한 채 정상에서 쫓겨나고 말았다. 중공군이 뜻밖에도 쉽게 물러나주어 육박전까지는 벌어지지 않았다. 해병들은 참호로 돌아가 사주 경계에 들어갔다.

중공군은 재빨리 대열을 가다듬고 다시 밀도 높은 화력을 퍼부었다. 소대 규모의 중공군이 옆쪽으로 빠져나갔다. 그 순간, 기관총 한 문이 오른쪽 후방에서 미 해병들을 향해 불을 뿜었다. 앨런 서터 중령이 다쳤다. 렐러는 이미 병원으로 보내진 뒤였다. 절망감이 순식간에 해병들을 뒤덮었다.

"물러서지 마라!"

헐의 호통에 병사들은 번쩍 정신을 차렸다.

"기껏 기관총 하나뿐이야. 우린 죽지 않는다. 다들 정신차려!"

수류탄이 끝내 그 기관총을 침묵시켰다.

헐의 모습은 보는 이마다 등골을 오싹하게 했다. 수류탄 파편이 그의 이마를 싹 베어놓아 얼굴은 온통 피범벅이었다. 조금 뒤 소총탄이 그의 어깨를 때렸다. 그래도 그는 전선에서 한 발짝도 물러서지 않았다. 결전에 임하는 전사의 모습 그대로였다. 그 결연함은 부대원들에게 비장한 투지를 불러일으켰다.

헐은 얼마 남지 않은 부하들을 최정상에 둥글게 배치했다. 그 원은 지나치게 작아 헐의 전령 월터 메너드 상병은 언제든지 원의 한가운데에서 수류탄을 던져줄 수 있었다.

새벽이 산하를 푸르게 물들이며 찾아왔으나 맑은 공기를 마실 수는 없었다. 그저 매캐한 공기만이 콧속을 찔렀다. 납빛 구름 한 점이 하늘 끝에 걸렸다. 헐과 부하 해병들은 소대 병력의 지원군이 전투를 하며 고지로 올라오는 모습을 보았다. 그 조그마한 방어선으로 들어선 첫 해병이 헐에게 다가왔다.

"중대장님, 이제 마음 놓으셔도 됩니다."

그가 얼굴을 일그러뜨리며 씁쓸히 웃었다. 한편, 증원군이 도착했을 때 도

그 중대에 남은 병력은 헐과 그의 병사 16명뿐이었다.

마침내 전면적인 총격전이 멈췄다. 멀리서 중공군의 총성만이 이따금 들려왔다. 유황 냄새가 공기 속을 이리저리 떠돌아다녔다. 전장은 거대한 무덤과 같았다. 몇몇 해병들이 구석구석 뛰어다니며 시신을 뒤집어 전사자들의 이름을 하나하나 확인했다.

헐은 담배 생각이 간절했다. 지독히도 담배가 피우고 싶었다. 겹겹이 껴입은 옷 속에서 담뱃갑을 꺼내기도 쉽지 않았다. 손이 곱아 지퍼조차 쉽사리 열 수 없었다. 한참 실랑이한 끝에 옷 속에서 찌그러진 담뱃갑을 겨우 꺼냈다. 기쁨도 잠시 이번엔 라이터를 찾아야 했다.

가장 가까운 참호 속 해병에게 외쳤다.

"라이터 있으면 좀 던져 주게."

부하 해병이 얼른 안주머니에서 라이터를 꺼내 헐의 발밑으로 던지며 말했다.

"중대장님, 중공군이 모두 돌아가지는 않았습니다. 아직도 언제 어디서 총탄이 날아올지 모른다고요!"

헐은 발밑에 떨어진 라이터를 주워들었다. 막 라이터를 켜 담배에 불을 붙이려는 순간이었다. 갑자기 멀리서 총소리가 들리는가 싶더니 탄환 하나가 휙 날아왔다. 순간 헐은 깜짝 놀라 푹 쓰러졌다. 다행히 총상을 입지는 않았다. 탄환은 발목 옆을 지나 얼어붙은 땅바닥을 때렸다.

헐은 자기도 모르게 성호를 그었다. 총알이 헐을 겨냥했는지, 아니면 우연이었는지는 알 수 없다. 헐은 깊고 크게 숨을 한 번 들이마셨다. 그러고는 라이터를 빌려준 해병 쪽으로 던져 주며 태연한 척 말했다.

"고향에서나 이 잔인한 혹한 속에서나 담배는 영원한 애인이지. 하마터면 이 좋은 담배를 더 피우지도 못하고 저세상으로 갈 뻔했군."

긴장이 풀리자 갑자기 팔다리에 힘이 쭉 빠졌다. 헐은 그 자리에 쓰러지듯이 벌렁 드러누웠다. 얼음판처럼 차갑고 거친 흙바닥이었지만 마치 포근한 침대에 누운 듯 아늑했다.

아내 캐서린도 그의 옆에 누워 있는 듯했다. 그리움이 울컥 솟아올랐다. 눈을 감으니 알몸이 고스란히 드러나 보이는 슬립만 걸친 멋진 몸매의 캐서린이 보였다. 헐은 슬립 끈을 내린 다음 그녀를 끌어당겼다. 캐서린의 브래지어를 풀고 팬티를 잡아 벗기면서 아내의 풍만한 몸 여기저기에 키스해 내려갔다. 캐서린은 환희의 비명을 질렀다. 그녀는 헐의 팬티를 끌어내리고 입술로 헐의 강직한 그곳을 반복해 스쳤다. 펠라티오가 서로에게 얼마나 행복한 행위인지 헐은 그녀에게 이해시켜 왔다.

헐은 벗긴 양파처럼 요염하게 둘로 갈라진 풍만한 캐서린의 엉덩이에 반했다. 거무스름한 균열을 사이에 두고 탱탱하게 부풀어 갈라진 두 지중해는 터질 듯 발랄한 탄력을 숨기고 있는 듯 보였다.

그녀의 봉긋 솟은 유방이 돋보였다.

'부드러워, 오, 정말 부드러워!'

2개의 커다란 봉우리를 쥐었다 폈다 하며 만지작거렸다. 멍울이 맺힌 젖꼭지를 손가락 사이에 끼우고 좌우로 넘치는 젖무덤을 가운데로 모았다. 꼭지는 성이 나서 조금 커진 느낌이지만, 여전히 핑크빛 그대로였다.

헐은 벌어진 아내의 다리 사이로 들어갔다. 두 손으로 그녀의 가슴 주위를 어루만지면서 발기된 젖꼭지를 정성껏 빨았다. 몇 분 동안 이어졌다. 이제 한 손은 천천히 아랫배를 더듬으며 더 밑으로 내려간다. 헐은 손을 뻗어 그녀의 부드러운 음모들이 우거진 언덕을 덮고, 부드럽게 쉼 없이 압력을 주었다. 뜨겁게 넘치는 애액, 헐의 애무는 더욱 격렬해져 갔다. 야릇한 빛을 띤 속살의 짙은 향기와 함께 꿈틀거리는 국화의 봉우리가 더욱 부풀어 왔다. 그녀는 몸을 젖히면서 거칠게 몸부림치며 신음을 토해 냈다.

'캐서린, 고독한 내 영혼을 달래줘. 당신을 생각하면 내 마음이 밝아져. 쓸쓸함도 잊을 수 있어.'

남자와 여자가 서로에게 완전히 스미는 이 사랑보다 더 숭고한 사랑의 형태는 없으리라. 한 인간이나 인간이 사는 세계의 본질에 대해서도, 이 사랑보다 더 깊은 곳까지 보여주는 사랑은 달리 없다. 헐은 캐서린을 떠올리며 가슴이 평온해짐을 느꼈다.

어느새 새벽놀이 동녘 하늘에 핏빛으로 물든다. 마치 흐드러진 진달래 같다. 헐은 아내 생각을 툭툭 털어내고 자리에서 일어났다. 황홀한 해돋이는 언제나 가슴을 뛰게 해주었다. 자신의 살아 있음에 헐은 문득 감사함을 느꼈다.

날이 밝으면서 중공군이 치른 대가가 똑똑히 드러났다. 1240고지에는 그들의 시체가 즐비했다. 그러나 미 해병의 손실도 만만치 않았다. 헐과 함께 한국에 온 부대원들 가운데 그때까지 살아남은 병사는 메너드와 월터 호손 병장 뿐이었다.

예상과는 달리 11월 29일에서 30일 밤 이른 시간에 안곡 방어진지는 사뭇 조용했다. 서쪽 유담리에 있는 해병대 방어진지에서 저수지를 가로질러 들려오는 포병의 먼 사격 소리와, 때때로 북쪽에서 나팔 소리가 들려온다. 해가 진 뒤 자정까지는 고요가 이곳을 다스렸다. 밝은 달이 산과 들을 비췄지만 밤이 깊어갈수록 하늘에 구름이 짙어지더니 눈발이 흩날렸다.

팽팽한 고요는 밤 12시가 되기 전 방어진지에 있던 포병과 박격포가 사격을 시작하면서 끝이 났다. 곧이어 기관총과 소총 사격이 중공군의 아우성에 더해지고, 그들이 쏘아대는 총알이 머리 위로 쉴 새 없이 휙휙 스쳐갔다.

첫 번째 공격은 제8중대와 A중대가 점령한 방어진지 남쪽 산등성이와 내리막 산비탈에서 시작되었다. 본부중대의 메이 중위는 산등성이 남동쪽 가장자리에 있는 골짜기로 내려오는 적의 공격을 물리치는 걸 도왔다. 이 충돌은 한 시간 가까이 이어졌다. 만일 중공군이 새로 도착한 이 부대를 시험해 보려고 벌인 일이라면 틀림없이 후회했으리라. 많은 병사들이 죽고 다치는 가혹한 대가를 치렀지만 끝내 방어진지에 들어오지 못했고, 수많은 나팔을 불어대며 물러갔다.

전초진지에서 드물게 나는 총소리와 적진으로 의심되는 곳에 쏘는 해병대 박격포 사격 사이로 고요가 다시 자리를 잡았다. 방어진지의 모든 사람들은 적이 곧잘 하던 대로 돌격하지 않는 걸 이상하게 여겼다.

공격은 도로의 들머리와 출구가 있는 방어진지 양쪽 끝에 집중되었다. 최악의 공격지점은 A중대가 서쪽 경계선 도로에 단단하게 고정한 장애물이 있는 남쪽 끝이었다. 적의 돌격조가 중기관총 한 정을 덮친 데다, 박격포탄 한 발이 75밀리 무반동총진지에서 폭발해 쓸어버렸다. 이 두 화기는 담당구역 병력에게 가장 강력한 화력을 떨쳤다. 중공군은 사격조원 몇 명도 잡아갔다.

적은 피해를 많이 주는 대공화기(對空火器)에 남다른 노력을 기울였다. 맥클리몬트 대위는 포병 주변에다 쿼드-50을 세우면서, 한 대는 운전석을 주사격 방향인 안곡 쪽과 등지고 지휘소 가까이 두었다. M-16은 뒷문 위로 쏘는 게 포탑 전환이 보다 자유롭기 때문에 더 효과적이었는데, 적이 안곡의 평평한 얼음 위로 공격해 오리라 내다봤기 때문이었다. 박격포 탄막사격을 안곡 쪽으로 바꿔서 방어진지 개인 참호 90미터 안쪽에 포탄을 떨어뜨릴 수 있었다.

해병대의 첫 계획은 얼음을 폭파해 물이 넘치게 만들어 적이 안곡을 거쳐 공격해 오는 걸 막는 것이었다. 그러나 아쉽게도 실패하고 말았다. 박격포는 때때로 방어진지 상공에 조명탄을 쏘아 올렸다.

맥클리몬트는 조명탄 한 발이 안곡 한쪽 하늘에서 터질 때, 우연히 그곳을 바라보고 있었다. 갑작스러운 조명 아래서 그는 얼음판을 가로질러 방어진지 쪽으로 다가오는 한 무리를 찾아냈다. 그들은 전날 밤 제1대대가 전방진지에서 철수할 때 떨어져 나갔던 미군 낙오병들이었다. 진지 안으로 들어온 그들은 모두를 보고 한껏 고함을 지르며 웃고 떠들며 기뻐했다.

이 짧고 긴장된 시간이 지난 뒤 주위는 다시 조용해졌다. 맥클리몬트는 궤도 차량 밑에 있는 자신의 참호 속에서 빼앗은 기관단총을 옆에 두고, 수류탄 한 줄을 흉벽에 놓아두었다. 그는 침낭을 뒤집어쓰고 서서히 잠에 빠져들었다. 그때 갑자기 안곡 가장자리 가까이에 있는 참호에서 사격이 시작되었다.

맥클리몬트와 두 동료는 곧 깨어났다. 맥클리몬트는 쌍안경을 들고 어둠 속을 살피다가 방어진지를 향해 얼음판으로 달려오는 물체들을 찾아냈다. 안곡 상공으로 오성신호탄이 솟아올랐다. 오른쪽으로 10~20미터 떨어져 있던 쿼드-50이 총구를 열었다. 달려오는 물체들이 안곡 남쪽 방어진지 가장자리에 있는 개인 참호에 이르렀다.

쿼드-50의 기관총 4정이 안곡 가장자리와 얼음판에 집중사격을 퍼부었다. 총 하나하나 전자동에 놓고 15발마다 예광탄 1발 꼴로 분당 450발을 쏘았다. 예광탄 불꽃이 둑에 박혔으며, 안곡 얼음판 가장자리 위까지 날아갔다. 그러다가 갑자기 사격이 끊기고, 조명탄도 꺼졌다. 뒤이어 어둠과 고요가 다시 주위를 압도했다.

맥클리몬트는 움직이던 물체가 아까보다 좀 더 가까이 왔음을 알았지만 적인지 아군인지를 도통 알 수 없었다. 그와 두 동료는 움직임이 느껴진 곳으로 총을 겨누었을 뿐 아직 쏘지는 않았다. 소총 사격은 앞에 있는 우군 개인 참호에서 끊이지 않았다. 마침내 그는 지금 움직이는 그림자들이 적이라는 결론을 내렸다.

이때 병사 하나가 뒤쪽에서 그의 참호로 기어왔다. 그는 맥클리몬트에게 속삭였다.

"안곡 가장자리에서 중공군이 포복으로 접근해 왔습니다."

맥클리몬트와 두 동료는 곧장 아래쪽에서 움직이는 그림자 무리로 집중사격을 퍼부었다. 근처 쿼드-50도 재장전을 마치고서 겨우 40미터 떨어져 있는 안곡 가장자리를 따라 기총소사를 했다. 낮질 같은 사격이 안곡 가장자리를 한바탕 휩쓸고 지나가자 다시 조용해졌다. 북쪽에서 남쪽으로 안곡의 얼음판을 가로질러 이뤄진 적의 유일한 공격이었으며 피비린내나는 끝을 보고 말았다.

맥클리몬트의 참호로 기어들어 왔던 병사는 다른 정보도 알고 있었다. 그는 안곡 가까이 오두막집에 중공군들이 있다고 말했다. 맥클리몬트는 듀얼-40에게 당장 사격을 하도록 지시했다. 40밀리 포탄이 오두막집을 결딴내고, 그 안에 있던 중공군 1개 분대는 모두 숨을 거두었다.

한밤에 중공군은 호그랜드 하사가 이끄는 M-19 듀얼-40을 제압한 뒤 방어진지에 돌파구를 만들려고 했다. 적은 밤 12시 전까지 끊임없이 공격했다. 호그랜드는 듀얼-40으로 적 대부분을 쳐부쉈다. 그러나 전투하는 동안 한쪽 발을 심하게 다치고 말아 결국 구호소로 옮겨졌다.

11월 30일 이른 시간 중공군이 M-19를 다시 공격했다. 호그랜드는 발을 붕대로 감싼 뒤 빈 상자에 발을 넣어 M-19 뒤쪽으로 절뚝거리면서 다시 사격지휘를 이끌었다. 중공군 박격포 포탄이 M-19 탄약 트레일러에 맞아 불타면서 40밀리 포탄이 터지는 사고가 생겼다. 그런데도 호그랜드는 듀얼-40 앞쪽으로 가서 새로운 진지로 차량을 이동하는 운전병을 안내했다.

M-19는 진지를 옮겨 계속 사격하고, 적이 그쪽으로 뚫고 오는 것을 막는 결정적 역할을 했다. M-19는 크나큰 손상을 입어 움직일 수 없었지만, 그럼에도 여전히 사격은 할 수 있었다. 트레일러의 파손은 가치를 따질 수 없을 만큼 귀중한 40밀리 포탄의 손실을 뜻했다.

대공화기 공격이 끝난 남은 밤 동안, 중공군은 기관총 난사, 나팔과 피리 불기, 불꽃 피우기 등만 줄곧 이어갔다. 불꽃 피우기는 병력을 다시 끌어모으는 신호였다.

불꽃 튀는 공격과 방어 속에서도 밤 기온은 뚝뚝 떨어졌다. 뼈까지 얼어붙는 듯한 강추위와 어둠의 공포 속에서 아침 노을을 간절하게 그리던 미군 병사 하나가 파들파들 떨고 있다. 그러나 안타깝게도 그는 끝내 남아 있던 어둠의 터널을 건너지 못하고 개인 참호에 앉은 채 얼어 죽었다.

11월 30일 오전 땅안개가 끼였다가 햇빛이 비추자 서서히 사라졌다. 안개는 10시쯤 흩어져서 하늘이 맑아졌다. 그럴 때면 보급품이 공중투하되었는데, 탄약은 여전히 부족했다. 스탬포드 대위는 조종사에게 더 많은 탄약을 보급해 달라고 요청했다. 나중에 50구경 기관총 탄약은 한 번 투하되었지만 듀얼-40을 위한 40밀리 포탄은 없었다.

동이 트면 병사들은 불을 피워 몸도 녹이고 커피 물도 끓였다. 그들은 진지를 더욱 깊이 파서 튼튼한 요새로 꾸몄다. 고지에 있는 중공군은 간섭하지 않았고, 별다른 주의도 기울이지 않는 듯 했다.

안개가 사라지고 해가 나온 뒤 방어진지에는 어쩐지 밝은 기운이 퍼졌다. 전날 밤 중공군의 활동 규모가 처음 이틀에 비해 줄어들었기 때문이었다. 많은 병사들이 가장 나쁜 상황은 벗어났다고 여겼다. 상당수는 낮에 하갈우리로부터 구원부대가 도착하리라 기대했다. 그러나 오후가 되자 그 자리에서 또 밤을 지새우지 않으면 안 된다는 사실이 차츰 뚜렷해졌다. 오후에 또 한 번의 공중투하가 있었으며 방어부대 탄약 상황은 많이 나아졌다. 무엇보다 4.2인치 박격포가 그랬다.

스탬포드 대위에게 30일은 일이 잘 풀리는 하루였다. 그는 날이 밝아오자마자 계획을 세웠다. 코르세어기 편대장은 방어진지 동쪽에서 보았던 차량, 천막, 시체를 끌고 사라지는 중공군에 대해 알려왔다. 중공군 연대급 지휘소로 보이는 곳을 자신의 편대가 공격해 좋은 결과를 얻었다는 것이다. 스탬포드 대위는 박격포, 포병, 대공화기 같은 지상지원화기는 방어진지에 있는 보병을 잘 지원해야 한다고 여겼다. 그러려면 탄약이 부족해지지 않도록 신경 써야만 했다.

이제 방어진지에 이르는 적의 주요 접근로 세 군데는 뚜렷해졌다. 첫 번째 접근로는 밤마다 지나다닌 풍류리강 골짜기 밑 북동쪽 모퉁이로 이어지는 둑길과 다리에서 위쪽으로 흘러가는 얕은 골짜기를 따라 북서쪽에서 오는 길이었다. 두 번째 접근로는 남쪽 산등성이에서 남동쪽 방어진지 모퉁이로 들어오는 골짜기를 따라 내려오는 것이었다. 세 번째 접근로는 더욱더 빈도가 잦아지는 매우 거센 공격 접근로인 남서쪽에서부터 방어진지를 꿰뚫는 협궤철로와 도로를 따라서 오는 방법이었다.

코르세어기와 보급수송기가 일찍이 안곡을 비행하고 간 뒤 정오쯤, 스탬포드 대위의 고주파수 무전기가 망가졌다. 불현듯 스탬포드 대위는 첫날 밤 공격 때 전사한 제3대대 존슨 소위의 장비 부품을 떠올렸다.

'그거라면 무전기를 고칠 수 있을 텐데.'

존슨의 장비는 스탬포드 대위가 자리한 곳에서 460미터쯤 떨어져 있었다.

무전기 조작병인 스미스 상병과 전술항공통제반의 다른 요원인 존슨 일병이 스스로 나섰다.

"적의 포화를 뚫고 건너가서 장비를 가져오겠습니다! 허락해 주십시오!"

두 병사는 재빠르게 움직여 마침내 그것을 찾아왔다. 얼어붙는 날씨 속에서도 맨손으로 네 시간이나 작업해 무전기를 고치는 데 성공했다.

제1해병비행사단과 제5공군은 흥남 근처 연포비행장과 원산 근처 해병비행장에서 쓸 수 있는 모든 항공기와, 항공모함에서 출격한 흥남 해안에 떠 있는 항공기로 해병 제1사단과 제31연대전투단을 날마다 지원함으로써 한결 앞선 전투력을 보여주었다. 하갈우리 운항관리자는 가장 필요한 지역을 항공기에 지시했다.

유담리 남쪽에는 존 모리스 대위의 찰리 중대 진지가 있었다. 그들이 점령했던 지역엔 제1대대가 진입하면서 데이비스 대대 지휘소가 들어섰다. 모리스는 불도저로 파놓은 구덩이를 방어진지로 썼다.

잭 차백 중위에게는 오른쪽 구역이 배정되고, 얼 페인 하사의 제2소대는 왼쪽에 배치되었는데, 이 두 소총소대 중간 지점에 프랭크 도너휴 중위의 박격포대가 자리했다.

이들이 차지한 땅은 1429고지 서남쪽 비탈로, 하갈우리와 유담리 사이에 난 길을 굽어보고 있다. 반달형 방어선 후방에는 바위가 널린 고지가 드높게 치솟아서, 후방을 지키기 위해 윌리엄 브라운 상병이 페인 소대의 1개 분대를 이끌고 꼭대기에 올라 참호를 파고 들어갔다.

최종 배치가 끝났을 때는 이미 한밤이 지났다. 그들은 밤을 새우며 중공군을 기다리다 푸르스름하게 밝아오는 아침을 맞았다.

아주 높은 곳에서 큰 날개를 활짝 편 겨울새들이 날카로운 울음소리를 내며 날아 내려왔다. 새들은 해병들 머리 위에서 동그라미를 그리며 빙빙 돌다가 이윽고 날아가 버렸다. 이제 가랑잎 바스락거리는 소리조차 들리지 않았다. 그 고요함이 중공군의 공격 징조임을 모두 알고 있었다.

해병들은 눈을 부릅떴다. 영혼마저 얼어붙을 듯한 호각 소리가 금세라도 고지 저편에서 들려올 것만 같았다. 알 수 없는 공포감이 그들을 사로잡았다. 들판에는 여전히 차가운 바람만이 윙윙거린다.

모리스는 부상한 지휘관 윌콕스 대위가 한송리 지역 장거리 정찰에서 돌아올 때까지 끊임없이 교신하고 있었다. 윌콕스가 유담리 방어선을 지나자마자 길에 중공군이 나타났다. 그들이 차벡의 오른쪽 옆 분대에 날카로운 공격을 해왔을 때가 오전 5시 30분이었다. 진지들은 빠르게 짓밟혔다. 경계를 게을리했음을 알 수 있었다. 차벡은 예비분대를 투입해 본부 요원과 도너휴 부대의 박격포병 지원을 받아 회복할 수 있었지만, 이 방어전으로 그들은 값비싼 대가를 치렀다.

중공군의 공격은 차츰 오른쪽으로 돌아가 얼 페인의 정면을 압박해왔다. 그리고 나서 다시 왼쪽으로 옮겨갔다. 전방관측장교 조셉 글래스고 중위가 포격을 유도했다. 보비 맥엘허논 일병은 60밀리 박격포 포신에 문제가 생겨 어려움에 빠졌다. 포판(砲板)이 부서져 포신을 제대로 고정할 수 없었던 것이다. 급한 마음에 그는 포신을 두 손으로 덥석 잡았다. 옆에 있던 병사가 재빨리 포탄을 집어넣었다. 뜻밖에도 쏘는 데 문제가 없었으며 명중률도 아주 높았다.

그러나 중공군은 끊임없이 왼쪽에 압박을 해왔다. 페인은 병력이 모자라는 브라운 부대를 거느렸으므로 좀처럼 상황을 벗어나기 힘들었다. 본부소대와 도너휴의 박격포대원 가운데 끌어모을 수 있는 모든 인원을 전선에 투입했다.

치열한 전투를 치르고 나서야 중공군은 물러났고, 본부소대에 있던 대원들은 모두 다치거나 목숨을 잃었다. 이 전투에서 중공군은 양말 한 짝에 수류탄 2발을 넣어 한꺼번에 던지는 수법을 썼다.

윌콕스가 적극적으로 정찰을 한 덕택에 모리스 방어선에 쏟아진 중공군의 공격은 북쪽과 서쪽 방어선보다 몇 시간 늦게 시작되었다. 날이 새고도 한참이 지난 뒤에야 중공군은 공격을 멈추었다. 병사들을 다시 꾸리며 상황을 파악할 시간이 생기자 모리스는 브라운과 교신을 시도했다. 그러나 무전기가 총탄에 맞아 아무리 고함을 질러대도 응답이 없었다.

커티스 키즐링이 고지로 분대를 찾아 나섰다. 바위 사이를 비집고 오르던 키즐링의 모습이 산꼭대기 가장자리에서 사라지더니, 잠시 뒤에 그가 다시 나타났다. 그는 쉬어를 내려다보며 소리 질렀다.

"흔적이 하나도 없습니다!"

키즐링이 왼쪽으로 돌아가 꼭대기의 다른 모퉁이를 살펴보니, 바위 하나가 삐죽 튀어나와 있었다. 바위를 끼고 다시 왼쪽으로 돌아가는데 느닷없이 중공군의 기관총이 불을 뿜었다. 키즐링은 그 자리에 픽 쓰러지고 말았다. 이미 너무도 많은 사상자를 냈다. 모리스와 쉬어는 더는 브라운과 교신을 시도하는 일은 어리석다고 판단했다.

오전 10시 무렵, 모리스는 절망의 낭떠러지에 매달려 있었다. 그의 부대는 포위되었다. 박격포탄은 6발밖에 남지 않았으며 소총과 기관총탄도 걱정스러울 만큼 모자랐다.

이제 남은 길은 세 가지뿐이다. 용맹한 전사자로 남든가, 덫에 걸린 쥐처럼 포로가 되든가, 그도 아니면 운 좋게 무사히 살아 돌아가든가.

죽음이란 한 번 겪으면 끝이다. 희생으로 평화를 얻을 수 있다면 좋겠지만 제아무리 몸을 가누지 못할 만큼 고통이 괴롭힌다 해도 죽음은 휴식과는 다르다. 사람들은 육체적 정신적으로 쌓인 피로와 신경을 갈기갈기 찢어놓는 고통에서 벗어날 수 있기를 바라지만, 그렇다고 그 순간이 죽음이기를 바라지는 않는다. 누구나 다가올 미래를 꿈꾸며 희망 속에 살고 싶어한다.

존 모리스 대위는 가슴이 바싹바싹 타들어감을 느꼈다.

'살아서 돌아가야 해. 나는 아직 해야 할 일이 많다. 저 거대한 몸집으로 웅크리고 있는 산처럼 듬직한 인생이 남아 있어. 나뿐만 아니라 오늘 이 순간 살아 있고, 앞으로도 살아남을 우리 모든 병사들이 품은 소망이다.'

병사들은 너 나 할 것 없이 잔뜩 흥분한 상태였다. 군의관들은 이 상태를 하나의 신경증으로 진단했다. 자신의 안에 또 다른 인격이 함께한다는 그 이상한 느낌은 좀처럼 사그라지지 않았다. 가끔씩 그들의 뇌리 속에 아주 작은 삶의 즐거움들이 마치 환상처럼 스쳐가는가 하면, 죽어가며 부르짖는 전우들의 피맺힌 절규가 불쑥불쑥 귓가에 들려오기도 했다.

모리스 중대에서는 여태까지 54명이 다쳤고 15명이 죽었다. 그럼에도 그들은 좀처럼 패배를 믿지 않았다. 전쟁이 이어지더라도 끝내 자신들이 승리하리라 굳게 믿었다.

해병들은 진지를 강화하느라 무척 애를 썼다. 그동안 레오너드 델린스키 상병은 고장난 무전기를 고치고 있었다. 매서운 추위로 손의 감각을 잃어버려 몇 번이나 수리를 멈춰야 했지만 절대 포기하지 않았다. 아니, 도저히 포기할 수 없었다. 그는 중공군의 화력이 바로 옆에서 터지고 있을 때도 고개를 들지 않았다.

이범신은 몇 킬로미터 떨어진 저쪽 고지에서 폭발하는, 무겁게 짓누르는 듯한 소리에 귀를 기울였다. 화사한 꽃다발처럼 화려하게 퍼지는 파괴적인 화염 속에서 지옥 같은 절규의 목소리가 들려왔다. 그는 공중으로 날아 흩어지는 파편들을 생생하게 그려보았다.

'누가 죽었을까?'

희미한 떨림이 온몸을 타고 흘러내린다. 머리끝에서 발끝까지 감각이 모조리 마비된 듯했다.

'전쟁은 참으로 기묘하구나.'

그는 누가 들으면 어이없어할지도 모를 생각에 잠겼다.

'전쟁이란 단조롭고 판에 박힌 규정들로 가득 차 있다. 한번 전쟁에 발을 들여놓으면 가장 원초적인 인간으로 돌아가 깊숙이 빠져들게 된다. 인간의 어두운 내면에서 치솟아 오르는 충동, 아무에게나 달려들고픈 억누를 수 없는 살의, 격렬하게 끓어오르는 욕망, 이 모든 것이 온갖 것을 바스러뜨리는 날카로운 포탄의 폭발음에서 비롯되는 게 아닐까.'

그는 더없이 날카로워졌다. 마치 칼로 자신의 살갗을 몽땅 걷어내버린 것만 같은 느낌이었다. 살에 닿는 모든 것들이 그의 신경을 곤두서게 만들었다.

전초선에서는 소총병들이 양쪽 측방의 진지로 이동했다. 그들은 왼쪽 후방에 있는 고지로 올라가는 중공군을 보지 못했다. 상공에는 해병 항공대의 공중지원이 잇따랐지만, 코르세어기들을 이끌어 낼 수단이 없었다.

데이비스는 곧바로 윌콕스와 유진 호바터 중위에게 가장 짧은 시간 안에 구출작전을 진행하라고 지시를 내렸다. 호바터는 방어선을 떠나는 대열 선두에 서기로 했다. 그는 하갈우리 길을 따라 약 2750미터 지점에 이르러 동쪽 고지로 방향을 틀고, 브라운이 지키는 정상에서 모리스의 진지로 옮겨가도록 되어 있었다. 거기서부터는 서쪽 길로 방향을 바꾸게 된다.

월콕스는 포위된 부대가 있는 진지를 지날 때까지 그냥 호바터의 뒤를 따라갔다. 이 지점에서 월콕스는 동쪽으로 방향을 틀고, 호바터와 잇게 되어 있었다. 먼저 이렇게 이동이 끝나면 모리스는 미 해병대 보호막 속에 에워싸이게 된다.

구출작전은 10시 바로 전에 시작되었다. 브래들리 소대는 첨병대가 되어 빠른 걸음으로 목적지로 떠났다. 중공군의 도로봉쇄선에 맞닥뜨렸으나 잽싸게 치고 넘어갔다. 첨병대는 고지대로 방향을 잡았다. 길고 험한 능선이 눈앞에 펼쳐졌다. 제임스 스템플 중위의 소대가 브래들리 뒤를 따랐는데, 고지대로 들어서자마자 중공군과 교전이 거세게 벌어졌다. 이때부터 전진 속도는 훨씬 느려질 수밖에 없었다. 브래들리는 브라운이 차지했던 꼭대기 주위를 맴돌았다.

스템플이 그곳을 경계하고 있었다. 첨병대가 고지 동남쪽 비탈로 움직일 때 데이비스의 박격포탄이 중대 규모 중공군을 때렸다. 다행히 적잖은 성과를 거두었다.

그동안 월콕스는 길 따라 남쪽으로 이동해 진지로 들어가 집게 아래쪽 팔이 되었다. 데이비스의 박격포화에 흩어졌던 중공군이 월콕스와 브래들리 사이에 끼여 박살이 났다. 로버트 D. 윌슨 중위는 길 서쪽에 있던 또 다른 중공군 무리를 향한 공중 폭격을 요청했다.

30명이 훨씬 넘는 중공군 무리 한복판에 네이팜탄이 떨어졌다. 하얀 누비옷으로 위장한 중공군들 사이로 불기둥이 치솟아 올랐다. 네이팜탄은 매우 위협적이다. 그들은 몸에 붙은 불을 끄려고 눈 위를 뒹굴었지만 어떻게도 손쓸 수 없는 부상을 입곤 했다.

코르세어기들은 조준을 잘못해 오인사격을 할 때도 있다. 그럴 때면 미 해병들도 어이없이 네이팜탄에 쓰러져갔다. 어느 날, 스탬포드 대위는 M-19 궤도차량에 탄 채 중대를 이끌며 나아가고 있었다. 바로 그때 미 해병대 코르세어기가 뒤쪽에서 머리 위로 바로 날아와 눈앞에 있는 적진을 공격하기 시작했다.

얼마 지나지 않아 적의 격렬한 자동화기 사격이 날아왔다. 사수는 열린 포탑의 방패 뒤로 내려가 몸을 숨겼고, 차량은 멈추었다. 스탬포드 대위가 조종수에게는 다시 출발하라 외치고, 사수에게는 돌아와 사격하라고 꾸짖는 사이 코르세어기 한 대가 뒤에서 아주 낮게 날아왔다. 그는 기대에 가득 차서 올려다봤다. 그런데 갑자기 코르세어기가 네이팜탄을 떨구었다. 너무 가까웠다.

"멍청한 자식! 모두 피해!"

스탬포드 대위는 크게 소리를 지르고 포탑 뒤로 몸을 웅크렸다. 삽시간에 뜨거운 열기를 품은 화염이 넓게 퍼지면서 머리 위에서 타다가 흩어졌다. 차가 멈추고, 무기도 먹통이 되었다. 그는 포탑 뒤에서 땅으로 뛰어내렸다.

땅 위로 작은 불꽃이 아직 타오르고 있다. C중대 2소대장 포스터 소위가 얼굴과 옷이 새카매져 멍한 상태로 가까이에 서 있었다. 소대원 몇 명은 땅 위 눈밭에서 몸부림쳤다. 한번 몸에 불이 붙으면 재빨리 굴러 불을 끈다 해도 이미 심각한 화상을 입은 뒤였다. 스탬포드 대위는 주위 병사 몇몇과 함께 갓길 뒤편으로 뛰어들었다.

새까맣게 타버린 포스터 소위는 한 병사에게 다가가 담배 한 대를 부탁한 뒤 어디론가 사라졌는데, 그 뒤로 그를 본 사람은 아무도 없었다.

'온몸에 화상을 입고 불구가 되어버린 사실에 절망해 스스로 목숨이라도 끊은 걸까.'

스탬포드 대위는 너무도 가슴이 아팠다.

코르세어기는 폭탄을 목표에 떨어뜨리기 직전 속도를 줄인다. 그 때문에 가끔씩 적진 가까이 아군에게 폭탄이 떨어진다. 네이팜탄은 다른 폭발물과 달리 기폭장치가 없고 충격을 받는 순간 불이 붙는다. 그것은 중공군한테는 두려움을 주는 대량 살상의 원인이 되었으나 잘못 터질 때는 아군에게도 엄청난 공포의 대상이었다.

스탬포드 대위가 움직이지 말라고 소리쳤는데도 배수로로 몸을 던졌던 카투사 하나가 배수로에서 힘없이 기어나왔다. 그에게 세 걸음 비틀거리며 다가오다가 그만 푹 고꾸라져 죽었다. 배수로로 흘러들어간 네이팜탄의 열기를 들이마셔 내장이 몽땅 녹아버린 것이다.

화상을 입어 살갗이 감자칩처럼 벗겨진 해병들은 제발 죽여달라고 애원했다. 그 바램을 들어주는 것이 편안하게 해주는 길이었다. 어느새 그들은 이글거리는 불길 속에서 불기둥이 되어갔다. 그들의 시체가 시커멓게 연기를 뿜어내면 남은 병사들은 울먹이며 큰 소리로 욕설을 퍼부어댔다.

그들은 젊다.
너무도 젊은 나이에 숨져간다.
개마 고원 이름 없는 용사들이지만
신만은 그들 모두의 이름을 알고 있으리.
그들 영혼이 나뭇가지에서 속삭인다.
순백의 눈밭에 걸음 하나하나가 찍힌다.
그 무엇도 영원한 안식을 방해하지는 못하리.

(이범신, 〈전선노트〉)

우리가 얼마나 지쳤는지 아는 사람은 아무도 없어,
우리가 얼마나 지쳤는지, 우리가 얼마나 지쳤는지, 우리가 얼마나 지쳤는지,
우리가 얼마나 지쳤는지 아는 사람은 아무도 없어,
사실, 신경쓰는 사람조차 아무도 없지.

─행진가

구조부대들이 방어선을 떠나 진지로 돌아갈 때, 모리스와 그의 부대는 때때로 일어나는 사격과 탐색공격을 막고 있었다. 델린스키는 줄곧 무전기를 고쳤는데, 무전기가 왕왕거리다가 드디어 돌아가자, 다급히 고함을 질렀다.
"에이블과 베이커 중대가 우리 쪽으로 오고 있다!"
이 소식은 지칠 대로 지친 찰리 중대 해병들에게 커다란 자극제가 되었다. 모리스는 재빨리 철수계획을 세웠다. 날이 어두워져서야 마지막 구출작전이 끝났다.
제7연대장 리첸버그 대령은 데이비스에게 구조작전을 펴고 난 뒤 되도록 빨리 방어선 안으로 돌아오라고 지시했다.
2개 중대가 다른 임무를 끝내기 위해 나갔다. 유담리 방어선 남쪽 가장자리가 아주 취약했기 때문이다. 더구나 데이비스 대대에게는 모리스의 진지까지 갔다 오는 길이 자신들보다 절대적으로 앞선 중공군에게 공격당할 위험이

도사렸다.

　존 모리스 대위에게 부축받지 않고 고지를 떠날 수 있는 부하는 고작 15명 뿐이었다. 윌리엄 브라운 상병과 함께 정상으로 올라간 12명 중 가까스로 4명만이 살아 돌아왔다.

　조지 클리포스는 소대를 이끌고 남쪽 길로 가서 모리스를 만났다. 그러고는 방어선으로 이동하는 마무리 작업을 도왔다. 방어선 안에 모든 부대가 되돌아왔을 때는 이미 밤 10시가 넘었다.

　두려움과 긴장으로 얼굴이 하얗게 질린 병사들이 진지 주위에 지뢰를 놓으려고 어둠 속으로 사라졌다. 얼마 지나지 않아 왼쪽에서 외마디 비명이 들렸다. 잠시 뒤 2명만이 오른쪽에서 나타났다. 이범신은 왼쪽으로 간 그들이 숨어 있던 중공군 병사의 칼에 당했음을 직감했다.

　그날 밤 모두들 잠의 유혹에 시달릴 무렵, 갑자기 귀를 찢는 긴 비명 소리가 왼쪽 구덩이에서 들려왔다. 죽을힘을 다해 싸우는 거친 소리가 몇 분 동안 이어졌다. 곧이어 간절하게 도움을 요청하는 소리도 들렸다.

　이범신과 해병들은 모두 참호에서 튀어나왔다. 10여 명이 그쪽으로 달려갔다. 몇 발의 총성이 어둠을 갈랐다. 다행히 아무도 맞지 않았다.

　참호 끝에서 권총을 막 집어던진 중공군 병사 하나가 손을 들고 있었다. 근처 구덩이에는 중공군 병사와 미군 병사가 뒤엉켜 싸운다. 병사 둘이 손을 든 중공군 병사를 맡았다. 이범신은 구덩이로 뛰어들어 다른 중공군의 뒷머리를 개머리판으로 사정없이 내리쳤다. 그 서슬에 중공군 병사가 맥없이 나가떨어졌다. 중공군 몸에 깔려 목을 찔릴 위기에 처했던 미 해병은 거친 숨을 몰아쉬며 가까스로 참호 밖으로 기어나왔다. 그는 피투성이가 된 채 한 손으로는 칼을 힘껏 움켜쥐고, 다른 한 손으로는 상처에서 솟구치는 피를 막았다. 그의 얼굴이 시뻘겋게 달아올랐다.

　"그 자식 어디 있어?"

　그가 거칠게 소리쳤다.

　"그 망할 자식 어디 있냐고?"

　그는 성큼성큼 걸어가 두 병사에게 이끌려 가는 포로를 따라잡았다. 그러곤 누가 말릴 새도 없이 칼로 포로의 배를 찔렀다.

　"이 살인자!"

그는 소리치며 눈을 번뜩였다. 병사들은 그가 진지 밖으로 가지 못하도록 꽉 잡고 있어야 했다. 그는 버둥거리며 소리를 질렀다.

"놔! 이 잔인한 놈에게 칼 쓰는 법을 알려주겠어."

잔뜩 화가 난 이범신은 목소리를 높였다.

"닥쳐! 중공군놈들이 너를 벌집으로 만들기 전에 어서 참호로 돌아가란 말이야."

그제야 그는 입을 다물었지만 여전히 분을 삭이지 못하고 숨을 씩씩거렸다. 더 많은 피를 보고 싶어 안달하던 그는 두 병사에게 이끌려갔다.

이범신은 전우들과 함께 참호로 돌아갔다. 너무나 피곤해서인지 좀처럼 눈이 감기지 않았다. 그날 참으로 많은 일이 벌어졌다. 그 엄청난 일들이 그를 편히 잠들지 못하게 했다.

오랜만에 그는 신을 찾았다.

"주여! 우리를 이 삶의 길로 이끄시고, 우리 가는 길을 지켜보시며 고통 아래 겸손히 머리 숙인 우리를 위로하시니, 진정한 전능자인 당신이 부디 우리를 구하소서."

눈발이 날렸다 멈췄다를 되풀이했다. 옷 속으로 축축이 습기가 젖어든다. 전장 특유의 역한 냄새가 피어올랐다. 곁의 두 병사는 어느덧 코를 골기 시작했다.

동이 트기 훨씬 전 적의 공격이 다시 시작되었다. 예상치 못한 조명탄 불빛을 모두가 멍하니 바라보았다. 눈이 부셨다.

23
마이 달링 클레멘타인

밤이 깊어갈수록 별무리는 더욱 환히 빛난다. 포도는 틀에서 으깨어지는 순간 상큼하고도 달콤한 향기를 퍼뜨리고, 어린 나무들은 세찬 바람을 맞으며 한결 뿌리를 깊게 내린다. 이 세상 모든 생명들은 가장 혹독한 시련을 겪으며 탐스러운 결실을 맺고, 이루 말할 수 없는 고통을 지혜롭게 견딘 사람만이 찬란한 영광을 누린다.

북부와 서부 구역에 주둔한 소총중대들이 방어선을 지키고자 전투를 하고 있을 때 중공군 소대가 침투했다. 골짜기 여러 지휘소에서 거센 전투가 벌어졌는데, 리첸버그의 지휘소도 그날 밤 몇 차례 가벼운 총격을 받아 내부 방어선에도 병사들을 세워 두었다. 그러나 중공군은 밤새 이어진 교란작전 말고는 더 위협하지 않았다. 몇 개의 포진지에 잠입자들의 사격이 있었다. '대포 방아쇠잡이(Cannon Cocker)'들은 대포만 아니라 소총으로도 적을 물리쳐야 할 판이었다.

부대 지휘소 가운데 가장 호되게 집중적으로 맞은 곳은 해병 5연대 3대대장 태플릿의 지휘소였다. 로버트 태플릿은 오후 반나절이 지나 저수지 동쪽 기슭에서 이 지역으로 왔다. 그는 3개 중대를 곧바로 집결지 방어진지에 배치했다.

윌리엄슨의 하우 중대는 서쪽 구역을 맡고, 허만슨의 조지 중대는 동북쪽으로 움직이고 있었다. 슈라이어의 아이템 중대는 윌리엄슨과 허만슨 사이에서 북쪽을 바라보며 포진했는데, 슈라이어 눈앞에는 깊은 골짜기가 있었다. 이것이 쿡과 필립스가 차지한 고지 사이의 접근통로였다. 이 골짜기 저만큼 앞쪽에 소대 규모 전초진지를 두었다. 이 진지에서 중공군의 움직임을 알아내고 그쪽으로 오는 공격을 알아내도록 조치했다.

용맹한 윌리엄슨이 가장 먼저 전투에 뛰어들었다. 중공군이 쿡 중대의 옆쪽을 틀어쥐고 부대가 물러나면서 비스듬히 열린 틈바구니를 뚫고 들어왔던 것이다. 하지만 윌리엄슨은 한 번도 힘겨운 압박을 받지 않았다. 뿐만 아니라 민가 두 채에 불이 붙어 시야가 훤히 밝아지자 그는 중공군에 치명적인 공격을 퍼부었다. 윌리엄슨의 방어선은 어둠 속에서 길을 잃었던 쿡 중대원들에게 피란처를 마련해 주었다.

슈라이어의 골짜기 전초진지는 강력한 공격을 받아 자정을 갓 넘겨 짓밟히고 말았다. 중대 규모의 중공군이 태플릿 방어선을 뚫으려고 골짜기를 따라 재빨리 움직였다. 지휘소 지역을 휩쓸어 대대 지역에 치열한 접전과 엄청난 규모의 화력전이 펼쳐졌다.

허만슨은 여유 있게 방어하던 진지를 떠나 카힐과 캐션의 소대를 지나고, 지휘소 지역을 거쳐 북쪽으로 반격해 들어갔다. 이 공격으로 인접지역에서 중공군을 몰아내며 골짜기를 따라 오른쪽 산등성이로 쳐올라갔다.

기나긴 어둠이 걷히고 먼동이 터올랐다. 태플릿은 진지를 안정시키고 다시 한 번 칼날 같은 골짜기와 오른쪽 산등성이를 차지했다.

"저건 뭐지?"

후방에 있는 야포가 사납게 울부짖었다. 이어 포탄이 위력적으로 윙윙거리며 새벽 하늘을 가르며 날아왔다.

"저놈 엄청난데!"

포탄은 대기를 찢을 듯 금속성 소리를 내며 해병들 머리 위로 날아갔다. 그 폭음은 얼어붙은 장진호 위로 쏟아지는 폭설처럼 잔인하게 모든 것을 뒤덮었다. 일반 야포보다도 훨씬 위협적인 그 엄호 지원 포격의 포탄들은 시시각각 열기를 더해가며 전방에 떨어졌다.

해병들은 모두 맞은편 언덕을 가만히 지켜봤다. 이윽고 엄청난 폭음이 울리고, 언덕은 바짝 말라버린 겨울 들풀 같은 누런 구름으로 뒤덮였다. 곧바로 몰아친 북풍이 그 구름을 지평선 아득한 곳까지 멀리 밀어 헤쳐놓았다.

"155밀리포다!"

"중공군놈들 오줌 좀 지리겠는 걸."

"저게 참호에 떨어지면 무조건 다 죽어. 폭발에 날아가지 않는다 해도 후폭풍에 죽거나 꼼짝 못하고 질식해 버리고 말거든."

벌판은 유황과 화약과 그을린 시체 냄새로 그득하고, 군데군데 깊이 패었다.

장진호 지평선 끝까지 피의 대지가 광풍을 불렀다.

11월 28일 아침 리첸버그와 머레이에게 닥친 상황은 매우 심각했다. 희망이라곤 보이지 않았다. 서쪽에 있는 로이스 중령은 전날 밤과 같은 적 진지에 있었다. 중대장 사무엘 자스킬카 대위는 이른 아침에 실시한 반격으로 적의 측방 포위로 잃어버렸던 크리스토퍼슨의 작전지역을 되찾았다. 제2대대 3개 중대는 또 다른 공격에 대처할 준비태세를 빈틈없이 갖추었다. 해리스 중대는 전력에 큰 손실을 입고 고지에서 물러났다. 또 전투를 하려면 병력 보충과 재편성이 불가피했다.

월터 필립스 대위가 이끄는 이지 중대는 용감히 맞섰지만 엄청난 인명피해로 부대의 존립이 어려울 정도였다. 헐의 도그 중대도 상황은 마찬가지였다. 남쪽에서도 존 모리스 대위의 찰리 중대가 적에게 포위당해 목숨을 건 사투를 이어가고 있었다. 덕동 고개에서는 윌리엄 바버 대위가 이끄는 1개 중대가 중공군에게 에워싸였다.

시간이 흐를수록 병사들은 차츰 지쳐갈 게 뻔했다. 결국 영하 20도 아래로 떨어진 강추위가 패배로 몰아가리라는 것을 리첸버그는 잘 알았다.

11월 27일 해넘이 무렵 리첸버그와 머레이의 지휘 아래에는 18개 소총중대가 있었다. 하지만 28일 해가 떴을 때 이 가운데 3개 중대는 병력이 크게 줄고 말았다. 게다가 2개 중대는 포위 상태였다. 그런 그들을 앞으로 어떻게 효과적으로 활용할 수 있을지 의문이었다. 모리스를 교대시키는 데만 하루가 꼬박 걸렸다.

대포와 박격포의 탄환 부족이 이 사태를 더욱 심각하게 만들었다. 뿐만 아니라 골짜기 밑바닥 천막에 누워 있는 전상자(戰傷者) 450명과 비전투 부상병 175명도 문제였다. 곧바로 후송하지 않으면 목숨이 위태로운 병사들이 많았다. 고츠쇼크의 제6정찰비행단 소속 헬리콥터들이 그나마 도움이 되었지만, 많은 생명을 구하려면 항공기의 공중후송이 절실히 필요했다. 마침내 수송기를 이착륙할 활주로를 만들라는 명령이 떨어졌다.

병사들에게 닥친 사태는 아주 심각했다. 리첸버그와 머레이는 그들 나름대로 계획을 짰다. 서쪽으로 진격하라는 작전명령에서 풀려나지 않은 머레이는 지시를 따르기 위해 준비를 하면서도 불길한 예감을 떨쳐버릴 수 없었다.

리첸버그는 모리스를 구출하라는 명령을 내렸다. 이틀째 밤에는 중공군이 유담리 공격을 다시 시작하리라는 것을 확신하고, 그에 대비해 연대를 새로이 꾸렸다.

11월 28일 오전 사단장 스미스 장군이 헬기편으로 하갈우리에 도착해 사단 작전지휘소를 세웠다. 유담리 부대가 치른 치열한 전투와 어마어마한 손실을 충분히 알고 있는 그는 제10군단의 명령 변경을 기다리지 않을 수 없었다. 명령이 바뀌지 않는다면 머레이는 서쪽으로 멈추지 않고 나아가야만 했다. 그러나 분명히 불가능한 일이었다.

사실 해병을 서쪽 공격에 투입하려는 것은 광범위한 포위작전이었다. 그러한 기동작전이 성공하려면 견제부대가 현재 위치를 지켜내야만 했다. 그러므로 미 제8군이 견제부대가 되어야 함에도, 실제로 머레이가 27일 오전 공격을 시작했을 때 제8군은 이미 물러나고 있었다. 스미스는 진격을 멈추라는 제10군단의 명령을 받지 못하자 선수를 써서 유담리 진지를 강화하라고 머레이에게 지시했다. 그리고 리첸버그에게는 유담리와 하갈우리 사이의 길을 열어놓으라고 명령했다.

머레이가 28일 공격을 그대로 밀고 나갔다면, 중공군 2개 사단이 에워싼 좁은 산길에 제5연대 병력을 길게 늘어놓았으리라. 일찍이 중공군 2개 사단은 머레이와 리첸버그의 결합을 깨뜨린 바 있었다. 사상자를 많이 낸 리첸버그 연대만으로는 둘째 밤의 공격 앞에 무너져 끝내 유담리를 지켜내지 못했으리라.

사단장 스미스는 다시 한 번 전장의 문제를 현실적으로 다루는 타고난 재능을 보였다. 이제까지 전폭기간을 통틀어 그는 전투를 멈춰야 할 때와 계속 밀고 나아가야 할 때를 정확히 판단하는 뛰어난 능력을 보여주었다. 스미스가 머레이를 그 위치에 묶어둠으로써 해병 제1사단은 궤멸될 위기에서 벗어났다.

27일 밤새 하갈우리에 있던 병력은 중공군의 공격을 받지 않았다. 고토리에 있던 제1연대장 풀러는 편안한 밤을 보냈으나, 고토리에서 하갈우리로 가려던 수송차량 대열은 공격을 받아 되돌아와야만 했다.

마침내 중공군은 해병대를 모조리 무찌르려는 전체 계획의 두 가지 주요 작전에 성공한다. 머레이와 리첸버그는 도로봉쇄선에 걸려 하갈우리와는 격리되었으며, 풀러도 단절되었다. 스미스는 풀러에게 고토리 북쪽 길을 열어놓으라고 지시했다.

장진호 동쪽 기슭에는 육군 제7사단이 머레이의 해병 제5연대가 점령했던 지역에 2개 보병부대와 야포대대 일부로 이루어진 특수임무부대를 들여보냈다.

27일 밤, 특수 부대는 중공군의 거센 공격을 받고 있다는 보고를 한 뒤 바로 무전이 끊어져 버렸다. 살았는지 죽었는지 확인할 길이 없었다. 제7부사단장 호즈 준장은 연락이 닿지 않아 하갈우리에 있는 해병대 방어선 안에 지휘소를 세웠다.

모리스 중대는 무사히 방어선 안으로 돌아갈 때까지 끊임없이 싸웠다. 덕동 고개를 지키던 바버 대위의 폭스 중대 240명 해병들은 닷새 동안 밤낮을 가리지 않은 참혹한 전투 끝에 20배가 넘는 중공군을 물리쳤다. 하갈우리에 포진한 벤자민 리드 대위의 포대와 해병 및 오스트레일리아 조종사들이 몰고 온 전투기 미사일이 더해져 복합 화력 앞에 2000명이 넘는 중공군이 죽었다.

폭스 중대 병사들은 스스로 지친 몸을 다시 일으켜 세웠다. 미 해병대 병사들의 자부심은 참으로 대단했다.

11월 27일 오전 윌리엄 바버 대우는 하갈우리 방어선에 있는 진지로부터 덕동 고개로 중대를 이동하라는 명령을 받았다. 그는 주요 보급로의 매우 위험한 지점에 탄탄하게 방어진지를 세우고 정찰하며 다음 교대자가 나타날 때까지 그곳을 지켜야만 했다. 하갈우리에서 오는 보급물자의 안전수송을 위한 조치였다.

처음에는 머레이 연대에 유담리 수송 트럭의 우선 사용권이 주어져, 폭스 중대는 도보행군으로 11킬로 넘도록 가야 할 처지였다. 중대가 도보행군 대형을 갖추고 막 떠나려 할 때였다. 폭스 중대 배속 전방관측장교 도널드 캠벨 소위가 기쁜 소식을 안고 달려왔다. 그가 리드 포대의 트럭 9대를 이끌고 온 것이다. 배낭, 침낭, 무기와 탄약을 두 손에 들고 등에 짊어진 해병들은 비좁은 트럭에 서둘러 올라탔다. 힘들게 걷지 않게 된 병사들은 기쁨을 감추지 못했다.

폭스 중대가 윌리엄 맥 레이놀즈의 155밀리 곡사포대대 뒤를 따라 고개로 가는 길은 매우 더뎠다. 대형 곡사포를 끌고 가는 견인차들은 더욱 느려 11킬로를 가는 데만 두 시간 넘게 걸렸다.

윌리엄 바버 대위가 맨 앞에 서서 일대를 수색했다. 부대원들이 트럭에서 내리자 중대장이 기다렸다. 바버가 방어진지로 고른 고지는 가파른 경사를 이루며 날카롭게 치솟아 있었다. 길과 고지로 이어지는 둑 사이에는 초가 두 채가 보이고, 조금 낮은 지대에는 작달막한 나무들이, 그 위로 꼭대기까지는 떨기나무들이 얇은 담요처럼 덮여 있었다.

평퍼짐한 안장목이 고지 정상에서 산등성이로 길게 이어진다. 800미터쯤 되는 이 산등성이는 서북쪽에서부터 '폭스 고지'로 알려지게 되는 땅덩어리 동쪽까지 반달 모양을 이루었다. 이 반달 산등성이 서북쪽은 바위투성이였으며, 해병대가 차지한 정점의 진지들보다 조금 더 높았다.

바버는 로버트 맥카시 중위의 제3소대를 안장목을 향한 맨 꼭대기에 배치했다. 오른쪽으로는 존 던 중위의 제1소대가 포진했다. 동쪽으로 고지를 따라 내려간 던의 방어선은 나무가 솟아난 곳과 도로변 둑까지 뻗었다. 엘모 G. 피터슨 중대의 제2소대는 서쪽으로 던에게 등을 돌린 채였다.

이렇게 배정된 진지는 거꾸로 선 U자와 같았다. 맥카시 소대가 굽어진 목에 자리잡았으며, 던 부대는 오른쪽 다리, 피터슨 소대는 왼쪽 다리에 있었다. 고지 기슭은 두 다리 사이의 중간지대였다. 이곳은 3.5인치 로켓포와 로렌스 슈미트 중위의 본부반이 막아냈다. 바버는 지휘소를 고지 기슭에 있는 두 채의 민가 근처에 두었다. 로버트 콜스 하사의 81밀리 박격포와 조 브래디 중위의 60밀리 박격포는 한곳에 두었다.

부대가 미처 참호를 파고 들어앉기도 전에 날이 저문다. 바버로부터 난방천막을 세우기 전에 참호와 진지를 만들라는 명령을 받은 폭스 중대원들은 무척 고통스러운 밤이 되리라는 것을 직감으로 알 수 있었다.

바람은 음산하게 울부짖었고 태양은 얼굴을 감추었다. 나무들은 쌓이는 눈의 무게를 견디다 못해 가지가 부러졌으며, 들풀은 쌓이는 폭설에 자취조차 없었다. 갈까마귀들은 하늘 높이 날아가 버리고, 산짐승들은 매서운 추위에 갇혀 먹이도 찾지 못한 채 굴 속으로 들어가버린 지 오래이다.

중대원들은 참호를 파면서 진정으로 그들을 슬프게 만들고 분노케 하는 게 무엇인가를 생각했다. 그것이 전쟁인지, 아니면 이 쓸쓸한 저녁 살을 에는 추위와 냉기인지 거듭 고민했다.

깊은 밤의 동료인 친구여
늦대 울음소리, 뚝뚝 떨어지는 선혈에 기뻐하는 그대
묘지 사이 어둠 한가운데를 떠도는 그대여
피를 갈구하다 죽어갈 운명에 공포를 안겨줄 그대
천의 얼굴을 가진 달의 영혼이여
기뻐하며 우리가 준비한 산 제물을 굽어보소서!

(이범신, 〈전선노트〉)

　병사들이 죽음에 들어설 때는 그 눈이 어딘가 다른 곳을 바라본다. 죽음이란 어떤 것인가, 죽음이 무엇을 의미하는가를 깊이 생각하지 않고, 전혀 상상조차 하지 않는 이들도 있다. 강렬한 이상을 향한 정열, 또는 자신의 독립된 존재가치를 낮춰버릴 만한 인물을 향한 열광적 감정에 압도되어 있기 때문인가.

　한편, 신념 깊은 병사에게 죽음은 자기희생과는 크게 다른 의미를 지닌다. 만일 이 병사가 영원한 생명을 가르치는 종교의 사도라면, 육체의 죽음은 그에게 삶 저편에 있는 더 멋지고 무한하게 행복한 인생으로 가는 문이리라. 죽음은 자신과 참된 행복 사이에 있는 장벽이라기보다 행복으로 이끌어주는 길이며, 그 길을 걸어갈 수 있게 되었을 때 그곳에 도달할 수 있다고 믿는다. 그가 자신의 운명에서 벗어나려고 하는 것은 드문 일이며, 실망하는 일도 다른 사람을 심하게 비난하는 일도 없다. 그는 모든 것을 내려놓은 채 한 발 한 발 죽음의 문턱으로 나아간다.

　기독교 신자가 말하는 영혼으로 되돌아가는 사람이란 죽음을 인간 본질에 속하지 않는 생명의 일부라고 생각하는 이들을 가리킨다. 신앙심 깊은 사람은 늘 자아의 그런 측면과 영원한 존재를 숨기는 세상에 집착하지 않는다.

　그들에게 죽음은 '속세'를 극복하기 위해 오랫동안 계속되어온 힘든 싸움의 최종단계에 불과하다. 죽음이 가까워질수록 병사들은 세세한 걱정거리가 한꺼번에 사라진다. 죽음을 곧 자아를 정화하는 마지막 단계로 여기며 모든 결점과 오점 가운데 남은 것들로부터 자아를 자유롭게 해준다고 생각하는 것이다.

캠벨은 리드 포대에 기점사격을 할 수가 없었다. 하갈우리의 포상에서 '폭스 고지'까지 거리는 10킬로미터로, 105밀리 곡사포 최대사거리에 가까웠다. 매섭게 추운 날씨와 고지대, 탄환과 대포의 사거리에 영향이 있을 터였다. 이 지점 사이를 이어주는 길 위에 포격을 가한다는 것은 엄청난 모험이었다. 그러나 콜스의 81밀리 박격포는 서북쪽 바위투성이 산등성이에 기점포격을 할 수 있었다. 존 헨리 병장은 고지 중허리로 내려가 중기관총을 거치해 어느 쪽으로도 길을 엄호할 수 있도록 시야를 확보했다.

고지 꼭대기에는 맥카시가 북쪽으로 2개 분대를 배치했다. 오른쪽 왼쪽 옆은 피터슨 중위와 던이 이어져 있었다. 맥카시는 제3분대를 앞서 배치한 2개 분대 후방 가운데 좀더 방어선이 긴 쪽으로 투입했다. 엄호해야 할 지형과 거리 관계로 피터슨과 던은 모든 분대를 한 줄로 배치할 수밖에 없었다. 그러고 나니 예비병력이 남지 않았다.

폭스 중대가 진지를 정비한 것은 밤 9시 무렵이었다. 바버가 마지막 검열을 마쳤다. 부대원 절반은 경계명령을 받아 두 눈을 부릅뜨고 깨어 있었다. 나머지 절반은 침낭 속으로 기어들어갔다.

이제 길고 지루한 살이 에이도록 추운 밤이 시작되리라. 얼어붙은 산과 들에서는 겨울새들의 울음소리조차 들리지 않는다. 장진호의 쩍쩍 얼음 갈라지는 소리와 가끔씩 길 따라 달리는 트럭의 우르릉거리는 소리만이 정적을 깰 뿐이다. 이윽고 유담리에서 돌아오는 마지막 차가 지나가자 깨어 있던 모든 소리마저 잠들고 말았다.

넷 에움은 차가운 달빛으로 가득하다. 심장 고동 소리가 저마다 병사들의 마음속에 공포와 불안을 다시 일깨웠다. 병사들은 온기와 생명을 바란다. 위로나 자기만 없이는 도저히 견뎌낼 수 없는 전장 한가운데에 갇혀 있었기 때문이다. 그들은 절망이라는 발가벗은 영상 앞에서 몹시 혼란스러워했다.

그날 밤 보초를 선 루이스 상병은 어렵게 구한 위스키를 몰래 한모금 들이켰다. 취기가 얼근하게 오르자 불안한 기분이 되살아나 온몸을 휘감는다. 그는 개인 참호 언저리에 걸터앉아 3분마다 초조하게 밖을 내다보았다. 어깨는 축 늘어지고 피곤한 눈은 잠으로 뒤덮여 뜨고 있기조차 힘들었다. 그 상황에서도 50미터쯤 건너편에 보이는 작은 언덕이 꺼림칙했다. 칠흑 같은 어둠이 깊게 덮고 있어서 그쪽에 무엇이 있는지 알 수 없었다. 그러나 그 깊숙한 쪽을 바라보면 볼수록 그는 더욱 신경이 날카로워졌다.

'빌어먹을 어둠 같으니. 넌 저 중공군놈들을 숨겨주려는 거지, 안 그래?'

그는 고개를 저었다.

'중공군놈이 내게 기어들다니, 말도 안 될 소리.'

그는 참호에서 나와 몇 걸음 걸었다. 다리가 비틀거리고 속이 울렁거렸다. 루이스는 다시 참호 속으로 돌아와 어둠에 싸인 고즈넉한 언덕을 바라보았다.

"도대체 누가 너한테 그런 데서 얼쩡거리라고 했지?"

그는 혼잣말을 했다. 눈을 감으면 몹시 어지러웠다. 턱은 마치 해면이라도 씹는 듯한 기분이었다.

"망할 놈의 어둠 때문에 보초를 서는군. 잠을 잘 수조차 없잖아."

그는 혼자 중얼거렸다. 그러고는 한숨을 쉬며 소총의 노리쇠를 앞뒤로 움직였다. 루이스는 총신을 움직여 어둠을 겨누었다.

'그런 데서 얼쩡거리는 게 아니라고 내가 일러줬지. 벌써 잊었냐? 이 멍청이!'

분노가 울컥 치밀어 소총을 마구 갈겨대고 싶었지만 그럴 수는 없었다. 어둠을 쏘아보는 동안 온갖 공포와 상념이 그의 머릿속을 헤집어 놓았다.

문득 루이스는 따뜻한 음식이 그리웠다. 어머니가 차려주시던 먹음직하고 정성 가득한 음식들이 놓인 식탁이 떠오른다. 그러고 나면 어쩐지 불안한 마음이 가라앉는 것 같았다. 임무를 교대한 뒤 엄폐호에 들어가 보니, 저녁때 먹다 남은 통조림과 소시지가 눈에 들어왔다. 얼어버린 덩이를 입안에 넣고 녹인 뒤 씹어야 했지만 이마저도 감지덕지라며 그는 불평을 가라앉혔다.

매우 적은 양의 음식이었는데도 새의 모이주머니처럼 작아진 위는 금세 가득 차 곧 졸음이 쏟아졌다. 루이스는 아랫도리를 만지작거려 보았다. 뉴올리언스에 살 때 그는 가끔씩 동네의 창녀 집에 놀러가곤 했다. 술을 진탕 마신 뒤에는 예쁜 여자 하나 꿰차고 골방으로 들어가 절정에 오르기를 되풀이했던 것이다.

루이스는 조금 부끄러운 생각이 들었다. 보초를 서는 동안 쌓였던 두려움이 물러가면서 주책없이 성욕이 일고 있었다. 그는 자신의 아래를 어루만졌다.

'어서 전쟁이 끝났으면…… 그러면 곧장 제니네 술집으로 뛰어갈 텐데. 태평양도 걸어서 건널 수 있다니까!'

벽에 기댔던 한 해병이 루이스를 보고 슬쩍 미소지었다. 루이스는 민망한 마음에 얼른 고개를 돌려버렸다.

침낭 속 해병들은 쉽사리 잠들지 못했다. 매튜 이병은 일어나 앉아 밤하늘을 올려다보았다. 뭇별이 헤아릴 수 없이 반짝였다. 지구 반대편이지만 맑게 빛나는 별들은 고향과 다르지 않았다. 그는 어린 시절 즐겨 부르던 노래를 나직하게 불렀다.

"오 마이 달링, 오 마이 달링, 오 마이 달링 클레멘타인……."

갑자기 무엇인가 목에 콱 걸려 더는 노래를 할 수 없었다. 고향에 대한 그리움 때문이었을까? 전장에서 메마를 대로 메말라버린 감성에 추억이라는 단비가 내려서일까? 그는 무릎 사이에 얼굴을 파묻은 채 작은 소리로 흐느꼈다.

바버 대위가 노여움 섞인 목소리로 외쳤다.

"누구야? 전쟁터에서 재수 없게 찔찔 짜는 녀석이!"

울음이 금세 뚝 그쳐졌다. 여기저기서 해병들의 비아냥대는 소리가 들려왔다.

"제기랄, 누가 우는 거야?"

"그만해. 벌써 그쳤잖아."

"난 캘리포니아에 애인을 두고 왔는데도 한 번도 울지 않았다고. 쯧! 재수없게! 한밤중에 그렇게 흐느끼다니……."

누군가 바버에게 말했다.

"바버 대위님, 매튜 이병은 이제 겨우 열여덟 살입니다."

"어서들 잠이나 자. 언제 중공군이 밀어닥칠지 몰라. 지금 자두지 않으면 총 쏘다가 졸고 말아. 곧바로 지옥행이라고."

바버는 매튜의 흐느낌에 잠이 확 달아났다. 기분이 썩 좋지 않았다. 전장에서 군인들은 곧잘 향수에 시달린다. 그래도 이런 상황에서 울 수 있다는 사실은 그나마 축복이었다. 모두 감정이 얼어붙은 채 무감각해지고 둔해졌다. 그저 신에게 바치는 기도를 막연히 읊조려 볼 뿐이었다.

복된 죽음을 맞이할 때까지
보소서, 진심으로 기도 올립니다.
그렇지만 저는 믿습니다.

너무 심한 부상을 주시진 않으리라는 것을
다리에 가벼운 총상만 주시고
팔에 작은 상처만 주셔서
영웅으로 돌아가
자랑스럽게 이야기할 수 있도록 하옵소서.

(이범신, 〈전선노트〉)

밤낮으로 전투가 이어지는 이 시골의 전형적인 무대는 그 어떤 글로도, 그림으로도 묘사할 수가 없다. 죄악과 악마의 화신만이 이 전쟁의 주인이다. 신의 손길은 어디에도 없다. 뜨고 지는 해는 불경스럽게 인간을 비웃는다. 칠흑같이 어두운 밤 사이에 멍들고 부풀어 오른 구름에서 쏟아지는 검은 비만이 이 땅과 묘한 조화를 이룬다.

비는 그치지 않고, 악취를 풍기는 진흙은 끔찍한 누런빛으로 변한다. 포탄 구멍에는 투명한 초록색 물이 가득 차고, 길과 도로는 진흙밭이다. 나무가 썩으면서 검게 변한 흙과 땀으로 악취가 난다. 포격은 그칠 줄 모른다. 머리 위로 빗발치는 건 포탄뿐. 썩은 나무그루터기가 박살난다. 부상자와 제정신이 아닌 사람들이 전멸하고 만다. 포탄은 하나의 거대한 무덤으로 바꾸어 놓았다. 가엾은 사자(死者)들이 그곳에 널브러져 있다. 형언할 수가 없다. 신은 존재하지 않는다. 희망이 어디에도 보이지 않는다.

생명과 신체에 대한 위협 또는 인간이 만들어내는 모든 것에 대한 위협에 전쟁 내내 노출되다 보면 몇몇들은 어떤 사랑에 눈뜨게 된다. 그 애정은 이성과 나누는 사랑과는 달리 인간만이 아닌 모든 세계에 베풀어진다. 하찮은 욕심을 버린 감정이라고 부르는 것이 마땅할지 모른다. 위기에 처한 것을 지켜나가자. 될 수 있는 한 많은 생명과 물질을 멸망의 위협으로부터 구해 내자는 감정이 가슴속으로 스며 온다. 이것은 본질적으로 아이를 보호하려는 어머니의 사랑과 같다.

파괴로부터 생명과 물질을 지키려는 감정은 때때로 우스꽝스럽고 미련하게 느껴진다. 그러나 그 충동이 있음으로 큰 안도감을 얻기도 한다. 이 마음 덕분에 우리는 더없이 잔혹한 전쟁 속에서도 인간다움을 간직할 수 있으며, 전쟁 뒤 반드시 찾아올 평화로운 세상을 위해 많은 이들의 마음을 구해 내는 것이다.

파괴에 몰두하는 살인자가 되어버린 병사에게도 이런 감정은 남아 있다. 그들은 때때로 이러한 사랑의 흔적 이상의 모습을 보여주고는 한다.

병사들이 전투중에 지키려는 것, 아끼려 하는 것에는 무엇이 있을까? 그 무엇보다 자기 자신이다. 자기 보존 욕구, 다시 말해 스스로 몸을 아끼고 보호하려는 본능이다. 그러나 이것은 동물조차 갖추고 있는 본능으로 자기 보존과는 의미가 다르다. 무엇보다 인간은 이러한 자기 보존 본능이나 이기심을 거스르는 행동을 거듭해 왔다. 그렇지 않았더라면 우리 문명이 치러 왔던 전쟁의 역사는 전혀 다른 모습을 하고 있으리라.

그럼에도 자기 보존 욕구는 믿을 만한 인간존재의 특징이다. 철학자 스피노자는 이를 '우리 자신의 존재를 유지하려는 노력'이라 일컬었는데 참으로 잘 들어맞는 표현이다. 우리는 이따금 스스로 목숨을 끊기도 한다. 존재를 유지하는 건 사람의 노력일 뿐 절대적 본능이 아니다. 또한 남을 위해 희생할 수 있는 우리가 그저 이기심에서 자기를 보존하려는 마음을 품는 것도 아니다.

평범한 사람의 한계를 넘어선 육체적 피로와 정신적 긴장 때문에 자기 뜻을 의식할 수 없게 되면, 지난날 품었던 믿음마저 흐려져 아무런 의미도 남지 않게 된다. 그때 병사들은 이 세상에 좀더 존재하고 싶다는 욕구가 마지막 보루로서 자신을 지켜준다는 사실을 깨닫고 놀란다.

이 자기 보존욕과 소유물은 어떤 관계가 있을까? 극한의 위기에 몰린 사람은 공격 받고 있는 자신을 지키는 일과 소중히 여기는 물건을 지키는 일을 따로따로 생각하는 걸까? 그렇지 않다. 병사에게 소유물이란 자신을 두렵게 하는 세상 속에서 자신이 보호 받고 있다는 사실을 증명할 오직 하나의 존재이다. 따라서 병사들은 자기 물건을 더없이 소중히 간직한다. 가족 사진, 연인이 준 목걸이 또는 전쟁터에서 얻은 기념품이 될 수도 있다. 때때로 자기 몸보다 신경을 쓰는 일도 있다. 특히 병사와 무기의 친밀한 관계는 물건을 아끼는 마음을 뛰어넘어 애정에 가까운 감정이 섞여 있다. 차량이나 병기는 고향을 대신하는 물건이 되기도 한다.

병사들은 개인 소지품들로 이루어진 심리적 보호막을 몇 겹씩 칭칭 두른다. 보호의 상징이자 살아남은 과거와 무사히 돌아갈 앞날의 희망을 이어주는 끈으로써 병사들은 소지품에 매달린다.

어쩌면 병사들이 전쟁터에서 구한 기념품에 열정을 쏟는 이유는 그저 약탈하고자 하는 원시적 욕구가 아닐지도 모른다. 전쟁이 끝난 뒤, 내가 거기 있었음을 증명하고자 하는 욕구도 아니리라. 물론 전혀 그렇지 않다고 부정할 수는 없지만 말이다.

이 기념품은 오늘날 병사들에게 자기를 둘러싼 파괴적 환경이 언젠가는 끝이 나며 그때까지는 살아남으리라는 걸 보증해 준다. 내가 살아남아도 좋다는 허가서에 찍힌 도장과도 같다. 그것은 견딜 수 없는 위험한 환경에서 곧 공격 받을지 모른다는 불안감으로부터 병사들을 지켜낸다.

물론 극한상황에 이르면 병사들도 목숨과 소지품이 다르다는 점을 깨닫고 모두 희생해서라도 자기 목숨을 지키려 든다. 적에게 사로잡혔을 때, 먼 거리를 행군해야 할 때, 매우 위험한 군사행동을 할 때 그밖의 모든 것은 대신할 수 있어도 목숨만은 바꿀 수 없다.

몇 번이고 죽음에 맞닥뜨리면서 병사들은 마음속으로 어렴풋이 가치 있는 것들을 여러 등급으로 구분짓게 된다. 목숨은 소지품보다 높은 등급으로 매겨진다. 이런 상황에서는 도리어 자기중심적인 사람들이 더욱 태연하다. 그들은 진정한 자기보호욕이 없는 듯 살아남기를 절실히 바라지 않는 것처럼 보인다. 게다가 자신이 가진 것을 자기 존재의 한 부분으로 인식하기에 위험에 빠졌다는 사실을 바르게 깨닫지 못한다. 그래서 이런 병사들은 보물처럼 아끼는 소지품을 놓지 않으려다가 끝끝내 목숨마저도 잃는다.

이런 소지품 없이도 살아갈 수 있게 되면 앞으로 병사들이 일상 생활을 하는 데 큰 도움이 되리라 생각하는 사람도 있다. 그러나 실제로는 평화롭고 안락한 환경으로 돌아오면 많은 병사들이 전쟁 가운데 길렀던 가치기준을 잊게 된다. 병이 나으면 건강의 중요성을 깨닫지 못하는 것과 마찬가지이다. 소유물들은 다시 인생을 살아가는 하나의 원동력이 된다. 생존을 위한 노력을 순수하게 깨달을 수 있는 기회는 인생에서 그리 자주 주어지지 않는다.

바버 대위는 아내 셀린의 사진을 들여다보았다. 며칠이 지나면 그녀의 생일이다. 그런데 선물은커녕 전화 한 통 걸 수 없었다. 그녀는 얼마 전 편지 속에 에델바이스 꽃잎 한 장을 넣어 보내왔다. 편지에는 그를 향한 사랑과 잔잔한 그리움이 짙게 배어 있었다. 그를 졸졸 따라다니며 알프스로 여행 가자고 조르던 아내의 사랑스러운 모습이 떠올랐다.

그는 오래전에 답장을 써놓았다. 하지만 미처 부치지 못한 편지는 몸을 움직일 때마다 파카 안주머니에서 서걱거렸다.

사랑하는 셀린

바다보다 더 깊고 인생의 항해보다 더 긴 우리 사랑 앞에서 전쟁이란 한낱 가벼운 짐일 뿐이라오. 밤하늘에 반짝이는 창백한 별무리를 올려다보노라면 당신 모습이 곁에 있는 듯 또렷이 떠오르지. 아직 샌디에고항에서의 작별을 기억하고 있소. 손을 흔들며 내내 눈물을 닦던 당신 모습이 내 마음속에 또렷하오. 정말 생생해. 이 사실 하나에 모든 감사를 드리오. 그리고 이 희생을 오직 당신에게 바치고 싶소.

여기 오기 전 당신 생일 선물로 은으로 만든 브로치와 자수정 반지를 샀소. 그러나 당신에게 보낼 수 없으니 슬프고도 안타까운 일이지. 이 편지조차 제대로 도착할 거라고 기대하기 어려우니 말이야.

(이범신, 〈전선노트〉)

"젠장!"

바버는 옆에 있던 통조림통을 냅다 걷어찼다. 매튜 이병의 울음소리로 심기가 불편한 데다 갑자기 이 전쟁에 대한 참을 수 없는 분노가 끓어올라 마침내 터져버린 것이다.

전쟁중에는 평정심을 유지하기 힘들어 모든 것이 날뛰고 무척 혼란스럽다. 마음을 가라앉히는 건 차디찬 금속의 촉감이 아니라 따뜻한 사람의 온기이다. 체온에 대한 그리움이 여느 때보다 더 강렬하게 그를 이끌었다. 마침 불어온 거센 바람이 소용돌이치며 그를 휘감아서 눈을 제대로 뜰 수가 없었다.

그는 자신과 동료, 그리고 적이 저지르는 참혹한 폭력 속에서 단 한 사람, 아내만을 떠올렸다. 차가운 흙바닥에 털썩 주저앉아 바버는 매력 넘치는 아내 얼굴을 그려보았다.

'보고 싶다! 꼭 살아 돌아가서 그녀의 아늑한 품에 안기고 싶어.'

걷잡을 수 없을 만큼 분노가 일거나 혼란스러울 때마다 바버는 셀린이 그리웠다. 세상 모든 것 가운데 폭력과 가장 거리가 먼 것이 바로 사랑이다. 그는 사랑은 완전하며, 모든 시간과 공간이 아무리 멀리 떨어져 있어도 두 사람을 믿음이란 끈으로 단단하게 묶어준다고 생각했다. 바버는 눈을 감고 그녀와 보내던 달콤한 시간들을 떠올렸다.

아내는 봉긋 탐스럽게 솟아오른 가슴을 바버의 몸에 밀착시켜 왔다. 바버는 그녀의 입술을 부드럽게 빤 다음 그녀의 목덜미를 혀로 간지럽히기 시작했다. 그러고는 몸 구석구석 그녀가 충분히 흥분하게끔 전희를 길게 끌어나갔다. 무성한 수풀 속에서 산딸기를 찾아내 입술이 짓무르도록 먹어대는 것처럼, 둘은 서로의 온몸을 탐닉하는 깊고 숨 가쁜 열락에 젖어들었다.

"여보, 나 당신 없이는 못 살아! 더 힘껏 안아줘!"

아내가 쾌감으로 들뜬 얼굴을 일그러뜨리고 비음을 토하며 몸부림치기 시작했다. 바버는 숨을 헐떡이며 신음을 토해 내는 아내의 입 안으로 혀를 집어넣어 세게 빨았다. 가녀린 아내의 숨결이 파도처럼 뺨에 부딪혀 왔다. 강하고 무자비한 힘으로 그가 그녀 속으로 들어가자, 그 신비롭고 두려운 느낌에 그녀의 몸이 부르르 떨렸다. 갑자기 셀린은 남성을 받아들이는 것에 대한 강렬한 공포에 사로잡혔다. 매우 고통스럽고 돌이킬 수 없는 일이 되리라는 두려움. 그러나 그것은 태초에 세상을 창조한 무겁고 원시적인 부드러움이었다. 평온함이 스며드는 신비로운 느낌. 그녀의 가슴속 공포는 이 비밀스러운 열기에 밀려 물결치기 시작했다.

달콤한 침입자가 차츰 더 깊이 들어가 심연을 건드리자 아내의 몸도 더 깊게, 더 깊게, 더 깊게 열려 이윽고 그녀의 물결은 더욱 강하게 비밀스러운 원시의 바닷가로 거칠게 너울져 갔다. 그 불가해한 촉감을 가진 물건은 그녀의 본능을 발가벗기면서 갈수록 더 깊이 공격해 들어왔다. 원시의 물살은 더욱 더 멀리 굽이쳐 마침내 큰 해일로 그녀를 덮쳐왔다. 그 절정에서 부드러운 경련이 일어나며 온몸 세포들이 깨어났다. 그녀는 자신이 불같이 타오름을 느꼈다. 지금까지 누려본 것 가운데 가장 황홀경 안에서 그녀는 마침내 정신을 잃었다. 하지만 아직 끝난 게 아니었다. 그녀는 여자로 다시 태어난 것이다.

"아, 여보! 행복해, 너무 행복해!"

그녀는 모든 열락의 절정을 실감하고 절규를 토해 냈다. 셀린의 허리가 퉁겨 오르며 온몸이 경련으로 뒤덮이는가 싶더니, 털썩 힘이 빠지면서 줄이 끊어진 인형처럼 침대에서 움직이지 않았다.

"나 이대로 죽어도 좋아! 아아아."

그녀의 등은 활처럼 젖혀지고 숨결도 멎었다. 번뜩이는 눈동자는 크게 열려 있지만 아무것도 보고 있지 않았다. 진정한 단말마였다.

그 상태로 그녀는 꼼짝도 하지 않았다. 그러나 죽음이 아니라 온 몸이 열락을 맞이하고 있음을 그 여린 입술에서 새어나오는 이상하리만치 달콤하고 안타까운 허덕임에서 알 수 있었다.

순간, 갑자기 귀를 찢을 듯한 포성이 울렸다. 바버는 퍼뜩 정신을 차리고 부하들에게 경계 지시를 내렸다. 비탈에서 포탄이 작렬했다. 불길이 확 퍼지며 삽시간에 언덕을 무너뜨렸다. 여기저기서 해병들의 거친 고함 소리가 들려왔다. 야포의 파괴사격이 또 시작된 것이다.

바버는 어깨를 웅크린 채 떨어진 포탄이 만들어 낸 엄청난 폭풍을 망연히 바라보았다. 그런 다음 중공군의 진지를 쏘아보았다.

"젠장, 또야! 도대체 언제까지!"

바버는 신음했다.

곧이어 중공군이 북쪽, 서북쪽과 남쪽으로부터 주위를 둘러싸고 덮쳐오듯 몰려들었다. 쏟아지는 졸음 때문에 눈이 마구 감기던 해병들은 서둘러 침낭을 빠져나와 군화를 움켜쥐었다. 군화를 베개 삼았던 슈미트 중위는 군화 속으로 발을 쑤셔 넣었다. 바버 대위는 신발을 찾느라 두 눈을 부릅뜨고 여기저기 닥치는 대로 손에 쥐어 희미한 야전 전등 불빛 아래 비춰 보았다.

바버가 부중대장 클라크 중위에게 소리쳤다.

"도대체 내 신발은 어디 갔지? 라이트, 자네 내 군화 못봤나?"

"못봤습니다."

"제기랄! 자네가 신고 있는 게 내 신발이잖아!"

"이런, 죄송합니다!"

"됐네. 내가 자네 것을 신지. 내 군화가 자네 발에 맞는다면 자네 신발도 내게 맞겠지."

라이트의 딱딱하게 언 군화를 신으며 바버가 말했다.

"슈미트!"

"옛, 중대장님."

"자네는 여기 전화기 옆에 남아 명령을 전달해."

잠시 뒤 지휘소 안에는 슈미트와 무전병만 남았다. 무전병은 유담리 본대와 연락을 취하고 있었다.

"빌지워터, 이곳은 빌지워터 여섯. 들리나? 이상."

전화는 불통이었다. 중공군이 잽싸게 전화선을 끊은 것이었다. 중공군이 중대 지휘소와 산 위 소대 사이까지 쳐들어왔음을 뜻했다. 슈미트는 지휘소 밖으로 나갔다. 81밀리 박격포 사수들이 박격포는 내버려 둔 채 지휘소 옆에 숨어 있었다.

슈미트는 중대에 박격포와 박격포탄이 필요하다고 사수들을 설득해 박격포 장비를 산 위로 옮겼다. 처음에는 박격포 포판이 땅바닥에 얼어붙어 꼼짝도 하지 않았다. 궁리 끝에 진지 건설장비로 몇 번 두드리자 그제야 포판이 바닥에서 떨어졌다.

맥카시 중위는 기관총을 양 옆에 세워서 2개 분대를 전방에, 1개 분대를 후방에 보내는 전형적인 형태로 소대를 배치했다. 그러나 강력하게 세워진 진지였음에도 중공군의 공격이 매우 거세어 몇 분만에 전방분대들이 흔들리기 시작했다.

바람을 타고 몰아치던 눈발이 서서히 잦아들었다. 뉘엿뉘엿 넘어가는 저녁 해는 전장에서 쓰러져간 간 영혼들을 다독이듯 눈 덮인 산들을 붉게 물들인다. 엷게 빛나는 산등성이는 잠깐이나마 포근하고 따뜻해 보였다. 하지만 해가 지면서 기온은 더욱 떨어지고 바람은 살을 에일 듯 날카롭게 병사들의 몸을 때렸다.

날이 완전히 어두워지자 우융추이 부대는 사응령으로 떠났다.

유담리와 하갈우리 사이 산봉우리에 가로놓인 사응령은 평균 해발 1000미터가 넘는, 크기와 높이가 다른 산머리로 이루어진다. 주요진지 1419.2고지는 하갈우리와 유담리를 잇는 도로 위쪽으로 뻗어 있다. 굶주린 호랑이가 사냥감을 사로잡기 위해 호시탐탐 기회만 노리며 동남방향 하갈우리와 서북방향 유담리를 살피고 있는 듯했다.

사응령은 미 해병대 삶과 죽음의 관문이다. 미 해병대가 진격할지 후퇴할지 공격할지 방어할지는 모두 사응령의 점령 여부에 달려 있었다. 이곳은 또한 중공군에게는 날카로운 칼과 같다. 이 진지를 지키면 미군 심장에 칼을 꽂는 것과 같은 치명상을 줄 수 있다.

장흥시 사단장과 멍빠오둥 정치위원은 우융추이와 훠신밍에게 반드시 사웅령 진지를 지켜 내야 한다고 거듭 당부했다.

"미 해병 제1사단의 생사 관문을 끊고 유담리와 하갈우리의 연결을 끊는다면 하갈우리와 유담리의 미군을 모조리 무찌를 수 있네."

우융추이는 장흥시와 멍빠오둥을 안심시켰다.

"전위부대가 헛수고만 한 것은 아닙니다. 비록 하갈우리 비행장 점령은 실패했지만 미군놈들에게 중공군이 얼마나 두려운 존재인지 보여주고, 중형 전차 한 대를 날려버렸으니까요."

옆에 있던 훠신밍이 침착한 표정으로 단호하게 말했다.

"탄환이 모두 떨어질 때까지 사웅령을 지키겠습니다."

우융추이는 속으로 생각했다.

'이미 탄환이 바닥났는데 어떻게 지킨단 말이야? 쓸데없는 짓을 하는 게 아닌가?'

그러나 훠신밍이 결연한 의지를 보인 거라고 생각해 어떤 말도 하지 않았다.

미 해병대 또한 사웅령의 중요성을 잘 알았다. 그들은 먼저 정찰부대를 내보내고 간단하게 방어진지를 세워 놓았다. 우융추이와 훠신밍에게는 산꼭대기 미군을 때려부숴 사웅령 진지를 빼앗고 물샐틈없이 방어하라는 명령이 떨어졌다.

날이 어두워져 한 치 앞도 알아볼 수 없었다. 우융추이 부대는 일렬 종대로 길게 늘어서서 사웅령으로 나아갔다. 아침까지 내린 폭설로 산봉우리 전체가 눈으로 뒤덮였다. 눈이 무릎까지 쌓여 걷기가 쉽지 않았다. 300여 명의 병사들이 걷다가 멈추기를 되풀이하여 행군 속도는 아주 느렸고, 가까스로 사웅령 산 아래 도착했을 때는 이미 어둠이 걷히고 있었다. 곧 날이 밝아온다.

우융추이와 훠신밍은 산언덕 은밀한 곳에 지휘부를 만들고 군사 110명을 예비부대로 아래에 남겨 놓았다. 110명은 남북쪽 요지 몇 군데를 빼앗고, 나머지 병력은 훠신밍이 손수 이끌고 1419.2고지를 공격했다.

훠신밍은 우융추이가 지휘부에 남길 바랐다. 칠흑빛 어둠 속에서 우융추이는 훠신밍에게 말했다. 오래 알고 지낸 전우이자 형이나 다름없는 그의 마음을 알아차린 것이다.

"내 임무는 적군 깊숙이 돌격해 무너뜨리는 거야. 내가 올라가지 않으면 누가 간단 말이야?"

훠신밍은 말없이 우융추이의 어깨를 힘껏 잡았다.

공격에 참가한 군사들은 얇은 솜으로 만든 윗옷과 바지를 벗어 거꾸로 입었다. 흰색 안감을 겉으로 나오도록 입으면 눈이 잔뜩 뒤덮인 산언덕으로 보여 위장과 엄호가 쉬웠다. 산 아래 예비부대를 배치한 것은 우융추이의 생각이었다.

'미군들은 어둠을 틈타 공격을 시작하리라. 병력이 많으면 쉽게 드러나 습격할 수 없다. 공격은 쉽지만 지키기는 어렵다. 날이 밝으면 미군은 엄청난 화력을 앞세워 진격해 올 테지. 많은 병력이 진지에 모여 있으면 사상자만 늘어날 뿐이다.'

하지만 훠신밍에게는 예비군의 배치 이유를 설명하지 않았고 훠신밍도 굳이 묻지 않았다.

왕산은 꽁꽁 언 감자를 광주리 2개에 담아 노새에 싣고 대열 뒤를 따라왔다. 남은 군량이라고는 광주리 2개에 담긴 감자가 전부였다. 우융추이의 명령에 따라 군사든 간부든 가리지 않고 한 사람에 감자 2개씩 주어졌다. 왕산과 위융시앙은 광주리를 내려 병사들에게 감자를 나눠줬다.

차례차례 줄을 선 병사들은 조용히 감자를 받아 갔다. 영하 몇 십도 강추위에 삶은 감자는 차갑고 딱딱하게 얼어 있었다. 병사들은 건네 받은 감자를 입 속에 넣고 깨물려고 애썼으나 아무리 힘을 주어도 씹히지 않았다.

두궈싱은 좋은 생각이 떠올랐다. 그는 감자를 겨드랑이에 끼우고 녹이기 시작했다. 조금 녹으면 한 입 깨물어 먹고 다시 녹인 다음 한 입 깨물어 먹고……

광주리 2개에 담긴 감자는 금세 바닥을 드러냈다. 산 아래 병사들은 어느 틈에 감자를 모조리 먹어치우고 서성거렸다. 누군가 작은 소리로 말했다.

"먹은 게 소화되기 전에 싸워야 힘을 쓸 텐데."

그들은 여전히 채워지지 않는 배고픔 속에서 애를 태우며 서둘러 명령이 떨어지기만을 기다렸다. 훠신밍은 걱정이 앞섰다.

'사웅령 전투는 몹시 힘겹고 거세리라. 전투에 임하는 병사에게 주어진 음

식은 꽁꽁 얼어붙은 감자 2개뿐이다. 그 다음에는 어찌할까? 정 힘들면 사단 사령부에 갔다 오면 되겠지'

물론 휘신밍은 사단장과 정치위원도 사정이 어려우리라는 걸 알고 있었다. 그러나 사령부는 후방에 있으니 최전방보다는 상황이 좀 나으리라 생각했다. 연대본부는 미군들에게 폭파되었고, 사단참모장 겸 연대장인 니우시엔천과 연대 정치위원 까오더린이 전사하면서 장훙시와 멍빠오둥이 대신 지휘를 맡았다. 우융추이는 대열을 이끌고 이미 멀리 가고 있었다.

공격부대는 여럿으로 흩어져 산꼭대기로 다가갔다. 산비탈에 쌓인 눈이 얼어붙어 발이 닿을 때마다 무심하게도 뽀드득뽀드득 소리를 냈다. 한두 사람이 아니다 보니 뽀득거리는 발소리가 저 멀리 미군들에게까지 들릴 것만 같았다. 우융추이는 잠시 생각한 뒤 첫 전투명령을 내렸다.

"군화를 벗어라!"

부대원들은 눈밭에 쪼그리고 앉아 군화를 벗었다. 낮은 목소리로 명령을 내린 우융추이도 땅바닥에 앉아 미군 가죽장화를 벗었다. 그는 가죽장화와 털외투를 뤼따꺼에게 건넸다.

"잘 껴안고 따라와. 총소리가 울려퍼지더라도 절대로 옷과 신발을 잃어버리면 안 돼."

뤼따꺼는 그의 지시가 조금 불만스러웠다.

'이런 걸 껴안은 채 어떻게 총을 쏘란 말이야!'

어둠 속에서 우융추이는 뤼따꺼를 한 번 바라보았다. 속마음을 꿰뚫어 보고 그는 말했다.

"누가 자네 같은 애송이한테 총을 겨누라고 하겠나! 임무는 이 노장에게 맡기고 자네와 루이후이는 내 뒤에 바짝 붙어 잘 따라오기나 해."

뤼따꺼는 아무 대답도 하지 못한 채 그저 목만 움츠렸다.

루이후이는 품 안에 징을 넣고 한 손에는 총을 들고 다른 한 손으로 징채를 단단히 쥐었다. 더는 나팔을 불 수 없다. 각 중대 나팔수들도 마찬가지였다. 그들은 일어날 수 있는 모든 상황을 헤아려 봤지만 얼음과 눈으로 뒤덮인 장진호에선 나팔을 불 수 없으리라는 생각은 하지 못했다. 강추위로 꽁꽁 얼어붙은 나팔에 입술이 닿으면 살가죽이 붙어 찢어져 도저히 불 수가 없었다. 다행히 부대에는 저마다 징이 있어 징 소리로 부대를 이끌 수 있었다.

깊은 밤 가장 고요한 순간, 매서운 추위가 대지를 뒤덮는다. 산꼭대기와 산비탈엔 적막이 흘러 숙연하기까지 했다. 서북쪽 유담리와 동남쪽 하갈우리에서 들리는 폭탄 소리가 새벽녘 어둠을 깨뜨린다.

얇은 솜옷을 뒤집어 입은 100여 명의 부대원들은 맨발로 차가운 눈 위를 걸었다. 얼어붙은 철판 같은 대지가 그들 발바닥에 쩍쩍 달라붙었다. 틈틈이 전해지는 통증은 그들의 심장, 뼈마디, 땀구멍 하나하나에까지 남김없이 파고든다. 마치 무수한 쇠못이 뼈와 살에 박히는 듯했다. 동상으로 부어오른 발바닥이 그들의 고통을 더해주었다. 딱딱 이 부딪히는 소리에 달콤한 꿈에 빠진 미군이 깨기라도 할까봐 중공군 병사들은 이를 악물고 밤 고양이처럼 살금살금 걸었다.

우융추이는 굳게 입을 다물고 아무 말도 하지 않았다. 두궈싱도 뤼따꺼와 루이후이도 조용했다. 모든 부대원들은 그저 묵묵히 산을 올랐다.

두궈싱의 두 다리는 심하게 부어올랐다. 얼음 조각과 돌이 그의 부어오른 피부를 찔렀다. 그러나 두궈싱은 단 한마디 신음조차 토해 낼 수 없었다. 그는 발바닥에서부터 온몸으로 전해지는 통증을 잇새로 삼키며 새 체코식 경기관총을 메고 큰 걸음으로 산을 올랐다. 하갈우리 비행장 공격 때 두궈싱은 미군 전차를 없애느라 자신의 체코식 기관총을 망가뜨렸다. 지금 그가 든 기관총은 우융추이에게 받은 다른 대원의 것이다. 하지만 그 어떤 무기도 그가 수년간 지녔던 손때 묻은 총보다 나을 수 없다고 두궈싱은 생각했다.

문득 두궈싱은 손을 뻗어 자기 두 다리를 더듬었다. 발바닥이 끈적끈적했다.

'피다.'

그는 신경 쓰지 않고 큰 걸음으로 성큼성큼 걸어 맨 앞 우융추이 곁에 섰다. 얼마 지나지 않아 그의 두 다리는 마비됐다. 마치 딱딱한 나무 두 조각이 얼어붙은 눈밭에 박힌 듯했다.

산중턱에 다다르자 모든 대원들이 멈춰 섰다. 우융추이는 팔을 한 번 들어올렸다 내리고는 주위 소리에 귀를 기울였다. 온 산이 조용했다. 미군의 움직임은 없었다. 아마도 모두 잠든 것 같았다. 우융추이는 낮은 소리로 두 번째 전투명령을 내렸다.

"모두 땅에 엎드려라. 포복으로 나아간다!"

모든 병사들은 눈밭에 엎드려서 산기슭을 따라 올라갔다.

미군에게 들키지 않도록 이동할 때 나는 소리를 줄여보려는 의도에서였다. 어쨌든 병사들의 몸무게가 가벼워 소리를 줄이는 데 얼마쯤 효과가 있었으며 잠든 미군을 깨우지도 않았다. 그렇게 그들은 아무런 기척 없이 저승사자가 되어 미군 곁으로 다가갔다.

전투전법은 우융추이가 이미 손을 썼다.

"아무렇게나 마구 총을 쏘면 안 된다. 30미터 거리에서 수류탄을 던지되, 징 소리가 한바탕 울리면 수류탄 100여 개를 일제히 미군 진지로 던진다. 죽이진 못하더라도 미군을 갈팡질팡 정신 못차리게 할 수는 있다. 기습으로 미군을 당황스럽게, 갈피를 잡지 못하게 해라."

마침내 징 소리가 울리자 우융추이는 100여 명의 병사들을 이끌고 사응령 1419.2 중요진지로 올라갔다. 전투는 재빠르고 거침없이 이루어졌다. 갑작스러운 습격에 미군은 제대로 손을 쓰지도 못했다. 미군은 20여 구의 시신을 진지에 내버리고 총과 탄약, 과자와 통조림, 오리털 침낭을 주위에 팽개쳐 놓은 채 달아났다.

중공군은 승리의 기쁨에 취해 신발 신는 것도 잊은 채 산을 뛰어다녔다. 그들은 미군의 외투와 군화를 벗기고 심지어 침낭을 꺼내와 몸에 걸쳤다. 병사들 대부분은 딱딱하게 얼어붙은 통조림과 과자를 먹었다.

미군의 피와 중공군의 찢겨진 발바닥에서 배어나온 피가 뒤섞여 눈밭은 여기저기 핏자국으로 얼룩졌다. 온 하늘을 가득 덮은 아침 노을은 하얀 눈과 붉은 피를 더욱 또렷하게 비추었다.

다른 진지도 상황은 크게 다르지 않았다. 미군은 시신과 장비를 버리고 산 아래 기지로 물러났다. 감격의 순간, 사응령 일대 진지는 중공군이 차지했다.

두궈싱의 두 다리는 살갗이 모조리 터져 붉은 핏덩어리가 딱딱하게 굳어 발바닥에 달라붙었다. 심하게 부어오른 다리에서 피는 더 나오지 않았다. 이상하게 아프지도 않았다. 그는 미군이 남기고 간 콩통조림과 과자를 허겁지겁 먹었다. 통 안에 든 콩이 얼어서 딱딱했다. 하지만 돌처럼 얼어버린 감자보다는 훨씬 먹기 쉬웠다.

우융추이는 두궈싱의 다리를 유심히 바라봤다. 부어오른 다리가 검게 변했다.

"자네 조심해. 주의하지 않으면 뛰지 못할 수도 있어. 뛰지 못하면 미군놈들을 쫓지 못하네."

두궈싱은 우융추이를 안심시켰다.

"제 두 다리는 쇠다리라 산꼭대기를 공격하고 진지를 지키는 데 어떤 문제도 되지 않습니다. 이 길고 큰 다리로 미군놈들을 쫓아 두려움에 떨게 할 수 있다고요."

자신감 넘치는 두궈싱의 대답에 우융추이가 말했다.

"그렇게 가볍게 넘길 문제가 아니야. 자네, 상처가 꽤 심각해 보여."

두궈싱은 대대장이 걱정을 떨칠 수 있도록 얼어붙은 눈밭을 왔다 갔다 하며 싱긋 웃어 보였다. 우융추이는 더는 할 말이 없었다.

두궈싱은 미군 군화를 신지 않았다. 군화가 너무 딱딱해 부어오르고 살갗이 터진 발바닥에 좋지 않으리라 여겼다. 게다가 죽은 자의 신발을 신는다는 게 아무리 생각해도 썩 기분 좋지 않았다. 두궈싱은 발바닥에 달라붙은 핏덩어리를 떼어내고 천으로 두 발을 잘 싸맸다. 그러고는 품에서 고무신을 꺼내 신었다. 고무신 안에 솜이 있어 부드러운 감촉이 발에 전해졌다.

태양이 떠오른다. 온 세상이 아침 노을로 빛났다. 하늘에는 두둥실 뜬 구름이 차갑고 싸늘한 빛을 뿌리며 천천히 흘렀다. 하얀 눈으로 뒤덮인 산기슭과 저 멀리 보이는 산들은 새벽 노을빛에 물들었다. 그 노을은 끊임없이 다른 모습으로 바뀌어 갔다. 그 빛이 가닿은 곳은 찬란하고 다채로운 색으로 그린 한 폭의 아름다운 그림 같았다.

중공군은 미군이 파놓은 산속 구덩이에 몸을 숨기고 곧 닥쳐올 전투를 기다렸다. 두궈싱은 체코식 경기관총을 받치고 산 아래를 겨눈 채 지켜보았다. 저 멀리 눈에 보이지 않는 산기슭 뒤쪽에서 한 줄기 밥 짓는 연기가 모락모락 피어올랐다.

'미군들이 밥을 짓는 모양이군.'

그는 갓 지은 밥 냄새가 그리워 한껏 코로 공기를 들이마셨다. 아쉽게도 냄새는 여기까지 올라오지 못했다. 모락모락 피어오르는 연기와 함께 고요를 가르는 총성이 들려왔다. 울리다가 멈추고 한동안 멈췄다가 다시 울렸다. 미군 진지에서 울리는 총성이지만 전투 총성은 아니었다. 우융추이와 두궈싱은 미군들이 무슨 꿍꿍이를 벌이는지 좀처럼 알 수가 없었다.

두궈싱은 개머리판을 팔로 떠받치고 한 줄기 모락모락 피어오르는 연기를 향해 총구를 겨누었다. 그는 습관처럼 방아쇠를 당겼다. 그러나 방아쇠에 뭐가 끼었는지 꿈쩍도 않았다. 두궈싱이 다시 힘껏 당겼으나 방아쇠는 줄곧 움직이지 않았다. 그는 기관총을 가슴에 세우고 개머리판을 땅에 단단히 고정한 뒤 힘껏 방아쇠를 눌렀다. 여전히 방아쇠는 당겨지지 않았다. 순간 두궈싱은 온몸에 오싹 소름이 끼쳤다. 이 중요한 순간에 체코식 경기관총이 고장난 것이다.

그들과 함께 온 뤼따꺼는 빼앗은 미군 M-1소총을 두고두고 간직해왔다. 기회가 되면 꼭 써보고 싶었다. 이른 새벽 미군 진지를 공격했을 때 그는 우융추이의 털외투와 군화를 가슴에 꼭 껴안고 있어 총을 쏠 수 없었다.

'좋았어! 진지를 방어할 절호의 기회로군!'

그는 M-1소총을 써볼 생각에 불끈 기운이 솟았다. 그런데 아쉽게도 총의 격발장치가 도무지 말을 듣지 않는다.

뤼따꺼는 화가 치밀어 소총을 눈밭에 내동댕이쳤다.

"미군놈들 총도 고장날 줄 누가 알았겠어!"

다른 병사들도 마찬가지였다. 우융추이가 미군 총을 집어 올려 여러 번 만지작거렸다.

"얼어붙었어!"

"얼어붙었다고요?"

뤼따꺼가 놀라 총을 건네받아서는 다급히 이리저리 살펴보았다. 총에 한기가 스며들어 강철 부품은 얇은 서리로 뒤덮여 있었다. 강추위로 총의 격발장치가 얼어붙어 당겨지지 않았다. 우융추이, 뤼따꺼, 두궈싱은 수년간 전장에서 싸웠지만 이런 일은 처음 겪었다.

뤼따꺼는 분통이 터졌다. 문득 그는 하갈우리 비행장을 공격하던 날 밤을 떠올렸다. 그날 땅이 얼어붙어 전화기선을 끼울 수 없자 우융추이 대대장은 오줌으로 땅을 녹이라고 지시했다.

'딱딱하게 언 땅도 녹았는데, 얼어붙은 격발장치라고 별 수 있겠어?'

그는 총을 눈밭에 내려놓고 격발장치에 오줌을 누었다. 꽁꽁 얼어붙은 강철이 뜨거운 오줌에 스르르 녹으며 모락모락 증기가 피어올랐다.

"자네, 썩 기막힌 방법을 떠올렸군!"

그 모습을 본 두귀싱도 체코식 기관총 위에 오줌을 뿌렸다.

뤼따꺼와 두귀싱이 먼저 시범을 보이자 다른 병사들도 얼어붙은 총을 땅에 던진 뒤 총의 격발장치에 오줌을 뿌렸다. 여러 번 되풀이하자 얼어붙었던 격발장치가 드디어 움직였다.

그때 우융추이는 줄곧 이런 방법을 쓸 수는 없다고 생각했다.

'전투를 하다가 격발장치가 얼어붙었다고 미군들이 기다려 주지는 않는다. 총을 자주 쏘면 격발장치가 얼지 않을 거야. 하지만 탄약은? 동지들이 온갖 위험을 겪으며 목숨 바쳐 날라온 이 탄약을 격발장치를 덥히는 데 모두 써버릴 수는 없다. 오직 방법은 쉬지 않고 방아쇠를 당기는 것뿐……'

우융추이는 언제 어디서든 방아쇠를 당겨 쏠 수 있도록 격발장치를 움직이라고 병사들에게 지시했다.

산 아래 미군 진지에서 울려퍼졌던 총소리를 우융추이와 대원들은 그제야 이해할 수 있었다. 미군도 격발장치가 얼어붙어 움직이지 않았던 것이다. 미군들은 탄약이 넉넉해 총을 발포해서 방아쇠가 얼지 않게 할 수 있을 터였다.

24
대학살

11월 30일 밤이 되자 풍유리강 하구의 돈 페이스 부대 병사들 사이에는 하루 밤만 더 견디면 된다는 말이 퍼져 나갔다.

중공군은 12월 1일 자정이 지난 뒤 공격을 시작해 31연대 3대대가 맡고 있던 방어선의 동쪽 구역을 침투하는 데 성공한다. 방어선 전체가 새벽이 될 때까지 버틸 수 있을지 알 수 없는 상황이었다. 침투에 성공한 중공군은 방어선 전체를 내려다볼 수 있는 언덕을 차지했는데, 얼어붙은 강 하구에 놓인 콘크리트 다리 근처였다. 적군을 감제 지형에서 몰아낼 필요성을 인정한 페이스 중령은 D중대에게 임무를 내렸고 로버트 D. 윌슨 중위가 공격부대의 지휘에 나섰다. 그는 우렁차게 외쳤다.

"자, 싸우러 가자! 역습해야 하거든."

그러나 그는 임무를 해내기에는 너무 적은 20명의 병사만 모을 수 있었다. 날이 밝자 2개 분대로 이루어진 역습부대는 저마다 수류탄 세 발과 소총 실탄만 얼마쯤 지닌 채 산개(散開) 대형으로 출발했다. 앞장서서 산비탈을 오르기 시작한 윌슨은 팔에 총을 맞고 쓰러졌으나 일어나서 다시 오르기를 계속했다. 두 번째로 가슴에 총을 맞았을 때는 조금 아프다고 말하면서도 오르기를 멈추지 않았다. 그러나 마침내 머리에 세 번째로 총알을 맞고는 그 자리에서 숨을 거두었다. 프레드 수가 병장이 남은 병력을 이끌고 몇 미터쯤 더 나아갔으나, 그도 총을 맞고 전사했다. 그는 전투를 사흘 앞둔 이슥한 밤, 친구에게 편지를 썼다. 읽을수록 잔물결이 일렁이는 이 편지는 끝내 친구에게 닿을 수 없었다.

알렉스에게
오랜만이야. 잘 지내니? 얼마나 오래 편지를 쓰지 않았는지. 3주 만인가?

요즘 몇 주일 동안은 꽤나 힘들었어. 끔찍하고 유쾌하지 않은 일투성이에 즐거운 일 따윈 거의 없었거든. 우리에게 남은 건 과연 무얼까? 때로는 나 자신이 아주 늙어버린 듯싶어. 이 눈으로 난 무엇을 보았을까? 전선에 오고 나서 많은 시간이 흘렀는데 눈에 보이는 광경은 조금도 바뀌질 않아. 다만 등장하는 인물들이 바뀔 뿐이지. 기쁨이나 아름다움은 여러 모습으로 나타나는데, 잔인함이나 증오는 거의 비슷비슷하더군. 이젠 분명하게 보여. 이 시대를 꿋꿋이 살아가기엔 힘들지만 그리스도인의 방식대로 살아갈 수밖에 없어. 아직까지는 그나마 나은 것들을 동료들에게 내보이고 그것만 보려고 애쓰면서 사랑하는 거야. 서로 사랑하지 않으면 죽음만이 도사릴 뿐이야, 알렉스.

최근 너무 추워서 잠들지 못하던 깊은 밤, 머릿속에 이런 말이 울려 퍼졌어. 아무리 이곳에 오랫동안 머무른다 해도 자비로운 너조차 이해할 수 없는 일만 가득인걸. 날 이해하겠어? 말해줘! 제발! 너의 대답을 마음속으로라도 듣고 나면 조금은 편안해질 것 같았는데, 머나먼 얼어붙은 장진호에서 그런 기적은 일어나지 않을 테지……

우리 해병들은 단란한 가족이 뿔뿔이 흩어지고 죄 없는 민간인들이 부서져가는 걸 보지 않을 수 없어. 폭격으로 쓰러져 두 번 다시 일어나는 못하는 사람도 보게 돼. 길을 가다 보면 늙은 남녀가 얼마 안 되는 소지품을 들고 어디로 가는지도 모른 채 얼음판을 걸어가고 있어. 초토화된 곳인데도 잠시 비를 피할 수 있거나 아주 조금이라도 좋으니 어디 먹을 게 없을까 찾고 있는 거야.

알렉스, 내가 말하는 이런저런 것들은 눈앞에서 겪지 않고는 이해하지 못할 거야. 대체 내가 왜 그토록 소박한 진실을 깨닫게 되었는지, 너는 알까? 죽을 수 없다면 사람을 사랑할 뿐, 심지어는 때려눕히고 싶은 무리들까지 사랑할 수밖에 없다는 걸 말이야.

머지않아 살고 싶지 않다고 생각하는 사람들이 잔뜩 생겨나겠지. 곧 그 수는 늘어날 거야. 오늘 맞닥뜨린 어린 세 아들의 엄마는 그냥 죽어버리고 싶다는 얼굴로 얼음바닥에 주저앉아 있더군. 자식들이 옷자락을 붙들고 울며불며 배고프다고 매달려도 그 텅 빈 눈동자에는 빛이 되살아나지 않았어.

남편을 잃고 폭격을 피해 불안과 공포에 떨며 옥죄어 지내는 생활이란, 그 어떤 미래도 기대할 수 없었겠지. 덜컥 병이란 마수가 드리워져 숨을 거둬갈지도 몰라. 얼마나 배가 고플까? 우리도 식량이 보내지지 않는다면 어떻게 버텨나갈 수 있을는지 까마득할 뿐이야. 누더기를 걸친 그 여인을 보면서 어느덧 동정하는 나를 알아차렸지. 오만하더군. 한 치 앞도 모르는 이 전쟁터에서 말이야. 아! 이젠 뭐든 다 싫어져버렸어. 숨통이 조이는 지옥 속에 갇혀 사는 거 같아, 알렉스!

하지만 나는 어딘가에서 용기와 힘을 얻고 있어. 나는 계속 나아갈 생각이야. 플라톤은 불운하게 나쁜 일을 당했지만 현명한 판단을 한 남자에 대해 써놓았지. 그 남자는 자신의 친구가 저지른 죄에 함께하기를 거부하고 벽 그늘 아래에 숨어 태풍이 지나가길 기다렸어. 플라톤은 알고 있었던 거야. 하지만 나는 발을 너무 깊게 들여놔서 이젠 그런 방법은 쓸 수 없어. 나는 원치 않는 살생을 하고 있는 거야. 그래서 하나님께 구원을 청하게 되었지. 너무 어려운 일이지만 이 방법으로부터 큰 위안을 얻고 있어. 이젠 전보다는 더 잘 수 있고 나 스스로 사랑을 주기 때문에 사랑을 많이 찾아낼 수도 있게 됐어. 이런 편지는 읽고 싶지 않겠지만 오늘은 다른 이야기를 쓸 수도 없겠더라. 밤도 늦었고, 지쳐서……

1950년 11월 30일 프레드 수가

아침 9시쯤에 코르세어기 한 대가 풍유리 하늘에 나타났다. 에드워드 스탬포드 대위와 교신해서 날씨가 좋아지면 4대의 코르세어기 1개 편대가 풍유리 강 상공으로 날아올 거라고 알렸다. 하늘에는 구름이 잔뜩 끼어 있었는데, 세 시간 안에 구름이 간간이 걷히고 가끔 햇빛이 비칠 것으로 예보되었다.

페이스는 커티스 소령 및 부대대장 크로스비 밀러 소령과 함께 대안을 의논했고, 두 사람 모두 현재 진지가 그날 밤에 아마 적에게 짓밟힐 거라고 믿었다. 마침내 그들의 의견에 동의한 돈 카를로스 페이스 주니어 중령은 나머지 장교들을 모아 자신의 주도 아래 부대를 하갈우리의 해병 방어선까지 이동시키기로 결정함을 말했다.

"사단사령부와는 접촉이 되지 않기 때문에, 해병 항공단의 근접 항공지원 말고는 우리 힘으로 해나가야 한다. 날씨가 개면 항공기들이 정오 무렵에 도착할 테니, 그때 대대는 출발한다."

대담하게 개활지에 모습을 드러낸 중공군 병사들은 지치고 사기가 떨어진 미군 병사들이 남쪽으로 움직이려고 준비하는 것을 지켜보고 있었다.

미군 병사들 차량마다 15명에서 20명의 부상자들을 태웠는데, 모두 약 30대 트럭이었다. 차량행렬이 도로 위에 정렬하기 시작하자 중공군은 산비탈을 내려와 도로를 따라서 공격할 위치를 차지했다.

날씨는 어둡고 황량했다. A중대가 맨 앞에 나서기로 해 서둘러 출발준비를 하는 순간, 돈 페이스 중령이 반짝이는 철모에 새 파카와 승마바지 차림새로 나타났다. 수류탄을 어깨걸이 멜빵에 걸고 손에는 45구경 권총을 든 모습을 보고, 미 해병들은 생각했다.

'우리에 비해 너무 단정하고 사관학교 출신 티가 팍팍 나는군.'

참모 한 명이 육로 대신 얼어붙은 호수 위로 탈출방향을 바꾸자고 제안을 했지만, 페이스는 짐을 많이 실은 트럭의 무게 때문에 호수의 얼음이 꺼질 것을 우려해 그 제안을 받아들이지 않았다.

600명의 부상자를 포함한 거의 3천 명에 이르는 미군 병력이 출발에 앞서 근접 항공지원을 도울 코르세어기를 기다리는 동안 중공군이 박격포 사격을 가해왔다. 그리하여 새롭게 다친 여러 명의 병사들은 부상자로 이미 꽉 찬 트럭 짐칸에 억지로 자리를 만들어 태워졌다.

오후 1시 무렵 코르세어기들이 남쪽 하늘에 모습을 드러냈다. 공중을 돌며 전방 항공통제반의 호출부호인 보이후드 14의 지시를 기다렸고, 스탬포드 대위는 공지통신(空地通信) 무전기 지프에 올라타 A중대의 후미에서 기다리던 참이었다.

"준비됐나?"

돈 페이스 중령의 말이 떨어지기가 무섭게 지프가 출발했다. 트럭들은 떠나자마자 중공군의 사격을 받기 시작했는데, 그들은 놀랄 만큼 도로에 가까이 다가와 있었다. 저 멀리 날아오는 코르세어기 한 대를 보고 미군은 가슴을 쓸어내렸다. 그러나 근접 항공지원을 시작한 코르세어기 편대의 선두 항공기 조종사가 네이팜탄을 지나치게 빨리 떨어뜨리는 바람에 폭탄이 차량행렬 바로 앞에 떨어지면서 주위에 있던 여러 명의 미군 병사들이 화염에 휩싸였다. 화염으로 입은 옷이 다 타버리고 피부도 까맣게 그을려 버렸다.

네이팜탄의 화염은 대부분 가까이에 있던 중공군을 덮쳤고 미군을 화상 입게 한 것은 화염의 꼬리 부분이었다. 수많은 중공군이 자기 참호에서 기어 나와 죽었다.

네이팜탄에 희생당한 병사들은 랜선 일병과 같은 분대 소속이었다. 그가 평소에 잘 알던 사람들이 죽어가면서 몸에 붙은 불을 끄려고 눈 위에 뒹굴었다. 화상을 입어 피부가 감자칩처럼 벗겨지거나 몸에 불이 붙어 불기둥이 돼 버린 병사들 사이에서 그는 아무 도움도 되지 않았다. 누군가 소리쳤다.

"계속 걸어. 의무병들이 알아서 할 거야!"

의무병들이 할 수 있는 건 아무것도 없었다. 무엇보다 랜선의 마음을 아프게 한 건 그중 너무나 고통스러워 하던 두세 명이 자신을 총으로 쏴달라고 애원하는 것이었다. 그는 고통스럽게 죽어가는 전우들을 바라보다가 흐느껴 울었다.

돈 페이스 중령이 45구경 권총을 휘두르며 앞으로 내달아 몇몇 병사들을 멈춰 세워 적과 다시 맞서게 했으나, 네이팜탄 오폭(誤爆) 사건은 병력의 사기를 떨어뜨리는 데 큰 역할을 했다. 그때까지는 각 소대와 중대가 그런 대로 유지됐지만, 병력들이 뒤섞이는 바람에 견제가 무너져 해병들이 냉소적으로 부르던 '오합지졸'이 되고 말았다.

차량행렬은 가다 서다를 되풀이하고, 코르세어기들은 중공군을 도로 주위에서 쫓아내기 위해 자주 급강하 공격을 이어갔다. 스미스 장군은 페이스 부대에게 너그러움을 베풀었다. 그날 전체 가용전투기의 절반을 장진호 동쪽에서 빠져 나오는 차량행렬 보호를 위한 배치를 명령했다. 그러나 차량행렬이 하갈우리에 제대로 도착하려면, 날이 어두워져 전투기들이 기지로 돌아가기 전에 빨리 전진해야만 했다.

트럭에 탔던 부상자들은 중공군의 사격으로 다시 부상을 입거나 그 자리에서 죽었으며 운전병들도 총격을 받았다. 중공군이 운전병들에게 집중사격을 하는 바람에, 대체 운전병을 구하기가 어려웠다. 운전석에 앉는다는 건 자살을 뜻하는 거나 마찬가지였다. 많은 중공군이 도로의 동쪽에 모습을 보였지만 총을 들어 쏘려는 병사는 거의 없었고, 중공군이 자기들을 향해 총을 쏘도록 내버려두었다. 매우 도발적이고 위험한 짓이었으며, 페이스 부대에는 싸우려는 의지가 거의 없었다.

코르세어기 조종사인 토마스 멀비힐 중위는 지상에서 움직이는 중공군이 마치 하얀 아이스크림 케이크 위로 몰려드는 개미들을 떠올리게 했다고 기억했다.

차량행렬은 그럭저럭 이어졌지만, 차츰 더 많은 병사들이 중공군의 사격에 피습당했다. 말 그대로 대학살이 진행중이었다.

B중대의 리차드 루나 병장이 새로이 다친 병사들을 트럭에 싣는 걸 도왔지만, 부상자 모두를 트럭에 태우기는 불가능했다. 결국 기억할 수 없을 만큼 수많은 부상자들을 그대로 버려두었다.

로버트 J. 키츠 대위가 지휘하던 후위(後衛)부대가 적의 사격을 피해 얼어붙은 호수 위로 달아나는 바람에 차량행렬의 뒤쪽이 적의 공격에 완전히 드러났다. 57야전포병대대 A포대 토마스 J. 패튼 중위는 호수의 얼음 위로 도망친 첫 번째 무리에 속해 있었다. 중공군이 쫓아오기 시작했을 때 그들은 450m쯤 앞으로 나가 있었지만, 중공군은 총을 쏘지는 않았다. 멀리서 C-47 수송기 한 대가 곡선을 그리며 날아왔는데, 한 번 돌 때마다 가까이 다가왔다. 패튼 중위는 제자리에서 얼음 위에 쌓인 눈에다 발로 어느 쪽(WHICH WAY) 이라는 말을 썼고, 마침내 그 말을 알아본 비행기 조종사가 하갈우리 쪽으로 날아가 그 위를 맴돌았다. 그러고는 다시 미군 쪽으로 날아와 쪽지가 담긴 빈 깡통을 떨어뜨렸다.

'호수 가운데로 계속 나아가라. 유엔군이 하갈우리를 지키고 있음. 모두에게 행운이 있기를.'

차량행렬의 맨 앞에서는 스탬포드 대위가 끈질기게 공습을 꾀었으나, 차량으로 공격해 오는 중공군의 숫자가 너무 많았다. 오후 3시 무렵에 차량행렬의 맨 앞줄은 갈대밭을 가로질러 놓은 다리에 이르렀지만, 이미 중공군 폭파조에 의해 파괴된 뒤였다. 우회로를 찾으려다가 첫 번째 트럭의 바퀴가 갈대밭의 얼음을 깨고 빠져 움직일 수 없게 되자 본부중대 수송관 휴 메이 중위가 윈치를 사용해 차량들을 이끄는 식으로 문제를 해결했다. 대부분의 차량들이 갈대밭을 건넜으나, 그러는 동안 귀중한 두 시간이 훌쩍 지나갔다. 땅바닥은 울퉁불퉁하고 늪지의 풀들이 여기저기 삐죽삐죽 자라나 트럭들이 늪지를 달리면서 몹시 덜컹거렸다.

트럭이 늪지를 지날 때 짐칸에서 부상자들이 지르는 비명소리가 들려왔다.

골절상을 입은 수많은 부상병들이 얼어붙은 늪지를 건너면서 총격으로 죽어 갔다.

어두워질 무렵 차량행렬 뒤에서는 중공군이 바짝 따라오는 가운데 벌써 몇 몇 병사들은 손을 머리 위로 들고 그들 쪽으로 걸어가고 있었다. 군기나 통제력도 다 사라지고, 모든 병사가 자기 목숨을 구하려고 달아났으며 명령에 따르는 사람도 없었다. 하나같이 그들은 살아야 한다는 생각뿐이었다.

랜선은 숨을 곳을 찾아 도로와 호수 사이 옥수수밭으로 뛰어들었으나, 이미 병사들이 온몸을 웅크리고 있는 걸 발견했다. 적군이 다시 밖으로 나온 그에게 집중사격을 퍼부었다. 한 발은 물통을 뚫고 나가고, 두 번째는 탄띠를 맞추었다. 세 번째는 입고 있던 파카를 찢어 놓았으며, 네 번째는 대검집을 부러뜨렸고 다섯 번째 총알은 왼팔을 뚫고 나갔다. 도로 위로 다시 올라온 그는 자기 중대장을 만나 상처를 좀 살펴달라고 했으나, 싹 무시하고 가버렸다. 대신 포병 관측장교가 상처를 살펴보고는 어깨를 들썩이더니 말했다.

"나쁘지 않아. 지혈도 됐고, 괜찮겠지."

또다시 랜선은 여기저기 헤매다가 다른 밭으로 들어갔는데, 하필이면 기관총을 고치던 중공군 기관총 사수들과 맞부딪쳤다.

20m도 채 떨어져 있지 않았고, 그를 보자마자 소총을 집어들었다. 랜선은 뒤로 돌아 지그재그로 달려서 호수까지 닿아 있는 제방으로 도망쳐 미끄러지듯 내려갔다. 그런데 호수 위 얼음서는 군화를 신은 발이 잘 미끄러지지 않아 멀리 달아날 수가 없었다. 군화를 벗어야만 했다. 양말만 신은 발로 재빠르게 움직여 그는 가까스로 호숫가에서 멀어질 수 있었다. 중공군들은 호숫가에서 그를 노려보았지만 총을 쏘지는 않았다. 랜선은 지쳐 떨어질 때까지 내내 얼음판 위를 걷다가 마침내 쓰러져서 정신을 잃었다.

총알이 계속 트럭 안으로 빗발치듯 날아들자 도움을 요청하는 부상병들의 비명소리에 상황이 더 처참해져 갔다. 바람과 총알을 피해 차량들 옆에 구차스럽게 모여든 수십 명의 병사들은 장교와 하사관들이 병력통제를 위해 내리는 명령을 무시했다. 돈 페이스 중령은 병사들을 적과 싸우도록 이끌려고 악을 썼다. 저녁 어스름할 무렵에 스탬포드 대위와 어윈 비거 대위 그리고 여러 명은 페이스 중령이 트럭들 옆을 뛰어다니면서 45구경 권총을 위협적으로 흔들며 트럭 옆에 모여든 병사들에게 소리치는 것을 목격했다.

그들은 페이스가 자기 몸을 트럭의 짐칸에 묶으려고 애쓰던 두 명의 한국 군인 옆에 잠시 멈춰서는 걸 보았다. 두 명의 카투사 소속 병사들은 폴리페모스(Polyphemus)로부터 탈출하는 오디세우스(Odysseus)처럼 트럭을 타고 안전하게 갈 수 있으리라는 희망에 그렇게 행동한 것 같았다. 페이스는 몸짓과 욕설로 그들에게 하던 짓을 그만두고 도로 옆 개활지로 나오라고 명령했다. 그중한 명이 영어로 거듭 애원했다.

"나는 다쳤습니다."

스탬포드 대위와 다른 사람들이 긴장해 쳐다보는 가운데 페이스는 몸을 벌벌 떨던 한 명을 겨냥해 방아쇠를 당겼고, 이어서 다른 한 명도 마저 쏘았다.

"도망치려는 놈은 누구든 쏘겠다!"

돈 페이스 중령이 바람 부는 쪽을 향해 으르렁거렸다. 그 포효와도 같은 메아리는 병사들의 귓가에 쏙쏙 박혔다.

슬프고도 터무니없는 순간이었다. 그런데 페이스는 그 가엾은 한국 군인들보다 훨씬 훈련을 잘 받았으면서도 똑같이 사기가 떨어진 미군 병사에게는 한 발도 쏘지 않았다. 그 두 희생자는 상상 속에서나 군인이라고 불릴 수 있는 그런 병사였다.

크로스비 밀러 소령은 왼다리와 손을 다쳤고, 총알이 손가락 세 개를 잘라버린 바람에 버지니아 군사학교 졸업기념 반지와 결혼기념 팔찌를 몽땅 잃어버리고 말았다.

그는 오른쪽 장갑을 벗고 오른손으로 다친 손을 잡고서 지혈을 하려고 했다. 피로 젖은 장갑이 금방 얼어버려 피가 흐르는 것을 막아주었다. 그는 배수로에 누워 이 불행한 상황에 대해 차분히 생각하려 애썼다.

에드워드 스탬포드 대위가 따라와서 밀러를 공지통신부전기 지프의 후드에 태웠는데, 그때 밀러가 전술항공 통제반 소속 해병 두 명이 전사했다고 알려주었다. 스탬포드는 방금 마이론 스미스를 보았는데, 그가 크게 다치자 무전기를 넘겨 받아 등에 메고는 다른 지프에 태웠다. 한 시간도 안 돼 스미스의 동료인 빌리 존슨 일병이 그를 돌보려고 지프에 올랐으나, 잠시 뒤 중공군이 차량 행렬에 가까이 다가와 공격을 퍼부을 때 둘은 모두 죽고 말았다. 밀러 소령은 지프에 나란히 누운 그 둘의 시신을 보았다고 스탬포드 대위에게 말했다.

마지막 트럭이 얼어붙은 늪지를 건넜을 때는 이미 날이 어두워져 있었다. 해병 항공대 조종사 토마스 멀비힐과 에드워드 몬태그는 스탬포드가 근심이 어린 목소리로 "임무 완료"라고 말하던 것을 기억한다.

스탬포드 대위의 공헌은 가늠할 수 없을 정도였다. 그의 전술항공 통제반이 없었더라면, 페이스 부대의 오합지졸들은 중공군의 공격을 버티지 못했으리라. 공습을 이끈 건 둘째치더라도 그가 지상전에서 보여준 지도력은 장진호 동안(東岸)에서 시련을 겪은 병사들이 살아남을 수 있었던 중요한 이유 가운데 하나였다. 이런 사실을 가까이에서 목격한 사람은 페이스의 대대에 배속된 군의관 빈센트 J. 나바르 박사였는데, 뒷날 제1해병항공단 사령관 필드 해리스 소장에게 편지를 보내 그 고마움을 이렇게 전했다.

"지도력이 절실하게 필요했던 어려운 시기에 스탬포드 대위가 보여준 지도력의 가치는 글로 표현하기가 어렵습니다. 그때 현장에 있었던 사람들만이 그 가치를 이해할 수 있었을 겁니다."

차량행렬의 맨 앞줄은 두 대의 트럭을 몰던 운전병들이 적군의 총알에 맞아 죽는 바람에 하갈우리에서 북쪽으로 7km 떨어진 곳에 차가 갑자기 멈췄다. 그 순간 모든 모멘텀이 흩어져 버리고, 어두워져가는 붉은 노을 속에서 산산조각나고 있었다. 더는 근접 항공지원이 없으리라는 걸 아는 중공군은 황량한 고지에 내려와 트럭들을 샅샅이 뒤지면서, 따발총 총구를 높이 들어 그 안에 타고 있던 미군 병사들을 가차없이 사살했다.

중공군은 포로 획득에는 관심이 없어, 후방에서 잠재적 골칫거리가 될지도 모르는 미군들을 미리 없애버리겠다는 집념으로 모조리 죽였다. 이런 일이 일어나기 시작하자 차량행렬을 따라가던 많은 미군 병사들이 호수쪽으로 방향을 틀어 가능한 빠르게 호수의 얼음 위로 달려갔다. 그러나 보름달이 그 고통스러운 광경을 훤히 비춰 주었기 때문에 중공군은 사격 목표물을 찾아내는 데 아무런 문제가 없었다.

돈 페이스 중령이 가슴에 총을 맞고 힘없이 쓰러졌다. 페이스가 쓰러지면, 특수 임무부대도 끝장이었다.

박격포 소대장 피일즈 쉘턴 중위가 페이스를 부축해 지프에 태우려 했으나 자신도 다쳐 힘을 쓸 수가 없어 태우지 못했다. 그는 치명적 부상을 입은 대대장을 도로 위에 누이고 도움을 요청하러 비틀거리며 앞으로 걸어갔다. 그가 어둠 속으로 사라진 뒤 루이스 J. 그랍포 일병을 포함한 미군 병사들이 도로를 따라 걸어가다가 힘 없는 목소리로 도와 달라고 부르는 대대장의 목소리를 들을 수 있었다. 그들은 페이스를 차량행렬 앞줄에 있던 트럭의 전사한 운전병 옆자리에 태웠다.

스탬포드 대위는 뒤따라오는 차량들이 움직일 수 있도록 대부분 다친 병사들을 끌어모아서 멈춰 있거나 시동이 걸리지 않는 트럭들을 도로 밖으로 밀어냈다. 그것은 몹시 힘든 일이었고, 많은 수의 부상병들이 힘을 쓰는 과정에서 상처 부위가 다시 터졌다. 휴식을 취하려 그는 병사들로 꽉 찬 오두막집으로 들어가 보았는데, 안에는 낯익은 포병대대의 중령과 다른 장교들도 보였지만, 누구도 지휘권한을 휘두르려 하지 않았다. 스탬포드 대위는 드디어 그 광경에서 인내력의 한계를 느꼈다.

그는 초가집을 나와 앞줄 트럭에 있던 돈 페이스 중령에게 걸어가 물었다.

"오늘밤 하갈우리에 도착하기를 바라십니까?"

페이스 중령은 약한 목소리로 '그래' 대답했으나, 거의 말을 알아들을 수 없고 극심한 고통을 느끼면서 의식을 잃을 지경에 있었다.

스탬포드는 운전병들을 위협하며 더 전진하도록 했으나, 트럭들은 해병공병대가 포기한 제재소에서 멀지 않은, 도로가 급하게 구부러진 곳에서 완전히 멈춰 버렸다. 차량행렬의 후방에서는 중공군이 트럭에 탔던 부상병들을 무참히 살해하고, 차량행렬의 선두에는 높이 떠 있는 달 아래 부자연스러운 정적이 감돌았다.

32연대 1대대 작전장교인 위즐리 커티스 소령은 굵은 소나무 가지를 목발 삼아 선두 트럭까지 절룩거리며 걸어가 돈 페이스 대령에게 말을 걸었다.

"좀 어떠십니까, 대대장님?"

"계속 가야 해."

페이스의 대답에는 망설임이 없었다.

도로를 따라 아래쪽으로 이동하면서 커티스는 공지통신 무전기 차량의 후드에 누워 있던 부대대장 크로스비 밀러 소령을 만났다.

"괜찮으신지요?"

머리를 가로저으며 밀러가 말했다.

"아니. 많이 다친 것 같다."

커티스는 도로를 따라 절룩거리며 걸어가다가, 문득 뒤를 돌아보니 차량행렬의 후미에서 백린 수류탄 연기가 나는 것을 보았다.

부상 입은 기관총 사수인 글렌 J. 핀프록 일병이 피를 너무 많이 흘려 기절했다가 도로 위에서 깨어난 것은 밤 10시 무렵이었다. 천천히 일어선 그는 맨 앞 트럭의 옆에서 불을 피우려고 애쓰던 여러 부상자들 틈에 끼었다. 핀프록의 말에 따르면 페이스의 얼어버린 시신은 트럭의 운전석 칸에 앉아 있었다.

여러 해가 지난 뒤 퇴역 대령이 된 위즐리 커티스는 뒷날 그가 장진호 전투이래 자신에게 쏟아지는 물음에 대해 다음처럼 이야기했다.

"당신은 페이스 중령과 밀러 소령이 심각하게 다쳤다는 사실을 알고 있었다. 그런 상황에서 법이나 관습, 전통에 따라 지휘해야 옳지 않았나?"

"맞습니다."

"그 무렵에 그걸 알고 있었나?"

"예."

"그렇다면, 당신이 지휘를 포기한 것은 옳았나?"

"아니오."

"무엇을 했어야 했지?"

"결과에 상관없이 차량행렬과 함께 남아 있었어야 했습니다."

"이런 생각이 당신의 양심을 괴롭혔나?"

"예, 지난 35년 동안 그랬습니다."

"만일 당신이 그 상황을 다시 겪어야 한다면, 같은 짓을 거듭하게 될까?"

"아마 그럴 겁니다."

커티스는 그런 다음 군인의 책무는 명령을 따르지 않으면 죽는 거라는 빅토리아 시대식 개념을 들면서 마땅히 자신은 비난의 대상이 될 수 없다고 했다. 군인의 역할은 승리를 가능케 하는 조건 아래에 싸우고, 또 미래의 싸움을 위해 끝까지 살아 있는 데 있었다.

그는 마지막으로 그때 상황을 덧붙여 설명했다.

"차량행렬에서는 아무런 저항도 없었습니다……. 차량 엔진도 꺼져 있었고, 운전병들도 제자리에 없었지요. 들리는 소리라곤 다치고 죽어 가는 병사들이 내는 신음소리뿐이었습니다. 나는 타이거 전차를 탄 패튼이나 백마를 탄 맥아더 장군이어도 상황을 뒤집을 수는 없었을 거란 생각이 지금도 듭니다."

커티스는 얼어붙은 호수를 건너 하갈우리에 도착하리라 결심하고는 내내 걸었다. 그는 그 거대한 호수의 한복판에서 잠시 방향을 잃었으나, 북두칠성과 북극성을 안내자로 삼아 방향을 다시 잡아 새벽이 되기 전 벤자민 리드 대위의 H포대가 자리한 해병진지에 닿을 수 있었다.

스탬포드는 후동(後洞)의 학교 건물로부터 남쪽으로 멀지 않은 곳에서 뜻밖에도 중공군에게 둘러싸였으나, 몇 분 동안만 포로가 되었다가 감시병이 잠시 한눈을 파는 사이 무사히 달아났다. 스탬포드는 철도 선로를 넘어 제재소까지 걸어갔고, 거기서 남쪽으로 3km 떨어진 하갈우리의 희미한 불빛을 보았다. 그도 커티스처럼 H포대 진지에 도착했는데, 삔 발목 말고는 아무 곳도 다친 데 없이 그 어려운 상황을 무사히 견뎌냈다.

후동의 도로 위에서 다가오는 중공군을 바라보던 체스터 베어 병장은 포로가 되어서는 안 되겠다고 굳게 마음먹었다. 도로에는 박격포 포탄이 폭발하면서 생긴 구덩이가 여럿 있었는데, 그는 팔다리가 잘리거나 여러 개로 쪼개진 미군 시신이 가득 찬 구덩이를 하나 골라 시신들 밑에 몸을 숨기고 죽은 척했다.

나중에 중공군이 떠나고 난 뒤 그는 소름 끼칠 만큼 무시무시하게 시신들이 엉켜 있는 구덩이에서 가까스로 기어 나와 얼어붙은 호수를 건너 하갈우리에 도착했다. 베어는 자기가 만난 해병대 장교에게 페이스 부대에 닥쳤던 일을 들려주었다. 그러나 해병대도 지금 함정에서 빠져나가려고 한다는 말을 듣고는 깜짝 놀랐다. 모든 이들이 짐을 꾸리고, 텐트를 거두어들이며, 출발할 준비를 서두르고 있었다.

31연대 중박격포 중대 소속의 미론 B. 홀스타인 일병도 얼어붙은 호수를 건너온 마지막 병사들 가운데 한 명이었다. 그의 등 뒤로 하늘 높이 불기둥이 치솟아 올랐다. 중공군이 장진호 동안(東岸)에 있는 모든 트럭과 지프에 불을 지른 것이다.

25
진퇴양난

맥카시 중위는 고지 꼭대기를 중공군에 넘겨주고 가까스로 살아남은 병사들을 예비진지로 이동시켰다. 전방 진지에 배치된 35명의 소대원 가운데 15명이 죽고 9명이 다쳤으며, 3명은 행적을 알 수 없는 상태였다.

사라진 병사 셋은 침낭 속에 잠들어 있다가 중공군에 침낭째 끌려 갔음을 나중에서야 알았다. 숨을 쉴 때 나온 콧김에 침낭 지퍼가 얼어붙는 바람에 열리지 않아 그런 어처구니 없는 일을 당한 것이다.

해리슨 포머스 일병과 다른 해병 2명이 맥카시 소대 진지에서 참호를 지키고 있었다. 눈보라가 휘몰아치고 날이 어두워졌지만 섬광으로 미루어 보아 북쪽 전선에서 이미 전투가 시작되었음을 알았다.

불꽃이 땅 위로 떨어지며 희미하게 화약 냄새를 남긴다. 전장의 굉음이 커질수록 가슴은 더없이 떨리고 조마조마하다. 조명탄이 눈발을 비추면서 지평선과 나란히 길게 뿜어져 나오거나 수직으로 올라갔다.

그때 중공군 특유의 날카롭고도 신경을 거슬리는 나팔 소리가 밤의 적막을 가르며 해병들 고막을 찢어놓았다. 어둠 속에서 괴물들이 흐릿하게 떠오르며 그 모습을 서서히 드러내기 시작한 것이다. 소대 진지에서 누군가 크게 소리쳤다.

"중공군이 온다!"

나팔과 호루라기가 요란하게 울리며 기관단총 사격이 쉬지 않고 뒤따랐다. 포머스는 탄띠에서 8발들이 클립들을 꺼내 참호 언저리에 놓고 중공군이 가까이 다가오기만을 기다렸다. 유담리쪽 하늘에서 조명탄이 터지고 타오르는 불빛 속에 그들 모습이 어렴풋이 눈에 들어왔다. 해병대 진지 기관총이 불을 뿜을 때마다 얼굴이 시뻘겋게 비쳤다.

중공군이 물밀듯 공격해 온다. 여기저기 사람 그림자가 일어서는가 싶더니 픽픽 쓰러진다. 뜨거운 불이 커다랗고 검붉은 덩어리가 되어 마구 날아왔다.

해병들은 졸음을 몰고 오는 지옥과도 같은 피로와 싸웠다. 중공군 사격을 피해 허겁지겁 방어구역으로 움직이다가 돌에 걸려 고꾸라지기도 했다. 포머스는 중공군 가슴을 겨냥해서 계속 총을 쏘아댔다.

사격전은 밤새도록 이어졌다. 시끄러운 나팔 소리가 울리며 중공군은 끊임없이 몰려들었다. 그야말로 치열한 전투였다. 누가 이기고 지는지도 알 수 없었다. 아니, 그조차도 중요하지 않게 여겨졌다. 총알이 빗발치는 전장에서 해병들은 강하게 전기를 띤 전극봉을 쥔 사람처럼 무감각해졌다. 아득히 달아나 버린 정신을 뒤로하고 그저 기계처럼 끝없이 방아쇠를 당길 뿐이었다.

어마어마한 탄막 속에서 불꽃이 소용돌이쳤다. 그 불빛에 비쳐서 여기저기 사람 그림자가 솟기도 하고 쓰러지기도 했다. 불길에 그을린 시커먼 몸들이 외마디 비명과 함께 픽픽 넘어졌다.

탄환들이 비바람처럼 예고 없이 날아왔다. 총을 맞은 중공군들과 해병들이 튕겨나와 널브러졌다. 총알이 비껴간 해병들은 아군과 적군의 주검이 쌓여가는 앞쪽을 바라본 채 두려움에 얼어붙은 몸으로 허공에 대고 총을 거듭 쏘아댔다.

전투가 시작되기 한참 전에 헥터 카페라타 일병과 케네스 벤슨 일병이 다른 해병 2명과 함께 맥카시 소대 진지에서 20미터 떨어진 전방에 배치되었다.

카페라타는 깜빡 잠이 들었다가 적의 총소리에 놀라 퍼뜩 깨어났다. 차가운 침낭 안에서도 저 멀리 들려오는 총소리를 느낄 수 있었다. 눈을 떠보니 하얗게 쌓인 눈밭을 지나 중공군들이 밀려들어오고 있었다. 너무 가까이 다가오는 바람에 총을 제대로 겨눌 틈도 없었다.

중공군이 진지를 지나간 뒤 지형지물에 가리어 모습이 보이지 않게 되자, 벤슨과 카페라타는 탄약을 모두 들고 나머지 소대원들이 가까스로 버티고 있는 진지로 달려갔다.

해리슨 포머스 일병과 제럴드 스미스 일병이 지키던 참호에 벤슨과 카페라타가 뛰어들었다. 그 참호는 중공군이 맥카시 소대와 피터슨 소대를 떼어 낼 목적으로 엄청난 압력을 가했던 요충지였다. 장교들은 전사자나 부상자가 많은 진지의 공백을 메우기 위해 병력을 이리저리 옮겨 다시 배치했다. 때마침 카페라타와 벤슨이 나타나 도움이 되었다.

수류탄이 끊임없이 날아왔다. 그 가운데 한 발이 참호에 떨어졌다. 포머스가 재빨리 몸으로 수류탄을 덮쳤다. 그 순간 "쾅" 폭발음과 함께 그의 몸이 찢겨져 튕겨나갔다. 그는 참호 맞은편 벽에 부딪쳤다. 철모가 그의 머리에서 튀어올라 땅에 떨어져 굴렀다. 곧이어 다른 수류탄이 날아와 더 큰 소리를 내며 터졌다.

포머스의 머리에서 붉은 피가 줄줄 흘러내렸다. 그는 철모를 주워 머리에 덮었다. 의무병이 다가와 그의 옆에 쭈그리고 앉더니 차디찬 눈을 주먹으로 움켜쥐어 머리를 씻어주었다.

"괜찮을 겁니다."

의무병은 나직하고 침착하게 말했다.

포머스는 멍한 상태로 소총을 쥔 채 가까스로 카페라타 쪽으로 바짝 엎드려 기어갔다.

"네가 죽는 줄 알았어."

카페라타가 잔뜩 겁에 질린 얼굴로 말했다.

세열(細裂)수류탄이 아닌 충격수류탄인 것이 행운이었다.

포머스는 살아남은 기쁨에 자신도 모르게 온몸을 부르르 떨었다. 뒤집어쓴 선혈이 아직 비린내를 풍겨도, 무한한 환희와 안도감이 가슴속 깊은 곳까지 울려왔다. 중공군은 엄청난 수의 병사들을 잃으면서도 끊임없이 덤벼들었다. 왼쪽 옆 애쉬데일 분대가 그들과 한치의 양보도 없는 치열한 교전을 벌였다.

움츠러든 맥카시 전선 왼쪽 옆 끝에서 제럴드 스미스 일병은 끝까지 진지를 지키기 위해 매우 불리한 병력으로 맞서며 중공군의 측방 포위 공격을 가까스로 막아내는 중이었다.

엘모 피터슨과 맥카시 2개 소대의 접점에서 헥터 카페라타 일병과 케네스 벤슨 일병 또한 스미스 사격조와 이어진 오른쪽 옆 사격조에 남아 있었다.

"중공군놈들, 요란히도 쏴붙이는군. 지독한 놈들!"

쏟아지는 탄환은 하늘을 갈기갈기 찢으며 장진호 얼음판을 있는 대로 할퀴어 놓았다.

미 해병들은 조심스레 참호 밖을 내다보았다. 차마 두 눈 뜨고 볼 수 없는 처참한 광경이 파고들었다. 고작 전방 3미터 될까 말까한 곳에 병사들이 셀 수 없이 쓰러져 있다. 그들의 손발은 모두 떨어져 나가고 없었다. 여기저기에서 날아드는 총탄은 쓰러진 시체들을 또 한 번 벌집처럼 쑤셔놓았다.

'어찌 사람이 저토록 사람을 처참하게 죽이는가. 아, 이것이 과연 인간 사는 세상이란 말인가!'

총알은 땅바닥을 일직선으로 긁어 헤치며 가느다란 바람을 일으켰다. 땅바닥에 싸늘하게 엎드린 시체에 구멍을 뚫기도 하고, 찢어 헤치기도, 굳어버린 손발을 부러뜨리기도 했다. 그 총구멍마다 피가 흘러내렸다. 곳곳에서 밀려오는 이 날카로운 총탄 소리가 갈수록 더 해병들을 위협했다.

카페라타는 부대 요충지의 공격을 막기 위해 퍼붓는 화력 앞에 꿋꿋이 서서 진격해 오는 중공군 대열에 소총탄을 퍼부었다. 다친 해병이 다른 총에 탄약을 재워 그에게 넘겨주었다.

중공군들은 소총을 쏘지 않을 때는 수류탄을 던졌다. 수류탄이 옆에 떨어져 벤슨의 안경을 날려버리자 그는 앞이 잘 보이지 않았다. 자동소총을 쏠 수 없게 된 벤슨은 널려 있는 소총의 실탄 클립을 손으로 더듬어 주웠다. 카페라타의 M-1소총에서 빈 클립이 튀어나오는 소리가 날 때마다 실탄이 든 클립을 카페라타에게 건넸다. 걱정 어린 투의 말이 벤슨에게 들려왔다.

"이제 보이는 거냐?"

"아니."

짧은 대화를 마친 두 사람은 문득 어떤 소리에 놀라 움찔하며 뒤로 물러났다. 두런거리는 소리가 그치지 않아 가만히 귀기울여 보니 바로 등 뒤에서 들리는 소리였다. 가까운 참호에서 죽을힘 다해 싸우는 해병들 목소리와 그들을 북돋는 소대장의 고함 소리도 섞여 들려 왔다.

갑자기 온몸에 알 수 없는 용기가 넘쳐 흘렀다. 정답고도 왠지 모르게 따뜻하게 스미는 말들…… 등 뒤 참호 속을 지나가는 발걸음 소리가 죽음의 두려움으로부터 둘을 단숨에 끌어내 주었다.

이 소리는 내 생명보다 귀하고
이 목소리는 어머니의 사랑만큼 절절하다.
그 소리는 이 세상 어떤 것보다 강하여
더 안전하게 나를 지켜 준다.
바로 내 전우들의 목소리이다.

나는 이제 장진호 어둠 속에 홀로 떨고 있는
한 조각의 의미 없는 목숨이 아니다.
나는 이들과 하나이고 이들은 나와 하나이다.
우리는 모두 똑같은 공포를 견딘다.
우리는 단순하면서도 어지러운 사슬로 연결되어 있잖은가.
나는 내 얼굴을 이들 속에
이 목소리에 파묻고 싶어진다.
이 몇 마디 말이 나를 구해 주리라.

(이범신, 〈전선노트〉)

이들은 누구인가? 그들은 왜 여기 희미한 불빛 속에 앉아 있는가?
무슨 이유로 그들은 연옥의 그림자를 흔드는가?
턱에서 늘어진 혀는 왜 진흙을 맛보고
잔해로 남은 이빨은 왜 해골의 이빨을 사악하게 노려보는가?
이어지는 격통–느리게 엄습하는 공포,
왜 뇌문(雷紋) 모양의 구멍 주위로 이런 홈이 파졌을까?
머리칼과 손바닥을 지나
비극도 지쳐가네. 분명 우린 소멸했지.
잠들고, 지옥을 거닐고 하지만 이 비참한 존재들은 누구인가?

–윌프레드 오웬(Wilfred Owen)

헥터 카페라타는 오른쪽으로 달려가 제럴드 스미스와 합세했다. 그는 꼿꼿이 선 채 사격을 멈추지 않았다. 수류탄 하나가 흉벽에 떨어지자 그는 발로 차버렸다. 두 번째 수류탄도 똑같이 힘차게 발로 차 냈다. 세 번째 수류탄은 해병 부상자들이 숨은 길쭉한 참호 속으로 굴러떨어졌다. 그는 재빠르게 참호 속으로 뛰어 들어가 중공군에게 수류탄을 되던졌다. 수류탄이 그의 손을 떠나며 터졌다. 그는 오른팔을 심하게 다치고도 전쟁터를 떠나지 않았다.

스미스의 사격조는 중공군 60명을 죽였다. 한편 해리슨 포머스 조는 45명을 처치했다. 카페라타는 혼자 20명을 죽이는 공을 세웠다.

중공군이 그 지점에서 해병진지 침투에 실패한 것은 거의 헥터 카페라타와 케네스 벤슨, 그리고 제럴드 스미스의 목숨 건 분투 덕분이었다. 그들 3명은 적군 2개 소대를 전멸시킨 공로를 크게 인정받았다.

엘모 피터슨 소대는 로버트 맥카시 전선이 후퇴하는 바로 그때 치열한 교전을 벌였다. 경기관총조와 오른쪽 측방 사격조 가운데 2명이 피해를 입었다. 피터슨은 전선 돌파구를 막으려다가 어깨에 관통상을 입었다. 그러나 상처에 응급조치만 받고 전선으로 되돌아왔다.

맥카시와 피터슨이 팽팽한 접전을 벌이는 동안 또 다른 중공군이 남쪽으로부터 공격해 왔다. 조 브래디 중위와 앨프리드 필립스 중사가 수류탄 파편에 맞았다. 박격포반의 다른 6명은 다치고 2명은 죽었다. 로이드 오릴리 일병이 60밀리 박격포반을 이끌어 맥카시 전방 안장목에 포격을 가했다.

피터슨은 전선 가운데 낮은 쪽 끝을, 둑 위 13미터쯤 거리에 있는 수목대로 끌어넣어 로렌스 슈미트의 본부반과 이어주었다. 둑을 기어오르려던 중공군들은 둑 너머로 던진 수류탄이나 존 헨리 병장의 중기관총에 쓰러져 갔다.

오른쪽 옆 존 던 소대는 다른 부대와는 달리 거센 전투를 벌이지는 않았다. 전선상에 진지 변화가 없었다. 공격이 진행될 때, 바버 대위는 위력적인 화력 밑을 뚫고 급소에서 급소로 숨가쁘게 뛰어다녔다. 총알도 마치 그를 피해가는 것만 같았다.

먼동이 터오자 공격이 느슨해졌다. 달아나는 중공군들이 눈에 들어왔다. 그 가운데 몇몇은 계속 앞으로 기어오면서 수류탄을 던지고 1인 또는 2인 공격을 과감히 실행했지만, 모두 숨졌다. 날이 푸르스름하게 밝아왔다. 살아남은 중공군은 부연 안개 속으로 유령처럼 사라져 갔다.

새벽 햇살이 전장 구석구석을 낱낱이 비추었다. 부상당한 미 해병들이 끌려가면서 눈 위에 남긴 핏자국이 뚜렷이 보였다. 코르세어기 편대가 유담리 길을 지나갔다. 지상에 있는 해병들이 그 전폭기들에 환호를 보냈다. 아직도 남은 중공군이 계속해서 이따금 소총 사격을 해왔다. 카페라타는 팔과 가슴에 중상을 입었다.

피터슨과 맥카시 진지 앞에는 350구의 중공군 시체가 겹겹이 쌓여 고뇌하는 듯 잠이 든 것 같았다. 오래된 송장은 이미 빳빳하게 굳어버렸다. 그들은 무덤 속에 누운 듯이 눈 속에 파묻혀 있었다. 그저 잠들었을 뿐 죽지는 않은 듯이. 존 던 소대와 본부반은 중공군 100명쯤을 쏘아 죽였다. 미 해병은 20명이 전사하고 54명이 부상당했다.

날이 밝은 지 얼마 되지 않아 던이 전날 밤에 잃은 고지를 되찾기 위해 반격을 준비했다. 다니엘 슬래빈스커스와 케니드 킵 병장이 분대를 이끌고 공격에 나섰다. 윌슨과 터닙시드 일병, 그리고 찰스 노드 상병이 총과 탄약 두 상자를 움켜쥐고 안장목을 따라 후퇴하는 중공군 뒤를 바싹 쫓았다.

수많은 중공군이 달아나면서 무기를 내버렸다. 기관총을 세우고 사격해 기막힌 성과를 올린 것이다. 해병들은 고지 정상의 진지를 다시 한 번 차지했다. 존 던 중위의 부하들은 전선으로 돌아갔다.

공격은 멎었지만 바버는 탄약이 모자라 크게 걱정했다. 수류탄도 얼마 남지 않았고, 오릴리의 박격포탄은 겨우 10발뿐이었다. 바버는 서북쪽 바위산 꼭대기에 공중 폭격을 요청하기로 했다. 조종사들에게 교신할 수 있는 무전장비가 없었으므로 하갈우리를 통해 무전중개를 해 전폭기를 목표 지점으로 이끌었다.

10시 30분 P-51 8대가 폭스 중대 상공에 나타났다. 해병들은 하늘에 떠 있는 조종사들이 오스트레일리아 공군임을 알고 크게 소리 지르고 손을 흔들며 뜨거운 환호를 보냈다. 오스트레일리아 조종사들은 미군 병사들의 열렬한 환영에 답이라도 하는 듯 산등성이를 타고 오르내리며 폭탄과 로켓포로 세찬 공격을 퍼부었다. 이어서 길 남쪽 골짜기에 기총소사를 가해 중공군의 화력을 거의 없앴다.

캠벨 소위가 리드 포대에게 폭스 고지 부근 목표에 기점사격을 지시했다. 하루 종일 중공군의 집결지와 진지로 의심되는 곳에 교란사격을 해댔다. 이러는 사이 존 던은 고지 동쪽 높은 지대를 정찰했다. 정찰대는 저격병의 사격을 받았지만 무사히 돌아왔다.

의무병 제임스 모리시, 제임스 프렌치와 머빈 모래스가 윌리엄 번치 중사와 본부반 분견대의 지원을 받아 구급소로 쓸 천막 두 동을 숲 속에 세웠다. 야전 구급낭 속에 든 보잘것없는 의약품 몇 가지로 밤새 부상자를 돌봐야만 했다.

구급 막사 앞에 들어선 순간, 군의관 클린턴의 머릿속에 문구 하나가 번뜩였다.

'여기에 들어오는 자, 모든 희망을 버려라!'

가슴을 내리치는 절망적인 문구였다. 그는 밖에 쌓여 얼어붙은 시체들을 보고 쇠망치로 얻어맞은 듯 심한 충격을 받았다. 시체들은 뚜렷한 순서나 규칙도 없이, 떨어져 나간 팔다리와 뒤섞여 산을 이루고 있었다. 그 모습은 마치 고대 성당 벽에 그려진 지옥도를 떠올리게 했다.

막사 안은 더욱 처참했다. 희미하게 빛을 내며 타오르는 촛불 때문에 내부는 몹시 음산해 보였다. 악취가 가득하고 깨끗한 산소가 부족한 공기에 숨이 턱 막힐 지경이었다.

"먹을 것 좀 주세요!"

"추워! 너무 추워!"

"차라리 날 죽이라고."

여기저기에서 들려오는 고통스러운 울부짖음이 그를 짓눌렀다. 수많은 부상자들이 빼곡히 드러누워 뜨거운 신음을 내뿜었지만, 막사 안엔 냉랭한 공기가 감돌았다. 환자에게는 하루에 고작 얼어붙은 얇은 빵 한 조각만 돌아갔다. 의무병들은 이 빵을 수프처럼 끓였는데, 죽처럼 풀어지고 따뜻해서 그나마 먹기 편했다. 그러나 거의 모든 부상자들은 이마저도 넘기지 못하고 게워내기 일쑤였다.

붕대가 없는 게 더욱 심각한 문제였다. 중증 동상환자의 붕대를 갈아줄 때면 오래되고 더러운 붕대에 손가락 발가락 살점이 들러붙어 떨어져 나왔다. 피와 고름이 뒤섞여 끈적거렸지만, 마비된 손발은 아픔조차 느끼지 못했다. 매스꺼운 공기와 형편없는 환경에 이들의 상처는 빠르게 썩어갔다.

칼에 찔리거나 총알이 스친 부상자들은 수술용 실과 바늘이 모자라 상처를 꿰매지 못했다. 잔뜩 벌어진 상처는 젤리처럼 엉겨 굳은 피범벅이 되고, 그 주변은 물론 다른 곳까지 퉁퉁 부어올라 저마다 몸뚱이는 상하기 직전의 소시지처럼 보였다. 부상자들은 끊임없이 고통을 호소하며 흐느꼈다. 그들이 기댈 것은 불안하게 흔들리는 촛불밖에 없는 듯했다.

군의관들은 애가 탔다. 제대로 된 치료는커녕 물이나 야전식품을 녹일 불을 지피는 일도 불가능했다. 모르핀 시레트(응급용으로 주사액을 넣은 멸균 주사기)도 입에 넣어 한참을 녹여야만 쓸 수 있었다. 얼어붙은 혈장은 녹일 방법이 없었다. 풀어지지도 않고, 수혈관이 얼음 조각들로 막혀 병사 몇이 목숨을 잃기도 했다. 상처 부위를 살펴보기 위해 부상자들의 옷을 자를 수도 없다.

곧바로 몸이 얼어버리기 때문이었다.

심한 부상자를 그대로 내버려 두는 편이 더 나을 때도 있었다. 한 가지 다행스러운 것은 추위 때문에 지혈이 잘된다는 점인데, 그것 말고는 모든 게 이보다 더 나쁠 수 없었다. 습하고 차가운 막사 안은 동상이 전염병처럼 돌았고, 중상을 입은 부상병들은 세균에 감염돼 고열에 시달리며 죽어갔다. 의무병들은 부상자를 차라리 침낭 속에 쑤셔 넣어버리고 싶은 심정이었다.

'붕대가 없어서, 깨끗한 물 한 사발이 없어서 이런 어처구니 없는 이유로 동료들의 죽음을 그저 넋 놓고 지켜볼 수밖에 없다니! 이건 너무해. 끔찍하다고!'

더는 이곳에서 치료가 불가능하다고 생각한 의무병들은 전선을 돌아다니며 부상자 후송작업에 매달렸다.

하지만 후송작업 또한 만만치 않았다. 다친 병사는 하루가 다르게 불어나고 후방으로 옮길 수 있는 수는 터무니없이 적었다. 고민 끝에 의무병들은 천막 부근에 커다란 구덩이를 파고, 부상자를 침낭에 넣어 그곳에 두었다. 침낭에 들어가 구덩이 안에 누워 있는 부상병들은 일벌들의 먹이를 애타게 기다리며 꿈틀거리는 애벌레들 같았다. 의무병들은 밤새 얼어 죽지 않도록 순번을 정해 24시간 그들을 돌보았다. 중상자들은 그대로 천막 안에 남겨두었다.

한 부상병이 등이 찢어진 채 질질 끌려왔다. 그가 숨을 쉴 때마다 상처를 통해 폐가 뛰는 모습이 보였다. 켁켁거리는 소리와 함께 피거품이 상처와 입에서 쉴 새 없이 흐른다. 의무병은 그저 그의 손을 꼭 잡아줄 뿐 걱정 말라는 위로의 말조차 건넬 수 없었다. 고통으로 헐떡이는 눈을 차마 바라보지 못하고 고개를 떨궜다.

"이젠 글렀어."

부상병은 고통에 못 이겨 자신의 팔을 물어뜯었다.

그러나 그는 이미 알고 있다. 모질게도 질긴 목숨은 쉽게 끊어지지 않는다는 걸 말이다. 전장에서 두 다리가 잘렸는데도 힘겹게 몸을 버르적거리며 가까운 구덩이로 굴러 들어가는 병사와 두 무릎이 박살난 채 몇 십 미터나 되는 참호로 엉금엉금 기어가는 상병을 그는 보았다. 그때 어떤 병사가 배에 난 상처로 쏟아진 창자를 두 손으로 움켜잡은 채 응급치료소까지 온 힘을 다해 뛰어왔다.

입과 아래턱이 날아가버린 병사도 있었다. 입 안에서는 피가 흐르고 눈은 허옇게 뒤집어졌지만, 팔다리가 심하게 떨리는 바람에 의무병 둘이 가까스로 잡아 진정시켜야 했다. 또 과다출혈로 죽지 않으려고 팔의 정맥을 두 시간째 꽉 물던 병사는 방울방울 눈물을 쏟아낸다. 어김없이 해는 떠오르고 밤은 찾아왔다. 유탄은 쉭쉭 소리를 내고 사람들은 픽픽 쓰러지고 죽어간다.

전투가 소강상태에 접어들면 해병들은 동상에 걸릴까 걱정하면서 제자리뛰기를 하거나 군화 속에서 발가락들을 쉴 새 없이 꼼지락거렸다.

격렬하게 적과 싸우는데 땀을 흘리지 않기란 불가능했다. 그것이 얼마나 심각한 일인지 모두들 잘 알았다. 발에 땀이 나면 매서운 강추위에 금세 얼어붙어서 발과 양말 사이에 얇은 얼음막을 만들었다. 군화를 자주 털지 않거나 발을 주물러 주지 않거나, 양말을 갈아 신지 않으면 열에 아홉은 동상에 걸리기 마련이었다.

부상병들은 버둥대며 온몸을 찌르는 날카로운 고통에 신음했다. 그들은 몸부림치며 대체 왜 이런 낯선 곳에서 고통을 당해야만 하는지 알고 싶어했다. 한 병사가 악을 썼다.

"이대로 어쩌란 말이야! 어쩌란 말이야!"

중상을 입은 또 다른 병사가 고통을 견디다 못해 더 악을 써댔다.

"정말 어쩌란 말이야?"

모든 기억을 지워버리기라도 할 듯 어딘가에서 귀를 찢는 비명이 들렸다. 그 병사는 부들부들 떨면서도 살아남고자 하는 본능의 포로가 되어 악에 받쳐 끊임없이 고함을 질러댔다. 의무병들은 움직일 수 없는 중환자들에게 방수포를 덮어주거나 얼굴에 하염없이 쌓이는 눈을 치워주었다.

죽은 자의 얼굴은 눈으로 덮여 있어 산 자와 죽은 자를 쉽게 가릴 수 있었다. 아직 살아 있는 부상병들은 전장에서 쓰러져 간 전우들을 생각하며 목숨을 건졌음에 감사했다. 그러다가 어느 순간 이루 말할 수 없는 고통 속으로 빠지면 자신이 살아 있음에 천장을 보며 저주를 퍼부었다.

"차라리 날 데려가! 데려가라고! 구경만 할 셈이야? 우리 구하던 데려가던 뭐라도 해!"

폭격과 포격 뒤에 중공군 공격이 잠잠해졌다. 해병들이 죽은 중공군에게서 탄약과 무기를 거두어들였다. 얼마 뒤 소총소대원들 대부분은 스프링필드 소총이나 톰슨 기관단총 등 나머지 무기를 가질 수 있었다.

오후, 해병 수송기가 보급품과 탄약을 민가 공터에 떨어뜨렸다. 공중투하는 아주 완벽했다. 중대보급계 데이비스 스미스 병장이 인원을 뽑아 짐을 모으기 시작했다. 보급품이 든 첫 번째 짐짝의 낙하산 줄을 잘라낼 때 중공군이 쏜 저격탄이 그의 다리를 꿰뚫었다. 슈미트가 스미스를 구하러 갔다가 그도 같은 저격병의 총에 맞아 다리가 부러지고 말았다. 화가 치민 던이 사격조를 데리고 재빨리 다가가 그 중공군 저격병을 단숨에 없애버렸다.

바버가 거느린 행정장교 클라크 라이트 중위는 웨인 왓슨 하사를 반장으로 내세워 작업반을 만들었다. 젊고 늠름한 사병으로 이루어진 작업반은 해병 수송기가 떨어뜨린 보급품을 나무 그늘로 날라왔다.

이틀째 밤이 찾아왔다. 폭스 중대의 작전구역은 사상자로 병력배치가 느슨해졌다는 사실을 빼놓고는 첫날 밤과 거의 같았다. 많은 부상자들이 구급 천막에 자기 침낭을 맡겨두고 전선으로 나가 자기 사격조에 합세했다.

하갈우리의 벤자민 리드 대위와 끊임없이 교신하던 캠벨 소위는 밤새 교란 포격을 요청했다. 그때 60밀리와 81밀리 박격포를 함께 지휘하게 된 오릴리 일병은 60밀리포를 안장목으로, 81밀리포를 바위 산등성이로 기점을 두게 했다.

고즈넉한 밤, 해병들은 중공군의 공격을 기다렸다. 가끔 맞은편에서 "핑!" 총알이 날아오면 누군가가 몸서리를 쳤다. 전장의 밤하늘은 살아남은 자들 머리 위에서 깊고 검푸르게 물들어 간다.

이제 또 전투가 시작되리라. 모든 게 불길하기만 하다. 곧 폐허가 될 땅 위에 스산한 죽음의 기운만이 감돌고 있었다.

얼어붙은 장진호에 잡혀버린 나의 생명
밝으나 어두우나 눅눅한 참호 안에 그저 초췌하게 앉아 있다.
이 세상은 영원히 끝나지 않을 선율이 흐른다
죽음의 사자조차 고개를 돌려버리고
악보는 피범벅이 된 채 젖어 있다.
쉼표, 안도의 한숨
아직도 개마 고원을 울리는 저 북소리
불협화음, 인간들이 생각해 낸 부질없는 망상

어리석게도 도취되어 퍼져간다.

죽음이 또다시 쉼표 위에서 춤추고 있다.

(이범신, 〈전선노트〉)

미군과 중공군은 1차 전투 뒤 더없이 날카로운 상태였다. 화력은 미군이 훨씬 앞섰지만, 정신력과 수적 우위를 앞세운 중공군은 노련하게 미군을 압박해왔다.

새벽 2시가 조금 넘은 시각, 중공군 제59사단 병력은 얼어붙을 듯이 매서운 추위와 싸우며 나아가고 있었다. 중공군 보병연대 중대장 차오위청은 아군이 다른 쪽에서 탐색전을 펴는 것처럼 주의를 끄는 사이 동떨어진 미군 두 부대 사이 전투경계선을 뚫고 측면공격으로 고지를 점령하라는 임무를 받았다.

살점이 떨어져 나갈 듯한 추위도 힘겨웠지만, 언제 기습당할지 모르는 불안과 긴장감에 흔들리는 미 해병들에게 심리적 압박을 모조리 준 다음 공격한다는 심산이었다. 중공군은 먼저 박격포 사격으로 미군의 반응을 짐짓 떠보자, 미군 또한 박격포를 쏘아대는 민감한 반응을 보여 곧 포격을 멈추고는 지상공격으로 바꾸었다.

차오위청은 작전명령에 따라 부하들을 이끌고 재빠르면서도 은밀히 움직여 해당 전투경계선을 무사히 지나가는 데까지는 성공했다. 그러나 다음 단계에서 전혀 예상하지 못한 상황에 맞닥뜨리고 말았다. 갑자기 앞에서 인기척이 나더니 정체불명의 집단이 어둠 속에 불쑥 나타나 가로막은 것이다.

적인가 싶어 등골이 오싹해진 그는 곧바로 교전태세를 취하며 수하(誰何)에다 손전등까지 켜서 그 정체를 확인해 보니 다행히도 아군이었다.

"뭐야. 이게 어떻게 된 거지?"

차오위청이 어이가 없어 탄식하자, 상대편 부대장이 퉁명스럽게 입을 열었다.

"자기네들이 방향을 잘못 알고 엉뚱한 쪽으로 와놓고 뭐."

그 말을 듣고 차오위청이 버럭 화를 내며 받아쳤다.

"우리 작전구역이 여긴데, 지금 무슨 소릴 하는 거야?"

저쪽 부대장도 지지 않았다.

"나중에 호되게 책임 추궁당하지 말고 어서 제대로 찾아가게. 여긴 우리 구역이 틀림없으니까."

두 사람이 목청을 높이며 옥신각신하는 동안 상황을 알아차린 미군들이 기관총과 박격포로 공격해 왔다. 중공군도 재빨리 교전상태에 들어갔으나, 그들이 몰려 있는 곳은 엄폐물도 제대로 없는 산등성이 아래쪽이었다. 양쪽 고지에서 쏟아붓는 탄막에 고스란히 갇힌 꼴이 되고 말았다. 사상자가 잇따라 나왔다. 결단을 내려야 할 순간에 몰리자 차오위청의 머리가 죄어왔다.

"모두 돌격!"

엎드린 자리에서 벌떡 일어난 차오위청은 목이 터져라 부르짖으며, 꽤 가까운 듯 보이는 고지로 나아가기 시작했다. 작렬하는 박격포탄의 섬광 속에 상관이 거침없이 달리는 광경을 본 중대원들도 각개약진의 공격진형을 펴 함성을 지르며 산등성이를 숨가쁘게 뛰어올라갔다.

순간, 바람을 가르는 날카로운 소리와 함께 날아온 무수한 총탄이 차오위청을 덮쳐들었다. 어느 순간에는 귓불을 살짝 스칠 듯 지나가기도 했다. 그러나 차오위청은 전혀 두렵지 않았다. 어쩐지 탄환이 자기를 피한다는 생각이 들 뿐, 술이나 약에 취한 듯 멍했다. 숨이 가빠 가슴이 터질 듯한데도 뭔지 모를 뿌듯한 성취감과 희열이 차올랐다.

수많은 사상자를 내기는 했지만 차오위청 중대는 기어이 목표 고지를 차지하는 데 성공했다. 마지막 한 발까지 쏘고 실탄이 떨어져 엉거주춤 일어서는 적의 경기관총 사수에게 권총 방아쇠를 당기면서도 차오위청은 적의나 증오심 같은 뚜렷한 감정은 없었다. 굳이 말한다면 어쩐지 시들하고 허탈하며 조금은 서글플 뿐이었다. 왜 그런지는 자신도 몰랐다.

몇몇 대원들이 승리의 기쁨으로 만세를 부르고 환호성을 질러댔다. 그러나 거의가 너무나 지친 나머지 그대로 널브러져 가쁜 숨만 겨우 몰아쉬었다. 차오위청은 그런 대원들을 격려해 곧바로 사주방어를 펴고 적의 공격에 대비했다.

날이 새자마자 미 해병의 반격이 시작되었다. 지난밤의 기습으로 진지를 내어준 해병들은 상처입은 자존심을 달래고 명예를 되찾고자 이 악물고 공격해 왔다. 그 저돌적인 용맹함에는 중공군들조차 깜짝 놀랄 정도였다. 게다가 보병의 움직임에 앞서 펼쳐진 무차별적이고 집중적인 야포공격과 코르세어기들의 공중 폭격은 중공군을 완전히 질리도록 만들었다.

'너희가 밤의 주인이라면 우리는 낮의 주인이다!'

미 해병 병사들은 그런 각오와 결의를 행동으로 충분히 보여주었다.

태양이 구름 사이를 뚫고 나오자 온 세상을 비추던 아침 노을이 천천히 사라지고 하늘이 새파랗게 밝아졌다. 하얀 눈은 햇빛을 받아 서늘하고도 찬란하게 빛난다.

우융추이와 대원들은 산병 구덩이 안에 몸을 숨겼다. 그들은 아무 말 없이 얼음으로 뒤덮인 벌판에 매복한 채 산기슭과 상공을 주의 깊게 살폈다. 적막이 흘렀다. 이따금 들리는 방아쇠 소리만이 이곳의 고요를 깨뜨릴 뿐이다.

서쪽에서 "쿵" 굉음이 울렸다. 은빛으로 반짝거리는 미군기가 햇빛을 받으며 산꼭대기에 가까이 붙어 날아왔다. 그들은 가지런한 형태로 기세등등하게 하늘을 날았다.

우융추이와 대원들은 이토록 많은 비행기가 하늘을 나는 광경은 태어나 처음 보았다. 그들은 구덩이에서 하늘을 쳐다보며 1대 2대 숫자를 세었다. 그러나 다음 순간 그들은 소스라치게 놀라며 뒤로 넘어졌다. 수많은 폭탄이 산꼭대기 중공군 머리 위로 떨어진 것이다.

미군기는 수십 톤, 수백 톤에 이르는 네이팜탄을 사옹령 일대 진지에 퍼부었다. 산꼭대기는 순식간에 매캐한 연기로 뒤덮였다. 흙과 돌, 눈덩어리가 하늘로 치솟고 대지가 격렬하게 뒤흔들렸다.

미군기 한 무리가 사라지자 또 한 무리가 날아온다. 머잖아 하늘에서 또다시 네이팜탄 수십 개가 떨어졌다. 순식간에 주위는 불바다로 변했다. 불똥이 곳곳으로 튀어 돌은 그을리고 나무는 하나도 남김없이 타버렸다. 사옹령 진지는 짙은 연기와 사나운 불길에 휩싸이고 말았다.

루이후이는 징을 품 안에 넣고 부둥켜안았다. 전쟁과 맞닥뜨리기 전, 우융추이는 징이 네이팜탄에 불타지 않게 잘 보관하라고 루이후이에게 지시를 내렸다.

"대대장님, 걱정하지 마십시오. 제 목숨보다 더 소중하게 지키겠습니다."

공중 공격이 끝나자 이어 전차부대의 포격이 시작되었다. 미군의 포격은 막강했다. 포격 불길은 한 줄로 길게 늘어서 산 아래에서부터 산기슭과 중턱을 지나 꼭대기까지 빈틈없이 짓이기며 쓸고 올라왔다. 참빗으로 머리를 빗듯이 개미 한 마리조차 놓치지 않았다. 포성이 온 땅을 뒤흔들었다.

주위가 온통 사나운 불길과 희뿌연 연기로 가득 차오르자 우융추이와 병사들은 마치 찜통에 있는 듯했다. 이 막강한 화력에 맞서 그들이 할 수 있는 거라곤 고작 미군이 만들어 놓은 산병 구덩이에 몸을 숨기는 일뿐이었다. 산기슭과 중턱에 셀 수 없이 많은 포탄 구덩이가 생겼다.

우융추이는 다치지 않은 병사들에게 포탄 구덩이로 몸을 숨기라고 소리치며 자신도 포탄 구덩이로 기어들어갔다. 뤼따꺼와 두궈싱과 루이후이는 우융추이 뒤를 따라붙었다. 모두들 귀가 멍멍했다. 얼굴과 온몸으로 얼음 조각과 먼지가 가득 떨어졌다. 병사들은 머리와 몸이 불꽃으로 휩싸여 비명을 질렀다. 병사 몇몇은 폭발음과 함께 흔적도 없이 사라졌다.

포격이 그렇게 한차례 지나가자 산 아래에서 쇠사슬 굴러가는 소리가 울렸다. 10대 남짓한 전차가 일자로 늘어서서 산기슭을 따라 올라오고 전차 뒤로 미군 병사들이 무리를 지어 올라왔다.

"대대장님, 전차가 올라옵니다!"

뤼따꺼가 놀라 소리쳤다.

"당황하지 마라!"

우융추이는 큰 소리로 외치며 천천히 올라오는 전차를 바라보았다. 중공군이 있는 산기슭은 드넓은 평지지만 경사도가 지형 높이에 따라 차츰 커져 위로 올라갈수록 가팔랐다. 우융추이는 전차가 진지까지 올라오지 못하리라 굳게 믿었다. 그러나 보루와 진지로 엄호한 보병들이 돌격해 왔다. 우융추이의 명령이 떨어졌다.

"전차는 놔두고 보병을 쳐부숴라! 30미터까지 다가오면 수류탄을 던져라!"

몸이 온전한 병사들은 수류탄 핀을 뽑고 포탄 구덩이와 산병 구덩이 가장자리에 하나씩 놓았다. 그 다음 낮게 엎드린 채 미군이 올라오기를 기다렸다.

우융추이의 짐작대로 중형전차는 올라오지 못했다. 200미터 거리에서 멈춰 총과 대포를 쏘아댔다. 화염과 연기가 자욱할 뿐 침묵의 진지는 마냥 고요하기만 했다.

미군 지휘관들은 중공군이 모두 죽었다고 확신했다.

'거세게 퍼붓는 공중 폭격과 전차포격으로 온 주위가 불바다로 변했다. 아무리 운이 좋은 자라 해도 살아남지 못하리라. 개미 한 마리조차 파멸의 구덩

이에서 빠져나오지 못하리라.'

하지만 예외는 늘 일어나기 마련이었다. 낯모르는 상대와 싸우는데 일어나지 못할 상황이란 없다. 게다가 중공군의 전법은 아주 색다르다. 그들은 결코 상식대로 패를 드러내지 않는다. 화염과 연기 속에 몸을 숨긴 채 잔뜩 도사렸다가 갑자기 뛰쳐나와 무섭게 공격할지도 모르는 일이었다.

그래서 선상 경험이 풍부한 미군 지휘관들은 병사들이 M-26 전차의 엄호를 벗어나 산꼭대기로 나아갈 때 신중히 행동하라는 명령을 내렸다.

리첸버그 연대장과 해리스 대대장은 산 아래 지휘소에 앉아 이번 공격을 이끌었다. 그들의 전투수첩에 '화력' 두 글자가 적혀 있었다. 그들에게는 곧 '화력'을 뜻한다. 공중 폭격과 전차포격이 끝나자 두 사람은 사응령 진지를 손에 넣었다고 자신했다.

미군은 대열을 흩뜨려 조금씩 나아갔다. 머리를 내밀고 두리번거리며 세심하게 주위를 살폈다. 그들은 우융추이 진지로 차츰 다가갔다. 즐비하게 늘어선 포탄 구덩이에서 연기가 피어오르고 화약 냄새가 코를 찔렀다.

두궈싱은 수류탄 2개를 손에 꽉 쥐고 흥분한 투로 우융추이에게 말했다.

"미군놈들이 왔습니다. 수류탄을 던지죠, 대대장님!"

우융추이는 언짢은 표정으로 두궈싱을 힐끗 쳐다보며 목소리를 낮춰 말했다.

"자네가 지휘하나?"

우융추이는 속으로 발걸음을 계속 세었다. 미군이 30미터 거리 앞까지 다가왔다. 그는 조금 더 가까이 다가오기를 기다렸다. 가까워질수록 돌발상황에 더욱 당황할 테고 한결 정확하게 맞추리라 여겨졌다. 우융추이는 속으로 조용히 헤아렸다.

'1, 2, 3, 4, 5……'

다섯 걸음이 지났다. 우융추이가 목청 높여 소리쳤다.

"징을 울려라!"

우융추이의 말이 채 끝나기도 전에 긴박한 리듬을 타고 징 소리가 거세게 울렸다. 수류탄이 포탄 구덩이와 산병 구덩이 안에서 날아갔다. 수류탄이 미군의 머리와 등에서 터지고 다리 밑으로 굴러떨어졌다. 단 몇 초만에 미군 주위는 하얀 연기를 내뿜는 수류탄으로 에워싸였다.

미 해병은 이토록 수많은 수류탄이 빗발치듯 떨어지는 광경은 처음 맞닥뜨렸다. 이런 상황에 대한 훈련을 한 적도 없었다. 금속을 두드리는 소리와 함께 미군의 몸과 다리 아래로 떨어진 수류탄은 고막이 찢어질 듯한 시끄러운 폭발음을 내며 터졌다. 미군의 다리는 잘려 나가고 얼굴은 피범벅이 되었다. 그들의 철모는 여기저기 굴러다녔다.

폭발음이 멈추기 전에 우융추이가 크게 외쳤다.

"싸워라!"

우융추이는 머리를 땅에 숙인 채 엉덩이를 치켜들고 이리저리 피하는 미군에게 모제르총을 겨눴다. 일제히 이곳저곳에서 총성이 한바탕 시끄럽게 울려 퍼졌다. 그들은 서로 뒤엉켜 사납게 싸웠다. 굶주림과 추위에 시달리던 중공군은 죽기 살기로 뛰어난 장비를 가진 미군을 완전히 제압했다.

미 해병들은 황급히 달아났다. 그들이 남긴 반격의 총소리가 뿔뿔이 흩어졌다. 미군은 줄행랑을 치듯 산 아래로 물러났다.

두궤싱은 오른발은 구덩이 바닥을 딛고 왼발은 포탄 구덩이 옆에 걸친 채 달아나는 미군들의 등을 체코식 경기관총으로 겨냥해 마구 갈겨댔다. 우융추이는 그의 뒷덜미를 세차게 잡아당기고는 엄하게 꾸짖었다.

"죽고 싶어 환장했나! 그렇게 앞에 나서서 뒤지고 싶어?"

두궤싱이 포탄 구덩이 안으로 엎어지자마자 중기관총 탄환 하나가 그들 머리를 스쳐 지나 땅바닥에 박혔다.

산비탈 아래 정렬했던 미군 중형전차는 으르렁거리며 화포를 쏘기 시작했다. 화포의 포탄이 중공군에게 날아와 눈바닥에서 폭발하자 눈덩이와 진흙, 돌멩이들이 춤추듯 공중으로 흩날렸다.

한편, 산꼭대기는 무서우리만큼 조용했다. 전장에서 쓰러진 이름 모를 미 해병 몇십 명은 그곳에 반듯이 누워 눈이 시리도록 새파란 겨울 하늘을 바라보았다. 의식은 갈수록 흐려지고 졸린 듯 눈은 자꾸만 감겨 온다. 싸늘하게 식은 햇빛이 뻣뻣하게 굳어가는 그들의 몸을 어루만지듯 비추고 있었다.

그 무렵 우융추이는 병사들에게 탄약을 모으고 잘 정리해 다가올 전투에 대비하라고 지시했다. 가까스로 미군의 공격을 막아 진지를 지켜낸 우융추이는 좀처럼 긴장을 풀지 않았다. 조금 전 공중 폭격과 전차포격으로 사상자가 많았다.

'우리에겐 탄약이 이제 거의 없다. 미군기와 전차로부터 우리를 지켜줄 수 있는 것은 간단하게 지은 보루와 진지가 전부이다. 맹수 같은 미군의 막강한 공격 앞에 빈틈을 보여서는 안 된다.'

우융추이는 남겨 놓은 통조림과 과자를 병사들에게 다시 나눠주었다. 병사들은 딱딱한 통조림과 과자를 먹기 시작했다. 목이 메면 차가운 눈 한 줌을 집어 입에 넣고 음식과 함께 씹었다.

두 시간이 지나자 미군은 다시 공격해 왔다.

지난번처럼 공중 폭격 뒤에 이어진 포격이 고지를 휩쓸었다. 포격이 끝나자 퍼싱전차가 앞장서며 미군 병사를 엄호했다. 미 비행기와 전차, 대포의 연합공격을 겪은 우융추이와 병사들은 그 과정에서 미군의 위력을 다시금 깨달았다. 몹시 요란하게 울리는 소리와 함께 미군기 한 무리가 서쪽 하늘에서 검은 구름처럼 떼 지어 나타났다.

우융추이는 루이후이에게 징을 잘 간직하라고 다시 한 번 단단히 일렀다. 루이후이는 말없이 자신의 가슴 아래 야무지게 묶어 둔 징을 가리켰다. 뤼따꺼는 루이후이가 한 방법대로 우융추이의 털외투를 접고 또 접어 자신의 몸 아래에 놓고 튼튼하게 동여맸다.

미군의 전투폭격기 한 무리가 사웅령 진지 위로 날아왔다.

눈 깜짝할 사이, 침묵이 흐르던 산내들은 어마어마한 폭음을 울리며 진동과 함께 짙은 연기와 불꽃으로 뒤덮였다. 돌과 흙은 검게 변하고 꽁꽁 얼었던 눈이 녹아 흐르며 여기저기 김들이 피어올랐다.

두궈싱의 이불을 고쳐 만든 외투에 불길이 번졌다. 그의 온몸에서 연기가 뿜어져 나왔다.

"불, 불!"

뤼따꺼는 다급하게 말과 손짓으로 이 위험한 상황을 전혀 모르는 두궈싱에게 알렸다. 산꼭대기와 산허리가 온통 불바다로 변했다.

두궈싱은 뤼따꺼의 고함 소리를 듣고서야 미군기가 떨어뜨린 네이팜탄이 자신의 몸을 불태우고 있음을 알아차렸다. 옷을 벗어버리기에는 이미 늦었다. 그는 눈 쌓인 땅 위를 정신없이 구르고 또 굴렀다. 뤼따꺼가 달려와 미군 방한용군화를 신은 발로 두궈싱의 옷에 붙은 불을 밟고 털어냈다. 눈이 녹아 흘러내리는 물과 뤼따꺼의 도움으로 마침내 불씨는 꺼졌다.

타오르는 불은 꺼졌지만 그의 몸에서는 연기가 줄곧 피어올랐다. 두궈싱의 외투 절반이 불에 타 형체를 알아볼 수 없게 되었다. 그는 화가 치밀어 올라 자신의 머리 위를 돌아다니는 미군기를 쏘아보며 욕설을 날렸다.

전위대대는 미군의 거센 공격을 세 차례 막아내면서 절반으로 확 줄었다. 그들은 보루와 진지가 제대로 갖추어지지 않아 이렇다 할 엄호를 받지 못했다. 미군의 막강한 화력에 맞서는 중공군 화력은 너무나도 보잘것없었다. 항공기, 대포, 전차 화력을 앞세운 미군의 공격이 끝난 뒤 우융추이가 이끈 부대의 사상자는 이루 헤아릴 수 없었다.

위급상황에 처하자 산 아래 머물던 예비부대 50여 명이 빠르게 올라와 힘을 보탰다. 하지만 곧바로 이어진 미군의 공격으로 그 피해는 극에 다다랐다. 진지는 지켜냈지만 전투를 이어갈 수 있는 병사가 고작 50여 명뿐이었다. 병사들의 몸은 폭탄에 의한 상처나 동상과 화상으로 생긴 상처로 엉망이었다. 게다가 다른 고지를 공격하고 막아낸 100여 명 병사들의 상황은 더욱 참담했다. 그들은 진지를 빼앗기고 거의 전멸하다시피 했다.

사응령 전투가 시작되기 전 우융추이의 전위대대는 300여 명이었지만, 하루가 지나고 산 위에 살아남은 병사와 산 아래 남겨진 부대를 모두 합쳐도 100여 명이 채 안 되었다. 참으로 가혹하고도 참담한 현실이었다. 우융추이는 이렇게 내리 싸울 수 없다고 생각했다.

어둠이 깔리자 기온이 급격히 떨어졌다. 매서운 추위가 모든 것을 삼켜 버렸다. 네이팜탄의 폭발로 녹았던 눈이 다시 얼어붙기 시작했다. 산병 구덩이와 포탄 구덩이 안은 얼음으로 가득 차 병사들 발은 꽁꽁 얼어 움직여지지 않았다. 잔뜩 힘을 줘야 겨우 얼어버린 두 발을 내디딜 수 있었다.

그때 우융추이가 명령했다.

"내려가서 미군놈들 시체를 뒤져 탄약이든 식량이든 찾아봐."

루이후이가 말했다.

"잘 아시지 않습니까. 남은 거라곤 기껏 미군놈들 팬티뿐입니다."

누구도 선뜻 내려가지 않았다. 이미 미군 시체가 있는 이곳 저곳을 뒤져 쓸 수 있는 탄약은 모두 가져왔다. 다시 가서 뒤져본다 해도 아무것도 찾을 수 없으리라. 그래서 우융추이도 더는 재촉하지 않았다.

두궈싱이 우융추이에게 알렸다.

"탄창이 반 남았습니다. 수류탄은 하나도 없습니다."

뤼따꺼도 보고했다.

"총알 2발이 남았습니다."

루이후이가 말했다.

"수류탄 2개가 남았습니다."

모두 자신이 지닌 남은 탄약을 알려왔다. 결과는 우융추이의 예상대로 절망스러웠다. 우융추이는 어떤 말도 하지 않았다.

탄약도 군량도 이제 없다. 영하 몇십 도의 추위로 병사들이 겪는 고통은 쉽게 짐작할 수 있었다. 그러나 우융추이는 이 추운 밤이 두렵지 않았다. 오랜 시간 훈련으로 다져진 고집스러운 기개와 불굴의 의지로 그는 이 밤을 견디며 사응령 진지를 결연히 지켜내리라.

'미군은 감히 이 어두운 밤에 또다시 올라오지 못한다. 하지만 날이 밝은 뒤에는? 그때는 어떡한단 말인가? 내일이면 미군놈들은 반드시 다시 공격을 해올 테고, 더욱 강력하고 거셀 것이다. 전투폭격기, 전차, 대포의 연합공격은 더 빠르고 더 매서울 테지. 남아 있는 병사들이 얼마나 버틸 수 있을까……'

우융추이와 대원들은 죽음이 전혀 두렵지 않았다. 하지만 문제는 그들이 죽으면 미군들은 섬멸되지 않는다는 사실이었다. 문득 우융추이는 하갈우리 비행장을 공격했을 때 휘신밍이 그에게 했던 말이 떠올랐다. 그때 휘신밍이 아니었다면 우융추이 부대는 모두 쓰러졌으리라. 그러면 사응령 진지 습격으로 얻은 승리도, 오늘 이 순간도 없을 것이다.

'빌어먹을! 맨주먹으로 미 해병의 공격을 어찌 막을 수 있단 말인가.'

우융추이에게 망설임 없이 결단을 내릴 순간이 찾아왔다. 그는 조용히 저 멀리까지 걸어갔다. 포탄 구덩이에 웅크리고 앉아 두 손으로 머리 위 모자를 끌어안았다.

그는 거듭 생각을 곱씹으며, 지금으로선 방법은 한 가지뿐이라고 굳게 믿었다. 아니, 어쩌면 이 처참한 궁지에서 달아나고자 억지로 현실과 타협한 것인지도 몰랐다.

뤼따꺼는 우융추이와 병사들이 처한 곤경과 내일 곧 다가올 참혹한 상황을 알고 있었다. 지금 이 순간 그는 우융추이의 심정이 어떨지도 짐작이 갔다.

우융추이가 있는 포탄 구덩이 옆으로 걸어가 뤼따꺼는 땅에 웅크린 뒤 조심스레 말을 꺼냈다. 시커먼 어둠이 둘을 집어삼킬 것 같다.

"산 아래 남겨 놓은 병사들을 올라오도록 하는 게 어떨까요?"

우융추이는 두 눈을 치켜뜨고 윽박질렀다.

"멍청이! 올라와서 다 죽으라고?"

"무슨 방법이 있습니까?"

잠시 침묵이 흘렀다. 우융추이는 뤼따꺼에게만 은밀히 알려주었다.

"날이 밝기 전에 부대를 철수한다."

뤼따꺼가 놀라 눈을 크게 떴다.

"부대가 물러나면 진지는 어떡하고요? 휘 훈련관님이 그러자고 할까요?"

우융추이가 야단치듯이 답했다.

"그러니 자네가 바보라는 거지! 낮에는 물러났다가 밤에는 다시 올라오자고. 밤에만 미군놈들과 맞붙어 싸우는 거야."

뤼따꺼는 우융추이의 계획이 이치에 맞아떨어진다고 여겼다. 낮에는 미군기의 폭격 때문에 꼼짝할 수 없어도 야간전투만큼은 중공군이 훨씬 앞선다고 생각했다. 그러나 한편으로는 걱정스러워 우융추이에게 살짝 말을 건넸다.

"훈련관님이 동의하지 않을 것 같습니다."

"걱정은 붙들어 매! 틀림없이 나와 같은 생각일 거야."

우융추이는 아주 멀리 칠흑 같은 어둠 속을 쳐다보았다. 휘신밍이 서 있다. 너무나 고요해 보이는 후방을 바라보며 뤼따꺼에게 말했다.

"저기 있군. 그도 그렇게 결정할 거야."

그러나 우융추이의 예상은 빗나갔다.

26
하늘을 나는 화차

새벽빛마저 얼어붙을 만큼 추운 날이다. 밤을 하얗게 새운 휘신밍은 란쓰옌이 떠준 하늘색 털장갑을 끼고 진지 앞 길가를 무겁게 거닐었다. 그는 사옹령에서 날마다 들려오는 포격 소리와 미군기의 우르릉대는 소리에 먼저 올라간 우융추이 부대가 걱정이 되어 도무지 잠을 이룰 수 없었다. 한참을 서성이던 휘신밍은 진지에서 내려오는 우융추이와 피로에 지친 대원들을 보았다. 맨 앞에 걸어오는 우융추이의 얼굴은 몹시 어두웠다.

병사들의 얼굴은 연기로 검게 그을렸고 몸은 내내 한기를 내뿜었다. 얇은 옷은 진흙과 얼음 범벅이었다. 더러워진 붕대로 머리를 감싼 병사, 천 조각을 이어 팔을 동여맨 병사, 나무 막대기로 땅을 짚고 절룩이며 걷는 병사…… 병사들 옷은 포탄 폭격으로 너덜너덜해졌다. 목화솜이 찢겨진 옷 사이로 빠져나왔고 몇몇은 옷이 불에 타버려 검게 변했다. 엉망으로 망가져 버린 허수아비를 보는 듯했다. 이들 몇십 명은 무기를 손에 단단히 쥐어잡거나 어깨에 걸치고 금세라도 쓰러질듯 비틀거리며 휘신밍에게 다가왔다. 그러나 그들의 눈빛만큼은 반짝였고 얼굴에는 굳은 의지마저 보였다.

휘신밍은 눈짐작으로 병사들 수를 헤아렸으나 아무리 세어봐도 50여 명밖에 되지 않았다. 그의 가슴이 무거운 쇳덩이가 떨어진 것처럼 철렁 내려앉았다. 휘신밍은 위융시앙과 왕산을 소리쳐 불렀다.

그때 병사들이 쏜살같이 달려와 사옹령 진지에서 내려온 생존자들을 바람을 피해 쉴 수 있는 곳으로 부축해 이끌었다. 위융시앙과 왕산은 꽁꽁 언 감자가 반쯤 담긴 광주리 하나를 가져왔다. 그들에게 남은 유일한 식량이었다. 한 사람에게 2개씩 돌아갔다. 광주리는 어느새 바닥을 드러냈다.

휘신밍은 조용히 우융추이를 바라보았다. 그는 매우 지치고 힘들어 보였는데, 감자도 먹지 않고 바위에 걸터앉아 있었다. 한참을 그렇게 아무 말이 없자 훠신밍이 먼저 입을 열었다.

"왜 모두 내려왔나? 내가 곧 남은 병사들을 이끌고 도우러 갈 참이었는데."

우융추이는 손을 내저었다.

"훠 형, 이틀 밤낮을 꼬박 싸웠어. 먹지도 마시지도 못하고…… 탄약도 모두 떨어져 더는 어쩔 수가 없었지."

훠신밍이 물었다.

"적군이 공격했나?"

"적군이 공격하는데 우리가 어떻게 내려올 수 있겠어?"

훠신밍의 표정이 굳었다.

"그럼 진지를 스스로 버렸단 말인가?"

우융추이는 피곤한 얼굴로 말했다.

"미군놈들 화력이 너무 세. 낮에는 도무지 맞서 싸울 방법이 없어."

"싸울 방법이 없었는데도 이틀 동안 지키지 않았나?"

"그래, 이틀이나 지켰지. 하지만 대원들을 한번 봐. 3백 명이 올라갔지만 이제 몇이나 남았지? 여기 있는 사람들이 다야."

훠신밍 또한 남은 인원들이 너무나 적어서 충격받았지만 내색하지 않았다.

'전투와 임무에는 늘 희생이 따르기 마련이다. 안타까운 일이지만 어쩔 수 없다. 어떤 희생을 치르더라도 전체 작전을 위해 진지를 사수하는 것이 지금으로서는 최선이야.'

훠신밍이 차갑게 말했다.

"아무리 사상자가 나더라도 진지는 반드시 지켜내야 해."

그의 말투가 우융추이의 기분을 언짢게 했다.

"누가 진지를 사수해야 한다는 걸 몰라? 문제는 미군기와 전차, 대포의 연합공격이야. 폭탄이 터져 모두 다 날려버렸어. 다 죽고 나면 대체 누가 진지를 지키나?"

그러나 훠신밍은 그렇게 생각하지 않았다.

"난 자네 행동에 동의하지 않아. 자넨 멋대로 진지를 벗어난 거야."

"어째서 이탈이란 말이야? 훠 형?"

우융추이의 목소리가 한결 높아졌다.

"낮에는 물러났다가 밤에 되찾는 거야!"

"그것도 안 돼!"

휘신밍도 목청을 높였다.

"사단장님과 정치위원님이 우리에게 반드시 지키라고 했어. 진지에서 한 발도 벗어나지 않고 병사가 한 명도 남지 않을 때까지 싸우라고 말이야."

우융추이가 받아쳤다.

"한 사람도 남지 않을 때까지 싸운다? 전투는 그렇게 무턱대고 해서는 안돼. 머리를 써야지, 머리를!"

어이가 없어 우융추이는 웃음이 나왔다. 그는 휘신밍에게 되물었다.

"어쩜 형은 그리도 융통성이 없어? 아무도 없는데 대체 무엇을 지키란 거야?"

휘신밍은 굽히지 않았다.

"모두 변명에 지나지 않아. 자넨 그저 명령을 따르지 않은 것뿐이야."

"명령을 따르지 않았다니? 낮에 물러나고 밤에 올라가 싸울 거야. 진지는 여전히 우리 거야. 이만하면 미군놈들을 쳐부술 수 있는 전략전술 아닌가?"

말을 마친 휘신밍이 다시 입을 열었다.

"자네 잘못을 그런 식으로 합리화하지 말게. 자넨 그저 죽음이 두려워 겁먹고 달아난 것 뿐이니까."

순간 우융추이의 낯빛이 어둡게 변했다. 그는 굳은 얼굴로 말했다.

"마음에도 없는 말 하는 거 알아. 이 우융추이가 언제 겁먹고 달아난 적 있었나? 내가 언제 죽음을 두려워했어? 휘 형은 아직도 날 이해 못한단 말이야?"

휘신밍은 말이 없었다. 조금 전 자신의 말이 조금 지나쳤다고 생각했다. 그는 흥분한 마음을 가라앉히고 차분하게 말을 이어나갔다.

"아무튼 명령 위반이니 상부에서 그냥 넘어가지는 않을 거야."

"위에서 어쩔 것 같은데? 내 목을 자르기라도 할까봐?"

그러면서도 우융추이는 마음이 편치 않았다.

"난 달아난 것도, 겁먹고 진지를 버린 것도 아냐. 오로지 전술을 바꿨을 뿐. 그렇지 않으면 달걀로 바위 치는 격일 테니까. 하갈우리 비행장에서 형이 그렇게 말했잖아! 모두 잊었어?"

"맞아. 내가 그렇게 말했지. 하지만 그때와는 상황 자체가 달라!"

"내가 보기에는 비슷해. 그 미군놈들, 모두 미 해병 1사단이라고. 거기서 싸우든 여기서 싸우든 똑같이 싸우는 거야!"

우융추이는 물러서지 않았다.

휘신밍은 잠시 말문이 막혀 눈 쌓인 벌판을 이리 왔다 저리 갔다 했다. 그는 안경을 벗어 한참을 닦았다. 이윽고 무언가 결심을 내린 듯, 다시 안경을 쓴 뒤 차분히 말했다.

"싸우느라 힘들었을 텐데 좀 쉬게나. 내가 예비부대를 이끌고 진지를 되찾고야 말겠어."

"그건 안 돼! 가더라도 밤에 올라가. 우리 모두 함께 가자."

우융추이가 말리자 휘신밍이 더 힘주었다.

"명령을 어기고 진지를 버린 건 아주 심각한 일이야. 잘 알잖나? 아직 늦지 않았어. 만일 지금 진지를 되찾지 않으면 상황은 더욱 나빠질 거야!"

하지만 우융추이는 대수롭게 여기지 않았다. 무엇 때문에 낮에 전투를 벌여 불필요한 희생을 치른단 말인가. 미군의 공습과 화력은 이미 충분히 실감하는 터였다. 그는 어둠을 틈타 공격하면 손쉽게 진지를 되찾고 사상자도 훨씬 줄어들 거라 여겼다.

"얼마나 심각해지는데? 우리는 적군의 화력을 겨우 피할 수 있을 뿐이야. 달빛이 흐리고 바람이 세차게 몰아칠 때 올라가면 돼. 진지는 여전히 우리 거야."

그러나 그렇게 쉽게 생각할 문제가 아니었다. 이번에도 우융추이의 예상은 빗나가고 말았다.

사응령 진지는 하갈우리에서 유담리로 가는 길목을 지키고 있다. 마치 굶주린 호랑이 한 마리가 미 해병 제1사단의 팔을 한입에 물어 뜯는 것과 같다. 이 고지를 차지한다면 유담리를 지키면서 하갈우리까지 바라보게 되리라. 하갈우리와 유담리 사이 연결을 완전히 끊고 하갈우리와 유담리 곳곳에 자리한 적군을 에워싸 모조리 쳐부술 수 있는 기회였다.

하지만 우융추이 전위대가 그 사응령 진지를 포기하고 내려와 버렸다. 주위의 크고 작은 주요 고지도 함께 잃고 말았다. 유담리와 하갈우리는 다시 하나로 이어졌다. 이 두 지역의 미군을 떼어 놓고 포위하여 모조리 무찌른다는 계획은 그만 물거품으로 돌아갔다. 그 누구라도 책임을 피할 수 없게 되었다.

전위대대가 스스로 사응령 1419.2 주요 진지를 버렸다는 보고를 받자 장홍시는 얼굴이 붉으락푸르락하면서 마구 소리를 질렀다.

"우융추이 이놈, 감히 진지를 버려! 겁도 없이 제멋대로 굴다니!"

장홍시는 분노를 못 이겨 손바닥으로 나무탁자를 세차게 내리쳤다. 탁자가 몹시 흔들리자 촛대가 흔들리고 연필, 지도, 미국 담배도 같이 떠올랐다가 내려갔다. 지도는 마치 얼어붙은 듯 보이고 담뱃갑에 그려진 등이 굽은 낙타가 깜짝 놀라 솟구쳐 뛰어올랐다가 떨어진 것 같았다. 연필은 아직도 흔들리고 있다. 담배는 우융추이가 사람을 시켜 보내온 전리품이었다.

사단 사령부 사람들은 장홍시가 이토록 불같이 화내는 모습을 본 적이 없었다. 모두 일이 심상치 않다고 여겼다. 멍빠오둥도 사태의 심각성을 알아차렸다. 사응령은 전위대만의 문제가 아니었다. 우융추이의 그릇된 판단으로 중공군의 모든 작전전략이 모조리 어긋날 위험에 처한 것이다.

장홍시는 뒷짐을 지고 동굴을 왔다 갔다 하며 혼잣말을 했다.

"제멋대로 행동하다니! 절대로 가만두지 않겠어!"

서슬 퍼렇게 화를 내는 장홍시 때문에 방에 있는 모두는 입을 꾹 다문 채 불안한 표정으로 눈치만 살폈다.

사단 사령부는 초라한 광산 안에 자리했다. 축축하고 어두컴컴한 데다 한기가 덮쳐 오지만 얼음과 눈으로 뒤덮인 벌판보다는 한결 나았다. 장홍시와 멍빠오둥은 미군 외투를 걸쳤다. 장진호 전투가 시작되기 전 우융추이가 이끈 정찰조가 미군과 조우전을 치르고 얻은 전리품이었다. 그밖에 정찰조는 작전지도, 라디오, 외투 2벌과 오리털 침낭 2개를 가져왔다. 장홍시와 멍빠오둥은 밤이 되면 이 오리털 침낭 안에서 추위를 견디며 잠을 잤다. 덕분에 그들의 생존여건은 크게 나아졌다.

멍빠오둥은 이리저리 왔다 갔다 하는 장홍시를 바라보며 말했다.

"당황하지 말게. 상황파악이 먼저야. 관건은 사응령을 다시 빼앗는 거야."

불같이 끓어오르는 화를 간신히 참으며 장홍시가 말했다.

"적군의 화력이 저토록 매서운데 어떻게 다시 빼앗는단 말인가? 지금으로선 돌격할 수 없네."

미군의 화력은 너무나 강력했다. 포대와 기름지게 때문에 낮에는 전투는커녕 숨어 있는 것이 고작이었다. 전위대에게는 맞설 만한 무기도, 공습을 피할 방공호도 여의치 않았다. 병사들은 하늘을 새카맣게 덮으며 떨어지는 폭탄에 볏짚처럼 덧없이 쓰러져 갔다. 비록 스스로 진지를 포기하고 내려온 것은 꽤 씸했지만, 이런 상황에서 우융추이 탓만 할 수도 없는 노릇이었다.

멍빠오둥은 옆에 있는 작전과장에게 물었다.

"전위대대 속셈은 뭐지?"

"그들의 계획은 적군의 막강한 화력을 피하는 일입니다. 낮보다는 밤에 반격해 사웅령 1419.2진지를 되찾는 겁니다."

작전과장이 대답하자 장훙시가 물었다.

"몇 명이나 남았나?"

작전과장은 힘없이 대답했다.

"사상자가 많습니다. 100여 명 남았습니다."

장훙시가 다시 물었다.

"전위연대 상황은 어떤가?"

"전위연대의 상황도 다를 바 없습니다. 밤에 공격하고 낮에 철수합니다. 부상과 동상으로 인원이 크게 줄었습니다. 전투를 계속할 수 있는 병사들이 그리 많지 않습니다. 현재 상황은……."

그는 장훙시의 얼굴이 또 붉으락푸르락하는 걸 보고 조심스럽게 덧붙였다.

"사웅령 일대의 크고 작은 산꼭대기 진지는 미군에게 거의 함락되었습니다."

장훙시가 다시 나무탁자를 쾅 쳤다.

"정확히 보고하게! 도대체 우리 쪽 진지는 몇 군데가 남았나!"

작전과장은 온몸을 잔뜩 움츠리고 기어 들어가는 목소리로 답했다.

"모두 함락되었습니다."

동굴 안이 물을 끼얹은 듯 고요해졌다. 참모들도 아무 말 없이 서 있을 뿐 그 누구 하나 감히 소리를 내지 못했다. 돌천장의 갈라진 틈 사이로 흘러나온 물방울만이 똑똑 소리를 내며 사령부의 적막을 깨뜨렸다.

장훙시는 한숨을 내쉬었다. 그는 매우 실망한 표정이었다.

"다 끝났네. 나 장훙시는 끝장났어. 이제 우리 사단은 이 일로 끝이네. 난 그동안 밥만 축낸 거야. 군단장님의 처분을 기다려 보세."

멍빠오둥이 재빨리 말했다.

"이런 상황이 우리에게만 있는 건 아닐 걸세. 다른 사단과 군단도 같은 상황일 테지. 진지를 어떻게 되찾을지 그 방법을 찾아야 해."

장홍시가 무겁게 입을 열었다.

"방법은 오직 하나뿐이네. 싸울 수 있는 병사들을 몽땅 모아서 다시 공격부대를 짜고 반격하는 거야. 오늘 밤 난 진지로 올라갈 거네. 사응령을 되찾지 못하면 돌아오지 않겠어."

멍빠오둥은 소리내 크게 한숨을 내쉬었다.

'일을 너무 감정적으로 처리하는군. 사단장이 부대를 이끌고 산꼭대기로 올라가면 정치위원인 나는 대체 무엇을 하지? 이런 조급함은 전술이 될 수 없어.'

멍빠오둥은 이 말이 목구멍까지 올라왔지만 차마 내뱉지 못하고 집어삼켰다. 그는 장홍시의 심정을 충분히 헤아릴 수 있었다. 부대가 진지를 빼앗겼고 임무를 제대로 해내지 못했다. 만일 이대로 미 해병 제1사단을 놓친다면 영원한 죄인이 되고 만다. 그러나 멍빠오둥은 생각했다

'진지를 빼앗긴 일은 한 사람의 잘못이나 책임으로 돌릴 수 있는 게 아니야.'

장홍시와 멍빠오둥은 패한 전투로 마음이 몹시 무거웠다. 지도자 몇 명은 긴급회의를 열었다.

'온갖 방법을 다 써서라도 군량과 탄약을 채우고 오늘 밤 모든 전선에서 반격하라.'

이것이 그들이 내린 결론이었다. 장홍시가 부대를 이끌고 산꼭대기를 공격할 수는 없다. 그는 사령부 작전과장을 전위대대에 보내 군량과 탄약을 조금 전달했다. 또한 작전과장의 지도감독 아래 부대원들의 사기를 북돋우고, 다른 부대가 하갈우리와 유담리에 머물고 있는 미군을 무너뜨릴 수 있도록 사응령 진지를 되찾아 지키라고 지시했다.

"우융추이를 쉽게 용서하면 안 되네."

회의가 끝났을 때 장홍시가 여전히 단호하게 말했다.

"그 어떤 이치라도 군인은 명령을 거스를 수는 없네. 군 기강이 허물어지면 적과 싸울 수 없어!"

장홍시는 나무탁자 위에 놓인 미국 담배를 보며 덧붙였다.

멍빠오둥은 장홍시 눈길이 낙타가 그려진 담뱃갑에 머물러 있는 걸 보고 서둘러 입을 열었다.

"우리 체면을 세워주고 서양 물건도 가져다주었네. 그를 끌어내리면 섭섭해 하지 않겠나."

장홍시는 멍빠오둥의 얼굴을 쳐다보고는 속마음을 떠보려 물었다.

"공은 공이고 잘못은 잘못이네. 옳고 그름을 분명히 해야지. 상과 벌은 제대로 해야만 하네. 공적이 있다면 물론 기록해야지. 그러나 은근슬쩍 잘못을 눈감을 수는 없어. 처분은 꼭 해야 하네."

"어떻게 처리할 셈인가?"

멍빠오둥이 이렇게 묻자 장홍시는 모질게 말했다.

"대대장직에서 물러나게 하게. 부대대장으로 강등해! 작전과장도 보내야겠어. 공을 세워 속죄하도록 말이야. 대신 휘 훈련관에게 대대장을 맡기게."

멍빠오둥은 이 처분이 우융추이가 전투를 이끄는 데 크게 영향을 주는 것도 아니라고 생각했다. 장홍시의 말처럼 이번 전투에서 공을 세워 다시 대대장으로 올라가면 그만이었다. 멍빠오둥은 이제부터 휘신밍에게 대대장직을 맡긴다 해도 전투지휘는 우융추이가 하리라 여겼다. 그래서 더는 토를 달지 않고 장홍시의 지시에 따르기로 했다.

우융추이는 상부의 명령 대신 살아남은 부대원들의 목숨을 골랐다. 그는 자신의 결정 때문에 대가를 치렀지만, 그 가치에 비하면 아주 작은 것이었다.

중공군은 애써 빼앗았던 전략지점들을 포기하고 썰물처럼 빠져나가기 시작했다. 고지 주변 산등성이에는 지난밤 전투로 목숨을 잃은 주검들이 헤아릴 수 없이 널려 있었으며, 아직 숨이 끊어지지 않아 도와달라 하소연하는 부상자도 많았다. 중공군은 그런 전우들을 수습할 엄두조차 내지 못한 채 허둥지둥 달아나기 바빴다. 하늘이 낮게 내려앉았고 포연은 대기 속에서 나비처럼 너울거리며 날아 흩어졌다.

수없는 주검들이 황량한 고지에 살을 맞댄 채 누워 있다. 이제 봄이 오면 그들의 썩은 몸에서도 풀꽃이 피어나리라. 살아 있음은 축복이다. 길고 혹독하며 지루한 겨울전쟁은 끝날 터이고, 살아남은 이의 가슴에 봄을 맞이하리라는 희망이 빛살처럼 내리리라.

그렇다. 봄이 오면 이 지독한 전쟁도 끝나리라. 봄은 바로 그들 가까이에 와서 그들의 젊은 모습을 비추고 산들바람으로 어루만져 주리라. 어여쁜 온갖 꽃들이 피어나는 그 아름다운 계절에는 틀림없이 이 전쟁이 끝나리라. 다정히 지저귀는 작은 새들, 보리피리 소리 들리는 푸른 농촌, 햇빛이 눈부시게 들어오는 정답고 따스한 방…… 오, 전쟁은 곧 끝나리라! 가족의 따스한 품으로 돌아갈 수 있다. 아내와 아이들, 그리고 부모님 곁으로. 벌써 하나로 엮는 이 찬란한 빛살 속에서 그들은 감탄하며 미소 짓는다.

> 싸움에 지친 자들이여!
> 이제 그대들
> 조그마한 힘이라도 남아 자신 위해 싸울 수 있다면
> 세계는 그대들이 평화를 위해 그토록 애썼다고 기뻐하리라.
> 얼어붙은 장진호에서 벗어나 고향 찾는 이들이여
> 그곳에 돌아가면 몸서리치며 이야기하겠지.
> 고난의 민족과 더불어 한 삶이 어떠했었는지를.
> 그러나 벌써 그대들이 해방되었다고 여기진 않겠지.
> 결국 중요한 것은 하나
> 숨을 구덩이를 찾는 것!
> 그대 아직 그걸 찾지 못했구나.
>
> (이범신, 〈전선노트〉)

> 오, 행군하는 병사여,
> 오 노래와 함께 죽음의 문에 이르나니,
> 저 그림진 땅의 수확을 위해 그대의 기쁨을 뿌리나니
> 영면 속에서도 그대는 기뻐하리라.
> 대지의 화단에 그대의 기쁨을 흩뿌리나니
> 즐겁게, 그렇게 죽어가노라.

새벽노을이 붉게 타오르자 잇따라 중공군 저격병의 총소리가 들려왔다. 바버 대위는 아랑곳하지 않고 폭스 고지 빈터에 공중투하 때 내려온 낙하산을 둘러놓도록 했다.

오전 10시 30분 해병 수송기가 다시 나타났다. 수송기는 겨울 아침 여린 햇

빛을 받으며 하늘을 빙빙 돌다가 표시해 둔 지점에 보급품을 떨어뜨렸다. 그의 겨냥은 거의 완벽했다. 공중투하한 뒤 조종사 앵글하트가 헬기에 무전기용 배터리를 싣고 천천히 내려앉았다. 곧바로 중공군이 그 헬기에 거센 화력을 퍼부었다. 한 방이 조종석을 꿰뚫고 바로 얼굴 옆을 스쳤다. 헬기가 망가지지 않게 하려고 앵글하트는 짐을 내리자마자 곧장 날아올랐다. 다행히 앵글하트는 무사히 하갈우리로 돌아갔다.

오후에 공군 화물수송사령부 소속 플라잉 박스카(Flying Boxcar : '하늘을 나는 화차'라는 뜻으로 수송기의 별명)가 보급품을 다시 떨어뜨렸다. 낙하산 여러 개가 방어선 서쪽 500미터쯤 떨어지자 피터슨 중위는 보급품 회수반을 짰다. 비록 두 차례나 다쳤지만 그는 대원을 이끌고 방어선 밖으로 나갔다.

이들이 보급품 꾸러미까지 다가가 낙하산 끈을 잘라낼 때였다. 느닷없이 바위 산등성이에서 거센 화력들이 날아와 그들은 꼼짝할 수 없게 되었다.

오릴리 일병이 박격포를 쏘고, 오더스 소대가 중공군 진지에 총탄을 내리퍼부었다. 그러나 이러한 반격으로도 중공군의 사격을 막지는 못했다. 피터슨은 하는 수 없이 부하들에게 한 사람씩 방어선에 돌아가라고 지시했다.

전날 밤 손을 다친 브래디 중위가 피터슨 중위와 함께 나가 있었다. 자기 차례가 오자 그는 성한 팔에 81밀리 포탄 2발을 미식축구공처럼 끼고 갈지자(之) 경로를 따라 방어선으로 달려갔다. 그가 무사히 터치다운에 성공하자 열광적인 박수갈채가 터졌다. 브래디가 다트머스 팀 미식축구 선수로 경기를 뛸 때도 받아보지 못한 뜨거운 환호였다.

나머지 회수반 대원들도 무사히 돌아왔다. 바버 대위는 남겨진 보급품을 방어선 밖에 그대로 두어 날이 저물면 다시 한 번 거두어들일 작정이었다.

보급품은 넉넉했다. 해병들은 보급받은 담요와 들것으로 중상자들을 언 땅에서 모두 떼어놓았다. C레이션은 전 부대원들에게 나뉘었다. 번치 중사가 불을 피워 모두에게 커피를 돌렸다. 가벼운 부상자들은 전선으로 돌아가고, 움직일 수 있는 부상자들은 구급소에서 의무병들을 도왔다.

던이 정찰대를 이끌고 방어선 남쪽과 동쪽을 살폈다. 교전이 요란스럽게 일어나 빗발치는 총탄 속에 중공군 2명이 죽고 3명은 달아났지만, 정찰대원은 단 한 사람도 다치지 않았다.

늦은 오후 바버 대위가 소대장과 부사관들을 모아 회의를 열었다. 그는 훈시했다.

"사단에서 온 최신 정보를 알려주겠다. 해병 5연대와 7연대가 유담리에서 치열한 접전을 벌이고 있다. 이미 엄청난 인명 손실을 입고 지난밤 하갈우리 방어선이 강타당했다. 그들은 포위되고 고토리와는 단절되어 우리와 교대할 가능성은 전혀 없다. 이제껏 우리는 치른 싸움보다 더 격렬한 전투를 각오해야 한다. 부비드랩과 지선신호탄을 선방에 설치하고 경계를 강화하라. 우리가 미 해병답게 용감히 싸운다면 걱정할 일은 전혀 없다."

들것에 누웠던 부상자들은 그 소식을 듣고 바버에게 호소하듯 말했다.

"중대장님, 우리에게도 소총과 수류탄을 주십시오. 상황이 어려우면 우리도 전선으로 나가겠습니다."

바버는 결의에 찬 표정으로 고개만 끄덕였다.

어느덧 날이 저물어 해거름이 찾아왔다. 바버는 존 던으로부터 슬래빈스커스 분대를 빌려 피터슨 전선의 후방으로 데려갔다.

"우리는 저 탄약을 가져와야만 해."

바버 대위가 부대원들에게 말했다.

"모든 부대원들에게 출발을 알리고 경계지시를 내렸다. 어려움에 부딪히면 그들이 엄호사격을 할 것이다. 방어선은 될 수 있는 대로 조용히 지나고 절대로 입을 열지 마라. 꾸러미를 잡는 대로 돌아와야 한다. 공격받으면 땅에 바짝 엎드려 꼼짝하지 마라. 저격병을 쏘는 임무라면 계속 수행하라. 공격이 거세지면 곧바로 돌아오라. 이상!"

모든 전선을 뛰며 바버는 이 작전을 적극 도왔다. 오릴리의 박격포대는 땅을 가를 듯이 힘차게 바위 산등성이를 때렸다. 리드 포대는 낙하산이 있는 서쪽에 포격을 퍼부었다. 보급품 회수대는 방어선 너머로 천천히 움직일 때도 중공군 사격을 받지 않았다. 10명이 꾸러미 10개를 찾아 돌아왔다. 두 번째에는 탄약을 모두 가져올 수 있었다. 이것이야말로 모두가 바라던 희망의 빛이었다.

대부분 꾸러미 속에는 60밀리 박격포탄이 들어 있었다. 81밀리 박격포 조명탄과 파열수류탄 세 상자도 함께였다. 오릴리는 함성을 지르며 기뻐했다.

"저 개새끼들, 지금 바로 오라고 해! 일대를 파티장처럼 휘황찬란하게 밝혀줄 테니까. 정말 한판 짓이겨 놓고 말겠어!"

부대의 사기는 하늘을 찌를 듯했다.

새벽 2시까지는 적막한 밤이 흘렀다. 그때 고지의 조금 낮은 곳에 있던 해병들은 어디선가 영어로 외치는 소리를 들었다.

"미 해병대, 들어라! 너희들은 완전 포위됐다. 죽음은 헛되니라! 나는 해병대 제11연대 중위다. 중공군이 너희에게 따뜻한 옷과 좋은 대우를 해주겠다고 한다. 즉시 항복하라!"

어색한 발음과 책을 읽는 듯한 단조로운 말투, 누가 들어도 중공군의 어쭙잖은 수작임을 알 수 있었다. 듣다못한 기관총수가 목이 터져라 고함을 질렀다.

"중위? 좋아하시네. 조명탄 한 방을 쏴 올려줘! 저 개새끼한테 대답해 줄 테니까!"

오릴리의 박격포가 냉큼 조명탄 한 방을 쏘아 올렸다. 이어 기관총이 기다랗게 불을 뿜어댔다. 중공군이 해병들에게 항복을 권고한 일은 이것이 마지막이었다.

30분 뒤에 중공군이 남쪽에서 공격해 왔다. 진격하면서 그들은 처음으로 사격을 하지 않았다. 2개 중대가 도로 건너 골짜기에서 착검한 총과 휴대장약, 수류탄을 들고 다가온다.

오릴리가 조명탄으로 주위를 눈부시게 밝혔다. 헨리의 중기관총과 피터슨 부대의 경기관총이 중공군 공격 대열을 도살장으로 바꿔 놓았다. 웨인 왓슨 하사가 오릴리에게 수정사격을 지시하는 동안, 캠벨은 머리 위에서 폭발하는 시한신관(時限信管) 장치로 중공군을 포격하라고 리드 포대에 명령했다.

길 위에 올라선 중공군은 둑 아래에 숨으려고 했다. 고지 기슭에 있던 해병 소총병들이 한자리에 모인 중공군 무리 쪽으로 수류탄을 굴렸다. 폭발음이 곳곳으로 퍼진 뒤에는 얼마 되지 않는 중공군만이 길을 건너 골짜기의 안전지대로 달아났다.

폭스 중대 사기는 붉게 떠오르는 아침 해와 함께 치솟았다. 찰스 데이너 중사가 화톳불을 피우고, 모든 대원들에게 커피를 나눠 주었다. 이제는 거의 모든 해병들이 개인용 연료로 음식을 데울 수 있었다.

장병들은 제법 농익은 농담을 주고받으며 이죽거렸다. 어느 샌가 죽음조차 농담거리가 되었다. 그들이 죽인 병사의 모습이 동물과 닮았다는 이유로 곧

동물처럼 여기며 우스갯소리를 하기도 했다. 적에게 총을 겨누는 그들의 잔인한 손과 마음 모두가 이를 쓰디쓴 농담으로 여겼다. 적군이 쓰러지는 모습을 보며 마치 게임이라도 하듯 낄낄거리며 웃었다. 적을 소재로 한 그런 농담은 아군 무리 속에 활기를 불어넣었다. 오늘은 그저 이 부끄러운 농담이 위로의 전부였다. 지난날 자신이 저지른 오만함과 스스로에 대한 부끄러움에 얼굴을 붉히리라. 그들은 자책하며 참담함을 느끼리라.

"너무 싱거운데. 지난밤엔 언 손이 녹을 만큼도 총을 쏴보지 못했단 말이야."

"저놈들 총알이 모두 떨어진 모양이야. 저기 쓰러진 저 놈들을 보라지. 난 고개 하나 까딱이지 않고 죽은 놈 50명을 헤아렸다니까."

"지난밤에 나는 세 놈을 잡았지. 내키는 대로 후려갈겼어. 전쟁은 우릴 짐승으로 만들어 놓았어. 아니, 장진호야. 얼어붙은 이 지긋지긋한 호수가 바로 우릴 이런 야수로 만든 거야."

참호 한쪽에서는 저격병 서넛이 일어선 채로 조준 망원경을 단 소총을 흉벽에 올려놓고 중공군 진지를 찬찬히 살폈다. 가끔씩 총성이 울릴 때마다 외치는 소리가 들려왔다.

"맞았지?"

"그놈이 튀어오르는 거 봤어?"

모리스 병장이 의기양양하게 뒤를 돌아보며 자신의 득점을 '오늘의 사격표' 나무판에 무표정한 얼굴로 적어 넣었다. 그의 이름 옆으로 3발 적중이라고 적혀 있었다.

커피를 마시던 데이너 중사가 옆의 병사에게 소곤거렸다.

"이렇게 나가다간 모리스 병장이 곧 부대 안에서 신기록을 세우고 말겠군."

그때 바위 산등성이에서 저격이 또 시작되었다. 바버는 절뚝거리며 방어선을 뛰어다녔다. 그는 부축 받지 않고는 일어설 수 없는 몸인데도 어디서 힘이 나는지 쉬지 않고 순찰하며 작전지시를 내렸다. 그는 공중 폭격을 요청했다. 고작 몇 분이 지나자 콜스의 체커보드 비행대에서 온 코르세어기 4대가 도착했다.

편대장이 만족할 만큼 목표가 확인되자 코르세어기들이 공격에 들어갔다. 제1번기가 힘차게 하늘로 솟아올라 산등성이에 기총소사를 가한 뒤 로켓포를 때리고, 제2번기가 그 위에 500파운드탄을 떨어뜨렸다. 한편 제3번기가 네이팜탄으로 산등성이에 불을 지르자 몇 분 지나지 않아 산등성이는 연기와 불길의 장막에 휩싸였다.

땅 위의 중국 병사들은 심한 저공공격에 어찌할 줄 모르고 숨만 들이켰다.

"저 자식들 좀 봐. 모두 홀아비이거나 총각인가?"

"마누라는 몽땅 과부가 되겠지."

"비행기가 조금만 더 낮게 들어왔다간 프로펠러에 모조리 난도질을 당하겠는데!"

그 뒤 똑같은 전폭기들이 전날 밤 공격이 시작되었던 남쪽 골짜기를 강렬하게 때려쳤다. 코르세어기들은 화력을 모두 쏟아붓고 난 다음 폭스 고지 위에 작은 원을 그리며 날았다. 조종사들이 손을 흔들며 날개를 까닥거렸다. 일어설 수 있는 폭스 중대원들은 나란히 일어나 올려다보며 환호성을 질렀다.

오후 늦게 보급품이 투하될 예정이었다. 부대가 절실하게 기다리는 사이 조지 패리시 대위가 무전기 대체용 배터리를 헬기에 싣고 왔다.

둘레에 어둠이 깔릴 무렵에서야 공중투하가 이루어졌다. 수송기가 머리 위를 맴돌았다. 병사들에게 조종사를 이끌도록 손전등을 켜고 있으라는 지시가 내려졌다. 하지만 공중투하를 지나치게 빨리 하는 바람에 던의 진지 동쪽으로부터 700미터쯤 벗어난 지점에 보급품이 떨어지고 말았다. 다시 한 번 슬래빈스커스 분대가 회수 임무를 맡았다. 모골이 송연해지는 목숨을 건 시간이었으나 그들은 무사히 보급품을 갖고 돌아왔다. 폭스 고지에 진지를 세우고 나서 처음으로 바버는 탄약이 얼마나 남았을까 걱정하지 않아도 되었다.

공중투하 물품을 갖고 돌아오자 느닷없이 함박눈이 퍼붓기 시작했다. 네 시간 동안 눈이 내리쏟아져 고지는 하얀 솜이불을 덮은 듯이 보였다. 기온은 계속 영하 30도를 오르내렸다. 이제 의료품과 담요는 넉넉했다. 부상자들은 곧바로 후송되지 않는다면 전선으로 되돌아갈 거라는 농담들을 주고받았다.

큰 눈송이들이 마구 퍼붓는 틈을 타 중공군은 기관총 4문을 바위 산등성이에 올려놓았다. 새벽 1시를 넘어서며 이 기관총들이 일제히 불을 뿜었다. 바버는 곧바로 효과적인 대항조치를 취했다.

캠벨은 리드에게 연락해 그 산등성이에 포격을 가하라는 지시를 내렸다. 오릴리는 포탄이 터질 때마다 박격포로 조명탄을 쏘아 올려 그 지역을 밝히도록 했다. 오더스 소대 클라이드 피츠 병장은 전방진지에서 포대 부대에 탄착 수정 지시를 내리도록 되어 있었다. 포화가 표적으로부터 벗어난 편차를 헤아려 맞추는 일이었다. 피츠는 목표물 쪽으로 쌍안경을 돌린 채 꼼짝도 하지 않았다. 오릴리는 박격포 포신에 조명탄 넣을 준비를 끝마쳤다.

벤자민 리드 대위는 캠벨 소위에게 알렸다.

"곡사포 4문 발사준비 완료."

캠벨이 바버를 보았을 때, 중대장 허락이 재빨리 떨어졌다.

"좋아."

캠벨이 무전기에 대고 명령했다.

"발사!"

리드 대위의 목소리가 들려왔다.

"포탄 4발 목표로 날아가고 있음."

바버 대위가 오릴리 일병에게 조명탄 발사를 지시했다.

"발사!"

곡사포탄이 폭발할 때 조명탄 2발이 터졌다. 오릴리가 조명탄 4발을 더 쏘았다. 산등성이는 눈부신 불빛에 먹을 감고 있었다.

바버가 피츠의 탄착 수정 요구를 기다렸으나 들리는 소리는 "원더풀, 러블리, 뷰티풀" 이런 절찬의 고함뿐이었다. 바버가 전화기에 대고 소리를 질러댔다.

"그 기관총들 어떻게 됐나?"

피츠 병장은 눈앞에서 벌어진 장면을 보고 황홀한 기분을 억누르느라 애를 썼다.

"날려버렸습니다. 멋진 포격이었죠. 싹 쓸어버렸어요!"

캠벨이 리드에게 알려왔다.

"사격 중지. 목표 파괴, 임무 완료!"

리드가 다시 물었다.

"어이, 캠벨. '사격 중지' 말밖에 듣지 못했네. 그 뒤에 뭐라고 했나?"

"목표 파괴, 임무 완료했습니다!"

캠벨이 거듭 말했다.

9.5킬로미터 거리의 목표를 1차 포격으로 모조리 쓸어버렸다니 거의 믿기

어려웠다. 곡사포 사수가 일어나 앉아 온몸을 뒤틀며 물었다.

"이제 담배 한 대 피워도 되겠습니까?"

"좋아, 마음껏 피워."

그는 담뱃갑을 꺼내 주위 병사들에게 한 개비씩 나누어 주고 리드 대위에게도 권했다.

"난 괜찮아. 다른 사람 줘."

리드는 주머니에 손을 찔러 넣어 남은 담배 두 개비 가운데 하나를 끄집어냈다.

'끝내 해치우고 말았군.'

그는 담배에 불을 붙여 연기를 깊이 들이마셨다. 오랜만에 맛보는 진한 담배연기에 살짝 어지러웠으나 기분이 그리 나쁘지는 않았다.

'고향에 돌아가면 자랑 좀 해야겠군. 어떤 녀석이라도 그럴싸하게 해내지는 못했을 거야.'

리드는 편안히 몸을 뒤로 기댔다. 짙게 흐린 밤하늘에서 아름다운 눈송이들이 가볍게 팔락이며 날린다. 그는 미소를 띠면서 생각했다.

'다음 공격 때까지 적어도 서너 시간쯤은 쉴 수 있겠지. 오늘만은 하얗고 멋진 밤이야.'

그날 밤 중공군의 움직임은 잠잠했다. 병사들은 꽤 편안한 하룻밤을 보냈지만 바버는 작전이 없는 동안 부하들 긴장이 풀어질까 신경이 쓰였다.

12월 1일은 중대지역 청소로 하루를 보냈다. C레이션 깡통과 쓰레기는 구덩이를 파고 묻었다. 사상자들의 장비는 본부반 뒤쪽 중심지역에 모아두었다. 전사자들은 둑 위에 줄지어 눕혀놓고 판초로 덮었다. 살아남은 이들이 희생된 전우들을 보며 마음을 다잡기를 바라는 바버의 의도였다.

이범신은 기회가 있을 때마다 병사들과 이런 저런 이야기를 나누었다. 목숨을 건 전투를 겪은 병사들의 경험과 감상을 귀담아듣고 꼼꼼히 수첩에 써 나갔다. 하나같이 처절한 기억에 몸서리쳤지만 용기를 잃지는 않았다.

세찬 바람이 들판을 가로지를 때마다 병사들은 시체를 뒤흔드는 소리가 들리는 것만 같았다. 멍하니 허공을 바라보던 케인 상병이 불쑥 말을 꺼냈다.

"전쟁을 위대하고 두렵게 만드는 건 무얼까요?"

"인간의 위대함이지."

이범신이 대답했다.

"하지만 이곳엔 우리뿐이잖아요!"

대답을 기다리듯 케인은 이범신을 물끄러미 바라보았다.

"그렇지."

이범신은 고개를 끄덕였다.

"자네 말대로 그건 사실이야. 전투는 우리만 하는 거지. 우리가 바로 전쟁 도구이고 전리품이 될 수도 있어. 전쟁은 오직 군인의 육체와 영혼만으로 이루어지네. 죽음의 벌판에 붉은 피로 시내를 만드는 건 우리뿐이야. 눈 덮인 계곡에 버려진 시체들, 그들은 아무 말 없이 그저 침묵만 지키지. 그래, 전쟁은 오로지 우리 몫이고, 우리는 전쟁의 희생자라네."

잠시 먼 허공을 슬픈 눈으로 바라보더니 이범신이 말을 이었다.

"인간들의 서로 다른 이성과 이념이 지나치게 대립해서 전쟁이 일어나는 거야. 하지만 그 마지막은 인간이 아닌 신이 내리는 거라 생각해. 죽음의 문턱을 떠올릴 때면 더욱 그렇게 믿게 되지."

이범신은 무척 괴로웠다. 전쟁에 맞선 인간의 교만, 그 고집스러운 폐쇄성과 애정 결핍에 맞닥뜨린 케인 상병은 혼란에 빠졌다.

'나는 오늘 여기 왜 있는가? 인간은 어쩌면 이토록 이기적인가? 자기 나라의 이익을 위해 전쟁을 부추기는 국가와 그 이념만이 절대가치라고 믿거나, 아니면 애써 믿겠다는 맹세로 이기심의 전장에 뛰어드는 사람들. 과연 이 까닭 모를 싸움에 내 젊음과 목숨을 내던질 가치가 있는가? 희생의 이유를 누구에게 물어야 한단 말인가?'

이런 의문은 전쟁에서 병사가 양심에 어긋나는 명령을 받았을 때 생기는 격렬한 논리의 도달점이다. 양심에 맞는 행위가 가능치 못함을 깨닫게 되면, 그때는 자기 자신뿐만 아니라 인류 모두에 대한 반감으로 이어진다. 그러나 모든 것을 과거로 되돌릴 수는 없으며, 현재 처해진 환경에서도 달아날 수 없다. 그가 고를 수 있는 일은 오직 스스로를 변화시키는 길뿐이다.

이유야 어찌되었든 자신이 전쟁을 끝낼 수 없다는 사실이 케인을 고통스럽게 했다.

'아아, 전쟁터에서 얼마나 많은 병사가 인류에 대한 깊은 혐오감을 느꼈을까? 누군가 이 모든 것을 잊게 해준다면……'

이렇듯 깊은 죄책감에 빠지는 병사들은 심각한 내면의 위기에 사로잡히곤 한다. 전쟁을 겪으며 때로는 배움을 얻기도 하지만, 한편으로는 끝없이 타락하는 인간을 뼈저리게 느낀다. 그리고 이 타락이 전쟁의 결과라기보다는 전쟁 자체가 타락의 결과라고 여긴다.

병사들은 이러한 사실에 고통스러하다가 마침내 무섭고도 무거운 죄의식에서 벗어나는 길을 찾게 된다. 자기 행동의 책임은 개인에게 있다는 생각을 버리는 것이다.

이른 아침 해병 항공대의 코르세어기 8대가 하늘 높이 모습을 드러냈다. 전폭기들은 산등성이 아래쪽에 다시 뜨거운 불세례를 퍼부었다. 또다시 산등성이는 지옥을 떠오르게 하는 불구덩이가 되어 중공군을 쓸어버렸다.

공군 플라잉 박스카들이 공중투하할 수 있도록 잠시 전폭기의 공중 폭격이 멈추었다. 꾸러미 대부분은 방어선 안에 떨어졌지만 더러는 진지를 벗어나기도 했다.

바버의 요청에 따라, 보급품을 찾아올 동안 하늘을 맴돌던 코르세어기들이 중대진지 동쪽과 남쪽 고지들에 기총소사와 로켓포 공격을 퍼부었다. 이 저공비행 엄호로 회수반은 중공군의 총알 한 발 맞지 않고 무사히 꾸러미들을 찾아 돌아올 수 있었다.

던은 오후 일찍 폭스 고지 북쪽 산등성이를 살펴보았다. 곧이어 부대가 서쪽으로 바위 산등성이로 이동하던 중 격렬한 중공군의 화력이 쏟아졌다. 박격포와 오더스의 제3소대가 지원사격을 하는데도 던 부대는 더 나아갈 수 없었다. 지원사격을 지휘하던 라이트 중위가 총탄에 당하고 말았다. 몹시 화가 났지만 던은 물러설 수밖에 없었다. 해병 1명이 죽고 4명이 다쳤다.

그 산등성이에 끊임없이 공중 폭격과 대포, 박격포화가 쏟아지는 상황에서도 중공군은 끈질기게 진지를 지켰다. 그들은 끊임없이 굴을 파다가 공격이 거셀 때는 잽싸게 몸을 숨겼다.

그날 밤 중공군의 행동반경은 원거리 저격에 알맞았다. 미 해병대의 사기는 하늘을 찌를 듯 치솟았다. 중공군의 공격이 잠잠하면 어쩐지 서운할 정도였다.

한편 바버 대위는 데이비스 중령의 제1대대가 교대하기 위해 유담리를 떠나 산을 따라 움직이고 있다는 사실을 알려 경계하도록 지시했다. 무사히 그

지역에 이른 데이비스에게 바버는 꽤 많은 중공군이 바위 산등성이에 도사리고 있음을 알려주었다. 그들의 사기를 북돋우기 위해 바버는 지원이 필요할 때는 언제든 출동할 준비가 되어 있다는 말도 덧붙였다.

오전 11시 25분, 바버 부대에 비해 압도적으로 많은 중공군과 격돌한 해병 제7연대 1대대가 힘겹게 사상자를 딛고 폭스 고지에 올랐다. 5일 밤과 낮 사이 전사자 26명과 부상자 89명이라는 큰 희생을 치른 악전고투 끝에 마침내 그 고지에 이르렀다.

27
전장의 레퀴엠

'나는 왜 그들을 죽여야만 하는가. 서로 죽이고 죽는 그 붉은 적개심의 정체는 과연 무엇인가. 오직 의식하지 않으려 노력하는 것일 뿐, 적을 향한 분노와 증오를 오롯이 없애지는 못한다. 더구나 전쟁의 일상인 잠재적 적개심, 드러내지 않는 그 적개심은 합리화되고 위장된 형태로 병사들을 억누른다.'

이범신은 군대에 들어와 여러 달이 흐르는 동안 때때로 상념에 잠기곤 했다. 길지 않은 시간이었지만 그동안 평생 다 겪지 못할 충격적인 사건들의 연속이었다. 전우들의 안타까운 죽음, 자신에게 쏟아지던 집중포화, 처참한 시체들, 피로 물든 총검······.

그러나 그는 자신도 모르게 지독한 불감증에 걸려버렸는지도 모른다. 언제부터인가 그 모든 사건이 마치 다른 세계에서 일어난 듯이 느껴졌다. 이념, 죄의식, 자기합리화, 전쟁의 결말, 미래······ 모든 게 싫고 귀찮았다. 그저 하루빨리 이곳을 벗어나고픈 마음뿐이었다.

'내가 열정을 잃어버린 이유는 무엇일까?'

그는 곰곰 생각해 보았다. 그동안 감정이 크게 움직였던 기억이 없었다.

'서울을 떠나던 날, 사립문 밖까지 따라나오며 행주치마로 눈물을 훔치시던 어머니 모습이 여전히 또렷하다. 마로니에 교정에 묻어둔 문희와 나누던 사랑의 추억들······ 그때 느꼈던 늘 새롭기만 한 감동은 모두 어디로 갔을까?'

이범신은 이제 자신의 심장이 더는 뛰지 않는 것만 같았다. 문희에 대한 열정도 그저 어떤 의무감처럼 마음 한편에 자리잡고 있을 뿐이었다. 군에 들어와 처음에 겪었던 그 열병 같은 그리움은 밤하늘을 찬란히 수놓다가 어느새 어둠 속으로 사라져버리는 별똥별처럼 갈수록 잦아들고 있었다. 범신은 가끔씩 혼자서 낮게 중얼거리는 자신을 알아차리곤 했다.

"하루빨리 전쟁이 끝나 못다한 공부를 마쳐야 해. 문희와 아늑한 가정을 꾸려 어머니를 모시고 시를 쓰면서 행복하게 살고 싶다……."

전쟁이 몰고 온 수많은 비극은 평범한 한 젊은이의 작은 소망마저 갉아먹으며 그를 죽음으로 몰아넣고 있었다.

우융추이는 부대대장으로 강등되었다. 장흥시의 징계였다. 그 대신 휘신밍이 대대장이 되었지만 부대는 여전히 절망적이었다. 이제껏 우융추이는 휘신밍 앞에서는 감정을 억눌렀다. 그러나 이제는 아무 때나 심한 욕설을 내뱉곤 했다. 휘신밍은 상황이 우융추이를 변하게 만들었는지 우융추이가 부대 분위기를 바꿔 놓았는지 알 수 없었다. 하나같이 불안하고 초조함에 떨었다. 불타오르던 의지도 조금씩 사그라져 갔다.

전투는 갈수록 참혹해졌다. 전사자와 부상자가 잇따라 나와 800여 명이던 전위대대는 100여 명으로 줄어들었다. 남은 병사들도 추위와 굶주림에 지쳐 허덕이고 있다. 어느 틈에 하나같이 그 상황을 숙명처럼 받아들이는 듯했다. 절망의 숙연한 그림자는 유령이 피어올리는 듯한 야릇하게 너울대는 안개처럼 온 부대를 휘감고 좀처럼 놓아주지 않았다.

돌격 전에 휘신밍은 전투동원을 진행했다. 모든 병사에게 우융추이의 명령에 복종하고 그의 지휘를 따르라고 지시했다. 비록 무단 진지 이탈로 지위가 낮아졌지만 여전히 우융추이는 이 부대의 대대장이었다. 휘신밍은 모든 지휘관과 전투원에게 강한 적을 두려워하지 않고 용감히 싸우는 우융추이와 두 궈싱의 전투정신을 본받으라고 강조했다. 그러고는 마지막으로 우융추이에게 진심을 털어놨다.

"비록 오늘은 내가 대대장이지만 진두지휘는 자네 소관이야."

우융추이는 금방 자신감을 되찾았다. 여느 때처럼 부대원들에게 큰 소리로 외쳤다.

"징을 명령신호로, 징이 진격하면 대원들은 힘차게 달려 나가라. 징이 퇴각하면 대원들도 물러난다. 징이 긴박하게 울릴 때 용맹스럽게 적진으로 돌격하지 않는 자, 징이 천천히 울릴 때 억지 쓰며 물러나지 않는 자는 혼쭐을 내주겠다!"

장흥시가 보낸 작전과장은 탄약 한 무더기와 삶은 감자 한 포대를 가져왔다. 다행히 감자가 얼지 않아 우융추이는 병사들에게 서둘러 먹으라고 지시했다. 그의 말이 끝나기 무섭게 부대원들은 감자포대를 둘러싸고 앉아 허겁지겁 감자를 씹기 바빴다. 얼마 지나지 않아 두툼하던 포대는 텅 비어버렸다.

왕산과 위융시앙은 그동안 보관해 오던 감자 광주리 2개를 마저 가져왔다. 한 사람에 2개씩 나누어 주었다. 광주리도 금세 바닥을 드러냈다. 병사들은 나중에 받은 감자 2개는 먹지 않고 진지로 가지고 올라가 가장 힘겹고 고통스러울 때 먹어야 한다는 사실을 잘 알았다. 사응령 전투는 전보다 더 참혹하리라 다들 짐작하고 있었다.

'이 밤이 지나면 다시 돌아오지 못할지도 모른다.'

병사들은 마음속으로 깊이 되뇌었다.

영하 몇십 도 매서운 추위에 부대는 진지로 올라가 미군과 목숨을 건 싸움을 벌여야 한다. 순식간에 꽁꽁 언 감자 2개로는 허기를 채울 수 없다. 휘신밍은 위융시앙과 왕산에게 아래에 남아 먹을 것을 구하라고 했다. 어떻게 해서든 식량을 구해 진지로 날라야 한다고 당부했다.

위융시앙이 가슴을 치며 말했다.

"걱정하지 마십시오. 이 위융시앙이 밥만 축내는 건 아닙니다. 목숨 걸고 식량을 구해 올려보내겠습니다. 동지들을 굶주리게 하진 않을 겁니다."

왕산은 위융시앙이 굳게 맹세하는 모습을 바라보며 조용히 담뱃대를 입에 물더니 머리를 흔들어 보이고는 아무 말도 하지 않았다.

깊은 밤, 처음 사응령을 공격할 때 부대원들은 눈으로 하얗게 뒤덮인 산길에서 쉽게 드러나지 않기 위해 옷을 뒤집어 입었다. 진지에서 내려온 뒤에도 모두 다시 바꿔 입지 않았다. 이제 부대가 사응령 진지로 출격해야 할 순간이다. 우융추이는 병사들에게 명령했다.

"옷을 본디대로 입어라. 옷 안이 다시 안이 되고 겉은 다시 겉이 되도록 말이다."

매서운 추위 속에 주섬주섬 옷을 벗으니 살을 에는 것만 같았다. 그중 대원 몇몇은 고통을 참아낼 수 없어 옷을 벗지 않았다. 두궈싱 또한 그랬다. 추위가 무서운 게 아니라 신발이 얼어서 발바닥과 달라붙어 바지를 벗으려면 힘을 주어야 했기 때문이다. 그는 우융추이의 명령을 이해할 수 없었다.

'야밤 공격 때는 옷을 뒤집어 입으면 위장할 수 있는데 도대체 왜 바꿔 입으라는 거지?'

우융추이는 두궈싱이 옷을 벗지 않자 그의 곁으로 다가가 호통쳤다.

"자네는 어째서 벗지 않나? 내 말을 거스를 참인가?"

"저는 이해가 안 됩니다. 이 하얀 안감이 지금 우리를 이 눈밭에서 잘 숨겨주고 있는데 다시 바꿔 입으라니요!"

우융추이가 안타깝다는 듯이 말문을 열었다.

"자네는 덩치만 컸지, 머리는 잘 안 돌아가나 보군."

두궈싱은 말없이 눈만 꿈벅거렸다. 우융추이가 덧붙였다.

"주위를 보라고! 이제 산기슭은 새까매. 온 산기슭에 가득 쌓였던 눈이 미군놈들 폭탄으로 다 타버려 조금도 남아 있지 않아. 하얀 안감을 겉으로 입고 올라가면 미군들 눈에 확 띄어서 손쉬운 먹잇감이 될 뿐이야. 알았나?"

그제야 두궈싱은 깊은 뜻을 깨닫고 헤헤 웃었다.

"제 생각이 짧았습니다. 대대장님 지혜는 누구도 따를 자가 없군요."

그리하여 모두 옷을 뒤집어 입었다. 누구도 사나운 추위에 발가벗은 엉덩이가 얼어붙는 데는 신경 쓰지 않았다. 발바닥에 신발이 달라붙어서 움직임이 느린 두궈싱은 뤼따꺼의 도움으로 가까스로 옷을 벗고 다시 입었다.

대원들은 반드시 사응령 진지를 미군놈들 손에서 되찾아오겠다며 굳게 다짐했다. 다만, 훠신밍은 입술을 꾹 깨물고 아무 말도 하지 않았다.

예상대로 사응령 진지의 산꼭대기와 산기슭은 새까맸다. 미군의 네이팜탄이 모든 산봉우리를 불태워 새하얗던 눈밭은 초토화되었다. 어둠이 깔린 사응령과 주위 하얀 눈으로 덮인 세계는 서로 다른 풍경을 드러낸다. 산기슭 위에는 포탄 구덩이가 촘촘하게 뒤덮였다. 녹아서 흘러내린 눈은 구덩이 안에서 얼어 두꺼운 얼음이 되었다. 아득히 멀리 유담리와 하갈우리 쪽에서 총성과 폭발음이 희미하게 전해졌다. 드문드문 들리다가 때로는 거세지는 걸로 보아 전투 상황이 어떤지 짐작할 수 있었다.

유담리 미군부대는 스미스가 세운 작전계획에 따라 '방향을 바꿔 공격한다'는 철수행동에 들어갔다. 전투는 밤새도록 참혹하고 격렬하게 이어졌다. 흘러내리던 시뻘건 피들이 금방 얼어붙었다. 그러나 눈앞에 짓밟힌 사응령 대지는 그저 고요했다. 순간, 뼈를 꿰뚫을 듯이 겨울바람이 매섭게 몰아쳐 산기슭의 적막을 깨뜨렸다.

우융추이와 훠신밍은 이것이 전투가 곧 시작될 낌새임을 알았다.

병사들은 탄창부에 총알을 재고 방아쇠를 당길 때만을 기다렸다. 순간순간 병사들은 두려움에 온몸이 떨리고 지나친 긴장으로 땀이 배어나왔다. 황홀하기도 하고 몸서리치도록 싫기도 한 이상야릇한 그 느낌들이 오랫동안 병사들 기억에 남아 그림자처럼 따라다녔다. 그들은 이러한 상태를 여러 번 겪었으며 이런 분위기를 수없이 견뎌왔다. 이것이 바로 전쟁의 참모습이다.

100여 명 병사들은 산병식 전투대형으로 늘어서서 주위를 탐색하며 산 꼭대기로 올라갔다. 우융추이, 훠신밍, 사단부 작전과장은 대열 뒤에서 따라갔다.

우융추이가 정한 기습 전투방법은 바뀌지 않았다. '수류탄이 닿을 수 있는 거리까지 몰래 접근한 다음 징소리가 울리면 수백 개의 수류탄을 미군 머리 위로 던진다.'

우융추이는 대원들에게 신발을 벗으라고 하지 않았다. 눈이 녹은 땅은 신을 신고 땅바닥을 밟아도 더는 시끄럽게 소리나지 않았다.

뤼따꺼는 M-1소총을 메고 대열 앞으로 걸어갔다. 처음 사응령을 습격했을 때 우융추이는 뤼따꺼에게 뒤에서 따라오라고 지시했다. 지난번과 다르게 털 외투를 벗지도, 뤼따꺼에게 무거운 군화를 맡기지도 않았다. 뤼따꺼는 홀가분했다. 그는 드디어 총을 시험해 볼 생각에 손이 근질근질했다.

두궤싱은 동상이 심해 많이 뒤처졌다. 그는 절뚝거리며 출발했지만 통증은 거의 없었다. 그러나 산기슭을 올라가자 두 다리에 참을 수 없는 고통이 밀려왔다. 통증은 발바닥에서부터 금세 온몸으로 퍼졌다. 두궤싱은 이를 악물고 견뎠다. 음산하고 추운 겨울밤 그의 몸과 머리에 뜨거운 땀이 흘러내렸다. 신발이 발에 달라붙어 걸을 때마다 울퉁불퉁한 산기슭 자갈이 짓무른 그의 발바닥과 발등에 부딪쳤다. 따뜻하고 끈적한 액체가 살갗에 배어나왔다. 신발 안의 너덜너덜해진 천조각과 피부가 딱 달라붙고 곪은 다리에서 또다시 피가 새어 나왔으나 곧 얼어붙었다. 두궤싱은 전쟁이 끝나기 전까지 내내 자기 발에 똑같은 증상이 이어지리라는 걸 잘 알았다.

산중턱에 위치한 진지가 차츰 가까워진다. 병사들은 차가운 얼음바닥에 엎드려 천천히 기어올라갔다. 루이후이는 우융추이와 훠신밍 뒤에서 따라갔다. 그는 한쪽 팔에 꽃과 구름, 용 무늬가 새겨진 징을 끼고 다른 팔은 앞으로 뻗었다. 행군하는 동안 징이 돌에 부딪쳐 소리를 내지 않도록 조심하면서 기었다.

우융추이가 격려하는 뜻으로 그의 어깨를 툭툭 쳤다. 뒤이어 훠신밍과 사단부 작전과장이 큰 포탄 구덩이 안으로 기어들어갔다. 루이후이도 그들을 따랐다.

미군 진지가 바로 눈앞에 보였다.

"다들 준비됐나."

뒤쪽에서 우융추이의 낮은 명령 소리가 전해졌다. 100여 명의 대원들은 수류탄을 손에 들고 넢개를 푼 뒤 발화고리를 손가락에 끼웠다. 루이후이는 한 손에 징을 끼고 다른 한 손에는 징채를 들어올렸다.

우융추이가 공격명령을 내리려고 할 때였다. 포탄 구덩이 안에 엎드린 훠신밍과 작전과장이 눈에 들어왔다. 하마터면 잊을 뻔했다. 그는 머리를 작전과장 옆으로 옮겨 목소리를 낮춰 말했다.

"시작해도 되겠습니까?"

훠신밍이 곧바로 답했다.

"자네가 전투를 이끌게."

사단부 작전과장은 아무 말도 하지 않았다. 장훙시가 그를 사웅령을 되찾는 전투에 보냈지만 그에게 전투를 지휘하라고 지시하지는 않았다.

'그의 임무는 전투를 지켜보거나 지도감독하는 일이지 지휘가 아니야. 보고해야 할까?'

작전과장이 망설이는 동안 우융추이는 별다른 의견이 없자 곧 모제르총 방아쇠를 잡아당기며 큰 소리로 외쳤다.

"두드려라!"

루이후이는 우융추이의 말이 채 끝나기도 전에 무의식적으로 징채로 징을 두드렸다. 긴박한 소리가 갑자기 거세게 일어나 순식간에 사웅령의 적막을 깨뜨렸다.

병사들은 징소리에 따라 수류탄을 쥔 채 기세 좋게 일어났다. 그들이 수류탄을 던지려고 할 때 검은 돌덩어리 같은 물체가 날아오는 게 보였다. 그 물체는 그들의 가슴을 때리고 발밑으로 떨어졌다. 그러고는 산기슭을 따라 그들 뒤로 굴러떨어졌다. 고작 몇 초 만에 돌 같은 물체는 폭발했다. 산기슭 위에서 잇따라 검붉은 섬광이 터져나오고, 돌이 여기저기로 튀었다. 검게 그을린 산기슭은 말라리아에 걸린 듯이 떨렸다. 돌 같은 물체는 미군의 MK2수류탄이었다.

폭발음과 함께 미군 진지에서 총성이 울려 퍼진다. 불길 하나하나가 어둠의 장막을 꿰뚫고 산기슭의 병사들을 명중시켰다. 적진으로 나아가던 중공군 병사들은 하나둘 픽픽 쓰러졌다.

앞에서 나아가던 뤼따꺼는 동작이 날쌨다. 눈앞으로 돌 같은 검은 물체 한 무더기가 날아오자 순간 본능적으로 위험을 느꼈다. 그는 얼른 땅바닥에 엎드린 뒤 재빨리 몸을 굴려 옆에 있던 포탄 구덩이로 들어갔다. 그의 몸이 포탄 구덩이 아래로 떨어지는 바로 그때 땅을 뒤흔들며 폭발음이 울려왔다. 이렇게 그는 미군의 수류탄 습격을 피했지만 안타깝게도 비오듯 쏟아지는 총알은 피하지 못했다. 총알 하나가 그의 다리를 뚫고 지나갔다. 뤼따꺼는 하반신에 말로 표현 못 할 고통을 느꼈다. 끈적하고 뜨거운 것이 바짓가랑이 안으로 흘러 그의 뼈만 남은 앙상한 다리와 얇은 바지를 흠뻑 적셨다.

다행히 두궈싱은 다치지 않았다. 몸을 마음대로 움직이기 어려워 후방으로 뒤처졌던 그는 미군의 수류탄 습격을 피했다. 총성과 폭발음이 들리자 두궈싱은 몸을 굴려 포탄 구덩이 안으로 기어들어갔다. 그는 체코식 경기관총을 포탄 구덩이 옆에 세우고 미군 진지 쪽으로 한 줄기 불길을 내뿜었다.

수류탄 폭발 소리에 갈팡질팡하는 쪽은 산꼭대기 위 미군이 아니라 포탄 구덩이 안의 우융추이였다.

'징소리가 울림과 동시에 수류탄 수백 개가 미군 머리 위로 떨어진다. 처음 사응령을 습격했을 때처럼 미군은 정신없이 달아나리라.'

우융추이 머릿속에 그려진 한 폭의 시나리오였다. 그러나 결과는 어떤가? 징이 울리고 수류탄이 잇따라 터졌지만 미군이 쓰러지기는커녕 적진으로 돌격하던 우융추이의 병사들이 와르르 무너지고 있었다. 그는 머리를 한 대 얻어맞은 듯 눈앞이 새하얘졌다.

'미군은 미리 대비하고 있었어! 이번 우리 중공군의 습격은 실패다.'

우융추이는 포탄 구덩이 옆에 엎드려 상황을 살폈다. 수류탄에 곳곳을 다친 병사들이 산기슭 여기저기에 쓰러져 고통으로 부르짖었다. 몇몇은 포탄 구덩이로 몸을 숨기고 몇몇은 산꼭대기로 곧장 나아갔다. 불길은 불길로, 총성은 총성으로 맞섰다. 하지만 문제는 그들보다 미군이 더 강하다는 점이었다.

준비를 단단히 한 미군들과 맞붙은 전투는 달걀로 바위 치기와도 같았다. 전투를 계속 끈다면 부대에 더 큰 손실을 불러올 터였다. 가까스로 정신을 차린 우융추이는 루이후이에게 징을 치게 해 철수를 명령했다.

징소리가 느린 박자를 타고 울리며, 비 오듯 쏟아지는 총알을 뚫고 피투성이가 되어 싸우는 병사들을 불렀다. 부대는 곧 아래로 물러나기 시작했다. 온 산을 울리던 총소리가 천천히 잦아들다가 멈추었다.

부대가 퇴각한 뒤 우융추이는 머릿수를 헤아려 보았다. 이번 전투로 2, 30명의 병사가 죽거나 다쳤다. 무작정 이렇게 싸우다가는 부대가 전멸하는 건 시간문제였다.

우융추이와 휘신밍, 사단부 작전과장은 오늘 형세를 따져봤다. 그럴수록 미군들은 미리 준비했고 자신들의 부대는 움직임이 모조리 드러나 습격에 실패했다는 사실만 뼈저리게 다가왔다.

먼저 휘신밍이 씁쓸한 얼굴로 말했다.

"징이 울리자마자 수류탄이 날아온 걸로 봐선 미군들이 이제 우리 진격신호를 알아차린 것 같네."

우융추이는 휘신밍의 주장이 일리가 있다고 생각했다.

'그렇다면 누군가 징소리 암호를 미군측에 흘린 걸까?'

잠자코 우융추이를 바라보던 휘신밍이 마치 생각을 읽기라도 한 듯 고개를 가로저으며 말했다.

"우리 쪽 암호를 누군가가 알려주었을 리는 없어. 잘 생각해 보게. 징소리는 오직 2개의 박자만 있지. 빠르거나 느리거나. 제아무리 멍청이라도 여러 번 들으면 알아챌 수 있는데 미군이 그걸 모르겠어?"

우융추이는 대답 대신 잠시 생각에 잠겼다.

'휘 형의 말이 맞다. 징은 우리 조상이 만들었고 집안 대대로 내려왔지만 솔직히 말해 짐작할 수 없는 건 아니다. 빠르게 또는 천천히 징을 두드려서 박자를 바꾸며, 전투에서는 더욱 간단하다. 진격과 후퇴. 한 번 들으면 바로 기억할 수 있다. 전장에서는 내리 반복해서 치고 되풀이해서 들으니 미군들도 외웠을 테지.'

미군들이 그들의 신호를 완전히 파악한 지금은 딱히 다른 방법이 없었다. 세 사람은 초조함에 입술이 타들어갔으나 그저 말없이 밤이 지나가는 걸 지켜보고만 있을 뿐이었다.

불현듯 우융추이는 좋은 생각이 떠올랐다. 그는 작전과장에게 말했다.

"미군놈들이 내 지휘에 따르는 꼴이 되었으니, 한 번 더 징을 신나게 울려

허를 찔러야겠습니다."

휘신밍이 걱정스러워 말했다.

"어떻게 하려고? 시간이 없어. 곧 해가 뜰 거야."

우융추이는 말했다.

"시간은 넉넉해. 거짓으로 공격해서 탄약을 마구 쓰도록 하겠어."

이번에도 작전과장은 침묵만 지켰다. 속으로 복잡한 생각이 오갔지만 겉으로 드러내지 않았다. 마침내 휘신밍은 우융추이의 뜻을 따르기로 했다.

30분 뒤, 긴박한 리듬의 징소리가 다시 사응령 진지에 울려 퍼졌다. 그러자 산꼭대기 미군은 수류탄을 던지고 사격을 시작했다. 총성과 폭발음이 추위로 얼어붙은 사응령 밤공기를 뒤흔들었다. 잠시 뒤에는 징소리가 느린 장단으로 변했다. 미군의 총성도 곧 가라앉았다. 사응령은 또다시 고요해졌다.

우융추이는 병사들에게 탄약을 잘 준비하라고 지시했다.

산 아래로 이어진 도로는 동남방향 하갈우리와 서북방향 유담리로 뻗어 있다. 곧이어 총성과 폭발음이 하나가 되어 울려 퍼진다.

유담리 리첸버그 부대는 하루 동안의 격전으로 주요 고지 몇 곳을 차지했다. 그들은 겹겹이 싸인 중공군 포위망을 뚫고 하갈우리에 이르러 반드시 이 주요 고지를 손에 넣어야만 했다. 한편 중공군은 리첸버그의 부대를 무찔러 반드시 주요 고지들을 되찾고 지켜야만 했다.

미군과 중공군은 저마다 다른 이름으로 같은 목표를 두고 사나운 전투를 벌였다. 대낮에는 미군이 강력한 공중 폭격과 포탄공격으로 맞서 싸웠고, 밤에는 중공군이 어둠을 틈타 미군을 덮쳤다. 붉은 피가 흰 눈으로 뒤덮인 대지를 새빨갛게 물들였다.

한때 공격해 점령했던 진지가 아주 가까이 우융추이 눈앞에 펼쳐졌다. 미군측에선 어떤 움직임도 없었다. 그들은 징소리가 들리지 않으니 아무 일 없다고 마음을 놓은 게 틀림없었다. 우융추이는 싸우기에 가장 알맞은 시기를 노렸다. 잠시 뒤 그는 모제르총을 쥐고 총알을 탄창에 재어 넣은 다음 어둠과 고요를 단숨에 깨뜨렸다.

우융추이가 긴박하게 총을 쏘자 80여 개의 수류탄이 불꽃을 내뿜으며 미군 진지로 쏜살같이 날아간다. 수류탄이 땅에 떨어져 채 폭발하기도 전에 또다시 수류탄 80여 개가 중공군 손을 떠났다. 이 수류탄들이 상공에서 날아가고 있을 때, 첫 번째 던졌던 수류탄들이 굉음을 내며 터졌다. 미군 진지는 폭발음으로 뒤흔들리고 돌과 파편들이 여기저기 튀어 올랐다.

폭발음을 들으며 우융추이는 대원들을 이끌고 미군 진지로 돌진했다. 기관총, 보총, 카빈총이 뒤섞여 마구 불을 뿜었다. 총검은 총검과, 개머리판은 개머리판과 맞붙어 금세 피비린내나는 살육의 현장으로 변했다. 피와 살이 여기저기 튀고 진지에는 끔찍한 비명이 울려퍼졌다.

미군은 중공군이 전투방법을 바꿨으리라고는 전혀 예상치 못했다. 중공군은 징소리도 구호도 없이 아주 조용히 그들 곁으로 다가온 것이다.

해리스 중령은 미 해병 병사들에게 내부 진영을 튼튼히 하고 중공군에게 맞서라고 크게 외쳤다. 그는 진지 이곳저곳을 돌아다니며 대원들에게 용기를 주다 중공군의 경기관총 사격으로 땅바닥에 쓰러졌다. 해리스는 몸부림치며 고개를 들었다. 중공군이 던진 수류탄 하나가 그의 머리 옆에서 하얀 연기를 내뿜었다. 그는 모든 의욕을 잃어버렸다. 수류탄이 터지고 그는 두 번 다시 일어나지 못했다.

키가 큰 민머리 두궈싱은 뒤처지는 바람에 맨 마지막으로 진지에 남은 미군을 공격했다. 그가 절뚝거리며 진지에 도착했을 때 병사들은 서로 뒤엉켜 싸우고 있었다. 그는 땅바닥에 주저앉아 울부짖는 한 미군을 보았다. 두궈싱은 재빨리 품 안에서 체코식 경기관총을 꺼내 방아쇠를 당기고 곧장 수류탄 하나를 던졌다. 방금까지 손을 휘두르며 부르짖던 미군 병사는 폭발음과 함께 다시는 움직이지 않았다.

전투는 거침없이 이어졌다. 갑작스런 공격 덕분에 우융추이와 휘신밍이 이끈 80여 명의 병사들은 이번 전투에서 우위를 차지했다. 징소리만 믿고 마음 놓았던 미군은 갑자기 벌어진 상황에 혼비백산했다. 살아남은 병사들은 보이지 않는 어둠 속으로 달아났다. 진지에는 미군 시신 20여 구가 널려 있다. 포로 3명을 붙잡은 뜻밖의 수확도 거두었다.

미군 3명은 오리털 침낭 안에서 사로잡혔다. 그들은 외투를 입은 채 땅바닥에 쪼그리고 앉았다. 하나같이 공포에 질린 얼굴이었다. 영어를 할 줄 아는 휘신밍이 그들을 안심시켰다.

"중공군은 포로를 특별대우해 죽이지는 않으니 그렇게 무서워 마시오. 전쟁이 끝나면 곧바로 풀어주겠소."

그제야 미군들은 조금 안정을 찾았다.

훠신밍은 그들의 이름과 소속을 물었다. 그 가운데 키가 작은 미군이 대답했다.

"나는 미 해병대의 부중대장 맥카시 중위입니다. 이 진지를 이끄는 최고지휘관은 대대장 해리스 중령입니다."

훠신밍이 다시 물었다.

"그 대대장은 지금 어디 있소?"

"해리스 중령은 조금 전 전투에서 전사했습니다."

맥카시가 조금 떨리는 목소리로 힘겹게 말했다.

하늘빛이 차츰 밝아왔다. 저 멀리 여기저기 들리던 총성과 폭발음이 조금씩 가라앉고 있었다.

하갈우리에서 고토리와 진흥리를 거쳐 흥남으로 이어지는 교통로는 장진호를 중심으로 넓게 포진한 미 해병 제1사단의 오직 하나뿐인 생명선이나 다름없었다. 도로를 차지하지 못하면 공격도 철수도 말짱 헛일에 지나지 않았다. 해병들은 구간 마디마디마다 감제(瞰制) 방어진지를 세워 지키고 전투정찰부대를 그때그때 출동시켜 중공군이 도로를 장악하지 못하도록 경계 태세를 단단히 갖추었다.

이 교통로는 중공군이 미군의 숨통을 조일 만한 곳이었다. 그렇다 보니 곳곳에서 크고 작은 마찰이 끊이지 않아 사상자가 헤아릴 수 없이 생겨났다. 보충병을 얼마든지 끌어다 댈 수 있는 중공군보다 인력자원이 한정된 미 해병 제1사단은 부담이 더욱 클 수밖에 없었다.

중공군 제59사단이 덕동 고개 북쪽 미 해병을 습격하던 날 밤, 하갈우리와 고토리 구간을 작전구역으로 정해 두고 대기하던 제58사단은 수색정찰을 하던 중 미군과 작은 마찰을 일으켰을 뿐, 별다른 움직임은 보이지 않았다. 시간과 공간의 제약, 해병 항공대의 사나운 공중 폭격 때문에 전투태세를 제대로 갖출 수 없어 작전공조가 어려웠기 때문이다.

중공군은 하갈우리와 유담리 구간과 마찬가지로 하갈우리와 고토리 중간구역에도 수많은 도로봉쇄선을 만들었다. 미군의 퇴로를 끊어 기동력을 떨어뜨리고 포위공격으로 섬멸하기 위한 준비작업이었다.

제9집단군 사령관 쑹스룬 장군은 아래 사단장들을 불러 모은 자리에서 작전지시를 하며 강한 자신감을 내보였다.

"적을 끊임없이 괴롭혀 피곤하게 만드시오. 마침내 결전의 시간이 다가오고 있소. 자만심에 가득 찬 맥아더와 미 제국주의 군대는 이즈막에야 우리 인민지원군이 참전한 현실의 심각성을 제대로 읽고서 당황해하는 모양이오. 우리는 모든 전신에서 곧 대규모 진공을 개시할 것이오. 서부전선에 비하면 이쪽은 상대적으로 여건이 낮소. 적은 우리 포위망 속에 자기 발로 깊숙이 들어와 있고, 험한 산악지형과 혹독한 추위가 우리를 도와주고 있소. 마지막 순간에 놈들을 결정적 타격으로 무너뜨려 우리 제9집단군의 명예와 영광을 드높입시다. 귀관들의 분발과 협조를 기대하오."

사령관의 희망적인 예측과 의욕적인 작전지시에 따라 제58사단이 맡고 있는 하갈우리와 고토리 구간 윗부분에는 제76사단이, 제60사단이 맡은 아랫부분에는 제77사단이 증원군으로 동원되었다.

중공군은 미군 정찰부대 활동이나 항공정찰을 의식해 고스란히 드러나는 대단위 부대이동 대신 소규모 분산이동 방식을 골랐고, 그런 눈속임으로 병력을 한군데로 모아 미군 섬멸작전을 준비해 나갔다.

제2차 세계대전 동안 가장 큰 격전이었던 스탈린그라드 전투에 버금가는 세계 2대 '겨울전투'로 꼽히는 장진호 전투의 장렬한 결정판을 향해 그렇게 시간은 달려갔다.

쑹스룬이 희망적으로 내다본 것과는 달리 미군은 눈을 부릅뜨고 중공군의 움직임을 자세히 감지했다. 적이 자리를 바꿀 때마다 지상군이 기동타격을 하거나 포격과 공중 폭격으로 아직 미군이 살아 있음을 알리며 적극적으로 대응했다. 특히 야포와 전폭기의 협동작전은 중공군에게 엄청난 손실을 입혔으나, 포위를 목적으로 한 중공군의 병력이동은 끊이지 않았다. 미군은 육군 정찰기로 하늘을 날며 탐색한 결과 고토리와 하갈우리 사이 다리 2개가 무너지고 8개의 도로 봉쇄선이 설치되었음을 발견했다.

미군은 오후가 되자 크론크 중대 병력으로 1개 기동정찰대를 만들었다. 이 부대에 하갈우리로 통하는 길을 열어놓는 임무가 맡겨졌다. 그러나 진군하던 해병 정찰대는 진지 북쪽 1235미터 지점에서 중공군 소화기와 박격포의 맹렬한 화력에 부딪혔다. 크론크는 2개 소대를 보내 길 동쪽 산등성이에서 중공군을 공격하게 했다. 이 공격에 대포와 공중 폭격이 지원되었다.

오후 3시가 되자 지옥이 열린 듯 주변 모든 고지에서 사격전이 벌어졌다. 크론크 부대의 모든 병력이 중공군과 사나운 교전에 들어갔다. 프레드릭은 소대를 전방으로 투입, 부상자들을 옮기는 작업을 도왔다. 부상병들은 고통으로 신음하며 거칠게 욕을 퍼부어댔고, 몇몇 병사는 심한 부상으로 산 송장처럼 축 늘어졌다.

1개 중대로는 중공군을 물리칠 수 없다는 사실을 깨닫게 되자, 서터는 정찰대에 철수하라고 지시했다. 이 소득 없는 정찰활동에서 크론크 중대는 전사 5명, 부상 29명이라는 희생을 치렀다.

진흥리 남쪽 길은 그때까지 아무런 이상이 없었으므로 그날 내내 미 해병 부대들은 고원지대로 올라갔다. 그 부대 가운데는 육군 제181공병대대, 제1의무대대 E중대, 육군 보병 제31연대 베이커 중대, 서터의 조지 중대, 사단 수색중대가 포함되었다.

제1연대장 풀러 대령은 이들 부대를 고토리 방어선 강화에 투입했다. 어둠이 깔리자 중공군은 또다시 밤도깨비처럼 고토리와 진흥리 사잇길로 나가 도로봉쇄선을 세웠다. 고토리 옆 하갈우리를 지키는 리지는 고작 2개 보병중대 병력으로 넓은 방어선을 맡았다.

한편 사단 사령부는 이범신 중위에게 첩보부대를 만들도록 했다. 이범신은 한국인 12명을 첩보요원으로 뽑아 하갈우리로 떠났다. 그곳에 닿자마자 그는 특수요원들을 곧바로 주위 여러 곳으로 보냈다. 24시간 안에 돌아온 그들의 보고내용은 모두 한결같았다.

'중공군 1개 사단이 남쪽으로 움직이고 있으며, 28일 오후 9시 30분 하갈우리 방어선을 공격할 것으로 보여집니다.'

이범신은 바우저 사단 작전참모에게 그 내용을 보고했다. 사단에서는 곧바로 조치를 취해 사주방어 태세에 들어갔다. 리지의 2개 중대로는 막아내기 벅찬 넓은 전선에 여러 잡다한 혼성부대원들을 저마다 배치한다.

지형과 첩보를 분석한 리지 중령은 중공군이 남쪽에서 쳐들어오리라는 결론을 내렸다. 그는 가장 거센 공격이 예상되는 전선에 2개 소총중대를 알맞게 배치했다.

비전투부대를 전투부대로 꾸리고 방위구역과 사격지대를 정하는 한편, 통신체계를 갖추고 지원 화기를 배정했다. 예비탄약을 골고루 나누는 작업은 복잡하고도 어려웠다.

28일 해질녘에 이르러 방어선이 세워지고 기동예비대가 꾸려졌다. 병력도 진지를 잡고 공격을 기다렸다. 모든 준비를 끝마친 셈이다.

민간인 첩보요원들이 갖고 온 정보는 공격일시나 병력까지 정확히 들어맞았다. 오직 공격 개시 시각이 한 시간 늦었을 뿐이었다. 그때 정보장교 리처드 케어리는 싱긋 웃으며 농담하듯 말했다.

"중공군은 서머타임제를 하지 않거든."

소총중대가 지켜내야 할 전선은 길었다. 콜리는 3개 소대를 모두 투입해 자리를 알맞게 나누어 둬야만 했다. 바렛 부대는 오른쪽 옆에 포진했다. 고스는 한가운데, 엔슬리는 왼쪽에 자리잡았다. 해리슨 베츠 중위의 기관총과 시중대 소대장 에드워드 스넬링 박격포대가 지원 화력으로 배치되었다. 포대는 기점 사격 준비를 끝내고 전방위 포격에 대비했다. 소총병력은 참호로 기어 들어갔다. 엷게 어둠이 깔리자 또다시 눈이 내려 9시쯤에는 이미 얼어붙은 눈 위에 5센티미터나 더 쌓였다.

땅 위에서 가장 높은 산꼭대기에 사는 고원의 신들은 인간이 자신들을 보았다고 말하는 것을 결코 용납하지 않는다. 평원의 인간들이 가파른 절벽과 눈 덮인 산을 오르기 시작하면서 낮은 봉우리에 살던 신들을 더 높은 산으로 내몰지 않았던가. 마침내 더는 갈 곳이 없게 된 신들은 대지에 남겨진 자신들의 자취를 눈으로 덮어 모조리 없애버렸다. 눈 덮인 산하는 몹시 눈이 부시고 더할 나위 없이 아름다웠다.

전투가 시작되기 바로 전 밤이었다. 한 신병이 겁에 질려 부들부들 떨었다. 그는 전장터에 온 지 얼마 되지 않아 전투경험이 전혀 없었다. 모든 해병은 너나 할 것 없이 닥쳐올 전투를 두려워한다. 오로지 노련한 병사들은 그 두려움을 '용감하게' 잘 꾸밀 뿐이다. 전투원은 연극무대 뒤에서 초조히 자기 순서를 기다리는 배우와 같다. 배우는 두려움으로 안절부절못하다가도, 순서가 오면 서슴없이 무대로 뛰어나간다. 막이 내리고 나면 그제야 깨닫는다. 용기만 있으면 세상 그 어떤 역할이라도 훌륭하게 해낼 수 있다는 진리를.

두려움에는 여러 가지가 있다. 자기 의무에 대한 두려움, 운명과 싸우며 느끼는 두려움도 있다. 사악한 죄를 짓게 만드는 유혹에 대한 두려움과 이와 달리 좋은 일을 하고 올바른 것을 지키려 할 때 느끼는 두려움도 있다. 모든 두려움을 용기를 가지고 이겨내지 않으면 사람은 자신의 영혼을 끝내 구하지 못하리라.

"넌 전투를 위해 훈련받은 거야. 교관들이 심하게 군 것도 이 순간을 위해서였어. 네가 두려움에 모든 것을 놓아버릴 생각이라면 이 전장이 아니라 신병 훈련소에서 이미 포기했어야 해."

분대장 로크 병장이 그를 엄하게 꾸짖었다. 신병은 눈물이 왈칵 쏟아질 듯한 눈으로 이를 악물며 두려움을 이겨내려 애썼다. 참호로 돌아가는 신병의 뒷모습은 어스름 별빛을 받아 처연하기까지 했다.

해병들은 영원처럼 느껴지는 시간 앞에 꼼짝 않고 웅크리고 있었다.

"젠장! 언제까지 기다려야 하는 거야?"

"어차피 붙을 거면 빨리 쳐들어와라, 개새끼들아!"

바로 그 순간, 분노의 외침에 마치 응답이라도 하듯 흐릿한 안개가 일렁이기 시작한다. 그 혐오스러운 안개는 소용돌이를 그리며 불길하게 해병들 쪽으로 흘러왔다. 곧이어 그들의 판단력을 흐리게 하는 중공군의 고함 소리가 해병들을 바짝 긴장시켰다. 적들이 다가오는 소리가 바람을 타고 귓가에 들려온다. 해병들은 맹수의 발소리를 알아차린 초원의 동물처럼 귀를 쫑긋 세웠다. 몇몇 신병들은 겁을 잔뜩 먹고 눈물이 그렁그렁 맺힌 커다란 눈으로 앞을 바라보고 있었다. 마침내 누군가 침묵을 깨며 조심스럽게 말했다.

"놈들이 온다!"

그 말과 더불어 수많은 생각과 영상이 병사들 머릿속을 어지럽힌다. 머나먼 조국, 가족과 친구들, 열정적인 사랑. 그들은 들이닥친 위급한 순간에서 잠시라도 멀리 물러나 있고 싶었다.

그러나 또다시 전투가 시작되었다. 승리 또는 패배, 생포, 죽음…… 무기를 잡은 손에 모두 잔뜩 힘이 실렸다. 머릿속에는 오로지 적을 몰아내고 살아남기를 바라는 단 한 가지 생각뿐이었다.

해병 전투선은 중공군 대포와 박격포의 맹포격을 받았다. 떨어진 포탄이 주변 공기를 찢어놓았다. 여기저기서 "픽! 픽!" 쓰러지는 소리가 났다.

곳곳에서 의무병을 찾는 다급한 목소리가 들려왔다. 포성은 차츰 잦아지고, 곳곳에서 들려오는 포탄 소리가 슬픈 가락으로 날아와 가슴을 찌른다. 인간의 쓰레기 같은 야욕을 덮어버리기라도 하려는 듯 눈은 쉼 없이 내리고 또 내렸다.

신관이 아낌없이 퍼부어지면서 별자리처럼 하나로 뒤섞인다. 하늘 골짜기에는 한순간 큰곰자리가 나타난다. 눈부신 빛으로 궁전을 만들어 낸다.

아무래도 쉽게 끝날 듯하지 않았다. 저주가 내려 해병대원들은 온몸이 마비되는 듯했다. 백린탄이 쉴 새 없이 떨어져 수많은 해병이 덧없이 눈밭에 엎어졌다. 해병들이 포격을 가하는 사이에도 중공군 보병들은 수류탄 투척거리까지 기어 들어왔다. 대포와 박격포 사격에 이어 이곳저곳에서 수류탄이 터지기 시작했다.

뒤따른 공격은 거세고도 난폭했다. 그동안 들어왔던 폭음과는 달랐다. 대포를 쏘아대거나 포탄 터지는 때 귀청을 찢어놓던 그 소음이 아니다. 진혼곡! 끝내 놓고 싶지 않은 생명줄을 힘겹게 놓아야 했던 병사들의 넋을 달래기 위한 음울한 레퀴엠이었다.

그것은 흔들림 없이 해병들 머리 위에 머물렀다. 마치 고뇌하는 열정이 온 대기에 가득 들어찬 듯했다. 번민과 한숨이 터져나오는가 하면, 곧 날카로운 외침과 슬픈 흐느낌이 곡을 하듯 이어졌다. 몸서리가 쳐진다. 그 소리는 장엄하게 울려퍼졌다.

얼어붙은 장진호의 레퀴엠. 그 잔혹한 격동은 쉬이 사라지지 않았다.

해병들의 힘 없는 손이 횃불을 잡는다.
그들 의무는 횃불을 높이 드는 것이다.
그들이 믿음을 저버린다면
봄이 찾아와 장진호 골짜기에 석남화 꽃이 피어도
죽은 전우들은 끝끝내 편히 쉴 수 없으리라.
선의 성찬식이 열리듯이 악의 성찬식도 존재한다.
나는 확신한다.
우리는 미지의 세계, 즉
동굴이나 어둠 속에 서식하는 존재들 틈바구니에서
살아가며 활동하고 있다고

인간은 때로 진화를 거스를 수도 있으며
무서운 전승의 지식은 아직도 사멸하지 않았다고.

(이범신, 〈전선노트〉)

　인간은 한 줄기 갈대처럼 자연 속에서 그 무엇보다 연약한 존재이다. 그러나 생각하는 갈대이다. 이것을 없애버리는 데 우주는 어떤 거창한 무장도 필요없다. 그저 한 줄기 증기, 한 방울의 물만 있으면 충분히 죽일 수 있다. 그러나 온 우주가 인간을 짓밟아 없앤다 해도 인간은 변함없이 죽이는 쪽보다 훨씬 더 존엄하리라. 인간은 스스로가 죽으리라는 걸, 또 우주가 자기보다 훨씬 뛰어남을 알고 있기 때문이다. 그렇지만 우주는 그런 것을 알지 못한다. 그러므로 우리들의 존엄성은 모두 생각하는 힘 속에 들어있다. 우리는 거기에서 이루어져야지 절대로 시간이나 공간에서부터가 아니다. 우리는 그것을 채울 수 없기 때문에 올바르게 생각하도록 노력할 수밖에 없다. 이것이 바로 도덕의 출발점이다.

　죽음을 피할 수 없는 위험에 빠지면 날카로운 이성을 잃어버리고 그저 멍한 상태에 빠져드는 병사가 많다. 자의식을 잊은 망아(忘我)의 경지에서 그들은 죽음을 잊고, 조직적 군사체계의 세포로서 자신에게 주어진 임무를 자동적으로 수행할 뿐인 존재가 된다. 얼마나 많은 전쟁이 여전히 시키는 대로 움직이는 남자들 손에 일어나고 끝나는지 안다면 참으로 놀라움을 금치 못하리라. 자신들이 조작하는 기계처럼 병사들도 기계가 되어간다.
　같은 옷, 같은 장비를 입은 수많은 병사들 표정에는 어떤 목적의식도 느낄 수 없는 공허함만이 떠돈다. 그들의 인간성은 어느새 모두 닳아 없어져 버린 듯 인간을 뛰어넘는 강력한 의지에 지배당한 모습만이 눈에 비친다.
　전투가 벌어지는 동안에도 마찬가지이다. 죽음이 수많은 병사의 목숨을 거두는 가운데 그들은 아무 생각도 없이 죽이고 또 죽어나간다. 죽음의 순간을 느끼는 일도 없으며 그 의미도 좀처럼 이해하지 못한다.
　전투에서 이러한 마비를 일으키는 원인은 두 가지, 바로 고된 훈련과 피로이다. 군생활에 언제나 따라붙는 반복 훈련, 한결같은 응답 등 숨이 턱 막히고 조금도 틀어짐 없는 요소들의 작용으로 저마다 의식은 둔하고 흐릿해진다.

독특한 군대 문화에 낯설어하는 신병들조차 머지않아 규율을 지키고 이 커다란 조직의 톱니바퀴로 적응해 나간다. 주어진 임무에 필요하지 않은 생각은 뒤로 미루게 되고, 상관의 명령대로 부하들을 부리다 보면 더욱더 사고할 필요가 없어져 버리고 만다.

분명 전투를 치르다 보면 때때로 예상과는 다른 상황이 일어나고, 병사들은 스스로 판단해 행동해야 하는 일이 벌어진다. 하지만 이 상황조차 병사들이 판단력을 흐리게 하는 원인이 된다. 병사들은 긴 시간 동안 되풀이해서 익혀온 교범에 따라 상황에 대처하느라 죽음을 생각할 여유는 사라져 버린다. 이 전례가 없는 사태를 맞이하여 지휘관은 고민에 빠진다.

'전진해야 하는가, 이곳을 지켜야 하는가? 어쩌면 물러나야 할지도 모른다.'

여러 선택들이 그의 머릿속을 가득 메우고, 다른 문제는 떠오르지 않는다. 자아는 조금씩 약해지다가 끝내 모습을 감춘다.

병사들뿐 아니라 장군들도 마찬가지인데, 어쩌면 병사들보다 한결 심할 수도 있다. 오랜 세월 훈련해 온 전략과 전술 가운데 현재 상황과 맞아떨어지는 정답을 찾으려고 고심한다.

이를 가리켜 심리학자들은 죽음이 눈앞에 닥쳐왔을 때 행동방침이나 하찮은 것에 집착하는 병사들의 행동은 현실도피의 또 다른 모습이라고 설명한다. 그렇다면 이 행동은 매우 효과적이다.

죽음의 인식을 가로막는 두 번째 장애물은 줄곧 쌓여온 육체적 피로다. 절대적 수면 부족, 기나긴 행군, 차디찬 전투식량, 전투의 긴장이 어우러져 병사들의 피로는 나날이 쌓여만 간다. 이 피로는 평범한 사람들이 겪는 그 어떤 고된 피로보다 무겁다. 피곤함이 차곡차곡 쌓이면 육체 피로만으로도 사람의 감각은 무디어지기 마련이고 병사들은 마치 몽유병 환자처럼 보인다.

이러한 긴장이 끝없이 이어지면, 마침내 병사들은 휴식과 변화를 바란 나머지 죽음을 기꺼이 받아들이려 한다. 날이 갈수록 영혼이 시들고 전쟁에도 싫증이 나기 시작한다.

'아무리 걸어도 끝이 보이지 않는 길. 정말 바른길일까? 살아남아야 할 이유가 있는 걸까? 차라리 죽어버렸음 좋겠다.'

이따금 병사들은 회의에 빠지고 만다. 자기 생존이 참으로 값어치가 있는지는 여행이 끝나지 않고서야 깨달을 수 없는 법이다. 죽음은 자신을 이 상황에서 벗어나게 해주는 존재로서 찾아온다. 죽음은 영원한 휴식이며 달콤한 수면이다. 벌써 의식이 무디어지고 몽롱해진 병사들조차 이것만은 똑똑히 인식한다.

그러나 죽음과 마주하지 못하고, 공포와 혐오로만 죽음을 이해하며 죽어가는 많은 병사들을 쉽게 이해할 수 있을까? 어쩌면 총탄이나 수류탄 파편이 가져오는 육체적 고통과 팔다리가 잘려나가는 공포가 그렇게 만들지도 모른다.

죽음과는 달리 고통에 대해서는 누구나 매우 현실적인 기억을 지니고 살아간다. 특히 병사들은 끔찍하게 벌어진 상처 따위와 늘 부닥치며 고통에 찬 신음 소리가 귓가로 흘러들기 때문에 언젠가는 자신의 몸에도 일어날지 모른다는 두려움을 불러들이게 된다. 정신이 버텨내지 못한다 해도 무리는 아니리라. 죽음도 두렵긴 하지만, 먼저 피부에 와닿는 건 부상의 고통에 대한 두려움이다.

공포는 한결같은 행동과 육체적 피로와 마찬가지로 자기인식을 무디게 만들며 그 영향력은 다른 두 가지보다 길게 이어진다. 두려움이란 전투를 더 이어나가지 못할 만큼 병사의 정신을 좀먹어간다. 두려움이 더없이 커지면 이성이 사라지게 되고 그와 함께 의식이 분리되어 버린다.

병사들이 겪는 의식의 마비는 전쟁 상황에 따라 변한다. 몇몇뿐 아니라 모두가 얼마큼 이 의식의 마비를 겪는다. 전쟁지역에서 몇 개월 지내다 보면 전쟁 밖의 상황이 현실로 느껴지지 않고, 전쟁을 다른 현실에 비추어 보는 일도 힘겹다.

때때로 홀로 여기서 은둔자처럼 살고 싶다는 생각을 품게 된다.

'전쟁이 끝나고 이전의 생활로 돌아갈 생각을 하니 너무나 끔찍하다. 전장에서 보낸 몇 달간의 일들을 가족에게 털어놓고 싶지도 않아. 본디 나로 돌아갈 자신도 없다. 이제 내게 무엇이 남아 있지?'

딱히 죽음을 바라지는 않지만, 굳이 살고 싶어서 사는 것도 아니다. 전쟁 이전에는 너무나도 멀고 비현실적이라 지금과는 다른 삶을 상상하는 일이 곤란했다. 그런데 전쟁 속에서는 강렬하게 그리고 잊을 수 없을 만큼 또렷하게 미래의 자신을 깨닫고 자기 인생 상황을 이해하곤 한다. 폭력과 증오의 환경 속에 놓인 병사는 의식이 무디어져 자신의 마음을 드러내기 어렵다.

28
션부여우지아!

고스의 전투선이 뒤로 밀리고, 그의 오른쪽 옆이 포위되었다. 중공군이 방어선을 뚫고 콜리의 지휘소를 위협했다. 고스는 대원 5명을 이끌고 옆쪽으로 재빨리 달려갔으나 전우를 구해 내지도 못한 채 직격탄을 맞아 그대로 죽고 말았다.

바렛 방어선은 왼쪽 측방진지를 빼놓고는 계속 밀려났다. 이 진지 두 곳이 짓밟혔다. 수류탄 한 발이 찰스 몬로 일병을 참호 밖으로 날려버렸다. 몬로는 충격으로 깜빡 의식을 잃었다가 곧 정신을 차리고는 놓쳐버린 자동소총을 찾아 중공군 공격 대열에 마구 쏘아댔다. 그가 배치된 방어선에는 중공군이 더 뚫고 들어오지 못하고 흩어져 사라졌다.

중공군 돌파 상황을 보고받은 리지 중령은 그래디 미첼 중위가 이끄는 대원 50명을 콜리에게 서둘러 보냈다. 덕분에 중공군의 맹렬했던 공격이 조금 수그러들었지만 해병의 손실은 매우 컸다. 얼마 지나지 않아 다시 중공군 화력이 거세졌다. 재빨리 병력을 늘인 것이다.

콜리의 행정장교인 호래스 존슨 중위는 증원병력을 요청하기 위해 치열한 불그물을 가로질러 대대 지휘소로 달려갔다. 왼쪽 끝에서 엔슬리 소대가 고스와 이어진 측방에서 격전을 벌이고 있었다. 엔슬리는 궁지에 몰린 분대로 달려가 박격포 화력을 이끌어 거세게 밀려오는 중공군 물결을 잠시 멈추게 했다. 그는 부대를 다시 만들어 새 진지로 투입하다가 치명적인 부상을 입었다.

해리슨 베츠 중위는 중대 지휘소에서 지프 트레일러에 실린 기관총탄을 내리고 있었다. 그때 백린탄 한 발이 날아와 트레일러 가까이에 떨어져 수많은 해병이 다쳤다. 로버트 반즈 중사의 도움을 받아 베츠는 병력을 다시 꾸리고, 고스 소대의 나머지 대원들이 하던 어느 초가집 공격을 도왔다.

중공군의 백린탄 공격은 멈출 줄 몰랐다. 그 초가집에 이르렀을 때, 병사 30

명 가운데 어디 한군데 다치지 않은 사람은 고작 8명뿐이었다. 병사들은 수류탄 2개를 초가집 안으로 던져 넣었다. 그러고는 곧바로 집 안으로 뛰어 들어갈 준비를 마쳤다. 베츠는 맨 앞에 선 병사가 두려움에 떠는 것을 보았다.

"이봐, 그렇게 몸이 굳어 있으면 들어가자마자 총알 맞기 딱 좋아. 어서 뒤로 물러서. 내가 먼저 들어갈 테니까."

베츠가 앞장서고 다른 병사들이 뒤따랐다. 수류탄이 터졌던 앞방은 텅 비어 있다. 베츠는 소총을 겨눠 천천히 집 뒷담을 따라 돌아가고, 다른 병사들이 한 사람씩 줄을 지어 따랐다. 베츠는 뒤쪽 작은 방에 발을 들여놓으며 살며시 문을 열었다.

"이런, 빌어먹을!"

그가 소리 질렀다.

"매복이다! 빨리 나가, 빨리!"

미군과 중공군 소총의 발사음이 한데 뒤섞였다. 키일 상병이 목에 치명적인 상처를 입고 비틀거리며 맥없이 쓰러졌다.

해병들은 그를 바깥마당 담장 옆으로 안고 나왔다. 중공군은 방과 부엌, 외양간에 숨어 저항했다. 해병들은 문과 창 안으로 수류탄을 던져 넣으며 빈틈없는 사격을 퍼부어댔지만 중공군의 반격은 좀처럼 수그러들지 않았다.

베츠는 M-9바주카 사수를 불렀다.

"한 방 먹여!"

바주카를 맞은 흙벽이 와르르 무너지면서 갈피를 잡지 못하는 중공군들이 보였다. 해병들은 한꺼번에 사격을 퍼부었다. 집 안에서 저항하던 자들이 죽어가며 찢어지듯 고통의 비명을 질렀다.

"키일, 정신차려!"

"빨리 의무병 불러와!"

키일의 상태는 짐작보다 훨씬 심각했다. 그의 눈동자가 차츰 흐려지고 있었다.

'부모님이 얼마나 슬퍼하실까. 친구들아, 무공훈장 달고 자랑스레 꼭 돌아가겠다던 약속은 못 지키겠구나. 부디 모두 행복하기를······.'

키일은 허공으로 손을 뻗었다. 무언가를 잡으려는 듯 마지막 힘을 다해 휘저었다. 마침내 그의 몸에서 생명이 스르르 빠져나가고 두 팔이 힘없이 툭 떨어졌다.

부하들을 집 안으로 들여보낸 베츠는 그들을 보호하려고 밖을 수색하기 시작했다. 그는 날이 샌 뒤 반격으로 전선의 열세가 뒤집힐 때까지 자리를 지켰다. 세 시간 동안 경비하며 그들은 중공군 9명을 죽이고 6명에게 부상을 입혔다.

1차 대포 박격포 사격 양상으로 미루어보건대 중공군이 에드워드 스넬링의 박격포소대 진지를 알고 있음이 확실해졌다. 스넬링 소위는 자기 부대에 쏟아지는 공격을 무릅쓰고, 무서운 압력을 받고 있는 소총병들을 위해 지원사격을 멈추지 않았다. 니콜라스 페이더스필 병장의 도움을 받아 스넬링은 무기를 새 진지로 옮겨 �쉴 새 없이 포격을 퍼부었다.

박격포탄을 실은 지프 트레일러 한 대가 중앙저장소에서 달려왔으나, 어둠과 전투의 혼란 속에 운전병은 그만 중공군 진지로 들어가고 말았다. 집중되는 맹렬한 화력에 당황한 운전병은 지프를 포기했다. 이때 스넬링이 중공군의 탄막을 뚫고 지프가 있는 곳으로 한숨에 달려갔다. 차를 급히 몰아서는 박격포 진지로 다시 돌아왔다.

증원병력을 요청하러 대대 지휘소에 찾아간 존슨 중위에게 리지는 대원 50명을 더 지원했다. 이 병력을 재빨리 분대로 만든 존슨은 전방으로 달려나가 콜리와 합류해 공격에 들어갔다. 파편이 존슨의 철모를 때려 그를 쓰러뜨렸지만 다시 일어나 이 진지 저 진지로 정신없이 뛰어다니며 전선을 강화했다. 콜리도 다쳤으나 용사답게 전투를 이어갔다.

콜리의 오른쪽 옆에서 조셉 피셔(Joseph Fisher) 중대는 중공군 공격에 굳세게 맞서고 로버트 니덤 중위의 1개 소대가 격렬한 근접전을 벌였지만, 지원 전차들과 교신은 이미 끊어진 상태였다.

"내 목소리 들리나?"

니덤 중위가 무선주파수를 전차 지휘관들에게 맞추고는 소리 질렀다.

"포 사격 때문에 하나도 들리지 않는다. 내가 안내하겠다. 우리 모두 당신들 주위에 있다. 전차 주포를 쏠 때 무엇보다 주의하라."

그러나 무전기는 답이 없었다. 니덤의 전령 로널드 러배서 일병이 용감하게도 나무 한 그루 없이 헐벗은 맨땅을 뛰어가 전차대에 연락을 하고는 되돌아왔다.

러배서가 들판을 가로지를 때 중공군의 총탄이 무섭게 몰아쳤으나, 그는 헤르메스의 역할을 충실히 해냈다. 연락병 역할을 하지 않을 때는 사선(射線)에서 중공군에게 총탄을 날렸다. 그는 중공군을 잘 가려내려고 거듭 총을 쏘았다.

다시 한 번 전차에 연락해야 할 상황이 생겼다. 러배서가 이번에도 나섰다. 그러나 그는 후방으로 탄막을 뚫고 달려가다가 끝내 총을 맞아 목숨을 잃었다.

더없이 사나운 공격이 이어지는 동안 피셔는 전선을 돌아다니며 박격포 사격을 이끄는 대담무쌍한 본보기로 부하들 사기를 북돋았다. 그의 부대는 중공군의 돌격을 조금도 허락하지 않고 진지를 굳게 지켜나갔다.

하갈우리 방어선 남쪽 및 서쪽 가장자리를 공격했던 중공군은 세 시간 뒤부터는 차츰 시들해지기 시작했다. 새벽 3시쯤에는 방어선에 생긴 간격이 메워지고, 방어선 뒤로 침투했던 중공군은 전멸했다.

날이 밝자 방어선 앞에 그 누구도 평생 잊지 못할 광경이 펼쳐졌다. 두 중대 맞은편 벌판에 수백 구의 시체가 가득 널렸다. 주검의 바다였다. 그 바다 위에 소리 없이 하얀 눈발이 처연히 날렸다.

죽음은 비통한 일이다. 시체들 위로 한 겹 한 겹 눈이 쌓인다. 아직 썩지 않은 그들의 몸에서 증오의 기운이 피어오른다. 죽음의 공간 속에서는 무력하지만, 그 하나하나는 깊은 사색과 수많은 추억을 가득 담았던 생명이었다.

　

얼어붙은 장진호의 시체들은 속삭인다.
나는 어젯밤 네가 죽인 적이다, 친구여!
어둠 속에 네가 있음을 알았지
어젯밤 나를 쏘아 죽일 때 네가 눈살 찌푸렸음을
나는 몸을 피해 봤지만, 내 손은 어쩔 수 없이 차가워졌지
우리는 세상 저편 아득히 먼 허공에서
우리를 옭아매고 속박하는 어둠의 것들과 함께 있을 터이니
어둠 속을 떠도는 자
'옛 경고'를 우습게 보는 사악한 자
모든 무덤으로 이어진 비밀의 구덩이를 들여다보는 자들이여!

이제 바라건대 부디 우리를 잠들게 해다오…….

(이범신, 〈전선노트〉)

자신의 천성과 경험으로 병사들 가운데는 온갖 경험 중에서도 죽음을 특별히 기대하는 체험, 때가 되면 있는 그대로 받아들일 의지가 있다고 여기는 사람이 있다. 죽음을 삶 안으로 들여와 경험의 하나로 삼으려 하고, 때로는 친밀한 관계를 얻으려 한다. 이 병사들은 죽음을 힘으로서 존중하고 앞이 보이지 않는 운명을 두려워하지 않기 때문에 전쟁에서 자신이 목숨을 잃을 가능성을 다른 병사들보다 냉철하게 생각할 수 있다. 그들에게 죽음은 탄생처럼 명백한 현실이다. 현실은 이해하면서 죽음을 받아들이기를 거부하는 병사를 어리석다고 본다.

한 차례 격전의 폭풍이 지나간 자리에 기묘한 정적이 찾아들었다. 때때로 시체를 꿰뚫는 단발성 총성이나 누군가의 알아들을 수 없는 외침이 들려오기도 했다. 초연이 짙게 밴 이른 아침 고지는 조금 전까지 치열한 살육전이 벌어졌다고는 도무지 믿겨지지 않을 만큼 고요했다.

팡샤오지아(方孝佳)는 총을 두 팔로 껴안은 채 멍하니 교통호 구석에 웅크리고 앉아 있었다. 그의 옆 조금 떨어진 곳에는 방금까지만 해도 함께 이야기를 나누던 전우 2명이 만신창이로 널브러졌다. 곡사포탄이 전우들을 넘어뜨린 것이다. 그들에 견주면 멀쩡한 몸으로 살아 있는 자신이 더 비현실적으로 느껴졌다.

팡샤오지아의 부대는 한밤에 미군 고지를 공격해 가까스로 점령하는 데 성공했으나, 곧 미군의 거센 반격이 이어져 막기에 급급한 처지가 되었다. 그는 공기파열음을 뒤에 달고 날아와 굉음과 함께 지축을 뒤흔들며 작렬하는 포탄의 무시무시한 위력에 소름이 돋았다. 포탄이 터지는 광경을 볼 때마다 팡샤오지아는 넋을 잃고 우두커니 서 있었다.

미군은 그처럼 막강한 화력으로 적을 홀리고 지상공격을 끊임없이 퍼부었다. 마침내 중공군은 더 버틸 수 없어 물러나고 말았다.

잔뜩 겁에 질린 모습으로 정신없이 수류탄을 집어던지고 방아쇠를 당겼던 팡샤오지아가 정신을 차려보니 전투는 어느덧 중공군의 참패로 끝나 있었다.

소스라치게 놀라 주위를 둘러보았는데, 산등성이 아래쪽에서 삼십육계 줄행 랑을 치는 중공군 병사들이 눈에 들어왔다. 미군은 뒤에서 총을 쏘아대며 고 지 위로 밀고 올라왔다.

팡샤오지아는 죽음의 공포에 사로잡혀 꼼짝달싹할 수 없었다. 가까이 다가 오는 미군 병사들의 발소리와 말소리가 그의 가슴을 찌르고 머리를 때렸다. 다리가 몹시 후들거려 도망조차 갈 수 없었다.

마침내 엄폐물 포대를 훌쩍 뛰어넘어 교통호 바닥에 힘차게 발을 딛는 소리 가 들려왔다. 팡샤오지아는 눈을 크게 뜨고 부들부들 온몸을 떨며 자신에게 곧 들이닥칠 운명의 순간을 기다렸다.

'내가 할 수 있는 건 아무것도 없어! 이젠 끝이라고!'

구불구불한 교통호 둔덕 위로 철모를 쓴 미군 병사의 머리 하나가 불쑥 나 타났다. 주위를 휘 둘러보던 그는 뒤늦게 팡샤오지아를 발견하고 깜짝 놀라 M-1 총구를 재빨리 들이댔다. 팡샤오지아는 본능처럼 두 손을 머리 위로 번 쩍 쳐들었다.

미군은 총을 겨눈 채 잠시 동안 팡샤오지아를 노려보기만 했다. 솜을 넣어 누빈 흰 윗옷과 펑퍼짐한 바지를 입고 훈련화를 신은 초라한 모습이 그의 눈 에 들어왔다.

덜덜 떨던 팡샤오지아는 자기를 바라보는 상대의 눈빛이 연민으로 가득 뒤 덮이는 걸 얼핏 보았다. 팡샤오지아는 재빨리 손사래를 쳐서 적의가 없음을 밝히고 품속에서 낡은 가죽지갑을 꺼내 펼쳐 보였다. 가족사진이었다. 사랑하 는 아내와 귀여운 아들딸이 해맑게 웃는 모습을 보여주다가 그만 저도 모르 게 슬픔이 북받쳐 눈물을 왈칵 쏟았다.

미군이 뭐라고 외치며 총구를 잇따라 치켜드는 시늉을 되풀이했다.

'일어서라는 건가?'

팡샤오지아는 살았다는 안도감에 조금은 마음이 놓여 천천히 몸을 일으켜 세웠다. 오랫동안 추위 속에 쭈그리고 앉아 있었던 탓에 다리에서 쥐가 났다. 얼굴을 찡그리며 그는 후들거리는 다리에 잔뜩 힘을 주고서야 가까스로 일어 설 수 있었다.

포로 집결지로 보내진 팡샤오지아는 심문관과 마주 앉았다. 중위 계급장을 단 심문관은 뜻밖에도 한국인이었다. 심문은 서투른 중국어와 필문필답(筆問

筆答)으로 이루어졌다.

"나는 본디 장제스의 중화민국 국민정부군 소속이었는데, 내전 때문에 어쩌다 보니 중화인민공화국 군인이 되었소."

팡샤오지아의 이야기가 자못 흥미롭다는 듯 심문관은 그를 부드러운 눈빛으로 찬찬히 살펴보며 물었다.

"왜 미군과 싸웠는가?"

팡샤오지아는 얼른 말하지 못했다. 잠시 뒤 체념한 듯 힘없는 대답이 그의 입술 사이로 흘러나왔다.

"션부여우지아, 위예뿌시환짠정(身不由己啊 我也不喜歡戰爭 : 내가 세상을 어찌할 수 있겠는가. 나도 전쟁이 싫다)."

전투중 사라졌던 미국 병사들이 부상을 입은 채 발견되었다. 놀랍게도 그들은 중공군 2명을 사로잡아왔다.

"들녘에 몸을 숨기고 있는데, 중공군 두 놈이 기어오더라? 무작정 내갈기면 총열도 견디지 못해서 탄창에 총알을 재고 놈들이 다가오길 기다렸다. 그런데 들판을 기다가 힘이 쪽 빠졌는지 우릴 보자마자 항복하더군. 마치 덫에 걸린 두더지 같았다니까! 전우들은 우릴 잊어버린 듯 찾아오지도 않던 새에 벌어진 일이야. 그러고 있는데 다행히 자네들이 우릴 발견했어. 구세주를 만난 거지."

구조된 월터 일병이 신이 나서 마구 떠들어댔다.

"상처는 좀 어때?"

"양쪽 귀가 어떻게 됐나봐. 커다란 놈 하나에 조그만 놈 하나가 바로 눈앞에서 터졌거든. 내 머리는 파편 사이를 빠져나온 거나 마찬가지야. 그래도 살짝 스쳤는지 귀만 당했어."

"거울을 보면 놀랄 텐데요."

그를 치료하던 의무병이 덤덤히 말했다.

"붕대로 얼굴을 온통 미라처럼 감았습니다. 응급처치는 끝났으니 안전한 곳으로 갑시다."

의무병은 월터의 짐을 거들었다. 월터는 심한 목마름을 느끼며 거듭 투덜댔지만, 그러면서도 무기와 짐은 스스로 들고 갔다.

그들은 나란히 걸었다. 열을 맞추지 않고 산책하듯 걸을 수 있어서 즐거웠다. 전쟁터가 아니라 마치 집 앞 공원을 거니는 듯했다. 자유의 숨결이 순식간에 그들을 쾌활하게 만들었고, 소풍이라도 가는 듯 설레게 했다.

"마치 산책하는 거 같아!"

월터가 싱글거렸다.

"물론. 전장에서 누린 산책은 기억 속에 오래도록 남을 테지. 이 전쟁이 끝난 먼 뒷날까지도."

"그럴 테지요. 저도 이 끔찍한 전쟁터의 나날들은 쉽게 지울 수 없을 겁니다."

의무병이 말을 받으며 슬쩍 미소 지었다.

하갈우리 동쪽은 고지들이 길에서 갑자기 깎아지른 듯 치솟아 있다. 얼음과 눈으로 덮인 그 봉우리에 오르는 일은 거의 불가능했다. 리지 중령은 육군부대 파견대들을 이 전선에 배치했다. 그 상황을 관찰, 보고하기 위해 존 쉘넛 대위가 육군부대에 배속되었다. 그와 함께 행동하는 무전병은 부르노 포돌락 일병이었다. 산자락에 난 도로에 세워진 장애물 앞에 서 있는 리지의 중화기 중대 중대장 에드윈 시몬스 소령에게 육군병사들 여럿을 거느린 중위가 머뭇거리며 다가왔다. 중위는 제10군단 통신파견대의 지휘자였다. 그는 일정구역을 방어하라는 지시를 받았지만 맡은 일을 어떻게 처리해야 할지 잘 몰랐다. 그래서 소령을 찾아왔다. 태평양전쟁 참전 경험이 있는 노련한 군인인 시몬스는 중위의 솔직한 요청에 마음이 움직였다.

"자네 말일세. 해병 부사관의 지휘를 받아 작전을 치를 마음이 있나?"

장교는 무조건 고맙게 받아들이겠다고 말했다. 시몬스가 돌아서서 누군가를 불렀다.

"중사, 이리 오게."

"예, 부르셨습니까?"

"병력을 이끌고 이 육군 장교와 함께 저 앞산에 올라가 진지구축을 도와주게."

해병 중사가 이끄는 11명의 병력은 가파른 산비탈을 올라가 도로장애물이 내려다보이는 곳에 진지를 만들었다.

새벽 2시, 쉘넛 육군 공병대가 맹렬한 공격을 받아 후퇴 중이라고 리지에게 알려왔다. 30분 뒤에 포돌락은 쉘넛이 전사했다는 보고를 해왔다. 포돌락은 중장비 때문에 육군부대와 함께 산을 내려갈 수 없었으므로 구덩이에 숨어 중공군의 병력과 의도를 때때로 보고하겠다고 리지에게 전했다.

리지는 행정장교 마이어스 소령에게 명령을 내렸다.

"기동예비대 남은 병력을 다시 꾸려서 어떤 희생을 치르더라도 그 고지를 되찾아라."

마이어스는 병사들을 모아 고지 기슭의 길과 도랑으로 나아갔다. 산꼭대기에서 밀려난 병력 사이에는 적지 않은 혼란이 있었다. 마이어스가 반격하기 위해 부대 재편성을 끝낼 때까지는 오랜 시간이 걸렸다. 마이어스의 무전병으로는 J. D. 미첼 상병이 뒤따랐다.

공격대형을 짜는 동안 전차와 박격포가 산꼭대기에 화력을 계속 퍼부었다. 포돌락은 마이어스에게 중공군이 대대 병력으로 고지를 지키고 있다고 알렸다.

그 고지를 되찾기란 사실상 불가능했다. 그러나 마이어스는 이 혼성 부대원들에게 비상한 힘과 결의로 반드시 목적을 이루자는 투지를 불어넣었다. 지원포격이 끝나고 공격개시명령이 떨어진 때가 새벽 3시 15분이었다.

해병들은 미끄러지고 굴러 떨어지고 기어가면서 얼음 덮인 200미터 가파른 산봉우리를 오르기 시작했다. 마이어스와 미첼은 쉬지 않고 산병선을 돌아다니며 지휘자들을 큰 소리로 격려하고 낙오병들을 거듭 재촉했다. 벅, 더닝과 밀러 소령이 그들을 따라 산병선을 끌어올렸다.

공격에 참여했던 315명 가운데 정상에 이른 병력은 75명에 지나지 않았다. 가는 길에 포돌락이 합세했다. 포돌락은 무전기를 지고 계속 마이어스를 돕다가 총탄을 맞았다. 하지만 총탄이 몸 대신 무전기에 박혀 아슬아슬하게 목숨을 건졌다.

동료들은 껄껄 웃으며 짓궂은 농담을 건넸다.

"그 무전기, 집에 갖고 가서 가보로 모시고 대대손손 물려주는 게 어때?"

"굉장한걸. 이건 자네가 나한테 빌려간 10달러를 갚기 전엔 맘대로 죽을 수 없다는 신의 계시야."

포돌락은 부상에는 아랑곳없이 전투를 계속했다. 그들은 정상 바로 밑에 가로로 공격개시선을 만들고, 왼쪽 측방에 위치한 중공군 기관총에 대처하는 데 온 힘을 기울였다. 날이 새고 얼마 지나지 않아 미 해병 항공기들이 번개같이 날아와 기관총 진지를 단번에 날려버렸다.

마이어스는 고지에 해병 60명과 육군 15명밖에 없다는 사실을 리지에게 알렸다. 리지는 통신중대 장교인 노먼 포스터 중위에게 마이어스 부대가 확보한 고지 왼쪽 골짜기를 공격케 해 적의 압력을 느슨하게 하기로 했다. 포스터는 대원을 이끌고 거의 꼭대기에 이르렀으나, 북쪽에서 날아오는 중공군의 소나기 사격에 발이 묶이고 말았다. 그러자 미군은 다른 공격집단을 꾸려서 포스터의 왼쪽 회랑으로 올려보냈다. 그러나 이 공격 또한 실패로 돌아갔다.

'대체 어떤 작전을 써야 하는가?'

리지는 고심했다.

서산으로 해가 기울어 가는데도 증원군이 고지 꼭대기 마이어스 부대까지 올라오지 못하자, 포스터는 대원을 이끌고 반대쪽 비탈을 내려갔다. 길 위쪽 덤불 가장자리에 참호를 파고 들어가 날이 밝을 때까지 지켰다.

29일 아침 마이어스가 고지 기슭에 새 전선을 구축한 것 말고는 하갈우리 방어선에는 아무런 변화도 없었다. 밤새 이어진 전투로 하갈우리 방어병력은 500명이 넘는 사상자를 냈다. 이 방어선을 지키려면 남쪽으로부터 증원군을 많이 투입해야만 했다.

그런데 이 교전에서 한 가지 수수께끼가 있었다. 바로 중공군의 박격포와 대포 사용법이었다. 방어선 안에 트럭, 보급물자, 병원과 근무병력이 꽉 들어차 있으므로 중공군이 그곳을 강타했다면 미군은 엄청난 손실을 입었을 터였다. 하지만 중공군은 미군 전투병력이 참호를 파고 들어가 있는 전투선만 때리기를 거듭했다. 그래서 인명피해는 생각보다 가벼웠다.

전사자는 방어선 안의 더럽고 음산한 곳에 따로 모아놓았다. 시체들은 꽤 오래전부터 후방의 묘지로 옮겨지기를 기다렸다. 살아남은 병사들은 침묵한 채 그 곁을 지나갔다. 서로 몸을 붙이고 누운 전사자들은 비틀어진 몸짓에 고통의 흔적이 드러났다. 두 구의 시체 사이에 누구 것인지도 모를 손이 잘린 채 나뒹굴었다. 어디가 머리 쪽이고 다리 쪽인지도 가늠하기 어려웠다.

한 구의 시체 주변에 세 번 접은 빛바랜 편지가 놓여 있다. 땅바닥에 내려놓을 때 주머니나 탄띠에서 떨어진 모양이다. 한 병사가 허리를 잠깐 구부리고 바람에 펄럭거리는 종이를 집어 펼쳐보았다.

"사랑하는 피터야. 네 생일날, 날씨도 무척 좋구나."

그 시체는 허리를 깊게 찔려 파헤쳐진 채로 엎어져 있었다. 머리를 반쯤 비틀고 있어 움푹 들어간 눈이 보이고, 관자놀이와 볼과 목에는 파편이 박혔다. 편지를 쓴 어머니는 오늘 아들이 이렇게 처참한 모습으로 눈밭에 쓰러져 있으리라고는 꿈에도 생각시 못하리라.

해병들은 모두 코끝이 시큰해졌다. 두고 온 가족이나 연인 생각에 가슴이 저렸다. 그들은 조용한 밤이면 고향의 추억들을 더듬었다. 그러다가 마침내는 자신의 죽음을 떠올리고 힘껏 고개를 내저었다. 사실 그들은 죽음을 두려워하지 않았다. 진짜로 두려운 것은 자신들이 죽고 난 뒤에 남겨질 사랑하는 사람들이었다.

'아아, 가족을 다시 만나 뜨겁게 안을 수 있을까?'

그들은 나부끼는 흰 눈발을 보며 생각에 잠겼다.

'신은 인간에게 무엇을 바라는 걸까? 왜 우리를 이곳으로 보냈을까?'

순간, 그들은 얼어붙은 장진호를 휘감아 도는 새벽바람 소리를 듣고 화들짝 놀라 몸을 움츠렸다. 누군가 조용히 중얼거린다.

"아, 신의 한숨 소리를 들었다."

희뿌연 안개 속에서 무언가를 무겁게 등에 진 병사 둘이 땀을 뻘뻘 흘리며 다가왔다. 또 다른 전사자들이었다. 그들이 시체를 내려놓았다.

"얼마 안 됐어."

한 병사가 땀을 닦으며 말했다. 나머지 병사도 무겁게 입을 열었다.

"두 시간 전에 머릴 맞았어. 괜찮은 친구였는데."

젊디젊었다. 마치 눈을 감고 잠이 든 듯했다. 아직 몸이 부드러워 툭 건드리면 살아 움직일 것만 같다. 그 앳된 얼굴과 흰 피부, 흘러내리다 얼어붙은 핏물이 그를 등에 지고 온 병사들의 마음을 숙연하게 만들었다.

산더미를 이루는 전사자들, 그들이 무슨 말인가 해야 한다면
이렇게 이야기하리라.
얼어붙은 장진호를 보시오, 우리들은
온몸이 피범벅되어 아무렇게나 빙판에 내던져졌소.

흰 이빨 드러낸 늑대도 숨을 곳을 찾거늘
우리를 따뜻하게 해주시오. 우리는 너무나도 춥소.
열 지은 십자가들 사이에 표시된 안식처의 하늘 저쪽
갈까마귀들 까악! 까악! 까악! 날아가네.
아래쪽 총성 울리니 들을 수 없어라.
갈까마귀들의 노래를.

(이범신, 〈전선노트〉)

전쟁터에서 작전을 치러야만 하는 위험에 몸을 맡긴 병사는 유기 조직체의 하나라는 의식 때문에 힘이 있으며 동시에 무력하다는 모순된 감정을 차례로 겪는다.

'저기 있는 녀석을 처치할까? 마지막까지 이 기관총을 지키지 않으면 동료가 목숨을 잃고 내 잘못으로 이어진다. 모든 것은 내 결정에 달려 있다.'

몇 분 뒤 그는 작은 전쟁터 한구석에서 라이플이나 기관총 한 자루가 결과에 어떤 영향을 미치는지 스스로 묻는다. 복합체 전체에서 그가 어느 위치에 있는지 보이지 않게 되며 자신이 처한 완벽한 의존관계를 느끼는 위험에 맞닥뜨린다. 누군가 내린 명령을 따라 그는 오랜 기간 단순히 타인의 대표로 행동하며 자기 바깥에 머무른다. 그는 자기 중대나 다른 무리 속에서 죽이거나 죽이지 못하거나 또는 용감하게 싸우거나 도망친다.

기온은 영하 몇십 도까지 내려갔다.

오리털 침낭 안에 들어가 한껏 몸을 움츠려도 매서운 바람은 어느 틈으론가 날카롭게 파고들어와 온몸을 꽁꽁 얼게 했다. 그럭저럭 동굴 입구를 천막으로 막아놓은 치료대원 숙소는 한동안은 지낼 만했다. 그렇지만 전방에서 끊임없이 실려 오는 부상자들에게 양보한 뒤로, 의무대원들은 작은 동굴에서 변변한 방한구도 없이 혹독한 추위를 견뎌야 했다.

란쓰옌의 손은 빨갛게 부어올라 주먹을 쥘 수도 물건을 잡을 수도 없었다. 전방에서 고생하고 있을 휘신밍을 위해 스웨터를 빨리 완성하고 싶었지만 얇고 긴 뜨개질바늘은 자꾸만 그녀의 손에서 힘없이 미끄러졌다. 란쓰옌은 예감이 좋지 않았다. 그녀는 왠지 하늘색 스웨터를 끝내 다 뜨지 못할 것만 같

션부여우지아! 675

았다.

훠수이란이 그녀를 타일렀다.

"란쓰옌, 싸움이 모두 끝나고 날씨가 따뜻해지면 그때 다시 스웨터를 짜도 돼. 오빠는 절대로 섭섭해하지 않을 거야."

란쓰옌은 살며시 웃어 보였지만 약속을 지키지 못한다는 자책감으로 부드러운 입술 안을 시그시 깨물었다. 그러고는 쥐었던 코바늘에 더욱 힘을 주어 다시 스웨터를 뜨기 시작했다.

그녀는 틈이 날 때마다 스웨터를 짰다. 너무 추워서 두 손이 얼어버리면 배나 가슴 안쪽으로 넣고 녹였다. 이렇게 여러 번 되풀이해서 언 손을 녹여가며 스웨터를 떠갔다. 그녀는 훠신밍이 전선으로 떠나기 전 보내왔던 미 해병 외투를 몸에 걸쳤다. 그 외투는 아주 따뜻해서 손을 녹이기에는 그만이었다. 그녀는 불을 쬘 수 없었다. 두 손이 동상에 걸려서 불을 쬐면 몹시 가려웠다.

한 코 한 코 정성을 다해서 란쓰옌은 스웨터를 떴다. 그녀는 열심히 스웨터를 뜨다가 떠놓은 쪽을 꼼꼼히 살펴보았다. 몇 군데 코가 빠져 있었다. 란쓰옌은 속이 상해 짧게 한숨을 쉬었다. 그러다 갑자기 그녀의 눈에서 눈물이 한 방울 또르르 굴러 떨어졌다.

훠수이란은 손가락으로 란쓰옌의 볼을 부드럽게 비비며 말했다.

"아가씨의 순정을 우리가 다 알아버렸네."

전방에서 벌어진 전투는 참혹하고 격렬했다. 그녀들은 진지에서 꽤 멀리 떨어졌어도 곧잘 포성을 들었다. 가끔씩 사단 의무대 부근 산기슭에 올라서서 뾰족하게 솟은 산봉우리들 사이로 저 먼 곳을 바라보았다.

저만치 희미하게 연기가 피어오르고 폭발음이 잇따라 울렸다. 우레가 치는 듯한 폭음이 났다가 멈추고 다시 이어졌다. 징소리가 천천히 울리다가 갑자기 빨라지면 그녀들의 마음도 두근거렸다.

부상자들이 끊임없이 실려 온다. 총에 맞은 이, 폭탄에 맞은 이…… 대부분 병사들은 동상과 화상으로 고통스러워 했다. 미군들의 네이팜탄은 아주 잔인하게 중공군을 불태워 본모습을 도저히 찾아볼 수가 없었다.

약품이 턱없이 부족했다. 불바다에서 빠져나온 병사들을 안전하게 후방으로 옮길 여건도 안 되었다. 모든 사단 의무대는 급박한 환자들로 정신없이 바빴다.

조급해한다고 해결되는 일은 아무것도 없었다. 부상자들은 저장용 땅굴에 누워 죽음과 사투를 벌였다. 의무대원들은 부상자들을 죽음의 그림자에서 벗어나게 해야 할 책임이 있었다. 모든 게 더없이 열악한 전장에서는 의무대원들이 자기 책임을 다하지 못할 때가 많았다. 특히 화상을 입고 고통스럽게 부르짖는 환자들을 마주할 때면 죄책감에 시달렸다. 의무대는 한 가지 좋은 방법을 생각해 냈다. 그들은 머리카락, 콩기름, 산화아연, 붕산연고를 섞어 연고를 만들었다. 먼저 화상 부위를 깨끗이 씻은 다음 화상연고를 발랐다. 효과가 좋았다.

치료 여건은 말할 수 없이 나빴지만 그들은 최선을 다했다. 1도 동상에는 동상 부위를 따뜻한 물에 담가 비볐다. 2도 이상 동상은 동상부위를 과망가니즈산칼륨 용액으로 씻은 다음 소독한 붕대로 감아 따뜻이 하고 감염을 막았다. 그러고는 파상풍 항독소와 항생제를 놓았다. 심하게 썩어들어 간 신체는 잘라버리거나 죽어버린 부위를 도려내기도 했다.

그러나 치료하는 데도 한계가 뒤따랐다. 날씨가 너무 추워 주사약과 살균제가 얼어붙거나 터져버렸다. 가뜩이나 부족하고 형편 없던 의료기구와 약품이 턱없이 모자라 의무대는 더더욱 큰 고민에 빠졌다. 다행히 훠수이란과 천이페이가 저장용 토굴에 의료기구와 약품 일부를 보관한 덕분에 많은 병사들의 생명을 구해냈다.

붕대도 많이 모자랐다. 미군 전투폭격기가 길을 막아버려 후방에서 의료물품이 전혀 보급되지 못했다. 그녀들은 필요 의료품을 스스로 구해야만 했다. 훠수이란, 천이페이 등 몇몇은 앞장서서 자신의 이불을 찢었다. 목화솜은 물에 끓여 소독과정을 거친 뒤 약솜이 되고, 이불의 겉감 안감을 찢고 잘라 붕대로 만들었다. 그녀들이 솔선수범해 행동으로 옮기자 의무대 대장 두성이와 많은 사람들도 자신의 이불을 찢었다.

그들은 이불이 없어 잠잘 때면 서로 부둥켜안아 몸을 따뜻하게 했다. 남자는 남자들끼리 껴안고 여자는 여자들끼리 끌어안았다.

이런 방식을 매우 불편해하는 사람들도 있었다. 자오후이메이가 그중 하나였다. 그녀는 서로 껴안아 얼굴과 입술을 맞대고 자는 일이 도무지 견딜 수 없었다. 란쓰옌을 껴안을 때는 그래도 괜찮았다. 란쓰옌은 작고 낮은 소리로 속삭이며 밤새 거의 움직이지 않고 잠을 잤다. 하지만 훠수이란을 껴안고 잘 때는 괴로웠다. 훠수이란은 큰 소리로 떠들고 아침까지 이를 갈았다. 만약 천이페이를 껴안게 된다면 더욱 괴로울 터였다. 천이페이는 코를 골고 잠꼬대까지 해댔다. 천이페이가 꿈속에서까지 고향 사투리로 지껄이는 통에 자오후이메이는 잠들기는커녕 머리가 깨지는 줄 알았다. 제대로 자지 못한 그녀는 기온이 영하 몇십 도까지 내려간 동굴 밖으로 뛰어나갔다. 바깥 공기는 아주 깨끗하고 맑았다. 그러나 매서운 추위로 서 있기조차 힘이 들었다. 추위 속에서 온몸은 꽁꽁 얼고 자꾸 기침이 나왔지만 자오후이메이는 다시 그 답답한 안으로 들어가고 싶지 않았다.

천이페이는 오줌을 누러 밖으로 나왔다가 땅바닥에 쪼그리고 앉은 자오후이메이의 그림자를 보았다. 그녀가 크게 놀라며 말했다.

"어머, 왜 밖에 앉아 추위에 떨고 있어?"

자오후이메이는 두 팔을 가슴에 모으고 앉아 어떤 말도 하지 않았다. 그녀는 들어가기 싫다고 말할 수 없었다. 천이페이는 소변도 보지 않고 자오후이메이가 들어가기를 바라며 그녀를 잡아당겨 꼭 껴안았다.

바스락바스락 눈벌판에서 들리는 인기척에 훠수이란이 놀라 깨어났다. 그녀는 권총을 들고 냉큼 밖으로 뛰어나왔다. 그러나 천이페이와 자오후이메이임을 알고는 무슨 일인가 싶어 다가갔다. 그녀는 모두 알게 되자 자오후이메이를 나무랐다.

"배가 불렀어!"

사느냐 죽느냐가 걸린 이 상황에 잠버릇쯤으로 투정을 부리다니 훠수이란은 도저히 이해가 되질 않았다. 아직도 자오후이메이는 말이 없었다. 천이페이가 그녀를 품에 꼭 껴안았다. 자오후이메이의 발은 말뚝처럼 빳빳하기만 했다. 천이페이 혼자서는 무리였다. 훠수이란에게 소리쳤다.

"도와줘! 이러다 얼어죽겠어."

눈치 빠른 자오후이메이는 천이페이의 말을 듣자마자 다리에서 힘을 뺐다. 천이페이가 앞에서 끌고 훠수이란이 뒤에서 밀자 자오후이메이의 발이 느릿느릿 움직인다. 둘은 자오후이메이를 거의 끌다시피해서 잠자리로 돌아갔다.

온몸이 꽁꽁 얼었던 자오후이메이는 동굴에 들어오자 바로 온기를 느꼈다. 동굴바닥에는 사단 소속 문화선전공작대원을 비롯해 사단 병원의 의사와 간호사, 위생요원 수십 명이 잠들어 있었다. 지금은 모두 두성이의 의무대에 속한 여동지들이다. 사람의 체온과 호흡으로 내뱉는 온기가 작은 공간에 엇갈려 바깥 온도와 큰 차이를 보였다.

천이페이는 꽁꽁 언 자오후이메이의 몸을 끌어안았다. 자오후이메이는 스르르 깊은 잠 속으로 빠져들었다. 천이페이는 자오후이메이를 껴안은 채 아침이 밝아올 때까지 잠들지 않았다.

어린 양정자는 훠수이란 무리를 따라다녔다. 낮에는 그녀들 옆에서 바삐 일하는 모습을 보며 천진난만하게 장난치고 놀고, 밤이 되면 그녀들 사이에서 잤다. 훠수이란이 안기도 하고 천이페이가 껴안기도 하고 때때로 란쓰옌이 껴안기도 했다. 그러나 대부분은 훠수이란이 양정자를 껴안았다. 잠잘 때가 되면 훠수이란은 손뼉을 쳐 양정자를 불렀다. 양정자는 곧바로 긴 솜저고리 소매를 흔들며 뛰어와 그녀의 품 안에 얌전히 누웠다. 훠수이란은 아이를 무척 귀여워했다. 우융추이가 아이를 맡긴 뒤로 그녀는 아주 잘 보살폈다.

어느 날 양정자는 하얀 눈이 덮인 먼 곳을 바라보며 조용히 말했다.

"아부지."

훠수이란은 이 세 글자를 알아들었다. 그녀는 오래 전 양정자가 미군기 폭격으로 죽은 아버지와 어머니를 떠올린다고 생각했다. 그녀는 세상일을 이해하지 못하는 이 어린아이를 어떻게 위로해야 할지 몰랐다. 그저 양정자를 꼬옥 안아줄 뿐이었다.

그러나 훠수이란의 생각은 틀렸다. 어린 양정자가 기억하는 '아부지'는 수염이 덥수룩한 우융추이였다. 그는 아이를 데리고 잠을 자고 먹을 걸 주고 함께 장난치며 놀아주었다. 그의 수염이 자주 아이의 얼굴을 간질였다. 그의 털외투는 부드럽고 따뜻했다. 우융추이는 스스로 자기가 아버지라고 말했다. 그런 그가 여러 날 동안 보이지 않았다. 아이는 수염이 더부룩한 아버지가 어디로 갔는지 알 수 없었다.

사람들과 껴안고 자는 게 불편한 사람은 또 있었다. 바로 예전에 감독이었던 왕정링이었다. 왕정링은 감자땅굴에 숨었다가 들켜 망신을 당한 뒤로 한껏 풀이 죽었다. 옷차림과 청결을 무엇보다 중요하게 여기던 그는 이젠 겉모습에 신경 쓰지 않는다. 수염을 덥수룩하게 기르고 흐트러진 머리와 때 묻은 얼굴로 지냈다. 그는 하루 내내 머리를 숙이고 아무 말도 하지 않았다. 의무대 일은커녕 다른 활동에도 참가할 수 없었다. 연출할 프로그램 따윈 더더욱 없었다. 감자땅굴에 숨었던 일 때문에 그는 의무대 사람들에게 따돌림을 당했다. 그도 다른 사람들 일에 아랑곳하지 않았다. 그는 짬이 나면 혼자 이리저리 거닐었고, 그런 나날이 오히려 한가롭고 좋았다.

밤이 되면 왕정링은 머리가 어지러웠다.

'정말이지 신물나는군. 이 좁은 동굴에서 몇십 명의 사람들과 몸을 부대끼는 것도 모자라 밤새 그 코 고는 소리! 잠꼬대는 또 어떻고! 심지어 방귀 소리와 트림 소리도 견뎌야 하잖아? 이젠 정말 지긋지긋해!'

그는 상하이의 정원이 딸린 양옥에서 살며 돈도 제법 잘 버는 이름난 감독이었다. 밤마다 도시 번화가에서 술을 마시며 방탕한 생활을 즐기던 그가 오늘의 이런 고난을 어떻게 견딜 수 있겠는가?

'지금처럼 사람들의 냉대를 받은 적이 있었나?'

왕정링은 다른 사람을 원망할 수 없었다. 오직 자신을 탓할 뿐이었다.

'그때 충동적이지만 않았더라면 그 무렵 해방군, 오늘날 지원군에 참가해 이처럼 황량하고 열악한 북조선에 오지 않았을 텐데……'

왕정링은 "한 번 발을 잘못 내디디면 천고의 한이 된다"는 말이 문득 떠올랐다. 그는 자신이 발을 잘못 내디딘 사람임을 잘 알았다.

왕정링의 일이 사단부에 알려졌다. 마침내 멍빠오둥과 장훙시는 그를 중국으로 돌려보내기로 의견을 모았다. 어차피 전장에 전혀 도움도 안 될 뿐더러 대원들의 사기를 떨어뜨리기나 할 바에는 돌려보내는 편이 낫다고 판단했다.

멍빠오둥이 왕정링의 상황을 군단장 리옌펑에게 보고하자 리옌펑은 단숨에 동의했다. 때마침 군대에 중상을 입은 지도간부와 특수인사들이 많아 곧 귀국하려던 참이었다. 마침내 왕정링은 그들과 함께 중국으로 돌아가게 되었다.

왕정링이 떠나는 날은 몹시 흐렸다. 구름이 낮게 깔려 금세라도 비가 올 것만 같았다.

천이페이가 말했다.

"왕 감독이 갈 거래. 우리 배웅하자."

휘수이란이 미간을 찌푸리며 투덜댔다.

"뭐라고? 그런 놈은 벌써 꺼져버렸어야 해. 남아봤자 골칫덩이야. 언제 미군 놈한테 빌붙을지도 모른다고."

"그럴 리가……."

란쓰옌은 말끝을 흐렸다. 훠수이란이 신랄하게 비꼬듯 반박해왔다.

"뭐가 그럴 리 없다는 거야? 그는 온갖 권세를 부려왔어. 권세를 피우는 미군놈을 만나면 항복하지 않을 것 같아? 항복 안하면 그게 더 이상하지."

란쓰옌은 훠수이란의 말에 뭐라 대꾸하지 못했다. 왕정링은 지난날 자오후이메이의 감독이었지만 자오후이메이도 그를 배웅할 생각은 들지 않았다. 그녀는 그저 왕정링이 한없이 부러웠다.

'어쨌든 그는 돌아간다. 중국으로, 우리 고향으로.'

마침내 천이페이 홀로 왕정링을 배웅하러 갔다. 그녀는 왕정링 뒤를 따라 산골짜기 길목까지 갔다. 두성이와 병사 하나가 함께 왔다. 이들은 길가에서 멈춰 섰다.

왕정링은 머리를 숙인 채 가만히 섰다.

두성이는 그의 손을 잡아끌어 악수를 나눴다.

"고국으로 돌아가는군요. 잘됐소. 돌아가서 열심히 일하시오."

왕정링은 머리를 푹 숙인 채 고개만 끄덕였다. 집으로 돌아가는 상상을 숱하게 해왔지만 오늘은 자신이 초라하게만 느껴질 뿐이었다.

천이페이는 한숨을 내쉬었다. 그녀는 왕정링이 오늘까지 견딘 것만도 쉽지 않았으리라 헤아렸고, 이제 와서 그를 탓할 수만은 없다고 여겼다. 그녀는 왕정링에게 인사했다.

"왕 감독님 잘 가세요. 시간이 나면 꼭 다시 오세요. 우리는 언제나 환영합니다."

왕정링은 고개를 들어 천이페이를 쳐다보았다. 천이페이는 미군 외투를 입고 매서운 바람 속에서 진심 어린 미소로 왕정링을 바라보았다.

그렇게 왕정링은 떠났다. 그는 저벅저벅 발소리를 내며 걸어갔다. 고개를 돌려 천이페이에게 고맙다 말하고 싶었으나 어쩐지 목이 꽉 메어 단 한마디도 할 수 없었다.

29
돌파하라!

미 해병대는 스페인 무적함대보다도 오랜 전통을 지닌 한 부대와 합류했다. 바로 영국 해병 제41특공대였다. 이 부대는 '가죽목도리'라는 또 다른 이름으로 불렸다. 미국 독립전쟁 때 영국과 유럽 대륙의 해병들이 같은 가죽목도리를 두르고 다닌 일은 꽤 잘 알려진 이야기이다. 그러나 전쟁터에서 만나기 전까지는 미 해병들조차 영국군에 대해 아는 것이 거의 없었다.

영국 해병특공대는 조금 남다른 부대였다. 그들의 부사령관은 끔찍한 추위에도 거리낌 없이 아침마다 바깥에서 면도를 했다. 궁둥이가 다 해진 군복을 걸친 미 해병들은 보기에도 깨끗하고 단정한 영국 해병들의 말쑥한 모습에 감탄을 넘어서서 존경심마저 우러났다.

고토리의 샛길을 쓸어버리고 하갈우리를 보강하기 위해 제1연대장 풀러 대령은 더글러스 드라이스데일 중령 이름을 따서 '드라이스데일 특수부대'를 만들었다. 드라이스데일은 영국 해병특공대원으로, 북진하는 혼성부대를 이끌게 되었다.

영국 해병 제41특공대는 8월에 꾸려져 9월 1일 영국에서 비행기편으로 일본에 도착했다. 부대는 곧 훈련에 들어갔으며, 뒤이어 한반도 동해안을 따라 세 차례에 걸친 적군 철도에 습격을 감행했다. 유엔군이 11월에 동서 두 해안을 따라 진격한 뒤 특공대의 작전활동 목표가 크게 줄어들었다. 11월 중순 드라이스데일 중령은 미 해병 제1사단에 신고하라는 명령을 받았다. 해병사단이 영국 해병을 수색중대로 활용하려는 의도였다.

영국 드라이스데일 부대는 11월 15일을 앞뒤로 흥남항에 도착했다. 짧은 기간의 혹한기 훈련을 마치고, 특공대는 리첸버그 부대에 합류하라는 명령을 받았다.

11월 28일 부대는 드라이스데일을 선봉대로 흥남을 떠났다. 그러나 고토리 북쪽에서 길이 막히고, 수송차량 대열은 사격을 받았다. 드라이스데일은 고토리로 돌아가 풀러에게 알렸다. 사단장 스미스 장군과 연락이 닿자, 그는 고토리 방어선을 빠져나와 적의 도로봉쇄선을 뚫고 하갈우리로 가라는 임무를 받게 됐다.

드라이스데일 특수부대는 제41특공대, 서터의 조지 중대, 장진호 동쪽 기슭 소속 대대와 합류하러 가던 미 육군 제31연대 찰스 펙캠 대위 지휘 아래 베이커 중대로 이루어졌다.

전투부대 바로 뒤에는 헨리 실리 소령이 지휘하는 트럭 수송대가 바짝 뒤따르고, 다른 혼성부대도 이어서 북쪽으로 이동했다. 차량 대열은 100대를 넘어섰다. 드라이스데일은 날이 어두워지기 전에 북쪽 길을 따라 수색을 폈다. 방어선으로 돌아온 뒤에는 부대지휘관 회의를 열고 명령을 내렸다.

이튿날 새벽 드라이스데일은 일찍 도로변을 다시 정찰하고 돌아와 돌파작전 최종 명령을 내린다. 제41특공대는 길 동쪽 첫째 고지를 점령하기로 하고, 서터 중대는 둘째 고지를 손에 넣기로 했다. 육군부대는 길에 남아 있다가 2개 해병부대가 고지를 차지하면 보조를 맞추기로 했다. 중심 지형에 공격이 시작되기 전 30분간 포격에 이어 공중 폭격이 잇따랐다.

하늘은 눈보라로 뿌옜다. 끊임없이 내리는 눈으로 앞이 보이지 않아 비행기 도착 시각이 늦어졌다. 준비 포격은 계획대로 이루어졌으나 코르세어기들은 예상보다 늦은 아침 9시가 다 되어서야 도착했다. 특공대는 고토리 방어선을 9시에 떠나 가벼운 저항 속에 첫 번째 목표를 손에 넣었다.

드라이스데일의 명령대로 앨런 D. 서터 중령은 영국 특공대의 300미터 뒤를 따랐다. 영국과 미국 해병대 사이 미묘한 경쟁심에 불이 붙었다. 제41특공대가 가벼운 저항을 물리치고 고토리 바로 북쪽에 있는 고지를 차지하자, 그에 질세라 조지 중대도 길에서 조금 떨어진 반대편 두 번째 목표 고지를 장악했다.

드라이스데일의 계획은 제31연대 베이커 중대를 예비대로 굴리면서 두 부대가 길 양쪽 고지들을 먼저 점령하면, 나머지 부대가 뒤이어 길을 따라 나아가는 것이었다.

홉킨스 소대가 제이거 소대와 나란히 산개해 고지에서 골짜기로 내려가 목표 고지로 용감무쌍하게 올라가기 시작했다. 해병은 오른쪽 전방으로부터 중공군 공격을 받아 잠깐 사이에 사상자 14명이 나왔다. 종군목사 제임스 루이스와 연대 치과의 찰스 페인 중위가 부상자를 고토리로 옮기는 책임을 졌다. 홉킨스 소대와 제이거 소대가 두 번째 목표를 장악하기에 앞서 로켓포를 전방으로 내보내 중공군의 기관총 진지 하나를 공격했다. 마침내 기관총 포상이 파괴되어 고지를 손에 넣을 수 있었다.

영국 특공대는 시티 부대를 지나 북쪽의 다음 신등성이를 차지했다. 이때 드라이스데일과 서터 사이 무전 연락이 끊겼다.

미 육군 제31연대 베이커 중대 헨센 소위 소대는 정찰 길에서 중공군 한 무리와 총격전을 벌였다. 중공군은 항복하려 하자, 헨센 소위는 그들을 포로로 데려가려 다가갔다. 그러나 한데 뭉쳐 있던 중공군이 느닷없이 옆으로 벌어지면서 기관총을 든 한 명이 사격을 해 와서 헨센이 그만 총에 맞고 말았다. 소대원들은 허겁지겁 근처 숲에 몸을 숨겼다.

"비겁한 새끼들!"

해병들이 한꺼번에 중공군에게 사격을 퍼부었다. 잠시 뒤 총격전 불꽃이 사그라들자 분대장 하월 병장은 사태를 지휘소에 무전으로 알린 다음, 헨센 소위의 시신을 찾으러 함께 갈 지원자가 있는지 물었다. 그러나 누구도 가려들지 않자 그는 홀로 떠났다. 멀리 가지 않아 중공군 2명이 오른쪽 언덕에서 내려오는 게 보였다. 하월은 곧바로 사격을 가해 쓸어버렸다. 왼쪽을 쳐다보니 항복하려는 듯 총을 머리 위로 든 중공군 하나가 서 있었지만 마음에 두지 않고 마구 쏘아 그대로 쓰러뜨렸다.

언뜻 한 클럽을 다 쏜 듯했다. 아직도 많은 중공군이 숲 속에 모여 있다. 그는 힘을 내야 한다고, 물러설 수 없다고 자신을 재촉했다. 하지만 그것은 헛것이었다. 하월의 신경은 그만큼 광포해졌다. 정신을 가다듬고 다시 보았을 때 중국 병사들은 홀연히 사라진 뒤였다. 그런데 아무리 찾아봐도 헨센 시신이 눈에 들어오지 않았다. 그는 할 수 없이 숲을 나왔다.

소식을 들은 베이커 중대장과 퀵 중사가 막 도착했다. 그들은 팀을 나눠 헨센 소위를 찾으러 다시 숲으로 갔다. 하월은 헨센이 있는 곳으로 안내하고 싶었지만 베이커의 명령을 듣고 포기해야 했다.

"자넨 오늘 어디 갈 상태가 아니니 당장 고토리로 돌아가게."

하월은 켁 중사에게 자신이 한 클립을 다 쏘아 중공군을 쓰러뜨린 이야기를 전했다. 나중에 그는 확인 사살을 위해 3발을 더 쐈다고 알려줬다.

베이커는 하월을 고토리에 데려다주라고 지프 운전병에게 말했다. 고토리에 도착하자마자 하월은 아무나 붙잡고 그곳에서 무슨 일이 벌어졌는지 떠들어댔다. 그런 다음 취사장으로 가 커피 한 잔을 받아 왔다. 하지만 너무 떨려서 좀처럼 컵을 잡을 수가 없었다. 상자 위에 앉아 커피잔을 다시 잡고 무릎 사이에 놓으려 했지만 그조차 소용없었다. 온몸이 몹시 심하게 떨렸다. 그러자 의무병이 모르핀 한 대를 놓아주었다. 조금 가라앉는 듯했지만 충분하지는 않았다. 곧이어 의무병이 좀더 많은 양을 놓아주었다. 잠시 뒤 하월은 깊은 잠에 빠져들었다.

산길로 올라간 수색팀은 북동쪽 산야를 살피다가 이윽고 총을 무릎 위에 놓고 앉은 자세로 나무에 몸을 버티는 헨센의 시신을 발견했다. 얼핏 살아 있는 듯보였으나 꼼짝도 하지 않는 게 어쩐지 부자연스러웠다.

쌍안경으로 한참을 살펴본 베이커는 중공군이 파 놓은 함정이라고 결론내렸다. 틀림없이 시신 아래 폭탄을 두었거나 그 가까이에 몰래 숨어 있을 터였다.

"두고 간다."

베이커는 짧게 내뱉었다. 이 거칠고 메마른 곳에 홀로 남겨진 헨센이 안타까웠지만 어쩔 수 없었다.

생각보다 훨씬 많은 중공군이 길 주변 참호에 깔려 있었다. 꿈에도 예상치 못한 일이었다. 공격 개시 세 시간이 지나도록 이 특수부대는 고작 3킬로미터 남짓밖에 나아가지 못했다. 목표 고지까지는 아직도 13킬로나 남아 있다. 드라이스데일은 풀러에게 무전으로 알리자 전차대가 증원군으로 서둘러 오고 있다는 통보를 받았다.

오후 1시 30분, 브루스 클라크 대위가 전차 8대를 이끌고 도착했다. 드라이스데일은 이 전차들을 자동차 대열 중간중간에 박아 넣으려 했으나 클라크가 이 계획에 반대했다. 특수부대 지휘관과 전차부대장의 명령계통이 뚜렷하지 않았으므로 드라이스데일은 클라크의 뜻을 따르기로 한다.

전차들은 무리를 지어 대열 맨 앞에 섰다. 고작 3킬로미터 나아가는 데 무려 네 시간이나 걸렸다. 고지를 하나씩 차례대로 공격하니 오히려 시간만 잡아먹고 기운이 빠지는 듯했다. 그래서 측방 소탕은 전차들과 근접 공중지원에 맡기고, 특수부대는 트럭에 올라 최대한 빨리 지나가기로 결정했다.

드라이스데일은 서터에게 연락병을 보내 고지에서 내려와 트럭에 타라고 지시했다. 대열이 다시 나아가기 시작했을 때, 거의 동시에 길 오른쪽에서 화력이 마구 쏟아졌다. 전차대는 곧바로 멈추고 재빨리 마주 쏘았다.

대열이 멈추자 육군 병력은 길가 도랑으로 미끄러지듯 흩어졌다. 인명 손실이 생기기 시작했다. 서터는 멈춰 있는 차량 곁을 지나 전차대로 갔다. 전방에 다리 하나가 부서져 있었다. 길 오른쪽에 초가 몇 채가 보인다. 중공군은 그곳에서 도로봉쇄선을 엄호했다. 전차가 초가촌을 맹공격하자 그제야 거세게 퍼붓던 중공군 화력이 수그러졌다.

서터의 행정장교인 찰스 머킬 중위가 조지 중대를 앞으로 이끌고 나와 육군부대를 지나서 대열 가장 앞에 섰다. 전차대는 부서진 다리 곁을 지나 길을 따라 일제히 포격을 가한 뒤 되돌아왔다.

"전차들은 뚫고 갈 수 있겠지만 트럭은 도저히 불가능합니다."

클라크가 드라이스데일에게 보고했지만 그는 주눅 들지 않고 그대로 밀고 나가기로 결정했다.

전차들은 다시 북쪽으로 쉬지 않고 나아갔다. 서터 부대, 특공대, 육군 중대, 실리의 수송차량들이 그 뒤를 따랐다.

고토리에서 6.5킬로를 채 가지 않아 부성리에 닿았다. 남쪽으로 내려가니 좁은 길목이 나오고, 이 좁은 통로를 높은 절벽이 내려다보고 있었다.

중공군은 이 지점을 북진 저지 장소로 골라, 길에 바위 장애물을 설치했을 뿐 아니라 절벽 위에 기관총과 박격포를 세워두었다.

전진한 지 얼마 되지 않아 돌이킬 수 없는 일이 일어나고 말았다. 느닷없이 귀가 먹먹해질 만큼 큰 폭발음이 들리면서 전차 한 대가 털썩 주저앉았다. 캐터필러가 끊겼다. 곧이어 트럭이 허공으로 붕 날아오르다가 떨어지며 뒤집혔다. 중장비 대열이 지뢰밭으로 들어간 것이다.

먼지와 연기구름이 자욱하게 피어올라 앞이 보이지 않았다. 검은 그림자 둘이 불타는 트럭 위에서 손을 휘저으며 비명을 질렀다.

"지뢰 조심해!"

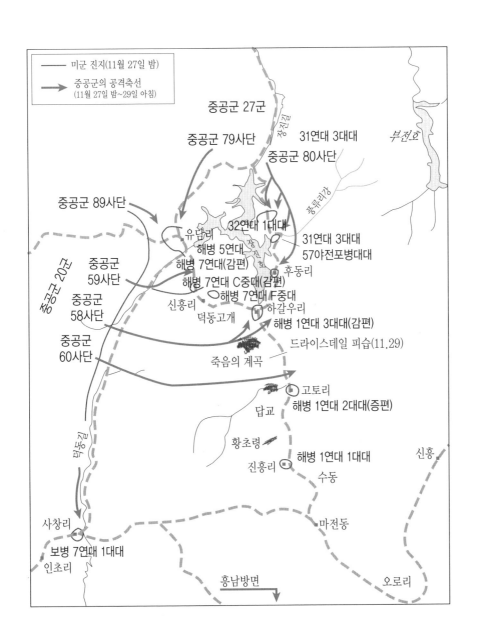

미군 진지(11월 27일 밤)

중공군의 공격축선
(11월 27일 밤~29일 아침)

중공군 27군

중공군 79사단

31연대 3대대

부전호

중공군 80사단

장진강

중공군 89사단

풍류리강

유담리

32연대 1대대

해병 5연대

중공군
59사단

해병 7연대(감편)

31연대 3대대
57야전포병대대

후동리

중공군
58사단

해병 7연대 C중대(감편)

장진호

신흥리

해병 7연대 F중대

중공군 20군

중공군
60사단

덕동고개

하갈우리

해병 1연대 3대대(감편)

드라이스데일 피습(11.29)

죽음의 계곡

고토리

해병 1연대 2대대(증편)

답교

황초령

신흥

진흥리

해병 1연대 1대대

덕동길

수동

사창리

마전동

보병 7연대 1대대

인초리

홍남방면

오로리

누군가가 소리쳤다. 그러나 그 목소리는 요란한 박격포 소리에 파묻혀버렸다. 앞쪽 땅이 간헐천처럼 불꽃과 흙을 내뿜었다.

중공군은 2개의 박격포대로 공격해 왔다. 포탄이 떨어지자 땅이 울렸다. 몸속 공기를 빨아들이는 듯했다. 지뢰 폭발이 신호가 되어 공격 호루라기 소리가 들렸다. 모두 트럭에서 내려 몸을 숨겼다. 해병들은 약 30미터 앞에 화력을 집중해 지뢰밭을 어지럽혔다. 지뢰 몇 개를 터뜨렸다. 그때 저 멀리 중공군이 절벽 위에 세워둔 기관총으로 눈에 띄는 건 모조리 무참하게 파괴했다. 사상자는 삽시간에 눈덩이처럼 불어났다.

우레 같은 폭음이 잇따라 솟구치며 지축이 격렬하게 흔들렸다. 병사들은 적지에서 서로 겹쳐진 채 나동그라졌다. 거센 진동이 한 번 느껴지더니, 조금 전까지 부대원들이 타고 있던 트럭이 포탄에 맞아 박살나버렸다. 무질서하게 흩어진 미국 병사들이 하나둘 쓰러져갔다. 폭음이 계속 울려퍼지며 병사들을 여기저기로 날려버렸다.

불덩이의 홍수를 맞닥뜨릴 해병들은 공포에 질려 너나없이 허둥댔다. 그들은 몸을 비틀어 일으키고는 서로 먼저 몸을 숨기려고 아귀다툼을 벌였다. 그러다 다시 터지는 폭음에 놀라 한 덩어리로 흙바닥을 기어갔다.

이때 대열의 무전기가 사격을 받아 모두 망가졌다. 통신수단이 끊어져서 부대 통솔은 어려워지고, 날이 어두워지기 시작해 더 나아가기는 무리였다. 그나마 클라크의 전차 무전기가 쓸 만해서 제1연대장 풀러 대령에게 상황을 알릴 수 있었다. 풀러는 사단장 스미스에게 연락을 취했으나, 하갈우리에 증원군이 없어서는 안 될 다급한 상황이므로 어떤 대가를 치르더라도 뚫고 나아가라는 지시가 떨어졌다.

'무조건 진격' 지시를 받은 드라이스데일은 깊은 한숨을 내쉬며 무전기를 내려놓았다. 그러고는 보좌관 데니스 굿차일드 중위를 돌아보며 말했다.

"젠장! 미군 녀석들은 우리가 깡그리 전멸해야 정신을 차릴 모양이야."

"어쩔 수 없잖습니까. 어차피 길은 하나뿐입니다. 어떻게 해야 할지 고민할 필요도 없고, 차라리 속이 편하지요. 잘될 겁니다."

씨익 웃는 굿차일드를 보고 드라이스데일도 고개를 끄덕이며 쓴웃음을 지었다.

'용기는 군인이 지녀야 할 가장 중요한 덕목이다. 침묵하면서 용기를 가슴속에 품고만 있다면 아무 소용이 없지. 어떤 대가를 치르든 목숨을 걸고서라도 반드시 이기기 위해 나아가는 용기가 필요하다.'

드라이스데일은 자신의 가슴속에 깃든 용기를 헤아려 보았다. 가야 할 길은 오직 진격, 진격뿐이었다.

굿차일드 중위가 클라크와 연락하고자 치열한 사격을 무릅쓰고 길가를 따라 뛰어가다 넘어졌다. 서터의 기관총 책임자 제임스 크러치필드 소위도 부상을 입었다. 서터의 지프는 적에게 공격당해 고장났고, 운전병 메릴도 치명적인 부상을 입었다. 드라이스데일도 총탄에 맞았다.

대전차소대 윌리엄 바우 일병의 1개 반이 방어진지를 쳐부수기 위해 트럭에서 내리고 있을 때였다. 중공군 수류탄 한 발이 날아와 트럭에 떨어졌다.

"수류탄!"

바우가 고함치며 그 위로 몸을 잽싸게 날렸다. 동료를 위해 장엄하게 제 목숨을 바친 것이다. 트럭에 있던 다른 해병들은 손끝 하나 다치지 않았다.

순간, 박격포탄 한 발이 허공을 날아와 스르르 바닥으로 떨어지더니 터지지 않은 채 미끄러지며 타이어에 꽂혔다. 곧이어 총탄 한 발이 날아와 사이드 미러를 박살냈고, 튀어오른 유리 조각들이 트럭 운전병 크리스 상병의 얼굴을 스쳤다.

뒤 칸막이에 있는 간이 휴대식량 상자가 갈가리 찢기고 엔진 배기관이 강타당했다. 다행히 앞 유리창은 멀쩡했다. 운전석에 앉았던 크리스는 "피융! 피융!" 날아드는 총탄 소리를 들으며, 자신은 아마도 이곳에서 끝까지 살아남을 운명인 것 같다고 생각했다.

굿차일드 중위가 탄 트럭은 앞 유리창에 2발, 자동차 동체에 4발을 맞았다. 운전병 윌리엄스 병장이 위험을 무릅쓰고 차에서 내렸다. 그가 보닛을 열어 살펴보는 동안, 굿차일드는 제임스 하사에게 곧바로 병사들의 위치를 점검하라고 지시했다. 총탄이 어지럽게 날아오는데도 윌리엄스는 침착하게 라디에이터에 생긴 구멍을 막았다. 굿차일드는 부상 따윈 아랑곳없이 지도를 뚫어지게 살피며 현재 위치를 파악하기에 여념이 없었다.

다시 대열을 이루어 나아갈 때 드라이스데일의 처음 계획이 실천에 옮겨졌다. 전차들은 서터의 차량 대열에 일정한 간격을 두고 들어갔다. 날은 이미 어두웠다. 해병들은 북쪽에서 반짝거리는 하갈우리의 활주로 불빛을 볼 수 있었다. 선두 전차가 철둑에 있는 중공군의 기관총 진지를 무너뜨리고, 다른 전차들이 기관총을 이리저리 갈겨대는 가운데 다시 이동이 시작되었다.

빅터 데들러 병장이 잔뜩 인상을 쓰며 트럭을 몰고 있을 때였다. 한 중공군이 풀숲에서 불쑥 튀어 나와 그에게 수류탄을 던졌다.

"이런 제기랄!"

데들러는 눈을 찔끔 감으며 저도 모르게 브레이크를 급히 밟았다. 순간, 폭발이 일고 먼지구름이 피어올랐다. 죽은 듯 꼼짝하지 않고 있던 데들러는 자신이 멀쩡함을 느끼고 눈을 떴다. 형체를 알아볼 수 없는 중공군 병사가 땅바닥에 널브러져 있었다. 수류탄이 불량이었는지 아니면 실수했는지, 그 중공군이 자폭해 버리고 만 것이다.

"오! 하나님, 감사합니다. 정말 감사합니다."

데들러는 거듭 중얼거리며 서둘러 트럭을 몰았다.

그즈음 해병들은 울퉁불퉁한 길을 마구 내달리며 여기저기 정신없이 사격을 해댔다. 엔진 소리와 울부짖는 기관총 소리 때문에 다른 소리는 아무것도 들리지 않았다. 그 순간 해병들은 박격포탄이 잇따라 떨어지면서 내는 "쉬익! 쉬익!" 소리를 들었다. 병사들은 하나같이 마음속으로 간절히 바랐다.

'그 누구도 다치지 않고 그 어떤 차도 뒤집히지 않도록 해주십시오.'

전차부대와 서터 부대는 강공을 이어갔다. 마침내 엄청난 사상자를 낸 끝에 하갈우리 방어선에 들어갈 수 있었다.

퍼싱전차와 서터 부대가 빠져나가자 중공군들이 특공대에 몰려들었다. 박격포탄 하나가 특공대 대열 끝에 있는 탄약 트럭을 때렸다. 트럭이 폭발하면서 저절로 도로봉쇄선이 생겨 특공대와 육군 중대, 실리 차량수송대 사이를 갈라놓았다.

'대열을 토막 내라'는 중공군의 기본 목표가 이루어진 셈이다. 그들의 다음 단계는 그 토막을 파괴하는 것이었다.

영국 해병군의관 더글러스 노크 중위가 목숨을 잃었다. 커나인 대위는 부하 22명과 함께 고립되어 포위당했다. 특공대장 레슬리 마쉬 대위는 크게 다치고, 데니스 올드리지 소령도 상처를 입었다. 그러나 모두 이대로 물러나기를 거부하여 끝끝내 싸움을 포기하지 않았다.

영국 해병들은 많은 사상자를 내면서도 절대로 물러서지 않고 비좁은 길목을 뚫고 용감하게 나아갔다. 특공대가 길을 트면서 전진, 또 전진했다. 그 뒤 세 곳에서 다시 도로봉쇄선에 부딪혔으나 그들은 끝내 돌파해 냈다.

새벽 1시 30분 마침내 영국 해병들이 역경을 헤치고 하갈우리 방어선에 들어섰다. 고토리를 떠난 지 16시간 30분만이었다. 크루즈 상병을 비롯한 7명의 특공대원들이 마지막 도로봉쇄선에 걸려 떨어졌으나, 오히려 중공군 진지 세 곳을 짓밟고 뒤늦게 미 해병 방어선으로 찾아왔다.

고토리에서 베레모를 잃어버렸던 존 스톡은 토머스 중위가 빌려준 베레모에 총알 구멍이 난 사실을 발견했다. 목숨을 건진 것은 그나마 다행이지만 걱정이 크게 밀려왔다.

'중위님이 큰맘 먹고 빌려주셨는데 이렇게 못쓰게 됐으니 어쩌면 좋지?'

그런데 토머스는 스톡의 이야기를 듣고는 껄껄 웃으며 말했다.

"이깟 모자가 문젠가! 목숨이 중요하지. 그 베레모는 목숨을 구한 기념으로 소중히 간직해 두게."

제41특공대 헤이허스트 일병은 트럭을 타고 하갈우리로 달려오는 길에 다리에 심각한 총상을 입었다. 그는 도착하자마자 쓰러져 의식을 잃었는데, 불도 켜지지 않은 근처 응급 대피소로 옮겨졌다.

헤이허스트 일병은 여럿이 어둠 속에 누운 가운데 아무런 기척이 없어 누구에게든 말을 붙여 보려고 줄곧 애썼다. 그때 누군가 천막 문 안으로 머리를 들이밀었다. 헤이허스트는 그에게 마실 걸 좀 달라고 말했다. 그런데 그 병사가 비명을 지르며 달아나 버렸다. 그는 의아했다.

'이상한 일이군. 내 얼굴이 피범벅이라도 되었다면 몰라. 대체 의무병은 어딜 간 거야.'

조금 뒤 의무병 2명이 그를 병원 막사로 데려갔다. 그제야 헤이허스트는 자신이 방금까지 있던 곳이 시신 안치소임을 깨달았다.

드라이스데일의 영국 해병들은 병력의 절반을 잃었다. 여유를 되찾자, 미 해병 사단장 스미스는 드라이스데일에게 편지를 보냈다.

'본인은 귀관과 귀관 휘하 장병들이 영국 해병 최고의 전통을 이었다고 생각합니다. 그 이상의 찬사를 찾을 수 없어 매우 안타깝습니다.'

평화를 무너뜨린 그들이 우리를 습격한다.

일어서라! 무기를 들라!

흔들리는 사람은 조국의 반역자다.

아버지들이 이룩한 위대한 업적과 명예를 지키느냐 아니면

덧없이 무너지느냐의 갈림길에 섰다.

마지막 숨을 거둘 때까지 우리는 싸우리라.

반드시 이길 것이다.

하나로 뭉치면 결코 지지 않으리라.

신이 우리 아버지들과 함께하셨듯이

언제나 우리와도 함께하시리라.

(이범신, 〈전선노트〉)

그러나 비극은 골짜기 저 너머에 도사리고 있었다. 특공대 뒤를 따르던 탄약 트럭이 폭발해 앞길이 막혀버린 차량 대열이 길에 멈춰 섰다. 장병들은 차에서 뛰어내려 방어자세를 취했다. 이런저런 병력이 뒤섞이자 큰 혼란이 빚어졌다. 실리 트럭수송대의 운전병들, 사단 헌병중대, 분견대, 우편취급병, 연락요원, 사단본부 여러 부처의 병력 등 온갖 병사들이 뒤엉켰다.

차량 대열이 멈춘 길은 S자형을 이루는, 어림잡아 고토리와 하갈우리 중간 지점이었다. 왼쪽으로는 굽은 도랑이 보이고, 도랑 너머에는 장진강 둑까지 논이 이어졌다. 길에서 강까지는 300미터였다. 강 건너에는 가파른 산들이 높직높직 솟아 있었다.

오른쪽으로도 길을 따라 깊은 도랑이 파이고 그 너머에는 150미터 평지가 펼쳐진다. 그 저편에 새로 만든 철도 동쪽은 다시 도랑이다. 그 너머에는 길보다 10미터쯤 높은 언덕마루가 있는데, 그 위로 중공군의 기관총과 박격포 진지가 보였다. 뒤에는 저만치 깎아지른 듯한 산들이 우뚝 솟아 무찌르기 쉽지 않은 위치였다.

그처럼 잡다한 병력으로는 통제와 단체 행동이 불가능한데도 장교와 부사관들은 주변 병력을 이끌고 작전에 들어가 서둘러 방어선을 쳤다. 헌병파견대의 로이드 더스트 준위와 쿠비애크 중사가 1개 조를 만들어 언덕마루를 바라보는 도랑에 진지를 세웠다. 그들은 중공군의 화력을 무시하고 방어선을 따라 걸으며 탄약을 나눠주고 헌병들의 사격을 이끌었다.

이 방어선 북쪽 끝에서는 아더 치데스터 중령과 존 맥로린 소령이 하갈우리에서 내려오는 길을 엄호하도록 전선을 만들었다. 제임스 이건 소령은 장병들을 모아 철둑에 배치했으나, 끝내 이건과 치데스터도 다쳤으며 대부분의 부하와 함께 포로가 되고 말았다.

맥로린은 방어선에 황급히 짠 모든 병력과 함께 펙캠의 육군부대까지 지휘하게 되었다. 허버트 터너 중위는 실리의 트럭부대 앞으로 전차소대를 돌렸다. 전진 이동이 멈추자 터너는 무슨 일인지 알아보려고 전차에서 내려 앞으로 나갔다.

그들이 재빠르게 만들어 놓은 사주방어선 남쪽 테두리에서 헨리 실리 소령은 운전병들을 모아 전선을 이루고 더스트 준위 병력과 연결했다. 그러나 실리 진지와 고토리 사잇길이 끊어지고 차량수송단이 포위되자 중공군이 실리와 맥로린을 갈라놓은 길을 건너 거침없이 밀고 나왔다. 사태는 더욱 심각해졌다.

'미국으로 돌아가라'는 특명을 받고 홀컴의 트럭을 만났던 케일러도 운이 사나웠다. 홀컴이 운전하던 트럭 또한 차량 대열에 끼여 있다가 중공군의 기습에 말려들었다.

"차에서 내려!"

트럭에서 뛰쳐나온 두 사람은 트럭에 몸을 숨기고 전사자의 총을 들고서 반격했다. 그들만 아니라 여러 해병들이 소리소리 지르며 총을 쏘았다. 중공군들이 개미떼처럼 달려들었다.

한 미군 병사가 경기관총을 쏘자 중공군들이 움직임을 멈추었다. 그는 총검을 배에 딱 붙이고, 달려오는 중공군들에게 마지막 2개의 수류탄을 던진 다음 탄창에 든 총알이 떨어질 때까지 소총을 쏘아댔다.

시간이 흐를수록 부상병이 늘어났다. 대열에 있던 트럭 모두 비슷한 사정이었다. 운전병은 차례차례 중공군에게 저격당했다. 얼마 뒤 총알도 바닥을 드러냈다. 총알 몇 발을 남겨 놓고 있던 케일러와 홀컴은 중공군이 따라붙자 몇몇 동료와 함께 남은 탄환을 모조리 써버렸다. 마침내 케일러와 홀컴은 빈 소총과 45구경 권총을 버리고 달아나기 시작했다. 그러나 케일러는 얼마 가지 못하고 오른팔에 총을 맞으면서 땅에 고꾸라져 그대로 움직이지 못했다. 한 중공군이 쇠줄로 홀컴의 목을 친친 감으려 했지만, 그는 머리를 마구 흔들며 세차게 저항했다. 중공군은 그를 발로 걷어찼고, 다른 몇 명이 달려들어 개머리판으로 사정없이 때렸다. 케일러와 홀컴은 곧 올가미에 걸린 짐승처럼 포로가 되고 말았다.

한편 미군 진지에서는 사상자가 끝없이 늘어나자, 길 오른쪽의 좀 더 큰 도랑에 부상자를 보호하기 위한 내부 사주방어선이 만들어졌다. 제임스 내시 병장이 엄폐물 없이 탁 트인 곳을 가로질러 철둑 너머 부상자들을 데리러 갔다.

날이 차츰 어두워졌다. 화력의 둥근 바퀴테가 포위된 부대를 에워싸고 있었다. 그동안 중공군은 장진강 부근의 논과 오른쪽 언덕마루 일대에 더 많은 기관총을 들여왔다. 박격포 포상도 수를 늘려놓았다. 하지만 길게 늘어선 차량을 파괴하려 협공을 펼치지는 않았다. 대열 맨 앞에 있는 지프 1대와 트럭 3대만을 불지른 뒤 박격포를 드문드문 날렸을 뿐이다. 중공군 소총병들이 왼쪽과 오른쪽, 뒤쪽 옆에 있는 진지를 덮쳐 부상자들이 누운 도랑 안과 주위에 화력을 쏟을 수 있는 상황이 되었다.

미 해병들에게 닥치는 대로 총을 쏘던 중공군들은 탄약이 떨어졌는지 드라이스데일 특수부대를 쓸어버리려 굳이 서두르지 않았다. 오히려 소화기 사거리 중간에 머무르며 가끔씩 두셋씩 달려와 수류탄을 던졌다.

방어선 뒤쪽 실리 대원들은 다른 구역보다는 좋은 조건에서 중공군을 막아내고 있었다. 부하들은 다른 혼성부대에 비해 한결 굳센 결의로 실리 소령의 명령을 따랐다. 중공군이 실리와 맥로린의 중간지대를 돌파했을 때, 실리는 부하들을 이끌고 길을 벗어나 훨씬 방어하기 쉬운 강둑 진지로 움직였다.

새벽 2시 맥로린 소령 지휘 아래 대부분의 병력은 탄약이 떨어져 얼마 남지 않은 탄약을 서로 나눠 가져야만 했다. 방어진지를 감독하려고 길을 따라 돌아다니던 더스트 준위는 사격을 받아 머리를 크게 다쳤다. 그때 부상당한 내시 병장이 도랑에서 재빨리 뛰어나와 더스트를 끌어내렸다.

한 미 해병과 AP통신 사진기자 프랭크 노엘은 탈출을 시도했다. 그들은 탄약을 가득 싣고 돌아오겠다는 약속을 하고 지프 한 대에 함께 올라 모퉁이를 돌아서 고토리 쪽으로 달려나갔다. 하지만 100미터도 채 못 가서 멈춰 서야만 했다. 길 양편에 하얀 누비옷을 입고 늘어선 중공군들이 앞을 가로막았기 때문이다.

양쪽 진영은 교착상태에 들어갔다. 마치 맹견 두 마리가 처참하게 물어뜯으며 싸운 뒤 상처를 핥으며 잠시 숨을 고르는 듯했다.

우융추이의 전위대는 미군과 대치하고 있었다.

징소리에 익숙해진 미군들의 반격으로 위기에 빠지기도 했지만 이를 역으로 이용해 기습에 성공했다. 그러나 사응령은 끝내 되찾지 못했다. 미군을 20명쯤 처치했지만 살아남은 해병들이 진지로 올라가 반격을 준비하는 듯했다. 머릿수는 얼마 되지 않더라도 그 뛰어난 화력은 위협적이었다. 우융추이는 생각에 잠겼다.

'신중하게 생각해야 한다. 무턱대고 돌진하다가는 많은 사상자를 낼 수도 있다.'

뿌옇게 김이 서린 안경을 닦으며 휘신밍이 우융추이에게 말했다.

"기세를 북돋워야 해. 승기는 우리에게 있다. 단숨에 해치우자고."

모든 병사들은 돌진, 함성, 전투로 말미암아 온몸이 땀범벅이 될 만큼 지쳐 있었다. 우융추이는 드문드문 울려퍼지는 총성을 들으며 답했다.

"우리 부대는 좀 쉬어야 해. 등가죽이 배에 들러붙을 지경이라고. 탄약도 이젠 거의 없어."

휘신밍이 답답하다는 듯 목소리가 조금 높아졌다.

"그럼 어떡하자는 거야? 곧 밤이 깊어질 텐데 밤전투가 아니면 우리에겐 승산이 없어! 미군놈들은 낮에 강하다고."

우융추이가 모자를 벗고 단단하게 굳은 머리카락을 긁적이며 말했다.

"휘 형은 영어를 할 줄 아니까, 미군에게 항복을 권해 보는 건 어때?"

휘신밍이 잠시 생각한 뒤 입을 열었다.

"그것도 방법이긴 한데, 과연 저들이 순순히 따를까?"

"미군은 죽음을 두려워해. 깜깜한 밤에는 더욱 그렇지. 충분히 해볼 만해."

휘신밍이 다시 생각에 잠긴 뒤 말을 이었다.

"좋아, 해보자고. 자네는 부대를 정렬해, 말로 해서 안 되면 다시 싸우게."

우융추이가 부대를 한데 모으고 탄약을 나눠 주었다. 모든 병사들이 조용히 두둑에 엎드린 채 공격시점을 기다렸다.

우융추이가 목소리를 낮췄다.

"내가 먼저 신호를 보낼게."

그가 미군 시선을 모으기 위해 팔을 상공으로 쳐들고 총을 2발 쐈다. 이어 휘신밍이 영어로 외쳤다.

"미 해병 병사들은 잘 들으시오. 당신들은 중공군 대부대에 포위되었소. 계속 저항한다면 죽음만이 있을 뿐. 얼른 총을 버리고 투항하시오. 당신들의 안전을 보장하겠소!"

긴 침묵이 흘렀다. 총성도 말소리도 들리지 않았다. 한밤에 조용히 내리는 눈을 몰아치는 거센 바람 소리만이 들려왔다.

잠시 기다린 뒤 휘신밍이 다시 큰 소리로 외쳤다.

"미 해병 병사들, 곧 성탄절이오. 태평양 건너 가족들이 당신들의 귀환을 기다리고 있소. 더는 무의미한 사상자를 내지 마시오. 이 추운 곳에서 죽지 마시오. 저항한다면 우리는 당신들을 죽일 것이오. 투항하시오. 중국인은 자신이 한 말은 반드시 지키오. 당신들이 집으로 돌아가 가족과 만날 수 있도록 약속하겠소."

드디어 미군 쪽에서 우두머리로 보이는 자가 다가와 소식을 보냈다.

"잠시 기다리시오. 우리도 생각할 시간이 필요하오. 나 혼자 결정할 수는 없지 않소?"

휘신밍은 조금 흥분했다.

"빨리 생각하시오. 당신들에게 주어진 시간이 많지 않소."

우융추이가 조급해 물었다.

"저들이 도대체 뭐라는 거야? 투항하겠다는 건가?"

"지금 생각중이라는군."

"생각은 무슨!"

우융추이가 투덜댔다.

"항복하지 않으면 그들이 존경하는 하느님을 만나게 해주지."

휘신밍이 달랬다.

"조급해하지 마. 아직 희망은 있어."

우융추이는 문득 포로로 잡은 미군들이 떠올랐다. 포로를 보낼 만한 여건이 되지 않아, 앞선 전투에서 사로잡은 맥카시와 병사들을 이곳까지 데려왔다. 지금 진지 뒤 산 언덕 아래에서 왕산과 병사 2명이 그들을 지켰다.

"같은 처지에 놓인 미군 포로가 설득하면 말이 통하지 않을까?"

우융추이가 혼잣말처럼 내뱉은 이야기에 훠신밍도 찬성했다. 곧 맥카시가 불려왔다.

"당신은 미 해병대 장교로서 여기 있는 해병대 병사들을 살려야 할 의무와 책임이 있소. 혼자만 살려고 전우들을 그냥 내버려 둘 작정이오?"

이 말은 맥카시 중위의 정곡을 찔렀다. 그는 죽음을 두려워하지 않았다. 적어도 자신은 그렇게 여겼다.

'차디찬 겨울밤 중공군의 포위와 곧 끊임없이 이어질 공격을 눈앞에 둔 해병들은 더는 견디지 못하겠지. 이 안경 낀 중국인은 예의 바르고 점잖아 왠지 믿음이 간다. 그는 미국인을 존중하고 이해한다.'

맥카시는 자신의 안위만을 찾고 전우들에게 죽음의 그림자를 덮어씌울 수는 없다고 생각했다. 그는 전우를 구하기로 결심했다.

그가 훠신밍에게 말을 건넸다.

"나와 함께 미군 가까이 가서 이야기를 해봅시다. 이쪽에 아직 포로들이 있으니 미군이 섣부른 짓은 못할 거요."

훠신밍은 병사 셋을 이끌고 맥카시와 함께 미군 가까이 다가갔다. 맥카시가 큰 소리로 외쳤다.

"저는 해리스 대대 소속 맥카시 중위입니다. 제 중대는 거의 다 다쳤거나 죽었고 저와 병사 몇은 붙잡혔습니다. 지금 중공군 대부대가 포위했으니 계속 저항하는 것은 의미가 없습니다. 성탄절이 곧 다가옵니다. 여기서 개처럼 죽는다고 그 무슨 의미가 있겠습니까!"

잠시 침묵이 흘렀다. 곧이어 힘없는 목소리가 들렸다.

"맥카시 중위, 중공군 지휘관에게 전해 주게. 우리는 중공군 의견을 검토하고 있네. 시간이 필요하네."

훠신밍이 이 말을 듣자 맥카시에게 말을 걸었다.

"지휘관 이름이 무엇인지 물어보시오. 시간이 많지 않다고도 알려주시오."

맥카시가 어둠을 향해 소리쳤다.

"직책과 계급이 무엇입니까? 중공군 지휘관이 미군 지휘관이 누구인지 알고 싶어합니다."

거친 숨소리가 전해졌다.

"나는 미 해병 제1사단 사령부의 작전지휘관 맥로린 소령이네. 내가 이 부대를 이끌고 있네."

"알겠습니다. 소령님!"

맥카시가 이어 말했다.

"중공군은 전쟁포로 신분으로 우리를 대해 주기로 약속했습니다. 또한 신변 안전을 보장하고 전쟁이 끝나면 우리를 집으로 돌려보내 준다고 합니다."

맥로린이 말했다.

"알았네, 중위. 우리끼리 좀더 이야기를 나누어 보겠네."

"중공군 지휘관이 준 시간이 많지 않습니다, 소령님."

어둠 속에 다시 무거운 침묵이 흘렀다. 눈이 흩날리는 소리만이 고독하고 추운 이곳 건자개에 맴돌았다.

다시 진영으로 돌아간 훠신밍은 우융추이에게 상황을 들려주고 머리를 맞대 의논했다. 그런 뒤 훠신밍은 맥카시에게 말했다.

"가서 항복하라고 전하시오. 복종하고 무기를 버리면 부상자는 돌아갈 수 있도록 해주겠소."

훠신밍은 잠시 뜸을 들인 뒤 강조했다.

"달아날 생각은 아예 마오. 여기 부하 둘이 잡혀 있다는 사실을 결코 잊지 마시오."

맥카시는 무거운 마음으로 다시 맥로린에게 갔다.

중공군의 메시지를 들은 맥로린 소령은 부상자가 모여 있는 도랑으로 갔다. 그는 전투 초기에 부상을 입은 사단 군수참모의 보좌관 아더 치데스터 중령을 마침내 찾아냈다.

"전투원들이 무기를 버리면 부상자들을 고토리로 돌아가게 해주겠답니다."

"중공군 말을 믿을 수 있다고 보는가?"

치데스터가 되물었다.

"이참에 우리가 전투를 포기할 것인지 검토해 볼 기회가 아니겠습니까?"

"탄약은 얼마나 남았나?"

"그리 많지 않습니다. 1인당 클립 2개밖에 없습니다."

"다른 방법이 있을지도 몰라."

"실리 소령에게 연락해 봐야겠습니다."

맥로린은 맥카시에게 고개를 돌렸다.

"서두르지 마. 되도록 시간을 끌어. 날이 샐 때까지 버티면 해병 항공대가 우리를 도울 수도 있을 테니까."

맥카시가 철둑을 넘어갈 때 맥로린은 사격중지 명령을 내렸다. 그 명령은 진지에서 진지로 전달되었다. 시리도록 추운 밤, 이따금 실리 구역에서 들리는 총성 말고는 어떤 소리도 들리지 않았다. 어둠 속에 긴장감이 팽팽하게 감돌았다.

맥카시는 휘신밍과 우융추이를 데리고 다시 맥로린을 찾아갔다.

'영어를 하는 중공군이라니……'

맥로린의 눈에는 참으로 신기했다. 휘신밍이 유창한 영어로 말했다.

"당신들은 포위되었소. 뿐만 아니라 우리에겐 많은 병력이 있소. 우린 이미 많은 미군을 죽이거나 부상을 입혔소. 계속 싸우면 모두 죽을 수밖에 없소. 살고 싶거든 항복하시오."

맥로린은 시간을 끌며 가능한 천천히 말했다. 그리고 이렇게 질문을 던졌다.

"우리 부상자들을 어떻게 할 생각이오? 그 사람들에게 무슨 일 없겠소? 지금 돌려보내지 않으면 그들은 아마 얼어 죽을 거요."

휘신밍은 한참 생각하며 뜸을 들이더니 대답했다.

"다친 사람들은 우리가 돌보겠소."

맥로린이 고개를 내저었다.

"우리는 부상자들을 고토리로 보내야 하오."

그는 남쪽을 가리켰다.

"우리는 당신들에게 죽는 것이 두려워 항복하는 게 아니라 다친 병사들을 보호하려고 항복하는 거요. 부상자들을 옮길 수 없다면 우리는 전투를 계속하겠소."

실리는 동이 틀 때까지 저항할 수 있을 만한 탄약을 준비했다. 손수 회담을 하러 가기에 앞서 부하 장교 2명에게 지시를 내렸다.

"이 진지를 지켜라. 나는 가서 최대한 시간을 늦춰보겠다. 날이 샐 때까지만 버티면 해병 항공대를 이용해 저 새끼들을 모조리 쫓아낼 수 있어."

실리는 교섭 장소로 갔다. 영어를 쓰는 중공군 장교와 맥로린 소령이 항복 조건을 토의하고 있다. 중공군이 쓰는 몸짓은 단순했으나 박진감이 넘쳤다.

우융추이가 험악한 표정으로 실리를 가리키며, 무기를 땅에 던지고 두 손을 머리 위에 올리라고 소리쳤다. 그러고 나서 손목시계를 가리켜 손가락 셋을 치켜세웠다. 몸짓으로 거듭 말하는 우융추이의 움직임에는 짜증이 섞여 있었다. 우융추이는 손가락 2개를 뽑아 들었다.

"더는 늦출 수 없을 것 같습니다."

조바심이 난 맥카시가 맥로린에게 속삭였다.

"사네가 최대한 붙들고 있게. 내가 돌아가 진지를 강화할 테니까. 나는 절대로 항복하지 않는다."

실리는 휘신밍에게 자기는 부대로 돌아간다고 했다. 휘신밍은 잠시 머뭇거리다 실리를 보내고 맥카시는 내내 잡아두었다. 그러나 실리가 부대로 돌아가기도 전에 중공군은 북쪽 방어선에 들어와 무장해제를 시작했으며 일부는 트럭으로 뛰어들었다.

실리가 재빨리 병사들과 의견을 주고받았다. 먼저 맥로린의 병력이 무장해제되고 나면 그 적은 병력으로는 맞설 가망이 없다는 결론이 나왔다.

모두 부상자들을 모아 강을 건넌 뒤 서쪽에 치솟은 수직에 가까운 산을 기어오르기 시작했다. 꽤 먼 거리를 부상자들을 끌고 가야 하므로 속도는 느리고 숨이 차 가슴이 터질 듯 고통스러웠다.

강둑을 따라 걸어가는데 상상도 못한 일이 벌어졌다.

"쉿! 저기 좀 봐. 적군이 온다."

실리가 낮은 목소리로 병사들에게 말했다. 강이 구부러진 지점에 40명쯤 되는 중공군들이 실리 일행 쪽으로 걸어오고 있다. 원수와 외나무다리에서 만난 격이었다.

그들은 바람을 피하려 한껏 고개를 숙인 채 바로 앞사람의 꽁무니만 쫓아가고 있었다.

"어떡하면 좋죠? 하필이면 이런 때……."

"뒤돌아 달아날까요?"

"안 돼. 그러면 저들을 더욱 자극할 거야."

그들 가운데 몇 명은 실리 일행을 봤는 데도 어떤 행동도 취하지 않았다.

"우릴 본 것 같은데 별다른 반응이 없습니다."

"속임수인지도 몰라. 갑자기 공격하려고 머리를 쓰는 건지도……."

실리와 병사들은 숨을 죽인 채 계속 걸었다.

그런데 믿어지지 않는 일이 또 일어나고 말았다. 해병대 헬리콥터 한 대가 시끄러운 비행음을 내며 남쪽 산등성이 위에 나타난 것이다.

중공군은 종대에서 흩어지더니 헬리콥터를 향해 총을 쏘기 시작했다. 논 위를 천천히 맴돌던 헬리콥터는 갑자기 사격을 받자 재빨리 고도를 높여 기체를 비스듬히 기울이며 날아갔다.

이 일로 적군의 주의력이 흩어진 틈을 타 실리 일행은 무사히 그곳을 빠져나갈 수 있었다. 우연이었겠지만 때마침 헬리콥터가 나타나서 실리 일행을 살린 셈이다. 실리와 병사들은 신이 도왔다고 여겼다.

그러나 부상자들은 끝내 고토리로 돌아가지 못했다. 그 가운데 몇몇은 길과 강 사이에 있는 민가에 남았지만, 거의가 나머지 포로와 함께 산으로 끌려갔다. 포로 가운데는 케일러와 홀컴도 함께였다.

저 멀리 중공군들은 미군 포로들을 소떼를 몰듯 우악스럽게 끌고 갔다. 중공군들이 포로들을 숨겨두려고 생각했던 마을에 채 닿기 전에 먼동이 터왔다. 산 아래 초가 몇 채가 모인 아주 작고 누추한 마을이었다.

그때 갑자기 해군 코르세어기 한 대가 하늘을 가로질러 인민의용군다. 중공군들은 길 옆 도랑으로 뛰어들었고, 미 해병 포로들은 길 위에 선 채 손을 흔들었다. 하지만 해군 코르세어기는 포로 행렬을 미처 보지 못한 채 금세 저쪽 하늘로 날아가 버렸다. 중공군들은 해병들을 더욱 급하게 몰아세우며 낮동안 숨어 지낼 동네로 들어갔다. 다섯 시간 뒤 실리 부대는 고토리의 미 해병대 진지로 들어갔다.

이튿날 아침 포로 대열이 멈추었을 때, 케일러는 감시가 소홀한 틈을 타 길가 도랑으로 굴러 들어갔다. 포로 대열은 눈치채지 못하고 끊임없이 움직였다. 케일러는 다른 방향을 잡고서 네 시간이 넘도록 달아난 끝에 가까스로 숲 속으로 들어갔다. 피곤과 긴장으로 눈꺼풀이 무겁게 내려앉았다. 그는 깊은 산속에서 두렵고도 외로운 하룻밤을 지냈다.

다음 날 아침, 케일러는 눈으로 덮인 메마른 숲을 이리저리 헤매다가 늙은 은둔자의 집과 맞닥뜨렸다. 낡은 초가집을 짓고 밭농사를 하며 살아가던 그는 잎담배를 태우다가 케일러와 눈이 마주쳤다. 늙은 농부의 말을 알아들을 순 없었지만 케일러는 따라오라는 손짓에 이끌려 주린 배도 채우고 언 몸도 얼마쯤 녹였다. 그러나 잠시 마음을 놓을 새도 없이 그는 다시 붙잡히고 말았다. 농부가 중공군 정찰대에 신고한 것이다. 케일러는 중공군으로부터 심하게 구타를 당했다.

"만일 또다시 탈출하면 그때는 해병 10명을 죽이겠다! 알겠냐?"

중공군들이 윽박질렀다. 그중 하나는 케일러가 목에 걸었던 묵주를 낚아채어 땅바닥에 팽개치면서 돼지 같은 기독교놈이라고 욕을 퍼부어댔다. 케일러와 홀컴, 그밖에 16명의 해병은 6개월이나 지난 뒤에야 탈출할 수 있었다.

하갈우리로 떠난 전투부대 가운데 서터 중령은 64명을 잃은 채 목적지에 이르렀다. 드라이스데일의 특공대는 255명 가운데 90명을 잃었다. 영국 해병 22명이 포로가 되었다.

영국 포로들은 문화 수준이 높았다. 조용하고 독서와 토론을 즐겼으며 2차 세계대전에도 참전했던 직업군인이 많았다. 미군은 난폭하다며 비웃기도 했다. 다툴 때도 조용조용했다. 심문관들은 영국인들을 좋아하게 되었다. 뒷날 영국 대사에 오른 지자오주(冀朝鑄)는 칭화대학 재학 중 판문점 담판장에서 통역과 속기사를 하며 영국 기자와 자주 만났다. 그 기자가 들려주던 말은 이랬다.

"벽동 외국인 수용소 언저리의 중국 지원군부대를 영국군 비행기가 맹폭했습니다. 그날 밤 영국 군인들은 중국군의 보복을 두려워하며 날을 샜습니다. 언제 죽을지 모른다는 공포가 아주 피를 말리더라 하더군요. 며칠째 아무 일도 일어나지 않자 모두 엄지손가락을 치켜세웠습니다. 중국이 포로를 대하는 자세를 온 세계에 알리고 싶다는 얼굴들이었지요."

육군 제31연대 베이커 중대는 특히 큰 피해를 입었다. 장교 1명과 병사 69명이 고토리로 돌아갔지만 나머지 140명은 실종되었다. 해병 44명은 전투 동안 이슬처럼 덧없이 사라져버렸다. 토바르는 사흘 뒤 중공군 진지를 탈출해 눈보라를 헤치며 고토리로 돌아갔다.

30
병사들의 꿈

병사들의 꿈은 어떤 공간 속에 존재할까? 병사들의 밤은 어떤 역동성을 지녔을까? 병사들이 꿈꾸는 공간은 전투로 지친 몸과 마음을 달래는 안식처일까? 오히려 그 공간은 끊임없으면서도 몽롱한 어떤 격렬한 싸움으로 이루어져 있는 게 아닐까?

이런 의문점에 대해 병사들이 밝혀낼 수 있는 건 거의 없다. 낮이 다시 찾아왔을 때 그들 머릿속에 남은 것은 산산이 부서진 꿈의 조각들뿐이리라. 병사들은 죽어버린 그 조각들을 뒤늦게야 조심스럽게 꺼내놓고 밝은 햇빛 아래에서 해부한다. 그리하여 조각난 꿈에서 위로 받을 수 있는 모든 가능성을 잃어버리고 만다. 꿈을 통한 온갖 변형으로부터 병사들은 오로지 적을 죽여야만 하는 의무를 깨닫는다.

사응령 점거를 위한 거센 전투가 끝난 뒤, 우융추이와 훠신밍은 움직일 수 있는 모든 대원을 이끌고 미 해병 제1사단 뒤를 따라 하갈우리로 나아갔다.

뤼따꺼와 두궈싱 등 부상자들은 사응령 진지에 남았다. 우융추이는 떠나기 전 두궈싱을 책임자로 임명하고 지시를 내렸다.

"진지에서 후방부대를 기다리거나 손수 후방에 자리 잡은 의무대를 찾아가게."

그러나 아무리 기다려도 후속 부대는 오지 않았고, 그렇게 있다가는 모두 굶어 죽거나 얼어 죽을 판이었다.

두궈싱과 뤼따꺼 말고도 진지에는 열 명 남짓 부상자들이 있었다. 해는 어느덧 서쪽으로 기울고, 두궈싱은 다리 동상이 몹시 심해 걷기 힘들었지만 마냥 사응령에 머물 수도 없었다.

뤼따꺼는 의무대를 찾아 나서자는 두궈싱의 의견에 동의했다. 그러나 몇몇 부상자들은 진지에서 후속 부대를 기다리길 바랐다.

"이토록 춥고 배고픈데 상처투성이인 몸을 이끌고 대체 어디로 갈 수 있단 말입니까? 어디로 가야 사단 의무대를 찾는지 까마득하기만 한데요?"

한참 설득했지만 끝내 의견은 하나로 모이지 않았다.

두궈싱이 단호히 말했다.

"내내장과 훈련관님이 나를 지휘관으로 임명하셨네. 이제부터 나를 따르게. 우리는 무기와 탄약, 남은 식량을 갖고 움직인다. 이곳에 남는 사람에게는 감자 한 알도 주지 않겠어."

뒤돌아 걸어가며 뤼따꺼가 덧붙였다.

"아무리 기다려 봤자 끝내 얼어 죽을 뿐이야."

마지못해 병사들은 주섬주섬 떠날 채비를 했다. 두궈싱은 훠신밍이 남겨두고 간 언 감자와 통조림을 모아 대원들에게 나눠 주었다. 대원들은 고이 잠든 전우들과 작별 인사를 나누고 길을 떠났다.

두궈싱은 사단 의무대의 정확한 위치는 몰랐지만 어렴풋이 북방에 있음은 알고 있었다. 그들은 북쪽으로 압록강을 바라보며 걸었다. 북으로 나아갈수록 고향도 가까워졌다.

점점 두궈싱의 걸음 속도가 늦어졌다. 걷는 게 아니라 혼신의 힘을 다해 억지로 발을 옮긴다는 표현이 더 알맞으리라. 종아리 아래는 이미 마비되었고 발바닥은 감각을 잃어 뜻대로 움직여지지 않았다. 그럼에도 칼로 찌르는 듯한 극심한 통증이 그의 심장과 머리까지 전해졌다. 등은 식은땀으로 흥건했다.

뤼따꺼 또한 발걸음을 크게 내딛지 못했다. 동상에 걸려서가 아니라 바짓가랑이 속 상처 때문이었다.

'제길! 탄환이 다리를 뚫고 지나간 줄 알았는데 바짓가랑이 한가운데라니!'

이제껏 느껴보지 못한 고통이 스멀스멀 밀려왔다. 움직이기만 하면 지독한 통증이 따라왔다. 엄청난 추위에 바지를 벗어 볼 엄두조차 나지 않았다. 그는 총 맞은 부위가 대충 짐작이 갔다.

'이젠 사내 구실도 못하게 되는 건가.'

뤼따꺼는 침을 탁 뱉었다. 팔다리와 머리 모두 괜찮다. 잘 움직일 수 없을 뿐이었다.

중공군의 행군속도는 너무나 느려 장진호 서쪽 산으로 해가 기운 지 한참이 지났는데도 고작 몇 리를 갔을 뿐이다. 두궈싱은 조급했다.

'이렇게 이동하다가는 언제 후방에 도착하고 언제 사단 의무대를 찾는단 말인가? 몇 시간을 내리 걸었더니 춥고 배고프고…… 움직일 힘도 없구나.'

두궈싱은 모두에게 잠시 쉬라고 지시했다. 그들은 눈 쌓인 땅바닥에 털썩 앉거나 서서 통조림을 꺼내 먹었다. 단단히 얼어붙어 좀처럼 먹기 힘들었지만 모두 살아서 돌아가겠다는 생각 하나로 우적우적 씹었다.

문득 두궈싱은 뤼따꺼의 배낭 안에 있는 양허따취가 떠올랐다. 그는 기대감에 두 눈을 반짝이며 뤼따꺼에게 물었다.

"양허따취 말이야, 그거 한 모금씩 돌아가면서 마시면 어떨까? 다들 몸이 좀 녹을 거 같은데."

"양허따취는 대대장님이 아끼시는 보물이야. 대대장님도 마시기 아까워하시는데 자네 목구멍으로 넘길 수 있겠나?"

두궈싱은 단념할 수밖에 없었다. 그는 감자 2개를 다 먹은 뒤 입에 묻은 얼음 조각을 털어내며 말했다.

"여기서 멈출 수 없어. 다시 가세."

다행히도 그들이 가는 방향은 틀리지 않았다. 산골짜기를 따라 북쪽 압록강 방향으로 느릿느릿 나아간다. 어느새 해가 지고 밤이 깊어갔다. 극심한 추위에 온몸이 꽁꽁 얼어붙었다.

'그래도 조금씩 가다 보면 언젠가는 의무대에 닿겠지.'

모두 희망을 버리지 않았다. 그들 뒤 저 멀리 남쪽에서 총과 대포 소리가 어렴풋이 전해졌다. 하갈우리보다 더 남쪽인 고토리와 진흥리에서 전우들이 어둠을 틈타 미군을 공격한 것이다. 미군도 중공군들처럼 깊은 밤을 힘겹게 보내고 있었다.

중공군은 지칠 대로 지쳐 모두 잠에 빠져들기 직전이었다. 몸에 걸친 무기가 더욱더 무겁게 어깨를 짓누르고 땅바닥으로 잡아당기는 것만 같았다. 한 병사가 조심스레 물었다.

"총을 버리고 가면 안 됩니까?"

그러자 두궈싱이 엄하게 꾸짖었다.

"정신 나갔어? 전쟁터에서 총은 우리한테 목숨과도 같아. 총이 있어야 싸울 수 있다고! 숨이 붙어 있는 한 절대 무기를 버려선 안 된다. 죽을 때까지 몸에 지니고 있어야 해!"

이런 강추위에 한 번 눈을 감으면 두 번 다시는 뜰 수 없다. 두궈싱은 그 점을 누구보다 잘 알았다. 그래서 끊임없이 큰 소리로 뤼따꺼의 이름을 외치고 차례차례 병사들의 이름을 불렀다.

그들이 늦게 대답하거나 아무 응답이 없으면 곧바로 달려가 정신 차릴 때까지 한결 너 소리쳐 이름을 불렀다.

'이럴 때 대대장님과 훈련관님이 함께 있다면 얼마나 좋을까!'

순간 두궈싱은 대대장 우융추이와 훈련관 훠신밍을 떠올렸다. 그 둘이 어느 때보다 가깝게 느껴졌다.

얼마나 걸었을까. 아침 해가 떠오르자 그들은 조금이나마 온기를 느꼈다. 햇살은 깊고 어두운 산골짜기에 생명의 빛을 뿌린다. 병사들은 다시 살아야겠다는 마음을 다잡았다.

그때 맞은편에서 걸어오는 사람들이 보였다. 남방부대 옷차림을 한 중공군이었다.

"드디어 살았다!"

누군가 외치자 병사들이 모두 긴장이 풀려 털썩 주저앉았다. 거의 정신을 잃은 이들도 많았다.

마침 사단 의무대는 앞선 부대를 따라 이동하는 길이었다. 미군의 공중 폭격을 피하려고 의무대원 몇백 명은 도로를 벗어나 산마루 가까이 붙어 산골짜기를 타고 앞으로 나아가고 있었다. 예정지에 거의 다 왔을 때 땅에 쓰러진 두궈싱 무리와 마주쳤다.

사단 의무대는 그저 죽은 병사들 시신인 줄 알고 그냥 지나치려 했다. 그런데 자세히 보니 모두 무섭게 눈을 치켜뜬 채 등에는 총을 메고 있는 게 아닌가. 병사들의 몸에서 한기가 뿜어져 나오고 눈썹과 수염은 서리로 가득 덮였다. 저마다 입에서 새어나온 가늘고 하얀 입김이 소리 없이 하늘로 날아올랐다.

"우리 병사들이다. 아직 살아 있다!"

의무대원들이 달려와 그들을 들것에 뉘였다. 두궈싱은 의무대 무리 가운데 낯익은 얼굴을 발견했다.

"천이페이, 천이페이······."

두궈싱의 목소리는 흥분과 기쁨으로 가늘게 떨렸다.

"훠수이란, 훠수이란……."

뤼따꺼가 온몸에 힘을 주어 불렀다.

천이페이와 훠수이란이 목소리를 듣고 그들 곁으로 다가왔다. 얼굴에 난 털은 온통 흰색 서리로 덮이고 너덜너덜해진 군복에는 얇은 얼음층이 내려앉아서 그 모습이 마치 흰 수염을 기른 관우와도 같았다.

천이페이는 그제야 두 사람을 알아보고는 얼굴빛이 갑자기 환해졌다.

"두궈싱!"

"뤼따꺼?"

참담한 전투는 아직 끝나지 않았지만 다시 만날 수 있어 그들은 이루 말할 수 없이 반가웠다. 란쓰옌도 뤼따꺼와 두궈싱을 알아보았다. 그녀는 부대 상황을 물었다.

"전투는 힘겹고 참혹했어. 미군을 많이 무찔렀지만 손실도 커서 1개 대대 병력이 이젠 고작 칠팔십뿐이야."

란쓰옌과 훠수이란은 마음이 무거워졌다.

뤼따꺼가 그녀들의 표정을 보고는 위로했다.

"훈련관님과 대대장님은 무사하실 거야. 두 사람은 머리카락 한 올도 다치지 않을 거라고. 지금 부대를 이끌고 미군을 쫓아갔으니 남은 미군을 쓸어버리면 바로 돌아오실 수 있어."

그는 특별히 훠신밍이 손에 낀 하늘색 털장갑을 말하며 안부를 전해 주었다.

"훈련관님은 그 털장갑 덕분에 동상에 걸리지 않았어, 란쓰옌."

란쓰옌의 입가에 웃음이 번졌다. 창백한 얼굴이 순간 붉게 달아오르자 그녀는 슬며시 몸을 돌려 다른 환자 곁으로 다가갔다.

두궈싱은 황색 배낭을 열어 그동안 아껴 두었던 통조림을 꺼내 골고루 나눠 주도록 부탁했다. 통조림을 받아든 두성이는 금세 미군으로부터 빼앗은 전리품임을 알아차렸다. 전리품은 그들이 미군과 총칼을 맞대고 죽을힘을 다해 싸웠음을 말해 주었다. 병사들은 통조림을 영예로 여겼다. 추위와 배고픔에 시달리면서도 전우와 이 영예를 함께 느끼고 싶었다.

두성이는 병사들 마음을 이해할 수 있었다. 그의 두 눈에 눈물이 고였다.

"어서 물을 끓여!"

훠수이란의 고함 소리에 감격에 차올랐던 사람들이 꿈에서 깨어나듯 번쩍 눈을 뜨고 정신을 차렸다. 그녀들은 뤼따꺼와 병사들이 몸을 녹일 수 있도록 뜨거운 물을 준비했다. 그들은 너무 기쁜 나머지 잠깐 동안 전장의 현실을 까맣게 잊었다.

자오후이메이가 걱정스러워 말했다.

"한낮에 불을 피우면 미군기가 곧바로 우리를 발견할 거예요."

"알 게 뭐야. 미군기 따위 모조리 박살이나 나버리라지!"

훠수이란이 거칠게 내뱉었다.

자오후이메이는 미간을 찌푸리고는 자리를 떴다. 그녀는 두성이와 마주치자 또 한 번 자기 생각을 말했다.

"이렇게 환한 낮에 불을 피우면 틀림없이 미군기가 나타날 거예요."

두성이가 그녀를 바라보고 이어 하늘을 쳐다보며 말했다.

"그깟 미군기 지옥으로 꺼지라고 해!"

자오후이메이는 고개를 절레절레 젓고는 한숨을 내쉬었다.

사단 의무대는 그곳에 다시 천막을 치고 준비를 마친 뒤 전방에서 오는 부상자들을 기다렸다. 두성이와 훠수이란이 뤼따꺼와 두궈싱의 상처를 확인한 뒤 곧바로 응급치료를 했다.

그제야 뤼따꺼는 자신의 상처가 어떤지 알았다. 그가 가장 걱정하던 일이 벌어졌다. 미군이 쏜 탄환 하나가 그의 바짓가랑이를 뚫고 들어가 고환 하나를 망가뜨렸다. 그것 말고는 엉덩이 부분에 찰과상을 입었을 뿐이다. 왼쪽 고환은 떼어내야만 했다. 망가진 피부 조직을 잘라낸 뒤 상처 부위를 깨끗이 소독하고 꿰맸다. 이를 악물고 통증을 참던 뤼따꺼는 화가 울컥 치미는지 흉악스럽게 욕을 퍼부어댔다.

"나쁜 놈들! 감히 내 거시기를 박살내!"

두성이가 그를 위로했다.

"다행히 상황이 더 나쁘게 되지는 않았소. 만일 총알이 조금만 더 옆으로 갔더라면 꼴이 더 우스워졌을 거요."

두궈싱의 발은 동상이 아주 심했다. 얇은 고무신이 그의 발에 완전히 달라붙어 피부와 하나가 되었다. 의무대원 여러 명이 함께 힘을 써서 왼발에 달라붙은 신발 하나를 가까스로 벗겨냈으나 오른쪽 신발은 아무리 힘을 써도 벗겨지지 않았다. 혹시 언 발을 녹이면 벗겨질까 싶어서 천이페이는 재빨리 두귀싱의 발을 자신의 품 안으로 집어넣었다.

두귀싱의 얼굴이 붉게 물들었다. 그는 미안해서 거절하며 발을 빼려 했으나 감각이 조금도 없어 뜻대로 움직여지지 않았다. 그는 천이페이에게 더듬거리며 둘러댔다.

"발이 너무 지저분해서 네 옷이 더러워질 거야."

그녀는 조금도 신경 쓰지 않았다.

"이 옷도 주신 거잖아요. 난 괜찮아요."

두귀싱이 한숨을 내쉬었다.

"이젠 틀렸나봐. 아마도 다리를 잘라내야겠지."

그러자 천이페이의 두 눈에서 눈물이 주르르 흘러내렸다.

"치료할 수 있어요. 날 믿어요. 다리는 괜찮을 거예요. 반드시 나을 거야. 힘내요."

두귀싱은 그저 웃기만 한다. 천이페이는 그의 발을 더 꽉 껴안았다.

꽁꽁 얼어붙은 발을 녹인 끝에 신발이 벗겨졌다. 두성이가 두귀싱의 발을 들여다보았다. 상황이 매우 심각했다. 두 발과 종아리는 이미 짙은 자주색으로 변해 있었다. 종아리 위 건강한 피부 조직과 뚜렷하게 구분될 정도였다.

'기능과 감각을 완전히 잃었어. 상처부위 조직이 이미 죽어서 근육과 뼈까지 퍼졌을 거야.'

두성이는 엄숙한 표정으로 천이페이를 바라보았다.

"방법은 오직 하나야. 빨리 잘라내야 해. 그렇지 않으면 목숨까지 위험해질 수 있어."

천이페이는 지푸라기라도 잡는 심정으로 두성이에게 물었다.

"두 다리 모두요? 다리 하나는 색깔이 짙은데 다른 하나는 괜찮아 보여요."

두성이는 고개를 저었다.

"별 차이가 없어. 모두 잘라야 해."

천이페이는 포기하지 않았다.

"다리 하나라도 남으면 지팡이를 짚고 걸을 수 있어요. 기껏해야 절름발이가 될 뿐이에요. 하지만 두 다리 모두 잃는다면 앉은뱅이가 돼요. 다시는 걸을 수 없다고요."

두성이가 미간을 찌푸렸다. 그녀가 도대체 왜 이렇게 고집을 부리는지 알 수가 없었다. 휘수이란은 같은 여자로서 천이페이의 마음을 이해하고도 남았다. 그녀는 두성이에게 말했다.

"아직 괜찮아 보이는 왼쪽 다리는 그냥 놔두고 심각한 오른쪽을 먼저 자르쇼. 나중에 더 나빠지면 그때 왼쪽을 잘라내도 늦지 않아요."

잠시 생각한 뒤 두성이는 그녀들의 의견에 따랐다. 두성이는 괴로운 마음으로 두궈싱에게 말했다.

"한쪽 다리를 잘라내야 하오. 그렇지 않으면 목숨을 잃을 수도 있소. 나머지는……."

말끝을 흐리는 그에게 두궈싱이 웃으며 답했다.

"다리가 온전치 못할 거라 짐작했어요. 그래도 목숨을 구했으니 그걸로 됐습니다. 앞으로도 계속 체코식 총을 들고 미군놈을 쳐부술 수 있으니까요."

고개를 숙인 채 두성이가 말을 이었다.

"그런데 마취약이 없소."

두궈싱이 또 웃었다.

"마취약이 없으면 없는 거죠. 그냥 하세요."

"그렇다면 먼저 동지를 묶어야 하오."

먼저 치료를 받은 뤼따꺼가 엉금엉금 두궈싱을 보러 왔다. 그는 마취약이 없다는 말에 문득 한 가지 생각이 떠올랐다.

"우융추이 대대장님의 양허따취가 있어요. 술이 아주 독해서 마취약 대신으로 그만일 걸요?"

"그럴 수 없어! 대대장님이 아시면 날 가만두지 않으실 거야."

뤼따꺼가 대뜸 욕을 해댔다.

"제길! 지금은 자네 목숨이 위급해. 대대장님도 이런 네 꼴을 보셨다면 흔쾌히 허락했을 거야. 잔말 말고 따라."

뤼따꺼가 무작정 병뚜껑을 열고 명령하듯 말했다.

"꽉 잡아. 이 자식 입에 쏟아붓게."

짙은 술향기가 추운 산 동굴 안에 가득히 퍼진다. 두성이가 두궈싱의 입가에서 코를 실룩거리며 말했다.

"음, 좋은 술이오. 과연 듣던 대로군."

그런데 여러 모금을 부었는데도 두궈싱은 두 눈을 말똥말똥 뜨고 뤼따꺼를 바라보았다. 잠깐 망설이다가 뤼따꺼는 어쩔 수 없이 내내 술을 쏟아부었다. 술을 반 병쯤 마신 뒤에야 두궈싱은 몸부림을 멈추더니 곧바로 죽음과도 같은 깊은 잠 속으로 빠져들었다.

뤼따꺼가 술병 뚜껑을 덮고 귀에 대고 흔들었다. 그는 아쉬워 말했다.

"자식, 많이도 마셨네. 대대장님께는 미안해도 어쩔 수 없지."

두궈싱이 정신을 잃은 뒤 두성이와 훠수이란은 수술을 시작했다. 이미 죽어버린 근육조직을 벗겨내고 상처난 다리를 톱으로 잘라낸 뒤 꿰매고 붕대로 싸맸다. 수술은 순조롭게 끝났다. 다행스럽게도 두궈싱은 여전히 곤드레만드레 취해 깊이 잠들어 있었다. 특히 상처 부위를 잘라낼 때 두성이의 손에 든 톱이 소름끼치는 소리를 냈는데도 그는 아무것도 느끼지 못한 채 코를 드르렁거릴 뿐이었다.

그는 꼬박 하루를 그렇게 정신을 잃은 채 깊은 꿈속에 빠졌다. 압록강 퍼붓는 눈보라 속 얼음판을 건널 때도 가슴속에 간직해온 그녀의 편지 속을 헤매고 있었다. 그녀의 이름은 리리. 전쟁 때는 여자도 애욕에 사로잡힌다. 수많은 여자들이 가족 품에서만 살아오다가 어느 날 우연히 전쟁터를 누비는 병사를 만나면 갑자기 열렬한 마음에 끌리게 된다. 리리는 전쟁 중 온 마을 전체가 성욕을 일으키는 분위기를 띄는 것처럼 느껴졌다. 그를 본 순간 성적인 표현을 억누를 수 없을 뿐 아니라 남성에 대해 강렬한 흥미를 느끼고, 평소보다 훨씬 격렬하게 반응하기 시작했다. 여느 때라면 다른 관심사에 마음을 빼앗길 남녀가 어느새 애욕의 소용돌이에 휘말리며, 이 사랑이 당장 우선할 일로 바뀐다. 오랜 세월이 지나도 리리는 두궈싱의 이름을 또렷이 기억하리라.

'두궈싱님, 꽤 오랫동안 만나 뵙질 못했군요. 조선 전장으로 나아가신다는 소식을 전해 듣고는 며칠이나 잠을 이루지 못했습니다. 저를 처음으로 여자의 기쁨을 일깨워주신 두궈싱님을 제가 어찌 잊겠습니까? 이제는 저도 결혼하여 한 아이를 가진 어머니가 되었습니다. 우리가 처음 만나던 날을 기억하시나요? 그날 당신은 잔뜩 취해 계셨지요. 별거중이었던 아내와 이혼하고 회사 자금 융통 때문에 몹시 바쁜 상황이었다는 이야기를 당신은 제게 해주셨지요. 그 뒤로 여러 번 만나 뵈었지만 그날만큼 취하신 적은 없었습니다.

그러나 그런 사정들 말고, 당신의 개인적인 일은 제게 전혀 말씀해주지 않으셨어요. 몇년 동안 알고 지냈는데 당신 이름도 몰랐지요. 당신은 입버릇처럼 말씀하셨어요. 여자라면 이제 지긋지긋하다, 차라리 혼자 사는 게 훨씬 좋다고요. 하지만 혼자 어두컴컴한 집에 들어가는 게 싫어서 일에 열중하거나 한 달 거의 대부분을 금수장 호텔에서 지내셨잖아요. 그러면서 가끔 호텔로 저를 부르셨는데, 설마 그렇게 오랜 시간 깊은 사이로 지내리라고는 꿈에도 생각지 못했습니다.

처음 만났을 때, 어쩜 저렇게나 오만한 손님이 있을까 생각했습니다. 취해서 그러셨는지는 모르지만, 저를 물끄러미 살피듯 바라본 뒤 꾸밈없이 이런저런 것들을 말씀하셨지요.

"너는 이런 일을 하고 있지만 사실은 괜찮은 집안에서 태어난 딸이겠지."

제가 인사하고 나서 갑자기 그런 말씀을 하시니 순간 얼굴이 빨개지며 당황할 수밖에 없었습니다. 이 사람 대체 뭐지? 이런 생각이 들더군요. 저는 곧바로 화제를 돌렸습니다. 그러자 당신도 제 이야기는 따로 없이 아무렇지 않게 야한 이야기들을 꺼내셨지요. 처음 인상은 그리 좋지 않았지만 1시간쯤 지나고 나니, 무척 부끄러움을 많이 타는 분이라는 걸 알게 됐습니다. 당신은 제가 방에 들어서기 전에 샤워를 끝내고 가운을 좀처럼 벗으려 하지 않으셨고 방은 어둑어둑했지요.

샤워를 끝낸 제가 실오라기 하나 없이 발가벗은 채 나왔을 때, 엄격한 말투로 아랫도리를 입도록 주의를 받았지요. 여성이 그런 모습으로 당당하게 나오면 안 된다고요.

어떤 성행위가 좋은가? 당신의 질문을 받아서, 저는 늘 그렇듯이 답했습니다.

"봉사입니다."

"그럼, 네가 원하는 대로 해줘."

저는 당신의 커다란 발을 한쪽씩 두 손으로 감싸고 차분히 쓰다듬으며 찬찬히 지압을 했습니다. 다른 손님이었다면 곧바로 손가락을 입안에 넣고 핥았겠지만 그날은 무척 추웠고 당신의 발끝은 너무나 차가웠거든요. 무게가 느껴지는 발이 조금씩 따뜻해져갈 때, 저는 하나하나를 차례대로 혀로 부드럽게 핥아주었습니다.

"저는 이렇게 핥고 빠는 게 좋아서 손님께서 간지러워하지 않으면 몇 시간이든 해드릴 수 있답니다."

그러자 당신은 처음으로 부드러운 말투로 이렇게 말씀해주셨지요.

"아아, 무척 기분이 좋군."

그러고는 마침내 가운을 벗어주셨기에 저는 당신의 온몸을 혀로 애무를 해 나아갔습니다. 당신은 끝내 나이도 알려주지 않으셨지만 아마 마흔 가까이 되셨을 겁니다. 하지만 몸은 그 나이에도 빈틈없이 박력이 있었습니다.

"배가 나와서 보기 싫어."

당신은 창피하다는 듯 말씀하셨지만 저에게는 매우 멋져보였습니다. 어느덧 저는 온 에 키스를 하고 있었답니다. 그러자 당신도 조금씩 흥분을 하기 시작하여 제 옷을 벗기고 젖가슴을 부드럽게 비비셨습니다. 꽤나 강한 힘이어서 조금 겁이 난 저는 살짝 뒤로 물러나 당신의 다리 사이에 얼굴을 대고 성기를 애무하기 시작했습니다. 음모에는 수북한 털이 무성했고 성기는 단단하고 따뜻하며 우뚝 솟아있었습니다. 당신은 좀처럼 감정을 드러내지 않으시는 분이어서 저는 무척 기뻤습니다. 귀두의 갈라진 곳에서 스며나온 액체를 혀끝으로 핥아 올리면서 두터운 줄기와 커다란 방울을 어루만지며 그 남자다움을 실컷 맛보았습니다. 크게 입을 벌려 목구멍에 닿을 만큼 한껏 삼키니, 성기는 잔뜩 팽창하여 입안을 가득 채웠습니다. 그러자 이제까지 조용히 누워만 있던 당신은 갑자기 벌떡 일어나 제게 엎드리라고 하셨지요. 말씀대로 엎드리고 엉덩이를 높이 들어 올리자, 당신은 손가락으로 제 갈라진 틈을 만지작거리다 이윽고 썩 마음에 들지 않는 듯 말씀하셨습니다.

"봉사를 좋아한다면서 왜 조금도 젖어있지 않잖아."

그렇게 말하는 손님은 이제까지 없었습니다. 당신은 마치 응석을 부리는 아이처럼 입을 삐쭉 내밀고 말하고 엎드려 누워버리셨지요.

"역시 여자는 거짓말쟁이야."

딱딱하게 서 있던 성기도 시들어버려서 저는 조금 어리둥절했지만 아이처럼 제멋대로인 당신을 보자, 신기하게도 가슴이 뜨거워지는 것을 느꼈습니다. 저는 집을 나온 뒤, 제 직업이 마음에 들어 계속 해왔지만 당신께 지적받은 대로 좋아하는 행위를 해도 몸이 흥분하는 것을 느낀 적은 없었습니다. 불감증이나 다름없었던 거였지요. 그 대신 제 몸을 어떻게 만져도 불쾌했던 적도 없으니, 이 일을 하기에는 참 편리한 몸이라는 생각을 하고 있었습니다. 결국 그날은 제가 아무리 세게 성기를 핥고 빨아도 사정해주지 않으시고 헤어질 때까지 당신은 언짢은 기분 그대로셨지요. 그래서 다시는 불러주지 않으시리라 생각했는데 당신은 그 다음 날부터 거의 매일 밤 저를 부르셨습니다.

당신의 차가운 발을 어루만지며 지압하는 일부터 시작하는 것은 변함없었지만 그 행위가 끝나면 당신은 저를 꼭 침대에 눕게 하셨지요. 당신은 제 위에 몸을 겹치고 살갗으로 제 체온을 재는 듯하셨습니다. 체온이 올라갈 때까지 그저 가만히 제 몸을 감싸고 계시더니 천천히 손가락 끝으로 두 유두를 번갈아 꼬집듯 어루만지셨습니다. 유두가 벌겋게 부어올라 딱딱해지기까지 만지셨지요. 이제까지 저는 손님이 제 유두를 애무하면 간지러워할 뿐, 참기만 했었는데 당신께 그렇게 애무를 받으니 왠지 온몸의 힘이 빠져나가듯 황홀해하듯 기분 좋은 느낌을 받았습니다. 그 쾌감은 하루하루 날이 갈수록 강해져서 나중에는 당신의 살갗 일부분이 살짝 닿아도 몸이 굳어버릴 만큼 민감해져갔답니다.

때로는 제가 기분이 너무 좋아서 신음을 흘리면 당신은 봉긋 솟아오른 유두를 이로 강하게 물어 아픔을 주곤 하셨습니다. 그 아픔마저도 쾌감으로 바뀌어갔습니다. 당신은 유두를 자극한 뒤에는 반드시 저를 엎드리게 하고 뒤에서부터 제 클리토리스와 꽃잎에 키스를 하셨지요. 다른 손님께도 그런 애무는 받아보았지만 당신의 혀에는 무언가 다른 생물이 사는 게 아닐까 생각했습니다. 이제까지 느껴보지 못했던 감촉을 배웠고 마치 붓으로 어루만지듯 자궁 주위로 근질근질한 것이 내달리는 듯한 황홀한 세계로 마냥 빠져드는 느낌을 받았습니다.

"이것 봐, 망측한 애액이 가득 흘러나왔잖아. 이제 진짜 여자가 되었어."

제 몸이 확실하게 변해버렸을 때, 당신은 기쁜 듯 말씀하셨고 몇 번씩이나 그곳에 입을 대고는 애액을 후룩후룩 마셨지요. 그때 저는 태어나 처음으로 남자에게 '부끄럽다'는 감정을 느꼈습니다. 제가 너무 부끄럽다고 읊조리며 허리를 구부릴 만큼, 당신은 저의 그 갈라진 틈새를 혀로 격렬히 핥으셨습니다. 저는 부끄러움과 쾌감에 온몸에 굵은 땀이 송글송글 맺히는 걸 느꼈습니다. 그토록 땀을 많이 흘린 것도 처음입니다. 저의 그곳이 잔뜩 젖어 애액이 다리 사이 안쪽에까지 흘러내리자, 당신은 그제야 제게 자기를 핥아달라고 하셨지요. 저는 상을 받은 강아지처럼 엉덩이를 요리조리 움직이며 사랑스럽게 힘차게 불끈 솟은 당신의 남성을 힘껏 빨아들였습니다.

제 몸은 당신께 애무를 받는 동안 점점 더 쾌락을 탐하게 되었습니다. 시큰거리던 제 아래는 끊임없이 실룩거리며 당신의 남성을 애타게 기다리게 되었답니다.

"부탁이에요, 어서 주세요."

끝내 참지 못하고 제가 간절히 요구하게까지 이르렀지요. 그리고 점차 온몸이 공중에 붕 떠있는 듯한, 절정을 알게 된 것입니다. 그때는 당신도 놀라셨지요. 질의 경련이 멈추질 않아 말씀하시며 온몸을 땀으로 흠뻑 적시고는 미간을 찌푸리셨습니다.

"아! 거기가 끊어질 것만 같아."

그럼에도 저는, 거칠게 외칠 뿐이었지요.

"좀 더 힘껏, 더 깊이, 더 안으로."

저는 의식하지도 못하고 그런 말들을 숨가쁘게 마구 외쳤습니다. 그러자 갑자기 당신의 낯빛이 바뀌더니, 낮은 목소리를 울리며 저를 끌어안으셨습니다. 아무리 애써보아도 굳게 닫혀있어 안 된다고, 당신께도 말씀드린 적이 있지요. 그럼에도 당신은 그곳을 남성으로 꽉 누르셨습니다. 그토록 강하게 저를 다루는 것은 당신이 처음이었기에, 조금 놀랐지만 왠지 저는 기뻐서 무엇이든 받아들일 준비가 되어있었습니다. 그래도 설마 그토록 쉬우리라고는 저도 믿을 수 없었습니다. 나중에 당신이 말씀하셨듯이 당신 몸이 부드러워서가 아닙니다. 오히려 그때 당신의 그것은 평소보다 무섭게 강했습니다.

그곳만은 마음속 깊이 바라지 않는다고, 절대 남성을 받아들일 수 없는 곳이라고 그때까지 저는 그렇게 알고 있었던 것입니다. 하나가 된 직후는 너무도 아팠지만 엎드린 채 베개를 꽉 쥐고 있는 동안 이윽고 그 고통은 감미로운 행복감으로 바뀌어갔습니다. 머리카락 끝까지 떨리는 듯한 기쁨에 눈물까지 흘러나왔답니다. 마침내 당신이 낮은 음성을 올렸을 때 당신의 그것은 격렬히 고동치며 우리는 마침내 함께 절정에 이를 수 있었지요. 그 순간의 떨림은 평생 잊을 수 없을 겁니다. 지금도 그때를 생각하면 온몸에 소름이 돋고 그곳이 젖어버리곤 하니까요.

그리고 그날이, 우리가 한몸으로 이루어지는 마지막 날이 되었습니다. 마지막까지 서로 입 밖에 내지는 않았지만 우리는 육체 곳곳을 서로 사랑하고 있음을 느꼈지요. 그럼에도 당신은 절대로 저를 가지려고는 하지 않으셨고 저도 그것을 잊지 않았습니다. 당신은 내 몸 뒤로 관계를 끝내시고 갑자기 얼굴빛이 어두워지시더니 천장을 보고 누우셨습니다. 그러고는 늘 침대 옆 탁자 위에 두셨던 혈압약을 입안에 넣으셨지요. 어떻게 해야 할지 모른 채 바보처럼 당신 손목을 잡고 맥박을 확인해보던 제게 당신은 강하게 소리치셨습니다.

"어서 옷 입고 돌아가! 얼른!"

당신은 두 번 다시 저를 불러주지 않으셨고 저도 곧 그 일을 그만두었습니다. 마침 그만두어야겠다고 생각하기 시작한 즈음이었지요. 당신께 진정한 여성의 기쁨을 가르침 받고 이젠 아무것도 느낄 수 없는 인형이 되었으니까요. 당신은 한 번 제게 마음 약한 소리를 하셨었지요. 사랑하는 여성을 기쁘게 할 수 없는 몸이라면 차라리 죽는 게 낫다고요.'

리리의 기나긴 편지를 어렴풋이 떠올리며 두궈싱은 꿈결을 헤맸다.

두궈싱이 깨어났을 때 그의 오른쪽 다리는 무릎 아래부터 아예 없고 왼발에는 붕대가 감겨 있었다. 천이페이 휘수이란의 설득 덕분에 그나마 왼쪽 다리를 살릴 수 있었지만 그는 허망한 기분이 들었다.

천이페이가 다가와 겨우 정신이 든 두궈싱을 바라보았다. 두궈싱은 비어 있는 오른쪽 다리 바지통을 조심스럽게 만지며 천이페이에게 말을 건넸다. 어쩐지 슬픔에 젖은 목소리였다.

"전쟁이 끝나면 너와 함께 고향집으로 돌아가 농사를 지으려고 했어. 휘, 안 되겠네. 불구가 되어버렸으니."

천이페이의 두 눈이 촉촉하게 젖었다. 그녀는 눈물을 훔치고 두궈싱에게 말했다.

"괜찮아요. 한쪽 다리가 남았으니 걸을 수 있어요."

"어쨌든 불구야. 이런 몸으로는 농사조차 지을 수 없어. 어디를 가든 난 짐이 될 뿐이야."

"그렇게 생각하지 마요. 당신이 농사 짓는 건 바라지 않아요. 절 따라오면 돼요. 저에게 먹을 것이 있으면 당신도 굶을 일이 없어요."

두궈싱이 고개를 들어 동굴 밖 희뿌연 하늘을 바라보았다. 차츰 안개가 걷히고 있다. 어느새 말갛게 드러난 하늘 아래로 하얗게 눈 덮인 산하가 쏟아지는 햇살을 받아 반짝거린다. 두궈싱은 문득 고향의 아름다운 경치를 본 듯했다.

"이멍산, 참 좋은 곳이야."

지금 이 순간 그는 고향이 몹시도 그리웠다.

천이페이가 말을 이었다.

"이멍산의 전병과 좁쌀로 당신을 잘 보살필 수 있어요. 그러니 마음을 편히 가져요."

두궈싱이 말없이 천이페이를 보며 웃음 지었다. 천이페이가 두궈싱을 지그시 바라보며 말했다.

"난 당신이 좋아요. 한평생 당신을 위해 소와 말이 될게요. 난 당신이 참 좋은걸요."

일찍이 들어본 적 없는 어지러운 음률이었다. 전율마저 느끼게 하는 흥노족들의 괴이한 울부짖음, 붉은 해를 등지고 사막에서 만족(蠻族)이 쳐들어올 때 기세 좋게 울리는 나팔 꽹과리 피리 북소리와도 같은 중공군의 가락이었다.

그 이상야릇한 소리가 남기는 공포감에 빠져 하갈우리에 가까스로 이르렀다. 서터 부대는 예비부대로 있으면서 행정장교 마이어스와 교대하며 하갈우리 동쪽 고지를 빼앗기로 되어 있었다.

30일 오전 9시 서터는 교대해 홉킨스 대대와 제이거 소대를 공격에 투입, 그 고지를 손에 넣었다. 그날 내내 서터 부대는 진지를 강화하고 예상되는 중공군의 야간 반격에 대비해 참호를 파고 들어갔다. 낮에도 모든 방어선에 때때로 박격포와 대포 사격을 해댔다.

그날 밤 9시 30분, 중공군이 또다시 공격을 해왔다. 피셔 중대 진지 서쪽에서 나팔과 피리와 꽹과리 소리가 들리는가 싶더니 이윽고 초록빛 섬광이 하늘 높이 올라갔다. 소규모 중공군이 피셔 중대에 탐색공격을 하다가 밤 11시 30분 전면공격으로 넓혀갔다. 피셔 중대도 곧바로 반격에 들어갔다. 박격포와 대포 화력이 지원되었다.

"사격 개시!"

쩌렁쩌렁한 목소리로 피셔는 명령했다.

기관총이 불을 뿜었다. 우레 같은 기관총 소리가 산의 적막을 깨뜨리며 골짜기를 뒤흔들었다. 표적을 겨냥한 피셔는 몇 번이고 눈을 깜박여야 했다. 공격 대열 맨 앞에 섰던 적군 병사들이 우수수 쓰러지자 중공군들은 쓰러진 병사들을 뛰어넘어 돌격해 왔다. 수많은 중공군이 끊임없이 죽어 나갔다. 발을 헛디뎌 비탈로 굴러떨어지는 병사들의 비명도 들려왔다. 피셔는 중공군에게 사정없이 총을 갈겨댔다.

마침내 첫 지뢰가 터졌다. 중공군의 털모자 몇 개가 20미터 허공으로 곧게 튀어오르더니 힘없이 떨어졌다.

"사격 중지!"

피셔의 명령 한 마디에 광란의 전장은 순간 조용해졌다.

자욱하게 피어오르는 포연 속에 갈까마귀 두 마리가 빗금을 그으며 날아갔다. 산 아래 저편에서 그림자 하나가 천천히, 마치 임종을 맞은 이의 병실에서 나오는 의사처럼 엄숙하고 정중한 모습으로 걸어나왔다. 5미터쯤 걸어나온 그림자가 바위에 앉았다. 피셔는 안경 너머로 바위에 앉아 있는 모습을 자세히 살펴보았다. 틀림없는 중공군이었다. 너덜너덜한 누비옷을 걸친 그가 천천히 총을 빼들었다. 이상하리만큼 침착하고 무게 있는 움직임이었다.

'아!'

피셔는 깜짝 놀랐다. 사나이가 그들에게 총부리를 겨누는 게 아닌가. 한 방의 총성이 허공을 가른다. 총탄은 놀랍게도 피셔의 머리끝에 닿을 듯이 살짝 스치고 지나갔다. 피셔는 싱긋 웃고 큰 소리로 외쳤다.

"없애버려!"

한편 다른 무리의 대규모 중공군이 동북쪽 고지에서 내려와 서터 부대 왼쪽 중앙을 때렸다. 서터는 위급한 격전지로 달려가 중공군의 침투에 맞서는 부하들을 북돋웠다. 이 근접전에서 서터는 수류탄에 부상을 입었으나 후송을 거부하고 부하들을 이끌며 중공군의 공격을 계속 막아냈다.

해병 제1공병대에서 온 1개 소대가 서터의 왼쪽 방향에 있었다. 기관총 한 문을 맡고 있던 사수와 부사수가 죽자 오그던이 사수가 되고 웰치가 부사수가 되었다. 오그던은 머리를 다쳤지만 적에 맞서 끈질기게 총을 겨누었다.

"여기 탄약과 수류탄 더 갖다줘. 놈들이 죽고 싶어 안달난 모양이야. 아주 본때를 보여줘야겠어."

해병들에게 엄청난 손실을 입었음에도 중공군은 성난 파도처럼 끊임없이 밀려왔다. 있는 힘을 다해 호기롭게 싸우던 오그던이 전사하자 웰치가 사수를 맡았다.

맥도웰 상병은 수류탄을 잇따라 던졌다. 수류탄이 터지자 적의 총탄이 날아오기 시작했다. 맥도웰은 서두르다 그만 어딘가에 부딪혀 뒤로 넘어지면서 소총을 놓치고 말았다. 그때 갑자기 한 중공군이 달려들었다. 맥도웰이 총을 잡으려고 앞으로 몸을 휙 기울이자 중공군이 재빨리 먼저 맥도웰의 총을 집어 들었다. 동료 병사들이 채 손을 쓰기도 전에 한 발의 총성과 함께 맥도웰이 쓰러졌다. 해병들은 즉시 그 중공군을 쏘아 넘어뜨렸다.

"이봐, 정신 잃으면 안 돼!"

병사 하나가 다급하게 외쳤다. 그러나 맥도웰의 몸은 이미 축 늘어졌다. 전우들은 눈물을 삼키며 그의 인식표를 거두었다.

밤새 사납고 거센 전투가 이어졌다. 조지 중대 왼쪽 방향이 뒤로 휘어지며 물러났다. 리지 중령이 서터 전선에 보충병력을 투입하고 나서야 방어선이 안정되었다. 먼동이 부옇게 트면서 중공군의 공격이 누그러졌다.

서터의 전선은 V자 모양이었다. V의 왼쪽은 길로 뻗어나고 오른쪽은 길 교차점의 제3대대 병기중대와 연결되었는데, 이 두 팔이 만나는 지점에 고지가 있었다.

고토리와 하갈우리의 전황이 보고되는 동안, 제7연대장 리첸버그와 제5연대장 머레이는 유담리에서 격전을 벌였다. 모리스 중대는 구출되어 방어선 안으로 돌아왔다.

28일 아침, 리첸버그와 머레이는 사단장 스미스로부터 작전지시를 받았다.

"현재 상황이 마무리될 때까지 그 진지에 남아 있을 것."

이 지시에 따라 머레이는 일제히 서쪽 공격을 멈추고 리첸버그와 함께 유담리 일대 모든 해병부대 강화작업에 들어갔다.

윌리엄 해리스 중령이 전사한 뒤 워렌 모리스(Warren Morris) 소령 지휘 아래 혼성부대가 짜여졌다. 그 부대는 해병 제7연대 1대대와 3대대에서 저마다 1개 중대씩, 그리고 해병 제5연대의 에이블 중대로 이루어졌다. 모리스는 부대를 남쪽으로 이동해 덕동 고개에 있는 폭스 중대와 교대하라는 지시를 받았다. 모리스는 28일 아침 9시 30분 남쪽으로 이동하기 시작했으나, 곧 수적으로 우세한 중공군과 맞닥뜨려 진격을 멈추고 교전하게 되었다.

미군의 공중정찰 결과 중공군 추가병력이 고지를 따라 옆쪽 진지로 움직이는 게 포착되었다. 이 정보를 받자 리첸버그는 모리스에게 곧바로 방어선으로 되돌아오라고 명령했다.

한편 27일 밤 방어선을 지킨 부대 가운데 중공군의 맹공을 받아 큰 피해를 입은 부대들은 모두 재편성을 해야만 했다. 많은 사상자를 낸 헐의 도그 중대는 해체되어 필립스의 이지 중대와 합쳐졌다.

이 두 부대의 전투가능 병력은 미 해병 75명밖에 없었다. 곧 페리의 포대대로부터 보충병력 115명을 받았다. 곧 로버트 폴슨 대위의 병기중대로부터 병력 지원을 받았는데, 로치 소령이 지휘관이 되었다. 그는 제2차 세계대전 때 해병 제7연대 3대대장이었다.

얼마쯤 조직이 갖추어지자 로치 소령은 다우세트에게 신고했다.

"이 부대는 댐네이션(damnation : 지옥) 6, 즉 래프트(raft : 뗏목) 6입니다."

이 부대 소개를 계기로 신설 부대는 금세 댐네이션 대대로 알려졌다. 인명 손실이 꽤 컸으므로 부대 재편성과 재배치에는 사기 문제가 뒤따랐다. 다행스럽게도 부대원들은 부대의 새 이름을 몹시 좋아했다. 몇 시간 만에 모든 대원이 낙하산으로 초록색 머플러를 만들어 목에 두르고, 언제 전투에 투입되느냐며 너도나도 질문들을 던졌다.

이 부대의 임무는 데이비스의 방어선을 왼쪽으로 이동해 제7연대가 하갈우리로 통하는 주보급로를 확보하도록 고지를 점령하는 일이었다. 로치가 그 부대를 도보로 진지에 투입할 때 헐이 병원 천막에서 나와 자신도 함께 가게 해달라고 졸랐다. 헐은 여러 차례 부상을 입어 상태가 더없이 심각했다. 로치 소령은 그의 요청을 단칼에 거절할 수밖에 없었다.

모리스가 힘없이 돌아오자, 리첸버그는 바버 부대의 안전을 크게 걱정하게 되었다. 29일 늦은 오후에 리첸버그가 데이비스를 자기 천막으로 불렀다.

"덕동 고개에 포위된 해병들을 구출할 계획을 세웠네. 자네가 그 일을 맡아 대대를 이끌고 산으로 이동하며 야간행군을 하게."

리첸버그 대령은 데이비스 중령에게 자세히 설명했다.

"길을 따라 휩쓸고 내려갈 수 없는 건 틀림없네. 중공군은 우리가 산악으로 이동하리라곤 생각지도 못할 걸세. 바버는 교대해 줘야 하고, 덕동 고개는 지켜야 하네. 내일 아침 떠나도록 준비하게."

데이비스는 부대로 돌아와 원거리 행군 준비를 했다. 움직일 수 있는 장병은 모두 행군에 참가하고, 환자와 부상자는 남겨 두기로 했다. 길이 트이면 대대 차량과 다른 장비를 가져오는 게 그들의 임무였다. 저마다 네 끼분의 식량, 물이 가득 든 수통, 넉넉하게 탄약대 하나씩을 더 챙겨 가기로 했다.

60밀리 및 81밀리 박격포 요원을 두 배로 늘려 소총병과 같은 속도로 이동할 수 있도록 했다. 식량 선택은 각자에게 맡겼다. 대부분 과일 통조림과 빵을 골랐다. 옷 속에 품고 다닐 수 있어 얼지 않기 때문이었다. 또 과일 속 당분이 지칠대로 지친 몸에 힘을 주는 영양제가 되리라 여겼다.

들것과 박격포탄도 갖고 가기로 했다. 저마다 81밀리 박격포탄 하나와 침낭을 지녀야 했다. 한 사람이 져야 할 무게는 어림잡아 55킬로그램에 이르렀다. 츄엔 리 중위가 병원을 빠져나와 팔걸이를 한 채 부대에 합류했다.

계획에 따라 데이비스 대대는 민라드 뉴턴 소위의 하우 중대 뒤를 따라가게 되었다. 뉴턴에게는 1419고지 점령 임무가 주어졌다. 먼저 그 고지를 확보하면 데이비스 대대는 그곳을 지나 산악지대로 이동하게 된다.

출발명령을 내리기 직전이었다. 데이비스는 대대 의무장교인 로버트 웨드마이어 중위가 며칠 동안 이어진 고열로 입원했다는 통보를 받았다.

데이비스는 부하들 건강에 마음이 쓰였다. 11월 10일 뒤로 그들은 영하 20도 아래로 떨어진 혹한에 날마다 시달려 왔다. 영양 상태도 나쁜 데다 따뜻한 식사를 못해 피해가 컸다. 많은 장병들이 동상에 걸렸다. 얼어붙은 땅에 참호를 파느라 손이 갈라지고 피멍이 맺혔다. 그러나 자기네 대대가 폭스 중대와 교대하는 임무를 받았다는 사실을 알게 되자 병사들 사기는 한껏 치솟았다.

1419고지는 유담리와 하갈우리 사잇길에서 동쪽으로 900미터 떨어져 있었다. 주보급로 쪽으로 뻗어난 그 고지에는 이미 사흘 동안 진지 쟁탈전이 벌어졌다. 대포와 박격포의 집중 포격과 공중 폭격이 있은 뒤 뉴턴이 공격의 선봉에 섰다.

접근로는 가파른 데다 눈까지 많이 쌓여 있어 큰 장애가 되었다. 해병들은 퉁퉁 붓고 통증이 심한 손과 무릎으로 기어 올라가야만 했다. 위로 올라갈수록 중공군의 저항은 더욱 거세졌다. 하우 중대의 공격이 주춤했다.

데이비스가 호바터와 큐어캐버를 투입하고 나서야 나아갈 수 있었다. 레슬리 윌리엄스 소위가 소대를 이끌고 올라갔으나, 오른편 옆쪽 부대가 매서운 중공군 화력에 발목을 잡히고 말았다. 윌리엄스는 목표지점에서 450미터쯤 떨어진 고지의 돌출부에 겨우 이르렀다. 그러나 갑자기 나타난 맹렬한 화력이 부대원들을 마구 쓰러뜨리기 시작했다. 사격을 받으며 서둘러 병력을 다시 꾸렸다.

윌리엄스는 전방 고지로 공격을 감행해 백병전을 벌였다. 이 작전으로 오른쪽 하우 중대에 대한 중공군의 압박이 느슨해지고, 1419고지를 손에 넣을 수 있었다. 엄청난 성과였다.

혈전을 치르고 진지를 무너뜨렸지만 미 해병의 피해 또한 만만치 않았다. 미 해병 부상자와 전사자들은 찰리 중대를 지나 한길로 내려가 유담리로 후송되었다. 대열의 꼬리가 길을 벗어나자 데이비스 대대는 전사자와 부상자를 함께 나르고 다녀야 하는 문제가 생겼다.

데이비스 대대가 폭스 중대 진지까지 가려면 추가병력이 필요하다고 판단한 리첸버그는 하우 중대가 데이비스 대대와 끝까지 함께하도록 지시했다.

저녁 7시 마침내 고지를 차지했다. 이때 데이비스의 가장 큰 관심사는 부하들의 상태였다. 병사들은 그날 해질녘까지 고지에 오르느라 땀에 흠뻑 젖어 있었다. 무엇보다 그날 밤 맞서야 할 강추위가 걱정이었다. 고지 정상 둘레에 사주방어선을 설치하고 큐어캐버 중대를 보내 동남쪽을 살펴보도록 했다. 중공군 병력을 가늠하고 그들의 전략을 탐색하려는 의도였으나 중공군과의 접촉은 전혀 없었다.

그날 밤 기온은 자그마치 영하 31도까지 내려갔다. 군화를 신은 발이 꽁꽁 얼어 그대로 마비되었다. 두터운 장갑에 싸인 손가락도 나무토막처럼 얼어 곧 전투가 벌어진다 하면 방아쇠조차 제대로 당길 수 없을 지경이었다. 이런 혹독한 추위 속에서 밤새 진지를 지키다가 중공군과 맞닥뜨린다면 그들은 틀림없이 속수무책으로 무너지리라.

병사들은 스스로 목숨을 끊을 수 없었다. 아무런 걱정 없이 죽을 수도 없었다. 가족과 연인, 친구들이 차례차례 떠오른다. 그들은 결코 혼자가 아니다. 병사들은 자신의 죽음을 알리는 전사통지서 한 장이 남아 있는 가족들에게 얼마나 커다란 슬픔을 안겨줄까 생각하지 않을 수 없었다. 만일 자신이 죽더라도 그들은 이런 마음을 헤아려 예전처럼 앞으로도 슬픔 없이 행복하게 살아준다면 더없는 기쁨으로 여겨질 듯도 싶었다. 그러나 그들은 고개 저어 마음을 다잡았다.

데이비스는 판초를 뒤집어쓰고 나침반을 손전등으로 이리저리 비춰 보며 방향을 확인했다. 그리고 나서 덕동 고개로 조금 더 나아가기로 계획을 바꾸었다. 그는 방향을 확인하기 위해 전방 고지에 백린탄을 포격해 달라고 유담리 포대에 요청했다. 그러나 끊임없이 퍼붓는 눈발과 새까만 어둠이 눈앞을 가려 포탄의 폭발을 가려내기 어려워 이 방법도 그리 효과적이지 않았다.

새로운 진격 대열에서는 큐어캐버가 맨 앞으로 나섰다. 그 뒤로 호바터, 모리스와 뉴턴이 따른다. 데이비스는 큐어캐버에게 남쪽 지평선의 유난히 밝게 뜬 별이 빛나는 쪽으로 행군 방향을 잡으라고 지시했다. 데이비스는 선봉대와 가까운 거리를 유지하려고 큐어캐버 중대 바로 뒤에 지휘부를 두었다. 행렬에 출발명령이 떨어진 때가 밤 9시였다.

온통 크고 작은 바위로 덮인 1419고지 꼭대기에는 2개의 큰 바위 봉우리가 굴뚝처럼 솟아나 그 사이로 좁은 오솔길이 꼬불꼬불 이어져 있었다. 데이비스는 이 좁은 통로에 안내병을 세우고 해병들이 지나갈 때마다 지표가 되는 별이 어느 것인가를 알려주었다. 마이클스 일병과 무전병 로이 펄 상병은 데이비스가 가는 곳이면 어디든지 함께 다녔다.

베이커 중대가 츄엔 리를 앞세우고 출발했다. 큐어캐버는 다음 고지에서 멈추어 방향 설정을 하라는 지시를 받았다. 앞장섰던 선봉대가 고지에 다다랐을 때였다. 또렷하게 반짝이는 별 하나가 적절한 방향지시기 역할을 했다. 서서히 길이 골짜기로 접어들면서 그 별은 아쉽게도 사라져버렸다.

선봉대가 두 번째 골짜기로 뛰어들자 데이비스는 행군 대열이 조금 오른쪽으로 빗나간다는 느낌을 받았다. 무전기가 얼어붙어 츄엔 리와 교신은 불가능했다. 큐어캐버에게 멈추라는 지시를 내리기 위해 데이비스는 대열을 따라 앞으로 말을 전달하는 수밖에 없었다. 그러나 해병들은 몹시 지쳤고, 얼굴과 귀가 파카에 덮여 있어 명령 또한 전하기가 어려웠다.

가슴 높이 숲에 걸린 안개 위로 원혼이 깃든 듯 허연 달이 떠올랐다. 철모가 달빛에 비쳐 희미하게 빛났다. 머리와 소총이 뿌연 안개 속에 우뚝우뚝 서 있다가 움직이기 시작했다. 졸며 걸어가는 듯 병사들의 머리는 끄덕끄덕 움직이고 총신은 가늘게 흔들렸다.

멀리 앞쪽에는 안개가 걷혔다. 머리만 보이던 병사들 모습이 고스란히 드러났다. 파카와 바지와 군화가 안개 속에서 서서히 모습을 드러내며 종대를 이루어 앞으로 나아갈 따름이다.

병사들은 하나같이 발을 질질 끌면서 걸었다. 이따금 누군가 무엇을 물어도 대답이 없었다. 눈은 벌겋게 충혈되고 모두 초췌한 얼굴들이었다.

그들은 물에 젖은 빨래처럼 축 늘어져 어기적거리며 걸었다. 소총과 군장이 힘에 겨운지 비틀거리는 병사도 있었다. 온몸에는 눈과 흙이 들러붙어 지저분했으며 군화는 얼음투성이였다. 사정 없이 밀려오는 피로 속에서 병사들은 그저 깊디깊은 절망감만을 느꼈다. 몇몇 병사들은 걷다가 느닷없이 눈물을 왈칵 쏟아내기도 했다.

병사들은 동상으로 손발의 감각이 사라졌다. 두 손을 파카 주머니에 넣거나 체온으로 덥혀도 보고, 손바닥을 비벼도 보지만 감각은 좀처럼 되살아나지 않았다.

대부분 참호가 화로를 갖추고 있어서 병사들은 석탄 조각이나 마른 나무토막들을 넣어 불을 피웠다. 그러나 이런 대피호에는 연기가 나갈 만한 구멍이 없었다. 진창으로 뒤범벅된 땀투성이 병사들이 가득 들어찬 참호는 가뜩이나 숨이 턱턱 막혔는데, 화로에서 나오는 일산화탄소와 그을음이 더해져 어처구니없게도 그들을 질식사로 몰아가곤 했다. 그럼에도 불빛이 새어나갈까봐 화로를 밖으로 빼낼 수도 없었다.

잠을 자다가 가스에 숨이 막혀서 구토를 하거나 정신을 잃는 사고가 잇따르자, 장교들은 화로 사용을 금지했다. 냉기로 가득한 땅속에서 병사들은 애벌레처럼 웅크린 채 떨어야 했다. 피로와 추위로 낙오자가 갈수록 늘어났다. 그들을 부축하며 행군하다 보니 부대 대열은 갈수록 틈새가 벌어지고 길게 늘어져 갔다.

차츰 대열은 흐트러져가고, 달은 어느 틈엔가 먹장구름 속으로 자취를 감추더니 곧이어 흰 눈발이 날렸다. 눈보라와 추위는 시간이 지남에 따라 더욱 거세졌다. 앞사람 발자국이 쏟아지는 눈발에 소리 없이 사라졌다. 데이비스가 말했다.

"어쩔 수 없군. 이 벼랑을 넘는다."

깎아지른 듯 아찔아찔한 절벽이었다. 두 발짝 오르면 한 발짝 미끄러지는 등반이 두 시간이나 이어졌다. 그들은 배고픔과 추위에 말할 수 없이 지쳤다. 문득 데이비스는 따뜻한 저녁 식사가 그리웠다. 순간, 동생 얀의 연약한 모습이 생각났다.

'그 녀석은 잘 있을까. 첼시한테 데이트 신청을 한다고 호들갑을 떨던 게 엊그제 같은데……'

나무를 붙잡으려 해도 손이 마음껏 펴지지 않아 미끄러지는 병사도 있었다. 가까스로 대원들 모두가 위로 올라갔다. 그러나 산 넘어 산이었다. 그곳에는 숨 막힐 정도로 몰아치는 강풍이 그들을 기다렸다.

마주 휘몰아치는 눈보라와 강풍 때문에 병사들은 제자리걸음을 쳤다. 행군 속도는 더욱더 느려졌다. 그럼에도 병사들은 바람을 뚫고 조금씩 서쪽으로 나아갔다.

눈썹에 얼음이 엉겼다. 손에 동상이 걸린 이들은 더욱 비참했다. 소변을 보고 싶어도 바지단추를 풀 수도, 나중에 잠글 수조차 없었다. 어떤 병사는 제때에 단추를 풀지 못해서 그대로 지리기도 했다. 오줌은 순식간에 얼어붙어 몸을 더욱 차게 만들어 진군을 방해했다.

그런데 갑자기 데이비스가 푹푹 빠지는 깊은 눈 속을 이 악물고 달리기 시작한다. 데이비스는 부하들의 경계상태가 풀어졌다고 호통을 쳤다. 어둠 속이라 상대가 누구인지 모르는 병사들이 데이비스에게 화를 내며 투덜거렸다.

"입 좀 닥쳐! 더럽게 떠드네."

데이비스는 마침내 선봉장을 따라잡아 그들을 멈춰 세웠다.

선두 부대가 멈추어 선 것도 모르고 앞으로 따라가기만 하던 후속 부대원들이 앞선 사람들을 들이받았다. 그러고는 가쁜 숨을 길게 내뿜으며 하나둘 눈 속에 픽픽 쓰러졌다.

데이비스가 한 소총수에게 소속 중대가 어디냐고 물었다. 어린 해병은 우물쭈물 입만 뻥긋거릴 뿐 아무런 대답도 하지 못했다. 데이비스는 해병들의 몸을 흔들어 깨우기 시작했다. 그들은 너무나 지친 상태여서 다만 초인적인 정신력으로 겨우겨우 버티고 있었다. 그 이상을 기대하는 건 너무나 가혹한 일이었다.

"자, 가자, 전진! 힘내라고! 얼마 남지 않았다!"

데이비스는 병사들 어깨를 두드리며 큰 소리로 격려했다.

"빌어먹을, 죽겠네! 그냥 여기에 누워버리고 싶어!"

병사 하나가 숨이 끊어질 듯한 신음을 토했다.

"정신 차려! 눈을 뜨지 못하면 그대로 얼어 죽는다!"

데이비스가 그 병사의 팔을 잡아 끌며 외쳤다.

"자아, 빨리 빨리! 여긴 위험해. 어물쩍거리다간 적의 공격을 받아 죽고 말아!"

눈보라 속으로 돌진해 들어가는 해병들은 마치 미노타우로스의 미궁 속으로 차츰 더 빨려들어가는 기분이었다. 미끄러지거나 엎어지고 나동그라지다가 일어서면서 그들은 가까스로 걸음을 옮겼다.

　　우리는 눈 속에서 기다렸다.
　　조명탄이 터져 몸을 돌릴 때까지
　　저 먼 안식처로 발을 끌고 걸었다.
　　병사들은 잠든 채 얼어붙은 장진호 빙판을 걸어 나아간다.
　　군화를 잃어버린 자도
　　피 흘리는 발로 절뚝거리며 끝없이 걸었다.
　　기진맥진 비틀거리는 자에게는
　　뒤에 떨어지는 포탄 소리조차도 들리지 않는다.

(이범신, 〈전선노트〉)

행군 방향이 바뀌었다. 장교와 부사관들은 행렬을 오르내리며 욕설을 퍼붓고, 발길로 차거나 부축해 일으켜 세웠다. 쌓일 대로 쌓인 피로와 절망 속에서 쉴 수 있는 자유마저 빼앗긴 어느 해병이 가슴속에 묻어둔 자신의 소망을 파헤친다. 그는 비누향이 엷게 묻어나는 흰 잠옷을 입고 침대 위에 눕고 싶었다.

'막 감고 나온 젖은 머리에 빗질을 하고 여유롭게 면도를 할 수 있다면 얼마나 좋을까. 아내는 늘 다정하게 내 손톱을 깨끗이 다듬어 주었는데…….'

이런 생각만으로도 그의 입가에 엷은 미소가 번졌다. 그는 향기롭고 빛깔 고운 와인 한 잔을 마신 사람처럼 기분 좋게 흥얼거리며 뒤뚱뒤뚱 걸었다.

그는 많은 것을 놓치며 살았다. 그러나 전쟁은 그의 자아를 어느 때보다 넓혀주었다. 그는 이제야 그동안 겪지 못했던 많은 것들을 느낄 수 있게 되었다. 보잘것없게만 여겼던 일들이 실은 얼마나 고마운 일인지, 고향에 줄곧 머물렀더라면 끝끝내 알 수 없었을 그 진리를 해병은 깨우쳤다. 언제나 '그' 홀로 세상을 바라보던 눈이 이제는 전쟁 속 '그들'의 눈길로 바뀌어, 예전에는 볼 수 없던 수많은 것들을 볼 수 있음에 그는 가슴 벅찼다.

그날 밤 데이비스가 고른 행군길은 동쪽이었다. 주로 유담리와 하갈우리 쪽으로 나란히 가고 있었다. 서쪽 길이 그들 발아래에서 손짓한다. 해병 포대의 포탄들이 폭발하는 광경은 행군 대열에 큰 위로가 되었다.

리첸버그가 계획한 이 양동(陽動) 사격은 중공군에게 야간 접적행군이 주보급로에 모이는 듯한 인상을 주었다. 그 결과 다행스럽게도 데이비스 부대가 신흥 북쪽 고지에 이를 때까지 중공군과의 접촉은 일어나지 않았다. 그러나 행군 초기에 방향을 잘못 잡아, 목표 지점에서 서쪽으로 1280미터쯤 빗나간 상태였다.

병사들은 쉬지 않고 나아갔다. 한참을 걷다가 몹시 지친 병사 하나가 포탄 떨어지는 소리에 화들짝 놀라며 힘없이 앞으로 고꾸라졌다. 옆에 가던 다른 병사가 그를 일으켜 세우려고 팔을 내밀었다. 그러자 쓰러진 병사가 애원하는 눈빛으로 말했다.

"날 그냥 둬. 너무 지쳤어. 그냥 이대로 저세상으로 가는 게 덜 힘들 것 같아."

그러자 팔을 내밀었던 병사가 깜짝 놀라며 엎어진 병사를 나무랐다.

"이봐, 무슨 말을 그렇게 해. 이제 다 왔어. 희망을 가져. 자, 어서 일어나."

신이 인간에게 내려준 가장 커다란 은총은 어떠한 상황에서도 희망을 잃지 않는 마음이다. 판도라의 상자 속에 마지막으로 남아 있던 희망은 인생에서 무엇보다 강력한 영향을 끼치는 놀라운 미덕이다. 인간은 끝없이 펼쳐진 어두운 바다 위 외딴섬에 갇히더라도, 희망을 지녔기에 어두운 바다를 한없이 저어나가 마침내 맞은편 기슭에 이르고야 만다.

삶 자체가 어쩌면 치열한 전쟁이다. 화창한 봄날의 즐거움도 지나고 나면 꿈결처럼 아련한 추억일 뿐, 발을 딛고 선 현실은 오직 무한한 인내와 용기로 겨우 버텨낼 수 있는 전쟁터이다.

해병들은 참담한 혹한 속에서 수많은 밤낮을 보내왔다. 머지않아 봄이 다시 오리라. 견딜 수 없는 냉혹한 겨울전쟁도 이제 곧 끝나리라. 바로 머리 위에서 햇살이 부서지고, 들판에는 파릇파릇 풀이 돋아나며 꽃들이 어여쁘게 피어나리라. 병사들에게도 눈부시게 아름다운 계절은 틀림없이 오리라.

"핑!"

"총알인가? 제기랄, 놈들이다!"

동쪽의 중공군과 소규모 시격전이 벌어졌다. 새벽 3시 츄엔 리 중위와 조지 클리포스 중위가 소대 병력으로 중공군을 포위하고 고지에 올랐다. 화력도 앞섰다. 데이비스는 4개 중대에 현 위치에서 진지를 세우라고 지시했다.

하지만 부대원들은 완전히 지쳐 쓰러졌다. 중공군이 남쪽에서 원거리 기관총 사격을 해도 해병들은 거의 맞서지 않았다. 눈 속에 줄줄이 누운 인간 대열은 그저 가만히 숨을 쉬는 일 말고는 아무것도 할 수가 없었다. 그들은 마치 어떤 사람은 죽고 어떤 사람은 살아남는 전쟁에서 초연하게 운명을 받아들이고 있는 듯했다. 이런 상황에서는 아무리 건강한 사람이라도 제정신으로 견뎌낼 수 없을 터였다.

데이비스 부대가 방어진을 만들기로 한 고지는 4개 소총중대를 받아들이기에는 몹시 비좁은 공간이었다. 그러나 부하들이 더 앞으로 나아가기란 불가능하다는 사실을 데이비스는 잘 알았다.

그는 대열의 꼬리를 골짜기로 끌어올리고 에이블과 베이커 중대를 합쳐 사주방어선을 쳤다. 그처럼 비좁은 땅에 많은 병력을 배치하는 것은 데이비스로서는 매우 큰 모험이었다. 축 늘어진 소총병들이 느릿느릿 진지에 들어서기도 전에 다시금 중공군의 사격이 시작되었다.

"끈질긴 놈들. 하긴 저들이나 우리나 대체 누굴 위해 이러고 있는 거지? 게다가 조국도 아닌 다른 나라에서 목숨까지 내놓고 말이야. 정말 서글픈 일이군!"

데이비스는 누구인지도 모를 상대를 향해 이를 부득부득 갈았다.

'지금 이 순간 죽음을 두려워하고 삶에 집착하는 건 바보짓이란 말인가? 죽음의 문턱에서 따뜻한 밥 한 끼 먹고 죽었으면 좋겠다고 바라는 게 욕심이란 말인가? 전쟁이란 단순히 목숨을 빼앗는 것에 그치지 않고 인간성 자체를 빼앗아 버린다. 꿈틀거리는 삶이 있는 한 이 전쟁은 끝나지 않으리라.'

데이비스는 TBX 무전기를 설치하고 여덟 시간 만에 처음으로 리첸버그와 교신했다. 그는 연대장에게 현재 상황을 알리고 나서 새벽에 이동해 폭스 중대와 교대하겠다고 전했다.

날이 샐 때까지 해병들은 이따금 원거리 저격을 받았다.

데이비스는 침낭에 누워 지퍼를 올리려다 말고 깜짝 놀라 일어났다. 해병 하나가 옆에서 참호를 파고 있었다. 그는 그 해병에게 공제선에서 어서 내려오라고 소리치기 위해 벌떡 일어섰다. 그런데 순간 멀리서 기관총 사격이 시작되더니 총알이 인민의용군다. 그중 한 발이 데이비스의 이마를 스치고 지나갔다. 상처가 났으나 다행히도 크게 다치지는 않았다.

참호를 파려던 해병은 토머스 타이 소령이었다. 그는 야전삽을 내던지고 허둥지둥 데이비스 쪽으로 구르듯 내려왔다. 두 번째 기관총 사격이 가해졌다. 데이비스 중령이 농담조로 한 마디 건넸다.

"소령의 참호 파는 소리에 중공군이 잠을 못자겠다고 불평하는군."

얼음과 눈과 바위들로 뒤덮인 거칠고 메마른 전쟁터에 갇힌 군인들은 스스로 위안을 찾는 법에 어느덧 익숙해졌다. 교대 병력이 자리 잡은 진지는 폭스 중대 진지 서북쪽 1300미터 지점이었다.

날이 밝자마자 데이비스는 큐어캐버의 방어선으로 나가 중대장과 바버 진지에 접근할 방법을 논의했다. 이에 따라 큐어캐버 부대가 곧바로 진격을 시작했다. 900미터쯤 이동할 때까지는 중공군과의 접촉이 전혀 없었다. 그러다가 '바위 산등성이'에서 중공군의 집중사격을 받았다.

베이커 중대는 북쪽을 바라보며 '바위 산등성이'가 내려다보이는 고지를 차지하려고 했다. 먼저 이 지역을 확보하고 나서 호바터는 왼쪽으로 이동하고, 큐어캐버가 고지를 하나 점령하면 그 지점보다 좀더 높은 고지를 베이커 중대가 장악할 예정이었다.

뉴턴의 하우 중대는 아리올리가 책임지고 있는 부상자들과 함께 뒤따르기로 했다. 두 시간의 휴식과 머지않아 행군이 끝난다는 생각이 소총병들의 사기를 북돋웠다. 산악지대 십자 안길을 지날 때까지 병사들은 순조롭게 나아갈 수 있었다.

그러나 그때, 대열의 꼬리에서 연락병이 달려왔다.

"뉴턴 부대가 공격 받았으나 다행히 중공군을 무찌르고 후미 대열이 안정되었습니다."

데이비스는 그에게 부상자들을 앞으로 보내 모리스 중대의 진지에 넣으라고 지시했다.

바버 부대로 접근이 다시 시작되었다. 큐어캐버 부대가 바버의 바로 북쪽 고개에서 중공군을 몰아냈으나, 대열이 계속 나아가자 여기저기서 중공군들이 원거리 사격을 쏟아부었다.

데이비스가 큐어캐버 고지로 올라가는데 펄이 더할 수 없이 흥분해 달려왔다. 그는 헐떡이며 말했다.

"대대장님, 무전으로 폭스 6을 잡았습니다!"

그의 목소리는 감동에 겨워 떨렸다. 곧이어 데이비스는 바버와 교신을 했다. 둘은 지나치게 흥분해 서로의 말을 제대로 알아듣지 못했다. 바버가 곧 감정을 가라앉히고 데이비스에게 전했다.

"공중 공격이 행해지고 있으니 해병 코르세어기들이 바위 산등성이를 폭격하고 기총소사를 마칠 때까지 남쪽 공격을 멈추십시오. 만일을 대비해서 폭스 중대가 북쪽으로 정찰대를 보낼 수 있도록 준비도 해두시길 바랍니다."

공중 폭격이 끝나고 나서 큐어캐버는 남쪽으로 공격을 시작했다. 오전 11시 25분 데이비스와 그 부대들은 바버 방어선으로 들어갔다. 폭스 중대 장병들이 환호성을 울렸다. 그러나 열광적인 환영도 잠시뿐, 그들을 구하러 온 해병들의 헬쑥한 얼굴을 보자 모두 멈칫했다.

"이게 뭐야! 우리보다 더하잖아. 제기랄, 이러다 몽땅 가버리고 마는 거 아냐?"

모리스와 뉴턴은 바버 중대와 얼마 떨어지지 않은 곳에 진지를 잡았다. 한편 큐어캐버와 호바터는 동쪽으로 더 나아가 고개 위에 있는 고지에서 중공군을 쓸어버렸다. 데이비스는 리첸버그에게 보고했다.

"임무 완료. 폭스 중대와는 교대했습니다."

31
순간 그리고 영원

11월 28일 오후까지만 해도 나흘 뒤면 한국 통일을 위해 만주 국경으로 공격을 시작하리라 굳게 믿던 도쿄의 맥아더 장군은 위기가 찾아왔다고 판단했다. 그와 참모들은 한국 서부전선에서 제8군이 중공군 제13집단군에게 패배했다는 사실을 좀처럼 도무지 받아들일 수 없었다.

맥아더가 11월 28일 미국 합동참모부에 보낸 긴 전문과 그날 오후 늦게 도쿄에서 발표한 성명서는 그가 위기의 본질을 인정하기로 결심했음을 나타낸 것이었다. 중공군이 한국 북동쪽에 있는 제10군단에게 공격을 시작한 지 하루 뒤였지만, 서쪽에서 제8군을 처음 공격한 때부터 따지면 사흘이 지났다. 제10군단 지역과 장진호에서는 아직 논점이 분명하지 않았으나, 청천강의 서부전선에서는 놀라울 만큼 뚜렷했다.

합동참모부에 보낸 맥아더의 전문은 워싱턴에 있는 관리들을 깜짝 놀라게 했고, 이 전문은 번개처럼 트루먼 대통령에게 전달됐다.

'한국전쟁을 국지화하려는 모든 희망은 적이 외부 동맹군과 북한군으로 이루어진 지금에 와서는 완전히 포기되어야 한다. (……) 자유의사에 따른 지원병이라는 꾸밈과 최소한의 지원이라는 핑계는 지금으로서는 가장 교활한 타당성마저도 갖지 못한다. 우리는 지금 시점에서 또다시 새로운 전쟁에 맞닥뜨려 있다. (……) 생태적 이점을 갖고 있는 중공군에 의해 선전포고도 되지 않은 전쟁에 대처하기에는 현재 우리 전투력이 충분치 않다는 사실은 너무나 틀림없다. 본관은 능력 안에서 인간이 할 수 있는 일은 모두 시도했으나, 현재 상황은 본관의 통제와 전투력을 벗어난 상태에 놓여 있다.'

이 전문을 보낸 뒤 맥아더는 성명서 제14호를 발표했다. 집단군, 군단, 사단 등 20만 명이 넘는 중국 공산군의 주요제대가 유엔군에 맞서 한국에 투입되었음을 온 세계에 알리는 내용이었다. 성명서는 이어졌다.

'오늘날 우리는 전혀 새로운 전쟁을 마주하고 있다. 중국의 개입은 오직 자발적 지원자의 개인 차원에서 이루어진 것으로 위안하려는 마지막 희망까지 무너뜨렸다.'

같은 시각 맥아더는 3단계 조치로 한국에 있는 그의 야전지휘관인 워커 장군과 일몬드 장군을 도쿄로 불러들였다. 맥아더는 그날 밤 그들과 만나기 전 한국 상황에 대한 자신의 마음을 결정해야 했다.

워커와 알몬드는 비밀을 유지한 채 도쿄로 날아갔다. 회의는 11월 29일 밤 10시 50분부터 자정을 넘겨 새벽 1시 30분까지 맥아더 숙소에서 이어졌다. 회의에 참석한 사람은 이들 셋을 포함해 모두 9명이었는데 나머지 여섯은 극동군 해군사령관 찰스 터너 조이 중장, 극동군 공군사령관 조지 E. 스트레이트마이어 중장, 극동군 참모장 도일 O. 히키 소장, 극동군 정보참모 찰스 A. 윌로비 소장, 맥아더 참모고문관 코트니 휘트니, 극동군 작전참모 에드윈 K. 라이트 준장이었다.

워커와 알몬드는 11월 25일 저녁 이래로 제8군 지역에서는 사흘 밤낮 동안, 또 제10군단 지역에서는 하루 밤낮 동안 거센 전투가 있었음에도 한국에서 미국 군사상황에 대해서는 낙관적이었다.

맥아더가 워커에게 물었다.

"제8군이 성공적으로 막아낼 수 있는 곳이 어디라고 생각하오?"

"평양을 확보하고, 평양 북쪽과 동쪽에 방어선을 세우기를 기대합니다."

맥아더는 알몬드에게도 똑같은 내용을 물었다.

"제10군단이 성공적으로 막아낼 수 있는 곳은 어디라고 판단하오?"

"해병 제1사단과 제7보병사단이 장진호에서 서쪽과 북쪽으로 공격을 계속해, 강계와 압록강 아래에 있는 무평리나 그 근처에서 적의 후방 병참선을 차단할 것을 기대하고 있습니다."

대답하는 알몬드의 목소리에는 자신감이 넘쳐흘렀다. 그것은 제8군을 지원하기 위한 제10군단의 주요 임무였다. 그는 바로 그날 오후 맥클린 대령과 페이스 중령에게도 같은 의견을 밝힌 바 있었다.

그는 '공격을 계속할 수 있다'는 뭐라고 쉽게 설명하기 어려운 자기만의 비현실적인 신념을 갖고 있었다. 사실 그가 장진호 동쪽 제7사단을 찾아간 날이

나 그 전날 서쪽 유담리에 있는 해병 제1사단을 방문했을 때나 낙관적인 견해를 가질 만한 근거는 어디에도 없었다. 그는 상황을 잘못 판단했던 것이다.

맥아더는 워커가 평양을 지켜주길 바랐지만, 알몬드가 무평리로 계속 공격해 가는 것에는 동의하지 않았다. 회의 시간 동안 맥아더는 워커나 알몬드에게 어떠한 결심을 드러내거나 이렇다 할 명령을 내리지는 않았다. 그러나 11월 29일 정오쯤 두 사람이 도쿄를 떠나기 전에 그는 지시를 내렸다.

워커에게는 이렇게 요구했다.

"할 수 있다면 평양 지역을 확보하되 만약 철수해야 한다면 중공군이 오른쪽과 후방으로 이동하는 것을 막아내라."

이어서 알몬드에게는 이런 명령을 내렸다.

"공세행동을 모두 끝내고 철수한 다음 함흥과 흥남 지역에 군단을 집결시켜라."

맥아더는 제10군단을 한반도 북서지역에서 해상으로 이동케 한 뒤 제8군에 소속시킬 것을 고려했지만 알몬드에게 내린 지시에는 그런 내용은 없었다.

알몬드는 한국으로 돌아오는 비행기 안에서 10군단 부참모장 윌리엄 맥카프리 중령, 글라스 중령, 라드 소령과 함께 이번 상황에 대해 의견을 나누었다. 알몬드는 이렇게 지시했다.

"자네들이 잘 판단해서 가능한 지역에서는 적에게 전투로 맞서면서 군단을 함흥에 집결하는 작전명령을 준비하도록 하게."

한국에 도착한 알몬드는 맥카프리와 함께 군단 지휘소로 날아갔다. 한 시간 뒤 참모장 닉 러프너 장군을 비롯한 다른 참모들과 회의를 가졌다. 회의가 끝나고 작전명령 제8호가 내려졌다.

'제10군단은 북서쪽으로 공격을 멈추고 병력을 철수한다.'

이는 맥아더의 지시사항을 이행하는 것이었다.

11월 29일 합동참모본부는 한국에서 공세를 방어로 바꾸려는 맥아더의 계획을 '전략과 전술이 고려된 현재로서는 가장 좋은 계획'이라며 승인했다.

장진호 동쪽 부대들은 빠르게 뒤바뀌는 고위층의 전쟁에 대한 결심을 아무 것도 알지 못했다. 어찌 되었든 이런 결심들이 전투지역에서 일어나는 일들을 곧바로 달라지게 하지는 못했다.

이국땅 암흑 속에서 잠을 자며 영원히 차가운 땅속에 누워 있어야 할 앨런 D. 맥클린 대령. 다시는 돌아오지 못하는 곳으로 떠난 그를 생각하고 또 생각하며 병사들은 눈물을 흘렸다.

11월 28일 밤 자정 가까운 무렵이었다. 중공군 제80사단 예하부대들은 맥클린 특수임무부대의 전방 방어선을 다시금 공격하기 시작했다. 두 시간쯤 지나자 전투는 매우 치열해졌다. 마치 모래폭풍처럼 눈을 못 뜨게 하는 사나운 전투였다.

맥클린은 페이스의 제32연대 1대대를 제31연대 3대대가 가까스로 버티고 있는 풍류리강 하구까지 후퇴하기로 결정했다.

강 하구 후동에서 북쪽으로 6킬로미터 떨어진 학교에는 로버트 드레이크 대위가 이끄는 31전차중대의 전차들이 기다리고 있었다. 맥클린은 리차드 레이디 중령의 제31연대 2대대가 도착해 합류하면 다음 날 강 하구를 떠날 예정이었다. 그래야 제10군단장 알몬드 장군이 명령한 공격작전 준비를 갖출 수 있었다. 그렇지만 그는 레이디 대대가 멀리 떨어진 함흥에 있다는 사실을 알지 못했다.

철수는 두 시간 반 뒤에 시작되었다. 많은 차량이 시동조차 재깍 걸리지 않아 철수 준비는 일시에 북새통이 되어버렸다. 이윽고 차량 행렬은 큰 어려움 없이 6킬로미터를 달려 목적지에 이르렀다. 중공군은 그들이 남겨둔 보급품과 장비들을 거두어들이는 데 정신이 쏠려 호송차량 행렬을 뒤쫓지 않았다.

오후가 되어서야 호송차량 행렬 후미가 풍류리강 하구에 놓인 시멘트 다리를 건너기 시작했다. 육군 진지 상황은 말할 수 없이 비참했다. 제31연대 3대대와 제57야전포병대대의 방어선은 맹공격을 받아 조직적 방어를 할 수 있는 능력을 이미 잃은 상태였다. 더욱이 연기와 안개 때문에 한 치 앞도 제대로 내다볼 수 없었다.

맥클린은 강 하구 북쪽을 달리는 후미 차량 앞좌석에 탔다가 800미터쯤 남쪽에서부터 미 육군 방어선으로 다가오는 행군 종대를 발견했다. 제31연대 2대대의 도착을 고대하던 그는 리차드 레이디 대대의 첨병부대를 만났다고 굳게 믿었다. 그는 기쁨에 겨워 소리를 질렀다. 하지만 그 기쁨은 순식간에 분노로 바뀌었다. 방어선에 있던 병사들이 다가오는 병력에게 불을 뿜었기 때문이다.

"사격 중지! 사격 중지! 멈춰! 정신 차려, 아군이다!"

연대장 맥클린은 미군 부대의 오인사격으로 판단하고, 이를 막으려 건너편 산등성이를 향해 두 손 흔들며 외쳤다. 그러나 자기 외침이 통하지 않자 맥클린은 답답한 마음에 트럭에서 훌쩍 뛰어내렸다. 그는 가파른 언덕을 내려가 반대쪽 강변을 향해 빙판 위를 달려갔다. 반대편 강변까지는 400미터쯤 되었다.

부하들은 대령이 빙판 위를 뛰어가다가 넘어지는 모습을 보았다. 그는 일어서서 몇 걸음 가다가 또다시 넘어졌다. 의아하게 바라보던 대원들은 뒤늦게서야 맥클린이 중공군을 아군으로 착각했음을 알아차렸다. 그때 중공군 병사들이 맥클린에게 총을 쏘기 시작했다.

맥클린이 강변에 다다르자 중공군 병사 몇 명이 그의 팔을 잡아당겨 둑 위로 끌어올려 데리고 가버렸다. 병사들은 커다란 충격에 빠졌다. 앨런 맥클린 대령은 포로가 된 지 나흘째 되던 날, 포로수용소로 끌려가는 동안 숨을 거두어 어딘지 알 수 없는 깊은 눈 속으로 내던져졌다.

풍류리강 하구에 주둔한 특수임무부대 3개 육군대대는 맥클린 대령에 이어 돈 페이스 중령이 이끌게 되었다.

11월 28일 해병사단장 스미스 장군은 제8군의 전선 상황과 머레이 중령의 제5연대, 리첸버그 대령의 제7연대에 가해진 공격을 고려해 '서쪽으로 공격하는 것을 보류하라'는 명령이 제10군단으로부터 내려지지기를 바랐다.

11월 29일 계획변경 통보가 오지 않자 스미스는 리첸버그에게 유담리와 하갈우리 도로를 뚫는 데 모든 병력을 투입하라고 지시했다. 29일 오후 늦게야 스미스는 기동계획을 바꾸었다는 알몬드의 무전을 받았다. 스미스는 장진호 동쪽 기슭에 있는 육군부대의 철수 책임도 맡게 되었다. 게다가 해병 제5연대와 제7연대를 철수해 하갈우리 주위에 진지를 강화하라는 명령까지 받았다.

하갈우리 해병대는 육군 특수부대를 돕고자 교체병력을 보낼 만한 여력이 없었다. 리지는 병력이 크게 줄어든 3개 소총중대만으로 방어선에 포진하고 있었다. 육군부대와 교대하기 위해 일부만 보내더라도 하갈우리는 큰 위기에 빠질 게 분명했다.

스미스 가까이에 지휘소를 설치한 호즈 장군의 연락이 날아들었다.

"고립된 육군부대는 400명의 인명피해를 보았습니다. 큰일입니다. 도와주십시오. 우리 힘으로는 포위망을 뚫기란 불가능합니다."

스미스는 공중 엄호 지원의 우선권을 이들에게 주었다. 그리고 최선을 다해 하갈우리로 남진하라고 지시했다.

11월 30일 이른 아침, 모트루드 소위는 부상자 후송을 위해 소대 지역 헬리콥터 착륙장을 안곡 불가에 만들라는 명령을 받았다. 그 착륙장은 그날 오전 사단장 바르 소장의 헬리콥터가 한 번 사용한 것으로 끝이 났다.

30일 아침 회의에서 알몬드 장군은 군단 참모들에게 도쿄회의 결과 작전방침이 달라진 일과, 29일 한국으로 복귀하기 전 맥아더 장군이 자신에게 주었던 지침을 설명했다.

9시에 알몬드는 바르 장군과 따로 회의를 가졌다. 바르는 회의를 마치자 홍남에서 하갈우리로 날아갔다. 그는 하갈우리에서 호즈 준장과 스미스 소장을 만나 의견을 나누었다. 호즈는 바르에게 장진호 동쪽 육군 제7사단 모든 부대가 위험에 빠졌다는 사실을 다시 한 번 힘주어 말했다. 바르는 헬리콥터를 타고 서둘러 안곡으로 날아갔다.

바르가 헬리콥터에서 내리자 모트루드와 부하들이 그를 맞이했다. 하지만 바르는 퉁명스럽고 무표정한 얼굴로 뜨겁게 환영하는 그들 앞을 지나쳐 돈 페이스 중령이 있는 곳으로 곧장 걸어갔다.

바르와 돈 페이스의 면담은 30분쯤 이어졌다.

페이스는 그에게 다짐을 받아내겠다는 의지로 강력하게 말했다.

"탈출을 시도하더라도 반드시 500명 남짓 부상자를 함께 데리고 가야 합니다."

바르는 곧장 안곡에서 하갈우리로 돌아왔다.

"직접 보신 소감이 어떻소?"

스미스가 묻자 바르는 고개를 내저었다.

"최악입니다. 우리 미군이 이번 전쟁에 참가하고 나서 가장 큰 어려움을 맞닥뜨렸다고나 할까요."

"바로 보셨소. 상황이 나아지려면 해병 항공대가 부지런히 날아와 적을 때려줘야 하는데, 사정이 그리 여의치 못한 모양입니다."

"아무튼 장군의 책임이 막중합니다. 모쪼록 행운을 빕니다."

바르 장군이 돌아간 뒤, 스미스는 호즈에게 지급전보를 쓴 다음 페이스 중령에게 보내라고 지시했다. 부대를 남쪽으로 이동시키는 데 최선을 다하고, 부상자의 안전을 위협하는 어떤 조치도 취하지 말라는 내용이었다.

바르 장군에 뒤이어 알몬드 장군이 C-46수송기로 하갈우리를 찾았다. 동북부전선 최고책임자인 제10군단장 알몬드가 특정 작전지역의 땅을 손수 밟았다는 사실은 그곳이 전략적으로 중요할 뿐 아니라 상황이 더없이 심각하다는 증거였다.

알몬드는 비행기에서 내려 주위를 둘러보았다. 온 주위가 산으로 둘러싸인 비행장 주변은 온통 흰 눈으로 뒤덮였으며, 꽁꽁 얼어붙은 장진호 표면에는 차가운 빛이 흐르고 골짜기에서는 폭음이 쉴 새 없이 메아리쳤다. 곳곳에 까맣게 타버린 눈밭과 포탄 구멍, 멀리 산등성이에서 희뿌연 연기가 피어오르는 걸 보니 아직도 나무와 풀숲이 불타고 있는 듯했다. 갑작스레 전투 분위기가 눈앞에 펼쳐졌다.

장진호에 투입된 해병대가 현재 교전중인 사실을 고려해 알몬드가 시찰 나온 것은 크게 알려지지 않았고, 함께 온 신문기자도 그리 많지 않았다. 그와 제법 가깝고 해병대에 익숙한 AP통신 종군기자 제임스 에드워드를 포함한 몇몇 기자들만 그를 따라 전선에 도착했다.

그를 마중 나온 리첸버그 연대장과 마이크 소령의 진중한 태도와 매우 무겁고 긴장된 전투 분위기에도 알몬드는 크게 신경 쓰지 않는 모습이었다. 그는 늘 가지고 다니는 지팡이로 주위 첩첩산중을 가리키며 애써 편안한 투로 말했다.

"경치가 좋군. 미국의 버지니아가 떠올라."

리첸버그와 마이크는 아무 말도 없었다. 그들은 알몬드 일행을 저마다 지프에 태우고 해병대 사단본부가 있는 하갈우리 마을로 달려갔다. 그들이 탄 지프 앞으로 중형 전차 한 대가 길을 안내하고 뒤에도 한 대가 따라왔다.

알몬드는 앞뒤를 쳐다보며 이마를 찡그렸다.

"이렇게까지 할 필요가 있나?"

"장군님의 안전을 위해서입니다."

옆에 있던 마이크 소령이 예의를 갖춰 대답했다.

하갈우리에 도착하자마자 알몬드는 피라미드형 텐트 안에서 스미스, 바르,

호즈 장군과 포니 대령 등 지휘관들이 모인 가운데 회의를 시작했다. 먼저 스미스가 벽에 붙은 작전지도를 가리키며 현재 상황을 설명했는데, 그는 자신의 걱정을 솔직하게 털어놓았다.

"중국의 실제 목표와 그에 따른 작전을 확실히 알기 전까지는 해병대는 무슨 일이 있어도 기존의 진지를 지키고 함부로 출격해서는 안 됩니다. 현재 6~8개 사단으로 이루어진 중국 정규군이 우리 미군을 포위하고 있기 때문입니다."

전선을 꼼꼼히 뜯어본 알몬드는 침통한 목소리로 스미스에게 말했다. 그는 이틀 전 예하부대를 방문했을 때와 생판 딴사람이 되어 있었다.

"본관은 지금이 중대한 결단을 내려야만 할 때라고 확신이 섰소. 이곳 하갈우리 주변의 진지강화계획을 모두 백지화하고 모두 흥남부두로 철수합시다. 이의 있소?"

"아닙니다. 소관은 전적으로 동의합니다."

스미스는 답답했던 가슴이 확 트이는 기분으로 시원스레 대답했다. 마치 가려운 데를 긁어준 듯했다.

"철수에서도 속도가 중요하오. 아시겠소? 재빠른 부대 이동에 걸림돌이 된다면 어떤 장비나 보급품이든 태워 없애거나 파괴해도 좋소. 필요시에는 공중 재보급을 해주겠소."

"죄송하지만, 그에 대해서는 한 말씀 드려야겠습니다."

"하시오."

"제 부대에는 많은 부상자를 어떻게 안전하게 옮기느냐 이런 문제가 남아 있습니다. 저희는 바닷가에 닿을 때까지 적과 전투를 계속하면서 움직일 작정입니다. 따라서 귀중한 장비를 파괴하거나 버리는 일은 절대로 없을 것입니다."

"무적 해병대다운 결기로군. 좋소. 모든 권한과 책임을 귀관에게 주겠소."

알몬드는 믿음직스럽다는 듯 미소를 지으며 그 의견을 허락했다. 그러고는 스미스와 바르에게 지시를 내렸다.

"장진호 동쪽 육군부대를 하갈우리로 철수할 계획과 시간표를 만들도록 하시오."

회의는 한 시간 반 가까이 이어졌다. 특히 이날 알몬드는 지휘소에서 포니 해병대령으로부터 장진호로 통하는 주보급로에 중공군이 만든 도로장애물이 놀랄 만큼 많으며 위험한 공격을 받고 있다는 보고를 받았다. 이 보고를 들은 알몬드는 제31연대전투단의 위급한 상황에 대해 더욱 관심을 기울였다. 회의가 끝나자 알몬드는 함흥 군단 지휘소로 날아가 참모장, 군수참모와 머리를 맞대고 하갈우리 부대의 보급에 대해 협의했다. 그 다음 제10군단 상황에 대해 맥아더에게 보낼 전문 초안을 잡았다.

알몬드가 떠난 뒤 스미스와 바르는 장진호에서 제7사단 부대들을 구해 낼 가장 좋은 방법이 무엇인지 상의했다. 그러나 두 사람은 하갈우리에는 보낼 만한 부대가 넉넉하지 않다는 데 동의했다. 진지를 지키기에도 벅찼기 때문이다.

하갈우리 방어지휘관인 해병대 리지 중령이 다가오는 밤 예상되는 강력한 적의 공격에 맞서 하갈우리를 지켜내려면 그야말로 필사적인 증강이 필요했다. 스미스와 바르는 해병대가 유담리에서 하갈우리로 철수해 오기 전에는 아무것도 할 수 없다는 데 의견을 나란히 했다.

다음 날, 스미스는 바르에게 안곡을 빠져나와 하갈우리에 닿기까지 돈 페이스 부대에 해병대의 항공지원 우선권을 주겠다고 말했다. 그는 계속해서 바르와 상황을 검토한 뒤 이렇게 요청했다.

"돈 페이스로 하여금 방어진지를 빠져나와 싸우면서 하갈우리로 철수하되, 부상병들을 위험에 빠뜨리지 않도록 하라는 전문을 준비해 주게."

한편 알몬드는 돈 카를로스 페이스 주니어를 만나기 위해 헬리콥터를 타고 페이스 대대 지휘소 근처에 착륙했다. 알몬드는 페이스에게 그의 대대가 현재 중공군 제124사단, 제125사단, 제126사단 등 3개 사단에 포위되었다는 사실을 다시금 깨우쳐 주었다.

토의하는 동안, 알몬드는 페이스가 현재 상황에 애를 태우며 분개함을 느낄 수 있었다. 페이스는 중공군의 기습공격으로 많은 부하들이 죽고 심하게 다친 사실에 몹시 괴로워했으며, 방어진지에서 가장 높은 고지를 적에게 빼앗긴 것을 자책했다.

알몬드는 페이스에게 말했다.

"밤이 되기 전에 고지 동쪽을 확보해야 하네."

이 고지의 일부분은 C중대가 해 뜰 무렵에 빼앗긴 지역이었다.

돈 페이스는 알몬드에게 연대 지휘소를 자기 대대 진지 바로 남쪽에 세울 계획이라고 말했다.

"제1대대가 진지를 차지할 수 있을 겁니다. 지휘소가 세워지면 모든 기능이 완벽하게 드러나리라 봅니다."

알몬드는 그의 말에 동의했다.

"제31연대 2대대가 도착하면 전투부대를 북쪽으로 전진시킬 수 있을 걸세."

하갈우리로 떠나기 전, 알몬드는 페이스에게 은성훈장 3개를 내리겠다고 했다. 페이스는 거듭 사양했지만 장군은 막무가내로 페이스 야전점퍼에다 은성훈장을 꼽았다. 알몬드는 나머지 훈장 2개를 받을 사람은 페이스가 뽑으라고 말했다.

페이스는 야간전투에서 다친 C중대 소대장 스말리 소위가 가까이에 앉아 있는 모습을 보고는 그를 불러 훈장을 받으라고 지시했다. 그러고는 한 사람을 더 찾으려고 두리번거리다가 마침 근처를 지나가는 본부중대 취사선임하사 스탠리 중사를 보았다. 스탠리는 중공군에게 빼앗긴 고지를 되찾기 위한 야간전투에서 임무를 훌륭히 마쳤다. 페이스는 그를 불러 세워 세 번째 수훈자가 되라고 요청했다.

알몬드는 이틀 전에도 유담리의 해병 제7연대 인원에게 은성훈장 3개를 내렸으므로, 장진호에 있는 육군부대에도 공평하게 대우해야 한다고 생각했다. 훈장수여가 끝나자 전속부관 헤이그가 포상을 확인하는 공식명령번호를 노트에 적어넣었다.

마지막으로 알몬드는 페이스에게 당부의 말을 남겼다.

"귀관들이 본 중공군은 북쪽으로 달아나는 낙오병에 지나지 않으니 걱정하지 말게."

알몬드 장군이 떠난 뒤 페이스는 은성훈장을 뽑아 거칠게 땅에다 던져버리면서 "제기랄" 중얼거렸다. 그의 목소리가 너무 낮아 주위 사람들은 누구도 알아듣지 못했다. 스말리 소위도 야전점퍼에서 은성훈장을 떼어내 눈 속에다 휙 던져버렸다. 전투 현장의 실태는 전혀 모르면서 탁상공론이나 일삼는 지휘부를 향한 울분의 표시였다.

커티스, 비거, 존스, 메이 중위가 곁에서 말없이 그 모습을 보고 있었다. 존스 소령은 스말리를 불러 세워 은성훈장을 주워 주머니에 넣도록 했다.

11월 30일 늦은 오후 페이스와 커티스는 방어진지 어느 곳이 뚫리든 막기 위한 역습세부계획을 세웠다. 역습병력은 제57포병대대본부 포대, 1대대본부, 중화기중대에서 뽑도록 했다. 방어진지 안 유선통신망을 고치고 탄약도 다시 나누어 주었다.

크로스비 밀러 소령이 의무대 운영을 어떻게 바꾸었는지 설명했다.

"철로 밑이나 절개지를 가로질러 방수포를 펼쳐서 그 아래 구호소를 만들었네. 옆에는 바람을 막으려고 다른 방수포를 늘어뜨리고, 안에는 난로를 피워 냉기를 쫓았지. 하나 있는 표준 야전난로는 부상자들을 먹일 수프를 데우는데 썼네. 급히 만든 대대 지휘소가 구호소 가까이 18미터쯤 떨어진 곳에 있지. 두 세트의 전화선은 대대 지휘소에서 각 중대와 특수임무부대 지휘소와 연결되었네."

밀러는 무엇보다 동상에 관심을 가졌다. 그는 어둠이 내리기 전 모든 병사들에게 갈아 신고 남은 양말을 내의 속에 넣어 체온으로 말리도록 했다. 페이스는 방수군화 신기를 꺼려했고, 대신 전투화에 덧신을 신었다. 발에 동상이 걸리지 않으려면 이런 방법이 한결 효과적이었다.

낮에 방어진지 한쪽은 적이 이따금 쏘아대는 산발적인 박격포 사격을 받았다. 모트루드 소대 지휘소는 중공군에게 가장 먼저 드러나는 바람에 표적이 되었다. 박격포 사격으로 모트루드 소대원들은 철로의 절개 둑 안으로 더 깊이 들어갈 수밖에 없었다. 한번은 대낮에 도로를 넘어 쳐들어오는 적군 무리를 보고는 장거리 소총 사격으로 흩어지게 만들었다.

구조임무를 마치고 돌아온 메이 중위는 좀더 어렵고 위험한 일을 맡았다. 방어진지 남쪽으로 가는 도로와 철로를 엄호하는 것이었다. A중대와 C중대 사이에 있는 경계선으로, 본디 A중대가 책임지고 있었다. 거듭되는 적의 공격으로 이 중요한 지점을 보강해야 할 필요성이 생겼다.

메이는 운전병, 취사병, 그리고 다른 본부 요원에서 인원을 뽑아냈다. 이곳에서 그의 역할은 전방진지에서 했던 것과 거의 같았다. 임시편성부대에는 개인화기에 추가로 로켓발사기 1문, 50구경 기관총 2정, 그리고 30구경 기관총 2정이 주어졌다. 중공군은 밤까지 기다리지 않고 오후 내내 공격을 이어갔다.

어둠이 방어진지에 자리를 잡자 그들 사이에 이런 말이 퍼졌다.

"하룻밤만 더 지키자. 우리는 할 수 있어."

이 말은 끝까지 버티자는 희망을 주었을지 모르나, 그만큼 상황이 절망적임을 뜻했다.

같은 날, 머레이와 리첸버그는 유담리에서 하갈우리로 철수하라는 명령을 받았다. 그들은 합동계획을 만들어 헬기를 타고 스미스에게 갔다. 그 계획에 따라 리첸버그 연대가 맨 앞에 서서 유담리를 떠나고, 머레이 부대가 후위를 맡기로 했다.

포대와 연대 보급근무부대는 대열 중간에 배치했다. 걸어갈 수 있는 부상자들은 무기를 주어 행군에 참가시켰다. 상태가 나쁜 중상자들은 트럭이나 구급차에 태웠다. 차량 적재함은 담요를 뒤집어쓴 중상자들로 발 디딜 틈 없이 들어찼다. 스미스는 이 계획을 곧바로 시행하라고 연대장들에게 지시한다.

스미스가 철수계획을 승인하자 리첸버그와 머레이는 방어선 안에서 병력을 재조정해 제7연대가 남쪽으로 이동할 때 제5연대가 후위를 맡도록 했다. 데이비스가 이미 산악 이동을 하고 있었으므로 리첸버그 연대에는 2개 대대밖에 없었다.

사상자로 말미암아 크게 줄어든 소총중대를 채우려고 포대대, 본부 및 근무부대 요원으로 임시 소총소대 26개를 짰다. 거의 모든 소대의 지휘관은 포병장교들이었다.

차량 행렬은 가다 서다를 끊임없이 되풀이한다. 미군기들은 중공군을 길 주위에서 쫓아내기 위해 급강하 공격을 이어갔다. 병사들은 날이 어두워져 전폭기들의 출격이 불가능해지기 전에 빨리 그곳을 빠져나가야만 했다.

사흘 전 11월 27일 밤, 유담리 북쪽에서 필립스와 헐이 중공군의 공격을 받았다. 공격이 끝난 뒤 해병대는 부대들을 보강하고, 그 뒤 존스와 히터 부대가 교대했다.

중공군의 공격에 뒤따라, 태플릿 대대는 전체적으로 진지를 재배치하면서 북쪽 가장자리를 방어하는 임무를 받았다. 그때까지 중공군은 그 일대에 가장 치열한 압력을 넣었다. 슈라이어 중위의 아이템 중대는 이제까지 필립스 대위와 존스 소령이 지키던 구역을 차지했는데, 슈라이어는 끊임없이 공격받고 있었다. 태플릿 중령이 허만슨을 고지로 올려보내 슈라이어와 교대하게 했다.

중공군은 곧바로 허만슨 부대 오른쪽을 거세게 공격해왔다. 온 힘을 다해 막아내는 동안 소대장 프라이스와 소대 선임부사관 길버트가 목숨을 잃었다. 뒤이어 공격개시 몇 분만에 소대 향도(嚮導)와 분대장 2명이 다쳤다. 소대 연락병 에드먼드 오설래크 일병이 오른쪽을 맡았는데, 그는 단호한 행동과 지도력을 발휘해 상황을 안정시켰다.

젠너 코글린 하사는 중공군들의 재빠른 움직임에 몹시 성이 났다.

"두 눈 똑바로 뜨고 더 빨리 쏴. 이런 빌어먹을!"

중공군은 무조건 돌격해 오지 않았다. 서로 번갈아 엄호하며 엄폐물을 이용해 조금씩 조금씩 밀고 들어왔다. 중공군 한 무리가 방어선을 돌파해 참호 안으로 뛰어들었다. 해병들은 수류탄 몇 개를 던져 터뜨린 뒤 백병전을 벌여 적을 무찔렀으나, 분대장 스미스 병장이 적이 쏜 총탄에 쓰러지고 말았다.

분대장이 숨을 거두자 제3분대 자동소총수 데이비스 앨리 일병이 분대를 이끌었다. 그는 수많은 전사자들로 일어난 혼란을 공격적인 전술로 대처해 가라앉혔다. 조지 중대는 북쪽 가장자리에 있는 그들의 진지를 굳건히 지켜나갔다.

리첸버그는 12월 1일 정오까지 하갈우리로 철수하라는 스미스의 명령에 맞추어 주보급로를 따라 남쪽으로 방어하고 돌출부를 넓혀가기 시작했다. 이 단계에서는 유담리 북쪽과 서쪽 고지에서 물러나는 머레이 연대에 먼저 공중 포격 지원을 하기로 한다. 이 남진 계획은 데이비스의 병력 교대 임무와 1419 고지 장악을 함께 진행하는 것이었다.

데이비스와 모리스가 나란히 세 차례 야간공격을 퍼부어 주보급로에 있는 중공군의 도로봉쇄선을 뚫으려 했지만, 끝내 성공하지 못했다.

어떠한 희생을 치르더라도 미 해병을 막아내도록 지시받은 중공군은 집요하리만치 해병의 숨통을 꽉 죄어왔다. 포대의 임시소대를 증원군으로 받아들인 모리스가 공격을 시도했으나, 번번이 중공군의 반격에 부딪혀 좀처럼 나아가지 못했다.

포병인 제임스 존슨 병장은 지그 중대의 보병으로 재배치되었다. 도로봉쇄선을 공격하는 동안에 모리스는 이 부대를 예비대로 두어 '대포 방아쇠잡이'들을 소총병으로 다시 꾸려 재교육을 실시했다.

진지가 얼마쯤 안정되자, 모리스는 지그 중대를 전선에 투입했다. 그러나 곧바로 중공군이 반격해 와서 존슨 소대는 거센 전투에 휘말렸다. 부대를 맡은 존슨은 뛰어난 기량으로 방어선을 이끌었지만 수적으로 절대 앞선 중공군의 공격을 막아내기란 쉽지 않았다. 마침내 존슨에게 철수명령이 떨어진다.

제임스 존슨은 홀로 밀려드는 중공군에 맞서 끊임없이 수류탄을 던졌다. 마지막에는 중공군과 백병전을 벌이며 사투했다. 그 용감한 행동 덕분에 부하들은 새 방어선을 만들 수 있었다. 아침 7시가 되자 모리스 전투선에 대한 중공군의 반격이 누그러졌다.

마크 일병은 참호 밖으로 얼굴을 살짝 내밀고는 조심스럽게 두리번거리며 주위를 살폈다. 바로 코앞에 낙탄 폭발 구덩이가 깊게 패이고, 그 속에는 무언가 장작처럼 수북이 쌓여 있다.

수많은 시체였다. 그뿐만이 아니다. 바로 옆 구덩이 속에도 또 다른 시체 하나가 앉아 있었다. 마크는 바위를 엄폐물 삼아 조심스레 일어나 들여다보았다. 볏단처럼 쭈그리고 앉은 시체는 머리를 두 다리 사이에 묻은 채 양 팔을 무릎에 놓고 두 손은 갈퀴처럼 반만 꽉 쥐고 있었다. 바로 곁에는 튀어나온 눈알 아래 흙 범벅이 된 수염과 찢어진 입술 사이로 이가 드러나 보였다. 미소와 찡그린 표정을 기이하게 섞어놓은 괴기스러운 조형물 같았다.

'아, 이것이 얼마 전까지 살아 숨 쉬던 인간이란 말인가.'

고독 속에 내버려진 주검과 참호 속에 살아 숨 쉬는 해병들 사이에는 고작 얇은 흙벽 하나가 있을 뿐이었다. 시체가 기대앉은 맞은편에서 해병들은 머리를 맞대고 잠깐씩 눈을 붙이곤 했다.

마크 일병은 다시 참호 바닥에 주저앉았다. 그때 옆에 비스듬히 누웠던 일병이 물음을 던졌다.

"뭐야?"

"중공군 시체야. 냄새가 참 지독하군."

해병들은 코를 킁킁거렸다. 고약한 냄새가 콧속으로 스며든다. 숨이 턱 막혔다. 시체들은 해병들 앞뒤로 널렸다.

"양귀비꽃처럼 독한 냄새로군."

"이런 맹추위 속에서도 냄새를 풍기다니! 그 녀석, 세상에 미련이 많았던 게로군."

"이대로 가다간 모두 끝장이야. 아무도 이 장진호에서 살아 돌아가지 못할 거야."

"재수 없는 소리 하지 마."

"저 냄새부터 벌써 재수 없잖아."

비릿하고 퀴퀴한 시체 냄새는 누더기처럼 병사들 온몸에 걸쳐져 오전 내내 해병들을 괴롭혔다.

오후가 되자 메슥거림이 차츰 가라앉았다. 죽은 사나이의 모습도 더는 그들을 어지럽히지 않았다. 마크는 그 시체에게 나지막이 중얼거렸다.

"이봐, 어제는 자네가 당했지만 내일은 내가 당할지도 몰라. 용케 살아남으면 너와 나 우리 둘을 망가뜨린 것들과 당당히 맞서 싸우겠어. 네 목숨을 빼앗고 내 목숨도 앗아가려는 놈들에게 맞서서 말이야. 내 약속하지. 다시는 이런 일이 일어나지 못하도록 모조리 죽여버리겠다고."

그는 새삼 깨달았다. 적이든 아군이든 인간이 짓는 죄는 크게 다르거나 차이가 있지 않음을. 그는 상명하복(上命下服)을 따르는 병사이다. 그 중공군도 권력의 힘과 자유를 억압하는 폭력에 무릎 꿇은 적이 있을 게 틀림없었다.

악행에 가담하지 않았거나 양심에 어긋나는 일을 하지 않았다 하더라도 사람은 언제든 죄를 지을 수 있는 환경에 놓이게 마련이다. 결과는 생각지 않고 제멋대로 행동하고픈 이기적인 바람을 무의식 속에 품고 살아간다. 전쟁으로 인해 빚어지는 부당한 행동, 괴로움, 영혼의 타락을 보상하는 일조차 인간의 힘으로는 턱없이 부족하다.

병사들은 굶주림으로 정신이 몽롱했다. 어제 일이 자욱한 안개처럼 그들의 기억 속을 덮쳐온다. 이렇게 멍하게 있는 동안 날이 저물어 어느덧 저녁 어스름이 다가왔다. 더는 시체 내음이 풍겨오지 않는다. 그저 저녁해가 양귀비꽃처럼 붉게 물들어 갈 뿐이었다.

우리의 적은 오직 하나뿐
그대들도 알고 있는 적이
참호 뒤에 웅크리고 앉아 있네.
분노에 차서, 절망에 차서
붉은 선혈로 분리된 채.
우리는 심판하리라
증오를 버려두지 않으리

모두의 증오는 오직 하나뿐
우리는 하나가 되어 사랑하고 하나가 되어 증오하네.
모두의 적은 오로지 하나뿐, 전쟁뿐이라네.
그 숱한 시간, 허무의 분투를 되풀이하는 것은
압제자를 찾아 무너뜨리기 위함이지.
오늘 밤 나는 오로지 복수로만 똘똘 뭉친
네메시스가 되어 찾아갈 것이네.
악마의 별 바로 옆에서 나를 찾아볼 수 있으리.

(이범신, 〈전선노트〉)

적에 대한 추상적 증오심을 거부하는 병사들은 오늘날 전장에서 고립되고 한없이 고독하다.

'왜 처음 충동에 몸을 맡겨 전쟁의 무의미한 잔학성을 거부하고 평화적이며 양심을 따르는 기피자로 남기를 선언하지 않았는가.'

그들은 자신에게 끝없이 물으며 고민한다. 만일 전쟁을 오롯이 거부했더라면, 파괴의 사도와 맞서는 평화주의자로 남을 수 있었으리라. 하지만 그들은 어느 쪽이든 극단적인 태도는 바라지 않았다.

곧잘 사람들은 아군이 정의이며 적군은 불의라고 굳게 믿는다. 그들은 이 신념을 위해 필요하다면 목숨을 바치는 일도 마다하지 않는다. 정의를 위해 아무런 죄도 없는 수많은 이들이 고통 속에 죽어가더라도, 그들은 역사에서 되풀이되는 일들 뿐이라며 언제든 눈을 돌릴 수 있다. 그들이 진정으로 두려워하는 건 고통이나 죽음이 아니라 오랜 전쟁으로 말미암아 감정이 메말라버리고 도덕심마저 잃어버리는 상황이다.

총 들기를 거부하는 평화주의자들은 그런 사상들에 도덕적 우열이 있다는 사실을 부정하지 않는다. 그저 폭력이 그 우위성을 결정짓는 것을 결코 참지 못할 뿐이다. 하나의 수단으로서 전쟁은 몰아내야만 하는 악보다 더욱 끔찍하다.

만일 이성적인 병사가 자신의 감정에 한결 솔직해질 수 있다면 아마 이러한 신념에 두 손 들어 찬성하리라. 그들 말대로 전쟁은 인간의 문제를 해결하는 가장 나쁜 방법이다. 몇 개월도 되지 않아 병사들은 전쟁의 본질이 악이라는 사실을 깨닫는다. 이 악은 평화주의로 이겨낼 수 있는 문제가 아니다.

그러나 이성의 목소리가 병사의 감정을 애써 외면한다. 외부적 의무를 포기하고 내면의 자유와 저항의 요새에 틀어박히는 것은 이 세계의 고난에 대한 대답이 되지 않는다고 힘차게 주장한다. 그리하여 그가 평화주의자로서 허용 한계를 넘는 악을 실천하도록 강요받는다 해도, 더욱 큰 선을 실천해 보상받을 수 있다고 믿게 된다. 병사가 품는 죄악감은 자신을 무겁게 짓누르지만, 전장에는 더욱 큰 선으로 악을 보상할 기회가 존재한다. 고국에 남은 이들, 양심적 병역기피자들의 야영지에는 그것이 없다.

그러나 전장도 그들에게 마음의 평정이나 안녕을 가져다주지는 못한다. 그가 고른 중간지대는 더없이 불안정해 언제나 극단적인 주장들이 그를 압도하려 들기 때문이다. 그것은 한낱 이성과 감정의 싸움이 아니다. 전쟁 상황에서 이성은 평화주의자들 편에 서서 강한 발언권을 드러낸다.

전쟁에 몸을 두다 보면 그의 선택은 악과 더 큰 악 가운데 하나를 고르게 될 뿐이며, 날로 그 선택은 어려워진다. 적과 협상 기회가 생기고 스스로 무너뜨린 것들을 다시 일으켜 세우는 데 힘쓰게 되면서 그는 이 전쟁이 하루빨리 끝나기를 바라기 시작한다. 자신에게도 책임이 있는, 이 해결 불가능할 만큼 꼬이고 얽힌 사건에서 달아나기 위해 스스로 죽음을 바라는 일도 있으리라.

그가 끝내 전쟁의 부도덕성에 마음을 빼앗긴다면, 아마도 거의 모든 전우들이 윤리 따위는 잊고 지내는 듯이 보이기 때문이다. 주위에서는 수없이 적을 미워하라 강요하고, 어느덧 양심의 갈등을 겪게 된다. 동료들처럼 복잡한 이성 따위는 던져버리고 적을 미워한다면 전쟁은 그 두려움의 반을 잃는다.

현대사회의 전쟁도 오래전 한정적인 전쟁과 모순되지 않았다. 병사들도 꽤 홀가분하게 전쟁에 임했으며, 비록 이 전쟁이 인간의 삶에 더없는 혼란을 불러올지는 모르지만 모순되지는 않다고 생각했다. 인간성에 대한 그들의 생각은 현실적이어서 역사가 가르쳐 준 대로 인내의 미덕을 갖추고 있었다.

그러나 오늘날 그러한 병사들을 압도하는 것은 우리 시대의 전면전이 가진 비인간성이다. 추상적 증오와 광기에 휩싸인 외침들의 비합리성은 이성을 가진 병사들을 혼란에 빠뜨린다. 절대 미덕이나 절대 악덕은 그들에게 죄가 있고 없고를 따지는 것만큼 비현실적인 이야기일 뿐이다. 그 결과 그들은 온 지구 규모의 전면전쟁 가운데 길을 잃은 존재가 되고 만다. 전쟁이 과거의 양상으로 돌아가지 않는 한 이들이 자유롭게 숨 쉬고 활동하기 위해서는 근대국가들이 전쟁을 완전히 포기해야만 하리라.

태플릿은 북쪽 고지에서 물러나 모리스 부대를 지나 남진공격 선봉에 서라는 지시를 받았다. 그즈음 지휘 아래 2개 중대(조지와 하우)는 앞서 헐과 필립스가 싸우던 고지에 머무르고, 그 전날 중공군과 격전을 벌여 강타를 맞은 아이템 중대는 골짜기에 예비병력으로 남은 상태였다.

항공대와 포대의 막강한 엄호로 태플릿은 사상자 없이 전방에서 3개 중대를 철수할 수 있었다. 무시무시한 화력 융단이 중공군을 덮쳤다. 해병 지상군이 남쪽 몇 킬로미터까지 빠져나간 뒤에야 중공군은 미 해병이 물러났음을 겨우 알아차렸다. 조지 중대가 유담리를 떠난 마지막 해병부대였다. 그들이 지나가고 나서 다리는 폭파되었다.

철수하면서 로이스는 유담리 남쪽 1276고지에 피터스 중대를 이동시켰다. 자스킬카는 원거리 기관총 사격으로 태플릿의 철수를 엄호하고, 스미스와 자스킬카는 오후 2시가 될 때까지 진지에 남았다.

윌리엄슨의 하우 중대를 선두로 공격을 시작해 길 오른쪽인 동남쪽 고지를 손에 넣기로 했다. 슈라이어의 아이템 중대에는 길 왼쪽의 비슷한 목표를 차지하라는 명령이 떨어졌다.

하우 중대는 격렬한 소화기와 자동화기의 사격을 받았지만 무사히 목표를 확보하고 오후 7시까지 안전하게 진지를 세웠다. 그러나 야간공격을 감행한 슈라이어는 일부만 목표 점령에 성공하고, 인명 손실이 매우 커 물러나야만 했다.

32
인간의 눈물

모든 역학관계가 상대성 연결고리에 따라 좌우되듯이, 미 해병 제1사단의 급작스러운 철수작전이 중공군에게도 곧바로 영향을 미쳤음은 두말할 나위 없었다.

중공군 제9집단군 사령관 쏭스룬의 본 목표는 자기 작전관할지역에 들어온 적을 그 위치에 묶어두고 거미줄에 걸린 먹이를 야금야금 먹어치우듯 시간차로 모조리 무찌르는 것이었다. 물론 미군이 보여주던 놀라운 용맹함과 뛰어난 전투장비, 쉽사리 막을 수 없는 공중 폭격 때문에 중공군의 희생은 말로 다 할 수 없었다. 그러나 쏭스룬은 열 배가 넘는 수적 우세에다 강추위를 우군으로 둠으로써 승리는 시간문제라고 믿었다. 중공군 둘이 희생되더라도 적군 하나를 없앨 수 있다면 절대로 '밑지는 장사가 아니다'라는 게 그의 우직한 계산법이었다. 그런데 도무지 예상치 못한 일이 벌어졌다. 적이 갑자기 철수작전에 들어간 것이다.

유담리 쪽에 넓게 포진한 미 해병 제5연대와 제7연대 소속 단위부대들이 꽤 발 빠른 움직임으로 공격 또는 방어로 대응할 때만 해도 중공군은 미군을 대수롭지 않게 여겼다. 그 부대들이 하루아침에 하갈우리 쪽으로 썰물처럼 빠져나가고 나서야 단순한 전술활동이 아니라 철저하게 짜여진 철수전략이었음을 깨달은 중공군 지휘부에는 뒤늦게 비상이 걸렸다.

"그물에 갇힌 물고기가 그물코를 끊고 빠져나가도록 그저 보고만 있다면 말도 안 되지. 죽을힘 다하는 각오로 적이 달아나는 길을 막아라! 장진호 얼음판을 깨서라도 미군 녀석들을 섬멸해!"

쏭스룬 사령관의 엄명에 따라, 유담리에서 하갈우리에 이르는 미 해병 제5연대와 제7연대의 이동 경로를 이미 오래전에 작전지역으로 삼았던 중공군 모든 부대는 미군의 퇴로 차단에 온 힘을 기울였다.

미군 또한 죽음을 무릅쓰고 길을 열어가며 많은 장비와 부상병을 안전하게 보내야 했기 적극적 선제공격으로 돌파를 시도했다. 그러다 보니 공격과 방어 구분이 뚜렷하지 않은 '이동식 전투' 양상이 펼쳐졌다.

리엔펑은 배수진을 치기로 결정했다.

하갈우리와 고토리 사이, 하갈우리 이남으로 7.8킬로미터 떨어진 곳에 자리한 건자개는 사면이 산으로 에워싸였지만 지형이 가파르지는 않았다. 하갈우리와 고토리 사이 간이도로는 마을들을 지나 남쪽의 산간지역, 흥남 항구까지 구불구불 이어져 있다.

'만일 산길에서 미군을 막아내지 못하면 미군은 산간지역을 벗어나 들판으로 들어서리라. 그렇게 되면 우리 중공군은 병력이 크게 줄고 체력이 바닥나 손을 쓸 수 없게 된다.'

그는 전투 가능한 모든 병력을 하갈우리, 고토리에서 진흥리 일대까지 세운 뒤 결사적으로 싸워 미군을 무찌르라고 북돋웠다.

중공군 부대의 편제는 사상자가 이루 말할 수 없이 많아 벌써부터 무너져 있었다. 장훙시는 어쩔 수 없이 사단부 전체를 12개 중대로 다시 짰다. 중대마다 100명이나 200명이 배치되었다. 장훙시는 모든 부대를 하갈우리와 고토리 일대 사이의 높고 가파른 산길에 알맞게 나누어 세웠다.

압록강을 건너 조선에 들어섰을 때 장훙시가 이끄는 사단은 1만 명이 넘는 대부대였다. 이제는 12개 중대 병력만이 남았다. 마지막 한 방울 힘까지 애써 짜낸 셈이었다.

우융추이가 보직되어 대대장 신분으로 3개 중대를 맡았다. 그 가운데 1개 중대는 전위대대에서 살아남은 100명으로 이루어져 훠신밍이 몸소 이끌고, 남은 2개 중대는 대대장 2명과 훈련관 2명이 저마다 이끌었다. 모두 400명 남짓이다.

이제 그들은 도로 양쪽 산꼭대기로 매복에 들어갔다. 산 아래에는 사람이 살지 않는 낡은 초가 몇 채가 있을 뿐, 고요하기만 했다. 우융추이와 훠신밍은 일본인의 오래된 지도를 꺼내 한참 동안 대조한 뒤에야 그들이 있는 장소가 건자개임을 알았다.

아무 탈 없이 하룻밤이 지나갔다. 북쪽 하갈우리 방향과 남쪽 고토리 방향에서 울리는 총성과 폭발음은 끊임없이 병사들의 귓가를 어지럽게 맴돌았다. 다른 중공군 부대와 미군이 혈전을 벌이고 있는 것이다. 하갈우리에 남은 미군은 필사적으로 포위를 뚫고 남쪽으로 후퇴하려 하고, 고토리의 미군은 남하하는 아군을 지원하고자 북쪽으로 올라간다. 전투의 참혹함과 격렬함을 짐작할 만한 순간이었다. 그들이 있는 이곳 건자개만이 격전을 앞둔 고요 속에 묻혀 있다.

구름이 잔뜩 낀 찌푸린 하늘은 어두컴컴하다. 곧 눈이 쏟아질 것만 같다. 이런 날씨에는 미군기들도 달리 방법이 없었다.

우융추이가 어두운 하늘을 바라보며 휘신밍에게 말했다.

"미군기가 꺼져버렸으니 오늘 밤 멋들어지게 한판 놀 수 있겠군."

휘신밍도 머리 위 차츰차츰 두꺼워지는 눈구름을 쳐다보았다.

"이런 날씨엔 적기가 날지 못할 거야. 공중 엄호를 받지 못할 테니까 미군도 함부로 움직이지 않을 걸."

루이후이가 징을 등에 메고 엎드리며 끼어들었다.

"미군놈이 오지 않으면 우리는 밤새 추위에 얼어붙는 거 아닙니까?"

우융추이가 말했다.

"미군놈들은 서둘러 집으로 가서 그 뭐더라…… 무슨 무슨 절을 보내려고 안달이야. 그러니 틀림없이 움직일 거다."

휘신밍이 바로잡았다.

"성탄절이야."

우융추이가 고개를 끄덕였다.

"맞아, 성탄절. 아무튼 저들은 가족과 명절을 보내고 싶어 몸이 달았으니, 이곳에서 언제까지나 꾸물대진 않을 거야."

위융시앙이 궁금한 투로 물었다.

"대대장님, 성탄절이 대체 무엇인지 아십니까?"

"물론 알지."

우융추이가 뻔뻔스럽게 큰소리쳤다.

"성탄절은 본디 '생단절'이야. 그날은 생달걀을 먹네. 왜 다들 생달걀을 먹는지 아나? 닭의 품종이 나쁘기 때문이야. 사단부의 멍빠오둥 정치위원이 내게 말해 주었지. 미국의 닭이라는 건 칠면조인데, 칠면조가 낳은 알은 삶아도 익지 않아서 날로 먹을 수밖에 없어. 그날 미국놈은 남녀노소 집집마다 생달걀을 먹어. 그래서 생단절이라고 부르는 거야."

훠신밍은 우융추이의 말에 너무도 어이가 없어 하마터면 크게 웃음을 터뜨릴 뻔했다. 주위 병사들은 그 말을 믿는 듯 진지한 표정으로 연신 고개를 끄덕였다.

그때 훠신밍이 끼어들었다.

"생단절이 아니라 성탄절이야. 성탄절은 예수 그리스도의 탄생일이고 그날을 기리기 위해 만든 경축일이지. 해마다 12월 25일에는 성대한 기념의식이 열려. 가족들이 다 함께 모여 그날을 즐기지. 성탄절 전날 밤을 크리스마스 이브라고 하는데, 어른과 아이들이 모여 서로 평안함을 기원해. 어쩌면 우리의 섣달 그믐과 비슷하지."

루이후이가 호기심에 가득찬 눈으로 바짝 다가서며 물었다.

"미국인도 세뱃돈을 줍니까?"

훠신밍이 그를 바라보며 말했다.

"돈을 주지는 않지만 아이들에게 선물을 주긴 하지."

"구두쇠!"

우융추이가 우스갯소리를 늘어놓았다.

"절을 받으면서 세뱃돈을 안 주다니! 그리스도는 해도해도 너무하시네. 눈감아 줄 게 따로 있지."

훠신밍이 미간을 조금 찌푸렸다.

"자네와는 말이 통하지 않는군. 미국인은 하느님을 믿고 성탄절은 기념일이야. 그런 말을 들으면 해병들이 성난 벌떼처럼 달려들걸?"

그제야 우융추이가 웃고 나서 능청스레 이야기를 받았다.

"어찌 됐든 미군놈들이 죽기 살기로 달려드는 이유는 집으로 돌아가 생단절인가 뭔가를 보내고 싶기 때문이네. 그들 맘대로 하게 내버려 둘 순 없지. 우리 허락을 받아야지. 안 그런가, 동지들?"

"맞습니다!"

우렁찬 목소리가 들렸다. 우융추이의 말은 병사들의 열정을 불태웠다. 그들은 이 추운 들판에서 굶주림에 시달리면서도 전투 열의만은 여전히 뜨거웠다.

"하나님도 미군놈들 목숨을 구하지는 못할 거야!"

"미군놈들은 세뱃돈도 주지 않는 구두쇠이니 우리가 그들에게 기관총과 수류탄 맛을 보여주자!"

병사들은 의기양양하게 외쳐댔다.

우융추이는 미군들이 지나갈 도로에 장애물을 세웠다. 길 옆 산비탈 소나무들을 눈에 띄는 대로 베어 돌, 흙과 함께 잔뜩 쌓아놓았다. 그리 만족스럽지는 않았지만 날씨가 너무 춥고 물자도 부족해 장애물 설치는 이쯤으로 만족해야 했다. 그는 이 장애물이 남쪽으로 달아나는 미군과 북쪽으로 도우러 오는 미군의 발걸음을 막아주기를 간절히 바랐다.

시간이 흘러 정오가 되자 남쪽 산간도로에서 우렁찬 모터 소리가 울리더니 전차와 차량 행렬이 이어졌다. 어느 틈에 미군들이 건자개 일대의 진지로 쳐들어왔다. 미군 전차와 차량이 도로 위에 길게 늘어선다.

앞쪽 전차와 차량이 길에 쌓인 나무와 돌에 가로막혀 뒤따르던 모든 차량이 멈춰 섰다. 전투명령을 내렸을 때 우융추이는 뒤에서 다가오는 전차 한 대를 보았다. 전차 앞부분에 달린 거대한 삽처럼 생긴 쇳덩어리가 나무와 돌을 단숨에 밀어냈다. 차량이 천천히 앞으로 움직였다. 그는 재빨리 루이후이에게 징을 울리라고 명령했다.

징소리가 매우 빠르게 박자를 타고 울리자 곧이어 험준한 산길에 총소리가 울려퍼졌다. 양쪽 산꼭대기와 산비탈에 있던 부대는 미군 차량 쪽으로 거세게 사격했다. 기관총, 소총, 카빈총의 탄환이 미군 전차와 군용차에 비 오듯 쏟아지면서 불꽃이 수없이 튀었다. 돌덩이 같은 수류탄이 군용차와 전차 사이에 떨어져 불이 번쩍거린다. 폭발음이 계속해서 고막을 찢을 듯이 울렸다. 차량이 격파되어 짙은 연기와 화염을 내뿜었다.

바위와 차량에 숨어 반격하려던 많은 미군들이 일제히 뛰어내렸다. 퍼싱 중형전차의 포와 기관총은 산비탈 양쪽 옆을 향해 맹렬히 불을 뿜었다. 연기가 곳곳에서 피어올랐다.

미군은 반격하면서 하갈우리 방향으로 줄곧 움직였다. 앞장 선 전차가 장애물을 밀어버리고 뒤를 이어오는 차량과 병사들이 번갈아 엄호하며 앞으로 나아갔다. 전진 속도는 느렸지만 꽤나 효과적이었다.

'저들을 막으려면 먼저 길을 열고 있는 저 전차를 격파해야 한다.'

"위융시앙, 위융시앙!"

우융추이가 큰 소리로 위융시앙의 이름을 외쳤다. 그는 늘 뒤로 물러나 있던 위융시앙에게 돌진해 전차를 폭파하라고 명령하려 했다. 그러나 위융시앙은 대답이 없었다. 그의 모습이 보이지 않았다.

우융추이는 대뜸 욕을 퍼부었다.

"개자식! 위융시앙은 어디로 간 거야?"

휘신밍이 말했다.

"전투가 시작되었을 때 내려가서 군량을 구한다고 하더군. 내가 허락했어."

우융추이가 허벅지를 치며 휘신밍에게 말했다.

"병사 여럿이 가서 미군 전차를 박살내야겠어."

"제가 가겠습니다."

루이후이가 용감히 나섰다.

우융추이가 두 눈 크게 뜨고 그를 쳐다보았다.

"쓸데없는 소리! 자네가 가면 징은 누가 치나!"

위융시앙이 미군 전차로 돌진하지 않으리라는 걸 루이후이는 알고 있었다. 그는 전투가 시작되자마자 허겁지겁 진지를 벗어나는 위융시앙을 보았다. 그가 마지막으로 본 위융시앙의 모습이었다. 우융추이와 휘신밍도 더는 그를 보지 못했다. 그날 이후 그들은 위융시앙의 행방을 전혀 알지 못했다.

이번 전투에서 3개 중대를 지휘하는 우융추이는 전투가 시작되기 전 다른 중대 지휘관에게 징소리를 신호로 몇 가지 주의사항을 알렸다. 우융추이가 먼저 지휘관 둘에게 공격신호와 후퇴신호를 설명한 뒤 루이후이에게 시범을 보이게 했다.

첫 번째 빠른 박자의 징소리가 울려 전투 시작을 알림과 동시에 이어서 빠른 리듬으로 울린 징소리가 공격 개시를 알렸다.

소대장이 병사 몇을 데리고 언덕 아래로 내려갔다. 우융추이가 산비탈에서 엄호했다. 양쪽은 서로 맞대고 격렬하게 쏘아댔다. 중공군이 쏜 총탄이 전차의 강철판을 때려 불꽃이 여기저기로 튀었다. 전차의 기관총이 산비탈과 산꼭대기에 불을 뿜어 중공군 여럿을 해치웠다.

그러나 소대장은 여전히 병사 둘을 이끌고 전차 바퀴 아래로 돌진해 폭약과 수류탄 한 뭉치를 도로 위로 던졌다. 퍼싱전차 몇 대는 온 힘을 다해 저지

구역을 뚫고 하갈우리 방향으로 이동하고, 뒤따라오던 군용차와 미군 병사들도 죽을힘을 다해 달렸다.

그때 하늘에서 눈이 휘날렸다. 눈꽃은 어느새 눈덩어리가 되어 목숨 건 싸움을 하는 중공군과 미군의 머리와 얼굴을 차갑게 때렸다. 눈이 내려 하늘과 땅, 동서남북 방향을 가늠할 수 없었다. 눈과 안개가 건자개의 낡은 집 몇 채를 덮었다. 울부짖는 바람 소리, 고함 소리 그리고 총성과 폭발음만이 허공을 떠돌아다녔다.

엎친 데 덮친 격으로 미군은 공중 엄호와 지원은 물론 포병의 화력도 잃었다. 미군의 전투력은 막강한 공중 폭격과 지상 포화와 호흡을 맞춘 협공에서 나온다. 어느덧 하늘에서 폭설이 내려 비행기가 날 수 없을 뿐 아니라 포병들도 목표를 정확히 보기 어려웠다. 화력지원을 잃은 미군은 성급하게 움직이지 못했다. 그들은 어서 빨리 이 힘겨운 시간이 지나가기만을 신에게 빌고 또 빌었다.

전쟁을 겪는 나라는 나약하기 이를 데 없다. 12월 2일, 국방장관 신성모(申性模)가 한반도 북부에 원자탄을 떨어뜨려 달라고 유엔에 간청했다. 유엔에 원자탄이 있을 리 없었다. 그는 유엔군 총사령관 맥아더의 이름도 빠트리지 않았다.

"맥아더 장군은 우리의 은인입니다. 한반도 북부와 중국의 단동, 심양, 북경, 상해, 천진, 남경 등 6개 도시에 투하할 원자탄 26개를 미 합동참모본부에 요구하는 바입니다. 일본도 원자탄 두 발에 손을 들었잖습니까. 이제 북한과 중공은 모조리 망할 겁니다. 제발 우리 남한을 도와주십시오."

한반도 북부의 민간인들은 원자탄 투하 소리에 겁을 집어먹었다. 먼저 살고 보자는 생각이 앞질렀다. 그들은 허겁지겁 피란 보따리를 꾸려 앞다퉈 달아났다.

그날 오전 1시, 중공군의 매서운 공격이 대대 전역에 널러 퍼져갔다. 가장 무거운 짐을 슈라이어 부대가 지게 되었다. 윌리엄 윈드리치 하사는 제1소대의 1개 분대를 이끌고 주저항선에 나가 중공군의 돌격을 막았다. 12명 가운데 7명이 진지에 들어가기도 전에 부상을 입었다. 윈드리치는 머리를 크게 다쳤음에도 후송을 거부하고 부상병들을 나를 지원자들을 꾸렸다. 그는 소대 지휘를 맡아 부대를 다시 꾸리고 중대 왼쪽 진지로 들어갔다가 다리마저 다치고 말았다. 상처 부위에서 피가 솟구쳤지만 이번에도 후송을 거절했다.

찰스 피어슨 병장이 윈드리치에게 달려가 무릎 꿇고 붕대를 감으려 하자 그는 고집스럽게 거절했다.

"작은 구멍이 났을 뿐이야. 번거로우니 저리 치워."

놀란 피어슨은 다급히 윈드리치를 설득했다.

"안 됩니다, 하사님. 지금 당장 지혈하지 않으면 몹시 위험합니다. 죽어요!"

윈드리치는 끝내 말을 듣지 않았다. 그의 두 눈에는 불꽃같은 의지가 이글이글 타올랐다. 피어슨은 하는 수 없이 치료를 단념하고 돌아서서 적진으로 방아쇠를 당겼다.

한 시간이 넘도록 윈드리치는 진지를 뛰어다니며 소대를 지휘하고, 고함을 지르며 해병들을 격려했다. 피를 너무 많이 흘린 터라 끝내 정신을 잃고 쓰러졌다. 피어슨이 달려가 그의 상처를 만져보았다. 3개의 총알 구멍이 있었다.

그때 윈드리치가 몸을 바르르 떨며 가늘게 눈을 떴다. 그가 입술을 달싹이며 물었다.

"가망이 없는가?"

피어슨은 가슴이 미어져 일그러지려는 얼굴을 겨우 펴며 말했다.

"아닙니다. 괜찮습니다."

윈드리치는 피어슨의 눈을 올려다보았다. 그는 자신이 죽어가고 있음을 알아차렸다. 그리고 얼마 지나지 않아 윈드리치는 숨을 거두었다.

"전진하라. 전진하라!"

이것이 그가 남긴 마지막 말이었다.

해병 제11연대 1대대 포병장교 도시 부커 중위는 임시소대를 전방으로 데려가 슈라이어 중대를 도왔다. 주로 포병으로 이루어진 부커 부대는 전선으로 들어가 잇따른 맹공을 받았다. 부커는 왼쪽을 잃는 데 따르는 위험을 깨닫고, 재치 있게 부하들을 이끌며 반격해 자기 구역 안의 감제(瞰制) 지점을 되찾았다. 사상자 때문에 부대 병력이 줄어들자 전사자와 부상자의 무기와 탄약을 거두어 가장 위험한 진지에 뛰어들었다. 다섯 시간 동안 그는 대담무쌍하게 부하를 이끌다가 장렬히 최후를 맞이했다.

부커와 협동작전을 하던 병사는 도메니코 디살보 일병과 에이먼 하비 일병이었다. 디살보는 기관총소대 분대장을 맡아 기관총을 다루는 데 익숙지 않은 포병들을 능숙하게 이끌며 반격했다. 그는 이 진지에서 저 진지로 번개같이 뛰어다니며 기관총을 고쳐주고 하나하나 사격 방향을 지시하며 탄약을 공급했다. 그 일을 하지 않을 때는 부상자 후송을 감독했다. 좀더 유리한 방어 진지로 움직이라는 명령이 떨어지자, 디살보는 자진해서 기관총을 맡아 다른 대원들이 철수할 수 있도록 엄호했다. 그러나 마지막 탄환을 쏘는 순간 수류탄을 맞고 말았다.

'나도 여기까지인가…….'

디살보는 자신이 죽어감을 또렷하게 느낄 수 있었다. 의무병의 처치도 귀찮았다. 그저 덤덤히 죽음을 받아들이고 싶었다. 오직 제이미를 두고 가는 것이 가슴 아플 뿐이었다.

사랑의 본질은 자신을 잊고, 서로에게 기대어 보다 더 나은 하나가 되는 것. 사랑의 근원은 존재가 닿을 수 있는 범위 안에서도 가장 먼 곳에 있으며, 인간 존재를 그밖의 창조물과 같게 만든다. 이 비극과도 같은 사랑에 맞닥뜨리면 어리석으리만치 지혜롭게도, 세상 일이 다 그렇다고 체념할 수밖에 없다.

'오! 사랑스러운 나의 여자.'

그는 제이미의 정원을 떠올렸다. 봄볕에 피어나던 하얀 재스민꽃이 제이미의 흰 손과 흰 목덜미와 함께 겹쳐졌다. 짙은 꽃 향기와 그녀의 우윳빛 살내음이 숨이 콱 막힐 듯 그의 코에 가득 찼다.

제이미의 가슴은 두 유방이 멋진 융기를 이룬다. 종 모양을 한 유방들은 똑바로 누워 있어도 모양이 흐트러지지 않는, 거의 반구형이다. 유두의 작은 점이 너무도 귀여워 순진한 새색시를 떠올리게 한다. 크지도 작지도 않은 제이미의 유방은 앙증맞게 아름다웠다. 예쁜 사발을 엎어놓은 것처럼 귀엽게 부풀어 올라 있다. 손으로 움켜잡으면 싱싱한 탄력이 전해져 온다. 가슴이 매끄러운 사발 모양의 두 젖가슴이 도도록하게 솟아 있다. 출산 경험이 없는 봉우리 끝의 열매가 방금 딴 나무딸기처럼 신선한 색깔로 물들었으며, 마치 오염되지 않은 처녀설(處女雪)처럼 새하얗고 결 고운 피부가 아주 조금 봉긋하게 부풀고, 그 정점에 싱싱한 열매 같은 젖꼭지가 성이 나 꽂꽂하게 솟아 있다. 제이미의 젖봉우리는 지극히 작은데, 그에 비해 유두는 동그랗게 팽창해 선명한 붉은색을 띠었다. 하얀 순백의 살결과 어우러져 마치 꿀에 잰 체리처럼 보였다.

겨드랑이에는 새콤달콤한 냄새가 고여 있다. 데운 우유 같은 느낌도 난다. 혀를 내밀어 온몸 구석구석을 핥아보아도 거칠다는 느낌이 전혀 없다. 손질을 잘했거나, 아니면 아직 털이 생기지 않은 건지도 모른다. 그러나 곧 그 향기와 함께 그녀의 모습이 짙은 안개 속으로 사라졌다. 어떻게든 살리려는 의무병의 노력도 헛되이, 그는 어느새 죽음의 깊은 늪 속으로 빠져들어갔다.

갑자기 소총병으로 바뀐 포병 하비는 중공군 공격에 맞서 분대원들을 이끌었다. 그는 구역 안 진지 몇 개가 중공군에게 짓밟히자 선두에서 반격해 되찾았다. 하비는 교전 상태에 들어가자마자 부상당했지만, 또 다른 부상을 입고도 쓰러지는 마지막 순간까지 전투를 이어갔다. 그는 강한 투지를 불사르며 외치고 다녔다.

"마지막 순간까지 방아쇠를 절대 놓지 마라! 전우의 죽음을 기억하라!"

12월 2일 오전 10시, 허만슨이 부대를 이끌고 슈라이어를 지나서 공격을 이어갔다. 슈라이어 중대는 엄청난 피해를 입은 채 힘겹게 싸우고 있었다. 나머지 병력은 1개 소대로 재편성되어 허만슨 부대에 넘겨졌다. 슈라이어는 부상으로 옮겨졌다. 미군은 이처럼 악전고투했지만, 중공군의 피해는 더 엄청나서 전사자만도 300명을 넘었다.

들것에 실려 옮겨진 슈라이어는 잠시 담배를 피우며 하늘을 올려다보았다.

'얼마 만의 휴식인가…… 나는 앞으로 사는 즐거움을 어디서 찾아야 할까? 무엇에서 삶의 보람을 찾고 얻어야 할까?'

슈라이어는 머릿속이 매우 복잡했다. 그는 지금 자신이 그저 '숨 쉬고 있을 뿐'이라고 여겼다. 살아 있지만 죽은 거나 마찬가지였다. 이제 그에게 삶과 죽음은 똑같았다. 슈라이어는 자신이 겪었던 수많은 일들을 떠올려 보았다. 갚아야 할 것도 있고 보상받을 것도 있었다. 주마등처럼 스쳐 지나가는 추억을 더듬으며 다시는 누릴 수 없으리라는 생각에 더더욱 슬퍼졌다.

옆에서는 의무병들이 다리를 심하게 다친 병사를 치료하고 있었다. 의무병 하나가 슈라이어에게 부상병을 붙잡아 달라고 부탁했다. 그는 몸을 일으켜 부상병의 다리를 꽉 잡아 눌렀다. 슈라이어는 군의관이 메스를 상처 깊이 찌르는 광경을 보면서 자신의 다리 근육이 긴장하고 풀리는 걸 느꼈다. 더 바라볼 수가 없어 그는 눈을 감았다.

수술기구가 내는 소리, 부분 마취를 했음에도 고통으로 몸부림치는 환자가 헐떡이며 내는 신음 소리가 들렸다. 잘 알아들을 수는 없었지만 톱으로 썩썩 썰어대는 소리도 들렸다. 잠시 뒤 붙잡고 있던 다리가 믿을 수 없을 만큼 무겁게 느껴졌다. 눈을 떠보니 그것은 다른 사람 손에 넘어가 탁자에서 13센티미터쯤 떠 있었다. 방금 다리를 잘라낸 것이다.

슈라이어는 그 섬뜩한 물건을 보고 부들부들 떨리는 몸으로 얼어붙은 듯 앉아 있었다. 금세라도 정신을 놓고 쓰러질 것만 같았다. 의무병은 잘라낸 부상병의 다리를 탁자 옆 붕대 더미 위에 내려놓았다. 무덤 속에서조차 그 잘린 다리의 모습은 절대로 잊을 수 없을 것 같았다.

무릎 아래가 잘려 나간 병사는 믿을 수 없는 현실에 발악하듯 온몸을 심하게 흔들어댔다. 의무병들이 부상병의 팔다리를 꽉 붙들고 붕대를 감아 지혈했다. 부상병이 악을 쓰며 질러대는 비명은 잠든 사람들을 깨우고 꾸벅거리며 졸던 사람들까지 화들짝 놀라게 했다. 모두 그쪽으로 머리를 돌리고 반쯤 몸을 일으킨 채 그 병사의 처절한 절규를 들었다. 그러다가 끝내 그 비명 소리는 사라져 버렸다.

슈라이어는 의무대 안으로 새어드는 빛살을 바라보았다. 눈이 부셨다. 고개를 돌리자 숨이 막힐 듯 좁은 곳에 빼곡하게 늘어선 들것들이 보였다. 들것에 누운 병사들은 가물대는 촛불처럼 실낱같은 희망을 품고는 있었지만 움직임은 거의 없었다. 그저 가냘픈 신음 소리만 쌕쌕거리다가는 이내 그마저도 곧 거두어들였다.

해병들은 전사자들을 그늘진 곳에 임시로 묻고 부상병들을 후송했다. 디살보의 시신도 죽은 동료들과 함께 차디찬 얼음땅에 묻혔다. 그 위에 마지막 흙을 덮은 뒤, 한 동료가 나지막이 중얼거렸다.

"조금만 참고 기다려. 반드시 데리러 올 테니까."

이 약속은 1953년에 이루어졌다. 정전협정 체결 뒤 디살보 일병의 유해는 다른 미군 유해 1만여 구와 함께 미군에 인도되었다. 그러나 미군은 디살보의 신원을 확인할 수는 없었다. 중공군과 북한군이 돈이 될 만한 걸 가져가려고 미군의 임시 매장지를 모조리 파헤쳤던 것이다. 디살보의 소지품들도 이때 모두 사라지고 말았다.

미군에 인도된 디살보 유해는 하와이의 미 태평양 국립묘지 펀치볼에 가

매장되었다. 그 뒤로 '전쟁포로 및 실종자 확인 합동사령부(JPAC)'는 유골들의 신원 확인 작업을 멈추지 않았고, 디살보의 치아와 뼈에서 특이점을 발견해냈다.

흔치 않은 충전재를 쓴 치아, 어렸을 때 사고로 다친 오른팔 골절 자국이 그의 신원을 확인하는 데 중요한 단서가 되었다. JPAC는 점토로 얼굴을 복원한 뒤, 디살보 가족에게 받은 사진과 비교해 보고 나서 이 유골이 디살보의 것임을 마침내 확인했다.

살아 있었다면 일흔일곱 번째 생일을 맞이했을 2007년 7월 19일, 디살보는 유족과 미 해병 의장대 등 추도의 물결 속에 오하이오 주 서부 예비군 국립묘지에 안장되었다.

한국으로 떠나던 날 어머니에게 "아무리 비쩍 마르더라도 집에는 꼭 돌아올게요" 말했던 디살보는, 57년이 지난 뒤에야 마침내 모국으로 돌아왔다.

주보급로 진격은 미리 준비된 진지에서 날아오는 중공군의 소화기와 자동화기 화력 때문에 늦어지고 있었다.

밤 11시, 윌리엄슨 중대가 중간목표에 도착했다. 새벽 2시 10분, 높은 산등성이를 따라 동남쪽으로 달리는 봉우리를 확보했다. 그날 밤 허만슨의 부상으로 마이스가 서울 시가전에 참가했던 부대를 다시 맡았다. 지속적인 공중 폭격과 81밀리 박격포 사격이 한바탕 퍼붓고 난 뒤에야 마이스는 남쪽 도로봉쇄선을 뚫으라는 부대의 목표를 이루었다.

해병 제7연대의 혼성중대는 다시 550미터를 나아가다가 중공군 화력에 막혔다. 후위의 지연작전을 펴던 중 존스의 찰리 중대가 북쪽에서 대대 병력으로 짐작되는 중공군의 공격을 받은 것이다. 독립된 전차 한 대를 후위로 돌렸다. 존스는 소총과 기관총의 집중사격을 뚫고 전차로 달려가 부대를 도울 수 있는 지점으로 몰고 갔다. 중공군의 공세는 새벽 3시가 넘어서야 꺾였다.

포연이 서서히 걷히며 전투의 참상이 속속 드러난다. 자기도 모르게 그만 눈을 감을 수밖에 없는 처참한 장면들이다. 해병들은 포탄 파편이 여기저기 어지럽게 널려 있는 길을 걸었다. 걸음을 옮길 때마다 군화에 파편이 채였다.

"여기는 철수한 중공군의 참호 자리다……."

미 해병들은 적의 참호를 들여다보고 깜짝 놀랐다. 참호 속에는 아직도 목숨이 붙은 채 짐승처럼 울부짖는 중공군 부상자들이 넘쳐났다.

그들은 영하 30도 맹추위 속에 갇혀버린 듯했다. 수류탄을 움켜쥔 해병들이 손들라고 소리쳐도 멍하니 쳐다보기만 한다. 그러다가 곧 사태를 깨닫고는 살려달라 울부짖었다. 그들은 뼛속 깊이 스미는 추위와 공습, 야포 사격을 피해 웅크리고 있다가 넋을 잃고 몸서리쳤다.

"어머니! 어머니……."

"아이고, 나 죽소!"

전쟁은 이토록 처절했다. 해병들 마음속에 남았던 작은 동정심이 꿈틀거렸다. 해병들은 중공군 부상자들을 포로 집결지로 데려갔다.

그 무렵 근처 민가를 돌던 해병들은 뜻밖의 끔찍한 장면과 마주치자 분노와 살의로 온몸을 떨었다. 앞마당에 미군 병사 셋이 갈가리 찢긴 채 버려져 있다. 형체를 알아볼 수조차 없었다. 온몸의 피가 거꾸로 솟는 것만 같았다. 중공군이 떠나면서 거추장스러운 포로들을 푸줏간 소고기처럼 잔혹하게 처리해 버린 것이다.

"잔인한 놈들!"

모두 이를 부드득부드득 갈았다. 병사들은 방문 앞에 서서 감히 들어가지 못하고 안을 들여다보았다. 벌거벗겨진 채 끔찍하게 훼손된 미 해병 6명의 시체가 검게 얼어붙은 커다란 피딱지 위에 누워 있다. 어떤 시체는 너무 심하게 망가져 차마 쳐다볼 수도 없었다. 병사 둘은 황급히 손으로 얼굴을 가렸다. 여태껏 누구도 그토록 끔찍한 장면은 보지 못했으리라. 그 무엇보다 비열하고도 잔인한 참상이었다.

해병들은 아주 조심스럽게 시체를 옮겼다. 그 가운데 2명에게는 부비트랩이 철사로 묶여 있었다. 무덤을 만들 시간이 없어 그들을 잔해로 덮었다. 그리고 잔혹하게 학살된 병사들을 모아 마지막 작별의식을 치렀다. 해병들은 철모를 벗고 흩날리는 눈 속에 우두커니 섰다.

"여기 한 병사가 있었으니……."

장례식 노래가 차디찬 겨울 하늘 아래 장엄하게 울려 퍼진다. 모두가 더없이 침울했다. 해병들은 너무나 처참한 광경에 하염없이 눈물을 흘렸다. 순식간에 살얼음이 된 눈물은 따갑게 뺨 속을 파고드는 것만 같았다.

길 아래로 물러간 중공군들은 감쪽같이 자취를 감췄다. 미 해병들은 마지막까지 경계를 풀 수 없었다. 어디에선가 하얀 누비옷을 입은 중공군들이 불쑥 나타날지도 모른다는 두려움으로 잔뜩 긴장한 모습이었다. 그들은 숨죽이며 조심조심 앞으로 나아갔다.

길가에 문도 없이 커다란 창고 하나가 덩그러니 놓여 있다. 양곡 저장소였다. 세차게 불어대는 바람결에 나무 문틀이 삐걱거리며 음산한 소리를 낸다. 이범신은 몇몇 해병만 데리고 잡동사니가 버려진 어두운 창고로 걸어 들어갔다. 적막이 감도는 가운데 한 병사가 어두운 창고 안으로 들어서다 옆에 놓여 있던 쇠로 된 공구와 상자 더미를 쓰러뜨렸다.

창고는 온통 암흑이다. 문틀이 바람에 흔들리는 소리가 잇따라 들렸다. 병사들은 걸음을 옮길 때마다 나는 부스럭 소리에 바짝 긴장했다. 뻥 뚫린 창고 안으로 불어든 바람에 낡고 너덜너덜해진 벽이 흔들렸다. 순간, 밖에서 떠드는 말소리가 들렸다. 부상으로 미처 달아나지 못한 중공군 몇몇을 사로잡은 것 같았다.

그때 느닷없이 창고 안에서 폭발음이 울리고, 구석에서 터져나온 불꽃들이 어둠을 훤히 밝혔다. 거의 동시에 병사 넷이 소스라치게 놀라 비명을 질렀다. 잠시 뒤 그들 가운데 둘이 먼지 쌓인 바닥에 풀썩 쓰러졌다. 나머지 하나는 문으로 비틀거리며 걸어갔다.

이범신은 어딘가에 중공군이 숨어 있음을 뒤늦게 알았다. 황급히 숨을 곳을 찾았지만 주위가 어두워 갈피를 잡을 수 없었다. 총성이 몇 번 더 울리더니 오른쪽에 있던 병사가 외마디 비명을 지르며 고꾸라졌다. 공포에 휩싸여 총을 잡은 두 손이 심하게 떨려온다. 그때 총알이 개머리판에 스치면서 일부가 떨어져 나가고 간발의 차이로 이범신을 비껴갔다. 입구 쪽으로 가던 병사도 당했다. 그는 비척비척 문 쪽으로 가다가 쓰러졌다. 바람에 날려온 눈이 문턱에 얇게 쌓여갔다.

총소리에 놀란 미군 병사들이 달려와 창고 안으로 총을 쏘아대기 시작했다. 그러나 그들이 쏜 총에 중공군이 아니라 이범신이 맞을 뻔했다. 다행히 다치지 않은 이범신은 적에게 정신없이 총을 쏘았다. 만일 어떤 멍청한 해병이 창고 안에 수류탄을 던질 생각을 했다면 이범신과 아직 목숨이 붙어 있는 해병은 죽었으리라. 남은 해병들이 물결 모양의 철벽을 뚫고 들어오려 할 때, 중공군은 움직이는 모든 것에 총을 쏘아댔다. 부서지기 쉬운 벽을 뚫고 날아온 총알은 밖에 있는 병사들에게도 매우 위험했다. 이범신은 정신을 차리려고 애를 썼다.

'제길! 이 빌어먹을 창고에 내가 마지막으로 남겨지는 걸까?'

여태까지 느껴보지 못한 공포가 등줄기를 써늘하게 스치며 지나갔다. 소리를 지르지 않으려고 입술을 꽉 깨물었다.

이범신이 있는 곳에서는 아무것도 보이지 않았다. 그때 뒤에서 무언가 날카로운 것에 긁히는 소리가 났다. 그 소리는 아무렇게나 쌓아 놓은 물건들과 세워 놓은 지지대 사이 어딘가에서 들려왔다. 그는 동물적인 본능으로 자기에게 위험이 닥쳤음을 깨달았다. 재빨리 커다란 나무상자 뒤에 숨은 채 그대로 굳어버렸다. 밖에서 들리는 굉음에 정신을 쏟았지만 뜻대로 되질 않았다. 가까스로 귀 기울여서 들어보니 어떤 것은 희미하고 또 어떤 것은 제법 또렷했다. 그는 아주 얕은 숨을 내쉬면서 숨소리가 크게 나지 않도록 주의했다.

그의 머릿속은 끔찍한 상상들로 가득 찼다. 처음에는 자신이 창고 안에서 총을 맞고 쓰러지는 모습이 번개처럼 스쳐갔다. 다음은 적들이 포위망을 뚫고 나가기 위해 자기를 인질로 잡는 광경을 떠올렸다. 이범신은 공포에 온몸을 떨다가 문득 살아야겠다는 생각이 들었다.

그때 5미터도 채 떨어지지 않은 뒤쪽에서 누군가 모습을 드러냈다. 온몸에 소름이 쫙 돋았다. 곧이어 몸을 착 낮추고 자루 더미 쪽으로 기어온다. 비록 어둠 속에 몸을 숨기고 있었지만 이범신은 중공군 복장을 한 적임을 알 수 있었다. 가까이 있는 적군의 모습이 또렷이 드러났다. 키가 크고 건장해 보이는 중공군은 잠시 멈추더니 어둠 속을 살피다가 몇 걸음 뒤로 물러났다.

이범신은 침착하게 소리가 나지 않도록 천천히 총을 들어 적을 겨누었다. 모든 감각을 하나로 모으고 정확한 조준을 위해 떨지 않으려고 애썼다. 예민해진 적은 아무리 작은 소리라도 금세 알아차릴 터였다. 다행히 밖이 시끄러워서 이범신의 움직임을 중공군은 잘 듣지 못했다. 이범신은 총을 정확히 겨누고 손가락을 조심스럽게 방아쇠에 가져다 댔다. 그런 다음 잠시 머뭇거렸다. 온통 공포로 떨고 있는 그가 총을 쏘기란 쉽지 않았다.

'정신 차려! 기 죽지 마! 넌 할 수 있어!'

그 순간에도 중공군은 방향을 조금씩 틀어 이범신이 숨어 있는 쪽으로 다가오기 시작했다. 문간에 쓰러진 해병만 데려갔는지 어느덧 보이지 않는다. 홀로 남겨진 채 이범신은 온 신경을 옭아매는 싸움과 마주하고 있었다.

극도로 흥분한 적군의 고르지 못한 숨소리가 느껴지더니 바로 그때, 중공군이 어둠 속에서 무언가를 찾아낸 듯했다. 우뚝 멈추어 선 그는 눈앞에 놓인 물체를 자세히 들여다보고는 실망하는 표정을 지었다. 이 기회를 놓치지 않고 이범신은 방아쇠를 당겼다. 섬광이 번쩍하더니 중공군이 바닥에 쓰러졌다. 총알이 그의 배를 뚫고 들어갔다. 총을 쥔 이범신의 손은 땀으로 축축하게 젖었고 부들부들 떨렸다. 총소리를 듣고 달려온 다른 중공군은 동료를 놔둔 채 달아났다.

끔찍한 악몽 같은 순간이 그의 머릿속 빈 공간에 열병처럼 퍼져가는 듯했다. 밖에서 들리는 소리가 갈수록 커졌다. 그는 상상조차 할 수 없는 깊은 나락으로 떨어지는 듯했다. 이범신은 도망쳐야 하는지 그대로 있어야 하는지 판단이 서지 않아 겁에 질린 모습으로 잠시 망설였다. 문득 고개를 땅에 처박고 엎드린 시체를 보았다. 자기가 그를 죽였다는 사실이 새삼스레 와닿아 믿을 수가 없었다. 이범신은 꼼짝하지 않고 있는 그의 몸뚱이를 내려다볼 뿐이었다.

'이미 전장터에서 수많은 중공군의 목숨을 빼앗았다. 무엇이 나를 두렵게 하는가.'

갑자기 한쪽 벽이 와르르 무너져 내렸다. 밖에 있던 해병들이 벽을 뜯어낸 것이다. 쏟아져 들어오는 눈부신 햇살이 방금 일어난 일을 조금 흐릿하게 해주었다. 미군 병사들이 창고 안으로 들어오는 모습을 보고 이범신은 그제야 자신을 덮쳐온 공포에서 가까스로 벗어날 수 있었다.

로이스 중령의 대대는 같은 진지에 남아 그 뒤 전체 병력의 후위로서 줄곧 지연작전을 맡았다. 피터스 대위의 폭스 중대는 유담리 남쪽과 길 동쪽 높다란 둔덕으로 올라갔다. 그들의 임무는 연대 보급 및 근무부대가 남쪽으로 이동할 때 보호하는 것이었다. 부대는 갑작스레 준비한 진지에 뛰어들었다. 어둠이 깔리자마자 중공군이 대대 규모로 반격을 시작해 왔다. 크리스토퍼슨의 제3소대는 수류탄 투척권에서 격전을 벌였다.

월터 조지 일병은 공격이 시작될 때 자동소총을 맡았지만 무기를 쓸 수 없게 되자 사태의 심각성을 깨닫고 월든 일병을 도우러 진지 밖으로 달려나갔다. 군이 몸을 숨기려 하지도 않고 조지는 월든에게 탄약을 가져다주었다. 실탄이 떨어지면 무서운 추위도 아랑곳하지 않은 채 맨손으로 다시 재워 넣었다.

조지는 부상당한 분대원의 많은 수가 노출된 것을 보고 뛰어나가 그들을 숨을 만한 장소로 데려갔다. 그러고는 다시 월든을 도왔다. 기관총의 연속사격으로 부상당했지만 후송을 거부하고, 쉼 없이 진지를 기어 다니던 그는 자동소총의 탄약을 찾다가 끝내 목숨을 잃고 말았다.

피터스는 고지의 안장목을 넘어 1276고지 서남쪽 진지로 물러날 수밖에 없었다. 야간전폭기들을 불러들여 그 고지에 공중 폭격을 이끈다. 새벽녘에는 고지를 되찾고자 공격을 시도했으나 실패로 돌아갔다. 2차 지상공격에 앞서 또다시 고지에 공중 폭격을 가했다. 두 번째 해병대의 공격도 반대편 비탈에 세워진 4문의 중공군 기관총으로 말미암아 좌절되고 말았다. 이때 중공군 도로봉쇄선이 무너져 남쪽으로 이동이 가능하면 더는 공격하지 말라는 명령이 떨어졌다.

해병들이 유담리 남쪽 도로봉쇄선을 뚫기 위해 싸울 무렵, 데이비스는 덕동 고개 일대에서 치열한 접전을 벌였다. 폭스중대와 교대하자 데이비스는 호바터와 큐어캐버에게 바버 진지 동쪽 고개에서 중공군을 소탕하라는 명령을 내렸다. 중공군은 튼튼한 진지를 세워 방어하고 있었다.

해럴드 카이저 중위가 큐어캐버의 공격에 힘을 보탰다. 카이저 소대는 고작 21명이었지만 격렬한 화력에 맞서 1차 목표를 점거했다. 나머지 중대 병력이 동쪽 고지를 차지하려 공격을 시작할 때, 중공군이 매서운 화력을 퍼부었다.

카이저는 부대를 다시 만들고 옆쪽 산등성이에 힘차게 공격해 중대의 다른 부대를 노리고 있는 중공군의 화력을 꺾었다. 중공군 40명이 죽고 5명이 사로잡혔다.

덕동 고개가 트이자, 데이비스는 작전장교 토머스 타이 소령에게 호바터와 큐어캐버 부대를 이끌고 바버 진지 남쪽 마을로 들어가라고 지시했다. 한편 데이비스 중령은 모리스 소령과 뉴턴 소위의 부대를 이끌어 동북쪽으로 나아갔다.

타이 소령이 마을로 쳐들어가자 중공군은 불의의 기습에 크게 당황했다.

타이의 돌격 앞에 후퇴하던 중공군은 고지를 타고 올라가는 태플릿 3대대의 함정에 걸려들었다. 해병의 공중 및 포대 공격에 힘입어 타이와 태플릿 중령이 덫을 단단히 치는 바람에 중공군은 모조리 죽고 말았다.

마지막 사격전에서 해병 한 명이 중상을 입었다. 태플릿이 후송용 헬기를 보내달라고 하자, 로버트 롱스탭 중위의 헬기가 모습을 드러냈다. 그런데 갑자기 수십 발의 중공군 총단이 날아와 헬기가 격추되고 말았다. 곧장 태플릿은 정찰대를 추락현장에 보냈다. 로버트의 시체를 거두어온 그들 표정은 좀처럼 읽을 수 없는 감정만 서려 있었다.

오후 1시 러셀 먼셀 하사의 전차가 마이르 중대의 병력과 함께 길을 따라왔다. 유담리의 해병들과 폭스 고지의 해병이 마침내 합류했다. 이때 데이비스 중령은 선봉장으로 나가 하갈우리로 가는 행군 대열을 이끌라는 지시를 받았다.

바버 대위에게 진지에 남으라고 지시한 뒤, 데이비스는 대열을 편성해 하갈우리 돌출부로 이어지는 길을 소탕하는 최종 공격을 시작했다. 호바터가 앞장서고 뒤이어 큐어캐버, 뉴턴 소위와 모리스 소령이 따랐다. 중요한 길목마다 데이비스 중령은 전초진지를 두어 긴 차량 대열과 그 뒤에 오는 부대를 엄호하게 했다.

머리 위에는 해병정찰기 2대가 다람쥐 쳇바퀴 돌 듯 빙빙 맴돌면서 중공군의 집결지와 진지를 알려주었다. 앞쪽과 양 옆쪽에서 해병 코르세어기들이 고지와 산등성이에 기총소사와 로켓포 공격을 퍼붓자, 중공군들이 뿔뿔이 달아났다.

차로 가는 사람들은 중상자와 동상환자밖에 없었다. 리첸버그 대령은 자기 지프에 부상자를 가득 태우고 자신은 차 옆을 따라 걸어갔다. 고지에는 전초진지를 두었다. 그나마 걸어갈 수 있는 부상자들은 길을 따라 죽 내려가 하갈우리 방어선 안전지대로 들어갔다.

리첸버그 대령과 머레이 중령 대열의 차량들은 사격전과 도로봉쇄선 돌파를 위해 오랫동안 시동을 걸고 멈춰 있었으므로 연료가 모자랐다. 마침 수송기가 트럭 대열 선두에 자동차 연료를 정확하게 떨어뜨렸다. 그러나 안타깝게도 디젤기름은 잊어먹은 모양이었다. 어쩔 수 없이 155밀리 포를 끄는 견인차 상당수를 최종 목표 지점 몇 미터 전에 세워둬야 했다.

33
빙판에서의 혈전

나는 다시 바다로 가야지, 외로운 바다와 하늘로. 내가 바라는 건 커다란 배 한 척, 그 배를 이끌어줄 별 하나, 그리고 물결치는 파도, 바람의 노래, 펄럭이는 흰 돛, 수면 위로 피어오르는 잿빛 안개와 동트기 전 잿빛 새벽. 나는 다시 바다로 가야지. 밀물과 썰물이 부르는 소리. 거부할 수 없는 거친 부름이며 똑똑한 부름이기에. 또 내가 바라는 모든 것은 하얀 구름, 튀어오른 물보라, 흩어지는 물거품, 울어대는 갈매기……

눈을 뜨고 있을 때도, 꿈속에서도 해병들은 바다를 꿈꾼다.

12월 3일 저녁 7시 35분, 다우세트와 해병 제7연대 선발대가 하갈우리 도로봉쇄선에 이르렀다. 바다로 향한 진격 1차 전투에서 승리한 것이다. 해병 제5연대와 제7연대가 싸움에서 이기고 돌아온다는 소식이 하갈우리에 퍼졌다. 수많은 장병들이 도로봉쇄선으로 몰려나와 벌써부터 기다렸다. 남부전선 전투 동안 줄곧 태플릿 대대 의무장교이던 로버트 하비 중위도 방어선으로 들어오는 옛 전우들을 마중하러 나갔다.

선봉대가 눈에 들어왔다. 잇따라 트럭 대열이 뱀처럼 꿈틀거리며 길게 다가왔다. 방어선 어귀 550미터 앞쪽에서 선봉대가 멈추고 트럭들도 섰다. 걸을 수 있는 부상자와 동상환자들이 차에서 내려 길 위에 대열을 갖춘 다음 말없이 행진을 시작했다. 구령도 없는데 발걸음은 착착 맞아떨어진다. 방어선 어귀에 늘어선 해병들은 얼어붙은 길 위에서 "저벅! 저벅! 저벅! 저벅!" 박자 맞춰 울리는 군화 소리에 귀를 기울였다.

하갈우리 병사들은 눈물을 글썽이며 해병 제5연대와 제7연대 장병들을 맞이했다. 숫자가 크게 줄어든 대원들을 보고 감정을 억누르지 못한 하비가 곁의 동료를 부둥켜안으며 울먹였다.

"저 자식들 좀 봐. 멋진 녀석들……"

그의 얄팍한 방어선에 2개 연대가 들어오는 걸 보고 리지 중령은 크게 안도의 한숨을 내쉬었다. 스미스 장군을 비롯해 부르노 포돌락 일병에 이르기까지 그들은 기쁨으로 가슴이 벅차올랐다.

"해냈다! 중국 대륙을 샅샅이 뒤져도 우릴 꺾을 중공군은 없다!"

11월 27일 중공군의 기습이 있던 때부터 리첸버그와 머레이가 하갈우리 방어선으로 들어온 12월 3일 사이에 미 해병 사상자는 2260여 명에 이르렀다.

스미스는 결단을 내려야만 했다. 그는 하갈우리 비행장을 떠올렸다. 이 비행장을 만드는 일로 그는 제10군단 군단장 알몬드 장군과 의견이 맞지 않아 크게 다투었다. 그 무렵 스미스는 하갈우리에 비행장이 세워지지 못하면 미 해병 보급로는 끊어지는 데다 압록강 공격작전도 기한 안에 이뤄질 수 없다고 단호히 주장했다.

그때 알몬드는 스미스가 시간을 헛되이 쓴다고 코웃음을 쳤다. 활주로를 세우면 시간이 지체되어 성탄절 전에 전쟁을 끝내려는 맥아더 장군의 총공세 계획에 차질을 빚게 되므로 빨리 진격하라고 다그친 것이다. 숱한 압력에도 끝내 스미스는 고집을 꺾지 않았다. 그의 집요함과 신중함이 수많은 해병 제1사단 대원들의 목숨을 살렸다.

장진호 전투가 시작된 뒤 미 해병은 하갈우리 비행장으로 많은 양의 무기와 탄약, 방한 설비, 의료기계, 연료, 군량 등을 날라와 춥고 열악한 환경 속에서도 높은 전투력을 유지할 수 있었다. 이 비행장의 중요성을 알아차린 중공군도 거듭 맹렬한 공격을 쏟아부었다. 비행장과 물자를 둘러싼 전투는 너무도 치열했다. 그러나 미군은 다행히 중공군 공격을 무찌르고 교두보와 보급기지를 지켜냈다. 오늘 이 순간, 스미스는 다시금 비행장을 떠올렸다. 그는 공군의 모든 역량을 집중해 부상자 수천 명을 후송할 계획을 세웠다.

11월 29일 1차 공격이 있은 뒤 리지 중령은 하갈우리 돌출부 방어지역을 둘로 나누었다. 그 가운데 야전 대대장인 찰스 뱅크스 중령은 북반부를 이끌게 되었다. 제2차 세계대전 때 특전대원이었던 뱅크스가 근무대요원을 전투부대로 편성해 지휘하는 전략요지였다. 그러나 방어선 안에서는 리첸버그-머레이 부대의 도착에 대비해 상당한 작업이 이루어졌다.

꽁꽁 언 땅을 파기에는 너무나 형편없는 장비로 해병 공병대는 비행장을 완성했다. 공병들은 작업하는 동안에도 밤이 되면 방어선 일부를 지켰으며, 낮에는 전투에 힘을 보탰다. 처음 이 활주로는 유도로가 없어 비행기를 한 번에 2대밖에 받을 수 없었으나, 공병들의 잇따른 시설 확장으로 활주로를 막지 않고도 비행기 6대를 넣게 되었다. 하지만 유도등과 지상관제시설이 없는 이 비행장은 낮에만 쓸 수 있었다.

공군의 미 해병 지원활동도 눈부셨다. C-119수송기 수백 대가 오가며 부상병들을 남한 최남단 부산과 일본에 있는 미군병원으로 보냈다. C-119는 비행기 앞부분이 크지 않고 꼬리부분에 엔진 2개가 달렸다. 기체가 짧아 간편하고 실용적이어서 군용물자를 떨어뜨리기에 딱 알맞았다. 이착륙이 쉽고 거리가 짧은 활주로에서도 오르내릴 수 있어 장진호 전투 가운데 결정적 시기에 매우 중요한 역할을 했다.

사단 선임의무장교인 헤링 해군대령이 부상자 후송을 맡았다. 12월 1일 조금 늦은 오후, 쌍발수송기가 처음으로 착륙하는 데 성공했다. 그 비행기는 22명의 부상자를 실은 뒤 곧바로 미군병원으로 떠났다. 날이 어둡기 전에 150명의 부상자가 보내졌다.

항공전자부 주임인 해군조종사 밀러가 4발수송기(R5D)를 일본에서 연포(連浦) 비행장으로 몰고 왔다. 작전참모부 천막에서 하갈우리 해병 부상자들이 위급하다는 말을 들은 것이다. 그는 부조종사 파월 및 승무원들과 의논했는데, 모두 하갈우리로 부상자를 옮기는 일을 돕겠다고 나섰다.

밀러가 작전참모부 천막으로 돌아와 부상자 후송에 항공기를 쓸 수 있다고 작전참모에게 알렸다. 밀러는 쌍발기보다 훨씬 큰 4발수송기에 들것을 잔뜩 싣고 이륙해, 몇 분 뒤 하갈우리 하늘을 빙빙 돌았다.

4발수송기를 제대로 이착륙시키려면 1500미터 활주로가 필요했지만, 밀러는 그보다 훨씬 짧은 활주로와 맞닥뜨렸다. 게다가 주위의 산 때문에 급강하해 활주로에 접근해야만 하는 어려움이 따랐다. 그 위험을 무릅쓰고 착륙에 성공하자 해병들은 환호성을 지르며 뜨겁게 환영했다.

들것을 내리고 39명의 부상자를 실은 밀러는 거친 활주로 끝자락까지 비행기를 몰고 가 전속력으로 떠올랐다. 마치 항공모함에서 이륙하듯 비행기는 첫째 산등성이를 겨우 10미터쯤 비켜 아슬아슬하게 솟아올랐다. 하갈우리 비행장을 처음이자 마지막으로 이용한 4발수송기였다.

12월 2일에는 무려 919명의 환자가 비행기로 실려 나갔다.

부상자 후송은 순조롭게 이루어졌으나 뜻밖의 상황이 벌어졌다. 헤링 대령이 스미스 장군에게 나쁜 소식을 알려왔다. 병원으로 옮겨진 부상자수는 450명인데, C-119운송기로 실려간 부상자는 900명이 넘을 뿐 아니라 그중 멀쩡한 260명의 병사가 버젓이 병원 침대에 누워 있다는 것이다. 스미스는 왜 이런 일이 일어났는지 도무지 이해할 수 없었다.

헤링이 눈치를 살피더니 말을 이었다.

"병원으로 온 부상자는 450명입니다. 총 부상자가 1600여 명이니 1100여 명의 부상자가 더 온 셈이죠."

스미스는 부상자 1100명이 느닷없이 어디서 나타났느냐고 캐물었다. 헤링은 어깨를 축 늘어뜨리며 대답했다.

"다친 곳이 없는데도 부상자들 사이로 몰래 끼여들어 온 게 틀림없습니다. 창피한 일이지요."

병사들의 탈영 행위로 수치와 분노를 느낀 스미스는 곧바로 옆에 있던 작전 지휘관 맥롤린 소령에게 이 사태를 철저하게 조사하라고 명령했다.

맥롤린은 빠르게 사건의 진상을 파악했다. 끝없이 이어지는 중공군의 공격과 황량하고 추운 장진호 지역에서 하루빨리 벗어나고픈 병사들이 중상을 입은 척 속이고 C-119수송기에 오른 것이었다. 이들 병사들은 비행장에 숨어들어 담요를 휘감은 뒤 활주로에 누워 끙끙 앓는 소리를 냈다. 그러면 의무병이 와서 그들을 들것에 실어 비행기로 옮겼다. 잔꾀를 부린 병사들 거의가 장진호 동쪽 해안에서 달려온 육군 제7보병사단 소속이고 해병들도 몇몇 끼여 있었다.

온화한 성품의 스미스조차 이번에는 화를 억누르지 못했다.

'지금 장진호 지역에서는 모든 미군 부대가 중공군 포위망을 뚫으려고 힘겨운 전투를 벌이고 있다. 얼마나 부끄러운 수작인가! 다친 것처럼 꾸며서 꽁무니를 빼다니! 이것은 씻을 수 없는 치욕이다. 해군의 명예를 더럽히고 전쟁터에서 죽어간 전우들을 모독하는 일이다. 절대로 용서할 수 없어!'

스미스는 헤링에게 후방으로 부상자를 옮길 때 적정 기준을 만들도록 엄명하고, 하갈우리 비행장에 헌병을 보내 멀쩡한 병사들이 속임수로 빠져나가지 못하도록 감시했다.

맥롤린 소령은 종군목사를 비행장에 내보내 병사들과 대화를 해보도록 하는 게 어떠냐고 스미스에게 건의했다. 병사들의 두려움을 덜어주는 데 도움이 되리라 생각한 것이다. 화를 삭이고 난 뒤 스미스 장군이 그 제안을 받아들이자, 명령에 따라 군목사 프레터가 하갈우리 비행장으로 떠났다.

그는 부상자들 사이를 뚫고 다니며 상처를 보고 하소연을 들어주었다. 또한 하나님의 축복을 그들에게 전해 주었다. 많은 병사들이 참혹한 전투로 심리적 장애를 겪었고, 무시무시한 추위는 온몸과 마음에 말할 수 없이 무거운 부담으로 다가왔다. 부상자 일부는 상처가 무척 심해 뼈를 찌르는 듯한 매서운 겨울바람이 그들 얼굴을 때려도 움직임이 없다. 몇몇은 수송기에 실릴 때까지 기다리지 못하고 활주로 옆에 누운 채 다시는 일어나지 못했다.

프레터 목사는 죽은 병사들의 영혼이 안식을 얻을 수 있도록 기도했다. 프레터는 숱한 경험으로 부상자의 생존 여부를 알 수 있었다. 바로 그들의 눈을 살피는 것이다. 눈이 움직이면 아직 살아 있음이요, 뿌연 허공을 응시한 채 움직이지 않으면 그는 이미 이 세상 사람이 아닌 것이다.

"목사님."

누워 있던 한 병사가 프레터를 불러세웠다.

"루이스라고 합니다. 목사님은 절 모르시겠지만 예전에 목사님이 저희 대대에 오셔서 예배를 보셨어요. 여기서 이렇게 뵐 줄은 몰랐습니다."

루이스 일병은 하갈우리로 부대가 퇴각하는 가운데 산길에서 미끄러져 발목을 접질렀다. 몹시 아팠지만 다행히 뼈를 다친 것은 아니었다. 그는 하루빨리 이 지옥 같은 곳에서 벗어나고 싶었다. 그래서 발목이 부러지기라도 한 듯 소리를 지르며 엄살을 부렸다. 뒤따르던 트럭에 억지로 자리를 낸 뒤 실려 비행장까지 옮겨진 것이었다. 부상자수가 헤아릴 수 없이 많고 언뜻 눈으로 보기에도 발목이 부어올랐기에 군의관과 헌병들도 의심 없이 수송을 기다리는 부상병 무리에 그를 넣어주었다.

"괜찮나?"

프레터가 온화한 눈빛으로 루이스를 바라보았다.

"안 좋아요, 목사님. 아주 나쁩니다."

프레터는 그의 옆에 쪼그리고 앉아 상처를 보려고 했다. 루이스가 손을 꽉 잡은 뒤 말했다.

"저는 발목을 다쳐서 걸을 수도 없고 싸울 용기도 없습니다."

그러자 프레터가 그를 위로했다.

"걱정 말게. 하나님은 자네가 받은 고난을 잘 알고 계시니 반드시 지켜주실 걸세."

활주로에서 비행기 소리가 울렸다. C-119수송기가 수시로 이착륙해 프로펠러가 일으킨 먼지와 눈이 흩날려 하늘을 뿌옇게 덮었다.

프레터가 입을 열었다.

"다른 대원들은 모두 무사한가?"

"아니요. 모두 좋지 않을 겁니다."

루이스가 침통한 표정을 지었다.

"해리스 대대장님이 전사했어요. 목사님도 아시잖아요? 수많은 병사들이 죽었습니다. 우리 대대도 거의 무너졌고, 소대장 맥카시 중위님도 실종돼서 살았는지 죽었는지조차 몰라요."

프레터가 잠시 침묵한 뒤 말했다.

"미군은 힘겹게 싸웠네. 하나님도 모두 다 알고 계시네. 하나님은 실종된 병사들을 보살펴 주실 걸세."

루이스 눈앞에 중공군과 맞붙은 전투 장면이 다시금 떠올랐다. 고막이 터질 듯한 중공군의 함성, 비처럼 쏟아지는 수류탄, 한겨울 밤 처절하게 울리는 징소리…… 이 모든 것이 그를 두려움에 벌벌 떨게 만들었다.

"중공군은 어째서 공격하고 또 공격하는 겁니까? 무슨 이유로 우리를 도무지 놓아주지 않나요? 그들은 왜 죽음조차 두려워하지 않는 겁니까?"

루이스의 질문에 프레터는 난처했다. 그는 스미스 사단장, 리첸버그 연대장, 전사한 해리스 대대장과 또 많은 병사들과도 같은 문제를 두고 수없이 이야기해왔다. 그러나 아직까지도 답을 찾지 못했다.

중공군은 얇은 군복을 입고 보잘것없는 전투장비로 영하 몇십 도 추운 날씨에도 쉬지 않고 돌진했다. 그들은 미군의 강력한 공중 폭격과 끊임없이 이어지는 포탄 세례에 거듭 맞섰다. 앞으로 달려가던 중공군이 우르르 쓰러지면 뒤에 있던 또 한 무리의 중공군이 부상과 죽음을 결코 두려워하지 않고 거침없이 나아갔다.

'중공군은 도대체 무엇을 위해 싸우는 걸까? 과연 무엇이 그들을, 그토록

온갖 희생을 무릅쓰고 악착같이 앞으로 나아가게 하는 걸까?'

프레터는 중공군에게 신앙 따위는 없다고 생각해 왔다. 공산주의가 준 헛된 희망만이 뿌리 깊이 자리잡고 있다고 여겼다. 그러나 오늘의 그는 자신의 생각이 틀렸음을 깨달았다.

'중국인은 신앙이 있다. 그들은 용감하게 앞으로 나아가도록 격려해 주는 정신력을 지녔다. 목숨을 대가로 치른다 해도 그들은 조금도 신경 쓰지 않아.'

미 해병은 중공군의 그러한 정신을 도무지 이해할 수 없었다. 스미스도 리첸버그도, 죽은 해리스도, 루이스마저도 전혀 이해할 수 없었다. 종군목사인 프레터 또한 그랬다.

"잘 치료하게. 그들은 낯선 동양인이네. 우리는 그들에 대해 모르는 게 너무 많아. 지금은 생각을 내려 놓게."

루이스는 윗몸을 일으키고 싶었으나 자신이 들것에 누워 있는 걸 새삼 알아차리고는 어쩔 수 없다는 듯 말했다.

"상관없어요. 어떻든 간에 저는 그들과 다시는 싸우고 싶지 않아요. 전 미국으로 돌아갈 겁니다. 전 알아요. 이곳에서는 하나님이라 해도 제 목숨을 구해주실 수 없다는 걸요."

루이스의 말을 듣고, 프레터는 주기도문을 외우면서 눈을 감았다.

"하나님께서 자네를 용서해 주실 거네."

그때 C-119수송기 한 대가 다시 활주로에 내려앉았다. 저만큼 의무병과 헌병이 나란히 걸어왔다. 프레터가 그들에게 크게 소리쳤다.

"이 병사 상처가 심각하오! 얼른 수송기로 옮겨주시오!"

"알겠습니다, 목사님."

헌병이 프레터에게 경의를 표한 뒤 손동작을 취하자 의무병이 루이스 일병을 부축해 갔다.

마침내 루이스는 찬바람과 냉기가 감도는 장진호를 떠났다. 비행기 날개가 눈 쌓인 산들을 아슬아슬하게 스쳐 날아간다. 좁고 긴 한반도가 저 멀리 안개 낀 곳으로 사라진 뒤에야 루이스는 한숨을 길게 내쉬었다. 안도인지 슬픔인지 모를 눈물이 울컥 치솟았다.

'마침내 살아남았구나. 장진호라는 곳은 다시는 쳐다보고 싶지도 않아.'

스콧 일병은 다리와 어깨에 총상을 입고 들것에 실린 채 하갈우리 비행장에 누워 후송을 기다렸다. 그는 어서 비행기에 실려 장진호를 벗어나고 싶었다. 잇따라 요란한 소리를 울리며 비행기가 내려왔다가 다시 하늘로 솟아올랐다. 부근에서는 여전히 전투가 벌어지고 있는 듯 총소리가 어지러웠다. 먼 하늘에선 코르세어기들이 날아다니며 폭격을 퍼부었다.

종군기자들이 여기저기 뛰어다니며 다친 병사들에게 녹음기를 들이댔다. 전투가 끝난 뒤에 달려와 기삿거리를 찾는 기자들은 해병대원들에게 그리 반가운 존재는 아니었다. 무엇보다 부상병들에게는 더욱 그랬다. 고분고분 인터뷰에 응하는 부상병들이 거의 없었다.

"빌어먹을, 네놈들이 전쟁을 알아?"

"우리 이야기로 신문이나 몇 부 더 팔아보겠다 이거야? 야! 꺼져버려!"

병사들의 불평불만이 곳곳에서 속절없이 터져나왔다. 스콧 일병은 말할 기운도 없어 눈을 감고 조용히 누워 있었다. 따뜻한 병원 침대가 간절할 따름이었다.

기다리던 수송기가 하늘에서 서서히 내려왔다.

'드디어 이 지옥에서 벗어나는구나.'

그는 신께 감사하며 기쁨으로 몸을 떨었다. 죽을 때까지 절대로 잊지 못할 혹독하고 잔인한 겨울전쟁이었다.

하갈우리에서는 제1의무대대 E중대와 C중대가 부상자를 치료하고 있었다. 이 부대 외과팀은 머레이 연대에 몸담은 C중대와 리첸버그 연대에 딸린 의료팀으로 짜여 있다. 유담리에서 서쪽으로 공격하라는 명령을 받았을 때 헤링은 이 두 의료팀을 연대에서 떼어 내어 합치고 사람 수를 늘렸다. 그렇게 해서 하갈우리에 사단 병원을 세우기로 했다.

헤링은 순조로운 후송을 하기에는 주보급로가 지나치게 길다고 판단했다. 따라서 작전지역 안에 병원을 세우려 했지만 달리 병원으로 쓸 만한 건물이 없었다.

마침내 풀러 대령은 부상병들을 북쪽 하갈우리 야전병원으로 보냈다. 의무병들이 판초와 야전재킷을 고쳐서 들것을 만들었다. 붕대가 떨어지면 시트나 손수건, 속옷 따위를 잘라 썼다. 보급품 낙하산들을 거두어들여 흰 것은 상처 치료에 쓰고 색깔 있는 천으로는 다친 이들을 덮어주었다. 그럼에도 의약품과 의료기구는 턱없이 모자랐다.

아랫층 병실에는 복부나 척추, 머리에 총상을 입은 병사들과 두 다리를 자른 병사들이, 오른쪽 병동에는 턱과 코, 귀와 목에 총상을 입은 환자들이 누워 있었다. 왼쪽 병동에는 눈먼 사람들과 폐에 총상을 입은 환자들, 골반, 관절, 신장, 고환 따위에 총상 입은 병사들이 있었다.

고통에 찬 울부짖음, 제발 도와달라는 절규, 흐느끼듯 기도하는 소리가 포격 소리에 섞여 들려왔다. 정신이 아득해질 듯 자욱한 연기와 비릿한 피 냄새, 상처 썩는 악취가 병실 안을 가득 메웠다. 벽에서 물이 흐르고, 사람들이 내뿜는 불쾌한 열기가 실내를 가득 채웠다. 캔껍질로 만든 몇 안 되는 석유램프는 산소가 모자라 가물대다가 곧 꺼져버리곤 했다. 병원 안은 금세 깜깜해졌다. 야전병원에서 사망률은 무서우리만치 높았다.

좁고 습한 복도 한쪽에도 부상병들이 나란히 누워 듣기에도 끔찍한 신음을 흘렸다. 부상병들은 상처의 고통과 더불어 딱딱한 바닥에서 올라오는 냉기에 또 한 번 몸을 떨었다. 그 옆을 지나는 병사들은 부상병을 밟지 않으려 조심하다가도 어둠 속에서 저도 모르게 걸려 넘어져 고통스러운 절규와 쏟아지는 욕설을 듣곤 했다.

외과 의사가 모자라 미처 치료를 받기도 전에 대부분 동상환자들은 괴저(壞疽)를 일으켜 발이 썩어들어갔다. 그들은 쇠약한 상태에서 마취도 하지 않은 채 절단 수술을 받아야만 했다. 극한의 고통 끝에 지르는 단말마의 비명은 듣는 이의 가슴을 도려내는 것만 같았다.

부상병들은 자기들을 가두고 있는 두려운 하늘을 우러러본다. 이 드넓은 우주 한구석에 포승줄로 묶인 존재임을 깨닫는 데까지는 그리 오래 걸리지 않았다. 그러나 왜 하필이면 이곳에 자기가 놓여 있는지 도무지 알 수 없다. 어디를 보아도 그들 눈에는 그저 한없는 어둠뿐이다. 그 어둠이 주위를 둘러싸고, 한순간 나타났다 곧 사라져서 돌아올 줄 모르는 그림자처럼 그들을 가득 메웠다. 중상자들이 뚜렷하게 아는 것은 오직 언젠가는 반드시 죽는다는 사실뿐이었다.

이렇게 만신창이가 된 몸에 아직 숨이 붙어 있고, 하루하루를 이어가고 있다는 게 더없이 신기할 정도였다. 그러나 피로 물든 이 조그만 한반도에는 수백 개의 야전병원이 있다. 이곳은 그 가운데 하나의 병동에 지나지 않는다. 세상 모든 것은 얼마나 거짓되고 덧없는가. 얼어붙은 장진호 겨울전쟁의 참상이 바로 이 야전병원 안에 고스란히 갇혀 있었다.

> 부목을 댄 나는 그들 무리 가운데 있다.
> 오늘 아침 총을 쏜 사람들 그 가운데
> 가자! 고삐를 바싹 쥐고
> 피 튀기는 전투를 한 사람들
> 어쩌면 우리는 저녁에
> 개선행렬 주위를 떠돌리라.
> 어쩌면 우리는 얼음 바닥 어딘가
> 시체 더미 속에 뻗어 누워 있으리라.

(이범신, 〈전선노트〉)

인간이 처음으로 초자연의 관념을 얻고 눈에 보이는 것을 뛰어넘어 희망을 품고자 한 데는 아마도 죽음을 보았기 때문이리라. 죽음은 최초의 신비였다. 죽음은 다른 신비한 현상을 풀 수 있는 실마리를 인간에게 주기도 한다. 죽음은 인간의 사고를 볼 수 있는 것에서부터 볼 수 없는 것으로, 순간에서 영원으로, 인간으로부터 신으로 향하게 했다.

하갈우리 방어지역에 중공군이 기습공격을 해왔지만, 헤링과 의료진은 지혜롭게 그 어려움을 이겨나갔다. 48시간 동안 1500여 명의 육군과 1000여 명이 넘는 해병을 치료했다. 그 다음 절차에 따라 빠르게 수송기에 실어 보냈다. 그들은 미군 병사들 기억에 오래도록 남을 빛나는 공적을 세웠다.

12월 2일 저녁 어둡기 전, 올린 빌 중령은 방어선 북부를 지키던 장병으로부터 병사 한 무리가 방어선에 다가오고 있다는 보고를 받았다. 빌이 곧장 지뢰밭 가장자리의 제임스 캠프 대위에게 달려갔다. 저수지 얼음 바닥에 많은 이들의 모습이 보였다. 빌은 1개 분대를 편성해 앞으로 나아갔다. 곧 그 사람들이 미군 병사임을 안 순간, 제임스는 놀란 가슴을 쓸어내리며 해병 진지 안으로 안내했다.

그들은 거의 다쳤거나 동상에 걸렸으며, 이루 말할 수 없는 심한 충격에 빠져 얼음판 위를 기거나 절뚝거리며 걸었다. 방향감각조차 잃어버려 제자리에서 뱅뱅 도는 사람도 있었다. 그들은 장진호 동쪽 기슭에 있던 육군 제32연대 전투단 생존자들이었다. 밤새도록 얼음 위를 건너온 부상병들은 곧장 병원으로 보내졌다.

보호의 사랑, 배려는 전투를 치르는 병사가 다른 이의 목숨을 걱정하는 모습에서 찾아볼 수 있다. 의사나 간호사가 큰 혼란 속에서도 생명과 건강상태를 지키려 노력하는 모습은 우리에게 많은 것을 느끼게 한다. 전선에서 부상병 구조 임무를 맡는 의무병은 때때로 죽음의 공포와 극도의 피로를 이겨내며 자기 할 일을 충실히 해낸다.

이런 감정은 결코 보호하는 임무를 지닌 사람들에게서만 드러나는 것은 아니다. 때때로 많은 이들에게서 공통적으로 나타나는 열정이며 병사들의 마음속에도 살아 꿈틀거린다. 부모를 잃은 아이나 주인을 잃고 떠도는 애완동물도 병사들의 배려심을 자극하여, 병사들은 기꺼이 큰 관심과 사랑을 베풀곤 한다.

가끔은 의무병들이 목숨을 걸고 다친 적군을 구해 내며, 야전병원의 의사는 아군과 적군 가리지 않고 모두 구하기 위해 끈질기게 싸워 나간다. 죽어가는 생명의 무력함 앞에 그가 적이라는 사실은 힘을 잃어버린다. 한낱 개인에 대한 감정이 아니라 연민의 정으로 배려한다. 죽음을 미처 피하지 못한 생명의 무력함이 그들을 움직이게 만든다.

얼핏 보기에 다른 이의 생명을 지키려 하는 배려와 자기를 보존하려는 본능은 크게 다른 것처럼 느껴진다. 배려는 자기 안전이 지켜진 상황에서나 비로소 생긴다고 믿는 이들도 많다. 하지만 결코 그렇지 않다. 전장에서는 흔히 자기 보존의 욕구가 다른 이의 생명을 지키려는 마음과 의식적으로 이어진다. 총포 앞에 무력한 생명을 지켜나가려는 수많은 행동들은 이 두 가지 충동이 본질적으로는 하나라는 사실을 밝혀낸다.

제32연대 B중대 화기소대 유선가설병 겸 전령인 힝스튼은 두 다리와 얼굴에 부상을 입었지만 걸을 수는 있었다. 중공군이 얼음판으로 들어가는 길 말고는 갈 데가 없게 호송대를 완전히 둘러쌌다. 힝스튼은 박격포 파편에 얼굴을 다쳐 호송대로 돌아갔다가 부대를 완전히 차지한 중공군과 뒤섞이고 말았다. 그는 더는 쏘지 않고 총을 내려놓았다. 주위에 아무도 맞서 싸우려는 병사가 없었다. 몇 번이나 항복할까 고민했지만 차츰 얼음판으로 달아나야겠다는 생각이 들기 시작했다.

총을 버렸기 때문에 중공군은 그가 항복한 것으로 여겼다. 힝스튼은 슬그머니 소총을 집어 들고 배수로 안으로 몸을 던져 사격을 시작했다. 그는 트럭 뒷바퀴 사이로 겨냥했다. 실탄이 떨어지자 트럭에 있는 부상자의 탄약을 빌렸다. 트럭에 탄 병사들은 이미 체념한 뒤였기 때문에 순순히 탄약을 내주었다. 그와 몇몇 병사를 빼놓고 대부분 저항을 포기했지만 힝스튼은 포로가 되고 싶지는 않았다.

한 병사가 트럭을 벗어나 배수로 안에 있는 그에게 힘을 보탰다. 두 사람은 곧 얼음판으로 탈출했다. 200미터쯤 멀어지자 적은 더는 쏘지 않았지만 사격이 채 끝나기 전에, 함께 가던 병사가 총에 맞고 말았다. 그때부터 그는 성가신 존재가 되었으나, 힝스튼은 끝까지 그를 부축하면서 남쪽이라고 짐작되는 방향으로 얼음판을 건넜다.

해병대가 있는 쪽으로 헤아릴 수 없이 많은 발자국이 나 있다. 힝스튼은 저수지 언저리에 도착해서 20여 미터쯤 올라갔다. 땅 위에는 눈이 쌓였고 몹시 추웠다. 바람이 세차게 불었는데, 온몸으로 느끼기에 영하 50도는 되는 듯했다.

100미터가 안 되는 곳에 초가 한 채가 눈에 들어왔다. 힝스튼은 스무 걸음쯤 되는 곳에 부상병을 두고 홀로 그 집으로 다가갔다. 여차하면 쏠 준비를 하고 문을 박차고 들어갔지만 촛불 몇 개가 타오를 뿐이었다. 몇몇 노인과 여자들이 벌벌 떠는 모습을 마주하게 되었다. 힝스튼은 그들에게 해치지 않겠다는 뜻을 전하기 위해 안간힘을 썼다. 손사래를 치며 당황하는 힝스튼을 본 민간인들은 마음을 열었다. 노인 둘이 부상자를 집 안으로 옮기는 일을 도왔다. 그들은 할 수 있는 한 도우려 애를 썼다.

아침에 그들이 깨울 때까지 둘은 잠을 잤다. 그들은 완전히 믿을 만했다. 주위가 정적에 잠기자 한 노인이 달구지를 끌고 와 그 위에 부상자를 태워 담요로 꽁꽁 감쌌다. 초가집을 떠나오면서 힝스튼은 길가 언덕 너머로 날아온 사격을 받았지만 거리가 너무 멀어 맞지는 않았다. 힝스튼과 다친 병사는 마침내 본대로 돌아갈 수 있었다. 배려하는 사랑은 평화에도 도움을 준다. 무엇보다 배려하는 사랑이야말로 평화로 가는 길을 다시 찾을 수 있도록 돕고, 서로 품고 있는 증오를 치유해준다. 다행히 이런 사랑을 완전히 잃어버리는 인간은 거의 없다. 보호하는 사랑이 인간 사회에 널리 퍼져가는 것이 얼마나 큰 행운인지 깨닫는 사람은 드물다. 전쟁은 인간에게 사랑 연습 공간을 제공한다. 민간인들에게 도움을 받은 두 해병은 그걸 어렴풋이 느꼈다. 예부터 권리를 휘두르기에 이르러 보호하는 사랑은 전쟁터마저도 신성하게 만들고, 남자들을 말리며 탐욕스러운 파괴의 힘에 완전히 넘어가지 않도록 다독인다.

그즈음 혼자 떨어진 크로스비 밀러 소령은 사수리의 어느 집에서 조용히 숨어 지냈다. 북한 여자가 다친 손가락을 치료해 주고 황급히 떠나버린 뒤에도, 부상 때문에 몸을 움직일 수 없어 잠을 자던 모습 그대로였다.

12월 2일 아침 9시쯤 마을에서 총소리가 들리자 밀러는 중공군이 집마다 수색하고 있음을 눈치챘다. 느닷없이 중공군 둘이 들어왔는데 하나는 소총을, 다른 하나는 소련제 기관단총을 들고 있었다. 두 병사는 담배 한 개비씩 얻어 피우고는 그가 상처를 가리키자 쯧쯧 혀를 차더니 말없이 나가버렸다.

얼마 지나지 않아 중공군 둘이 또 들이닥쳤다. 이들은 라이터와 함께 그의 담배를 통째로 가져가고는 집 안을 구석구석 뒤진 뒤 사라졌다. 이어서 세 번째 조가 들어와서는 그의 주머니에 있던 고기와 콩이 섞인 통조림을 빼앗고 집 안을 둘러보고는 떠났다.

정오쯤 되어서 젊은 미군 병사 한 사람이 뒷문으로 숨어들어 밀러가 있는 방으로 뛰어들었다. 그 뒤로는 아무 일도 일어나지 않았다. 이제 마을에는 중공군이 눈에 띄지 않았지만, 대략 1개 중대 병력이 남쪽 고지대에 있는 도로 양쪽에서 참호를 파는 모습을 볼 수 있었다.

밀러는 왼쪽으로 난 길을 걸어서 부대로 돌아가기로 결심을 굳힌다. 그 병사에게는 지팡이를 구해서 다친 것처럼 절뚝거리라고 충고했다. 그러나 이 계획은 처음부터 잘못된 선택이었다.

두 집도 채 못 내려갔을 때 중공군 둘이 나타났다. 그들은 밀러를 헛간 안으로 밀쳐넣고 함께 있던 병사는 고지 위 부대 쪽으로 끌고 갔다. 밀러는 총소리를 듣지 못했기에 그 병사가 포로로 잡혔다고 여겼다. 아마도 밀러의 끔찍한 몰골 때문에 곧 죽으리라 보고 굳이 포로로 잡지 않은 듯했다. 수염은 덥수룩하고 지저분했으며 얼굴은 온통 피로 얼룩졌고, 동상에 걸린 손가락은 어느새 물집이 잡히고 시꺼멓게 변해 갔다. 밀러 그조차도 자신이 죽어가고 있다고 믿었다.

그때쯤 그는 나뭇더미 위 헛간으로 기어들어가느라 기진맥진해서 다시 잠이 들었다. 그러다 얼마 안 있어 중공군 둘이 그를 헛간 밖으로 끌어냈다. 그들은 그의 지갑을 꺼내 신분증을 반으로 찢어버린 뒤 가족 사진첩만 되돌려 주었다. 중공군 하나가 약실에다 탄알 한 발을 재우고는 그를 겨누었다.

밀러는 눈을 감았다. 잠깐 동안 시간이 멈춘 듯했다. 문득 그가 눈을 떠보니 중공군은 웬일인지 그냥 몸을 돌려 가버렸다. 적어도 영하 20도는 될 듯한 날씨에도 밀러의 얼굴은 땀으로 흥건했다.

그는 신분증의 가장 큰 조각을 도로 넣고 길에서 좀 떨어진 다른 집을 발견해 안으로 들어갔다. 그곳에는 이미 해병 둘이 숨어 있었는데 한 사람은 등이 홀랑 까이고 다른 한 사람은 발을 다쳤다. 밀러는 또다시 깊은 잠에 빠졌다.

이튿날 12월 3일 아침, 그는 밖으로 기어나와 중공군이 참호를 파고 들어갔던 남쪽의 한 고지를 살펴봤다. 중공군은 보이지 않았다. 그들이 도로를 따라 하갈우리로 갔거나 마을 동쪽을 돌아 해병대가 있는 곳으로 옮겨갔다고 밀러는 판단했다.

밀러는 자신의 다리와 손을 내려다보았다. 한결 그의 표정이 엄숙해졌다.

'해병대든, 더 많은 중공군을 만나든, 그저 운에 맡기자! 도로를 걸어 남쪽으로 가는 거야.'

그는 두 병사에게 함께 가자고 말했지만 그들은 고개를 저었다.

밀러는 절뚝거리며 도로를 따라 내려갔다. 곳곳에 파괴되거나 캐터필러가 끊겨 버려진 미군 전차가 눈에 띄었다. 다행스럽게도 중공군은 볼 수 없었다.

그는 고갯길을 내려가 사수 마을의 어느 제재소로 들어갔다. 그곳에서 일하던 한 북한 남자가 그를 어떤 집으로 끌고 들어갔다. 거기에는 다른 남자 하나와 여자 둘이 있었는데, 그에게 커피(미군 야전용)와 연필로 쓴 영어와 한국어로 된 노트를 주며 서툰 영어로 안내했다.

"저수지 가장자리로 가서 해병대가 있는 곳으로 가야 하오. 따라와요."

밀러와 안내하던 남자는 곧바로 길을 나섰다. 도로를 따라 걸으며 마을 남쪽 끝에 이를 무렵 그들은 안타깝게도 고지에서 남쪽으로 가던 중공군에게 들키고 말았다. 북한 남자는 밀러를 남겨둔 채 달아나 버렸다. 중공군은 이번에도 그의 몰골을 보고는 신경을 쓰지 않은 채 멀어졌다. 밀러는 한숨이 저절로 나왔다. 죽음의 순간을 차례차례 넘긴 그는 저수지 근처 철로로 가서 중공군을 피해 움직이기로 마음먹었다.

그가 마을 서쪽에 닿았을 때 코르세어기 2대가 마을을 세 차례 공습했다. 코르세어기가 기총소사를 할 때 밀러는 도랑으로 몸을 내던졌다. 온몸이 아리고 다리가 욱씬욱씬 저려왔다. 그때였다. 네이팜탄 한 발이 그의 머리 위를 지나 30미터쯤 뒤에 떨어져 터지면서 차가운 공기를 휩쓸어 버렸다.

공중 공격이 끝난 뒤 밀러는 휘청휘청 철로를 따라가다가 저수지 쪽으로 내려갔는데, 왼쪽 1203고지(복고재)를 가는 동안 그의 등에는 식은땀이 흘렀다. 그는 부드럽고 따뜻해 보이는 눈길에 미끄러지고 넘어지면서 거의 움직이지 못하게 되었다. 쏟아지는 잠을 이겨내기 위해 모든 정신을 집중해야만 했다.

순간 밀러는 아버지의 친구였던 알래스카인 전문가가 해주던 말이 퍼뜩 기억났다.

'잠이 드는 건 얼어죽는 것과 같네. 잊지 말게.'

그는 힘겹게 일어나 비틀거리면서도 내내 걸었다. 혹독한 고생 끝에 그는 드디어 하갈우리를 볼 수 있는 지점에 이르렀다. 주위에 전차가 놓인 하갈우리 광경은 지프차가 다가와 그를 태울 때까지 계속 걸어가게끔 힘을 안겨 주었다.

크로스비 밀러 소령은 해병대 구호소에서 치료를 받고 C−47수송기 편으로 함흥에 도착했다가 일본 오사카를 거쳐 1950년 12월 19일 버지니아 캠프 피케트(Camp Pickett)로 보내졌다. 그는 기적처럼 살아남았다.

제32연대 1대대 군의관인 한국 출신 보좌관 이용각 박사도 천신만고 끝에 하갈우리로 탈출했다. 보름달이 떠오른 밤, 이용각 무리는 금세 중공군 눈에 띄고 말았다. 그들은 있는 힘껏 달렸지만 중공군의 사격에 많은 병사가 죽어 넘어지거나 다쳤다. 남은 병사들이 온 힘을 다해 마주 쏘았지만, 이윽고 그것마저 그쳤다. 이용각은 성능 좋은 M−1소총을 한 병사에게 건네주고 얼어버린 그의 총을 받았다. 그러고는 200미터쯤 기어 저수지 얼음판으로 나아갔다.

그는 별 무리에 기대어 남쪽 방향을 찾았고, 붉은 예광탄이 하늘로 솟아오르는 걸 처음 보았다. 이용각은 미군이 쏜다는 것을 직감하고 그쪽 방향을 향해 얼음판 위를 걸어갔다. 하지만 너무도 심하게 지친 그는 얼마 가지 못해 얼음판에 쓰러졌다. 그렇게 자다 깬 지 10분쯤 뒤에 호송대에서 탈출해 온 미군 병사 둘이 그의 곁으로 다가왔다.

그들은 남쪽으로 다시 걷기 시작해 12월 2일 새벽 5시쯤 하갈우리의 해병 기지에 도착했다. 의사로서 지닌 능력 덕분에 그때부터 이용가은 해병 제1사단에 합류하게 된다.

12월 1일 오후 부상당한 제31연대 정보하사관 이반 롱은 체포되었다가 탈출에 성공했다. 적이 종대 후미를 막는 광경을 본 그는 저수지 쪽으로 가야만 한다고 결심했다.

출혈 때문에 가벼운 두통과 어지러움을 심하게 느꼈지만 이반 롱은 계속해서 습지대를 지나 어떤 불빛을 따라 저수지를 가로질렀다. 얼음을 덮은 눈 위에는 무수한 발자국이 어지러이 찍혀 있었는데, 호송대를 지키는 걸 포기한 병사들의 목적지가 어디인지는 의심할 여지가 없었다. 그는 병사들의 발자국을 따라 걷고 또 걸었다.

해병대 방어진지에 닿았을 때 이반 롱의 힘은 거의 바닥이 나 녹초가 되었다. 그는 일찍이 본 적 없는 커다란 해병대 구호소로 옮겨졌다.

그즈음 중공군 수류탄이 후미 차량들에 떨어지는 광경을 본 캠벨 소위는 도로 동쪽 고지에서 뿜어 나오는 총구의 섬광을 향해 카빈총에 남았던 마지막 탄알을 쏘았다. 그런 다음 저지대를 뛰어 건너 사격을 받으면서 철로 속 도랑을 통해 반대편으로 기어갔다. 그곳에서 몇 명의 부상병과 마주쳤는데 대부분 포병과 31연대 병사들이었다.

곧 17명이 모여 일행은 얼음판을 떠나 복고재 남쪽 편편하고 너른 땅으로 된 물가로 나왔다. 하갈우리 해병대 방어진지에서 북쪽으로 약 1.6킬로미터 되는 물굽리라는 작은 마을 근처였다.

물굽리 주변은 참으로 평탄했다. 그들은 도로로 떠나기 전 길가에 옹기종기 모인 집 가운데 한 곳으로 잠시 들어갔다. 그 집에서 그들은 앞으로 어떻게 해야 할지 의견을 나누었다. 사실 다들 자포자기 상태였다. 지도자를 꼽자면 캠벨이었는데 그도 간단한 지시 정도밖에는 달리 할 수 있는 게 없었다. 낯선 사람들로 뭉쳐진 무리를 이끌어가기란 버거웠다. 캠벨을 아예 모르는 병사들도 있었다. 그는 걸을 수 없는 부상자는 끌고라도 데려가야 한다고 강조했다. 그러나 조직력이 완전히 무너져버린 지금, 이기적 태도 때문에 서로 돕도록 하는 것은 매우 어려운 일이었다.

누구나 어떤 반응을 얻느냐에 따라 지도력을 시험 받는다. 오두막 안에서 일행 가운데 한 사람이 날이 밝을 때까지 쉬자고 제안했다. 캠벨이 단호히 거부하자 어디선가 볼멘소리가 들려왔다.

"당신이 장교라도 됩니까?"

캠벨이 자신의 이름과 계급, 부대를 알려줬더니 그 병사가 대답했다.

"지금은 좋습니다. 그러나 다음에는 투표로 결정해야 할 겁니다."

캠벨은 더 강하게 명령했다.

"자, 바로 이동한다!"

다행히 반대자를 포함한 모두가 그의 말을 따랐다.

반 시간 남짓 걸어서 그들은 해병대 전초진지에 닿았다. 곧 2.5톤 트럭 2대의 도움을 받아 모두 구호소로 옮겨져 상처를 치료 받고 항생제를 맞은 뒤 손과 발, 몸 곳곳에 동상 검사가 이루어졌다.

캠벨은 이미 부상자로 가득 찬 피라미드 텐트에서 지냈다. 뜨거운 수프를 먹고, 오후에 해병대 구급차로 활주로로 가기 전까지 잠시 한숨 돌렸다.

일행은 부상자를 실어 나르는 C-47수송기 탑승을 기다리는 대열에 섞여 차례차례 올랐다. 날씨가 너무 추워서 구급차는 계속 시동을 켠 채였는데, 부상자들은 무작정 한 시간쯤 기다린 뒤 비행기에 실려 함흥으로 날아가 비행장 가까운 육군 후송병원으로 옮겨졌다. 그곳에서 재검사를 받은 뒤 세 시간도 채 안 되어 일본 오사카로 날아갔다.

교토 제35 기지병원으로 가는 동안 캠벨은 구급버스 창밖으로 거리를 내다보았다.

'고작 24시간 전에 벌어진 일이다. 하룻밤이 지나지 않았어!'

장진호의 얼어붙은 지옥에서 수많은 사람들이 죽어가는 광경을 목격한 그의 눈에는 거리의 불빛과 문명과 평온이 몹시 비현실적으로 보였다. 캠벨은 아직도 수많은 용사들이 신으로부터 버림받은 땅, 장진호 부근에 누워 있다는 사실이 떠올라 한없이 마음이 무거웠다.

이튿날 동트기 전, 올린 뷜 중령은 구조대를 보내 해병 방어선까지 걸어오지 못한 중환자들을 찾아오겠다고 사단 사령부에 알렸다. 부상병 후송을 도우러 와 있던 이범신도 발 벗고 나섰다. 로버트 헌트 소위는 트럭을 호숫가로 몰고 나와 불을 피우고 난방 천막을 뚝딱 만들었다. 이범신과 랄프 밀턴 일병, 오스카 비빙거 의무병은 얼음판으로 차를 몰았다. 매섭게 칼바람이 휘몰아치는 얼음판 위에 병사들의 시체가 어기저기 널브러져 있었다.

장진호 남쪽 끝에서 3킬로미터 남짓 나아가자 보교리 마을이 나왔다. 그 건너편에서 그들은 부상자 6명을 만났다. 이들은 제재소 부근에서 수송차량이 기습을 당한 뒤 달아나 호수까지 죽을힘을 다해 기어왔다고 털어놓았다. 이범신과 비빙거는 부상자 여섯을 이끌고 지프에 태웠다. 차 안이 금세 병사들로 가득 찼다.

지프에 썰매를 매달고 다시 장진호로 나아갔다. 차량들이 마을 건너편에 들어서자 금세 자동화기의 공격이 쏟아졌다. 밀턴이 지프를 휙 꺾어 얼어붙은 호수 한가운데로 들어가자 그제야 중공군 사격이 잦아들었다. 밀턴을 차에 남겨두고 비빙거와 이범신은 호숫가로 걸어나갔다. 중공군은 사격을 하지 않았다.

밀턴이 헌트의 후송지점으로 오는 사이, 이범신과 비빙거는 쉬지 않고 부상자들을 물가에서 호수 한가운데로 옮겼다. 앤드류 콘트레라스가 지프 한 대를 다시 얼음판으로 몰고 들어오고, 그 뒤를 헌트가 따랐다. 차량 3대를 물가로 몰고 나오려 했지만 곧바로 박격포탄들이 인민의용군다. 이범신은 곧 호수 한복판으로 나가도록 지시했다. 중공군의 화력은 다시 잠잠해졌다.

중공군의 활동을 꼼꼼하게 분석한 결과 이범신은 한 가지 사실을 깨달았다.

'소총을 메고 물가로 다가가면 중공군은 어김없이 사격을 해온다. 무기를 지프에 두고 한 번 가 보자.'

이따금 저격병이 총을 쏘았지만, 맨손으로 부상자를 데리고 얼음을 건너면 금세 멎었다.

목숨을 건 구출이었다. 헌트 소위가 이범신과 합류했다. 둘은 부상자인 체하며 얼음판 위로 기어 호숫가로 나와 그곳에서 두 다리에 복합골절상, 팔에 중상을 입은 병사 하나를 찾아냈다. 이범신은 내팽개쳐진 소총에서 멜빵을 끌러, 부상병의 성한 어깨를 단단히 묶고 얼음판 위를 질질 끌고 갔다.

한편 헌트는 내륙 깊숙이 파고들어 다친 병사들을 찾아 데리고 돌아왔다. 밀턴과 콘트레라스도 힘을 모아 부상자 후송을 도왔다. 썰매를 지프에 달아놓자, 차량마다 부상자 열둘을 한꺼번에 실을 수 있었다. 그 한낮에 이범신은 얼음판 위에서 미군복을 입은 낯선 사람과 부딪쳤다.

이범신이 그에게 먼저 말을 건넸다.

"적이 바로 코앞에 있소. 날 따라와요. 당신 계급이 뭐요?"

그 사나이가 대답했다.

"존 러피버예요. 계급 따위는 없소. 난 민간인이에요."

"도대체 여기서 뭘하고 있소?"

"나는 이 지역 적십자 현장 책임자입니다."

이범신은 러피버에게 걸을 수 있는 부상자들을 저수지 남쪽 끝 후송지점으로 안내하라고 서둘러 지시했다.

북쪽에서 강풍이 휘몰아쳤다. 폭풍 같은 성난 바람에 금세라도 쓰러질 것만 같았다. 서 있기조차 힘들었다. 그러나 이범신과 그의 동료들은 온종일 호숫가로 나가 부상자를 데리고 돌아왔다.

얼음판 위와 호숫가 여기저기에 200명이 넘는 미 육군 병사들이 흩어져 있었다. 구조팀은 저마다 입었던 파카를 얼음판에 깔고 병사들을 가로누이어 썰매처럼 지프까지 끌고 갔다. 러피버도 피로에 지쳐 쓰러질 때까지 쉬지 않고 도왔다.

구조팀은 또 호숫가 갈대밭 얼어붙은 보트 위에 누웠던 미군 병사 둘을 찾아냈다. 구조팀이 다가가자 그중 하나가 소리쳤다.

"가까이 오지 마! 얼른 돌아가! 근처에 중공군이 있어. 눈에 띄면 죽어."

그러나 구조팀은 돌아가지 않고 힘을 모아 그들을 보트에서 끌어냈다. 그들은 밖으로 나오자, 자신들을 구할 생각도 하지 않던 부대 장교를 향해 거친 욕설을 퍼부어댔다.

오후 늦게 이범신과 헌트는 물가로 이어진, 손가락처럼 뻗은 길쭉한 땅덩어리에 있는 진지로 중공군의 움직임을 보았다. 옮겨야 할 부상자는 아직도 수두룩했다. 중공군의 이동을 보고받은 헌트는 1개 소대를 자동화기로 무장해 얼음판으로 나가게 했다. 러셀 웨거너 준위는 병력을 몇 차례 전방으로 이동시켜 기관총의 화력 엄호를 받으며 최종 후송작업을 끝냈다.

영하 30도 아래를 밑도는 매서운 추위 속에서 열두 시간 동안 뛰어다닌 끝에 이범신과 구조대가 하갈우리로 돌아갔다. 그날 부상자 319명이 옮겨졌다.

이튿날 아침 정찰기들은 얼음판에 다친 병사들이 더 있다고 알려왔다. 이범신은 곧바로 윌리엄 하워드와 밀턴 상병과 함께 지프를 타고 달려갔다. 얼음 한복판 낡은 고깃배 속에 웅크린 채 앉아 있는 병사 넷을 찾아냈다. 모두 총상을 입었다. 그들은 전날보다 훨씬 치열한 사격을 받으며 부상자들을 차에 실어야만 했다.

며칠 동안 중공군에게 포로로 붙잡혔던 그들은 생지옥이나 다름없던 시간을 이야기하며 저도 모르게 흐느꼈다.

"중공군 2명이 그들을 오두막에서 끌어내 총으로 쏘고는 내던졌어요. 우리는 다친 몸을 이끌고 고깃배로 들어갔지요. 갖고 있던 담요 2장을 뒤집어쓴 채 웅크리고 앉아 죽은 듯이 밤을 지새웠습니다."

이범신은 얼음판에 무기를 두고 호숫가로 나갔다. 이번에는 물가로 살금살금 다가가도 중공군의 방해가 없었다. 내륙으로 조금 들어가자 부서진 다리 곁에 트럭 대열이 서 있었다. 트럭에는 미 해병 시체가 가득했다. 많은 병사가 부상당해 차량에 누워 있다가 고스란히 수류탄에 맞아 죽은 듯싶었다. 그 긴 차량 대열을 샅샅이 뒤졌으나 살아남은 이는 찾아볼 수 없었다. 이범신은 가까스로 얼음판으로 다시 나와 밀턴의 지프에 올랐다.

그렇게 육군 특수부대의 부상자는 마지막 한 사람까지 구출되었다.

새벽 찬 공기를 가르고 피리 소리와 나팔 소리가 기괴한 음색을 내며 멀리서 들려왔다. 자동소총 탄환이 떨어져서 도널드가 45구경 권총을 집으려고 손을 뻗는 순간 수류탄이 터졌다. 정신을 잠시 놓았다가 깨어났을 때는 그의 얼굴과 파카는 온통 피범벅이었고 눈꺼풀에 얼어붙은 피로 앞을 보기 어려웠다.

누군가 외치는 소리가 귀청을 때렸다.

"중공군이 진지 안에 들어왔다!"

도널드는 일어나려고 안간힘을 썼으나 또다시 쓰러지면서 정신을 잃고 말았다. 그는 다른 몇 명의 해병들과 함께 포로가 되었다.

중공군들은 비틀거리는 해병들을 한데 모아 빈 오두막으로 끌고 갔다. 거기에는 이미 다른 미군 병사들이 잡혀 와 있었다. 이날 밤 중공군이 마당에 화톳불을 피웠다. 문을 열어놓았으므로 불꽃의 온기가 방 안까지 퍼졌다. 이튿날 아침에는 고기가 조금 들어 있는 쌀미음이 주어졌다. 누군가 그것이 개고기라고 속삭였다.

도널드는 팔이 몹시 쑤셔 참기 어려웠다. 때마침 어느 중공군이 다가오는 광경이 보였다. 팔을 높이 걸어 맬 수 있는 붕대를 좀 달라고 하소연했으나, 그 중공군 병사는 도널드의 머리와 얼굴을 총 개머리판으로 때려 쓰러뜨리곤 욕설을 퍼부으며 돌아섰다. 도널드는 화가 나서 냅다 소리 질렀다.

"개새끼, 지옥에나 떨어져라!"

중공군 병사는 그에게 달려들더니 총으로 배를 내지르고 개머리판으로 머리를 쳤다. 도널드가 다시 정신을 차렸을 때는 중공군이 장진호 호숫가에 그를 버리고 떠난 뒤였다. 그들은 이미 그가 죽은 줄로만 알았던 것이다.

도널드는 비틀거리며 헤매다가 미군 담요 하나를 주워 머리에 감고는 얼어붙은 호수를 빙 둘러보았다. 그러고는 조심조심 얼음 위를 더듬어 갔다. 어디선가 총소리가 들려온다. 얼음 조각이 총탄에 맞아 튀었다. 도널드는 넘어지고 다시 일어서서 비틀대면서도 오직 앞으로만 나아갔다.

그때 한 거인이 눈앞에서 달려오는 모습이 보였다. 그는 어깨에 도널드를 훌쩍 들쳐 업었다. 그가 은색 잎을 달고 있는 게 도널드의 눈에 들어왔다. 그는 올린 뵐 중령이었다.

머레이-리첸버그 병력과 연대 치중대(輜重隊)가 하갈우리 방어지역으로 들어갈 때까지 20시간 남짓 걸렸다. 후위부대는 줄곧 중공군의 압력을 받았다. 포대는 견인차를 떼어내고 그 자리에서 중공군에게 직격탄을 퍼부었다.

그 공방전 속에 포대 탄약수송차에 그만 불이 붙고 말았다. 제17보병 연대장 허버트 B. 파월 대령 포대의 러셀 세이들 일병이 중공군의 소나기 총탄을 헤치고 차량으로 달려가 가까스로 불길을 잡았다. 그의 투지 넘치는 행동은 끔찍한 폭발을 막아냈다. 무서운 인명 피해와 함께 길이 막힐 뻔한 위기를 용케 벗어난 것이다.

유담리 주둔 해병부대의 마지막 병력이 하갈우리에 가까이 다가가던 12월

4일 오후, 코르세어기 편대가 장진호 주위에서 중공군 진지를 폭격했다.

중공군 기관총사수 리웨이궈는 폭격을 피해 기관총을 꼭 끌어안은 채 참호 깊숙이 웅크렸다. 귀청이 달아날 듯한 폭음과 함께 머리 위로 흙이 우수수 떨어졌다. 적의 폭격을 피할 수 있도록 참호를 깊게 파라는 지침에 충실히 따랐으므로 이렇게 웅크리고 있으면 포탄에 맞아 죽지는 않을 듯했다. 그러나 귀가 멀 정도로 땅을 가르듯 울리는 폭발음은 정말 참을 수 없었다.

'빌어먹을 놈들, 비행기 없이는 아무것도 못하는 것들이……'

차츰 폭격의 강도가 약해졌다. 아마도 달고 온 폭탄을 거의 다 떨어뜨린 듯했다. 리웨이궈는 조심스레 고개를 들고 참호 밖을 내다보았다. 그때 오른쪽에서 미군 전폭기 한 대가 마지막 폭탄을 떨어뜨리려는 듯 바짝 낮게 날아오는 게 보였다.

"좋아, 이 새끼, 어디 한번 해보자."

리웨이궈는 대담히 그 전폭기를 바라보며 기관총을 난사했다. 전폭기는 그의 수십 미터 앞에 폭탄 두어 발을 떨어뜨리고 날아갔다. 리웨이궈는 눈앞을 날아가는 전폭기를 따라 총구를 돌려가며 마구 쏘아댔다. 어디선가 그 부름에 대답이라도 하는 듯 또 다른 기관총이 불을 뿜었다. 그 순간, 전폭기 꼬리 부분에서 연기가 치솟았다.

"맞았다! 이야아아!"

리웨이궈는 흥분으로 고함을 질렀다. 곳곳에서 머리를 내민 중공군 병사들도 함께 외쳐댔다.

연기를 내뿜던 미군기는 얼마 날지 못하고 저 언덕 너머로 떨어져갔다. 그 뒤를 다른 미군기가 따르고 있었다. 리웨이궈와 동료들은 열광의 도가니에 빠져 누가 격추했는지 확인할 겨를도 없이 기쁨과 흥분에 들떠 서로 얼싸안고 함성을 질러댔다. 마치 전쟁에서 이긴 것만 같았다.

미 해군 항공대 조종사 제시 브라운은 다급한 목소리로 편대장 세볼리에게 알렸다.

"대공사격에 당한 것 같습니다. 유압이 계속 떨어집니다."

바로 기수를 남쪽으로 돌렸지만 하갈우리의 야전활주로에 도저히 도착할 수 있을 것 같지 않았다. 고도가 너무 낮아 낙하산 탈출조차 어려웠다. 브라

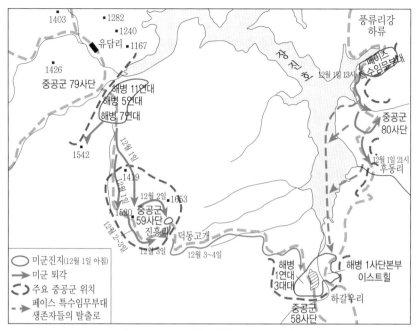

하갈우리 병력집결 상황(1950. 12. 1~4)

운은 긴장한 목소리로 상황을 알렸다.

"산자락 편편한 곳에 동체착륙을 시도하겠습니다."

같은 편대원이자 룸메이트인 토머스 허드너가 상공을 이리저리 바삐 맴도는 동안, 브라운은 바퀴를 펴지도 못한 채 연기만 내뿜는 비행기를 몸통 그대로 착륙시켰다. 멋지게 성공하는 듯이 보였던 비행기는 눈 속에 파묻혔던 알 수 없는 물체에 부딪히고 말았다. 순간 굉음이 일었다. 엔진이 떨어져 나가고 전투기 몸통이 100미터쯤 튕겨나갔다.

전투기 앞부분이 위로 꺾이면서 브라운의 다리가 그만 유압 계기판에 끼고 말았다. 끔찍한 충격에 브라운은 자신이 정말 아직까지 살아 있는지 의심스러울 정도였다. 그는 아직 의식은 있었지만 심한 고통 때문에 얼굴이 벌겋게 일그러졌다. 그렇지만 브라운은 조종석 유리 덮개를 열고 유유히 손을 흔들어 보였다.

"이런 것쯤 별 거 아니야. 자자, 얼른 나가야지."

브라운은 장갑을 벗고 낙하산 줄의 걸쇠를 풀었다. 그런데 그는 조종석에 그대로 앉은 채 빠져나올 수 없었다.

무전으로 흘러드는 전우의 울부짖음을 듣고 허드너는 대범한 결정을 내렸다. 브라운의 조종석까지 불이 번지기 전에 위험을 무릅쓰고 동체 착륙을 해 그를 구해 낼 작정이었다.

편대장 세볼리가 헬리콥터로 구조를 요청하는 동안 허드너는 저공비행을 하며 착륙 지점에 장애물이 없는지 살펴보았다. 허드너는 남은 연료와 장비를 떨어뜨렸다. 숲으로 둘러싸인 개활지에 방향을 맞춘 뒤 하강해, 브라운이 착륙한 지점에서 바람 불어오는 쪽으로 180미터쯤 떨어진 곳에 비행기를 착륙했다. 조종석 유리가 깨질 만큼 동체가 몹시 흔들렸다. 온몸 여기저기에 멍이 들었다. 허드너는 아픔을 참고 전투기에서 내려 브라운에게 달려갔다.

잔인하리만치 싸늘한 날씨였다. 브라운은 숨 쉬기조차 고통스러웠을 게 틀림없는데도 비명을 지르지 않으려 안간힘을 썼다. 살아 있다는 사실 하나만으로도 기적이었다. 그는 차분히 말했다.

"만일 내가 죽으면, 아내에게 전해 줘. 내가 그녀를 얼마나 사랑하는지…… 부탁해. 꼭이야."

허드너는 말없이 고개를 끄덕였다. 허드너는 자기 비행기로 달려가 무전으로 구조 헬리콥터의 조종사 편에 소화기와 도끼를 갖다 달라고 부탁했다. 그러고는 머플러와 털모자를 찾아 돌아왔다. 머플러로 브라운의 언 손을 감싸고 털모자는 머리와 귀까지 덮어씌웠다. 허드너는 위로의 말을 건넸다. 울음과 슬픔이 뒤섞여 잘 알아들을 수 없었다.

"걱정하지마. 자넨 꼭 살아남을 거야. 나만 믿으라고……."

조금씩 연기가 뿜어져 나온다. 허드너의 눈에는 눈물이 고이고 브라운에게는 잔잔한 미소가 피어났다. 시간이 멈춰 버린 순간, 드디어 구조 헬리콥터가 도착했다. 조종사 워드가 가져온 소형 소화기는 불을 잠재우는 데 아무런 쓸모가 없었다. 도끼도 브라운의 다리를 조이던 계기판에 날이 튕겨나가 그 어떤 도움도 되지 못했다.

브라운을 구할 수 있는 오직 한 가지 길은 허드너의 사냥용 칼로 그의 다리를 자르는 일뿐이었다. 생각만 해도 더없이 소름끼치는 일이었다. 하지만 그마저도 전투기 위치 때문에 자세를 바로잡을 수 없어 불가능했다.

허드너와 워드는 구부러진 계기판을 펴려고 온갖 방법을 다 써보았지만, 더는 가능성이 없어 보였다. 금세 날이 저물어간다. 워드는 헬리콥터에 야간 비행장비가 없으므로 어둡기 전에 떠나야 한다고 허드너에게 말했다.

헬리콥터가 이륙하기 전 허드너는 작별인사를 하려고 브라운의 비행기로 다가갔다. 비행기 꼬리 부분에서는 끊임없이 연기가 솟아나오고, 브라운은 의식을 거의 잃어가고 있었다.

허드너는 울음을 털어내고 외쳤다.

"다시 돌아올게! 꼭 다시 돌아올 테니 조금만 기다려!"

아마도 브라운은 더는 허드너의 목소리를 알아듣지 못하리라. 허드너는 잠시나마 브라운 곁을 지켰다는 사실 하나만으로 위로를 삼아야 했다.

그날 밤을 허드너는 고토리 해병부대에서 보냈다. 텐트 안이 무척 추운 데다 산속에 홀로 남겨진 브라운을 걱정하느라 도무지 잠을 이룰 수 없었다.

사고가 나기 전날 브라운 소위는 아내에게 짧은 편지를 썼다.

'데이지, 지난 며칠 동안 우리는 중공군 진격을 막고 포위당한 해병들을 구하기 위해 여러 차례 출격했어. 빠른 시일 안에 또 편지 쓸게. 영원히 당신만을 사랑해, 안녕.'

다음 날 아침 코르세어기 4대가 비행기가 그 장소까지 날아가 네이팜탄을 떨어뜨렸다. 네이팜탄이 불시착한 비행기를 불태웠다. 브라운의 시신은 그 불길에 타올랐다.

고작 스물네 살 꽃같은 나이에 제시 브라운은 그렇게 죽음을 맞았다. 그는 미 해군 첫 흑인 전투조종사였다.

34
또 다른 진격

누군가를 죽이고 쳐부수기 위해서만 공격하지 않는다. 모름지기 자신의 힘을 스스로 깨닫기 위해 전쟁에 나서는 일도 있으리라. 이것이 스미스 장군의 생각이자 결단이었다.

하갈우리 하늘에는 날마다 4발수송기가 적색, 청색, 황색, 녹색, 오렌지색 낙하산으로 식량, 연료, 탄약 따위를 떨어뜨렸다. 떨어진 낙하산은 머플러와 부상병들의 담요 대용으로 쓰였다.

그러나 며칠 뒤에는 공중보급용 낙하산과 포장재료가 모자랐으므로 100여 톤의 낙하산을 도로 거두어들여 싣고 왔다. 남은 소총, 기관총, 고장난 4.2인치 박격포 따위도 옮겼다. 또한 이들 수송기는 탄약, 의약품, 장비 말고 보충병도 실어 날랐다. 보충병 대부분은 인천 상륙에서부터 서울 탈환까지 작전을 수행하는 동안 다쳐서 일본에서 치료 받고 회복된 병사들이었다.

장진호 동쪽 제7사단 부대의 지휘관이 부상당해 죽었다는 첫 보고가 하갈우리 해병사단 지휘소에 닿은 12월 2일 새벽 2시였다. 하갈우리 북쪽, 장진호로 흘러들어가는 장진강 하구 가까이 자리한 해병대 방어진지에서 올린 보고였다. 12월 2일자 해병 제1사단 작전처 상황일지에는 해병 제11연대(포병연대)에서 올린 전문이 포함되어 있었다.

수신 : 사단 G-3
발신 : 제11연대 S-3
D포대에 구출된 제31연대전투단 200여 명의 탈출자들은 장진호 얼음판을 가로질러 왔다. 해병대 전술항공통제반 스탬포드 대위도 우리 방어선에 성공적으로 탈출해 왔다. 셀튼 소위는 제31연대전투단 1221고지에 만들어진 도로 장애물에서 적의 강력한 저항을 뚫고 나아가다가 370미터 남쪽 도로 위에 폐

기된 전차를 끌어다 만들어 놓은 장애물에서 멈추었다. 돈 페이스 중령은 심장을 다쳤고, 병사 2명과 함께 남겨졌다. 트럭들은 불타버렸다. 적은 확인사격으로 지역을 점검했으며 이를 되풀이했다. 중공군은 부상자들을 내버린 채 사라졌다.

12월 4일 제32연대 1대대 인사장교 로버트 존스 소령은 하갈우리에서 제7사단 작전처 린치 소령에게 보내는 〈장진호 동쪽 전투개요〉에 대한 비망록을 준비했다. 그는 비망록에서 자신과 페이스 중령이 1221고지 안부(鞍部)에 있던 적의 화염장애물에 실시했던 합동공격을 꺼냈다.

'페이스 중령은 세열수류탄을 맞았다. 제31연대 중박격포중대 셸튼 소위가 이를 확인해 줬는데, 그도 같은 수류탄에 피격되었다. 그는 페이스 중령이 도로로 내려가는 것을 도우려 했지만 그럴 수 없었다. 그는 페이스 중령을 감싸 놓고 도움을 청하기 위해 차량종대로 갔다.'

12월 11일 오후, 함흥 제32연대 근무중대 지역에 도착한 존스 소령은 사단장 바르 장군을 만나 페이스 중령의 마지막에 대해 자신이 본 사실과 다른 사람에게 들어서 알게 된 모두를 말하기로 마음먹었다. 12월 12일 아침 존스는 바르에게 자신이 아는 것을 세세한 일까지 모두 보고했다. 뒤에 존스 소령은 제32연대 1대대에서 남은 병력을 이끌어 부대를 다시 세우는 책임을 맡았다.

12월 하순, 제32연대장 찰스 M. 마운트 대령은 연대 인사보좌관 앤더슨 준위에게 장진호 대참사에서 탈출해 온 모든 장교와 병사를 인터뷰해서 부대원 명부에 올리라고 명령했다. 여기에는 부상당해서 하갈우리에서 항공기로 후송된 사람은 포함하지 않았다.

인터뷰는 대구 근처 부대 재편성 캠프에서 이루어졌다. 목적은 장진호에서 잃어버린 인사기록 카드를 되살리는 일이었다. 지휘 책임을 졌던 존스 소령을 포함해 장교 3명과 병사 73명이 여기에 해당되었다.

인터뷰가 시작되기 전, 바르 장군은 앤더슨에게 인사기록카드 재작성에 덧붙여 저마다에게 페이스 중령 죽음에 대해 아는 사실을 물어보라고 명령했다. 그는 페이스 중령 부인에게 편지를 쓰기 전에 되도록 모든 정보를 알고 싶어했다.

인터뷰 과정에서 페이스의 죽음을 아는 바니 일병을 찾아냈다. 바니는 1221고지에서 탈출할 때 운전석 옆자리에 페이스 중령을 태운 트럭을 몰았다. 트럭 조수석에 탔던 페이스가 적의 소화기 사격에 또다시 다쳤고, 바니가 트럭을 빠져나올 때는 이미 숨진 뒤였다.

그가 트럭을 포기한 지도 위치는 특수임무부대 호송대가 최후를 알렸던 물굽리 북쪽이자 복고재 남쪽인 후동리에서는 4킬로미터 남쪽, 하갈우리의 해병대 방어진지에서는 2.5킬로미터쯤 되는 고갯길이었다.

스탬포드 대위는 페이스가 호송대 맨 앞줄 차량에 타고 있었다는 걸 떠올렸다. 자신이 적의 마지막 장애물이 놓인 도로에서 중공군에게 붙잡혔을 때 스치듯 지나쳐 돌진하던 바로 그 차량이리라. 이 차량은 사수리를 지나 남쪽으로 비탈이 가파른 고개를 올라가 꼭대기에서 방향을 바꾸는 도로로 들어섰는데, 후동리 근처 장애물을 지나간 유일한 트럭이었다.

바니가 말한 내용과 지도 좌표는 스탬포드 대위의 추측과 매우 가까운 연관성이 있었다.

12월 2일 늦은 밤과 새벽 사이 물굽리에서 얼음판을 벗어나 도로로 들어갔던 캠벨 소위와 그의 일행은 바니 일병이 트럭을 포기했던 지점 남쪽에 있었으므로 도로에서 바니의 차량을 보지 못했다.

스탬포드 대위와 바니의 증언을 바탕으로 페이스 중령의 마지막을 가늠해보면 물굽리 마을 조금 북쪽, 하갈우리 북쪽 3킬로미터쯤 되는 곳에 그의 유해가 남아 있으리라.

하갈우리에서 부상자를 옮기고 나자 제31보병연대 병력은 온전하게 돌아온 385명을 포함해 몸을 움직일 수 있는 490명이 남게 되었다. 이들은 제31연대 작전주임인 앤더슨 중령의 지휘 아래 임시대대를 만들어 해병 제7연대에 몸담았다. 이 부대는 해병대에서는 31/7부대로 알려졌다. 이들은 12월 6일에 시작된 해병 제1사단의 하갈우리로부터 해안까지 철수작전에 참가했다.

385명은 11월 27일 제31보병연대 전투단에 몸담았던 3000여 명 가운데 살아남은 장병들로 이제는 앤더슨 임시대대를 이루고 있었다. 385명에 실려온 1500명을 더하면 1900명 남짓 되는데, 이는 거의 1000명의 장병이 전사했거나 포로가 되었거나 또는 온갖 이유로 적지에 남겨졌음을 뜻했다.

얼마나 많은 병사들이 도로 위에서 또는 장애물이 있던 고지에서 부상으로 죽거나 실종되었는지 알려지지 않았다. 또 얼마나 많은 병사들이 중공군에게 붙잡혔고 그들 가운데 얼마나 많이 다치고 목숨을 잃었는지 믿을 만한 기록도 없었다. 그저 기상조건만 따져보면 많은 장병들이 동상에 걸리고, 탈출을 시도하다 죽어갔으리라 헤아릴 뿐이었다.

12월 3일 하갈우리에서, 린치 소령은 제31연대전투단 소속 머릿수를 헤아려서 제10군단 참모장 러프너 소장에게 무선전화로 알렸다.

"앤더슨 중령이 지휘관, 위트 소령이 부지휘관, 도벨 대위가 작전장교를 맡고, 장교 40명과 사병 844명으로 모두 884명입니다. 이 가운데 장교 21명, 사병 304명 등 325명은 연대 후방 지휘소가 있던 후동리 지역에서 온 병사들로 이중 장교 6명과 사병 170명은 드레이크 제31전차중대 소속이었습니다."

제32연대 생존자는 1대대 소속이 장교 5명, 사병 228명, 제31연대 3대대 소속이 장교 7명, 사병 165명, 제15대공포대대 D포대를 포함한 제57포병대대 소속이 장교 11명 사병 197명이었다. 2개 보병대대 소속 소총중대 가운데에서도 K중대와 M중대 인원이 가장 적었는데, 2개 중대 모두 장교 1명 사병 30명이었다. 제32연대 1대대의 3개 소총중대와 중화기중대 중에서 A중대는 장교가 1명뿐이었다.

12월 3일 집계된 인원 가운데 많은 병사들이 12월 4일과 5일 사이 비행기로 실려왔다. 호즈 대위는 하갈우리를 떠나면서 린치 소령과 윌 콕스, 햄머 하사는 뒤에 남으라고 지시했으며 린치는 해병 제1사단에서 제7사단 연락장교 역할을 해냈다.

앤더슨 중령의 임시대대에 있던 제32연대 1대대, 제31연대 3대대, 제31연대 연대참모부와 본부중대 요원들 가운데에는 하갈우리에서 고토리와 황초령 정상까지 철수하는 과정에서 일어난 전투에서도 많이 죽거나 다쳤다. 그 뒤 해안으로 물러나는 동안, 제31연대전투단 임시대대는 예비로 남아 전투에는 투입되지 않았다.

12월 2일부터 5일까지 하갈우리에서 비행기로 실려온 많은 장교와 사병들은 1951년 1월과 2월 동안 부상과 동상을 치료한 뒤 연대로 돌아왔다. 그때까지 제7사단은 여전히 제10군단 소속으로 제8군에 편입되어 한반도 중부전선을 맡았다.

돌아온 장교 가운데에는 위즐리 커티스 소령, 어윈 비거 대위, 레이몬드 보드로 대위, 메이 중위, 도널드 캠벨 소위, 모트루드 소위가 있다. 조던 대위는 소령으로 진급해 제31연대 2대대 작전장교로 업무에 복귀했다.

린치 소령은 중령으로 진급, 제31연대 2대대장으로 보직되었다. 그는 조던이 부상을 치료하고 연대로 복귀한 사실을 알자 자신의 대대로 전입을 요청했다.

장진호에서 중공군의 전투력과 손실에 대해 알려진 내용은 거의 없다. 만약 제80사단의 전투력이 장진호 전투에 투입된 중공군 전투력의 평균치라면 전투가 시작될 무렵에는 7000명에서 8000명쯤이 되었으리라.

장진호 동쪽에서 제31연대전투단과 맞서 싸우는 동안에 생긴 사상자는 알려지지 않았지만 수천 명은 되었을 것이다. 단지 제80사단과 제79사단은 대량 손실이 일어나 전투효율성을 잃어버렸고, 제10군단이 떠나고 난 뒤에 함흥 근처로 이동했다고 알려졌을 뿐이다. 이들 중공군 사단은 미 제7사단이 한국의 중부전선에서 방어선을 맡았던 1951년 3월부터 4월까지도 전투에 다시 투입되지 못했다.

스미스 사단장의 지시 아래 미 해병은 시신 200여 구를 몰래 옮겼다. 그들은 하갈우리 부근에서 중공군과 전투를 벌이는 동안 숨진 병사들이었다. 스미스는 죽었을망정 자기 병사들을 황량하고 인적 없는 하갈우리에 홀로 남겨두고 싶지는 않았다. 해병대원들도 모두 스미스와 생각이 같아서, 제10군단 병사들을 속이고 시신들을 수송기에 몰래 실었다.

알몬드 군단장은 미 해병의 이런 행동에 동의하지 않았다. 그러나 스미스와 해병대원들에게는 감시의 눈길을 번득이는 헌병들을 속일 방법이 있었다. 시신은 추위로 얼음처럼 굳어서, 몸이 얼어 굳어 버린 부상병과 큰 차이가 없었던 것이다.

12월 5일 아침 항공수송사령관 터너 장군이 비행기로 하갈우리를 찾아왔다. 스미스는 비행기로 떨어뜨려 준 보급품에 대해 터너 장군에게 감사의 뜻을 전했다. 하지만 터너가 모든 병력 공수철수를 제안하자 스미스는 거부한다. 공수철수작전은 많은 중장비를 포기해야 하고, 마지막 남은 엄호부대가 엄청난 피해를 이겨내야만 하는 모험이 뒤따랐기 때문이다.

스미스는 해병대답게 지상으로 중공군 포위망을 뚫고 나가겠다고 결의를 다졌다. 따라서 미 해병대는 유엔공군의 항공지원을 받으며 고토리를 거쳐 황초령과 진흥리를 지나 함흥까지 이르는 높고 가파른 산악길을 돌파해 나아가야만 했다.

5일 오후 스미스는 부대지휘관들을 한데 모아 마지막 회의를 열어서 고토리 진격명령을 검토했다. 명령에 따르면 리첸버그가 선두부대로 떠나고, 그의 지휘 아래 육군 특수부대의 생존자로 이뤄진 육군 임시대대가 뒤따르기로 했다. 이 부대의 병력은 385명으로 앤더슨 중령이 이끌었다. 리첸버그의 전투부대에 더해 그의 대열에는 사단 치중대 제1번과 연대 치중대가 들어가게 되었다.

머레이의 제5연대는 후위부대로 방어선에서부터 리첸버그의 뒤를 따르기로 했다. 리지 대대와 드라이스데일의 특공대는 머레이 연대에 배치되었다. 머레이는 자기 대열에 연대 치중대와 사단 치중대 제2번을 받아 지휘하기로 한다.

이 대이동에는 1200대가 넘는 차량이 참가했다. 머레이는 리첸버그가 남쪽 길을 따라 하갈우리에서 꽤 먼 거리를 빠져나갈 때까지 그 방어선을 지키라는 명령을 받았다.

이즈음 하갈우리에는 위기에 빠진 미 해병대를 취재하려고 미국을 비롯한 영국, 프랑스 등 종군기자들이 속속 모여들었다. 무엇보다 미국의 한 방송기자는 생생한 현장을 촬영해 서둘러 본국으로 보냈다. 그들 눈에 비친 해병대 참상은 인천상륙작전에 성공한 막강한 유엔군의 모습은 아니었으리라.

하갈우리에서 전투에 지친 장병들의 처참한 모습을 보았을 때, 과연 그들이 중공군에 최후의 일격을 가해 이곳을 빠져나갈 만한 힘이 남아 있을까 걱정되었다. 장병들의 군복은 너덜너덜하고, 얼굴은 살을 에는 듯한 찬바람에 시달려 잔뜩 부어올라 있었다. 구멍 뚫린 장갑은 올이 풀렸으며, 방한모를 쓰지 않은 귀는 얼어서 시퍼렇게 굳었다. 동상에 걸린 발이 퉁퉁 부어 군화를 신을 수 없게 되자 울며 겨자 먹기로 맨발로 절뚝이며 군의관이 있는 천막까지 걸어간 병사도 보였다. 제5연대장 머레이 중령은 몹시 야윈 나머지 마치 망령과도 같았다. 인천상륙작전에 성공했을 무렵 제5연대를 이끌던 그의 모습은 찾아볼 수 없었다.

(마가렛 히긴스, 《한국전쟁》)

인간의 죄를 깊이 경험하는 전장의 병사는 심각한 내면의 위기에 사로잡힐 우려가 있다. 타락이 전쟁의 결과라기보다도 전쟁이 타락의 결과라고 생각한다. 모든 병사가 이에 강한 혐오감을 느낀다. 양심은 그 상태를 경고한다. 그러나 그도, 그밖의 사람들도 책임을 피할 수는 없다. 모든 것이 존재해야 할 희화이기 때문에 죽음이 유일하게 합당한 해결책처럼 보이게 된다.

혹독한 대자연 앞에 나약한 인간은 너무나도 무력했다. 해병대의 높은 자존심도 장진호의 가혹한 추위 앞에는 어쩔 수 없었다. 그러나 미 해병 사단장 스미스 장군은 부대의 전통과 부하들 사기 진작을 위해 철수작전이라는 군사적 용어를 거부했다. 쓰러지고 또 쓰러져도 적진으로 밀어붙여야 하는 해병대의 감투정신에 먹칠을 하는 작전이기 때문이었다.

스미스 사단장이 기자단으로부터 질문을 받았다.

"이 작전은 후퇴입니까, 아니면 퇴각입니까?"

스미스는 아주 여유롭게 큰 소리로 꾸짖었다.

"퇴각이란 적에게 몰려 우군이 차지한 후방 쪽으로 이동하는 걸 말하지만, 지금 우리 사단은 후방도 적이 모조리 차지하고 있습니다. 적을 쳐부수는 일은 우리 사단의 사명입니다. 따라서 우리는 물러나는 게 아니라, 다른 쪽으로 진격하는 것입니다."

스미스는 젊은 시절부터 독특한 해병으로 알려졌다. 늘 조용한 데다 쉽게 흥분하는 일이 거의 없었다. 미국 해병대에서는 보기 드문 모습이었다. 그 무렵 쉰일곱 살이었던 그는 얼핏 보아도 군인보다는 대학교수라 불릴 만한 풍모였다. 눈 덮인 전장에서 기자단을 상대로 강연하는 모습은 그에게 딱 어울렸다.

끝없이 넓고 거친 전쟁의 큰 바다를 떠도는 해병들의 영혼은 저마다 고뇌에 휩싸였다.

'앞으로 얼마나 더 많은 날들을 견뎌야 하나?'

사령관의 이 한 마디에 해병들은 갑자기 커다란 희망이 샘솟음을 느꼈다. 미 해병 사단장 올리버 스미스가 적진에서 외친 한국전쟁을 상징하는 명언이었다. 세계전쟁사에 남게 된 이 말은 고통의 나날을 보내는 부하들에게 새로운 힘과 용기를 주었을 뿐 아니라 미국 국민들에게도 희망을 심어주었다.

이범신은 자신을 감싼 대기를 크게 한 번 들이마셨다. 문득 그는 깨달았다.

오직 한 마디의 말이 순식간에 그들을 끔찍한 늪으로부터 도저히 닿기 어려운 꼭대기까지 끌어올려 줄 수도 있음을.

개마 고원 깊은 산속에서 중공군들에게 에워싸여 고립된 미 해병대 2만 5800명…… 과연 그들은 강추위를 무릅쓰고 살아나올 수 있을까? 온 세계의 언론과 눈길은 모두 한반도의 유엔군작전에 쏠렸고, 도쿄 맥아더 사령부는 촉각을 잔뜩 곤두세웠다.

어느 날 스미스에게 손님이 찾아왔다. 꽤 오래전부터 친분이 있는 〈시카고 데일리뉴스〉의 기자 키스 비치였다. 둘은 위스키 잔을 기울이며 이야기를 나눴다. 스미스가 그에게 말했다.

"당신이 유담리에 있었더라면 기삿거리를 엄청나게 많이 얻었을 텐데……."

그러자 비치 기자가 웃음 띤 목소리로 물었다.

"해병대가 포위망을 뚫을 수 있을까요?"

"우리는 유담리를 빠져나왔소. 그 지옥 구덩이 유담리도 빠져나왔는데 어디인들 못 빠져나가겠나?"

사선을 헤매었던 유담리, 스미스는 그동안 누구에게도 할 수 없었던 이야기를 비치에게 꺼냈다. 처음으로 속마음을 털어놓는 셈이었다.

"사실 우리가 유담리를 빠져나올 수 있으리라곤 생각지도 못했다오."

어느새 울먹이는 그의 목소리는 감회에 젖어들었다. 그러고는 더러운 파카 소매로 눈물을 훔치며 씨익 웃어 보였다.

날이 어두워진 뒤, 바우저 대령은 밤하늘 별을 보려고 텐트 밖으로 나갔다. 별이 빛난다면 다음 날 아침 하늘도 맑아 공중 지원이 가능하리라. 그러나 하늘엔 구름이 짙게 깔려 있었다. 이때 줄지어 선 텐트 안에서 노랫소리가 흘러나왔다. 젊은 해병들이 모여 가사를 바꾼 〈모두에게 은총을(Bless'em All)〉 부르고 있었다.

남쪽으로 떠나며 모두에게 인사한다네
육군은 후퇴하고 해병들은 떠들고
힘을 내세, 젊은이들이여
모두에게 엿을 먹이면서

그들은 이어 〈해병의 노래〉를 불렀다.

> 몬테주마의 홀에서 트리폴리 바닷가에 닿기까지
> 우리는 조국을 위해 땅에서도 바다에서도 싸운다네
> 권리와 자유를 위해, 그리고 명예를 지키기 위해
> 우리는 자랑스러운 미국 해병대

닥쳐올 난관을 앞에 두고도 쉽사리 무너지지 않는 젊은 해병들의 굳건하고도 용맹한 의지가 놀라웠다. 텐트 안으로 다시 들어간 바우저는 흐뭇한 얼굴로 스미스 장군에게 말을 건넸다.

"저렇듯 씩씩하게 노래 부를 수 있다니, 중공군을 모두 물리치고도 남겠는데요."

스미스는 파이프를 입에서 떼며 단호하게 말했다.

"중공군에겐 처음부터 승리할 기회가 없었네."

> 전차와 폭격기의 위대한 전사들이여
> 승리를 축하하네.
> 너희는 얼어붙은 장진호 추위에 떨며
> 수백 번 전투에서 이기고 돌아왔지.
> 보아라, 패배한 자들이 썼던 이 모자들을!
> 그러나 쓰라린 패배의 순간은
> 이 모자가 마지막 땅 위를 굴렀던 때가 아니었잖은가.
>
> (이범신, 〈전선노트〉)

이 무렵 중공군은 하갈우리에 대한 공격을 미루는 대신 황초령 일대를 차단하려고 병력을 늘렸다. 게다가 황초령 아랫길 급경사로에 임시로 지어진 수문교마저 폭파해 퇴로를 완전히 막아 버렸다.

미 해병사단은 철수작전을 위해 수많은 전우의 시신을 불도저로 밀어 눈으로 덮었다. 강추위 속에서 묵묵히 시신을 눈 속에 파묻는 해병대원들은 어느새 눈물마저도 말라버렸다.

그들은 모든 철수 부대에 필요한 탄약과 식량을 일일이 나누어 주고, 중공군 손에 들어갈까봐 남은 물자는 모조리 없애버렸다.

사단장 명령으로 엄청난 양의 PX 물자가 모조리 불태워졌다. 사탕이나 과자, 초콜릿 등은 병사들에게 나누어졌다. 하갈우리 진지에서는 수염이 텁수룩한 병사들이 캐러멜을 물고 걷는 진풍경을 쉽사리 볼 수 있었다. 캐러멜은 꽁꽁 얼어붙은 C레이션보다 맛있고, 배탈이 날 걱정도 전혀 없었다.

그날 밤부터 미군 포병들은 하갈우리와 고토리 사이 길 주변에 거센 포격을 쏟아붓기 시작했다. 중공군들의 머리 위에서 쉴 새 없이 터지는 VT 신관포탄은 길을 무너뜨리지 않으면서도 중공군들에게 큰 위협을 가할 수 있었다.

12월 6일 아침, 눈구름이 말끔히 걷힌 투명한 하늘은 시리도록 푸르다. 하갈우리의 해병 제1사단은 흰 눈에 비치는 햇빛에 눈을 찡그리며 후퇴를 시작했다.

"서두를 필요는 없다. 차분히 가라."

사단장 스미스 장군의 주의가 부대마다 전달되었다.

분명 서두를 필요는 없었다. 맑게 갠 하늘은 공중 폭격에 더할 나위 없이 유리했고, 피곤에 지친 해병들이 서둘러 후퇴하기란 무리였다.

하늘에 미군기가 날고, 주변 산기슭에 폭격의 불기둥과 연기가 치솟는 걸 기다린 해병 제1사단이 하갈우리에서 물러나기 시작했다. 눈 속을 천천히 진군하는 대열과 차량 행렬은 느릿느릿하기만 했다. 마치 흰 천에 검은 선을 새기는 듯한 움직임이었다.

리첸버그는 남쪽으로 공격을 시작해 사단의 나머지 병력이 함흥까지 이동하는 것을 엄호했다. 온통 하얀 세상이었다. 해가 뜨고 찬바람이 매섭게 몰아치자 병사들은 차마 눈을 뜰 수 없을 만큼 밝은 빛, 그 강렬한 반사광에 시달렸다.

많은 해병이 온종일 눈의 반사광을 받아 설맹(雪盲)에 걸리고 말았다. 눈물이 흘러 얼굴에 얼어붙고 겨우 몇 미터 앞도 제대로 헤아릴 수 없는 상황이었다. 그런 가운데에도 곳곳에서 중공군 정찰대와의 총격전은 끊이지 않았다.

차량운전병, 교대운전병, 무전병, 사상자, 지휘관이 특별히 가리킨 요원 말고는 모든 병력이 근접 경비를 할 수 있도록 일련번호를 매긴 자동차 대열 왼쪽과 오른쪽에서 걸어갔다. 병사들을 끊임없이 움직이게 해 동상환자를 조금이라도 줄이려는 대처법이기도 했다.

하갈우리에서 고토리까지 길은 꽤 평탄했다. 산도 길에서 얼마쯤 떨어져 있다. 오랜 전투로 해병들 얼굴에는 지친 기색이 뚜렷했지만, 저마다 용맹하고 충성스러운 젊은 군인들이었다. 해병들은 길과 나란히 뻗은 오른쪽 산등성이를 따라 전진해 갔다. 병력 수송선들이 기다리는 흥남부두까지는 90킬로미터를 더 가야만 했다.

고토리 이동을 돕기 위한 포대의 작전계획도 세워졌다. 초기 지원포격을 할 때는 포대의 일부를 될 수 있는 대로 빨리 이동시키면서 나머지 포대를 하갈우리 진지에 남겨 포격지원이 끊기지 않도록 한다는 생각이었다.

프란시스 페리 중령 대대의 2개 포대와 윌리엄 맥 레이놀즈 소령이 지휘하는 대대 1개 포대를 해병 7연대장 리첸버그의 치중대 맨 앞에 세워 이 목적을 이루어 내기로 했다. 페리 포대들은 첫 진지를 고토리까지 중간 지점에 두고, 고토리까지 남진을 지원하기로 했다. 맥 레이놀즈 포대는 고토리로 나아가 진지를 세우고 하갈우리 쪽으로 지원포격을 할 예정이었다.

고토리에 있던 머클레런드 포대 또한 북쪽으로 하갈우리 2분의 1 지점까지 포격이 가능했다. 이동을 위한 첫 포격지원은 하갈우리에 남아 있는 포대가 하기로 했다. 페리 대대의 다른 2개 포대가 진지를 잡으면, 하갈우리에 남았던 포대가 전진 이동하게 된다. 맥 레이놀즈 대대의 나머지 포대는 이동을 위한 일반지원을 하다가 명령이 떨어지면 움직이기 시작으로 도로 이동의 우선권을 포대에 주도록 했다.

머레이의 지원계획 또한 거의 비슷했다. 하비 피한 대대의 2개 포대가 머레이 연대 치중대를 선두로 이동해 고토리의 중간 지점 진지로 들어갔다. 거기서 북쪽으로 머레이 연대 치중대의 철수 부대들을 지원사격했다. 페리의 나머지 포대와 스트로멍거의 부속 포대는 다른 두 포대가 진지를 잡으면 남쪽으로 움직이도록 짜여졌다.

공중지원 계획은 필드 해리스 소장이 준비했다. 그는 공중작전 총지휘를 맡았다. 저마다 항공기들은 제1해병비행단과 제77특수부대(고속항공모함)와 해병 함재기대대 소속이었다. 24대의 근접지원 전폭기가 상공을 맴돌면서 낮에는 대열의 맨 앞, 맨 뒤, 그리고 측방의 산등성이를 맡았다. 수색 공격 전폭기들은 주보급로 옆쪽 산등성이와 접근통로를 경계하기로 했으며, 밤에도 전폭기들이 돕기로 되어 있었다.

스미스 장군은 하갈우리에서 보급품 장비 차량을 최대한 갖고 나가라고 지시했다. 작동이 안 되거나 견인차 없이는 움직일 수 없는 장비는 미련 없이 파괴하도록 일렀다. 남은 병기들은 공중수송하기로 했다.

이때 사단 정보참모인 뱅크선 홀컴 대령은 중공군 제58, 59, 70, 80사단과 제79, 89사단 일부 병력이 장진호 지역 해병 공격에 투입되었다고 헤아렸다. 이들 부대들은 지상 및 공중 공격으로 어마어마한 피해를 입었지만, 적군을 멈추지 않고 공격할 만한 병력을 갖추고 있었다.

중공군이 하갈우리 남쪽 주보급로의 몇 개 지점에 모여 도로봉쇄선 구축과 주보급로 교량 폭파에 집중하고 있다는 보고가 들어왔다.

스미스는 산기슭의 주보급로를 보호하고 있는 도날드 슈먹 중령의 대대와 교대할 병력을 요청했다. 제10군단은 육군 제3사단에 도그 특수부대를 편성하라는 지시를 내렸다. 이 특수부대는 장성급이 이끌고, 1개 보병대대, 1개 포대, 공병파견대와 전술항공통제단으로 이루어졌다.

이 부대의 임무는 해병들이 고토리에서 함흥—흥남 방위지역으로 이동하는 일을 돕는 것이었다. 알몬드가 발표할 날짜와 시간에 도그 특수부대는 마전동에서 진흥리로 이동해 슈먹 대대와 교대하게 되었다. 도그 특수부대와 교대한 뒤 스미스가 지시를 내리면, 슈먹은 북쪽으로 나아가 고토리에서 남진하는 사단을 지원했다.

12월 5일과 6일 밤 사이, 맥 레이놀즈 대대는 남쪽 주보급로 급소에 중거리 대포로 집중 포격을 퍼부었다. 이 포격은 중공군 저항 가능지점의 힘을 꺾으면서 포탄을 처분하는 일석이조의 효율적인 작전이었다.

그 뒤 세 시간에 걸쳐 장진호 전역을 통틀어 가장 큰 전투가 벌어졌다. 중공군이 이제껏 그런 엄청난 병력을 끌어모으거나 집요하게 공격해 온 적은 없었다. 깜깜한 어둠 속에서 예광탄 불빛이 서로 스치면, 뒤이어 조명탄의 음산한 불빛 아래 사납게 달려오던 중공군들이 그 자리에서 쓰러져 갔다. 전장에는 금세 시체가 산더미처럼 쌓였다. 총탄을 아무리 빗발처럼 퍼부어도 수많은 중공군은 끊임없이 밀려왔다. 어떻게 해서든 미 해병 제1사단을 장진호 벌판에 묻어버리고야 말겠다는 중공군 사령부의 강한 의지가 느껴졌다.

인해전술이란 이런 것인가. 이런 전쟁도 있단 말인가. 쏴도 쏴도 끝없이 몰려드는 적군들. 오히려 쏘는 쪽이 질리고 지쳐서 쓰러질 판이었다. 솜 누빈 군복을 입은 중공군들이 어떤 때는 수류탄 투척거리까지 다가왔다가 미 해병대 총에 맞아 죽었다.

리첸버그는 랜돌프 록우드 중령의 제2대대가 전차 1개 소대를 받아 주보급로에 걸친 350미터의 전선을 엄호하도록 했다. 450미터 전선을 맡은 데이비스 중령이 지휘하는 대대는 오른쪽 후방에, 앤더슨 중령의 육군 임시대대는 왼쪽 후방에 배치되었다.

데이비스가 주보급로 서쪽 고지를 따라 이동할 때, 앤더슨의 육군 대대는 동쪽 고지를 따라 나아가기로 했다. 워렌 모리스의 제3대대는 연대 치중대 뒤에 연대 예비대로 길을 따라 전진하게 되었다. 그중 1개 중대는 치중대 양옆을 따라가고, 포대와 제1번 치중대는 모리스의 뒤를 이었다.

초저녁 리첸버그 대령은 하갈우리의 허술한 방어선 안에서 부대를 꾸려 남쪽으로 공격할 준비를 시작했다. 새벽 4시 30분 데이비스는 대대를 행진대형으로 바꾸었다. 큐어캐버 중대는 제1목표를 공격에 이르렀다.

하갈우리 남쪽 1300미터에 있는 토내리 마을 가까이에 중공군 24명이 진지에서 잠을 자다 기습당했다. 그들은 이루 말할 수 없이 처참한 모습으로 죽어갔다. 드디어 제1목표 지점을 거머쥐었다. 록우드 대대는 오전 6시 30분 선발대로 공격을 시작했다.

덕동 고개 전투에 뒤이어 폭스 중대를 재편성하면서 윌리엄 바버 대위는 부상을 입어 후방으로 옮겨졌다. 제7연대 공보장교였던 웰턴 에이블 중위가 지휘권을 넘겨받았다.

포병과 하갈우리로 공수된 해병들의 보충을 받아 에이블은 남쪽으로 공격을 이끌어 나아갔다. 처음 1800미터까지는 어떤 저항도 없었다. 폭스 중대와 전차대를 통과해 놓고, 중공군은 나머지 대열에 화력을 집중해서 퍼부었다. 이지 중대장 베이커와 전차대, 박격포가 협공해 중공군의 저항을 꺾고 대열은 전진을 멈추지 않았다. 베이커와 웨브 두에인 소여(Webb Duane Sawyer) 소령이 다쳤지만 그들은 전투에서 물러서지 않았다.

이 작전에는 많은 시간이 걸렸다. 12시가 지나서야 다시 진격이 시작되었다. 전투 동안에 덕동 고개에서 살아남은 폭스 중대의 유일한 장교 던이 목숨을 잃고 말았다.

한편 오른쪽 옆에서는 데이비스가 호바터 중대를 전방 고지로 올려보냈다. 데이비스 대대는 서로 다른 간격으로 옆쪽을 쓸어버리도록 3개 중대를 교대로 투입하면서 남쪽으로 이동을 계속했다. 움직이는 내내 접전이 벌어졌다.

동쪽 1162고지의 화력공격으로 도로행진 부대는 또다시 멈춰 섰다. 에이블은 다시 한 번 부대를 전개해 총탄을 무릅쓰고 목표를 장악했다. 베이커가 부대를 전방으로 끌고 나가 앞장섰다. 이 대열은 오후 2시가 넘도록 줄곧 이동했다.

중공군은 저격병의 사격으로 이 행렬을 혼란스럽게 만들었다. 사격이 차츰 고조되더니 마침내 거센 화력에 막혀 미 해병은 전진을 멈출 수밖에 없었다. 그러자 베이커가 돌격을 감행해 중공군의 근거지를 모조리 쓸어버렸다. 거기서 1000미터쯤 길을 따라 나아갔을 때, 대열은 사나운 공격에 또다시 묶였다. 그러나 박격포가 중공군의 진지를 강타하자 남진은 다시 이어졌다.

리첸버그 명령에 따라 해병들은 길가에 띄엄띄엄 세워진 오막살이 따위의 허름한 건물을 모조리 무너뜨렸다. 그는 각 부대 지휘관에게 딱 잘라 말했다. "중공군에게 힘을 비축할 수 있는 틈을 주어서는 안 된다."

8시에 데이비스는 오른쪽 긴 산등성이를 따라 부대를 이끌고 골짜기 서쪽 가장자리로 나아갔다. 한 발 한 발 나아갈 때마다 치열한 접전이 벌어졌다. 중공군은 왼쪽에서 해병들에게 끊임없이 화력을 퍼부으며 길마다 장벽을 쌓았다. 이 봉쇄선은 으레 드라이스데일 기습에서 잃어버린 차량의 부서진 잔해로 만들어졌다.

대열은 1300미터를 나아간 뒤 다시 한 번 저지당했다. 동쪽에서 길을 내려다보는 1182고지에서 중공군이 드센 사격을 퍼부었다. 대포와 박격포 사격으로 중공군 기관총들을 쓸어버리고, 자정이 조금 넘을 때쯤 다시 전진했다. 1000미터 남짓 나아가다가 다리가 무너져 행렬은 멈추었다.

에이월드 봄 오드 중위가 공병소대와 함께 다리를 고치고 나자, 행진대열은 다시 움직이기 시작했다. 그러나 남쪽 900미터 지점에 부서진 다리가 있어 대열은 또 멈춰 서야만 했다. 동쪽에서 날아오는 중공군의 화력이 늘어나 겉이 얄팍한 차량들의 피해가 늘어갔다.

그때 육군 전차 한 대를 따르던 연대 지휘부가 전방부대와 떨어졌다. 리첸버그는 이 지역 중공군을 격퇴하려는 선발 전위부대와 함께 이미 걸어서 가버린 뒤였다. 전차 뒤에는 도널드 프란스 대위, 클레어런스 머기니스 중위, 다우세트 중령, 헨리 위스너와 로치 소령의 지프가 따랐다. 철로 왼쪽 집이 불타오르며 길을 훤히 밝히자 중공군의 화력이 거세졌다. 그 접전 가운데 프란스와 머기니스는 전사하고, 다우세트는 부상을 입었으며, 위스너의 운전병도 끝내 피살당했다.

이범신은 찰스 설리번 중위와 함께 지프를 타고 달렸다. 이범신이 운전대를 잡고, 설리번은 중공군으로 보이는 물체들이 움직일 때마다 열린 창문 틈으로 소총을 갈겨댔다. 그 순간 앞유리가 깨지면서 설리번의 고개가 뒤로 확 젖혀졌다. 이범신은 온몸에 충격을 느끼며 갓길에 서둘러 차를 세웠다. 설리번의 입에서 피가 왈칵 솟아나왔다. 이범신은 그를 일으켜세웠다. 도움을 청하려 했으나 차량 행렬은 날아오는 총탄을 피해 그들 옆을 황급히 지나갈 뿐이었다.

"이 나쁜 놈들! 제발 우릴 두고 가지 마!"

이범신은 치솟는 눈물을 가까스로 삼키며 마구 날뛰었다. 지프에 놓아둔 카빈 소총을 잡았다. 눈물로 시야가 흐려져 제대로 앞을 볼 수 없었다. 그는 트럭에 탄 누군가가 이 소리를 듣고 도와주길 바라며 허공에 총을 쏘아댔다. 그러나 어떤 차량도 멈추지 않았다. 트럭들은 흙먼지를 날리며 차츰 멀어져 갔다. 그는 운전석으로 돌아와 구급상자를 뜯고 붕대를 찾았다.

"설리번, 내가 붕대를 감아줄게. 울지 마. 조금만 참아."

이범신은 반쯤 정신이 나갔다. 설리번은 울지 않았다. 오히려 쉴 새 없이 눈물을 흘리는 쪽은 이범신이었다. 설리번의 외투는 어느덧 피로 물들어 있었다. 이범신은 손에 붕대를 들고 그를 바라보았다. 아래턱을 맞은 듯했다. 그의 치아는 모조리 부러지고 망가져 엉망이 되었다. 엉긴 핏덩어리 사이로 얼굴 근육이 오그라들며 남은 치아들이 움직이는 게 보였다.

큰 충격에 휩싸인 채 이범신은 구멍이 난 상처 부위를 붕대로 동여맸다. 이것만으로는 어림도 없을 것 같아 모르핀을 설리번의 두꺼운 옷 속으로 찔러 넣었다. 그러고는 그를 팔에 안아 의자 끝으로 옮겼다. 설리번은 고통에 찬 눈으로 멍하니 그를 쳐다보았다.

"정신 차려! 설리번!"

장진호로부터의 철수(1950. 12. 6~11)

눈물을 흘리는 이범신의 가슴은 타는 듯 아파왔다.

"설리번!"

설리번은 천천히 이범신의 팔뚝에 자신의 손을 올려놓았다. 이범신은 정신 없이 지프에 시동을 걸고는 앞으로 나아갔다. 얼마 동안 그에게서 눈을 떼지 못하고 여기저기 웅덩이진 도로를 덜컹덜컹 달렸다. 설리번이 이범신의 팔을 꽉 움켜잡았다. 때로는 그가 내는 신음 소리가 지프 소음보다 더 크게 들리기도 했다.

이범신의 눈에서는 하염없이 눈물이 흘러내렸다. 그는 목이 멘 채로 간절히 기도했다.

"이 친구를 살려주세요, 하나님. 그는 당신을 믿습니다. 살려주세요. 당신의 전능함을 보여주세요."

달리는 지프 안에서 두 남자는 죽을힘을 다해 몸부림쳤다. 한 사람은 죽음 과 싸우고, 또 한 사람은 전우의 죽음이 가까이 왔다는 절망과 싸웠다. 그러 나 신은 어디에도 없었다. 그는 아무것도 하지 않았다.

설리번이 거칠게 숨을 몰아쉬었다. 피와 침이 섞인 거품이 뿜어져 나왔다. 이범신은 갈팡질팡 전장 곳곳을 헤매다가 곰곰이 생각해 보았다.

'차를 돌려서 도움을 청하러 가야 하나? 근처 어딘가에 민가가 있지 않을 까?'

심지어 고통을 없애기 위해 설리번의 목숨을 끊을 생각까지도 했다. 그러나 그는 자신이 설리번을 절대 죽일 수 없다는 사실을 잘 알았다.

어느새 그의 눈물은 말라버렸다. 얼굴에는 얼룩덜룩한 눈물 자국만 남았다. 이범신은 분노에 찬 눈으로 지평선을 노려보았다. 설리번의 손이 오랫동안 그의 팔을 꽉 붙잡고 놓지 않았다. 그럴 때마다 또 다른 고통이 전해져옴을 느낄 수 있었다. 이범신은 그의 끔찍한 얼굴을 차마 볼 수 없었다.

미군 전폭기 몇 대가 구름 낀 하늘을 날아갈 때였다. 이범신은 길가에 재빨리 차를 세우고는 튕기듯 운전석을 빠져나와 하늘 높이 두 손을 들어 마구 휘저어댔다. 목구멍이 터져라 외쳐댔지만 누구도 그를 발견하지 못했다. 절망 속에서도 온몸으로 부르짖은 그의 처절한 절규는 무언극의 한 대목처럼 소리 없이 묻혀 버린다. 어쩔 수 없이 이범신은 죽어가는 설리번의 곁으로 돌아와 지프를 몰았다.

설리번이 발작을 일으키며 꽉 잡은 이범신의 팔을 더욱 힘주어 잡았다. 그리고 오랫동안 그 손을 풀지 않았다. 이범신은 터질 듯한 가슴을 도무지 가라앉힐 수 없어 가속페달에서 발을 떼고 차를 멈추었다. 일그러진 설리번의 얼굴을 들여다보았다. 삶과 죽음의 경계를 헤매는 그의 눈길은 산 사람은 결코 볼 수 없는 무언가를 뚫어지게 바라보는 것만 같았다.

이범신의 눈에 또다시 눈물이 맺혔다. 그는 심장이 너무나 빨리 뛰어서 고통스러웠다. 앞으로 닥칠 일을 구태여 미리 그려보고 싶지 않았다.

"설리번!"

이범신은 뜨겁게 부르짖으며 소리쳤다. 설리번을 의자 등받이에 똑바로 기대어 놓고 두 손을 모아 잡았다. 그는 무턱대고 하늘에 살려달라고 애원했다. 그러나 설리번의 몸은 운전석 반대쪽으로 힘없이 무너졌다.

"안 돼! 죽으면 안 돼! 눈을 떠봐! 어머니, 제발 도와주세요!"

충격으로 눈물을 쏟다 정신이 혼미해진 이범신은 떨면서 지프 문에 기대어 발판 쪽으로 쓰러졌다. 이범신은 이 모든 게 현실이 아니라고, 깨어나면 새로운 날이 시작되리라고 자신을 다그쳤다. 아직 실감이 나지 않았다. 꿈을 꾸는 듯했다. 가장 가까운 설리번이 세상을 떠났다는 이 끔찍한 악몽을 떨쳐버릴 수 있기만을 바랐다. 그의 눈에는 오직 흙과 눈으로 더럽혀진 군화만이 보였다.

얼마 뒤 이범신은 멀리서 들려오는 총성에 퍼뜩 정신을 차렸다. 이제 어떻게 해야 하는지 그는 잘 알았다. 눈과 얼음뿐인 이 거칠고 메마른 산에 전우를 버리고 갈 수는 없었다. 이범신은 서둘러 설리번의 외투를 벗기고 시신을 잘 감싸 뒷좌석에 눕힌 다음 전속력으로 차를 몰았다.

그보다 한결 뒤쪽에서 사단 치중대가 마찬가지로 사격을 받아 전진이 가로막힌 채 멈춰 있었다. 본부대대의 프레드릭 심프슨 소령은 사무요원, 취사병, 운전병과 군악대 요원으로 이루어진 부하들을 이끌고 최선을 다해 전투를 펼쳤다.

윌리엄 맥클런 상사가 1개 구역을 맡아 중공군 공격 앞에서도 쉬지 않고 뛰어다니며 작은 병력의 사격을 이끌었다. 그는 다른 병력을 더 모아 가까스로 단단한 화력기지를 만들었다. 대열의 트럭 2대에 불이 붙으면서 그 일대를 밝혔다. 그는 부하들을 좀더 감추기 좋은 새 진지로 옮겼다.

전투가 정점에 이르렀을 때였다. 군종신부 코르넬리우스 그리핀, 로버트 웨드마이어 중위, 매듀 카루소 하사가 부상자를 찾아 저마다 길을 살피던 중이었다. 잠시 뒤 제1대대 의무장교인 웨드마이어가 달려와 말했다.

"신부님, 저쪽 야전구급차에 해병 하나가 중상을 입고 쓰러졌습니다."

그리핀은 서둘러 카루소를 데리고 구급차로 올라갔다. 웨드마이어의 말대로 크게 다친 해병이 거친 숨을 몰아쉬고 있다. 피를 너무나 많이 흘려 살리기에는 이미 늦은 듯했다.

"어서 병자성사를 해야겠소."

그리핀은 착잡한 마음으로 병자성사를 시작했다. 그런데 난데없이 기관총탄이 구급차 옆을 뚫고 들어왔다. 구급차 안은 순식간에 아수라장이 되었다. 총탄 하나가 그리핀의 턱을 때려 턱뼈를 바스라뜨리고는 오른쪽 어깨에 박혔다. 카루소는 그 자리에서 숨이 끊어지고 말았다.

웨드마이어는 그리핀을 지혈해 준 의무병에게 말했다.

"카루소 하사의 시신을 구급차 바깥으로 내리게."

그러자 그리핀이 피를 흘리면서도 울컥하며 막아섰다.

"안 됩니다. 이런 곳에 카루소 하사를 버려두고 갈 수는 없소."

웨드마이어도 착잡한 얼굴로 말했다.

"신부님, 신부님의 심정, 저도 압니다. 저 또한 가슴이 무척 아픕니다. 하지만 이 구급차는 산 사람을 위해 있는 겁니다."

어쩔 수 없었다. 총격에 죽은 카루소 하사와 멕시코계 해병의 시신은 구급차 밖으로 옮겨졌다. 그 모습을 지켜보는 그리핀은 비통하기 그지없었다.

'조금 전만 해도 나와 이야기 나누던 사람이었는데…… 그가 죽었단 말인가? 살아 있어도 산 게 아니다. 이것이 전쟁이다.'

아픔은 잊어버린 채 그는 저절로 눈시울이 뜨거워졌다.

'전쟁은 인간을 무참히 망가뜨린다. 그러나 그 전쟁을 일으키는 건 바로 인간이다. 이 세상에 인간만큼 욕심 많고 사악한 짐승은 없다. 늑대도 아무런 이유 없이 서로를 죽이는 짓 따위는 하지 않는다. 그러나 인간은 그렇지 않다. 그야말로 비극이다. 전쟁 속에서 그들은 얼마나 잔혹한 학대 행위를 저지르는가.'

이범신은 우리 모두에게 죄가 있으며, 극형을 받아 마땅하다는 생각이 들었다. 그는 앞으로 자신에게 어떤 일이 일어나더라도 불공평하다거나 얼토당토않다고 여기지 않으리라 다짐했다.

로치 소령은 후방으로 달려가 하우 중대장 뉴턴과 만났다. 민라드 뉴턴은 재빨리 부대를 전개해 중공군 진지들을 공격했다. 앤더슨의 임시대대가 고지에서 중공군을 물리칠 수 없어, 모리스는 왼편에서 옆쪽을 보호하라는 지시를 받았다.

한편 봄 오드는 다리를 고칠 수 없다며 불도저로 곁길을 만들었다. 존 크래번 종군목사가 손전등을 반짝여 전차를 지나가게 했다.

토머츠의 아이템 중대 제2소대가 세찬 사격을 받았다. 뒤따라가던 전차 한 대가 갓길 웅덩이에 바퀴가 빠져버렸다. 중공군 기관총이 길을 따라 거세게 사격을 퍼부어댔다. 체임버스와 구드로 병장은 길 서쪽에 분대를 전개했다. 그러나 지형과 화력이 중공군에게 좀더 유리했다. 럴런드 에얼리크 병장은 분대를 배치하고 체임버스에게 고함을 질렀다.

"저 자식들 당장 잡으러 가겠어!"

말이 떨어지기 무섭게 그는 길을 건너 고지로 미친듯이 달려 나갔다. 중공군이 에얼리크에게 기관총을 돌리자, 다른 해병들이 곧바로 엄호에 나서 적의 기관총 사수들을 처치했다. 하지만 끝내 에얼리크도 전사하고 말았다.

대열 전방부대는 고토리 쪽으로 쉼 없이 나아갔다. 새벽 5시 30분에 이르러서야 베이커 중대는 풀러 부대와 만났다. 14킬로미터를 가는 데 22시간이나 걸렸던 것이다. 모리스 소령의 선두 병력은 7시에 고토리 방어선에 이르렀다.

리첸버그는 병사들에게 북쪽으로 돌아와 머레이 부대와 접촉이 있을 때까지 길을 열어놓고 기다리라고 지시했다. 후방에서는 얼 페인과 벤 리드 대위 포대가 격전을 벌였다.

동이 트면서 포대의 대열이 매서운 박격포 공격을 받았다. 중공군이 공격대형을 만들고 있는 모습이 눈에 띄었다. 대포는 즉각 직사(直射) 자세를 취하고 포격을 시작했다. 시한신관을 이용해 사거리는 100미터 내지 450미터로 짧아졌다.

중공군 800명이 죽고 50명이 달아났다. 고토리 방어선 북쪽 약 1300미터 지점의 고지로부터 날아오는 맹렬한 화력도 공중 폭격으로 날려버렸다.

리첸버그는 제3대대를 북쪽으로 보내고 록우드에게도 같은 임무를 주어 사단 각 부대가 고토리로 들어갈 수 있도록 힘썼다. 록우드는 9일 전 드라이스데일 특수부대가 중공군 기습을 받은 그 지역, 길 왼쪽에 봉쇄진지를 만들었다. 드라이스데일의 특공대도 그와 비슷한 임무를 받아, 록우드는 서쪽과 북쪽에서 중공군의 저항을 물리쳤다.

이틀 전 제6정찰비행대 소속 '메뚜기'들의 '눈 위에 살려달라고 적은 것을 보았다'는 보고를 바탕으로 그 지점에 식량과 의료품을 떨어뜨렸다.

영국특공대 대원 22명이 9일 동안 굶주림과 맹추위 속에서 적의 눈을 피해 가까스로 버티다 마침내 구출되었는데, 그 가운데 10명은 들것에 실려 나와야만 했다.

35
달구지 바퀴 소리

전장은 갑자기 불바다가 된다. 누군가 요술 지팡이를 휘두르는 담대한 재주를 부려 세상을 온통 뜨겁게 불태운다. 새하얗던 눈길은 어느새 옷을 벗고 욕망을 품은 붉은 속살을 선뜻 내보인다. 그 모습이 어쩐지 민망한 하늘은 쉼 없이 눈을 흩뿌려 시뻘겋게 불타는 땅을 덮으려 애를 쓴다. 그러나 이미 욕망에 눈을 뜬 땅은 붉은 혀를 내밀어 솜사탕처럼 부드러운 눈을 집어삼킨다. 그것이 전쟁의 얼굴이다.

하갈우리 남쪽 전략적 도로봉쇄선 한 곳을 맡았던 양평춘은 자기 부대원들을 낮은 언덕에 산개해 잠복해 놓고 미 해병 철수부대의 선발대 차량행렬이 멀리 산모롱이를 돌아 다가오는 광경을 망원경으로 지켜보았다.

차량 7대로 꾸려진 미군 선발대는 중기관총을 단 지프를 앞세우고 느슨한 사방 경계를 펴면서 천천히 전진해 왔다. 후속부대와의 간격을 생각해 속도조절을 하는 듯했다.

"젠장맞을 미군놈들, 저런 태평이 없네."

"소풍가는 줄 아는 거야, 뭐야."

"내버려 둬. 곧 피똥 싸도록 만들어 줄 테니."

병사들은 저마다 분풀이라도 하듯 욕설을 내뱉었다.

양평춘은 부하들에게 긴장을 풀지 말라는 엄명을 내렸다.

"내가 공격 신호 사격을 할 때까지는 숨소리도 내지 마라!"

그는 부릅뜬 눈으로 차량행렬을 노려보며, 지난밤 꿈을 떠올렸다. 황소를 타고 가는 꿈이었다. 영락없는 길몽이었다. 오늘 전투가 행운을 가져다주리라는 강한 믿음과 함께 투지가 불타올랐다.

"전투 준비!"

앞장선 지프가 400미터 앞으로 다가왔을 때 양평춘이 양 옆으로 명령을 전달했다. 차량행렬은 중공군이 숨어 있는 언덕과 100미터 거리를 두고 거의 평행을 이룬 지점에 이르러 앞차부터 차례로 멈추었다. 길바닥 한쪽이 크게 움푹 패여 차가 지나갈 수 없었다.

양평춘이 재빨리 언덕 위로 상반신을 쑥 내밀며 허공에 권총을 쏘았다. 그러자 벌떼같이 일어난 부대원들의 총구가 한꺼번에 불을 뿜고, 박격포에서 발사된 포탄이 잇따라 날아가 길 여기저기에서 터졌다.

미군들은 당황한 가운데서도 곧 교전태세에 들어갔으나, 기습과 기선제압만이 승패를 판가름하기 마련이다. 박격포 포탄이 지프 바로 뒤를 따르던 트럭과 후미의 탄약수송차를 폭파하면서 그들의 전투 의욕까지 깡그리 날려버리고 말았다. 많은 병사들이 죽거나 크게 다쳐 쓰러지고, 차에서 빠져나온 나머지는 압박해 오는 중공군을 보고 총을 마구 쏘면서 달아났다.

중공군은 달아나는 미군을 굳이 뒤쫓지 않았다. 곧 후속부대가 들이닥치리라는 것을 똑똑히 알고 있었기 때문이다. 그들은 차에 뛰어올라 부상자들을 찾아 하나하나 확인사살하는 한편, 빼앗은 무기와 전리품을 챙기기에 여념이 없었다.

양평춘도 눈을 허옇게 뜬 채 아직도 피를 흘리는 흑인 장교의 손목에서 한눈에도 값비싸 보이는 시계를 풀어 손목에 찼다. 시계 주인의 시간은 멈췄건만, 무심한 시계는 새로운 주인의 손목에서 변함없이 제 역할을 이어갔다.

중공군 병사들이 전리품을 거두느라 정신 없을 때, 산모롱이 뒤로 미 해병 후속부대가 나타났다. 부하로부터 다급한 보고를 받은 양평춘은 재빨리 상황을 정리하고 그곳을 벗어났다.

휘신밍은 부대를 이끌고 황초령 1081고지로 나아갔다. 우융추이가 사단본부에 가 있는 동안 휘신밍이 전위대대의 지휘를 맡았다. 우융추이는 남쪽으로 후퇴하는 미 해병 제1사단을 내내 가로막으려고 했다. 그러나 전세는 갑자기 바뀌어 완전히 그의 예상을 빗나갔다.

이러한 상황을 모른 채 우융추이는 미군 포로 셋을 넘기고 지시를 받기 위해 사단본부에 왔다. 사단장 장훙시를 만나기 전, 그는 먼저 사단 의무대에 들렀다.

대대장님이 왔다는 말에 뤼따꺼는 재빨리 몸을 일으켰다. 마음은 어서 뛰어가고 싶었으나 사타구니가 너무도 아파 엉금엉금 걸어갈 수밖에 없었다. 우융추이 앞에 서자 뤼따꺼는 저도 모르게 뜨거운 눈물이 흘러내렸다. 우융추이는 드물게 미소를 띠었다.

"다 큰 어른이 울긴 왜 우나?"

뤼따꺼가 처량하게 말했다.

"제 거시기가 박살났습니다. 다시는 대대장님과 오줌발 내기를 못합니다."

뤼따꺼가 눈물을 닦더니 옅은 웃음을 보였다. 감정을 억누르기도 전에 대대장을 만났기 때문이다. 서로 헤어진 지 얼마 지나지 않았는데 마치 몇 년은 흐른 듯했다. 우융추이는 온몸에 연기를 가득 걸치고 참혹한 전쟁터에서 살아 돌아왔다. 그럼에도 그는 여전히 활기 넘쳤다. 뤼따꺼는 기쁨의 눈물을 다시금 흘렸다.

우융추이는 의무대 대장 두성이에게 이야기를 들어서 이미 알고 있었다.

"자네 거시기는 괜찮아. 고환 하나 없어도 사는 데 아무 지장 없네."

두귀싱은 멀리서부터 대대장의 목소리와 모습을 알아차렸다. 그는 바닥에 놓인 들것에서 몸을 일으키고 미소 지으며 우융추이가 다가오는 모습을 바라보았다.

우융추이가 두귀싱 옆에 쭈그리고 앉았다. 우융추이는 그의 오른쪽 다리 바지통이 비어 있는 걸 보았다. 그러고는 이를 악물고 두귀싱에게 말했다.

"괜찮아. 동상으로 다리 하나를 잃었어도 다른 한쪽이 있지 않나. 체코식 기관총을 들고 전처럼 미군놈을 박살내 두려움에 오줌을 지리도록 하자고!"

두귀싱이 힘없이 대답했다.

"적군을 막고 진지를 지켜내는 일은 할 수 있지만 돌격은 할 수 없습니다. 이 다리로는 무립니다."

우융추이가 다시 입을 열었다. 그 목소리에는 슬픔과 미안함이 묻어 나왔다.

"난 앞으로 자네를 돌격하게도 후퇴하게도 두지 않을 거야. 못처럼 자네를 딱 진지에 붙어 있게 할 거네. 내가 있으니 걱정 마."

두귀싱의 창백한 얼굴에서 슬며시 미소가 피어올랐다.

"대대장님께 말씀드릴 일이 있습니다. 제가 대대장님이 그토록 아끼던 술을 마취약 대신 마셨습니다. 일부러 그런 것은 아닙니다. 뤼따꺼와 훠수이란, 천이페이가 제 입으로 쏟아부었습니다. 그때 전 움직일 수 없었습니다. 어쩔 도리가 없었습니다. 대대장님께 정말 면목 없습니다."

고개 숙인 두궈싱에게 우융추이가 손을 내저었다.

"난 또 뭐라고! 괜찮아, 잘 마셨어. 그걸 안 마셨으면 맨정신으로는 다리를 자르지 못했을 테고, 자네 목숨도 구하지 못했을 거야."

"도수가 무척 높아 저는 꼬박 하루를 깨어나지 못했습니다."

"내 말이 맞지? 두 모금만 마셔도 기절한다니까. 더구나 반병이나 자네에게 쏟아부었으니…… 마음에 두지 말게. 남은 술은 가지고 돌아가 훠 훈련관과 맛을 봐야겠군."

천이페이가 솔잎을 고아 만든 뜨거운 물을 가져와 두궈싱의 발을 물에 담갔다. 우융추이가 천이페이에게 고맙다고 말했다.

천이페이와 훠수이란은 남몰래 두궈싱과 뤼따꺼에게 미음을 끓여주었다. 장진호 지역으로 왔을 때 훠수이란은 천이페이, 란쓰옌, 자오후이메이에게 지난번에 훔친 쌀을 몰래 옮기도록 했다. 그녀들은 여태까지도 그것을 소중히 보관하며 필요할 때마다 조금씩 꺼내 미음을 끓였다. 그랬기에 두궈싱과 뤼따꺼가 견뎌낼 수 있었다.

우융추이가 두궈싱과 뤼따꺼에게 통조림을 조금 건네고 남은 통조림은 훠수이란과 어린 양정자에게 주었다. 우융추이는 미군의 야전배낭을 메고 이곳에 왔다. 배낭 안에는 빼앗은 통조림들이 가득했다. 그는 미군으로부터 빼앗은 식품을 나누어 준 뒤 텅 빈 배낭에 총과 탄약을 채웠다.

어린 양정자는 처음에는 우융추이를 낯설어했다. 훠수이란이 아이를 다독이며 말했다.

"아버지가 너를 보려고 오셨어. 자, 이리 온."

우융추이는 의심 가득한 눈초리의 양정자를 자신의 오리털외투 안으로 잡아당겼다. 그러자 양정자는 금세 예전 느낌을 다시 찾았다. 이 오리털외투는 아이가 따뜻하게 덮었던 이불이었다. 양정자는 드디어 수염이 까칠하게 난 남자를 생각해 냈다. 그제야 우융추이의 허벅지를 껴안고는 작은 머리를 외투 밖으로 쏙 내밀었다. 아이는 까만 눈동자를 반짝이며 환하게 웃었다.

란쓰옌이 옆에서 얌전하게 웃으며 다른 사람들이 조용해지기를 기다렸다가 우융추이에게 말을 건넸다.

"부대는 괜찮은가요? 전투가 아주 힘겹다던데."

우융추이가 무겁게 이야기를 꺼냈다.

"힘겨울 뿐만 아니라 참혹하기까지 해. 죽은 사람도 많아. 하지만 우리는 수많은 미군놈들을 무찔렀어. 그들은 비겁하게 달아났지."

여기까지 말하고 보니 불현듯 무언가가 떠올랐다. 그는 허벅지를 내리쳤다.

"내 정신 좀 봐! 훠 훈련관은 아주 잘 있어. 당신이 짠 털장갑이 따뜻하다고 늘 자랑질이야. 훠 형은 아무 일 없어. 오늘쯤 대열을 이끌고 고토리 건자개에서 토끼를 잡을 거야."

훠신밍이 살아 있다는 소식을 듣자 란쓰옌은 안도의 숨을 내쉬었다. 그러다 문득 의아해하며 물었다.

"토끼를 잡는다고요? 이 한겨울에 토끼가 어디 있어요?"

"미군놈들은 토끼처럼 뛰어다녀. 나도 곧 미국 토끼를 잡으러 건자개로 돌아가야 해."

그는 뤼따꺼와 두궈싱 등 부상자들을 둘러본 뒤 훠수이란과 양정자에게 작별인사를 했다. 란쓰옌은 사람들이 조금씩 흩어지자 남몰래 우융추이에게 천으로 만들어진 배낭 하나를 건넸다. 배낭 안에는 그녀가 훠신밍을 위해 짠 스웨터가 정성스레 담겨 있었다. 그녀가 압록강을 건넌 뒤부터 짜기 시작한 이 스웨터는 이제야 겨우 완성됐다. 란쓰옌은 부끄러워하며 입을 열었다.

"손이 얼어서 부었어요. 그래서 잘 짜지 못했네요. 아쉬운 대로 입으라고 전해 주세요."

우융추이는 마치 자신이 선물을 받듯이 기뻤다.

"걱정 마. 반드시 전해 줄게. 털장갑에 스웨터까지. 이야! 이 추운 날에도 훠 형은 더워서 온몸에 땀이 나겠네!"

란쓰옌은 부끄러워 어쩔 줄 몰랐다. 우융추이가 천으로 된 배낭 안에 담긴 물건을 들여다보았다. 눈에 띄게 예쁜 하늘색 스웨터였다.

곧바로 우융추이는 사단본부를 찾아 장흥시에게 전투상황을 알렸다. 힘겹고 고달픈 처지이지만 병사들은 여전히 굴복하지 않는 군센 의지로 끝까지 싸울 것을 맹세했다. 우융추이 부대는 죽음을 두려워하지 않았으며, 상부가 내린 전투임무를 끝내지 못할까봐 겁을 내지도 않았다. 그러나 그들은 모든 부대가 하나같이 걱정하는 문제에 놓여 있었다. 오로지 군량과 탄환이 없어서 걱정일 뿐이었다.

우융추이 부대가 걱정하는 문제는 그들 사단, 군단에서만 존재하는 게 아니라 모든 집단군이 맞닥뜨린 것이었다. 이 문제는 일시적으로 해결될 수 없고, 기댈 수 있는 것은 그들 자신뿐이다.

장훙시는 훠신밍에게 명령해 사단에서 남은 병력을 모두 이끌고 황초령 1081고지로 가라고 한 일을 우융추이에게 알렸다. 그곳은 장진호 산간지역에서 마지막으로 거치는 중요한 길목이다. 이 길목을 지나 남쪽으로 가면 드넓은 들판이 펼쳐진다. 여기서 놓치게 되면 미 해병 제1사단을 가로막을 수도 뒤쫓을 수도 없게 된다. 그는 우융추이에게 곧장 자신의 부대로 돌아가라고 지시했다.

멍빠오둥은 우융추이에게 명령문을 읽어주었다. 우융추이를 전위연대 부연대장으로, 훠신밍을 전위연대 부정치위원으로 임명한다는 내용이었다.

우융추이는 이런 직책을 맡게 될 줄은 꿈에도 생각지 못했다. 그는 장훙시와 멍빠오둥에게 말했다.

"전 연대장이든 대대장이든 상관없습니다."

장훙시는 표정이 굳어졌으나 입을 열지 않았다. 멍빠오둥이 우융추이에게 말했다.

"우융추이 자네, 뭐가 상관없어? 이것은 조직의 신임이고 자네들이 맡은 새 책임이네. 반드시 임무를 마치는 길만 남았네."

우융추이가 차렷 자세를 취했다.

"네! 신임에 감사드립니다. 반드시 해내겠습니다!"

장훙시가 외투 주머니 안에서 종이로 감싼 물건을 꺼낸 뒤 우융추이에게 말했다.

"이건 자네가 가져가게. 길에서 허기를 좀 채울 수 있을 거네."

"이것이 무엇입니까, 사단장님?"

"좋은 거네. 개고기야."

"개고기요? 이 귀한 것을……."

우융추이의 눈이 빛났다. 그는 종이로 감싼 고깃덩이를 건네받아 코에 가까이 가져가 냄새를 맡은 뒤 다시 그것을 장훙시에게 건넸다.

"가지고 계십시오, 사단장님."

"왜 그러나? 작아서 싫은가?"

"그럴 리가 있겠습니까?"

우융추이가 말했다.

"그래도 사단장님께서 보관하십시오. 사단장님은 사단을 다스리십니다. 저는 고작 1개 대대를 이끌 뿐입니다."

장훙시는 우융추이의 말뜻을 이해했다.

"내가 이끄는 사단에서 전투할 수 있는 모든 병사는 자네와 함께 하네. 가져가게."

우융추이는 이번에는 거절하지 않고 그것을 외투에 집어넣고서 군례를 표했다.

"사단장님, 정치위원님 걱정 마십시오. 우리 전위대대, 아니 우리 전위연대에겐 1081고지가 있습니다. 팔다리, 머리가 몽땅 잘린다 해도 미군놈들을 황초령에서 막겠습니다. 절대로 미군놈들을 장진호 지역에서 벗어나지 못하도록 하겠습니다."

멍빠오둥이 마음에 들지 않는다는 듯 말했다.

"팔 다리는 잘려도 되지만 머리는 잃어버리면 안 되네. 머리통이 없는데 어찌 미군놈과 싸우겠나?"

우융추이가 차렷 자세로 웃으며 대답했다.

"네! 머리는 꼭 지키겠습니다!"

사단본부에는 웃음보따리가 피어났다.

떠나기 전 우융추이는 한 번 더 사단 의무대에 들러 작별인사를 나누었다. 어린 양정자는 아버지가 다시 떠난다는 사실을 알았다. 그래서 아이는 그의 종아리를 껴안고 오랫동안 손을 풀지 않았다. 우융추이가 양정자의 머리를 쓰다듬고 종이에 싸인 고깃덩이를 아이의 품으로 집어넣었다.

바람이 분다. 우융추이의 외투 옷자락이 찬바람에 휘날렸다. 큰 걸음으로 성큼성큼 걷는 그의 뒷모습이 예사롭지 않았다. 그는 어깨에 황토색 천으로 된 배낭을 메고 있다. 그 안에는 란쓰옌이 훠신밍을 위해 짠 하늘색 스웨터가 담겼다. 그는 이 스웨터를 반드시 황초령 1081고지로 가져가 훠신밍에게 전해야만 한다. 스웨터에는 훠신밍을 향한 란쓰옌의 온 마음이 서려 있음을 그는 잘 알았다.

훠수이란이 양정자의 작은 손을 잡고 길목에 섰다. 란쓰옌과 천이페이가 그 옆에 나란히 서 있었다. 그녀들은 우융추이가 차츰 멀어지는 모습을 눈으로 떠나보냈다. 훠수이란이 갑자기 크게 소리쳤다.

"우융추이, 꼭 살아 돌아와야 해요!"

훠수이란의 절절한 외침을 듣고 우융추이가 몸을 돌렸다. 그러나 걸음을 멈추지는 않았다. 그는 머리에 쓴 모자를 벗어 흔들었다.

양정자는 눈을 크게 뜨고 우융추이의 모습이 저 멀리 내리는 눈에 가려 사라질 때까지 바라보다가 소리쳤다.

"아버지!"

아이의 목소리는 그 뒤를 따라가는 듯 달리다가 몰아치는 바람에 휩싸여 흩어져 버렸다.

리첸버그가 고토리에 다가가고 있을 때, 머레이는 하갈우리에서 심각한 상황에 놓였다. 고토리로 이어지는 길이 내려다보이는 하갈우리 동쪽 고지가 머레이를 사뭇 불안하고 초조하게 만들었다.

12월 5일 아침 10시, 로이스는 이 고지 방어에 지원했던 서터 중대 및 공병, 근무부대 병력과 교대하라는 명령을 받았다. 오후 4시가 되자 로이스 부대는 깎아지른 듯한 고지로 기어올랐다. 짐이 무거운 기관총수와 박격포 반원을 밧줄로 묶어 올릴 때마다 굽이들이 수없이 이어져 힘겹게 했다.

가까스로 이동이 끝났을 때 로이스는 왼쪽으로 스티븐스의 제1대대, 오른쪽으로는 태플릿의 제3대대와 같은 선 위에 있었다. 스미스의 도그 중대가 맡은 전선이 길었으므로 피터스 소대를 스미스에게 붙여주었다.

오후 일찍 머레이는 부대지휘관 회의를 열었다. 그는 리첸버그 연대장의 남진을 짧게 말하고 나서 연대에 맡겨진 임무를 덧붙였다.

"우리는 현 진지를 방어하다가 제7연대가 고토리까지 길을 뚫으면 곧바로 움직일 것이오. 우리는 낙오자가 아니라 당당한 해병으로 나아가는 겁니다. 떠날 때는 전사자, 부상자와 장비를 함께 옮겨야 하오. 이미 여러분에게 강조했으나 다시 한 번 말하리다. 해병대답지 않은 자세는 어떤 변명으로도 허락할 수 없소. 혹 여기서 빠져나갈 수 없다고 생각하는 장교가 있다면 나오시오.

내가 바로 보내 주겠소."

그날 밤 10시, 로이스는 머레이의 지휘소에 불려가 현 진지 동북쪽 고지를 장악하라는 지시를 받았다. 주보급로를 내려다보는 이 고지는 적군이 리첸버그 부대에 공격을 퍼부을 수 있는 지점이었다. 그 조치는 알맞으면서도 꼭 필요했다.

로이스는 지휘소로 돌아가 공격계획을 세웠다. 루시의 4.2인치 박격포중대가 화력지원을 하기로 했다. 스미스의 목표에는 15분 동안 공격준비포격을 할 계획이었다.

이튿날 아침 7시, 박격포 사격이 시작되었지만 예정 시각인 7시 15분이 되어도 공중지원기들은 오지 않았다. 박격포는 공격준비 포격을 계속했다. 10분 뒤 해병 코르세어기들이 비로소 나타나 목표에 기총소사, 폭격, 로켓 공격을 해댔다.

산등성이에서는 스미스와 도그 중대원들이 공격개시 시간을 기다렸다. 최종 공중 폭격을 이끌면서 전방항공통제관 매닝 지터 중위가 산꼭대기에 서서 코르세어기들에게 좀 더 효과적으로 목표 지시를 하려 애쓰고 있었다. 이 공중 폭격에 모두 76대의 비행기가 투입되었다.

소런슨의 제2소대가 공격을 시작했다. 그러나 부대가 50미터도 채 나아가기 전에 중공군의 거센 화력에 부딪혀 소런슨은 왼쪽 어깨를 다치고 말았다. 그 뒤를 이어 하인스 중위가 지휘를 맡았다.

악몽이 이어졌다. 군의관 리트빈은 부상자들을 찾아 포화 속을 뛰어다녔다. 그의 옆으로 중공군이 쏜 총알이 수도 없이 비켜 갔다. 리트빈은 저만치 낯익은 해병 하나가 쓰러져 있음을 발견하고는 재빨리 달려가 다친 병사의 철모를 벗겼다. 심장은 뛰었지만 뇌수가 밥물이 끓어넘치듯 골 밖으로 흘러나왔다. 그 참혹한 모습에 그는 숨이 막히는 듯했다. 벌떡 일어나 몇 발짝 뒤로 물러난 그는 자신이 할 수 있는 일이 아무것도 없음을 깨달았다.

스미스는 조지 맥노턴 중위에게 돌격 명령을 내렸으나, 맥노턴 부대는 하인스 후방에서 묶이고 말았다. 앞으로 펼쳐질 싸움에서 우위를 차지하기 위해서는 먼저 동쪽 지점의 중공군 화력부터 잡아야 했다. 맥노턴은 갤러거 일병이 이끄는 제3분대에 서둘러 출동을 명령하고, 스미스의 지시를 받은 존슨은 옆쪽으로 소대를 옮겨 이를 엄호했다. 숨 막히는 공방 끝에 마침내 중공군의 화력을 무력화하고 1차 목표인 북쪽 고지를 손에 넣었다.

승리의 기쁨을 만끽할 겨를도 없이 스미스는 맥노턴에게 지시했다.

"동쪽에 있는 보다 더 높은 고지를 공격해 차지하라!"

그런데 어떤 명령도 전달받지 않은 갤러거가 제멋대로 원거리 사격을 해대고 있다. 다급해진 맥노턴은 휴스 병장을 보내 제3분대의 철수를 명령했다. 그러나 휴스는 돌아오지 않고 갤러거 분대도 나타나지 않았다. 그사이 갤러거 분대가 공격을 받은 것이다.

맥노턴은 부하 20명을 뽑아서, 빈틈없이 작전을 펼쳐 겨우 목표했던 고지를 차지할 수 있었다. 소대원들은 참호를 파기 시작했다. 그때 죽은 척 엎드렸던 중공군 2명이 맥노턴을 겨냥해 수류탄을 던지려고 몸을 일으켰다. 순간, 로저 로슨 하사의 총구에서 불이 번쩍 뿜어져 나왔다. 털썩 무릎을 꿇으며 고꾸라지는 중공군 병사들을 돌아다본 맥노턴은 로슨 하사에게 찡긋 윙크를 보내며 엄지손가락을 힘차게 들어올렸다.

스미스는 중대의 나머지 병력을 고지로 올려보내 참호를 파도록 했다. 이 공격은 네 시간 넘게 이어졌다. 도그 중대는 많은 병사들을 잃었다. 맥노턴 소대에도 고작 15명밖에 남지 않았다. 그나마 4명은 몸이 성하지 않았다.

새로 손에 넣은 진지와 하갈우리, 고토리 사이 골짜기에서 맥노턴이 200여명의 중공군을 발견했다. 전방항공통제관 존슨은 재빨리 공중 폭격을 요청했다. 때맞춰 출동한 공중지원대의 활약으로 중공군에게 엄청난 피해를 입혔다. 이때 부상한 힉스와 헨리 일병이 갤러거 진지에서 찾아와 맥노턴에 합세했다.

도그 중대가 새 진지에서 참호를 파고 있을 때, 로이스는 피터스에게 첫째 목표를 차지하고 그 옆쪽을 보호하라는 지시를 내렸다. 하인스의 제2소대가 안장목을 가로질러 피터스와 이어졌다.

공중 공격이 있었음에도 길 위쪽 골짜기에 있던 중공군 진영에 수상한 조짐이 보였다. 공격을 알아차린 미군은 중공군보다 나은 지점을 장악했으나, 매우 재빠른 데다 신출귀몰하는 중공군을 확실하게 제압하기 위해서는 정찰대를 보내 움직임을 더 자세하게 파악하는 일이 먼저였다.

이번에도 스미스는 용감무쌍하고 믿을 만한 맥노턴을 골랐다. 맥노턴의 임무는 고지를 내려가면서 정찰대를 투입하고, 그 골짜기의 중공군을 제거하는 일이었다. 부상병들을 고지에 남겨 놓고 맥노턴은 로슨 하사, 다니엘 에드워스 일병, 프랭크 래퍼니 병장과 폴 리어 상병을 데리고 떠났다. 존슨 병장과 다른 7명은 옆쪽에 배치되어 엄호사격을 하기로 했다.

이 소규모 정찰대가 고지를 내려가고 다시 존슨 소대가 화력기지를 만들었다. 그런 가운데 리어가 발에 총탄을 맞자, 맥노턴은 그를 지원사격할 수 있는 진지로 데리고 갔다. 잠시 치열한 전투가 벌어졌으나 중공군의 저항 의지가 한풀 꺾이면서 공방전은 싱겁게 끝이 났다. 무더기로 항복한 중공군 포로는 150명에 이르렀다.

둘째 목표에 방어진지를 세우다가 리어는 또다시 부상을 당했다. 엎친 데 덮친 격으로 의무병 스탠리 위버마저 상처를 입었다. 날이 어두워지자 피터스와 스미스가 지키던 진지 가까이에서 중공군들의 음산하고 낮은 소리가 들려왔다. 삽시간에 시작된 중공군의 치열한 공격의 칼끝은 하인스 제2소대를 겨냥하고 있었다. 중공군은 수류탄을 던질 수 있는 거리까지 바싹 다가붙었다. 곳곳에서 수류탄이 우박처럼 날아와 떨어졌다.

죽을힘을 다해 기관총 진지를 지키던 러셀 세이들은 중공군 7명을 사살했지만, 스미스의 행정장교 허니 커트가 부상을 입었다. 하인스 소대를 지원하는 기관총 부사수와 사수인 워런 하워드 일병과 프레드 월츠 상병이 중공군과 치열한 접전을 벌였다. 월츠와 하워드는 번갈아 기관총을 쏘고 수류탄을 던졌다. 기관총 진지 3미터 앞까지 중공군이 밀어닥쳤다가 순식간에 쓰러져 갔다. 몸을 다치면서도 하워드는 기관총을 놓지 않았다. 철수명령이 내려지자 그는 월츠를 도와 새 진지로 기관총을 옮겼다. 스미스의 지휘소는 피터스 방어선 안으로 물러나야 했다. 세이들은 목숨을 잃었다.

존슨과 러로이 더지가 꿋꿋한 지도력을 드러내며 이끌고 나간 제1소대는 무섭도록 끈덕지게 싸웠다. 존슨 병장과 맥노턴 중위는 병력이 줄어든 부대를 합쳐 천천히 물러나며 제1목표로 돌아갔다. 이동하는 가운데 교전이 벌어져 로슨 하사가 죽고 말았다. 새 진지로 돌아왔을 때도 중대에는 80명밖에 남아 있지 않았다.

먼동이 틀 무렵 더지가 지원자 5명을 데리고 전방에 나가 세이들과 로슨, 그밖의 전사자 15명의 시체를 옮겨왔다. 고지에 튼튼하게 파고들어간 중공군이 그들을 지켜보았으나 총을 쏘지는 않았다. 그 부근에는 170구가 넘는 중공군 시체가 널려 있었다.

도그 중대를 겨냥한 야간공격과 때맞춰 자스킬카 부대도 박격포 일제사격에 뒤따라 매서운 공격을 받았다. 고지 기슭에 자리 잡은 자스킬카 부대는 고토리에서 오는 길에 포진해 있었는데, 그 낮은 땅은 돌덩이처럼 얼어 참호를 제대로 팔 수 없었다. 밤 10시, 중공군이 자스킬카 부대에 맹렬한 공격을 퍼부었다. 1차 공격의 열기로도 보고마이니로 진지를 뚫기에 충분했다.

중공군이 경기관총 한 자루를 빼앗아 해병들에게 쏘아대자 왼쪽이 포위될 위험에 놓였다. 왼쪽으로 20여 미터 떨어진 참호에서 사격하던 레슬리 윌리엄스 소위는 여기저기에서 빗발치듯 날아드는 총탄을 헤치며 벌거벗은 땅을 가까스로 뛰어 건너가 경기관총을 다시 빼앗았다. 그러고는 뒤이어 달려온 기관총수들에게 무기를 넘겨주고 제자리로 돌아가다가 그만 어이없게도 총 한 발에 목숨을 잃고 말았다.

보고마이니로 전투선에 중공군의 압력이 이어지자, 대전차소대의 반장인 앤드류 두나이 병장이 앞으로 달려나갔다. 그의 뒤를 따르던 부하 하나가 수류탄 파편에 맞아 쓰러졌다. 그는 재빨리 M-9바주카를 재워 넣어 중공군에게 쏘았다. 그러나 바주카는 말을 듣지 않았다. 위급한 상황에 포탄이 바닥난 것이다. 그는 몸을 납작 숙이고 포탄을 더 달라고 고함을 질렀다. 그는 중공군에게 짓밟힐 위기에 놓인 기관총 진지 하나를 자폭으로 구출하면서 30명이 넘는 중공군과 함께 장렬히 전사했다.

자스킬카 부대는 새벽 6시 30분까지 중공군의 공격을 받았다. 그러나 유담리의 '이지 마을 안길(Easy Alley)'에서처럼 이지 중대는 잘 싸웠다. 중공군의 위협적 돌파공격도 없었다. 날이 밝자 300구가 넘는 처참한 중공군 시체가 널브러져 눈밭 위를 한가득 메운 광경이 펼쳐졌다.

존스의 찰리 중대는 자스킬카와 이어진 옆쪽에서 격렬한 공격을 받았다. 81밀리와 60밀리 박격포의 능률을 최대로 높여 중공군의 병력 집결지를 때렸다. 중공군이 바짝 다가왔을 때 존스는 육군 셔먼전차 한 대를 몰고 무서운 화력으로 지상군을 도왔다. 중공군의 공격은 조금씩 시들해지더니 자정이 되기 전 마침내 멈췄다.

존스가 중공군에 맞서 열심히 싸우는 동안 히터 중대 또한 치열한 공방을 벌였다. 전투선이 뚫려 중공군이 줄기차게 밀고 들어왔다. 중공군이 우박처럼 퍼부어대는 화력 속으로 데이비든 로슨과 호스와 캐럴이 탄약과 수류탄을 갖고 결사적으로 뛰어들었다. 그들은 강타당한 전선에 탄약과 수류탄을 재빨리 가져다주었다. 니콜라스 트랩넬 소위가 이끄는 대대는 완강한 결의로 중공군을 물리쳤다. 그 소용돌이 속에 로슨과 캐럴이 목숨을 잃었다.

눈밭 위에서 최후를 맞이하는 병사들의 흐린 눈동자 속에 비치는 눈얼음 세상은 환상적인 지옥이리라. 죽은 새가 땅 위에 곤두박질하듯이, 얼음 결정체가 허공을 떠돌다 사뿐거리며 다시 내려와 주검 위를 뒤덮었다.

존 스티븐스 중령은 그때까지 예비대로 있던 존 행콕 중위의 대대를 투입, 히터 중대를 도왔다. 행콕은 자기 제1소대를 고지 오른쪽에 있는 트랩넬 소대와 합쳤다. 콜리의 제2소대는 전방으로 보내 왼쪽 옆을 강화했다. 2개 중대의 박격포들은 고지 왼쪽 후방에 진지를 잡고 협공을 펼쳤다. 밤새도록 수류탄이 무섭게 날아들고 총알이 빗발쳤다.

새벽이 되자 중공군의 공격 열기는 조금씩 수그러들었다. 시야가 트이자 지원화기의 능률도 올랐다. 해병과 해군 항공기들이 지정된 상공에 나타나 근접 공중지원 폭격을 퍼부었다. 그 사나운 위력 앞에 중공군은 싸울 용기를 잃어버리고 산으로 달아나기 시작했다.

에이블 중대 진지 앞에는 중공군 시체가 산처럼 쌓여 있었다. 그날 밤 히터와 행콕 부대원 가운데 10명이 죽고 33명이 다쳤다.

히터 부대에 공격이 쏟아지던 그때, 중공군은 새벽 2시가 조금 넘어 존스 전선에 두 번째 공격을 감행해 왔다. 지원화기와 왼쪽에 있는 육군 전차 한 대를 익숙하게 부리며 존스 부대는 재빨리 중앙을 뚫고 들어오는 중공군 무리를 깨부수었다. 동이 틀 때까지 중공군은 이따금 침투를 시도했으나 끝내 모두 섬멸되었다. 날이 새자 존스와 부하들은 중대 방어선 200미터 내에서 260구의 중공군 시체를 찾아냈다. 이에 비해 그날 밤 존스 부대 부상자는 10명뿐이었다.

태플릿 방어구역에서는 중공군과 어떠한 접촉도 없었다. 그 이전에 하갈우리 공격에서 보았던 것처럼 중공군의 주공격은 동쪽, 동북쪽, 남쪽과 서남쪽에서 밀려왔다. 날이 어두워지면서부터 이튿날 해가 뜰 때까지 스티븐스와 로이스 대대는 1500명이 넘는 중공군을 쳐부쉈다.

장진호 지역 남쪽 맨 끝 1081고지는 중공군과 미군에 모두 중요했다. 미 해병 제1사단에게는 흥남 항구로 물러나기 위해 거쳐야만 하는 마지막 장벽이고, 중공군은 이곳에서 미군을 놓치면 '방향을 바꿔 뒤에서 공격한다'는 미 해병의 발걸음을 다시는 막을 수 없었다.

1081고지가 있는 산간지역은 황초령이라 불렸다. 북한 동북부에 앉은 낭림산맥 일부에 속한다. 평원과 산맥을 경계로 남쪽으로는 동해안의 너른 연해평원이 펼쳐지고, 북쪽으로는 장진호 지역으로 들어가는 험준한 산봉우리가 서 있다. 황초령은 장진호 지역에서도 가장 춥고 가파른 곳이었다.

군단장 리옌펑은 적군보다 한발 앞서 1081고지에 부대를 내보냈다. 1만 명이 넘는 사단 병력 가운데 현재 싸울 수 있는 병사는 고작 100여 명뿐이었다. 리옌펑과 장훙시에게서 명령이 내려온 뒤 훠신밍은 조금도 망설임 없이 병사 100여 명을 이끌고 황초령 1081고지로 나아갔다.

눈이 잦아들었다. 하얀색 태양이 두꺼운 구름층 뒤에서 나타났다 사라졌다 했다. 찬바람이 대지에 쌓인 눈을 스치고 지나가 울퉁불퉁한 산길은 아득하고 흐릿하다. 눈이 모든 것을 묻었다. 무릎이 빠질 만큼 눈이 쌓여 발걸음을 옮기기 어려워 병사들과 당나귀는 조심스럽게 길을 더듬어 나아갔다. 잠깐이라도 조심하지 않으면 하얀 눈으로 덮인 깊은 골짜기로 떨어질 듯싶어 아찔하기 이를 데 없었다. 부대의 행군속도는 더없이 느렸다.

'이렇게 가다가 어느 세월에 1081고지에 다다른단 말인가!'

훠신밍은 마음이 몹시 조급했다. 군단과 사단 지도자의 명령은 아주 명확하고 확실했다. 온 힘을 다해 가장 빠른 속도로 1081고지를 손에 넣고 어떠한 일이 있어도 미군이 황초령을 넘지 못하도록 하라는 것이었다.

'미군도 바보는 아니니까 머잖아 이 고지에 부대를 보내겠지. 어쩌면 이미 보냈을지도 모른다.'

훠신밍은 끊임없이 병사들에게 속도를 내라고 재촉했다. 산 아래 도로는 언제든 미군과 마주칠 수 있는 데다 산중턱은 위험이 도사렸다. 훠신밍은 오래도록 고민한 끝에 산마루를 따라 남쪽으로 이동하기로 결정했다. 시간이 많이 늦어져 훠신밍 마음을 불안하게 했다. 그러나 뜻밖에도 겨울바람이 불어와 산마루에 쌓인 눈이 산간 평지로 쓸려 내려서 병사들이 걷기에 무척 편했다. 행군속도는 차츰 빨라졌다.

훠신밍에게 주어진 또 다른 문제는 턱없이 모자란 식량이었다. 위용시앙은 총알이 빗발치던 건자개 진지를 떠난 뒤 다시는 돌아오지 않았다. 휘신밍은 그가 보급물자를 가지고 돌아오리라고는 기대하지 않았다. 병사들 손에 든 몇 안 되는 통조림과 과자만이 그들이 미군과 교전을 벌였음을 보여 줄 뿐이었다.

낮이 다 저물도록 병사들은 바람과 서리를 맞으며 산기슭을 올랐다. 그들은 체력이 크게 떨어져 남은 식량을 모조리 먹어치웠다. 그러고는 이를 악물고 앞만 보고 걸었다. 병사 몇 명은 나무뿌리 아래에 쌓인 눈을 집어삼켰다.

루이후이는 왕산의 당나귀 아빠오 옆에서 입 안에 눈을 머금은 채 징을 메고 걸었다. 그는 얼음덩어리가 된 눈을 씹어서 으깨야만 했다.

"사람이 당나귀라면 좋겠어. 당나귀는 먹을 게 없어도 풀이라도 먹을 수 있잖아. 우린 그저 눈덩이를 씹을 수밖에."

왕산이 그를 쳐다보았다.

"눈이라도 먹을 수 있다면 천만다행이야. 허기는 달랠 수 없어도 목마름은 가실 테니까. 눈마저 없으면 자네는 굶주려야 해."

루이후이가 낮은 목소리로 투덜댔다.

"위융시앙 동지는 어째 돌아오지 않는 거죠? 얼어붙은 감자라도 구해서 가져오면 좋겠는데!"

텅 빈 담뱃대를 입에 물며 왕산이 말했다.

"위 동지는 돌아오지 않을 거야. 적어도 지금은."

루이후이는 그가 걱정스러웠다.

"미군에게 당했을까요?"

왕산은 고개를 들지 않았다.

"그렇다고 말할 수는 없네."

"포로가 되었을까?"

루이후이는 걱정이 되어 혼자 중얼거렸다.

"그렇다고 말할 수도 없네."

왕산은 여전히 목소리를 낮게 깔고 말했다.

루이후이는 입을 더 열지 않았다. 그는 박달나무로 만든 징을 꼭 부여잡고 더욱 힘차게 걸었다.

휘신밍이 길 옆에서 부대원들을 따라 걸으며 북돋웠다.

"미군놈들을 가로막기만 하면 먹을 것을 얻을 수 있다. 속도를 내서 걸어라. 온 힘을 다해 나아가라! 미군 수송대 대장 능력은 국민당 장제스보다 못하다. 황초령만 지키면 미군부대를 모조리 무찌르고 따뜻한 고향으로 돌아갈 수 있다. 실컷 먹고 포근한 잠자리가 놓인, 따사로운 바람이 산들산들 부는 집으로 갈 수 있다!"

훠신밍의 말에 부대원들은 정신이 번쩍 들었다. 집에서 기다릴 부모님, 형제, 연인이 떠올랐다. 마지막 전투가 끝나면 그곳으로 돌아갈 수 있다는 생각만으로 온몸과 다리에 힘이 났다. 극한의 상황에서 그들은 마음속으로 오직 한 단어만 새겼다.

'걷는다.'

저녁 안개가 서서히 피어오를 때, 그들의 발은 마침내 고독하고 황량한 황초령 1081고지에 닿았다. 훠신밍은 부대를 이끌어 진지를 차지하고 병사들은 산 아래 도로를 바라보며 총을 겨누었다.

고지에는 산병 구덩이와 참호 등과 같은 간이 축조물이 있었다. 장진호 전투 전에 중공군이 잠시 머무르려고 지은 것이다. 그 무렵 미 해병 제1사단이 원산에 상륙했을 때 중공군은 이곳에서 북쪽 장진호로 이동하는 미군의 발목을 잡았다. 이제 훠신밍과 그의 부대는 다시 이 진지를 점령하고 그들을 막으려 했다.

'꼭 살아남아 그리운 고향땅으로 돌아가자!'

그들 머리에는 이런 각오가 끓어올랐다.

중공군 공격이 멈추자 미 해병은 고토리로 행군을 시작했다. 삶과 죽음의 갈림길에서 격전을 치른 병사들은 몸도 마음도 지칠 대로 지쳐 걷다가 쓰러지거나 주저앉기 일쑤였다.

그들의 행군은 매우 더뎠다. 무릎과 발목이 몹시 쑤셨으나 온 힘을 다해 걸음을 옮겼다. 눈밭에 쓰러진 타일러 중위는 일어나려고 기를 썼다. 어느덧 얼굴에는 땀이 얼어붙고 이마에 감은 붕대 밖으로 붉은 피가 배어나왔다. 허버트 머켓 상사가 도우려고 몸을 굽히자 타일러는 그를 쏘아보며 말했다.

"다가오지 말게!"

허버트는 버둥거리는 중위를 숙연히 지켜보았다. 타일러는 깊은 눈밭 속에 군화 뒤축을 파묻고 오른쪽 팔꿈치로 땅을 힘껏 짚었다. 백지장처럼 새하얗던 얼굴은 금세 땀과 눈물로 얼룩졌다. 마침내 그는 비틀거리며 엉거주춤 일어섰다.

허버트는 뭐라 말할 수 없는 뜨거운 감정이 목구멍까지 차오름을 느꼈다. 타일러의 목구멍을 타고 신음 소리가 어렴풋이 새어나왔다. 그는 입을 굳게 다문 채 한 걸음 내디뎠다.

타일러는 눈 쌓인 길을 따라 허버트 앞을 절룩거리며 걷기 시작한다. 한 발짝 한 발짝 내디딜 때마다 머리가 한쪽으로 기묘하게 흔들렸다. 그러나 타일러는 뒤돌아보지 않고 앞으로 걸어 나아갔다.

허버트는 목이 타고 가슴이 뜨거웠다. 어깨에 멘 총이 유난히 무거웠지만, 타일러가 입을 열 때까지는 물도 마시지 않고 쉬지도 않으리라 마음먹었다. 식은땀이 등에서 얼어붙었다. 몰아치는 눈보라, 잔뜩 찌푸린 하늘, 눈얼음으로 뒤덮인 길, 하루 밤낮 동안 쉼 없는 행군…… 그는 아침에 쓰러진 전우의 얼굴을 떠올리며 후들거리는 다리를 부여잡고 걸었다.

전날부터는 그나마 한 끼 식사도 제대로 하지 못했다. 그렇잖아도 무거운 군장에 짓눌린 병사들은 얼지 않도록 옷 속에 품은 물통의 냉기로 옆구리에 통증을 느꼈다. 지친 병사들이 하나둘 주저앉았다. 그대로 두면 틀림없이 얼어죽으리라.

허버트는 쓰러진 병사들의 목덜미를 손으로 잡아끌었다. 그러나 그도 차츰 힘이 빠져 나중에는 발로 툭툭 차 병사들을 일어나게 했다. 꿈쩍도 하지 않는 병사들에게는 일어날 때까지 더욱 세차게 발길질을 해댔다. 대부분 병사들은 순순히 일어났지만, 몇몇 병사들은 그를 알아보지 못하고 드러누운 채 총으로 사납게 위협하기도 했다.

"제길, 네가 뭔데 이래라저래라 하는 거야! 난 더는 못 걷겠단 말이야. 날 그냥 내버려 둬!"

"제아무리 맥아더가 와도 날 어쩌지 못해. 꺼지지 않으면 중공군놈들처럼 날려버리겠어!"

그럴 때면 허버트는 가슴팍을 치고 말했다.

"좋아, 어디 할 수 있으면 해봐. 하지만 먼저 일어난 뒤에 나를 쏘라고."

잇따라 병사들이 눈 속에 미끄러져 쓰러지면서 거친 숨을 몰아쉬며 그 자리에 벌렁 누워버렸다. 그들은 더는 살고픈 의욕이 없어 보였다. 허버트는 그럴 때마다 그들 옆에 멈춰 서서 쓰러진 병사가 대열로 돌아올 때까지 조용히 기다렸다. 한참 숨을 고르다가 나아지면 그는 농담처럼 가볍게 욕설을 퍼부었다.

"빌어먹을 눈덩이 같으니. 그만 좀 내리지. 어쩌라고 이렇게까지 퍼붓는 거야? 설마 우리 모두를 이곳에 묻어버리려는 속셈은 아니겠지? 하긴 또 알 수 없는 일이잖아, 여긴 전장이니까. 자, 모두 내 말 들었지? 이제 일어나라고. 여기서 허무하게 죽어버리기엔 너무 젊지 않나, 안 그래? 명령이다. 모두 일어서!"

허버트와 병사들은 다시 무겁게 걷기 시작했다.

그렇게 40미터쯤 나아갔을까. 그들은 또다시 멈춰 서고 말았다. 이 상태로는 거리도 시간도 아무런 의미가 없었다. 병사들 몸에서 온기가 빠져나갔다. 얼어버린 땅에 부들부들 몸을 떨었다. 흙과 눈이 얼어붙어 너덜너덜해진 옷은 알 수 없는 악취를 풍겼다. 쓰러지지 않는 게 오히려 이상했다. 가까스로 내뱉는 병사들의 거친 숨소리만이 깊은 동굴 속 울림처럼 귓전을 맴돌았다. 무거운 배낭 멜빵은 어깨의 허물을 벗기며 파고들고, 발은 얼어버려 아무런 감각이 없었다. 꽁꽁 언 발을 그대로 두는 것은 위험했다.

병사들은 신발을 벗고 양말을 벗었다. 양말을 벗다 보면 달라붙은 피부까지 벗겨져 나왔다. 그러면 바로 옆의 이름 모를 전우가 자신이 입었던 두꺼운 점퍼 단추를 열고, 겹겹이 갖춰 입은 옷들을 들어 올려 동상 걸린 전우의 발을 품어주었다. 절로 몸서리쳐질 만큼 소름 끼치는 차가움도 아랑곳없이 더럽고 상처투성이인 발을 자기 맨살에 올려놓았다.

해병들은 자기 옷에서 강렬하게 풍기는 메스꺼운 냄새를 이제 더는 의식하지 않았다. 자신의 육체가 견뎌내는 엄청난 고통에 그저 경탄할 뿐이었다. 그들은 자신이 이토록 비정한 전장의 늪에 빠져 허우적거리고 자연이란 괴물과 씨름하게 되리라고는 꿈에도 생각지 않았다. 그들이 아는 건 오로지 살기 위해 끊임없이 움직여야만 한다는 사실뿐이었다.

멀고 가까운 골짜기에서 또다시 포성이 길게 울렸다. 장진호의 얼음 갈라지는 소리가 "쩍! 쩍!" 산녘에 메아리치며 병사들 가슴을 매정하게 찔러댔다.

리첸버그의 선두부대가 고토리에 들어서자 머레이는 병력을 남쪽으로 이동시켰다. 태플릿에게는 사단 치중대 앞에 서서 차량의 전진을 막을 중공군의 활동을 수색, 없애라는 명령이 떨어졌다. 마이스와 윌리엄슨은 부대를 앞에 내세워 조 스튜어트 중령과 연락하라는 지시를 받았다.

자동화기로 무장한 소규모 중공군이 대열 앞을 가로막았다. 마이스가 철둑을 따라 부대원을 세우고 기관총을 갈겨댔다. 중공군의 화력이 시들시들 힘을 잃자 행렬은 다시 움직이기 시작했다. 만일 중공군이 길 서쪽에서 저항하면 마이스가 윌리엄슨의 지원을 받아 중공군 진지를 공격하고, 그들이 길 왼쪽에서 덤비면 윌리엄슨이 마이스의 엄호사격을 받아 공세를 취하기로 했다. 어느새 행군속도가 빨라졌다.

그러다가 윌리엄슨 중대는 중공군 1개 대대가 깔린 진지에 맞닥뜨렸다. 마이스는 철둑을 따라 부대 병력을 전진시키고, 윌리엄슨 부대가 공격에 들어갈 때 그 전방에 중심화력을 퍼부었다. 중공군은 십자화력 불벼락에 잡혀 이루 말할 수 없는 손실을 입었다. 오후 5시 태플릿 대대와 연대 치중대가 고토리 방어선에 들어갔다.

한편 스티븐스의 제1대대는 오전 11시 하갈우리 돌출부에서 철수하기 시작했다. 행콕 부대가 왼쪽을 경계하고 존스가 오른쪽을 엄호하는 가운데 제1대대는 저녁 8시 바로 뒤 고토리에 이르렀다.

리처드 시워드 일병이 속한 중대가 마지막으로 하갈우리를 떠나면서 병사들은 장비와 보급품을 뜯어서 파괴하고 불을 질렀다. 연기가 호기롭게 하늘 높이 치솟아 올랐다. 이윽고 출발명령이 떨어졌다.

'이 철수작전도 이제 끝나겠지.'

어떻게든 무사히 고향으로 돌아가는 것만이 시워드의 오직 한 가지 소원이었다. 그는 자기와는 전혀 상관없는 외롭고 낯선 남의 나라에서 일어난 전쟁의 승패에는 사실 큰 관심이 없었다.

시워드는 갑자기 오줌이 마려웠다. 주위를 두리번거리자 마침 그리 멀지 않은 곳에 오막집 한 채가 보였다. 오막살이 안으로 들어서자 퀴퀴한 냄새가 코를 찔렀다. 오랫동안 사람이 살지 않은 탓인 듯했다. 시워드는 바지춤을 내리다 소스라치게 놀랐다. 굴뚝 모퉁이에 중공군 3명이 둘러앉아 무언가를 먹어대고 있었다. 조금 전까지 총부리를 겨누던 중공군이었지만, 놀랍게도 그들은 태연하게 캔에 든 음식을 허겁지겁 먹을 뿐이다. 마치 식사시간을 방해받은 게 몹시 언짢다는 듯이 한번 흘끗 그를 쳐다보고는 바로 고개를 돌렸다. 그러고는 허겁지겁 음식을 먹는 데 정신을 쏟았다.

시워드는 살아 있는 중공군을 그렇게 가까이에서 본 적이 없었다. 저도 모르게 총에 손이 갔다. 상대는 셋. 시워드가 완전히 불리했다. 중공군들의 얼굴은 믿기지 않을 만큼 천진난만했다. 그들은 조금 얼떨떨한 표정을 짓더니 이윽고 씨익 웃었다. 허기를 채우기 위해 음식을 먹을 뿐 조금도 싸울 뜻이 없이 보였다. 자연스레 총을 놓는 시워드 얼굴에도 어느새 엷은 미소가 번졌다.

시워드와 중공군들은 서로의 마음을 읽었다.

'난 너와 싸울 뜻이 없어.'

'네 볼일만 보고 어서 가.'

생각해 보면 인간은 세상 어느 곳에 있든 모두 똑같은 존재였다. 그저 역사의 우연으로 자기와는 아무런 상관도 없는 전쟁의 틈바구니에서 적군과 아군으로 나뉘어 서로 총부리를 겨눌 뿐이었다. 그러나 그보다 더 중요한 사실은, 적에 대해 알면 알수록 직감적인 확신이 선다는 것이다. 그 확신이란 바로 적들 또한 멈출 수 없는 이유가 있기에 뜨겁게 목숨을 걸고 싸운다는 점이다. 전쟁의 역사적 원인이나 죄책감에 눈을 뜰수록 적에게도 정당한 이유가 있음을 느끼게 된다.

시워드는 뒷걸음질치며 오막집을 빠져나왔다. 뒷모습을 보이는 그에게 눈길 한 번 주지 않고 중공군들은 여전히 게걸스럽게 먹어댔다. 하갈우리를 빠져나온 마지막 해병인 시워드는 마을을 빠져나온 마지막 전차에 올라탔다.

수많은 민간인이 걸어서 전차 뒤를 따라왔다. 남자들은 어깨에 지게를 지고, 아낙들은 머리에 보따리를 이었다. 발에 새끼줄을 감은 아이가 있는가 하면, 겹저고리를 껴입고 토끼털 귀마개를 한 아이들도 보였다. 그들은 하나같이 초조하고 불안한 모습으로 종종걸음을 쳤다. 피란길은 짐을 가득 실은 달구지를 끌고 나온 사람들, 가축까지 몰고 온 사람들로 아수라장이었다.

멀지 않은 곳에서 중공군이 산비탈을 내려왔다. 그들은 희번덕거리는 눈으로 두터운 옷가지와 먹을거리를 찾느라 정신 없었다. 중공군은 미 해병들을 위협하지 않는 대신 피란민들에게 달려들었다. 피란민들은 겁에 질려 마지막 전차를 이리저리 앞질러 달려갔다. 마치 홍수에 휩쓸려 나가는 듯했다. 화들짝 놀란 피란민들이 미 해병들보다 앞서 나가자, 미군들은 그들을 멈추게 하고 총검으로 위협해 100미터쯤 뒤떨어져 오도록 했다.

로이스 대대 해병들은 쑥대밭이 된 마을을 떠나며 무심히 눈길을 돌릴 뿐이었다. 그들에게는 짓밟힌 누군가의 삶도, 그 터전도 도무지 와닿지 않았다. 그만큼 그들은 지쳐 있었다.

전방기지인 하갈우리가 있었기에 사단은 사상자 모두를 안전히 보냈다. 보충병은 바닷가로 탈출작전을 위한 부대로 다시 짜였다. 이들 덕분에 몇 천 명의 해병과 육군 병사가 목숨을 구할 수 있었다.

해병들이 마지막으로 하갈우리를 떠나자 산골짜기 작은 마을은 이내 불바다로 변하고, 순식간에 폐허가 되어버렸다. 미 해병 제1사단의 뒤를 따르던 피란민들은 하갈우리 다리에서 슬프고도 안타까운 운명을 맞이하고 말았다.

미 해병은 다리를 무너뜨릴 계획이었다. 폭파 지휘관인 로드 대위는 들소 떼처럼 수없이 밀려오는 피란민을 보고 폭약의 점화를 미루도록 했다. 그러나 불타는 하갈우리 마을에 벌써 들이닥친 중공군의 모습이 저만큼 보였다. 피란민들은 로드 대위가 잠깐 생각에 잠긴 그 틈에도 다리에 이르러 아우성치며 부랴부랴 다리를 건너기 시작했다.

공병은 로드 대위의 지시를 기다리지 못하고 점화 스위치를 비틀었다. 다리는 피란민과 함께 엄청난 폭음과 폭연을 내뿜으며 산산이 부서졌다. 사람들 몸뚱이가 나뭇조각처럼 갈기갈기 찢겨 곳곳으로 흩어졌다가는 땅으로 곤두박질쳤다.

얼마나 많은 사상자가 났는지는 알 수 없었다. 피란민들은 다리 앞뒤에 납작 엎드렸다가, 폭음이 잦아들자 눈투성이가 되어 일어났다. 그들은 강둑으로 내려가 꽁꽁 언 강을 건너 해병의 뒤를 따랐다. 비명도 울음도 뚝 끊기고, 철없는 아이들의 칭얼거림도 침묵에 파묻혔다. 그저 달구지의 삐걱대는 바퀴 소리만이 바람에 위태로이 흔들린다.

한편, 1950년 12월 7일 미국과 다수 유엔 회원국 대표들은 중국 특파대사 우슈취안(伍修權)이 제안한 미국의 한반도 침략안을 총회에 내놓기로 했다. 우슈취안은 들고일어났다.

"한낱 미국이 유엔을 쥐락펴락하다니! 있을 수 없는 일입니다. 흑백이 뒤바뀌었군!"

그는 회의장을 박차고 떠났다.

12월 15일이 되자 유엔 총회는 기한 없는 연기를 선언했다. 3일 뒤 유엔 정치위원회도 같은 결정을 내렸다. 우슈취안은 몹시 분노했다.

"총회의 결정은 취소나 마찬가지다. 유엔 강단을 이용해 미 제국주의와 투쟁하려던 계획은 실패로 돌아갔구나."

그는 장소를 회의장 밖으로 옮겨 레이크 석세스(Lake Success) 마을에서 기자 간담회를 열었다. 수많은 기자들 앞에서 우슈취안이 입을 열었다.

"나는 평화를 얻고자 유엔에 왔습니다. 미국의 조종을 받는 안보리는 우리의 이성적이고 평화적인 건의를 짓밟았습니다. 중화인민공화국의 목소리를 온 세계가 듣도록 유엔정치위원회에서 할 발언도 마련했지요. 그러나 미국의 방해로 뜻을 이루지 못해 유감입니다. 여기 원고가 있으니 읽어보길 바랍니다."

카메라 플래시가 터지고 타자기 두드리는 소리가 시끄러웠다.

우슈취안은 선전에 빼어난 실력가였다. 미국인에 대한 호감도 빠뜨리지 않았다.

"여러 방법으로 우리를 반겨준 미국인이 많았습니다. 진심으로 감사드립니다. 나는 우리 중국과 미국 국민들이 미국 통치 집단의 침략정책에 맞서 승리하리라 믿습니다. 두 나라의 우호 증진을 바라는 우리 중국의 뜻이 미국 국민에게도 전해지길 바랍니다."

영문으로 쓰인 자료들도 뿌려졌다. 국·공전쟁 시절 중공 야전군이 국민당군으로부터 빼앗은 미국 무기 사진첩이 눈길을 끌었다. 한국전쟁 뒤로 미국 비행기가 중국 영토를 포격하는 사진을 수백 장 늘어놓은 책에 기자들은 고개를 갸웃거렸다.

중국대표단은 유엔의 서방국가 대표들과 활발히 만났다. 미국 안의 진보적 인사도 손수 찾아왔다. 가수 폴 로브슨(Paul Robeson)은 미국을 대표하는 인권운동가였다. 중국국가 의용군행진곡을 부른 친중 인사이기도 했다. 대표단 일원 궁푸성(龔普生)은 컬럼비아대학 재학 시절 가까이 지낸 로브슨을 방문했다. 중국을 대표해 안부 전하며 저우언라이(周恩來)의 초청장도 전했다. 그런 중에도 미국 정보기관의 물밑 대화 제안은 단호하게 물리쳤다.

미국 정부의 대응도 만만치 않았다. 미국 은행에 맡겨둔 중국인의 예금을 동결했다. 대표단 고문 차오관화(喬冠華)는 경호원들에게 인기가 많았다. 동결

발표 전날 경호원 한 명이 차오관화에게 정보를 흘렸다. 대표단은 은행 마감시간 직전에 맡겨둔 자금을 뽑았다. 12월 24일 14시 36분 장진호에서 후퇴한 국군과 유엔군이 흥남 부두에서 철수작전을 끝낸 바로 그날이었다.

로이스는 12월 7일 밤 9시 30분 고토리에 들어갔다. 하갈우리에서 고토리로 가는 남진 공격에서 해병은 616명의 사상자를 냈다.

36
황초령 다리

병사는 전장에 잠시 만들어진 한 줄기 그물이어서 건너는 것도, 길 위에 있는 것도, 뒤돌아보는 것도, 제자리에 멈추는 것도 엎드려 잠복하는 일에도 위험이 도사렸다.

하갈우리에서 빠져나온 부대들은 어마어마한 수의 전사자와 부상자들을 고토리에 쏟아냈다. 시설은 부족하고 사태는 몹시 심각했다. 부상자들 말고도 동상환자들, 얼어붙은 C레이션을 먹거나 물 대신 눈을 먹어 배탈 난 환자들이 수두룩했다. 많은 소총병들이 심한 설사로 말도 못하게 고생했는데 그들은 산을 오르내리다가 그대로 바지에 쏟아버리기도 했다.

미군은 고토리의 활주로를 연장했다. 이번에는 수송기를 착륙시키지 않을 수가 없었다. 해병 조종사 트루먼 클라크 중위, 존 머피 중위와 머케일리브는 낡아빠진 어뢰폭격기를 몰고 고토리 비행장에 착륙을 시도했다. 부상자들을 빨리 실어내기 위해 아슬아슬한 모험을 감행한 것인데, 조종사들 모두 그런 비행기를 다루어 본 적이 없었다.

이 비행기에는 병세에 따라 가려진 부상자 여남은 명을 싣기로 했다. 첫날 클라크와 머케일리브가 85명을 날랐다. 안전한 착륙을 위해 뛰어난 항공모함 착륙지휘장교인 맬컴 몬크르프 대위가 고토리로 날아와 수기 신호로 어뢰폭격기 3대를 무사히 착륙시켰다.

하갈우리에서 옮겨진 부상자를 합쳐 6일까지 중상자 4437명이 보내졌다. 이때 전사자 137명도 함께 실렸는데, 그 사실을 안 10군단 사령부에서 주의 조치가 내려졌다.

"부상자 후송도 힘겨운 상황 아니오? 이런 형편에 죽은 이들까지 챙길 여유는 없소."

그러나 스미스 사단장의 결심은 흔들림이 없었다.

"함께 싸운 전우들을 내버려 두고 갈 수는 없습니다. 전사자든 부상자든 할 수 있는 데까지 최선을 다할 겁니다."

12월 8일 오전, 해병 쌍발수송기 한 대가 짙은 눈보라 속을 헤치고 활주로 상공을 맴돌고 있었다. 지상의 해병들이 그 비행기를 보았지만 폭설 때문에 그만 놓치고 말았다. 시야가 썩 좋지 않았다. 눈보라가 잠시 누그러졌을 때 해병들은 입을 딱 벌린 채 다물지 못했다. 비행기는 어느새 땅 위에 내려앉았다. 그러고는 바로 19명의 사상자를 싣고 떠났다.

이 쌍발기가 떠나고 난 다음 날, 하루 내내 항공작전은 멈추었다. 해병 항공대 덕분에 고토리의 의료 부담은 크게 줄었고, 옮겨야 할 사상자는 200명밖에 남지 않았다. 스미스의 하산공격 계획은 간단했다.

'머레이와 리첸버그가 협곡 양쪽의 감제고지를 차지하면 차량 행렬이 그 사이를 가르며 남쪽으로 전진한다. 해병들이 고토리에서 남쪽으로 움직이는 동안 슈먹이 북쪽을 공격해 산중턱의 고지를 장악한다. 제31연대의 1개 대대를 합친 풀러는 차량 대열이 그 지역을 완전히 빠져나갈 때까지 고토리 방어선을 지키다가, 행군 대열이 먼저 고토리를 벗어나면 뒤따라 물러나면서 후위부대가 된다. 그 뒤 치중대 대열이 완전히 길에 들어서서 움직이면 보병들이 고지를 떠나 보조를 맞추어 나아간다.'

대열 마지막 차량은 전차였다. 퍼싱전차 한 대가 서버리거나 캐터필러가 끊겨버리면, 길에서 오도 가도 못하게 되므로 이 점을 고려해 결정한 대열 배치였다.

이 계획은 뜻밖의 어려움에 부딪쳤다. 황초령 아래 콘크리트 다리가 무너져 버린 것이다. 좁은 계곡 위에 걸쳐 있던 그 다리는 사단의 차량과 전차가 이동하는 데 매우 중요했다. 스미스 장군이 허탈한 표정으로 중얼거렸다.

"중공군이 우릴 어려움에 빠뜨리기에 더할 나위 없이 좋은 장소를 골랐군."

그곳은 깎아지른 산비탈이었으므로 우회로를 만들기란 거의 불가능했다. 우여곡절 끝에 다리를 다시 놓는 수밖에 없다는 결론을 내렸다.

공병 제1대대장 존 패트리지 중령이 6일 아침 이 지점을 공중정찰했다. 그는 고토리에 착륙하여 전투공병 제185대대의 머그르 대령과 자기 부하 장교인 조지 베이브 중위를 만나 예비계획을 의논했다. 패트리지는 제58도하중대 워드 중위가 고토리에 브록웨이(Brockway) 트럭 몇 대를 갖고 있다는 정보를 들었다. 이 트럭들은 도보교의 부품을 제 위치에 놓기 위해 특수설계한 차량이었다. 워드는 이탈리아에서 이런 장비를 다룬 경험이 많아 그의 건의가 큰 도움이 되었다.

한편 연포비행장에 있는 해병 공중투하반 소속 돈 칼로 블래싱게임 대위는 고토리 방어선에 도보교 부품을 떨어뜨릴 준비를 하고 있었다. 세실 호스펠혼 대위와 공중투하중대의 보급 요원 11명이 일본에서 날아와 교량 부품 공중투하 작전 때 블래싱게임을 돕기로 했다.

무게가 1100킬로그램이나 나가는 이 부품들은 다루기 무척 까다로운 품목이었다. 안전하게 떨어지도록 낙하산 장치를 하기란 더욱 복잡하고 어려웠다. 블래싱게임은 연포(蓮浦) 상공에서 투하 실험을 했는데, 너무 세게 떨어지는 바람에 부품들이 모두 부서져 버렸다.

서둘러 일본에서 특수 대형 낙하산을 비행기에 싣고 옮겼다. 제1상륙 궤도 차량대대 소속 100명의 작업대 지원을 받아 블래싱게임과 대원들은 낙하 준비로 밤을 지새웠다. 공군이 C-119 8대를 내주었다. 날이 밝자 8개 부분의 교량에 투하할 모든 준비가 끝났다.

머레이와 리첸버그가 고토리에 도착하자, 고토리 방어선은 해병들과 군용 차량으로 꽉 들어찼다. 스미스는 사상자가 나지 않도록 각 개인과 부대에 교량부품 투하작전을 미리 알려두라고 지시했다. 가이 워시번 대위가 지상에서 투하작전 유도를 맡았다. 비행기에 지시를 내려 부품의 '차내기(kick-out)' 시점을 결정하는 게 그의 임무였다.

블래싱게임은 공군조종사 맨체스터가 다루는 비행기를 제1번 부품 수송기로 결정했다. 맨체스터는 이미 해병과 여러 번 투하 공동작업을 해왔다. 그의 용기와 뛰어난 기술이 블래싱게임에게 강한 인상을 주었다. 맨체스터는 끊임없이 다그쳤다.

"나한테 실어주는 짐이요? 어디로 가는 거죠?"

플라잉 박스카 8대가 이륙해 오전 9시 30분 고토리 상공에 멈추었다. 맨체스터가 모의투하 연습을 하고, 두 번째로 날아온 워시번의 지시로 첫 번째 부품이 미끄러져 나왔다. 낙하산이 부품을 안고 둥글게 펴지며 만족스럽게 땅에 내려앉았다. 부품 3개는 고토리 동쪽 지역에, 나머지 5개는 서쪽에 떨어뜨렸다. 안타깝게도 한 토막은 목표를 빗나가 중공군 손에 들어가고 말았다.

각 부분들이 조금씩 휘었으나, 워드는 바로잡을 자신이 있었다. 그는 브록웨이 트럭에 부품들을 싣고 바닷가로 가는 마지막 공격준비에 들어갔다.

12월 8일 오전 8시, 리첸버그는 산 어귀 양쪽에 있는 1차 목표 두 곳에 연대 병력을 전진시켜 그곳을 손아귀에 넣었다. 다우세트가 부상한 뒤 데이비스가 연대 행정장교로 들어오고, 소여 소령이 제1대대장으로 올라갔다. 길 양쪽 고지를 확보한 뒤 주보급로를 따라 교량지점까지 밀고 나가는 게 그의 임무였다.

날씨는 화창하게 맑아 눈이 부실 정도였다. 유진 호바터 중위는 부대를 가장 앞에 내세워 산 아래로 내려가기 시작했다. 큐어캐버와 모리스가 그 뒤를 따라 내려갔다.

고토리를 떠나 1800미터도 채 못 가서 브래들리 소대가 중공군과 거센 화력전을 벌였다. 소여는 큐어캐버를 호바터의 왼쪽으로 돌렸다. 보히즈의 병기중대에는 길에서 화력기지를 만들도록 지시했다.

갑자기 날씨가 흐려지면서 심한 눈보라가 휘날리기 시작했다. 포격이나 공중 지원을 요청하기는 어려웠다. 전투는 빠르게 그 열기를 더해가고 있다.

윌리엄스 소대가 브래들리의 오른쪽에서 치열한 교전을 벌였다. 그러나 3면에서 중공군의 공격을 받는 상황이라 꼼짝 못하고 묶인 채였다. 윌리엄스 소대 연락병 프레드릭 스토퍼 일병이 개활지를 달려가 길로 올라서더니 퍼싱전차에 훌쩍 올라탔다. 폭설이 멎은 뒤에도 스토퍼는 그 자리에 남았다. 그는 전차조장에게 중공군의 진지를 가리켜 주었다. 부상도 아랑곳하지 않고 스토퍼는 전차에 버티고 앉아 화력을 지시했다. 그의 활약으로 부대는 공격로를 틀 수 있었다. 윌리엄스는 온 힘을 다해 중공군과 싸우다가 적의 총알을 피하지 못해 끝내 덧없이 죽고 말았다.

음울하고 흐린 날이 이어졌다. 큐어캐버 중대가 고토리 남쪽으로 1500미터쯤 내려갔을 때, 중공군이 산등성이에서 세차게 총을 쏘아대기 시작했다. 큐어캐버가 앞으로 나가 상황을 파악한 뒤 소대장들을 불러 모았다. 총알이 곳곳에서 인민의용군지만 그는 길 옆에 조셉 오웬 중위와 나란히 서 있었다. 테일러 중위가 그들이 서 있는 곳으로 다가오다가 본능적으로 땅바닥에 몸을 납작 엎드리며 외쳤다.

"그렇게 서 있으면 죽어!"

중대장 큐어캐버가 그를 내려다보며 말했다.

"지금 엎드리면 다시는 못 일어날 것 같아요."

눈발이 더 거세졌다. 큐어캐버는 오웬에게 지도에 나와 있는 통로 하나를 가리키며, 12명밖에 남지 않은 그의 소대를 이끌고 중공군 진지를 우회공격할 방법을 던졌다. 그때 갑자기 큐어캐버가 풀썩 쓰러졌다. 놀란 오웬은 저도 모르게 팔을 뻗어 그를 땅에 눕혔다. 총알 한 발이 큐이개비의 철모 바로 아래 이마를 꿰뚫은 것이다. 그는 슬라브인다운 넓적한 얼굴의 잘 생긴 폴란드계 미국인이었다.

중대장의 죽음은 오웬에게 커다란 충격으로 다가왔다. 그러나 머뭇거릴 틈이 없었다. 그는 곧바로 큐어캐버의 지도가방을 들고 츄엔 리 중위를 찾아나섰다. 이제는 리 중위가 중대를 책임져야 했다. 길 오른편에서 리 중위를 찾아낸 오웬은, 큐어캐버가 중공군 진지 왼쪽으로 돌아가 공격하라고 명령을 내리다 죽었다고 알렸다. 츄엔 리는 아무런 표정 없는 얼굴로 대답했다.

"알았네."

오웬과 그의 부하들이 험난한 산을 타기 시작했을 때는 어느덧 눈도 그치고 주위가 조용해졌다. 얼음으로 덮인 반질반질한 산길에서 병사들은 미끄러지기 일쑤였다. 고개를 들면 높고 가파른 산이 더 바짝 다가와 있었다. 조셉 오웬 중위는 중공군들 사격에 꼼짝 못할 위기를 맞을 때마다 스스로 다짐했다.

'나는 미국 해병대 초급장교로, 전투에서 반드시 지휘력을 드러내야 한다. 선택의 여지가 없다.'

5분도 되지 않아 오웬은 자기 소대가 중공군 진지를 우회했다고 굳게 믿었다. 오른쪽에서 적군의 목소리가 희미하게 들려왔기 때문이다. 그때 연락병 하나가 숨을 헐떡이며 달려왔다.

"다시 길 아래로 내려오라는 테일러 중위님의 명령입니다. 츄엔 리 중위님이 쓰러져 테일러 중위님이 지휘권을 넘겨 받았습니다."

"쓰러졌다니, 무슨 말이야?"

"크게 다쳤습니다. 상태는 나빠 보였는데 잘 모르겠습니다."

아틸리오 루파치니는 행군이나 전투를 하는 동안에도 늘 츄엔 리의 뒤를 그림자처럼 따라다녔다. 리 중위가 시킨 일은 아니었지만 루파치니 일병은 리 중위의 경호병 역할을 하기로 마음먹었다. 어쩌다 그런 마음을 먹었는지는 아무도 알지 못했다. 리 중위도 굳이 묻지 않았다.

중공군의 거센 사격을 받자 츄엔 리 중위는 흩어진 병력 사이를 다니며 일일이 몸 숨길 곳을 지시했다. 한 보충병이 잔뜩 몸을 움츠리고 부들부들 떨고 있었다. 리는 그에게 다가가 얼굴을 눈 속에 푹 처박고 카빈 소총으로 철모를 한 대 치고 난 다음 일으켜 세웠다.

"돌대가리 들어! 넌 소총수야!"

잠시 뒤 그 병사의 손에 총알이 아찔하게 스쳐 피부가 벗겨졌다.

"으아악! 소대장님, 총에 맞았습니다!"

비명을 내지른 보충병의 얼굴에 공포가 드리워졌다.

"엄살 좀 피지 마. 누구든 총에 맞아. 의무병을 찾아가 붕대 감고 나한테 알려."

리 중위는 방금 나타난 전차 쪽으로 걸어갔다. 전차는 중공군 진지에 대한 사격 제원(諸元) 조정을 준비하고 있다. 눈발이 더욱 거세지더니 기관총 사격이 시작되었다. 츄엔 리가 쓰러졌다. 한 발은 오른팔에, 다른 한 발은 전차에 맞고 튕겨나와 리 중위의 얼굴을 스쳤다.

그때 루파치니가 바람처럼 나타나 리 중위를 배수로로 옮기고 압박 붕대로 팔을 감았다. 루파치니 일병은 리 중위가 다친 지 몇 분 안 되어 죽고 말았다. 바위를 엄폐물 삼아 전진하다 총에 맞은 것이다. 유능한 야전 해병이었던 루파치니는 리를 보호하려고 노력했지만 자신을 지키는 데는 실패하고 말았다. 츄엔 리가 혼자 힘으로 구호소로 가자 웨드마이어 군의관이 놀라 말했다.

"또 자네야? 이번엔 여기 오래 있어야겠어."

"제 뺨에 있는 보조개 보이죠? 잘 아물어서 제 얼굴이 한결 멋있어졌다던데."

테일러 중위는 중대 지휘를 맡자마자 리 중위의 소대를 해체해 다른 두 소대에 흩어서 배치했다. 원산에 상륙했을 때 180명이었던 중대 병력은 이제 27명뿐이었다.

많았던 전우가 하나둘 사라져 갔다. 마치 누군가 내려와서 그들을 일으켜 세워 하나씩 하늘로 끌고 올라가는 것만 같았다. 중공군은 총도 제대로 쏠

줄 몰랐지만, 미 해병들은 운도 없었다.

워렌 모리스 중대의 화력이 고지 전면을 휩쓸자 호바터는 공격에 뛰어들었다. 모리스 소령도 공격에 힘을 모아 두 부대는 고지에서 중공군을 싹 쓸어버렸다.

이 화력전에 많은 시간을 들여, 중공군 진지를 무력화하고 선봉대가 다시 나아가기 시작했을 때는 이미 오후 3시가 지났다. 날이 금세 어두워지자, 리첸버그는 소여 소령에게 전선을 연결하고 고원 언저리에 있는 전차대기소에 차량을 둥글게 배치하라고 지시했다.

그날 나아간 거리는 보잘것없었다. 존 패트리지 중령은 교량 부품들을 실은 트럭을 이끌고 한때 전방으로 나가 있었으나, 소여의 전진이 느려지면서 리첸버그가 공병대를 전차 방어선 안으로 불러들였다.

앞선 부대들이 전투를 하며 남쪽으로 가는 동안, 스미스는 고토리에서 치른 병사들의 장례식에 참석했다. 좁은 방어선 안에는 비행장 시설이 부족한 데다 부상자들이 넘쳐났으므로 117구의 해병 영령을 한곳에 묻을 수밖에 없었다.

이범신은 설리번을 바닥에 눕혔다. 피가 말라붙은 그의 부서진 턱에서 아직도 고통이 느껴지는 듯했다. 설리번은 이범신이 처음으로 가까워진 미국인 친구였다. 전쟁터 한복판 삶과 죽음의 갈림길에서 만났기에 그들의 우정은 더없이 두터웠다. 전사통지서가 가겠지만, 이범신은 따로 그의 가족에게 편지를 쓰기로 마음먹었다.

이범신은 바닥에 누운 병사들을 내려다보았다. 로이 일병의 굳어버린 몸이 엄청나게 커 보였다. 팔은 양쪽에 달라붙었다. 가슴은 총에 맞아 뚫렸으며 배는 움푹 패었다. 흙덩이로 머리를 고여 왼쪽에서 오는 사람을 발치 너머로 본다. 차마 바라볼 수 없을 만큼 음산하고 어지럽게 흩어진 머리카락이 얼굴에 붙어 있고 그 머리칼에는 검은 피가 엉겨 있었다.

큼직한 보석처럼 네모난 텍사스 출신 폴 이병의 얼굴은 아직 살아 있는 듯 붉은 빛을 띠었다. 그 붉은 빛은 볼과 이마가 튀어나온 볼록한 얼굴을 더욱 사납게 만들어 끔찍한 표정이 되고 말았다. 입을 딱 벌린 그는 숱 많은 부스스한 머리칼을 곤두세우고 당장에라도 무섭게 소리 지르며 일어날 듯했다.

피를 심하게 흘려 부어오른 알렉스의 얼굴은 곧 터질 것만 같았다. 오른편 어깨는 총알을 여러 발 맞아 엉망으로 부서졌다. 소매를 찢어 만든 붕대로 동여맨 그의 팔이 아슬아슬하게 붙어 있었다.

오랫동안 고초를 겪은 그들의 유해는 어느덧 썩은 냄새를 풍겼다.

'이들이 정말 내가 아는 그들이란 말인가!'

미 해병들은 눈앞에 펼쳐진 현실이 좀처럼 믿기지 않았다. 수천 명의 목숨이 아스라이 쓰러져간 벌판에 우두커니 서서 사라진 전우들을 그리워하는 건 참으로 바보 같은 짓이다. 전장 한가운데 죽음이 깃든 개활지에서는 오로지 살아남은 자만이 으뜸 가치를 지닌다. 살아서 숨 쉬고, 행군하고, 적에게 총을 겨누고, 적을 죽이는 것, 그것만이 최고의 선(善)이다.

해병들은 학살된 시체들, 참혹하게도 벌써 기억에서 희미해져 간 처절한 얼굴들을 더는 바라보지 못하고 서둘러 눈을 감아버렸다. 병사들은 어찌할 바를 모르고 이리저리 주위를 서성거렸다.

우리는 무엇인가?
우리는 봉헌된 자들이다!
모두에게 흑기사 서임식 시간이 다가왔다.
우리는 기꺼이 고통받고 기꺼이 목숨을 바치리라.
조국이 우리를 원한다면.

(이범신, 〈전선노트〉)

용기. 공격하는 용기는 최상의 살인자이다. 승리는 공격 속에서 메아리친다. 인간은 가장 용감한 동물이다. 따라서 그는 모든 동물을 이겨 왔다. 승리의 노래와 더불어 그는 모든 고통을 이겨왔다. 그러나 인간의 고통은 가장 비참한 것이기도 하다. 용기는 또한 심연 속의 어지러움까지도 박살낸다. 그러나 인간이 서 있는 곳은 어디든 심연이다. 스스로 바라보는 것 자체가 심연을 바라보는 것이다. 용기는 최고의 살인자이다. 용기는 또 동정(함께 고민하는 것)마저 박살낸다. 그러나 동정은 가장 깊은 심연이다. 인간은 삶을 들여다보듯 용기는 고뇌를 깊이 들여다본다. 그러나 용기는 최상의 살인자이다. 공격하는 용기는, 그것은 죽음조차도 때려죽인다. 왜냐하면 그것은 말하기 때문이다. "이것이 인생이었던가! 좋다. 다시 한 번!" 하고. 이러한 말에는 수많은 승리의 노래가 있다. 귀가 있는 자는 들어라!

—니체

휘날리는 눈발 속에서 불도저 2대가 막사 가까이에 2미터 깊이의 농구 경기장만 한 구덩이를 팠다. 한쪽에 트럭들이 천천히 후진해 시신들을 내릴 수 있도록 출입구를 만들었다. 정오가 되기 전, 그 합동묘지에 침낭이나 낙하산 천으로 싼 미 해병과 육군, 해군 의무병, 영국군 특공대원 등 시신 117구가 묻혔다.

군종신부가 성경 구절을 읊고 짤막한 기도를 마쳤다. 기다리던 불도저들이 앞을 다투어 가며 구덩이를 만들 때 퍼두었던 얼음 섞인 흙덩이를 다시 시신 위에 덮었다.

눈이 내려 세상이 온통 은백색으로 덮인다. 산병 구덩이, 참호, 참호 안에 있는 중국 병사들. 끝없이 내리는 눈이 보이는 모든 것을 덮어버렸다. 두껍게 눈이 쌓인 1081고지는 하나의 커다란 얼음산 같았다. 칼날과 도끼날처럼 날카롭고 매서운 바람이 진지로 마구 휘몰아치며 병사들이 입은 얇은 솜옷을 헤집고 들어왔다.

휘신밍과 그의 부대는 거의 눈 속에 파묻혀 버렸다. 굶주림과 추위가 한번에 밀어닥쳐 그들의 몸은 갈수록 굳어져 갔다. 눈이 바람에 휘날려 부서진 꽃 잎처럼 머리 위에 쌓이고 칠흙같이 어두운 하늘이 얼어붙은 대지를 뒤덮었다.

아무도 산을 내려가자고 말하지 않는다. 그 누구도 눈과 찬바람을 피하자고 말하지 않는다. 그들은 그렇게 미군이 도착하기만을 기다렸다. 극도의 추위는 모두의 몸과 의지를 무너뜨리고 온 신경을 자극한다. 영하 40도가 넘는 추위 속에 대원들에게는 배를 채울 만할 식량이 조금도 없었다. 굶주림과 추위는 그들을 견딜 수 있는 끝까지 잔인하게 내몰았다. 몸의 감각 따위는 이미 사라진 지 오래였다.

휘신밍은 병사들을 일으켜 세우려 애를 썼다.

'제자리에서라도 움직이지 않으면 미군이 오기 전에 몸이 얼어 싸울 수도 없게 된다. 아니, 그냥 이대로 잠이 들어 다시는 깨어나지 못할 수도 있다.'

마침내 휘신밍은 대원들에게 명령을 내렸다.

"모두…… 일어나 움……직……여, 움직이게."

얼어붙은 그의 입술이 힘겹게 달싹였다. 참호 안에 있는 전위대대 병사들이 마지못해 주섬주섬 일어났다. 모두 힘이 없어 도무지 다리가 움직여지지 않았다. 그들은 잠시 서 있다가 총을 껴안고 다시 쭈그려 앉았다. 그렇게 앉아 있으면 찬바람을 피할 수 있고 조금은 따뜻하다고 병사들은 생각했다.

"모두…… 먹을 것……을…… 찾……찾게. 있나…… 없나…… 보게."

휘신밍의 딱딱하게 굳은 목소리가 거센 바람에 쓸려 눈 덮인 산속에 메아리친 뒤 곧 사라졌다.

병사들은 천천히 배낭과 주머니를 더듬었다. 남은 군량이 없음을 그들 자신이 잘 알았다. 그 사실을 받아들이기 싫다는 듯 무의식적으로 주머니를 더듬었다. 병사들은 오로지 훈련관의 명령을 따를 뿐이다. 배낭을 더듬던 병사들이 옆에 쌓인 눈을 집어 입속으로 넣었다. 뱃속이 차가운 눈으로 써늘해지자 잠시나마 배고픔을 잊을 수 있었다.

휘신밍도 자신의 범포 배낭을 뒤졌다. 배낭 안에는 수건, 칫솔, 치약, 공책, 연필, 마실 물을 담는 그릇이 있다. 그리고 손수건으로 감싼 보따리 안에는 그가 압록강을 건널 때 가져온 흙이었다. 그때 우융추이와 전위대대 병사 800여 명이 강가에서 오줌을 누며 조국과 고향, 가족에게 작별을 고했다. 휘신밍은 오줌을 누지 않고 대신 강가의 흙을 한 줌 퍼담아 왔다.

배낭에 먹을 거라고는 아무것도 없음을 휘신밍도 이미 알았지만 그는 얼어서 굳은 손으로 배낭 안을 더듬었다. 휘신밍의 손에는 란쓰엔이 짠 털장갑이 껴 있다. 아무리 정성껏 짠 털장갑도 이처럼 칼로 에는 찬바람을 막아주지는 못했다. 한참을 더듬은 뒤에 꺼낸 것은 치약이었다.

치약이 반쯤 남았다. 그동안 그는 이 치약을 되도록 아껴 써왔다. 굶더라도 양치질은 절대 잊지 않았다. 상하이에서부터 가지고 온 치약은 그에게 아주 귀중한 물건이었다. 꽁꽁 언 손가락이 말을 듣지 않아 할 수 없이 휘신밍은 이로 치약 뚜껑을 물어뜯었다. 딱딱하게 굳어버린 치약을 힘겹게 조금 짜내 입안으로 넣었다.

치약은 말라서 딱딱했지만 아직 얼지는 않았다. 휘신밍은 천천히 씹었다. 매운 맛이 그의 입안에 가득 퍼졌다. 치약을 옆에 있는 루이후이에게 건넸다. 루이후이가 조금 깨물고 다시 다른 병사에게 건네주었다. 휘신밍의 치약은 얼마 지나지 않아 쌀 한 톨 만큼도 남지 않았다. 병사들은 모두 입을 쩝쩝거렸다. 입에서 매운 맛이 퍼져 나왔다.

루이후이가 너덜너덜해진 담요로 감싼 징을 가슴에 꺼안았다. 그는 추위에 온몸이 얼어붙었지만 담요로 머리나 어깨를 감싸지 않았다. 그저 추위에 징이 얼어붙어 망가질까봐 걱정했다. 징이 망가지면 전투를 이끌 수 없기 때문에 제 몸보다도 징을 더욱 아꼈다.

왕산은 휘신밍의 치약을 받지 않았다. 그는 산 아래 있는 아빠오를 떠올렸다. 이제껏 아빠오는 탄약상자를 등에 싣고 진지까지 옮겼다. 지금 당나귀는 바람을 등지는 곳에 혼자 묶여 있는데, 아빠오 옆에 왕산은 마른 풀을 놓아두었다. 참호 안에 웅크리고 앉아 왕산은 바람과 눈을 맞으며 추위와 배고픔을 견디는 대원들이 어둠 속에서 치약을 천천히 주고받는 모습을 바라보았다. 그들의 퀭한 두 눈과 말라붙은 입술, 송장 같은 움직임에 왕산의 가슴이 세차게 떨렸다. 그는 생각에 잠겼다.

'이대로라면 대원들은 온몸이 얼어붙어 싸우지 못할 거야. 미군놈들이 올라와도 총을 쏘기는커녕 수류탄을 던지지도 못할 텐데.'

산 밑은 어두컴컴했다. 바람이 윙윙대는 소리만이 들릴 뿐 아무런 기척도 없었다. 왕산의 머릿속은 미군놈들이 머지않아 오리란 것도, 언제든지 올라올 수 있다는 사실이 섬광처럼 스치고 지나갔다.

왕산은 담뱃잎이 없는 텅 빈 담뱃대를 습관처럼 털었다. 그는 휘신밍 앞으로 다가가 떨리는 목소리로 말했다.

"내가 가서 식량을 구해 오겠소, 휘 훈련관."

휘신밍이 놀라서 고개를 들었다.

"먹을 것이…… 있겠소? 어떻게…… 구한단 말이오?"

"방법이 있소. 기다려 보시오. 오직 한 가지 방법이……."

휘신밍은 아무런 말 없이 왕산의 구부러진 형체가 어둠 속으로 사라질 때까지 바라보았다.

눈은 아직도 조금씩 내리고 뼈를 파고드는 추운 바람은 더 거세졌다. 휘신밍은 대원들이 그대로 잠들까 걱정이었다. 그는 대원들에게 일어서서 손발을 움직이고 서로 꺼안아 몸을 따뜻하게 하라고 소리쳤다. 병사들이 힘겹게 일어섰다. 그들은 칼로 에는 듯이 차가운 바람을 맞으며 두서넛씩 꺼안았다. 휘신밍이 온 힘을 다해 외쳤다.

"이 악물고 버텨야 해! 우리가 바위처럼 이곳에 버티고 서서 미군놈들이 달아나지 못하게 하는 거야. 조금만 참게, 동지들. 왕산이 식량을 구하러 갔어. 날이…… 곧 밝아올 거야……."

휘신밍이 남은 힘을 쥐어짜내어 큰 소리로 병사들을 어르고 달랬다. 그의 목소리를 들은 병사들이 귀를 쫑긋 세웠다. 병사 하나가 금세 잠에서 깬듯 눈을 번쩍 뜨며 중얼거리듯 옆사람에게 건넸다.

"왕산이 먹을 걸 가져온대."

지친 병사들 얼굴이 갑자기 밝아졌다. 그들의 메마른 입에 침이 고이기 시작했다. 대원들은 서로를 잠시 껴안은 뒤 다시 참호에 웅크리고 앉았다. 참호 안으로 들어오는 바람이 바깥보다는 덜 매섭지만 춥기는 마찬가지였다. 그들은 더욱 가까이 모여 앉았다.

왕산은 발목까지 푹푹 빠지는 눈길을 한참 동안 걸어 아빠오가 묶여 있는 곳에 이르렀다. 바람과 눈 때문에 길을 한 번 잃은 그는 한참을 돌아서 겨우 아빠오를 찾았다. 당나귀는 머리와 몸에 눈이 쌓였지만 건강하게 잘 있었다. 아빠오는 왕산의 발소리를 듣자 얼굴을 들어 소리를 냈다. 아빠오의 입김이 허공에 흩날렸다. 왕산이 당나귀 머리를 쓰다듬고 등에 쌓인 눈을 턴 뒤 앞에 쪼그려 앉아 빈 담뱃대를 꺼내 물었다.

날이 어렴풋하게 밝아온다. 어느새 눈은 그치고 찬바람만 울부짖는다. 왕산이 텅 빈 담뱃대를 우물거리더니 아빠오에게 말했다.

"아빠오, 너는 나를 따라 협북에서 진중까지, 진중에서 산둥까지 같이 갔지. 우리는 화이하이에서도 상하이에서도 늘 함께 싸웠어. 그런데 이제 너는 또 나를 따라 압록강을 건너 이 머나먼 장진호까지 왔구나. 여러 해 동안 나는 너에게 잘 대해 주었어. 너는 내 가족이야. 나는 너에게 미안하지 않아. 말해 보렴. 나 왕산이 언제 너를 홀대한 적이 있었는지."

아빠오가 투레질하며 앞에 있는 왕산을 빤히 바라보았다.

"그런 적 없지? 나 왕산은 이제까지 한 번도 너에게 미안한 일을 하지 않았어! 그런데 지금 나는 너에게 미안해. 이제부터 마음을 나쁘게 먹을 거야. 어쩔 수 없어. 네가 태어난 뒤로 나는 줄곧 너를 가족으로 여겼어. 나를 원망하지 마."

아빠오는 왕산이 텅 빈 담뱃대를 터는 모습을, 또 그가 땅 위에 놓인 총을 들어 노리개를 잡아당기는 모습을 바라보았다. 그저 다 이해한다는 그 물기 어린 촉촉한 눈동자는 도리어 왕산을 걱정하는 것처럼 보였다.

떨리는 총구가 아빠오의 가슴을 겨누었다.

왕산의 눈앞에 이 부대가 조국에게 작별하던 장면이 떠올랐다. 수십 필의 당나귀, 전위대대 800명 병사와 함께 압록강에서 오줌을 누던 장면이다. 고양이가 천 리를 가고 개가 만 리를 가도 어떻게 다시 집으로 돌아올 수 있는가! 오줌을 누어서 표시하기 때문이리라. 아빠오도 중국 국경 압록강에서 오줌을 누었다. 왕산은 아빠오의 혼이 그렇게 조국으로 돌아갈 수 있다고 믿었다.

아빠오는 가만히 서서 왕산의 얼굴을 바라보았다. 달아날 생각도, 저항할 생각조차 없이 그저 그렇게 가만히 왕산의 얼굴을 눈동자에 새기고 있었다.

왕산이 아빠오에게 속삭였다. 목구멍까지 뜨거운 게 차올라 그의 목소리는 낮게 억눌려 있었다.

"돌아가자. 우리 고향집이 좋지. 미군기도 포탄도 눈도 없고, 이렇게 추운 날씨도 없어. 돌아가자. 잘 가. 아빠오……"

왕산의 손이 떨려 총대가 흔들렸다. 가슴이 불덩이를 삼킨 듯이 틀어막히고 눈에는 뿌연 눈물이 차올랐다. 그는 눈을 질끈 감고 방아쇠를 당겼다. 한 발의 총성이 새벽의 고요를 깨뜨리고 나뭇가지에 쌓인 눈을 우수수 떨어뜨렸다.

아빠오가 쓰러졌다.

왕산은 멍하니 땅바닥에 쓰러진 아빠오를 내려다보았다. 총알이 아빠오의 가슴 한가운데에 박혔다. 피가 솟아나왔다. 아빠오가 쓰러진 채 힘없이 뒷발로 발길질을 했다. 왕산은 그 발길질에 가슴을 세게 채인 듯 심한 통증을 느꼈다. 그는 비틀거리며 땅바닥에 넘어지더니 총을 저 멀리 눈 속으로 던졌다. 왕산은 아빠오의 옆으로 기어가 숨을 헐떡거리는 머리를 안아주었다. 눈물이 하염없이 솟구쳐 아빠오의 잿빛 털을 적셨다. 아빠오의 크고 맑은 눈망울에는 그 어떤 원망도 두려움도 보이지 않았다. 이윽고 나귀의 숨이 완전히 멎었다. 왕산의 텅 빈 가슴 한 부분도 아빠오와 함께 영원히 떠나버렸다.

테일러 중위는 중대를 이끌고 계속 앞으로 나아갔다. 그들이 황초령 고갯마루에 이르자 눈은 그치고 차가운 바람이 윙윙 요란한 소리를 내며 불어댔다. 귀가 떨어져 나갈 것만 같았다. 더욱이 곳곳에 중공군이 포진해 있는 것 같았다.

날이 어두워지자 중대는 진격을 멈추었다. 테일러 중위와 부하들은 대규모 중공군들이 소화기 사정거리 밖에서 산비탈을 내려오거나 계곡을 건너 산등성이를 따라 움직이는 것을 보았다.

야간진지로 옮겨가고 있었기 때문인지 그들은 해병대에게 총을 쏘지는 않았다. 맞바람이 불 때면 그들이 떠들어대는 소리를 들을 수 있었다. 마치 군중이 내는 야릇한 소음처럼 들려왔다.

테일러 중위는 그 기묘한 소음 속에서 플로리다 주에 있는 그의 고향 오세올라 카운티를 떠올렸다.

'이제 고향 들녘에는 오렌지꽃이 한창일 텐데.'

인근 과수원은 물론 마을 도로변까지 길게 늘어서 있는 오렌지 나무 꽃은 향기가 참 좋았다. 인간들이 제아무리 시끄럽게 굴어도 눈 덮인 산봉우리들은 늘 그렇듯 고요하기만 했다.

'난 지금 무엇을 위해 이곳에 와 있는 걸까?'

언젠가 스쳐갔던 그 여자도 싱그러운 오렌지 향기가 느껴졌다. 그녀와 하나 되던 그날 밤, 여린 가지처럼 가냘픈 그녀의 몸이 테일러를 감싸 안았다. 그는 그녀의 몸을 아주 오랫동안 천천히 정성껏 어루만졌다. 한 자락 전율이 온몸으로 퍼져나갔다. 여자의 신음 소리는 아주 기괴하고 묘했다. 그것은 악기의 활을 그을 때 나는 거친 첫소리처럼 들렸다. 테일러의 혀가 악기를 연주하듯 그녀의 어깨에서 가슴, 그 아래 거친 음부의 숲까지 강하게 애무하기 시작하자 그녀의 신음은 더욱 격렬해지고 테일러의 입에서도 헐떡이는 숨소리가 새어나왔다. 그 기묘한 합주에 테일러의 눈이 흥분으로 붉게 타올랐다. 두근거리는 심장은 높낮이를 헤아릴 수 없을 만큼 크게 요동쳤다.

"한 몸이 되어드릴게요."

그녀는 테일러의 몸 위로 올라왔다. 과감한 손으로 페니스를 붙잡아 자신의 은밀한 곳으로 이끌더니 문질러댔다. 테일러는 그녀의 음부를 손가락으로 애무하고 안에 흐르는 달콤한 물을 혀로 맛보고 싶었다. 한시도 틈을 주지 않는다. 그녀는 테일러의 남성을 뿌리까지 깊숙이 받아들인 뒤 단단하게 성난 클리토리스를 테일러의 두덩이에 밀착시키며 천천히 앞뒤로 움직이기 시작했다. 그녀의 허리가 오르내려 움직일 때마다 탐스러운 가슴과 둔부가 마치 물결처럼 세차게 흔들렸다.

테일러가 두 손으로 그녀의 엉덩이를 힘껏 움켜쥐자 여심은 그의 남성을 더욱 세게 죄여왔다. 테일러는 그녀 안에서 금방이라도 터질 것만 같았다. 테일러는 순간 억눌러 참으며 폭발 직전 몸을 비틀어 그 안에서 잠깐 빠져나오려고 했다.

"토해 내고 싶은 거죠? 당신의 그것이 부풀어 오른 게 가득 느껴져요. 참는 건 몸에 좋지 않아요. 힘차게 뿜어내세요. 어서 주세요. 네?"

그 말에 더는 참을 수 없었다. 저도 모르게 테일러는 밑에서 여체를 빠른 속도로 쳐올렸다. 그러고는 신음소리와 함께 곧장 폭발시키고 말았다.

"아! 뜨거운 것이 몸속에 퍼지고 있어요."

한바탕 분출이 있었지만 테일러는 아직 수그러들지 않은 채 여전히 그녀의 몸 안에 머물렀다. 그녀는 환희에 차 울부짖으며 더 맹렬하게 끊임없이 여심을 꿈틀꿈틀 수축시켜 왔다.

'이 가녀린 몸 어디에서 이렇듯 쉼 없이 욕망이 솟아나올까?'

테일러는 지금 다시 생각해 보아도 알 수가 없었다. 절정의 순간 뒤에도 여자의 욕망에는 끝이 없다는 놀라움마저 느껴졌다.

테일러는 숨을 한 번 깊숙이 들이마셨다 내쉬고는 눈앞의 광경을 쳐다봤다. 차가운 겨울바람이 낮고 음산하게 불어와 가볍게 숲을 흔들고 있다. 지금 그의 가슴속에 불어닥치는 폭풍은 아주 오랜만에 맛보는 환희와 열락의 강풍이다. 극한의 상황에서도 그런 희열을 느낄 수 있다는 것이 아주 묘하고도 신비롭게 다가왔다.

황초령 기슭 진흥리에는 슈먹의 제1대대가 배치되었다. 이 부대는 사기가 하늘을 찌를 듯 산을 내려가는 사단을 지원하려는 의욕이 넘쳐흘렀다. 산기슭에서 진지를 지키면서도, 다른 한편으로는 멀리 길과 그 둘레에 있는 북쪽 산들을 수색했다.

슈먹 중령의 상황 판단은 아주 정확했다. 중공군이 손에 넣을 경우 그 일대에서 해병들에게 가장 위험한 곳이 1081고지였다.

지형 특성 때문에 그 고지를 차지하려면 남쪽에서 공격하는 길밖에 없었다. 그곳은 가파른 암벽인데 남북 양쪽으로 1300미터를 내려다볼 수 있었다. 중공군이 이 일대에 강력한 진지를 세운다면 미 해병들은 어느 곳으로도 지날 수 없는 천험(天險)의 요새였다.

도그 특수부대에서 풀려나면서 슈먹 중령은 곧바로 마을 북쪽에 있는 집결지로 병력을 이동시켰다. 12월 8일 꼭두새벽, 그들은 레이의 찰리 중대 북쪽으로 나아갔다. 제1목표는 1081고지를 안고 있는 산등성이 서북쪽 코끝이었다. 제2목표는 고지 정상과 거기서 북쪽으로 뻗어나간 곳이었다. 이것이 바로 황초령 밑 꾸불꾸불 구부러진 산길을 내려다보는 지점이다.

슈먹의 집결지에서 제1목표까지 거리는 10.5킬로미터였다. 레이가 부대를 길로 이끌고 나아갔을 때, 그 일대는 심한 폭설에 휩싸였다. 눈발이 끊임없이 몰아쳤다. 해병들은 15센티미터가 넘게 쌓인 눈 속에서 허우적거렸다. 오전 8시 레이는 단 한 방의 총탄도 주고받지 않은 채 제1목표를 점령할 수 있었다. 이 지점에 슈먹은 4.2인치 박격포대를 세웠다.

제1목표를 장악하고 나서 슈먹은 길 북쪽에 웨스 노런 대위의 중대를 두었다. 그 뒤에 바로우 대위가 부대를 이끌고 따랐다. 노런은 깊은 눈 속에서도 재빨리 전진해 느닷없이 중공군 전초진지를 덮쳤다. 화들짝 놀라 달아나며 마구 날린 중공군들의 총탄이 때때로 그들을 비껴갔다. 눈 위에는 아귀다툼을 벌인 듯 수백 개의 발자국이 어지럽게 찍혀 있었다.

또다시 노런은 경계태세를 완전히 갖추고 앞으로 나아갔다. 중공군 기관총 2문이 놓여 있었지만, 첫 번째 도로봉쇄선은 중공군 기관총사수들이 폭설로 앞을 볼 수 없어 쉽사리 짓밟아 버렸다. 두 번째 도로봉쇄선 또한 별다른 어려움 없이 넘고 모래주머니 진지도 빼앗았다. 얼마 전까지 중공군을 품었던 그곳은 아직 따뜻했다. 작은 화덕 위 냄비에서는 밥이 아직 끓고 진지는 흙을 담은 가마니로 무장해 제법 크고 튼튼했으며, 덤불과 떨기나무로 잘 가려져 있었다.

레이의 찰리 중대가 제1목표를 차지하고 노런이 꾸불꾸불한 남쪽 길과 중공군 진지를 손아귀에 넣은 가운데, 바로우에게는 고지 정상을 점령하라는 임무가 주어졌다. 그 가파른 비탈 때문에 바로우는 소대 대열로 올라가야 했다. 존스 소령이 제2소대를 이끌며 앞장서고 머클레런드가 뒤따랐다. 맨 뒤에서는 윌리엄 로치 하사가 제3소대를 이끌었다. 로치는 스워드를 대신해 소대장을 맡았다. 스워드는 전투에 참가할 수 없을 만큼 심하게 다쳤다.

놀라운 정신력과 강인한 체력을 드라내며 바로우와 킹 대튼허스트 중사가 가장 먼저 꼭대기에 올라섰다. 이때 눈보라가 몰아쳐 시야는 25미터 아래로 뚝 떨어졌다. 대튼허스트가 살그머니 고지를 내려가 존스에게 속닥였다.

"조용조용 걸었더니 심장까지 쪼그라들 것 같네요. 아무쪼록 중공군들이 보지 못하고 저희 뒤쪽으로 오십시오."

그들이 꼭대기까지 올라가는 데는 두 시간이 걸렸다. 숨막힐 듯한 고통의 시간이었다. 조심스럽게 산을 타고 봉우리에 올라간 미군은 그만 소스라치게 놀랐다. 눈앞에 펼쳐진 광경은 그들까지 얼어붙게 했다.

눈으로 덮인 참호 안에는 딱딱하게 굳은 시신들이 저마다 전투위치에 엎드려 총을 겨누고 있었다. 총구가 겨누는 아래 도로는 미 해병이 지나가는 길목이었다. 중공군의 옷은 무척 얇았으며 외투조차 없었다. 병사들의 얼굴에 서리가 내려앉아 눈썹과 수염에 자잘한 고드름이 촘촘히 걸려 있다. 바람이 불자 병사들 얼굴에 열린 고드름이 쟁쟁거리며 울렸다.

진지에 있는 중공군은 마치 잠든 듯했다. 미군이 그들 옆으로 다가왔는데도 아무런 움직임 없이 그렇게 누워 있다. 병사들의 무기는 저마다 손에 달라붙었고 얼굴 표정은 단정하고 평온했다.

리첸버그가 그 보고를 듣고 1081고지에 올랐다. 그도 앞에 펼쳐진 광경에 놀라고 말았다. 이들은 20여 일 동안 미군을 겹겹이 둘러싸고 끊임없이 공격하던 바로 그 중공군이었다. 그들은 얼어 죽으면서까지 진지를 버리지 않았다.

'도대체 이들은 왜 이렇게 완강한가? 어째서 이토록 무모하리만치 강인한 의지를 가졌는가?'

리첸버그는 머리를 흔들었다. 그는 중공군을 완전히 이해할 수는 없었지만 그들이 참된 군인임은 알 수 있었다.

"그들을 여기에 머물도록 하게. 방해하지 말게."

리첸버그가 대원들에게 나지막이 말했다.

미 해병은 대열을 길게 펼쳐서 1081고지 아래를 지나갔다. 모든 병사들은 오른손을 펴서 이마 옆이나 가슴에 대었다. 그들은 깊은 잠에 빠진 중공군에게 진심으로 경의를 표했다.

존스 소령이 합류하기를 기다리는 사이, 바로우 대위는 산등성이 정상 일대를 샅샅이 수색했다. 동쪽과 서쪽은 깎아지른 낭떠러지였다. 정상은 공격에 1개 분대 넘게 병력을 투입할 수 없는 좁은 곳이라 포위 전술이 쓸모없었다.

짓궂은 날씨는 다시 사나워졌다. 바로 코앞이 아니면 안 보일 만큼 눈발이 온 세상을 뒤덮는다. 시야가 꽉 막혀버렸다. 바로우는 소대장과 대포 및 박격포 전방관측 장교들을 모아 공격계획을 짧게 설명했다. 그는 4.2인치 박격포 지원사격을 요청해 공격하려고 했으나 곧바로 포기했다. 땅을 흔들 만큼 가까이에서 포탄이 터져도 그 지점을 제대로 가려내지 못할 수 있기 때문이다.

존스는 소대를 이끌고 산등성이를 따라 공격했다. 아슬아슬하게 기어가야 했으므로 산병선 인원은 서넛을 넘지 못했다. 해병들은 걸음을 옮기기 무섭게 넘어지기 일쑤였다. 존스 바로 뒤에서 바로우는 60밀리 박격포를 세우고, 되는대로 방아쇠를 당겨 포탄을 쏠 작정이었다. 바로우는 존스의 뒤를 따라 앞으로 나아갔다. 박격포들은 로치 제3소대와 함께 전진했다. 존스가 90미터쯤 다가갔을 때, 선두 사격조가 치열한 자동화기 사격에 부딪혔다. 중공군은 해병들의 소리만 듣고 무작정 쏘아댔다. 2명, 3명 또는 4명씩 무리지어 해병들은 앞으로 포복해 갔지만 중공군에게 반격할 수 있는 병력은 얼마 되지 않았다. 허술한 산병선이 중공군의 주저항선에 이르면 죽음을 부르리라는 생각마저 들었다.

바로우는 재빨리 멈추라 말하고, 존스에게 산 왼쪽 전면을 따라 2개 분대를 투입하라고 지시했다. 먼저 위치를 잡으면 오른쪽으로 꺾어 꼭대기로 올라오라는 것이었다. 오른편에는 바로우가 로치 소대와 함께 바위턱으로 중공군의 근거지에 다가갔다.

존스와 부하들은 손과 무릎으로 기어가 진지를 확보했다. 조셉 리스는 그의 사격조를 왼쪽 끝에 배치했는데, 고작 140미터밖에 안 되는 거리를 기어가는 데 한 시간이나 걸렸다. 한편 60밀리 박격포를 앞으로 놓아 중공군 진지에 기준점을 맞추었다.

중공군의 양쪽 돌출부에 대한 공격 준비를 마치고 박격포의 포문을 열었다. 불리한 지형과 그보다 더 나쁜 시야 제약으로 박격포 요원들은 중공군의 주요 근거지에 직격탄을 퍼부을 수 없었다. 바로우 대위가 신호를 보냈다. 왼쪽의 존스 소령, 오른쪽의 로치 하사와 함께 공격이 시작되었다. 구르고 넘어지고 비틀거리면서도 해병들은 앞으로 나아가며 고함을 질러 서로를 격려했다. 바로우는 미국 남부 출신 특유의 말투로 소리쳤다.

"개새끼들, 죽어버려!"

중공군이 존스 방향으로 기관총을 돌려댔다. 리스가 화력의 초점을 확인한 뒤 사격조를 이끌고 돌격했다. 가까운 거리에서 거세게 날아드는 기관총탄을 헤치며 앞장서 달리던 리스는 진지 안에 있는 중공군 9명을 죽이고 기관총을 없애버렸다.

그때 갑자기 중공군 하나가 튀어나왔다. 그는 알아들을 수 없는 말 한마디를 외친 뒤 곧바로 총을 쏘았다. 바로 그 순간, 바로우는 늘어났던 고무줄이 제자리로 돌아가듯 1미터 뒤로 탄력 있게 냉큼 물러섰다. 총탄은 옆으로 날아가 튀었다. 바로우는 재빨리 중공군의 총구를 자신의 총대로 밀쳐낸 뒤 방아쇠를 당겼다. 뚱뚱한 중공군이 쿵 소리를 내며 바닥으로 쓰러졌다. 바로우는 뒤통수를 맞지 않기 위해 쓰러진 중공군의 머리에 두 발을 더 쏜 뒤 마음을 놓으며 돌아섰다.

바로우는 뒤돌아보지 않았다.

"날 엄호해!"

그는 자기 목소리가 뒤에까지 들리도록 크게 외치고 앞으로 튀어나갔다. 그때 날아온 총탄이 바로 옆 바위를 때렸다. 그는 누군가 자기 발목을 커다란 쇠망치로 내려친 듯 뻐근한 느낌을 받으며 벌렁 나자빠졌다. 불덩이가 온몸을 휘감아오는 것만 같았다. 안간힘을 다해 진지 구석으로 기어가던 그는 문득 리스가 생각났다.

바로우는 모로 엎드린 채 뒤쪽을 돌아다보았다. 리스가 땅에 털썩 주저앉아 있었다. 리스는 총탄에 맞았는지 손을 아랫도리에 찔러 넣은 채 움찔거리다가 주춤했다. 그가 손을 빼내자 온통 피범벅이 되었다. 바로우는 배를 깔고 기어서 그의 옆으로 다가가 소매를 끌어당겨 눕혔다. 그때 바로우는 야구방망이가 쌩! 엉덩이를 스쳐 지나가는 느낌이 들었다. 총알이 아슬아슬하게 빗겨간 것이다.

언덕 너머 중공군들이 사격을 멈췄다가 갑자기 강도를 높였다. 소나기가 퍼붓듯 총탄이 마구 쏟아졌다.

"멍청한 자식들, 엄호 하나 제대로 못하다니."

바로우는 화가 치밀어올라 마구 욕설을 내뱉었다. 그는 리스를 왼쪽으로 끌어당겨 그의 박살난 왼쪽 다리를 가슴에 껴안고 지혈용 압박붕대로 단단히 감았다. 두 손이 온통 피로 끈적끈적해졌다. 바로우는 자신의 서투른 처치 때문에 리스가 피를 많이 흘려 이대로 숨이 끊어지지 않을까 걱정되었다. 그래서 붕대로 감은 리스의 다리를 계속 눌렀다.

그때 바로우 오른쪽으로 무언가 툭 떨어졌다. 얼른 고개를 돌려보니 수류탄 하나가 바로 손 닿을 거리에 떨어져 있다. 바로우는 황급히 왼쪽으로 굴러 리스를 덮치며 꼭 껴안았다. 다리와 궁둥이에 날카로운 통증을 느꼈다. 파편을 맞은 듯했다. 폭발의 울림이 서서히 가라앉았을 때, 바로우는 소총을 들고 마구 갈겨댔다. 오인사격으로 전우의 총에 맞지 않도록 하기 위함이었다.

해병들이 한꺼번에 사격을 퍼붓고 고함을 지르며 나아가자 중공군들은 곧 기세가 꺾이고 말았다. 그들이 진지에서 달아나기 시작했다. 어떤 자들은 북쪽으로 달아나고, 또 어떤 놈들은 해병들에게 뛰어들었으나 아무도 살아남지 못했다.

바로우가 단행한 마지막 돌진의 대가는 전사 7명과 부상 11명이었다.

흐린 겨울날은 빨리 어두워져 공격을 이어갈 수 없었다. 바로우는 빈틈없이 사주방어 계획을 짜고 밤을 새웠다. 4명으로 짜인 들것반이 다섯 시간에 걸쳐 부상자들을 산기슭으로 들어 내렸다.

37
만남, 그리고

웨스 노런 대위는 길을 따라 앞으로 나아갔다. 때때로 일어나는 부정확한 기관총 사격을 받으면서 세 번째 도로봉쇄선을 뚫었다. 그때가 오후 4시 30분이었다. 노런에게 참호를 파고 밤샐 준비를 하라는 슈먹 중령의 명령이 떨어졌다.

땅은 돌덩이나 다름없었다. 살갗을 에는 칼바람은 유리 조각처럼 피부 속으로 파고들어 모든 감각을 얼려버리는 듯했다. 그날 밤 기온이 영하 32도까지 떨어졌다. 얼음장처럼 차디찬 바람이 황초령을 넘어 1081고지 비탈에까지 몰아쳤다. 이러쿵저러쿵 불만을 늘어놓던 병사들도 시간이 지나자 차츰 조용해졌다.

그날은 장진호 전폭기간 중 가장 추웠다. 노런은 부하들에게 양말을 갈아 신으라고 다그쳤다. 그러나 추위 때문에 잔뜩 움츠러든 병사들은 이제는 그런 움직임조차 귀찮아했다. 노런과 병사들은 그 일 때문에 신경전을 벌이기 일쑤였다.

영하 32도 추위 속에서 군화를 벗는 것은 하나의 투쟁이었다. 장갑을 벗으면 손은 삽시간에 뻣뻣하게 얼어버렸다. 군화 끈 사이사이에는 얼음이 박혔는데, 꽁꽁 언 맨손으로 알알이 박힌 얼음을 털고 군화 끈을 풀기란 중공군과 사격전을 벌이는 것만큼이나 진땀 나는 일이었다.

노런은 부하들이 군화를 벗고 양말을 갈아 신은 뒤 다시 군화를 신을 때까지 곁에서 지켜보았다. 그러고 나서는 피가 잘 돌게 하려고 일어서서 제자리 걸음을 하도록 명령했다.

그러나 좀처럼 말을 듣지 않는 해병이 골머리를 썩혔다. 그의 얼굴은 반쯤 넋이 나간 듯 공포에 질려 창백하기만 했다. 저렇게 무작정 주저앉아 있다가는 언제 동상에 걸릴지 몰랐다.

"데이비스 일병, 뭐하고 있나? 어서 양말 갈아 신어!"

그는 대답이 없었다. 손을 주무르지도 않고, 제자리걸음도 하지 않았다. 데이비스의 몸은 차츰 얼어가고 있었다.

노런이 화가 나서 버럭 소리쳤다.

"왜 양말을 갈아 신지 않나? 죽고 싶은가!"

그때 데이비스 일병이 나무토막처럼 픽 고꾸라졌다.

"제기랄!"

노런이 소리쳤다.

"빨리 이 자식 끌고 가. 빨리 침낭 속에다 눕혀, 어서!"

끌려가는 데이비스 일병을 보면서 해병들은 생각했다. 땅 위에서 누리는 행복이란 그저 따뜻한 커피 한 잔을 느긋하게 마실 수 있는 자유, 그쯤이면 충분하다고. 그 이상은 사치라고.

뼛속까지 시린 맹추위였다. 게다가 피로에 너무 지쳤다. 가만히 한 자리에 서 있을 수가 없었다. 몸은 줄곧 떨리고 이는 딱! 딱! 맞부딪치며 자꾸 눈물이 나왔다.

모든 것이 얼어붙고, 빛을 잃고, 비어 있다. 곳곳에 죽음의 침묵이 깃들었다. 서리와 눈발 사이로 희뿌연 안개가 끼어 온 세상이 희미하기만 하다.

견디기 힘들었던 추운 밤이 그렇게 지나가고 또다시 아침이 찾아왔다. 바로우는 머클레런드 제1소대를 공격에 투입해 고지 다른 구역에 있는 중공군을 공격하도록 했다. 그때는 모든 지원화기를 쓸 수 있었다.

대포, 박격포와 공중 폭격이 있은 뒤 보병들의 공격이 시작되었다. 마침 지형을 이용해 중공군의 근거지를 왼쪽 큰 바위에서부터 포위할 수 있었다. 거기에 머클레런드는 2개 분대를 세웠다. 어니스트 엄바우가 1개 분대를 이끌고 오른쪽 산등성이 꼭대기로 올라갔다. 로치 소대가 지원화력 기지를 만들었다. 준비사격이 있고 난 뒤 머클레런드는 공격을 시작했다.

왼쪽에 있는 분대들이 사나운 기관총 사격에 부딪혔다. 엄바우가 고지 정상을 뛰어넘어 가장 치열한 화력을 받는 분대와 합세했다. 그는 이 지점에서 공격대형을 다시 만들어 중공군의 화력진지를 짓밟아 나갔다. 엄바우가 돌격할 때, 북쪽으로 230미터 떨어진 벌거숭이 고지에서 적군의 맹렬한 화력이 인민의용군다.

엄바우는 공격 목표물을 바꿔 또다시 총탄이 어지럽게 춤추는 정상을 넘어 오른쪽 분대로 달려갔다. 그는 이 분대의 진격을 멈추게 하고 북쪽 중공군 진지를 겨냥한 화력기지를 만들었다. 이 분대의 사각이 짜이자, 엄바우는 세 번째로 정상을 넘어가 소대의 다른 병력에 들어갔다.

그 지역 중공군이 모두 제거되고 마지막 목표에 대한 공격태세가 갖추어졌을 때, 머클레런드 소대는 고작 20명의 병력뿐이었다.

최종 공격에 대비해 바로우 대위는 로치 소대를 앞으로 내보내 전진부대를 강화하는 한편, 존스 소령에게 화력기지를 만들어 달라고 요청했다. 헨리 눈키스터 병장, 머클레런드와 엄바우를 선두로 벌거숭이 고지를 타고 넘었다. 엄바우가 중공군 진지의 총안으로 수류탄을 던져 앞머리에 있는 중공군 근거지들을 쓸어버렸다. 눈키스터는 사격조를 이끌고 근접전을 벌여 정확한 사격과 수류탄으로 중공군 진지 2개를 날려버렸다.

1081고지 전투의 마지막은 수류탄과 욕설의 싸움이었다. 병사들은 재빠르게 뛰어다니며 중공군에게 최후의 일격을 가했는데, 이 마지막 공격에서 엄바우는 안타깝게 목숨을 잃었다.

영원히 누워 있는 망자
헤아릴 수 없는 시간을 넘어선 자
그들의 숨겨진 지난날을 이해할 수 있다면
모든 적대감을 무장해제할 수 있다면
저마다 삶 속에 깃든 슬픔과 고통을 찾아
함께할 수 있으리.

(이범신, 〈전선노트〉)

하늘은 눈으로 지은 새하얀 수의(壽衣)를 황초령에 둘러 입혔다.

마치 이곳만 고요한 여신의 품에 안긴 듯, 전쟁터라고 여겨지지 않을 만큼 주변은 평온하다 못해 적막했다. 굳어버린 청춘들의 영혼 위에 흘린 눈물인 듯, 소복이 쌓인 눈들이 바람에 천천히 날렸다.

왕산이 무거운 자루를 등에 이고 1081고지에 돌아왔을 때는 미 해병대가 이미 지나간 뒤였다. 왕산은 미군과 똑같은 광경을 목격했다.

"훠 훈련관!"

"루이후이!"

왕산이 훠신밍의 이름과 루이후이의 이름을 돌아가며 외쳤다. 왕산은 병사들 이름을 부르며 이 참호에서 저 참호로 뛰어다녔다. 진지에는 바람 소리 말고는 어떤 기척도 없었다. 왕산이 홀로 처량하게 울부짖는 소리만이 끊임없이 들려왔다.

"루이후이!"

"훠 훈련관!"

목청이 터지도록 외쳤으나 애처로운 부르짖음만 메아리쳐 되돌아왔다. 왕산은 넋이 나간 사람처럼 소리 지르며 진지를 뛰어다녔다. 그러다 미끄러져 쌓인 눈 위에 엎어지는 바람에 가까스로 그의 발이 멈췄다. 얼굴이 눈 속에 처박혔지만 그는 도무지 고개를 들 엄두가 나지 않았다. 바닥을 짚은 두 손이 덜덜 떨려왔다. 추위 때문만은 아니었다. 왕산은 이를 악물었다.

진지는 거대한 얼음무덤으로 변해 버렸다. 왕산은 뻣뻣하게 굳은 채 깊이 잠든 병사들을 뒤집고 흔들었다. 눈이 쌓인 병사들의 몸은 총을 쥔 자세 그대로 얼어붙었다. 아무리 흔들어도 그들은 평온한 표정으로 가만히 있을 뿐이었다. 겨울신의 성전에 잘못 발을 들여놓았다가 그 자리에서 돌이 되어버린 석상들처럼, 그들은 살아 있을 때 모습 그대로 그곳에 있었다.

왕산은 메고 있던 무거운 자루를 얼어붙은 땅에 내동댕이쳤다. 삶아서 익힌 당나귀 고기가 자루 밖으로 삐져나왔다. 그는 뜨겁게 부르짖고 싶었지만 목소리가 좀처럼 나오지 않았다. 울고 싶었지만 눈물도 나오지 않았다. 아빠 오의 마지막 모습이 날카로운 비수가 되어 그의 심장을 도려내는 것 같았다. 왕산은 힘을 잃고 눈밭에 그대로 쓰러졌다. 바람이 세차게 불어 그가 내동댕이친 자루를 반쯤 눈으로 덮어버렸다.

왕산은 '아빠오'가 담긴 낡은 자루로 기어가 소중히 끌어안았다. 자루는 벌써 얼음장 같았다. 그러나 왕산은 그 한기를 느낄 수 없었다. 굳어가는 입술로 겨우겨우 달싹이며 왕산이 낮게 속삭였다.

"미안해…… 같이…… 고향으로 돌아가자. 아빠오……."

우융추이는 해가 서쪽으로 지고서야 황초령 1081고지에 닿았다.

그곳은 이미 죽음의 땅이었다. 살아 있는 것은 아무것도 없었다.

우융추이는 1081고지가 자신이 이끄는 부대의 마지막 귀착점이 될 줄은 전혀 예상치 못했다. 더군다나 이런 방식으로 오랜 동료들과 작별하게 될 줄은 꿈에도 몰랐다. 그는 비틀대다가 털썩 주저앉았다. 바람이 을씨년스럽게 불어온다. 그들의 죽음 위로 바람의 울음이 울려 퍼진다.

그는 자신의 마우저총을 내려 놓고 병사들 시신을 보이는 대로 참호에서 꺼내 평탄한 비탈에 나란히 눕혔다. 잠깐 사이 그렇게 뉘인 시체가 거의 100구를 헤아렸다. 그들의 몸은 총을 들고 사격하는 자세 그대로 굳어 버렸다. 총자루는 그들의 품 안에서 얼어붙어 잡아당겨도 움직이지 않았다. 모든 병사들 얼굴에는 서리가 내려앉았다. 머리카락과 눈썹, 수염에 아주 미세한 얼음알갱이가 촘촘이 덮여 그들은 모두 유리로 만든 조각상 같았다. 부서질 것만 같은 그 위태로움에 우융추이는 조심조심 그들의 몸을 밖으로 끌어내었다. 붉게 물든 맑고 투명한 석양빛이 영원히 잠든 병사들 위로 하염없이 쏟아진다.

한참을 움직이던 우융추이가 훠신밍을 찾았다. 훠신밍은 참호 벽에 살며시 기대 앉아 우융추이의 발치를 내려다보고 있었다. 안경을 벗은 그의 눈이 반쯤 뜨여 마치 깊은 사색에 잠긴 듯했다. 아무런 고통도 느껴지지 않는 더없이 평온한 모습이었다. 하늘색 털장갑을 낀 두 손은 무릎 위 범포배낭을 잡은 채였다. 우융추이는 훠신밍의 품 안에 있는 안경을 집어들었다. 알은 깨지고 안경테만 남았다. 그는 훠신밍의 배낭을 열고 수건을 꺼내 얼어붙어 금이 간 안경알을 닦은 다음 훠신밍의 콧등에 끼워주었다.

훠신밍의 배낭 안에는 칫솔, 그릇, 공책, 연필 등이 들어 있고 손수건으로 감싼 작은 덩어리 하나가 보였다. 우융추이는 조심스레 그것을 풀어헤쳤다. 이미 굳어서 딱딱해진 흙 한 줌이 조용히 저녁노을을 받으며 붉게 드러났다.

우융추이는 훠신밍의 친숙한 얼굴을 가만히 바라보았다. 그는 새삼 이제까지 자신이 훠신밍의 얼굴을 자세히 들여다본 적이 없다는 걸 깨달았다. 낮이든 밤이든, 맑은 날이든 흐린 날이든, 무더운 여름이든 추운 겨울이든 그와 훠신밍은 늘 함께였다. 우융추이는 훠신밍 곁에 나란히 앉았다.

훠신밍이 우융추이를 항일파견대에 끌어들인 뒤로 그들은 일본군과도 싸우고 국민당과도 싸웠다. 그들은 루난, 멍량구, 화이하이 등 수많은 전장에서 함께 싸웠다. 창장강(長江)을 지나 상하이에서 싸운 뒤 마지막으로는 압록강을 건너 얼음과 눈으로 뒤덮인 한반도까지 와서 미 해병 제1사단과 싸웠다.

오랜 시간을 훠신밍과 함께 지내온 우융추이는 그와 헤어지리라 생각한 적이 단 한 번도 없었다. 이 참혹하게 얼어붙은 장진호에서조차 그런 생각은 들지 않았다. 그러나 오늘, 그가 너무나도 존경하던 그 사람이 더할 수 없는 강추위 속에서 전투위치를 벗어나지 않은 채 깊은 잠을 자고 있다. 우융추이는 그가 영원히 깨어나지 않으리라는 것을 알고 있었다.

우융추이는 자신이 메고 온 배낭을 열었다. 사단 의무대를 떠날 때 란쓰옌이 건네준 배낭 안에는 그녀가 한 코 한 코 정성 들여 짠 하늘색 스웨터가 담겨 포근함을 자아냈다. 란쓰옌은 손이 얼어 붓는 통에 긴 시간을 들여 겨우 스웨터를 완성했다. 털실이 굵고 틈이 쫀쫀했다. 우융추이는 란쓰옌의 수줍던 고운 표정을 떠올렸다. 그는 하늘색 스웨터를 꺼내 훠신밍의 가슴에 덮어주었다. 바람에 날아가지 않게 양 팔소매를 그의 목에 두르고 꽉 묶었다. 긴 속눈썹 사이사이에 새하얗게 얼어붙은 서리가 햇빛을 받아 눈물처럼 반짝였다. 오똑한 콧날과 갸름한 얼굴은 밀랍으로 빚은 듯 희다 못해 푸른빛이 감돌았다.

잠시 그렇게 앉아 있던 우융추이는 두궈싱이 마시고 남긴 양허따취를 꺼내 병마개를 열고 술을 천천히 훠신밍 옆에 부었다.

"훠 형, 술이나 한잔 느긋하게 들고 가."

그가 나지막이 중얼거렸다. 짙은 술향기가 춥고 적막한 1081고지에 흩날린다. 독일 시인 괴테는 전쟁 중 친구 사이를 이토록 완벽하게 표현해냈다.

행복하여라,
미워하는 마음 없이
이 세상 떠나
벗 하나 가슴에 품고
마음속 끝없는 길을,

감추어진 이야기를
깊어가는 밤
그 벗과 마음껏 나누며
방랑할 수 있는 사람은.

그런 소중한 친구를 우융추이는 전쟁터에서 영영 잃고 말았다.

훠신밍이 있는 곳으로부터 조금 떨어진 나무 아래에서 우융추이는 박달나무로 만든 징을 꽉 껴안은 루이후이를 찾아냈다. 징은 빛이 바랜 낡은 담요에 싸여 쏙 안긴 모습이었다. 루이후이의 얼굴이 그 어느 때보다도 새하얬다. 반쯤 뜬 그의 두 눈이 시리도록 푸른 하늘을 바라보고 있다. 하얀 구름은 바람 따라 조용히 흐르고, 구름 위 하늘은 끝없이 넓었다. 노을이 눈부셨다. 붉고 노란 빛 덩어리는 어디서 시작됐는지 끝도 보이지 않는다.

우융추이는 루이후이의 품에서 징을 꺼냈다. 루이후이는 징을 단단히 껴안고 깊은 잠에 빠져 있었다. 그를 방해하고 싶지 않았으나 어쩔 수 없었다. 단단히 굳어버린 두 팔을 겨우 벌리고 나서야 징은 마침내 루이후이 품에서 떠났다.

징을 감쌌던 담요를 벗기고 우융추이는 상자뚜껑을 열어 징을 꺼냈다. 붉게 타오르는 저녁놀이 징을 비추었다. 징에 새겨진 구름과 용이 마치 날아오르는 것 같았다. 마지막으로 우융추이는 부대를 바라보았다.

이들은 훠신밍과 함께 눈으로 뒤덮인 산기슭에 누워 있다. 대원들은 이제껏 그와 함께 싸워왔다. 그가 공격하는 징소리를 울리면 그들은 사나운 호랑이들처럼 사납게 나아갔다. 그 어떤 것도 그들의 발걸음을 막지 못했다. 그러나 지금 그들은 황량하고 추운 장진호에서 다시는 깨어날 수 없는 깊은 잠에 빠져들었다. 이제 이들은 전장을 울리던 징소리를 더는 듣지 못하리라.

손에 징을 들고 우융추이가 일어섰다. 붉디붉은 저녁해가 내려앉아 그의 커다란 그림자가 길게 늘어졌다. 눈바람이 멈춘 북쪽 장진호는 적막 속에 잠겼다. 하지만 남쪽 흥남 항구는 사람들 소리로 들끓었다. 미 해병 제1사단은 그들의 마지막 철수를 이어가고 있었다.

갑자기 울린 징소리가 깊이 잠든 고지를 깨운다. 낭랑하면서 리듬감 넘치게, 카랑카랑한 징소리가 짙은 저녁빛을 뚫고 얼어붙은 장진호에 물밀듯이 울려퍼진다.

우융추이는 징을 빠르게 치다가 이어서 느린 박자로 쳤다. 그러기를 되풀이했다. 그는 팔을 휘둘러 통쾌하게 두드렸다. 온몸이 땀으로 흠뻑 젖었다. 징소리는 무수히 많은 파편이 되어 하늘 높이 날았다가 눈과 얼음으로 뒤덮인 1081고지로 빛살처럼 떨어졌다.

짙은 저녁빛을 등지고 우융추이는 홀로 높은 고지에 우뚝 섰다. 그는 징채를 던져버리고 바지를 내린 다음 산비탈을 바라보며 오줌을 누었다.

해가 서쪽 산으로 떨어진다. 붉은 노을이 차츰 희미해지더니 곧 사라졌다. 검은 저녁 안개가 대지 위로 올라왔다. 진지 아래에 중공군 병사 일부가 잇따라 도착했다. 미군을 뒤쫓던 병사들이 돌아온 것이다.

우융추이가 자신의 마우저총을 집어들고 병사들에게 말했다.

"나는 부연대장 우융추이다! 이제부터 내 명령을 잘 들어라. 전투에 앞서 모두 오줌을 눈다. 총과 수류탄을 들고 미군놈들을 쫓자!"

장진호 전투가 끝난 뒤 휘수이란과 란쓰옌이 몸담은 의무대는 오랫동안 쉬면서 의약품이나 주사기를 손본 뒤 여러 달이 지나 다시 전선으로 떠났다. 그들은 한강 동북부에서 50일 동안 방어전을 치렀다. 전투는 여전히 힘겹고 참혹했다. 전투가 끝난 뒤 그녀들이 몸담은 부대는 명령을 받고 고국으로 돌아갔다. 그때 6·25전쟁의 휴전협상은 아직 이뤄지지 않았다.

두궈싱은 치료를 잘 받고 건강을 되찾은 뒤 바로 부대를 떠나 이멍산 고향집으로 돌아갔다. 천이페이도 그와 함께 고향으로 돌아왔다. 두궈싱이 부대를 떠난 것은 어쩔 수 없는 일이었다. 다리 하나를 잃어버린 그는 전쟁터에서 행군하며 자유로이 싸울 수 없었다. 천이페이는 몸이 불편해진 두궈싱을 보살피기 위해 스스로 군복을 벗었다. 둘은 결혼해 아이를 낳고 평생을 이멍산 기슭에서 농사지으며 살았다.

란쓰옌은 귀국한 지 얼마 지나지 않아 제대하고 장난의 고향으로 돌아갔다. 첫사랑이었던 휘신밍은 가슴에 묻었다. 숲이 우거지고 땅도 기름진, 먹거리도 넉넉한 그녀의 고향은 습하고 따뜻해 겨울이 되어도 두터운 솜옷을 입을 필요가 없다. 그러나 란쓰옌은 일 년 사계절을 쉬지 않고 스웨터를 짰다. 그녀가 뜬 스웨터는 모두 하늘색이었다. 다 만들어진 스웨터는 침대 머리맡에 쌓아두거나 한 벌 한 벌 접어 나무상자 안에 넣었다. 그녀의 작은 방은 오래지 않아 스웨터 상자로 가득 찼다. 그래도 란쓰옌은 멈추지 않고 스웨터를 짜고 또 짰다. 1년이 지나고 또 1년이 흘렀다. 그녀는 그렇게 일생을 스웨터를 뜨면서 보냈다.

휘수이란과 뤼따꺼도 귀국한 뒤 부대를 떠났다. 양정자는 북조선 인민군에 맡겨졌다. 훠수이란은 어린 양정자를 데리고 귀국해 자신의 딸로 키우고 싶었지만 규정 때문에 어쩔 수 없이 헤어져야만 했다. 양정자의 '아버지' 우융추이는 끝내 아이 곁으로 돌아오지 못했다.

고토리 방어 병력들은 중공군의 거센 공격을 받지 않고 밤을 새웠다. 아침 7시 30분 소여 소령은 다리가 있는 곳으로 갈 채비를 했다. 내내 쌓인 피로와 격렬한 전투의 영향으로 부대를 꾸리는 데 많은 어려움을 겪었다. 지친 해병들은 마치 슬로비디오 화면처럼 느릿느릿 움직이고 있었다. 소여가 길을 따라 남진을 시작한 시간은 바로우 대위가 1081고지에 마지막 공격을 치열하게 벌일 때였다.

맑은 날씨 덕택에 모든 지원화기를 쓸 수 있어서 해병과 해군 전폭기의 화력이 다시 한 번 중공군을 덮었다. 그들이 무참하게 궤멸되고 있다는 증거가 속속 드러났다. 해병대 대열과 나란히 1000명이 넘는 중공군이 산등성이를 따라 행진한다는 보고가 들어왔다. 그 전날 눈보라가 몰아치던 사이사이에 지켜본 결과였다.

소여는 길을 따라 내려가며 경계태세를 늦추지 않았다. 그는 오른쪽을 쉬지 않고 정찰했다. 왼쪽과 오른쪽 어느 길에서도 뚜렷한 저항은 없었다. 오랜만에 훈훈한 바람을 맞듯이 해병들은 순조롭게 앞으로 나아갔다.

호바터 부대가 앞장서고, 모리스는 그 뒤를 따랐다. 데이비스 페핀 중위와 그의 공병소대는 선봉부대와 함께 가면서 불도저로 길에 난 구멍을 메우고 무른 길을 단단하게 다졌다. 공병들도 보병들과 마찬가지로 재빨리 나아갔다. 소여의 주력부대가 발전소와 부서진 다리에 가까이 다가가고 있을 때 존 패트리지 중령과 봄 오드 중위가 교량 부품을 가지고 왔다.

모리스 중대의 정찰대는 화력전을 펼쳤다. 모리스 부대는 길이 내려다보이는 발전소 동쪽 중공군 진지를 쉽게 무찌를 수 없었다. 땅거미가 질 때까지 전투가 이어졌다. 그러다 마침내 중공군이 항복해 왔다. 그들의 몸은 꽁꽁 얼어 모든 감각이 마비된 듯이 보였다. 손가락이 소총에 얼어붙어 떨어지지 않았다. 해병들은 그들을 무장해제하면서 일일이 소총에서 손가락을 잡아떼어 내는 수고를 해야 했다.

심문 결과, 중공군들은 전날 고지와 등성이를 타고 따라오던 1000명의 부대원 가운데 일부였다. 타이 소령의 말대로 기온이 갑자기 뚝 떨어지면서 그들은 '제 땅에 얼어붙은 것'이었다.

공병대가 무너진 다리에 도착했다. 그런데 중공군이 교량 남쪽 기둥마저 폭파해 버리는 바람에 도보교를 올려놓을 만한 받침을 모래주머니나 나무로 만들어야 했다. 다행스럽게도 자재들이 가까이에 있어서 다리 공사는 오후 1시 30분에 시작되어 페핀, 봄 오드와 도하중대 워드의 활약으로 오후 4시에 마쳤다.

고토리 고원에서 긴 차량 대열이 황초령을 내려오기 시작했다. 대이동작전의 장애는 얼음판이 된 길과 양옆에서 때때로 이루어진 소규모 중공군의 사격으로 빚어졌다.

전투가 끝나자 〈라이프〉지 카메라맨 D. 던컨은 미 해병 제5연대 2대대와 복구된 다리를 건넜다. 함께 가던 한 해병이 사격을 받고 전사한 전우를 트럭에 싣고는 길가에 앉아 콩통조림을 먹기 시작했다.

통조림 내용물은 얼음 결정 그 자체였다. 아니, 얼음보다 더 단단하리라. 해병은 꽁꽁 언 콩을 포크로 찍어서 먹었다. 얼굴은 그을려 거무스름했고, 덥수룩한 수염에는 얼음이 숭숭 달렸으며, 눈은 잔뜩 충혈되었다. 던컨이 말을 걸었다.

"지금 가장 바라는 게 무엇입니까? 만약 신이 소원을 들어준다면 당신이 빌고 싶은 것은⋯⋯."

"내일도 살아 숨쉬는 것. 나에게 필요한 건 희망이에요."

던컨에게는 눈길도 주지 않은 채 열심히 얼어붙은 콩통조림을 먹으며 해병은 울먹이듯 중얼거렸다.

그 다음 부닥친 장애는 무너진 철교였다. 그 일부가 냇바닥에 떨어져 행군을 가로막았다. 봄 오드는 어떻게 없애면 좋을지 심각하게 고민했다. 만일 그 무거운 철근 덩어리가 꽝꽝 얼어붙었다면 오랜 시간이 걸릴 터였다. 다행히 불도저 한 대가 그 강철에 보습을 갖다 대자마자 철근은 스케이트를 타듯 그대로 미끄러져 나갔다. 봄 오드는 철근 덩이를 하나씩 하나씩 치워 가며 장진호 얼음판 위에 길을 텄다.

그동안 소여는 연대장 리첸버그와 무전 교신을 통하지 못했다. 이틀 전 다리를 다친 소여 소령은 애가 타고 갑갑한 마음에 온전한 무전기를 찾아 절뚝거리며 곳곳을 다녔으나, 끝내 찾지 못하고 대열 선두로 돌아왔다. 그때 마침, 소여의 무전병 레이 번스 상병이 흥분을 감추지 못한 채 옆으로 다가서며 말했다.

"무전기로 이상한 메시지를 받았습니다."

번스는 소름이 끼치는지 어깨를 한 번 부르르 떨더니 우렁차게 소리쳤다.

"모세가 갈대밭으로 인도되었듯이, 그를 좁고 험한 밑바닥으로 인도하라!"

메시지 내용은 단지 그뿐이라고 했다. 번스는 그 목소리가 데이비스 중령 같았다고 말했다. 소여는 처음 명령대로라면 다리 부근에 남았어야 했지만 이 메시지를 들은 다음부터는 계속 나아가라는 말만 풀이했다. 지금 소여에게 선봉장을 편성해 길을 따라 진격할 병력이라고는 보히즈 병기중대에서 온 박격포대원 17명밖에 없었다.

새벽 1시, 소여는 슈먹이 지휘소를 만들어 놓은 진지에 이르렀다. 마침내 남과 북의 해병들이 만난 것이다.

한편 미 해병대 스탬포드 대위는 관찰자로서 뛰어난 안목과 전투수행에 대해서도 깊은 지식을 지녔다. 작전이 끝나고 두 달 뒤인 1951년 2월에 준비해서 해병대 사령관에게 보낸 그의 보고서에는 눈여겨볼 만한 내용이 씌어 있었다.

대부분 육군 장교와 많은 하사관들은 잘 훈련되었고 틀림없이 훌륭한 지휘자로 보였다. 제7사단의 취약점은 일본에서 한국으로 먼저 투입되는 부대에 많은 고참 하사관들을 빼앗겼던 점이었다. 또 다른 취약점은 저마다 병사들의 훈련에서 드러났다.

지휘체계가 무너진 이유는 제32연대 1대대의 중대와 소대가 지휘자 대부분을 잃은 데서 찾을 수 있다. 후위부대(제57포병대대 1포대, 제31연대본부 및 본부중대) 일부가 겁이 많았거나 공격성이 부족했던 것은 도로 장애물과 1221고지를 빼앗을 때 사상자가 많이 나왔기 때문이었다. 1221고지 산등성이에 다다른 뒤 부대원들이 갈팡질팡 헤맨 것은 가장 필요로 할 때 조직과 지도력이 결여되었다는 점을 증명한다.

탈출하는 동안 한 사병이 가졌던 관점은 아마도 많은 사병들의 전형일지 모른다. 제32연대 1대대 베어 병장은 작전 동안 현장에 머물렀다. 12월 1일 그는 한 트럭에 타고 있다가 차량종대가 후동리 근처에서 마지막을 알릴 때 탈출했다.

탈출할 때 내 직책은 선임하사였다. 트럭은 종대 안에서 이동했는데 어느새 가운데쯤 아니면 맨 앞에 놓이게 되었다. 지휘관도 지휘 받는 병사들도 없었다. 그저 무질서, 부상자, 죽은 자, 턱없이 모자란 탄약 보급, 작동하지 않는 장비들뿐. 끝끝내 지휘체계가 무너지거나 거의 사라져버렸다. 중공군은 끝없이 따라오고, 날씨는 지독히도 추웠으며, 많은 병사들은 명령에 더는 따르려 들지 않았고, 또 사람들이 하나둘 갈수록 더 많이 다쳐 가고…….

20대의 차량으로 이루어진 종대와 함께 나는 최선을 다하지 않았다. 살아남을 희망이 보이지 않는다는 사실을 나는 알고 있었다. 살기 위해서는 방법을 바꿔야만 했고, 그 때문에 작은 무리나 뿔뿔이 흩어지는 편이 탈출하기 더 좋으리라 생각했다. 많은 사람들이 그때를 돌아보면서 자신을 영웅쯤으로 내세우기를 좋아하지만, 사실은 위급할 때 거의 모든 사람들은 숨을 곳부터 찾기 마련이다.

이 사건이 일어났을 때 나는 고작 열아홉 살이었다. 나는 역사나 그밖의 것에 흥미가 없다. 내가 오로지 기억할 수 있는 건 추위, 너덜너덜 해지고 낡은 옷가지들, 망가진 장비들, 귀청이 떨어질 듯한 소음, 부서진 인형처럼 쌓여만 가던 부상자와 시체들이다.

갈수록 상황이 나빠지자 몇몇 장교와 하사관들이 질서를 지키고 지휘체제를 다시 세우려 애를 썼다. 무너진 다리에서 궤도차량 한 대가 강을 가로질러 다른 차량을 끌어올리는 동안 나는 납작해진 바퀴에 바람을 넣고, 못쓰게 된 낡은 자동차 연료통에서 휘발유를 뽑아내 연료를 채우려 애를 썼다. 나머지 병사들도 더는 움직일 수 없는 차에서 부품을 빼내 다른 차량이 움직일 수 있도록 힘을 쏟았다.

나는 메이 중위를 여러 번 봤는데 심지어 그는 심하게 다쳤는 데도 모든 차량이 잘 다니도록 돕고 위치를 알려주며 우회로를 빠져나오게끔 온갖 힘을 쏟았다.

존스 소령은 자신의 견해를 한결같이 밝혔던 유일한 장교이다. 그는 장진호 동쪽 미 육군의 전투 실패에 대해 이렇게 털어놓았다.

　장진호 동쪽 작전에 대한 내 평가는 저마다 병사들의 자질이 모자라서가 아니라 부족한 게 너무나 많아 주어진 임무를 해내지 못한 하나의 사례라고 여겨진다. 시간도 부족하고, 북쪽으로 공격을 결심하기 전에 결속력 있는 조직과 보급지원이 전투단에 힘을 실어 주도록 계획됐어야 했는데 실제로는 그렇지 못했다.
　부대들은 흩어졌으며, 상호지원도 도무지 할 수 없는 상황이었다. 11월 27일에서 28일 밤 중공군이 쳐들어왔을 때, 이미 이 작전은 실패할 수밖에 없도록 운명이 정해졌는지도 모른다. 압도적으로 많은 중공군 병력, 미군들의 분산, 의사소통의 장애, 연대전투단 이상 지휘계통의 혼란과 지휘체제의 결여, 정보 부재, 전투단에 대한 군수 및 전투지원의 부족은 전투의 끝을 미리 보여준 셈이었다.
　물론 날씨도 예상을 뛰어넘을 만큼 큰 영향을 끼쳤다. 내 판단으로는 완전무결한 연대전투단이었다 하더라도 장진호 동쪽에 있었다면 그 누구도 그 상황에서 탈출하지는 못했으리라. 뛰어난 근접 항공 지원 말고는, 부상자를 가득 태운 차량종대와 안곡 방어진지에서 탈출하는 병력을 도와주는 지원 사격은 아무것도 없었다.
　나는 어떤 부대도 제31연대전투단이 탈출하면서 보여준 임기응변보다 더한 노력을 할 수 있었거나 또는 더 잘해냈으리라고는 믿지 않는다. 오로지 우리가 중공군의 공격을 이겨낼 만큼 넉넉한 전투력을 갖고 있지 못했던 경우였을 뿐이다.

후동리와 하갈우리에서 호즈 장군의 작전보좌관이었던 린치 소령은 비록 제31연대전투단의 어떤 전투에도 참여하지는 않았다. 그러나 후동리와 하갈우리 상황을 알고 있었으며 해병 방어진지로 넘어 들어오는 페이스 특수임무부대의 생존 병력들을 목격하기도 했다. 그러므로 그는 특수임무부대를 돕기 위한 구출부대 파견이 멈춰진 일에 알고 있었다. 뒷날 린치를 두고 한 어느 장교의 독백은 이러하다.

의심할 필요도 없이, 이 비극에 사로잡힌 모든 지휘자들, 나 같은 위치의 사람들은 물론 사병들까지 모두 탈출해 나왔다면 괴로움은 덜했으리라. 무엇이 옳은가? 또 무엇이 그른가? 어떤 관점에서 우리 모두는 '손을 씻는 빌라도' 역을 했다. 해병대 지휘관들도 예외는 아니다. 그들은 그 지역에서는 유일한 능력자들이었으므로 육군소령 린치는 전차를 쓸 수 있도록 알려줬어야 했다. 그러나 그런 일은 일어나지 않았다. 비록 늦었지만, 그것은 그들의 책임이다.

뒷날 장진호 동쪽의 고난에서 기적처럼 살아남은 사람들이 되도록 많은 것을 잊으려고 애를 썼다. 그들에게는 실패할 수밖에 없었던 임무의 과정이나 다른 어떤 것에 대해 짙은 후회만 남았다.

'우리가 좀 더 잘했더라면 또는 다르게 임무를 해나갔더라면 성공적인 탈출에 이바지했으리라.'

자신의 마음을 괴롭히지 않으려 무던히도 애썼다. 그러나 오랜 세월이 흐르는 동안 기억 속에 그런 경험을 지닌 장교들 가운데 몇몇은 적어도 한두 가지는 여전히 마음속에 담아두고 있었다.

인간은 머지않은 미래에 자기 고발을 당할 것을 깨달아야만 한다. 그것이 바로 정직의 역사가 갖는 관심이다. 그 무렵 장진호 동쪽에서 할 수 있던 최선의 방어는 무엇일까?

첫째, 병사들의 역할에 대한 빅토리아시대(중세 기사시대에 뿌리를 둔) 개념에 따르면 방어란, 질문을 할 수 없고 오직 죽음을 무릅쓰고 임무를 마쳐야만 했다. 지혜롭고 사려 깊은 감시 감독관에게 맞선다는 건 있을 수 없는 일이었다. 병사의 역할은 그저 다음 날도, 그 다음 날도 싸우기 위해 살아남는 것이었다.

둘째, 전술 교리에는 실패하는 일이 없도록 성공은 전과(戰果) 확대로 이행되어야 한다고 나와 있다. 물론 지연부대나 엄호부대와 가깝게 교전하는 일은 피해야 한다. 1950년 12월 1일 밤 10시 뒷개―후동리 지역에 존재했던 정확한 상황은 포트베닝(미 육군보병학교)에서 가르친 대로가 아님은 틀림없었다.

페이스 특수임무부대는 저마다 격파당했다. 병력 가운데 손상되지 않은 기관총반, 자동소총반, 소총분대는 하나도 없었다. 병력은 좁은 도로를 따라 한 줄로 뻗쳐 있었다. 종대의 왼쪽에서는 아무런 저항도 사격도 없었고, 트럭 엔진은 돌아가지 않았으며, 운전병 또한 달아난 뒤였다. 오직 들리는 소리라고는 다친 사람과 죽어가는 이의 고통에 찬 신음뿐이었다. 제아무리 타이거 전차를 탄 패튼이 오더라도 백마를 탄 맥아더가 오더라도 그때의 상황을 되돌릴 수는 없었으리라.

1950년 12월 24일, 스미스 장군은 〈뉴욕타임스〉 특파원에게 장진호 전역에서 하갈우리의 중요성을 강조했다. 이틀 뒤인 12월 26일자 〈뉴욕타임스〉에는 스미스가 말한 요지가 실렸다.

중공군은 우리에 대해 모든 것을 잘 알고 있었다. 우리가 어디에 있으며, 또 우리가 무엇을 가졌는지…… 그들은 성동격서(聲東擊西) 전법을 썼다. 만일 중공군이 하갈우리에 있는 해병 기지를 덮쳤더라면, 부대를 재편성하는 일은 말할 수 없을 만큼 어려워졌으리라.

장진호 동쪽에서 고난을 겪은 제31연대전투단 병사라면 자신의 생각을 밝힌 메이 중위의 말을 쉽게 받아들일 수 있으리라.

그것은 내 인생 최악의 경험이었다. 장진호 전투 동안에 일어났던 온갖 만행은 내가 참전했던 제2차 세계대전에서조차 견줄 만한 전투가 없었다.

제57포병대대 본부포대의 하사관 프라이스 중사는 장진호에서 두 번 부상을 입었음에도 운 좋게 하갈우리로 돌아왔다. 그는 자신의 심정을 이렇게 털어놨다.

나는 내 전우 모두를 잃었다. 나는 부대에 아직 탄약이 남아 있고 우리가 보병으로 잘 싸울 수 있을 때 그곳을 떠나야 한다고 믿었고, 여전히 그 생각에는 변함이 없다. 나는 내 전우들에게 일어났던 일 때문에 더욱 그렇게 확신한다. 말로 다할 수 없을 만큼 엄청난 숫자의 사상자들이 생겼다. 나는 마지막 전쟁을 끝마쳤다. 그와 같은 전쟁은 내 생애에는 결코 본 적이 없었다. 앞으로도 없으리라.

　나는 '벌지 전투'에도 참가했지만 장진호 전투에 비하면 아무것도 아니다. 내가 포진지에서 적을 마주 본 것은 그때가 처음이었다. 12년간 포병에 있었지만, 나 스스로 대포를 파괴해야만 할 때가 오리라고는 한 번도 생각해 본 적이 없었다. 우리는 조준경을 으깨고 분리했다. 날씨가 몹시 추워 차량이 얼어붙어 시동조차 걸리지 않았다.

　다른 하사관은 제32연대 1대대 장교들을 칭찬했다. C중대에 몸담은 57밀리 무반동총 소대장 대리인 루이스 병장의 이야기이다.

　만약 그곳에 장교들이 없었더라면, 오늘 나는 이렇게 살아 있지 못하리라 믿는다. 우리 장교들의 상당수는 두세 번 부상을 입었음에도 마지막까지 자기 임무를 빈틈없이 해냈다. 나는 장교들이 모든 사람을 탈출시키고자 최선을 다했다고 믿는다. 그런 장교들을 내 상관으로 모신 일을 자랑스럽게 생각한다. 그들과 함께라면 언제 어디서든 나는 싸울 것이다.

　12월 량싱추는 38군을 이끌고 미군 2개 사단과 한국군 1개 사단에 매서운 공격을 퍼부었다. 일곱 시간이나 걸린 전투에서 2개 연대를 모조리 쳐부수었다. 포로 중에는 미군 고문도 있었다. 빼앗은 무기와 차량을 보고를 받은 펑더화이는 입이 벌어졌다. 기대를 훌쩍 넘었다. 곧장 덩화를 불렀다.
　"역시 38군은 달라! 량싱추는 호랑이가 맞다!"
　펑더화이는 붓을 들었다.
　"전군은 주목! 38군은 우수한 전통을 하늘과 땅에 떨쳤다. 비행기와 탱크 100여 대가 포탄을 쏟아 부어도 돌격을 멈추지 않았다. 이 군단의 기특함을 널리널리 알리고자 한다. 38군을 만세군(萬歲軍)으로 부르노라! 승리를 축하하자! 중국인민지원군 만세! 만세군 만세!"
　뒷날 량싱추를 만난 마오쩌둥도 찬사를 아끼지 않았다. 손을 꼭 잡으며 그는 흐뭇하게 말했다.
　"자네를 본 지도 오래되었군. 허허허, 그럼 나도 외쳐볼까? 만세군 만세! 만세군 만세! 자네, 아주 기분이 좋겠구먼!"

전쟁은 초기와 막판에 영웅을 낳는다. 양건스(楊根思)는 항미원조 초기, 장진호에서 물러나는 미군의 퇴로를 막고자 폭탄 5킬로그램을 들고 미군 진지에 몸을 던졌다.

량싱추. 그는 만세군을 이끈 영웅이 되었다. 4일 밤과 5일 아침 몹시 추운 황무지에서, 쉴 새 없는 적의 공격으로 심하게 다친 사상자가 잇따르는 상황 속에서 그들은 식량도 떨어지고 엄청난 정신적 육체적 피로를 견디며 지원 받을 희망도 탄약도 없고, 상급부대와는 통신이 끊긴 그런 환경 속에서 과연 무엇을 해야만 했는가. 무엇을 할 수 있었는지를 자신에게 물어야만 하리라.

장진호 다른 쪽에 있었던 해병대는 동쪽 육군의 상황과는 달리 모든 전투 국면에서 처절한 절망에는 처하지 않았다. 앞서 말한 여러 원인들에 대한 참된 이해는 개인과 부대가 드러냈던 용맹성과 어느 정도의 동정심 속에 장진호에서 스러져간 육군 장병들을 비난하기에 앞서 안타까움을 표시한다는 뜻이리라.

장진호 전투 최종분석에 따르면 저수지 동쪽에서 싸운 제7사단 장병들은 해병 제1사단이 하갈우리를 장악할 수 있도록 가능성을 제공했다. 그곳에 활주로를 만들어 수천 명의 부상자들을 바닷가로 싣고 나올 수 있게 만들었으며, 유담리에 있던 해병부대를 하갈우리로 집결시킨 뒤 물결치는 바닷가로 전투 탈출을 가능케 했다.

이제 명성과 영예는 마땅히 짧은 기간 동안 장진호 동쪽에서 나라를 위해 싸웠으나 거의 잊힌 미군 장병들에게 돌아가야 한다. 너무나도 많은 미국인들이 '고요한 아침의 나라'의 오래된 땅에서 어떤 흔적도 남기지 않은 채 그렇게 덧없이 떠나갔다.

38
아! 흥남철수

운명은 인간으로써 전쟁이라는 한 편의 비극을 썼다. 그 연극에서 병사들은 말 없는 배우가 된다. 악마가 프롬프터 박스에 들어가고 어느덧 연극은 희극으로 끝나려 한다.

12월 8일 셰퍼드 장군이 흥남항에 닿은 마운트 머킨리함에서 조이, 스트루블, 도일 등 여러 제독들과 만났다. 이 회의에서 한국 동북부의 모든 미군부대를 해상철수하는 계획이 토의되었다.

12월 9일 스미스는 제10군단 사령부의 명령을 받았다. 모든 유엔군이 흥남지역에서 물러난다는 내용이었다. 이로써 미 제8군은 심각한 좌절을 맛보았다.

다리를 세우자 도로를 순조롭게 오갈 수 있었다. 마침내 보호 산등성이에 배치되었던 보병부대들이 하나둘 떠나기 시작했다. 풀러의 계획대로 리첸버그와 머레이 부대는 교대를 하고, 먼저 교대가 끝난 대대들은 산을 벗어나 한길로 빠져나갔다.

비극은 다른 곳에도 스며들었다. 어쩔 수 없이 전쟁에 휘말려든 죄 없는 민간인들이었다. 그들의 생존경쟁은 더욱 처절했다. 미군 진지 밖에 떼지어 모인 그들은 좀처럼 떠나려 들지 않았다. 미군은 그들이 진지 안으로 들어오는 것을 막기 위해 삼엄한 감시망을 폈다. 민간인들은 미군들 눈치를 살피며 눈 위에서 밤을 꼬박 새웠다.

먹을 것이 그리 넉넉지 않은 데다 밥을 지을 수도 없었다. 대부분 주린 배를 움켜쥐고 있든가, 생쌀이나 마늘, 말린 채소를 조금씩 씹으며 배고픔을 달랬다. 추위와 피로, 배고픔이라는 삼중고(三重苦)가 피란민들을 덮쳤다. 그러나 그들은 참고 또 견뎠다. 무사히 안전한 곳으로 나가기만 하면 되었다.

그날 팔머 브래튼 일병은 제3경비초소를 지키고 있었다. 피란민들이 눈더미

위에서 이불을 뒤집어쓴 채 추위에 벌벌 떨었다. 브래튼은 저도 모르게 동정심에 눈물이 났다. 저만치 눈바닥 위에 참혹하게 버려진 죽은 아이가 보인다. 그는 몸서리를 쳤다. 비참하기 그지없었다. 저쪽 대열 끝에서는 한 아기가 울고 있다. 죽음이 닥쳐온 듯 애처로운 아기 울음소리 때문에 그는 몹시 괴로웠다. 제2차 세계대전이 끝날 즈음 피란민으로 유럽을 떠돌던 시절이 자꾸만 머릿속을 맴돌았다.

브래튼은 조금 전에 받은 전화를 떠올렸다. 우리는 구호단체가 아니라고 딱 잘라 선을 긋던 경비장교의 말이 날카로운 칼날처럼 그의 가슴에 꽂혔다.

'물론 그 경비장교 말에도 일리는 있어. 가끔 피란민들 속에 중공군들이 숨어 있었기 때문이지. 피란민들 사이에 숨어 있다가 기회만 있으면 미군 진지를 습격했으니까.'

그런 이유로 철저하게 외면을 당한 건 피란민들이었다. 개마 고원에서 단련된 원주민들은 추위도 아랑곳없이 해병대가 철수할 때 따라가려고 기회만 엿보며 눈보라 속에 줄곧 버텼다. 그들은 함흥까지만 가면 모든 것이 해결되리라 굳게 믿었다.

"미군들이 데려다주기만 하면 살 길이 나온당이."

"그렇찮구, 그저 쫓지 않고 살살 따라가게 해주믄 됩네."

아낙네들은 해병대를 하늘같이 믿었다. 줄곧 해병대 눈치만 살폈다. 멀리서 포성이 들려오고 총소리도 났다. 겁을 잔뜩 집어먹은 피란민들은 진지 외곽에서 술렁댔다. 중공군이 기습해 오는 날엔 모조리 죽을지도 몰랐다. 그러나 피란민들은 꼼짝도 하지 않았다. 그들은 이제 고향이 지긋지긋했다. 아니, 무엇 하나 거둘 게 없는 이 거칠고 메마른 땅이 신물났다. 그들은 외면당한다는 걸 빤히 알면서도 미군들 옆에 눌어붙어 있었다.

깊은 못처럼 잠잠하던 피란민 사이에서 갑자기 괴성이 울린 것은 새벽 2시가 지나서였다. 한국어를 전혀 알아듣지 못하는 해병들은 그게 무슨 뜻인지 알 수 없었지만, 목소리에 깃든 절실함에서 구조를 요청하는 소리임을 짐작했다.

"가봐."

크로크 대위가 지시하자 의무병 둘이 냉큼 달려갔다.

이윽고 돌아온 의무병의 보고를 듣고 난 크로크는 놀라면서도 가슴이 뭉클했다. 부인 둘이 아이를 낳으려는 낌새가 있다는 것이었다.

'얼음과 눈 속에서 하루를 꼬박 앉아 있던 탓에 출산이 빨라진 거라면!'

크로크는 어떤 경우에도 움직임을 멈추지 않는 자연의 섭리를 되새긴 다음 경건한 마음으로 기도를 올리고 싶어졌다. 부하들도 크로크와 같은 생각이었는지 총을 든 채로 어둠 저쪽으로 눈길을 모았다.

두 의무병은 따뜻한 물과 소독약을 들고 피란민과 진지 사이를 바삐 오갔다.

"달리지 마라! 땀을 흘리면 동상에 걸린다!"

크로크가 주의를 주었지만 의무병들은 아랑곳없이 움직임을 서둘렀다.

어느 인종이건 갓 태어난 아기의 울음소리는 하나같이 똑같다. 그 소리가 세 번 네 번 어둠 속을 흔들었을 때, 해병들은 모두 환호성을 질렀다.

전장은 죽음의 세계이다. 그 전쟁터에서 기적처럼 생명의 탄생을 본 해병들은 너 나 할 것 없이 감동했다. 막중한 임무를 마치고 돌아온 두 의무병은 우레와 같은 박수갈채를 받고 잠시나마 행복에 잠겼다.

12월 9일 고토리 방어선 북쪽 도로봉쇄선에 모여든 피란민들 숫자는 3500명쯤 되었다. 미 해병대는 그들 머리 위로 위협사격을 날려 돌려보낼 수밖에 없었다. 그날 낮에는 동북쪽에서 거센 소화기 사격이 있었을 뿐 중공군은 잠잠했다. 그들의 활동은 거의 방어선 북쪽, 동쪽과 서쪽이었다. 중공군이 발견되면 한꺼번에 공중 폭격과 포격을 가했다. 근접한 중공군에게는 포대가 몇 차례 직사탄을 퍼부었다.

12월 9일 밤부터 이튿날 새벽까지 활주로에서 중공군의 격렬한 화력 공격을 받았다. 고토리에 있던 엄호부대와 이동을 기다리던 차량 대열은 끊임없이 후위작전을 펼쳤다. 먼동이 트기 두 시간 전, 350여 명의 중공군이 리지 부대를 공격했으나 날이 새면서 물리칠 수 있었다.

12월 10일 오전, 황초령에서 남쪽으로 내려가던 이동 대열은 중공군의 저항을 거의 받지 않고 나아갈 수 있었다. 두터운 공중 엄호와 늘어나는 포격 효력에 힘입은 게 틀림없었다. 때때로 소화기 사격과 함께 이따금 박격포탄이 인민의용군다. 그러다가 1081고지 북쪽 주보급로가 내려다보이는 중공군 진지로부터 행군 대열이 공격을 받아 그 일대 행렬이 멈춰 섰다. 바로우는 1081고지 북쪽 전방을 가로질러 움직이는 대규모 중공군에 대포와 박격포 사격을 요청해 적군에게 엄청난 타격을 입혔다.

전차는 차량 대열 맨 뒤에서 남쪽으로 움직이고, 월터 골 소령이 지휘하는 수색중대가 그 뒤를 경계했다. 정오에 전차 대열이 떠났다. 골 소령은 어네스트 하겟(Ernest Hargett) 중위의 소대를 전차 대열 뒤쪽에 두고, 나머지 중대병력을 대열에 흩어서 배치했다.

이범신은 피란민과 미 해병대 사이에 충돌이 일어나지 않도록 무던히 애를 썼다. 모두 그렇지는 않았지만, 많은 피란민들은 이토록 고생하며 따라왔는데 자신들의 안전을 아랑곳하지 않는 미 해병대에 잔뜩 불만을 품었다. 미 해병대 또한 보호색으로 위장한 카멜레온처럼 피란민 사이에 숨어 있다가 기습을 하고 유유히 사라지는 중공군 때문에 신경이 매우 날카로워져 있었다. 그때 남루한 차림의 한 민간인이 이범신에게 다가왔다.

"일행중에 다 둑어가는 사람 있슴다. 치료 좀 해주웁소. 데발 부탁함다."

"전선이 불안해 곧 중공군의 공격이 시작될 것이오. 매우 딱하긴 하지만 그럴 시간이 없소."

"기럼 대열 뒤에 바짝 따라가믄 안 되갔슴두?"

"중공군이 후방으로 공격해 오면 위험할 겁니다."

그 민간인은 크게 낙담해 어깨를 축 늘어뜨리고 씁쓸히 돌아갔다. 그러나 미 해병과 피란민의 안전을 위해서는 어쩔 수 없었다.

행군 대열에는 46대의 전차가 있었다. 골 소령은 필립 셔틀러(Philip D. Shutler)의 제2소대에 전차 5대를 맡겼다. 그 뒤에 크레인스 소대가 다시 5대를 경호하기로 했다. 하겟 소대는 후미를 맡았다. 미 해병대 예비역 중장 셔틀러 앞에 나아가는 전차들은 보병들이 호위하지 않기로 했다. 후미 전차소대는 잭 러론드 중위가 이끌었다. 골은 차량들을 미리 출발시켰다.

전차가 황초령 남쪽 얼음 깔린 산간길을 따라 천천히 굴러갔다. 몇몇 전차병들은 길에 내려 방향과 속도를 조절하는 역할을 했다. 길 왼쪽은 깎아지른 절벽이고 오른쪽은 깊은 낭떠러지라서 전차포는 옆쪽 공격에 쓸 수가 없었다. 선두 전차와 후미 전차만이 전방과 후방을 공격할 수 있었다. 포탑에 실린 50구경 기관총도 사격을 제한해야만 했다. 전차 대부분은 기관총탄이 바닥을 드러낸 상태였다. 운전병들은 하나같이 성호를 긋고 신의 가호를 빌며 운전대를 잡았다.

전방 행렬이 자주 멈춰 선 탓에 중공군과 뒤섞인 피란민 대열이 마지막 전차에 차츰 접근해 왔다. 미 해병들은 피란민 대열에는 거의 관심이 없었다.

윌리엄 홉킨스 대위만은 그들 걱정에 잠을 이룰 수 없었다. 피란민들의 상황이 너무도 애잔하고 안타깝게 여겨졌다. 어서 전쟁이 끝나야 한다는 생각이 절로 들었다. 동료들은 그런 홉킨스 대위에게 이렇게 말하고는 했다.

"지금 피란민 걱정을 할 때가 아니네. 당장 우리가 어떻게 흥남까지 무사히 가느냐가 문제지."

그날 홉킨스가 길가 피란민 몇 사람에게 가까이 다가가자 그들은 두려운 눈초리를 던지며 도랑으로 내려섰다. 겁이 많은 사람이 누구보다 타인을 안타깝게 만든다는 걸 알아서일까. 홉킨스는 측은한 마음이 들었다.

'난 당신들을 해치려는 게 아니오.'

모든 미군들에게 피란민에 예의를 지켜 정당하게 행동하도록 엄명이 내려졌다. 홉킨스는 발걸음을 멈추고 통역관을 앞세워 말을 걸었다.

"이보시오."

피란민들은 화들짝 놀라 곧 걸음을 멈추었다.

"예…… 예, 대장님."

그들은 떨리는 목소리로 말했다.

"난 대장이 아니오."

"미안함다. 어두워서리……."

"내가 왔다고 굳이 도랑으로 내려설 건 없어요."

"예."

그러나 그들은 꿈쩍도 하지 않았다.

"어서 길 위로 올라와요."

"예, 예……."

피란민들은 잔뜩 어깨를 움츠린 채 그제야 대열 속으로 돌아갔다.

홉킨스 대위는 피란민들이 가족들과 서로 헤어지는 모습을 볼 때마다 무척 가슴이 아팠다. 어린아이들이 부모와 떨어져 서럽게 울면서 사람들 속을 헤맬 때면 가슴이 찢어지는 것만 같았다.

'누가 무엇을 위해 일으킨 전쟁인가? 대체 누구를 위한 전쟁인가? 몇몇 사람의 그릇된 판단으로 저렇듯 천진난만한 아이들이 혹독한 추위 속에서 집과

가족을 잃고 고아가 돼야 하다니.'

홉킨스는 오누이 둘이 피란민 무리 속에 섞여 걸어가는 모습을 보았다. 그런데 잠시 뒤에 보니 이번에는 아까 보았던 누이동생만 홀로 길에서 벌벌 떨고 있는 게 아닌가. 아이는 그새 오빠를 잃어버린 모양이었다. 아홉 살쯤 되어 보이는 단발머리 소녀였다. 비록 옷은 몹시 낡았지만 동그란 얼굴에 추위로 발갛게 얼어붙은 장밋빛 뺨이 무척 귀여웠다. 전쟁이 아니었다면 집안에서 한창 사랑 받으며 자랄 나이였다. 홉킨스는 고향 마을에서 어릴 적 소꿉장난하던 여자아이들 모습과 꼭 닮은 소녀에게 저도 모르게 자꾸만 눈길이 갔다. 혼자 타박타박 길을 걷던 소녀는 지휘소 천막 옆을 지나다가 눈 위에 쓰러지고 말았다. 서둘러 달려간 홉킨스가 아이를 안아 일으켰지만, 소녀는 정신을 잃었는지 아예 눈도 뜨지 못했다. 이대로 두었다가는 얼어 죽을 게 뻔했다.

그는 소녀를 안아 막사 안으로 데리고 들어갔다.

"웬 아이죠?"

"아는 사이인가요?"

미군 장교들은 장난기와 호기심에 가득 찬 눈으로 쳐다보며 물었다.

"내 누이동생이야."

홉킨스는 태연히 대꾸하며, 난롯가 야전침대 위에 소녀를 가만히 눕혔다.

장교들이 하나둘 모여들어 한마디씩 떠들자 소녀가 깨어났다. 주위를 둘러보던 초롱초롱한 눈이 갑자기 휘둥그레 커지더니 소녀는 자리에서 벌떡 일어났다. 먼발치에서나마 바라보던 큰 코 노란 머리칼의 외국인들이, 더군다나 도깨비처럼 얼굴이 새까만 흑인까지 섞여 자기를 둘러싸고 서 있으니 놀랄 만도 했다.

홉킨스는 재빨리 이범신을 찾았다.

"괜찮아. 겁먹지 않아도 돼. 다 좋은 아저씨들이야."

이범신이 소녀를 얼른 얼싸안으며 부드럽게 말하자, 소녀는 목을 젖혀 그의 얼굴을 빤히 쳐다보았다. 같은 한국 사람임을 확인하자 소녀는 저도 모르게 이범신의 목을 꼭 끌어안으며 매달렸다. 한 마리 귀여운 강아지처럼 등을 둥글게 구부려 파고든 가벼운 몸이 바르르 떨렸다. 그 천진한 행동을 바라보며 홉킨스는 순간 목이 메고 콧날이 시큰해졌다.

홉킨스 대위와 소녀는 이범신의 통역으로 정감어린 대화를 주고받았다.

"배고프지? 아저씨가 맛난 걸 가져다줄게."

홉킨스는 소녀를 안심시키고 나서, 뜨거운 차와 딸기쨈을 바른 빵을 가져왔다.

"어서 먹으렴."

처음에 소녀는 경계심 가득한 표정으로 머뭇거리다가 곧 빵을 한 조각 떼어 입에 넣더니 눈 깜짝할 사이에 허겁지겁 먹어치웠다.

아이는 음식을 다 먹고 나자 자리에서 부스스 일어났다. 아마도 제 갈 길을 가려는 모양이었다. 이 어린 소녀가 홀로 피란길에 오를 생각을 하니 홉킨스는 도무지 마음이 놓이질 않았다. 그렇다고 그 아이를 막사 안에 내내 데리고 있을 수도 없는 노릇이었다.

"저쪽 길을 쭉 따라 산을 돌아가면 너랑 함께 가던 사람들을 만날 수 있을 거야. 그 속에 오빠도 있을 테니 잘 찾아봐. 알겠지?"

소녀는 가만히 고개를 끄덕였다. 홉킨스가 가리키는 곳을 바라보는 소녀의 커다란 두 눈망울에는 두려운 빛이 뚜렷했다. 홉킨스는 빵과 통조림, 초콜릿 따위가 든 커다란 봉투를 소녀에게 안겨주었다.

그것을 받아 든 소녀는 고마움을 어떻게 나타내야 좋을지 모르겠다는 듯 맑은 눈매로 그를 말끄러미 쳐다보았다. 그 표정이 홉킨스 대위의 가슴에 찌르르한 감동으로 다가왔다. 그는 아이 머리를 쓰다듬어 주며 다정하게 말했다.

"자, 이제 가봐. 행운을 빈다."

소녀가 머뭇머뭇 걸음을 떼놓기 시작하더니 얼마쯤 자신감이 생겼는지 여남은 걸음부터 보폭의 리듬이 확실해졌다.

"굿럭(Good luck)!"

홉킨스 대위가 손을 흔들며 소리치자, 소녀는 뒤돌아보며 맑게 웃어 보였다. 보조개가 피어난 얼굴은 맑고 귀여웠다. 소녀는 다시 고개를 돌려 앞을 바라보고 나풀거리는 꽃잎처럼 걸어갔다. 그 모습이 홉킨스의 가슴을 뭉클하게 만들었다. 그는 어쩐지 울적한 마음으로 막사로 돌아왔다.

추위가 전날 밤보다도 더 매섭게 철수부대를 괴롭혔다. 3000여 명의 피란민들은 철수 대열 맨 끝에 따라붙어 탱크에 가까이 붙어 가려고 애썼다. 어쩌다 중공군들이 그들 속에 잠입해 호시탐탐 공격 기회를 노릴지 몰라서 소대 장인 하겟 중위는 피란민들을 본대에서 되도록 멀리 떨어지게 했다.

오후 4시쯤 끝에서 아홉 번째 탱크가 고장나 그 뒤 전차들을 틀어막아 놓았다. 이때, 아까 이범신에게 말을 걸어온 민간인이 피란민 무리를 헤치고 앞으로 나와 하겟에게 알렸다. 많은 중공군이 피란민을 따라오다가 대열을 빠져나가 위쪽 고지로 올라갔다는 것이었다. 그 사람은 흥분한 목소리였다.

"가까운 산에 중공군들이 수두룩하게 있슴다!"

거의 동시에 하겟 위쪽 고지에서 공격이 시작되었다. 수색중대원들이 재빨리 마주 쏘았지만 해병 2명이 다쳤다. 사격전이 치열해지자 하겟은 그들을 후미 전차 밑에 밀어넣었다. 블랜드 병장이 기관총을 세워 놓고, 길을 따라 공격해 오는 중공군을 넘어뜨렸다.

고지에 있던 중공군들이 수류탄 투척거리까지 접근해 오면서 수류탄이 후미 전차 주변에서 터지기 시작했다. 라몬트 중사가 전차병들에게 경고했으나, 그들은 소음과 총성으로 혼란을 일으켰는지 포격하지 않았다.

그렇지 않아도 병력이 모자랐던 하겟 소대는 커다란 타격을 입고 물러났다. 어쩔 수 없이 제2번 전차 뒤에 방어선을 쳤다. 하겟은 핸슨 병장을 앞으로 보내 러몬드 중위에게 연락해, 전방에 있는 전차들이 왼쪽 오른쪽 고지에 사격을 가하도록 요청했다.

한편 하겟은 사상자들을 대열 앞으로 보냈다. 제2번 전차 가까이에 중공군의 휴대장약이 터져 디모트 일병의 몸을 둑 너머 골짜기로 날려버렸다. 피란민들이 그를 찾아내어 정성스레 간호해 주었다. 휴대장약 폭발이 있은 뒤 사상자가 더 늘어나자 하겟은 이미 다친 라몬트를 제3번 전차로 보냈다.

전차는 얼어붙은 길을 따라 천천히 앞으로 나아갔다. 경사가 가파른 길 왼편에는 높은 절벽이 우뚝 솟아나고, 오른편은 몹시 비탈진 벼랑이 골짜기 쪽으로 뻗어 있었다.

이때 후미에서 따라오던 피란민들을 헤치고 중공군 5명이 나타나 영어로 항복하겠다고 외쳤다. 그러자 하겟은 부하에게 엄호를 지시하고 중공군들 앞으로 나섰다.

그 순간, 맨 앞의 중공군 병사가 옆으로 피하는 사이 뒤에 있던 4명이 기관단총과 수류탄을 빼들었다. 하겟 중위도 곧바로 카빈총의 방아쇠를 당겼으나,

총이 얼어 그만 불발이 되고 말았다. 하겟은 총을 거꾸로 들고서 앞에 있는 중공군의 머리를 냅다 내리쳤다. 그때 길 옆 산속에 숨어 있던 중공군들이 우르르 나타나 수류탄을 던졌다.

마침내 해병대원들이 남은 중공군 4명을 사살했지만, 하겟 중위는 느닷없이 날아온 수류탄에 크게 다쳤다. 움직이지 못하는 전차 여러 대가 불타올라 일대는 검은 연기로 뒤덮였다.

중공군은 오른쪽에 기관총을 세워 놓고 총탄으로 길을 휩쓸었다. 절반이 넘는 대원들이 부상당한 채 하겟, 비커리와 블랜드 병장, 의무병 하나, 스트릴로와 혜들 일병이 전차 아래 있는 부상자와 전차병을 구출하기 위해 뒤 전차로 돌아가려 했다. 그러는 동안 의무병과 혜들이 다쳤다.

부대가 전멸할 위험에 놓이자 하겟은 철수 명령을 내리고, 제3번 전차 뒤에 방어선을 쳤다. 중공군은 마지막 전차에 올라가 불을 질렀다. 그 광경을 보고 놀란 제2번 전차병들은 포탑에서 재빨리 뛰어나와 오른쪽 골짜기로 달아났다.

한편 러론드는 제3번 전차 바로 앞 전차를 포기하라고 전차병에게 명령했다. 맨 처음 길을 막은 전차 바로 뒤 전차 운전병이 차량을 버릴 수 없다고 버텼다. 그는 전차를 몰고 앞뒤로 왔다 갔다 해보았다. 가까스로 전차를 옆으로 옮긴 그는 길을 따라 달려갔다. 하겟은 다친 병사들을 모은 뒤, 중공군에게 마주 쏘면서 천천히 길을 따라 내려가며 철수했다.

이번에는 제9번 전차가 고장나 또다시 대열이 끊어졌다. 게다가 무전마저 끊겨 후방에서는 전투가 벌어진 줄도 몰랐으며, 전방 대열은 가던 길로 쉼 없이 나아갔다. 대열은 후미가 다리를 건너오지 않는 것을 전혀 모르고 있다가 뒤늦게야 그 사실을 알아차렸다.

골 소령이 셔틀러 소대를 데리고 서둘러 되돌아가 중공군을 막아냈다. 해병대 1사단 수색소대장 필립 셔틀러는 이 끔찍한 장진호 전투에서 살아 돌아왔다.

중공군들은 미 해병대 철수 대열에서 벗어나 아우성치는 피란민들에게도 가리지 않고 총을 쏘아댔다. 남은 피란민들은 미군들의 보호망을 벗어나지 않기 위해 기를 쓰고 달라붙었다.

미 해병대 종군기자는 전투를 치르는 동안 쓰러져 간 피란민들의 상황을 이렇게 기록했다.

중공군 탄환에 맞은 한 부인이 길가에 쓰러졌다. 그 부인은 갓난아기를 미군 트럭 쪽으로 내밀며 뭐라고 호소했다. 그러나 트럭 운전병은 계속 나아가며 얼어붙은 가파른 길을 죽을힘을 다해 빠르게 지나야만 했다. 이때 동상에 걸려 차에 타고 있던 몸집 큰 중사가 몸을 구부려 갓난아기를 안아 올렸다. 부인은 일어서려 했으나 몸이 말을 듣지 않았다. 보다 못한 의무병이 뛰어내려 부인을 응급치료해 주었다. 그 트럭은 다시 떠났다. 흔들리는 트럭 안에서 중사 품에 안긴 갓난아기는 전쟁은 알지 못하는 귀여운 얼굴로 입술을 쫑긋거리며 새근새근 평화롭게 잠들어 있었다.

강추위 속에서 탈진하거나 다친 피란민들에 대한 미군의 구호대책은 없었다. 미군들은 그저 눈에 띄는 대로 약과 붕대와 음식을 나누어 주었을 뿐, 부상자들 대부분을 그대로 지나쳐야만 했다. 이러한 참상이 해병대원들의 가슴을 무척 아프게 했지만, 중공군의 포위망을 뚫고 탈출해야만 하는 미 해병들은 어쩔 도리가 없었다. 하겟과 부상자들은 공병부대가 다리를 무너뜨리기 직전에 가까스로 다리에 이르렀다.

12월 10일 밤, 홉킨스 대위가 곤히 잠들어 있을 무렵 길에는 행군하는 병력이 거의 보이지 않았다. 이미 대부분의 해병부대들이 안전지대로 옮겨갔기 때문이다. 후위를 맡았던 부대만이 그들보다 북쪽에 있었다.

12월 11일 새벽 2시, 해병대 전차부대와 후미의 피란민들이 복구된 수문교를 지나 진흥리로 향할 때 고지에서 엄호하던 제1대대 병력도 진흥리로 철수했다.

이에 앞서 중공군들이 본대를 공격해 차량 9대와 장갑차 1대를 파괴하고 동이 틀 때까지 길을 막았으나, 해병대의 과감한 역습으로 길이 다시 열렸다. 철수 대열은 진흥리까지 순조롭게 나아갈 수 있었다.

중공군들은 마지막까지 미 해병대의 철수작전을 막으려 안간힘을 썼다. 그러나 혹한의 산악지대에서 추위와 배고픔에 못 이겨 스스로 전투력이 무너지는 바람에 그들의 시도는 물거품이 되고 말았다.

홉킨스는 커다란 폭발음에 놀라 잠에서 깼다. 해병 제1사단의 마지막 부대가 새로 만들어진 다리를 건넌 뒤 패트리지 중령의 공병대가 그 다리를 부순 것이다. 전군에 철수하라는 지시가 내려와 새벽부터 해병 제1연대 1대대 전체가 남쪽으로 줄지어 움직이기 시작했다. 철교 잔해가 있는 곳에서 1500미터쯤 떨어진 길 옆을 지날 때 홉킨스는 얼어 죽은 작은 시체 한 구를 발견했다. 순간, 그의 가슴이 철렁 내려앉았다. 눈에는 저절로 눈물이 고였다. 어린 그 시체가 어쩌면 바로 전날 만난 그 소녀, 어린 시절 고향 소꿉친구들을 꼭 닮은 그 단발머리 소녀가 아닐까 하는 생각이 들었기 때문이다.

"아아……."

홉킨스는 더 말을 잇지 못하고 탄식했다. 여지껏 수없이 많은 주검을 보아왔지만, 이때처럼 슬프고 고통스러운 적은 없었다. 그는 차마 다가가 그 어린 시체를 확인할 수 없었다. 부디 그 소녀가 아니기만을 마음속으로 간절히 바라고 또 바랄 뿐이었다.

전쟁은 참으로 많은 것을 앗아갔다. 이미 수많은 젊은이가 이 전쟁에서 목숨을 잃었다. 그는 이르는 곳곳마다 생명과 삶을 모독하는 자신과 그런 동료들을 경험했다. 담뱃갑을 찾기 위해 죽은 미 해병의 옷을 아무렇지도 않게 뒤지고 벗기는 중공군의 모습도 보았다. 벌판 여기저기 널브러진 중공군 시체를 방어벽처럼 쌓아 올리고, 그 위에 걸터앉아 여유롭게 담배를 피우는 미 해병도 있었다. 냉엄한 사실로 병사에게 무기 탄약을 건네는 데 도움을 준 사람뿐 아니라 전투에 참가한 많은 병사들도 전쟁이 끝났거나 사태가 여전히 진행중인데도 자주 쉽게 책임을 느끼지 않고 지나가는 경우가 있다. 공포로 벌벌 떠는 수많은 일반인들, 죽어가는 그들을 무참히 내버려둔 채 떠나고도 후회해야 한다고 느낀 적은 많지 않았다.

자신의 가련한 목숨을 지키려고 자연의 질서를 파괴하는 섬뜩함과 이토록 죽음을 하찮게 여기게 된 참혹한 상황에 그는 할 말을 잃어버렸다.

'참으로 어처구니없이 끔찍하고 비참한 전쟁이야.'

홉킨스는 진저리를 치며 속으로 되뇌었다.

이제는 오직 흥남부두로 들어갈 일만이 남았다. 시간 조정이 잘못되어 골 중대가 슈먹이 오기도 전에 1081고지 진지에서 자기 대대병력을 철수해 남쪽으로 가버렸다. 그 결과 병력이 크게 줄어든 골 소령의 수색중대는 진흥리에 도착할 때까지 후위로서 피나는 전투를 계속해야만 했다. 그들은 이튿날 오전 11시에야 진흥리로 들어갈 수 있었다. 트럭이 모자랐기에 사단은 진흥리 남쪽에서 도보로 행군을 이어갔다. 마전동에서는 철도편을 이용해 부족한 자동차 수송력을 채우기로 했다.

하겟이 대열 꼬리에서 치열한 교전을 벌이는 동안, 풀러의 연대 치중대가 수동리에서 기습을 받았다. 조지 피트로 대위의 대전차중대가 치열한 교전에 들어갔으나, 중공군의 공격으로 행군 대열은 멈출 수밖에 없었다. 매서운 화력이 전방과 왼쪽 오른쪽에서 쏟아져 왔다.

어둠과 혼란 속에서 앞으로 달려나간 피트로는 부하들을 모아 화력선을 짰다. 그는 마빈 위슨 일병과 페이지 육군중령과 함께였다. 피트로가 중상을 당한 해병을 옮길 동안 페이지는 중공군 진지에 저돌적인 2인 돌격전을 감행하고 장렬하게 전사했다.

위슨은 다쳤음에도 아랑곳하지 않고 전장을 눈부시게 누볐다. 그는 75밀리 무반동총을 움켜쥐고 민가 몇 채에 백린탄을 쏴 불을 질렀다. 그 불빛으로 일대는 훤히 밝아 해병에게 이로운 상황이 펼쳐졌다. 그 다음 위슨이 경기관총을 틀어쥐고 불붙은 집에서 달아나는 중공군들을 모조리 쏴버렸다. "핑! 핑!" 총탄이 소리를 내며 날아들자 위슨은 바짝 몸을 숙였다. 순간, 얼굴이 축축해지는 것을 느꼈다. 머리에서 피가 흘러내렸다. 그는 다급히 페이지를 찾았다. 땅에 푹 쓰러진 페이지를 보고 달려간 위슨은 흠칫 놀랐다. 페이지 중령의 목에서 피가 콸콸 뿜어나오고 있다. 위슨은 뒤를 보고 외쳤다.

"이런 망할! 중령님 좀 빨리 어떻게 해줘."

피트로와 해병 20명이 격렬하게 쏘아대자 적의 사격이 순간 잠잠해졌다. 해병들은 위슨에게 돌아오라고 고함을 쳤다. 온통 피범벅으로 비틀거리며 뛰어온 그에게 의무병이 모르핀을 꽂았다.

여전히 그대로 쓰러진 채 누운 페이지의 목에서 솟구친 피가 땅에 흥건히 스며들었다. 피트로가 그를 끌어내려고 죽을힘을 다해 기어갔다. 그들 모습이 드러나자 중공군들이 또다시 사격을 퍼부어댔다.

얼음땅을 탕탕 때리는 총탄 소리가 피트로를 질리게 만들었다. 그는 페이지의 시신을 서툰 몸놀림으로 아슬아슬하게 끌어냈다. 선두 병력이 매서운 화력에 묶인 것을 본 홀트가 경기관총을 집어들고 대열 맨 앞으로 달려나가 중공군에게 총탄을 퍼부었다. 지원화기들이 총탄을 쏟아 넣자 중공군은 더는 견디지 못하고 하나둘 달아나기 시작했다. 몸을 드러낸 채 홀트는 달아나는 적들에게 조준사격을 날렸다. 그들의 모습이 고장난 트럭에 가리자 홀트는 기관총을 집어들고 달려가 돌아 선 채로 계속 쏴댔다. 피트로는 다시 최전방 진지로 가서 부상당한 해병 하나를 구출해 냈다.

이 교전 가운데 해병 8명이 죽고 20명이 다쳤다. 이제까지 견뎌낸 숱한 고투를 떠올릴 때, 특히 경호부대가 이동을 엄호한다 믿었던 그때 당한 인명 손실은 더욱 뼈아프고 안타까웠다.

사단 선봉부대는 이미 12월 10일 새벽 6시 흥남에 도착해 있었다. 먼저 도착한 해병들은 어스름이 깃든 이 항구도시 한복판에서 간절한 마음으로 후속부대를 기다렸다. 해병들은 더는 어떤 희생도 없이 전우들을 무사히 돌려보내 달라며 간절히 기도했다. 그때 멀리서 왁자지껄하는 소리가 들려왔다.

"왔다!"

어슴푸레한 긴 덩어리들이 서쪽에 나타나더니 어둠이 깔린 길로 시커멓게 우르르 몰려 내려왔다.

12월 11일 이른 저녁, 마침내 미 해병 제1사단의 마지막 부대가 이 항구도시에 들어왔다. 11월 27일부터 12월 11일까지 해병 제1사단은 3615명의 전투사상자와 3695명의 비전투사상자를 냈는데, 비전투사상자는 거의 모두 동상환자였다.

스미스의 미 해병 제1사단은 눈과 얼음으로 뒤덮인 장진호에서 모두 철수했다. 비록 엄청난 대가를 치렀지만 이로써 미 해병대는 중공군의 포위망에서 완전히 벗어났다.

사람 소리가 들끓는 흥남 항구. 스미스 소장이 전사한 미 해병 대원을 위해 마지막 장례식을 치렀다. 딱딱하게 굳어버린 200여 명의 병사들이 미군이 포기한, 다시는 돌아올 일 없는 이곳에 묻혔다.

흥남 교외의 낮은 언덕에 공동묘지가 만들어졌다. 성조기가 걸린 너머로 눈덮인 하얀 산들이 멀리 바라다보였다. 맞바람이 불어올 때면 중공군의 나팔소리가 가슴을 야릇하게 울리며 메아리쳐 들려왔다. 군종신부가 말했다.

"언젠가는 이 증오의 불씨도 꺼질 것입니다. 그 불씨가 영원히 다시 살아나지 않기를 바랍니다."

마지막으로 스미스 장군이 모자를 옆구리에 끼고 경건하게 앞으로 걸어나갔다. 그의 새하얀 머리칼이 창백한 겨울 햇빛에 반짝거렸다. 스미스는 숙연하게 말했다.

"이역만리 한국땅이 전사자들의 마지막 안식처가 되었습니다. 그들은 틀림없이 살아서 고향에 돌아가고 싶었을 겁니다. 그러나 어디에 누워 있건 그들이 이룩한 업적과 한 몸 바친 희생은 함께 싸웠던 형제들 가슴에 영원히 기억될 것입니다."

마침내 작전은 끝났다. '위대한 해병대'의 '위대한 대장정'을 이룬 것이다.

순양함, 구축함, 수송선 등 수백 척에 이르는 함선이 항구와 근처 바다 위에 떠 있다. 하늘에는 공군과 해군 전폭기들이 잇따라 날아갔다. 미 해병 제7함대가 제1사단과 제10군단의 해상철수행동을 돕는 데 온 힘을 기울였다.

해병들은 자신들을 기다리는 큰 함선을 보자 기쁨을 감추지 못했다. 그들은 자신이 절대적인 공포에 빠질 때 전우들이 크나큰 배신감을 느낄까봐 언제나 두려워했다. 모든 병사가 엄청난 두려움과 맞서 싸웠고 거의 모두가 승리했다. 이유는 간단했다. 전우들에게 겁쟁이로 낙인찍히느니 차라리 죽는 게 더 나았기 때문이다.

더욱이 그들은 전우를 위해 목숨을 바칠 수 있어야만 참된 군인이라 여겼다. 그리하여 그들에게 죽음이란 비현실적이면서도 믿기 어려운 운명이 되어버렸다. 혹 내가 쓰러진다 해도 죽음으로 끝나는 게 아니라는 믿음이 그들에게는 있었다. 비록 몸은 쓰러지더라도 그들 안에 존재하는 것은 계속 걸음을 옮기어 마침내 전우의 가슴속에서 영원히 살아나갈 것이기 때문이다.

그들의 의지는 용맹스럽게 뭉쳐졌다. 해병들은 전우이자 형제였으며, 하나로 단결해 함께 싸웠다. 계급이나 사회 지위와 상관없이 그들은 똘똘 뭉쳤다. 그들을 한데 묶은 것은 바로 위험의 존재였다. 처음부터 모든 것이 달랐던 이들이 하나가 될 수 있었던 까닭은 바로 곳곳에 도사리는 무시무시한 위험 때문이었다.

그들은 전쟁이라는 특수 상황 속에서 그 어느 때보다 전우를 믿고 기대며, 기꺼이 그들 손에 자신의 귀중한 목숨을 맡겼다. 운명이 강요하는 비참함 속에서 그들은 함께 싸우는 전우들과 형제애를 나눴다. 죽음도 그들을 갈라놓을 수는 없었다. 누군가 그들이 꼭 죽다 살아난 것처럼 보인다고 했을 때, 어떤 이는 정말 그중 가운데 죽다 살아난 이가 있다고 말할 정도였다. 트럭에 실려 있던 전우의 시신들이, 하사관이 외치는 집합 구령을 듣고는 다시 살아나

행진 대열에 합류했다고. 이 말에는 그들의 전우애는 물론 조국에 대한 충성심까지 깃들어 있다.

그들이 늘 가슴속에 새겨 넣던 '셈페르 피델리스(Semper Fidelis)', 곧 '언제나 충성을'이라는 이 말의 엄청난 위력은 병사들로 하여금 죽음도 두렵지 않게 만들고 육체는 쓰러질지언정 그 혼만큼은 다시 행진한다고 믿게 했다.

세상에는 두 부류의 사람들이 있다. 쓰러지려는 사람을 일으켜 세워주는 사람, 남에게 무턱대고 의지하고 기대는 나약한 사람. 전우가 필요하다면 자신이 지녔던 마지막 담배, 마지막 음식, 목숨마저 내주는 병사들과 함께 살아가는 삶, 전우애란 바로 그런 것이다. 잔혹한 전장에서 유일하게 고결한 것은 오직 전우애뿐이다. 개마 고원 얼어붙은 장진호 산악지대에서 혹독한 겨울을 보낸 병사들은 그 악몽과도 같은 쓰라린 기억을 떠올리며 뼈저린 말을 남겼다.

"거센 눈보라와 온몸이 꽁꽁 어는 칼추위! 온통 하얗게 얼어붙은 지옥 같은 낭림산맥 안에서 끝내 우리는 살아남았다. 수많은 전우를 눈 속에 묻어버린 채……"

그들은 살아 돌아왔다. 죽음의 손아귀에서 또 한 번 놓여난 것이다. 한편 전장의 병사들은 어린아이 같은 철학을 갖고 있다. 그들은 자기 주변이나 앞을 먼 데까지 바라보려고 하지 않는다. 거의 그날 일밖에는 떠올리지 않는다.

'오늘은 또 얼마쯤 시간을 버틸 수 있을까?'

저마다 그렇게 생각한다.

그러므로 병사들은 쓰러질 듯이 피로해도, 뒤집어쓴 선혈에서 피비린내가 풍겨도, 살아남은 전우보다 더 많은 형제들을 빼앗긴 뒤일지라도 어쨌든 살아남았음에 기뻐하고, 두 다리로 오롯이 서 있을 수 있음에 크나큰 행복을 느꼈다. 전쟁은 수없이 많은 상실의 원인이 되었다. 그들은 자기 존재의 전환점을 이해할 수 없고 파괴적이며 모진 운명을 맞았다.

이 운명 속에서 역사의 무의미함과 인간의 무모함이 근본적으로 증명된다. 또한 이 운명은 앞으로도 사람들이 어쩔 수 없이 겪어야만 할 삶이지만, 그래도 살아가야 하리라. 살아남은 미 해병들의 끔찍하고 비참한 전쟁에 대한 기억은 장진호 바깥에 있던 모두가 함께 나누어야만 한다. 인간 모두가 한 역사 속에서 더불어 살아가기 때문이다.

얼어붙은 장진호에서 쓰러져간 수많은 영혼들 또한 우리는 잊지 말아야 한다. 사람들 기억 속에서 그들의 존재가 무의미하다면 그들과 한 시대를 살아온 우리에게 참된 역사는 없으리라.

병사들이 배에 오르기 시작한다. 이범신은 갑판에서 개마 고원 너머 장진호 쪽 하늘을 바라보았다. 검푸른 하늘에 눈부신 햇살이 서서히 드러나고 있었다. 하늘 저편에서는 시커먼 전투기가 굉음을 내며 날아가고 그 아래로는 붉고 거대한 불길이 솟구쳐 올랐다.

어느덧 이범신은 장진호 하늘에서 시선을 거두어 가까이 부두 쪽을 바라보았다. 세찬 눈보라에 뒤덮인 흥남부두. 온 항구가 인파로 가득 차 발 디딜 틈이 없었다. 수십만 피란민들이 살아남겠다는 한결같은 마음으로 밤을 꼬박 새며 영하 20도의 혹한을 견뎌냈다. 흥남으로 몰려드는 피란민 행렬은 끝없이 이어졌다.

미군 병사들과 전차나 트럭 등이 실리는 모습을 보자 피란민들은 본능처럼 배로 우르르 몰려들었다. 그러나 미군은 해안가에 저지선을 치고 피란민들이 배에 오르지 못하도록 위협했다. 공포탄을 하늘로 쏘아대기도 하고, 막무가내로 저지선을 넘으려는 사람들을 개머리판으로 때리기도 했다. 살려달라 부르짖으며 배만 타게 해달라고 애걸하는 소리가 곳곳에서 터져나왔다. 밀고 떠밀리는 개미지옥과도 같았다.

수뇌부들은 배 위에서 작전을 이끌며 이 광경을 고스란히 지켜보았다. 이범신 또한 어쩔 도리 없이 그저 바라볼 수밖에 없었다. 피란민을 배에 태울 수 있도록 허락해 달라며 사정하는 이들도 있었다. 그렇지만 그 요청을 받아들이기에는 너무나도 위험천만했다.

철수 작전을 총지휘한 제10군단장 알몬드는 처음에 3000명 정도 피란민을 태우고 갈 생각이었으나, 예상을 훌쩍 뛰어넘는 엄청난 수가 모여들자 고심할 수밖에 없었다. 그러다 마침내 가능한 모든 배편을 끌어모아 피란민을 철수시키기로 결정했다.

배에 최대한 자리를 만들어 사람을 싣는다는 소식이 전해지자 피란민들은 극도로 흥분해 아우성쳤다. 미군들은 전차와 트럭 등 무겁고 자리를 많이 차지하는 장비들을 모두 배에서 내린 뒤 중공군이 쓰지 못하게 폭파했다. 피란민들 또한 싸온 짐을 버리기 시작했다. 한 사람이라도 더 태우기 위한 노력이었다.

이윽고 미군의 저지선이 열리자 부두는 삽시간에 아수라장이 되었다. 이범신이 갑판에서 내려다보니 피란민들의 새카만 머리가 순식간에 배쪽으로 파도처럼 밀려오기 시작했다.

등에 업은 아이가 밑으로 빠진 줄도 모르고 달리는 어머니, 뛰다가 잡고 있던 아들 손을 놓친 아버지. 쌀자루를 떨어뜨리고 옷 보퉁이를 잃어버리고 뉘 집 아이인지 모를 아이 손을 잡고 있다가 정신을 차리고 그제야 울부짖는 아낙네들. 서로 부르고 찾고 고함치는 사람들 악다구니로 온 부두가 떠내려갈 듯했다.

몇몇만 빼놓고 보면 며칠째 굶은 늑대가 먹이를 보고 달려드는 모습이었다. 얼굴을 하늘로 치켜세우고 사납게 달려드는 그들의 눈동자에는 오로지 한 가지 목적만 깃들어 있었다.

'살아야 한다. 어떻게든 살아남아야 한다.'

그들은 살겠다는 열망으로 가득 차서 어른 아이 할 것 없이 모두 눈을 희번덕거렸다. 떼밀려 넘어지는 바람에 밟혀 죽은 사람도 헤아릴 수 없었다. 배 안으로 미처 들어오지 못한 사람들은 상선 주위에 뜬 작은 배에라도 올라탔다. 그러고는 함선에서 내려온 밧줄을 잡고 배에 오르고자 안간힘을 썼다.

차디찬 겨울에 꽁꽁 얼어붙은 피란민들의 두 손은 밧줄을 붙잡기에 매우 힘겨워 보였다. 그럼에도 줄을 놓치면 바다로 떨어져 그대로 얼어 죽는다는 생각에 그들은 필사적이었다. 밧줄을 잡고 오르는 이들은 자신이 남의 어깨를 밟아 떨어뜨리는 줄도, 다른 이의 손을 밟고 오르는 줄도 채 몰랐다. 그저 살아야 한다는 생각에 제 한 몸 챙기기만 바빴다.

이범신은 재빨리 허리를 굽히고 아래로 손을 뻗었다. 눈을 부릅뜨고 죽을 힘을 다해 밧줄을 움켜잡고 매달린 남자의 팔을 끌어올렸다. 어린아이가 남자의 가슴에 안겨 있었다. 남자가 갑판에 발을 딛고 넘어서는 것을 보고 이범신은 다시 배 밑으로 눈길을 돌렸다. 이번에는 아이를 등에 업은 아낙네가 올라온다. 그녀의 아래에는 노파가 그물망에 달려 있다. 노파의 손목이 마른 나뭇가지 같았다. 아낙을 보며 노파가 고개를 쳐들고 소리쳤다.

"애야, 나 좀 잡아다오. 손에 힘이 없어서 더는 못 올라가겠다. 에미야, 나도 데리고 가다오."

"어머니, 저도 우리 아기를 업어서 힘들어요. 조금만 더 기운을 내보세요."

"애고, 더는 못하겠다. 더는 못하겠어. 아이고!"

노파가 울부짖었다. 이범신은 울음소리를 듣고 얼른 노파에게 손을 뻗었다. 그러나 그의 손이 닿기에는 턱없이 멀었다.

"어머니, 제가 먼저 갑판에 올라가서 아기를 내려놓고 다시 내려올게요. 잠깐만 기다리세요."

아낙이 내려다보며 소리쳤다. 밧줄을 움켜쥔 그녀의 손에서 피가 배어난다. 이범신은 재빨리 손을 내밀어 아낙의 손목을 잡았다. 아낙이 얼굴을 들어 그를 바라보았다. 그녀의 두 눈은 눈물범벅이고 얼굴과 목에는 하얗게 서리가 덮인 털목도리가 감겨 있다. 이범신은 힘껏 그녀를 끌어당겼다. 아낙의 몸이 조금씩 올라오기 시작했다. 그런데 갑자기 아낙이 주르르 밑으로 미끄러졌다. 그의 손에서 아낙의 팔이 빠져나갔다.

"어머니!"

아낙이 비명을 지르며 아래로 떨어졌다. 그녀와 함께 아기도 노파도 시커먼 바다로 풍덩 빠졌다. 노파는 물에 빠져서도 양팔로 움켜쥔 아낙의 발을 놓지 않았다. 그야말로 번개처럼 일어난 일이었다.

한동안 이범신은 허우적거리는 그들에게서 눈을 떼지 못했다. 가슴이 뛰어 다시는 배 밑을 내려다보지 못할 것만 같았다. 손을 뻗고 아우성치는 사람들이 눈앞에서 아른거렸지만 그 누구에게도 손을 내밀 수가 없었다.

파도는 끊임없이 철썩이며 배를 흔들어댄다. 그물망에 매달린 사람들이 거미줄에 걸린 곤충처럼 이리저리 흔들거렸다. 이범신은 갑판에 털썩 주저앉아 쇠 난간 사이로 파도를 맞으며 대롱거리는 피란민들을 내려다보았다. 그들의 시커먼 눈동자가 무섭게 그를 쏘아보는 듯했다. 저 아래에서 한 남자가 발을 헛디뎌 바다로 떨어지며 사납게 악을 썼다. 남자의 아내로 보이는 여자가 이름을 부르며 울부짖는다. 떨어지는 피란민은 한둘이 아니었다. 어느 남자의 등에는 어린아이와 젊은 사내도 매달려 흔들거렸다.

그제야 이범신은 정신이 번쩍 들었다. 그가 바다로 떨어진 사람을 향해 연민으로 넋을 놓고 있는 동안 끊임없이 다른 사람이 목숨을 잃어갔다. 그는 벌떡 일어나 아래를 살펴보았다. 예닐곱 먹은 사내아이 하나가 울먹이며 그물망에 매달린 모습이 눈에 들어왔다.

"울지 마, 오빠. 힘 빠져."

사내아이는 곧 울음을 터뜨렸다. 아이 등에는 어린 여자아이가 팔을 두른 채 매달려 마찬가지로 울고 있었다. 그는 재빨리 손을 내밀어 아이 등에 업힌 여자아이를 끌어당겼다. 사내아이가 두려운 표정으로 눈물을 글썽이더니 이범신을 바라보았다.

"괜찮아. 도와주는 거야."

이범신은 들어 올린 여자아이를 갑판에 내려놓고 사내아이의 손목을 움켜잡았다.

밧줄을 놓친 이들이 만들어 낸 참혹한 광경이 배 아래에서 펼쳐졌다. 힘이 모두들 빠져 그대로 차디찬 바다에 떨어진 이들이 작은 섬처럼 둥둥 떠다녔다. 얼굴이 시퍼렇게 얼어붙은 시체도 여럿이었다. 떨어지다가 작은 배 모퉁이에 머리를 부딪쳐 죽은 이, 배에 얼어붙었던 커다란 고드름 덩어리가 툭 떨어져 정수리에 박히거나 몸에 꽂혀 처참하게 죽은 이도 보였다. 외마디 비명과 사람들이 배에서 떨어져 풍덩 바다로 빠지는 소리, 뼈마디가 부서지는 소리, 이미 송장이 된 몸뚱이가 꺾이고 부서지는 끔찍한 소리들이 여기저기서 들려왔다.

이제 더는 피란민을 태우느라 기다릴 수 없었다. 뱃고동이 무심히 울린다. 함선이 서서히 항구를 떠나기 시작했다. 부두에는 미처 배를 타지 못한 수많은 사람들이 떠나가는 배를 바라보며 울부짖었다. 어지간히 거리가 멀어졌는데도 그 울부짖음은 매서운 바람을 타고 이범신의 귀에까지 파고드는 듯했다.

배는 처절한 현실에서 어서 빨리 달아나려는 듯 힘차게 앞으로 나아갔다. 꿈같던 모든 일들이 저 뒤로 멀어지고 있었다.

중공군의 추격을 막으려고 미군은 원산과 흥남 항구 외곽에 함포를 발사했다. 며칠 동안 6만 개가 넘는 포탄을 쏘았다. 장대한 해군과 공군의 협동지원을 받아 알몬드가 이끄는 제10군단 10만이 넘는 병사(미 해병 제1사단, 제7사단 일부 병력, 대한민국 제1군단 포함)와 난민 9만 8000명, 군용차량 1만 7500대, 작전물자 35만 톤은 순조롭게 해상에서 벗어났다.

마지막으로 스미스는 400톤의 폭약으로 흥남 항구를 비롯하여 옮길 수 없는 물자를 폭파하라는 명령을 내렸다. 맹렬하게 치솟는 검은 불길을 바라보며 그는 한평생 잊을 수 없는 북한땅 동해안을 떠났다.

바람과 눈이 휘몰아치는 장진호를 돌아보면서 스미스는 가슴이 철렁했다. 중공군과 목숨을 건 싸움 장면을 떠올리자 그의 마음은 금세 불안으로 가득 찼다. 중공군이 돌격하며 외치던 함성이 귓가에서 메아리쳤다. 희생을 두려워하지 않고 나아가던 중공군의 모습이 여전히 그의 눈앞에 아른거렸다. 아마도 꽤 오랫동안 그의 기억에서 사라지지 않을 터였다. 스미스는 머리를 흔들었다.

'도저히 이해할 수 없는 두려운 군대……'

그는 육지에서 다시는 이런 군대와 마주치지 않기를 바랐다.

장진호 쪽 하늘과 떠나온 흥남부두를 번갈아 바라보는 이범신의 눈은 안타까움과 착잡함으로 가득했다. 매서운 눈보라가 몰아치는 흥남부두는 겨울 바다의 푸르스름함과 폭격으로 일렁이는 불그스름함으로 대기에 떠 있는 아득한 섬처럼 멀어져 갔다.

살갗을 도려낼 듯한 세찬 바람도, 앞이 보이지 않도록 흩날리던 눈보라도, 화염에 휩싸여 뜨겁게 불타오르던 개마 고원도, 땅을 뒤엎는 폭음과 피란민의 아우성도, 피로 얼룩진 전우의 마지막 몸부림도 부두와 함께 조용히 뒤로 물러나고 있었다.

피란민들은 죽음의 공포에서 벗어나자 곧 탈진해 자리에 쓰러지듯 주저앉았다. 몸이 잔뜩 얼어붙고 더는 말할 기운조차 없었다. 수평선만을 더듬는 그들의 멍한 눈빛이 더없이 공허했다.

얼마나 지났을까. 선원 하나가 확성기를 들고 일어섰다.

"알려드립니다. 앞으로 5분 뒤면 삼팔선을 지납니다. 5분 뒤면 삼팔선을 통과합니다."

문득 잠에서 깨어난 사람처럼 이범신이 벌떡 일어섰다. 그는 눈을 부릅뜨고 바다를 두리번거렸다. 저 멀리 지평선 위로 힘차게 해가 솟아오르고 있다. 순간 그는 현기증이 나서 배의 난간을 움켜쥐었다. 지옥 같은 전장에서 살아돌아간다는 기쁨에 이범신의 가슴이 마구 떨려왔다. 그가 낮은 목소리로 가만히 중얼거렸다.

"어머니!"

'오라, 즐거운 안식, 영원한 잠이여. 언젠가는 모든 인간의 눈을 봉하듯 너를 봉하라. 네 영혼의 나그넷길은 고요하고 태연하기만 하다. 고통스러워할 죄도 없고, 아파할 가슴도 없다. 안녕! 밝은 모든 것이여! 안녕! 선하고 지혜로운 모든 것이여! 아, 조국의 산하여! 동포들의 운명이여. 애달픈 모습들이여.'

이범신은 가슴이 저려왔다. 그의 눈시울이 붉어졌다. 주름 가득한 어머니 얼굴이 떠오르고 미소를 머금은 문희의 모습도 아른거린다. 쓰러져 간 전우들의 모습이 뜬구름 위에 겹쳐졌다. 귓가에 병사들의 외침이 메아리쳐 울려왔다.

"나 살고 싶어! 나 살고 싶어! 나 살고 싶어!"

산산이 무너져 얼어붙은 장진호에 있었지?
나 또한 그곳에 있었다.
산천초목이 병들어 가던 유담리에? 나 또한 그곳에 있었다.
눈에 파묻힌 고토리에? 나는 네 눈앞에 있었다.
지옥의 전장 하갈우리, 네가 담배 피우며 덜덜 떨던 그곳에
흥남 부두 눈보라 속에, 네가 더 우울하고 추워했던 그곳에
시체를 먹어치우는 전장에서 나는 네 건너편에 있었다.
나는 모든 곳 네 건너편에 있었다. 그러나 너는 알지 못했지!
적과 적이, 인간과 인간이, 육체와 육체가
따뜻하게 이어져 있었다.

(이범신, 〈전선노트〉)

39
스러져간 병사들의 노래

우리가 얼마나 지쳤는지 아는 사람은 아무도 없어. 우리가 얼마나 힘들었는지, 얼마나 고된 하루하루를 보냈는지, 얼마나 뼈를 깎는 노력을 했는지, 깨진 유리 조각을 쥐듯 우리가 얼마나 쓰라린 기억을 안고 숨죽여 사는지 아는 사람은 아무도 없어. 이제 우리를 기억하는 사람은 아무도 없다고.

우리가 여기 있는 이유는 우리가 존재하기 때문이지. 우리가 여기 있는 이유는 우리가 존재하기 때문이지. 우리가 여기 있는 이유는 우리가 존재하기 때문이지. 우리가 여기 있는 이유는 우리가 존재하기 때문이지…….

우리는 장진호의 얼어붙은 땅에서 뛰고 또 뛰었습니다.

그 거대한 얼음판, 눈 얼음산 꼭대기는 차가운 하늘에 닿고, 하늘에는 조각조각 고기비늘이 되어 얼어버린 구름들이 가득했습니다. 가지와 잎들조차 얼어버린 산기슭은 눈이 하얗게 쌓여 온통 창백했습니다.

그 겨울 젊은 병사들이 숨을 거두었을 때 우리는 그들을 땅에 묻었습니다. 시간이 지나 세월이 흘러 풀꽃들이 피어나고 나비가 그 위를 날아다녔습니다. 그들은 차츰 가벼워졌습니다. 땅이 무게를 느끼지 못할 만큼. 그들이 이처럼 가벼워질 때까지 얼마나 많은 눈물이 대지를 적셨을까요.

밤낮으로 전투가 이어진 이 얼어붙은 장진호의 눈 덮인 골짜기는 그 어떤 글로도, 그 어떤 그림으로도 그려낼 수가 없습니다. 오직 악마의 화신만이 이 죄악으로 들끓는 전장의 주인이었습니다. 신의 너그러운 손길은 그 어디에도 없었지요. 날마다 핏물을 들이붓듯 시뻘건 태양은 무심하게 지고, 칠흑 같은 어둠만이 무례하게 인간을 비웃었습니다. 멍들고 부풀어 오른 구름에서 쏟아지는 커다란 눈덩이만이 이 땅과 묘한 조화를 이루었습니다.

눈은 하염없이 내렸고, 어쩌다 신들을 비웃듯 해가 떠오를 때면 시신들은 썩어가는 악취를 풍겼으며, 으적대는 얼음덩이가 그들과 함께 끔찍한 비명을 질러댔습니다. 포탄이 내려앉은 시커먼 지옥의 틈에서는 시체와 흙이 한 덩어리로 엉겨붙었습니다. 꽁꽁 얼어붙은 대지는 차갑고 미끈한 손을 내밀어 병사들의 발을 낚아챘고 나무들은 온통 검게 썩어 들어갔습니다.

허공에서 으르렁대는 포탄 소리, 개마 고원 낭림산맥 거칠고 메마른 계곡에서 울려퍼지는 메아리를 다시 들었습니다.

"흥남항으로 돌아가야 해! 이 죽음의 장진호를 벗어나야만 해! 나 살고 싶어! 나도 살고 싶어!"

돌아오는 건 머리 위로 빗발치는 포탄뿐이었습니다. 썩은 나무 그루터기가 박살나고, 부상자와 의식이 흐릿한 병사들이 여기저기 쓰러져 갔습니다. 포탄은 이곳을 죽음의 신들의 일터로 바꾸어 놓았습니다. 하나의 거대한 무덤으로 만들어버렸지요. 찢기고 찢긴 가엾은 주검들이 곳곳에 널브러졌습니다. 신은 존재하지 않았으며 희망은 어디에도 없었습니다.

우리는 얼어서 떨어져버린 손으로 쉬지 않고 땅을 팠습니다. 참호가 차츰 깊어지자 썩어가는 시체들이 목 긴 전투화를 신고 허우적거리며 대열을 따라 기었지요. 몸뚱이와 얼굴은 아래로 향하고, 늪처럼 쌓인 눈 속에 빠지고 뒹굴면서 마디 잘린 지렁이처럼 꿈틀대며 몸부림쳤습니다. 흠뻑 젖은 엉덩이, 헝클어진 머리칼, 팔다리 잘린 지친 몸뚱이들이 이 더러운 구렁에서 잠을 청했지요.

고향 생각이 꿈결처럼 밀려왔습니다. 머리 한구석 아련하게 남은 그것은 미처 손 뻗을 새도 없이 희미한 빛의 꼬리를 남기며 사라져 갔습니다. 앞을 다투어 나아가던 병사들은 적의 힘에 밀려 넘어지고, 황망히 하늘로 떠나갔지요. 전진! 전진! 전진! 고막이 터진 듯 귀가 먹고 온몸의 감각이 사라졌습니다. 고막을 찢을 듯한 포탄 폭풍과 탄환 소리. 눈밭 속을 비틀거리고 휘청거리며 달리는 내 목소리는 터질 듯한 가슴에 막혀 그 누구에게도 들리지 않았습니다.

우리는 개마 고원의 얼어붙은 장진호를 보았습니다. 마구잡이로 그러모아 쌓아올린 시체 더미들. 우리는 악취에 못 이겨 구토를 했습니다. 폐허가 된 지역을 비척거리며 걸었지요. 그 모두가 탁한 갈색의 단조로움이었습니다. 그곳에서 강렬한 것은 오직 붉은 피뿐이었습니다. 우리는 사람이 죽는 모습을 숱하게 보았지요. 한밤에 초병이 총탄에 쓰러지는 것도, 디딤판 위로 발을 올리고 힘차게 전진하던 동료 병사가 옆에서 고꾸라지는 것도.

어느 병사가 참호의 기울어진 뒷벽에 부딪히면서 힘없이 털썩 주저앉고 말았습니다. 그의 머리는 달걀껍데기처럼 으깨졌고, 따뜻한 회색빛 뇌수가 얼어붙은 대지 위에 쏟아졌습니다…… 그의 얼굴에서 하얀 눈이 희번덕거렸습니다. 죄악의 늪에 빠져 날개가 꺾여버린 천사처럼 얼굴은 떨고 있었죠. 그대여! 맥박 소리가 들립니까? 깨끗한 물거품으로 더러워진 허파를 씻어내요. 독약처럼 지긋지긋하고 쓰디쓴 맛. 오! 순결한 혀끝에 치료할 수 없는 상처를 입히다니…….

그들은 왜 죽어야 했나요? 아담의 씨앗이 너무도 강력해서 쓰러져간 이 용감한 목숨들이 덧없단 말인가요? 정말이지, 그들은 눈을 감았습니다. 우리도 머지않아 그 뒤를 따르겠지요. 죽음의 신은 긴 낫을 들어 한 치의 망설임 없이 우리 영혼을 갈라버리겠지요. 이 죽음의 기도가 여전히 중요하다 해도 그 마지막 날이 바람 앞에 놓인 촛불 같은 우리 운명을 충분히 잘못된 것처럼 보이는군요. 그들과 우리의 납골단지 백만 개가 필요하게 된다면 말입니다. 당신은 아무 생각이 없는 건가요?

전쟁은 아직도 끝나지 않았습니다. 사실 늘 전쟁이었습니다. 더럽고, 역겹고, 야비한 죽음의 사업. 병사들은 고통스럽게 몸을 뒤척이고, 하루도 깊이 잠들지 못하며, 삶이란 허기를 채우지 못해 언제나 가슴속에 달고 두려움에 떨었죠. 피가 나는 발뒤꿈치를 전투화에서 빼내야 하는 고통, 얼음이 겨드랑이와 배꼽과 귀에 들러붙어 참을 수 없는 가려움을 일으키는 속에서 그들은 자기 자신조차 잃어버립니다.

아득해진 병사들은 서서히 미쳐가면서 영문 모를 말을 지껄이죠. 병사들은 스스로를 죽음, 아니 죽음보다도 더 깊은 병 속으로 내몹니다. 불구가 되고, 눈이 멀고, 인간 대 기계, 육체와 강철, 콘크리트, 불꽃, 지저분한 참호에 그들의 영혼이 질식당합니다. 병사들은 얼음밭을 아무런 감정도 없이 거칠게 달려갑니다. 포격으로 병사들의 내장이 쏟아지고…… 신음하는 그들은 삶의 마지막에 신을 저주하며 어렴풋이 성경의 한 구절을 떠올립니다. 하느님께서 그분 형상에 따라 그들을 인간으로 만드셨는데 우리는 그분 뜻에 따라 언제든 떠날 준비가 되어 있어야 한다…….

어느 틈엔가 우리는 개마 고원 골짜기 장진호 얼음판에 서 있었습니다.

주위는 온통 창백하고 차가운 눈얼음 위로 셀 수 없이 많은 그림자가 깊은 바닷속 산호처럼 붉게 엉겨 있습니다. 고개를 숙여 발 아래를 바라보니 불꽃이 타고 있었습니다.

그것은 죽음의 불, 그러나 불꽃은 이글거리지도 흔들리지도 않았습니다. 불은 산호가지처럼 얼음덩이가 되어 검은 연기만 자욱하게 피어났습니다. 용암에서 막 솟구쳐 나와 남김없이 타버린 게 아닌가 했습니다. 불꽃은 곳곳의 얼음벽에 반사되고 되비추며 수없이 많은 그림자를 이루어 얼어붙은 장진호의 계곡을 붉은 산호빛으로 물들였습니다.

죽은 불꽃이여, 우리가 먼저 너를 얻게 되었구나!

죽은 불을 주워 들고 자세히 살펴보려는 순간, 그 차디찬 기운이 우리 손을 태웠습니다. 그래도 우리는 참고 그것을 주머니 속에 쑤셔 넣었지요. 눈얼음 장진호 네 기슭이 한순간에 창백해졌습니다. 우리는 그곳에서 빠져나올 방법을 찾고 있었습니다.

곳곳에는 죽은 자들뿐이었습니다. 그들이 썩어가는 냄새에 우리는 몸서리를 쳤죠. 죽은 그들이 날카롭게 찌르는 냄새를 풍기며 달려들어 우리 발목을 잡습니다. 그러고는 둔해져버렸지요. 그 모호한 악취로 모든 걸 집어삼키며, 끝없는 대지와 대기를 오염시켰습니다.

이들은 누구입니까? 그들은 왜 여기 희미한 불빛 속에 있는 걸까요? 무슨 이유로 죽음의 그림자를 흔드는 것일까요?

이어지는 극심한 통증, 느리게 덮쳐오는 공포, 번개무늬 모양의 구멍 주위로 머리칼과 손바닥을 지나 지쳐갔습니다. 분명 우리는 사라졌지요. 그대로 잠들거나 하염없이 거닐었습니다. 우리는, 이 비참한 존재는 어떻게 기억될 수 있을까요.

말 없는 신은 비겁한 겁쟁이입니다. 그는 온 우주를 변화로 물들이지만 멸망시키지는 못합니다. 시나브로 모든 생물을 없애면서도 그 시체는 오래 보존하지 못하지요. 인류를 피 흘리게 하면서도 영원히 기억하도록 두지는 않습니다.

그는 오직 자신과 같은 부류의 겁쟁이들을 위해 폐허와 황량한 무덤 위에 화려한 저택을 세우고, 시간과 세월 고통과 혈흔을 잊게 만듭니다. 날마다 한 잔의 술을, 많지도 적지도 않게, 취할 수 있을 만큼 인간에게 내밉니다. 울고 노래할 수 있게 하며, 취한 듯 깬 듯, 아는 듯 모르는 듯 죽고 싶기도 하고 살고 싶기도 하게 만듭니다. 그는 마땅히 모든 것을 살고 싶도록 만듭니다. 그에게는 인류를 사라지게 할 용기가 없습니다.

몇몇 폐허와 황량한 무덤이 땅 위에 흩어져 빛바랜 혈흔으로 비춥니다. 사람들은 그 사이에서 자신과 타인의 뚜렷치 않은 고통과 슬픔을 씹고 있습니다. 쓰디쓴 그것을 뱉으려 하지 않습니다. 모두 스스로를 '하늘의 유배자'라 부르며, 자신과 다른 이의 희미한 슬픔과 고통을 되씹는 변명으로 삼습니다. 뿐만 아니라 숨을 죽이고 슬픔과 고통이 다가오기를 기다립니다. 새로움은 두려움을 주지만, 그들은 언제나 새것을 간절히 바랍니다.

이들은 모두 조물주의 선한 사람들입니다. 그들은 그렇게 해야만 합니다. 그러나 이 지옥 구덩이 속에 얼굴을 들이밀 용기와 슬픈 암흑을 함께 나눌 마음이 없다면, 그 세계는 한순간의 번쩍임일 뿐, 그 선함은 그저 위선이라는 꼬리표를 달고 하늘의 포탄처럼 사라져 버릴 것입니다. 그들은 당신을 위해 눈물의 값을 치렀지만, 당신은 그들에게 어떤 즐거움도 주지 못합니다. 그들은 우리가 아는 세계와는 다른 세계에서 살았습니다. 다른 행성에 머물러 사는 또 다른 인류인 것처럼 말입니다.

이미 지나간 생명은 죽었습니다. 죽음으로써 그것이 살아 있었음을 알 수 있지요. 죽은 생명은 어느덧 거름이 되었습니다. 우리는 이 거름을 더없이 고마워해야 합니다. 한 톨의 밀알이 땅에 떨어져 죽어야만 나무를 키워낼 수 있는 진리를 알고 있으니까요. 하지만 생명의 진흙이 땅 위를 덮어도 큰 나무는 자라지 않고 오로지 들풀만 자랍니다. 이는 나의 죗값입니다.

이름 모를 들꽃은 뿌리를 깊게 내리고 물을 찾아 땅속을 헤맵니다. 이슬을 빨아들이고, 물기를 빨아들이며, 아름다운 꽃을 피우지요. 그렇게 값지게 저마다 생존을 다툽니다. 그렇게 거듭 피어났다가 다시 땅으로 돌아갑니다.

사람들은 내게 어디 있었느냐고 묻습니다. 무얼 보았느냐고 묻지만, 내가 과연 무슨 말을 할 수 있을까요. 나와 꼭 같은 누군가가 바다를 건넜을 겁니다. 그리고 내 머리와 손으로 낯선 땅에서 사람들을 죽였겠지요. 우리는 비난을 말없이 견뎌내야만 합니다. 그는 내 이름으로 그의 임무를 다했을 테니까요. 날이면 날마다 무력감이 덮쳐옵니다. 양심에 눈뜬 사람이라면 전쟁이 자연재해라고는 믿을 수 없을 테지요. 어떡하면 제가 도무지 피할 수 없어 보이는 전쟁의 동향을 바꿀 수 있을까요? 아무리 생각해 봐도 방법이 떠오르지 않습니다. 개인의 죄악감은 어느 정도 속죄할 수 있는 걸까요? 많은 사람이 전쟁중에는 행동 범위를 넘어 죄를 키워갑니다.

전투중 일어날 수밖에 없는 여러 일들에 치여 나는 한동안 바빠졌습니다. 마침내 장진호에서 17일을 보내고 전쟁은 끝났지만 그렇게 잔혹하고 순간적으로 해버린 일, 불가사의한 일들을 경험해 본 적 없을 만큼 마구 뒤섞이게 되었지요. 전투가 끝나고 며칠 동안 목숨을 잃은 이들을 떠올리면 너무 괴로웠습니다. 고작 17일 짧은 나날 동안 죽어버린 이들의 비극을 어떻게 이해하란 말인가요. 왜 나는 죽지 않았는가. 이런 물음에 대한 답은 없었습니다.

도저히 진정되지 않는 마음과 격렬히 싸웠습니다. 그즈음 거의 만 명에 이르는 병사들이 걸리는 병이었고 모국으로 돌아간 군인만 걸리는 질병이라고는 할 수 없었습니다. 그럼에도 세월은 흘러 강산은 변해갔지요. 얼마 지나지 않아 나는 차츰 평소 생활에 익숙해져갔습니다. 이제는 믿을 수도 없는 이야기지만 한때는, 허리에 권총이 없으면 발가벗겨진 듯 기묘한 느낌이 들고는 했답니다. 또 긴장이 풀린 때는 가끔씩 땅 위 어디든 조용히 거닐었지요.

그러나 전장에서 묻어온 공포는 나를 잠시도 내버려두지 않았습니다. 무의식적으로 위장 폭탄이 숨어 있는 건 아닌지 방심하는 찰나, 밟으면 목숨을 잃거나 신체 한 부분을 잃게 되도록 만들어진 잔혹한 대인지뢰에 공포심을 품곤 했습니다. 철학적으로 깊이 사색하는 일이 줄어들자, 전쟁은 전보다 점점 더 빨리 멀어져갔습니다. 이젠 마치 내 삶에 전쟁 따위는 일어나지 않았던 것만 같습니다.

비통한 안락함 속에서 깨어난 우리가 기댈 곳은 없었습니다. 한없이 퍼붓는 눈과 함께 새벽이 밝아오면 거대한 얼음덩이 속의 대대가 떠오릅니다.

"언제 다시 그들에게 돌아갈 텐가? 그들은 자네와 피로 맺어진 형제들이 아니었던가?"

우리는 우정을 얻었습니다. 그러나 행복한 연인들의 옛 노래와는 다릅니다. 사랑이란 고운 입술과 그리움이 담긴 눈빛을 기쁨으로 묶어주는 게 아닙니다.

기쁨의 매듭은 풀리기 마련이니까요. 그러나 튼튼한 말뚝에 감긴 전쟁의 질긴 철조망, 붉은 피가 흐르는 팔의 붕대, 소총 멜빵의 올실로 묶은 우정은 절대로 풀리지 않는다고 굳게 믿습니다.

우리는 조국을 위해 죽었습니다. 그 죽음은 장엄하지도, 품위 있지도 않았습니다. 그저 선배들의 거짓말을 믿고 얼어붙은 지옥의 장진호로 성큼 걸어 들어갔을 뿐입니다. 우리는 이제 그런 거짓말을 더는 믿지 않습니다. 그 수많은 속임수들을, 흔한 거짓말과 새로운 오명을!

하지만 우리는 담담하고 즐겁습니다. 크게 웃습니다. 우리는 즐거이 노래합니다. 우리는 서로 깊이 사랑합니다. 지하의 불길이 땅속에서 내달리며 용솟음칩니다. 용암이 뿜어져 나오면 개마고원 낭림산맥 모든 들꽃과 풀, 나무들을 불태우고 말 겁니다. 그리하면 더는 사라지는 것도 없겠지요.

"하늘과 땅이여, 우리는 담담하고 즐거우리라. 우리는 크게 웃으리라. 우리는 즐겁게 노래하리라."

그러나 하늘땅이 이토록 적막하니, 우리는 크게 웃을 수도 노래 부를 수도 없습니다. 우리는 한 아름의 들꽃과 풀을, 빛과 어둠, 삶과 죽음, 과거와 미래가 만나는 곳에서 벗들과 적들, 사람과 짐승, 사랑하는 사람과 사랑하지 않는 사람 앞에 바쳐 징표로 삼으려 합니다.

이 눈 얼음산 개마고원 얼어붙은 장진호에서 마주한 덧없는 죽음을. 우리는 그렇게 역사의 거름이 되기를 희망합니다. 그렇지 않으면 우리는 일찍이 존재하지 않던 것이 되어 노래할 수 없을 테니까요.

오, 오, 감미로운 전쟁이여!

달빛이 비치는 얼어붙은 장진호로 들어간, 지옥의 상처를 지닌 미군 병사들이여! 중공군 병사들이여! 돌아오지 않는 젊은이들의 군대, 고통 속에서 한 줄기 희미한 빛으로 사라져 버린 군단이여!

오, 행군하는 병사들이여. 노래와 함께 죽음의 문턱에 이르나니, 기름진 땅의 수확을 위해 그대의 기쁨을 뿌리나니, 영면 속에서도 그대들은 기뻐하리라. 장진호 얼음화단에 그대들의 기쁨을 흩뿌리나니, 즐겁게 숨을 거두노라.

내 심장에는 명랑한 장송곡뿐. 참호에서 내게 필요한 건 오직 3미터의 땅, 그리고 평범한 나무 십자가. 나머지는 신께 맡기리.

그대 나팔을 불어라, 고귀한 사자(死者)들을 위해! 이들 가운데 외롭고 초라한 자들은 아무도 없으리. 오히려 영광스런 죽음으로 우리는 황금보다 더 귀한 선물로 거듭나리라.

가거라, 전쟁이여. 우리의 청춘을 시기하는 신들과 함께!

이주선 어머님, 정국 정랑 두 아우에게
20년 세월 진력한 「장진호」를 바칩니다.

아래 글은 그 겨울전쟁 우리가족 이야기입니다.

시간은 전쟁처럼 본능적 냉담으로 무장한 난폭스런 파괴자이다. 크로노스가 제 자식들을 먹어 치우듯이, 시간이 지나간 뒤에 살아남는 것은 아무것도 없다. 나는 오늘도 꿈결에서 그 겨울전장을 헤매인다. 하얀 은사시나무들을 끝간 데 없이 심어놓은 얼음산 사이를 뛰어다닌다. 거대한 빙산은 은비늘 창백한 구름으로 가득한 하늘에 닿아 있다. 얼어붙은 붉은 잎, 핏빛 숲을 이룬 바리산 골짜기. 하늘과 땅은 눈보라 뭇매를 맞는다. 내 몸뚱이가 갑자기 얼음 골짜기로 떨어진다. 눈길 닿는 곳마다 차가운 얼음뿐. 헤아릴 수 없는 핏빛 점들이 산호 그물망처럼 엉겨 있다. 발아래를 보니 활활 불꽃이 타오르는데, 그 속에 어머니와 두 동생 그리고 수많은 사람들이 초연히 누워 있다. 이 혹독한 전장에도 겨울이 가고 나면 또다시 봄이 오겠지. 나뭇가지마다 파릇한 새움이 돋겠지. 청동 홀(笏)처럼 튼실한 초록 싹이 트겠지. 황록색 꽃송이 피어오르면 영롱한 연둣빛으로 물들 테지. 이토록 눈부신 세상이 오는 지도 모르고 그들은 그렇게들 떠나갔다.

그날 밤 나는 악몽을 꾸었다. 하늘에는 시뻘건 눈보라가 거칠게 휘몰아쳤다. 전폭기들이 바라산 구릉에 수없이 폭탄을 떨어뜨리고 있었다. 여기저기 불길이 치솟았다. 찢긴 살덩이가 붉은 눈덩이와 뒤섞여 흩어졌다. 병사들이 몸을 뒤틀며 숨이 끊어질듯 고통에 찬 신음을 토해냈다. 어찌된 일인지 산내들이 온통 붉은 피밭으로 뒤덮였다. 눈보라 속을 날며 흉측한 소리로 까악까악 울어대는 갈까마귀 떼들. 하늘에 큰 까마귀 한 마리가 두 날개를 너울너울 날고 있다. 낮도 밤도 아닌 시간, 밝음도 어둠도 아닌 세계, 골짜기 곳곳마다 썩어 문드러진 더러운 양배추꽃처럼 움푹 들어간 해골의 눈구멍들이 하늘을 노려보고 있다. 피밭 군데군데 폭탄이 터져 팬 시커먼 웅덩이에서 무언가 꿈틀꿈틀 하나둘 이어서 일어나더니 비칠비칠 걸어온다. 갈기갈기 찢겨져 너덜거리는 군복 사이로 피투성이 맨살을 드러낸 병사들이 흐느적흐느적 다가온다. 그들이 두 손 내밀며 나를 부르지만 소리가 들리지 않는다. 무언가 간절히 애원을 하는 것만 같다. 그들과 나 사이의 거리가 차츰 가까워진다. 나는 몸서리치며 달아나려는데 도무지 두 발이 움직여지질 않는다. 땅에 붙어버린 듯 꼼짝할 수 없다. 나는 안간힘을 쓰며 마구 버둥거린다.

"애, 이산아! 이산아! 정신 차려! 애가 몹쓸 꿈을 꾸나봐."

어머니가 나를 흔들어 깨우며 이마에 맺힌 식은땀을 닦아 주었다.

중공군들은 어둡고 지친 표정으로 침묵을 지켰다. 어쩌다 미군 쌕쌕이 폭격 편대가 날아오면 아이들에게 "벤지 날라, 벤지 날라" 낮은 소리로 외치며 어서 집으로 들어가라고 손짓을 해댔다.

그날 새벽 중공군이 처음 나타났을 때 그들에겐 무기가 없었다. 폭탄을 하나 매단 나무 작대기를 어깨에 메고 행진해 마을로 들어왔다. 총 한자루 없는 군대였다. 어른들 이야기에 따르면, 그들은 장제스 국부군으로 마오쩌둥 중공군의 포로가 되어 총알받이로 조선지원의용군에 투입되었다. 그 얼굴들은 늘 체념에 차 어둡고 쓸쓸하기만 했다. 우리는 이불을 뒤집어쓰고 숨을 죽였다. 전쟁과 격리된 평화로운 이불 속에서 나는 동생 훈이와 함께 손전등을 비추며, 표지가 떨어져나간 방정환의 동화집 《사랑의 선물》을 읽었다. 지난겨울 크리스마스, 무역회사에 다니는 둘째 고모부에게 선물로 받아 내가 가장 아끼는 조그만 빨간 손전등이었다. 하늘과 땅을 뒤흔드는 포성 속에 이불을 뒤집어쓰고 빨간 손전등 불 밝혀 책을 읽던 그 시간. 타고르의 〈어머니께〉라는 시는 아직도 머릿속에 뚜렷하게 남아있다.

'어머니, 당신의 정성어린 손길 아침해에 빛남을 보았습니다. 어머니, 당신의 깊고 크신 말씀들 소리 없이 하늘에 넘쳤습니다.'

어느 날, 훈이와 나는 처마 끝에 커다랗고 길게 매달린 고드름을 손전등으로 비추며 놀고 있었다. 내리쬐는 햇살이 손전등 빛과 어우러지며 고드름을 비추자 얼음덩이는 마치 무지개 사탕처럼 알록달록 빛깔을 띠며 반짝반짝 빛났다. 고드름 끝을 뚝 소리가 나도록 한 입 베어문 동생이 말했다.

"형! 나도 한번 해볼게. 응?"

내가 손전등을 건네자 훈이는 싱글벙글 이리저리 고드름을 비추다가 무지갯빛 광채에 탄성을 질렀다. 그동안 훈이가 몇 번이나 만져보고 싶어 했지만 손도 못 대게 한 손전등이었다. 학교 갈 때도 신문팔이할 때도 꼭 갖고 다녔다.

"야, 참 예쁘다! 와! 참말 멋져, 형. 그렇지? 꼭 무지개사탕 같아."

때마침 지나가던 인민군 하전사가 걸음을 멈추고, 병아리를 발견한 솔개 눈으로 우리를 매섭게 노려보았다.

"아새끼래, 기거 이리 내보라우!"

"싫어요! 우리 고모부가 주신 거란 말이에요."

나는 훈이 손에서 손전등을 빼앗아 얼른 주머니에 집어넣고 달아나려 했다.

"말을 앙이 들면 혼나는 거 모르간!"

그가 버럭 소릴 내지르면서 내 뒷덜미를 꽉 움켜잡더니 땅바닥에 패대기쳤다. 깜짝 놀란 훈이가 "앙!" 울음을 터뜨렸다. 울음소리를 듣고 어머니가 달려나와 쓰러진 나를 끌어안으며 두려운 표정으로 말했다.

"아니, 어린애가 무얼 안다고 그러세요. 너그러이 용서해 주세요."

그러고는 내 주머니에서 손전등을 꺼내 인민군 하전사에게 재빨리 건네주었다.

"진작 그럴 거이지. 반항하면 재미없는 줄 알라우!"

그는 내 빨간 손전등을 이리저리 만져보고 불까지 켜보더니 만족한 듯 웃음을 입가에 흘리며 떠나갔다. 나는 너무 분해서 눈물을 글썽이며 씩씩거렸다. 어머니가 그런 나를 꼭 껴안고 달랬다.

"애야, 잊어버려라. 더 못된 짓도 서슴없이 할 사람들이야. 엄마가 서울 가면 훨씬 예쁜 손전등 하나 꼭 사줄게. 사내녀석이 그깟 일로 눈물을 보여서야 쓰겠니. 억울하고 분한 일을 당하더라도 꼭 참고 이겨낼 수 있어야 앞으로 훌륭한 어른이 될 수 있단다."

그 일이 있고 나서 한 달이 지난 뒤였다. 중공군이 서울 쪽으로 후퇴하기 이틀 전이었다. 권 동무라는 인민군이 주먹밥을 나르러 왔다가 슬며시 내 옆으로 다가와서 아무 말 없이 무언가를 내 손에 쥐여 주었다. 바로 그 빨간 손전등이었다.

"나도 집에 너 만한 아들놈이 있단다."

나는 너무 놀라 고맙다는 인사도 하지 못하고 눈만 끔벅였다. 권 동무는 내 마음을 다 안다는 듯 내 어깨를 토닥이더니, 쓸쓸한 웃음을 남기며 돌아갔다. 바라산 진지로 주먹밥 지어 나르는 일을 맡았던 그는 쌀과 소금을 가지고 집집마다 돌아다녔다. 권 동무는 늘 미안해하면서 마을 사람들에게 주먹밥 짓기를 부탁했다. 그는 서른 살도 훨씬 넘어 보였는데 왜소한 몸집에 조그만 얼굴로 언제나 말이 없었다. 아이들은 그를 졸졸 따라다니면서 "권 동무! 권 동무!" 친구처럼 불러댔다. 그래도 그는 싫은 내색 한 번 하지 않고 언제나 씩 웃기만 했다. 사람들은 그런 그를 큰 소리 한 번 못 치는 부끄럼쟁이 인민군이라고 친근해하면서도 한편으로는 업신여기기까지 했다.

설날이 다가오고 있었다. 포성이 차츰 가까워지자 어른들은 국군과 미군이 반격해 오는 거라며 긴장했다. 아무리 전쟁 속이라도 자식들에게 따끈한 떡국 한 그릇 해먹여야겠다면서 어머니는 떡살을 담갔다. 어머니 얼굴에는 오랜만에 웃음기가 돌았다. 해마다 설날이면 우리 가족은 차례를 지내고 떡국을 먹었다. 그리고 나와 동생 훈이는 어른들께 세배를 다녔다. 해가 머리 꼭대기에 올라올 즈음, 나와 훈이는 안암동 애기능 동산에 올라 동네 아이들과 함께 패를 나누어 연날리기를 했다. 지난해 연날리기를 떠올리며 훈이와 즐겁게 떠들어대고 있는데 주먹밥을 가지러 온 권 동무가 슬쩍 다가와 내 옆에 앉았다. 그가 힘없는 웃음을 지으며 말했다.

"얘들아, 무슨 얘기를 그렇게 재미나게 하니? 나도 해줄 이야기가 있는데 한 번 들어볼래? 있잖아, 포탄이 쌔앵하고 날아올 때는 말이다, 그것은 아주 머언 데 떨어지는 거다. 그런데 말이다, 스르르스르르 하고 날아올 때는 말이다, 아주 가까이 떨어지는 거란다. 그러니까 포탄이 날아오는 소리에 따라 정신 바짝 차려 토끼처럼 귀를 쫑긋 세우고 있다가 날래 몸을 피해야 한단다."

나는 설날에 권 동무 아저씨와 함께 떡국을 먹으면 좋겠다고 어머니에게 말씀드려야지 생각했다. 하지만 그날 뒤로 다시는 권 동무를 보지 못했다. 미친 듯 날뛰던 황복도 보이지 않았다. 모두들 그가 인민군 중공군을 따라 북으로 올라갔을 거라 막연한 추측만 했다. 나는 주머니에서 빨간 손전등을 꺼내 볼 때마다 권 동무 아저씨의 그 쓸쓸한 얼굴이 떠오르고는 했다.

땅을 뒤흔드는 굉음, 쇳소리 울림이 고막을 찢을 듯 때렸다. 섬광이 번쩍이다 사라졌다. 머리가 깨질 듯 아파 왔다. 캄캄한 어둠 속 공포에 휩싸인 비명과 신음. 서까래들 사이에서 흙부스러기들이 내 몸 위로 마구 쏟아져 내린다. 매캐한 연기와 흙먼지가 눈코입으로 밀려 들어온다. '어머니! 어머니!' 아무리 부르려고 해도 심장만 팔딱댈 뿐 소리는 입안을 맴돌 뿐이다. 아기 울음소리. 세 살배기 막내 겸이다. 칠흑 같은 어둠 속에 나는 어머니와 동생들을 찾으려 온 힘을 다해 이곳저곳을 더듬는다. 손에 닿는 것이라곤 무너져 내린 대들보와 서까래, 진흙덩이들. 온몸을 짓누른 그 파편들을 떨어내며 가까스로 기어 나왔다. 전폭기들이 날아들자 폭탄이 터져 오른다. 폭발음이 잇따라 울리고 시뻘건 불기둥이 치솟아 올랐다. 주위가 붉게 밝아졌다. 여기저기 솟구치는 불길, 검붉은 화마가 온마을을 집어삼킨다. 울부짖는 소리가 곳곳에서 들려왔다. 포탄이 쇳소리를 내며 날아와 잇따라 작렬할 때마다 하늘과 땅이 세차게 요동쳤다.

날이 푸르스름 샐 무렵에야 전폭기들이 사라졌다. 안개인지 포연인지 분간조차 못할 회색 장막이 걷히고, 아침햇살이 바리산을 보랏빛으로 물들이며 밝아오자 참혹한 광경이 또렷이 드러난다. 시커멓게 그을린 채 이곳저곳 널브러진 몸뚱이들이 보인다. 검붉은 심장에서 피가 솟고 다리가 떨어져 나간 여덟 살 훈이의 조그만 몸뚱이가 봉당에 나뒹군다. 그 옆 대들보에 짓눌린 어머니가 애처롭게 뜬 눈으로 위를 쳐다본다. 가슴에는 겸이를 두 손으로 꽉 부둥켜안고 있다. 겸이는 미소 띤 얼굴 그대로 숨을 쉬지 않는다. 나는 어머니 얼굴에 뺨을 비벼대며 울부짖었다. '어머니! 어머니!' 어찌된 것일까? 칼이 목구멍을 저미는 듯 말이 나오지 않는다. 윙윙거리는 귓속 쇳소리만 가까워졌다 멀어진다. 포탄들이 날아와 터진 구덩이들마다 피투성이 주검들이 나뒹굴고 살덩이와 선혈이 낭자하다. 건넌방 수진네 세 식구 시신도 마당에 흩어져 있다. 전폭기들이 또 날아든다. 마을은 다시 한 번 불바다로 변했다. 번쩍, 하늘을 가르는 청백색 폭발, 열풍, 충격. 불길은 거세게 타오른다. 집채에 깔린 사람들이 이글거리는 불꽃 속에서 비명만 질러댈 뿐이었다. 생명들이 주검으로 내몰리고 있었다. 나는 그저 목 놓아 울 수밖에 없었다. 그러다 이를 악물고 훈이의 흩어진 몸조각들을 어머니와 막내 곁으로 정신없이 그러모았다. 불탄 초가지붕 재를 바가지로 퍼다 덮고 또 덮는 그 위로 눈물이 하염없이 뚝뚝 떨어졌다.

사위가 밝아오자 동네 어귀 우물가로 피란민들이 모여들었다. 막장에서 기어나온 듯한 얼굴들에는 눈물조차 말라버렸다. 죽음의 구렁에서 필사적으로 탈출한 넋 나간 모습들…… 초가집 오십여 채 달마을에 백여 명이 훨씬 넘던 피란민. 그 가운데 살아남은 사람은 어른 아이 합쳐 열대여섯 명에 지나지 않았다. 우리 가족이 묵던 집 열세 명 가운데 살아 나온 것은 나 하나뿐이었다. 미처 떠나지 못한 마을사람들은 뒤울 안에 파놓은 방공토굴로 피신해 살아남았지만 그들은 폭격이 끝난 뒤에도 밖으로 나오지 않았다.

"모두 정신 차리고 힘냅시다. 혹시 집 안 어디에 아직 숨이 붙은 사람이 있을지도 모르지만 어쩔 수 없어요. 지금 바로 저 앞산 등성이 너머 신갈 쪽 미군 진지로 가야 목숨이라도 부지할 수 있겠소. 미군은 이 마을에 중공군이 남아 있다 생각하고, 중공군은 미군이 이곳을 점령했다 여겨 서로 포탄을 쏘아대서, 더 어물거리다가는 우리 모두 죽고 말거요."

초췌한 노인이 쉰 목소리로 외쳤다. 얼마 전 달마을 방앗간 인민교육 때 맨 뒤에서 침울한 표정으로 말없이 머리를 푹 숙이고 있던 그 노인이었다. 흙빛 얼굴에 병색이 짙었지만 날카로운 눈빛만은 활시위를 겨누듯 팽팽하고 강렬했다.

"어르신 말씀이 옳아요. 계속 공습을 해댈 테니 우물쭈물하다간 우리 모두 죽고 말 거예요."

안경 쓴 아주머니가 두려움에 몸서리치며 말했다. 개성댁인 이 여인은 겁에 질린 소녀의 손목을 꽉 잡고 있었다.

"자, 어서 떠납시다. 기껏 늙은이와 부녀자, 아이들뿐인데 설마 미군이 우릴 죽이기야 하겠소."

노인은 하늘을 바라보고 죽은 여자의 흰 치마를 찢어 나뭇가지에 매달아 들고 앞장섰다. 나는 뒷걸음질쳤다. 무언가 이야기하려 했지만 입술만 달싹여질 뿐 말이 되어 나오지 않았다. 겨우 튀어나온 "어어어…… 어어어……" 신음 같은 외마디뿐이었다. 나는 머리를 두 손으로 감싸고 흐느꼈다.

"쯧쯧, 여북하면 어린 게 말문이 막혔을까. 그래, 내가 네 마음을 다 안단다. 허나 네가 살아야 어머니와 동생들 뼈라도 추릴 수가 있지."

노인이 내 어깨를 토닥이며 말했다.

"……사람이 죽고 사는 게 꽃이 피었다 지는 것과 같은 이치란다. 누구나 한 번 태어나면 죽기 마련이야. 착하게 산 사람은 꽃이나 하얀 나비가 되어서, 아니면 바람으로라도 우리 곁에 머문단다. 너무 슬퍼하지 말아라."

나는 입술을 꽉 깨물고 울음을 삼켰다.

서울에서 피란을 떠난 1월 3일 아침. 그날도 하늘 가득 굵은 눈발이 마구 휘날렸다. 하얀 회오리바람이 하늘을 뒤덮는다. 온 세상 사나운 눈나라였다. 입과 콧구멍으로 처박히는 눈발에 숨도 제대로 쉴 수 없었다. 우리는 쫓기듯 걸음을 재촉했다. 두모포 건너 남쪽으로 내려가는 피란민 행렬이 끝없이 이어졌다. 얼어붙은 한강은 그대로 눈 덮인 벌판이었다. 수진 아버지가 앞장서 수레를 끌고, 동생 겸이를 업은 우리 어머니가 수진 어머니와 함께 뒤에서 밀었다. 동생 훈이와 수진은 얼음판에 몇 번이나 미끄러져 넘어지면서도 잘도 따라왔다. 오른쪽 멀리 용산역 하늘이 검붉게 타오른다. 전폭기들의 폭격이 이어지고 있었다. 얼굴을 때리는 눈발은 눈물이 되어 흘러내려 줄곧 주먹으로 훔쳐내야만 했다. 퍼붓는 눈발이 관악산과 들을 하얗게 덮어 갔다. 어둠이 내리자 우리는 한길에서 그리 멀지 않은 산등성마을 빈 초가로 들어섰다. 방 한 칸에 지친 일곱 식구가 옹크린 채 잠에 곯아떨어졌다. 잠결에 요란스럽게 굴러가는 탱크 소리에 놀라 잠에서 깨어났다. 창문이 푸르스름 젖어 오고 있었다. 이미 떠나 버린 국군 대신 중공군들이 앞서고 인민군들이 뒤따라 마을로 들어왔다. 오산 망월리 외갓집을 반나절 거리에 두고 우리는 그들의 볼모가 되고 말았다. 산 너머가 바로 신갈, 바라산 골짜기 피밭으로 이름이 나서 피밭골이라 불리다가 이젠 피밭골 달마을로 불리는 곳이었다. 멀리 수원이 내려다보이는 바라산 정상에 진지를 구축한 중공군 인민군은 달마을 큰 집 몇 채에 전선 보급 지휘부를 설치했다. 부인네들이 주먹밥을 뭉치면, 남정네들은 그것을 지게에 짊어지고 올라 중공군 인민군 부대로 날랐다. 인민군은 저녁마다 피란민들을 마을회관에 모이도록 했다.

"우리 조선민주주의인민공화국 군대는 위대한 스탈린 원수, 마오쩌둥 주석의 절대적 지원을 받는 김일성 장군 영도로 미제국주의 이승만 괴뢰들에게 압제받는 남반부 인민들을 해방시키려 왔소."

갈색 누비 군복에 기관단총으로 무장한 여군들이 나서서 '압록강 굽이굽이 피어린 자욱⋯⋯' 노래를 부르면서 김일성 장군이야말로 불세출의 영도자라며 열변을 토했다. 모두 스무 살도 채 안 되 보이는 앳된 얼굴들이었다. 그날 새벽 중공군이 처음 나타났을 때 그들에겐 무기가 없었다. 폭탄을 하나 매단 나무 작대기를 어깨에 메고 행진해 마을로 들어왔다. 총 한자루도 없었다. 어른들 이야기에 따르면, 그들은 장제스 국부군으로 마오쩌둥 중공군의 포로가 되어 총알받이로 조선지원의용군에 투입되었으리라는 것이다. 아무 말이 없는 그 얼굴들은 늘 어둡고 쓸쓸하기만 했다.

눈 덮인 하얀 산들이 고즈넉이 엎드려 있었다. 햇빛은 따스했다. 우리는 들녘길 잔설을 밟으며 야트막한 언덕을 넘어 나아갔다. 저만큼 산마루 자락에, 신갈에서 용인으로 갈라지는 삼거리 길을 막아선 미군 탱크들의 긴 포신과 참호 밖으로 내민 기관총부리들이 이쪽을 노려보고 있었다. 미군 진지가 가까워질수록 사람들의 마음은 바짝 졸아들었다. 병사들의 철모가 겨울 햇빛에 부딪쳐 반짝였다. 노인도 잔뜩 긴장한 얼굴이었지만 다부지면서도 칼칼한 목소리로 침착하게 우리들에게 거듭 주의를 주었다.

"무슨 일이 있어도 놀라 소리치거나 달아나선 안 돼!"

이윽고 흑인 병사들 얼굴이 눈에 들어왔다. 기관총구들이 천천히 우리 쪽으로 돌아섰다. 숨이 막힐 듯한 찰나, 벽력 같은 고함이 머리 위에 떨어졌다. 깜짝 놀라 멈춰 선 모두들 두 손을 번쩍 치켜들었다. 그러자 백인 장교가 싱긋 웃으며 어서 오라고 손짓했다. 노인이 속치마를 뜯어 만든 백기를 높이 치켜들고 흔들자 병사들이 껄껄 웃어댔다. 신갈 네거리에 들어서자 폭격에 무너져 내린 건물들이 시커멓게 황폐한 잔해를 드러냈다. 우리는 한길에서 좀 떨어진 산자락 끝 꽤 큰 기와집에 수용되었다. 남으로도 북으로도 통행이 금지된 피란민들은 포로 아닌 포로였다. 나는 노인과 함께 사랑방을 썼다. 미군들이 끊임없이 북쪽으로 쏘아올리는 포탄 소리에 집이 마구 흔들렸다. 금세라도 천장이 무너져 내릴 것만 같은 굉음이 내 심장을 두들겨댔다. 숨도 제대로 쉬지 못하며 움츠렸다가 포성이 잠잠해지면 밖으로 나갔다. 바라산 너머 달마을 쪽에서 큰 불길이 치솟고 있었다. 눈 덮인 은세계가 어둠에 서서히 내려앉는다. 하늘은 짙푸른 바다만큼이나 깊다. 그 겨울밤은 우주로 열린 창과도 같았다. 낮에는 포탄 초연이 자욱이 피어올라 하늘은 불투명한 푸른빛을 띠고 낮게 드리운 구름 아래 초췌해 보였다. 밤하늘은 우리를 숨겨 주고 작은 자유를 느끼게 해주었다. 푸른 하늘의 열린 구름 사이로 드문드문 보이는 무수한 노랑 별들은 아주 조그만 희망이라도 안겨주려는 듯 쉬지 않고 반짝거렸다. 미군 병영에서 일렁이는 불빛들은 전장의 밤을 긴장으로 품어안은 채 고요히 숨 쉬고 있었다.

어둠이 채 걷히지 않은 깊고 푸른 별바다에 먼동이 터오려면 아직 한참인데, 겨울 하늘은 팽팽한 긴장감으로 매섭게 차가웠다. 미군부대 앞 논밭에는 어디서 모여들었는지 백여 명 남짓 피란민들이 죽 늘어서 있었다. 저마다 깡통 하나씩 들고 칼바람 속에서 발을 동동 굴러댔다. 내 곁에는 개성댁네 은지 누나가 깡통을 두손으로 꼭 쥔채 고개를 푹 숙이고 있었다. 미군들은 길게 줄을 지어 뷔페식으로 아침을 먹으며 저희끼리 낄낄 웃어대다가, 유형수처럼 늘어서서 식사가 끝나기를 기다리는 우리의 울적한 얼굴들을 보고는 웃음을 거두었다. 식사가 끝나면 미군 취사당번들이 음식 찌꺼기를 거두어다가 드럼통에 쏟아붓고 펄펄 끓였다. 사람들은 그것을 꿀꿀이죽이라 불렀다. 나는 깡통에 그 꿀꿀이죽을 받아와서 노인과 함께 먹었다. 노인은 몇 술 뜨다가 이내 숟가락을 힘없이 내려놓는다. 빵, 당근, 치즈, 잼, 닭고기 조각, 토마토, 버터, 소시지들에다 담배꽁초까지 섞인 꿀꿀이죽이 비위에 맞을 리 없었다. 나도 처음에는 속이 니글거려서 몇 번이나 먹은 것을 게워내고는 했다. 그러나 차츰 그 맛에 익숙해져 갔다.

한낮 신갈 네거리에는 아이들이 대여섯씩 무리지어 다녔다. 미군 지프나 트럭이 지나갈 때마다 아이들은 마구 소리쳤다.

"헬로 초콜릿 기브 미! 오케이 오케이! 예스 예스! 땡큐 땡큐!"

아이들은 주위들은 대로 목청껏 외치며 달리는 차를 쫓아 뛰었다. 미군들은 재미있다는 듯 싱글거리며, 숨가쁘게 달려오는 아이들에게 초콜릿, 젤리, 드롭스, 추잉껌 따위를 던져 주었다. 땅바닥에 떨어진 것을 먼저 주우려고 벌떼처럼 달려들어 봤자 언제나 억센 아이들 차지였다. 나도 그 무리에 여러 번 끼어들었지만 늘 길바닥에 엎어져 무릎만 까질 뿐이었다. 어김없이 아이들과 트럭을 뒤쫓던 날이었다. 그날따라 몹시 배가 고팠던 나는 온 힘을 다해 트럭을 따라 뛰었다. 언제나 아이들 꽁무니만 쫓던 내가 어느 틈엔가 앞자리에서 달리고 있었다. 갑자기 희망으로 가슴이 부풀어 올라 고개를 치켜들었다. 트럭 오른쪽 끝에 앉아 있던 유난히 얼굴이 뽀얀 젊은 미군이 나를 보고 활짝 웃으며 휘파람을 불었다. 그의 손에는 여태껏 본 적 없는 고무신만 한 커다란 초콜릿이 들려 있었다. 가슴이 두근거렸다. '저건 내 거다!' 나는 입이 귀에 걸릴 만큼 활짝 웃으며 초콜릿만 쳐다보고 마냥 뛰어나갔다. 그때 갑자기 누가

"퍽" 소리가 날 만큼 내 등을 냅다 후려쳤다. 나는 순식간에 땅바닥으로 고꾸라졌다. "와아아!" 커다란 함성과 함께 아이들 발소리가 들리고 매캐한 흙먼지가 눈과 콧구멍으로 날아들었다. 몇 번인가 아이들의 고무신이 내 등과 다리를 밟고 지나갔다. 나는 고개를 들고 눈앞에 벌어진 광경을 바라다봤다. 어찌된 일인지 요란하게 구르던 트럭이 멈추고 뒤쫓던 아이들도 우뚝 섰다. 나는 부끄러움을 느끼며 겨우 일어나 땅바닥에 앉았다. 휘파람소리가 들려왔다. "헤이 보이, 컴 히얼." 그 젊은 미군이 초콜릿을 든 손을 나에게 흔들어 보였다. 나는 잠시 머뭇거리다가 벌떡 일어나 달려갔다. 그러자 그는 허리를 굽혀 나와 눈을 마주치며 싱긋 웃더니 팔을 뻗어 그 커다란 초콜릿을 내 손에 건네주었다.

순간 신기하게도 목구멍에서 말이 튀어 나왔다. "땡큐! 땡큐!"를 되풀이하면서 집으로 뛰었다. 정확히 말하면 은지 누나에게로 달려갔다. 은지 누나의 하얀 손을 잡아끌며 뒤란 헛간으로 가서 큼직한 초콜릿을 가슴에서 꺼내 누나 코앞에 들이밀었다. 화들짝 놀란 누나가 눈을 반짝거렸다. "이거 누나 거야. 다 먹어." 나는 망설임 없이 말했다. "나 혼자? 너는?" 은지 누나가 눈을 동그랗게 떴다. "머, 먹었어. 나는." 나는 침을 꼴깍 삼켰다. "지금 빨리 먹어. 안 그러면 애들이 쫓아올지도 몰라." 누나는 눈을 껌뻑거리다가 초콜릿 포장을 뜯고 한입 베어 물었다. "맛있다!" 누나가 활짝 웃었다. 발그레한 두 볼에 살짝 패는 보조개가 예뻤다. 그리운 어머니의 하얀 박꽃 모습이 그 안에 담겨 있었다. 두 입째 베어 물던 누나가 내 입에 초콜릿을 밀어 넣었다. 늘 허허롭던 마음이 그 순간만큼은 따뜻하게 차올랐다.

"이거 한 조각 울 엄마 드려도 괜찮지?"

은지 누나가 얼굴을 붉히며 말했다. 나는 웃으며 고개를 끄덕였다.

늘 허기지고 고달픈 나날이었다. 꿀꿀이죽조차 얻어먹지 못한 날이면 나와 은지 누나는 호미를 들고 앞산마루에 올라 여기저기 얼어버린 참호구덩이 흙더미를 헤치며 먹을 것을 찾아다녔다. 꽁꽁 언 빵조각, 소시지, 비스킷이 눈에 띄면 흙만 털어낸 뒤 얼음조각 덩이째 입에 넣었다. 우리는 그것을 꿀꿀이 아이스케키라고 불렀다. 사나흘 배를 곯은 어느 날이었다. 나는 귀가 떨어져 나갈듯한 매서운 칼바람을 맞으며 산등성이 참호들 속을 파헤쳐 닥치는 대로 주워 먹었다. 은지 누나가 말렸지만 몹시 배가 고파 얼음 흙덩이도 제대로 털지 않은 채 목 안으로 마구 밀어 넘겼다. 그러다 갑자기 이가 딱딱 부딪히고, 온몸이 와들와들 떨려와 쓰러질 듯 비틀거렸다. 놀란 누나가 내 몸 여기저기를 주무르고 비벼주었다. 누나는 점퍼와 속옷을 열고 하얀 젖가슴에 나를 꼭 품어 안은 채 꼼짝 않고 있었다. 은지 누나의 품 안은 따뜻했다. 누나는 나보다 세 살 위인 열네 살이었다. 맞닿은 은지 누나의 봉긋한 가슴도 내 가슴도 콩콩댔다. 누나가 더 힘주어 나를 끌어안았다. 그렇게 우리는 오랫동안 하나되어 꼭 안고 있었다.

다시 눈발이 날리기 시작하자 은지 누나와 나는 서둘러 집으로 달려갔다. 눈을 털고 사랑방으로 들어가 주워 온 음식을 그릇에 담아 노인 앞에 내놓았다.

"애야, 나는 괜찮다. 너나 먹으렴."

"할아버지, 어서 잡수세요. 드신 게 너무 없잖아요. 그러다 병이라도 나시면 어쩌시려고요."

노인은 마지못해 비스킷 한 조각을 집어 들었다. 눈발이 더욱 사나워졌다. 벌어진 문틈으로 방 안까지 눈송이들이 날아들었다.

다섯 살 때였던가. 서울 안암동 애기능 동네에 살던 우리 가족은 집안 형편이 어려워져 그해 겨울 망월리 외갓집에 와 있었다. 눈이 많이 내린 어느 아침이었다. 온 마을이 눈나라였다. 초가지붕마다 소복이 쌓인 눈이 햇빛을 받아 눈부셨다. 이따금 휘어진 잔가지 끝에서 미끄러진 눈들이 흩날리며 떨어졌다. 뒷동산에 오르면 달맞이하기 좋은 외갓집. 나는 외갓집 툇마루에 앉아 처마 끝에 매달린 고드름들이 햇살을 받아 무지개색으로 반짝이는 모습을 바라보고 있었다. 마을 아이들이 지나가다 멈추어 섰다. 그 가운데 키 큰 아이가 말을 걸어왔다.

"야, 서울뜨기, 너네 집 거지돼서 외할미집에 얻어먹으러 왔다며?"

우물가 버드나무에 굴뚝새 한 마리가 이리저리 고개를 돌리다가 포르르 포르르 이가지 저가지로 날아오르고 앉기를 거듭했다. 나는 울컥 부아가 치밀었지만 못 들은 척 굴뚝새만 바라보았다.

"서울 깍쟁이! 얼른 말해 봐. 너 벙어리니? 얼레리 꼴레리, 서울벙어리래요, 서울 벙어리래요."

나는 놀려대는 아이들 눈을 피했다. 한참이나 아무 대꾸도 않다가 벌떡 일어나, 오산 읍내로 이어지는 마을 앞 산넘이 길을 마구 내달렸다. 무릎까지 푹푹 빠지는 눈길인데도 오로지 서울 우리집에 가야 한다는 마음으로 마냥 달려올라갔다.

"건아, 건아!"

어느새 어머니 목소리가 내 뒤를 따라왔다. 나를 꼭 껴안는 어머니 눈에 그렁그렁 물기가 배어났다.

"애들이 네가 귀여워서 그러는 거야. 짓궂게 장난은 쳐도 미워서 괴롭히는 게 아니란다."

나는 어머니 손길을 뿌리치고 푹푹 눈 속에 빠지면서도 잰걸음을 놀렸다. 어머니는 골이 난 나를 두 손으로 붙잡으며 속삭였다.

"건아, 까치밥 모르지? 엄마가 고소한 까치밥 볶아줄게."

까치밥이라는 말에 귀가 솔깃했다.

"까치밥이 뭔데?"

어머니가 턱 끝으로 가리킨 눈 덮인 등성이 햇살 바른 곳에 열매를 가득 단 까치밥풀이 수북이 피어 있었다. 어머니는 풀 가지 끝에 열린, 수수알갱이보다도 더 작은 자주색 열매를 손바닥으로 훑어 앞치마에 담았다.

"겨울 까치들이 통통스레 예쁜 건 이 까치밥을 먹기 때문이란다. 집에 가서 엄마가 볶아 줄게. 아주 고소하고 맛있어."

어머니는 나를 업고 무릎까지 빠지는 눈길을 내려갔다. 어머니의 가냘픈 노랫소리가 숨결에 젖어 울린다.

"바우고개 언덕을 혼자 넘자니 옛 님이 그리워 눈물 납니다. 고개 위에 숨어서 기다리던 님 그리워 그리워 눈물 납니다. 언덕 위에 핀 진달래꽃은 우리 님이 즐겨 꺾어 주던 꽃. 님은 가고 없어도 잘도 피었네. 님은 가고 없어도 잘도 피었네……."

내게는 조금 슬프게 들렸다. 나는 어머니에게 물었다.

"엄마는 내가 커서 무엇이 되었으면 좋겠어?"

순간 어머니의 그렁그렁한 눈이 반짝였다.

"화성 군수나 되어주렴."

그때는 미처 몰랐지만, 뒤늦게야 그 뜻을 알았다. 어머니의 향수, 화성 망월리 고향으로 돌아와 살고 싶은 심정이었다는 것을.

"난 엄마가 제일 좋아!"

"엄마도 건이가 제일 좋단다."

나는 어머니의 목을 감싸안은 두 팔에 힘을 주었다. 어머니가 돌아보며 환하게 웃었다. 나도 따라 웃었다. 함빡 웃는 어머니 얼굴은 한 송이 하얀 박꽃이었다. 아침을 맞는 외가집 초가지붕에 순수한 매무새 그대로의 아름다운 박꽃. 사람들은 어머니를 두고 환한 박꽃을 닮았다고 했다. 나도 그렇게 생각했다.

"불쌍한 울 엄마와 겸이 훈이 몸 위에도 저렇게 눈이 내리겠지요. 제가 달마을에 다시 갈 때까지 엄마와 동생들이 잘 있을까요? 우리가 떠나온 날 저녁 바라산 너머로 불길이 마구 치솟았는데……."

잔잔하게 미소짓는 어머니 얼굴을 떠올리며 혼잣말하듯 중얼거리다 나도 모르게 흐느끼자, 노인이 내 등을 부드럽게 어루만져 주었다.

"건아! 울지 마라. 길이 열리면 외갓집 어른들과 달마을로 달려가서 어머니와 동생들을 잘 수습해다가 햇빛 바른 동산에 묻어주고 그 앞에 아주 예쁜 꽃을 심거라. 그리고 어머니와 두 동생이 기뻐하는 얼굴을 마음에 그려보렴."

'그래, 어머니는 꽃을 무척 좋아하셨어. 망월리를 오가는 산길에 겨울 끝자락이 물러가고 봄기운이 살아나는 산기슭 눈 속 군데군데 피어난 진달래꽃을 좋아하셨지.'

나는 어머니와 함께 진달래 꽃잎을 따 먹으며 망월리를 오가던 그 길을, 그 시간들을 떠올렸다. 울컥 슬픔이 적셔오는 마음이 한결 따뜻해졌다.

달마저 으슥한 구름속으로 숨어버려 아득히 머나먼 무궁(無窮)의 세계로 들어선 듯하다. 한낮도 저녁도 아닌 몽롱한 눈앞 풍경이 부유하듯 떠오른다. 오산역에 내려 남촌다리를 건너 늡리 버름 과수리 방죽을 끼고 꺾어들어, 낮은 산 두 번 넘어 논밭을 지나면 양짓말이다. 거기에서 까치밥 고개 하나 더 넘으면 외가가 있는 망월리가 나온다. 하얀 달빛이 쏟아지는 밤길 어머니 손잡고, 더러는 밤기차에서 내려 나 홀로 얼마나 오갔던 길인가. 산들바람이 은사시나무를 가만가만 훑고 지나간다. 왠지 모르게 눈앞의 모든 것이 희부옇다. 내 발소리에 놀랐는지 잠이 깬 산새가 소나무에서 후드득 날아오른다. 칠흑빛 밤 같기도 하고 밝은 달밤 같기도 해 무척이나 신비롭다. 언뜻언뜻 구름이 열리면 밝은 달빛이 내려 몽롱한 시야를 걷어내고 망월리로 가는 새하얀 산길을 열어준다. 들꽃들이 어슴푸레 빛난다. 맑디맑은 슬픔이 조금씩 밀려들어 내 가슴속을 가득 메운다. 은사시나무들이 늘어선 산길을 비치는 달빛이 까닭 없이 쓸쓸하다. 이토록 슬픈데도 나는 왜 울지 않는 것일까. 이제 양짓말을 지났으니 아직 망월리까지는 까치밥산 고개를 더 넘어야 한다. 갑자기 바람이 멈춘다. 가만가만 서걱대던 나뭇가지들도 더는 소리를 내지 않는다. 모든 것들이 달빛 속에 잠겼다. 그 처연한 적막을 밀어내며 속삭이는 소리가 들려온다. 아기의 옅은 흐느낌 같기도 하고, 오랫동안 병을 앓는 환자의 가냘픈 숨소리 같기도 했다. 끊길 듯 이어지고 멈춘 듯 쉬어가던 아주 희미한 음률이 망월리로 가는 산길을 에워쌌다.

침묵하는 달이 빚어내는 부유스름한 빛이 신비로운 시간의 세계를 느끼게 한다. 투명하지도 탁하지도 않은, 멈춤도 흐름도 아닌 영원으로 이어지는 듯한 느낌. 언젠가 이런 풍경을 본 것만 같다. 달빛 아래 무거운 침묵이 온 세상을 꿈길처럼 만들어 주던 순간이었던가. 나는 달빛이 서리 내린 듯 하얀 논두렁 길을 걷는다. 저만큼 까치밥 고개로 오르는 산모롱이 바위, 달빛에 잠겨 한 여인이 다소곳이 앉아 있다. 가녀린 어깨, 고요한 바람결에 살포시 땅을 어루만지는 하얀 치마저고리. 곱게 빗어 올린 쪽진머리 옆으로 도톰한 귓불이 보인다. 여인의 목덜미는 달빛을 받아 신비로울 만큼 새하얗다. 나는 홀린 듯 다가가 여인 곁에 앉는다. 고개 숙인 여인의 얼굴이 잘 보이지 않는다. 깊고 푸르스름한 밤하늘에 꿈꾸는 달의 숨소리를 느끼려는 듯, 문득 여인은 얼굴을 들어 달을 바라본다. 그때다. 달빛 아래 모습을 숨겼던 얼굴이 드러나자 저물녘 환한 박꽃처럼 은은한 빛을 내뿜기 시작한다. 나는 놀라서 눈을 비비고 여인을 바로 본다. 교교한 얼굴빛. 그런데…… 어찌된 일인가. 이슬방울이 여인의 볼을 타고 흘러내린다. 그 방울들은 반짝 빛나다 사라지고 다시 빛나다 또 사라진다.

"아주머니…… 지금 울고 계세요? 그 뺨에 반짝이는 이슬방울은 눈물인가요?"

나는 조심스레 묻는다. 여인은 그저 하늘에 눈길을 둔 채 말이 없다. 그러다가 이윽고 머리를 돌려 말한다.

"애야, 나는 울지 않는단다. 달빛이 밝아 네가 잘못 본 거야."

그러나 나는 그 말이 믿기지 않는다.

'아냐. 눈물은 슬픔의 말 없는 언어라는데 아주머니는 틀림없이 울고 있어.'

나는 용기를 내어 말한다.

"아주머니는 슬픔을 감추려 거짓말하는 거예요. 그렇죠?"

나는 여인이 무엇 때문에 마음 아파하는지 몹시 알고 싶었다. 그리고 말하고 싶다. 내 안에도 그런 아픔이 있다고…… 그 고통이 자꾸만 커져가는데 어떻게 토해내야 할지 방법을 모르겠다고…… 그러나 나는 말을 삼킨다. 그리고 여인의 얼굴을 물끄러미 바라본다. 여인은 구름에 가려지는 달을 하염없이 바라본다. 여인의 볼을 타고 이슬방울이 끊임없이 흘러내린다. 방울은 턱 끝에 맺혔다가 가슴으로 똑똑 떨어진다. 얼마나 견뎠을까. 더는 참을 수 없어 다시 묻는다.

"아주머니, 왜 자꾸 우세요? 무엇 때문인지 어서 말해주세요, 네?"

여인은 대답 대신 가슴을 두 손으로 움켜쥐고 연거푸 잔기침을 해댄다. 나는 더 묻지 않고 여인 곁으로 조심스레 다가앉아, 가녀리게 떨리는 그 어깨를 가만가만 어루만져 준다. 하염없이 달을 보던 여인이 슬며시 얼굴을 돌려 내게 묻는다.

"너도 슬프구나. 그렇지? 그럼 나와 함께 울어주렴. 너에게는 눈물을 보여도 부끄럽지 않을 것 같구나. 네가 모두 이해하고 받아주리라 믿어지는구나."

여인이 두 손으로 살며시 내 얼굴을 당긴다. 내 볼이 여인의 볼에 맞닿는다. 순간, 내 안에 가득했던 아픔이 견딜 수 없이 세차게 소용돌이친다. 여인의 따스한 말 때문인지, 아니면 우리 둘을 포근히 껴안아 주는 달빛 때문인지 알 수 없다. 그러자 나는 어깨를 들썩이며 흐느낀다. 가슴속에 강을 이루던 눈물이 마구 솟구친다. 아! 오랫동안 안으로만 휘몰아치던 고통이 이제야 터져 나온다. 마침내 마음이 깃털처럼 가벼워지는 나를 발견한다. 불현듯 은지 누나의 동그란 얼굴이 떠오른다.

"아주머니, 아주머니는 제 가슴속 응어리를 몽땅 씻어주었어요. 언젠가 은지 누나가 그렇게 해주었던 것처럼요. 아주머니를 누나라고 불러도 될까요?"

"무슨 소리니? 너에게는 남동생 둘뿐이잖니. 네가 나를 누나나 아주머니라고 부를수록 내 마음에 이슬방울들이 수없이 더 또렷하게 맺힐 뿐이란다."

"그럼 어떻게 부를까요?"

"넌 나를 벌써 잊었단 말이냐……."

나는 여인의 얼굴을 새삼 찬찬히 바라본다. 동그스름한 볼, 초가지붕 활짝 핀 그 환한 박꽃 얼굴에 크고 맑은 두 눈, 부드럽게 내리뻗은 콧망울. 나의 어머니. 틀림없는 울 엄마다.

"아아, 어머니, 어머니셨어요? 이제까지 어머니를 찾고 있었어요."

"오 그래, 건아, 이 어미를 이제야 알아보겠니?"

어머니는 기쁨에 떨면서 젖은 목소리로 말하며 나를 꼭 끌어안는다. 나도 어머니를 힘껏 부둥켜안는다. 그리움의 달콤한 엄마 젖내음이 밀려온다. 오랜 시간 잊고 있었던 따스함이 온몸을 휘감는다. 어머니는 내 볼에 당신 얼굴을 부빈다. 어머니와 나는 한몸이 되어버린 듯 떨어질 줄 모른다. 그때 느닷없이 인민군과 미군이 나타났다. 그들은 우악스럽게 우리를 갈라놓는다. 어머니는 두 손을 내민 채 뭔가를 말하려다 스르르 멀어져간다. 나는 점점 멀어져가는 어머니를 큰 소리로 부른다. '어머니! 어머니!' 그러나 목소리는 나오지 않고 입만 크게 벌린 채 몸부림친다.

나는 잠에서 깨어났다. 두 뺨은 흠뻑 젖어 있었다. 어머니와 동생들이 이제 더는 이 세상 사람이 아니라는 사실을 새삼 깨달았다. 나는 뒤란 굴뚝 옆 구석에 웅크리고 앉아 파릇파릇 잎이 돋아나는 버드나무 우듬지를 올려다본다. 거기에 까치집이 있었다. 까치 두 마리가 정답게 먹이를 날랐다. 새끼 까치들이 저마다 입을 벌리고 "깍! 깍! 깍!" 크게 울었다. 하얀 박꽃의 어머니 얼굴이 피어오른다. 훈이의 동그란 얼굴, 커다란 눈동자, 해맑고 귀여운 막내 겸이와 함께 떠오른다.

3월에 들어서자 미군 제24사단이 북으로 올라가면서 마침내 통행금지가 풀려 피란민들은 뿔뿔이 흩어졌다. 은지 누나는 내 손을 꼭 잡고 아무런 말도 하지 않았다. 나는 눈시울이 뜨거워졌다. 함께 지내던 할아버지마저 돌아가신 뒤 나를 따뜻하게 대해 준 사람은 누나뿐이었다. 우리는 서울에서 꼭 다시 만나자고 약속했다. 계성여중 2학년인 누나는 꼭 잊지 말라는 듯 동그란 얼굴을 연거푸 돌아보며 고개를 떨구었다. 나 또한 몇 번이나 걸음을 멈추고 언덕 너머 사라져가는 누나의 뒷모습을 돌아보고는 했다.

나는 오산으로 내달렸다. 밤이 깊어서야 망월리 외갓집에 이르렀다. 뜻밖에도 제2국민병으로 소집되었던 아버지가 돌아와 있었다. 거지꼴로 나타난 나를 보고는 깜짝 놀란 외할머니와 마을 어른들은 어머니와 두 동생에 대해 물었다.

"죽, 죽……."

어머니와 동생들이 얼마나 참혹하게 죽어갔는지, 잔인한 그날 밤이 얼마나 무서웠는지, 인민군, 중공군, 미군들이 어떠했는지 낱낱이 털어놓고 싶었다. 그러나 한 마디도 나오지 않았다. 울컥울컥 격정이 치솟으며 다시 말문이 닫혀버린 것이다. 나는 외할머니 가슴에 얼굴을 파묻고 왈칵 울음을 터뜨릴 수밖에 없었다. 아버지는 참담한 얼굴로 고개를 푹 숙인 채 아무 말 없이 그림처럼 앉아 있었다. 어느 집에선가 개가 짖어댄다. 그러자 다른집 개들도 모두 따라 우는 듯 구슬프게 짖어댔다. 외할머니는 나를 부둥켜안고 밤새도록 흐느꼈다.

날이 밝자마자 나는 아버지와 함께 수레를 끌고 달마을로 떠났다. 봄빛이 물들어 오는 산내들길은 아지랑이가 피어오르고 따스했다. 바람이 지나가면서 물오른 나뭇가지 여린 초록 잎새들을 흔들었다. 아버지는 가족을 지켜내지 못한 죄책감으로 아무 말이 없었다. 나 또한 입을 꾹 다문 채 한 마디 말도 하지 않았다. 해가 하늘에 떠 있을 즈음 피밭골 달마을에 이르렀다. 폭격을 받아 죽은 상처투성이의 거대한 짐승처럼 폐허가 된 마을은, 그날 밤의 지옥도를 고스란히 보여주고 있었다. 소리도 움직임도 하나 없이 냉혹하게 폐허로 변해버린 한 폭의 전장 그림이어서 더 참담했다. 우리 피란집 잿더미를 헤치니 여기저기서 뼈가 드러났다. 그 맨 밑바닥에 타다 남은 옷조각으로 겨우 어머니와 훈이 겸이를 가려낼 수 있었다. 아버지는 추스른 뼛조각들을 두 손으로 하나하나 정성스럽게 닦아 마대에 담았다. 아버지의 손끝이 가냘프게 떨렸다. 뼈는 한 자루도 채 되지 않았다. 너무나도 가벼웠다. 나는 그 자루를 두 손으로 가슴에 꼭 껴안았다. 온기가 느껴져 오는 것만 같았다. 어머니와 두 동생을 담은 마대를 수레에 싣고 망월리로 돌아오는 버름내 산길은 잔설 속에 망울진 진달래 꽃봉오리를 품고 있었다. 냇가를 따라 늘어선 버들가지도 수줍은 듯 움츠려 싹을 숨겼다. 바람이 일렁일 때마다 산자락 버들개지들이 몸을 흔들며 잔설을 털어냈다.

"지지배배! 지지배배!"

종다리들이 지저귀며 하늘을 맴돌다 가버린다. 들판은 다시 깊은 고요에 잠긴다. 어느덧 붉은 태양이 나무 뒤로 빠르게 내려앉으며 산자락을 건드린다. 버얼건 노을이 온 누리를 물들인다. 산언덕에 보라색 구름이 산줄기를 이루며 떠다닌다. 푸른색에서 창백한 담청색으로 바뀐 하늘에 더 많은 구름덩이들이 부풀어 오르고 있었다. 이제까지 말 한마디 없던 아버지가 무어라 중얼거린다. 흐느끼는 울음으로 들썩이는 어깨가 축 처진 아버지의 뒷모습이 해넘이 어스름 아래 더 쓸쓸해 보였다.

나는 마냥 흐르는 눈물을 닦을 생각도 않고 입술을 꽉 깨문 채 멀어져가는 달마을을 뒤돌아보지 않았다. 이제 막 피어나려는 봉오리진 분홍 진달래 한아름을 캐어다가 어머니와 두 동생 무덤 앞에 심을 생각만 했다.

2020. 9. 9

고산고정일(高山高正一)

서울에서 태어나다. 성균관대학교국어국문학과졸업. 대학원비교문화학전공졸업. 소설 「청계천」으로 「자유문학」 등단. 1956년~ 동서문화사 창업 발행인. 1977~87년 동인문학상운영위집행위원장. 1996년 「한국세계대백과사전 총31권」 편찬주간. 지은책 대하소설 「폭풍속으로」 「매혹된 혼 최승희」 「전작소설 이중섭」 「불굴혼 박정희」 「한국출판100년을 찾아서」 「愛國作法·新文館 崔南善·講談社 野間淸治」 「춘원이광수 민족정신 찾아서」 한국출판학술상수상 한국출판문화상수상 아동문예상수상.

불과 얼음 17일 전쟁

장진호

고산고정일 지음

1판 1쇄 발행 2020년 9월 15일
1판 2쇄 발행 2020년 10월 1일
발행인 고정일
발행처 동서문화사
창업 1956. 12. 12. 등록 16-3799
서울 중구 마른내로 144(쌍림동)
☎ 546-0331~6 (FAX) 545-0331
www.dongsuhbook.com
＊

＊
사업자등록번호 211-87-75330
ISBN 978-89-497-1787-6 03810